U0719486

山西出版传媒集团
北岳文艺出版社
BEIYUE LITERATURE & ART PUBLISHING HOUSE

作者(1926 年 4 月 17 日—2007 年 1 月 10 日)

1988 年在家中写作

作者著作

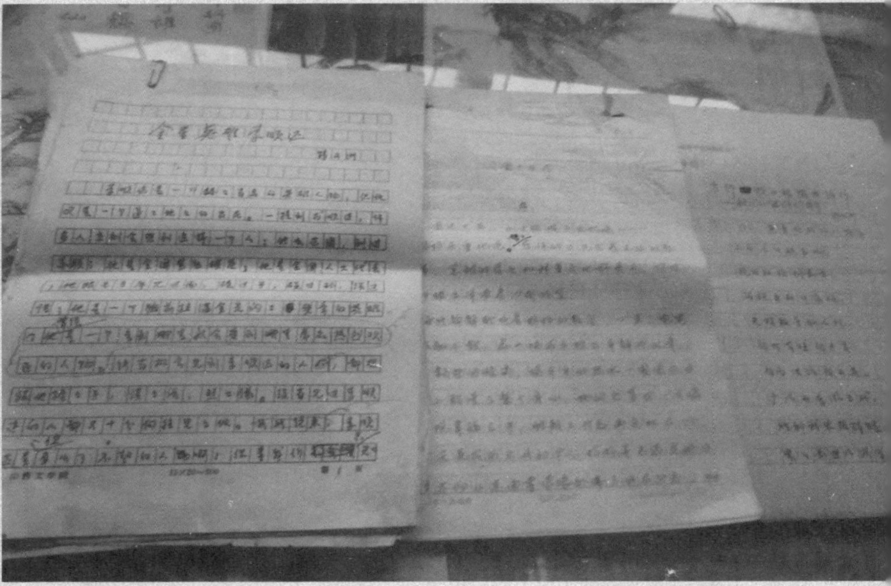

作者手稿

1981年和晋东南文联的同事与部队文艺爱好者座谈

1984年与晋东南文联的同事合影

主编的话

韩文洲先生是在毛泽东同志《在延安文艺座谈会上的讲话》精神指引下，从晋东南解放区土生土长起来的作家。在六十多年的文学生涯中，他始终恪守现实主义的创作原则，选择民族化、大众化文艺道路，站在时代主潮的前面，以作家的时代责任感和历史使命感，把握生活的脉搏，用自己的作品推动社会的前进。他坚持不懈地深入生活，努力反映现实社会的本质，一直同广大人民群众保持着血肉联系。

韩文洲勤奋笔耕，一生创作出数百万字的小说、散文、诗歌、报告文学，作品以描写农村生活为主，从中不但可以感受到浓烈的泥土芳香，而且可以看到几十年来中国社会发展的轨迹。他的许多作品，如长篇小说《五女传》，诗集《栽瓜曲》，专集《长春岭》，短篇小说集《冻解花开》《井中栽树》《长院奶奶》《蓝帕记》等，曾经引起过一定反响，其中短篇小说《浸种记》获过1950年山西省政府文艺甲等奖。他关注农村的生产和农民的生活，发现农业政策上出了偏差，感觉到农村工作中有了失误，敢于直言不讳地向有关领导部门上书，反映真实情况。在“文革”动乱中，由于他讲真话或用作品真实地反映问题，受到了不公正的批判。身处逆境，但他忠贞不渝，信仰弥坚，他也是山西文学界公认的“山药蛋”文学流派的主要继承作家之一。

韩文洲曾担任过山西省作协副主席、晋东南地区文联主席等职务，对山西的文艺创作、文艺组织工作、培养和扶植文学青年，都做出了贡献。

为了集中展示韩文洲先生的文学创作实绩，山西省作家协会党组决定，筹集经费，组织人员编辑《韩文洲文集》，并由北岳文艺出版社出版。这套《文集》由我任主编，省作协原离退休处处长王稚纯和韩文洲先生的女儿韩玉霞做具体编辑工作。在编辑过程中，我跟王稚纯和韩玉霞，本着尽量规范、准确、全面的原则，从作家本人的藏书中，从相关的图书馆、档案馆、资料室中，查阅了大量资料，核对了作品发表和出版的多种版本，力争减少疏漏。为了保持作品的原貌，除一些作品在发表或出版时误植和排印错误的字词句，我们适当作了更正外，有些当时混用文字如的、地、得和一些方言，尊重原文，均未作修改。

我还要特别说明的一点是：北岳文艺出版社的资深编辑席香妮女士，本着高度认真负责的精神，对这套文集的编辑、校对、设计，付出了很多心血，保证了书籍较高质量。

经过多方的努力，4 卷本 150 万字的《韩文洲文集》即将正式出版了。应当说，这是我省文学界继赵树理、马烽等“山药蛋派”骨干作家文集之后的又一项出版工程，这套文集的出版，对于继承山西的优秀文学传统，研究老一辈作家的人生轨迹、创作道路及其作品的意义，推动当今山西文学创作和理论研究的健康发展，都有着非常重要的作用。

杨占平

2015 年 8月

作家简历

韩文洲，一九二六年四月十七日出生于山西省陵川县附城镇西下河村一个雇农家里。贫苦的家境让他从小就给人打短工，七八岁时读过两年冬学。抗日战争爆发后，参加了儿童团、牺盟会，投身到抗战中。一九四四年二月，正式参加工作，在抗日县政府财粮科做调拨员。一九四七年九月调到陵川县政府司法科当科员，处理民事纠纷，审判刑事案件。一九五〇年三月转任县政府办公室研究员、县文化馆馆长等职。工作之余，喜欢上文学创作，以小说为主，兼写诗歌、报告文学。一九四九年在《太行文艺》发表第一篇短篇小说《老仁拴》；一九五〇年在《山西文艺》发表的短篇小说《浸种记》和《用不着咱操心啦》,分获山西省人民政府甲等奖和乙等奖。

一九五二年一月，调进山西省文联工作，历任《山西文艺》编辑，《火花》编辑、副主编。一九五四年加入中国共产党，一九五九年加入中国作家协会。一九五九年建国十年大庆和一九六四年建国十五年大庆，均作为观礼代表，参加在北京举行的庆典。一九六二年一月调回晋东南地区文联，任主任到一九六六年底。这期间，先后出版短篇小说集《新媳妇》《冻解花开》《井中栽树》《长院奶奶》《天门取经记》《蓝帕记》《赶花集》，长篇叙事诗集《栽瓜曲》，长篇小说《五女传》等。

“文革”期间被批斗、下放。一九七七年晋东南文联恢复，重新工作，任副主席，一九八〇年一月任主席，四月，被选举为山西省作家协会副主席。一九八九年调到山西省作协任专业作家。一九九一年二月和一九九八年十二月两次被聘为省作协顾问，二〇〇三年被聘为荣誉委员。这期间，主要写作散文、报告文学和回忆录。

二〇〇七年一月十日因病逝世，享年八十一岁。

目 录

CONTENTS

短篇小说

·短篇小说·

魏改香

一

今天讲的这个故事，发生在一九三四年太行山上的一个山村里。这个山村叫石门沟。村里有弟兄四人，按荣、华、富、贵四字取名，他们叫贺显荣、贺显华、贺显富、贺显贵。老二、老三十几岁就去世了。十五年前，老四贺显贵娶过媳妇以后，弟兄二人就分开了家。当时，老大贺显荣痛哭流涕地说是不忍绝了老二、老三的后代，他定要为两个弟弟继子立后，所以当时把全部家产一分四份，贺显贵分得一份；贺显荣却分了三份。这也罢了，谁知到了一九三〇年，阎锡山倒蒋打了败仗，败兵退回太行山，将贺显贵的一头大骡抢去，秋粮也抢了不少，日子难过，又卖了五亩地。从此，一个严严实实的富裕中农，便变成了一个马马虎虎过得日子的下中农了。贺显荣却相反，他一个人分得三份家产，本来用着一个长工，随即又增加了一个长工，几年工夫，便发富起来。再加阎锡山倒蒋吃败以后，孙殿英部退回这里，贺显荣又与孙部的一个团长勾结起来，大搞鸦片买卖，又发了一笔猛财，变成了一个家豪大富的大地主。

老四贺显贵的日子本来是不大好过的，谁知这一年又遭了大旱灾，秋田只有二分收成，贺显贵偏偏又得了重病，卧床不起，汤水不进，到了九死一生的地步。他的女人魏改香因为手里无钱，没法儿给他请医治病，就要卖房卖地。奄奄一息的贺显贵却不让，说是自己房只有三间，地只有十亩，把房地卖掉，孩子贺小驴长大成人就没有靠头了。魏改香没有别的办法，只得到梅花大院老大家里去借钱。

梅花大院就是贺显荣的家。因为一进五串院子，东、西、南、北、中形成梅花样子，院里又栽有梅花，所以叫做梅花大院。又因为大门上悬着一块大匾，上书“慈仁”二字，贺显荣自称是“慈仁院”，穷苦人们背地里只说那是个“吃人院”。

再说贺显荣正跟一家人在屋里吃午饭，忽然听得院里有人走动，隔着窗玻璃一看，见是兄弟媳妇魏改香走来，贺显荣早已断定她是来借钱。他的女人范玉梅连忙向他努努嘴，不准他动，自己立刻把饭碗放下，三步并作两步跑向院里来，迎着魏改香说道：“老四家，吃过饭了没有？今天风大，院里冷，快到屋里去坐吧。”可是她却将身子挡着门帘儿，动也不动。

魏改香拭拭眼泪，问道：“小驴他大爷在家不在？”

范玉梅煞有介事地说：“你是找老大？——看你来得不凑巧。老大到芙蓉镇赶集去了，今天回来不回来，还说不定哩。有什么事，你就跟我说吧，我自己能当得家、办得到的事，我就替老大办了；我当不得家、办不到的事，等老大回来，我一五一十都告说老大，少说了一个字，你来打我的嘴！”

魏改香听说老大不在，知道范玉梅不是个好东西，说出借钱的话，未必能办得到，很想就此返回去。一想到丈夫病重，救人要紧，只好抹下脸来，向范玉梅求情，便提出来借抓药钱的要求。范玉梅见说真的是借钱，哪里肯借，便咧着一张大嘴说道："改香哪，要说到借钱的事，真真叫人没法儿张嘴！按说，显荣是谁，显贵是谁，他们亲兄热弟的两个人，显贵有了也是显荣的；显荣有了自然也是显贵的，要是拿得出来，别说是几个抓药钱，就是三千五千，你们拿着花就是了。可是今年老天爷不下雨，粮没打一颗，租不见一粒，咱们这靠地租吃饭的庄户人家，地里打不下，瓮里也就空空的了，叫我拿什么借给人呀，真真愁也把人愁死了！显贵兄弟病成那个样子，我看着也着急，可是急有什么用处哩？不过是说书人落泪，白替人担忧罢咧！不过，依我说请医吃药，也只能治得病，治不得命，一个人活够了，阎王佬该要你的命，就是吃了灵芝草也是枉然；要是命不该死，生姜、葱胡、小甘草、车前子也治得大病，不花一个钱，病就好了。——改香，你回去吧，你回去给显贵兄弟滚一碗生姜水试试看，保准行……"

魏改香见嫂嫂不肯借给一分一厘，想起丈夫病得九死一生的样子，再想起梅花大院存粮几百石，不肯借给一升一合，何况别的人家？做一个人实在难哪！她再也不愿意白白地听范玉梅那些甜言蜜语了，一怒气哭哭啼啼地离开了梅花大院。

自此以后，贺显贵的病一天重似一天。魏改香实在出于无奈，只好厚着脸皮再去找贺显荣借钱，谁知一连几次，贺显荣都是避而不见，都是扑空而回。魏改香没办法，就要背着丈夫偷偷卖地，只因一则大荒年手里有钱的少，难寻买主；二则，就是有两家富农想买她的地也不敢买。因为一来，按这地方的乡俗，大凡卖房卖地者，必须先让近门本家买，别人无权抢买；二来，贺显贵的本家又是有钱有势的村长贺显荣，贺显贵的地就算是一块无价宝地，哪个敢买呢？就这样，魏改香借钱借不上，卖地又卖不了，贺显贵的病也只好听天由命了。

一夜五更时分，魏改香正给贺显贵伺候开水喝，贺显贵突然没有气息了，把个魏改香吓得哭死哭活，设法挽救，天明时分，贺显贵才又喘了过来。贺显贵知道自己的病难好，便跟魏改香说："看起来，我是不中用了，我闭了这两只眼，好歹还有小驴，你就是讨吃要饭，也要给孩子保住那十亩地、三间房呀！"说罢，就离开了人间。

魏改香见丈夫闭了眼，扶尸痛哭一场，这才想起来应该先去请做家长的贺显荣来料理丧事。按规矩请家长本来是孝子的事，孝子去了磕一个头，就把家长请到了。只因贺显贵的儿子贺小驴如今才是一个十一岁的孩童，还不大懂事，魏改香只得带着儿子去。娘儿俩哭哭啼啼来到梅花大院，见了贺显荣夫妇，魏改香先叫小驴给大爷、大娘磕了一个头，然后说："大哥、大嫂呀，你们的兄弟已经咽了气，请你们过去料理料理吧！"

贺显荣夫妇听说贺显贵真的死了，范玉梅的心里暗暗道贺，贺显荣却十分吃惊地问道："什么？我兄弟没了？哎！我说你们这些人呀，真正是'大处不看，小处细算'，怎么不早点请个医生给他看看，他还年轻呀，比我小六岁哩，才三十二岁呀，我们弟兄俩就见不上面了！我也听说兄弟有病，只当是头疼脑热罢咧，竟不想就死了！你也不早些儿来说一声，让我们弟兄俩见见面儿，真是……"

她说："我不是没来过呀，整整来了五次，偏偏是大哥都不在家，你问问大嫂就知道了。”

贺显荣随即歪头向范玉梅道：“显贵媳妇倒已经来过四五次了，怎么就没见你说过？”

范玉梅道：“改香来了几次，偏你都出了门，你叫我跟谁说？上次你打芙蓉镇回来，我也跟你提起过，怎么倒忘了？”

贺显荣道：“你只说我兄弟病了，谁可知道得了这不治之症？偏偏我又当了一个穷村长，一天价是个穷忙，从今以后再想见面，除非是在梦里！……”说着，装腔作势地哭了起来。

范玉梅也假装抹了一下眼泪，对魏改香说：“只怨你太有些粗心大意，不把兄弟的病当个事儿，活生生把个人糟蹋了！你们一家三口人就全凭显贵兄弟一个人闹腾，他一死，你们孤儿寡妇的日子可该怎么过呀？真真地叫人寒心！”

魏改香如今又听范玉梅说出这等话来，听也不愿听了。她想到人已经死了，再说什么也是白费嘴，办理丈夫的丧事要紧，只说叫他们快些儿过去，别无他话了。贺显荣拭了一下眼泪，说：“别人的事我可以不管，这是自家的事，我就是忙死忙活，也不能不管呀！你头里走吧，我马上就来了。”

魏改香拉着小驴离开梅花大院，回到自己家里来，她的姐姐魏荷香、姐夫杨永勤跟娘家的哥哥魏吉庆都已经到场。魏吉庆是个中农，是个自以为聪明的人，很会明哲保身，遇事随风驶船，应声附和，人们都叫他是“应声虫”。杨永勤是个雇农，今年遭了大旱灾，丢了二亩地，卖了一个女儿，其苦楚并不下于魏改香。所以魏荷香也是个满肚子苦水的女人，听说妹夫死了，连忙跑来，跟妹妹魏改香一起趴在贺显贵的尸体上痛哭去了。

二

杨永勤想到自己与贺显贵两家的命运都是这样不好，自然也是十分伤心。不过，他认为事到头上，只管哭也不济事了，便对她们姐妹二人说了几句宽慰的话，才算暂时不哭了。杨永勤想到连襟停尸在地，小姨子跟贺小驴孤儿寡妇无人办事，舅爷魏吉庆是个吃粮不管闲事之人，只得帮着魏改香料理。他首先跟着舅爷魏吉庆商量好，让他去给贺显贵看装裹（就是死人穿的衣服），魏吉庆去后，这才又问了魏改香道："头一宗先该去请小驴他大爷，请过了没有？"

魏改香道："才去过了。小驴他大爷说随后就要来。"

杨永勤听说贺显荣要亲自来料理，觉得自己的担子减去了一半，倒放了些心，说道："他是显贵的哥哥，他不管谁管？"

正说着，忽然看见贺显荣穿着一件洋蓝色大袍子，头上戴着一顶黑缎子小套帽，脖子上围一条驼色毛围巾，摇摇摆摆地走来。有人说：他们到底是一奶同胞，要不，村长的公事那么忙，怎么肯抽空来管这些事呢？

贺显荣进来，又说了几句伤心话，然后问道："到亲戚门上报过丧了吗？"

魏改香抹着泪回道："都报过了。你不看小驴他姨夫、姨姨都已经来了吗？"

"小驴的舅舅怎么还没有来？"

"已经来了，他去买装裹去了。"

"打算给我兄弟买些什么？"

"我告我哥哥说买一件布衫、一条裤子，家里还有三件旧的，配起来就够五件了。"

“配三件旧的？这像什么话？我兄弟辛辛苦苦半辈子，他活着的时候，不肯吃，不肯穿，穿了半辈子破烂，死了还叫他穿破烂不成？亏你跟他夫妇一场，也能说出这等话来！就算你不心疼你的丈夫，我还心疼我的兄弟哩！——一件旧的也不能穿！再叫个人买新的去！”

魏改香见贺显荣说自己不肯给丈夫穿，想起贺显贵活着的时候，他们夫妇和和睦睦，相敬相爱，哪有什么孬心歹意？只因为想到家里并不富裕，今年又没秋景，他们娘儿俩以后还要过日子，丈夫生前又有遗嘱，不得浪费，在丧事上才一切将就些。如今听了大伯子的一番言语，显见得自己对丈夫的事看得太轻了似的，真正有苦难言，没了主意。回头看看杨永勤夫妇，想听听他们的话，看到底怎么办。那魏荷香听了贺显荣的话，先吓了一跳。虽然也想到他是村长，一般人都不愿意回驳他的话，但为着妹妹的活路，便鼓鼓勇气，说道：“村长啊，像改香这样的小户人家，破费不得呀！你是小驴的亲大爷，永勤是小驴的亲姨夫，都不是别人，咱们一家人不说两家话，依我说该破费的破费，能省俭的还是省俭些的好。咱们要想到死去的人，也该为活着的人想想才是哩。”

贺显荣听了她的话，不只不犯恼，反而柔柔和和地说：“是呀，是呀，说得在理，说得在理，你跟我的想法是一模一样的。别说今天，就是往常，我没有一天不为我的兄弟、侄儿费心事呀！真的嘛，日后他们娘儿俩能过好日子，我这个当大爷的脸上也光彩；日后他们娘儿俩受了苦，我这个当大爷的也没法见众人的面儿呀！不过，话又说回来了，别说石门沟村，就是附近十里八庄，谁不知道显贵是我的兄弟？如果这件事办得太不像话，说什么石门沟村的贺显荣应名是个财主，他亲亲的兄弟死了，尽穿了些破衣烂裤，差一点跟席片子卷了出去的一样。乡亲们不骂小驴他娘，也不骂小驴，人人都要骂我贺显荣呀！你们也想想，我担得起这种名誉吗？再说，就是破费一些，多花几个钱，日后我有半碗喝的，难道能少了他娘儿俩半碗喝的吗？我享荣华富贵，难道能让他们娘儿俩去拖打狗棍吗？过去我对他们过日子的事过问得少一些，是因为有我的兄弟活着，我知道我少操一点心，他们也不会饿着、冻着，如今我的兄弟咽了这口气，丢下他们孤儿寡妇，我能不管吗？你们也想想我的话在理还是不在理！”

杨永勤夫妇听了这一番言语，见他句句都是为着魏改香娘儿俩打算的，想到日后有这么个有钱的伯父做主，他们娘儿俩还怕受冻受饿吗？自然是没的说了。若是让显荣的账房，就是他的舅子范守仁来管这件事，只怕就不好办了。想到这里，杨永勤说：“村长，该怎么办就怎么办吧。”

魏改香听了贺显荣的话，想到多买几件衣服，到底不值多少，也免得众人说自己对丈夫的事儿看得太轻，就听了贺显荣的话，又求了一个人到新城镇买装裹去了。随后，贺显荣又问：“一面买装裹，一面就该买板，有人去了没有？”

魏改香见问，又害了怕。她一想起丈夫在病重的时候，她到梅花大院去借了几次钱都没借来一文，眼睁睁地看着一个人咽了气，求人难哪。显贵活着的时候，跟他们尚不能借得一分钱，小驴他爹一死，“人在人情在，人死人情散”，难道范玉梅、范守仁还肯照看我们孤儿寡妇吗？小驴的大爷虽说得在理，一来他是个忙人，没工夫理家事；二来他斗不过老婆、小舅子。在小驴他爹的事上，若能省俭些，留下几亩地，打几颗有几颗，自己跌倒自己爬，也许还不致饿死、冻死；若是花钱太多，保不住那几亩地，依靠别人布施过日子，等到借不来求不来的时候，岂不是只有伸长脖子等死的了？因此，她觉得各方面还是俭省些才好，便说："小驴他爹一死，不知要花多少钱。要是箱里柜里放着钱，在这件事上不花，等到什么时候花呢？花多花少我都不可惜它。可是你兄弟没离开人间以前，连个抓药钱也没有，不知道哥哥知道不知道，嫂嫂是知道的，如今哪里还有钱买板呢？我娘家有一副现成的，打算借用一下，我哥哥也答应下了。这就能省一大宗钱，能省一文就得省一文呀。"

贺显荣听说他已经借下棺木板，皱一皱眉头，问道："那副板是几寸板？是什么木头？"

魏改香忙回道："柳木板，二寸厚。"

贺显荣一听说是二寸厚的柳木板，说道："我实在对不起我的兄弟！拿个二寸厚的柳木板埋我的兄弟，我的心上过意不去呀！只怕乡亲们骂也骂死我了！这个臭名我怎样担得起呢？——不能，不能这么办！小驴娘，你把这件事交给我办，我马上叫孙牛牛去给我兄弟看一副好板，一定要柏木的。有六寸厚的，更好；没六寸的，无论怎么说也要看一副四寸板。"

魏改香听了这一段话，如同是晴天一个霹雳，吃惊不小。她想：一副四寸柏木板，要花多少钱！撕孝布还要花一大笔钱，还有请和尚、叫吹鼓手、做纸扎，都要花钱。钱花得多了，这三间房、十亩地还保得住吗？只有死路一条了。因此，她连忙哭道："孩子他大爷，你知道疼你的兄弟，我也不是不知道疼我的丈夫。你害怕众人说长道短，我还愿意留骂名吗？我想家里分文没有，房，只有三间；地，只有十亩，花得太多了，我怎么抚养小驴长大成人呀？我就是当街顶瓦，沿门乞讨，饿死冻死，也真不想活了。若是把小驴饿死冻死，我怎么对得起死去的人呢？咱们办事，要想到死去的，也该想到活着的。要是小驴有个好歹，他爹在阴曹地府看着也会伤心的呀!”

贺显荣见魏改香推三拖四，看样子也有些不高兴了。可是迟了一阵儿，他还是温温和和地说：“显贵媳妇呀，你怎么不听我的话？这些个你想到了，可我也不是没有想到嘛。头里我不是已经说过了：我有半碗喝的，能让你们娘儿俩去拖打狗棍吗？看起来，我也要说一句难听话，真正是‘夜晴没好天，寡妇没好心’哪！我兄弟死后，真的是绝了后，没人管事，也罢；既然他还留下一点骨血，况且还有我这个无能的哥哥，办得不像样子，我落骂名，你们的名声也不好呀!”

魏改香本来就是老实人，怎么敢跟有钱有势的贺显荣论短道长呢？再说按这地方的规矩，办丧事都是由本家长辈人主事的，魏改香也就没办法了。等到贺显荣走后，她想到日后的日子难过，便趴在丈夫的尸体上大哭去了。

三

杨永勤见魏改香只管哭，不打点料理后事，只说她是一个妇道人家想不开，便说道：“改香，你怎么只管哭，村长的话说得明明白白，日后的光景好在有他，你还怕什么？还是……”

正说着，只见梅花大院的管家范守仁来了，他说是贺显荣已经吩咐下来：孝布要用十四匹，吹鼓手要用粗细两节（锣鼓音乐是粗音乐，用笙箫笛细吹细做的音乐是细音乐。一节为十二人），姑（尼姑）、僧（和尚）、道（道士）要用三班（每班一般也是十二人），还要做纸马一匹，纸轿一乘，纸金山，纸金楼，纸伏祠各四对……

魏改香听了这一段话，如同当头挨了一棒，把她吓得浑身乱抖，连哭也不会哭了。迟了半天，她才“哇”地哭出声来，只听她哭道：“他们这样折腾我，把房地卖净也不够呀！死的死去了，我们活着的也活不成呀！我死了一个人塌了一层天，有谁给我做主呀！如今墙倒众人推，我们没有活路可走呀！……”一场痛哭，众人听了也没了主意了。

亲戚们见魏改香哭得可怜，一个个都是束手无策，不过是一旁拭泪罢了。当土公（就是最熟悉丧葬事宜的人）的黄天德爷爷最是个喜欢替人和解事情的人，他想了一想，便对魏改香说：“改香，事到头上，怎么只管哭起来？难道你真的要等到把房地卖净的时候才想办法吗？依我说，你还是趁早去求求村长，叫小驴也跟着去，多进好言，他看见侄儿可怜，也许在丧事上能省俭些。如今只有这一条路可走了，你还不快点去呢？”

姐夫杨永勤也同意了黄天德爷爷的话，也催促魏改香快去。魏改香止了哭，正准备去，一想到自己头里当面跟贺显荣求情，并不济事，去也无益，便哭诉道：“不是我没想到这一步呀，头里你们也看见他当大爷的话是多么难说。为着这件事，我低三下四在他的面前求情，把好话说尽了，他哪里宽容过一步？我家死了一个人，就像比人矮了半截儿，他不把我们娘儿俩当人看，难道我也不把自己当人看吗？咱的手短，高攀不着人家，能不攀他，我……”

杨永勤见她不肯去，忙说：“村长也是一番好意，不过是他没想到以后的日子长了，依靠别人过日子有难处。你去了只要把这一层说清楚，村长也会替你想的。”

黄天德爷爷又说：“孩子啊，你怎么尽说些傻话？人走到哪一步就得按哪一步说呀！自古道：‘来在矮檐下，岂敢不低头’，该低头的时候就低头呀。你如今不去求人家，等到日子无法过的时候，后悔就赶不上了。”

杨永勤说：“改香，去吧。你自己不愿意去，叫我陪你去一趟。”

黄天德爷爷说：“不必，还是叫他娘儿俩自己去吧。小驴是村长的侄儿嘛，他说一句话，比咱们说十句还强得多哩。改香，你要去就趁早去吧。”

魏改香听了他们两个的话，想到以后的日子，只得领着贺小驴到梅花大院求情去了。

一路上，魏改香想着话儿把小驴训导了一番。她说：“孩子，见了你大爷，你就跪下不要起来。你就说：‘大爷呀，我爹死后，除了大爷亲我，谁还亲我呢？只要在我爹的事上节省些，侄儿以后就还有饭碗，就能长大成人，就断不了我爹的香火。大爷，侄儿还小，全凭大爷疼我哪。大爷，你就可怜可怜侄儿吧……’”

贺小驴随即照他娘的话说了一遍，倒也说得一句不漏，字字齐全。魏改香又说：“你大爷要是还不容情，你就说：‘大爷呀，你要不容侄儿的情，侄儿的命都保不住了，你就愿意叫我爹断了根儿，把我家那两扇门闭了吗？你要不容侄儿的情，侄儿跪在这里就不起来。大爷三天不准情，侄儿就跪三天，大爷一年不准情，侄儿就跪一年……’”

贺小驴又学着他娘的话说了一遍，仍然说得清清楚楚，圆圆满满，魏改香倒也放了几分心。她又教了儿子几句话，早已来在梅花大院的大门口了。

四

魏改香领着儿子见了贺显荣，贺小驴先跪下磕了一个头，他娘等着他说话，他却静静地跪着，一语不发。原来，贺小驴虽然是贺显荣的亲侄儿，平日里见了面，当着外人面的时候，贺显荣才会笑着喊他一声，表示亲热；背着外人的时候，总是歪着头瞅他一眼就过去了。所以贺小驴见了大爷正像老鼠见了猫一般，嘴唇也硬了，舌头也笨了，心也慌了，娘教下的话虽还记得清清楚楚，却只会在心里说。

魏改香见儿子不说话，直管向他挤眉弄眼提醒他，谁知他竟变成了庙门口的石狮子，蹲在那里动也不动。她生了气，劈脸就是一巴掌，骂道："你是个哑巴?！你是个墓界石?！……"

一巴掌把个贺小驴打得"哇"的一声大哭起来，不过，也把他打得头脑清醒了许多。他一边哭，一边说："娘呀，我说……"于是，就像小学生在老师面前背书一样，用相当快的速度，毫无表情地背诵起来。

贺显荣早已不耐烦了，可是，他也掉了泪，可悲可怜地说道："侄儿呀，你爹没了，还有你大爷，大爷怎肯断了你爹的香火呢？不要害怕。如今你爹停尸在地，就该好好为你爹行孝，把你爹的事办得光彩些，不要只管咱们活着的人，要不，你大爷要落臭名，你也要落个忤逆不孝的名儿哪！——快起来回去吧，不要不懂事……"

魏改香见贺显荣还是不肯准情，她又苦苦哀求了一顿，贺显荣始终是那一句话，并不肯俭省一点。魏改香眼看求情也无益，便把儿子一把拉起来，哭道："孩子啊，你还一直跪着做什么？我们能活一天就活一天，不能活，就跟你爹一路去了也好！人活百岁也不能网个茧，多活一天多受一天折磨，咱们回去等着死吧！”于是，不由分说，她拉着儿子夺门而出。忽地一阵狂风迎面吹来，只见天空鹅毛大雪纷纷而降。因为才是刚刚立冬的十月，雪花落地就化了，院里、街心却是一片汪洋的雨水，贺小驴害怕风吹，路滑，拖着他娘喊道：“娘，风太大呀，等会儿走吧。”

魏改香哭道：“风吹死倒比让人家逼死的好，吹成飞灰，倒干净些！”不由分说，仍然拉着儿子冒雪顶风而去。

这当儿正是风卷雪，雪扰风，风雪交加的时候，雪落身上，随即化作水，娘儿俩浑身水流，如落汤之鸡，满口喘气，似热蒸之笼。顶面风，直吹得双目难睁；稀泥路，更滑得寸步难行。娘儿俩在泥泞的街心，哭着走着，跌倒爬起，爬起跌倒，一跌一碰地回到家里，浑身上下的湿衣服也不换一换，魏改香便趴在丈夫的尸体上大放悲声地哭起来。她一边哭一边诉苦，她肚里的苦水比海水还深，倒也倒不尽。只听她喊道：“死去的人呀！只管你双眼一闭，看不见你的儿子受人欺负呀！你活着的时候披星戴月不知明不知夜呀，你早出晚归不怕风不怕雨呀！你啃糠咽菜不叫饿呀！你披破挂烂不叫冷呀！你为着孩子吃尽苦呀，哪知道你是枉费心呀！终有一天你的儿子要拖打狗棍呀，他走过大街小巷叫人另眼看呀！他身上无衣肚里无食要受冻饿苦呀！他住无住处宿无宿处难成人呀！我情愿到阴司上刀山下油锅，也不愿在人间受人欺受人压呀！我宁愿到阴曹地府去，也不愿再进梅花大院的门呀！我说千言万语，不听你说一句呀！死去的人呀！可我不跟你说又该跟谁说呀！你慢走一步，等一等你苦命的人呀，我们活着是一路的人，死了也愿做一路的鬼呀……”

魏改香一场痛哭，满屋里的亲戚们听了，没有个不掉泪的。众人见他哭个不了，知道她的事忙，若是哭坏了身子，谁来料理丧事呢？就编了许多话劝解，却怎么也劝不下。大伙正在为难之处，忽见梅花大院的零工孙牛牛来通知魏改香，说是贺显荣有话：已经选定了出殡的日子是十月十六日，姑、僧、道、吹鼓手们前一天就要到，一共要居丧三天。亲戚、本家共有一百三十多人吃饭，要早做准备等等。魏改香听到这些话以后，又是一惊，连忙哭问道：“哪里来那么多吃饭的?”

孙牛牛道：“这是村长吩咐的，我不知道!”说罢，就走了。

魏改香一听说有那么多人大吃三天，便想到大事一过，就是把房地卖尽了也不够了，便干脆什么也不管，只管哭她的去了，众人也乱了手脚。

你道为什么要来那么多吃饭的？贺显贵真的有那么多的亲戚吗？——不是的。原来，按地方的规矩，在办丧事的时候，不只有很多人吃饭，并且要想着法吃好吃的。特别是像魏改香这样孤儿寡妇的人家，浪费就会更大，必定要大吃三天。人们管吃这种饭叫做“吃绝户”。贺显贵死后，虽然还留下个贺小驴，这个“户”虽然并没有绝了，可是大凡丧家在男人里边只有孩子家没有管事的大人，往往会被本家们硬算在“绝户”类里的。所以魏改香虽有儿子，也跟无儿子一样了。

魏改香早已扳着指头数过，她的亲戚、本家统共不过四十多人，连姑、僧、道、吹鼓手算在内，也不过八十多人。可是总理丧事的梅花大院的管家——范守仁，却煞费苦心地把亲戚的亲戚、本家的本家、朋友的朋友都算了，并且已经派人去报了丧、送了信，叫那些人一定要准时前来。范守仁并宣传出去，说什么这是贺显荣名望大，亲戚、朋友多，所以贺显贵的事才会办得轰轰烈烈的，这是别人想办也办不到的事，等等。村里人听到这些消息，许多人都说贺显荣对弟弟的事真正是关怀备至，说贺显荣会办事，并且说贺显贵因为有个好哥哥，死还沾了不少光……

光阴似箭，不觉已经是十月十五日，魏改香家的大门口早已高搭丧棚，大垒灶火。纸马纸轿以及各式纸扎，花花绿绿地布满棚下。亲戚、本家也都到场，男男女女，老老少少共有一百四十多人，其中有差不多一半人，魏改香连见也没见过。就是贺显贵活着的时候，也未必认识。可是，这时候他们也煞有介事地哭哭啼啼起来。

这地方有一句俗话："见一张白纸，散一个白布条"，大凡办丧事，只要有人用一张白纸剪成纸钱，来祭一下，就得给人家二寸布。如果是沾点亲、带点儿故，都要一条裤的布。因为人来得多了，原来买下的十四匹，单就梅花大院就穿了八匹，哪里还够分配？既然不够用，总管丧事的范守仁想买多少就可以买多少，可是他不这样做，而是在背地里捉弄了几个人，要他们当面跟魏改香要孝布，以造成声势，并不是他范守仁要费用许多布，实在是丧事需要。

天一黑，到了开祭时分，因为有姑、僧、道三班，还有吹鼓手，他们吹呀打呀，十分红火，全石门沟村的男女老少，差不多都来看红火来了。

开始献肴献馔了，当土公的黄天德爷爷在头里领着，随后是吹打音乐，随后是孝子，他们从棚里到棚外，从棚外到棚里，祭了酒，又祭肴，祭了肴，又祭馔，三馔三祭一共祭了九次，看来倒也轰轰烈烈，不是普通小户人家办事可以比得的。只到唱礼先生喊了“请师奉经”以后，十几个和尚又唧唧哝哝地动作起来，直闹到深夜方止。

按这地方的规矩，但凡做孝子孝妇的，无论是亲戚、本家，只要比死者小一辈，在开了丧的这一夜里，都应该在灵前守孝，整整地守个通宵，不得回家里睡暖和觉去。谁知为了领孝布、吃“绝户饭”的多，真正尽“孝心”的少，开饭时一百五十个碗都不得够用，到该他们守孝时，有的等得祭毕，便早早地溜走了，有的为了应景儿，在灵前坐了半个时辰，害怕冷，也溜回家里睡了大觉。到后来，真正坚持到底的还只有魏改香和贺小驴娘儿俩。

五

次日天明，又是晨祭、午祭，整整闹了半天。一吃过午饭，便开始送灵：前边是吹鼓手，随后是姑、僧、道。随后又是送纸扎的队列，还有抬献桌、抬香桌的等等，最后才是贺显贵的灵柩。队列之长，几乎是石门沟村有多长，队列就有多长。一街两行看热闹的人们，见贺显贵的事办得如此威风，说什么话的人也有，有哭的、有笑的。有的说贺显贵活着的时候，把一个小钱看得比磨盘还大，小里小气地连个柿子也不肯买来吃，死了可大方，可威风；有的说一辈一场事办得好，死了也不抱什么屈；有的说多亏村长会办事，要叫小手小脚的魏改香自己办，打死她也办不到。另一边几个贫苦男女，却说的又是另一路话，说什么一个小户人家办过这件事，以后的日子就难过了，魏改香死了男人丢了造化等等，都替魏改香娘儿俩捏了一把汗。

一时，送灵的人们来到村口，按乡俗孝妇们都应该返回去，那些亲戚们都走了，魏改香却把着灵柩一个劲地哭。她哭着走，走着哭，众人拉也拉不回来。她一直哭到坟上，等得灵柩下了墓以后，人们正要覆土，没防住魏改香冷不丁跳进墓坑里去了。大伙着了急，连忙跳下去把她拉上来，只见她双目紧闭，两臂冰冷，只剩得微微一口气了。于是，亲戚们把她抬回家里来，灌汤灌水地忙了半天，才算了有了气息，又是一场痛哭，直嚷着要跟贺显贵一路去。幸亏人多，苦苦劝解，说是还有小驴这个孩子，离不得她，她才有了些回心转意。黄天德爷爷对她不放心，要魏荷香在这里住三五日，跟魏改香做个伴，说个话儿，解个闷儿，分散分散她的思想，慢慢地也就好了，魏荷香对妹妹也不放心，自然是答应了。

过了两天，由于魏荷香的劝慰、开导，魏改香渐渐地想开了一些，看样子也有了些好转，不再寻死觅活地闹了。这时节，只见范守仁、孙牛牛领着东石门沟村段府（贺显荣的连襟段炳章家，其叔父在阎锡山军队里当师长）里的管家段清义来了。一进门，范守仁便说：“显贵嫂，大事已经办过了，也了却了你一桩心事。因为花费账是我管着，我来跟你说说：一共花了四百〇六元钱。若是往年，不用说，这些钱我姐夫就拿出来了。因为今年大旱，我姐夫家粮没收一颗，租不见一粒，实在拿不出来啊。这些钱都是我向段府里借的，这不是，段先生也来了，你看你该怎么交代，也是该交代的时候了。”

魏改香一听说花了四百多元钱，她清楚自己的家产不过值三百元上下，哪里得够？又想到一开始贺显荣大包大揽，如今又说是贺家没钱，全是向段府里借的，立刻就来催讨，知道是上了当，他们娘儿俩的日子真的不能过了，又是一场痛哭，也不说结算丧费账的事了。

原来，贺显贵患病在床的时候，贺显荣见兄弟的病势不轻，就已经怀下了谋产霸业的之心。想到兄弟一死，丧葬大权在自己手里，不愁他的一份财产拿不到自己手里。所以他连抓药钱也不肯借给他一文，生怕兄弟死不了。他害怕坏了他平日的“乐善好施”的“好名声”，当魏改香来借钱的时候，他借故不在家，只叫范玉梅出头露面。贺显贵一死，想到办过这一桩丧事，第一，可以拿到三间砖楼房，十亩好地；第二，把丧费虚报一些，超过贺显贵的房地产值，等得魏改香娘儿俩无房无地以后，丧费还空着一百多元，把他们拉进梅花大院里来抵债务，一个是长期的廉价的女佣人，一个是无期的廉价小长工，每年抵抵债务利息就行了，又不必花工钱，还能落一个“大义养侄”的好名声，真正是一笔再好不过的如意买卖，便借故要把兄弟的事办得光彩些，大肆挥霍浪费。丧事既完，贺显荣为可既能拿过那一份房产土地，又能保持自己的“好名声”，便与段府管家段清义商妥，要借段府名义占房占地。同时，为了让范守仁行事方便，他借故进城有公事，昨天骑马就走了，以便给范守仁留个空子好行事。实际上半夜里他早已偷偷地回来了。

再说范守仁见魏改香只管哭，不说话，他又催促几遍，魏改香这才哭道：“这是你范守仁一手花的，与我不相干，我不管！”

范守仁发了脾气说：“你说得像句话吗？为着你家的事，我范守仁东跑西转，说了许多好话，才借来这些钱，不是容易的呀！况且又请和尚，又请道士，又赁棚布，又定纸扎，腿也跑短了，嘴唇也磨薄了——这些都不讲了，咱本来就是个伺候人的人，又爱管个闲事嘛，多跑了几步路，多说了几句话，算得什么？何况咱们又是亲戚，再说什么，不是就显得太薄气了吗？再说我姐夫为着显贵哥的事费了千辛万苦，显贵哥的事才办得那么红火、热闹，你也到街头巷尾去听听，谁不夸奖我姐夫会办事，谁不夸奖我姐夫对显贵哥有良心，——就是你没良心！你自己的事，你也没有费一点心血，还说这些没道理的话，你也手托胸膛想一想对得起人对不起人！不过，这也不是什么难事，因为段府急着要钱，我倒替你想了一个办法：你可以把房地变卖变卖。因为今年没收成，别人不买，我已经跟段先生商量好了，只有段府咬咬牙，吃个亏买下来算了。你没了房子没了地，以后的日子难过，我也给你想了一条活路：你跟小驴到我姐夫家去好啦。我想只要我姐夫有一口喝的，也会分给你们娘儿俩半口。我姐夫平日看见别人没依靠，还要想着法救济人，他怎么会忍心让侄儿到别人的手下去受苦受难呢？这些话我虽然还没有问过我姐夫，我想我姐夫那样的软心肠人，也不会说个二字，我也敢当这个家儿。”

魏改香听了这一段话，如同疾雷劈面打来一般，把她吓得“哇”地大哭了一声，便昏倒在地了。把个魏荷香也吓坏了，又是哭，又是喊，又捶背，又灌汤，忙着救她的妹妹，却怎么也救不过来，连她也只有哭的工夫了。

六

范守仁本来是一个最害怕见死人的胆小鬼，他一见魏改香死去，没命似的溜跑了。见了藏在西院里的贺显荣，他把魏改香死去的话一说，贺显荣心想：死了也好，她一死，小驴到我家更好使用了。他叫孙牛牛赶快去唤一下黄天德，料理魏改香的后事。孙牛牛来到黄天德爷爷家里，说了魏改香死去的话，黄天德爷爷叹了一口气，说道："只说'老天没有绝人之路'，全不想一家人在几天工夫里，就冰消瓦解地完了！"他随即跑到魏改香家里一看，伸手摸摸她的嘴，还有微微一口气，说一声"快救"，于是，魏荷香跟他又点香熏鼻子，又灌生姜水，费了好大精神，只见魏改香的双手一展，"哇"地哭出声来，大家才松了一口气。不过，众人再看她的情景时，只见她面色苍白，眼珠儿也斜，一会儿哭叫小驴的命苦；一会儿又说贺显贵回来了。一会儿哭，一会儿笑，大有疯傻之状。魏荷香见妹妹如此，又没了主意，哭个不了。黄天德爷爷问道："改香是什么时候成了这个样子的？"

魏荷香哭着把范守仁等如何来算账，如何要封房占地，如何叫她的妹妹跟小驴到梅花大院去过日子，魏改香如何气倒的话说了一遍，黄天德爷爷说："不能！他们娘儿俩以后还要过日子，这两扇门不能闭了，让我再去见见村长。"

黄天德爷爷来到梅花大院，才想起来贺显荣进城去了，只得去找范守仁。

黄天德爷爷说："又活了。——范先生，我想跟你商量一件事，我是说显贵一死，花钱太多，改香一个妇道人家，这一杠子够她扛的呀！小驴也是贺家的一条根子，清明鬼节还要他上坟给他爹烧一把纸钱，若是把那两扇门闭了，就连个滚献汤的地方也没有了，连个插香地方也没有了。可怜哪，我说，求你高高手，可怜可怜他们……"

范守仁不愿意听他说这些话，狠狠地骂了他几句，他也不犯恼，他紧紧地跑来，又松松地回了魏改香家。魏荷香问起，他只说走投无路了。因见魏改香还是清楚一阵，糊涂一阵，他们说了许多宽心的话，魏改香只说一些疯言傻语回答他们。魏荷香看了妹妹的情景，觉得不妙，忙去找来娘家哥哥魏吉庆，叫他出主意，那魏吉庆向来不肯惹任何人，是个人云亦云的“应声虫”，自然不解决任何问题。魏荷香又去找自己的丈夫杨永勤，杨永勤是个老实庄稼汉，只说范守仁是趁贺显荣不在家，胡作非为，等贺显荣打县城里回来就好了，他也没有什么高明办法。魏荷香一见他们几个大男子汉尚且束手无策，她也没有办法了，只是守着魏改香抹眼泪。

又过了两天，范守仁又领着段清义、孙牛牛来了。说是段府催着要钱，没钱就要占房占地，那段府管家段清义也在一边直管说些厉害话。魏改香已经成了半傻子，并不理论这些。于是，孙牛牛他们合伙把魏改香娘儿俩推在院里，将房门上了锁，贴了封条，上写“中华民国二十二年十月二十一日段炳章长条谨封”。从封条上看，魏改香的房子是段府的了，其实，这不过是贺显荣的一个高招儿，因为他自己占了侄儿的房，难挡众人口。为了保持他的“好名声”，跟段府商量好，借用了段府的名义，实际上房子成了“吃人院”的了。

孙牛牛贴好封条以后，范守仁说什么看见魏改香娘儿俩可怜，要带他们去梅花大院，尽义务养育他们。其实，他们是拉廉价女仆和小长工。魏改香不跟范守仁去，范守仁就叫孙牛牛等死拽活拉地拉着魏改香走，反正魏改香已经成了个半傻半疯之人，人家拉她，她也弄不清是怎么回事，她不哭，反而哈哈大笑着说：“走！你骑着马我也撵得上，你坐着轿我也撵得上……”糊糊涂涂地跟了去。贺小驴是个十来岁的孩子，反正是他娘走到哪里，他就跟到哪里。独有魏荷香眼睁睁看着人家封了妹妹的房子，又把他们娘儿俩拉走，眨眼儿工夫就房没房了，地没地了，人没人了，正是树倒鸟飞，家破人亡，怎么能使人不伤心，不流泪呢？她看了不忍心，力扑上去硬要夺回魏改香，怎奈她孤身力薄，孙牛牛一脚把她蹬开，早已拉着魏改香走了。

自打魏改香到了贺显荣家里以后，每日价疯疯癫癫，日重一日，到吃的时候吃，却不知道干活儿。贺显荣向来不养只吃不做之辈，眼见养着魏改香有害无益，便派人到外边寻来一个远方客商，暗暗将魏改香卖掉，又发了一百五十元大洋的财，却扬言说魏改香因疯出走，不知去向，假意派了几个人四出寻了几天，以掩众人耳目罢了。这么一来，贺显贵一家人在几天之内，死的死了，走的走了，只剩下一个十二岁的贺小驴给贺显荣当没尾巴驴儿。他娘到底卖到什么地方了？他们娘儿俩是不是还有团圆之日？这都是后话，此处不再累赘了。

地

秋收时节，小学放了秋假，六年级小学生下地收秋，也可以顶半个劳动力了。

一天，社员们在地里割谷收了工，大庆因为在路边摘酸枣落了后，正好跟他的同学赵记记碰上了，两个人就一路儿往家走。走在猫头坪地边时，因见地里的玉茭棒子特别大，大庆说："记记，看这块玉茭长得多好，我看一穗玉茭就能打一斤。"

记记随后答应："玉茭长得好是因为地好。猫头坪这块地过去是我家的地，我家的地都是好地。"

两个人走在摔驴坡时，大庆又说："记记，看人家四小队这块谷长得多好，准是咱们大队头一份儿。"

记记又是随口应道："摔驴坡一坡四亩地也是好地，这一坡地过去也是我家的，我家的地全是好地。"

大庆认为全村的地都是大队的地，听记记说这块地是他家的、那块地也是他家的，心里很不服气，说："明明都是社里的地，怎么就成了你家的?”

记记满有把握地说：“现在是社里的，过去是我家的。”

“你不要假在行！你怎么知道过去是你家的?”

“我当然知道，我爷爷跟我说过好几次了。”

大庆无话可说了。只是独自个儿暗暗想道：“过去记记家有这么多的地，哪一块地是我家的呢？他家过去有地，我家过去就没有地吗？怎么就没听我爷爷说过呢?”回到家里，吃晚饭的时候。大庆向他爷爷问道：“爷爷，哪块地是咱们家的地?”

大庆的爷爷——赵五福老汉听到孙子突然提出这样一个问题来，感到很稀奇。五福是个一心一意走社会主义道路的好社员，他向来没有告诉孩子们说过哪块地是自己的这些事，他认为跟孩子们说这些，除过灌输一些私有观念，别无好处。他反问道：“孩子家问这些做什么？吃你的饭吧!”

大庆说：“我想知道知道嘛，你说一说就怎么哪?”

五福老汉说：“全大队的地不都是咱们的地吗?”

“爷爷，我是问过去呀。”

“过去的事我不知道。”

大庆奶奶见老汉不肯说，在一旁接嘴道：“跟孩子们说话也是那股冲劲儿，说一句话就累死你哪？——大庆，叫奶奶告你说：在过去哪，摔驴坡、猫头坪，那都是咱们家的地。土改以后，咱们还分过外河三亩地……”

大庆听了奶奶的话,好生奇怪,连忙插嘴说道:“奶奶，你说得不对！猫头坪、摔驴坡都是记记家的地，你怎么说是咱们家的地?”

五福奶奶嚷道：“胡说！猫头坪、摔驴坡明明是咱们家的地，怎么能成了记记家的地？……”

五福爷爷听到这里再也忍耐不住了，瞪着眼问大庆：“这话是谁跟你说的？”

“是记记跟我说的。”

听到是记记说的，五福爷爷立时动了肝火，朝着门外骂道：“好狗日的赵万昌，老子倒忘了，你还记着哪！”他认为事到如今，倒是把话跟后辈子孙们说清楚点有好处，便说：“大庆，你去唤双庆、小庆、庆芳、庆梅他们来，爷爷有故事给你们讲哪。”

孙儿、孙女们最喜欢听爷爷讲故事。大庆到二叔、三叔家里绕了一个圈子，弟弟、妹妹们一齐跑了来，嚷着要听爷爷讲故事。五福爷爷放下碗，抽了一袋烟，跟孙儿、孙女们说：“爷爷过去给你们讲的都是别人家的故事，我今天给你们讲的是咱们家里的故事，你们听不听？”

孙孙们争先恐后地嚷道：“听，听，爷爷，你快讲呀！”

五福爷爷说一声“好”，便开始了。他说：“我讲的第一个故事是‘地’的故事……”

于是，五福爷爷讲了这样一个故事：

三十年前，五福爷爷三十五岁那时节，家里有六亩祖传地，就是猫头坪那一坪地。地虽然不多，因为五福不怕苦，不怕累，工足粪足，每年打下的粮食，再配一部分粗糠野菜，也够得全家五口人过一年了。谁知在五福二十九岁那一年的七月里，地主赵万昌提出来要为赵家祖先修祠堂。赵家二十三户，赵五福也是其中的一户。修盖祠堂，每户要摊两石八斗谷子，可是当时赵五福家里却只有三斗四升谷子了，五口人还要吃两个月。没有办法，只好向赵万昌借债。说是借债，也不过只是说了那么一句话，修祠堂是赵万昌一手筹划着修的，他是不是替五福拿出来过两石八斗谷子，谁也不知道。可是赵万昌却拿到手里一张两石八斗谷子的借债文契。文契上写着以猫头坪那六亩地为押，限期五年，到时候还不了债，赵万昌就要占地。

赵五福借赵万昌的两石八斗谷子，利息相当重，每年是一石四斗利谷，如果有一年交不上利，再过一年，利上还要加利。头二年年景还不坏，五福虽然还不起本，总还能交交利。以后一连三年年景不好，没有交利，到了他三十五岁那一年，他欠赵万昌的两石八斗谷子，再加上三年的“驴打滚”利，就变成了九石四斗五升。债务越累越重，五福的心情也越压越重了，害怕赵万昌秋后占了自己的地，以后就无法过日子。他想今年要是能交上利，也不至于丢了地，可是今年的年景还是不大好，单利谷就要交四石多，哪里能够交欠债哩，如果求赵万昌再宽容一年，明年遇个好秋景，也许还能保住那六亩地。为此，五福就找赵万昌去了。

五福比赵万昌小五岁，却比赵万昌大一辈。他来到赵家大院，见了赵万昌，恳恳切切地哀求道：“侄儿哪，我想跟你说个事：就是欠侄儿那九石多谷子的事，你看今年伏天没雨，说不定连侄儿的利谷还打不够哩，我想求求侄儿再宽容一年……”

赵万昌虽然比五福小一辈，却不愿意叫这个穷大汉唤自己侄儿，听他一口一个“侄儿”，实在不痛快，大声说道：“废话！一连三年我没有跟你讨一颗，我已经宽容了三年，还叫我宽容到什么时候呢？”

五福这个人虽然穷，却处处要强，向来不愿意受人的欺侮，宁愿三天不端碗，腰杆子也不肯弯下来。今天他来找赵万昌求情，无非是为了孩子们活下去。见赵万昌开口就是教训人，心里忍受不下，返身就要走，又想起等到秋后赵万昌把地一占，一个孩子一张嘴，叫他们以后吃什么呀？无奈何只好忍受下来，说："只求侄儿再宽容一年就好了。到明年要还是没个好秋景，反正猫头坪六亩地放在那里，它又没长腿，跑不了……"

"只有再一再二，没有再三再四，反正按文契办事就对了。"

"按文契办事对是对，看在咱们是一个老坟烧纸的份儿上，只求侄儿再宽容我一年，到明年没本没利，我碰破头也要给侄儿交来利谷。"

"什么明年明年？今年的账还算不清哩，算清今年的账再说明年吧！"

"侄儿呀！难道你真的……"

"胡说！侄儿侄儿，谁是你的侄儿！"

五福见赵万昌翻脸不认亲，他也忍耐不住了，大声嚷道："什么侄儿，六亲不认！"因为他忍气吞声苦苦哀求了许久，赵万昌不肯说半句容情的话，连他这个叔叔也不认了，他心想：这就不是跟人说话！说一声："看着办吧！"气冲冲出门走了。回得家来，一句话没说，一头栽在炕头，生起闷气来。当时的五福嫂看了五福的脸色不好，连忙问："他爹，万昌是怎么说的？"连问两遍，五福总不言语，五福嫂不敢再往下问了。因为她知道五福的脾气，再要多嘴，就会惹一场大气。一直等得他气色变过来一些，这才又问："万昌是怎么说的？"

五福一滚身起来，发狠嚷道："问他干什么？狗嘴里吐不出象牙来!”

五福嫂说：“你就没说清今年伏天里没雨，眼看秋景不好，实在……”

“伏天没雨，他狗日的又不是没长眼!”

“你就没说清今年不交，明年一定交……”

“说了一百遍还不行哩!”

“你就没说咱们跟他好好歹歹总算一赵之业……”

“谁跟他是‘一赵之业’？我们赵家没有他那个狗种子!”

“看你一句话三瞪眼，总是你说话不好，人家……”

“你会说你不去?”

“算啦！谁有工夫跟你吵嘴。要没有你，我活该去……”

“你不把我驱除掉?”

“我驱除你干什么？——人在难中，不是要刚强志气的时候……”

“人在难中，就该天天给他们磕头哪?”

五福嫂不再言语了。想到秋后把猫头坪那六亩地一丢，以后的日子怎么过？只是暗地里拭泪。想想除过跟赵万昌求情，别无路走，眼看天凉了，金明、金花、金梅几个孩子（当时还没有大庆）还是穿着露皮露肉的破单褂子，五福嫂想到若不趁早去求赵万昌，等到秋后丢了地，以后全家大小吃无吃的，穿无穿的，岂不是只有拖打狗棍一条路了？因见五福这几天的气色好些了，又跟他说：“金明他爹哪，眼看收过秋万昌就要占地，往后拖不得了。看在孩子们的面上，你再去求求万昌吧。”

五福看看孩子们穿得单薄，确实叫人心疼，这才听了五福嫂的话，又找赵万昌求情去了。一连找了三次，谁知赵万昌总是那一句话：“只要你能把那九石四斗五升谷子送了来，看看

谁敢占你的地!”找赵万昌求情明明不抵事，五福嫂还要追着他去，五福再也不去了，说：“找他赵万昌不抵二合米吃，由他去吧！“

收罢秋，五福想到赵万昌要占地，他不只没有刨地，就连地里长的玉茭茬也没有刨一个，想道：这块地反正不是自家的了，何必白费那些力气哩。有工夫，他就担了炭到山庄去卖，认为赚一个有一个，日久天长，也许能给孩子们赚一条裤子穿。可是嘴说是把猫头坪六亩地放弃不管了，心里却总是念念不忘。明明知道赵万昌占地是占定了，却总有点恋恋不舍。每天到山庄里卖炭回来，总要拐道儿到猫头坪去看看地头上插下“占地牌”了没有。他一连十几天到地里去看了十几次，总没有看到过什么“占地牌”，心想：这可奇怪了，他债也不讨，地也不占，要的什么鬼呀？莫非赵万昌嘴硬心软，还认我赵五福跟他是一个老坟烧纸吗？有一天，他又到了猫头坪去看了一次，见还是没有插下“占地牌”，心想：今年准是躲过去了，到底是一个“赵”字掰不开哪。他走着想着，走到村口时，正好碰上赵万昌骑着马打大路上过来，劈头就问：“五福，你今年是怎么啦？明天就要立冬，眼看地里大冻了，你怎么连茬还没有刨？明年不种了？”

听了这几句话，五福心中又是奇怪，又是兴奋，不知该怎么说着好，赵万昌又说：“别傻气了，该做什么就做什么吧。”他的话越来越说明今年不占五福的地了，五福马上觉得身上增加了一股热力，精神抖擞地跑回家来，在院里就喊：“金明他娘！……”

五福平日回来没有在院里大呼小叫过，五福嫂今天听他在院里大声地嚷叫，只当是出了什么事，连忙迎出来，不想五福笑容满面地进来屋里，说："明天我不去卖炭了！"

五福嫂看见五福那么高兴，虽然还不知道是什么事，反正是五福高兴了她也一定要高兴，连忙笑着问道："明天你要做什么？"

五福兴致勃勃地说："明天我要到猫头坪地去刨茬！"

"啊？刨茬？"

"刨茬！"

"他们不占地了？"

"万昌侄儿今天碰上我，他说，'眼看地里大冻了，你怎么连茬还没有刨？明年不种了？'这不明明是万昌侄儿不占咱们的地了吗？"

五福嫂听了这一句话，也肯定是赵万昌今年不占地了，心里高兴得很，说："这可好了，明儿快快刨地去吧。看大冻了。"

五福说："知道。明天早上早起点，早些做饭，我要早上地。多做一点，我要带着饭上地，中午不回来。"

次日早上天不明五福嫂就把饭做好了。五福吃了早饭带了午饭，到猫头坪刨茬去了。他连刨茬带刨地，两遍活儿一遍过。他刨地刨得深，刨得细，干着活儿想道：明年要想多打粮食，今年不刨得深一点细一点怎么能行呢？

初冬天气，早上地冻了，他就要架起柴火点了火消冻，消一片刨一片。到了晚上，地还没上冻，他就摸黑多刨一会儿。就是这样，他起早摸黑，一个人刨呀刨呀，整整刨了十六天，六亩地刨完了。冬仨月里，他天天起大早拾粪；正月开春，他又熏了二十多堆荒粪。自家没有牲口耕地，他又带着老婆孩子一镬一镬把六亩地刨了一遍。一切准备好了，桃杏花开了，眼下播种的日子到了。

三月十六日大早，五福要领着全家人到猫头坪去栽玉茭。一家人大早起来，五福一一分派一顿：五福嫂跟金明抬一桶粪，金花扛锄头，金梅提种子篮儿，他自己一个人抵两个人，担了四桶圊粪，全家五口摆成了一字儿长蛇阵，直向猫头坪奔去。在路上，五福担着粪走着想道：这六亩地今年比往年刨得细，刨得深，又刨了两遍；上粪又足，不多打粮食才算活见鬼！想在高兴处，只觉得浑身是劲，嫌老婆、孩子走得慢，连连催促道："不会走快点，你们没吃饭？"

一时，全家人来到地里，五福放下圊粪担子，吩咐道："金明娘，你管埋窝窝，金明管点粪，金花、金梅管点籽儿，金花点玉茭籽儿，金梅点豆籽儿……"当他弯腰拿锄头准备刨窝窝时，忽然发现地头上插下一块木头牌子，五福立时感到头也大了，眼也花了，脚跟也软了，支持不住就要倒在地上。他咬咬牙站住，定定神，顺手掂起身边那一篮玉茭种子使劲往空中一扔，玉茭种子洒满一地，这才手攥拳头捶着胸口骂道："好你个赵万昌，欺侮人你算是欺到家了！"

五福嫂见他把一篮子玉茭种子撒下一地，把她心疼得什么似的嚷道："你疯了！你把种子撒了，这地种不种了？"

五福冲着五福嫂嚷道："你叫我往哪里种？你叫我往哪里种？种在你的脚上？种在你的手上？……"

直到这时，五福嫂才看见了地头上那块木头牌子，吓得她倒吸了一口气，止不住心头之恨,连哭带骂地大嚷起来："把他个黑心鬼烂肚肠的，欺侮人也不是这个欺法儿呀！我们明没明、夜没夜，冬天刨了春天刨；我们不辞冷不辞寒，熏了荒粪担圊粪，工也用够了，粪也上足了，你们才来占地，害得我们好苦呀！……”她哭着骂着,看看撒在地上的玉茭种子疼人,就叫孩子们捡起来，嚷嚷道：“金明，快快扛起锄头，咱们回家去吧。”

金明不解其意地问道：“咱们还没有种玉茭，怎么就要回家去?”

五福嫂泣不成声地说：“地不是咱们家的了，还种它做什么?”

金明问：“明明是咱们家的地，怎么就不是了?”

“你瞎透了，看不见那一块烂木头牌子?”

“插了块烂木头，地就不是咱们的了？——我把它拔掉!”金明说着就要去拔掉木头牌子，五福嫂嚷道：“你敢多手，看我不敢把你那两个蹄子剁下来!”

金明不敢多事了，只好跟弟妹们扛了锄，提了种子篮儿往回走。因见爹还蹲在地里生闷气，孩子们一齐说：“爹，回去吧。”五福总不言语，还是五福嫂再三劝慰，他才站了起来，发狠说一声：“这算什么世道!”才迈着沉重的脚步，离开了猫头坪……

五福爷爷讲故事讲到这里，把个大庆气坏了，骂道：“记记他爷爷真坏!”又问：“爷爷，记记他爷爷为什么那么厉害?敢占社员们的地……”

五福爷爷笑道：“傻瓜，旧社会家家都是单干户，哪里有社员，要是在那时候就有党的领导，就有人民公社，地是集体所有，爷爷也不天天发愁别人占咱们的地了。”

庆芳说：“如今顶大是遭个灾，打不下粮食是大家都打不下。”

大庆说："六〇年咱们这里遭了灾，人民政府还发来了救灾粮……"

五福爷爷说："新旧社会是天上地下，没法儿比！"

大庆说："咱们不要多嘴了！爷爷，再给我们讲一个故事吧，还讲咱们家里的故事。"

五福爷爷看看孙孙们都在急着听他往下讲，说："好，再给你们讲一个故事。我讲的第二个故事还是'地'的故事。"

于是，五福爷爷又开始讲第二个"地"的故事了。

自从赵万昌把猫头坪地占了以后，五福回到家里来，一头栽倒在炕头，整整三天没起床，没出门。五福嫂想到地虽然丢了，全家五口人还得想法儿活下去，就劝了五福道："别生气了，再生气地也回不来了。春不种，秋不收，如今正是大忙时节，不是躺着生气的时候，我求求你快去找个生路儿去吧……"

五福满腹怨气地嚷道："天是万昌的天，地是万昌的地，你叫我到哪里找生路去呀！"

五福嫂说："万昌家地多，许多人都租着他的地，咱们好好歹歹跟他是同宗的本家，他有地租给别人，没地租给咱们？你去求求他，能租给咱们三五亩地，秋天打几颗，孩子们就有半碗喝的，你躺在炕上，吃的喝的会打天上掉下来不成？"

五福发狠嚷道："什么同宗本家，我认清了他是个什么东西！"

无论说什么，五福总是不听，五福嫂没法儿，只好自己去找赵万昌。她在赵万昌面前低三下四说了许多好话，赵万昌才答应把摔驴坡的一片五亩荒坡租给了五福，言定每亩租课是五斗，租期定为十年。五福嫂回来告诉五福，五福把她狠狠骂了一顿，说："你还没有认清他万昌是个什么东西吗？跟那些狼心狗肺东西共来往有什么好下场？"

五福嫂说："不管他是个什么东西，一亩地五斗租子，这是他们说的话，等明儿写了租典文契，黑字写在白纸上，不怕他改口！咱们费点气力种上，打六斗总能吃一斗，打七斗总能吃二斗，要是再种得好些能打一石，种一亩咱们就能吃五斗。如今不是赌气的时候，再迟几天，就种不进去了。"

五福听她说的也有几分道理，只好强打精神起来，咬牙切齿地说："我就想不通我们的生死权为什么捏在了他赵万昌的手心里！"话虽是这么说，他还是忍气吞声地上地去了。还没出了村，他又要返回来，五福嫂说："走一千，返八百，你这是干什么？"

五福说："我不把租典文契拿在手里，一镢也不想刨它！"

五福嫂感到这也是个问题，只好又去找到赵万昌，当面写好租典文契，白纸黑字拿在了手里，五福这才到摔驴坡开荒去了。

摔驴坡那五亩地说是地实在有点冤枉，实际上是五亩石子荒坡。这一坡地碎石子拌土本来也还像个地的样子，因为地太远，质量又不高，赵万昌不当地种，工不到，粪不上，又不垒堎，坡度很陡的山坡地，经过雨水冲刷，年深日久，把本来有的一点土都冲光了，剩下的大多是些碎石子儿。赵万昌的长工们每年虽然也要来种，也要来收，只不过是每年到了春天，到这里来漫地撒豆，撒下一坡，然后大体刨过一遍，就万事大吉了，只到秋后把大庄稼收罢，才来收这里的豆，长得好了，五亩坡地能收三二斗豆子，总算赔不了种子。说到上粪，没那事。因为那一坡地根本不像地，许多佃户愿意饿死，也不愿意租种它。今天五福租到的就是这样五亩地。

再说五福来到摔驴坡一看，碎石乱草不成地样，心想：自己有好地不得种，来种这个石子坡，叫人怎样下手呀！心里虽然不满意，因为节令不饶人，还得抓紧些刨开。他领着全家大小在这里刨，把地里大一些的石子除掉，又在地周围的荒滩石缝里刨了荒土，垫在地里，这样，不只地里增加了土显得比较像个地的样子了，并且等于上了粪土。他们全家人明不是明，夜不成夜地刨开了整整二十天，正好“小满”刚过，下种还不大晚，就在这个摔驴坡第一次栽种了玉米。夏天，他们锄了三遍，又上了一次追肥，地虽然不好，到秋天却打了五石二斗玉茭，还打了四斗豆子一斗小麻，除过交租，吃了三石粮食。

五福看看种这几亩碎石坡地，如果种好了，还可以度度孩子们的命，下定决心要把这五亩石头比土多的坡地，改成梯田。他领着孩子、老婆在这里山坡上抬了石头来垒地堎，又在山坡乱石缝里刨了荒土担到地里，不知流了多少血汗，费了两个月时间，才垒好了一块地。五福嫂看看要把这五亩地垒成梯田不是个容易事，说道：“算啦，这是老万昌的地，咱们种一年才算得一年，何必费这个气力呢？等咱们把地垒好了，只怕也不该咱们种了。”

五福说：“干吧！别三心二意的了。这五亩地有十年租期，咱们垒梯田最多花它三年工夫就行了，以后我们还能种六年，这笔账算得过来。三年以后，打它十二石五斗粮食是手到擒来的事。给他们交两石五斗租子，我们每年有十石粮食吃，还要过几天好日子哩。到十年头上，老万昌要是不收地更好，就是把地收回去，金明、金梅他们也大了，各自顾得各自了，还怕什么呢？”

五福嫂听了这一段话，好像看到了一幅光彩夺目的图画，心里乐得开了花，说一声："听你的！"从此以后，她带着三个孩子，跟着丈夫，每天到摔驴坡上来抬石头，垒梯田，刨荒土，垫山地。他们夏不避热，冬不避寒，日以继夜地干了整整三年，摔驴坡五亩碎石坡变成了七块肥沃的梯田。在这四年里，他们一年比一年打粮多，第四年居然打了十一石八斗，除过交租，还吃了九石多。于是，五福一家人的劲头更大了。这年秋后，他们把五亩地统统刨了一遍，到第二年春天，又以工换畜，把五亩地耕了一遍。底粪也很足，每亩平均上了六十担荒粪。

过了谷雨第二天，五福一家人到摔驴坡种谷来了。如今的金明、金梅都长大了，他们两个跟母亲三个人管拉耧，五福管摇耧，一家人干得很欢腾。

布谷鸟在树林里"布谷布谷"不住声地叫着，耧斗蛋儿在摔驴坡上"滴答滴答"地响着，这是一幅多么美好的春天景色啊！五福听得布谷鸟的叫声，比听一台好戏还悦耳中听，他一边摇耧一边说："布谷鸟这时候就叫起来了，好像比往年叫得早了……"

五福嫂说："我看你也是越活越糊涂了，哪一年不是这时候叫的？"

金梅说："布谷鸟年年都是这时候叫的。"走了两步，又说："爹，在哪一块地种软谷呀？"

五福兴致勃勃地说："在最上头那一块种。今年咱们种了软谷，过年痛痛快快吃它两顿软糕！"

金明说："明年端午节咱们也能吃上粽子哪……"

一家人干着说着，正说在高兴处，忽听地头有人喊道：

“五福，不要种了！”

五福听口音像是赵万昌，好像听到了什么不吉祥的声音似的，连忙回头看去，正是赵万昌站在地头，同时，还看见他们的两个长工牵着牲口，扛着种谷耧，好像也是种谷来了。心中一惊，问道：“万昌，说什么哪？”

赵万昌不慌不忙地说：“今年我家添了个伙计，这个你也知道。因为人多了，地就不够种了，摔驴坡这五亩地我今年要种，你们另找旁人租地去吧！”

五福听了这一段话，如同是当头一声霹雳，差一点没把肝肺气炸，他回过头来，直冲着赵万昌问道：“我的好侄儿，你数清数不清十根指头？”

赵万昌不理他这一套，说：“说废话你抵二合米吃！”又跟长工们说：“驾耧！”

五福见他不讲理，又问：“我问你这五亩地的租期是几年？”

赵万昌不慌不忙地说：“十年。”

“我刚刚种了几年？”

“五年。”

“还差着几年？”

“五年。”

“对呀！你今年为什么来种地呢？一年两石五斗租子，五年我交过你整十二石五斗。你说：我欠过你半升？少过你二合？……”

“少说废话！人世间只有死人没有死事，反正这是我的地，我想什么时候种，就要什么时候种！”又向长工们挥挥手：“种！”长工们在第二块梯田里开始种谷了。

五福气愤极了，也不多说了，返回来跟五福嫂说："租典文契在咱手，咱们也种！"

于是，在摔驴坡地里同时有两部耧种谷，同时有两部耧"滴答滴答"响起来了。

五福嫂看见赵万昌这样霸道，心中又气又恨。但又想到赵万昌势头大，感到自家种了也是白种，只会多费点工夫多费点谷种儿。便跟五福说："咱们忍了气吧！人家既然来种了，还有咱的份儿吗？"

"我偏要种！我们一家千辛万苦把石头坡垒成了梯田，一年打几斗粮食的时候，他们把一坡地推出来；如今见一个秋能打十几石粮食了，他们又想收回去，没有那么如意的事！租典文契是他写的，难道就成了废纸啦？"

"你还不知道他赵万昌是说一不二的人，就是打官司也只有他赢的。胳膊扭不过大腿，就怕有咱们种的没咱们收的……"

五福听了这一句话，觉得种也是白种，一气之下，飞起一脚把耧斗蹬倒在地，嚷道："这就不是人的世道！"

大庆他们听到这里，一齐问道："爷爷，摔驴坡地是不是又归了记记他爷爷？"

五福爷爷说："爷爷给狗日的把五亩石头坡整修成地了，能打粮食了，还不收回去吗？"

大庆说："记记他爷爷真是坏透了。——那是旧社会，要是今儿社会，地都是大家的，看他还敢欺侮人不敢！"

五福爷爷说："你们生在新社会，身在福中不知福哪！看爷爷过去活的是什么人？看你们今天……"

大庆、小庆、双庆等一齐说："我们就说新社会比旧社会好呀！"

五福爷爷说："知道新社会比旧社会好这才是好孩子。可是还有人说旧社会比新社会好哩。你们想老万昌为什么要告记记说摔驴坡、猫头坪都是他家的地？这就是他们还想过旧社会吃剥削饭的生活……"

大庆说："记记他爷爷这是坏思想，我要去告诉支书。"

五福爷爷说："孩子们说不清楚，叫爷爷亲自去吧！"说着，立刻站起来，找党支部书记去了。

榆树凹

一

一九四二年到一九四三年，晋东南有一个小县，驻下国民党的三军人马——二十七军、十四军和四十七军。当时，日本鬼子已经侵占了县城和各镇。这三军人马名义上是抗日的，可是跟老百姓要粮要款的时候有他们，等日寇烧起来、抢起来、杀起来的时候，就不见他们了。等日寇走后，他们又出现了，又是要粮要款。大家不要认为这样兵荒马乱的世道，当村长不容易，其实，是个最容易发横财的好机会。日寇来了，村长只要跑得快，抢也是抢了大家的，烧也是烧了大家的，对村长说来损失并不大。日寇走后，就该村长发财了。榆树凹的村长李小五（他是个地主）就是在这个时候发了大财的。

榆树凹守着条大道，国民党军队不敢在这里扎老营，每日里零零星星的过路军却不少，三人一伙，五人一群，每天不下七八十人。他们一来，一无粮票，二无起粮公函，说吃便要吃，说拿便要拿，会吓唬人的兵，还能吃点好的。因为这年月，日寇抢，国民党军队起，老百姓一年只收一个秋，村长却差不多每天要向老百姓起一次粮，把老百姓的粮食起光了，早已饿死很多人。可是，国民党军队来了，总不会空走，他们要不上吃的，就用枪杆子打。他们的经验是：打一下，小米干饭；打两下，香油白面；打三下，吃一顿还能带一斗；打四下，口袋里还能装几个鸡蛋。来一个当兵的吃一顿，村长李小五就记一笔账，假如一天来五十个当兵的，李小五最少要记八十个人的账，空记三十个人的粮食，就装了他的腰包。好歹那些过路军人吃上一顿一抹嘴就走了，都没有个固定驻地，老百姓想追查也没法追查，李小五稳稳当当地就发了大财。

一九四三年五月，日寇占了离榆树凹二十五里路的峰头村。榆树凹变成了维持村，村长就变成了两颗头的村长了，日寇来要粮要伕，便是日寇的村长；国民党军队来要粮要差，便是国民党的村长。

这时候，驻在这里的国民党军队大部分都投降了日寇，当了汉奸，还有一部分散兵没投降，他们并不是真有什么民族气节，而是因为他们的头领当了汉奸，没人管他们了，他们不投敌，敌人也管不住他们，乐得做几天天不收地不管的人，吃几天自由自在的饭。不过，这时候他们快把老百姓搜刮净尽了，每到一村，吃一顿小米饭也不大容易了。谁知这时候他们又有了新办法：一来便板起面孔，说是这个村出了汉奸，他们要追查汉奸。村长怕查汉奸，就赶快给做一顿饭吃。他们只要吃饱肚子，也不追查汉奸，一抹嘴就走了。可是以后又有了新的变化，散乱的国民党军队来了，怕碰上日寇，为了快点吃到一碗饭，一进门便是打。日寇要粮食要款也更要得凶了，动不动也要打。相反的，因为老百姓已经缸净瓮空了，地主们自己又不愿意往出拿粮食，当村长不只没有了油水，往往因为没粮食应付军队，常常免不了挨打。因此，李小五决心不当这个村长了。他出了个诡计，说是要实行“民权主义”，要大家民主选举村长，事先却算计好了要贫农秦长保出来顶这个可怕的差事，做他的替死鬼。结果，就选上了秦长保。原来，李小五认为秦长保不会顺顺当当地接受这个差事，不想他什么也没有说。你道他为什么愿意当这个村长？原来第一，一九三七年八路军在这里的时候，他就暗暗参加了中国共产党，对于减租减息，也算是一个积极分子。一九三九年，阎锡山制造了一个“十二月事变”，八路军北撤以后，榆树凹为首的几个党员被李小五他们害死了。因为秦长保当时没当干部，表面上只是个积极分子，地主们并不知道他也是个共产党员，只痛打了他两顿，算没事了。他们做梦也没有想到秦长保还一直跟共产党有着联系。如今，秦长保眼见日寇、国民党军队和地主们欺负老百姓，早就想出头露面，只愁自己得不到大权。今天李小五主动把大权让给了他，他自然接受下来。

选举会一散，秦长保还没有离开会场，就来了四个军人。为首的一个问看庙的老和尚：“谁是村长？”老和尚指着秦长保说：“他。”那个军人便逼近秦长保说：“你就是村长？——好！出卖祖国的家伙！谁让你维持日本的？谁让你当汉奸的？跟我们走！”说着，就拿枪杆子打秦长保的腿。秦长保生气道：“我是今天才上任的，连日本的面还没有见过哩，先不要拿‘汉奸’这顶帽子吓唬人。你们要吃饭，给你们做饭不就得了！”他又跟老和尚说：“掌家，坐锅吧，我去拿粮食。”那四个军人原是为了吃到一顿饭，才拿“汉奸”二字吓唬人的，只要能吃到饭，就不管你是不是汉奸了。

秦长保打庙里出来，直奔李小五家去跟他要粮食。李小五说：“我的新任村长啊！你怎么什么也不懂？招待军人，这是全村的事，没粮食，就该向大家摊派，你怎么跑到我家，跟我一家要粮食？”秦长保这人最不爱跟人诗云子曰地费嘴磨牙。听了李小五的话，他把面孔一板，回头就走，走到院里才说：“好吧！我把他们引来，看谁出粮食！”一句话吓坏了李小五，他清楚如今的军队最坏，不问你是张三李四，见谁有粮食，就要胡抢胡拿。因此，他急忙喊道：“长保！长保！你回来，你回来咱们再商量商量。”秦长保不理，故意走得更快了。李小五怕他真的把队伍引到他家来，急忙拿起量米的斗，用巴掌把斗拍打得“巴巴”响，又喊道：“长保，你听，我正舀粮食哩！”这时，长保才返回来说：“快点！迟一步他们就找我来了！”李小五急忙量下一斗小米，交给了秦长保。

秦长保端着一斗米，路过贫农黄金土家门口时，只见金土的孩子小胖，一只手抓着一把煮熟的菜团，哭着往街上跑，金土媳妇在后边拿着个扫帚撵着打他。秦长保急忙截住问她：“你怎么又打小胖哪？”金土媳妇站住，含了两眼泪说：“长保，不是我要打他呀，我们整整两天啦，一家人连个糠皮也没见过。前天我在碾道里扫了二升糠，煮了两碗糠粥，他爹舍不得吃，让他吃了，今天我爬了半架山，弄了点野菜，他爹快没气了，我煮熟叫给他爹吃，谁知菜锅还在火上，他抢了一把就吃，看他还有点孝心没有！”小胖今年才十一岁，秦长保回头看看他，见他长得还没有去年高了，小胖也变成了小瘦，怪可怜的，便跟金土媳妇说：“我在小五家弄下了一斗米，先给你三升。”就到金土家去给倒下三升，把他们家高兴得不知该说什么才好。

秦长保把剩下的七升米，拿到自己家里五升，准备回头再给别人分一点，只拿了二升米往庙里走。走到庙门口他又愣住了，心想：村上那么多饿肚子的，把这两升米让他们吃了？不，还得想办法！他是个聪明能干的人，果然想出个办法来，他又返到黄金土家里，把他的办法告诉金土,才又拿着那二升米到庙上去了。

老和尚做着饭，那几个军人怕日军突然到来，亲自去把庙门关上了。等老和尚把饭做熟，他们把步枪往墙根一扔，便狼吞虎咽地吃起来。刚吃完了半碗，忽听有人拼命地打庙门，秦长保随即说了一声“一定是警备队”，撒腿就往外跑。那四个军人把碗扔下就跑了，有两个家伙连枪也忘了拿，一气跑到厕所，跳墙鼠窜而去。

四个家伙跑了，秦长保又返了回来，老和尚还在害怕。他问秦长保道：“警备队看见这四个碗，还有一大锅饭，保险会说我们是偷偷招待国民党军队的，咱们快收拾一下吧！”谁知秦长保却没事人一般地说：“不怕，有我。你只管去开大门吧！”老和尚怀着鬼胎，胆怯地向大门口走去。

二

又是一阵激烈的打门声，吓得老和尚倒退了几步，心想：来得这么巧，两家碰了头，真倒霉！他走到大门口，颤巍巍地把大门打开一看，不是警备队，却是村上贫农李成富、李成贵、黄金土和黄金木他们在庙门外假装警备队打门的——这原来就是秦长保头里想下的办法，约他们来吓唬那四个家伙的。

老和尚说："你们把他们吓得跳院墙跑了。给他们做的饭还剩下很多，都去吃一碗吧。"黄金土他们也不退让就跟了来。大家一进厨房，只见新任村长秦长保端着一碗小米干饭，吃得甚是香甜。他用筷指指桌上的几个碗说："那不是碗？快吃吧。如今这世道，吃到肚里才算是自己的。快点吃，迟一步，就说不定要来哪一家！"黄金土他们每人盛了一碗饭，狼吞虎咽地吃了起来。李成富吃着饭，不知为什么，两眼扑簌簌掉下了泪珠，滴在了碗里。他抬头望了望秦长保，有点泣不成声地说："长保老弟啊！要，要不……不是你……我……我……"秦长保说："快点吃你的饭吧，哪里来的那么多啰唆！"李成富才不说话了。李成贵吃完第一碗，又去盛第二碗，秦长保便把勺子夺过去了。他说："你们每人已经吃了一碗，不准再吃了。现在你们几个把这点饭分一分，拿回去给家里的人吃。"黄金土分下一碗饭，临走时，对秦长保说："以后再有这样的事，你可不要忘了叫我呀！"黄金木马上也说："长保老弟，什么时候叫我，什么时候都现成！"李成贵他们一齐说："还有我。"秦长保一连说了好几个"知道"，他们才走了。

黄金土他们在庙里吃到了小米干饭的事，很快传遍了全村，有二十多户好几天没见过粮食的人家，马上找到秦长保的门上，哀告长保也给他们想点办法。秦长保把大家打量一番，只见一个个面黄肌瘦，站都站不稳，大风一吹就可以吹倒的样子，不由得眼圈也有点湿润了。特别是秦银虎的女孩小菊，今年三岁了，她一岁上就什么都会说了，都说她是个"巧嘴鹦哥"转世的孩子，如今饿得却不会说话了，谁看见她也会落泪的。秦长保没有多跟大家说什么，只气得呼呼地说了个："大家跟我来，找他李小五去！"就领着头走了。

秦长保领着大家来到李小五家，把李小五吓了一跳。他莫名其妙地问秦长保："这是为什么?！嗯？这么多人，这是干什么啊?！"秦长保不直截了当地提要粮食的事，只问他："这些人你都认识吗?"李小五真的看了看大家，说："都是一个村里的乡亲，怎么能不认识呢?"秦长保把脖子一歪说："既然知道大家都是乡亲，请你看看他们还能活几天?"李小五一听这话，断定大家是来跟他要粮食的，先害怕了。他装糊涂说："这个——我又不是阎王佬，怎么能知道这些事呢？——我的村长啊，你今天到底是干什么啊?"秦长保看也不看他，说道："我不信你会有那么糊涂！好吧,既然你不知道，我告诉你说：你也看得见，大家都快饿死了，你拿出点粮食来，救救大家的命！"李小五马上哭穷道："我的老天爷呀！这年月我跟大家一样，哪里有粮食呀！你，这，这不是强逼公鸡下蛋吗?"一句话惹恼了大家，一个个七嘴八舌地喊道："你贪污了那么多，都哪里去了？有头发装不了这个秃！""不行！他不拿，我们自己拿！"这么一吵，可把李小五吓坏了，想说话也插不上嘴。这时，秦长保才向大家摆了摆手说："大家不要吵，听我的！不在乎他李小五说得好听，他当村长把大家的粮食都要光了，他能没粮食？他向咱们起的粮食，下了他的地窖的比二十七军拿走的还多！"他回头对李小五说："咱们长话短说。你要是个明白人，你自己往出拿，今天只要你拿十石；你要装糊涂，那大家就要动手，有多少拿多少！就这么两个办法，你同意哪个办法?"不等李小五开口，大家又喊道："不叫他拿，我们自己动手，自己动手！"李小五的地窖里藏的粮食有八十多石，分二十个地窖埋着，哪里愿意让大家随便动手拿呀。他眼看不是事，急忙答应要往出拿十石。就领着大家刨了四个地窖，各家分了几斗。

黄金土分了四斗小米。一家人看到这四斗小米，比过去收个秋还高兴得多。金土媳妇提意见赶快把粮食藏起来，金土说："藏它干什么！二十七军来了，要粮食时跟村长要的。过去怕日本而抢，如今咱们榆树凹也成了维持村，他们要粮食也是跟村长要的，还怕什么呢！"因此，他们没有把粮食藏起来。

这天晚上，黄金土一家因为吃饱了肚子，睡得特别香甜。谁知到了半夜时分，忽听有人嚷呀闹呀地打门，黄金土揉了揉眼，注意一听，只听得街上喊呀叫呀，哭呀闹呀地一片嘈杂声，心里先着了慌。他大着胆子喊道："谁?"打门的人不理他，只管拼命地打门。他见事不妙，急忙起来，把一家大小推醒，还没有穿好衣服，只听"咔嚓"一声响，门被打开了，接着进来四个提枪的军人，一个个杀气腾腾，用四个枪头逼黄金土说："粮食的在哪里的？快快地说，不说，哧啦哧啦的！"黄金土正要说话，一个家伙打了他一枪托子，说："大大的坏了良心的！"回头又跟那三个家伙说："搜！"于是，他们开箱翻柜，扳倒几只缸，打破几口锅，什么也没有找到。可是，一个家伙很顺利地就搜到了那半口袋米，背了就走。黄金土一家不要命似的跑上去争夺，那些家伙一枪托子一个，把一家人都打倒在地。黄金土为了那几斗粮食，不怕打，一直拉着那个口袋跟到街上。只见背枪的家伙们乱窜，不知有多少人马。后来，他碰到了秦长保，才舍下那个口袋，跟长保说："长保，快救救命吧，他们又把那点粮食抢走了！"秦长保看了他一眼，没有多说话，只说："他们这些家伙！——不怕，我们正找他们的队长哩！"谁知把所有的家伙问遍了，没有一个承认自己是队长。他们整整闹了半夜，那二三十户人家，白天刚刚在李小五家闹到的一点粮食，被他们全给抢走了，还打死一个老太太，打伤六个人，赶走六头牛。他们也不要村长派民伕，只随便抓了几个人把粮食担走了。到次日天明，抓去送粮食的人回来以后，说把粮食送到李门村去了，李门村并不是日寇占据的地方，原来，晚上那些抢粮食的并不是日寇，却是正大光明的口口声声“抗日”的国民党军队——二十七军。他们抢粮食的办法跟日寇一样，连说话也学日寇。

三

因为二十七军越来越坏了，秦长保刚刚给群众闹下点粮，又被他们抢走了，眼看老百姓快要饿死，急得他两天两夜没有睡着觉。没有办法，他就偷偷跑到大峪村去找老程。老程是这一带党的地下工作负责人，在大峪村给一家地主做长工。长保把榆树凹最近的情况向他汇报了一下，老程说他做得很对，鼓励他继续想办法，给群众解决粮食问题，并且说八路军不久就会回来了。一听这话，秦长保有了精神，高高兴兴地返回了榆树凹。

一天，又有一股二十七军七十多人来到了榆树凹。他们还带着三十多个民伕，担来大概二十多石谷子。这天来的二十七军有个头，是一三六军团二营的营长，姓苟。苟营长找到秦长保，下命令说必须在两个小时内，给他们把那二十多石谷子碾成米，说是他们有紧急任务，两个小时后就要走。他还说这次给他们碾谷子，可以优待一下老百姓——小米归他们所有，糠皮归碾谷的老百姓所有，这就是“优待”。

秦长保断定这些粮食是他们在别的村子抢来的。因为这些家伙近来一直是这样：在张村抢了谷子到李村去碾，在李村抢了谷子又到张村去碾。秦长保认为能让老百姓落到点糠皮，也能解决一点问题，便马上派了三十多个人，分别在村里的十盘碾上碾起来。二十七军除派了几个家伙在村外山头放哨，其余的七个一伙，八个一群地分开，背着枪监视碾谷，怕老百姓偷粮食。

秦长保在南院背后的碾上帮着黄金土和秦银虎碾谷。他看看碾盘上那些黄澄澄的粮食，再看看黄金土和秦银虎那两盘黄瘦黄瘦的脸，很想想个办法把这些粮食打捞下，分给老百姓吃。正在这时候，只见一个名叫李满仓的孩子，磨磨蹭蹭地走来，一直磨蹭到碾盘跟前，趁大家不注意，突然在碾盘上抓了一把粮食，回头就跑。三个推碾的没理会这件事，谁知那些家伙看到了，一个家伙提着枪去撵李满仓，骂着撵着，撵上去二话不说，就先打了一枪托子。李满仓不怕打，只管跑。一边跑，一边就把生谷子往嘴里吃，才吃了一口，那家伙照住他的手又是一枪托子，一把谷子全给打落在地上了。李满仓不管三七二十一，又去抓撒在地上的谷，那家伙又是一枪托，把他打倒在地，一下子起不来，只“哇哇”地哭起来。这情景，秦长保越看越气，便赶来责问那家伙：“你为什么打他？你还嫌他死得慢吗？”那家伙说：“你管不了！他抢我们的粮食，打死他活该！”秦长保说：“你们抢了老百姓那么多的粮食，就该抢？他只抢了一把，就犯了死罪？这算什么理？!”“胡说！当兵的没种地！”“当兵的没种地，当兵的也没理由抢老百姓的粮食！”“胡说，跟我走！”秦长保偏不跟他走，只向北边的一个胡同走去。那家伙杀气腾腾地喊道：“你到哪里去？回来！”秦长保站下来，回头问他：“给你们把谷碾成米，还要不要派人给你们送？”“当然得送啰！”“既然要送，我去给你们派民伕也有错误？”那家伙见他说是去派民伕，只好让他去了。

李满仓的问题发生以后，秦长保更是火上加火，决心要想个办法把十几盘碾上的粮食打劫下来。他找到李成富和黄金木他们研究一番，想了个办法，便分头行动起来，

再有半个小时，二十多石谷子就要碾成小米了。就在这时候，村西不远的地方突然“啪啪”两声枪响，紧接着，村上就有人乱喊道：“快跑呀！日本人来了！”于是，就有人拖大引小向村东跑去。这世道，人们见不得有个人喊，见不得有个人跑，一见有人跑，全村里就像溢了红油锅一般，一涌而跑了。大家跑，推谷的人们自然也跑。二十七军的那些家伙们比老百姓更胆小，他们也顾不上抓差担粮食，一个个撅起尾巴，溜之大吉了。苟营长跑在东沟里，碰上了秦长保。他怒气冲冲地问长保：“你们榆树凹不是成了维持村？他们来了怎么还打枪呢？”秦长保编了一套话说：“因为他们跟我们要十石小米，叫昨天送去，我们没粮食，只送去一石。大概他们生了我们的气，洗我们榆树凹来了。快点跑吧，他们这次来了没好，一定要大闹！”说着说着，跑得更快了。苟营长听说是日寇来洗榆树凹的，又见秦长保那害怕的样子，跑得更快了。

秦长保见那些家伙们跑得无踪无影，才找到跑在山沟里的老乡们，对大家说日寇已经走了，叫他们都回家去。大家回到村上一看，只见街是街样，院是院样。回到家里一看，又见柜没挪，箱也没动，都奇怪这次来的日寇为什么会如此规矩。大家见给二十七军碾的谷子，还好端端地铺在碾盘石上，一粒没动，半粒没少，更是奇怪。人们互相一问，才知道又是秦长保出的计。院里，响那几声枪，是秦长保拿了那天得到的枪，偷偷跑到村外边放的，村上的人一听枪声就喊叫“日本人来了”，

乱喊乱叫，也是秦长保暗暗布置下的。他们这样做来，果然灵验，把那些胆小鬼二十七军全给吓跑了，还得到二十多石粮食。这时，秦长保督促大家赶快把那十盘碾上铺的谷子碾一碾，拿到家里，等到晚上好给大家分一分。大家一见有了这么多粮食，哪里能不高兴，根本用不着派差，每一盘碾上都挤下十多个推碾的。在庙背后的一盘碾上，李成贵他们十几个人一边推碾，一边议论，都夸耀秦长保是个好人。

只一碗饭工夫，大家就把谷碾细了。大家扫的扫，簸的簸，才簸了一少半，忽听“啪啪”两声枪响，大家齐吃一惊。李成贵说：“坏了！管保是二十七军又返回来拿他们的粮食来了！”秦银虎说：“咱们快点收拾一下吧。他们来了要问，咱们就说是日本人抢走了！”正说着，只听又是一声枪响，枪声很近，像是已经进了村。大家正要往布袋里装小米，只见秦长保慌慌忙忙地跑来说：“快脱衣服，用衣服包，包上多少算多少！”大家随即把衣服一脱，胡乱包了点，各自寻路跑了。其余大部分粮食都被日寇抢走了。原来，这次抢粮的是打城里来的日寇。维持了他们，他们也抢。秦长保抓住这件活生生的事情，跟大家说明日寇是野性狼，维持不维持都一样。他主张以后不再维持日寇，要组织起来向日寇做斗争。大部分人都同意他的意见。以后，日寇出公函向榆树凹要粮要伕，秦长保就硬抗住不给。这么一来，惹恼了峰头村炮楼里的日寇，说是再迟三天不交粮交伕，就要来洗榆树凹。秦长保急忙发动老百姓一同转移到大山沟里去了，只留下他自己和另外几个人在村上听风声。

大家好容易弄到手的一点粮食，又被日寇抢走，自然是没有生路了。在山沟里住了一天，因为没吃的，有许多人又返回村上来找秦长保。秦长保没有更好的办法，他又领着大家到李小五家弄出了十五石粮食，给大家分了分，才算有了一线生路。

这一次，秦长保也分下一斗谷子。他正把谷子拿在碾上碾一碾，只见李成富扛着锄子慌慌忙忙地打村西跑来。在当时，人们一见有人走得快一点，就知道是有了坏消息。秦长保连忙问他："怎么？有消息？"李成富跑得喘不上气来，只说了"卧牛岭"三个字，秦长保回头看看西边的卧牛岭，只见岭上走着一长串队伍，前边看不见头，后边看不到尾。不知有多少人马。一看这阵势，毫无疑问，一定是日寇洗榆树凹来了。因此，他急忙把碾上的谷子收拾起来，就往村东跑。因为有些人分到粮食以后，还没往山沟里去，他一边跑，一边喊叫大家快点跑，一时三刻，村东头到河坡下，都是拥拥挤挤往山沟里跑的人们。有的用萝头担着才做熟的热饭，有的背着刚在李小五家闹到的一点粮食，一个比一个跑得快。有的跑得慌，没赶上把刚闹到的一点粮食拿出来，就哭道："又让他们抢了！回来就只有死路一条啦！"他们一直跑到东山沟里，才定下来。跑在头里的人们问后边跑来的人说："你们看见他们往哪里走啦？"后边的人说："早就进了咱们村啦！卧牛岭上还没断了头哩！"大家听说进了村，一些老太太就大哭起来，说道："又剿光了，又剿光了……"

秦长保心里十分难过，决心要回到村上去看看。大家再三不让他回去，他不，说："死也要回去看一看，我这个村长不能白当！"说着就走了。

秦长保回到村上一看，队伍已经走完了。村上一片宁静，一切如常，好像这次来的日寇比过去规矩了许多。他没有细察看，只先跑到山沟里把大家唤了回来。大家回来一看，只见桌是桌样，箱是箱样，有些人家放在家里的粮食也没少了一粒，都奇怪这次来的日寇怎么变了样。大家正在奇怪，忽然有人传出一个不寻常的消息来，说庙门口贴下一张布告，是八路军贴的。大家涌去一看，果然是八路军贴的布告。看吧，人们的脸上马上都有了笑容。大家又奇怪，又兴奋地嚷嚷道："想不到八路军会回来！""自从'十二月事变'以后，整整五年了，再没有听到过八路军的消息，怎么一下子就来了？""八路军来了就好啦！……"大家你一言我一语，越说越带劲，谁也不肯走开，谁也不肯离开这张布告。这时，忽然有个人在人群中伸起一个拳头，大声喊道："追他们去！他们一定没有走远！"大家看去，正是秦长保。

第二天，秦长保回来了。全村男男女女，大大小小，都跑到他家来问讯八路军的情况。秦长保兴奋异常地告诉大家："乡亲们，告诉你们吧，昨天打咱们村上过去的队伍，真的是八路军！……"话音没落，响起了一阵鼓掌声。他又继续说道："再告诉大家一个好消息，这次八路军来了，再也不会走了！现在咱们八路军已经把县政府都组织好了，县长是谁呢？就是大家所知道的路新文！"又是一阵鼓掌声。因为"十二月事变"前，路新文在这里领导过减租减息，是个很好的同志，大家都认识他。掌声未落，秦长保又说："路县长也叫咱们成立一个抗日村政府，暂时叫我代理村长，以后再正式选举，大家有没有意见？""没意见！拥护你当村长……"又是一片鼓掌声。秦长保又说："路县长说，要打倒日本，还要依靠群众的力量，叫咱们成立一个民兵队，还要发给咱们枪哩……"马上有人说："咱们已经有了两支枪了，成立民兵队，我第一个报名！”“记上我！”“还有我！”……一时三刻工夫，全村的五十八个青年都报了名。

榆树凹成立了民兵队，各村各乡随后也都成立民兵队。以后，他们配合八路军同日本鬼子展开了你死我活的斗争。

蜻蜻

杨永福到老三家借粮，碰了钉子回来，想到没法儿交租，一头栽在炕头，生起闷气来，躺了片刻，忽然想到一家大小都要自己做主，若是死不了，还得紧着闹腾，只好强打精神爬起来，咬着牙下地干活去了。

次日天明，魏荷香又提到交租之事，夫妇二人出了许多主意，出一个打消一个，都用不得。正愁无路可走的当儿，因听得院里有人走动，只当是范守仁又来催逼，吓了一跳。等得来人推门进来，看时却是媒婆潘巧仙，她一进门，还没有坐下来，就似喜非喜，似悲非悲地说道："虎虎娘哪，一家人都在呢？看把你们两口子愁成什么样子了！我听说你家出了事，把我吓得坐也不是，站也不是，早就想来看看你，偏我穷忙，没空儿，荷香啊，今年秋景不好，我们这些人家可算是遭了大难哪……"

潘巧仙说得虽然十分好听，可是魏荷香不看见她倒也罢了，一看见她，如同看见了什么不祥之兆似的，马上觉得又有新的祸事临头了，先吃了一惊。你道为什么？这里有个缘故：

原来潘巧仙生在一个地主家里，从小娇生惯养，好吃懒动。十六岁嫁给霞河村的前清拔贡贺尊贤为妻。那贺尊贤虽然是个既有钱又有才学的人，可是他的大烟瘾很重，又是个大懒虫，什么也不愿做，每天躺在床上抽大烟，抽个不了。潘巧仙过门以后，很快也有了烟瘾，于是，两个大烟葫芦一天到晚“趣趣趣，趣趣趣”地抽呀抽呀，只几年工夫，就把一份家产全部抽光了。贺尊贤无钱买烟，烟瘾发得难忍，竟投水缸死了。剩下个寡妇潘巧仙，想改嫁，人们都嫌她馋吃懒动，跟着她不得好生活一天，都不愿要她。后来，她就跟算卦先生赵子玄勾搭上，可是赵子玄也明白娶了她不是好兆头，也不愿真正娶她为妻，只是在外边算了卦，赚得几个卦礼来，两个人就在一起过过烟瘾，吃一顿好饭，赚不来钱，就只好发烟瘾、饿肚子。有时赵子玄在外边转转悠悠地转远了，三四十天回不来，潘巧仙就干脆没个靠头了。在这种情况下，凭她一张巧嘴，便干了说媒这一行，赚几个钱，过过烟瘾。

潘巧仙做了媒婆以后，附近几个村的女孩子们都害怕见她：一则，她每看见一个姑娘，就喜欢评头论足，说短道长，不是说这个姑娘眼睛小，就是说那个姑娘腰太粗，姑娘们都讨厌她说这些；二则，她每每看见一个姑娘，就喜欢扯到婚姻问题上去，不是说这个姑娘能找个好女婿，就是说那个姑娘找不下个好婆家，姑娘们也讨厌她这一套；三则，她一到谁家去，谁家的姑娘就该倒霉。因此，姑娘们一看见她，都要远远地躲开。杨鱼鱼就是个小精灵鬼，一看见她来了自己家，早已拉着狗狗、鹿鹿到街头玩去了。

再说魏荷香见是潘巧仙走来，心里不快。强打精神让她坐下，她东沟一犁，西沟一耙地说了许多无关紧要的淡话，大多是夸耀她自己如何会办事，如何腿勤、嘴勤，如何肯帮助人解苦解难的一套，把自己夸得比观音菩萨还要善意许多。魏荷香心中有事，哪里愿意听这些，因见她上上下下只管端详杨蜻蜻，心下早已明白了七八分。给潘巧仙倒下一碗开水以后，说道："你可真是个稀罕人。吃过饭了吗？"

潘巧仙说是吃过了，又天东地西地胡扯了几句，便转到正题上来，说："听说梅花大院向你家催租逼债，三天交不上，就要占你家那四亩地，可把我吓坏了，你家七大八小这么多人吃饭，丢了那四亩地，以后可就更难了，我想呀想呀，为着你家的事，愁得我一夜没合眼，才想出一个法儿来，谁都说'地是财，人是宝'，有了人就什么也不发愁了，可是只有人没有地，也就'英雄无用武之地'了。这就看你舍人呀，还是要舍地。舍上一个人，留下几亩地，到秋天多多少少打几颗，孩子们还有半碗喝的，要是舍地不舍人呀，你家一垅青田没有，难道让孩子们喝西北风不成……"

潘巧仙说了一大串也没有把话说明白，魏荷香心中有事，哪里愿意听这些唠叨。不过，她说的却也都是实话，如果是舍地不舍人，这一家人可真是无路可走了。再说哪个闺女能在娘身边待一辈子？找婆家不过是早几天迟几天的事。蜻蜻虽小，给她找个婆家，得几个彩礼，把这一关闯过去，保住那几亩地，每年多多少少打几斗，就是糠糠菜菜过日子，也还有命在。便说："潘大婶，我听懂你的话了，你先说说是谁家吧。"

正在洗锅的杨蜻蜻听到这一句话，仿佛有人劈脸打了她一巴掌似的，吓得她打一个寒战，不由自主地倒退了一步，手里拿着个刷锅刷子不动了。魏荷香见她这样，又想到一个十四岁的孩子，终日里丢下盆儿捞笤帚，帮自己许多忙，又听话，又孝顺，小小的就给她找婆家……想着想着又流起泪来。只听潘巧仙继续说："蜻蜻，洗你的锅吧，发什么呆哪？傻孩子！——虎虎娘，你还是听我说。给蜻蜻找的这个婆家，是你知道的，就是咱们村社首高辛富的孩子小永顺。高辛富，你也清楚，是个抓钱手；永顺娘——赵五巧也是个实受人，待人和气，还不是个好婆婆？小永顺今年也十岁了，五官也正，不憨不傻，还不是个好女婿？况且人家柜里有钱，瓮里有粮，不欠人，不短人，不愁吃，不愁穿，蜻蜻这孩子到了五巧家，还不是跌到福胡同里去了，享一辈子清福是没走了。"她把高辛富一家说得天下少有，地上难寻，真是再好也没有了。可是魏荷香一听说是高辛富，心中有点儿不大愿意了：第一，她觉得高辛富是个贩卖鸦片的，一旦吃了官司，就得倾家荡产，要受贫困；第二，赵五巧待人刻薄，嘴太狂，疑心大，喜欢骂人，害怕女儿受她的气，第三，高永顺那孩子虽说不憨不傻，因为他娘对他娇生惯养，只想吃好的，不学干活儿，恐怕将来跟着他也不会有个好结果。便一条一条地跟潘巧仙说了，潘巧仙扁扁嘴，说道："看虎虎娘你吧！你怎么能说这些话！贩卖鸦片怕什么？都说那是私货，叫官家逮住要治罪，可是你要知道当村长的梅花大院一家就有整整十根大烟杆子呢！东段庄的段家倒是大师长家，他们家哪一个人不搂一根大烟杆子，就是咱们县的县长还是个大烟鬼哩。你想，他们都抽大烟，要把卖大烟的治了罪，没人卖给他们，他们抽什么？我说这一条你就不要操心。说到赵五巧那张嘴，怕什么？只要咱们闺女好，她还有什么可说的，要说她待人刻薄，也不过是待外人刻薄，蜻蜻去到她家，就成了她家的人，她难道刻薄自家人不成？要说小永顺，才十岁一个娃娃，怎能不贪玩呢？再大几岁懂了事，也就好了。再说你不走这条路，等得丢了地，后悔也来不及了。”

魏荷香听了这一番言语，觉得也有几分道理，想到再没有第二步路可走了，便问杨永福道：“你怎么一声也不吭了，剿家的时候你会剿，轮到说正经事的时候你就不吭声了？你说话吧，只要你愿意，我也没说的。”

杨永福一听说是高辛富托她为高永顺提亲，这才明白了那天自己在庙上受罚以后，高辛富为什么跑出来在自己耳边说了那么多安慰话，还说要替自己出那五斤油。说到蜻蜻之事，他也翻翻正正想了许多，觉得只有走这一步路，目下还可以保住那几亩地。便说：“反正只有走这一条路了。不过，我的名叫永福，高辛富的孩子叫永顺，重着一个‘永’字，只怕不合适吧？”

潘巧仙扁扁嘴儿，说：“看你说的，只要人品好，日子好过，重十个字怕什么？况且人家永顺还有官名儿，叫个什么呀？——想起来了，叫个学曾，这不是就不重了！老永福，你不要在这些小地方打圈圈，只说你愿意不愿意吧。”

杨永福道：“只要重着名儿不碍什么事，蜻蜻娘也愿意，他们把人逼到这里，也没有好法儿了。不过，问问蜻蜻愿意不愿意呀？”

杨蜻蜻听爹提到自己，“哇”的一声大哭起来。这时，杨鱼鱼在院里听说要给姐姐找婆家，早已领着两个弟弟回来，跟着姐姐一齐哭起来。杨永福看见孩子们哭得可怜，想到蜻蜻不过是个十四岁的孩子，就给她寻了婆家，到人手下去做人，觉得心里如同刀割一般难受，想道：因为我一个人没出息，命不好，受人的欺负，也叫儿女们跟着我遭罪，我真真不算个人了！忙说："潘婶子，你不要说了，只要我有一口喝的，也有蜻蜻半口，反正是这日子难过，我们活着是一家人，死了是一家鬼，蜻蜻还很小，如今我还不想给她找婆家哩！"

杨蜻蜻听爹说又不愿意了，立刻不哭了。原来，她并不是不愿意才哭的，只是想着自己要离开这个家，再不能跟弟弟、妹妹们在一起了，再不能在娘的身边帮娘的忙了，娘以后的苦处就更大了，才哭了起来。听了爹的话，害怕自己的事情不成，丢了那四亩地，一家人以后不能过日子，连忙拭拭泪，说："爹不要问我，该怎么就怎么吧。要不，丢了那四亩地，以后吃什么？"

杨永福听女儿说没什么意见，又问了魏荷香一声，算是决定了。以后提到彩礼，双方自然有一番争竞，最后决定下来是四丈布、一石小麦、二十元钱。潘巧仙又提出来现在就要把杨蜻蜻引到高辛富家当童养媳妇，开始，杨永福两口都不愿意。潘巧仙又说是少一个人少一张嘴，少一个人就能多省一碗饭，孩子们也能分着多喝一口，杨永福夫妇只好答应下来。并且言定下午送彩礼，明天就要来引杨蜻蜻。

杨蜻蜻听说明天就要离开父母，心中很不高兴。她害怕父母为着自己生气，只不吭声儿。心想：前天还跟小桃姐姐说，我要送她，没想到我要比她走在先了。

午饭后，潘巧仙领着赵五巧的妹妹赵六巧送彩礼来了。她们只背来二斗小麦，拿来五尺红布，其余全部拿的是钱。你道为什么？原来，自从阎锡山独霸了山西、河北、察哈尔、绥远四省后，他就大印钞票（晋钞），在这四省地方广泛地流通开来。一九三〇年秋天，阎锡山倒蒋（蒋介石）失败以后，晋钞随着晋军一块儿拥返回山西来，货币一下子增加了几倍，越来越不顶钱花了。常常今天是一元钱一斗小麦，明天就变成了一元二一斗，后天又变成了一元五一斗。因为币值不断落价，人人愿有实物，不愿存山西票。高辛富最是个无利不走，鬼骨狼眼的滑头货，又想给儿子定一个俊一些的媳妇，又不愿多破费。你想：一般雇着长工，囤粮放账的富户，谁愿意给儿子引个童养媳妇呢？谁不愿定一个门当户对的亲戚？可是高辛富为了省钱，就能做出这等事来。

再说杨永福、魏荷香夫妇见她们拿着山西票来抵布、抵麦子，知道要吃亏，自然不愿意。杨永福不会多说话，只说：“明明说的是四丈布，怎么只给了五尺，明明说的是一石小麦，怎么只给了二斗？这可不行呀！”

潘巧仙说：“拿的麦子、布少，拿的钱多不一样吗？反正不叫你吃亏就对了。”

魏荷香说：“你说的比唱的好听！怎么会一样呢？物价一天涨几成，谁不知道两个钱不抵一个钱花？——他高辛富娶得起一个媳妇，该给人家什么就给人家什么，娶不起一个媳妇，不要骗人。”

“你听我说嘛！他本来也想给你们麦和布，后来想到就是拿布给了你们，你们也穿不在自己身上，拿麦子给你们，你们也吃不在自己嘴里，都得给梅花大院。既是抵租，拿钱去抵不一样吗？从今以后，蜻蜻就成了高家的人，老永福你也跟高辛富做了亲戚，就是省几个也是省了你们亲戚的，省下点麦子、布，日子好过了，也是好了蜻蜻，难道是好了别人不成！就是吃亏，也亏不住你们两口子呀！”

杨永福说：“你说得倒也对，可是今天一个钱不能抵一个钱花，到了明天，只怕两个钱也不抵一个钱了，吃亏的还是我呀！”

“看你这个笨东西，人人都说永福是个老实疙瘩，今儿个我才信了！——拿着钱今天不赶着去交给他们，难道定要等到明天去吗？你照我的话做吧，没错儿。——我告诉你，荷香，这是二斗麦子，你们养活儿女一场，叫你们留着吃几顿，也算是蜻蜻报了你们老俩的养育之恩了；这是五尺红布，赶着给蜻蜻缝一条红裤吧，省得明儿往高家走，披破挂烂的不好看，办红事嘛，孩子身上总该穿点儿红才是哩。这是五十七元钱，麦子、布都折在这里边啦。——老永福，迟交不如早交，你快到梅花大院走一遭吧。”

魏荷香也怕去得迟了，一个钱不抵半个钱花，也催着杨永福快去。杨永福看见那几尺布，就像看见了自己的什么罪证似的，心里疼得要命。想起自己对不起女儿，也只好将苦水咽回肚里，只说：“去吧。”随即拿了那五十七元钱，不声不响地走了。魏荷香知道他在外人面前太老实，特别是去到梅花大院，太太、少爷们都喜欢抓他的差，白给人动弹，白替人操心，隔窗喊道：“你可快去快回呀！”

杨永福应道：“知道。”走到院里，迎面一阵秋风吹来，不觉打了一个寒战。如今霜降将过，立冬快到，节令不饶人，添得衣服了。可是节令儿不断变换着，杨永福的衣服却还没有变换，他仍然穿着伏天里穿的那件破褂子，怎么能不冷呢？他连忙将两只手袖起来，不自觉地看看天空，只见自家院里那棵大杨树跟黄聚海院里那棵大柳树，被那无情的大风吹着，东摇摇，西摆摆，摇摆不定。冻僵了的杨叶儿、柳叶儿却落在了杨树院，弄得满院里树叶纷飞。杨永福头顶着霜干了的落叶，走出大街，浑身打着寒战，也不肯叫一声“冷”，慢慢地向梅花大院走去。刚进中院门，似乎觉得有人打他身边仓仓促促地走了过来，抬头看时，却是村长贺显荣。心里奇怪地想道：“村长今天怎么就回来了？村长回来，交租的事就不发愁了。”可是他眨一下眼再看时，早已不见贺显荣的面了。想道：难道是自己看差眼了？他疑疑惑惑地走进中院西房里，只见范守仁跟他的女人躺在炕上，弯着一盏半明半暗的大烟灯过瘾。他害怕惹得范守仁不高兴，只放轻脚步稳稳地走在八仙桌旁站下来，脚也不敢动，手也不敢抬，出气也只敢轻轻地出，站了老半天。后来还是范守仁发现了他，也不问有什么事，便说：“永福，到厨房里给我冲一壶茶来。”

杨永福答应一声“是”，默默无声地去了。走在东院碰上赵晚花，她奇怪地问：“永福，今天你不该在这里动弹，你给谁打水哪？”

杨永福说：“给大先生。打一壶水，又累不死人！”说着，低着个头，默默无声地到厨房去了。做饭的老谢有点懒，知道杨永福听使唤，常常抓他的差。今天碰上他，不肯轻放过去，忙说：“永福老弟，两天不见你，叫我想得慌哪。——你看我正和面，火要吃东西，顾不得担炭去，厨房里的炭也烧光了，先给我担一担炭去吧。”

杨永福这个人只要有人用着他，总不会说一句推辞话。明知道打茶迟了，要受范守仁的气，却不肯说这话害怕多惹一个人，于是答道：“担吧。”把茶壶放下，先到南院担炭去了。一时担回来，老谢又说：“永福老弟，炉灰满了，我也顾不上掏，快给我掏一下吧，我知道你手快，用不了多少工夫就掏了。”

杨永福低着头说："掏吧。"又掏了一担灰。以后才打了一壶茶，来到中院西屋房里，正要给范守仁倒茶，却听范守仁嚷道："你是到上海打茶来着！"

杨永福知道是说自己来得迟了，也不敢争辩。将一杯茶送在范守仁手边，见他还在抽大烟，明白还不是自己说话的时候，只呆呆地站着，不敢吱声。低头看见撒下满地的柿子皮、枣核儿，就寻了把笤帚，轻轻地扫起来。随后将那些脏物送出去，回来一看还不是说话时候，又往火里添炭，又往茶杯里添茶，独自家忙个不停。

范守仁美美地抽了一口大烟，先喝了两杯茶，见杨永福还在这里，这才问道："永福，你的租子准备现成了？"

杨永福连忙上前说道："大先生，我给蜻蜻找了个主儿，得了五十七元钱的彩礼，交给大先生吧。按一元五一斗算，这几个钱也抵得三石八斗谷子，差不多够一半了。大先生，今年灾情重，剩下的几石，让我打打利过去吧。往年打上利，大先生还容我过去哩，今年大先生更该容我一步啦。"

范守仁听说他给女儿找了婆家，得了彩礼来交租，没想到他会想出这个法儿来，后悔昨天没有立刻占了他那四亩地，可是后悔也迟了。一想他那五十七元钱只可以抵得十石租子的利息，本利全收，还可以占他四亩地，便说："好吧，只要你有钱，日子好过了，比什么都强，我范守仁但愿普天之下人人都张嘴有饭吃，展臂有衣穿哩。不过，这可只够得利息，本子呢？也该交了吧？"

杨永福听说本利全要收，忙求情道："大先生，反正今年不交明年交，一把针实在捋不到头呀！我……"

范守仁厉声嚷道："少一籽一粒也不行！这些话我已经给

你说了千遍万遍，别再打麻烦了！早些告你说，说废话，我一句也不想听！到时候交不来，我可没耐心再找你了！”

杨永福听他的话头厉害，又求了一顿情，也不济事，连忙跑回家里来，把范守仁要本利全收的话，一五一十向魏荷香表述一遍，把个魏荷香吓得也没了主意。后来她忽然想起来黄聚海要送一个闺女到梅花大院去，把这一关闯过去了，如果自家也把虎虎送去当个小长工，或许也就没事了？把这话跟杨永福一说，杨永福想到这样既可以保住那几亩地，大灾年里，虎虎也有了吃饭地方，也同意了。一问虎虎，虎虎说他不愿意去伺候范守仁。杨永福夫妇又厉害他几句，虎虎想到黄小桃也要到梅花大院去，两个人又到了一块儿，倒也有好处，只好答应下来。

杨永福立刻又到梅花大院来，把送虎虎低租之事跟范守仁说了一遍，范守仁自然是不愿意，因为他想的是土地。只因有黄小桃为例，不便推辞，只好暂且答应下来。不过，他说送杨虎虎来，只能抵得一半租，不占四亩，也要占二亩地。杨永福说：“聚海送一个人，可以不占地，我也是送一个人，怎么还要占地？”

范守仁说：“他欠五石，你欠十石，能一样吗？一个小子比一个姑娘能贵多少？”

杨永福无话可说了。不过，他想到总算保住二亩地，心上也算有了一点点安慰。告辞一声，出来院里，因见中院门口丢着两个白萝卜，自语道：“这是谁担萝卜，这么不操心，糟蹋了挺可惜的。”连忙捡起，返身就到北院菜库里去送。北院没一个人在，他把那两个萝卜隔窗扔进菜库里，返身出来，因想到北院里没人，北院门也没上锁，就随手把门闭关上。这才默默无声地走了。

杨永福顶着“呼呼”的西风，回得家里，害怕虎虎娘为自己衣薄流泪，硬装着并不嫌冷的样子，强打精神把梅花大院还要占二亩地的事情向魏荷香说了，魏荷香想到自己费尽苦心，卖女送儿，还得丢二亩地，又伤心地哭起来。

杨蜻蜻看见父母心中有事，母亲哭得可怜，只悄悄地拣菜、洗菜，加倍地殷勤动弹，害怕一事不周到，替父母加气。魏荷香哭着，因见她这样年小懂事，忽然想起来她明天就要到别人家做童养媳妇，害怕她年岁小，不会侍奉公婆，在赵五巧手下受气，便趁空儿把她教导一番，杨蜻蜻只是默默静听，说是一定要听娘的话。

不觉一夜过去，次日天明，他们正吃早饭，忽然听得院里有人走动，知道是潘巧仙她们来了，杨蜻蜻先慌了手脚。

杨蜻蜻的心正跳得慌，门帘儿响时，进来两个女人，正是潘巧仙和赵六巧。一见她们，杨蜻蜻的一颗小心早已“咚咚”地跳个不住。潘巧仙跟魏荷香说了几句家常话，便对杨蜻蜻说：“蜻蜻，你怎么只管端着个碗不吃？快吃吧，吃罢饭换换衣服，咱们就走。如今人人忙着秋耕，没工夫呀。”

这时，杨蜻蜻才发现自己还端着碗。她说：“急什么哪！烧香赶会反正就是今儿一天。”于是，她吃饭吃得更慢了。她想到打今天起，就要离开爹娘，就不是这个家的人了，再也不能帮助娘带弟弟妹妹们了，再也不能帮助娘多做些零活儿，使娘腾出手来，多给别人做些针线活儿，多赚个升儿八合，弟弟妹妹们也能稠点喝半碗……想到这些，不由得鼻子一酸，掉下泪来。她刚刚放下碗，潘巧仙就把赵六巧提的那个小包袱夺在自己手里，打开来，取出一件红夹袄儿，一条蓝裤，一块毛巾，一对绣花鞋儿，跟杨蜻蜻说："蜻蜻，快些穿吧，穿好了咱们就走。"

只听得一个"走"字，杨蜻蜻撑不住气，"哇"地一声大哭起来。并且一口咬定不穿潘巧仙拿的衣服。魏荷香见她这样，自然也是伤心万分，因想到女儿这一步路是走定了的，硬劝着她把衣服换过了。这时，杨蜻蜻低头看看自己的一身，真个是花枝招展，一点也不像自己家里的人，倒像是从梅花大院出来的小姐，心里更加难受起来。又回头看看狗狗、鹿鹿他们，只见一个个穿得破破烂烂，如同乞讨叫花一般，跟自己的一身一比，觉得他们十分可怜，不由分说，她又把穿好的新衣新裤新鞋一齐脱下来，扔给赵六巧，仍然穿了自己的旧的。无论是潘巧仙说也好，她娘劝也好，她只是不穿婆婆家的衣服。

因为潘巧仙催得紧，杨蜻蜻只得准备动身。临走时，她又把小鹿鹿拉在自己身边忙了一通。鹿鹿戴的帽子本来不偏不斜，她又替他正了正，鹿鹿的鞋带本来系得紧紧的，她又替他系了系。好像她替弟弟系这一次鞋带，就可以紧一辈子，就可以替她娘省下几十年工夫似的，忙个不停。魏荷香见女儿这样行动，想起她年小懂事，想起她小小地就要到别人手下去做人，去听人的吩咐，去看人的白眼，哭得更痛了。杨永福看见女儿悄悄地忙东忙西，想起她今年才是个十四岁的孩子，就要离开父母，到别人手下去受折磨，心里想：蜻蜻这么小，就要去别人手下去做人；明儿虎虎也要去梅花大院当小长工，我一个人命穷也罢了，儿女们跟着我也不得好活一天，他们作了什么孽？……想在伤心处，猛不丁站起来，说："潘婶子，你们忙你们的去吧，蜻蜻今天不走了。我家锅开了没米下，是没全家的米，难道单单是少了蜻蜻的米！"

潘巧仙看他的脸色不对，生怕有了变故，耽搁了自己的嘴，忙说："永福，你也是四十岁的人了，五谷杂粮不知吃过多少，怎么还这样不懂事，养活闺女迟早是一门亲戚，今天不走明天走，反正是别人家的人，少不得要离开父母的，难道能在父母身边活一辈子吗？别说咱们是庶民百姓，就是朝廷佬儿养了皇姑，还要寻着个驸马官儿哩，有几个闺女是批了老女坟的？你手托胸前想想我的话对不对？"

杨蜻蜻一见父母为着自己之事伤心，连忙装作并不十分伤心的样儿，说："爹，你也不用生气了，咱们已经收下人家的钱，也退不回去了，我该走只说走，你以后该动弹是要动弹，不过该休息也要休息。"又对魏荷香说："娘，你也不要哭了，看哭得肚里有了凉气，生了病，咱们不是个请得先生抓得起药的人家，你要是有个好歹，鱼鱼、鹿鹿、狗狗他们不是更要受苦吗？"回头又对十二岁的鱼鱼说："鱼鱼，你也不小了。以前有我，你只知道在街上玩儿。以后你也该学点儿出息，常常带带狗狗、鹿鹿他们，也该学着扫扫地，看看火，洗洗锅，切切菜。咱娘的针线活儿多，她忙呀。"最后才对潘巧仙说："走吧！"

潘巧仙见她嘱咐了小的又嘱咐老的，说了许多，早就着了急。如今听她说要走，正盼之不得，忙说："罢罢罢，谢天谢地，我只当你的话还有三大车，却原来也有个完。长了这么大，没见过一个十几岁的孩子有这么多的啰唆……"她一边说一边走，杨蜻蜻也随后跟了出来。才走在当院里，她忽然想道：吃了饭，我还没有给我娘把锅碗洗洗，怎么就走了呢？从今以后，我再也不能替我娘洗锅了，今天我定要替我娘再洗一次锅。便说："你们等一等，我还有一件事哩。"

潘巧仙见她又要返回去，十分不乐。当她有什么要紧事，谁知返回屋里看时，才是为着洗锅的小事。气得她满脸绷着青筋说：“这个小蜻蜻呀，真真是个淘气鬼，洗个锅碗，你娘不会洗?”说着，就要夺她手里的刷子。杨蜻蜻狠狠地把她一推，推在三步以外。潘巧仙生了气，骂道：“好一个厉害闺女呀！活像一只狼！女孩子家哪兴这个样子？若是到婆婆家还是这个样儿，小心你的皮肉!”

杨蜻蜻只管低着头洗锅，并不理她。杨永福夫妇不让她洗，说是既要走就趁早走吧，她也不听。等得把锅碗洗好以后，潘巧仙又催她走，她又对爹娘说了几句离别之话，这才走了。

潘巧仙害怕杨蜻蜻耽搁时间，不能快些儿到高辛富家吃好饭去，她领头儿走得特别快。杨蜻蜻随后跟着，才走出大门，又想道：今天早上忙东忙西，连地也没有扫一扫，今天一走，以后还能替娘动弹吗？于是，她这次连说也没有说一声，扭头就返回去了。

潘巧仙在头里走着走着，听不见后边的脚步声，心里嘀咕，连忙回头看去，可不是又不见人了。气得她浑身哆嗦，三脚两步跑回杨永福院里，嚷道：“你怎么又返回去了？这是到别人家当媳妇去，以后不过是一门亲戚，回来看爹娘的时候多着哩，又不是今天走了，烧了断亲纸，再不回来了。你到底要返几次，告我们说，也有个数儿……”

杨蜻蜻见她出口伤人，恼悻悻地说：“你说话嘴里干净些吧！谁是不认爹不认娘的猪狗畜类，你跟谁说这些话去，我们家虽穷，受梅花大院的欺侮也受够了，你也来糟践人，我们不受!”

潘巧仙也感到自己的话说得难听，一下子没了好说的。杨蜻蜻不理她，回得家来，寻了笤帚就扫地。她为了在爹娘的身边多待一会儿，就故意拖延时间，比往日扫地扫得特别细致，大凡床底下、桌底下……都扫了个遍遍的。潘巧仙看见她那种不慌不忙的样儿就生气，说："蜻蜻，扫那么干净做什么？扫这一次，难道能干净一辈子不成！"

杨蜻蜻说："我给我娘扫地，也该你管哪？"

潘巧仙也只好耐着性子慢慢地等。只等她扫完以后，又向爹娘告别过，才又动了身。她们出在院里，潘巧仙心里念佛道："罢罢罢，阿弥陀佛，可算是把这个小精灵鬼领出来了。"

杨蜻蜻一走，杨永福带着全家人一齐送出大门外边来，正好看见张春风、魏玉燕娘儿俩，魏改香、贺小驴娘儿俩，还有杨三婶、黄大娘等，一齐赶来送蜻蜻。杨蜻蜻见妗妗、姨姨们来送自己，自然又说了几句感谢话。

再说杨永福看见女儿含着两眼泪，默默无声地跟着潘巧仙走了，想起别人家出嫁闺女，又是马，又是轿，又是吹，又是打，热热闹闹的，只有自己的女儿离开爹娘时，连个炮也没有响一声，就这样不声不响地步行着走了，觉得自己实在没出息，对不起女儿。他再也不忍看下去，只觉得心里一阵疼痛，连忙低下头来，返回家里，一头栽倒在炕头，不由自主"呜呜"地哭起来。亲戚、邻居们正在大门口目送蜻蜻，听得屋里有人哭，连忙赶回屋里看时，见是杨永福双手捺着心口痛苦，只当他是得了什么急病。魏荷香说："他有个肚疼根儿，只怕是又犯了。"就连忙翻箱倒柜地寻起生姜来。因为贫苦人家有了病，请不起医，吃不起药，总是拿生姜汤治疗的，好像姜汤是万灵宝药，可治百病。魏荷香滚着姜汤，众人先问杨永福道：“是不是肚疼病又犯了？”

杨永福只是低着头痛哭，并不言语。等得魏荷香把姜汤滚好，要他喝时，他才猛张飞似的坐起来，把那碗姜汤狠狠地一推，只听“咔嚓”一声响，打了一地。这才哭诉道：“只怨我没出息！只怨我没出息！我白吃了四十年饭，——谁像我？谁的闺女像我的闺女，一辈子就这么一次，连个牲口也没骑，连个炮也没响一声，这哪里像闺女离娘，倒像是……”

众人见说他是为着女儿的事情伤心，大家都觉得这件事办得太仓促了些，都替蜻蜻抱屈。因为事已如此，大家只好编出许多道理来安慰杨永福，说什么“蜻蜻是个懂事的孩子，好也好，歹也好，她不会记怪你们做父母的”。又说：“咱们的闺女是嫁女婿的，又不是嫁马嫁炮的，只要将来绾起头来以后，他们小两口能和和顺顺地白头到老，比什么也好……”等等。亲戚们又比古说今地劝解一番，见他的情绪好了些，这才陆续散去。

这两天，因为梅花大院逼租，杨蜻蜻当了童养媳，杨虎虎明儿也要到梅花大院当小长工，又要丢地……一连串儿几件事加在一起，杨永福心中本来不快，今天下午他又受了点风，晚上睡下，竟发了一夜烧，次日早饭后，他的鼻孔有些堵塞，说话还是瓮声瓮气的，手跟囟门还是火烧火燎地滚烫，明明是伤风了，魏荷香劝他在家休息一天，他不肯，上午只歇了半天，下午仍然下地干活儿去了。不过，因为有病，寨岭地岭风大，没有到那里去，只到背风的霞河湾（就是租种梅花大院的地）刨茬去了。杨虎虎今天没有下地，他想到自己再过一两天就要到梅花大院去当长工，应该给家里攒下几担烧的煤，所以他上午到芙蓉镇去担了一担，下午又去了。太阳偎山时分，当他担着煤进村时，忽然看见孙牛牛、黄七蛋等胳肢窝夹着几块木板出了村，直奔寨岭山上去，断定他们是占地去了，吃惊不小。他担着煤加快步伐，跑回家来，上气不接下气地问："娘，爹去哪里了？"

魏荷香见他的气色不对，忙问："你爹下地去了，又出了什么事情？"

"孙牛牛到寨岭山占地去了！"

"真的？快到霞河湾叫你爹回来。——不回来也好，叫他快到寨岭山去看看——他们占地也只该占二亩，他们可只能占二亩，不能多占下二亩呀！下二亩比上二亩要多打两石粮食哩！"

杨虎虎等不得她说完，早已跑着走了。他一口气跑到霞河湾地里，见爹正在有气无力地刨茬，忙说："爹，孙牛牛到寨岭山占地去了，娘叫你快快去看一看。他们要占地，只能占上二亩，可不能占下二亩呀！"

杨永福听得此言，正如当头一声疾雷，吓得他出了一身冷汗。马上背起镢头，说："咱们快快走！"才走得十几步，他就趔趔趄趄地东一摇，西一晃，走不动了。杨虎虎看情况不对，看看他的脸色，竟比黄表还黄，眼窝儿也塌下去好深，再伸手摸摸他的囟门，一沾手，就如同放在烧红的铁块上一般，好烫手，一见这般情景，知道爹的病不轻，忙说："爹，你的病挺重呀，你走不动，就叫我去看看吧。"

杨永福强打精神说："活一个人，谁不头疼脑热，头疼脑热也算得病，每天什么也不用干了！"说着，只管摇摇晃晃地往前走。杨虎虎害怕他跌倒，连忙扶了他去，只觉得爹的身子好重，扶也扶不动。看样子他很难上得寨岭山，于是他说：

“爹，你的病不轻呀，我背着你走吧。”

“等我死了你再背吧！如今我还有一口气，我自己会走！”

杨虎虎没法儿，只好小心翼翼地扶着他走。父子二人走呀走呀，走了老半天，才算走到自家地边。杨永福抬头望去，早已不见了孙牛牛他们的影儿，独见他的地边插下一块木头牌子，杨虎虎看时，上写“梅花大院于中华民国二十三年十月初五日占杨永福寨岭山地十八块，共二亩”，正是占了下二亩。杨永福看见一块木头牌子插在了他的地头上，如同是一口利刀插在了他的心坎儿上一般，只觉得心内一阵剧痛，浑身上下随即变作一团软泥，只长长地出了一口气，不由自主地跌倒在地上了。杨虎虎连忙把他扶起，哭着说：“爹，你不要着急，你不要着急……”

杨永福强打精神站起来，又看了那块木头牌子一眼，有气无力地说：“我的天哪！你就这样把我一家活活地坑了！”他又喘了一阵子，就要挣扎着往地里走。杨虎虎说：“爹，这些地方已经不是咱们的了，你还去做什么……”

杨永福听说这些地已经不是自己的了，心里还大为不服，好像又有了精神，愤愤不平地说：“谁敢说这不是咱的地？谁敢说这不是咱们的地？这些地明明是我在山坡一块一块地扛来石头垒起来的，明明是我在那石头缝里一撮一撮地刨了土垫起来的，怎么就不是咱们的了？虎虎啊！你去拿一根尺子来量一量，把这三十六块地的地塄接起来，只怕比万里长城也短不了多少！我打十五岁去，跟着你爷爷在这里每日价垒，每天价刨，整整垒了十五个冬天十五个夏天哪！”……说着，只管往地当中走去。当他走在地棱根时，双手吃力地摸着用大石头垒起来的地塄，摸了这块摸那块，一块块地摸着摸下去。从西头一直摸到东头，好像他要数数这三十六块地，到底是用几千块几万块大石头垒起来的，好像他要这些石头说一句话，它们到底是杨永福垒起来的，还是范守仁垒起来的？又好像摸亲儿亲女的头一般，越往前摸，越是那么恋恋不舍，他摸着走，走着摸，才摸了三块地的石头，天就黑下来。杨虎虎害怕累坏他，说："爹，天黑了，咱们回去吧！"

杨永福不听儿子的话，还是只管摸着。又摸了一墙地塄，不再往下摸了，却又沿着地块儿走起来。他低着头，迈着沉重的步子，吃力地走着，好像跟亲儿亲女长离久别一般，看看那一幢幢的地塄，再看看那肥沃的地土。心里觉得跟它们离也离不开。他把下二亩的十八块地走了个遍，最后站在一块地的塄根处不动了。他弯腰撮起一把土，送在鼻下嗅了又嗅，正如一位善良的母亲吻着亲生儿子的腮帮一般，嗅得是那样亲切，不忍释手。杨虎虎看看天空已经缀满星星，想到他爹病重，不可在这里久待，便说："爹，咱们回去吧，你有病呀。反正这些地不是咱们的了，还一直在这里做什么？"

杨永福不服儿子的话，咬牙切齿地说："谁敢说这不是咱们的地？谁敢说这不是咱们的地？孩子，你嗅一嗅，你嗅嗅这些土是什么味道儿——扑鼻的汗香味呀！全是咱们父子们身上的汗香味呀！"说着，双手盛着那一把土稳稳地簸了几簸，好像要称称这些土到底有多重似的，然后跟杨虎虎说："孩子，你到底说说，谁敢说这不是咱们的地呢？这几亩地不是天生就有的呀！我跟着你爷爷在石缝里刨土，一撮一撮地垫在这里，不知熬落多少星星，不知熬落多少月亮，才垫了三十六块地，怎么能说不是咱们的地呢？——给你，孩子，你把这一把土带回去。日后我入了土，每到清明鬼节，你不要给我烧钱花纸，只把这一把土放在我的墓前，插一炷香，就算尽到你的孝心了！”

杨虎虎见爹说出这些话来，只当他要寻无常，先吓了一大跳。忙说：“爹，你怎么能说这些话！家里弟弟妹妹们一大堆，离不开爹呀！”

杨永福咬牙切齿地说：“活阎王把人逼在了崖边上，我不得不跳呀！……”说着，他抬头看看天空，天上是满天星星，半片月牙悬在天空，立刻飘来一块乌云遮了去，再低头看看地，到处是漆黑一片，连脚下的地土是什么颜色也看不清了。又向东南方向望去，他想看看霞河村，那村庄也被黑幕遮蔽了去，什么也看不见了。心想：我活了四十岁，哪里闲过一时，到了来还是一无所有！我活了四十岁，在众人面前哪里说过半句狂话，我张嘴没骂过人，伸手没打过人，我跟谁有冤！我跟谁有仇？到了来他们却硬把我逼到死路上来了！死就死吧！反正有我这个人，老婆孩子是个挨饥受饿，没我这个人，他们大不过也是挨饥受冻吧！特别是想到梅花大院荒年逼租，实在有些太欺人了！认为自己斗不过他们，能不斗他！只要把这两只眼一闭，就什么事情也没有了。因此，他今天决意死去。他准备死也死在亲手开的寨岭山地里。趁杨虎虎不留神，他仰面朝天大喊一声：“天哪！你算是把眼瞎透了！”就吃力地向地塄上碰去，等到杨虎虎发觉他爹的行动不对头时，杨永福已经昏倒在地上了。

赶花集

在旧社会里，商业买卖聚集的地方，叫做集市，人们到集市上粜粮食、买商品，叫做赶集。腊月里年货上市以后，因为集市上增加了各色花布、红绿纸、门神、灶爷、年画，满街里摆设得花花绿绿的，人们到集市上去买年货，叫做赶花集。

今天讲的这个故事发生在一九三二年的腊月里。

一入腊月，徐村的几家大户人家，像地主徐正仁，富农徐三胖、张耀祖他们，每天忙着磨白面、做豆腐、碾黍米、蒸年糕……男人们到西羊镇去撕花布、买新帽、割猪肉，打烧酒、揭红纸、捎灶爷，还有锡箔、鞭炮、香、花椒、胡椒、姜，大担小挑，搬回家里来。妇女们起五更，睡半夜，缝新衣，做新鞋……真正是忙死忙活，好像好酒好肉过了年再吃就不香了，新衣新鞋过了年穿就不新了似的，都要争取在年前买到，做好，忙得不可开交，可是有很多的贫苦人家，想做年糕没有米，想撕花布没有钱，也只好等着啃糠咽菜辞旧岁，穿破挂烂度新年了。

徐村的东头有个贫农叫徐银斗，家里五口人，二亩地，土地的数目字还没有人口的数目字大。他家本来有十四亩地，全叫徐正仁、张耀祖他们霸占去了。这年秋天徐银斗虽然打了三石多粮食，可是全给地主徐正仁交了租，抵了债。因为家里穷，锅开了，没有米下，天冷了，没有衣穿。如今虽然是十冬腊月的数九寒天，孩子们还穿着露皮露肉的破单衣。像他们这样的人家，哪里还谈得到碾白面、蒸年糕、赶花集、做新衣的话呢？不想徐银斗的大女儿徐大红今年虽然才只有九岁，却最是个不饶人的孩子。他看见富农徐三胖、张耀祖他们家里的女人们忙着给孩子做新衣，就跑回家里来，向她娘——姚兰香嚷道："娘，眼看就要过年呐，人家玉花娘正给玉花缝新衣哩，宝凤娘正给宝凤做新鞋哩，你就不给我做新衣新鞋？"

这几天，姚兰香正在为着孩子们过新年没个新衣新鞋发愁。心想：过一个黄年大节，不给孩子们缝件新衣服，也给孩子们做一对新鞋；不给孩子们做对新鞋，也该给孩子们补一块新补丁，可是眼看这孩子们穿着赤皮露肉的破褂子，家里连一块补丁也是没有的呀！该怎么办呢？她正在为着这件事发愁，不想徐大红当面向她提出要求来，该怎么答复她呢？想了一想没办法，只得婉言相劝道："大红，她们缝让她们缝吧，咱们不缝。她们穿了新衣服新鞋能过大年，我们穿着破衣服破鞋一样能过大年。等过大年的时候，我给你们做一顿好饭吃。"

徐大红两眼泪纷纷地嚷道："不！我非穿新衣不可！我非穿新衣不可……"

"大红，你怎么不听娘的话呢？再过一年，你就十岁了，大一岁就该多懂些道理才是哩，你怎么……"

"我怎么不懂道理？你叫我扫地我就扫地，你叫我带弟弟我就带弟弟，你叫我做什么我就做什么。非给我做新衣新鞋不可！”

姚兰香把好话说了千千万万，徐大红只作耳旁风过，越吵越厉害。口口声声只说徐正仁、徐三胖他们家的孩子都做新衣穿，她也要穿新衣。把个姚兰香吵得发了脾气，厉声骂道：“由不了你！你有那穿红扎绿的心，我可没有那撕绸拉缎的钱！你嫌你娘不好，你看张三李四好，急速给我跟了张三李四去！你看见徐正仁家里有的吃，有的穿，你给我跟了徐正仁去！你到了有钱人家，任凭你戴凤冠，穿蟒袍，任凭你见一天换一件新的，你娘我睁一只眼闭一只眼，看也不看……”

正吵嚷间，徐银斗回来了。徐银斗在徐三胖家里做长工。今天他赶车送粪，路过自家门口时，听得他女人吵闹，便跑回来看看出了什么事。问明情况以后，他把三个孩子——大红、二红、三红打量一番，因见一个个批破挂烂，把孩子们冻得藏头缩脑，皮青肉肿，看起来十分可怜，便跟大红说：“孩子，别吵了，再迟几天，我到西羊镇上去给你扯几尺花布，叫你娘给你缝一件花夹袄穿，我还要给你们称白面、割猪肉、买年画、量核桃，今年叫你们好好地过一个大年。”

徐大红听了爹的话，心里十分高兴，不哭了，也不闹了。徐银斗又劝了姚兰香几句，便又忙他的去了。他在儿女面前说得很好，不过是为了临时解疙瘩，不使妻女生气罢了，要真的买布、割肉，哪里来的钱呀？他想了两天，想出一个办法来，白天在徐三胖家里干活儿，晚上便回家里来编箩头。一连几个不眠之夜，编成八担箩头，跟主家请了一天假，腊月二十一日这天，到西羊镇卖箩头、赶花集去了。

因为一过大年，春耕就要开始，农具是快货，没有走到西羊镇，徐银斗的八担箩头就全部卖光了，共卖得一串四百铜钱。这时节的徐银斗，心里是多么的高兴呀！一路上，心里暗暗订着花钱的计划：给大红、二红、三红每人撕一件衣服的布，揭红纸一张，买门神一对，称白面五斤……想着走着，一时到了西羊镇，进了西街阁，边走边看，好一番热闹红火的景象：洋货店里，俄国标、德国缎，红红绿绿；京货棚下，蓝布布、青杭绸，花花色色。年画铺，山水、花卉、人物……鲜艳夺目，百花齐放；调料摊，花椒、茴香、大料……浓香扑鼻，五味俱全。年货棚，红纸、绿纸、门神、灶爷、锡箔、鞭炮、香，任意挑选；饭食店，蒸馍、烧饼、糖糕、肉丸，核桃、柿饼、枣，随便购买……这个西羊镇虽然不大，却也有百十家商贾店面，不是三言两语可以写尽的。买卖多，赶集的人也不少，真正是货堆如山，人流如海，很像样子的。这个西羊镇虽说是货多人众，买卖成交率却不大。许多人都是京货棚里进去，洋货店里出来，肉案架前站站，饭铺门口看看，却并不真正买东西，为什么呢？人手缺钱，要知道那时候有钱的人是绝对少数，没钱的人占一大半哩，若问既然没钱，他们又何必到这里来呢？这也有个原因：大多数人都是多多少少带了几个钱，钱虽少，却觉得什么也需要买。可是有了撕布钱，没有了割肉钱，有了称盐钱，没有了打醋钱，所以他们转来转去，不知道该买什么才好。正因为如此，那些买卖商店里的人们，有的闲着没事干，有的想尽办法招惹买主。你看那几家大布庄里的掌柜们：有的端坐品茶，有的埋头看书，有的围炉谈天，有的剥落花生……何等逍遥自在！说到那些饭铺、摊贩，另是一种风光；卖红纸的就“揭红纸”地高声大叫，卖灶爷的便“捎灶爷！捎灶爷”地破喉乱喊。卖杂货的大喊“锡箔、鞭炮、香！”卖调料的大叫“花椒、胡椒、姜！”卖肉丸的大喊“热肉丸!”卖落花生的大叫“焦花生!”那饭店里的厨师把擀面杖在案板上敲得嘣嘣叭叭;那盐店里的掌柜把秤盘在盐缸上磕得叮叮当当……他们喊呀叫呀,敲呀碰呀,这般闹腾,无非是因为他们货堆如山没人买的缘故。假如是今天,人人手里有钱,见什么买什么,商人们应付还应付不过来,哪里还有闲工夫喊呀叫呀、敲案板、磕秤盘呢?

再说徐银斗扛着一根扁担,走进街心,在人群里走着挤,挤着走,东瞧瞧,西看看。转了一个圈,已经过了晌午,却还没有买一样东西,肚里已经饿得咕噜咕噜地喊叫起来。想到买东西还需要一阵工夫。往回走还要十里路程,应该先吃点东西。便走到一家饭铺门口,站在那堆得如山似的蒸馍、糖糕摊前,只管瞅瞅看看的,却不说买什么东西。饭铺掌柜一看有人站在自家摊前,认为买卖来了,高兴得很,十分热情地招呼道:“吃什么?吃蒸馍?又白又大;吃糖糕,糖多油香;吃烧饼,是酥的;吃面条,请在里边……”

徐银斗没有十分注意听掌柜的话,心里只管在想:“买烧饼吃,只怕要吃四五个才能吃饱。五个烧饼要花二百钱,下剩一串二百钱,又要撕布,又要割肉,又要揭纸,又要称盐,怎么能够呢?——还是算了不买烧饼吃,只拿十个钱想买三五个肉丸吃吃好啦!”于是,他离开饭铺门口,便向一个肉丸摊子那边走去。离那摊子还有老远,只见那个卖肉丸老汉早已像迎接什么贵宾似的,亲亲热热地招呼道:“吃肉丸哪,热的。廿文钱一大碗。吃多少?——吃半碗不饱,吃一碗正好,来一大碗吧?”

徐银斗正饿得心慌,看见那又热又香的肉丸子,自然想吃,又见那卖肉丸老头的热情态度,觉得不吃几个对不起人,便说："好吧，来一大碗。"说罢，便坐下来，把扁担横放在膝上，以便腾出手来吃肉丸。他眼巴巴地看着卖肉丸老汉给他舀着肉丸子，一边伸手去腰兜里摸钱，这一摸，他的心又活动起来了。心想：自己肚里饿，家里大红、二红他们不是也饿着的吗？满打满算只有一串四百钱，正经东西还没有买一样，倒先大吃大喝起来……想到这里，他连忙向卖肉丸老汉摆手道："喂！不必舀了，我不吃了，我不吃了！"

卖肉丸老汉今天上市一来，亮着嗓子喊了半天，才做了十文钱的买卖，好容易又碰上徐银斗这个顾客，不想他又变了卦。心里虽然不高兴，因害怕做不成这二十文钱的买卖，只好耐着性儿，苦口婆心地劝解道："看你这个人，要吃就吃嘛。你尝尝咱的丸子，保准又香又热，不香不热不收你的钱。你尝尝看。"

徐银斗道："说不吃就不吃了。"

"不吃一碗，来半碗好不好？"

"一个也不吃了！"

徐银斗站起来走了，卖肉丸老汉直盯盯地看着他的背影，呆呆地站了半天，没好气地说："到哪一夜才能做个好梦，发市发市呢？"又把舀进碗里的肉丸子倒回锅里，发恨骂道："他妈的，人不吃，等到炖烂了，喂狗吧！"

徐银斗听得卖肉丸老汉大发脾气，觉得自己很对不起人，连忙挤进人群里，做贼似的躲躲闪闪地走了。他在人群里挤着，想道：天气不早了，肚里也饿了，还是快点买些正经东西回去吧。一时走在一家布庄棚下，把那布架上各色花布细细打量一番，挑中了一种绿地红牡丹的大花布，跟掌柜的说："掌柜，把那个布拿来我看看。"

这个布庄掌柜也是半天没有发市。他只顾伸着脖子乱喊什么“红布绿布花花布，物美价廉；想撕什么撕什么，百挑不厌……”却没看见顾客临棚了。听得说徐银斗要看布，连忙说：“好好好，你要哪一种？——这一种吗？好，绿底子，红牡丹，又结实，又好看，小孩可做裤子，大人可做衫……”

徐银斗是个软心肠人。他把那块花布拿在手里细看时，本来觉着不大如意，只因这个布庄掌柜说得再好不过，他就不会说个不好了。便问：“掌柜，多少钱一尺？”

布庄掌柜道：“不贵不贵，一尺二百八十文。”

一听说是二百八十文一尺，徐银斗不自觉地倒吸了一口气，心里想道：布匹这么贵，我的一串四百钱，还不能撕得四尺布，就算勉强够大红做一条裤子，二红、三红能不穿吗？过一个大年，不称白面，不割猪肉，也罢，难道连一张贴对纸也不揭吗？想到这里，他只好硬着头皮叫布庄掌柜另换了一样布，价钱是一百文一尺。这样，撕了四尺布，就不能揭纸、抹酱，买些零星东西了。布庄掌柜正拿尺子量布，徐银斗正一五一十地数钱时，忽然听得有人说：“再见再见，劳驾劳驾！”声音很熟惯。回头看去，正是徐村地主徐正仁，徐银斗不觉大吃一惊。因为他欠徐正仁二十一串钱的债，每到年近月满的腊月二十左右，徐正仁就要讨债，不还本也得打利。如果没钱，就抢你家里的物件。可是一碰上你手里有钱，不管你过大年吃肉不吃，也不管你过年有穿的没有，见了钱就一定讨钱，见一文讨一文，见十文讨十文，反正是见多少讨多少，说多少好话都是白费。徐银斗今天到西羊镇上来赶集，原没有想到会碰上这个对头，谁知偏偏就碰上了！他想道：要是叫徐东家碰上我花钱撕布，我这四百铜钱也难以保得住了。为此，他也不撕布，也不数钱了，立刻把手里的钱装回口袋里去，也不向布庄掌柜交代一声，一转身钻到人群里去了。

徐银斗在人群里钻来钻去，从西街转到东街，探头探脑地四面瞅瞅，看不见徐正仁的影儿了；竖耳听听，听不见徐正仁说话的声音了，这才松松地出了一口气，想道：害怕鬼，偏偏就碰上了鬼，真倒霉！我还是趁早撕上几尺布，买上一张红纸，再给孩子们买几个核桃，趁早回去吧。想着，又走在一个布庄摊前，也不敢细看细挑，只说:“掌柜的，撕四尺花布。”

掌柜的见说有人要撕布,格外高兴。忙说:“你要哪一样？”

徐银斗道：“拣便宜的撕就行。”

掌柜的从布架上抽出一卷花布来,说：“你看这个怎么样？一百文一尺，花色又好……”

徐银斗说：“好好好，就这个。”说着，又把钱掏出过起数来。他把钱数够，正看看掌柜的量好四尺布往开剪时，突然又听得徐正仁说道：“价钱是其次，我要先尝尝你的落花生焦不焦。”回头一看，只见徐正仁正在一个落花生担前嗑吃落花生。那个落花生担子离这个布庄相当近，徐正仁只要抬抬头，就会看见徐银斗在这里数钱、撕布，徐银斗一见不是事，不管三七二十一，返身落荒而去了。他总觉得好像徐正仁已经看见了他似的，低着头，哈着腰，在人群里东一挤，西一转，左瞅瞅，西看看，心里还在咚咚地跳着。想道：真奇怪，为什么我前走，他后跟，我到哪里，他也到哪里呢？准是他已经看见了我，看起来，我今天是布也撕不成了，钱也保不住了，大红也穿不上新褂子了，几夜苦工也白搭了……他只顾想心事，不想把一位老大娘的脚给踩疼了。老大娘回头指着他的脸骂道：“你的眼瞎透了?！你的眼长在脊背上了?！你走路不看路，长着眼做什么用哪？你……”

这么一嚷，串街的人们也不串了，都站下来，把徐银斗围在中间看稀罕，徐银斗觉得这么一来，自己的目标更大了，更容易被徐正仁发现自己，心里十分着急。他是个十分老实的庄稼汉，心是直的。向来不会说一句拐弯抹角的话，客气话更不会说。他踩了人家的脚，心里承认是自己的错误，嘴里却说不出话来。因害怕碰上徐正仁，不由分说，瞅一个空子就要溜走。有一个仗义的年轻人看不服，立刻赶了去，把他追回来，逼着他向那位老大娘说一句道歉的话，他支支吾吾大半天，连“对不起”三个字也不会说，只说了个“真是——真是……”回头便跑，挤在人群里没影了。

徐银斗在人群里慌慌忙忙地挤着走着，不免又挤了这个一下，扛了那个一下，挤撒了这个人盆里的盐，碰溅了那个人罐里的油，因此挨了许多白眼相视，受了不少恶口痛骂，他是置之不理，一口气跑到西阁外边，在一个无人过往的草旮旯处坐了下来，喘了半天气，想道：算了，算了，今天这四尺布是撕不成了！没有钱时发愁没有钱；如今有了几个钱，也撕不下布，只有让孩子们原身破衣过大年去吧！又一想：我若是这样赤手空拳地回去，大红那个小精灵怎么能容得过我呢？——我不信这么大一个西羊镇，布庄十几家，偏偏就能碰上徐正仁，还是去碰碰运气吧！为了防备万一，他把那一串四百钱分成四份，分别藏在了腰带、口袋、鞋窝里，假如碰上徐正仁，他讨也讨不尽，搜也搜不尽，剩下几个钱，就是不够买布，也能揭一张红纸，省得别人说自己家里死了人，过大年连个红纸对联也不贴。于是，他忙着把钱分开，藏好，又磨磨蹭蹭地向镇子里走去。又在一家布店门口，左顾右盼一番，并不见徐正仁的影子，这才进了布店，糊里糊涂地指定一种布，就嚷着要掌柜的拿过来撕。好在当时与现在不同：街上人虽多，真正买布买肉的少。买什么很快就会买到。掌柜的本来半天没有发市，见有人要买布，心里暗暗念叨："昨天晚上可算是做了个好梦了！"随即拿过一卷布来，就要量。徐银斗也顾不得布匹的质量好不好，花色好不好，就拿出钱来过数。正一五一十地数着，不防从背后伸过一只大手，猛不丁把手里的钱夺去一半。徐银斗怀着鬼胎回头一看，却是徐村的富农张耀祖。

徐银斗做梦也没有想到自己的"运气"这么坏，三年五年都不赶一次花集，巴巴结结赶了这么一次，偏偏就跟了这么多债主来。原来，他也欠张耀祖二十串铜钱的债。既然是债主把钱夺去，还有什么好说的呢？不过为了不使精灵的大红失望，只好多进好言。便跟张耀祖说："东家，这是我几黑夜不睡觉，编了几担箩头，卖了几个钱，给孩子买几尺布，缝一件褂子穿的。眼看就要过年，孩子赤肩露膀地走不在人前呀。我欠东家的钱，今年还不了，还有明年，反正将利作本，到明年利上加利也是一样的……"

张耀祖打断他的话说："算啦算啦，你说的这些话叫谁听哪？你过年别人不过年吗？你的孩子过年该穿新衣服，我的孩子过年就不知道穿新衣服吗？——你的利该是六串，这才六百文，你还差得远了哩。你手里还有多少？拿！"

徐银斗见张耀祖的来势不妙，想到让他把钱全部搜去，回去没法交代大红，又苦苦哀求道："东家，我真的没有了，我求你高抬贵手……"

不等徐银斗把话说完，张耀祖冷不防照他的那只捏得紧紧的手狠狠地一个飞脚踢去，只听"当啷啷"一声响，徐银斗手里的四百铜钱全部撒在柜前地上了。张耀祖正要低头弯腰去捡那些铜钱儿，只听有人说：“耀祖，慢点，小心折了腰，不得高高兴兴过大年了！”

张耀祖、徐银斗二人一齐回头看时，正是地主徐正仁。徐银斗看见又来了一个债主，自然又加了层愁苦。徐正仁比张耀祖的势头大，张耀祖有点失望了。徐银斗知道碰上徐正仁没好，只得争取主动，先开口说道：“东家，你也赶集来了？这，这是我几夜没睡觉，编了……”

徐正仁哪里愿意听他的话，横眉瞪眼地骂道：“好个没良心的东西，有了钱不说还人家的债，倒大模大样地赶花集来了！——你身上还有多少？”

徐银斗战战兢兢地说：“大东家，没有了，真的没有了。满共八百钱，都给张东家了，反正……”

徐正仁不听他的，回头对张耀祖说：“耀祖，给我搜！”

张耀祖应了一声“是”，真的在徐银斗身上乱搜一遍，结果，又搜了四百铜钱，全部交给了徐正仁。徐正仁对徐银斗说：“银斗，限你三天期，到期交不上，别想在你那三间老东屋里过年了！”

徐银斗身上的钱全被他们搜光了。又听说三天以后交不上利就要占房，吓得他舌头也硬了。他糊里糊涂地不知咕噜说了一句什么，打布店里出来，只觉得肚空心跳，头晕眼花，浑身瘫软，两腿无力，如痴如呆地打大街人群里走过，只听“撕花布啦撕花布！”“揭红纸啦揭红纸！”“热糖糕啦热糖糕！”“焦花生啦焦花生！”……满街里乱喊，他不听这些喊声，心里的气头还小些，听到这些喊叫声，只觉得如同万箭穿心一般难受，再也不愿意听下去了。便强打精神，离开西羊镇，有气没力地向徐村方向走去。

苦女

这篇短文写的是山西省黎城县西仵村顾花荣老大娘的家史。既然是家史，顾名思义，被写的人就应该是既有“家”，也有“史”，才可以算是“家史”。说到顾大娘，她今年五十一岁了，自然有五十一年的经历，她这五十一年的经历写下来，当然可以算做“史”，可又很难算做“家史”，因为她的前半生根本就没有个家，她前前后后虽然在四个家里生活过，可是没有一个家可以真正算作她的家，叫人怎样为她写家史呢？这倒是个难题了。想来想去，顾大娘虽然半辈子没有个真正的家，可是她有的是如何离家逃生的故事，有的是在别人家里受尽折磨的故事，有的是在那些个似家非家的家里吃尽苦头的故事，今天就把她如何“离家”逃生，如何在“别人家”里受折磨，如何在那些“似家非家”的“家”里吃尽苦头的故事写出来，大概也可以算作“家史”吧。

离家

顾花荣原是河北省武安县山庄村人。她五岁那年，家乡遭了大水灾，颗粒不见，全家十一口人吃什么呀？他们啃树皮，煮野菜，到了腊月里，连野菜也找不到了，一连数日家里也没有烧过火，花荣她爹眼看着六个孩子，一个个皮包骨头，快要饿死了，把他愁得几夜里没合眼。一天晚上，花荣睡下以后，听得爹对娘说："这日子难过呀，非活活饿死不可呀！咱们大人饿死没啥！这么大年纪，没有吃过好的，粗茶淡饭也吃了几十年，没有穿过好的，披破挂烂也穿得不少了，可孩子们呢？粗糠野菜也没吃得几顿呀！就该这样把他们活活地饿死吗？……"

又听娘说："照这样再过几天，想不死也活不成！他爹呀，你也该想个法儿让孩子们逃逃活命呀！……"

花荣年岁小，不管活得了活不了的事，大人说着话，她却睡着了。一觉醒来，天还不大亮，娘就喊叫起花荣和她的三姐荣花来："花荣，花荣，快起来吧。"

花荣看看天还不亮，不想起，说："黑洞洞的就叫我们起哪？我不起。"

娘说："花荣，起吧。你姑姑捎信来，说她有病，你跟三姐也该看看姑姑去。姑姑家里有吃的，不比在家好？快起来吧。"

听说要到姑姑家，花荣马上高兴起来，自己一滚身起来就穿衣服，又催荣花："三姐姐，娘叫咱们去姑姑家去哪，你怎么还不起？"

荣花也起来了。姐妹俩穿着衣服，娘就忙着烧火、坐锅，把仅存的二升玉茭面舀出半碗给她们做汤。花荣看了奇怪，心想：娘天天说留着那二升玉茭面叫过大年吃，今儿个怎么就吃开了？便说：“娘，你不是说留着玉茭面叫过大年吃吗？今儿个怎么就要吃？不过大年啦？”她看看娘，娘却哭起来，说：“你们要走路，不吃点行吗？剩着还有哩！”

听说还剩着玉茭面，花荣不再问了。等到娘把饭做好，姐妹俩吃了，花荣爹到邻家去借来一头毛驴，把花荣她们唤出来就要走，看见牲口，花荣好奇地问道：“爹，去姑姑家怎么还要骑驴？”

爹说：“才下过雪，路不好走，你们骑了牲口走吧！”说罢，爹的眼里就掉下泪来。回头看看娘，只见娘也哭得泪流不断，花荣的心里就更加奇怪了：“过去我们去姑姑家，爹不哭，娘也不哭；这次我们去姑姑家，爹跟娘哭什么哪？”这当儿，只见娘抹着眼泪说：“花荣，走吧，到了姑姑家，记住要听大人的话，嘴要甜些儿，手要勤些儿，夜里要小心灯火……”话没有说完，又放声哭起来。花荣说：“娘，你只管哭什么？我们去姑姑家又不是不回来了！”她这么一说，花荣娘反而哭得更痛了。这当儿，花荣爹连忙把两个女儿抱上了驴，在驴屁股上打了一鞭，小毛驴跑着走了。

才下过雪的腊月天，西北风呼呼地刮着，荣花、花荣姐妹俩骑在驴背上冻得直发抖。花荣说：“三姐姐，好冷哪！”

荣花说：“快把人冻死啦！”

爹说：“冷吗？咱们走快点儿，到了姑姑家就不冷了。”

说着话，荣花发现走错了路，便低声跟妹妹说：“花荣，姑姑家的村子在那边儿，爹怎么把驴赶到这边儿来了？”

花荣左右看看，也说：“我记得，这不是去姑姑家的路。”

“准是爹忘了路了。”

“爹是大人，怎么还能忘了路?”

“咱们还是问问爹吧!”

“问问爹!”花荣便说：“爹，这不是去姑姑家的路呀，你是个大人，怎么还记不住去姑姑家的路呢?”

花荣爹在后边说：“小孩子知道什么！你姑姑搬了家了。走吧，错不了。”

听说是姑姑搬了家，姐妹俩没说的了。她们俩就在驴背上商量着到了姑姑家跟姑姑要什么好吃的，要什么好玩儿的，说得很热闹，却听不见爹吭一声儿。花荣回头看看爹，只见爹一边走着，一边还在哭着抹眼泪，花荣心想：爹走着路哭什么呢？他不想走路吗？便说：“爹，你骑驴走吧，我们下去走路。”

爹连忙拭拭泪，说：“你们骑着走吧，爹不想骑。”

花荣又问：“你不想骑驴，哭什么呢?”

爹说：“大人们冷天走路都要流泪的。”

“我长大了，冷天走路也要哭着走吗?”

“都一样。”

花荣很奇怪为什么大人冷天走路要流泪，想着走着，到了过午时分，走到一个村子里，花荣爹说要在这里歇一歇，找点吃的再走，就把两个孩子从牲口背上抱下来，走进一个人家，那家的一个女人对她们倒很亲热。一会儿，那女人端来两碗汤，花荣姐妹俩正嫌饿，不问长短，早已狼吞虎咽地吃起来。这当儿，只见又来了一个男人，花荣爹跟那人说了几句话，两个人就拽着衣襟，把手伸在衣襟下边，你捏捏我的手，我捏捏你的手，不知道是干什么。花荣偷偷地问荣花：“三姐姐，爹在衣裳下边捏手做什么？”

荣花说：“管他哩，许是嫌手冷吧。”

一会儿，只见那个男人拿出钱来给了花荣爹，荣花忙着偷偷地跟花荣说：“花荣，坏了，爹把咱们卖了！”

花荣不信，说：“爹才不肯卖咱们哪。”

这时候，花荣爹走来对花荣说：“花荣，你在这里坐一坐，我跟荣花去给你买饼子吃。”

花荣说：“姐姐去，我也要去。”

花荣爹说：“姐姐八岁了，比你大，叫她跟我去吧。你还小，看出去冻坏你。”

花荣不说话了，只见她爹拉了荣花就走了。花荣只盼她爹快点儿买了饼子来吃，谁知等了半天，却不见爹的影儿。后来听得门响，她只当是爹买了饼子回来，连忙跑去开门。门开了，可是进来的不是她爹，却是一个陌生的大汉子，把个花荣吓得退了回来，不想那个汉子却跟上来，拿出一个饼子来说：“你愿意吃饼子吗？”

花荣急着找爹，不想吃饼子，说：“我要找爹去，我要找爹去！”

那个汉子说：“找爹吗？好，跟我来，我知道你爹在哪里。”

花荣找爹心切，真的跟着那个汉子走了。东走西走，来到一个高门楼大院子里，进了屋子，花荣一看，只见一个胖老婆坐在炕上，并没有爹，便问：“我爹在哪里？”

那个胖老婆冷冷地说：“你爹把你卖了，哪里还有你爹呢？……”

听说是把她卖了，花荣打了一个寒战，立时放声大哭起来，嚷着要找爹。她哭着跑到门口，那个胖老婆又把她拉回来，“哗啦”一声响，把门关上了。

在“活阎王”家

花荣不见爹和姐姐，痛哭了一场。一个五岁的孩子究竟还不怎么懂事，哭了一会儿也就不哭了。到了吃饭的时候，掌锅的张妈给她端了大米粥来，她肚里饿，很想吃，可是刚吃了几口，她想起爹跟姐姐来，又吃不下去了，就哭起来。那个胖老婆骂道：“你只管哭什么？你爹死了？你娘死了？”

花荣不敢哭了。胖老婆问：“你姓什么？”

花荣抹着眼泪说：“姓顾。”

“你叫什么？”

“花荣。”

“你今天来到我家就不姓顾了，咱们家姓程，你以后就姓程了。名字也要改一改，以后你就叫梅香好了。”

花荣心里老想爹跟姐姐，也不管改姓换名的事，只管哭。胖老婆嫌她麻烦，叫来张妈把她领到厨房去了。张妈问起花荣的事，也伤心地掉了泪，说：“这么一点点大就离了娘，到人手底来做人，可怜死了。看起来，我的命苦，你的命也不好呀！”

花荣听她提到娘，哭得更痛了。胖老婆在正房里喊道：“张妈，那个小贱东西还直管哭什么？”

张妈应道：“她想娘哪。”

胖老婆骂道：“想她娘的屁！来到我家里，吃了我家的，不许她想娘，不许她哭。再要哭，看我过去摔不死她！”

花荣不只离开了娘，没有在娘的身边生活的权利，连想娘的权利都没有了，她哭得更痛了。胖老婆听得动了脾气，走出正房，在院里喊道："梅香，你给我出来。"

花荣还是只管哭，没有出来，连声也没有应一声儿。胖老婆又骂道："梅香，我唤你，你怎么不答应？架子不小呀！"

花荣这才说道："我叫花荣，我又不叫梅香！"

"放你娘的屁！小小孩子那么嘴硬，再敢犟嘴有你的好看！你今天来到我们程家，吃了我程家的，就要你叫梅香！"

花荣不敢哭了。

次日天明，胖老婆把花荣叫到正房里，给这个五岁小女孩派活儿，要她每天扫地、抹桌、端饭、送尿盆等等，还马上丢给她一把黍毛笤帚，说："给我扫地去。"

花荣一来岁数小，二来在娘的身边有三个姐姐干活儿，哪里会做这些，她还认为在这里跟在娘的身边差不多，不会做的活儿就应该说不会，便说："我不会扫。"

"你就会吃吗？你吃了我程家的饭，就得给程家动弹。给我扫！"

花荣害怕她，只好去扫地。一个五岁的孩子哪里会扫地，东一下，西一下，隔一片，丢一块，扫得不像样子。这时候，买她的那个大汉子——程家的少东家程永远进来了，看了花荣扫的地，照屁股一脚踢去，骂道："白吃饭的狗，看你扫得像什么？！鸡毛蒜皮丢下不扫，留着叫你今天吃呢，还是叫你明天吃呢？……"说着又是一连几脚踢来，小小的花荣只好返工再扫。这么着过了三天。第三天夜里，胖老婆让花荣独自个到西房去睡。一个五岁的毛毛小女，若是在娘的身边睡觉，还要娘替她操心，怕冻着她，一夜里给她盖几次被子；怕滚在火上烧着她，一夜里要照看她无数次。可是如今谁来照看她呢？不懂事的小花荣睡到半夜把被子滚在火上着火了，她却还在梦中。一会儿，火苗烧在她的腿上，她觉得疼，这才惊醒过来，看见被子着了火，可把她吓坏了："被子烧了，明儿少东家知道了，非打死我不可！"她害怕明儿挨打，就忙着救被子。她用双手去搓拿被子上的火苗，把双手烫得生疼，她不敢搓了；她赤着脚去踩火苗，又把脚烧疼了，她不敢踩了。没了法儿，一个人低声哭着喊叫起来："爹呀，快来弄灭火呀！娘呀，快来……"她喊爹，爹不应；她叫娘，没有娘，到了还是只有她这么一个孤零零的五岁小女。哭了一阵子，她忽然看见了火边那一把茶壶，就忙着掂起茶壶往着火的被子上浇水，这才把火扑灭了。

小花荣没有被子盖了，又闯下大祸，想到天明以后又要挨打，吓得她哭了半夜。次日天明，少东家知道了烧被子的事，就把小花荣拉到正房里来，照脸先是几巴掌，骂道："贱骨头，谁叫你把被子烧了?!……"

花荣哭着说："我睡着了，我又不知道！"

少东家发火了："烧了被子你还有理哪?"

胖老婆在一旁嚷道："打，给我照嘴打！"

少东家立时照嘴又是几巴掌，打得花荣鲜血淋淋。胖老婆还不满足，在一边说："打得太轻！打得太轻！给我重重地打，要不，她今儿烧了我的被子，明儿还要点一把火来烧了我的房子哪！"

于是，少东家就去找来两块大瓦，"咔嚓"一声摔在地上，摔成了碎瓦块，又用斧头把大瓦块砸成核桃大小的碎块子，铺在地上，指着花荣说："你给我跪在上边！"

花荣看看那一堆三尖八塄的碎瓦块，想道："跪在那上边多疼呀！”她迟迟不想跪，小东家一把抓住她，拖了过来，把她按在碎瓦块上跪下了。疼得她弯腰弓背地痛哭起来，少东家却要她把身子挺直，又去端来一块土坯放在她的头上，倒了一碗开水放在土坯上，骂道：“你敢动一动摔了我的碗，我抽了你的筋！剥了你的皮！”然后，便拿皮鞭子没头没脑地乱打起来。小花荣吃不住，身子一歪，头上的碗掉了下来，少东家打得更加凶狠。厨房里的张妈听了心疼，连忙跑来说情：“老太太，少东家，你们饶过她这一次吧。她有错是该打的，可是打几下就算了，一个五岁娃娃，哪里受得住这样的苦刑呢……”

少东家骂道：“这次不打，还要惯了下回，非狠打不可！”说着，又是几皮鞭子。花荣挨着打，只管哭，什么也不说。张妈看了既可怜她又气恼她：“这个傻孩子呀，怎么连句求情的话也不会说呢？”就连忙教给她：“梅香，你怎么不说话，快说：‘少东家，我以后再也不敢了。’”

小花荣这才照张妈的话说了，少东家又打了她几皮鞭子，算是停了手。因为她烧了一条被子，以后程永远一年没有给她被子盖，她终年和衣睡在炉边，冬日里冻得满身生了冻疮，脚也冻烂了，满肚的苦水她能向谁说呀！

再说花荣挨了这一顿打，浑身的伤痕直到过大年时节还没有好。别人穿红着绿高高兴兴地过大年，小花荣却是偷着空儿哭鼻子：一来是因为伤痛；二来是因为想爹想娘。她偷偷地跟张妈说：“张妈，我真不想在这个‘家’了，我还要回我爹我娘那个家去。”

张妈说：“傻孩子呀，你想想，东家肯放你走吗？还是咬着牙苦熬吧……”

“他们不放我走，我不会偷偷地走？”

“就怕你跑不了，少东家把你逮回来，还得揍一顿。”

说到挨打，小花荣不敢走了，只好在程家硬着头皮熬。

正月初五这天，程家在院里天地爷神像前供献的麻糖丢了两块，程永远却平白无故地拷打起花荣来。他把花荣叫来，花荣看见火上早已烧红了一根火箸，好像进了阎王殿一般可怕。程永远大发雷霆：“梅香，你干的好事呀！”

花荣不知他说的是什么，只说：“我又怎么了？”

程永远劈头先是一皮鞭子，骂道：“你倒会装！我问问你，谁叫你把给天地爷供的麻糖吃了？！”

花荣听了这话，觉得很冤枉，就理直气壮地说：“我见还没见过哩，我啥时吃了？”

“你问谁？你还有理啦！”程永远说着就又打了两皮鞭子，小花荣不服，嚷道：“我没有吃，你怎么也要打？我没吃你也打？……”

胖老婆见花荣还敢犟嘴，嚷道：“永远，给我用火箸烫这个贱骨头！”

程永远也大声嚷道：“你犟嘴？我今天就要看看谁厉害！”真的去掂来那根已经烧红的火箸在花荣的背上一烙，小花荣吃不住，“啊呀”大叫一声，倒在地上了。程永远还在问：“你吃了没有？”

花荣孩子家不会撒谎，受了这么大的苦刑，她还是说没吃。程永远又在她的背上烫了几下，小花荣疼得遍地里乱打滚，呼爹唤娘地乱叫乱嚷，把张妈惊动了来。张妈看见小花荣可怜，被烫成这般模样，她还一口咬定说“没吃就是没吃”，心里说：好个刚强的孩子，受了这么大的刑罚还犟嘴，可惜你不懂，这不是犟嘴的时候呀！就忙着教她：“梅香，不要嘴硬，你就说吃了，少东家就不打你了。”

花荣听了张妈的劝导，支支吾吾地没吭声。

程永远以为她默认了，这才停了手，厉声问道：“你是几口吃了的?”

花荣没有吃，自然也说不来是几口吃了的。

“谁叫你吃的！没见过你这个贱骨头，大正月里偷吃供食，我今天非打死你不可！”程永远一边骂着，一边又打起来。张妈实在看不过去，大着胆子说：“少东家，你怎么还要打？人家是来逃生的，不是来送死的，你不能这样！”

程永远嚷道：“我打死她，你能怎样?!”说着又打起来。张妈怕花荣经不住，只好改口说软话：“少东家呀，花荣是你们花钱买的，你打坏了她，不能伺候少东家，不是把那二十多吊钱白白地扔了吗?”

说到钱上，程永远心想：他妈的，打得她不能动了，我花钱买她做什么？这才不打了。

小花荣来到程家不到十天，就受尽了人间苦刑，她不愿在这里，可是还得在这里苦受。就这样，她在皮鞭子底下苦苦地受了十二年折磨，到她十七岁那年，程永远看看花荣长大了，模样也不赖，想讨她做小老婆，便央了一个本家婆婆来与花荣说合。花荣一向把程永远看做是她的刻骨仇人，当然不愿跟他结亲，便一口回绝了。

那女人还劝诱她：“别傻气了，你看少东家房有房，地有地，开着几座大买卖店，丫鬟使女好几个，你跟少东家成了亲，不是也能享几天福吗?”

“有房有地是他们的，我不稀罕！”

那女人说不服花荣，只好去向胖老婆作交代。胖老婆存心不愿让花荣走掉，便亲自来找花荣说合："梅香，叫你跟少东家成亲，你有啥不愿意的？咱们家可是好时光呀，你看咱们家里衣满箱、钱满柜的……"

花荣不愿听她啰唆，便说："知道你有钱！你要没钱还使唤我们这些丫鬟使女哪？你要没钱，还敢打人?!"

胖老婆碰了一鼻子灰，破口大骂着走了。回头跟程永远说了，程永远气得咬牙切齿："他妈的，真是烂狗肉不上秤盘，今天就要你看看我的厉害!"一怒之下，他跑到花荣房里，寻了一条粗麻绳，把花荣吊在梁上，手执皮鞭又是一顿苦打。花荣知道是为着婚事打她的，便破口大骂道："姓程的，活阎王！你今天打死你娘！你今天打不死你娘，你不算人!"程永远打得越凶，花荣骂得更厉害。胖老婆在外边听了一阵，觉得事情已经没法挽回，眉头一皱，计上心来："把这个贱骨头卖掉!"于是，她就进来让儿子把花荣放了下来，干骂了一顿，怒气冲冲地走了。娘儿俩马上商量，说是花荣这东西长大了，性子硬，不可久留，不如马上找个主儿卖掉她。于是，程永远次日出门一趟，给花荣找下个主儿，把她卖给了赵庄的财主赵应来做老婆。花荣听到这个信儿，心想：无论到哪里，总比在这个"活阎王"家做使女强。

一天傍晚，赵应来派人赶着牲口接花荣来了。胖老婆把花荣叫到屋里，假仁假义地说道："花荣，我给你找下女婿了，今儿你就去吧。你在我家过了十二年，时间不算短，这个家就算是你的娘家好啦。以后你在赵家受了气，只管来，我们替你出气!"

花荣白了胖老婆一眼，没好气地说："到了赵家，就是把我千刀万剐，我也不来了!"

胖老婆说："别犟嘴。——天不早了，快吃了饭走吧。"

"你家的饭我吃够了，不吃了！"

胖老婆见她这样厉害，生了气，说："永远，快快打发她走吧，我不想看见她了！"

花荣又白了她一眼，说："早就想走，我早就不想看你啦！"说着就要走。

张妈看见胖老婆还给花荣准备着拜礼钱，忙对花荣说："你今天要走，怎么也不给老太太磕个头，快跪下磕个头吧……"

花荣气昂昂地说："跪下磕头？——我在这个家里跪得不少了，早就跪够了，今天不跪了！"

张妈说："花荣呀，要走哪，你怎么还是这么犟嘴。你给老太太磕个头，老太太还给你准备着钱哪！你怎么放着钱不知道花？"

花荣边走边说道："我要她那几个钱做什么！我给她干了十二年的活儿，那几个臭钱还不够我一个月的工钱哩！"说着，头也不回，大步走出了程家大门。

这算什么"家"

赵庄的赵应来也是一个财主。他跟原来的女人合不来，把女人卖掉，这才又娶了顾花荣。赵应来他娘——赵老婆原来只知花荣是个贫家女子，却不知道她却是个丫鬟使女，后来听说了，就问赵应来："应来，谁叫你娶了这个丫鬟使女来的？"

赵应来说："是婶母给我说的，我不知道她是个丫鬟呀！"

"咱们这样的人家，娶一个丫鬟来，不怕外人笑话吗？你怎么不想想……"

“已经娶来了，说也晚了。不过，这也好办，不行了再卖了她……”这就是赵应来的主意。

再说顾花荣来到赵家，只过了几天，赵应来就翻了脸，动不动开口就骂，举手就打，骂花荣是丫鬟使女，辱没了他们财主人家。

正月里，有个讨饭女人来到赵家门上讨饭，花荣贫家出身，知道没饭吃的苦处，看见那女人可怜，就偷偷地给了她一个玉茭面窝窝。她害怕家里人看见，对那女人说：“快走吧，到了外边再吃！”谁知那女人饿急了，在院里走着就吃起来。吃也罢，偏偏叫赵应来回来碰上了。赵应来进门就问花荣：“谁叫你给那个穷鬼吃的哪？她是你亲娘？还是你的亲奶奶？”

花荣说：“人家饿得那个样儿，你看见不可怜吗？”

“可怜你娘的屁！你看见可怜，拿你家的东西给她，为什么要拿我家的东西随便给人?!”

“我就是拿着我家的，错不了！”

“放屁！这是你的家?”

“你把我娶到这个家来，怎么不是我的家?”

“什么东西！一个赖丫鬟使女，你也算得个人?”

“我不是人，你是什么？是猪？是狗?”

一句话说恼了赵应来，那汉子大喊一声“你瞧着！”随手抓来一把粗麻绳，在水缸里一蘸，照头打来，只听噼噼啪啪一阵响，把个花荣打得血花儿乱飞。花荣只想到了赵家，做了媳妇，就算熬成人了，没想到这个“丈夫”赵应来跟“活阎王”程永远是一个样儿，心想：看起来到哪里也活不下去，就让他打死我吧！便大声骂道：“赵应来，你有本事就打死我，你打死我吧！……”

赵应来骂道："你还想活吗？做梦吧！"又打起来。打了一阵子，那家伙打累了手，不打了，骂着走了。

隔了两日，一个亲戚家的女人来叫花荣去她家住几日，花荣也想躲几天，就跟婆婆说过，跟着那女人走了。才出了村，那女人便说："花荣啊，跟你说了实话吧，今天不是叫你到我家去，是赵应来花了人家二百八十元钱，把你卖到黎城了……"

听了这句话，花荣只觉得如同劈头打来一个响雷，把她吓呆了。过了半天才清醒过来，哭着嚷道："我活着算什么人呀！我今年才十八岁，就叫他们买过来、卖过去地折腾，我活着做什么呢！……"

那女人见她这样说，连忙劝慰一番，花荣这才想道："反正在赵家也活不出来，走就走吧！我不信人人都是程永远、赵应来……"

下定决心要走了，忽想起没有拿上自己的衣服。连忙返回来，走到赵家大门口时，被赵家老婆拦住了，说："卖出去的女人，泼在地上的水，你凭什么进我的门哪？"

"不进就不进！那几件破衣服叫你死了穿吧！"说罢，一怒气走了。就这样，顾花荣离开了她那个不能算是家的"家"。

还不是家

顾花荣离开赵家，跟了掮客（贩卖人口的人）来到了山西省黎城县，那掮客把她卖给了宽章山村的富户李永巨做妻。李家是个八十口人的大户，进得门来，就要她掌握那口做豆腐用的大锅，做八十个人的饭。为着做饭的事，不知受了婆婆多少气。这也罢了，谁知过了一年多，花荣养了第一个女孩子以后，李永巨一病死了。他明明是病死的，婆婆却把罪过加在花荣的头上，骂花荣是“扫帚星”“败家婆”。

李永巨死后，花荣总算不多挨打了，又有了孩子，她不愿意再找婆家了，心想就这样抱着孩子苦熬苦撑吧。可是婆婆天天骂她“扫帚星”“败家婆”，她实在忍受不下去了。一个十九岁的媳妇，就这样下去，到何年何月才是她的出头日子呀!

日久天长了，婆婆不愿留她这个“扫帚星”，花荣也感到这个家还不能算是她的家，婆婆要卖她，她也想离开这个受气的窝儿。一天，本家李小元领来一个男人，给她说合，花荣见那人是个四十多岁的小老头儿，她没有答应。后来，又来了一个年轻人来说亲，她同意了。

一天夜里，花荣新许的丈夫王守成赶着牲口接她来了，她恨不得立刻离开李家，随即抱了孩子就走，刚出大门，只见李家婆婆拿着一根火红的火箸烫着一个醋碗，冒出一股酸气，然后把碗扔出大门来摔破了。花荣不知她这是做什么，便问周围的人：“她那是做什么?”

有人说：“送扫帚星嘛。”

花荣听了这话，气得直喘气，回过头去骂道：“别高兴，送走扫帚星，扫帚星死不了，气死你!”

花荣骑着牲口离开李家，来到凤岭上村的王守成家。要拜天地了，花荣跟着伴娘走到神像前，看看新郎也走来了，正要跪下拜天地时，她好像觉得站在她身边的新郎不像在路上的那个人，偷着回头看看，不觉大吃一惊，要跟她拜天地的哪里是王守成，却正是第一次见她的那个四十多岁的小老头，她这才知道自己受了人家的骗，不由自主地“哇”地哭了一声，她不下跪了，她不拜天地了，抽身就跑，一直跑回房里去哭个不住。新郎见没了新娘，也只好免拜天地，跟着走进房里来，向花荣说："别哭了，都怨我。因为你嫌我老，我才找了个年轻人替我说亲。只要……"

花荣哭着嚷道："我跟的不是你，跟你没话说，我跟的是王守成，我要找王守成去……"

新郎说道："别去找，我就是王守成……"

花荣这才知道是受了骗，不说话了，只管大哭起来。

以孤庵野庙为家

顾花荣在王守成家过了几日，见王守成性情温和，待人老实，打地里回来，不是帮她抱孩子，就是替她洗锅，吃饭吃的是一样的饭，说话说的是知心话，花荣长了二十岁，这还是碰到的第一个好人，她心里很高兴。因见家里很穷，守成天天去打短工养活她们娘儿俩，花荣心想：十几年来我遇见的都是富人，没一个把我当人看待，还是穷人良心好呀！就实心实意地跟王守成过起日子来。七八年后，花荣已经是三个孩子的妈妈了。就在这时候，日本侵略者打到太行山上来，侵占了黎城，杀人放火，无恶不作。有一次，鬼子出来扫荡，把王守成抓走了，花荣日里想，夜里盼，只盼丈夫平安无事地回来，谁知盼来盼去，没有盼得守成回家，却盼了一个死信儿来！王守成被日寇活活地打死了，把个花荣气得死去活来。她哭呀骂呀，哭有什么办法，骂有什么用处呢？家里有几斗粮食也让日寇抢光了，三个孩子天天哭着跟娘要吃的，花荣没法儿，只好拖大引小，沿村串户，讨吃要饭去了。

顾花荣带着三个孩子到处流浪，白天里沿门乞讨，到了晚上，碰上孤庵，就夜宿孤庵，遇上野庙，就以野庙为家，这么着过了三年，到了一九四二年，日寇骚扰是一宗，偏又遇了旱灾，家家无饭可吃，花荣讨饭也讨不上，把三个孩子饿得走路也走不动了，花荣坐在路边抱着三个孩子大哭起来。有个过路人见他们哭得可怜，走来问明原因以后，便说："你也别哭了，我给你寻个主儿好不好，免得这么活活饿死。"

花荣哭着说："我死也不嫁人了，多嫁一个人，多受几年苦呀！我在那些没长人心的富汉子手下吃苦也吃够了，倒不如早些儿死了好！"

那人说："要不，就把这些孩子给了人家，叫孩子们逃个活命去吧。"

花荣听说叫她卖孩子，立刻想起自己小时爹娘卖她的情景来，哭道："我从小爹娘就把我卖了，我在人手底受的不是人受的罪呀！我怎么能让孩子们也走我的路子呢？就叫孩子们跟着我吧。只要我能讨来一口，孩子们也能分吃半口……"

那人见她不肯卖孩子，只好走了。后来花荣讨饭讨到赤峪山，看看孩子们快要饿死了，心想：孩子们跟着我吃也没有好吃过一口，穿也没有好穿过一件，难道就这样眼睁睁地看着孩子们饿死吗？想到这里，为了救孩子们的命，只好又打了嫁人的主意。这里正好有个名叫杨仓的穷大汉没女人，经人说合，就跟杨仓结了亲。可是杨仓只有半亩地，一下子添了四口人，怎么能过日子呢？花荣母子虽然没有饿死，看样子也难活下去啊！

毛主席给了一个家

杨仓、顾花荣一家人因为吃没吃的，喝没喝的，眼看就要活不成了。真是久旱逢甘霖，正在这时候，毛主席领导的人民子弟兵——八路军来到了太行山，来到了黎城县，顾花荣一家人活出来了。后来他们就搬到西仵村来，在土地改革运动中，顾花荣斗地主最积极，他们家分了土地、房子，还分了粮食和农具，这才真正有了一个家。把个顾花荣高兴得日日夜夜地念叨："要是没有毛主席、共产党，我可怎么能过这样的好日子呀!"因此，顾花荣时时听毛主席的话，步步走在前面。党号召妇女参加活动，她是西仵村上地劳动的积极分子；党号召组织互助组，她是西仵村第一个互助组七户贫农里的一个；到了办农业社时，她也是第一批入社的社员。

顾花荣活了半辈子没有一个正正经经的家，直到土改时，她才算有了家，她对这个翻身的家是多么爱惜呀。她积极劳动，省吃俭用，时时刻刻把心操在这个家上，希望她这个家永远兴旺不败。入社以后，他更是把一颗心全部操在了农业社、人民公社这个大家庭上。为了维护这个幸福的大家庭，她不只一贯劳动积极，碰上有人危害集体利益，她还要积极地同他们做无情的斗争。有一次，顾花荣跟几个妇女一起在地里锄草，发现三车跟小焕两个人做的活儿很毛糙，便直截了当地说道："三车、小焕，看你们锄的地像什么？谷苗旁边怎么还丢下那么多的草？看，前边过去，后边就踩倒那么多的苗，长得好吗？照这个样儿，咱们社里怎么能多打粮食，拿什么支援工业呀!"

三车听了花荣的话，认识到是自己的错误，忙着返工去了。可是小焕却对花荣有意见，愤愤不平地说："我又不是在你家地里锄草，是好是歹要你管哪？——管得宽!"

顾花荣见她不讲理，不肯马马虎虎了事，便说："小焕，你说得像句话吗？社里的地就是咱们大家自己的地，咱们不应该搞好点吗？你做这种活儿是哄谁呢？哄了大家，也是哄了你自己呀！……"

"这个道理我懂得，用不着你教训！"

"你既然懂得，为什么还干这种活儿？——把活儿干好才算真本领哩，光卖嘴可打不来粮食……"

有人觉得因为这点小事没必要吵闹，便说："花荣，算啦，年轻人不听话，由她去吧。生产搞不好，恰好亏了你一个人哪？何必惹这个人哩！"

顾花荣说："我吃一点亏怕什么，我们不能哄集体呀！——小焕，你是返工不返工？你要不返工，我回去可要找队长去啦……"

吵了一顿，小焕觉得自己理亏，只好嘟嘟囔囔地返工去了。

又有一次，七小队有一头小猪跑到富农花同发院里吃了他家鸡食碗里的一点鸡食，花同发老婆不心疼集体财产，竟拿铁勺把小猪的腰砸断了，小猪跑回圈里就死了。这件事花荣和邻家们都知道，可是都认为死一头小猪算不得什么大事，每天见面的几个邻家，何必惹那个人哩。所以小队里死了猪，却追查不出是谁砸死的。在去年社会主义教育运动中，花荣的阶级觉悟更提高了，她想：花同发算什么邻家！他是富农！再说，因为是邻家就不报告了？咱们知道这样为邻家着想，怎么就不为人民公社这个大家庭想一想呢？——你们不管我管。要不，你也不管，他也怕惹人，落得今天张三砸死了社里的猪，明天李四打死了社里的羊，人民公社这个大家庭还存在得住吗！……接着，她就去找队里，把花同发老婆打死社里的小猪的事，向队长做了报告，队里马上让花同发老婆做了检查，并且赔偿了社里的损失。

花荣对集体事业是这样的热爱，对于国家，更是个爱国的好社员。一九五三年开始实行统购统销时，她第一次向国家卖余粮就卖了一千二百斤。有的干部劝她少卖一点，留一点存粮，她不同意，说："多留一点做什么？卖给国家，支援工业，就能起到它的作用。留在家里能起什么作用呢？再说我们年年有个秋天，还怕没吃的吗？如今不是旧社会，永远也不会因为饿肚子再到地主们家里当丫鬟使女去了！"

四年不改

1. 不能不打

孙家坪的人们很会猜县里召开乡干部会议的内容，而且差不多每次都能猜着。一九四九年以前，乡干部挑着被子往村西一走（因为县城在村西），他们就猜起来。当他们猜着是开土改会，地主、富农们就连夜刨地窖、藏财物；贫雇农就准备跟地主算账。近几年来，每到秋收以后，乡干部们和农业社社干部们挑着被子往村西一走，大家就猜定了他们开会回来一定又是要发动打井。土改时，村上大部分人很喜欢看见乡干部们挑着被子往村西走，这几年来可不喜欢了，因为大家对于打井伤了脑筋。

一九五五年秋后，人们又看见乡干部们挑着被子往西走了，大家就议论纷纷道："准备干吧，又是一冬天！"

今年冬天，农业社社长孙三狗没到县里去开会，因为大家往县里走的那天，他患了伤风。两天以后病好了，他想：反正是打井，干就对了，去不去一样。他认为他不去还有点优越性，可以在家里及早动手发动社员做好打井准备工作，今年的打井就可以做在各乡各社的头里，就可以比各社做的成绩大，就可以当模范。

五天以后，乡干部们开会回来了。

县里召开的这次乡干会，本来布置了三项工作，一是农业基本建设工作；二是冬季副业生产；三是来年的生产准备工作。乡干部们回来在各种会议上虽然把这三项工作都提到了，干起来却只领导打井工作，因为他们近四年来摸到一条“经验”，每年到县里总结报告冬季工作时，能不能当模范，就全要看在打井工作上做得怎么样。

孙家坪跟全县大部分乡一样，是个石厚土薄的山庄。村边虽然有一条小河，但长年无水，人们吃水还得到三里以外的一眼井上去担。据长辈人传说，前人也很想给后代子孙谋点福利，在村边打几眼井，免得老远去担水，费力又耽误生产。可是无论在哪里打，也无论打多么深，总打不出水来。一九五一年冬天，乡干部们初次发动打井，说是为了防旱，要把旱地变成水田。那时，干部和群众信心都不高，为了应付上级，大部分人还坚持冬季生产，每天派几个人轮流着到大路边惹人注意的地方去打井，让外村人和来往行人看见，他们总算是打井来着。但是，与其说是打井，还不如说是磨洋工，他们一共刨了六七个坑坑。年终，乡干部到县里去开会，这个乡汇报三十眼，那个乡报四十眼，汇报打井多的乡，县委表扬，当了模范；孙家坪打的最少，受了批评，县委说他们是不重视发展水利，不从长远打算。到了一九五二年冬天，上级又号召打井，孙家坪的干部们接受了去年的教训，全体总动员地干起来了。

他们领导全乡群众一冬天打了四十四眼旱井，虽然冬季副业生产和一九五三年的春耕准备工作做得很差，但是打井成绩很突出，在县里开会就当了模范，受到表扬。至于这些井的作用怎么样呢？冬天打下的井到了夏天就不见了。因为下了雨，井里有了点水，地里也不旱；等到地里旱了，井也干了。因为井没有用处，人们也无心管理它，水一冲，土已填，原来打得就很浅，很快就差不多给填平了。有填不平的，人们见它坑坑洼洼，不便耕作，就动手填平。乡干部们也只装没看见，好歹凭那些“井”已经当上了“模范”，即使不填平也没用处了，因为明年要当“打井模范”，反正还得打新的。

到了一九五三年冬天，乡干部们又发动打井，群众都反对说：“光打井不起作用，反而耽搁了生产，为什么还要打？”孙乡长就召开群众大会作动员报告说：“去年咱们是打井模范乡，今年各乡都要打，咱们模范乡能不打吗？何况今年咱们又成立了农业社，有了优越性。为了保持咱们乡的光荣称号，必须打。”就为了这，又打起来了。就这样，一九五一年到一九五四年，孙家坪每年要打几十眼井，却没见有一眼起过作用。但是，不起作用也要打，因为第一，不打井不能当模范；第二，每年冬天各乡都要打，模范乡不能不打；更重要的是第三，每年冬天县里要给各乡各社布置打井任务，而且一年比一年强调得重要，一年比一年分配的任务大，说这就叫做“提高一步”，所以不能不打。

2. 不要理她

农历十一月初四日的早晨，孙家坪先锋农业社社员冯八成老汉起得床来，开门一看，只见院里白白的一层，下雪了。他认为下了雪，今天一定不出动打井了，便坐在炕头上吸起旱烟来，一边还计划着今天趁下雪做些什么零星活。谁知只抽了两袋烟，他们的小队长便在院里喊道："八成叔，怎么还不出来走呀?"八成老汉在屋里问："下了雪还要打呀?"小队长在院里说："社长说今天还要正正经经地干哩。快来吧，在外边等着你哩。"说罢就走了。八成老汉听了小队长的话有点生气，他想：如果打井能起作用，就是冒着冰蛋也值得。冒着大雪去磨洋工，图的是什么？嘿！这么着，他就没有出动。谁知因为他没出动，惹得孙社长生了气。一会儿，孙社长进来瞪着眼问他："你怎么还不走?"八成老汉见他那个怒气冲冲的样子，很不满意。假如是别人，都不敢跟孙社长顶嘴，原来八成老汉的女儿冯丽丽和孙社长的儿子孙虎虎正在搞恋爱，他们俩算是预备儿女亲家，他凭这一点，有时敢跟孙社长顶几句。他就顶孙社长道："狗又没有偷吃了太阳，下着雪我不去！"孙社长见他不去，还倚老卖老地敢跟自己顶，更火儿了。便说："你落后透了，对于社会主义建设，一点儿也不积极，我看你……"八成老汉最烦有人骂他落后，因此，他也不客气地回答道："我怎么落后？我怎么落后！问问你，打那样的井能起什么作用？能得到什么利益？冒着雪白误工，谁自愿谁去吧，我不自愿我不去！"孙社长听他口口声声"利益"长、"利益"短的，讲话的态度又不像个社员对社长讲话的样子，便说："你不说，还不知道你是个自私自利鬼！动不动就是'利益'，动不动就是'利益'，满脑子资产阶级思想。我还要说，你落后透了，——你不去？好！因为你一个人带坏了大家，你负完全责任！"他的话越来越硬了。本来，孙社长也知道亲家的脾气不好，假如是平素，看在儿女亲家份儿上也可以原谅他一次。可是这次不同，原因是：第一，他想趁雪天领导全体社员继续打井，将来到县里总结打井工作时当个“冒雪打井模范社”，等工作员马起俊来了写个稿，说不定在县里小报上还能登一登；第二，在县里开会的干部回来说，马工作员就在这两天以里要回来，他知道老马对工作很“积极”，怕因为下了点雪就停了工，受老马的批评；第三，他跟八成老汉是儿女亲家，如果不把他动员去，怕别人说他是个“官官相卫”，就难说服别人了。八成老汉不知道人家有这么多难处，硬要性子，孙社长又发着脾气对他说：“你不去也罢，因为你不去了，大家都不去了，老马来了问下来，你去顶号！”说罢就走了。孙家坪的人都知道老马的脾气，如果谁对工作稍有推诿，碰上是被斗户，老马就要追问他“你是什么思想？”碰上是翻身户，他就会说你是“揭了疮疤忘了疼”。他说这些话的时候虽然动声色的时候很少，可也很够听。八成老汉是翻身户，最怕老马对他说这话，只得打井去了。

在孙家坪村西通往城里那条大路上，一路两旁挤下三百来人，远远看去，像是要准备欢迎什么贵宾夹道欢迎的队伍。四年以来，孙家坪打井总是在这条大路两旁打，如同一块地每年要耕一遍一样。因为在这里打，容易让别人看见他们的打井“成绩”。

人们冒着不大的雪进行着打井工作。八成老汉因为心里不痛快，就到地堎根点着一堆小火抽起烟来，以后又围来十多个人。他们一边抽烟；一边“西游”“水浒”地扯着闲话。

一会儿，孙社长来了。他见八成老汉他们十几个人不干活，在一边访“李逵”，想道：等一会儿老马来了看见他们那种松劲儿，还像个积极打井的样子吗？就把他们批评了一顿，他们只得又干起来。

傍吃中午饭时，马起俊真的挑着个被子来了。他还相跟着一个人，那就是八成老汉的女儿、孙社长的儿媳妇冯丽丽。丽丽刚入党不久，她是在城里党员训练班学习完结，跟老马一路回来的。

老马见一路两旁打井的人那么多，一个个干得又很起劲，十分高兴。想道：县委书记说要把冬闲变冬忙，把冬天变春天，可真是一字不假。大家入社以后，生产积极性可真的表现出来了啊！其实，大家卖劲干是真的，"积极性"可是假的，因为不卖劲，手脚冻得受不了。

孙社长迎上去跟老马说话，丽丽躲开老公公向八成老汉走去。

老马握着孙社长的手兴致勃勃地说："不错，不错！有进步！这样冷的天还发动出这么多的人，真是典型材料。这两天我在县里就一直想，每年冬天不能老是那一套，总得有点儿新东西，可总想不出个办法来。这就行。县委书记说，三两天报社要来个记者，还要来咱们这里采访，好好干吧！今天来了多少人?"孙社长听说要来记者，更高兴了。他伸了三根指头说："三百多。"老马说："好。就得这样干，要不，先锋社是全县任务最大的一个社，一百二十眼井，不是个小数目字呀，况且咱们还跟全县各社挑着战哩，咱们又是个示范社，先锋社必须在最短期间内做出最大成绩来，要不，怎么带动全县哩!"

原来，这个县有这样一种风气，凡是在最短时间里完成最大数目字的就是最好的模范。比方：能在三天内把下种工作全部结束者；三百人五天能打一百眼井者。越离奇越好，一定能被当做典型范例向全县推广。老马说的"最大成绩"就指的是这种成绩。

孙社长引着老马顺路看了一下大家打的井，老马一见那数不清的坑子，十分高兴。想道：等报社的记者来了一看，保险会很受感动的，不写稿也不由他。忽而又想道：把人们都集中在这条大路两旁打井，等记者来了一看，会看出来我们是专门为了应付上级和外人眼，专门摆给记者看的。因此，他决定明天拨一小部分人到别处去打，以说明先锋社实实在在是在打井的。

丽丽找她爹，路过四小队打井的地方，只听人们冷言冷语低声嘁喳道："……反正是一年不如一年了，往年打废井，下雪天还能休息休息，今天下雪也得打，图的是什么啊！""年年白费工，打废井，县里边也不改变改变方针，太官僚主义啦！""难道县政府就是叫打废井吗？""当然是啦！要不，咱们去年打了废井，怎么还当了全县的打井模范啦！""我看也不一定，都是下乡干部领导坏了！""也怨县里边太官僚主义！""别说啦，看叫老马听见了。""听见叫他听见吧，又不是假的！"这些话丽丽去年冬天就听到过，那时她认为说这些话的都是落后分子，还批评过说这些话的人。今天，她初听了这些话，还拿白眼看了他们几眼，后来一想，开始感到他们的意见是对的了。她想：党员训练班的每一课，都提到了革命的利益和人民群众的利益。老老实实说，我们打井打了四五年啦，误工不少，起了多大作用呢？一点作用也没起。这可是个问题呀！正想着，忽听她爹喊了她一声，她瞅住八成老汉高兴地跑过去了。

八成老汉一见受训走了三个礼拜的女儿回来了，像是三年没见似的，他看到丽丽感到十分亲切，把半天来的不高兴都忘掉了。丽丽用赞美的口吻说："爹，你这么大年纪了，下着这么打的雪还来打井，真是……"一提到打井的事，老汉又不高兴了。丽丽见他不高兴了，十分奇怪：若说是他对打井不满意，可他冒着雪还来了；若说他不是为这个，一提打井他却马上变了脸。当时她没有问他。他们回到家里吃中午饭的时候，因为老汉还是很不高兴，丽丽偷偷问她妈："我爹今天怎么很不高兴？是不是他身上不舒服啦？"妈说："哪里是！今天下着雪你爹不愿去打井，你那老公公定要叫他去——冒着雪去磨洋工，也不是你爹一个人不高兴。到了冬天就打井，打了四年井，浇过一亩地来也算，都把工夫白费了，谁还高兴打，你又不是不知道！"这一段话更打动了丽丽的心。本来，每年冬天打井，丽丽都是积极分子，虽然他们每年打的都是废井，丽丽的入党跟打这些废井却有很大关系。因为这个乡参加农业生产的妇女虽然是多数，冬天参加打井的妇女却是少数，只有丽丽和另一个青年妇女两个人。在这一点上丽丽比别的妇女表现得特别积极，再加上她一贯工作好，所以她就被批准入了党。她以前之所以积极参加打井，是因为打井是党支部号召的，只要是党支部号召的工作，丽丽没有不积极干的，说到打的井是不是起作用，她可没想过。去年她妈对打井也发过牢骚，她也认为妈是落后，直到今天，她妈这么一说，再想想头里地里听到二小队的反映，她才觉得社里打井的做法确实是有问题的。她今天能想到这一点，她认为是因为她在县里党员训练班刚刚学过了"怎样做一个共产党员"。

以前，丽丽只知道努力工作就是思想进步，就可以做一个共产党员。这次学习以后，才知道并不是那么简单。这时，她才想到孙社长他们每年领导群众打没用的井，耽误生产，是个问题，况且群众又不乐意打，她也才感到盲目服从也是不对的。可又想到：老马同志和孙社长都是老党员，难道他们不懂这种做法是不对的？——管他们知道不知道，反正今年我要提意见。

丽丽不愿意找老公公，就去找着老马把自己的意见提了出来。最后她说："往年打几十眼井还打不成哩，今年要打一百多眼，更难打成个样子。我觉着我们不应该一直这样下去，应该实事求是，想些办法。"老马见她突然提出这样的问题来，他奇怪地看了看她，觉得她实在幼稚极了。他用讥讽的口吻问她："你说该怎么办呢？"丽丽听了这话，又看了看他的脸，觉得他的话里眼里都有刺。她也不管这些，又说："我觉着打上井没有用，不如不打，省得耽误群众的副业生产，弄得大家一年到头连个称盐打醋的钱都没有。既要打，就要打有用的井，哪怕只打一眼也算，不要五十眼一百眼的，只图到县里汇报工作的时候说起来好听。"老马哈哈一笑，说："照你这样说，各乡各社都是这样做着，难道都做错了吗？""不管哪个乡，只要他们的做法跟咱们一样，就是不对的！""打井数目是上级党委布置的，难道上级党委号召错了吗？""光有好听的数目字，不问作用怎么样，就是错的。我们党员做工作应该处处为群众利益着想，党员自己，应该时刻拿党员的八个标准来对照一下自己。"一听这话，老马看着她笑了半天才说："原来是这么回事啊！这就是说，你刚刚学过党员的八个标准了，是不是？告你说，你还在你娘肚子里的时候，我就把党员的八个标准背熟了。你到底还很年轻啊！还谈不到有什么修养，你知道的东西还不多哩。教条是教条，实际是实际，光凭教条办事不解决问题！马、恩、列、斯、毛的著作堆起来能把你埋住，你才读了几本啦？”“不管说什么，我们不能老这样做下去。打井打了整整四年了，还没见打成一眼，今年的数字更大了，肯定又是白费一冬天工。明知道这样做不对，难道我们还要这样做下去吗？”丽丽说着就有点发了脾气。老马是入党十多年的老党员，“有修养”，他可不动脾气，还是慢条斯理地说：“你要知道先锋社是全县的旗帜，咱们要完不成任务，怎么带动全县一百三十一个农业社哩？一个党员光看到本乡这个小圈圈，不顾全面，是会犯错误的。”“这样的带头最好是不带好！”她觉着再跟老马说三天三夜也不顶事，生气地走了。

老马见了孙社长把丽丽提的意见给他学着说了一遍，孙社长觉得孙家坪竟出现了这样的人，实在要算一件怪事，不知她为什么会说那样的话。后来他忽然明白了。他想：一定是八成老汉把动员他冒雪打井，跟他吵了几句的事给她说了，她爹受了点批评，她自私自利，就护着她爹闹意见哩。因又想到她不久就成了他家的人，没有把这一点明告给老马。只说：“年轻人见识少，不要理她！”

3.“没有那么简单的事”

从先锋社打井这件事说来，丽丽总觉得老马不像个共产党员的样子，必须马上纠正他的错误做法。可她趴在桌子上想了老半天也想不出个办法来。跟他们讲道理，不起作用；去制止社员们的打井吧，自己只是社里个小队长，没那么大的权利，愁得她什么似的，连晚饭也没吃好。丽丽妈走到女儿的身边，摸着她的头发哄吃奶孩子似的说：“丽丽，俺孩快再吃一点，不吃好会肚疼的。”丽丽抬起头来瞅了她一眼说：“你这是干什么啦！我又不是三岁小孩子，快洗你的锅去吧！”丽丽妈见老头子跟丽丽都不高兴起来，不知该用什么办法劝解他们才好。她一会儿跑到桌边劝劝女儿，一会儿跑到炕头说说老汉，都不起作用。

丽丽是先锋社三小队的小队长，全队三十一个男劳动力。关于打井的事，她想不出什么办法来，就把副队长孙虎虎、积极分子孙聚法和孙老肥老汉找来，也叫八成老汉参加，开了一个小会。丽丽把她的意见说了以后，大家十分赞成。可谁也想不出一个好办法来。八成老汉说：“反正打井不起作用，别的队要打，叫他们打吧，咱们不打了。有工夫咱们办点正经事。”丽丽说：“打井也是正经事，只是过去那种光图打得多，不管有用没有用，咱们要想办法叫打上的井起作用，哪怕每年每队只打一眼井也算。再就是咱们要想办法不要因为打井，误了冬季生产，弄得大家一年到头连个称盐打醋的零花钱也没有。”老肥老汉说：“咱这地方土漏，光打不砌，存不着水，咱们每年光贪打得多，不往好里打，这样再打十年也打不成一眼，我不是小看他们哩！”孙虎虎说：“那该怎么办呢？”大家一下没了办法。

孙聚法在孙家坪被人们称为“小诸葛”，因为他无论办什么事很会想巧办法。人们越叫他“小诸葛”，他就越向戏上的孔明学，自认为这是大家给的光荣称号。他遇事喜欢皱眉头，在光秃秃的嘴下巴空空地捋一下，假装是捋胡须。这时，他又照老样一来，眉头一皱，想出一个好办法，说：“看看这样行不行？咱们这个小队今年冬天打井的任务是十三眼，咱们把全队分成三个组，每组十人，一个组打井，一个组搞副业，一个组送粪、拉煤。煤也得拉么，不要光顾打井，到明年春天忙着上地哩，连烧的煤也没有，不是就……”他还没说完，老肥老汉就接着说：“你的办法行不通！十三眼井，三十个人还打不成个样子哩，十个人怎么能行呢？”孙聚法说：“不要急，听我说。咱们主要打一眼，最后误上一天工夫深深浅浅挖它十来个坑子，凑够数不就行了吗？”大家觉得他的办法很好，就怕老马跟孙社长通不过。丽丽提意见叫虎虎回去跟他爹——孙社长说说。开头，虎虎不敢答应这件事，因为他向来还没给他爹提过意见。后来他想到这是关乎群众利益的事，自己又是团员，就应承下了。

虎虎回到家里把三小队提的意见跟他爹一说，他爹也是用奇怪的眼光看了他一眼，想道：小狗日的，什么时候学会这一套的！便说：“年轻人想的可不错，没有那么简单的事！”说罢，不理他了。虎虎工作积极，劳动好，就是嘴上来不得，常常是把应说的话说完就没说的了，再加上爹不理他，他只好撅着嘴没办法，只发愁没法交代自己的未婚妻——丽丽。后来，孙社长突然又问他：“这话是谁叫你来跟我说的？”虎虎老老实实地说：“丽丽。”孙社长听了这话又生了气：“嘿！想不到她这么厉害！——她说什么你就听她什么？因为我批评了她爹几句，她就向着她爹跟我闹意见哩，你也向着她跟我闹意见吗？何况我是为了工作，她是为了闹私人成见，像你这样没脑子的东西，一辈子也入不了党！早知道她还是这样落后，疯子才介绍她入党哩！”原来丽丽入党，就是她公公——孙社长的介绍人。虎虎受了爹的碰，就去向丽丽如实做了汇报，气得丽丽骂他道：“长了张嘴大概就只会吃饭，一个皮钱的事也办不了！一点斗争精神也没有！像你这样，一辈子也入不了党！”父亲跟爱人都说他入不了党，弄得他也不知道听谁的才对。自己一琢磨，还是丽丽对，他才说了这么一句话："我以后好好锻炼吧！"丽丽生气没理他。后来她想道：反正冬季生产，送粪这些工作孙社长在社员大会上也布置过，他不领导执行是他的不对，我们这样做才是对的。因此：她计划从明天起，就开始执行他们几个人头里研究的计划。

4. 一辆送粪车

雪，只下了半天就停了，第二天是个好天。

因为今天报社记者就要来，老马催动孙社长，孙社长催动各队长，各队长催动全体社员，要争取今天做到全体出动。给报社记者看见，保险能当做典型材料写篇文章在报上登登。

老马吃罢早饭也出了马，他要到地里亲自检查一番，看看像不像个轰轰烈烈的样子。

老马出了村刚走了半里来地，他碰上了一辆送粪的牛车，赶车的就是冯八成老汉。他一见就知道这是丽丽出的注意，他认为这会影响全社的打井工作，因此，他急忙拉住八成老汉，问他："谁叫你送粪的？"八成老汉说："这是社长开会布置的。社长布置下，社员不能不执行。""我不信，你要送粪，井还打不打了？""粪要送，井也要打么。""知道！可是打井是重点，今天必须全体参加打井。赶快给我拉回去！""既然拉到这里，这一车总得拉到地里。"说罢，他喊了一声"达"，把牛揍了一鞭，半通半不通地就往前走。气得老马什么似的跑到牛前把牛头拉住说："老八成，你怎么这样不识说？不能因为你们三小队把全社影响坏。你再要往前走，我就不客气了！"八成老汉急忙"吁"了一声，牲口又站住了。他想：去年春天，社里的单把犁闲着没人用，单干户刘小米问好小队长借去耕地，叫老马知道了，老马说单把犁是社里的优越性，单干户没权利用，就亲自去把单把犁夺了回来。今天我再要跟他闹别扭，说不定他还把一车粪给我推翻到路边的沟里去。白白糟蹋一车粪，何苦哩！因此，他只好把车往回赶起来。

5. 原来记者就是小马

丽丽他们的计划没行通，都不高兴。丽丽没了办法，决定到城里跑一趟，找找县委书记去。后来听说报社的记者今天就要来，想道：报社记者的认识一定很高，等他来了跟他说说保准行。她盼望记者快点来到。

又是傍吃中午饭的时候，报社的记者来了。丽丽见老马和孙社长他们迎上去跟记者有说有笑地拉起话来，很像是老熟人。她想：他们认识记者吗？她也急着想看看记者是怎样个人，也向记者走去。

没见过记者的乡下干部，一提到记者就有点神秘的感觉。这时，丽丽像是要见一个三头六臂的人似的，她往前边走着，觉得一颗心跳得扑通扑通的，还有点害怕哩。当她走近一看，记者不是别人，却是过去在孙家坪工作过的县委宣传部的小马。她抱着很大的希望等报社的记者来了要谈谈打井问题，一见记者就是小马，她泄了气，又觉得记者也不是什么太了不起的人。为什么呢？这里有一段小故事。

小马名叫马召。两年前，他跟马起俊一块儿在孙家坪工作过。因为他俩都姓马，这里的人们就按年龄的大小把马起俊称做老马，把马召称做小马。一九五三年正月十一日下了一场大雪，那时，小马回了县委会。他想写一篇群众积雪防旱的稿子，为了及时把稿子寄走，他先把稿子写好送到邮局以后，才给住在孙家坪工作的老马写信说："我把孙家坪群众积雪防旱工作写了一篇通讯，我写的带头人是孙三狗父子俩和小姑娘冯丽丽（那时丽丽才十五岁），我写的参加的人数是二百八十一人，积雪数字是四千一百四十四担。如果孙家坪还没有开始积雪，就叫上述几个人带头积一下吧。已经动手积开了，更好。但须告诉他们积雪的数字和参加的人数以及带头人……"后来，丽丽知道了小马写这篇稿子的底细，总觉得他的做法不对，对他很有意见。所以她今天一见记者就是小马（他是一九五四年调到报社的），便失望了。不过，她又想到小马在报社已经工作了两年，也许学习得进步了。她计划瞅空跟小马谈谈打井问题。

6. 饭

老马觉得小马一来在孙家坪工作过，老同志重来，孙家坪应该好好招待招待；二来，他这次是要给孙家坪登报，更不能错待。可这山村小庄里既没有大饭店，也没有小饭店，说好好招待，只不过指的是挑一位家丰裕点的社员给做点好饭吃。他跟孙社长一研究，就把饭派到了老肥老汉的家里。

中午，小马到老肥老汉家去吃饭，一看他家是烧柴，不是烧煤做饭，有点奇怪。因为这地方各家通年都是烧煤的，虽然拉一车煤往返有十多里远。因此，他问老肥老婆："你家怎么烧起柴来了？"老肥老婆说："夏天有夏天的忙的，冬天有冬天忙的，连个拉煤工夫都没有。家里虽然还有点煤，那是叫明年夏天烧的，要不，夏天大家忙的什么似的，哪还有工夫去拉煤。冬天他们忙着打井，好歹我不参加打井，就在家烧着火做吧，到了夏天我也要下地哩。"小马听了话，觉得怪不是味儿，可是，他却说："老太太计划得真周到。"

老马在另一家吃罢午饭，就急忙跑到老肥老汉家里来，要看看小马今天吃的是什么饭。来了一问，还没有吃。一会儿，老肥老汉的女儿端着饭给小马送过来了。老马很关心地看看那一碗饭，是拉面条。拉面条拉得又薄又细、面又白，很像个样子；再看看菜，是山药丝，山药丝也切得又薄又细，挺不赖，只是白生生的没变颜色，显然是既没有放醋，也没有放酱，连葱花也找不到一点儿。老马见这样的菜，心里暗暗想道：怎么搞的！什么调和也没有，我走了几家没有吃到点醋，老肥老汉是个吃饭最讲究的人，怎么他家也没有？他心里替小马抱着屈，嘴里可没敢说什么。

一会儿，丽丽来了。她是趁吃饭机会找小马谈打井问题的，因见老马也在这里，她又把话咽了回去，准备另找机会再说，她随便跟坐在跟前的小马说了几句客套话，就到炕边跟老肥大娘说话去了。她见老肥大娘在拉面条，便笑着说："小马喜欢吃薄的，再拉薄点，显显你那一手。"老肥大娘说："知道。他在咱们村还住了几年啦，谁还不知道。"丽丽又看了看炒的菜，一见是白生生不变色的山药丝，便有意地逗着她说："老肥大娘，你家也是没点酱儿醋儿的？"老肥大娘很抱歉地说："真没办法说出嘴来。人家小马同志多久不来，来了也不能给人家做顿好饭吃。好久啦，连个打醋买酱的钱也没有，你看那白生生的还像个菜吗？我也是硬着头皮给人家小马同志把饭端到面前的。俺们这里又不种葱，也没个零钱买，炒菜没葱还有个什么味道哩！咱们自己平素吃还能将就，有个客人来了，水煮山药丝真是……"丽丽半开玩笑地说："只怨小马同志来得不是时候，咱们现在打的是水井，炒菜就该用水炒；如果咱们打的是醋井、酱井、葱井、蒜井，待客用水炒菜，当然就不好了。”说罢，就看着小马哈哈大笑起来。老马见她对着小马说这话，觉得怪难听的，有点不高兴。又想到她这么一说，倒能让小马知道孙家坪的人并没孬待小马的心，也是尽力而为地待他哩，所以也没有说什么。小马也觉察出来丽丽的话里有话，因想到自己在孙家坪虽然是老熟人，可是一隔二年没来，这次乍一来也不能在吃饭问题上计较什么，何况自己如今成了报社的记者，更应该大方些，所以也没再说什么。

7. 登报

晚饭后，丽丽准备再去找找记者。因为记者就在老肥老汉家的北房里住，她就向老肥老汉家的院子走去。

一进院，就听见北房里乱吵吵地有人在跟小马谈话，听出来谈话的就是孙社长。她准备等孙社长走了再来，就返了出来。

丽丽一连又往老肥老汉家院跑了四趟，她每在村中街上走一次，有灯亮的窗户就要少一些，最后一次除了小马住的房子的窗户还有灯亮外，全村所有人家的窗户全没灯亮了。这时，老马跟孙社长还在跟小马谈话，丽丽听出来是老马给小马谈打井工作，她猜定小马又要写稿登报，知道今天晚上没有自己谈话的机会了，便返回去，决定明天再找他。谁知第二天就不见小马的面了，说是小马一夜没睡觉，已经把打井材料采访好，第二天一大早就走了。以后有人问小马这次为什么住了一天就走了，老马很内行地给大家说：“记者都是这样的。”

小马走了，丽丽很生气。她又找着虎虎、孙聚法他们研究了老半天，最后想出一个办法来：小马把先锋社的打井工作的材料搜集上走了要登报，咱们也写一篇稿给报社寄去，把老马领导打井的办法批评一下。孙聚法是高小毕业生，虽然他的文化不太高，从来还没有写过稿，为了纠正老马他们的工作作风，下决心要试着写一篇。他也误了一夜没睡觉，把稿子写好了，题目是《先锋社打的井不起作用》。

丽丽和孙聚法把他们写的稿子寄走以后，天天盼着报纸快点给他们登出来，以便马上纠正老马领导打井的办法，改进先锋社的工作。可是，一天过去了，十天过去了，还不见登出来。一天，他们在报纸上看到先锋社的打井工作登出来了，标题不是《先锋社打的井不起作用》，而是《先锋社打井成绩大，十天打井三十眼》，作者就是马召。丽丽看了马召的文章以后，十分生气。再加上这几天群众一直吵吵说："难道今年还要白费一冬天工吗?"因此，她又跟虎虎、孙聚法他们研究了一下，又给报社写了一封信，内容是揭发马召写的稿子是客里空。因为先锋社在十天内刨坑坑也不过才刨了二十一个，何况这二十一个坑子根本还不能算是井。

丽丽早等晚盼，一直等了一个多月，报社才来了一封信，说是报社正在调查中。他们又写信催了报社两次，又隔了二十天，报社又来了个信，说报社已经给他们的县委会去了信，让县委会调查处理。可是这时候打井工作已经结束，老马、孙社长已经挑着被子，出了村西，到县里参加评模大会去了。因此，丽丽只好暂时把揭发打井的事停下来，计划明年到县里开会时给县委提意见，以防止老马、孙社长他们一九五六年冬天再犯毛病。

一九五五年冬天，先锋社在县里又被评为甲等"水利模范"，因为他们超额完成了打井任务，共打了一百四十眼井。

这许多井是不是又跟往年一样到了夏天又报了废呢？不是的，这次可变了样。到了一九五六年春天，上级号召大力开展植树运动，先锋社又一项计划是要在村西的那条大路上一路两旁栽两行树。人们为了省事，就把一九五五冬天在这条大路两旁打的一百四十眼井一同填了起来，每眼井都填到只剩二尺深浅时，就都成了栽树的窝窝，每眼井里栽了一株树。关于树的株距，很合农林局的规定，每隔一丈五尺一株，不远也不近。先锋社打的井到底用上了。不过，先锋社今年要栽的树很多，而现在的坑子只有一百四十个，可惜去年冬天打的井太少了一些。

一九五六年七月三十日于并

因为五丑是队长

高姥姥昨天到赵庄来看望女儿高松花。高松花多日不见妈的面，妈既然来了，很想叫她在这里多住两天，说："咱们娘儿们一年里见不得三五次面儿，你今儿个来就要走，——偏不让你走！你见天跟我哥哥、嫂嫂在一块儿，又不是隔了三年五载，离开他们才半天工夫，就想他们哪？照这样说来，到底是只有儿子亲，只有娶到屋里的媳妇亲。闺女算得什么？两只手把她推出门来，就是外人了……"

高姥姥听女儿说出这些话来，连忙争辩道："我不想听你的话！妈怎么跟你不亲？我爬山上岭跑了十几里来看你，这是跟你不亲？你跟娘亲？你跑到娘家看过我几次？你才结婚那几年，过年过节，一年里还往娘家跑三五次，这几年你越发学好了，一年三百六十天，只有等到过大年，你才去高庄走一遭。我一辈子养了你这么一个闺女，我要不爬山上岭地到赵庄来走一遭，半年六个月我们娘儿们连面儿也见不上。松花，我问问你，妈能来看闺女，当闺女的该不该去看看妈？"

高松花听妈说的也有满腹委屈，连忙笑道："妈，不是我不去看你老人家。因为生产忙，五丑又是队长，我不能常常回娘家耽误生产呀！"

"我不信！五丑是队长，跟他请假不比跟别人请假更方便吗？咱们高庄的秀英，人家也是队长的女人，不比哪个妇女请假多。"

"那是她自己不自觉，也怨小喜（秀英的丈夫）当队长有特权思想，咱不能跟他们学！"

娘儿俩争辩了一场，高松花再三不让她走，七岁的外孙女儿——小园也要姥姥多住几天，高姥姥到底住了下来。因为赵五丑开会去了，这天晚上，她们娘儿们就在一张床上睡下，整整拉了半夜家常，才睡着了。高姥姥睡得正甜，忽然听得"吱"的一声响，把她惊醒了。睁眼看时，只见松花早已起了床，穿了衣服，正在床头坐着扣纽扣儿，忙问："松花，窗纸才显了白，屋里还是黑洞洞的，怎么就起床了？"

松花说："不早了。这几天正种麦，再过几天就要开镰割谷了，还有好多麦地没有收拾好，不起早些怎么行呢？"

"忙是忙，也不该起这么早呀！我不信你们赵庄的人都是天不明就上地的。"

"大伙迟一点没关系，咱们总该起得早些，走在头里才好。"

"你一不是党员，干什么也不用你带头；你二不是队里的干部，没有杂务事，他们往地里走，你也往地里去不行吗？何必要走在他们的头里才行呢？"

"我虽然不是党员，可我是社员嘛，社里的事就是社员的事，怎么能不当紧呢？我虽然不是队里的干部，就因为五丑是队长，我也不能落后呀！”

“这话你可说反了，在咱们高庄可不是这样。人家秀英想上地就上地；不想上地，腰酸腿疼便说一点小病，就不上地了。就是上地，想半前晌去就半前晌去，想半后晌回来就半后晌回来，谁敢说人家一个不字？哪里像你，五丑应名儿是个队长，还不如一个平常社员哩！”

“照妈这样说来，秀英哪里还像个人民公社的社员呢？你说没人敢说她一个不字，我不信！当着她的面不说，背地里没人指着她的脊梁骨骂她才有鬼哩……”她一边说着，早已穿好衣服，下了床，又捅火，又添锅，坐上锅又扫地，扫了地又抹桌……一个人满屋里跑着，忙得团团转。高姥姥想到女儿忙了屋里忙地里，一年四季不得清闲，连忙起来，一边穿衣一边说：“松花，你先歇一歇，喝半碗开水准备下地吧。今儿我在这里，扫地抹桌的事都有我哩。”

高松花扫着地，说：“妈，你多躺一会儿吧。我知道，我家嫂嫂手懒，你在家里是个老勤务兵。你在高庄不得清静一天，今儿个在赵庄也不能睡个囫囵觉吗？——你今儿个在这里能替我动弹，明儿你走了，谁替我动弹？反正每天都是这样，成了习惯，我也不在乎。你躺着吧。”一时，把家里收拾妥当，又到米缸里舀了一碗米放在桌上，对高姥姥说：“我上地去呀。等会儿锅开了，桌上准备的有米，你替我下在锅里就行了。小园睡醒了，她自己会穿会洗，不用管她。”说着话，早已到门旮旯里拿了锄头，出门走了。高姥姥看到女儿忙得什么似的，自语道：“忙死呀！忙死呀！”她正在穿衣服，听得松花在院里喊道：“宝秀，穿好了没有？上地走啦。”只听南屋里的宝秀应道：“快。等我给小俊穿好衣服，咱们就走。”又听得松花喊道："玉兰，起来了没有？上地走啦。"只听北房里的玉兰在房里嚷道："没有——你迟不叫，早不叫，人家正做着一个好梦，你就叫魂呀！不知前生前世作了什么孽，今生今世遇了你这么个邻家，晚不得早睡，早不得迟起，喊呀叫呀，不叫人过一天安稳日子……"高姥姥听得玉兰对自己的女儿这般不满，心中好不自在，自语道："看这个松花，人家是一个社员，你也是一个社员，管人家那些闲事做什么！人常说'死亲戚，活邻家'，把邻家都得罪了，赶明儿个有个头疼脑热的时候，东邻不问，西邻不看，有什么好处！"这时节，只听松花在院里嚷道："懒虫！大清早，别在我面前卖你的陈芝麻烂豆皮哪！你要是快点起来，我等等你；你要睡懒觉，我们可头里走了……"又听得玉兰在屋里说："你等等，你等等，我正在穿衣服哩。——好你个叫门鬼儿催人精，把人催得流星不落地，看我明儿个不敢半夜起来打你的门……"高姥姥听得玉兰的口气变了，这才明白了她们两个磕牙儿骂人是开玩笑，放下心来。又转念一想："什么磕牙儿开玩笑，还不是因为五丑是队长，大家都不敢惹她，表面上不敢刨她的祖宗老坟罢哩。这孩子哪，二十九岁的人了，还是那么傻里傻气的，到什么时候才能省得一点人事呢？"这当儿，听得院里几个女人已经上地走了，看看天色已亮，她才把外孙女小园唤醒，就要帮她穿衣服，七岁的小园趁势儿把高姥姥一推，歪着脖子说："姥姥，我自己会穿。"

高姥姥看看外孙女儿，笑道："我的小精灵儿哪，这么一点点大，就学会穿衣服了，是谁教会你的？"

"是我自己教会我的。"

"我的小园真能干，自己会教自己。你表哥比你大两岁，还要姥姥我给他穿哩。”

“那是姥姥惯下的。”

“什么惯不惯的？你人小话头可不小，谁教会你说这些话的？”

“是妈妈说的。”

“好！你妈好，你也好，就是你姥姥不好，你表哥不好……”

她们说着话，小园已经穿好衣服，下了床，到院里玩儿去了。高姥姥一边看锅，一边寻了拧车儿替女儿拧麻绳儿。因听得门儿响，回头看时，却是赵庄搞副业做粉条的刘金贵进来。刘金贵常到高庄去卖粉条，高姥姥认得他，自然有一番热情接应。只见他提着个大口袋，鼓腾腾的，好像是粉条，问道："你怎么不担着担子卖粉条，提了那么个小口袋做什么？"

刘金贵嘻嘻笑道："老人家，我今天不是卖粉条来的，是送粉条来的。"

"给谁家送的？"

"就是给五丑哥送的。五丑哥进城开会以前，我就听松花说没粉条吃了，我早就想送二斤来，这几天忙，一直没工夫送来。今儿早上又想起来，这才送来了。"说着，他自己到缸盖上掂过一只斗来，把粉条掏出，放进斗里，又在口袋底子上掏出两包饼干，放在桌上，说："这是两包饼干，是上次我在镇子上赶集买的。五丑哥、五丑嫂都不在，你老人家替他们收起来吧。因为这个饼干质量高，我吃着好吃，多买了两包，送来叫五丑哥尝一尝。"

高姥姥见说是给女婿送的，又想起他们高庄的小喜因为当着队长，村里有些搞副业生产的，卖小葱就给队长送小葱，卖豆腐就给队长送豆腐，谁人看见不眼热。今天见也有人给她的女婿送好吃的，心里随即产生一种优越感，想道：他们赵庄也有这号人啊。随口问道："金贵，你的饼干是本地货还是太原货?"

刘金贵说："是天津货，味道好得很，老人家，你先尝尝。"立刻打开一包，拿了三四片过来。高姥姥年老嘴馋，忙着接过手里，先咬了一口，赶不得嚼一嚼，先称赞道："好，好味道，又酥又甜，到底是天津货比本地货好……"正说着，因见小园跑了回来，高姥姥连忙说："孩子，快来，这是你金贵叔给你家送来的饼干，你先吃两片。"

小园听说是刘金贵送来的饼干，先回头看看刘金贵，立时大声嚷道："姥姥，你不敢吃，你不敢吃！……"

"饼干又不是老虎，不吃人，我怕什么不敢吃?"

"别人送来的东西，咱们就不能吃！"

"胡说！别人送的怎么就不能吃?"

"因为爸爸是队长，就不能随随便便吃别人的东西！"

"看你人小，话头可不小！这话是谁教给你的?"

"是妈妈教给我的。"

"你懂得个屁，我不信吃几片饼干，天就会塌下来……"

刘金贵也说："孩子家懂得什么！老人家，小园不吃，你只管吃你的吧。——你多日不来，住几天吧。我还有点小事，走啦。"说着就要走，不想小园忙着到桌上掂了那两包饼干，追了上来，拽住刘金贵的衣角，嚷道："你把饼干拿走！你把饼干拿走！我们不要它……"

刘金贵说："看这个孩子，我已经送来，怎么能拿走呢?"

"你要不拿走，我妈回来要骂我，要打我，我不要这个，我不要……”

“我是给你姥姥送的，不碍你的事。”

高姥姥也说：“你妈问下来，有我哩，放你金贵叔叔走吧。”她死拉活拉，把小园拉回去，刘金贵脱身去了。小园把那两包饼干甩在姥姥怀里，哭着嚷道：“你吃吧！你吃吧！你吃了，叫妈妈回来打我，你就高兴了……”正嚷着，听得高松花在院里说话，知道是她妈打地里回来了，便迎了出来。松花看见女儿哭得泪人一般，不知道出了什么事，一边往屋里走一边问道：“小园，谁欺侮你哪，哭成这个样儿？”

小园泣不成声地嚷道：“姥姥，姥姥……”

松花没好气地说：“别撒谎，姥姥不会欺侮你！”

“谁说姥姥欺侮我啦！谁说姥姥欺侮我啦！人家还没有说完，你就说人家撒谎，你就说人家……”

“好好好，是我的不对，你说吧。”

“姥姥，姥姥……”

“姥姥到底怎么啦，你说呀。”

高姥姥看见外孙女儿哭得泪人一般，笑道：“我活了六十一岁，也没见过这种孩子。松花，你听我说，头里你们队里那个卖粉条的，他不是叫个金贵吗？人家给你家送来二斤饼干，怨我嘴馋，先吃了两片，什么大事！她就闹起来……”

松花听说是金贵送来二斤饼干，先吃了一惊，忙问：“妈，这是真的？”

高姥姥看见女儿那个惊慌样儿，不知是什么缘故，一下子也摸不着大头小脑了。小园看到妈妈表示不满意，她算是有了底儿，忙指着桌子说：“妈，你看，两大包饼干。”

松花回头看看那两包饼干，脑门上立刻现出一朵愁云，先叹了一口气，说："妈呀，你老人家真是聪明一世，糊涂一时，好端端的收人家这个做什么？"

高姥姥听说不应该收下这二斤饼干，忙说："头里我看你那个样儿，我当是这个老吃嘴闯下了塌天大祸，说来说去敢情是为着这个呐。——松花，别那么小里小气的了，人在世上，怎么能没有个来往呢？一点点吃食嘛，东家有了送西家，西家有了送东家，这是人之常情，何必那么大惊小怪的？再说五丑是队长，社员们给队长送点东西，就更不是稀罕事了……"

"就因为五丑是队长，我们才不能接受这些东西。他早不送，晚不送，为什么……"

"照你说送二斤饼干还要定个时辰哪？——不知道你们赵庄是什么规矩，我们高庄跟你们赵庄可不一样。小喜当着个大队长，队里搞副业生产的，搞粉坊的，给小喜送粉条，送豆腐；种菜园的，给小喜送些个新韭菜、嫩小葱、鲜黄瓜、好萝卜；在外边赶大车跑运输的，人家路子宽，给小喜送些个绸绸缎缎，好酒好肉……队长队长，一队之长嘛，社员们给队长送点小东小西，那是平常事，我们当社员的想要还要不上哩。"

松花说："社员们给队长送点东西，也许没什么意思，可是当干部的也应该自觉一点儿，不能特殊化。小喜那个人我知道，骄傲自满，个人主义越来越严重了。他今儿个吃了人家的，赶明儿还有他往外吐的一天。——你说高庄那两个赶大车的，为什么要给小喜送酒送肉？那是因为他们两个人在外边搞生产搞过不少私人买卖，害怕将来整他们，才巴结队长哪。"

"这些事我比你知道得清楚。高庄几百口人，谁不知道那两个赶大车的有问题？就因为小喜常常替人家说话……"

"那就能有问题变成没问题？'雪堆里埋不住死人'，终有露馅的一天哩。”

“傻瓜！别说人家露不了馅，就是明儿个露了馅，挨批受罚当队长的也替不了他们……”

“替是替不了，可他也得受批评，甚至受处分!”

“唉！松花，我说你是个傻瓜，你还不服气。小喜虽然吃了他们的东西，可收那些东西的时候不是小喜亲手收的，都是他女人——秀英收下的呀，要是没什么事，就白白吃了他们的，人情算是送给小喜的；要是出了问题，收东西是秀英收的，她是个普通社员，错误又算成秀英的了，怕什么？人家秀英就能干，收了别人的东西，当着别人的面，她总是说：真没有办法，谁谁谁又送来什么什么，我不收吧，他们定要放下。亏小喜不知道，要是小喜知道了，可不是玩儿的，背地里可一五一十都要给小喜报账。今天这二斤饼干，五丑又不知道，你是个社员，吃就吃了，怕什么哪!”

“小喜、秀英那么做，只能说他们见小、自私，为了一张嘴，忘了集体利益，有什么可夸的！我虽然不是队里的干部，可五丑是队长呀，我不能偷偷在他的背后往他的脸上抹黑，叫他明儿走不在人前，张不开口，叫社员们说长道短，那怎么能做好工作呢?”

“就算你是好的，可是小喜吃人家的东西，是因为他包庇过赶大车的；我们吃金贵二斤饼干，金贵有什么问题？我们包庇过他什么?”

“妈呀，等你调查清楚以后再说嘴吧。金贵做粉条，如今二斗玉米还没过去一斗玉米做的粉条多了，队里正抽人研究他的问题，你知道不知道？这是他瞅我不在家，知道你老人家来了，就见缝插针了……”

高姥姥听说金贵送粉条、送饼干，也有他的目的，这才傻了眼，没话可说了。小园在一旁见姥姥输了，她也像打了胜仗似的对高姥姥说："姥姥，我不叫你收，不叫你收，你偏要收，看，妈妈不愿意吧。"又跟松花说："妈，还有一斗子的粉条，也是金贵叔叔送来的。"

松花听说还有粉条，又看了高姥姥一眼，无可奈何地说："妈呀，你来了才半天多，就给我收下这一大堆祸秧子，叫我怎么处理呢？以后你不要管这些闲事了。——小园，你跟姥姥在家，我给人家送回去。"说着，拿了饼干、粉条就要走。高姥姥忙说："松花，人家的饼干，我已经吃了几片，就那么送去，多不好看。"

小园抢先说："我不叫你吃，你要吃，你吃了人家的，你给人家赔！"

高姥姥听了外孙女儿的话，只觉得满面羞红，说："好！我赔我赔……"

松花听小园说话难听，瞅她一眼，说："大人说话，你也多嘴！"又跟高姥姥说："不怕，吃了他的，我再到供销社买一点，给他补上。"说着，出门去了。

高姥姥见女儿生了气，只怨自己没出息，多事，追悔莫及。等得松花回来，问道："金贵收下了？"

松花说："本来就是他的东西，他为什么不收？"

高姥姥只觉得没趣。低着头跟女儿、外孙女吃过早饭，等松花上地走后，她还在后悔自己做事糊涂，不该惹女儿生气。心里说：我昨天来了就要走，她定要叫我住两天，我要走了，哪里还有这些麻烦事呢？闺女在我的眼皮下长大，我也摸不住人家的脾气了。算了，完了的事，想它做什么？我今儿个在这里强打精神住上一天，明儿个大早快点走了吧，五丑的家就是金窝银窝儿，松花每天给我吃海参、燕窝儿，我也不住了。”因为心里闷得慌，到街头坐着散心去了。坐了一会儿，人来人往，都向她问长问短，嫌麻烦，才又返回屋里来，准备做午饭。往锅里下了米以后，只听街头有人广播，说是队里分山药蛋哩。高姥姥心想：山药蛋那东西有好有歹，有大有小，去得晚了，别人把大的、好的都分了去，就该五丑一家分歹的、小的吗？她准备替女儿把山药蛋分回来，便唤外孙女儿道：“小园，你怎么只管玩儿，跟姥姥到队里分山药蛋去。”

小园说：“咱们不要去。队里分东西，妈妈都是等到后边才去哩。”

“你懂个屁！分别的东西，先先后后都一样，分山药蛋可不能去得晚了。跟我走。”

“妈妈不叫早去，你不要去！你不要去！”

高姥姥见外孙女儿太顽皮，她又害怕去晚了分不下好山药蛋，也打了松花的旗号说：“你妈上地走时，就嘱咐姥姥去分山药蛋，你敢不去？”

小园听说是妈妈嘱咐的，这才答应要去。遂寻了两只箩头，找了一根镢把，一老一少抬着箩头筐儿，往大庙里走去。进得庙来，因见正殿门口拥下十多个人，大多是老人、小孩子，有两个人正在给社员们称山药蛋，高姥姥心想：这么多人，等到什么时候才能轮上给我们称哪？火上还滚着饭呀，锅溢了可不是玩儿的。因想到他们高庄分什么东西，干部们家里的人来了，都可以先分，有优先权。她想：五丑是队长，我是替五丑分山药蛋的，难道不应该占个先吗？她害怕人家不认识她，便大声喊道：“小园，快快到前边来，小园，你怎么不听姥姥的话？……”她认为这么一喊叫，就可以在众人面前表明自己的身份，人们会争先恐后地给她先分。她这么一喊，众人都朝她看去，人群中有认识她的，还向她问长问短，于是，高姥姥的心头顿时涌起一股与众不同的优越感，应付着大家：“……来了两天了，我本来要走，松花不让。我想五丑不在家，就多住两天吧，可不就住下来了。”应酬一阵儿，因老不见小园进前来，又喊道：“小园，你还不快点过来？”

小园说：“分东西是谁先来谁先分，谁后来谁后分，妈妈说过不叫抢头儿。”

高姥姥生气地说：“干什么也把你妈拉出来！你要在家，该听你妈的，你妈不在家，就该听姥姥的话。你不先分，火上的锅快溢干了，你晌午吃不吃饭了？”

众人听说她家没人看锅，又想到她是一个客人，年岁又大了，就破例让她先分，说：“老人家，你先分吧。”

高姥姥见众人让她先分，她觉得这是因为自己是这里大队长赵五丑的岳母，是大队长赵五丑的女人——松花的妈妈，才享受到了分山药蛋的优先权，浑身上下都充满了优越感，兴致勃勃地喊道：“小园，快提过箩头来！”

小园仍然坚持不先分，高姥姥早已把箩头夺在自己手里，走到山药蛋堆前，把箩头放下，一个社员早已拿着木锨给她往箩头里装山药蛋了。她看见那人不分大小，不分好坏，给她装了半箩头，就大声喊叫起来：“稍等等，稍等等，看大的大，小的小，弄了半箩头什么东西！”说着，她自己把那半箩头山药蛋倒下，自己趴在那里一个一个地挑好的、大的。大家看在她年纪大又是客人的面子上，只好由她。小园看见姥姥随便挑拣起来，忙说：”姥姥，大家都不挑拣，你怎么不听话？你尽挑了大的回去，妈又要批评你哪！”

高姥姥说：“这是大队分给的，又不是姥姥多一只手偷来摸来的，我不怕！”只管随意儿挑着。等得挑满两箩头，过了秤，因见秤梢挑得太高，高姥姥说：“高一点就高一点吧，再去掉一个，秤又低了怎么办？”众人没再多话。人群中有一个人害怕高姥姥跟小园抬不动，就自告奋勇要担了给她送去。高姥姥道了谢，临走的时候，她又随手在山药蛋堆上拣起一个大山药蛋，说：“看这个山药蛋长得多出奇，有头儿有腿的，活像一个胖娃娃，叫我们拿回去看着玩儿吧。”真的拿走了。因为只是一个山药蛋，别人也没有说什么。

回到家里，小园看看那两箩头山药蛋，对高姥姥说：“你分的好山药蛋太多了，等妈妈回来，又要不高兴啦。”

高姥姥说：“玩你的去吧，别管这些闲事。早上那二斤饼干是别人送的，要不得；这山药蛋是在大队里分的，人人有份，我不怕。”说罢，忙着做饭去了。松花打地里回来，小园开口第一句就是告姥姥的状，指着那两箩头山药蛋说：“妈，你看，这是姥姥分回来的山药蛋。”

松花先说了一个“好”，顺便过去看看，立时又变了脸色，问高姥姥道：“妈，今年夏天雨水太多，山药蛋长得不好，大多是核桃大的东西，咱们分的山药蛋怎么有这么大？”

高姥姥道：“我知道？那是你们队里给分的，又不是我抢的！也许是咱们运气好，恰好碰上好的了。”

小园马上说：“就不是！妈，我告你说，是姥姥一个一个挑下的。”

听说是高姥姥挑下的，松花不高兴了。想说妈几句，又想到她老人家多日不来，今儿来了住不了两天，老说她的不是，叫她不高兴，不好，只轻轻地说道："妈呀，你上了年纪，就该多休息一会儿才好，几个山药蛋，什么时候分不回来？你偏要去，偏要去……"

高姥姥看看女儿的脸色不对，知道是埋怨自己不该挑了大的分回来，她还不服气，争辩道："大早起我要人家的粉条、饼干，是我的错；分山药蛋是家家都分的，这也是错？要说我不该挑大的，小的是人吃的，大的也是人吃的，反正都是个山药蛋，怕什么？"

"妈呀，话不能这么说。因为五丑是队长，咱们不能特殊呀！"

"什么是特殊！咱们高庄的小喜，分什么东西不分点好的？就你们赵庄的规矩多，这才真是特殊哩！我动动手就有错，动动手就有错，我在你们赵庄住了一天，早上回来你早上批评我，中午回来你中午刮刨我——亏我是个脸皮厚的，要是个脸皮薄的，早把我浑身上下刮刨得没一点好处了。——我就说我不想在这里住呀，谁叫你留下我哪？——留下也不怕嘛，如今走也不晚，早走半天，少给你闯一些乱子。都怨我老糊涂，没主意，没有早些走了……"老人说在气头上，寻了她那根拐棍儿，恼悻悻地跑到院里，嚷着要走。松花见她妈生了气，连忙追出院来，拦住她，说："妈，别生气了，都怨你闺女嘴狂，多话，你养大的闺女还不知道她是个什么人？算啦，快回去歇一会儿吃饭吧。"

"我不吃！做下那么多的错事，还有脸吃饭？"说着，还是挣扎着要走。松花死死地拦住她，只得好言劝道："妈呀！正吃午饭的时候，你老人家这么着走了，你觉得好吗？外人知道了，都要骂你的闺女没出息，影响不好呀！"

高姥姥听闺女说到这里，这才没好气地说："好！好！都该听你的！多住半天，大不过多做一件没出息的事，叫你多刮刨我一次罢了。——几次刮刨我都受过去了，还怕着什么？今下午就是队里分金子分银，看谁还管你那些事！……"一边说着，一边跟着松花返回屋里去了。

一九六三年六月于长治

蓝帕记

1. 一位免费女乘客

在石鸡岭大道上，奔驰着八辆空行的单套骡车，这是苗家庄红旗农业社到吕河纸厂送桑皮，返回来的空车。赶车的是八个年轻的社员。红旗社的高头大骡最多，在方圆几十个村子里是享有盛名的。邻村近社的人们常常称赞红旗社的骡子多，喂养得好，红旗社的社员们也常常为此自豪。

八个年轻人把八辆骡车赶得不紧不慢，距离不远不近，距离远了，怕一路行人不知道他们是一个社的，距离近了，好像车辆太少，嫌阵势不大，不足以显示红旗社的威风。最喜欢要派头的，是这个车队的小队长苗青山。一开头，张六孩赶的土黄骡车落了后，青山骂他是肉母猪，定要让他赶上来。李三宝赶的雪青骡车在头里跑得太快，青山便骂人家是急着想回家看老婆，他便把自己赶的头号青骡揍了两鞭子，赶到雪青骡的前边，压住阵势，不紧不慢地走起来。青山又发现李三宝坐在车上，两条腿耷拉在车船沿上，把写在车船上的“红旗农业社”五个大字盖住了。他也不允许，定要李三宝把字露出来。李三宝生气地说：“反正你们的车上也有字，盖住一辆车怕什么！”

青山孩子气地说：“盖了字，谁知道这是哪个农业社的车？”

李三宝说：“咱走咱的路，别人走别人的路，管人家当成谁的车哩！”

青山生气地说：“不行！说啥也得露出来！”

李三宝没法，只好把两条腿盘在车床上。

拐过一个弯子，青山他们发现前边走着一个二十岁上下的大姑娘。行路的年轻人碰上大姑娘，不是指槐说柳地发表议论，便是拐弯抹角地评头品脚，也不管人家是生人，还是熟人，也不管人家受了受不了。如果是熟人，麻烦就会更大一些。青山过去本来不是这号人，今天他也入了伙。他们对那姑娘发表着议论，一会儿，就赶上了她。一看，谁也不认识。青山很想跟她说句话，人生面不熟的又无从谈起。谁知那姑娘却先开了口。她问：“你们是往哪里去的？”

几个年轻人七嘴八舌地一齐答道：“苗家庄。你是往哪里走的？”

那姑娘说：“苏村——给你们几个钱让我坐一段车吧？”

听说她要坐车，年轻人兴头更大了，异口同声地说：“邻村近社的几个人，说钱干什么，坐上走就对了！”

张六孩说：“我们又不是专门赶脚的，不要钱。”

李三宝说：“不要搞价钱啦，坐上吧。七八辆车你想坐哪一辆就坐哪一辆。”

青山很想叫她坐他赶的头号青骡车，连忙说：“坐这辆车吧，这匹骡走得稳。"

一个个热情大方地让着那姑娘，都成了好心肠人。那姑娘也没再说什么，把手里提的一个小竹篮儿往头号青骡拉的车上一撂，便上了车。

八辆车又开动了。青山关心地指拨着姑娘，一会儿让她往里坐，一会儿要她坐稳当……后边的七个青年因为没有揽上这位顾客，一个个很有点不满情绪。他们对青山对待那位姑娘的态度加以评论道："跟待他姐姐一样那么亲！""跟待他姨姨一样那么热……"

青山听见只装作没听见。这时，他才把那姑娘细细打量一番，只见她生就一盘秀气的脸儿，越看越想看。青山今年虽然已经是个二十三岁的人了，却还没有对象。因为他小时候连初级小学都没毕过业，却很想学习文化，除过上地劳动，他把所有的工余时间都利用来学习了文化，一直还没有想过找对象的事。因为他学习努力，在写写算算，读报、搞宣传工作上，村上有几个高小毕业生还不如他哩。他是农业社的副主任，还兼任着二小队的小队长，是团支部的宣传委员，又是俱乐部的主任，什么工作都积极，哪一方面也很有成绩。县里召开各项模范会议，几乎都有他：劳模会有他，向文化进军大会、宣传模范大会、卫生模范大会、团代大会、青年积极分子大会，都少不了他。因此，近几年来，他成了全县的名人，人们给他起了个外号叫做"会会到"。他做什么工作也很有成绩，就是找对象没成绩；他做什么工作也很有办法，能克服困难，就是找对象没有办法，老觉得找对象是件不好办的事情。他不怕困难，见了老虎也敢跟它斗一阵，就怕见姑娘，一见了大姑娘，连一点办法也没有了。因此，也有人给他介绍过几个对象，因为他跟每个姑娘一碰面，一句话也说不出来，总是扭捏一阵，红着一盘脸就跑了，一个也没有搞成。说来也有点奇怪，不知为什么，他今天见了这位坐车的姑娘，突然变得有了勇气。那姑娘坐上了他赶的车，他特别兴奋。他想跟她谈点什么，便生了个法儿，一连呱呱几鞭子，头号青飞奔前驰，一会儿，就远远地离开了大家，他也忘了强调八辆车的距离远近了。牲口走得快了，车子自然颠簸起来，把那姑娘摇晃得东倒西歪的像个不倒翁，出了满头热汗，连呼吸都不均匀了。姑娘掏出一块蓝色手帕来擦着头上的汗，有点生气地说："看你，这是个什么车？难受死啦！——站住！站住！我不坐了！我不坐了！——你听不见？赶车的！"

青山连忙说："不怕，不怕，不怨车，是怨这段路不平。你要害怕，有办法，我也坐上，挡住你。"说着就跳上了车，跟那姑娘并肩坐下来。

青山上了车，算是四平八稳地走了一小段。他想跟她说点什么，只没个好念头，后来他问："你到哪里去来？"

那姑娘说："到吕河村瞧我姨姨去来。"

"吕河村离你们村五六十里，你姨姨怎么就嫁了那么远？"

"不知道。"她的话里头带点气。

原来，这姑娘是个初中毕业生，今年七月刚刚毕了业，回村参加农业生产，当了社里的副会计，工作很积极。这几年有些女学生思想不正确，找对象不愿意找农民，说什么"一工二干三军人，死也不嫁老农民"，她最反对这一套。这是因为：一来，她爸爸是个入党二十年的老党员，现在是村上社里的畜牧股长，他最爱劳动，也常常教导儿女认识劳动的重要性；二来，学校领导也常常作这样的报告；三来，她是团员，团里也常常进行劳动教育。因此，她毕业以后，下决心要在农村劳动一辈子，建设社会主义。因为有了这个志愿，也有了找对象找农民的决心。她早就听说过苗家庄苗青山这个“会会到”的人物，很想会见会见他，可不知道这个赶车的就是苗青山。今天她坐上了苗家庄农业社的车，本来想问问苗青山的情况，只因赶车的太不客气，惹得她生了气，便打消了这个主意，决心不跟这个赶车的多说一句话了。

青山见她生了气，一下没了说的，想呀想呀也想不出个办法来。因为他只管想心事，没注意赶车，头号青不分坑坑洼洼乱走起来，车子每碾过一块石头或者一个坑凹，都要颠簸一下，车子往西边一颠，青山的身子便倒在姑娘的肩上；车子往东边一颠，姑娘的身子又靠在青山的胸口了。这么一来，可把那姑娘气坏了，她再也不愿意坐这个车子了。想跳下来，只因头号青走得太猛，又不敢跳，急得她出了一头热汗。她一面用蓝手帕擦着头上的汗，一面骂道：“你故意糟蹋人！快站住，我不坐这个鬼车啦！——站住！站住！——你的耳朵里塞上驴毛啦！你是聋啦！你……”

青山见她骂起人来，觉得脸上有点热热的，心想：人家骂我哩，还愿意跟我搞对象？可他又不愿意把车站住，怕一站住，她下了车，就一点希望也没有了。他替自己辩护道：“这不能怨我，主要是怨路不好。人说话都要留个后路，以后说不定你还会碰上我们的车哩。”

姑娘头也不回，骂道：“走路累死我，我这一辈子也不会再坐你的车啦！站住，我要下去！你聋透了！”

青山最怕的就是她下车，她越说要下车，他便把车赶得越快。那姑娘逐渐看出来他是有意识地不让自己下车，又想到他的一切行动，疑心他对自己是有了什么意思。这时，她偷偷看了他一眼，只见他方脸大眼，粗胳膊大手，是一个既壮实又漂亮的小伙子。她想：也不知道是谁家的这么个东西，看样子倒像个好人，做出来的事却这么坏！——管你呢！看你今天能把我怎么样！

青山见他不再说什么了，自己也没话可讲了。想再看她一眼，因想起她那一副威严的面孔挺怕人似的，又没勇气把头往那面扭一扭。正在这时，忽听有人喊了一声："等等！叫咱也坐上！"

青山回头一看，是他们村里的王长有。王长有家计划修房子，他是到柳河村定买砖瓦回来的，他赶上来要坐车。因为他喜欢拉闲扯淡，青山怕他坐车，因此，嘴里说要他上车，却不肯把车停住，反而把牲口揍了一鞭，头号青走得更快了。王长有奇怪他为什么在自己面前要这样的花招，他在后边跑着，生气地说："你不能把车停住等等我！"

青山回头笑道："你紧跑几步就赶上来了，快点！"

王长有见他不肯停车，反而走得更快了，生气地说："算啦！算啦！怕我坐车，我就不坐！"

青山见他生了气，只好给头号青下一道命令，它站住了。他知道停车没好处，当真车子还没有停稳，那姑娘一转身就跳下了车。不付车费就算便宜了，谁知她连句道谢的话也没有，不声不响地走了。

青山见那姑娘怒气冲冲地走了，心里挺不自在，连忙喊道："你怎么走啦？喂！你怎么走啦？三个人也坐得下啊！……"那姑娘头也不回，他也没办法了。他认为这是王长有破坏了他的好事，把罪过都加在了王长有的身上。长有跟他说话，他不答不理。长有问他那姑娘是哪个村的，他不声不响。长有问他今天为什么不高兴，他把脸一扭不说话。谁知道一扭脸，他发现了一件最宝贵的物件，姑娘那块擦汗的蓝色手帕掉在车上了。他怕长有看见，急忙暗暗捡起，偷偷装进裤兜里。他想：有了这块手帕，以后就有办法跟她取得联系。谁知那姑娘下车以后跑得太快了，出了汗，想拿手帕擦汗，发现把手帕丢了，想了想肯定是丢在车上了。她本来下了决心不再跟这个赶车的“坏小子”说话了，因为手帕的事，只好忍着气返回来，问青山道：“我的手帕掉在车上了，你们动动，我寻寻。”

青山这时明白了今天因惹下了她，谈不成恋爱了，还想留个后路，不愿意承认捡到手帕的事，便说：“管保是早就丢在后边路上了！”

姑娘也不再理他，怒冲冲地往后边返着寻去。

青山又怕白费姑娘的工夫，连忙喊道：“别往后返了，返回去也找不到了！”

姑娘一听这话，断定是他捡去了，便又返回来，只好再多跟他说一句话：“你快把手帕给我！”

青山又说他没见。姑娘又待返回去寻找，他又说返回去是白搭工。如此三番五次，姑娘肯定是他捡去了，她宁愿舍掉那块手帕，也不想多跟他说一句话了，只摆出一副极度仇视的面孔，咬牙发狠地跟在车后边走着。

姑娘没有骡车走得快，她慢慢落在后面了。王长有见离得姑娘远点了，才问青山道：“青山，你是真没见人家的手帕呀，假没见？”这话被姑娘听见了。她一听说那个赶车的就是青山，不由得心里一怔，急忙朝前看看赶车人的背影，自己问自己道：“他就是苗青山？——那么有名气的一个人物，他今天的行为怎么……”

2. 退手帕

青山原计划回到家里以后，要认真地考虑考虑如何处理那块手帕的问题，谁知他卸了车，吃过饭，回到自己休息的屋里，正要掏出那块手帕时，团支部书记找他来了，说是明天团的乡支委要召开宣传委员会议，总结夏季宣传工作，要他赶快把材料准备一下。团支书刚出门，他又去掏那块手帕，刚掏出个角尖儿来，技术股的副股长又来找青山研究高温速效沤肥法的问题。找他研究工作的人络绎不绝，他一直忙到二更多天，人们都走了以后，青山才想起那块手帕来。他把手帕掏出来一看，便想起那姑娘骂他的那些话来，他恨自己在这个问题上没有办法，一个人心里说：谁也不是个搞恋爱专家，专门研究过搞恋爱的方法！也不知道别人找对象用的是什么办法，咱第一次碰到这个问题，就大大地碰了个钉子。可是，用什么办法才不会碰钉子呢？他想来想去，一点好办法也没有。他想到以后的问题，就更加难了——自己虽然拿了她一块手帕，就凭这块手帕再想个办法跟她联系一下吧？人家对咱的态度那么不好，说不定还会碰个钉子。就此算了吧？那姑娘多么可爱呀！能就这样放过去吗？这时，他忽然想起来一个大问题——那姑娘可爱是可爱，可是，她在她们社里劳动好不好呢？思想进步不进步呢？是不是已经爱上什么人了呢？想到这里，又觉得自己做事有点好笑，暗暗埋怨自己做事太粗心了。因此，他准备把那块手帕先给人家退回去，以后了解了解情况再说。想到退手帕的事，又出来一个难题——她叫什么名字呢？该推给谁呢？他后悔没有问下那姑娘的姓名，事情就这样没头没尾地结束了。

因为这件事没搞出个名堂来，他又挨过那姑娘的骂，自然，他不愿意向任何人宣传这件事。谁知他自己不宣传，却有人做了他的义务宣传员，那就是在半路上坐上车的那个王长有。原来，王长有在苗家庄也算是一个人物，他生就一张油嘴，什么事被他知道了，没有个宣传不出去的。不过，他向来很少宣传过正经事，专喜欢宣传东家长西家短，张三找对象，李四搞恋爱，王五如何打老婆，赵六怎么看望丈母娘之类的事儿。青山用车拉了个姑娘，还有捡了人家手帕的嫌疑这件事，在他看来，也算得一件值得广为宣传的趣事，只两天工夫，他宣传得全村人都知道了，青山对他很有意见。

六天头上，王长有突然送给苗青山一封信，信皮上的通讯地址是："由苏村火光农业社寄"。青山在苏村一无亲戚，二无朋友，是谁给他写的信呢？他怀疑就是那个坐车的姑娘——她大概还在生自己的气，写信骂人了，也许是讨还那块手帕的。——如果是她写的信，怎么偏偏就落到王长有的手里呢？他不愿意当着王长有的面拆这个信。王长有想了解这封信的内容，增加一些新的宣传资料，磨磨蹭蹭不想走，见青山把信装起去了，才扫兴地走了。这时，青山怀着不安的心情，拆开信，先看看信尾的署名，是"杨月娥"，这个名字把他吓了一大跳。他听说过苏村火光农业社的副会计名叫杨月娥，思想很进步，是个初中毕业生。他找对象，根本就没找初中生的计划，他害怕这个"杨月娥"就是那天坐车的姑娘。看看信的内容，信里有许多向他道歉的话，说那天坐车骂他，是她的不对。信里也提到了那块蓝手帕，她说她不计划往回要手帕了，至于为什么不要了，信上说要收信人好好琢磨琢磨。青山看罢信，没有琢磨透她为什么不再讨还手帕的问题，只想到：她就是杨月娥？人家是个初中毕业生，咱算什么？——连初级小学也没毕过业啊！初中毕业的女学生嫁庄稼汉的事可是少见，他自己更没有过找女学生的想法。要是知道那个坐车姑娘就是杨月娥，他根本不会想到恋爱问题上去的。现在他想起自己那天对待那姑娘的态度来，后悔自己的行动太莽撞了。这一封信把他寄托在坐车姑娘身上的希望，彻底打消了。他没有给她写回信，只把那块蓝手帕通过邮局，给她退回去了。

3. 在庙会上

七月十二日，是潞河镇一年一度的物资交流大会，很热闹。苗家庄离潞河镇只有十里路，村里有一大半人都要去赶会，苗青山自然也要去。

自从王长有把青山跟杨月娥的问题，在村上作了宣传以后，青山认清了他是个什么人，总不愿意多跟他接近。谁知杨月娥给青山来的那封信，偏偏又被长有知道了。长有断定今天在潞河大会上，他们两个要会面，他想在这个问题上获得一些新的宣传资料，偏要跟青山相跟上去赶会。青山不愿意和他相跟，想了许多办法摆脱他，却无论如何也摆脱不掉，只好跟他一路走了。

到了会上，只见人山人海，大姑娘、小媳妇穿得花花绿绿，窜来窜去；人们拥拥挤挤的，没个边沿；十几口要故事的过来过去，锣鼓喧天；杂技团门口响着洋鼓洋号；要西洋景的跟卖洋针的念着歌儿，唱着对台戏，一片声嚷。长有问青山：“咱们先看什么？”

青山说：“咱们先到街上转转再说吧！”

两个人走到“美丽照相馆”门口，过来一出小花戏，大家围着看起来。青山正看在兴头上，忽然听得有一个女人喊道："姐姐，到东边去，这里太挤，咱们到东边去看吧！"他觉得话音很熟悉，抬头看去——坏了！正是那个坐车姑娘杨月娥。只见她一只手扯着一个中年妇女的衣角，大概那就是她的姐姐，她的两只水汪汪的大眼却在瞅自己。因为他正是在东边站着看的，他认为杨月娥一方面唤她姐姐，一方面瞅着自己，是要把他向她姐姐作介绍，介绍自己如何如何不是个好小子。他不愿意在这里看小花戏了，拉了长有一把，说："走！这个没意思，咱们看木偶戏去。"

王长有早已看到了青山跟杨月娥的不平常会见，认为他们俩打的那个照面，用眼说了话，说不定要在什么地方接头，便紧紧地跟着青山走去。到了木偶戏场，不大一会儿，只听又有一个女人喊："姐姐，这是孝义县的木偶戏啊，就是比咱们本地的木偶戏好！"青山回头一看，又是杨月娥。他最怕的就是她。想道：咱对她本来什么意思也没有了，她却偏要跟着我，长有回到村里不知道又会给我宣传什么了！还是走开点好。就跟长有说："人这么多，挤不上，咱们先去看看西洋景吧。"长有见他又要走，心想：我一直跟着他，他就不好意思跟那姑娘接头，不如跟他分离开，远远地跟着他们，看他们会怎么样。因此，他说："我要等着先看看木偶戏哩，你去看西洋景吧！"

青山早就想跟他分开，好容易盼到这句话，便慷慨地答应了他的请求。

青山刚刚坐在看西洋景的凳子上,只听见又有一个女人说："姐姐，快坐下，咱们也看看西洋景！"

青山回头一看，只见那个杨月娥跟自己紧紧地并肩坐在一起了。他像做了小偷一般，站起来就走。怕杨月娥再看见他的去路，便拐弯抹角地故意钻着人群走，一直走到杂技团围的布墙门口，才出了一口长气。想道：我今天算倒了霉！偏偏碰上了她！她为什么要撵着自己跑呢？活见鬼！难道她真的是对自己有了什么意思？不管她有什么意思，我是什么意思也不能有的！人家是初中毕业生啊！他什么也不打算看了，专门找到妇女们不爱去的地方——卖箩头、粪筐的摊子上转了一会儿，便扫兴地离开了潞河镇。

青山离开潞河镇，才走了三四里路，没料想王长有也返了回来，赶上了他，笑呵呵地跟他说："今天的会赶得美吧？"

青山不了解王长有的话意，只含含糊糊地说："也还热闹！"

"今天你得到一个宝物，能不能叫咱看看？"

"胡说，今天我什么也没有买！"

"我知道你什么也没有买，可是你得到一件好东西！"

"不要胡扯啦！你就会玩弄人！"

"别装啦！你敢说你没有得到什么东西？"

"敢说！我要得到过什么东西，输给你半斤酒喝！"

"好！说话算话。——你敢叫我掏掏你的裤兜？"

青山知道自己的裤兜里除了自己的一块擦汗手绢，什么也没有，不怕他掏，便说："随你的便儿。"就站住让王长有掏。不料一掏就掏出两件东西，一件是青山自己的手绢；一件正是他很熟悉的那块蓝手帕，把青山弄了个目瞪口呆。心里暗想：我早就把这块手帕还给她了，什么时候又到了我的身上呢？怎么也想不出原由来。

原来，在他看西洋景的时候，杨月娥在他的身边一坐下，就把这块手帕塞在他的裤兜里了。他自己心慌没觉着，可被躲在一边监视他的王长有清清楚楚地看见了。青山老老实实对长有说，他真的不知道这是怎么回事，长有才把事情的真实情况告诉了他。青山就说回到家要给长有打半斤酒喝，长有说以后办喜事的时候一块儿喝吧。青山对这件事还不敢肯定结果如何，见长有把话说得那么肯定，怕他回到村上再给自己大肆宣传起来，便再三央求他保密，说是他对那个姑娘真的没有什么意思。长有在口头上答应不再给他宣传了，可是，青山赶会得到一块手帕的事儿，很快就传遍了苗家庄，传得社主任、支部书记都知道了。

以后，青山有次到姑姑家去，姑姑说苏村有人问过青山的家庭情况；又有一次，青山到舅舅家去，舅舅说苏村有人向他问过青山的脾气怎样。同时，他自己村里的党支部书记也跟他说，在县里开会时，苏村的党支部书记向他问过青山的工作情况。听了这些话，青山觉得那个杨月娥到处做调查，真的对自己有了什么意思，想起杨月娥秀气的模样来，心里有股甜丝丝的滋味。他想：那天她坐我的车，我那样对待她，只不过是半真半假地闹着玩，谁知今天竟成了真事！她，那样的好模样，又有文化，思想又进步，要真的跟我结了婚，再好……可是，人家是个初中毕业生啊！我呢？……他考虑了好几天，也没有定下个主意。社主任跟党支书很满意青山这件婚事，因为苗家庄也有几个姑娘盲目进城找对象，不嫁老农民的事儿，他们认为如果青山这个婚事成功了，对那些看不起农民的姑娘是个很好的教育。谁知青山对这件事的态度偏偏很消极，他俩劝了青山好几次，并且劝他主动给杨月娥写个信，一转眼十几天过去了，他还没有写。因为他想起来自己事先没有了解情况，就马马虎虎爱上了一个初中毕业的女学生，特别是想起来在潞河大会上她追着他跑的情景，心里还有点害怕，哪里还有勇气写信呢！

谁知社主任和支部书记劝青山写信，青山迟迟不写的事，被王长有知道了，他想：那可是个好姑娘呀！青山不给人家写信，时间耽搁得长了，事情就会发生变化，我们苗家庄就没有了那个好媳妇，该怎么办呢？后来，他想了一个鬼办法，他偷偷地替青山给杨月娥写去一封情书。三天以后，青山收到杨月娥一封来信，内情如下：

青山同志：

你的来信收到，勿念。你在来信中把你许多模范事迹详细地做了个介绍，我看了以后感到很高兴。其实，你的许多模范事迹我早就知道，不过，没有你信中写得那么具体。我认为你在各方面都做出了很大成绩，这是很好的。不过，我觉着你写信的口气有些不大好，因为在你写自己的成绩的时候，口气太有点骄傲自满了。比如你说“全县人都知道，学文化我在全县数第一，劳动生产也是有名的第一个，说到搞宣传工作，那更是特别的第一……”这些不是说得太有点自满了吗？不过，你还年轻，我相信你会改正这种缺点，我也不会因为这一点就不爱你。下边我也向你介绍一下我的情况……

青山实在无心看下去了，他认为杨月娥是在撒谎，是在无理取闹，他开始感到她也不是一个好姑娘。他把一封信撕了个粉碎，以后想也不想这件事了。

八月十五这天晌午，青山打地里回来，一进大门，就听得自己家里有个很熟悉的女人声音，只听她说道："姐姐，咱们到大门外边看看去吧……"正是杨月娥的口音。他有点怕听杨月娥叫姐姐的声音了，他不准备回家了，返身就要往大门外边跑。他的九岁的小妹妹腊梅，看见他扛着张锄没有回到家就又跑走了，便喊道："妈！看哥哥跑走了！"她这么一喊，青山跑得更快了。

4. 相家

原来，杨月娥通过一些亲戚、朋友把青山的各方面情况做过调查以后，完全证实了他是个各方面都很好的青年，她认为要找农民对象，青山就是最合适不过的一个，基本上定了主意。至于那天她坐车，她反对过青山的那种不太友好的行动，当时，她认为他的行动不好，后来，她知道了他就是苗青山，慢慢爱上了他，又认为青山那天的行动，是一个未婚的男青年必然的行动，不能算是什么缺点。说到杨月娥今天的到来，下边再做个简单交代。原来，这地方有个老习惯，凡是婚姻之事，女方都要到男方相看一次家，如今虽然实现了自由婚姻，相家的老习惯却还存在着。相家的时候，姑娘不一个人来，不是由妈妈陪着来，便是由姑姑、姨姨、姐姐、嫂嫂之类的女亲陪着来。相家的女方到了男方的家里以后，男方要准备一顿好饭，让她们吃，如果她们吃，这就说明是相起来了；如果是不肯吃，那就表明是没有相起来，这门亲事就不必再提了。不过，月娥可没计划过相家这件事。她认为找对象是找人，家庭怎么样是次要的。如果是房子不好，结婚以后只要夫妇努力劳动，会有好房子住的。谁知她妈定要来相看一下家。她妈认为别人家的女儿找对象要相家，自己的女儿找对象不去履行一下这个步骤，别人会说她对女儿不关心。杨月娥虽然无心相家，却想来看看青山，所以今天便由她姐姐陪着，来到了苗家庄。

青山不知道月娥是来相家，也不清楚是来干什么，他糊里糊涂跑出来，跑到俱乐部，心还在跳，腊梅找他来了。她说："哥哥，妈妈叫你快点回去哩!"

青山忙问："谁在咱家里?"

腊梅说："人可多啦！咱家来了两个妇女，多少人都到咱家看去啦！快走吧，妈妈叫你快快回去哩!"

青山又想起那天她在车上骂他的情景，还有在潞河大会上她追着他跑的情形，老觉着没法儿见她，无论如何不回去。他说："腊梅，你回去吧，我顾不上，我还要写黑板报哩!"

腊梅无可奈何地走后，一会儿又来了。她有点生气地说："哥哥，妈妈在家骂你啦！快走吧!"

青山不答回去不回去的问题，先问腊梅道："咱家来那两个妇女走了没有?"

腊梅说："那两个妇女是来相家的，在咱家吃饭啦！今天过八月十五，是好饭，你不吃?"

青山听说杨月娥在自己家吃起饭来，认为她已经把家也相起来了，就等于他们两个的事正经定了，甚是高兴。他很后悔自己走到院里，不该又跑出来，如果现在再返回去，他们要问到我为什么跑出来，我该说什么呢?他越想越难。便跟腊梅说："你先走吧，我马上就回去了。"

腊梅又走了，一会儿又来了。谁知这时，俱乐部的门上却挂下一把大锁。原来，青山饿着肚子到地里去了。直到一轮明月出现在东山头上，他才打地里回来，还是没回家，又到俱乐部里来了，准备先探听一下杨月娥的消息。一会儿，腊梅又来了，她说："哥哥，你是到哪里去来，妈妈可把你骂死啦！快回去吧，你不嫌肚饿？"

青山仍不管肚子饿不饿的问题，还是先问："腊梅，那两个妇女走了没有？"

腊梅说："人家明天才走哩！我嫂嫂说非等你回去不可！——哥哥，我告你个好消息吧，我有了嫂嫂啦！"

听腊梅说有了嫂嫂，青山又想起来杨月娥的模样。想到她今天不走了，再不回去也躲不过了，才跟腊梅离开了俱乐部。

一进家门，青山的心咚咚地跳着，低着头哪里也不敢看，生怕看到他所熟悉的那个又俊又怕见的面孔。谁知他一进门，那熟悉的口音又响了："啊呀呀！可算是请来了！比诸葛亮还难请——刘备请诸葛亮才请了三次；腊梅请哥哥却请了四次，看这一把架子有多么大！"

青山连忙说："我，我……你今天——妈，你叫我干什么？"他跟杨月娥说话，说了半天也没说清一句，没了办法，半路儿拐了个弯，问起他妈来，可挨了他妈一顿骂。

因为一来，今天是中秋佳节；二来，眼看青山的亲事有了八九分成色，青山妈万分高兴，把一顿晚餐准备得十分丰盛——在供销社买了一瓶竹叶青、二斤月饼、三斤葡萄、四斤苹果，又蒸了一笼馍馍，炒了四个盘子，还煮了一大锅嫩玉茭和毛豆角。大家吃吃喝喝，说说笑笑，直到一轮明月挂上树梢。青山妈想到该让两个年轻人在一块说说话了，才找了个借口，跟杨月娥的姐姐说："看外边的月亮多好，咱们到街上看月亮去吧！"便一起走了。

头里，青山很希望两个老人出去，总觉着两个老人在屋里仿佛妨碍着什么似的；如今两个老人走了，他又觉得好像没了靠山似的，坐着也不舒服，站着也不合适，一肚子话也找不到个头绪。杨月娥的话是现成的，就是不想先开口，她要先看看青山如何开口，想逗逗他。青山希望她先开口，见她只不言语，心里有点慌了。

一大会儿，屋里鸦雀无声。青山没了办法，听得火上的茶壶开了，便去递下茶壶，才喜得有了个说的，自语道："火真大，开得这么快。"听得哪里有点响动，满屋里环视一周，什么也没有，又是自言自语地说："早就把老鼠消灭净了啊！这是什么响动呢?"随后，打楼上跑下个大花猫来，他还是没话寻着话说："噢！是它呀！——以后猫的用处就不大了！"他的这些言语和行动，惹得杨月娥早就想笑，强忍着没笑，谁知她没忍性，结果，还是笑出了声。这一笑，成了青山跟她说话的引线，他急忙问她："你笑什么呢？你说喂猫以后还有什么用处呢?"

杨月娥趁机笑道："当然有用处，就拿今天晚上说吧，要没有它，有些人就会变成哑巴!"

这么着，两个人才算接了头。这一接头不要紧，两个人的话说来没完了。说到了坐车的事，也说到了潞河镇赶会的事，以后说到蓝手帕的事，青山问她现在要不要归还她，她说她就是专为讨还手帕而来的，青山把手帕给她时，她又笑着说："我不要这块手帕，我想要另外一块。"青山明白她是要自己的手绢，拿出自己的给她时，又做了一个预先声明："今天我先给你说清楚，你是初中毕业生，我可是个连初级小学也没毕过业的老粗啊!"

月娥说："怎么？初中毕业生没资格跟农民结婚——我是

什么？我在家里当副会计不是农民？《婚姻法》上又没有这样的规定——禁止学生跟农民结婚！"

青山说："我不过是跟你声明一下。"说着，便把自己的手绢递给了杨月娥。她接到手绢以后,用责备的口气问他："我给你来了信，你怎么不给我写回信？"

青山说："因为我根本就没有给你写过信，你却在信里批评我，说我骄傲自满啊！自高自大啊！你这样无缘无故地批评我，叫我怎么给你写信呢？"

月娥听了这话，十分奇怪。她说："我明明收到过你的信呀？你没写，那是谁写的呢？"她开玩笑地说："不是老狗，便是老鳖！"

"好端端的不要骂人，那是我替青山哥写的！"这话是从窗口传到屋里来的，把他们两个吓了一跳。青山听出来是王长有的声音，急忙跑到门口来看，只见有二三十个人拥拥挤挤地往大门外边跑，青山看清了其中有王长有，原来，那是一伙听窗队。他急忙喊道："长有！你们走了干什么？回来！家里还有酒哩，回来喝几杯再走吧！长有，我不是还输你半斤酒吗？……"

王长有回头说道："等将来在新人房里一块儿算账吧！"说着，跑远了。

长院奶奶

一

长院奶奶只有一个儿子，名叫唐丙辰，还没有娶媳妇，自然没有孙子。可是，因为她在唐家庄的六十多户姓唐的人家里，是辈数最大的，所以早就做了奶奶。

长院奶奶一家三口人。人虽然不多，却分成了两股头。她的儿子——唐丙辰是一股头，他死反对长院奶奶经常说的那些落后话和她那自私自利的思想。丙辰的爹——长院爷爷很赞成丙辰的言语和行动，算是丙辰的群众；长院奶奶是一股头，她死反对丙辰老出义务工给别人干活儿，不知道为自家打算的那种“傻瓜”行为。

不摸底细的人，会说丙辰老顶他妈的嘴，不是个好孩子；摸底细的人，都知道长院奶奶那张嘴是非“顶”不可的，同时，除了丙辰能“顶”得过她，别人是想顶也顶不过的。

土地改革以后的头几年里，因为她家也是个翻身户，长院奶奶也常常把共产党、毛主席、人民解放军挂在嘴上夸奖；这几年却变了，尽说些不入理的话。谁知道偏偏就碰上了丙辰这么一个儿子，她一张嘴，就被儿子顶了回来。她说："新社会好是好，就是这统购统销不好！人都说新社会讲自由哩，怎么打下几颗粮食也不叫自由……"丙辰便顶她道："旧社会粮食买卖倒自由，你吃过几顿饱饭？新社会粮食买卖不自由，你哪一顿没吃饱？"就因为解放以后十几年来，她顿顿都吃得饱，没法儿回答儿子的问题。她在丙辰面前每碰一次钉子，都要说："变了！变了！如今的人都变得短了！旧社会里谁家的儿子敢顶父母的嘴！——真是天短人也短。看如今的天有多么短！在过去，活一年真比如今的三年还长，哪像如今一转眼就是一年，一转眼就是一年，这天气不是短了是什么?!"丙辰便顶她道："只是你如今有吃的，有穿的，不愁吃，不愁穿，要还是像旧社会一样，吃了这顿愁那顿，看你还嫌不嫌天气短!"今天早上，母子俩又顶了一次嘴，说起这次顶嘴的原因来，话就长了。

原来，近三四年，每到七月农闲的时候，唐家庄便有许多修房盖屋的户口。旧社会里，唐家庄三年五载也见不上一家盖房子的。一般户口，就是想盖座房子，单是筹备工作至少也得十多年——今年积蓄点粮食买下几根椽，明年积蓄点粮食买几块砖。后来……光准备木匠、泥水匠和帮工人们的口粮，也得积蓄个三头五年才行，真不容易。这几年却不一样了，这唐家庄只三四年工夫，二百户人家，就有一少半房子是新的，好像是新立的一个庄子。这几年唐家庄盖房子的多，一来是因为大家走了合作化的道路，生活富裕了；可也还有第二个原因。原来，在最近几年里，这个庄子新兴下这么一个习惯：谁家要修盖房子，只要准备下买砖瓦、买椽梁的钱和木工、泥水工的工资就行了，至于砖、瓦、椽、梁的运输，盖房期间的帮工，都是农业社社员们互相出义务工干的，根本不必花运输费和帮工的工资。社员们互相出义务工运砖瓦、运椽梁，盖房时候帮助担水、和泥，不只不要工钱，连饭也是不吃一顿的。这是因为这几年村上盖房子的很多，虽然差不多每家都有余粮，要全管运输砖瓦和帮工人们的饭，有些户口未免就欠缺些。本来，社主任也说过，说谁家要盖房，政府可以供应一部分粮食，事实上没一家领过这样的供应粮。他们认为如今国家正是大建设时期，工厂越发展越多，都需要粮食，咱们既把余粮卖给了国家，就不必再往回买了。反正村上大多数户口不是要盖新房，就是要补旧房，你帮我，我帮你，互相帮助着就把事办了，何必讲究吃饭不吃饭呢？这么一来，出义务工帮忙就形成了一种习惯，连根本不计划盖房子的人家，也常常出义务工，把这看成了一件光荣的事。同时。大家要给谁家帮忙运输砖瓦，也总是在星期天，不叫耽误社里的生产。

今天是个星期天，唐丙辰的邻居——唐苦瓜家早已约好七个人，今天要起大早到五十里远的砖瓦厂去运输砖瓦，这七个人中也有唐丙辰。长院奶奶是个最爱见小便宜的人，她觉得她家在土改时候，分的房子既多且好，既没必要盖新房，也没必要补旧房，让丙辰常常吃上自家的饭去给别人帮工，是个吃亏事。她常常骂丙辰，说他不知道闹务自己的家。丙辰是个共青团员，各方面不落人后，他最反对他妈的这种自私自利思想。给人帮忙修房盖屋是重活，本来该吃点儿耐饥的饭，可每逢丙辰到别人家帮忙，长院奶奶便故意给他做稀饭吃，以向他示威，但丙辰向来没有怕过她所“示”的“威”。

今天，长院奶奶刚睡醒一觉，就听得隔壁家捅火、舀水添锅之声，她奇怪苦瓜妈今天为什么起得这样早，后来才想起来苦瓜家今天要运砖瓦去，而且想起来自家的儿子也要去。她在被窝里想：我家的这个丙辰呀！真是无法可治！吃上自家的饭给别人家干活，图了个啥？千说万说你不听，给你做稀饭吃，你不害怕，今天你又要去？——我不信制不住你？她忽然想起个绝妙的办法来，急忙爬起床，摸了把锁，去把丙辰睡觉的西北楼锁上了。

长院奶奶这人还有个毛病，就是老怕别人家的日子比她家的日子好过了，见别人干什么，她也想干什么。见别人买马她想买马；见别人家比她家多养了一只鸡，也恨不得让老雕给叼去一只；别人家因为有特殊原因起个大早，她自己不管有事没事，不管有没有特殊原因，也要起个大早。她自己起来不算，还定要把长院爷爷和丙辰也唤起来。今天早上，因为有特殊原因，她倒没唤丙辰，却把他锁在屋子里，返回来把长院爷爷唤醒了。长院爷爷觉得天气还很早，不肯起床。长院奶奶便骂他是“死猪”，是“睡死鬼”，是“一点也不忧念家事的老吃才”，喊呀叫呀骂个没完。谁知这么一吵，把个丙辰吵醒了。丙辰醒来，觉得天气不早了，急忙起了床，穿了衣服，就去开门。谁知一拉门，拉不动，喊他妈，妈只管骂他爸爸，不应声，急得他敲门打窗地没个办法。直到苦瓜来叫他，他在屋里说：“苦瓜，你去跟我妈要钥匙来，给我开开门。”

苦瓜说：“算啦！算啦！长院奶奶那号人，咱斗不了！”

丙辰在屋里气得直跺脚，他说：“真把人急死啦！——少去一个人能行？”

苦瓜说：“行。如果真不行，临时找个人也找得上。”

丙辰在屋里难过地说："苦瓜，这可不是我不去啊！"

苦瓜说："知道。别着急了，这不怨你。"

苦瓜走了，丙辰一个人无可奈何地说："真是，老天爷不下雨，当家的不说理——无法可治！"他觉着他妈把他锁起来，限制他去帮别人运砖瓦，是一件丢人不过的事。他想到村上人知道了这件事以后，一定要说长道短，他怎么有脸面见人呢？因此，他竟趴在床上哭起来。刚哭了两声，又忽然想道：自己怎么好好地就哭起来，已经是二十二岁的人了啊！自己已经是找下对象的人了，还是个共青团员啊！因为这么一点小事，怎么就该哭呢？——反正今天是礼拜天，社里也没什么要紧事，村上动工修房盖屋的有好几家，不叫我给这家运瓦，我能给那家帮工，只要是帮别人干活儿，谁敢说我是自私自利呢？他不哭了。

长院奶奶听得苦瓜来了，又听得他走了，自以为她的办法很高明，达到了心愿，便又骂起长院爷爷来。长院爷爷虽是丙辰的基本群众，但每逢长院奶奶骂他，若是丙辰在场，他也敢顶她几句；丙辰一不在，他就无拳可要了，总是规规矩矩的，长院奶奶叫他投东，他不敢投西，叫他撵狗，他不敢撵鸡。他自己也琢磨过好几次，想道：她只不过是骂我几句，有什么可怕的呢？她骂我，我不听她，她能吃了我？可是，每逢长院奶奶开口骂起来，他就摸门不知东西了。今天，长院奶奶又把他骂得起了床。老两口大大地起了个早，什么作用也没起。长院奶奶只是早早地做熟了一锅饭，长院爷爷多抽了几锅旱烟。她有本事把长院爷爷催得起了床，可没本事给长院爷爷找个与人比胜的活儿干，反而多浪费了几锅烟，这如何了得。天明以后，她出了个主意，要长院爷爷趁礼拜天不到社里干活儿，到山上给她砍些藤条儿来，她要编些藤条簸箩儿卖钱，积少成多，将来丙辰娶过媳妇以后，她还要盖新房哩。长院爷爷恨她不该半夜三更地吵得他不能睡觉，就偏不听她的命令。他往门外走着，认为自己出来这个门，不管她怎么骂，自己也听不见了，才鼓了很大的勇气说："黑夜没睡好觉，白天我还要睡觉哩。黑夜你能害人，白天我到哪儿也能睡觉，看你还能害人不能！"

长院奶奶赶在门口，冲着长院爷爷的背影说："看你能一辈子不回我的家里来！……"长院爷爷早已走远了，她只好无可奈何地回了家。她在老的面前下命令没起了作用，便开了西北楼的门儿，命令小的："丙辰，吃罢饭你去给我砍些藤条儿来，我要编簸箩儿哩。今天是星期天，你又没事，快去吧。"

丙辰恨她不该把自己锁起来，不叫他去给苦瓜家运砖，便说："我没工夫！晚上你能锁住我，白天你可捆不住我！"他故意拿话气她道："唐家庄修房盖屋的不只三家五家，你不叫我去给西家帮忙，我能去给东家帮忙；你不叫我去给苦瓜家运砖，我能去给庚午家帮工。我可不能跟上你丢人——人家谁不是乐乐意意地给人帮忙，偏你那么小气，不怕大家笑话！"说着就走了。长院奶奶见老的小的都不听她的话，眼睁睁看着丙辰又把一个劳动日丢了，她想：给人帮一天，就白丢十分工，白丢十分工，就是白白丢了一元多钱；要是去砍些藤条儿来，赚一元多钱不成问题，如何了得。她一下子没了办法，急中生智，急忙跑到门口，冲着丙辰的背影说："你给我回来！你给我回来！——你去给他们帮工——你上天也可以！就是有一件事，我今天非给你说说不可！"

丙辰听她说同意自己去给别人帮工，便站在当院里回头问道："说什么哩？快说吧。"

长院奶奶怕丙辰再走了，不听她的话，先挑最能打动丙辰的话说："我一把屎一把尿把你拉扯大了，你离了娘也能成人了，你翅膀骨朵儿硬了，自己会飞了，我斗不了你们啦！今天咱母子俩说好，你也找下媳妇了，你赶快把媳妇娶过来，以后咱们把家分开，各过各的日子好啦！也省得我这个老落后拖累你那个模范！——反正是如今的儿女们都不把父母老的当人看待了！……"她很清楚丙辰平素虽然能说些反对自己的话，遇事也很知道体贴老人，她这么一说，准能说得他动动心。以前她还没有说过分家的话，今天丙辰听她说出这些话来，才感到问题有些严重了。他真的返了回来，孩子气地说道："妈，你怎么说出这些话来，你一辈子辛辛苦苦抚养大我这么一个，如果分开家，不怕大家骂死我？……"

长院奶奶见丙辰软了，她可硬了："把人逼到崖边儿上就不得不跳崖啦！这个家非分不可！你只说说等你娶过媳妇分呀？现在就分？——我看还是现在就分吧?！反正你离了娘能过日子啦，这个娘还算个人啦?"

丙辰听娘说现在就要分家，反倒不害怕了，断定她是为了威胁自己不去给别人帮工，才故意这样说的，不会是真心要分家。想到结婚的事，心里对娘更加不满意了。过去，他找过好几个对象，那些姑娘们一问询做婆婆的很不容易相处，一个个都吹了。最后找下王村的王银菊，才算稳定下来。他想：人人都说我妈不好相处，我还没有结婚，她今天就提出来要分家，要叫银菊听到这个消息，保险还会发生问题，该怎么办呢？后来他想到：如果我在家里待着，妈还会缠着吵，我走了就没事了，只有走是个办法。因此，他说了个："家是不能分，有意

见等我回来再说吧。”一边说着，一边就走了，

二

丙辰打家里出来，走到街心，忽然站住了，因为这几天唐家庄大兴土木的有五六家，该到谁家去呢？按唐家庄的习惯，一个人要给谁家帮忙，或是主家请大家；或是大家主动嘱咐事主，在前一两天就约定好了，临时到工的很少。丙辰考虑了一下，决定到唐庚午家去帮忙。他走到庚午家门口朝院里一看，只见四五个泥水工正在忙着砌砖；还有四五个人和泥的和泥，递泥包的递泥包，泡砖的泡砖……其中有一个大姑娘，就是苦瓜的妹妹——唐瓜瓜。他这时才想到：要是大家问我今天怎么没去给苦瓜家运砖，我该怎么说呢？还有我妈把我锁起来的事，别人也许还不知道，瓜瓜一定是知道的，苦瓜回去能不告诉他们吗？他硬着头皮进去，什么也没有说，把院里的一担空桶担起来就要去担水。刚抬腿要走，庚午的爹——唐老汉问他道：“丙辰，我当你给瓜瓜家运砖去了，你没有去？”

丙辰没有回话，只管走了。他的心突突突突地跳着，觉得两个腮儿烧烫烧烫的，想道：怕他们问这个，怕他们问这个，他们才偏偏要问这个，今天我算倒了霉！赶快走吧，出了这个院就好啦。可是，他又想道：人家跟我说话，我这么着不声不响地像个什么啊？因此，他走出大门才含含糊糊地应了一声：“我没有……人够了……”

唐老汉见他这般样子，回头问大家道：“丙辰今天是怎么啦！一个蹦呀跳呀的小伙子，今天怎么变成个没嘴儿的葫芦啦？”

别人都说不知道，瓜瓜摸底细，她说：“你们不清楚我可

清楚：今天大五更，我哥哥去叫他，他的门上挂了一把锁，是长院奶奶怕他给我家运砖，把他锁起来了。丙辰大概就是因为这件事不高兴的。”

大家听了瓜瓜的话，自然对丙辰母子俩评论了一番，说长院奶奶怎么怎么小气，说丙辰如何如何是个好孩子。最后，唐老汉说：“等丙辰担水回来，大家不要再提这件事了，遇上那号当娘的，丙辰就够苦闷了。”

丙辰担回第一担水来，断定大家还要问他为什么没有给瓜瓜家运砖去的事，低着头进来，急忙把水倒在和泥的土上，慌慌张张地担着两只空桶又走了。大半天总是这样：慌慌张张地担着水进来，又慌慌张张地担着空桶出去，一句话也不说。直到天快晌午，他担着一担水走到庙背后的时候，忽然听得身后有马车响声。他想：坏了！给苦瓜家拉砖瓦的人们回来了。我今天没有去，他们一定要嗑我，快点走吧！——不，他们在半后晌才能回来，现在才是半前晌，怎么就回来了呢？他回头一看，见是一辆马车，马车后边跟着三个人，都认不得，车上拉的也不是砖瓦。仔细看去，认得是电影机子，断定是乡村电影队又来了。他最欢迎电影队，电影队一来，他这半天的苦闷情绪一扫而光。心想：如今的日子过得太美了，隔几天就要看看电影，隔几天就要看看电影。——每次电影队一来，银菊总要来看电影，今天一定还会来！王村离这里才五里路，电影队在邻村近社都要出露布，保险会来的！他虽然爱看电影，但是，与其说他最欢迎电影队，还不如说是因为电影队来了，就给了他一个和银菊见面的机会，他是欢迎这个与未婚妻见面的好机会的。

丙辰担着水一进院，就兴奋异常地喊道：“同志们！有个好消息你们听不听？”

大家见他忽然又变得这么高兴，很有点儿奇怪，都一齐问：“又有了好消息？”

丙辰一边倒着水，一边说：“电影队来了！”

大家听说电影队来了，砌砖的砌得更快了，和泥的也加了油，泥水溅在嘴里，也顾不得用水漱，唾一半咽一半就过去了。担水的唐丙辰更是高兴，他说：“同志们！好好干吧，我去打听打听晚上要演什么片子！”说着就唱了起来：

拿起担杖担起桶，
池里担水一阵风。
我担水，你和泥，
一座新房快盖成！
……

瓜瓜见他那么高兴，便把他的心事猜着了八九分。她问大家道：“你们知道丙辰为什么这样高兴？”

有人说：“要看电影嘛，谁不高兴！”

瓜瓜说：“你们猜得根本不对！我告你们说吧，是因为今天晚上王村我的表妹银菊要来看电影，他才那么高兴的。”

丙辰跟别人不同，最喜欢听到别人议论他搞恋爱的事，每听到这种议论，心里就甜丝丝的挺舒服。见瓜瓜又提到了他恋爱的对象，他不仅不阻止、不反驳，他担着一担空桶本来早已走出了大门，反而又返进院里来，故意逗着瓜瓜，让她在这个题目上多说几句。因为那五个泥水工人里，有两个是初次到唐家庄做活来的，他也想让那两个工人知道知道他找的对象，便故意说："你们不要听瓜瓜胡说，她的表妹来看电影，我为什么要高兴呢？与我什么相干呢？——根本没道理！"

瓜瓜笑道："你爱我表妹，谁不知道！"

丙辰听到这话，才高兴地走了。

转眼便是吃中午饭的时候了。唐老汉知道平素里丙辰给别人帮工，长院奶奶老给丙辰做稀饭吃，他想：今天他们娘儿俩生了气，长院奶奶更要给丙辰做稀饭吃了。年轻人整整担一上午水，喝上点稀饭哪里能行。今天晌午就让他在自己家吃饭吧。因此，他再三要留丙辰吃饭，丙辰再三要走，只好让他走了。

丙辰打庚午家院里出来，紧赶几步追上了瓜瓜。他问瓜瓜："你下午就不去王村请你妗妗来看电影？"

瓜瓜一听这话，回头笑道："咦！你对我妗妗真关心得很呀？——你是关心我妗妗？——屁！明明是关心我表妹的！是不是？"

丙辰说："话说得对了，咱不争辩。你去不去？"

"人家自己会来！回去吃你的饭吧！"

三

丙辰回到长院，听得妈又在家里骂人。只听骂道："我有饭给猫吃了，猫会给我逮个老鼠；给狗吃了，狗会给我看门儿，给你吃了能顶啥？就会出义务工给别人家干活儿去！老的是老傻瓜！小的是小傻瓜！你们父子俩我算看透了！……你有地方干活儿就没有地方吃饭？……干活儿的时候到别人家去干；吃饭的时候就回自己家里来吃？说得倒好！想得倒美！……他们能盖起房，就管不起一顿饭？既然管不起饭，何必盖房呢？没钱人何必办那有钱的事呢？……吃饭？想吧！盖上十八条被子梦吧……”

听了这些话，丙辰想：这些话像是骂我啊！可我还没有回去，她怎么就骂起来呢？——也许是爹今天也给谁家帮工去来，娘是骂我爹的？

原来，长院爷爷早上出去，没给长院奶奶砍藤条，却给张二羊家帮工去了。到了这时他回家来吃饭，长院奶奶正洗锅。过去，他们父子俩给别人帮工回来，好好歹歹还能喝点稀饭，因为今天吵了架，长院奶奶为了威胁他们父子俩，早把饭做好，自己吃了点，把剩下的藏了起来，不让他们吃，她想拿这个办法教训教训他们。因此，长院爷爷回来，不只没吃上饭，反而痛痛地挨了一顿骂，骂他，他也不敢回复一句。心里老想：丙辰怎么还不回来啊？丙辰怎么还不回来啊？丙辰回来就好对付她了。现在，丙辰终于回来了。他一看见儿子，自己的胆也壮了，嘴也巧了，马上回复长院奶奶道：“偏你跟人不一样！偏你跟人不一样！我们跟上你算是把人丢尽啦！”

长院奶奶见丙辰回来了，让开老的，又来对付小的：“你回来做什么？有处做活就没处吃饭？”

丙辰看见没给他父子俩留饭，着实生了气，顶他妈道：“我们家又不是没有分粮食！”

长院爷爷随着也说：“是呀！我们家又不是没有分粮食！”

长院奶奶说：“我家有粮食，是叫给别人干活儿吃的？他们没有钱何必办那有钱的事呢？”

丙辰说：“人家有钱没钱碍你什么事？”

长院爷爷马上也说：“是呀！人家有钱没钱碍你什么事？”

“就碍着我的事呢！就碍着我的事呢！谁叫他们剥削我啦！

谁叫他们剥削我啦！……”

“你越说越不像话啦！”

“是呀！越说越不像话啦！”

“过去地主雇人还管顿饭哩！他们连饭也不管，地主是剥削，他们不是剥削?！他们不是剥削?！……”

“人家剥削了你，你斗争人家去吧！——连个好孬也不懂，什么话也能说出来！”

“真是连个好孬也不懂！”

丙辰把长院奶奶顶得无话可说了，正愁没处出气，因见长院爷爷帮着儿子顶自己，她知道大的比小的好欺负，便冲着长院爷爷说：“哟哟哟！你也成了个识好歹的东西啦！你个老不死！我看你受了一辈子苦还没有受够啦！——过去金银堆成山的大财主还不敢耍大方呢，你个老不死的才吃了几顿饱饭，就这么大方起来！——过去的大财主拿一顿饭工夫给人办件事还要拿几个钱哩，你个老不死的肚里才跌进一颗囫囵米粒儿，倒整天整天地出开义务工啦！往后就要瞧你们的好看啦！”

长院爷爷不知道该用什么话来应付长院奶奶，便用目光向丙辰求援。丙辰马上说：“跟你说上三天三夜也说不成个青红皂白。你吃饱啦，我还饿哩！”说着就亲自下手要做饭。可是，他把锅坐到火上，长院奶奶便给他端下来，他再坐上，她又端下，如此三番五次，丙辰着实生了气，不再坐锅了，说：“饿上一顿两顿饿不死个人！你能挡住我吃饭，可挡不住我去给人家帮忙！”说罢，怒气冲冲地就要走。

长院爷爷接住丙辰的话说：“是呀！你能挡住我吃饭，可挡不住我去给人家帮忙。跟上你算把人丢尽啦！”看来他也有点儿怒气冲冲的样子，跟着丙辰也要走。

长院奶奶跟他们父子俩吵，跟他们父子俩闹，不叫他们吃饭，其目的，只不过是为了教训教训他们父子俩，限制他俩出义务工给别人帮忙，并不是真心想饿他们。谁知事到如今，弄假成真，眼见父子俩饿着肚子走了，又有点心疼起来。该怎么办呢？她想：只要我走了，他们肯定还会返回来，便抢步出了门，赶在丙辰的头里，说道："你们父子俩嫌我这个老朽材碍你们的事，我给你们躲得远远的，管你们红龙动黑龙反啦……"

丙辰见妈也出来了，知道她是主动地让了步，便说："你走了我就不走了！"

长院爷爷也说："就是呀！她出来了，咱们就返回去！"

长院奶奶见父子俩又返回去了，才放了心。她想：我给他们留的饭在柜子里藏着哩，要不告他们说，他们会再做一锅，说不定会干饼捞饭地给我瞎折腾米面，不如对他们说了吧。——明给他们说了，岂不是就等于我斗不过他们了，他们以后出义务工就出得更加理直气壮了？她想着走着，一直走到大门外，又返到大门里边来朝屋里喊道："你们在屋里无论怎么反、怎么闹、怎么折腾，我都不管，你们父子俩就是放一把火把房子烧了，也与我不相干！我告你们说，我只有一件：不准开我的柜！"

丙辰听了话，心里明白了。他把柜子打开一看，柜板上放着一锅和子饭，急忙端了出来，跟长院爷爷说："饭还不冷哩，咱们快点吃吧，快起晌了。吃罢饭，咱们早点去干活，争取下午早点下工，晚上还要看电影哩！"

一九五八年元月于并

两个媳妇

赵河沟的赵大婶，三十五岁上，丈夫就去世了，身边留下两个男孩子，如今都长得身高树大，成了人了。大孩子在县文化馆当馆长；二孩子在县城里的联合加工厂当电工，都还没有娶媳妇。后来，赵大婶听说两个孩子都已经开始搞恋爱了，使得她又高兴，又害怕。她高兴自己快要当婆婆了；又害怕孩子们粗心大意找不下个好媳妇。怎样才算一个好媳妇呢？赵大婶对媳妇的要求有很多标准，比如：把家成人，会过日子啦；心灵手巧，会做针线啦；还有孝敬婆婆，尊敬丈夫，以及模样儿俊啦等等。想当年赵大婶当新媳妇的时候，就是赵河沟有名的好媳妇，她认为自己就是个面面全占的人，所以曾经博得邻居壁舍、婶子大娘们的好评。因为她以为自己条条都好，就不把别人看在眼里了。赵河沟一百二十户人家，家家都有女人，在她看来，不是针线不好的“拙媳妇”，就是不会把家过日子的“败婆娘”，没有一个入眼的。她害怕孩子们草率从事，就亲自出马，东庄访亲，西庄问友，作了比较深入细致的调查研究工作，结果，两个未婚媳妇都还算合乎她要求的各个标准，这才把心跌在肚里了。以后一连两年，赵大婶家办了两件喜事，两个媳妇都坐在炕上了。她认为对于年轻人要求应该严格些，起头儿就应该勤加教导。特别是把家过日子这一条，绝对不能放松。为此，她每天要当着两个媳妇的面叨叨一顿。碰上媳妇们上地比别人早走了一步，她要叨叨，说："大家都没走，咱们急什么哪？到地里多锄一锄能多记一分工？家里堆着多少活儿，怎么就不知道捉个空儿多做一针？"碰上媳妇们打地里迟回来一步，也要叨叨一顿："大家早就回来了，你们怎么这时候才回来？家里敢情没活儿干了？"凡是干队里的活儿，她总说两个媳妇比别人多干了；凡是生产队分东西，她又说两个媳妇比别人分得少了，说什么"都因为两个孩子在外边工作，家里没一个顶事的男人，别人想怎么欺侮我就怎么欺侮我哪！"等等。总而言之，她所想的，无非是要教育她们一种处处只为自家的自私自利思想。经过一段考验，赵大婶发现两个媳妇都有比较严重的缺点。大媳妇马安安虽然知道尊敬丈夫，却不十分孝敬婆婆，针线活儿也不如自己手巧。到生产队劳动、开会、上民校虽然不像别家的媳妇那么积极，在这一方面还比较听婆婆的话，可是在把家过日子方面也并没能做出什么显著成绩来。二媳妇朱满堂虽然知道孝敬婆婆、尊敬丈夫，手也巧，模样也比安安好几分，好像比安安的优点多一些。可是在赵大婶看来满堂有一个最严重的缺点——不会把家过日子。她对生产队的事看得重，对家里事却看得很轻，事事都听生产队干部们的话，却不大听婆婆的话。她认为这是一个最大的毛病，比任何问题都重要。因此，她觉着两个媳妇都是不成材的东西，常常跟人说："两个孩子没娶一个好媳妇。"可是她就只有这么两个媳妇，总该在两个里边挑选一个作为她的把家过日子的培养对象。于是，她把两个媳妇一比较：安安的眼里只有一个家；满堂的心中只有一个社。在这个重要问题上，大媳妇总比二媳妇好一些，有点儿培养前途，就把安安当做培养对象，把满堂当做败家种儿，跟她对立起来。

就在赵大婶选定了大媳妇安安做她的培养对象的时候，正好生产大队党支部讨论决定把满堂作为党的培养对象了。从此以后，安安偏重听婆婆的话，开会叫不到，上地不积极，队里经常批评她；满堂在生产队里劳动更好起来，经常受到队里的表扬。不过，在赵大婶家里却翻了个儿：在队里常常受批评的安安，在家里却常常受到赵大婶的表扬；在队里经常受表扬的满堂，在家里却老是挨赵大婶的批评。

秋天一到，人们开始收玉茭了。一天早饭后，满堂放下碗，拿了镰刀就往地里跑。赵大婶急了："放下碗，也不收拾锅碗，怎么擦擦嘴就要走？你们年纪轻轻的什么也不想做，就该我这一把老骨头伺候你们一辈子哪？"

按道理，大忙秋天，媳妇们忙着上地，刷锅洗碗的事，赵大婶就该包起来才对。可是她不干，她打着一个小算盘，认为媳妇们迟下一会儿地，照样不少记分，让她们洗洗锅，自己抽工夫就可以多做一些家里的事。安安和赵大婶的想法一样，既不愿意早下地，也不想洗锅。满堂对她们这种做法很不满意。因想到婆婆不讲理，如果硬顶住不洗，只会多误一些工夫。她只好把镰刀放下，一个人洗了锅碗，唤上安安一块儿下地走了。

这地方掰玉茭的办法是分三部分人，各干其事。中等劳力管杀玉茭杆子，杀起来，一铺铺地摊在一起；妇女们管坐在玉茭杆铺子上掰玉茭棒子；小伙子们管往村里担。按一般习惯，满堂也应该是一个坐下来掰玉茭的把式。可是一进地，她就跟五十多岁的姚二叔说："二叔，你掰玉茭去吧，叫我杀。"说罢就拿起镰刀杀起来。杀了好大一会儿，满堂伸起腰擦了把汗，回头一看，远远看见安安坐在一摊玉茭杆子上不像是在掰玉茭，却往衣服口袋里装什么东西。细细看去，看清了她是在装干豆角儿。原来，这地方种玉茭都要间作红豆，红豆蔓缠在玉茭杆子上，红豆虽然收过了，但是很难保险摘得彻底、干净，总会丢下一部分的。安安就是摘这样的干豆角。一般说摘几个剩下的干豆角不算什么问题，可是不应耽误掰玉茭。谁知安安自私心重，她想掰玉茭这活儿只能按时记工，自己捎捎带带摘些干豆角。谁能看得出来？于是她只是做了个掰玉茭的样子，却用大部分时间干起私活儿来了。满堂看见她不抓紧掰玉茭，却只管干私活儿，说："抓紧掰你的玉茭吧，别寻着摘干豆角了。"

安安不乐意满堂管她的事，一边忙着掰起玉茭来，一边嚷道："你不要血口喷人——你逮住我哪一只手摘干豆角哪？是左手？是右手？——是左手叫烂了我的左手，是右手叫烂了我的右手！……"

满堂害怕耽误了干活儿，不愿意跟她争吵，她想：已经指出来了，她还敢再偷偷地干私活儿吗？便独自干活去了。但她仍不时地偷偷看嫂子，却见她还是老样子，又批评了她几次，她总不改。直到晚上收工时间，大家要评工了，人人都评了个十分，轮到安安名下时，通不过了。满堂认为安安今天干活儿确实很少，自己跟她又是妯娌们，是一家子，不应该包庇她，应该带头说话，免得别人不好意思。便打头炮说："我嫂嫂今天干活儿比大家少得多哩，应名儿是上了一天地，实际上没有干了半天活儿。大家记十分，给她记五分也就不少了！”

全小组的人都同意满堂的意见，安安却不服气，高声嚷道：“你们是掰了一天玉茭，我也是掰了一天玉茭，大家躺下一般长、站起一般高，人人都是十分，为什么偏我一个人只记五分?”

众人见她不讲理，都纷纷批评起安安来，安安看到众势难挡，心里骂道：“都是满堂这个小蹄子坏的事，咱们回到家里再说!”她不再跟大家争辩了。回家路上，大家谈论今天丰收的景象，说说笑笑，一个个显得特别活跃。满堂更是个活跃分子，唱了一路的歌子。安安心中本来不愉快，听得满堂一路儿走着高声大唱，更增加了几分气，心里骂道：“我受批评你唱歌，倒高兴!”便抢先跑回家里，在婆婆面前告了一状。

赵大婶听罢，气得脸皮子都发白了：“心眼子怎么长的?人家摘几个干豆角碍你屁事!”说着话，满堂也回来了。赵大婶不等她放下镰刀，便高声大叫地嚷道：“满堂，安安犯了什么法，是谁在小队里告她的状，扒了她五分工?”

满堂在路上看见安安抢先往家里跑，早猜定了她是先回来告状的，不过她认为自己行得直，立得正，并不害怕。为着公事私事，他们家吵吵闹闹是常事，满堂觉得有理不在高言，便心平气和地向婆婆说：“是我。看见嫂嫂不好好干活儿偷着摘干豆角的是我，给嫂嫂提意见的是我，第一个主张扒嫂嫂的工分的也是我！这些都是实实在在的事儿，我没有说错一句话，冤枉不了她。”说罢，她放下镰刀，就立刻动手去做饭。

赵大婶看见满堂说话大大咧咧，满不在乎似的，反而气更大了，认为对她不能太客气了，又嚷道：“你不说我也知道!

——你是党支部的培养对象，你是积极分子，一心想入党，——你当你的积极分子我不管，可你不该为了在众人面前卖好，把别人踩在你的脚底下呀！……”

“娘呀，话可不能这样说。只要是一个社员，都应该揭发那些损公利己的人呀！——自己做下丢脸事，不检讨自己，还要高声大嗓地说别人，怕别人不知道咱们家里办的好事吗？你也到外边打听打听咱们家的名声吧？”

“我家的名声怎么哪？我们偷过谁家的？摸过谁家的？几个干豆角，那是队里丢下不要了的，丢了不可惜？摘回来有了什么错处，为啥要扒人家的工分？……”

“娘呀，你怎么不想一想：现在大家都忙着收大秋，为什么光顾干这些私活儿？既然是给自己家里收小秋，又为什么要在队里记工分？大伙都要像嫂嫂一样，生产队早就垮台了！”

“你吓唬谁呢？安安不是党员，在地里摘几个干豆角不犯法！”

“嫂嫂不是党的培养对象，可她是个社员，不应该在社里好好劳动吗？……”

安安听得满堂直截了当地唤着“嫂嫂”嚷起来，心下虽然不乐意，却也没有接嘴争辩。因为她觉着有婆婆替她说话，所以她一直没有参加战斗。她为给满堂加罪、向婆婆讨好，在婆婆跟满堂争论之中，她却不时地在婆婆面前献殷勤。一会儿端了一碗热开水过来，说：“娘，你上了年纪，生不得气呀，也该少说几句，歇一歇，喝口水吧！”

赵大婶眼见安安这样知道心疼自己，觉得她更加可亲可爱，更该为着她多说几句，骂满堂骂得更有劲了。

一会儿，安安又忙着替婆婆炒菜，又忙着劝婆婆吃饭，她越觉得大媳妇没有辜负了自己对她的教导。又隔了一会儿，安安故意把她今天在地里摘回来的干豆角摆在赵大婶面前，赵大婶看到安安今天摘回来足足有一升干豆角，想到满堂上了一整天地，连一颗小豆也没捡回来，越觉得满堂没出息、不成才了。她认为安安捡豆之事，是一个很好的典型材料，是教育满堂的活人活事，就借了这一点，回头又数落起满堂来。满堂想道：吃过饭，队里还要分玉茭，队干部们这几天明没明、夜没夜地忙得很，自己也该去加一把手，帮助帮助，无心跟她磕嘴儿磨牙，胡乱吃了两碗饭，急着走了。

次日天明，满堂打地里回来，正在家里吃饭，听得窗纸“扑扑”价响，外边起了大风。满堂心里一愣，想道：坏了，今天下午不能掰玉茭啦！她急着找队长研究下午的工作去，三口两口吃了碗里的饭，就跑着找队长去了。赵大婶看不惯满堂这样的行动，对安安说：“看，‘积极分子’快变成了‘急心疯子’了，连饭也顾不上吃！”

安安扁扁嘴说：“咱说人家是疯子傻子，在队里夸人家好的人可多着哩！”

这婆媳俩一递一句，说得正上劲，只听得大门口那棵大槐树“呼呼”作响，赵大婶说：“坏了，看这风越刮越大了，今天晚上准有霜冻。——安安，吃罢饭你别到队里掰玉茭去了，咱们自留地的红萝卜也该刨了。要不，今天晚上一冻，别想吃一个好红萝卜，过大年连给祖宗摆供的菜都没有了！”

安安说：“队里的活儿正忙，恐怕队长不准假。”

赵大婶见她犹豫不决，认为她到底还是年纪嫩不懂事，以后还应该嘴勤些，对她多加教导。忙说：“管他队里忙不忙，队里的东西是大家的，轮到自己头上，能分多少？自留地的东西收一棵是一棵哩。你快快吃完饭走吧，队长来叫你，我替你请假。”

“就我一个人去？满堂呢？”

“等她回来，我叫她随后去。”赵大婶急着等满堂回来，不想等了半个时辰，并没有个音讯。原来，满堂跑到队长家里，见队长正在吃饭，说道：“队长，外边起了大风啦。队里的小麻还长在地里，这一场大风可要全部把麻籽儿摇落了！我有个意见，咱们今天下午别掰玉茭了，先动员社员们割麻吧！”

队长认为满堂的话很有道理，放下碗就要去广播。

满堂忙拦住说：“你先吃饭，叫我去广播！”她马上跑着到生产队拿了广播筒，站在大槐树下朝四面八方广播起来：“全体社员注意啦！今天下午各队一律停止掰玉茭，全部出动割小麻啦！……”

赵大婶正在屋里骂满堂不回来，忽然听得满堂在街头高声大叫割小麻，把她气坏了。想道：“我家这个疯子呀！只管在外边，疯来癫去地乱叫喊。家里的事你一点也不挂心，半点也不在意，照这样下去，将来还怎么得了？不知我家的小顺（她的二儿子）前世里作了什么孽，今世里娶了这么个二半吊子，我的小顺跟着她不得好活呀！”她觉着满堂越来越不像话了，必定要着着实实地教训教训她，叫她知道知道“家”的重要性。正想着，听得院里有人跑进来，恰是满堂回来了。只见她掉了魂似的慌慌张张地进得屋来，喘着气问道：“娘，嫂嫂呢？”

赵大婶恶狠狠地说：“我不知道——满堂，组里有组长，队里有队长，人家干什么干不了？谁叫你到大槐树下叫街去来？”

满堂急得什么似的说："娘呀！队里那么多的小麻籽都快叫大风摇光了，全队里几百社员谁不着急呢？就你跟人不一样！"说着，拿了镰刀返身就要走。赵大婶喊道："满堂，你给我回来！——我给你请了假，别到队里干活儿去，到自留地收红萝卜去吧！"

"娘呀！队里的小麻重要呀！叫大风摇完了，社员们整年不得吃油是一宗，完不成国家的油料统购任务，影响了国家的生产计划事大呀！——几个烂红萝卜，什么时候收不了，定得……"

"你说的比唱的还好听！自己种下的东西不知道收回来，一场西北风全给冻烂了，等到吃的时候再拿钱去买？只要你还是这个家的人，你就得听小顺他娘的话！"

"娘呀！你怎么不想想我是这个家的人，可我也是这个队里的人呀。在家庭问题上我该听娘的话，在生产问题上我只能听生产队长的话。娘，有什么话，等我晚上回来再说吧。大长夜，尽你说，好不好？"说罢，跑着走了。他们这个组今天下午先到山神领地里去割麻。她一气跑上山神岭来，见大伙早已动了手。这时，风刮得更大了，把地堎边上的小麻枝儿刮得"沙沙"作响，大家看看地上，早已落下满地的麻籽。满堂看了心疼，说："大家加加油，早点把麻割倒它！"她自己先加了几分劲，等得割到地北头时，满堂忽然发现安安一个人在自家自留地里弯着腰刨红萝卜，想道：我当她哪里去了，原来是干这个来的。她认为安安这种自私自利、无组织无纪律的行为很不好，喊道："嫂嫂，割队里的小麻要紧呀！你也不请假，谁叫你收红萝卜去来？"

安安听得满堂喊叫，心里埋怨道："别人没意见，你先说到头里，就显你积极！”只因全组里人们都在地里，当着众人面她不敢撑横船，只说：“娘替我在小队里请过假了！”

满堂回头问小组长道：“我嫂嫂请了假，队长跟你说过这个话没有？”

小组长说：“根本没有！”

满堂回头又喊道：“嫂嫂，娘根本就没有给你请过假，快快割麻来吧。咱们那三根红萝卜，等天黑时分，咱妯娌俩三下五除二就刨起来了。”

安安想到众人不说话，就听她一个人乱诈唬，并不害怕。回答道：“我不管！娘是叫我来收红萝卜的！”

“娘的话该听，组长的话你就不听？”

“我没有举手选你当过组长！”

满堂听安安说话不讲理，就叫组长叫她，她还是说向队长请了假，不肯来割麻。大家见安安的行动太不像话，便纷纷议论起来。

她们说的声音高，咬字清，有意叫安安听听。一开头，安安听她们议论自己，认为已经是家常便饭了，不以为意。后来听到人们说她：“只讨一个人说好，叫大家都不满意，还算什么人呢？”这些话，好像打到了她的疼处，心里也活动起来：我这样不好，那样不好，让大家见天价批评我，成了什么人了！——几个烂红萝卜，我不刨它了！一生气把锄扔在地上，坐在地边儿上休息起来。后来想到既然不剩多少了，就该刨完才对，又继续刨起来。直到太阳落山时分，红萝卜刨完了，一个个捡在篓头里，正好是满满的一担。她担起来走时，觉得好像担了两块石头似的，重甸甸地压得她连腰也直不起来。半路上，碰上满堂她们下工回来，感到她担的红萝卜好像是什么不光彩的赃物似的，心里不是个滋味儿，没有做声。满堂看见那满满的一担红萝卜，把安安压得直打喘，连忙赶上一步，说："嫂嫂，你歇歇，叫我担。"说着，早已抓住她的担子，逼她放下，自己一弯腰担了起来，"登登登"地前头走了。这时候，安安才说："你给我，我自己担得了！"

满堂前边走着说道："不怕，叫我担到大门口，还让给你担，我不抢占你的功劳。"

安安见她说话不让人，十分难听，很不满意。可是她又想歇一会儿，假装说了些自己要担的话，却没有勉强去夺担子。当她们走在自己大门口时，满堂真把担子放下来，说："嫂嫂，还让给你担吧。"

安安说："只差这么几步，你担不回去？"

满堂说："我不想争这个功。"说着话，听得赵大婶正在院里高声大骂满堂，满堂自语道："这个老人家，一下午也不休息休息！"赵大婶看见满堂回来，算是有了斗争对象，劈头就问："满堂，我叫你收红萝卜去，你到哪里去来？"

满堂放下镰刀，帮安安倒下红萝卜，撒满一地。她一边往一块儿拢着，一边理直气壮、不慌不忙地回答道："割小麻。娘，我知道你又该说我没有听你的号令，不是你的好媳妇。可是我要听了娘的号令，就不能听队里的号令，在家里当了'好'媳妇，在队里就该当坏社员。我不愿意。——还有，今天在地里，我又带头说了嫂嫂的不是，大伙也七嘴八舌地说了她不少，说她不请假私下自留地，说她无组织、无纪律。回到家里，这事儿反正我不说嫂嫂也会说。我说了，就省下嫂嫂说了。我在外边做下的事，回到家里都敢说，在家里说了还不算，等会儿我还要找队长说去哩！"

安安见满堂一进门就把自己端出来数落了一大堆，把满堂恨透了。可是她不说话，因为有赵大婶会替她出气。赵大婶想到自己才问得一句话，满堂便数了一大堆，一个媳妇家在婆婆面前竟然这个样子，开口不饶人，还怎么得了？直把她气得眼珠儿骨碌碌地乱转。嚷道："我的老天爷呀，这么厉害！你把奶奶我吃了吧！"

满堂明白遇到这种时候，赵大娘训起人来，就应该顶住些；要不，她的威风杀气就没办法打下去，吵三天三夜也吵不完。她说："可惜我没有那么大的嘴！"

赵大婶说："我的嘴大，吃过你家几个？吃了你爹？吃了你娘？……"

"可惜我爹我娘不在赵家沟，你够不上！"

安安见婆婆又和满堂顶起了嘴，也不插话，只长长地伸了下懒腰，走到炕边说道："累死人了！"就躺下来睡觉。

别看满堂在嘴上不让婆婆一句，手上可一直没停干活儿。她捡完红萝卜还不肯休息。到火边看看锅，知道婆婆是要做和子饭，就量了面和好，擀开，切现成……饭熟了，先舀了一碗，送在婆婆面前，说："娘，先吃饭吧。有什么话吃过饭还可以说。"

赵大婶心里气恨满堂，不想吃她舀下的饭，说："我长的有手，自己会舀！"

满堂说："娘，吃吧，别赌气了。咱们吵嘴，那是分清是非，讲清道理，跟吃饭是两码事，不要混在一起了！做媳妇的把饭端在娘的面前了，娘要不吃，论理的可是娘自己！"

赵大婶一时回不上话来，只好把那一碗饭接在手里。当天晚上，她们自然还有一顿争吵，不必细说。次日晚上，安安在生产队里真的又受了一顿批评，社员们对她提了不少意见。安安对于群众的批评虽然觉得有些也有道理的，但是她的老毛病总没有改过来，反正只要在家里能受到的婆婆的夸奖、能得到婆婆的保护，好像就心满意足了。因此，在三秋工作中，赵大婶家里就一直没有断过纠纷。

三秋工作结束了，全大队进行了一次评比，评选了模范，大队决定召开全体社员大会，并举行发奖仪式。

支书认为赵大婶平素不爱参加开会，这次特意叫了她一下，也叫她受受教育。下午开会的时候，赵大婶破例参加大会来了。她跟着安安来在会场，找一个人们不注意的角落坐下来，做着针线活儿，不跟任何人说话。赵大婶正这么低着头做活儿，安安扛了她一下，低声说："娘，看，积极分子。"

赵大婶抬头看去，只见满堂上到那棵七八丈高的柏树上插红旗，嘴里还哼着"社会主义好，社会主义好……"她低声对安安说："赵河沟几百口人就显她能，就显她积极，也不怕跌下来摔死！"

安安低声说："为了当'培养对象'还顾死活哪！"

隔了一会儿，又见满堂搬着一条凳子跑过来，喜笑颜开地说："娘，你们怎么不带个小凳子来，立了冬的天气，坐在凉台阶上，不怕潮湿吗？给你这条板凳，你跟嫂嫂两个人坐吧。"

赵大婶本来不想坐她的凳子，只因当着众人的面不便说什么，只好答应下，坐在了凳子上。等满堂走后，安安低声说："在家里天天顶娘的嘴，到外边当着众人的面又献殷勤了，难怪人家能当了培养对象！"

赵大婶说："管她哩，就是那么个东西！"

这当儿，听得生产大队长宣布开会了。接着是支部书记讲话，他讲了今年全队的生产成绩和经验，表扬了几十个劳动模范，还特别提名把满堂表扬一番，说她劳动积极，做劳动日最多；说她虚心学习，农业技术提高得快；说她社会主义思想觉悟比过去更提高了一步，能积极地向一切不利于社会主义的旧思想做斗争等等。同时，他又对队里几个比较落后的社员，也提出了批评意见，举例当中，安安也算其中的一个。支书讲完话，大队长宣布了劳模名单，就开始发奖。满堂被大家评为甲等劳模，获得奖状一纸，锄头一个，毛巾一块。在这期间，赵大婶也有一系列的表现。当支书表扬满堂时，她低声对安安说："他们只能说了他们的话，想打我的嘴里掏出一个'好'字来，等着吧。"当支书批评安安时，赵大婶又咬着安安的耳朵说："他们连个好赖人也不识，我听也不想听！"后来看见满堂得奖得了一个锄头，赵大婶低声对安安说："不稀罕！明儿我到供销社也给你买一个锄头，还要钢大些的哩。"又见满堂得了一块毛巾，她又说："什么值钱东西！我明儿到供销社给你买一块好头巾，还要带花儿的哩……"她这么说着，本来是为了安慰安安，答应给她买锄头、买毛巾，也算是一种家庭奖励，安安听了一定会高兴的，不料安安却低声怒气地说："娘，你少说一句吧！我不稀罕！"说罢，身一歪，把脸扭到大伙那边去了。赵大婶没想到今天安安也会顶她的嘴，没好气地说："我的心算是白费了！"

这时候，大会议程已经进行到自由发言，满堂也讲了话。随后，群众中有人欢迎赵大婶也说几句，并且鼓了掌，这可是赵大婶没想到的。她再三不肯站起来讲话，安安没好气地说："这是大家的意见，你能不说？"

赵大婶没了主意，磨磨蹭蹭地站起来，准备说两句，谁知张了几次嘴，却说不出一个字来。她连着咽了好几口唾沫，用了最大的劲儿，终于说了这么一句话：“我家的满堂当了头等模范，我感到也很光荣……”

柳县长的爸爸

一

柳县长的爸爸叫柳辛酉。想当年柳老汉家里穷得一垅田没有，哪里想起过让他的儿子——柳纯忠上学读书的事儿。他给别人家耕地，就带了柳纯忠给人家捡石头；他给别人家的栽玉茭，就带了纯忠去给人家点籽儿，混碗饭吃。纯忠八岁上，就教他学锄苗，十三岁上，就教他学耕地。每天念叨些“三犁九耙”“十二锄刨”“四土”（耕在深土，耙在柔土，种在淌土、多上粪土）、“八张”（犁一张、耙一张、耧一张、镰一张、锨一张、镢一张、锄一张、钯一张）之类的农歌和农技，训导纯忠，只盼他能学得一手好庄稼活儿，长大成人，自己能顾了自己，不再吃长工的这碗饭，就算尽到他这个做爸爸的责任了。可哪儿想到自己的儿子，现在居然当了本县的县长。

十四年前，纯忠参加了革命。今年春天在县里的第三次县人民代表大会上，他当选了本县的县长。自此以后，村上有几个与柳辛西同辈的老汉说："老哥，以后少往地里跑几趟吧，不要那么每天起早摸黑地张罗了。纯忠当了县长，还愁没你的那点儿吃的穿的？这是现在，要是在旧社会，儿子一当了县大堂，他老子就成了太老爷了，别说下地，出门还要坐二人轿哩。"

柳辛西老汉哈哈大笑道："是呀！可现在是新社会，不是旧社会啊！新社会怎么能跟旧社会比呢？旧社会是'三年清知府，十万雪花银'。如今我家纯忠当了县长也有半年多了，谁见我花过他一分钱？新社会县长是为人民服务，可以吃公粮，县长的老子是农业社社员，就得凭劳动吃饭啊！"自从纯忠当了县长以后，柳辛西老汉不只没有少下一天地，而且在社里劳动更加积极起来。他认为他的儿子常常号召人们起带头作用，自己是县长的爸爸，就应该起带头作用，听县长的话。

自从柳纯忠当了县长以后，柳辛西老汉好像也成了一位十分了不起的人物，奉承他的话越来越多了。有人跟他说"'少时有福不算福；老来有福是真福'，你天生就该享几天老福哩！"柳辛西老汉虽然不懂自然科学，却也不信这一套。他也懂得如今当县长是为人民服务的，只要县长把全县的工作领导好，全县老百姓就都有福享，不是他一个人有福。谁知开头他听到的只是几句奉承话，以后在一些奉承话的后边，往往要加上一项要求，要求他替别人跑路，要求他在县长面前替别人说话。有的是二十多里以外的人来求他，有的是跟他见过一面的人把他当做老朋友来给他送礼物。秦庄有个年轻人跟女人离了婚，法院把他的两岁小孩判归女方抚养，他每年负担二十元钱的抚养费，他不满意，想把孩子领回来自家抚养，便求柳辛西老汉去县里在柳县长面前帮他说句话。侯庄有个年轻人因为打老婆犯了法，坐了看守所，判了半年徒刑，年轻人的爸爸来找柳辛西老汉，求他在柳县长面前求个情，早点释放他的儿子。诸如此类的人，找柳辛西老汉的不下十多个。柳辛西老汉虽然也感到大家之所以求他，这说明看得起自己。自己真的不是一个寻常人物了，有时候也为那些人对他尊尊敬敬的态度、甜甜蜜蜜的话语、恳恳切切的哀求、客客气气的样子所感动，很想为他们的事到县里跑一趟，但一想到他的家离城里有六十里路，去一趟往返就得耽搁两天，——整整两天啊！柳辛西老汉想：一个庄稼人怎么能无缘无故地耽搁两个整天不下地呢？他这人隔一天不下地，就会急得发疯。别人害一场伤寒病，出汗后至少要保养半个月才开始干活儿，他有一次害伤寒，五天上出了汗，第六天就下地。他长了这么大没进过城，柳县长早叫他到城里看看，他订过几十次计划，寻过几十个日子，都因为怕耽误了地里的活儿没去成。因此，人们求着他的时候，他总是说“最近我就要进城哩，进了城给你们说说就是了”，可他始终没有进过一次城。

二

一天傍晚，柳辛西老汉打地里回来，家里来了一位客人。名叫张聚宝。过去，柳辛西老汉曾跟这位客人一起给地主杨永寿做过十年长工，是老朋友。只因为他们两家的村子相隔着六十里多路，解放后七八年没有见过面，今天一见面，两个老头子都十分高兴。柳辛西老汉马上到柜子里取出来他准备的专门待客的一盒“金枪”纸烟，让客人抽。他认为：第一，张聚宝多年不来，今日老友重逢，应该好好招待一番；第二，他认为他的儿子如今做了县长，待人处事都应该大方些，才像个县长爸爸的样子。因此，他背着客人，暗暗把纯忠妈指示了一顿，让她赶快到供销社打些酒来，再炒一个鸡蛋盘子，他要跟老朋友一齐痛痛快快地喝几杯。

酒饭之间，张聚宝老汉见他的老朋友上穿一件旧粗布衫子，左一块，右一块，斜一块，歪一块，补下无数块补丁；下穿一条老蓝布裤子，虽还没有上补丁，却也可以看出已经是很旧的了；穿的一双实纳针线的鞋，也已经打上了掌，便笑着跟柳辛西老汉说："太不像话吧，老朋友，看你穿的一身，不怕别人笑话纯忠？说纯忠当了县长啦，也不让他爸爸穿得光净一点儿。"

柳辛西老汉也把自己打量一番，笑道："咱们这跟土疙瘩打交道的人，能穿什么好的，就这也比过去咱们在杨永寿家的时候，穿的好得多了，如今政府号召节约棉布哩，县长家里的人就应该带头啊！哈哈哈哈——话虽是这么说，实不瞒你，老朋友，你看……"他指着他家的柜子说："那里边有的是新衣服，咱们每天早晚上地干活儿，老穿新的有什么意思。其实，穿上新的哪有穿上旧的舒服！"

张聚宝老汉饮尽一杯，也笑着说："别说得那么好听了，别人对你不了解，我可了解你。想当年咱们在杨永寿家的时候，你做了一条裤子，压在枕头底下不穿，我每天劝你穿上吧，你每天答应我第二天一定要穿。到了第二天，你拿开枕头看一看，又不穿了。过了几十个第二天，新裤子还在枕头下边压着。看你，是不是天生就不会享福的东西！你如今是县长的爸爸了，可不要记怪我说话难听啊！哈哈哈哈……"

柳辛西老汉也哈哈大笑道："是呀，我知道哪个人也没有你最摸我的脾气。想当年咱们一块儿给地主家干活的时候，我跟你在一块儿不知要比跟纯忠妈在一块儿的时候要多多少倍，老朋友嘛，什么话也可以说。我就不满意你这么多年啦，也不到我家来跑跑。”

张聚宝老汉说：“我早就想来，因为农业社生产工作太忙，来不了。今天要是没有事，我还是个来不了。”

“你今天还是有事来的？——找谁有事？”

“就找你。”

柳辛酉老汉听说是找他有事，便猜着了七八分，断定是求他找纯忠办什么事的。

张聚宝老汉说：“老朋友，我今天可要麻烦麻烦你啦，不知道你答应不答应？”

“有什么事只管说，你我之间，还有什么不答应的。”刚说过这话，柳辛酉老汉便后悔自己说得太冒失了。他想：如果他要求自己去找纯忠，便会白白耽误两天，我能白白耽搁两天不下地吗？

张聚宝老汉说：“不管你答应不答应，我既然找到了你的门上，就要跟你说说。”接着，他就说了下边这么一件事。

原来，张聚宝老汉跟他的邻居张三元三七积股份养着一头毛驴，张聚宝老汉三分，张三元七分，由张三元负责喂养。四年前，那头毛驴下了个驴驹子，现在已经出脱得高高大大，一身好活儿。识好歹的人，都知道这头四岁的小驴干活儿比一匹骡子不在下，是一个小钱堆儿。因为两家都是社员，自家的牲口既不耕田，也不下子儿，两家拉碾拉磨，女人家出门骑乘，有一头驴就够用了，所以两家议定要卖一头驴。因想到小驴招人眼，值钱多，便决定要留老驴，卖小驴，出乎意料之外地卖了二百四十元钱，两家都很高兴。谁知说到分钱的事上犯了口舌，张三元认定老驴是三七积股买的，小驴的卖价也应该三七拔分；张聚宝老汉则认定老驴虽是三七积股买的，可小驴是老驴下的，又不是掏钱买的，跟三七积股没关系，卖价应该“二一添作五”两家平分。就因为这，两家吵嚷不清，谁也不让谁。问题闹到乡政府，乡长判理说：“第一，老驴是三七积股买的，卖小驴的钱也应该三七拔分，第二，小驴是张三元负责喂养的，就该多拔分一些，第三，如果一定要说小驴不是三七摊钱买的，也不应该三七拔钱，那么小驴也不是‘二一添作五’摊钱买的，也不应该‘二一添作五’分卖价，倒是张三元一个人全得了这二百四十元钱才对。”话虽是这么说，乡长还是主张他们俩三七拔分。这种分法张三元同意了，张聚宝老汉怎么也不同意，便告到县人民法院去，县人民法院跟乡政府说的是一个理，张聚宝老汉又打了输官司，心中甚是不服。当时，他想起来柳县长，便找柳县长去，认为他跟柳县长的爸爸是老朋友，柳县长一定会给他问个赢官司，偏巧柳县长下了乡，不在机关。他回得家来，一心要到专区里中级法院去上告，只因路途较远，迟迟没有去了。后来他才想起他的老朋友柳辛酉老汉来，想到如果找到柳辛酉老汉，求他在县长面前说句话，一准能打个赢官司，今天便找来了。他把这个问题的来路从头至尾说了一遍以后，说：“老朋友，你看这件事怎么能不叫人生气呢？大驴子是我跟他三七积股买的，小驴子谁也没出一个钱儿，为什么还要三七分卖价呢？太气人啦！我今天来，就是要麻烦你到县里跑一趟，跟纯忠说说，他法院不讲理，我知道纯忠是个好孩子，他总不会不说理吧。”

柳辛酉老汉听了他的话，开头觉得法院判决得并不错，以后又觉得他的老朋友的话也有几分道理，应该替他去找找纯忠。他想：别人找我我不去还有说的，张聚宝找到门上来求我，我无论如何也得去跑一趟，去了，也可以捎带问问秦庄和侯庄他们的几件事情。如果我给他们办了这几件事，也是一个名儿嘛！可他马上又动摇起来了。他想道：这里离县城六十里路，去一趟往返得耽搁两天，一个庄稼人两天不下地干活儿，像话吗？两天就要少锄二亩地，少锄二亩地就要少得二十分，到秋天就要少分两元钱，——两元钱啊！买布能买七尺，七尺布正好是一件衣服；如果是买米，能买二斗，二斗米一个人足够吃一个月。这可不是件小事啊！想当年给地主苦受一年，到末了什么也落不到，灾荒年间寻一升一合比登天还难，这二斗粮食能马马虎虎放过吗？——不能，不能！他觉得要不要答复老朋友的要求，是一件关系着二斗米的大事。他虽然是个省吃俭用的人，在待人处事上向来是很大方的。不过，他的大方只是指的他在处人、吃饭、钱物方面的不吝啬，他对工夫可是最吝啬不过的了，一时一刻都不肯轻轻放过。在地里劳动休息的时候，他一手扶着烟袋抽烟，另一只手还在寻着身边的草拔着，不让这只手闲下。到五里远的亲戚门上探一次亲，假如要带三十个馍馍的礼物，这三十个馍馍有一个竹编的马头篮就盛下了，可他往往还要另带一只箩头，用扁担担起来，一头是盛着馍馍的马头篮，一头是空箩头，准备到了路上捎带拾粪。去的时候是一头轻一头重，因为马头篮里馍馍满，箩头里是空的；回来的时候还是一头轻一头重，因为箩头里虽然拾满了粪，马头篮可成了空的。这么吝啬时间的一个人，如何肯马马虎虎耽搁两天不下地呢？不答应张聚宝老汉的要求吧，他又觉得老朋友第一次求着自己，面子上下不来。他吞吞吐吐地大半天没有说一句干脆话。

张聚宝老汉见他犹犹豫豫地不给他个干脆的答复，便故意把问题声张得厉害些说："老朋友，怎么样？我是第一次求你的啊！说什么你也得去跑一趟。你还不知道哩，判决书上的上告期是二十天，后天就到期了，一过期想上告也不能上告了，最好明天就去。"他知道柳辛酉爱戴高帽子，便又说："这件事啊！我早就想过了，除了你，谁也不行。"

一听这话，柳辛酉老汉心里马上有一种甜丝丝的感觉，他想道：是啊！纯忠是我儿子，我要在他面前说一句话，他怎么能不听我的话呢？——嘿！想也想不到，梦也梦不到，咱的儿子现在就当了县长，我，我这么个受苦汉就是县长的爸爸。是啊，老朋友的事儿，我要不去一趟，叫谁去呢？谁去了也不行。况且，这半年来，那么多人都来找我，人家都为什么要找我呢？还不是看见我是县长的爸爸，人们都看起我来了！进一趟城虽然要耽搁两天工夫，可旧社会里县长的爸爸根本就不下地，如今就说是新社会吧，县长的爸爸休息两天也不能！？想到这里，他很慷慨地对张聚宝老汉说："老朋友，你说明天就去？"

"可不明天就得去，再迟一天就过了上诉期啦。"

"去就去！别说是老朋友你的事，就是别人的事，我也不能不去跑一趟啊！"好像他向来就是一个不吝啬时间的人。

三

第二天一大早，纯忠妈就给两个老头子做好了饭，并给柳辛酉老汉准备好了进城穿的新衣裤。她让他起床就换上新衣裤，他却仍然穿了旧的。纯忠妈见他穿得那么旧，怕城里人们笑话他，定要让他换新的，柳辛酉老汉说是早上还要吃饭，怕脏了新衣服，吃罢饭再换。谁知吃罢饭以后，他却把新衣裤罩在了旧衣裤的外边。张聚宝老汉和纯忠妈都说是天气热烘烘的，上路人穿那么厚受不了，让他脱掉旧的，他死也不脱，气得纯忠妈骂他道："舍不得脱掉那一身，怕城里人们不知道县长的爸爸有那么一身好宝衣啦！嘿！"

临走的时候，柳辛酉老汉到门旮旯后边拿了粪杈和担杖，就要到楼梯下边去担那两只拾粪用的箩头，纯忠妈急忙跑过去拦住他说："你担那做什么？"

柳辛酉老汉说："这还用问，拿粪杈还不是要拾粪。"

纯忠妈生气地嚷道："你呀！你呀！不知你要算个什么人呢？进城走一趟，也忘不了拾粪的事，不怕人家城里人看见笑话你！打两天不拾它吧，就怎么啦？两天不拾粪你就不活啦！"

柳辛酉老汉笑道："反正我不怕笑话，你那么着急干什么？记不得十年前在咱村住的那个杜专员还挑着箩头拾过粪吗？县长比专员还小一等哩，何况我自己又不是县长，县长怎么了，纯忠小时候还不是照样也拾过粪！"

纯忠妈再三劝阻无效，柳辛酉老汉到底还是担着一担箩头走了。

在进城的路上，张聚宝老汉想到自己是县长的爸爸的老朋友，而感到无比的荣幸，认为今天进城，胜利一定是自己的。他为着自己能求动县长的爸爸，而感到自己有点儿了不起，有点儿与众不同，感到自己不是普通人物了。他为着自己能跟县长的爸爸一块儿走路，心里充满了优越感，认为一路上行人看见他能跟县长的爸爸一块儿说着笑着，笑着走着，一定会很羡慕他的。因而，无话他也尽量搜寻些话跟柳辛酉老汉说，没近的，拉远的；没新的，翻旧的，不时地观察着行人们，看他们是在怎样地羡慕自己。其实，走出十里路后，很少有人认识柳辛西老汉，自然说不上羡慕，更谈不到羡慕张聚宝老汉了。张聚宝老汉见来来往往的行人们只管走他们的路，并不把这两个老头子放在眼里，张聚宝老汉认为这主要是柳辛西老汉不该手持粪杈，担着一担拾粪的箩头的关系，人们把他当拾粪老汉看待，自然也就对自己无所羡慕了。他怨柳辛西老汉道："你呀！老朋友，不是我要说你哩，自己的儿子是县长，——县长是什么呢？就是一县之长啊！纯忠当了这么大的干部，你进一次城也不肯甩着手清闲两天，还要担着箩头拾粪，太不像话啦！太不像话啦！依我说，你把箩头和粪杈寄放到路上吧，要不，县政府的人们会笑话纯忠的。前边李庄我有熟人，就寄放到李庄吧？"

柳辛西老汉笑道："我才不信你的话，县政府每天号召全县老百姓多积粪，他们再要笑话起积粪的人来，那就不要再号召积粪啦！"说着，他把箩头担子放下来，把罩在外面的新衣新裤脱下，捆好吊在担子上边，仍然要穿着旧衣旧裤走，这是因为他走得热了。他在家里不把旧衣裤脱掉，就是计划到路上穿的。张聚宝老汉见他这样，讥笑他说："我算把你看透了，不会享福的东西，天生就的穷骨头！"

柳辛西老汉笑道："那可不见得，过去说咱柳辛西穷，那是真的；如今还要说咱穷，那我看全县里就没有富人了。别以为你卖了一头驴，能分百把元钱，嘿！不是向你老朋友吹哩，咱在信用社存的款，还不愿意跟你那半个驴价换哩！"

"你如今有那么多存款？——是不是纯忠给你寄回来的？"

"纯忠？——嘿！我自己在农业社劳动分下的还花不完哩，何必要他寄呢。这是现在，一九四八年那时候，纯忠在七区当副区长，他一个月除了吃才领两元钱，我还给他捎过零花钱呢！——我想你家的人口不多，劳力不少，信用社里也该存着几个吧?”

“倒也存着一些，不过，带上这次的半个驴价，也没有你存得多。”说到驴上，张聚宝老汉又想起他的问题来。他自己也清楚他的理由不太充足，只是因为关系着几十元钱的问题，没理也要强占三分。不过，他认为他今天搬了柳辛西老汉去见县长，县长总不能不给他爸爸留点面子，一留面子，只需县长一句话，他就能打赢官司了。几十元钱便捞到手了。他觉着他要想打个更有把握的胜仗，必须设法让柳辛西老汉在县长面前多说好话，因此，他又寻着柳辛西老汉爱听的话说：“老朋友，我这件事就全凭你一句话啦，见了纯忠，你可得尽心给咱办啊！——不对，我也是瞎担心，只要老朋友你见了纯忠，还不是说一句算一句，这事除了你，嘿！不是我吹哩，谁也不行!”

听了这些话，柳辛西老汉心里又是一阵甜丝丝的感觉，觉得自己真的成了一个了不起的人物。他说：“咱们快点走吧，别再说这些了。别说是这么一点小事儿，比这再大几倍的事儿，只要找着我柳辛西，嘿！咱也说句时兴话吧——不成问题!”

下午三点十分，两个老头子到了县城。张聚宝老汉劝柳辛西老汉把新衣服穿上，柳辛西老汉说：“就这吧，热烘烘地穿它干什么!”

张聚宝老汉觉着柳辛西老汉不穿好衣服，自己脸面上好像也减去了许多光彩，定要让柳老汉穿了新衣服，才跟他进城。柳老汉没法，只好又把新衣服罩在了旧衣服外边。

四

进了城，张聚宝老汉到供销社买了二斤点心，以作找县长的见面礼。

上一次进城来打官司，张聚宝老汉虽没有见到柳县长，但他知道了进县政府先要到传达室登记一下的规矩。今天，他凭着他是跟着县长的爸爸来的，也不到传达室去登记，就扬着脖子直往里走。柳辛西老汉初次进县政府的门，不懂登记不登记的规矩，自然是只管跟着他走。谁知刚走了几步，便有人喊住了。张聚宝老汉回头一看，见还是上次让他登记的那个年轻人，便说："我来过，上次我就登记过了。"

那个年轻人说："上次登记过是上次，这次还得登记。你找谁呢？"

张聚宝老汉胆子大大地说："上次我没跟你说过？你倒忘了？"

"每天有许多人来找县政府，我怎么能记得你一个人呢？"

张聚宝老汉见那个年轻人也不知道他是县长的爸爸的老朋友，还那么粗声粗气地跟自己说话，他想，我今天非给你一个厉害看看不可！你先不介绍自己的姓名，便急忙指着柳辛西老汉说："这是柳县长的爸爸，我跟他一块儿找柳县长的。"

那个年轻人看了看柳辛西老汉，倒有几分像柳县长。但他仍坚持他的登记制度，让他俩登记过以后，才引着他俩直奔县长办公室去了。

柳县长一见自己的爸爸来了，十分高兴，他认为自己的爸爸愿意放下地里的活儿，到城里来一趟，是一件不大容易的事儿。因他十五岁上就参加了八路军，离开了家乡，解放以后也很少回家。张聚宝老汉的家既离他的家远，离县城也不近，他虽然知道爸爸有个老朋友，但还没见过面。今天，他见爸爸还相跟着一个老头子，一问，才知道是爸爸的老朋友。他对张聚宝老汉以叔叔相称，说道："噢！这就是聚宝叔啊！我小时候就知道你，可一直没见过，今天可算是见到你啦。——快坐下吧，今天你们走了六十多里路哩，一定累坏了。"他急忙亲自打来两盆洗脸水，让两个老头子洗脸。洗罢脸是茶，茶罢是饭。吃饭间，张聚宝老汉为了让柳县长进一步知道他与柳老汉有着不寻常的密切关系，说他俩过去如何在一块儿相处了十多年，相处得如何如何好，就像亲兄弟一样，这样，以便让柳县长不把他当外人看待，处理他的问题时能偏着他。柳县长不了解他的用意，只当背历史，回忆是老人们的特点，因而也并不介意。张聚宝老汉又奉承柳县长道："纯忠，你五六岁的时候我见过你，是你小，记不得了。那时候我就看出来你是个很聪明的孩子，长大一定能干个大事情，——今天你果然当了县长，看我猜得有多准！哈哈哈哈！"

柳县长也笑了一阵，然后半正经、半开玩笑地说："看聚宝叔说的话，好像是个通阴阳八卦的先生，算得这么准！不过，我还有点不大信，因为要没有共产党，我还不是照样得接我爸爸跟聚宝叔你的班，到地主家扛活儿去。我对聚宝叔的'干大事'也有个不同的看法。聚宝叔说的干大事，恐怕指的是像旧社会那种'千里做官，为的吃穿'那个'大事情'，现在的干大事是当的干部越大，就应该给老百姓办的事情越多。——这话该怎么个编法呢？就说成是'千里当干部，为的是为人民服务'吧！哈哈哈哈……"

张聚宝老汉不懂柳县长是在纠正他刚才话里的意思，还以为是有意地为他开心。因为他心中有事，无心多扯闲话。他想先笼络住柳县长，见柳县长只管抽烟，便把他买的点心打开一包，捧到柳县长面前说：“你不吃饭，吃两块这个吧。”

柳县长一见那两包点心，便问柳辛酉老汉：“爸爸，这是聚宝叔买的？”

柳老汉说：“我不让他买，他定要买。他这人，嘿！真没法儿说！”

柳县长说：“聚宝叔太见外啦，自己人嘛，贵巴巴的买这干什么！”

张聚宝老汉见柳县长把他自己当自家人看待，心想：要这样，我的问题就好办得多了。他说：“这次已经买上了，你尝一块吧，下次不买就对了。”柳县长见他一片诚意，只好应景似的吃了一块。张聚宝老汉让柳辛酉老汉吃，柳老汉说：“吃着饭吃那干什么。”说话的情绪有点不大高兴。原来，这时他又想起下地干活儿的事儿来，心里很不舒服。他想：大忙夏天，别人都在地里干活，自己却坐在这里逍遥自在的，这算干什么呢？今天白白耽搁了一天，难道明天再白白耽搁一天吗？不行！今天摸半夜也得回去。因此，他还没有放下碗，便直截了当地跟柳县长说：“纯忠，我今天来，是有件事儿。——聚宝老弟，你快给纯忠说说吧。”

柳县长当他们是来闲串的，见说是有事，便问：“有什么事？是聚宝叔的事？”

张聚宝老汉急忙笑道：“是啊！是有点小事情。这件小事本来很好处理，可他们给咱处理坏了。给你说说，我敢保险，一会儿就把它处理好啦。”接着，他就把卖驴引起纠纷的过程和他不服法院判决的理由从头至尾说了一遍。他看看纯忠的脸色，纯忠满面春风，张聚宝老汉以为事情好办得多了。只见纯忠问道："老驴是归谁家喂养的？"

张聚宝老汉说："是归三元家喂养的。可你要知道，积下肥也是归了他啊！"

"那么，小驴也是三元喂养大的了，是吗？"

"当然也是。可你要知道小驴是老驴下的，谁也没下本儿呀！"

"照这样说来，我觉得乡政府和法院处理得对着哩。你跟三元伙养牲口，这说明你们过去两个是很合得来的，何必因为这件小事闹得不和气了呢？我看不必闹了。"

柳辛西老汉见柳县长就那么直截了当地说出法院的判决是对的，也就等于说他的朋友找来是不对的，很有点儿不好意思。心想：纯忠怎么这样不怕丢面子！也不怕聚宝老汉心里难过。他看看聚宝老汉，聚宝老汉傻子一般地急着要说话，又说不出来。柳辛西老汉认为只要他说了话，不怕柳县长不听，便又把张聚宝老汉的理由重复了一遍，然后说："纯忠，他们法院不公道，你还能也不公道。你今天得听我一句话：干脆！你出个公事，让他们'二一添作五'分钱了事！"

柳县长见他的爸爸有点儿发了脾气，他却不生气，仍然有说有笑地劝解两个老头，说法院的判决怎么怎么对，说一天到晚常见面的老邻居，不必因为这点事儿生气。以后，他有意识地把话岔到一边去："怎么样？咱们不谈这个事儿了。你们吃罢饭，我引你们去北关看看新修的小型发电站，还有东关的小型机器煤窑。好吧？"

听这么一说，张聚宝老汉有点儿着了毛。他想：如果经过纯忠我也不能打赢官司，那么到哪里也不行了！——这可不是件小事情啊！我输了，就要少得五六十元钱，赢了，就能多得五六十元钱，这么大的事，就能这样马马虎虎地了事吗？——我不信我跟柳辛西老汉这么好，他也不能顺着我点儿，他不看我面子吧，也不看他爸爸的面子？他认为如果纯忠能听了他的话，不只能多捞到五六十元钱，而且人们也会把自己当做了不起的人物看待，人们会说：张聚宝老汉跟柳县长的爸爸是老朋友，人家在县长面前吃得开，真不简单啊！如果还是囫囵吞枣地回去，那就要大大地丢人。不行，我还得说说，——该怎么说好呢？他这样说道："纯忠侄儿，你的话倒也有几分对，可是我觉得我的话也有几分对。再说，你看，我跟你爸爸在一块儿半辈子，这么着回去，我丢人事小，让你爸爸丢人事大啊！"

张聚宝老汉最后的这一句话打动了柳辛西老汉的心。他想：是啊！这是我领着张聚宝来的，就这么回去，人们不是要说：嘿！柳辛西老汉应名是县长的爸爸，连个皮钱也不抵。我怎么有脸见人呢？关于他常说的如今的县长和旧社会的县长不同了，县长的爸爸也应该起带头作用等等全忘光了。他以父亲对儿子的态度对柳县长说："这事儿这样处理就是不公道！纯忠，你本能不管你聚宝叔的事儿，这是你聚宝叔第一次求你啊！难道就这么一件事你也不能给他办一办。不行，你不听我的话不行！"

张聚宝老汉见柳辛西老汉开了口，认定自己说话不顶事，他爸爸说话总该顶点事儿，满怀希望地等待着柳县长回答。只见柳县长返回到他的办公桌子边，一边看着一份什么公文，一边笑道："这可没办法。这件事只能是这样处理……"以后，他又把话岔到别的方面去了。

张聚宝老汉失望了。他连忙给柳辛西老汉使眼色，让他说话，柳辛酉老汉有点生气似的对柳县长说："纯忠，你自己也该想想，我抚养你长大成人，也是不容易的啊！想当年我起五更睡半夜地受，为的谁，还不是为了你！你如今做了县长，我这个当爸的求你给我办过一件事情没有？——没有吧！我今天头一次求着你，你就不能替我办这么一件事?！哪怕以后我有什么事，你也不用管，只把这一件事办办，也不枉我抚养了你一场，也不枉你当了一任县长!"

无论说什么，柳县长总是说法院处理得就对着哩，劝张聚宝老汉不必闹事了。最后，柳辛酉老汉也没了办法。他又想起别人托他办的几件事来，因想到聚宝老汉的事没办成，也无心再提别的事了。两个老头子闷闷不乐地坐了一会儿，柳县长寻着话给他们开心，两个老头儿只是有一搭没一搭地胡应承几句，不正正经经地跟他说一句话。柳县长想跟柳老汉个别谈谈，只没个好办法把两个老头子分开。后来，张聚宝老汉在村子里有个人在县粮食局工作，他说他给那人捎着点东西，要去送一下，才出去了。趁这个空儿，柳县长跟柳老汉说："爸爸，你怎么还是这样不高兴？这件事，不是我不尽心给聚宝叔处理，也不是我不看你老人家的面子，说实在的，聚宝叔就不应该跟人家闹事。爸爸，你也应该想一想，从大的方面说，人民政府处理问题是认理不认人的，该怎么处理只能怎么处理，是不能凭私人情面办事的；从小的方面说，如果我不答复聚宝叔的要求，大家都会说我对，对我不满意的大概只有聚宝叔一个人，如果我答复了聚宝叔的要求，聚宝叔当然会说我好，可是，全县老百姓都会骂我的。我问问你，爸爸，你愿意让聚宝叔一个人不满意我呀？还是愿意让全县老百姓都骂我？"

柳辛酉老汉听了这一番话，老大一会儿没说上话来。他想道：是啊！咱只想到要不给聚宝老汉办一办，会惹下他，我回到家里也要丢人，就没想到让纯忠把问题处理错了，全县老百姓都会骂他。再说，纯忠要办了错事，我的脸上不是也很不光彩吗？想到这里，他才不好意思地跟纯忠说："照你这么说，纯忠，别提这件事了，以后你回到家，跟谁也不准提这件事。"他不让再提这件事，柳县长也不愿多谈这件事，便向柳老汉问起家里的情况来。父子俩一直谈到太阳落，张聚宝老汉才从街上回来。晚饭后，柳县长为了给两个老头儿解解闷，到戏院买了三张戏票，三个人一块儿看戏去了。

一九五八年春节前夕于并

一笔勾销

姚河村生产大队的党支部书记——姚九升，是个有名的干脆人。该今天做的事情，绝不拖到明天，该早上解决的问题，绝不拖到晚上。可是近年来在他本身存在着一个问题，却迟迟没有得到解决。

五月天，既要锄苗，又要摘桑叶喂蚕，割麦的活儿也摆在眼前，是一个多么忙的季节呀！可是最近几天里，姚九升发现有些干部、社员行动不太紧张，特别是副业主任姚福保。最近几天，他去粉坊走过三次，就有三次碰上姚福保在粉坊坐着扯闲话，没有下地。姚九升想：他每天在粉坊做什么呢？磨粉浆有磨工，做粉条有粉匠，担水、喂猪有杂工，用得着他吗？他虽然是个副业主任，瞅空儿领导领导就对了，也需要他整天整天地蹲在那里吗？干部们这样松散，怎么能带动广大社员群众把生产搞好呢？今天早饭后，他看见姚福保又到粉坊去了，便决意到粉坊去找他谈一谈，他一气跑到粉坊，满屋里一瞅，只见姚老三在一边烤干粉，姚福保却在炕头躺着呼呼地睡大觉，这更使他加了几分气，走过来伸手就是照背一拳，喊道：“睡死鬼!”

姚福保正睡得香甜，梦见从半天空落下斗大一块石头，砸在了他的背上，“啊呀”大叫了一声，睁眼看时，却是姚九升握着拳头对付自己。他连忙坐起来，问道：“你不是说今天半上午才开支委会，研究夏收工作吗？怎么现在就来叫我？时间又提前了？”

九升说：“谁是叫你开会的？地里荒着苗，就该在炕头躺着睡懒觉吗？”

福保是个聪明人，见说是为着上地的事，忙说：“我正要上地，想起来粉坊有几袋子玉茭需要翻晒一下，跑着来告老三说一声。不想往炕头上一躺，说着说着就睡着了。等我跟老三商量好，马上就上地。支书，你不要结记我，忙你的去吧!”

九升听了福保的话，满肚子火气立刻消了一半。先批评了他几句，只说大忙五月，叫他快些把粉坊的事说一说，趁早下地去，这才离开粉坊。出得门来，才走了三五步，就听得福保在屋里怨天怨地发开了牢骚。正待返回去，又听得姚福保说：“屎！这才是孔夫子爬灰——知理不说理，光催动别人下地，为什么不先撒一泡尿，照照自己的脸？……”听了这几句话，姚九升愣住不动了。心想：他是说谁？——是说我吗？立刻回想了一下自己，确实，自己这一段时间没有踏踏实实地下过一次地。于是，自思自想道：“社员下地不积极，我把问题推到福保的身上，没想到福保不下地，根子是在我的身上。”听了福保的话，他觉得没有办法返回去说人了。这个时刻，有一连串的往事涌上了他的心头。

九升是个贫农出身。土地改革时期，他就入了党，是个普通党员。合作化运动当中，因为他走集体化道路最积极，上地劳动也好，一切先进生产经验他都能带头学习，受到群众的拥护。一九五五年，社员们选举他当了生产队长；一九五七年，又选他当了生产管理区主任；一九五九年，党支部改选，又选他当了生产大队党支部书记。在他初当支书的头二年中，一则工作积极，二则还一直坚持着参加地里劳动，年年都是出席县劳动模范大会的代表。后来有一段，他到公社里、县里、专区、省城参加了六个会议，整整四个月没有到地里晒过太阳，手没有摸过镬把子，肩没有担过担子，偶然上了一次地，只觉得手里的镬把子比过去粗了许多，头顶上的阳光比过去毒了许多，很有点不舒服的感觉。那天，他在地里干了半天，中午回来睡了一觉，又觉得浑身上下骨子、肉都疼得很。因为还不到起晌时分，便信步来在大佛庙生产队办公室看看，看见大队会计姚一德正趴在桌上打表格，便说："真成问题，几个月没下地，今天刨了半天地，浑身骨头就像碎了一样，这么疼，真没有想到。"

姚一德是个老富裕中农，压根儿就不大愿意劳动。当了大队会计以后，有事没事总要到办公室来忙乱一天。有人来了就记账、填表格；没人来了就看旧小说，把工作都推在晚上做，好像他每天都要加夜班，忙得不得了似的。因为有人反映他不下地，他早就想找一个护身符儿，只是无空可钻。今天见九升说话好像有不愿下地的意思，连忙趁机说道："哎，身子骨疼，就休息半天别下地了。这么大一个队，那么多劳动力，哪里在乎你一个人动那几下子呢？再说队里的工作忙得很，只要你多花一些工夫，多想一些办法，把生产工作领导好，比你下地劳动的成绩大得多哩！你一个人下地，一天顶多锄一亩地，你要把生产大队领导好，有好办法把全体社员的积极性调动起来，只怕能多锄几十亩地哩！”

九升听他说得很有道理，又嫌身子骨疼，真的有点动摇了。可是他又说：“不行，我不下地影响不好。再说今天下午又没事，蹲在屋子里做什么？不像话！”

姚一德说：“你是咱们队的有功之臣，谁敢说个不字。下午怎么没有事？你不是计划晚上开支委会研究麦地回茬的问题吗？为什么不可以改在下午开呢？”

九升正想休息半天，真的听了姚一德的话，把晚上的支委会移在下午开起来。因为开会是工作，也应该积分，九升今天虽然只上了半天地，却同样记了十分工。从此以后，九升好像找到了窍门似的，再加上姚一德每天叨叨叨地给他讲大道理，说是支部书记的主要任务是做“领导工作”。九升认为做“领导工作”这句话很有道理，以后有事没事就很少下地了。队里开会，到公社、县里开会，可以名正言顺地记开会工，平日里就是没会可开，姚一德也会替他想很多不下地又可以记工的办法。比如要打电话向公社汇报工作，要写生产计划，要跟会计研究分配方案，要跟供销社的营业员讨论物资分配问题，等等，名目繁多，无法细查。上述事项本来都是该做的工作，可是有的是晚上可以做的，却转移到白天去做；有的是一个钟头就可以做完的，却要纠缠半天。后来，上级三番五次强调干部参加田间劳动，九升也有一些变化，差不多三天两头要下下地。不过每次下地的时间都很短，大多是太阳快落山的时候才到地里来的。这样，一则可以表示他经常参加田间劳动；二则可以表示他不是不想下地，确实是因为工作太忙，做过工作，太阳快落了山，瞅这么一个短短的时间，还要下地来干一阵，就足以说明他对时间抓的是多么紧，他对田间劳动看的是多么重要了。开头一个时期，大家确实也是这样想的。后来有人知道了他的底细，都想道：一来，他领导全队的工作，确实也有忙的时候，二来，六七年以来，出过不少力，有过汗马功劳；三来，他处理问题大公无私，对人直气。从大方面想，九升总算是一个好的支部书记，不愿意因为这么一点事给他提意见。

正因为还没人给他提过意见，所以九升还没有听到过任何反映，还没有感到过自己不下地是个问题。今天听了福保的话，感到如同有人照头打了他一棒子似的，并且正好打在了疼处，这才觉察到问题的严重性了。他想：正因为自己有缺点，才影响了副业主任，影响了社员的。解决问题不打老根上解决，我有什么资格批评福保？这像话吗？——这年余来，我为什么千方百计不想下地呢？真奇怪！群众选举我当社干部，党员同志们选举我当支部书记，是因为我思想好、工作好、劳动好才选举我的，我如今身为生产大队的支书，却不愿意劳动，哪里还像个生产大队的党支书呢？不愿意劳动，却想多记劳动日，多分粮食，这算什么思想呢？简直变成……他越想越感到自己变成一个可怕人物了。九升这个人有个很大的特点：自己有了缺点和错误，只要有人提出来，只要自己也认识到大家提的是缺点、错误，一定是马上就改，绝不推诿、拖拉。今天也不例外，听到福保的讽刺话，他就下定决心，打算晌午就下地。当他奔回家里来，提了锄，正要下地走的时候，忽然想到已经通知了支委们，今天上午要开支委会，研究蚕茧收购和出售问题。想道：大忙五月天，像这样并不太急的会，为什么不可以在晚上开，定要白天呢？老老实实地说，这还不是为了不下地，于是，他跑着去通知了各个支委，把会议改在晚上了。

回得家来，正准备要下地，又想起，今年上半年以来，有许多时间按该上地没有上地，做了许多没事找事的工作，记下许多不应该记的劳动工分。这时节，他想起这些工分来，如同是什么见不得人的赃物似的，觉得一刻也不能让它存在下去了，于是，他又把扛起的锄放下，跑着到生产大队找会计去了。

会计姚一德正在桌后边坐着，逍遥自在地看《七侠五义》，听着有人走来，忙着把手里的书本子扔进抽屉里，把放在桌面上的一本账本子翻开，随手扒拉了几下算盘珠儿，做了个正在算账的样子。看看进来的是九升，忙说："看，连一个支委会还没有到，支书，我去广播一下吧？"

九升一本正经地说："别去了。我已经通知支委会们改在晚上开会了。姚一德，你把工分账拿出来，看看我今年半年来一共记下多少工分。"

姚一德见九升说话带气，神态特别严肃，只当是自己给他少计了工分，如今找后账来了，心里先嘀咕起来。忙说："错不了，我给你看看。"随手从账簿架上抽出一本账来，三翻两番翻到姚九升名下，先看了一下末尾那个累计总码，说道："半年里你一共是一千五百一十个分，合一百五十一个劳动日，看对不对？"因为见九升听了这个数目字，脸色立时又是一变，满脸里青一块紫一块，看来十分怕人，姚一德以为他嫌工分少，会说自己把工分搞错了，忙补充说："恐怕是，恐怕是——我想起来了，四月份队里还补进来一部分工分，我记得也有你一笔，忘了下账，叫我查一查，给你补起来。"

九升见他还想给自己加工分，没好气地说："好我的会计先生呀，你还嫌我脸上抹下的黑少吗？——你给我算一下，半年以来我实际上地的工分共是多少，开会工分共是多少，其他工分共是多少，要分得一清二楚，一分工也不能马虎。”

姚一德见他脸色不对，不敢多言，只好翻着账本、打着算盘，一项一项地往开分。一时算好了。说：“实际上地工是四十一个，开会工是七十三个，其他工三十七个。你看对不对?”

姚九升听说自己的实际上地工仅仅只有四十一个，感到自己实在不像个支书的样子了，心想：好厉害！当了干部就有这么大的权利！糟糕的是，今年怎么又按老习惯，把开会工也记上了。这种思想发展下去，真危险啊！于是，马上对会计说：“姚一德，我实际上地做的四十一个工，就记四十一个。开会工，今年有了补贴，不能计算了。连开会工带其他工，你给我一笔勾销了!”

姚一德听得这话，吃了一惊。心想：他今天是疯了？——他要这么做起来，我该怎么办呢？忙说：“支书，你这样办不对吧？这些工，都是你为着队里的事东奔西跑记下的，没有一个是坐着不动的工呀。你这样做，我真不懂你是什么意思?”

“你当然不懂！你就懂得想办法少劳动，多记工！——不行，坚决给我勾掉。”

姚一德听话音不妙，忙说：“是，我确实有缺点。”他害怕提到自己的工分问题，连忙转了话题，说：“支书，你这些工，其中可是有许多工不应该全勾销了。比方有一次，你到公社去开会，上午开了半天会，下午又和供销社干部研究土产收购的问题，记了十分工。计十分工虽然不恰当，可也该记五分工呀?”

姚九升说：“你为什么只会替我的工分想，不替整个大队想一想呢？无论说什么，你给我一笔勾销掉。你在这方面也有缺点，自己也算一下账吧。我还急着下地走。没工夫给你磨牙!”说罢，忙着回家扛了锄头，下地去了。

长春岭

1. 武人变成文人

长春岭生产大队的会计名叫韩七锁，社员们都称呼他是“好参谋”“好管家”“老会计”。其实他今年才三十六岁，还是一个血气方刚的壮年人。

韩七锁，中等个子，大圆脸，没留头，说是“头火大，留了头肯头疼”。也许他对这个问题作过专门研究，“留头”跟“头疼”确实有点关系；可是他不留头，却也经常喜欢闹点头疼病。另外，他的背有点驼，有人说是因为他记账坐的椅子高，桌子低，荷着腰记账荷驼的；也有人说是因为他下地干活儿荷腰荷得太厉害，把脊背荷驼了。他却说：“锄地不荷腰，后手用不上劲，能锄好地吗？再说荷腰锄地，看见苗根处有草，下手拔草也方便。这是老技术员说过的。”在锄地方面，他好像有很多的讲究，可是在坐椅子方面却不大讲究了。党支书侯金狗给他提过意见，叫他把桌腿支高些，就可以不必弓脊荷腰地写字打算盘了，他不听，并且开玩笑道：“算了，如今已经当了爸爸，又不找对象了！”

社员们称呼韩七锁“老会计”，是因为他在社、队里做会计工作的年月长，资格老。他经常说：“我这个会计比咱们社只小一岁。”原来，长春岭一九五三年建社以后，他在一九五四年当了会计，一直到高级社，公社化，他没有离开过那张会计办公桌。

当年长春岭初建农业社时，说起来，韩七锁只有个初级小学文化水平，打算盘只会打“归除”“小九九”“飞归得亩”。再说，在前几年他还担任着民兵指导员，人们只知道他打仗是能手，是一个武人；会计工作是要文人干的，谁也没有想到过选他当会计。可是全村里除了他，就只有过去的富农韩洛明干得了，结果，选韩洛明当了会计。这个韩洛明，在旧社会里当过多年的社首，专会做“笔杆上生财”的勾当，不知贪污过多少公款。过去，他家里雇着两个长工，自己很少下地，每天坐在社房里，名义上是忙社务，实际上是专门研究贪污公款的手段。因为他对贪污问题有专门研究，你就别想在他的账面上查出漏洞来。就那么不声不响地榨取了老百姓的血汗，过他的好日子。因此，人们给送了一个绰号叫做“哑巴蚊”。

哑巴蚊当了农业社的会计，不久，他就经常借口工作忙，有事没事不肯下地，反正在办公室里坐一天就有十分工。有工夫就东家说长，西家道短，尽起坏作用。在秋收分配当中，自做假工票，多记了几十个劳动日；私开条据，贪污了几百元人民币，他自以为还可以像旧社会一样能蒙混过去。谁知新社会的农民眼睛亮了，没有看不出来的问题，于是，社员们起来反对，纷纷要求撤他的职。社干部们虽然同意群众的意见，只因满村里找不出一个会计人才，犹豫不定起来。在这种情况下，韩七锁鼓鼓勇气，找到社干部，说："让那个富农会计趴在办公室桌子上，社员们的劳动积极性就起不来。要是没人干，我愿意试一试。"

社干部们不相信韩七锁能干了会计工作，韩七锁说："试几天怕什么，干错了我负责。"社干部们想了一下，对他作了一番估价：第一，是个聪明人，容易学会；第二，是个老实人，相信他绝对不会捣鬼；第三，他念过《百家姓》《千字文》，长春岭的全部人名他都能认下来；第四，他会打"小九九""飞归得亩"。根据以上几条，似乎可以让他试几天。于是，决定撤了韩洛明的职，让韩七锁当了会计。

韩七锁当了会计以后，连全部会计工作该订几本账，该立几个科目也不懂，只好去问韩洛明。

哑巴蚊韩洛明自从被撤职以后，心中非常不满。原来，自从他当了会计，一个人沾沾自喜地想过：土改时候，你们斗争我，不把我当人看，到如今事实证明：你们离开我韩洛明是寸步难行的！他又想：我过去当社首，每天坐在社房里不到地里去晒太阳，如今仍然可以坐办公室，不去晒太阳；过去长春岭的政权在老村长手中，经济大权在我的手中，如今的政权到了你们的手中，经济大权还不仍然是在我韩洛明的手中吗？只要这根笔杆子在我的手里，过去我能"笔下生金"，今天还不是一样能让它"笔下生金"吗！想来十分洋洋得意。却没想到干了一年就下了台。开始他听说干部们发愁没人干会计，心中暗暗高兴。因想到社主任常有有是自己的侄女婿，便去找他说情，要他说句话，还叫自己干会计。那时候的常有有刚刚翻身不久，革命劲头很大，立场很坚定，坚决拒绝了哑巴蚊的要求，并说："以后好好参加劳动，好好改造一下自己吧。当了一年会计，就叫群众反对起来，如今你还想干，就没想想群众通过通不过？"

哑巴蚊没办法，只好灰灰地回去了。今天见韩七锁来找他学习记账的办法，他还没有死了当会计的心，哪里肯告人，说道："哈，是指导员？今天又高升了，你们年轻人这是前途无量啊——不过，话又说回来了，你当了多年的民兵指导员，如今怎么愿意干会计呢？要知道你原来的民兵指导员，跟社主任、支书都是平起平坐的同级干部呀。老侯过去是政治主任，如今当了支部书记，有有过去是村长，如今当了社主任。他们都还是主要干部，可你呢？一当会计，就成了次要干部，比他们低着一级哩。"

韩七锁听了他的话，知道他打的是什么鬼算盘，说道："什么高一级低一级，都是为群众服务，干什么不一样。不许你挑拨！"随后，他叫哑巴蚊说说会计工作常识，哑巴蚊却说："啊呀，这可不是粗粗说几句就办得了事的。没有读过那么深的书，说千遍万遍也不行。这可不是小看你，带民兵打仗我不如你，当会计记账你可不如我……"

韩七锁再也不愿意听他唠叨了，他淡淡地笑了两声，站起来就走。边走边说："不要想卡人！'离了你这泡马尿，河也要涨哩'！"后来，七锁就跑到外村农业社去取经，去学习了。一连走了六个社，把会计工作的各门课题基本上都学会了。以后，他又下定决心，一边学习文化，一边刻苦摸索会计业务，只二年工夫，他不只学会了记账、打算盘，订生产计划，制分配方案，随着初级社、高级社、人民公社——合作化运动的不断发展，他还创造了很多新的会计工作经验，成了全公社经验相当丰富的好会计，并且还是一把快手。附近生产队在财务上有搞不通的问题，要来请他去帮忙；公社财务部门碰上疑难问题，要请他去当参谋；县里编写《会计工作手册》，也特地请他做顾问，成了闻名全县的人物。

韩七锁在长春岭生产队是个很受群众欢迎的好会计。除过因为他工作上有经验，还有以下许多优点：他正直无私，手续很清，全队里没有一个人怀疑过他有什么手脚不干净一类的问题；他热爱劳动，除秋收分配特别忙的时候，平素经常坚持参加田间劳动，会计工作都是赶在晚上做的；他爱社如家，把生产队这个家把得很严，把财务开支关把得很紧，绝不允许任何人随便多花一分钱；他把农业、副业生产计划搞得很好。同时，他敢向一切不利于集体利益的行为做斗争。为此，社员们都尊敬他，称呼他是“老会计”“好管家”“好参谋”。连最近几年村上出现的一大批有知识的农民（高小、初中毕业生），也都十分敬佩他。有几个中学毕业生，在生产小队当记工员，甘心情愿做他的学生，向他学习。

前边把韩七锁说得千好万好，好像该是没有问题了，其实并不是这么回事。在今年春季里，居然有一部分人对他有了意见，其中有社员，也有干部。生产大队长常有有，过去最是佩服他的人，走到哪里，就把他夸到哪里，说长春岭村有个“好管家”“好参谋”，最近他对韩七锁也有了意见。问题的根源是多方面的，这里要先打一个搞副业的社员——韩扁瓜说起。

2. 副业中的副业

韩扁瓜是生产大队长常有有的小舅（妻弟），也是长春岭农业社第一任会计韩洛明的侄儿。他家以前是个断不了雇个月工的小疙瘩户。韩扁瓜本人赶了半辈子的牲口，庄稼行里只是个半把手。一九五八年那时候，生产大队为了发展副业生产，经常给社员们赚个称盐打醋的零花钱，韩七锁出了一个主意，拿一千五百元钱买了一辆胶轮大车，在农业社挑选出两匹高头大骡，一匹好马，专门搞副业生产。在人选问题上，一来因为韩扁瓜是个赶牲口的好把式；二来因为他跟大队长常有有是亲戚，姐夫小舅关系比过去好了许多，有有就推荐他赶大车去了。

韩扁瓜赶大车，开头也正正经经干了二年，每年都能为大队增加一大笔收入。因为他做出过一定成绩，再加他叔叔——哑巴蚊韩洛明经常鼓励他，说："扁瓜哪，凭你赶那一辆大车，顶全队的一半收入哩，你的成绩真不小呀。全队里几百口人赶会看唱的零花钱，哪个花的不是大车上的钱？你真是长春岭的大功臣。"这些不过是哑巴蚊夸大其词之谈，可是韩扁瓜听了以后，便忘了他是个吃几碗干饭的人，渐渐地骄横起来。于是，他自我估计了一下他在长春岭村的地位，他认为他这个赶大车的不属于任何一个生产小队，是生产大队直接领导，肯定了他是个高人一头的了不起人物。因此，他就常常跟人说："我们赶大车的是生产大队的直属单位，跟生产小队是平级。"意思是说他实际上也等于一个小队长。不过，韩扁瓜确实跟一般社员比也有他的特殊点：他不归任何一个小队领导，成年累月地在外边自来自去，很少受谁的约束，渐渐地变成了一个"世外神仙"。再加他本来就有满脑子的做买卖发财思想，没机会得到改造，慢慢地就产生了坏念头。开头，只是有这个想法，还不敢真的做去。有一次，哑巴蚊韩洛明来找他，叫他捎买一块缎子被面，后来给他捎买回来，他却迟迟不肯出钱，还说："扁瓜，我可不给你钱，一块被面值得几个，在外边多拉一趟货就够了，还差这几个钱吗？"

韩扁瓜说："叔叔，你不给算了，在外边搞私人买卖咱可不敢。"

"怕什么？傻瓜！人生在世谁没私心？三头大牲口在你的手掌中，横来顺去不是由你的便哪？"

"话虽是这么说，叫人发现了就成了问题。况且咱们家的成分不怎么好，经不起风吹雨打，担不得事呀！"

"胆小鬼！——你赶着大车在外边跑，长春岭的人谁有工夫天天跟着去监视你？你在外边拉两次货，回来报一次，拉四次货，回来报两次，谁能发现得了？就是有人发现一点马蹄骚道，还有你姐夫替你说话，怕什么？如今你姐夫可不是初级社时候的那个姐夫了，他年岁一天天大了些，慢慢地也懂得一些人情世理了。哪里像一九五三年，别人反对我当会计，他也反对我，连叔丈人也不认。"

韩扁瓜本来没安好心，经他这么一说，胆子大起来，说是要试试看。哑巴蚊韩洛明心里高兴，又教给他一些办法，说是：第一，赶大车在外边捎带搞私人买卖时，要搞成宗的，不要在一宗买卖里交大队一部分，自己拿一部分，因为这样搞，单据是总的，没法向会计报账，容易被人发现；第二，要在远处搞，别在近处搞。出去送货，到了外地，多住一天半日就能捎带搞一次短途运输；第三，在外边捎带搞私人买卖时，凡是常打交道的单位，凡是认识的人，不要搞；第四，拉了货还可以捎一点脚，但是要注意捎熟人一定要算作大队的买卖，捎生人才可以算作自己的，等等。韩扁瓜认为他叔叔的办法很好，以后真的这样干起来，在搞副业之中又搞起来一种副业，只几天工夫便发富起来。他为了报答叔叔韩洛明，赚下钱，也常常给他一些零花钱。哑巴蚊韩洛明也不断跟扁瓜要钱花，说：“我明儿要到镇子上赶集去，给我十元钱。”韩扁瓜就给他十元钱。哑巴蚊又说：“我明儿到供销社扯布去，给我八元钱。”韩扁瓜又给他八元钱。这是常事，好像韩扁瓜做买卖他也入了一股似的。一开始，哑巴蚊明知韩扁瓜在外边捎带搞点私人买卖根本不必拿本钱，因为大队里已经拿出本钱（牲口、胶车）来了，他却故意说：“扁瓜，你在外边做买卖，要是本钱不足，我可以给你几个，没多有少，我还拿得出来。”

韩扁瓜说：“干这一行，根本用不着本钱。反正赚两个有叔叔你一个就是了。”凭哑巴蚊替他出了出主意，就算入了股，逍遥自在地花起钱来。关于这件事，哑巴蚊想来十分得意，认为：一来，有大家替他出车马，下本钱；二来，有侄儿替他跑买卖，当义务长工；三来，有侄女婿替他们撑腰做主，是一件最好不过的美事，比过去雇长工种地还要好。他又认为自己没有亲自干私人买卖，花韩扁瓜几个钱，叔叔花侄儿的也是应该的。将来即使出了事，也与自己没关系。不过，他为了使得他们的勾当不出问题，哑巴蚊还督促韩扁瓜常常送些点心、饼干、香烟、挂面一类的东西给他姐夫。常有有认为他跟扁瓜是亲戚关系，自然是见什么收什么。时间一长，有有看见扁瓜就特别亲近起来。后来，社员们看见韩扁瓜的日子过得大变了，怀疑扁瓜赶车有问题，因为抓不到什么把柄，却也无话可说。不过，支书侯金狗，会计韩七锁两个人对韩扁瓜开始注意起来。

3. 在“回马枪”面前

韩七锁发现韩扁瓜搞副业，向队里交款越来越少了，他家的日子却突然大大上升一步，认为他在外边搞副业生产肯定有问题，只是抓不住什么碴儿。他又认为，对于这件事绝不能置之不理。因为一辆胶轮大车，一匹大马两头大骡，这是大队的一项重要财产，绝不能允许一个社员利用集体工具搞他自己的买卖，绝不允许一个社员把集体财产变成私人财产，借为集体搞副业生产之名搞私人买卖。

有一次，韩扁瓜到城里送货回来了。晚饭后，便找韩七锁来报账，说是从洪水镇起货到城里，脚价是二十元，并且递给韩七锁一纸二十元钱的单据。韩七锁认为洪水离县城只有四十里路，他往返走了三天，只拉了这么一次货，连回脚也没拉，根本不像。决定要考问他一番。他这个人遇事不先发脾气，就是十分看不惯的事，也要耐着胸中之火，先细细地盘问一顿。他接过那个单据看了半天，展开来放在桌面上，带点儿诗文子曰的样子说：“扁瓜，人人都说你是个赶牲口做买卖的老行家，我也说你是个赶牲口做买卖的老干家，可是我过去赞成你这一点，今天可不赞成了。”

韩扁瓜是个精灵人，早已听懂了他的话意。他在外边学得有点儿流里流气的样子，每逢说话，不先开口，脑瓜子先要摇晃那么三五下子。他先摇了几下脑瓜子，随机应变地说：“你的话有道理，我完全同意。前几年搞运输真是一通百通，一顺百顺。自打去年七月赶了洪水镇物资交流会以后，每一次出去都不顺利。也不知道是如今货路窄了，还是咱们每次出去都没有碰对时机。”

"货路窄了？我不信。这个情况我清楚，你也清楚。这二年公社的供销、百货部门进出货可是比过去多得多了，你同意不同意我这个看法？"

"同意，这确实是个实际情况。不过，你要知道，一九五八年那时候，全公社只有咱们长春岭跟洪水大队两辆大车，如今呢？发展到十三辆大车了。"

"这个我知道。可是人家别队的大车，都是今年比去年的情况更好，就是咱们的大车不一样。我看呀，你这把老手还不如人家的新手哩。"

韩扁瓜宁愿承认这一点，带着几分笑说："咱就是不如人家那些新手呀。做买卖要凭关系多，路子宽，这一条咱先比不上别人。因为各队的大队干部都会想办法为大车寻路子，可是咱们的大车是全凭我一个人搞呀……"

韩七锁半开玩笑半警告地说："不是这个问题吧？你在外边的关系已经够多了，要再往宽处拉关系，就该跟人民法院的人拉关系了。"

韩扁瓜明知他的话是给自己寄暗信儿、打警报，却故作懵懂地笑道："人家法院有劳改队，车是车，马是马，根本不用别人的车。"他知道韩七锁难对付，不愿在这里久站了，借口急着回去喂牲口，匆匆走了。回得家来，在柜子里拿了二斤挂面就要走，他女人——李小果喊道："回来，你又拿我的挂面做什么？"

"我找叔叔有点事，给他带二斤去！"

他女人说："你有多少东西能填满他那个无底洞？给的他不少了，我不叫你再拿我的东西。"这个女人有点势利眼，韩扁瓜拿东西给姐夫，她同意；拿东西给叔叔，她就不同意。还说："人家又不是没儿子，该你早晚孝敬哪？"

韩扁瓜不敢惹老婆，只好再做一点"说服教育"工作，说："你呀！你呀！什么也不懂！要不是叔叔给咱们出主意，你能天天上顿白面、下顿肉地吃？你能攒下那么多的钱？"

"叔叔出过力，我们也没亏待了他，还给得他少吗？给多给少也该有个止数，不能……"

"算啦！你没有算清这笔账！你亏待了他，他一句话就把咱告倒了！"说罢，摆脱老婆，匆匆走了。来到哑巴蚊家里，说："叔叔，还没睡哩？"

哑巴蚊说："早哩。"因见他手里拿着挂面，又见他面色不对，怀疑他这次出去发生了什么问题，说："以后别拿那些东西了！我的历史不很好，叫人看见，还说我老想吃好的，不愿意改造哩。"

扁瓜说："放下吧，挂面是叫人吃的。"

恰在此时，哑巴蚊的老婆跑过来把挂面接住，笑道："你叔叔不收我收。"双手捧着挂面送回里间去了。

哑巴蚊见他老婆已经收下，也就不再争执了。问韩扁瓜道："你今天回来报过账了？"

韩扁瓜说："报过了。叔叔，头里我去找韩七锁报账，我看他的气色不对呀。"

哑巴蚊见他神气不正，忙问："他说些什么？"

韩扁瓜把韩七锁的话背述了一遍，哑巴蚊摇摇头说："没关系。咱们的生意都是在外边搞的，又没个准主儿，他们没办法调查出来。看来，主要是我们的日子好过了一些，他们看见眼红了，产生了怀疑。这个也不怕，没人管咱们的事便罢，要有人问起来，只说是岐鸣（韩洛明的儿子，在太原工作）寄回来的钱就行了。不过，韩七锁也不是好斗的，别看他说话嬉皮笑脸地挺和善，其实是个最厉害的家伙。——他厉害也不怕，反正你有姐夫哩。”

“我姐夫虽然是个大队长，他可没有人家老侯的权力大。你知道老侯最信任韩七锁呀。”

“老侯那个支书也不怕。你赶大车是生产上的事，该大队长管的，他当支书的管不住。——扁瓜，我看你还是先去找找你姐夫吧。”

韩扁瓜应一声“好”，真的去了。他又返回家里拿了二斤挂面，来到常有有的家门口，正要迈步进门，碰上外甥女儿——常豆豆出来。问道：“豆豆，你爹在不在?”

常豆豆说：“我爹伤风了，在炕上躺着哩。”因见他手里提着二斤挂面，明知故问到：“舅舅，你手里提的什么东西?”

韩扁瓜知道豆豆跟七锁是一气，不愿意让他知道，说：“忙你的去吧，别管闲事。”径直向屋里走去。

常豆豆是去年回来参加农业社生产的初中毕业生，在二小队当记工员，一切记工办法都是跟韩七锁学习的。她很佩服韩七锁的工作办法多，办法好，办法新，更佩服他看队如家、认真负责的精神，所以她事事向韩七锁学习，处处都站在韩七锁一边。最近她听群众对她舅舅的反映不好，又听韩七锁常常念叨她舅舅有问题，便也操下了这份心。今天见舅舅提着一点点挂面，躲躲闪闪地不叫她看见，还催着她走开，她却故意跟舅舅打别扭，偏偏返了回来，高声大喊地说：“爹，舅舅来了，娘，舅舅送挂面来了……”

韩扁瓜过去送东西到姐姐家来，并没有忌讳过任何人。今天因为听了韩七锁的话，心里怀下鬼胎，再拿着挂面来时，总觉得有点见不得人似的，听得豆豆大声嚷叫，气得他什么似的冲着豆豆说："不能低声些？一个女孩子家倒有个叫驴嗓！"

常豆豆说："我高兴嘛！"

韩扁瓜瞅她一眼，不理她了。走在炕前，见常有有躺在床上，手里捏着一个酸梅吃，说是今天伤风了，身上有些儿发烧，嘴里发苦，吃几个酸梅开开口味哩。常有有见韩扁瓜今天的神色不对，有气没力地问道："你又跟谁吵架哪？"

韩扁瓜当着常豆豆的面不肯说实话，只说："没跟谁吵过呀？——我听你说话鼻塞，伤风重了，好好躺两天休息休息吧。"

"病在身上，不想躺也不由人呀。"

常豆豆想看看舅舅要说什么，他却东拉西扯并不说一句正话，她就想了个办法，假意儿出去，却躲在窗下听起来。韩扁瓜这才对常有有低声说道："姐夫，我一个人扛着一挑重担，辛辛苦苦地为咱们队奔忙了几年，你说我有什么不对？他当着个小小的会计，好像长春岭大队是他一个人似的，好像他比大队长还大一等，他花马调嘴地给我小鞋穿……"

常有有脾气暴，再也听不下去了。他知道韩扁瓜说的是韩七锁。想起韩七锁来，他也有一肚子气。前几年，因为韩七锁工作好，在生产上出过很多好主意，对大队的财务关把得很严，他也常常夸韩七锁是长春岭大队的"好管家""好参谋"。后来，他自己因为开会多，下地少，渐渐学得不愿多下地干活儿了，却想多记工分。有一次，他到公社去开会，会开了半天，他又在洪水镇转悠了半天，晚上回来，却在小队里报了一个整天的开会工。韩七锁摸底细，等小队报来工分，看到常有有名下这一笔时，觉得不合理，他坚决不允许干部带头取巧，毫不犹豫地给常有有去掉五分工，还主动告说了常有有。类似这样的工分，韩七锁卡过常有有两三次，于是，常有有对韩七锁也有了意见。另一方面，常有有过去对韩扁瓜很不感兴趣，常常骂他是个二流子。这二年却变了，每每夸他是长春岭大队的“有功之臣”。再加最近一年来吃过他不少的点心、饼干，吃得他嘴也甜了，心也甜了，跟小舅子的感情也发生变化了，蜂蜜和油似的好起来。这时忽然听说有人说小舅子的坏话，伤了他的一门好亲戚的感情，胸中立刻点起一把无名大火，忘了他是个病人，猛地坐起来，明知故问道：“这是谁说的？”

“咱们的好会计嘛！”

“他还说了些什么？”

韩扁瓜立刻加油添醋汇报一遍，几乎没把常有有气死。他大发雷霆地说：“造反呀！他有什么权力敢给人乱扣帽子？我今天非问他个青红皂白不可！”说着，“呼”地滚身跳下炕，穿了鞋，连鞋后跟也来不及提好，就气冲冲地要走。豆豆娘怕他出去迎了风，加重病，拼命地喊着喊着，也没有喊叫回来。她厉声埋怨韩扁瓜道：“你疯了！不分什么时候来给我造这些麻烦——什么要紧事儿！”

韩扁瓜从小怕姐姐，瞪着眼不会说话了。

4. 拆台

再说常豆豆在窗前偷听，听她爹说要找韩七锁去，早已抢先跑走了。来到庙里大队办公室，一看见韩七锁就打连珠炮似的说：“我舅舅头里到我家跟我爹说你考察了他一番，说他有问题，训了他一顿。我爹说你没权力乱给人扣帽子，要问你个青红皂白。我爹本来伤风重了，躺着连饭也不想吃。我舅舅带着二斤挂面来了，说了几句话，我爹也没病了，就要到庙上找你来了。我先跑来告你说，你准备准备吧。”

韩七锁听罢，想到常有有这二年变得喜欢听人的奉承话，变得工作有些漂浮起来，变得只认人不认事，往往连个好歹人也不分了，心中也有点窝火，想道：有有是大队的主要领导干部，有有要变了，长春岭大队的生产工作今后就不好搞了。他说：“豆豆，按说我不应该当着你的面说这些话，不过说说也不妨。我说呀，你爹这个人可是越来越变得不值钱了。一九四九年土改运动时候，哑巴蚊为了收买你爹，他拿了一个金戒指、五十元现洋送给你爹，你爹连看也不看；如今呢？看见二斤挂面，馋涎就拖到脚面上了。他就不想一想，他吃了二斤挂面，嘴上香了一香，可是别人发了多大的财！有人正拿着‘回马枪’挖咱们集体化的根基石，他就不管了。”

常豆豆听了这句话，感觉对她是很大的教育，心里很替她爹着急，说：“老会计，你跟我爹都是土改时候的老干部，你们又是一齐入党的老同志，看见他走了斜路，就该拉他一把呀。”

韩七锁开玩笑道：“你爹是大队长，我是个小小会计，人家不听咱的话！”

“不对！全队几百口人，谁不尊敬你？谁不听你的话？……”

“这几天不是有人反映我把经济关把得太紧，背地里给我小鞋穿吗？”

“那是个别落后群众，不能代表大家的意见。”

话音未落，常有有已经走了进来。韩七锁头也没抬，他一边记账，一边不指名地说道：“我正准备去找你，你倒来了。

——你不是伤风重了？怎么不在家里多躺一会儿，喝点辣汤，发点汗，有什么要紧事，发着高烧就跑出来了。——你既然来了，不把问题搞清楚你不肯走。你说吧，是你先说呀？还是我先说？”

常有有一看豆豆在这里，知道她是报信儿来的，心里只恨自己的女儿不成才。等韩七锁说罢，他既不问情况，也不直接跟韩七锁说什么，只是一个人在地上冲冲地往返走着，独自个儿没头没脑地嚷道：“……现在我就搞不清楚长春岭大队到底是谁负责！我也不知道这个大队长还算个干部不算了！——你们想训谁就训谁，想给谁戴个什么帽子就戴个什么帽子！放着正事不管，尽管些无关紧要的淡事！故意制造纠纷，故意挑拨是非。长春岭生产大队就要让你一个人挑垮哪！”他本来计划着着实实批评韩七锁一顿，打下韩七锁挑剔韩扁瓜的火焰。事先也准备好一大套理由要说，等到把话说完了，好像觉得自己并没有打下韩七锁的威风。除过一些空空洞洞的词句，更没有什么比较着实的东西。只好做出一种绝不饶人的样子在地上乱走动。

韩七锁一直趴在桌子上翻账本过账，等他说完了，这才把手里的笔放下，也不发脾气，不慌不忙地说：“你说完了？——你说完了咱也说几句。你说我只会给人乱戴帽子，我要说我是个戴帽子的，你是个帽子工厂！你说不知道长春岭大队的事到底是谁负责，我可清楚，今天告你说：对集体不利的事人人有责！不要说我是个干部，就是个社员，也一样要给扁瓜提意见……”

常有有将身一转，伸臂指着韩七锁问道：“有本事你指出一条来！”

正说着，支书老侯来了。看见他们两个犯了争吵，在当地里站下来问道："好端端的吵什么?"

常有有说："叫咱们的好会计说吧!"只一纵，纵在放电话机那张桌子上坐下来，把脸扭在墙边，不言语了。

韩七锁说："你叫我说我就说，你不叫我说我也要说。"便把他跟韩扁瓜说了些什么，常有有怎样来替韩扁瓜出气的过程说了一遍，最后说："有有今天要不来找我，我有个意见还准备等几天再提，他今天既然把这个问题端到桌面上来，我可要'打开窗户说亮话'，咱们大队的大车应该停止到外边搞运输去!……"

常有有听了这一句话，气愤得很，打桌上跳下来，冲着七锁质问："这事该不着你管!——你这个会计的权力实在大，你把队长的事都管了，叫我这个队长管什么?!"

老侯说："七锁有权力提意见，我也完全赞成这个意见。七锁，你的话还没说完，往下说吧。"

原来，近半年来，韩七锁看到大车副业生产很不景气，有时候只够本，有时候赚回来的钱，连韩扁瓜的劳动日应得的钱和牲口饲料钱还不够，感到是个问题。为着这件事日夜焦虑，想过各种各样的办法。他觉着长此下去有很多害处：一是三匹大牲口专门搞副业，赚不上一个钱，也不能参加农业生产，是个很大的浪费；二是虽然还没抓到把柄，也可肯定韩扁瓜是常常在外边利用集体的大车搞私人买卖的，这样时间长了，对长春岭大队的影响不好；三是韩扁瓜搞私人买卖，搞得多了，就会大大滋长他挖社会主义墙脚的做法，对他个人对集体都没好处；四是我们是走社会主义道路的，韩扁瓜却擅自把集体生产工具变成了个人私有财产；五是大队长跟他是亲戚，为着这个问题会造成干部不团结。他想得很细很多：再换一个人赶车吧，韩扁瓜在常有有面前说说话，常有有护着他，一定通不过，停止搞运输吧，一来常有有不会同意，二来三匹大牲口干什么？长春岭农业上的牲口已经足够用了。为着这件事，他跟老侯私下里研究过好几次；为着这件事，他有好几个夜晚没有睡着觉。有时候他想：算了，何必管得这么宽呢？再说这是一件关系到大队长的事，不是容易解决问题的。转念一想：这么大的事我为什么不管呢？自己不只是个会计，也是一个共产党员呀！可是怎样解决呢？一直没有想出个办法来。不料今天晚上他跟常有有吵了几句，心中一急，急出了办法来。便说："现在赶大车跑运输，不只不赚钱，有时还得赔老本，我的意见坚决停止不搞了，把那两头骡子一匹马拉回来，咱们开油坊。开油坊是有百利无一害的好事，群众能多吃油，油饼又是上等好肥料，对提高产量、对改善群众生活都有好处……"

不等韩七锁说完，常有有就又发作起他的牛脾气来了。他根本没想七锁这种主意是好是歹，只想七锁竟敢公开当着自己的面拆他小舅子的台，不让扁瓜赶大车，觉得这比在他身上割一块肉还疼。他气急败坏地嚷道："火流星在你手里拿着，还不是由你随便要啦！一九五八年出主意买大车的是你七锁，如今要甩掉大车的也是你七锁；说赶大车好得很的是你七锁，说坏得很的也是你七锁，什么事也得听你说！我今天就要你这个会计必须听我这个大队长的！"

韩七锁说："你说得有理，我听；说得没理，我也敢提个意见。"

老侯见常有有怒气冲冲地闹得不像样，说："先别发火，你平心静气想一想，咱们好好讨论讨论行不行？——反正我是完全同意七锁的意见。无论什么工作，都必须随着形势的发展而变化。过去是跑运输有好处，按现在的情况说就是开油坊有好处。你不同意，把你的具体理由端出来。”

常豆豆半天插不上嘴。她为了督促她爹改变自己的思想，也说：“我同意老侯叔跟老会计的意见，就是不能让我舅舅再赶大车了。再要让他赶几年，他就变成个大资本家了。”

常有有见女儿也帮着支书、会计反对自己，又冲着常豆豆嚷：“放屁！我们干部研究工作，你也来这里胡说，你算得葱，算得姜？”

常豆豆理直气壮地说：“我是个记工员！”

老侯说：“豆豆说的话你应该好好想一想。”

“我不会想，还不到老子听她的话的时候哩！——反正我这个大队长是鞋壳里的土——没用处，随你们的便吧！”说着，夺门而出。他认为自己走了，估量他们不能不通过大队长，随便把大车停下来。

几个人争吵一顿，毫无结果。老侯建议叫常有有回头认真把这个问题考虑一下，说是改日还要专门研究这件事，这样就把这件事暂且放下了。

过了一日，老侯接到县委通知，要到城里开七天会。临走时，他找常有有研究了最近的工作，嘱咐他不要放松三秋准备工作。又找韩七锁研究了一下韩扁瓜的问题，说是等他回来以后再说。韩七锁想到他要进城开会，提意见叫他到城里百货公司、陵丰木厂、丝织工厂等单位了解一下韩扁瓜送货的情况，老侯说他也有这个想法，准备抽工夫做些调查工作。

5.“回马枪”面前不低头

哑巴蚊韩洛明听说韩七锁提出来要停止大车跑运输，认为是一件极为重大的事件。他把过去韩七锁夺了他的会计，跟今天又要夺他的不下本钱的好买卖两件事连起来一想，简直把韩七锁恨透了，想道：过去的会计该我干，你夺了。如今我刚刚扒着一个饭碗沿儿，你又想夺我的饭碗，不知我跟你结下了几世的冤仇……正想着，韩扁瓜来了，他也是听说韩七锁提意见要停止大车搞运输，又怕因此引出问题来，心里着了毛，跑了来的。两个人一研究，认为必须找常有有，想办法把韩七锁的会计撤了职，才能保住自己的好买卖。因此，韩扁瓜又找常有有去了。刚走在门口，哑巴蚊又把他叫回来，说："我又想起一宗事来，你见了你姐夫，要把过去七锁抹掉你姐夫工分的事特别提一提，提出这一点来作用更大些。"

韩扁瓜说一声"知道"，忙着走了。见了常有有，提到停止大车运输的事，常有有说："不怕，扁瓜，他们说你有问题，空口无凭，我先不服气。只要我这个大队长能干一天，你也能赶一天大车。"

韩扁瓜又提到韩七锁扣过常有有的工分之事，常有有说："群众对他的意见大得很，他没资格干这个会计了。如今不是前几年，会计成了他七锁的铁饭碗。现在队里睁开眼看见的尽是中学生，找十个八个会计也容易。"他不满意韩七锁把工分把得太紧，也害怕他再提出开油坊的意见。想了一下，认为必须乘老侯进城开会的机会，把韩七锁从会计职位上撤下来。等老侯回来，只说是群众对他有意见，要撤他的职，自己也没办法。可又一想，害怕群众通不过，犹豫起来了。哑巴蚊听到这个消息，想了几天，又想了一个主意，派韩扁瓜告诉了常有有。常有有马上按照哑巴蚊的主意行动，一夜里找了四五个对韩七锁有点意见的社员谈了话。一个是二小队的社员常金保，韩七锁也是二小队社员，在地里他发现常金保锄地质量不高，便给二小队记工员提意见，扣过他一个工；一个是饲养员韩腊锁，因为有一天他在家里忙着垒火台，忘了饮牲口，韩七锁批评过他一次；还有一个是畜牧主任韩长生，他到镇子上去赶了一天会，捎带给畜牧上买了两个笼头，也报了六分工，等小队报进工来，韩七锁也给他抹了；还有一个是保管员侯小迷，因为他没有及时翻晒种子，受过韩七锁的批评。这天傍黑时分，常有有把他们几个人叫到他家里，做了一番简单的动员工作，问他们敢不敢给会计提意见。他们说："有什么不敢提？只要是给会计、支书他们提意见，什么也敢说……"

他们正说在热闹处，常豆豆恰好打地里回来。她在门口听得她爹动员侯小迷他们给韩七锁提意见，心里一怔，想道：莫非我爹要开会斗争老会计？她没有回家，返身跑到大庙上去了。见了韩七锁，上气不接下气地说："老会计，坏了！我爹要开会斗争你哪！"遂把听到她爹跟侯小迷他们说的话一字不漏地背述一遍。韩七锁听了，倒也吃了一惊。又想起他批评侯小迷他们那些事，自己并无错处，立时放下心来，只是对常有有的做法有点生气。他笑着对常豆豆说："不要怕，还不摸你爹那个脾气？'雷声大，雨点小'，涨不了大河！"

常豆豆看见他那个不慌不忙的样子，想了想他刚才的话，也就放心回家去了。回到家里，只见爹还在跟侯小迷他们说话。常有有看见女儿回来，不愿意当着她的面再说斗争韩七锁的事，吩咐侯小迷他们走了。这时，他已经认为有了办法：要在这天晚上，召开一个社员群众大会。

6. 回击

月光照在西屋廊阶时分，社员们已经挤满庙院。到会者最活跃的人物是韩扁瓜。他认为自己跟小队长是同级，也应该做一些干部应做的工作，不能跟一个普通社员一样，坐着等开会，这样才像个干部的样子。于是，他一个人搬了一张小条桌向西屋门口月光下走去，指挥着坐在那里的人们说："大家腾开这块地方，这里要放讲话的桌子。"放好桌子后，忽然想起自己搬桌子失了干部身份，又感到不像个干部样子了。等得常有有站在桌后边开始讲话以后，他又想起来他在县城南门外广场看到过城关公社干部召开的会议，公社主任讲话，还有人给他倒水。因此，他也准备这么去做。为了不失他的"干部"身份，想派一个社员去倒水。叫成年懂事的人去吧，害怕不听话，当场丢脸，便喊一个十分老实的韩贵贵，说："贵贵，你去队部拿暖壶打一壶水去。"

韩贵贵并不以为韩扁瓜是什么"干部"，并且对他不满意，说："你自己不会去！"扛住了。

韩扁瓜见韩贵贵抗差不办，却也无法，他自己又不愿意去干，只好让常有有不喝水。这时，常有有已经讲到韩七锁的问题上，大致列举了韩七锁三条罪状：一是独裁专制，随便扣人的工分；二是作风不民主，随便批评社员；三是反对领导，无组织无纪律等等，听来条条都是原则性的大问题。随后便要大家给韩七锁提意见。韩七锁见他真的开会专门斗争自己，心想：老侯不在家，你一个人应该自作主张这样做吗？听了他的讲话，觉得实在都是无中生有的事，十分气愤，就想马上站起来说几句，在群众当中分明是非。又一想：最近，长春岭多数社员对有有是有意见的，我要一反对，把社员们的话引出来，把斗争我这个会计的会，又变成斗争大队长的会，合适吗？根本不合适。有有虽然有缺点，只是最近二年来思想上有些模糊了，对事分不清是非了，可也只是个思想问题，在领导农业生产上他还是很有成绩的，绝不能在群众大会上伤他的感情，损害他的威信。因此，他不准备说话了，要先听听社员们的意见。

当常有有把韩七锁的问题提出来以后，大多数社员都感到十分惊奇，人们立刻就地成组低声嚷嚷起来。韩扁瓜看到会场秩序不大好，想到自己是个“等于小队长”的干部，有责任维持一下秩序，认为这可不是搬桌、倒水一类失身份的事，正好是表明干部身份的行动，便大声说：“我姐夫正讲话，大家安静一点，不要开小组会。后边还要叫大家专门分小组讨论哩！”后边这句话，以表明他对开会的内容和议程是事先知道的。可是他说过以后，秩序仍然不大好。

常有有的讲话结束了，接着又叫大家给韩七锁提意见。于是，真的有人站起来说话了。畜牧主任韩长生首先说：“我提一点意见：我到镇子上给牲口买笼头，走了一整天，才记了六分工，七锁全给我扣了，这是什么意思？”

保管员侯小迷说：“因为翻晒种子迟了一天，七锁就批评我不负责任——迟一天两天有什么关系？……”

随后，常金保把扣他的工分问题；饲养员韩腊锁把因为忘了给牲口饮水，受过韩七锁的批评问题，都提了出来。韩七锁听了这些意见，觉得应该向大家解释清楚，正要站起来说话，只见常豆豆早已站起来开了口，她说：“我听了大家的意见，很不满意。腊锁叔忘了饮牲口，小迷哥忘了翻晒种子，长生叔赶集办私事记工分，金保哥干活质量不高扣工分，我认为七锁哥批评他们，扣他们的工分，完全是正确的。你们自己不作检讨，还给别人提意见……”

常有有见他的女儿跟自己唱了对台戏，嚷道：“什么时候也有你说的，可不怕当哑巴卖了你！……”这时节，会场秩序突然变得大乱起来。多数人都同意常豆豆的意见，说侯小迷他们的话根本没道理……嚷嚷个没完。常有有看情况不妙，觉得应该提前解决实际问题，便说：“根据大家的意见，七锁这个会计确实太不像话了。为了今后把工作搞好，我代表大队管理委员会答复大家的要求，今天就把会计改选一下……”

韩七锁听说要改选会计，立刻站起来说道：“改选会计，我完全同意，可是要把问题搞清楚。如果说是因为我作风坏，不民主，我不同意；如果说是因为我能力小，把财务关还没把好，计划生产还有缺点，我完全同意……”

常豆豆又站起来说：“现在改选会计完全没道理，这是我爹上了我舅舅的当……”

常有有不让豆豆往下说，立刻打断了女儿的话。可是他无法阻止大家的吵吵声。社员们听说要改选会计，比什么都着急，你一言，我一语，都表示一万个不同意。头里饲养员韩腊锁、保管员侯小迷给韩七锁提意见，不过是因为受过韩七锁一点小批评，趁机会发泄一点儿不满情绪，现在一听说要改选会计，他们几个人也通不过了，马上把矛头一转，又为韩七锁辩护起来。韩腊锁说：“我头里说错了，咱只顾办私人事情，忘了饮牲口，不应该受批评吗？这是碰上人家七锁了，要碰上一个不关心集体的人，想挨批评还挨不上哩。”

常金保说：“咱干活儿质量不高，就应该扣点工分嘛。要是换掉七锁这个会计，打死我，我也不同意！”

随着他们两个的发言，群众纷纷提意见了，人人都表示不愿意改选会计。常有有眼见事不遂心，暗暗找了韩扁瓜来到庙门外，准备研究新的办法。才说得两句话，听得有人走动，回头看时，却是老侯打城里回来，不禁大吃一惊。老侯说：“我回家去了，锁着个门，估计是队里开会——是不是开会呢？”

常有有结结巴巴地说：“是，你不是明天才回来？”

“提前半天散了会，因为队里正忙着锄苗，我赶早回来了。今天晚上开的什么会？”

常有有实在不愿说实话，估计不说不行，只好说是社员们对七锁不满意，大家要求开个会给他提提意见。这么一说，老侯明白了开会是斗争韩七锁，心里埋怨常有有做事太不慎重。因见韩扁瓜也在这里，便叫他回会场去，这才对常有有说：“你不要借口是群众的要求，知道你是吃了扁瓜几斤点心，就把你的心点烂了，点得你晕头转了向，连你这个大队长该向什么人做斗争，也搞不清楚了。今天告诉你一件事：我在城里开会，抽空儿做了些调查，事实证明韩扁瓜赶着队里的大车，做了很多私人买卖，人证物证都在我的手里。走，社员们都在，正是个好机会，我们应该当众宣布一下韩扁瓜在外边做的勾当。”

常有有听了这一席话，立刻傻了眼，只好不声不响地跟着老侯来到会场，有气无力地说：“老侯回来了，他先说几句话。”

社员们听说老侯回来了，立时活跃起来。老侯叫大家安静下来，开门见山地把韩扁瓜在县城附近搞私人运输，做私人买卖的事实说了一遍，并且说只是在最近半年里，只是在陵丰木厂、联合丝厂等几个单位的调查，扁瓜就做过四百多元钱的私人买卖。他向韩七锁道：“七锁，扁瓜交过陵丰木厂拉机器的条据没有?”

韩七锁听了老侯的话，立时兴奋起来。他说：“扁瓜根本没有交过给陵丰木厂、联合丝厂拉货的条据!”

社员们听到这里，再也忍不住了，纷纷给扁瓜提了许多意见，然后叫扁瓜坦白交代。可是这时候韩扁瓜，连站也不敢站起来，连话也不会说了。他的女人见众人七嘴八舌地给扁瓜提意见，她想到赚了钱是扁瓜、洛明两个人伙花，大家提意见却只给扁瓜一个人提，哑巴蚊却躲在一旁逍遥自在地做没事人，忍不住“呼”地站起来嚷道：“大家说话也公道些吧！扁瓜赚了几个钱，是跟他叔叔二一添作五平分的，大家提意见为什么只给扁瓜一个人提?”

众人早就怀疑韩洛明入着韩扁瓜的股。听了李小果的话，这才肯定了，矛头一转，又给哑巴蚊韩洛明提起意见来。

真相大白了。常有有只觉得头大，心口疼得很。定一定神，站起来，伸手在自己脸上打了一巴掌，发狠说道：“我算是晕头转了向啦!”他觉得自己对不起韩七锁，匆匆走在韩七锁身边，哽咽地说：“七锁同志，我今天还要说，你是咱们长春岭大队的好管家、好参谋。”

韩七锁说：“不要表扬我了，只要你不要搬起石头砸自己的脚面就好了。”又低声对常有有说：“你不趁早在社员们面前做个自我检讨，还等什么时候呢?”

常有有感到韩七锁这句话说得十分亲切，他说：“你说得对，我马上就检讨。”说罢，转过身来，向社员们那边走去。

豆

1. 不准点豆

谷雨时节，漫山遍野，桃杏花红，布谷鸟飞来飞去，高声歌唱，山村里正是春播下种的大忙季节。

张家沟大队第三生产队的社员们，今天上午在桃花坪点种玉米。他们一边干活儿，一边说说笑笑，十分欢快。这是因为一来今年春天有雨，不愁种子不发芽；二来公社副书记余自正到现在还没有到张家沟来，这本身就是一件好事，怎么能不高兴呢？

第三生产队有两个最活跃的社员：一个是男社员张三狗，一个是女社员李四凤。别看他们两个都是三十几岁的人了，那股打打闹闹，说说笑笑的欢快劲儿，倒比二十来岁的小伙子、大姑娘还来劲儿。张三狗分工往玉米窝里抓羊圈粪，瞅空儿，他就迈着大步量量株距，学着公社领导干部的架势，一本正经地对大伙说："同志，这不行，密植程度太差，哎！老百姓呀老百姓，一个问题讲了多少年，就是不相信……”

大伙听了，便“哈哈”大笑一通。

李四凤分工埋玉米窝儿。可是她不时地跑到前边来看看新刨窝里点的种子，也学着公社领导干部的架势，拿着高人一等的样子，说：“同志，怎么又在玉米地里间作豆子啦，你们好好算算这笔账，如果不种这些乱七八糟的东西，把玉米长得好好的，每亩多产一百多斤玉米，那成绩多显眼，种那几颗豆，离纲偏线，图个啥呀？”

党支部书记王知田也在这个生产队劳动，他说：“你们少出洋相，好好干活儿吧。”

李四凤说：“什么洋相？！等余书记来了，准是这一套，不信……”

正说着，只听张三狗“嘘”了一声，人们抬头看时，没想到公社党委副书记余自正偏偏就在此时桃花坪地边。于是专会巧妙地应付上级领导的支部书记王知田自自然然咳嗽一声，那个刨窝的李老汉开始把株距缩短了，那个点豆种的姑娘连忙把豆种篮儿放在地边，用王知田脱在那里的一件蓝布褂儿盖住，专点玉米种儿了。公社党委副书记余自正自恃最了解老百姓的特点，远远看到社员们的这些行动，暗暗笑道：“这些老百姓做事笨极了，你们瞒哄别人，可以；你们想瞒哄我余自正，嘿！办不到！”他挎着个小挎包不慌不忙地来到地里，笑呵呵地跟王知田和社员们打过招呼，自个儿还亲自动手，弯下腰来，慢慢地十分认真地用软尺子量着点种玉米的株距。随后又慢慢地站起来仔细地看看软尺，这才跟支书王知田说：“老王，你看，株距有问题呀！”

王知田早已走来看清了他所量的株距，笑道：“我看差不多，按公社的密植规定，株与株之间还差不到半寸，这是正常现象，不可能分厘无差呀！”

余自正认真地说：“不，差得多哩！一株差半寸，十株差五寸，一百株差五尺，一千株差五十尺，两千株就是一百尺。老王，你仔细算算这笔账，一亩地浪费一百尺土地，一百亩该是多少？唉！老百姓就是不会算账！”王知田听了这一段话，却认为不过是等于说笑话，种地搞生产哪能这样算账？刨玉米窝窝有时远一寸，有时近一寸，远远近近的拉过来也就差不多了。不过他认为余自正这个人做工作虽然总是用说服的办法，但是不论他说的是否正确，也总是只允许他说服别人，绝不允许别人反过来说服他。由于这个原因，王知田只好想着法儿应付他，他向刨窝窝的社员喊道：“老张，听见了没有，株距有问题，再密点儿……”

余自正看看干部、社员一说就服，认为自己领导有方，心下十分舒畅。于是，他不慌不忙地一窝一窝刨窝里点的种子，仔仔细细地扒拉了半天，找到了两颗大豆，像侦察队员发现了苗头似的，他抬头喊道：“老王，你来你来。”

李四凤知道他发现了什么问题，忙笑道：“余书记，怎么啦?”她跑过来看看，忙说：“是两颗大豆呀，这是我衣服口袋里有几颗豆，掏手绢时不小心带出，跌进窝里……”

余自正抬头看看李四凤，笑道：“这么巧?！你身上有两颗豆，偏偏跌在这个窝里，……”

李四凤笑道：“巧就巧在这两个偏偏上边……”

余自正走在地上，把王知田脱在那里的一件褂子掂起来一看，只见衣服下边并排放着两个竹篮儿——一个篮里是大豆，一个篮里是红豆。这下子，他抓住了王知田违反公社党委种植计划的行为，但他十分镇静，就像不久前吞下过两颗安定片似的。他自恃自个儿是做说服动员工作的能手，他把那两个竹篮儿掂起来，冲着王知田笑道："老王呀老王，看你们办这事，真是不够朋友呵……"

李四凤忙解释道："余书记，你可不要错怪人了，老支书大会动员，小会讲，不让在大秋作物地里间作杂粮，这都怨我们老百姓百人百性，不容易说服，错误全在我们身上……"

张三狗也一本正经地说："都怨我们老百姓站得不高，总怕明年吃豆包没红豆，过年过节没豆芽，背着老支书，偷点了几窝豆子，怨不着支书。"

支书王知田知道老余的脾气，为了少浪费点时间，他随口应道："余书记，社员们想替我承担责任，其实错误全在我的身上，我一定照你的话办……"

余自正说："好，想通了就好。不过，你们呢可不准表面一套，背地里又是一套……"

王知田一本正经地说："认识了，认识了，你这么一算账，讲得很明白，别说是人，就是个木头疙瘩也会裂开条缝的。"

张三狗在一边说："你想通了，我还不通哩。豆类的根茬小，间作在玉米地里，并不妨碍玉米的生长。社员们都同意间作，就你们干部不同意，还讲不讲民主啦？"

李四凤也说："照这样干法儿，大豆、红豆都该绝种了！……"

王知田暗地里给张三狗、李四凤他们使了个眼色，说："余书记讲了这么多，难道你们还没有想通吗？"

张三狗、李四凤领会了王知田的意思，这才一起说他们有点想通了。王知田便跟余自正说："他们已经想通了，就这么办吧……"

余自正这时心里很高兴。想到自己每到一处都能把群众说服，自以为是自己的工作能力强、办法多，沾沾自喜。他想到其他生产队也会存在这样的问题，便提出来要到别的生产队的地里去看看，王知田便陪伴他去了。临走时，他又给张三狗他们使了个眼色，意思是说：你们该怎么办，还怎么办就是了。

2. 查篮

余自正同王知田又转了两个生产队，都存在间作豆类的问题，自然都是他把老百姓说服了。但是他想到每年春天都决定不让各大队间作豆类，认为这是妨碍全公社的粮食达《纲要》、过"黄河"的大敌，谁知到了秋天，各村各队都会产相当数量的豆类，事实说明各村各队都存在明一套、暗一套，欺骗上级的问题。今天，他害怕再次受了张家沟干部、社员的骗，决心下午再检查一遍。这天午饭后，他本来想休息一个小时，但是他躺在床上怎么也不能入睡。心想：要想发现问题，必须"出其不意，攻其无备"才行。于是，他滚身起来，趁社员们都还在各自屋里午休之际，他独自偷偷走在村口，坐在村口那棵大槐树背后，静悄悄地一根接一根地抽着香烟。过了一会儿，等得社员们起晌上工。当第三生产队的社员们有的担着圈肥，有的扛着锄，有的提着种子篮儿走近大槐树时，余自正突然打树身后转过来，见又是张三狗、李四凤他们，并且看到他们提着三个种子篮儿，以为事实完全证实了自己的估计正确。不过，他认为对待老百姓不能发脾气，对于生产，不能用行政命令的办法，因而还是态度和蔼地对社员们说："社员同志们，你们早呀!”

李四凤笑道：“还没有余书记你早哩。”

余自正笑道：“一样一样。”又故作惊奇地问道：“啊！你们提三个篮子做什么?”

李四凤笑道：“篮儿小，一个篮子拿不够种子……”

余自正笑道：“不是那么回事吧?!”一边说着，一边就去查看那三个篮儿，他们真的仍然拿着玉米、红豆、大豆三样种子往地里走。但是他还是心平气和地说：“哎！上午在地里我已经把间作豆类的害处说了几遍，你们怎么还是这么干？这怎么能保证大秋作物过‘黄河’呢？……”

说到这里，只见支书王知田也走过来。他看到余自正又发现了社员们提豆种篮儿上地之事，便向张三狗、李四凤他们发了一顿脾气，说：“你们是怎么搞的？余书记再三动员玉米地里不要间作豆类，你们为什么这样不听话？立即给我把豆种篮儿送回去！……”

余自正见王知田动了怒，忙说：“老王，对于老百姓，发脾气是不对的。应该把道理给大伙讲清楚。首先应该明白间作对亩产过‘黄河’的害处，如果每亩少产一百斤，那么……”

王知田听说还是讲的这些，他害怕耽搁下种时间，又给张三狗他们使了个眼色，说：“余书记说的完全正确，立即把豆种篮儿送回去，不要再点种这些乱七八糟的东西了……”

张三狗会意，真的把大豆和红豆种子两个篮儿送回去了。余自正又给他们讲了一番大道理，才放他们过去。

3. 拔豆苗

下种以后，余自正在公社不知道忙什么，一搁数月没到张家沟来过。等玉米长得老高已经吐穗时，他又到张家沟来了。当时，他打桃花坪走过，看到庄稼长得那么茁壮，心里十分高兴，心里说：我看张家沟今年过“黄河”是没问题的。他们的庄稼长得这么好，上圈粪多当然是主要的一个方面，但这与不搞豆类间作也有很大关系。老百姓呀老百姓，等今年秋天多打了粮食，你们就会相信我老余的话的正确性了。正想着，突然打地里走出一个妇女来，正是李四凤。奇怪的是她还提着一个大马头篮儿，盛了满满一篮子豆角。心里说：他们没有点红豆，怎么打玉米地里提出一篮子豆角呀？忙问：“四凤，你那篮子里是什么？”

李四凤知道躲也躲不及，掩也掩不住的，干脆笑道：“余书记，你长了这么大就没吃过个豆角？”

余自正笑道：“不是这个意思。我是说你们玉米地里没点红豆，怎么……”他一边说，一边朝地里看时，这才发现地里不仅有红豆苗，并且还有大豆苗。这一次可真使他有点生气，朝李四凤说：“老百姓呀老百姓，对你们真是没办法。你们就是不会算账……”

李四凤笑道：“可是余书记你看，咱们的玉米长得不照样是很好吗？”

余自正说：“老王在不在？那好，中午见了他再说吧。”

等到中午，余自正见了王知田，说了他发现玉米地里有豆苗的问题，批评王知田不该欺骗公社领导。王知田说：“我也是受了社员们的欺骗。余书记，这样吧，今年已经做错了，没办法了，只好明年……”

余自正毫不含糊地说：“到了今天也不晚。如果早些把地里的豆苗处理掉，大秋作物还有一个多月的长期，对大秋作物仍然有好处，这个决心一定要下。”

王知田明白余自正说到哪里就一定要办到哪里，再说多少也没用，只好说：“这样吧，我马上去找各队队长谈谈，把利害关系讲清楚，该拔的豆苗，一定拔掉。”他想到如果余自正在这里住的时间长，麻烦会更大些。便问他：“余书记，这次来你能多住几天吗？”

余自正说：“不，下去就要走，明天我们还要开会。”

王知田心想：这就好对付。于是，趁吃饭时间，他找各队生产队队长谈了一下，各派一个社员把大路边地里的豆苗拔掉一些，又故意把拔起来的豆苗扔在大路上。当余自正下午回公社路过桃花坪时，在路上真的看到了几棵拔掉的豆苗，心里很高兴，自语道：“只有这样，今年的增产才有保证。”可是又一想：这才几棵豆苗呀，他们是不是又在欺骗领导啊？于是，他走进一块玉米地里看看，没有拔掉的豆苗还很多，心里说：难呐！这些老百姓真难对付……

4. 买豆

张家沟今年的农业生产不坏，总算过了“黄河”，余自正心里很高兴，常跟人们说：“要不是我决心大，想尽办法说服了张家沟的干部、社员，真正做到了大秋作物地里不间作豆类，绝不会有这样的好收成。”

……

春节前，余自正总算抽出一天时间挎着个小挎包到张家沟来了。午饭后，王知田在大队办公室向余自正汇报了冬季生产的情况以后，问余自正还有什么指示，余自正说：“很好很好，没意见。不过，还有一件私事想请你们帮帮忙……”

王知田笑道：“什么事，尽管说吧，只要是我能办到的，我一定尽力办到。”

余自正吞吞吐吐地说：“你看春节快到了，我们家里人过春节都爱吃个豆包，可是，可是还没有……再说想生点豆芽，还……”

王知田听他吞吞吐吐，欲言又止，便说：“余书记是说过春节想吃豆包没红豆，想吃豆芽没黄豆，是吧？这好办……”

王知田的话还没有说完，猛不防李四凤走了进来。原来今天中午余自正的饭正好派在她家。在她家吃饭时露了口风，她知道余自正今天又要在张家沟买黄豆和红豆，故意笑道：“这不好办吧？今年咱们张家一没有种黄豆，二没有种红豆，余书记又不是不知道……”

王知田见她说话不大中听，忙着瞅了她一眼：“算了算了，你不要多嘴多舌的好不好？”

余自正也笑道：“四凤同志，你还想瞒我？不行，我又不是三岁孩子，你瞒不了我……“

李四凤故作惊奇地说道：“不是我们要骗你，是——好！就算骗不了余书记，可是余书记，你怎么也这么不会算账，为什么过春节偏要吃这些豆芽、豆包什么的，有钱多买点猪肉、鸡蛋不更好吗？”

余自正笑道：“各是各的味儿嘛……”

王知田连忙阻止李四凤道：“四凤，不要再说了。——余书记，你说吧，看你需要多少斤大豆，多少斤红豆，这好办，保证满足你的要求。”

余自正说：“各样有一点就行，这样吧，大豆、红豆，每样给我买二十斤，看行不行？”

王知田满口应道："行，才要这么点儿，没问题。你先休息吧，我让老保管给你称去。不过，你得露个底儿，明年仍然不让间作豆类么？"

"这个……唉，上级通不过，我也有我的难处呵！"余自正喃喃地说。

秋收时节

秋收时节，井沟公社抽调各部门的职工分头下乡，抓三秋工作，落实分配政策。新调来的公社主任杨正明带领两名职工——供销社的老刘和硫磺厂的老范到南河大队来了。

南河大队的党支书严小理和大队主任江四儿听说公社的三秋工作组来了，认为老刘、老范都是老熟人，没有什么，想到杨正明是新来乍到，慢待了不好，连忙跑到大队办公室来迎接。见面握手，寒暄问好，倒水递烟，自然比对待熟悉的领导干部加了一层热情。

说话之间，严小理用草帽托了许多苹果、大梨来，请杨、刘、范三人吃。刘、范二人在杨正明主任面前自然是不敢贸然动手的，他们想等杨先动手。不想杨正明先看了一眼那些吃食，严肃、认真地问道："你们的苹果、大梨就没个斤秤？"

严小理懂了他的话意，忙说："当然有，不过，咱们这里产这些东西，有人来了，总不能不让人家尝尝新。"

杨正明斩钉截铁地说："不好！这个风气不好！纯属不正

之风！我们都学了准则，凡属不正之风，一定要刹住，否则，张三来了也尝新，李四来了也……”

老刘、老范二人见杨主任这个态度，并不十分赞同，但也只好言不由衷地说：“是呀，是呀！要刹就要认真地刹！”

严小理、江四儿二人听了这一番言语，都很受感动。严小理心想：各单位的干部、工人如果都像杨主任一样，那就什么事情也好办了。

江四儿心里说：好主任！好主任！我就赞成杨主任这样的干部！

但是他们认为吃一两个也是应该的。两个人便异口同声地说：“吃几个怕什么，尝尝新嘛。吃吧，吃两个吧。”

杨正明坚持不吃，说：“我应该带头刹不正之风，下了乡绝对不能乱吃乱拿。要吃也可以，过过秤，照价付款。”

严、江二人都说尝新不必过秤，杨正明坚持一定要过。严小理连忙跑着到供销社拿来一杆秤，把那些苹果、大梨高高一称，说：“共是六斤。请吃吧。”

杨正明忙制止道：“不行，我们做事不能这样马马虎虎的。”一定坚持要把秤称平。

严小理只好再称一次，说是七斤，这才作罢。

严、江两个大队干部见杨正明做事如此认真，作风这么正派，真是感动得五体投地。两个人几次暗暗地交换眼色、竖起大拇指，表示赞扬，表示高兴，表示满意。

杨正明又问：“你们大队每年可以产多少梨？”

支书严小理忙汇报道：“中常年可产万斤左右，丰收年可产一万五至一万八千斤。”

杨正明听了很高兴，一边大口大口吃着味甜水大的梨，一边伸着大拇指，咬着不太清楚的字说：“好！你们南河大队搞得好。才六十几户人家一个大队嘛，就梨儿一项也可以收入两三千元钱。”

公社供销社的老刘也敲边鼓说：“了不起，真了不起！”

硫磺厂的老范见老刘开了腔，害怕公社主任说自己不会说话，也开了口：“就是了不起！”

大队支书严小理却连摇几下头，似乎有些愤愤不满地说：“哪能收入那么多！说老实话，连一千元也上不了。”

杨正明有点莫名其妙地看看他，奇怪地问：“那是为什么？销路应该很好嘛！”

“销路倒是没问题，可是，可是……”

“怎么？都分给社员吃了？”

“社员？社员们每年每人只分一斤，还要算钱。二百六十名社员也不过才需要二百六十斤。”

“那为什么就卖不成钱呢？怪呀?!”

严小理先看看杨正明主任，只见他吃着梨儿，坦然自如，像个办事的公社领导干部，便壮壮胆子，说：“说就说说吧，这些话我们早就想说，就是没个说处。不过如果我们说得不对，杨主任也不要见怪。”

杨正明忙说：“见什么怪？说错了也没关系嘛。说吧。”

“好，说就说。唉——”严小理先叹了一口气，然后才说，“这些话真叫人没法说。我们队每年虽然能产万余斤梨儿，社员也不多分，就是撒抛太大……”

杨正明插话道：“怎么就撒抛了？有人偷了？”

严小理摇摇头说：“哪里是偷了，都是咱白送给人了，每年送人就需要三五千斤……”

杨正明听得这话，先吃了一惊。责问道："你们小小一个大队，送人就送那么多，受得了吗？真是岂有此理！你们为什么这样傻?!"

江四儿插话道："杨主任，没办法呀!"

杨正明说："什么没办法，梨是你们的，还不是由你们的便嘛?"

支书严小理说："杨主任，不行啊。公社里单位那么多，每来一个人少说也是十斤、二十斤，往大提包里一装，往自行车衣架上一放，就带走了。"

杨正明听到这里，十分生气，忽然拍案而起，瞪大眼嚷道："真是岂有此理！……可是他们不拿钱，你们就允许吗?"

严小理无可奈何地说："不允许也不行呀！杨主任，你想想，公社干部来了，都是顶头上司，咱能开口跟人家要钱吗?"

"他们应该主动算账嘛。"

江四儿说："有时候有些同志也要问问多少钱一斤，咱说个'算了吧'，不过是句谦虚话，人家真的就算了，说句'那就谢谢你们了'，拍拍屁股就走了。"

杨正明听到这里，愤愤不满地说："那跟刮民党又有什么两样，太不像话了。可是公社有多少干部，每年就能刮你们三五千斤……"

严小理见杨正明对此如此不满，说得更胆大了。又说："不只公社干部，还多着哩。还有联合厂、煤场、收猪场、中学、信用社、法庭，多着哩。比如煤场，你收了他的钱也行，可是社员去拉车煤，麻烦就大了。等一天也轮不上你装煤。比如收猪场，你要惹下人家，南河大队的社员去售猪就不容易了，明明是肥猪，他们说一句'不够标准'，就完了。一趟一趟地送猪误工不说，你多喂半年要浪费多少工夫、多少饲料呀……”

杨正明听到这里，按捺不住胸中的怒火，在桌上狠击一掌，吼道：“都成了他妈的土霸王，简直就是欺压人嘛！”

严小理继续说：“再比如信用社，你惹下他，贷个款就不好办。按说法庭的人该讲点理吧。可是你跟他太认真了，村上有个事到了他们那里，有理也会变成没理。不必细说了，反正人家都有理，就是抓泥巴的老百姓没理，哪家也不敢得罪。”

杨正明听得再也忍耐不住了。再一次拍案而起，怒气冲天地叫道：“岂有此理，我们的优良传统，优良作风，全让他们糟践光了，五六十户人家一个大队，哪里禁得住让他们这样糟践，单着一项就要损失千把元，社员们哪里还会有什么生产积极性，一到秋天，你也来了，他也来了，一伙伙，一群群，都提着毛裢、布袋、大提包、小提兜儿来了，这像干什么？简直比旧社会收租的地主还多！简直比刮民党政府的催粮差、收税官还多嘛！简直就是苛捐杂税嘛！……这还了得?！不行！这一股欺人太甚的不正之风一定要刹！坚决要刹！不刹不成体统！不刹不得了！就从今年起，就从今天起，就从我们三个人起。刹！刹！刹！坚决刹住这一股歪风！老刘、老范，你们说，这股不正之风该不该刹呢?”

老刘、老范知道这是“文化大革命”以来存在的一个普遍现象，很难刹，只因跟杨正明还不很熟惯，今天见他对于这种不正之风疾恶如仇和严肃认真的态度，只好附和着说：“该！该刹！”

老范又说：“早就该刹！”

老刘也说：“不刹不得了！”

杨正明又问两个大队干部："你们说呢?"

支书严小理忙说："我们当然早就希望刹，就是刹不住。"

大队主任江四儿说："每年只这一条就叫人没法儿应付，就叫人头疼。再加上还有掂着口袋来买麦子的，掂着油瓶买食油的。哪一个来了，能不给百十斤麦子？有的也出钱，可是比平价还低。那些买食油的，三斤二斤，也没法收人家的钱。你别看三斤二斤不多，可是轮到社员头上，每人每年连一斤油还吃不上哩。"

杨正明举手在半空里一挥，说："凡是不正之风，一律刹!"

严小理、江四儿二人听了这话，十分高兴。两个人又交换了一下眼色。严小理说："杨主任，你今天讲得太好了。如果从今天起真的能刹住这股风，把苹果、大梨、小麦、食油、山药蛋这几项算在一起，每年我们能增加两千元收入，每个社员平均能增加八十元。社员们一定很高兴，明年的生产积极性一定会大大地鼓起来……"

杨正明兴致勃勃地说："那是当然的!"

江四儿又说："可是这股风应该怎么刹？是不是也该定几条?"

杨正明果断地说："有一条就行，不拿钱不得拿东西。要不再加上一条，两毛五一斤，少一分也不行。"

严、江二人听杨正明如此说，不说个实际办法，心里先感到有些儿不落实，不牢靠，可又不敢再往下深追了。随后，他们让杨正明等人先休息一下。杨正明坚持不休息，说："才走了十来里路，又不累，休息什么？咱们先出去看看好不好?"

严小理说声"好"，便跟江四儿带领杨正明三人先到仓库大院看看。因看到有那么多的苹果、大梨、核桃，杨正明自然夸奖了几句，又跟严小理说："怎么没见你们说还有核桃？还想对我保密吗？"

严小理、江四儿先脸红了。严小理忙说："我是想参观时一起说的。"他顺手在核桃堆上抓了一把核桃，说："我们的核桃也很好，全是绵核桃，杨主任你先尝尝。"说着就弯腰在地上砸开一个。

杨正明忙说："不能多砸，每人尝一个就行了，不要到处随便糟蹋老百姓的血汗。"

严、江二人见杨正明事事严肃认真，心里都很高兴，自然没有多砸核桃。

杨正明等三人在南河大队住了七天，今天要走了，严小理、江四儿二人按老规矩问他们走时需要带些什么？杨正明等三人立时临时动议，开了个小会，反复研究讨论，最后决定：每人要买大梨二十斤，苹果二十斤，核桃二十斤，香油二十斤。当老刘把这个数字告诉严、江二人以后，只过了半个小时，便把苹果、大梨、核桃、香油分门别类地送来办公室。杨正明看过这些东西以后，笑道："每人五六十斤重的东西，真是还很够人带哩。"

严小理忙说："队里的拖拉机今天要去镇子上拉煤，把你们一起捎上好啦。"

杨正明笑道："这么巧？那就太好了。"

一时，拖拉机"隆隆"地开过来，停在了大队办公室门口。严、江二人便里里外外忙着搬了那些大梨袋儿、苹果包子送到车上。杨正明他们要走了，忙着跟严、江等人握过手。正要出门，老范连忙提醒他说："杨主任，钱？"

杨正明这才如梦初醒似的跟严小理说："看，看我的脑子多不好，差一点把这件大事给忘了……"

严小理见杨正明一直不提买大梨、苹果钱的事儿，早已看出了几分意思，也就像往常一样说出那句惯了的人情话："算啦算啦，下一次再说吧。"

杨正明严肃认真地说："不行不行，绝不能这样。"他打口袋里掏出一个小钱包儿，从中拿出两元钱来反反正正地看了老大一会，十分难为情地说，"这这，怎么只有两元钱了。这这，还差得远哩。这些……"

严小理虽然看到他手里的钱包是那么饱饱的，也只好说："好啦好啦，下一次再说吧。"

杨正明见刘、范二人总是呆呆地站着，连一点掏腰包的意思也没有，他也不闻不问，只是接住严小理的口气，说："这这，没办法，只好如此了！"语气是这么含糊，连"下一次再说"这么一句话也不肯说。于是，他又把那两元钱塞进钱包里，把钱包装进衣袋里，出了门，往拖拉机马槽里一跳，跳上来，稳稳地坐下了。

拖拉机开动了，严、江二人只管向杨正明摆手，连声说着"再见"，杨正明却只管忙着指示老范、老刘："太晃荡得厉害，你们不要袖手旁观，照料着一些，看把大梨儿碰坏！快！快！看把油瓶碰破……"

他们说着说着，拖拉机早已开出村外，"隆隆"地爬上一道小坡。这时，只听拖拉机马槽里传来一阵热烈的笑声。

老干事

1. “死心眼儿”

地委宣传部有个老干事名叫史新仁。实际上史新仁并不太老，今年刚刚四十四岁嘛。说他老，只是因为他那个干事老。他在这个宣传部当干事已经有了整整二十年的历史了。在这二十年间，宣传部的人事变化也是相当大的。史新仁的同事，有的比他当干事年短，有的比他年轻，可是他们有的提拔成某局的副局长，有的提拔成某县的副书记，只有他二十年未变，还是个老干事。但是史新仁并不计较这些。有人跟他开玩笑，说：“老史，你还在宣传部当那个‘老干事’吗？你的老同事都提拔了，你也该……”

史新仁只说：“同志们的提拔，那是工作的需要，应该嘛。”可是，他的爱人靳银红和他正相反，她看到丈夫的许多同事都提拔了，独有史新仁总是个“老干事”，常常对他发牢骚，说：“就你没出息！同志们局长的局长，书记的书记，都有远走高飞的一天，就是你今年是干事，明年还是干事，年年是干事……”

史新仁不以为然地笑道：“干革命嘛，就要干事，你不干事，难道坐着吃饭不成！”

靳银红发恨道：“屁！我没见过一个干事能一干二十年不变……”

“干革命嘛，变不变一样……”

“一样个甚！人家当了县委书记的有小汽车坐，你能坐？！……”

“坐汽车没有骑自行车随便儿……”

“人家当了局长的，住上了宽宽敞敞、亮亮堂堂的好宿舍，你还是这个窝窝囊囊的破房子……”

“都住好宿舍，旧宿舍谁住？总该有个人住嘛！”

“旧宿舍偏该你史新仁住啦？就你是个‘死心眼儿’死钻‘牛角尖儿’！——人家的孩子插了二年队，就找了工作，你的孩子呢？梅儿插队已经四年了，还在农村，松儿应名儿当了工人，实际上是天天提泥包儿。成天滚一身泥儿，脏死啦！别人家的孩子工作不合适，走个后门儿，能调换调换，偏松儿倒霉，有个钻‘牛角尖儿’的老子，不会走后门，活该他提十辈子泥包儿……”

“提泥包儿也很好嘛，没有提泥包的，哪有好房子住？……”

“你的儿子倒是天天提泥包的，你怎么不住个好房子？……”

为这些事，老两口经常进行大辩论。靳银红总说史新仁是个“死心眼儿”，不会巴结人，不会走后门，特别是他没有参加过派性组织，遇事没个靠头，跟他在一起生活，总觉得太窝囊。为了改变这种局面，靳银红认为“死心眼儿”太老实，指靠不住，处处还需要自己多想办法。于是，她就常常开导他，叫他去买二斤酒到劳动局拜访拜访某局长，叫他去买二斤点心到知青办公室看望看望某主任。谁知这个“牛角尖儿”偏偏不干，他说：“我不会干这种事，这就不是革命干部干的事情嘛！‘文化大革命’前，我根本没有见人玩过这些鬼把戏……”

靳银红发恨说：“你呀你呀，太死心眼啦！你看这会儿谁家找个工作呀，调个工作呀，办个户口呀，买点东西呀，谁家不是掂着酒瓶儿，扛着面袋儿，提着香烟兜儿，挽着苹果篮儿办事的？……”

史新仁向老伴儿连连摆着手说：“算啦算啦！那一套把戏就不是共产党的作风，我看都不想看，就别想叫我去……”

“你再别钻‘牛角尖儿‘啦！情况变了，人也变了，大家都变了，就你一个人不变，十亩地里一棵谷，能打几颗粮食？……”

“看你说的是些什么呀！变！变！变！我是个共产党员，不能跟着他们变成国民党！……”

“去你的吧，这么死心眼儿，难怪你当了二十年多的干事，到今天还是个干事，天生的没出息！没出息透了！不知道你出门见人脸上光彩不光彩，我见了人先觉得你脸上不好看……”

“我没有办过一个钱的丢脸事，有什么好看不好看？”他不愿意跟靳银红唠叨这些，看看手表已经是七点五十分，就找了帽子戴上，掂起小大衣披了要走。‘文化大革命’以来已经六七年了，许多干部丢掉了党的优良作风，做工作迟到早退是家常便饭。史新仁却不然，始终坚持提前五分钟到办公室，不到点不下班，在办公时间也很少跟人们拉闲扯淡，因为他看不惯这一套。靳银红想到关于儿女们的大事还没有说成个长短，他倒又要上办公走，一把拉下来他的小大衣，说："地革委几百名干部，看哪个有你积极？积极抵什么用，到头来不过还是个'老干事'！今天你……"

史新仁见她把自己的小大衣扒掉，他也不在乎，他不愿意听她瞎叨叨。改变主意不穿小大衣，毅然决然径直去了。

靳银红见他连小大衣也不穿，就那么走了，又害怕他伤了风，连忙跑在门口，冲着他的背影喊道："你回来，你给我回来！你走你就走，你也披上小大衣呀！等你伤了风病了，叫谁伺候你哩？我可不伺候你……"

无论靳银红说得多么厉害，史新仁总不回头，她也就没办法了。

靳银红独自儿在家里发了半天牢骚，忽然听得院里乱糟糟地有人说话，连忙扒着窗户朝外边看看，只见是东二排四号老王家的儿子用自行车带着被子卷儿回来，立时气又大了："我的天呀，人家老王的孩子也打乡下插队回来，准是找下工作了——就我们那个'老干事''牛角尖儿'，给梅儿找不下个工作……"她忙着跑到老王家里来，一问之下，才知道老王的孩子明儿个就要到轴承厂去当工人。于是，她又气呼呼地跑回家里来，一边做饭，一边骂史新仁没出息。直到史新仁下班回来，她一不问饥，二不问寒，劈头就嚷："死心眼儿呀死心眼儿，你到东二排四号去看看，人家老王的孩子也回来了，明儿就能到轴承厂去上工。人家的孩子都能回来，都能当工人，就你这个'老干事'没出息，我的梅儿只好在下边插一辈子的队啦！谁叫她老子是个‘牛角尖儿’，是个老没出息，是个……”

靳银红说了这么一大堆，她想着总会逼出丈夫一句顺心话来，没想到史新仁却说：“我不信全地区就剩下梅儿一个插队的了。”说罢，像没事人一样吃过饭躺在床上休息了。靳银红急了，不让他休息，一把把他拉起来，还是叨叨个没完。史新仁总认为走后门给儿女找工作不是一个共产党员办的事，总不答复靳银红的要求。他耐着性儿听着她的叨叨，直到下午一点五十分，他又上办公走了。但是靳银红并不死心，这一次下定决心要把他说服，并且做了一些准备工作。下午，她到街上买回来二斤点心，两瓶酒。等得史新仁晚上下办公回来，又只管叨叨起来。史新仁嫌她一天到晚叨叨这件事，实在讨厌，他只好准备应付一下差事也去走一趟，免得靳银红整天整日叨叨个没完。因此，他答应今天晚上去找找劳动局局长老许。靳银红听得这话，高兴极了，说：“罢罢罢，我的活祖宗，总算打牛角尖里钻出来了。”

吃过晚饭，史新仁就要动身去，靳银红忙问：“你，你就这样去吗？”

“不这样去，还要怎样去？难道……”

“你呀你呀，真是个死心眼儿！”靳银红一边说着，一边把她下午买下的两瓶酒、二斤点心装在一个小手提包里，递给他，说：“拿上这个。”

史新仁最讨厌的就是这一套，说：“我不会来这一套，我不能……”

“不会不会，如今办事不来这一套什么也别想办成！别死心眼啦！快快拿了去吧。”

史新仁再三强调共产党员这样办事不好；靳银红再三说明

今天办事非这样不行。史新仁没办法，只好半通半不通地掂了那个小手提包，没精打采地出门去了。

2. 小手提包的力量

当史新仁来到老许家里，一进门便是肉腥味儿、酒香味儿、果香味儿——各色各样的味儿扑鼻而来，心里说：他家今天怎么啦？莫非在办什么喜事吗？抬头看去，却只是他们一家男女四人正在围桌吃饭。只见那饭桌子上炒肉盘儿、炒鸡蛋盘儿、花生米盘儿、豆腐盘儿，还有雪白的标准粉花卷儿，油酥火烧饼子，还有酒瓶子、酒杯儿，真是杯盘碗瓶，挤挤一桌，确实与众不同。竟看得忘了跟主人说话。正在吃饭的老许见他进来，还看到他手里提着个鼓鼓的手提包，倒也热热情情地打招呼道："是老史？请坐请坐。"又指着一个沙发让他坐。史新仁说声："不客气。"却坐在门口儿那把硬板椅子上。老许又拿出牡丹烟招待他，他摆摆手说："不会。"也就罢了。

老许一边吃饭一边热热火火地说："老史，你可真是个稀罕人，从来没见你来过……"

史新仁不以为然地说："我这个人没有事很少出门……"

老许又把"老干事"手里提的小手提包看了一眼，说："这么说，今天一定是有什么事吧？"

史新仁见老许只爱看自己提的小手提包，却并不跟自己打照面，心里说：难道这个小手提包比自己这个"老干事"更有面子？我今天倒要……于是，他没有往出拿酒瓶儿、点心包儿，却把小手提包稳稳地放在了地板上，说："我是想谈谈梅儿的事情，我家梅儿插队已经整整四年了，你看……"

一般来求老许的人，拿了礼品来，为了好说话，好办事，总是先把礼品拿出来再说事情的。今天老许见“老干事”没有先把东西拿出来，反而把小手提包稳稳地放在了地板上，便猜疑那个小手提包内装的不一定是礼品，就认为是小看他这个局长，先有点不高兴了。说：“这个我知道。四年嘛，不算太短，也不算太长，在乡下五年六年的也不少……”听那语气似乎比头里冷淡了许多。“老干事”看到这般情景，心想：看，我没有先拿礼物，他真的就冷下来了。这些人这几年就是吃人的吃惯了，真的是“不见烟酒不表态”了。要是这样，梅儿的事办不办事小，今天倒应该先摸摸你的底细。于是，他就把放在地上的那个小手提包提起来搭在自己的膝盖上，还故意把提包口弄开个小口儿，把两个酒瓶儿露在外边，他边做边说道：“是呀，这个我知道。不过也有许多知识青年在乡下待了两年，就能找了工作。这就要看老许同志你能不能给咱……”

老许见他又把小手提包提了起来，又看见那个小手提包也还鼓鼓的像是有点内容，又看见了露在小手提包口外边的两个酒瓶头儿，脸上立时有了笑容，他往嘴里塞了一块肉，边嚼边说：“能呀，当然能。要是别人的事情，咱不敢揽。老同志嘛，咱们过去一贯挺不错的，这点事当然应该想办法办办……”

史新仁见他只是看到两个酒瓶口儿，态度就又变得好了许多，对他更加不感兴趣了，心里说：他妈的，我好好歹歹也是一个工作了多年的革命干部，还是个共产党员，你对我的态度那么冷淡，这阵儿你看见两个酒瓶头儿，倒那么热情起来，难道我史新仁的面子还不如两个酒瓶头儿的面子大吗？我偏不服气！这会儿，他又把他那个小手提包露开的口儿轻轻地掩严，两个酒瓶头儿看不见了，说：“那好呀，你愿意想办法给办，我就放心了。这可真是要感谢你啦……"

老许看见史新仁不仅不把酒拿出来，反而又把酒瓶头儿掩住了，他那个面孔立时拉长了许多，说："谢什么，别客气嘛。况且这个办法也不是容易想的，要慢慢来才行。老史，你不要急，随后慢慢想办法吧。"

史新仁见他真的又变了一个样儿，只觉得好笑。这时，他又故意把那个小手提包掂起来在半空里晃荡了那么一下子，干脆把它往肩上一摞，做个要背了走的样儿，实际上并不走，故意问道："这么点事儿在你说来算不得什么吧？不能快点儿办办？"

老许又见他把小手提包摞在了肩上，进一步认定那两瓶酒他是要拿走的了，他那脸立时又拉长很多，摇摇头，一本正经地说："快点？这个问题不是快点慢点的问题，因为目前根本没有指标，就是慢点也不大好办呀！老史，你是老同志，对你不能不说实话，——没有指标，不好办……"他的话音未落，听得门口自行车响，一时，进来一个人，肩上扛着鼓鼓的一个大口袋儿，不像是白面，很像是大米，足有五十斤，另一只手还提着两个酒瓶儿，只见老许连忙站起来，迎上去，笑容可掬地说："是老张啊！来来来，到里边去。"就把老张让到了内间，只见老许的女人也连忙跟了进去。

史新仁在外间那把椅子上坐着，听内间里老许热热火火地让烟，又叫他女人"快沏茶"，几句客气话过后，里边说话的声音就突然低了许多。史新仁虽然听不清他们说了些什么，却也断断续续地听得几句："多少钱？""……客气什么""……就办。"虽然只是听了只言半语，却也可以听出来他们互相之间是在搞什么交易，并且可以听明白那交易是已经搞成了的。史新仁心想：难怪自个儿的事办不成，首先咱的小手提包就远远不如人家那大口袋装的货物多嘛。他看到老许他们拿党的原则做买卖、搞交易，他们的所作所为把党的优良传统和作风糟蹋尽了，心里好不厌烦：这是干什么呀？我宁愿让梅儿在农村干一辈子，也不愿糟蹋共产党员这四个字。“文化革命”前哪里见过这些鬼事？那时候假如哪个共产党员敢收人的贿赂，早就被开除了党籍，谁敢像这个老许一样，公开拿党的工作做买卖，收米面，这就不是共产党员做的事情嘛！……他在这里待不下去了，站起来就要走。因又想到就这样不辞而别不好，便朝内间喊了一句：“老许，再见。”

老许回过头看了他一眼，说：“好，再见，你的事情回头再研究吧。”

史新仁根本没听见他说的话，只是随便应付了一句，仍旧提着他那个鼓鼓的小手提包愤愤不满地走了。

3. 原封不动提回来

史新仁踏着月色、电光，提着那个鼓鼓的小手提包，慢慢地走着。来到自家宿舍门口，推开门来，没想到靳银红就在门里等着他。靳银红先看看他提着小手提包，只见跟走时一样还是那么鼓鼓的一小包，心下十分蹊跷，忙问：“老许不在家？”

史新仁有点恼悻悻地反问道：“谁说他不在家？”

“我就是问你嘛，看你那个架子吧！来不来发那么大的火做什么……”她忙把那个小手提包夺过来看看，只见那两瓶酒、二斤点心真的是原封不动地提了回来，先断定事情没办成。可事情不管办成办不成，这礼物总是不该提回来的。便没好气地说：“你呀你呀，有些人指一堆吃一堆，就算没出息透顶了，没想到你指一堆也吃不了一堆。老许既然在家，不管事情办成办不成，千不该万不该，你不该原封不动又给我提回来呀，这么着以后还怎么去找人家呢？……”

史新仁气呼呼地坐在一把椅子上，说：“再去找他？这一辈子我再也不去找他……”

靳银红听得这话，更着了急，冲着史新仁说：“好我的活祖宗！你怎么能说这话？人在世上，谁敢说一辈子不求人，谁敢道一辈子不用人，就因为咱们有那一男一女，咱们烧不得香，赌不得咒，少不得总要求人用人的……”

“大家都是干革命嘛，谁求谁呢？……”

“我的活祖宗，你别再钻牛角尖啦！人家多多少少当主任的、当书记的也不该把嘴封起来说一句不求人不用人的话，你不过就是那么一个‘老干事’，要官儿没官儿，要权没权，咱们有这一男一女，怎么敢红嘴白牙张开口说这种话……”

“当十辈子干事也一样，我不能把党的原则丢掉……”

“党的原则是给你一个人规定的？你睁大眼睛看看，左邻右舍，各部各局，有几个不是党员？有几个不晓得党的原则？可是到今天为了子女的事情，有几个敢说不求人不用人不拿着礼物找人的……”

“讨厌！我不爱听这一套，你给我滚得远远的！”

“这就是我的家，你叫我滚到哪去？——少说这些废话，我只问问你，你跟人家老许是怎么说的？他就是直截了当说没门儿呀，还是说可以研究研究？你把那点礼物拿了去怎么又拿回来了？是人家不收？是你就没有往出拿？还是……”

史新仁想起刚才的情况就生气，根本没心情跟靳银红研究这么多问题。他认为她所提的这一大堆问题全是毫无意义的，因而他只是说了一句："少讨人厌"，便把嘴封得严严的，什么也不想说了。后来，他就干脆到后间去打水洗脸，靳银红便也跟到后间来，直着脖子问他："你哑巴啦？你怎么不说话？难道梅儿、松儿是我一个人的孩子？孩子们的事难道你就半点也不挂意……"

史新仁只作没听见。洗把脸，便慢慢地来到卧室，扫床、铺被、准备休息。靳银红便又跟到卧室来，说："梅儿的事情你到底管不管了？"

史新仁生气地说："你看看我能管了吗？看她自己在农村的表现吧。"

靳银红听得这话，又骂了他一通"没出息"。因为史新仁已经睡下了，不管她说什么，他总不做声儿，也只好无可奈何地洗脸休息了。

史新仁躺下没过三分种，早已心安理得地进入梦乡，靳银红还在独自想着梅儿、松儿的事情，翻来滚去怎么也不能入睡。特别是想到"老干事"的死心眼儿，不会办事，气得她"咯崩咯崩"直咬牙。她一直在想史新仁吃不开的原因除了钻牛角尖死心眼儿外，最重要的是因为现在地区革委是矛派掌权，史新仁虽不属不掌权的盾派一派，可也不是人家矛派的自己人，所以他得不到提拔，还是个"老干事"。因此，梅儿、松儿他们的问题也就很难得到解决。想到这里，她认为这是他们家里的一件最最重要的大事，有必要马上跟史新仁研究个解决的办法。于是，她用力把睡在她的后边的丈夫推了一下，说："你醒醒。"

史新仁只是翻了个身，又"齁齁"地睡着了。她急了，伸手拧了他的耳朵一下子，把史新仁拧疼了，他气呼呼地说：

"人家睡觉，你也搞武斗？讨厌！"

靳银红说："谁跟你搞武斗啦，我是跟你说一件事。你看老许他们多吃得开；看看你，工作了二十年，还是个不声不响的'老干事'。人家孩子一大堆的都能找到工作，咱们就那么两个，一个插队回不来，一个应名儿是有了工作，还是个提泥包的；看看咱们住的房子，邋邋遢遢地还不如人家许局长的厕所；你自个儿应名儿也是个革命干部，谁能看得起你？只会受窝囊气……"她说着说着，又听得他"齁齁"起来，气得她又在腮帮上狠狠拧了他一下，说："睡死呀！睡死呀！你再睡……"

史新仁又醒了，没好气地说："半夜三更不睡觉，你如今说这些有什么意思？"

"我是说人家老许他们为什么那么吃得开，咱们为什么这么吃不开，依我看就是因为咱们什么派也不是。人家矛派是掌权派，是胜利派，遇事、说话，咱们也该随着人家点儿，不要总说人家搞过打砸抢，不是革命派……"

史新仁不以为然地说："他们明明就是打砸抢起家的，他们明明是践踏党的优良作风、玩弄党纪国法的，怎么能说不是呢？我不会睁着眼说瞎话……"

靳银红见他还是只会钻牛角尖儿，干急没办法。以后靳银红常常想着法儿跟他生气，编着话儿讽刺他，他只作没听见，总是按时上办公，按时下办公，认认真真地做自己的工作。此后，他们仍然住着那两间旧宿舍，梅儿仍然在乡下插队，松儿仍然每天提他的泥包儿。这么着又过了一年，遵照中央的指示，各地开始整顿了。那个许局长因为参加过打砸抢，因为他的资产阶级派性严重，因为他利用职权收人的礼物太多，开后门给人解决工作问题太多，革委机关的群众纷纷要求他做检查。而史新仁呢，都说他矛派、盾派都没有参加过，并且还是个两袖清风的“老干事”，没有人给他提过半点意见。靳银红到了这时，才感到自己的爱人可爱，逢人便说：“如今呢搞整顿，我们的‘老干事’丁点事儿也没有；他们打呀闹呀的今天可就难过关了！他们红嘴白牙吃了人的，喝了人的，你当都是好吃的？吃时容易吐时难，受点难吧，活该！都说我们的‘老干事’没出息，只会钻牛角尖儿，这次他算是钻对了。”

4.“代代红”与“代代黑”

这天下午，“老干事”史新仁参加了革委办公室组织的全体职工大会，劳动局局长老许首先在会上做检查。第一，他检查了武斗时参加打砸抢的错误；第二，他检查了担任劳动局长以后大开后门，任意收人的礼品，给人们解决工作问题的错误。随后，许多人发言，对老许进行了严厉的批评。当时，史新仁认为通过批评，老许今后一定会接受教训，改邪归正的。他认为这对于发扬党的优良作风，是个很好的开端，所以他十分高兴。

这天晚上，史新仁散会回来，靳银红一边吃饭一边跟“老干事”说话，她说：“去年你去找老许，白跑了一趟，如今老许天天写检查，他再也不敢依仗职权开后门办事了。依我说你今天晚上再去找找他，咱们的梅儿插队已经整整五年了，还不该安排个工作吗？你也该去找找组织部，你当了二十多年的‘干事’，到如今不该提拔提拔吗？……”

“老干事”史新仁听了这些话很不顺耳，白了她一眼，说：“看你胡说八道的是些什么呀！伸出手向组织要官儿，那就不是共产党员做的事情嘛！……”

“我不信，这几年那些造反派头头们当部长的当部长，当局长的当局长，哪一个不是伸手讨来的？听说那时候老许向组织部要个局长干，组织部给他个教育局长，他还不干，一定要讨个劳动局长才行……”

“你给我少说一句吧！你不懂，老许他们那种做法根本不是共产党人干的事，今天下午开大会，很多人都批评他了……”

“人家虽然犯了错误，可是官帽子已经到手，人家怕什么？你倒是遵规蹈矩的，可是有一条，你遵规遵上一千年，一万年，可只能还是个‘老干事’！以后你也睁一只眼闭一只眼给你自己、给孩子们办点事吧。”

“你别胡说了好不好？孩子插队搞农业不是工作嘛？好青年就应该立志在农村干一辈子……”

“偏你‘老干事’的孩子该在农村干一辈子？你的孩子怎么啦？难道不是人生的、娘养的？如今搞整顿，矛派的许多头头有错误，吃不开了。矛派也好，盾派也好，你哪一派也不是，你没有犯过资产阶级派性的错误，你是最革命的，到今天你这个‘老干事’也该吃开点了吧？咱们梅儿的事情也该办办了……”

“我不会办这种事，你想办你去……”

“我去还用得着求你哪？如今正搞整顿，老许的威风小了，你这个‘老干事’说句话也该顶点事了，不趁这个时候去找他们，你还要等到什么时候呢？……”

“老干事”史新仁总说这样不对，靳银红总骂他没出息，不该钻牛角尖儿。说来说去，又把个“老干事”说烦了，他说："算啦算啦，现在我再去走一遭得啦！"

靳银红听得这话，十分高兴，不由得合掌笑道："罢罢罢，我们的'老干事'总算又打'牛角尖儿'里钻出来了。"她看见史新仁立时站起来就要走，忙说："你等等，柜子里还有二斤点心，你拿上……"

史新仁白了她一眼，说："你怎么不会看个火候？老许这些天吐还吐不净，你还要给他往口里塞吗？"

靳银红认为他说的也有道理，让他甩着两只空手去了。

史新仁慢慢地走着，又来到老许的宿舍门口，先听得屋子里人声嘈杂，心想：这一次搞整顿，老许正在做检查，他怎么还是这么高兴？怎么还有这么多人在这里……他打起门帘儿进来一看，只见黑压压的一屋子人，把许家这个小客厅的沙发、椅子、长凳、短凳、大凳、小凳全坐满了。他出于好奇心，把在座的人们挨个儿一一看去，只见有的抓耳挠腮，有的手舞足蹈，有的大吃大喝，有的痛喝痛饮，有的捧腹大笑，有的眉飞色舞……各色各样的洋相都有，总而言之，这是一个皆大欢喜的场面。作为主人的老许直喝得面红耳赤，发疯似的举着一个大杯大呼小叫地跟人们对酌，那个兴奋异常的神情，哪里像个正在做检查心情不快的人，倒像是他今天又加了官儿，发了财，大喜临门，正在开祝贺大会一般，何况身为地委常委、组织部长的大干部也在座。更奇怪的是今天下午在大会上对老许进行严厉批评的那几个人也在座。他们下午在会上发言，那态度好像对资产阶级派性严重的老许是势不两立的，不想才过得几个小时，这些人又跟老许在一起碰杯言欢了。这是怎么回事呢？难道他们下午的批评是假的？难道干革命就是这种干法？难道他们能升官、能给子女解决工作问题，就是因为他们会搞两面手法？同时，看到这情景，反正领导权还在他们手里，能整顿好吗？事实完全证明了这个依靠打砸抢有功当了劳动局长的老许，对于整顿说来，是根本算不得什么的。同时，他看到西北墙角处堆放着许多东西——大筐子、小篓子、大包儿、小包儿、大袋儿、小袋儿、大捆儿、小捆儿，无非是柿饼、核桃、红豆、软米、金针、木耳各色食物，也没有什么十分珍奇的东西，奇怪的是为什么老许上了会做检查，下了会还是继续收人的礼品？为什么这些人在会上给老许提意见，声色俱厉地批评老许，这会儿又在一齐吃酒言欢呢？莫非这一场整顿也只是为了应付上级吗？哎！反正大权还在他们手里，恐怕……看到这个情景，对于这次整顿的希望，史新仁先凉了半截。直到这时，老许才看见了他，见他站得挺挺的，甩着两只空手，大为不快，只冷冷地说："请坐下。"他认为他们正在高高兴兴地饮酒，来了这么个"老干事"把他们的乐事破坏了，想赶他快点走了完事，便说："你还是谈去年谈的那件事吗？……"

"老干事"史新仁想到他们做检查的是假检查，批评人的是假批评，只要权在手，犯了错误也照样有人巴结，一样有人送礼品，跟整顿以前一样吃得开，十分气愤，哪里还有心事谈梅儿他们的事情，便说："不，我不是谈梅儿的事情……"

老许好像没有听见"老干事"的话，有些厌烦地说："这件事只能慢慢地研究。知识青年嘛，首先应该树立在农业第一线干一辈子的思想，特别是当家长的，受党的教育几十年了，不应该……"

"老干事"史新仁见这位劳动局长当着众人的面居然教训起自己来，可就有点火了，说："请先教育教育自己吧，你没资格教育我。"他指着西北处堆放下的那些大筐子、小篓子说：

“你看看这些大筐子、小篓子、大包儿、小包儿……”又指着那一伙围着的那张餐桌说：“你的工资跟我一样，你看看这些茅台、竹叶青，鸡腿儿，鱼刺儿，乱七八糟，我要是也能给你老许扛来什么大筐子、小篓子，准不会受你的教训！——你们在会上说的是划清界限，下了会就聚集在一起饮酒谈……”

老许没想到今天当着这么多人的面会受这个“老干事”一顿奚落，气极了。他以为“老干事”不管有多么老，不过总是个“干事”，没有什么了不起；自己总是个局长，不能在众人面前丢这个脸，便“呼”地站起来，指着“老干事”嚷道：“你教训谁呢？这是我家，你知道不知道？——你骂街骂到我家里来了，你想吃人吗?！——实话告诉你吧，你的子女想找工作？没门儿！你这个老干事……”

“老干事”说：“我这个‘老干事’怎么样？‘老干事’总是干事来着，没有像你们干过这样的勾当！”说罢，气冲冲走了。

“老干事”一出门，在老许家大吃大喝的人们为了讨好老许，又有一番议论。有的说：“这个‘老干事’就爱钻牛角尖，不要理他就行了。”

有的说：“不理不理，我看他不是个好东西，应该给他点颜色看看。”

且不说这里人们的议论，只说靳银红今天原想着如今老许正受批评，对自己孩子的事情，态度一定会比去年好些，一定会顺利地给梅儿解决一下工作问题。她在家里抱着很大的希望等老史回来，没想到好不容易等他回来了，一问之下，才知道不但梅儿的事情没希望，他反而跟许多人顶了牛，她认为这就连“老干事”的提拔，松儿的调动工作都没希望了。她又狠狠地把“老干事”骂了一顿。不过，她也认为今天的事情很气人，又独自个儿朝着门外边嚷道：“他们做事欺人太甚了！他们搞打砸抢，他们大开后门办私事，他们倒像有了功；我们“老干事”什么坏事也没办过，只知道工作，倒像是犯了错误，这叫什么理呀！”回头又骂“老干事”道：“你呀你呀！我跟着你算是窝囊透了！前几年人家威风咱受气，我想不通；如今搞整顿，他们明明有错误，还是他们威风咱受气。这倒好，他们倒成了‘代代红’，我们倒成了‘代代黑’，什么时候也吃不开，还不是都怨你这个死心眼儿，只会钻牛角尖儿……”

“老干事”愤愤地说：“你叫我干什么？难道也跟他们一样拉拉扯扯，吃吃喝喝，交酒肉朋友，结金钱兄弟，办违犯党的原则的事去吗？我不会，一百辈子我也不会……”

“你不会！你不会，你会干什么，就会当那个‘老干事’！就会按时上班，就会办公事，就会……”

“共产党员不办公事办什么，难道总去办私事不成……”

“你就会钻牛角尖儿，钻吧！过去你吃不开，现在搞整顿，你还吃不开……”

“我是为人民服务，不是为了吃得开，你懂不懂……”

他们原以为如今搞整顿，老许他们正做检查，不敢再开后门了，梅儿他们的事情也该好办了，没想到仍跟老许他们横行时一样，搞邪门歪道的照样吃得开，老老实实工作的照样吃不开。有什么办法呢？只好让梅儿仍旧在乡下插队，让松儿仍提泥包儿。这也就罢了，谁知到了一九七六年，又搞什么“反击右倾翻案风”了，“老干事”虽然没有搞过什么“翻案”的事情，却也受了牵连……

5. 他算是做对了

一九七六年那一场所谓“反击右倾翻案风”开始以后，老许他们上蹿下跳，威风凛凛，那个汹汹气势，大有一口吞掉太行山的样子，硬是揪住地委两个领导人不放，说：“老干部就是民主派，民主派就是走资派”，定要打倒他们。这还不算，只因“老干事”在老许家当着众人的面奚落过老许，硬是借口“老干事”也带着一个“老”字，好像“老”字本身就是大错特错的，声言也要给他一点儿颜色看看。只因找不到“老干事”半点儿茬儿，老许他们研究要一脚把他踢离地委完事，以除眼中钉。所以有一天在老许家饮过酒的那个组织部负责人把“老干事”史新仁叫来谈话说：“老史同志，地委研究决定调你到某县某公社工作，你有什么意见?”

“老干事”史新仁听得这话，心里虽然动了一下，觉得不是味儿，又因想到一个革命干部、共产党员只有服从党的组织分配的义务，不能讨价还价，便说：“好吧。到哪里也是为人民服务，我去。”顺顺利利地答应下了。

“老干事”回到宿舍来，把他调动工作的事情跟靳银红说了，可把她气坏了，她冲着“老干事”问：“你答应了?”

“老干事”说：“共产党员应该服从组织的分配，怎么能不答应呢?”

“我不信，工作不合适，也能商量商量。就你爱钻牛角尖儿，调动工作连商量也不敢商量一下，太死心眼儿了！我再问问你，他们叫你到公社干什么?”

“没有说。我想大概还是搞干事吧。”

“干事！干事！就你会干事！在地委各部当干事的实际上

就等于县里的一个局长，公社的一个主任，你看组织部的老丁、老任，宣传部的老常、老吴，人家调出去，局长的局长，主任的主任，就你跟人不一样，在地委是干事，到公社还是干事……”

“老干事”史新仁认为一个共产党员绝不应该这样想问题，共产党员是为人民服务的，绝不应该争地位。认为靳银红的说法是错误的，便说：“你少说一句吧，不怕有人听见笑话……”

“我不怕！这明明是欺负人嘛！——都怨你太老实，太死心眼儿！‘造反派’上台，你吃不开；搞整顿‘造反派’做检查时，你也吃不开；任何时候都是你吃不开！如今‘反击右倾翻案风’，‘造反派’又抖起精神来了。这倒好，连地委机关里一个‘老干事’也干不成了，人家要一下子把你放到公社去，梅儿的事情还有什么希望？松儿的事情还有什么办法？搬家的事那就更不用提了……”

“你不要掂着簸箕斗动弹，梅儿、松儿的事那要看他们自己的表现，搬家干什么？这房子咱们已经住了好多年了，今天为什么就不能住了……”

靳银红听得这些话，十分生气，又骂了他一通，他只当耳旁风过，不听她的。过了几天，“老干事”真的到组织部办了调动手续，到某公社工作去了。

“老干事”走后，靳银红感到自己的丈夫没出息，连地委的一个“老干事”也干不成了，认为是丢脸事，很长时间她不愿意出门、上街。这么着过了半年，忽然传来一个特大喜讯，祸国殃民的“四人帮”被粉碎了，在举国上下欢庆胜利的时刻，在某公社工作的“老干事”和在城里的靳银红莫不奔走相告，兴奋异常，后来，由于滚在“四人帮”帮派体系里的老许曾经办了许多坏事，——武斗时打过人，抢过粮店；当了劳动局长以后，收人礼品达两千元以上，大开后门非法解决了百多人的工作问题，破坏党纪国法，错误严重，已经停职做检查。在落实干部政策中，地委又调“老干事”史新仁回地委宣传部担任理论科科长。当靳银红听到这个消息以后，可把她乐坏了，逢人便讲：“多亏我们的‘老干事’没有听我的，他算是做对了……”

邻 家

旧社会里，有些农村妇女往往因为一句话，或者因为一根针的小事，互相间就要记气不说话，有的竟能一记数十年不答言。就拿陵川县西下河村说吧，全村满共不到七十户，直到现在，互不说话的妇女还有十一对。

单说这个村的东头，有个名叫“东长院”的院子，院里有两个妇女，一个叫韩巧英，一个名叫刘银肉。她俩人互不说话的历史有二年多了，历史好像还不算太长，可是你要知道韩巧英结过婚才只有二年半哩。

关于她俩不说话的根源，说起来也简单，也麻烦。说简单，是她们只是因为把一块破口袋布在火边烤黄了一些这点小事引起的；说麻烦，是因为她俩的不说话有着一层曲折的关系。原来，巧英并不是把银肉的破口袋布烤黄，而是她在春蝶家抽蚕丝把春蝶的烤黄了。当时，春蝶并没明说啥，只是跟银肉说过，银肉听了又跟别人说，她跟别人说的时候被巧英听见了。巧英见银肉跟别人说她的缺点，就跟银肉记气不说了。假如只是因为这样，或许也不可能记二年多，可惜她们以后还要在疙瘩上挽疙瘩，疙瘩越挽越多，气也就越结越大了。

她们挽疙瘩的办法便是互相骂。可是真的互相接嘴骂起来，岂不就算是互相答了话吗？并非这样，她们互相骂起来并不直接口对口骂。两人都有好办法：刘银肉有两个小姑娘（大的才八岁了），她如果想骂巧英，就借着骂自己的两个小姑娘来骂巧英。可是巧英是新媳妇，还没有孩子，就借着什么骂银肉呢？也有办法：她家有两头牲口，还有猫，还有鸡，她如果想骂银肉，就常常借着牲口、猫、鸡来骂银肉。就这样，她俩越骂气越大。

邻家们记成气，不知有多少不方便处。比方：银肉家没有磅菜的磅，巧英家有，可是银肉要用磅，宁愿多跑几步到别的院子去借，也不借巧英家的；巧英家没有马尾箩，银肉家有，巧英同样是愿意多跑几步到别的院子去借，也不借银肉的。虽然这样，她们并不改悔。俩人常说：“因为一口气，愿卖二亩地。多跑几步算个啥呀！”并且各自下决心：想叫我跟你说话，还得我娘再生我一次。

一九五四年村上建社后，巧英、银肉两家都入了社，偏偏划分在一个耕作小组——二小组，凑巧，巧英又当了这个小组的妇女小组长。这样一来，就给她俩出了一道难题。因为不说话，俩人在一个院里住，早就嫌见的面太多哩，如今呢又加了个经常到一块地去干活，双方都不满意，觉得无法相处下去。在巧英说来，还多着一层苦闷，因为她是组长，银肉是组员，只拿上地说吧，组长不跟组员说话，组员知道该到哪块地干什么去呢？除非都不上地，才能去掉这个隔阂。可是，巧英是青年积极分子，又当了组长，不肯不下地；银肉在六七年前当过二年妇联主席，工作很积极，只是后来因为孩子太多才推了妇联干部。如今两个女孩子都长大了，没什么牵挂了，如何肯不下地呢？可是，下地吧，组长和组员不说话，怎么能进行工作呢？虽有这么一层大隔阂，俩人仍然没有说了话，因为双方都认为谁先跟谁说话，谁就显得不值钱，怕别人说自己没刚性。因此，每天下地，巧英这个组长总没告过银肉要去哪处地干什么，只是在告诉别人时候，故意叫银肉听见，就算是也告诉了银肉。银肉呢？自然也不愿意问巧英，她的办法是看别人——别人去那处地干什么，她也去那处地干什么。

巧英和银肉因为每天在一块地里做活，比以前接触得多了，每天要打交道，问题也比以前发生得多了。仅仅半年以来，她俩不知发生过多少纠纷。有一次，二小组在南掌地栽玉茭，全组九个上地妇女，今天只需去五个就够了，可是，巧英告诉了另外三个妇女不必上地，她计划今天也不让银肉上地，却没有告诉银肉，结果，银肉去了。巧英见银肉也来了，她不质问银肉，却问副社长韩玉春："今天只要五个妇女，怎么就来了六个？"玉春说："你是组长，问谁哩？"巧英说："你是副社长，你就不能告她说！"玉春说："你又没有告我说今天谁来谁不来，我怎么知道呢？"她们虽然没有说出这六个人的姓名来，但银肉早已听出来是说自己。因为要是说别人，巧英一定要指出具体人名来，不说具体人，便是自己无疑了。在这里还得作个小交代：原来凡是互相不说话的，不只互相不直接答话，就是跟别人说起她的不说话的对象来，总不肯提对方的名字。好像谁要提提对方的名字，自己的嘴就不值钱了。银肉和巧英自然也是这样。亏她们不说话也出了名，就是不指名，别人也知道她是说谁。

今天，银肉听出来巧英是说她。想道：不叫我上地，也不告我说，每天叫人猜谜语，谁可能猜得那么准呀！心里一时火起，一个人骂道："咱也不是活神仙，咱也不会阴阳八卦，不告我说，我就要来！看看我是犯了什么法，看着办吧！"巧英见银肉发了脾气，她也不肯让人，便也动怒跟玉春说："这个组长咱不敢当了，害怕有人吃了我哩！你给咱换换吧。"玉春说："咱没这个权利，你和大家说吧。"巧英说："我当组长也行，你得跟我调换几个好社员！"银肉一听这话，气得她大声喊着问玉春道："这就是说，我是坏社员吧？嗯？我怎么坏？我怎么坏？社长，你说说，我怎么坏？说出道理来，我干脆出社也行；说不出道理来，咱跟她走到哪说到哪！"两人吵得很红火，但互相总不接头，双方都是通过玉春向对方耍威风，弄得玉春在中间也没法。后来，她俩吵得更厉害了，记工员韩锁明越听越讨厌，再也忍不住了。想道：这处地离峰西村很近，要叫人家峰西村农业社的人听见咱们农业社还吵架哩，影响多不好呀！因此，锁明一时火起，向巧英她们大声骂道："你们想吵回你们家里吵去！不准你们在地里吵！叫人家峰西村农业社的人听见了，农业社不跟上你们丢这个人！"锁明是个红脸人，年轻人们都怕他，不管谁吵起来，只要被锁明碰见，他只一张嘴，吵架的就不敢再往下吵了。今天也一样，巧英、银肉见锁明发了脾气，都不吭声了。两个人虽然还闷着两肚子气，但只敢在肚里闷，不敢发泄出来。

因为银肉和巧英不说话，又经常吵架，二小组的社员们觉得是全小组的一个耻辱。都说：咱们二小组上一次没评成模范组，就是因为她们成天吵架耽搁事情的过。咱们要想在下次争取当模范组，必须把她们不说话的问题解决一下。在以往，她们不说话，没人管，如今她俩入了一个社，她们想不叫人管也不由她们了。党支书听到这个反映以后，认为社里这些互不说话的问题必须彻底解决一下。经过研究要先解决巧英和银肉的问题，党支部决定让青年团员韩玉春负责解决，玉春想道：自己是青年团员，又是副社长，有责任解决这些问题。因此，她想了个办法，先跟双方进行个别谈话。她先跟巧英说："因为你们不说话，二小组的工作很受影响，引起了全组的不满。在过去不管你们怎样，没人管；如今咱们都成了社员，成了一家人，要一直不说话，那像个什么一家人？你是组长，就应该带头先跟银肉说话才对。"以往，巧英曾经下决心这一辈子都不跟银肉说话了，自从建社以后，她又当了组长，觉得跟组员不说话很不方便，应该说话，但她又不愿意主动找银肉，怕别人说她不刚强。因而，她跟玉春说："只要她跟我说，我就跟她说。"玉春去动员银肉，银肉说："跟她说话？哼！我又不是吃的她家的，穿的她家的，离了她过不去！"玉春见双方的态度仍然很硬，跟她们说："照这样下去，一辈子也不会说了话。你们不要认为谁先说话是丢人事，应该弄清楚谁先开口谁光荣！"以后，玉春每天要跟她们谈话。见了巧英就说："你是组长，应该带头先跟银肉说话。"见了银肉又说："你是老干部，懂道理多，应该先跟巧英说话。"银肉这人爱戴高帽子，见玉春把自己当老干部看待，便说："我向来就不跟她一般见识，以后说开话就对啦。"久而久之，双方都软了几分，但谁也不愿意先开口。

一天，银肉、巧英都坐在各自的门口上吃早饭，巧英又想到她们双方不说话，对她当组长的事很不方便，今天想开始跟银肉说话，总觉得这第一句话很难开口。后来，她看见银肉的两个女儿——香叶和改叶，忽然有了办法。原来她们大人互相不说话，连孩子们也不跟说话的。今天，巧英利用这两个孩子作为和她们和好的桥梁。她身上装着不少新买的杏儿。但她张了几次口都没叫出“香叶”或者“改叶”的名字来。最后，她终于在一种莫名其妙的心情下，开口唤道：“香叶，给你个杏儿吃，我有杏儿。”因二年多了，巧英根本没叫过香叶的名字，今天，香叶忽然听得巧英唤她，一下摸不着头尾，还不敢应声。她知道巧英跟自己的妈妈有气，回头看看妈妈，想用眼光向妈妈请示请示要不要应巧英的话，只见银肉对她又努嘴，又眨眼。巧英也看到了银肉这举动，看出来是示意香叶应自己的声，但香叶却把意思领会错了，认为银肉是阻止她答巧英的言，便没有理睬巧英。一见这样，银肉想道：全社里反对我们的不说话，全小组批评我们妇女见识短，一直这样下去，有什么意思！今天巧英好容易先跟香叶说话，香叶才这样不懂事，不理人家，着实有点生香叶的气。一气之下，信口骂香叶道：“你是个聋子！东屋婶婶叫你哩，你怎么不答应，人小架子可不小!”见这么一说，香叶急忙回头问巧英：“东屋婶，你叫我来?”巧英马上笑着说：“嗯。来，给你个杏儿吃。改叶，你也来。”于是，香叶、改叶都跑过去了。巧英每人给了她们几个杏儿，又多给了香叶几个，说：“去，给你妈几个吃。”银肉听这么一说，觉得再不答言，自己实在不像个老干部的样子了。急忙开口道：“你怎么给了她们这么多?你就买了多少?”巧英急忙答言道：“两毛钱就买了百把个，多着哩。”就这样：

二人从此言语顺

两年闲气一旦消

以后，二小组再没有发生过扭动调西，吵吵闹闹的事儿，大家团结得很好。社员们说:“现在咱们二小组都和气了，只说一心一意地闹生产吧，争取做个模范小组不成问题了。”果然，农业社里夏季评比工作一结束，二小组被评为“模范小组”。

浸种记

一

漫流坡村有个老汉叫张小全，外号“闲不着”。他见了人，常好背一背古人传下来那两句种庄稼俗话，就是：“养家土地，发财买卖”。他认为“发财买卖”那两句话，是做买卖人的事，他不准备管它，只准备照着“养家土地”这句话办事。就因为这，他活了五六十岁，总是把劳动生产看成一件重要工作，在村上论劳动，都说他是第一。不过他也有个怪脾气。凡是他没有见过的东西，他总不相信世界上会有那东西，凡是他没有见过的事情，他总不相信世界上会有那事情。凡是他没有亲眼看见过可以办到的事情，他总以为不可以办到。凡是他见过的，凡是他亲眼看到可以办到的事，他就一定相信，一定要尽力去办到。比方：同样是闹迷信，到龙王洞去求雨，因为他见惯了，他不但相信，凡是遇着天旱，发起求雨的，常常他是领头人。一九三六年，村上有人入了红枪会烧香，因为他没有听惯红枪会这名字，所以他就不相信。

“闲不着”这个外号，也不是别人跟他起的，而是他儿媳妇给他起的。他儿媳妇见他一天到晚劳动，一年三百六十五天，从来不肯闲一日，上地劳动不用说，从地里回来，丢下盆，捞扫帚，一时也不闲着。夏天下了雨，就剥麻，冬天下了雪，就剥玉茭，过大年初一，还要去拾一担粪。因此，儿媳妇见给他起个“闲不着”的外号。不过儿媳妇并没有亲自叫过老公公“闲不着”，丈夫叫公公是“爹”，她自然也是叫“爹”。这个外号他儿媳妇只是跟邻家的年轻人说过，后来一传十，十传百，全村人都知道了，人人都觉着给张小全起的这个外号十分像，所以大家都这样叫起来。不过时间长了，除了他儿媳妇知道“闲不着”的来历以外，别人都不清楚。

张老汉的小子叫张发魁。因为张老汉向来把劳动生产这件事看得很重要，所以张发魁十岁以后，张老汉就常常教育发魁学劳动。往地里走，他担上一担粪，就叫发魁给他扛锄；到地里他锄地，就叫发魁拾石头，拔堎上草。有时遇着发魁想偷懒，他就要骂：“‘小孩子不吃十年闲饭！’十岁了还不好好做活，回家吃去吧！”发魁被爹一骂，就好好做起活来，后来发魁年纪大些了，便事事跟着他爹学，几年工夫，捉犁、担担子、锄苗，一切庄稼活就都学会了，而且还是一把好手。父子俩又很和善，因此村上人人夸奖，都说他父子俩是“他大英雄儿好汉”！不过，这二年来也有些变化，发魁不但不向他爹学，还常常要求他爹跟着他学。爹就生起气来，父子俩也不十分和善了。打谷时候，爹主张在打谷场里选种，发魁却主张在田间选种，父子俩就要生气。天旱了，爹主张到龙王洞里去求雨，发魁却主张担水浇苗，父子俩也要生气。今天他俩又生了一场气：爹主张从罐子里倒上种籽就去下种，发魁却主张温汤浸种以后才要下种，于是便又吵闹起来。

爹说："温汤浸种是胡日弄，烫死种子出不来苗，打不下粮食，一家要饿肚子啊！"发魁说："温汤浸种病症少，能多打粮食，况且不这样做，村长说还要受处分！"爹生气地说："不管他村长不村长，我就不温汤浸种！"发魁生气地说："非要温汤浸种不可！"

父子俩争吵了半天，谁也没打了胜仗，就抛出一个从中调解的人说："爹！我在县里开会，县长说温汤浸种比不温汤浸种好得多！县长还能说假话？我看咱还是温汤浸种吧！"爹见儿媳妇帮着儿子一气反对自己，不由得起了老火说："你们年轻人一气，是想气死你爹不是？你们才活了几天啦！你们才种过几天地啦！温汤浸种？难道我种了一辈子地，没有你们在行？"发魁说："不是说谁在行谁不在行，这是种田的一种新方法！……"没等发魁说完，爹又说："什么新方法？我活了一辈子，没另外见过个新办法，哪一年也没少打过粮食！"两个年轻人无论如何说不过老汉，都张不开嘴啦。后来，儿媳妇想了一会儿又说："爹！你怎么没兴过新办法？才娶过我前两年，我见你种山药蛋是先点种后点粪，第三年就兴了新办法，是先点粪，粪干了才要点种，这不是你兴的新办法？"爹说："那是我在你舅舅家，亲眼见到过用那个办法山药蛋长得好，才用的。这温汤浸种，你们见谁用过？"爹说住了年轻人。年轻人光出汗。到头父子三个没吵出个结果来，但是年轻人仍坚持温汤浸种，逼得老汉着实生了气，便发狠说："不管你们怎么吧，我不会不上地！"一场吵闹，仍是没个结果。

原来张发魁是村上的副村长，又是青年团员。因为他受了新教育，很爱实行生产上的各种科学办法。关于温汤浸种的推行，前几天他也跟村长讨论过几次，问村长该用什么办法推动大家，村长只说：“还有什么办法？叫他们浸种就是啦！还用得着想什么办法？”发魁见村长老是这样，自己又想不出个推动的办法来，常是暗暗恨自己的本领不高。

发魁和他爹吵了一阵以后，觉得没有说服了父亲，心上自然更发愁了。张老汉呢？见到儿子不但不听自己的话，还顶嘴，气得胡子光摇摆，他想：儿子要浸种，秋天一定打不下粮食，日子不能过。上地还有什么用呢？哎！算了吧！不上地了！可是他又想：地是不能不上的。他认为自己既然要上地，总得打破儿子浸种的办法，他想来想去，果然想出了好办法。

一天夜里，鸡才叫二遍的时候，漫流坡石坡地那里的耧斗蛋儿就嘀哒嘀哒地响起来了。种地的不是别人，正是张小全老汉。另外还有两个帮手，一个叫原狗则，一个叫杨锁全。

三个人一面种谷，一面说话。张老汉说：“现在的年轻人真是胡日弄呢！温汤浸种呢？秋天打不下粮食，饿了肚，管保后悔也迟了！不听老年人的话，甚事也办不好！”

锁全说：“我就不服他们那一套。”

狗则说：“也不知政府怎么想出这些不管用的办法来？”

张老汉说：“人民政府甚都好，就是这温汤浸种我不服气！”

狗则说：“不管怎样吧，咱们今天把种子种进土里再说！”

锁全说：“咱们只管这样种了，干部找出麻烦来，可怎么办哩？”

张老汉说：“找出麻烦来再说。种进土里去，他总不能再给咱刨出来吧！”

说到干部身上，三个人话又多了。都说：咱村的干部怎么跟外村的干部不一样？甚事也不跟老百姓商量，光会下命令。又说到村长的脸迟早都是那么难看，武委会主任光会出计策制老百姓，还说县政府那个姓张的工作员也跟村干部是一气，咱村的老百姓该倒霉啦，没遇上个好村干部，也没遇上个好区干部。三个人越说越有劲，好像这样谈论一番干部的问题，心里痛快了许多。

说着说着，天就亮了。不大时，太阳也出来了。五亩谷眼看就种完了，三个人仍是提这头一股劲种，一面还是热热火火地说着话。猛不防来了一个人，把张老汉的手拉住，不叫种了。那人气势汹汹地说："你们的胆量真不小，不温汤浸种，私自就来种谷，这还了得？你们先不要种吧！"说着就把张老汉推开，又把锁全、狗则的拉耧绳扒下来。张老汉一见这样，气极了说："这是干什么？你村长就是这个办法？怎么？生产也犯了法？"村长说："你说你还对啦！不温汤浸种，私自下种，就是违抗法令！"张老汉还是生气地说："违抗就违抗啦，看你能怎么着?!"村长说："怎么着？你看能怎么着！"说着，用力一脚就把耧斗蹬倒，谷种撒了一地，扛上耧就走了。一面还说："还了得！惯得老百姓还要上天哩！"

三个人见村长把耧扛走了，干着急没办法，只是六只眼盯着村长的背影，三张嘴嘟噜着说狠话。

这村长叫李满成，才二十五岁。对工作也很积极，很怕自己村上工作落了后。但他却作风简单，有什么事总想立刻做好，一做不好就埋怨群众落后。他向上级汇报时，又不敢说工作没做好，也不敢硬逼住群众非怎样不可，因此村上人就给他起了两个外号，一个叫"下一次"，一个叫"假鸡叫"。"下一次”的意思是因他凡遇一件事就下一道命令；两件事就下两道命令……但是他的命令很少有人照办过，凡他的命令落了空，他就要说个“下一次”再说，或者就说个“妈的！这次不行了，还有下一次！”一个“下一次”，两个“下一次”，“下一次”说得多了，群众也摸着了他的脾气，后来凡是村长下了命令，不等村长说了“下一次”再说，群众就先决定了“下一次”再说吧。比如去年天旱时候，村长命令叫群众担水浇苗，群众偏偏到龙王洞上去求雨，把担水浇苗的事情同样推到“下一次”去。这么“下一次”来“下一次”去得多了，人们就给村长起了“下一次”的外号。“假鸡叫”的意思，是因他下的命令，虽然群众很少照办，但该向上级报告工作的时候，他还比别村报得好，再加上张工作员到县府加上一半句话，说这村村长如何如何能干，县府就信以为真，还表扬过他是个模范村长。但是村长能哄了上级，却哄不了下级。凡他向上级做一次报告，群众就要说：“又要做‘假鸡叫’哩！”自然也是因为村长做的“假鸡叫”多了，次数一多，也成了一个外号。

可是这次不同了。因为前一个时期，上级研究工作的时候，不知怎么发现这个村工作上有毛病，因此，农业科宋科长就问张工作员说：“漫流坡的工作是不是不实在哩？”张工作员说：“那是我亲眼见到的，哪有不实在的道理？你不要听坏分子的造谣！”张工作员这么一说，把个宋科长也蒙在鼓里弄不清了。可是自从宋科长问过张工作员以后，张工作员心里也有点波动，他怕宋科长去检查，闹出不好看来，就跟满成说：“村长！今年的工作咱可不能再往‘下一次’推了！不管犁二遍地、上底粪、浸种，哪一件工作都得办到哩，一直推到‘下一次’恐怕不是个好办法。”满成说：“不成问题，怕办不到这一点啦！”张工作员见满成说“不成问题”，以为他一定能办到，再也没有往下管。满成呢？虽然夸了海口，“下一次”的作风也还没改变。这天扛了张老汉的耧，是因他早上往地里走时，忽然发现张老汉种开谷子了，又看到已经种了四五亩，心想这老家伙一定是怕浸种，半夜里偷偷来种的。这样一想，他立刻想起给张工作员夸下的海口，便生了气，心里头说：这还了得！我已经给上级夸下海口，你们就敢故意不温汤浸种，非给你个厉害看看不可！因此就把张老汉的耧扛走了。

二

偷种谷的事情，村长很生气，可是村里许多人还不知道。

中午，村里人正在饭场上吃午饭，忽然听得喇叭筒响了。大家竖耳一听，听出是叫大家到庙上去开会，并且听出了是村长的声音，立时饭场上就乱了。有的说：“这大忙春天，人快累死呀，晌午也不叫歇一歇，尽管开啥会哩！”有的说：“也不知上级就是行的这种办法，还是村上干部胡来？又叫发展生产，可又成天开会，开一次会就是半下午，把些工都开了会啦，怎还能发展生产！?”也有的说：“开会也可以，可是既开会能办好一件事情也好呀！”张老汉知道是因他种谷的事情，但他也满不在乎，并且还生气地说：“要是能给大家办好一点事情，大家也不是亏心说不好的。你们想想，过了年才三个月，开过多少会啦？有一次开会是叫每亩地上七十担粪，不管七十担、六十担吧，大家没一个人发言，会开到半后晌才散了，甚也没办成。又有一次开会是叫犁两遍地，大家没发言又散了，又有一次……反正开会不顶啥，瞎误老百姓的工哩！”你一句、我一句，简直吵成了个一盆糨。最后大家一齐说：

“上了地没事，他批评咱不去开会，咱就跟他说说这个理，看是叫生产不叫生产，这理到哪也输不给他。”

正说着，二遍喇叭筒响了，接着又来了第三遍。只听村长叫第三遍时，口音很带气，还说：“老百姓太捣蛋，喊叫几次不到会，再要不到，就要送政府处理！……”饭场上的人一听这话都说：“走了没事，咱们这一次走了，他不会‘下一次’再说。”有的说：“这次村长说的话很厉害，大概得去开会哩！”大家都说：“厉害也叫他等在‘下一次’吧，他厉害咱不会快点走！”说罢，大家一哄就散了，都准备回家拿上家具往地里走。

满成发觉人都不到会，反都偷偷往地里走了。着实生了气，马上找了十几个民兵，叫各路出发，去抓回这些上地的人来。这么一来，人果然都被抓回来了，会场上才算像了个样，不过，大家开会的情绪很低，人人脸上显得都十分难看。

开会了，满成气势汹汹地站在台阶上讲话。他首先批评了大家一顿，说大家故意不来开会，就是大不对。随后就说，张老汉他们偷偷种谷，不温汤浸种，不但是大不对，而且是违抗政府法令的行为。说到这里，还特别指出副村长张发魁又是个青年团员，也不管管自己家里的人，办出这种违法事情，更是大不对。最后他还觉得没出完气，又对大家说：“大家应该反省反省，特别是张小全老汉更要彻底反省反省才行，不反省彻底就不用上地！”

满成讲完话，可是没有一个人反省，看样子张老汉还想反抗几句。后来张老汉一想：如果这时提个什么意见，保不定要吵出个什么麻烦来，如果再要吵出个麻烦来，会就会散得更迟，生产更要多误一些。因此，他咽了一口气，嘴就没有张开。发魁见满成批评他，急得头上光冒热汗。他也很想反驳几句，批评满成不给他想办法，但也想到怕自己说了不顶事，因此，发魁也没有张嘴。这村开会有个老规矩，除了“他爹英雄儿好汉”这两个人肯发个言外，别人就很少发言，今天也不例外，既然张老汉父子俩不发言了，所以整个会场也就显得冷冰冰了。

满成见没有一个人发言，时间也不短了，急得他在台阶上台阶下乱跑，隔一小时批评一下大家不做反省不对。但是不管他怎样批评，老是没个人发言，他也没甚办法。到了这时候，他只得去向军师领教。

这军师名叫李满印，是满成的叔伯弟弟，官职也不小，是村上的武委会主任。说到李满印这人对工作也很积极，就是不好好研究工作，常常好出些歪门邪道的计策。可是村长还觉得他很能干，因此，村上凡遇上难办的事情，村长便去找他领教。今天满成叫大家反省，大家不反省，这的确是下不了台，因此他只好找满印想办法。李满印果然是名不虚传。满成的嘴对了对满印的耳朵，满印低头一想，果然想出了个计策。

满成领上教后，心里很高兴，就返回会场跟大家说：“是这吧！大家不反省，也不强叫大家反省。大家只要赶快回去把耧斗一同扛到村公所来就行。以后谁不浸种，谁就不用来扛耧斗种地。”满成这么一说，隔了一大会儿，没有一个人准备扛耧去，大家的脸反而变得更难看了许多。满印见自己的办法没行通，就下定决心，要帮村长一臂之力。于是他去到台阶上说：“凡是民兵站出来！”民兵见是自己的领导人叫站出来，就只得站出来。等民兵站出来以后，满印又说：“走！跟我走，看看把你们的耧扛来扛不来！”

民兵们跟满印走了，不多一会儿，全村三十多张种谷耧都扛来了。满成的心里暗暗夸奖满印的计策高。这时，满印又向大家说："种谷耧都已集中来了，大家今年种谷，必须温汤浸种，谁办不到这一点，谁就不用想来扛耧种谷，散……"

满印正要说散会，忽然看见从庙门口外走进来一个背小皮背包的。

这个背小皮背包的，就是县里那个张工作员。这人的脾气最怕别人不听他的话，最怕别人不按照上级的指示办事。因此凡能按上级指示办事，和听他话的人，他都觉得是好干部、好群众，不然他就骂你落后。所以他对漫流坡村长和武委会主任很满意。

满成一见张工作员来了，马上把话咽了回去，便丢开大家，急忙招待张工作员去了。满印、满成、张工作员到了公所屋里坐下以后，张工作员先问了一番村上近来工作的情况，又问今天开的是什么会？满成、满印一一告诉了他。满成、满印说一句，张工作员吭一声。当满成说到张老汉不浸种、私自种谷一段时，张工作员就生气地说："这些老顽固还要上天啦！非那样给他个不客气不行！"当满印说到他如何想办法集中管制种谷耧一段时，张工作员笑着夸奖满印说："你真称得起个有办法的人，要叫我，恐怕还想不出这样好的办法哩！"三个人又说了一大会儿话，最后满印说："老张！你今天不给大家讲话啦？"张工作员说："也没有甚说的，天不早了，散会吧！"满印觉得今天自己立了一功，不叫上级也立一功，有些埋没了上级，显示了下级。自己低头一想，又想了一个好办法出来，就笑着跟张工作员说："怎么没甚说？咱村三四十个妇女，上地的才只三四个，这还不应该说一说！"张工作员说：

“光说一说恐怕也不顶事吧?!”满印说：“光说不顶事，咱有的是顶事的办法!”接着，他就指东画西地把他的办法给张工作员说了一番，张工作员一听，觉着果然是个好办法，就决定要在大会上去讲讲话。

群众开头见满成等三人进了公所屋里再也不出来了，又看见太阳的阴影儿早已慢慢地上了东房的半墙上，知道是误了上地。但村长没有放话，谁也不敢走。一个个都是小声小语嘟噜着不满意的话。后来，又听说张工作员还要讲话，大家只得再坚持一会儿。

张工作员在讲话中，首先也是批评了一番大家不来开会的不对，接着就是批评张老汉不浸种，偷种谷的不对。发魁一见张工作员讲话了，想他一定要讲讲浸种的办法，可是听了一大会儿，总没见张工作员提提这一着。自己自然又是一番生气。张工作员最后说：“这村的妇女太落后，不劳动生产，今天就要试试你们的本领有多大!”接着他说：“男人们散会，妇女们除了巧巧、成果、金花三个劳动妇女散会外，其余的全部不得走。”大家一听说叫散会，自然是一哄就走完了。剩下的三四十个妇女，都是你看我，我看你，不知工作员要怎么自己，人人都是带着害怕的样子。等男人们走完以后，张工作员向没走了的妇女们下令说：“你们呢这些不劳动的妇女，非叫你们受受不行！站起队来！谁不下地，就叫你们一个劲儿在这里站。”妇女们不敢不听，只得站起队来。妇女们整整站了一个下午，一个个都站得腿疼腰酸。天快黑了的时候，才瞅工作员进了公所屋里的空儿，赶快商议了一下“要上地”的话。等工作员出来，都才报告了一下要上地，这时，张工作员又批评了妇女们一番，才叫她们每人找了一个保人，保证以后要上地，这才让她们下了庙。

三

发魁开罢会回家后，又恼恨、又发愁。恼恨村长的做法不好，恼恨村长无理批评自己，发愁的是推动不开温汤浸种。在家里也愁，走到地里动弹也愁。他想：咱村为什么就推动不开？外村为什么就能推动开？想到这里，他很想到外村去跟别人领教领教，可又想到现在是大忙春天怕耽误了工。最后，他又觉得耽误工也得到外村去跑跑，要不，推动不开温汤浸种，对生产上是一个大损失。因此，他于开会后第三天上午，就到庙背村学习去了。

可是怎样向人家学习，学习些什么呢？他一路走一路想。想着、走着，忽然听得远远地有脚步声。抬头一看，见岭上下来一个背小皮背包的。猛一看，还当是张工作员，后来细细一看，见那人比张工作员还年轻、又精神，那人一面走，一面唱着外路戏。他想这一定是又来了个新工作员。如果是来了新工作员，比到外村去学习还强！所以他就停住脚步，一直望着那个新来的工作员出神。

"老乡，你上哪里去？这儿离漫流坡还有多远？"那个工作员走过来，没等发魁开口，他就先问起来。发魁说："我是上庙背村去的。这里离漫流坡只有二里路了，下去转一个小弯就是！"发魁说完，知道这个工作员要到他村去工作，便赶忙又说："同志！坐下歇歇吧，歇歇我问你个事情。你是不是到漫流坡工作去的？"那个工作员见发魁问的有点来历，也想坐下来先访问一下村上的情况，所以就答应了发魁的要求坐下了。两人坐下以后，发魁就问工作员姓甚，工作员说"姓宋"，发魁问："你是不是县里的宋科长?"工作员就说了个"是"，发魁见是宋科长来了，心里很高兴。于是他就把村上的一切情况跟大前天的开会情况都给说了一遍，并要求宋科长教给他浸种办法。原来张工作员这次回去后，县上已经知道了漫流坡的情况，张工作员也受了批评，宋科长正是为这事来的。因此听了发魁的话，就说："你村的情况我已知道了一些，听你一说就更详细了。我这次到你村，一定要整顿好。关于浸种的办法，一下也说不清，我看咱还是到了村上慢慢说吧!"发魁听说要教给浸种的办法，还要把村上工作整顿好，心里很高兴。所以说完这话，两人就起身往村里走。

一路上，发魁在前，宋科长在后，发魁听宋科长一路走一路唱，感到宋科长真是个好人，就是听不懂他唱的是哪路戏。不管粗听细听，都是一懂也不懂，而且发魁听宋科长唱到"唉咳咳咳咳——咳!"处，止不住就想笑，但因为是生人，只得忍住气把笑收回去。这事，只是到后来他俩熟惯了，发魁问了宋科长一次，才知道唱的是"山西梆子"。

宋科长到了漫流坡以后，晚上开了一个干部会。他没有先批评干部，只装着什么也不知道的样子问道："村长，现在离种谷还有多长时间?春耕下种准备工作做得怎么样了?"满印抢着说："现在离种谷还有十几天哩!可是我村的人太顽固，怕温汤浸种，前两三天就有人偷偷种开谷了!"他为了夸夸自己的功，显显自己的能，又接着往下说："我们已经把种谷的那几家批评过了，并且已经叫他们把没浸种就种上的谷又犁过了，我们为了普遍实行浸种，已经把全村的种谷耧一同管制起来了!"满成也想争一功，就抢着补充说："还有，我村的妇女也太顽固，都不上地劳动……"接着就把用让妇女站队的办法教育妇女上地的事情也说了一遍。这时，宋科长问：“你们用这两个办法，村上人是不是已经浸起种来了？妇女们是不是已经上地劳动了？”这么一问，倒把他两个人问了个脸红脖子粗。满印看见不对头，也不准备争功了，也不准备发言了。满成见满印不发言了，因为自己是村长，别人不说自己总得说，就吞吞吐吐地说：“我，我们只是……是那样做了。可，可是现在还不知道村上有没有人浸种。妇女们上地问题，恐……恐怕还是上地的那几个上地，还没见个新上地的。”这时，宋科长才说：“你们做的根本不对头！”接着又给他们说这种做法为啥不对，又指出生产是新的革命工作，是一种细致工作，必须有新的作风才行，每一件工作必须是干部、党员、团员先带头，做出个模范才行。最后，宋科长说：“明天马上把种谷耧退给群众，好好宣传浸种的好处，干部先带头做！”满成、满印见这次不但没有得了功，反而受了批评，心里很不痛快。但也不敢说啥，心里只发狠说：张工作员说我们对，你反说不对，球！这村的老百姓落后透啦，就叫你到这村试试哩！因此他两人再也没有吭声。第二天早上，满成发狠用广播筒喊叫大家去公所把耧扛走，赌气甚事情也不管了。

宋科长见这两个干部松溜溜地不管事了，认为转变这两个干部的作风也不是一下子的事情。因此，就先去找发魁谈话。他找着发魁，首先把浸种的好处跟办法谈了谈，并叫发魁先用浸了种的和没浸种的两种谷种做个试验，以便启发大家。发魁听了宋科长的办法，很高兴，便立刻动手试验起来。他找了许多谷种和玉茭，又找了十几个小磁盘，把浸了种的和没浸的，都种上了，单等出了芽给大家看。这时张老汉自然还是不相信，不过他已知道是怎样个浸法了。

四

一天晌午，老百姓都坐在老槐树底下吃午饭，大家无非是议论村长等的作风怎样不好，说新来这个宋科长比张工作员、比村干部的作风好得多。有的还说要不是宋科长来咱们村，咱今年还没有耧下种哩。也有人说："我看温汤浸种也不一定非浸不可，恐怕政府也没有那个把握。你没看宋科长来了就没有提这个问题？我看就是村干部瞎胡闹哩！"……大家正说在红火的时候，忽然看见张老汉、发魁、宋科长、满成等四五个人不知拿了些什么往老槐树底下走来了。宋科长走在最前面，他一手提了一个大马头竹篮，竹篮里边放着各种谷穗，一手拿了两穗玉茭棒子。随后是张老汉两手端着两个小磁盘，磁盘里长着绿澄澄的谷苗儿。四个人走到老槐树底下，一齐放下谷苗、玉茭苗后，没等别人开口，张老汉就说："大家快来看看，浸了种的好，不浸种的好？"张老汉说罢，在饭场上吃饭的男女老少"轰"一声都围过来了，把他们四个人跟谷苗苗围了个水泄不通。大家一看果然是两盘谷苗两个样，两盘玉茭苗长得更不同。

张老汉今天怎么信了这一套？满成的作风怎么马上变了？

原来，张老汉见发魁、宋科长二人浸上种以后，心里总不相信能出来芽。但只隔了三天，就见浸了种的那一盘谷子先出了芽，没浸种的那一盘又迟了两天才发了芽。因为他是个"见真"家，既然亲眼看到浸种的好处，便不得不信他儿子——发魁跟宋科长的话了。满成也是见到了宋科长的办法好，又经宋科长给他把村干部应如何领导生产工作讲了好几天，他才慢慢地也服了宋科长，感到自己的作风不变不行。所以今天晌午，宋科长、发魁、张老汉、满成四个人一齐到饭场上宣传来了。

正在大家围住他们四个看的时候，张老汉向大家招了招手说：“大家安静一些，我老嘴老舌的说不来，叫宋科长给大家说说浸种的办法跟好处！”又扭头向宋科长说：“宋科长！你给大家说说吧！”宋科长也没说什么客气话，就给大家说起来了。

宋科长一面讲话，一面仍然一手拿着两穗玉茭，一手提着那个大长马头篮儿。宋科长越说越有劲，好像是念什么歌。只听念的是：

叫声众老乡，慢慢听我讲。
温汤浸种好，说来也平常。
种子倒出罐，先用簸箕扬。
然后下水浸，两开夹一凉。
烫它多少时？只用三分香！

大家听了都嘻嘻哈哈笑成了一堆。特别是那些孩子们更是笑得十分痛快。后来大家又听宋科长讲了一番浸种的好处，接着又念了一段歌：

要问浸种有多好？听我再来表一表。
先说不浸害处大，一共总有十来条：
种到土里发芽慢，上来也是瘦小苗；
不耐旱，不耐涝，遇着大风就刮倒；
到了秋天地里看，各种病害更多了；
有芦心，又莠草，有瞎心有胎谷老；

还有霉谷更糟糕！

说到这里，大家又嘻嘻哈哈地笑起来。张老汉连忙向大家招手说："不要笑，不要笑！还有好的在后边啦！安安静静地听吧。"大家才止住笑，又听起来。

十棵就有三棵坏，减去收成真不少！
说罢不浸害处大，再说浸种实在好：
种进土里出得快，小苗长得肥又好；
又耐旱、又耐涝，遇着大风刮不倒；
到了秋天地里看：各种病害实在少。
没芦心，没莠草，更没瞎心胎谷老；
十棵就有九棵好，五谷丰登肚子饱！

末了"五谷丰登肚子饱"一句，更逗得大家笑了个不休。

这时，一个姓黄的老汉，怕科长口渴，便叫着自己孩子说："小宝！快去给科长倒点开水喝。"叫小宝的孩子，就跑着去家里倒来水，大家一齐让科长喝水。

大家亲眼看到了那几盆谷苗苗，知道浸种烫不死了，也知道浸了种苗儿出得早、长得好，再加上这许多快板的说明，人人都说："今年一定要浸种！"

王老汉还站起来说："科长说得没错，要是村干部早点试验出叫咱看，谁还不愿意浸种哩？"接着大家乱吵吵起来了。有的说："好口才！"有的说："是个有本事人！"还有的说："有一套！"又有个老汉暗暗问了问发魁，知道这个科长才二十五岁，一时就又嚷嚷开了："才二十五岁！年轻轻的就学了一肚本事!”后来发魁又发觉大家交头接耳地说开小声话:“看前天村长跟武委会主任用的那办法,看人家宋科长跟发魁用的这办法!”“是人家张老汉不浸种?还是他的办法用得不好?怎么今天张老汉就愿意浸种了,还不是人家宋科长实行民主!”“过去主要是怨张工作员跟村长他们的作风不民主,光拿行政命令办事。”“看村长他们上一次看了半天会,也没办成个所以。”“看人家宋科长今天也没开会,光在这饭场上就办了多大事!”“我看现在村长也变了样。”“今天咱明白了浸种的好处,今年一定要浸!”……后来宋科长说:“歇起晌了没有,大家是不是该上地了?”大家才不吵了,一致说:“早哩!早哩!再讲一套吧!”本来这宋科长还没讲完,就随着大家的要求又讲开了。不过又换了一套,就是讲的他提的那一篮各种优良品种和平常品种,准备做对比叫大家看,启发大家种优良品种。他讲的办法,仍是先用快板说明平常品种和优良品种好坏的对比,大家听了都很信服,有的马上就要求宋科长给找优种种,宋科长说:“咱县农场里有,这事可以办到!”大家听了很高兴,随后科长又说:“起晌了,大家下地吧,闲了咱再说。”大家才高兴地走了。

当天黑夜,宋科长又召集了干部开了一个小会,让干部们作了一番研究,还检讨了干部过去行政命令的缺点。这时满印也亲眼看到宋科长的办法比自己过去的办法好,不得不承认过去行政命令作风的错误。并说今后一定要改变作风。随后,宋科长又给他们指出了今后工作应如何办的办法。这也有段快板,快板是:

生产新任务,作风也要新。

凡遇一工作，应记这两点。
先做好榜样，模范带头干。
事事讲民主，工作就好办。

事后，满成、满印还亲自去给张老汉父子道了一次歉，说扛你耧斗、批评你，是我二人的不对！请原谅一下！发魁说："没啥，只要把浸种工作推动起来，咱们还会有啥意见？"张老汉说："那也不能怨你，也怨我太顽固了。以后咱们多在一处研究就好了！"

自从宋科长宣传以后，全村家家户户果然都实行了温汤浸种。大家下了种，天天注意小苗出得早不早，长出的苗儿好不好？后来大家果然见今年的小苗比往年早出了一两天，小苗儿果然是肥壮、活泼，高兴得张老汉说："真是应了宋科长的话了！"

到了锄苗时候，满成、满印早早地在一天黑夜便到发魁家，找发魁跟张老汉研究如何带领群众实行早锄苗的办法。讨论的结果是：第一，咱们先要带头锄；第二，要随时随地宣传早锄苗的好处；第三，发现模范，及时表扬，推动大家。最后张老汉又提了个意见说："咱们不会也编出个快板来，在饭场上宣传一下？"大家说："可以。"张老汉说："叫谁编？"一说到谁编，大家都怔住了。满成瞅了一遍，觉得别人都不行，张老汉恐怕还有一套，就说："我看还是你老人家编一个吧？"张老汉笑着说："不行，不行！"可是大家都说非叫他编不可，张老汉见推不过去，只得说："对！我就先试试！"但又扭头跟发魁说："我编倒可以，我看你还得帮助我编才行！"发魁兴着说："行！"张老汉见有了编快板的帮手，也更高兴了，就一边抽烟一边想。结果只想出两句来，笑着念道：

苗锄一寸高，如同上粪好！

张老汉说：“我就是这，再也想不出来了。发魁你再补充上几句吧。”发魁想了一会说：“我想恐怕不行！”大家说：“行不行你先说说看！”发魁就念道：

如要锄迟了，苗荒人人毛！①

大家一听都说：“好！好！好！就这吧！”随后大家研究了一下，都要拿上这个快板向群众宣传，就回家睡觉了。

今年夏天，因为发魁、张老汉、满成、满印四人的带头，跟那个快板的宣传，大家动手锄苗，果然早了好多。因为满成、满印二人作风的转变，后来这村上不但再也听不到“下一次”的故事了，而且都还纷纷反映说：“满成、满印真是变好了，我看比上外村的干部也不在胯下！”有的说：“我真没想到他俩变得这么快！”也有的说：“共产党领导的干部还有人转变不了的?!”

一九五〇年六月二十五日于陵川

①即荒了苗人人要忙乱的意思。

外队专家

一

各行各业都有专家，今天说的是一个放羊专家的故事。因为他是打外队来的，所以叫做“外队专家”。

外队专家姓刘，名小水，今年二十五岁，是刘庄生产大队的模范羊工。他在一九五七年初中毕业以后，积极回乡参加了农业生产。当时刘庄的羊群发展很快，羊工人手不够，他便自告奋勇当上了小放羊。

刘庄这一带山地自古以来对养羊就很重视。羊肉能吃，羊毛可以卖钱，最重要的，羊粪是上等好肥料。解放前，羊粪蛋还论升论斗地卖哩：拾一升羊粪蛋就可以换到半升玉茭。所以人们有“能打多少粮，看有多少羊”的说法。刘小水是个共青团员，下定决心要把山区建设好，自然懂得山区养羊的重要性。他当上羊工不久，听说陵川县瓦窑村有个羊专家宁华堂，就亲自跑到那里去学习了三个月。回来以后，几年工夫，刘庄的羊群由二百一十只发展到了五百多只。

刘庄的北边有个柴庄生产大队，十年前，也有二百多只羊，三个羊工。可是如今他们只剩下一百一十多只羊，一老一少两个羊工。刘庄因为羊多、肥多、打粮多，年年都是模范队。柴庄每年要比刘庄少卖几万斤粮食，社员们的生活水平也比刘庄差了很远。

这情况并没使柴庄的老羊工史老新怎么着急，却把外队——刘庄的刘小水急坏了。这个年轻人时时处处关心别人。他自己不爱吃羊肉，可是看到社员们碗里盛下了羊肉饺子，他就要高兴得唱一板上党梆子；他会打毛衣，可是他给社员们打了几十件毛衣，也没顾上给自己打一件。他关心本队的羊群发展问题，也关心着邻队，常说："走社会主义道路，就是要走大家富裕的道路；我们过大年每人吃二斤羊肉，不能眼看着柴庄的社员只吃半斤……"他听说柴庄的羊发展很慢，是因为没有好母羊，就跟本队党支书刘天荣商量，又征得了社员们同意，挑出十只好母羊换给了柴庄。过了一年，柴庄的羊还是只有那么几只，刘小水主动跑到柴庄去了解情况，柴庄的干部说主要是没有好公羊，刘小水回来就又提议给了柴庄十几只好公羊。又过了一年，柴庄的羊还是没有什么发展，刘小水又到柴庄去跑了一趟，柴庄的干部又说主要是牧坡太小，羊吃不好。刘小水回来又跟老支书商量好，让柴庄到刘庄的坡地来放羊。一年以后，柴庄的羊还是没有刘庄的羊吃得胖，羊羔也没有下几只。刘小水为了找出柴庄养羊的问题在哪里，特意去观察了他们的老羊工史老新怎样放羊，这才发现：他们早春不懂得放北山，晚秋不懂得先放南坡；羊出坡，不看天气；羊回坡，赶得太快……原来，换羊、让坡都不对头，抹油没抹在车轴上，应该想办法帮助他们解决放羊技术问题。

这天，刘小水放羊回来，吃过晚饭，就跑到队里跟老支书刘天荣说："我看出来了，柴庄的放羊技术有问题，咱们可得想个办法帮助帮助他们！是不是可以派个人去？"

刘天荣也十分关心柴庄的养羊问题，听了刘小水的意见，认为倒也是个办法，便说："叫谁去呀？派你去，你同意不同意？"

"没意见！"刘小水听说要派他去，高兴极了，急嘴急舌地问："叫我什么时候去？"

当天晚上，刘庄大队专为此事开了一个队委会，还跟柴庄通了电话。最后确定下来，就派刘小水这个思想红、技术高的羊工到柴庄去放三个月羊。于是，他便成了外队专家。

二

次日一大早，刘小水背了行李，提着羊铲，来到柴庄的大队部——观音庙的大门口，只见院里挤着不少人：有的背着鼓，有的提着锣，还有的扛着大红旗，上面写着"欢迎外队专家"。他吓了一跳，返身就要往外跑。谁知柴庄的支书老柴已经看见他了，连忙喊道："小水同志，正要到村口去接你哩！"

人们见刘小水已经来到，马上打起锣鼓、喊起口号来，闹得热火朝天。

刘小水只好返回来，跟老柴握过手，难为情地说："老支书，邻庄近社的老熟人来帮助放几天羊，有什么了不起，大忙秋天，何必兴师动众的……"

老柴笑道："我们欢迎外队专家嘛！我看不必介绍了吧，大家都认识。"老柴因不见他们队的老羊工史老新说话，四下里看去，只见他在人群里低着头打毛衣，忙说："老管师，外队专家来了，你怎么也不过来欢迎欢迎？"

史老新这才磨磨蹭蹭走上前来。因见刘小水伸过手来，也只好伸手跟他轻描淡写地握了一下，却把嘴抿得严严实实地没说一个字儿。握过手，他又低下头，打起毛衣来，好像是一个哑巴。刘小水看看柴庄这位老管师的态度，他的一颗火热的心立刻冷了一半，想道："糟糕！看老管师的样儿，准是不满意我到柴庄来。要是这样，这个任务怎么能完成呢？"

锣鼓响了一大阵，老柴便领着刘小水去吃饭。路上他想到史老新对客人的态度不好，就一边走着一边解释道："小水同志，你初来，对我们的老管师还不了解，他就是那么个人，时间一长，熟惯了就好了。"

史老新外号"世外老仙"，是个放过三十多年羊的老羊工，说起放羊这一行来，也是很有一套的。今天见刘小水到来，他认为这分明是说自己还不如一个才放过六七年羊的小伙子。他根本没把这个年轻的"外队专家"放在眼里。事先就把小放羊——小胖训练了一番，等得"外队专家"来了，他们要给"专家"出几道难题，说是过不了三天，就要请"外队专家"还回他们刘庄去。

三

吃过早饭，"世外老仙"陪着"外队专家"向羊圈走来。他们走过大街，穿过小巷，走了半天，"世外老仙"一直在打毛衣，不说一句话。刘小水偷偷看看他的脸，只见他板着个面孔，看了挺怕人的。为了打破这个沉闷的局面，刘小水就寻着话跟他说："老管师，今天咱们到哪个坡去放呀？"

“世外老仙”头也不抬，只是有一搭没一搭地说：“没准儿。”

“咱们的羊每天都是这时候出坡吗？”

“唔！”

“每天中午的饭都是小胖回来取的吗？”

“唔！”

“唔，唔……”刘小水无论问他什么，他都以“唔”来回答。他们来到羊圈门口，只见小胖早已在这里等着，问道：“老管师，开圈吧？”

“世外老仙”拿刚刚空出的一根毛线针轻轻地摆动了一下说：“稍等等。”他低着头，好像毫无目标似的问道：“专家同志，咱们三个人，你看叫谁领头，叫谁守腰，叫谁压尾？你指示指示吧。”

刘小水听他说话带刺，心里很不舒服，但仍谦让地说：“我是来向老管师学习的，还是老管师说话吧，叫我做什么我就做什么。”

“我们什么也不懂，你是专家，还是你说吧。”

刘小水觉得这话更难听了，但想到自己任务重大，不能计较这些小事，便振振精神说：“不行，老管师，我初次来到这里，羊是生羊，路是生路，坡是生坡，一切都得向你学习，这话非你说不可。”

“世外老仙”见他口口声声说是来学习的，心想：打量你在我老新面前也不敢展翅！他认为自己把个“外队专家”降住了，这也算得一个胜利，便沾沾自喜起来。这才停止了打毛衣，大大咧咧地下起命令来：“小胖，你领头，专家同志，你守腰，我还压尾。把圈门打开吧！”

圈门打开了，羊群拥拥挤挤跑了出来。小胖领着羊穿过村中大街，直向村西走去。刘小水因为不熟悉这里的羊性，羊也不熟悉刘小水，不大听他的指挥，所以他在羊群中腰赶羊非常吃力。一会儿，有两只羊跑到一家院里去了，“世外老仙”故意喊道：“专家同志，人住的院子是山羊走的路?”

刘小水连忙“嗬嗬”地喊了两声，那两只羊也不听他的口令，只管在院角处啃吃高粱秆子。没办法，他只好跑进院里把它们赶了出来。这时，又有两只山羊跑进了打谷场里，逮住肥肥的谷穗子就大口大口地吃起来，刘小水连忙捡起一块石头扔去，也不抵事。“世外老仙”又说：“专家同志，你们刘庄的羊就是专门吃谷穗子的？难怪你们刘庄的羊吃得肥，能当模范!”

羊群出了村，要打一条两边都是庄稼的小道穿过去。事先，“世外老仙”就问：“专家同志，你看前边那条道儿，两边都是庄稼，我们的羊要过去，怎样才能保证吃不了庄稼呢?”

刘小水心想，老管师又要考试我了，立刻回答道：“羊群穿庄田，羊工拦腰赶，嘴要勤叫喊，手要赶得欢……”

“世外老仙”听了这话，心想：赶法儿完全对，想不到他还有歌儿哩！——今天倒要看看你的。

羊群开始走进田间小道了，“世外老仙”却不注意赶羊，刘小水前前后后跑着照顾，费了很大气力，还是有许多羊啃吃了一些谷穗子。等到羊群穿过这条道儿以后，“世外老仙”气呼呼地说：“专家的法儿就是念歌儿的？看吃了多少粮食!”

总之，放了一天羊，“世外老仙”给刘小水出了几十个难题，把个刘小水闹得头昏脑涨。此后几天，还是照样，“外队专家”真是哭不得，笑不得。可是他一一忍下了，心里只有一个念头："我是来帮助放羊的，又不是来听好话看笑脸的，管他什么态度哩！"刘小水没有灰心，没有走。"世外老仙"想在三天以内把刘小水赶走的打算落空了。

四

一个月过去了。刘小水摸着了这里羊的脾气，羊对这新羊工也熟悉了，听他的口令了。"世外老仙"不再给刘小水出难题了，只是还不肯向他请教，不肯听他的话。刘小水决心冲破一切困难，要把自己的经验教给他们。"世外老仙"不听他的话，他就打小胖身上做起。小胖原来只听"世外老仙"的话，后来，刘小水每天晚上都要给他讲革命故事，小胖听了很受感动，慢慢地跟小水亲近起来，渐渐地说话也向着小水了。

这几天，刘小水见他们老是在北坡放，便问小胖："咱们每天怎么老往北坡跑？"

小胖说："天气冷了，北坡向阳，暖和嘛。"

刘小水说："你们放羊可不能只顾人暖和呀……"

"世外老仙"在一旁随后说道："谁不知道，秋末冬初南坡冷，草枯得早，应该抢先放南坡。"

刘小水见"世外老仙"对这一点也十分通达，忙说："对呀，老管师，咱们明天就先到南坡去放吧？"

"世外老仙"却气呼呼地说："你是有名的模范，你去吧，我又不是模范，我不去！"

刘小水到柴庄来是帮助人的，只有帮助的义务，没有领导的权力，所以处处要受"世外老仙"的碰。小胖见刘小水又受了碰，心里很不平，瞅空子对他说："小水哥，老管师叫怎么干就怎么干算了，何必寻钉子碰呢？"

刘小水说："要害怕碰钉子，我就不到柴庄来！"这时节，忽然发现一只老母羊窝在地上"咩咩"地直叫，看来是要下羔了，忙喊道："老管师，这只老母羊要产羊羔了，快过来看看吧！"

"世外老仙"只管捻毛线，漫不经心地说道："知道，着什么急哪！"

刘庄的羊工看出来哪只羊要产羊羔，事先就不让它出坡，产羔时，也特别照顾得很，羊工们如同遇上什么喜事似的，格外高兴。今天看了"世外老仙"那个若无其事的样儿，小水心里又着急又奇怪。没法儿，他只好自己去照看一下。直到那只老母羊产了羔，"世外老仙"才走过来看了看，动手断了一下脐带。刘小水看了他的手法，也十分佩服他的高明，遂又问道："老管师，看叫谁把这只老母羊和小羊羔送回村里去？我去呀？还是小胖去？"

"世外老仙"说："下一只羊羔就回去送一趟，谁出这个跑路钱呢？没那个工夫！"

刘小水拗不过"世外老仙"，只好由他们。他见小胖掂着新生的小羊羔如同掂一只死兔一般，在空里随便游荡，他就跟小胖商量好，把小羊羔抱在自己的怀里。

天晚了，他们赶着羊沿着柴河下游河岸向柴庄方向走去。刘小水想到今天还没有饮羊，问小胖道："小胖，今天还没有饮羊，怎么就要回去呀？"

小胖看见刘小水又要提意见，把他急坏了，忙说："你是好心好意帮助我们的，可是你张张嘴就要挨钉子碰，不知道你受了受不了，我先受不了。管他长啦短啦，你千万不要再提意见了……"

刘小水说："我就是专门提意见来的！"随口就说："老管师，今天还没有饮羊，怎么就要回去？"

"世外老仙"说："前边老石头下那一池水不能饮羊？"

老石头下的一池水少得很，哪里够饮一百多只羊呢？小水忙说："那一点点水够饮几只羊？咱们要把羊放好，光吃草，不饮水怎么……"

"世外老仙"立刻回答道："知道！'想要羊儿肥，吃草加饮水'，这个歌儿我会念！"

刘小水见他这一点也通得很，还有他提到配羊、保护羊羔、喂盐、什么季节放什么坡、怎样个放法，说起来也都是头头是道，可就是不肯真正做去！羊工们对自己的事儿比对要羊关心，难怪柴庄的羊群发展得慢哩！他开始意识到这不是个技术问题，而是羊工的思想问题哩。

刘小水对于"世外老仙"的结论，半点不差。原来，放羊这一行跟别的活儿不同：一年三百六十五天，是一卯误不得的，要夏天不避风雨，冬天不避寒雪，见一个日头出一次坡。到外队去踩圈，一走三两个月不回来，就是在本队春秋两季卧地，也得两三个月待在田野里，羊住野圈，羊工就在羊圈门口搭一个草庵，算是临时宿舍。羊工活儿的这个特点养成了他们懒于在大队里跟社员们过集体生活的毛病，长年地不看报，不开会，他们的活动差不多等于是单干的，所以大家才把史老新叫成"世外老仙"。这样，社员们的社会主义思想一天天提高了，两个羊工却一天天落后了。关于如何把羊放好，如何使羊群发展得更快，如何为社会主义建设事业做出更大的成绩，他们根本没有想过。再加柴庄的大队干部对他们的思想工作做得很不够，"世外老仙"说没工夫开会，老柴便说："这也是实际情况，不参加就不参加吧。”“世外老仙”说：“羊工费鞋，应该加一部分买鞋的补贴钱。”老柴便说：“这也是实际情况，可以给你们多记几个劳动日。”这样一来，“世外老仙”放好羊的心思越来越淡薄了。刘庄却不同，刘小水他们放羊也不误队里的各种会议，并且订着许多报纸、杂志，每天瞅空儿进行学习。他们到外队去踩圈，一走两三个月，误了本队开展整风学习，回来以后还要想尽办法补补课。所以他们羊工的思想红，羊群发展得也就快。

刘小水把柴庄、刘庄两个大队的情况作了一个比较，他的心亮了，问题的根子找着了。他打算把自己的想法找老柴谈谈，到期就离开这里。可是又一想：自己来到柴庄三个月，解决了什么问题？糊里糊涂走了对吗？他又改变了主意，要在柴庄再干它三个月。

这天晚上，羊入了圈，没有吃饭，刘小水就找老柴来了。老柴听了他的分析，认真考虑了一番，豁然开朗地说：“专家同志，你的话对着哩！我们找落后原因找了几年都没有找到，你今天算是找到了。公社党委李书记老批评我思想工作做得不够，我还不服气，今天我算想通了。小水同志，你再在柴庄干三个月好不好？帮助我们彻底把问题解决一下。”

刘小水说：“我也有这个打算。”

两人商量好，连忙往刘庄打电话，刘天荣慷慨地答应了。

五

“世外老仙”听说“外队专家”要在柴庄再放三个月羊，也不在乎，心里说：多个人，我倒能省点劲儿。不过，因为老柴再三要他多跟刘小水研究，也不敢十分跟刘小水闹别扭了。

小胖跟刘小水相处了三个月，听刘小水读报、讲故事、讲社员和人民公社的关系，他懂得了把生产大队的羊放好，是自己的责任。这时，他已成了刘小水很好的助手。

这一天，又该给羊喂盐了，小胖去大队里领盐，偏巧供销社缺货，“世外老仙”说：“没有就算了，等有了再说吧。”

刘小水不同意他这种做法，说道：“这样不行，到喂盐的时候就必须喂盐。要不，羊老是舔石头，不好好吃草，怎么能把羊放好呢？”

小胖也说：“对呀！过去我们的羊吃不胖，就是吃了不按时喂盐的亏！”

“世外老仙”见小胖跟刘小水说一路话儿，狠狠地白了他一眼，只对刘小水说：“供销社没有嘛，这也怨我？”

刘小水说：“咱们到公社总店去替供销社担一担盐来还不行吗？”

“世外老仙”说：“我是个放羊的，没那个工夫！”

刘小水说：“咱们三个人抽一个人去。”

“叫我去？我没有那份力气！”

“我去。”

“世外老仙”见他自己愿去，自然无话可说。小胖却在一旁念叨道：“小水哥是刘庄的社员，倒比柴庄的社员还关心柴庄的羊哩……”

中饭时节，刘小水把盐担了回来，当天下午就喂了盐。喂盐当中，小胖跟刘小水两个人说说笑笑，很是高兴。“世外老仙”看在眼里，心里很不是滋味。随后，他们赶着羊在东山梁吃了一阵子草，坡上的草啃光了，一群羊“咩咩”地直叫。“世外老仙”放羊是差不多放到时间就好了，不问羊是不是吃饱，他见那群羊仰着头不吃草了，便喊道："小胖，收坡吧。"

刘小水看看太阳还有一竿高，那群羊仰着头东瞅西看地叫喊，知道是还没有吃饱，便说："老管师，咱们再赶一个坡放一会儿吧。要不，大冬天里，羊没有吃饱，就抵不住夜寒，会出毛病的。"

小胖也说："前几年每到冬天就要死很多羊，只怕问题就在这里。我同意再赶一个坡放一阵儿。"

"世外老仙"见小胖总是帮着刘小水跟自己打别扭，发狠骂道："就显你能！你过去不把羊放好些？"

小胖说："就是因为过去没放好，社员们才对咱们不满意哩。过去错了，今天可不能再往错处做。"

"世外老仙"拗不过两个年轻人，只好又赶在东边小荆山放了一阵。收坡之前，刘小水跟小胖两个人已经在那一层的梯田地后埃根桑树下，捡了满满两大筐干桑叶，一边赶着羊，一边背着桑叶往回走。每天回家捎背两大筐桑叶，这是刘小水出的主意，准备让产羔的母羊和小羊羔在圈里住着吃。"世外老仙"在过去可不是这样，头天母羊产了羔，第二天就把母羊、小羊一起赶上大山坡了。本来羊们每年冬天下的羔也不少，可就是差不多全冻累死了。如今他见两个年轻人每天往回背桑叶，心下不觉有些惭愧。转眼到了冬天，柴庄的羊群产了三十二只羔子，因为刘小水早有准备，不让小羊羔出坡，结果都成活了。社员们高兴得很，见了羊工就要夸奖一番，说："到底是请来了专家，柴庄的羊一冬天就发展了几十只。"

刘小水为了鼓励"世外老仙"，只说："我一个人能干得了什么？主要还是老管师会接产，会抚养羔子！"

社员们说："羊多了，粪也多了，明年一定是个丰收年，这都是外队专家的功劳。”

刘小水说：“农业上的丰收，跟老管师的成绩是分不开的……”

“世外老仙”没想到社员们对于多保住几只羊羔会有这么高兴，没想到放羊跟农业生产有这么大的关系，没想到刘小水有了功劳只往他身上加……他开始觉得对不住小水，开始意识到了自己的过错了。可他还不愿明讲，只是在以后的行动上有了一些转变，再不跟小水打别扭了。刘小水很高兴，心想：这就有希望了！但他认为要想使他们继续前进，还必须想办法叫他们改变过去那种不关心集体生活的情况。

这天晚上，三个羊工正吃晚饭，听得街头有人广播要开社员大会，刘小水看看“世外老仙”，却叫着小胖的名字说：“小胖，吃过饭，咱们开会去。”

小胖听说叫他也去开会，十分稀奇地说：“开社员大会，咱们去干什么?”

刘小水随即问道：“你是不是柴庄生产大队的社员?”

小胖说：“是呀。”

刘小水说：“既然是社员，就应该去嘛!”

“世外老仙”明白刘小水也是在说自己，因想，刘庄的社员临时来柴庄帮几天忙，还要参加柴庄的社员大会，自己是柴庄的社员，怎么能不去呢?便说：“小胖，快吃吧，今天咱们都要去开开会。”

吃过饭，三个人往大庙走着，刘小水说：“老管师，我来到柴庄四个多月来，这还是第一次见你去参加社员大会哩。”

“世外老仙”感慨地说：“专家同志，你还不清楚哩，自打土改斗地主我开过会，后来成立高级社我参加过一次社员

会，到如今整整七年了，我还是第一次参加社员会哩。“

刘小水开玩笑道：“那是怎么着，成立高级社以后你就出了社?”

“算啦算啦，都怨咱没有政治头脑，太落后啦!”

他们说着话来到大庙里，大队会计一见是“世外老仙”，只当他是来领冬季补贴鞋面布的，忙说：“老管师，布还没有拉回来，等明儿拉下布，给你送去，今天你先回去休息吧。”

“我回去做什么？今天晚上不开会啦?”

“要开呀，这里开的是社员大会。”

“我不是社员?”

一句话提醒了会计，会计哈哈大笑起来，到会的社员们也笑起来，“世外老仙”却红着一盘大脸发起脾气来：“真成问题！什么时候把我这个社员开除了!”

说着话，人到齐了，大队长宣布开会，随后党支书老柴讲了一下开会内容。原来是发动冬季积肥。说到积肥，自然会提到养羊。社员们分组讨论的时候，组组吵嚷的都是羊的问题。有几个年轻人对“世外老仙”有意见，今天好容易看见他也开会来了，就故意说些带刺的话叫他听。有的说：“‘山地不养羊，别想多打粮’，咱们柴庄的羊过去老养不好，应该找找原因!”有的说：“主要是羊工政治没有挂帅!”有的说：“咱们柴庄的羊工是打毛衣的手工业铺子……”有的说：“咱们的羊工就知道争补贴工……”“世外老仙”听了这些话，觉得满脸发烧，看看手里的毛线，好像是什么见不得人的赃物似的，连忙收起来坐在了屁股底下。刘小水看见这种情况，想到他如今已经大有转变，应该多鼓励鼓励他才好，便站起来说：“同志们，大家的话对是对，可是咱们今天的老管师可不是过去的老管师了，他跟我说过他以后要把羊放好，我们应该表示欢迎啊……”

刘小水的话音未落，会场上响起一阵热烈的掌声。这掌声虽然也有欢迎“世外老仙”转变的意思，可主要还是表示欢迎刘小水对他们柴庄大队一贯的热心帮助。可是也使“世外老仙”感到了：全队人的眼睛都看着这一群羊哩，我过去算是鬼迷了心窍啊！

会后，三个羊工回到宿舍，刘小水为了不使“世外老仙”泄气，说：“老管师，社员的话说得虽然难听，可也是一番好意，只要咱们以后把羊放好了，还有大家欢迎你的时候哩。”

“世外老仙”感叹地说：“我知道大家都是为了多打粮食，建设社会主义呀！”

刘小水看看他的思想扭过来了，心想：这才到了拿技术的时候。于是，连夜写了一个改进牧放和管理羊群的办法草案，还提出他愿意传授一羊产双羔的技术，当然也谈到了羊工如何与社员们过集体生活、坚持政治学习等问题。次日大早，他把这个草案给“世外老仙”和小胖念了一遍，“世外老仙”兴奋异常地说：“小水同志，你提的意见条条都有道理，我保证件件办到！”在以后的日子里，“世外老仙”真的按刘小水的办法放羊了。

从此，柴庄的羊有了较快的发展。这年过春节，比往年多杀了五只羊，同时，还卖给国家五只羊，数目字虽然很小，往年却没有卖过，这也是个好的开端哪。社员们很满意，有人说：“咱们的畜牧业今年可算为国家出了一点点力气。”还有人说：“今年的羊粪比往年也多了，咱队的庄稼也该变个样儿啦！”“世外老仙”听了这话，感到比他打毛衣赚了手工钱还兴奋得多，心里说：我活了五十五岁，今年才活得有点意思了。他非常佩服刘小水，跟他说："专家同志，我今天算是承认你是我的好老师！"

刘小水笑道："不能不能，我跟着你学习了很多好经验，我还应该唤你'老管师'！"

一九六四年八月

石头赶车记

孟福山

鸡叫二遍，西河口村那一辆胶皮大车就出动了。两个赶大车的，一个是经常赶车的孟福山；另一个是临时赶车的邢石头。一个坐在车座上；一个随在辕骡身边，谁也不说话，原来，两个人都在想自己的心事。

孟福山对临时赶车的邢石头很不满意。他恨他的老伙计焦二旦今天不该有了病，他恨生产大队长不该派了邢石头来帮他赶大车。为什么呢？其中有个原因：

原来，自从成立人民公社以后，西河口生产大队就有了胶皮大车，队里分配孟福山、焦二旦两人专门赶大车，搞副业生产。第一年，他们搞得很好，给队里赚来三千多元钱；第二年就变了，只赚来两千五百元钱。以后一年比一年少，于是，社员们对孟福山的意见可大啦，都怀疑他们把赶大车赚下的钱装了自己的腰包，都说孟福山变得越来越不像话了。

大家说孟福山变了，这话一点儿不假。因为第一，孟福山他们长年累月地在外边跑运输，离开了集体，经常是他们两个人自由自在地做买卖，慢慢地集体观念越来越淡薄了；第二，他们一年到头在外边跑，很少在家，一切会议都很少参加。就是偶尔回来，碰上队里开会，他们也常常借口跑了一天累坏了，明儿还要起大早上路，不肯到会，因而很少受过社会教育；他们经常给商业部门、供销部门拉货物，虽然这些货物都是按地区、人口分配的，都是定量供应的物资，可是他们也知道每一种货物都有一部分机动数字。再加他们常跟商业部门打交道，人也熟惯了，因此，他们拉白糖，要求买几斤机动白糖；拉纸烟，也要求买几包机动纸烟。他们买的物品一多，就需要相当数目的钱。可是他们跟农业上的社员一样，一天只能记一个劳动日，收入却是有限的。在这种情况下，他们就干脆做起“机动”买卖来了。他们赶大车，拉货物，半路上再捎带拉几个人，于是，拉货物赚下的钱，算作生产队的副业生产收入，交了队里；捎拉客人赚下的钱，就装进了腰包。有时候，他们到城里去送货，返回来又捎货，送的一趟算作给队里搞生产；捎回货这一趟，就算作两个赶车人的私人买卖了。有时候，他们跑运输走运了，干脆多搞几次买卖，全是为他们自己搞的。总之，凡是队里容易知道的，赚下钱就往社里交；凡是队里不容易知道的，赚下的钱就成了他们自己的。好在跑运输这种副业生产，在外边跑的时间很多，搞买卖全是由他们两人随便搞，为他们自己做买卖的机会很多。这么一来，这一辆胶皮大车虽然是生产大队的，实际上好像成了他们两人的私有财产，把给生产队搞副业生产，当做给他们自己搞副业生产……

孟福山他们搞“机动”副业生产搞得多了，手里的钱也就慢慢地多起来，他们两家的生活也就与众不同了：别人穿一般市布衣服，他们两家人尽穿买来的华达呢布衣；生产大队没分过羊毛，孟福山一家人都有毛衣穿；生产大队没有杀猪，孟福山一家人常常吃猪肉；孟福山的女人每天往供销社跑，见什么买什么，谁也估不透她的手里有多少钱。因此，社员们都反映两个赶大车的有问题。生产大队接受群众的意见，这几天也正在想办法了解他们两个在外边搞副业生产的情况，却怎么也找不出一点线索来。孟福山虽然也知道大队干部、社员群众对自己有怀疑、有意见，他却并不害怕。他认为他搞"机动"买卖搞得很高明，谁也没办法抓住他们什么赃证。因为他们搞"机动"买卖成了习惯，胆子也大了。这一次，他们到县城里去送核桃，早几天就在城里订下另外一种买卖，准备捎带着搞一搞。不想焦二旦病了，大队派了邢石头来帮忙，这对他搞"机动"买卖是个很大的妨碍。假如是派了别人来帮忙，分给他一点小利益，也可能就没事了；可是邢石头并不是这样的人，跟他在一起，干什么都不方便。

邢石头

邢石头今年四十三岁，是个老实人。他有一个优点，爱社如家，对社里的一草一木，他都十分爱护；也有一个缺点，胆子太小，不愿意惹人闯事。他是个翻身农民，孩子多，全家七口人，只有他一个劳动力，所以光景总不如别人。虽然如此，他却常常对人说："好得多了，像我这个人家，要是在旧社会，不卖老婆，也得卖儿女。可是如今呢，你们看，社里的土地有我的份儿；社里的牲口也有我的份儿；你去我家里看看，老婆子还会在炕头给孩子们做针线活儿，我家里还有一个上中学的哩!”

邢石头今天来替焦二旦赶大车，他有什么心事呢？第一，跟大家一样，他也怀疑孟福山他们搞副业生产有问题；第二，过去他跟孟福山打过两次伙计，知道孟福山有什么毛病。第一次是在一九五四年初级社时候，当时，社员们的牲口还没有入社，社里自然还没有牲口。因为社里有二百斤大麻籽要往小阳镇油坊送，便派了邢石头、孟福山两个人。他们去送大麻籽，只用半天时间就回来了，也不赚脚钱，每人在社里记半个工就行了。当他们两个人担着大麻籽到了油坊，正好碰上张寨村送来八牛车小麻籽。邢石头看见油坊的人手少，没人帮助下车，他就不声不响地帮人家扛了一袋子小麻籽送进了油坊。他扛了一袋又一袋，当他扛第四袋时，孟福山突然挡住了他的去路，歪着头瞪着眼睛说：“石头，你就看不见太阳快正了?”

邢石头扛着一袋子小麻籽，勉强抬起来，说：“你先坐在阴凉处吸袋烟，休息休息，等扛完了，咱们就走。”

“我没工夫等你，你是走不走?”

“快，误不了多少工夫，你稍等等。”

“给他们放下，咱们走吧！——你一个劲儿给他们扛，谁给你出工钱哪!”

“动动手就要钱，钱早把咱们埋住了!”邢石头一边说着，一边扛着小麻籽进了油坊。以后他又一连扛了八九袋子，直等扛完，这才跟坐在那里吸烟的孟福山说：“扛完了，咱们走吧!”

孟福山说：“看你红脊白汗地扛了半天抵得个屁？今天回到家里，得多吃一碗小米干饭!”

正说话间，油坊会计出来喊道：“喂！西河口送大麻籽的，稍等等。”

邢石头以为是他们送大麻秤上有差错，连忙站下来，问道：“怎么，数目字不对？”

油坊会计赶上来，说：“不是，你扛了小麻籽，还没有给你搬装费。扛一袋五分钱，你扛了十六袋，这是八毛钱，给你，点点数。”

邢石头忙说：“满打满算没误了两袋烟工夫，还给钱哪？算啦算啦……”

孟福山最喜欢钱，忙说：“人家给咱，咱们就收下吧。要不，人家当会计的怎么记这一笔账哩！”说着他早已替邢石头收下了。他虽然没有给人家扛小麻籽袋子，这八毛钱虽然没有他的份，可是他看见有了钱，却想入一股。走在路上，他说：“石头，我今天虽然没有给他们扛货，可是因为等你，我也误了半天工夫。你说这钱怎么个分法吧，三七分呀？四六分？”

邢石头听说他要分钱，奇怪地看了他一眼，说：“咱们都是社员，咱们出来半天，社里要给咱们记半个工，记了工，再分钱，咱们不能赚双份儿呀！把钱交给社里才对哩。”

孟福山又好气又好笑地说：“你真是块石头！队长派咱们出来是送大麻籽的，又不是派咱们出来送脚的，咱们把这几个钱分了，他们谁知道！”

“不管有人知道没有人知道，咱们总不能在社里记了工，再做私人买卖。”

“什么私人买卖，这件事只有你知道，我知道；只要你不说，我不说，怕什么哪！看你穿那件破褂子，也该弄几个钱，拉二尺布补一补啦。”

“这褂子不算破，比单干时候那件褂子好得多啦……”

两个人争辩一路，因为邢石头坚持不分，孟福山也没办法。他们回到社里，邢石头真的把那八毛钱交给了社里。孟福山害怕邢石头在社长面前告自己想私分搬装费的状，心里怀着鬼胎，早晚听着风声，结果，并没有人提起过这件事，他才放了心。一个人说："打量这个老石头不敢告我的状。"这算一件事。

第二次是在一九五七年高级社时期，那时，社员们已经把牲口入了社，农业社的家当比过去富得多了，社员们的日子比过去也好得多了，因此，邢石头也就更加爱社了。有一次，社里准备用两辆铁甲牛车往县里卫生院去送党参，正好又派了邢石头、孟福山两个人。那一次，两个人走在路上，就没有多说话，两个人各自想各自的心事。邢石头想的是：一九五四年我跟福山一块儿往油坊送大麻籽的时候，是担着送；这一次又跟福山打伙计，变成赶牛车了，我们社里也有了牲口，变化好大呀。那时候，社里产量还比较低，去年高级社亩产就增加好几十斤，口粮多了，分的钱也多了，前天我还在供销社买了这一件新毛衣，就是比过去穿夹衣暖和得多了。于是，他不自觉地低头看看自己穿的新毛衣，心里又说：这东西，老几辈的谁见过？就是买得到，咱也买不起呀。九月天气，穿夹衣有些儿冷，穿棉衣有些儿热，穿了这件毛衣太合适了……

孟福山想的是另一件事：他妈的，今天又碰上这块不开窍的老石头了，跟他打伙计，他不敢捎个脚，连个零花钱也赚不上。正在纳闷，忽然有两个人拦住了去路，说是要坐车。孟福山想到捎了脚，赚了钱，因为有邢石头监视着，自己也花不上，何必找这些麻烦呢，便心不在焉地对那两个人说："货够拉了，不捎脚。"

邢石头想到今天的两辆车载货不重，捎捎脚，一来，那两个客人不发愁走路了；二来，又能给社里增加一些收入，便说：“同志，你们也是进城的吗?”

“是。”“好，上车吧。”于是，邢石头吆喝牲口站住，让两个客人上了车。到了城里，两个客人给了一元钱的脚费。孟福山本来害怕邢石头那个“老石头”脾气，在他的面前，不愿意搞什么鬼名堂，如今看见邢石头拿到一元钱的额外收入，心头又有点痒痒起来。于是，他又跟邢石头商量要把那一元钱私分了。谁知如今的邢石头比一九五四年那会儿的邢石头更厉害了，不只没有同意他的意见，反而狠狠地把他批评了一顿，说：“牲口是社里的牲口，搞副业生产是给社里搞，我们怎么能私自分副业款呢？福山呀，不是我要批评你，你的自私自利思想太严重了，我劝你好好从思想上检查检查吧……”

孟福山一看势头不对，再不敢张嘴了。

一车黑货

这一次，邢石头作为一个临时赶大车、搞副业跟了孟福山出来，因为他人老实，队里并没有吩咐他监视孟福山的任务。但这几天，社员们纷纷反映孟福山的问题，邢石头便操上这一份心了。他想：人人都怀疑孟福山赶大车有鬼，我看也错不了。过去我跟他打过两次伙计，他就两次犯在我的手里。他每天在外边做买卖，社里开什么会也不参加，那么落后，能没有问题吗？我今天就要看看他还会搞什么鬼名堂！正想着，突然一阵大风朝背后吹来，把他的外衣撩起，不想坐在车上的孟福山在他的身上发现了一个新的秘密，看见他里边穿了一件新毛衣，便笑问道：“老石头，什么时候买的新毛衣，我怎么没有听说过?”

一提到新毛衣，邢石头按捺不住心头的喜悦，回头看看孟福山，笑道：“买上半个月了。福山，才二十一元钱呀，真便宜。前几年我还只当是做买卖的人才穿得起这东西，没想到咱们庄稼人也穿上了。其实，我还不想买，硬是我家小牛他妈逼着我买的。”

“那是大嫂子关心你，还不好?”

“关心？她初来到我家那会儿就关心我，那阵儿怎么不逼着我买毛衣穿？——连块补衬她也买不起!”

“当然啦！一九五六年咱们出来搞副业赶的是老牛铁甲车，如今咱们赶上了三套骡子胶皮大车，还一样吗?”

邢石头听他提到这三头大骡，立时仰头看看走得欢蹦乱跳的骡子，心头顿时涌起一股甜滋滋的感觉，回头对孟福山说：“有人说数咱们生产队这三头骡子好，是真的?”

孟福山说：“不假。牲口好，那是全凭喂牲口的人喂得好呀!”

邢石头听了又夸耀起他自己来，心里不服，没有再接下语。他们又是不言不语地走呀走呀，到过午时分，大车进了城，来到了副食品公司门口，大车停住以后，卸了货，得了脚费，孟福山说：“老石头，咱们把车赶到店里，让它们休息休息，吃点草，咱们到饭店里吃饭去吧。”

邢石头答应下了。两个人把牲口安排下休息的地方，就要找饭店去。两个人打城里大街走过，路过副食品门市部门口，孟福山向邢石头摆摆手，笑道：“老石头，你在这里稍等等，我买点东西。”说着，径直进了副食品门市部。邢石头想道：“说不定他今天要搞什么鬼名堂，我不能离开他。”随后跟了进去。孟福山正跟一个售货员低声说话，看见邢石头进来，立刻返身说道："老石头，咱们走吧，没有咱们买的东西。"便抢先出去了。邢石头心想：要不是我跟着他，就不定又买上什么机动东西了。他随后跟出来，紧紧地跟着他向西边走去。孟福山见他跟得紧，心里十分不满。因为他上一次城里来，早跟副食品门市部订下一宗买卖，给他们到煤窑上拉一大车煤，算是"机动"买卖，个人收入，没想到这样不如意。他领着邢石头却在想着如何摆脱邢石头的办法。邢石头这里也想道：错了错了，我老是跟着他，他怎么敢捣鬼哩？他也准备改变办法了。吃过饭，孟福山说："老石头，咱们走吧？"

邢石头说："去哪里？"

"你轻易不到城里来，我领你各处看看去。"

"算啦，明儿大早还要赶路，今儿下午咱们趁早回店里睡一觉吧。"

孟福山正愁没办法摆脱他，听说他要回店里睡觉，正合了他的心意，忙说："好。要不是为了叫你多游玩游玩，我早就回店里睡觉去了……"

两个人说着走着，一时返回店里，跟开店的要了两条被子，每人掂了一条，往炕头一倒，各自拽着一个被角儿把头蒙得严严的，准备睡觉了。孟福山想到时间不早了，害怕误了他的"机动"买卖，很快地就假装打起齁鼾来。一时，他听得邢石头"齁喽齁喽"响起了雷声一般的齁鼾，断定他是睡熟了，随即滚身起来，假意儿唤了他两声，他不答应，这才下了炕，穿了鞋，跑出门来，备了车，急急忙忙地给副食品门市部拉煤去了。

邢石头假意睡着，听得孟福山下了炕，出了门，又听得他套了车，低声吆喝着牲口走了，心里说：这个狗杂种，他就敢欺侮我石头！立刻滚身起来，跑出大街，看见孟福山赶着大车向北门外走去，他也尾随在后边跟了去。一直看着他把大车赶到石坡煤场，装了一大车煤，返车回来，送在副食品门市部门口。人们出来卸车了，孟福山却蹲在门口不动。一时，副食品门市部又出来一个人，递给孟福山两盒纸烟，只见孟福山接在手里看看，对那人说："老吴，这么两盒'黄金叶'，到哪里还闹不下？给几盒带金金纸的吧。"只见那人笑了笑，把那两盒烟收回去，返身走了。又见孟福山向前追赶一步，说："喂，老吴，只要是带金金纸的，什么烟都可以，我可不要'四季花'。"邢石头听他的口气那么厉害，心想：赶上队里的大车做你自己的买卖，还要威风哪，就要看你还能威风几天。他一直等到那个姓吴的拿出好纸烟来，说是"哈德门"，又见姓吴的收了烟钱，付了脚费，听得说是"除过煤价，脚费是四元"。因见大车上的煤快要卸完了，邢石头连忙返回店里，仍然躺在炕上，假装睡觉去了。等得孟福山回来，他只做不知道。次日天明，他们赶车回返，走在半道上，邢石头忽然想道：孟福山最滑头，回到队里，我揭他的底子，他要不认账，该怎么办呢？想来想去，觉得应该趁早给他打个招呼，将来才好说话。于是，他说："福山，我家没有煤烧了，瞅工夫给咱拉一车煤吧？"

孟福山不懂他的话意，说："不成问题。"

邢石头又说："我想买煤，家里的钱又不多，短几元钱，给不给拉？"

孟福山心不在焉地问："短几元钱？"

"四元。"

孟福山一听到“四元”这个数字，再跟他要拉煤的事联系起来一想，感到有些不大对头。偷偷看邢石头一眼，心想：想不到这个老石头的心眼还不少哩！把话题岔开问道：“老石头，昨天下午咱们睡那一大觉，你感到睡得痛快不痛快?”

“我睡得很痛快，我觉得你没有睡好。”

孟福山听了这一句话，更加怀疑起来，忙问：“咱们睡觉时候，我出去上了一次厕所，你听到了没有?”

“没听到，我只听得院里有‘踏踏踏’的一阵马蹄声，只当是有人偷我们的牲口来了，我就赶快跑出院里去看，真的有人把咱们的大车连骡子偷走了，我着了急，随后就追。追呀追呀，一直追到北门外煤场上，眼看看就要追赶上了，没想到一眨眼就不见了……”

孟福山越听越害怕了，想道：这块“老石头”真的是裂开纹了不成？忙问：“这是真的?”

邢石头说：“是个梦。”

听说是梦，孟福山这才松松地出了一口气。心里暗暗想道：想不到有这么凑巧的事——到底你还是块“老石头”！随手在衣服口袋里拿出他平日里吸的“黄金叶”香烟来，抽出两支，顺手递给邢石头一支，说：“别只管抽你那老旱烟了，抽一支纸烟吧。”

邢石头向来不喜欢吸纸烟，这一次却破例地把纸烟接了过去。孟福山见他愿意接自己的纸烟，心里一动，觉得有了办法：这个老石头原来是这样个人呀！过去跟他打了两次伙计，叫他分几个钱花一花，他不干，他可愿意吸纸烟，这就有办法。老子搞了一趟“机动”买卖，你如果不知道，还好；你如果知道了，老子就送你纸烟吸，堵你的嘴……正想着，只见邢石头又把那一支纸烟送过来，说："我不吸这个烟，给咱换一支好烟吸吸吧。"

孟福山见他要求换好烟，心里又是一怔，"难道他真的知道了拉煤的事儿?"只好骗他道："我吸的就是这个烟，哪里还有什么好烟?"

"你要真的没有好烟，有'哈德门'什么的给咱一支吸吸吧。"

听到"哈德门"三字，孟福山出了一头冷汗，跟他头里说的拉煤、借四元钱等话联系起来一想，肯定是他知道了自己搞"机动"买卖的事；忙问："你怎么知道我有'哈德门'?"

邢石头故意说："你要有，就给一支吸吸；你要没有，就算了。"

孟福山听他口气不对头，害怕他回到村上告状，想到他喜欢吸纸烟，为了拉拢他，真的把"哈德门"香烟拿了出来，让邢石头吸，说："这是老早买下的，我从来不舍得吸，看在老交情份上，给，吸一支吧。"

邢石头回头看了他一眼，随手把那一支"哈德门"香烟接过来，点着吸了一阵，立时把烟头弄灭，悄悄藏了起来。

孟福山看他没事人一般的样子，这才感到不会出什么事了。可是他又把前边邢石头那一系列跟自己大有关系的话想一想，总感到好像他什么都知道了似的，很不放心。看看邢石头那个实实在在的样子，又想道："不可能，不可能，他那么一个只长了个吃饭窟窿的老石头，懂得什么？别说是一个邢石头，就是十个邢石头，他们也斗不过我一个孟福山。"又想到过去两次跟他打伙计，他明明知道自己的问题，对别人并没吭过一声儿，这一次，别说他不知道，就是知道，他会告个状吗？不会。这么安慰了一下自己，胆就壮了。

当天下午，他们回到家里，孟福山吃过晚饭，正在炕头蒙着被子睡大觉，忽然有人叫他到大队里去一趟。孟福山不知是什么事，大大咧咧地来到大队，见是大队长叫他来的，不知是什么事，问道："队长叫我有什么事？"

这时候，邢石头从外边走了进来。

大队长说："有点小事。石头，你先说说吧。"

邢石头随即一五一十地把孟福山私自搞"机动"买卖的事说了出来。孟福山这才明白，邢石头昨天的话正是一层层揭自己的皮，自己还自作聪明，说十个邢石头斗不倒自己。现在，猛不防石头兜底抖了出来，自己心里就乱了，只得破口骂道："你见鬼！"邢石头冲到他面前气愤地说："我问问你，你给人家拉了一车煤，两个钟头工夫，就赚了人家四元钱，你说没这事吗？"

孟福山一口咬定说："我不知道！"

"你不知道？你跟人家要纸烟，也没这事吗？"

"我没要过！"

"哼，没要过，人家先给你拿出来'黄金叶'，你还不要，对不对？"

孟福山还想抵赖，可毕竟心虚，有点支持不住，含糊地说："我不清楚。"

"不清楚？你最后跟人家要'哈德门'，这是假的？"

孟福山张了张嘴，没说出话来。

"你没有吸过'哈德门'？——你看看我都吸到了，这是什么？"邢石头从口袋里一下子把那半截"哈德门"香烟拿出来，往桌子上一放，指着孟福山问道："这一支烟是哪里来的？"

孟福山看看那半截烟，又看看邢石头严肃的脸，张了半天嘴，却说不出话来了。

好媳妇

王家庄有个青年团员名叫王小牛，去年收罢秋才娶过媳妇，新媳妇是秦庄的娘家，名叫秦小红，也是个青年团员。小牛小红是自由结婚，村上人人夸奖，都说是一对“美满夫妻”。

大年正月初四日，小牛和小红要到小红的娘家拜年去。按这地方的老规矩，才结了婚的新媳妇在头三年里都是初四日到娘家去拜年，拜年后新女婿独自回来，新媳妇要住到十二、十三的时候，娘家蒸上馍馍才把闺女送过婆家来，这叫做“送新闺女”，也有说是“送十五的”。可是小红这次变了样，她跟小牛去娘家拜年是上午去，下午俩人又一路回来了，进门，小牛妈见两个人都回来了，弄不清是怎么回来，就问：“怎么两个人都回来啦?”小牛、小红一齐说：“还有工作哩，还能不回来?”“有什么工作?”“扭秧歌、扮故事、闹宣传。”小牛妈一听说是回来扭秧歌来了，就很不高兴。心想：怎么一个新媳妇也不怕别人笑话？才娶过头一年，到娘家拜年一天也不住就回来啦，也不知算个什么规矩！扭秧歌，才娶过三天，村上人还认不了三个哩。还不定是个什么媳妇哩！本来想说媳妇几句。可是又想，人家是个新媳妇，还不该说人家。因而她没有说什么。只好拿出一盘很不高兴的脸来叫媳妇看，表示不满意。

原来，大年初三日晚上，王家庄的团支部开了个支部大会。团支书赵小毛提出来要闹扭秧歌做宣传，大多数也都表示同意，可是小牛又提出个意见说："要闹扭秧歌，我看咱就不胜学上一幕剧演一演，因为看演戏比看秧歌的人多，大家也听得清。咱们到台上演，也比在台下演胆大，就能演好！"小牛这么一说，倒是十人就有九人同意了。大家又说："演戏演什么演呀？谁会编？"二旦说："还用编？冬学里教员给咱念的《山西文艺》上的《五字真经》还不是一幕好戏？"大家一听，齐说："对啦！对啦！《五字真经》就好！"大家又同意了。随后就分配起角色来。经讨论决定：王二旦扮张典传师、小牛扮雷心斗、小毛扮王村长、王锁、四则二人扮民兵、金士和狗则二人扮劫路的，最后就是雷妻没分配上人，六个女青年团员，你推她、她推你，都说扮不了。还是小牛自己说："大家推什么哩？小红年年在秦庄扭秧歌能扮，到咱王家庄就不能扮啦？"小牛这么一说，大家都拍手笑起来了。又一齐说："就是！就是！咱们就忘了小红。"就齐问小红："小红你扮雷妻有什么意见？"小红说："我没演过戏，咱扮不了。"大家马上说："不老实，不老实，谁没见过你在秦庄年年扭秧歌，扭得好、唱得清！不行，扮吧！"小红说："我到王家庄还不够三个月就演戏，人家都要笑话我哩！况且，正月我不回娘家么？大家又一齐说："你看青年团员还顽固呢！还嫌差哩？你在王家庄支部就没学习抗美援朝？咱们要抗美援朝，青年团员事事要带头干，你就忘啦?”小红见大家一直说自己，自己又想：是呀!这是宣传工作，青年团员不去干，谁去干?因而她就应下了要扮雷妻。可是她也提出了一个意见说：“叫我扮雷妻，这雷妻是顶谁的妻?”小毛说：“是雷心斗的妻。”小红说：“我忘了是谁顶的雷心斗啦?”小毛说：“刚才你没听见，是小牛顶的!”小红说：“不行，小牛不能顶那个!”大家又笑着嚷了一阵，说了许多：“不要羞羞答答啦!”弄得小红没法，只得答应去扮。大家自然是很高兴。就决定从初四日起，每天晚上要学戏，所以小红去娘家拜年，没有住下。

元宵节转眼就到啦，王家庄搭彩棚、演剧、黑夜提灯、放爆竹，轰轰烈烈闹了三天。十七日剧团到区上参加文娱竞赛大会。王家庄演罢五字真经，都说不但内容好，演员们演得也很好。说到小红演得好上：只要小红打街上走过，人人都要说：“就是她，就是她，演剧真是好把式!”闹罢元宵节第二天，小牛妈知道小红昨天晚上演了戏，今天不会起得早了。她又想新媳妇因为闹剧团，没有去娘家住，过罢十五了，今天一定要回娘家。因此她早早起来，就做饭去了。

太阳已经一竿高，还不见小红小牛起床，小牛娘就不高兴了。心想：虽说是迟起一会吧，怎么到这时候还不起床?真是有了功劳啦!这才是娶媳妇娶了个小婆婆。眼看到了吃饭时候，还不见小牛、小红起床，小牛妈等得起了脾气，一怒气走到小红的窗户外，大声喊叫：“吃过早饭啦，还不起吗?”不料喊了几声，屋里没有一个人搭腔，她就去推小红的门。掀起门帘一看，又见门是半锁着。开开门一看，不见一个人，只见两个人的新衣裳搭在绳上。这时，小牛娘可有些着了慌，不知道这两个年轻人哪里去了，急忙出来去问询人。可是她问东邻家，东邻家不知道；问西邻家，西邻家也不知道。她想也许又到剧团去啦？又急忙到剧团去看，剧团也是锁着门没有一个人，只得往家返。一路走一路生着气，喊着小牛的名字。这时候，还冰天雪地的正月天，她可出了一头热汗。

小牛、小红才进了门，就听街上有了吵嚷声，仔细一听，才听出是他妈在外边高一声低一声地吵着。和小红一说，当是有了什么事，俩人就赶快向外边看去。他妈一见小牛，马上动着火气说："小爹呀！你在哪来？叫你娘找了你一清早，吓死你娘啦！……"小牛一见妈这样，不由得笑着说："妈！我去打柴火来！""去打柴火怎么走时也不告说？""我们走得早，想到您还睡着，怕惊醒您，才没跟您说，她也和我一同去来。"小牛妈听到小红也去打柴来，本来她不想惹新媳妇。心想，虽说是劳动好吧！也不能太过于不像句话呀？才娶过的新媳妇，下罢灯节就劳动去。别人知道了，说是新媳妇积极；不知道的，不是要说自己不好哩?！想到这里，忍不住想说新媳妇几句，就对着小红说："你就不怕你妈（指小红娘家的妈）说你，一出了娘家门就不回去啦！保不定你妈还会说我太霸气，把才娶过的新媳妇霸住，不叫回娘家了！"

小红听罢婆婆的话，连忙给解释说："妈！您怎么还有这些顾虑？今年不比往年了，刘区长开会说，咱们今年要开展'爱国主义生产运动'，咱们就得早动手干哩。因此，我俩今天早早就去打柴火去了。您说秦庄我妈家吧！我有三个哥哥，又都是青年小伙子，满共才十七八亩地，他们还能种不过来？王家庄咱家有十一亩地，才他（指小牛）一个人。您说我不在王家庄多劳动，还能到秦庄多劳动吗？况且这些事，我初四去拜年时就都和我妈我哥哥说好了，他们还会说个什么？"

小牛妈接着说："什么要紧事？才下罢灯节，你又是才娶过。别人要知道根底，那自然说新媳妇是个好劳动家；要不知道根底，别人还要说我这个老不死，就没见过一个媳妇，才娶过门来，大正月天就叫去打柴。"小红说："咱村群众，谁不知要开展爱国主义生产运动？谁不知道我在咱家劳动是自愿的？他们不会说您老人家不对。十五前闹故事，那就是为了开展爱国主义宣传运动，我才去演剧团的！"

这时候，另有几个打柴的，也挑着柴担回来，见他母子婆媳在街上说话，不由放下担子听起来。听到小红这么一说，大家都说："小红说得对，这个爱国主义生产，还是俺们订的公约哩！"

小牛妈虽然听大家说小红对，她可还没懂过来，仍生气地说："你们年轻人怕不会说哩！什么是个'爱主义生产'？我懂不了，我不想听！"小红仍带笑给解释道："不是'爱主义生产'呀！是'爱国主义生产！'因为去年美帝国主义在朝鲜打了败仗，现在又出了一个鬼办法，又要武装日本侵略咱们中国！"小红还怕婆婆懂不得，又解释着说："就是美国去年在朝鲜打了败仗啦，心里还不服气，又要跟日本弄成一气，贴给日本枪炮，还要叫日本鬼子重来糟害咱们哩！妈！你想想，咱还愿意再叫日本来吗？以前日本在咱们这里我虽然还很小，可也受够了。为了反对美国帮助日本再来糟害我们，咱们庄稼人就得把生产闹好，多打粮食支援前线，不要叫日本鬼子再来打我们来，就是要拿实际行动反对美帝国主义重新武装日本，这就是个爱国主义生产运动。"小红这么一说，小牛妈这才明白了。可是她的脸上马上带出了惊怕的神气，又向小红道："这么说日本鬼子又要来哩？"小红说："可不是！是那美帝国主义又要帮助那日本，想叫它们重来哩！梦他的吧！毛主席说：这个也不怕，只要咱们全国人一齐努力，就能打破美国这个诡计。”

小牛妈听罢小红的话，不知怎么她两眼的泪，流得断也断不了啦！小红弄不清是什么原因就问她，可是谁知道这老人家哭得连话也说不出来了。这时小牛却明白了他妈为什么哭，就连忙替他妈给小红解释道：“你不知道，咱爹就是叫日本鬼子杀死的呀！还有咱哥哥，也是叫日本抓去没了音讯的。你刚才给妈一说日本鬼子，妈又想起咱爹和咱哥哥，所以她才哭起来了！”小牛说着不觉眼里也流出眼泪，小红跟大家的眼泪，也流得收不住了。小牛妈听小牛这么一说，更放声大哭起来，口口声声只骂日本鬼子，口口声声只说他爹跟小驴（即大儿子）死得苦。

小牛哭是因为想起爹和哥哥；小红哭，原来小红的爹也是被日本鬼子杀害的。大家哭的原因是：有的想起日本烧了他的房屋；有的是想起打死了他的爹、妈；有的是想起日本强奸死了他的媳妇；有的是想起抢走了他的粮食、牲口、衣服等物，弄得日子过不下去。这时，大家不由得都哭起来了。

后来还是小红想到，哭泣顶什么用呢？就擦了下泪去劝婆婆：“妈！不用哭了，哭也不顶事。咱们要想不叫日本再来非拿实际行动不可！咱们庄稼人闹好生产就是个重要工作。”

这时小牛妈才想到小红正月为什么要演戏、不回娘家；也才懂得了什么是个爱国主义生产运动。可是她又反问小牛说：“咱们既然要拿实际行动反对美帝帮助日本再来害咱们，要把生产闹好，光打柴还行？”小牛说：“咱现在打柴不是叫烧哩，是叫薰荒肥的。本来咱今年的地，计划每亩上七十五担粪，每亩比去年增加五担就好啦。为了不让日本再来杀害咱们；永远保卫咱们的翻身好时光，要每亩再增加十担粪，上到八十五担。计划每亩薰十二担荒粪。要增加这么些粪，咱才不敢迟延，就得早动手。因此，我跟她今天早早就打柴火去了。”小牛妈听罢连连说：“好！好！儿是好儿子，媳妇是好媳妇。有计划，比我这老顽固强。咱家今年要增加这么多粪，一定能多打粮食。我还有个意见：今年多打上粮食，一定要多支援前线，送给咱前方志愿军队吃，好多打几个敌人，万不要叫美帝国和日本来遭害咱们来！”小牛、小红一齐说：“妈！你说得对，今年一定要闹好生产多打粮食抗美援朝！”

这时大家一听小牛全家要增加肥料、多打粮食来抗美援朝。也都说：“对！想过好日子得咱们大家努力，咱们庄稼人只有把生产闹好，多打粮食，支援前线。不怕他美国、日本野心大，只要咱人民都一心。”

这时小红看了看天，忽然想起一件事，和她妈说：“妈！咱快去做饭吧！吃了饭快去做活哩！”这时小牛妈才想起饭早熟了，忙说：“只顾说那日本鬼子哩！我就忘了，饭早就好了，我还想着下罢了灯节，你要回你秦庄娘家，我早把饭做好了！”小红说：“咱家的生活紧，可得早动手准备春耕啦！我暂且不回秦庄。”

这时大家都说：“真是个知道劳动的好媳妇。”

吃罢饭，小红、小牛又去打柴火去了。小牛妈在家闲不住：又楼上一遭楼底一遭地翻晒种籽，又帮媳妇做针线、做饭、喂鸡，整天忙得脚不着地。已是六十岁的人了，小牛、小红到地里薰荒，她也非要去帮助薰。做东做西永不肯闲。

自此，全村人无不夸奖。都说：“小红是个模范新媳妇！”也有的说：“小牛妈是个模范老太太！”

石三婶

一

石三婶每天是鸡叫头遍起床，起床第一件事便是骂老汉，训女儿。

鸡又叫了，石三婶又起床了。她披了衣服，一边扣纽扣，一边骂老汉石福保：“老东西！鸡叫三遍啦，你还不快爬起来！”石福保装睡不理她。

石三婶唤过老汉，又出了正房，到小耳房门口去唤女儿石花花：“花花，快起，鸡叫三遍，天快大亮啦！”

石花花很讨厌她妈这一套，本来醒着，却也不理她。

石三婶又返回正房里来。在门外时，屋里鸦雀无声，一推门，床上就“呼噜呼噜”打雷哩。她急了，唤石福保第二遍时是连喊带打笤骨朵儿。嚷道：“睡死鬼，你怎么还不起？种上责任田，不操责任心，能种好田吗？”

石三婶是这个小家庭的权威人物，无论大事小事，基本上都是她说了算。无论她说得是不是正确，一律都得听。每天做什么，都是她派活儿。

石福保老汉起了床，坐在炕头睡眼惺忪地抽着旱烟，一语不发，静等石三婶派活儿。这一段时间，他们父女二人主要干贩卖缸盆碗碟。家里还有一些存货。今天该去进货呢，还是该去卖货哩？他等着她开口说话哩。

石三婶说："今天你跟花花别去卖货了。"

石福保老汉随声应道："那，就去进货吧。"

"你们也别去进货了。"

"也不卖货，也不进货，你叫我们做什么？去锄地？"

"过几天锄地也不晚。今天你们到泉头镇进些小鸡到各村转着卖吧。"

"啊！又要叫我们去卖鸡?!"石福保老汉火了，大着胆子说："我不去！今天叫卖缸，明天叫卖鸡，放着正事不让干，一天一变样，什么也干不成!"

原来这石福保除了会种地，他有他的拿手好戏——编篓头编筐。去年七月，他们父女二人上山杀荆条，砍藤条，院里的荆条、藤条堆成小山，足够他们一年编织用的。半年以来，他们白天务农，夜里编筐，逢戏逢会去卖，已经收入五百多元钱。可是二月里有一天，有个卖缸的到石上村来叫卖，石三婶对他细细盘问一番，听说他每天能赚五六元钱，她心想：就算一天赚五元吧，一个月就是一百五十元，半年就是小一千元，比编筐卖筐强多哩。这个石三婶发财之心太急，东山看见西山高，看见个卖缸的一天能赚五六元，看得她眼红了，心急了。这天夜里她就要石福保老汉放弃编筐编篓头，要他们父女二人从明天起就去贩卖缸盆碗碟。女儿花花嘴快，对她妈的主意不满，说："我不去！我看咱们除了种好那十三亩地，捎捎带带编筐卖箩头就很不坏……"

石三婶说："没见过你这闺女，放着大钱不赚，偏要赚小钱，傻啦?! 憨啦?! 反正只要我睁着眼，就由不了你们。"说着，她就开箱拿出一百元钱，放在石福保老汉面前。石福保老汉不满意，说："杀下那么多条子叫干啥哩?"

石三婶斩钉截铁地说："当柴烧。快点去吧。"

花花说："我不去！搞生产也要根据自家的实际情况办事，最好是发挥自己的优势。不要今天打铁，明天张罗，颠来倒去，什么也干不成!"

"我是颠来倒去，就我没出息!"石三婶见他们父女二人不听自己指挥，便把她的拿手戏使出来，用头拱着石福保，口口声声嚷道："我没出息，来，你拿刀杀了我，我今天不死在你们爷俩手里，我不是人生父母养的……"

花花见她妈又大闹起来，知道她就是这么个人，你要不照她的话办事，她就会大哭大闹，寻死上吊，闹得鸡犬不宁，叫人什么也干不成。只好狠狠心，对石福保老汉说："爸爸，走，咱们贩缸去吧。"

从此以后，父女二人便贩卖起缸盆碗碟了。

卖缸碗有时一天也可能赚七八元，有时也只能赚一两元，一般只能赚三两元。可是卖缸碗比起编筐编箩头有个缺陷，必须是白天游乡串户去卖，不像编筐夜里农余时间就可以编。这么一来，往往会耽误农事。这一年，他们的土地没耕好，底肥上得也很不足，如今到了锄苗时节，也没有及时去锄苗。这也罢了，谁知当家的石三婶今天又提出一个新问题，要他们父女二人放弃贩卖缸盆，再去贩卖小鸡。对此，父女二人都不满意，一来二去，石三婶又跟他们争吵起来。

昨天，有个卖小鸡的来到石上村，石三婶看到他卖得很快，人民币一把一把抓着往兜里装，不免又有些眼红。她问明了卖鸡一天能赚十来块钱，心里又急：看人家多有出息，一天十元，十天一百，一个月三百，三个月就能盖它三间砖瓦房……

今天早晨，石三婶唤石福保老汉起了床，她一边扫地，一边提出贩卖小鸡的事，听老汉开口就顶撞上来，觉得老汉太有些狂妄自大了，把手里的笤帚往地上一扔，说：“你给我再说一句‘不去’！”

石福保老汉慑于她的蛮不讲理，不敢言语了。他知道花花比自己胆大些，口头上也比自己会说，可是她还没有起床，他十分希望女儿快快到来。

二

一会儿，花花一边扣衣服纽扣一边走进正屋里来，见她妈气势汹汹地训斥爸爸，很为爸爸抱不平，冲着她妈责问道：“又怎啦?！动不动不训砍人……”

石三婶听女儿顶撞她，火更大了。嚷道：“叫你们去贩卖小鸡，还不是为了多赚钱，如今的政策好，三中全会以前，你想发财还发不成哩！这会儿政策允许发财，做什么能发财就做什么……”

花花说：“妈，别说你的啦！我不信只有贩卖小鸡才合三中全会政策，难道卖缸卖碗不合三中全会政策？实际上咱们卖缸卖碗也不对。明明编筐是咱们的优势，不发挥自家的生产优势，今天叫卖缸，明天又叫卖鸡，这样下去，会有倒霉的一天哩。”

石三婶想起那个大把抓钱的卖小鸡的，心里就痒痒得发慌，哪里肯听女儿的话。她为了逼迫他们父女二人赶快去贩卖小鸡，咬咬牙，发发狠，挑碗橱里一个早已裂了纹快用不得的碗“砰”的一声摔在当地里，接着又准备摔锅，觉得那锅还很好，摔了可惜，只好连续把火柱、煤铲、劈柴斧那些摔不坏的东西踢打得“丁零当啷”连声响，横七竖八摔了一地，口口声声嚷道：“反正老的少的没一个为这个家想，还要这个家做什么，我今儿定要把这个家剿光烧尽……”

花花见妈这次的气头更大，知道如果不听她的，她还会没完没了地闹下去，只好说：“好！妈，你也不必闹了。爸爸，走，咱们买小鸡去！”

父女二人到候庄鸡场买小鸡，走在路上，石福保老汉发了一路脾气说：“真叫人没法想！过去是队干部瞎指挥；如今又是你妈瞎指挥，怎么能搞好生产哩?！眼看着家家户户各自发挥自家的优势，有的种地，有的养牲口，有的养蚕，有的养貂，各尽其能，偏偏咱有现成的好手艺用不上，只能听你妈的瞎指挥，你还不能不听。要不，她撑起横船来，叫人什么也干不成……”

花花说：“当着妈的面你怎么不说话？反正不管妈对不对，都必须听……”

石上村离候庄三十里路，往返一趟差不多要一天时间。他们第一次来到候庄，鸡场没货；第二次来了买下五百只小鸡，因已到了锄苗时间，石三婶分派他们父女俩一个人锄苗，一个人卖小鸡，一天卖不了多少，只好贱卖。临了算算账，远远不如编筐赚钱。锄罢苗，父女二人一起提意见还要编筐，石三婶却还要他们去卖缸。卖缸就卖缸吧，反正屋里还有一批货哩。才卖得两天，村里忽然来了一出猴戏，那猴戏团全部只有父女二人，还有两只猴，一只哈巴狗。石三婶到猴戏场看了一出猴戏，见他们父女二人一个打鼓，一个敲锣；一个牵猴，一个牵狗，又不费多少气力，只是随便念念叨叨，那猴儿一会儿装个老头子；一会儿装个小娃娃；一会儿翻跟头；一会儿爬杆儿；那小狗跳板凳、窜火圈，全部不足一顿饭工夫，几百个看猴戏的一齐给他扔钱，有的两毛，有的一毛，眨眼工夫就赚了五六十元。石三婶看了心想：这倒容易，两个人一会儿就是五六十元，比起编筐、卖缸、卖鸡不知道要强多少倍哩。猴戏一散，她主动上前跟那玩猴戏的人说话，并把父女请到家里。

三

这父女二人在石三婶家吃了饭，石三婶提出要买他们一只猴子。双方正在讨价还价的当儿，石福保、石花花父女二人回来了。他们看见院里的猴儿、哈巴狗儿，还有两个生人吃饭，正奇怪不知是怎么回事儿，石三婶说话了：“你们看什么，快洗洗脸吃饭吧。这是玩猴戏的杜同志，他们玩猴戏一天就是一百多元。我看比干什么都强。我跟杜同志说好了，他卖给咱们一只猴子……”

他们父女二人听言，好生蹊跷。石花花问：“妈，咱们买猴子做什么?”

石三婶说：“我不是给你们说了，玩猴戏比干什么都强，你们明天也去玩猴戏……”

石福保、石花花父女二人听了她的话，直气得目瞪口呆，半天说不上话来。花花觉得如果这次再不硬硬地顶住，让她真的买下猴子，白花一笔钱，太不值得了。便说：“妈，你这是做什么？玩猴戏赚钱多，可是谁会玩呢？告你说，妈，过去你瞎指挥，好歹我们都听了；以后你还要瞎指挥，不听就是不听……”

石福保老汉见女儿顶得还很硬气，胆子也大了，接着花花的话说道：“玩猴猴戏，我不会，你买猴子你玩去！”

石三婶见他们父女二人一唱一和，同时跟她唱反调，一起顶撞上来，害怕这件大好事做不成，牛脾气一来，当着玩猴戏的老杜父女的面就在当院里一纵一纵地跳起高来，边跳边嚷道：“你们父女俩厉害，张开大口吞了我吧！来！你们吞了我！”

花花见她妈又撑横船哩，觉得这一次无论如何不能让步，说：“妈，你不要大话吓人，咱们可以讲道理……”

石福保也说：“是呀，吓唬谁哩，谁也不是三岁孩子！”

石三婶见老汉今天竟然也如此放肆，厉声嚷道：“你们父女没有一个人为这个家想，反正日子过不成啦！我给你们死去！我给你们死去！……”边嚷边跑，一口气跑出大门，直冲村东大泊池那边跑去。

父女二人商量好后，轻步匿声地尾随在石三婶后边，走在泊池岸边，偷偷藏在那个堆草垛里。

石三婶边跑边骂，以为他们父女会追她来。快跑在泊池岸上时，回头看看，不见有人。她咬牙狠狠骂道：“我家里的人都是狼心狗肺，真的盼老娘我死哩！”她以为能碰见村里有人担水的也好，左顾右盼，连个人影儿也没有。当她风风火火来到泊池岸上，一眼看见那一池汪洋大水。先倒吸一口气，不自觉地往后倒退了三步。心里说：如今政策好，日子一天比一天好过，傻子憨子才寻死哩！跳进去冰凉冰凉，难受死人哩！左右看看，还是无人，他们父女们真可恶，见死也不救，真是反了天了！我先到东头老表姐家坐坐再说。装作串门的模样，稳步儿向东头走去。

藏在草垛里的父女二人见她在泊池岸上徘徊了一阵子，径自向村东走去，都松了口气，互相笑了一笑。

石福保说："就知道她跳不了池。"

"咱们赶快回家去把那个玩猴戏的打发走，眼下就没事了。""也是。我看这一次咱们闹得有结果，实际上只要咱们合了手来硬的，其实你妈也没有什么了不起。"

"以后咱们遇事实行民主，少数服从多数，就不怕妈瞎指挥啦……"父女二人说着话，回家去了。

七夕泪

1.贾贵贵失约

傍晚时分。贾贵贵在矿坑里刨矿石收工以后，没有先回家，又跑来石榴院同他的对象董小丹杀象棋。小丹往往杀不过贵贵。她一连输了两盘棋。看看第三盘又将输时，硬是要赖皮，用她的蹩腿马踩了贵贵一个车。贵贵说："小丹你是蹩腿马怎么可以踩我的车哩？"董小丹说："我的马草料足，腿力大，谁也蹩不住它的腿……"

"你胡说！"贵贵就在小丹的手里夺车。董小丹不让，两个人你一夺，她一捽，一来二去竟扭打起来。他们打着打着竟打在一起，贾贵贵看着董小丹的脸，说："你真赖！"

董小丹看着贾贵贵的脸"嘻嘻"笑着："你真讨厌！"

"我讨厌？——好，我走，省了你讨厌。"

"啊，贵贵，你恼了？"

"恼了！"

“你真的恼了？”

“我真的恼了！——嘻嘻……”

董小丹见贾贵贵笑了，便气得伸手照脸打了他一个巴掌，说：“你差点把人吓死！”

“那么可怕？”

“你不理解人家的心！”

“理解理解，我向你赔情道歉……”

“别来这一套。天黑了，快回家吃饭去吧，看新院婶子等你着急。”

“好，你们也该吃晚饭了。”

贾贵贵出来院里，董小丹又喊道：“吃过晚饭，你可早点来，我还要东吴大报仇哩。”

贾贵贵说：“一会儿我就来了，我还要杀你个败走麦城哩！”

“你想得好美！咱们试试。”

贾贵贵回来东新院他们家里，葡萄院的大姑娘董喜喜却在这里坐着跟贵贵妈姚冬仙说话。这个董喜喜和贾贵贵、董小丹都是从小一块儿捉迷藏，一块儿上小学、上中学的好朋友。董喜喜本来也很喜欢贾贵贵，因为贾贵贵人长得很帅气，又特别爱劳动，很能干。可是她发现董小丹跟贾贵贵很要好，董喜喜以为贾贵贵跟董小丹是最最合适的一对儿，也就默默无声地打消了爱贾贵贵的主意。这也罢，谁知这个喜喜特喜欢做成人之美的好事。凡别人有了喜事，喜喜同他们一样高兴；凡别人有了悲事，喜喜总要想方设法帮助别人成就好事。每天里只有为别人忙一阵子做点什么事，才觉得没有白活了这一天。她对人成就好事仿佛有个瘾头似的，你不要她帮，她就吃不香睡不稳，老大的不自在。对于贵贵和小丹的婚事，喜喜更是竭尽全力想撮合成功。可是贵贵与小丹的婚姻大事却常常出现裂痕，因而喜喜便常常为他们的事儿担心。所以喜喜一有空儿总往贵贵家跑。久而久之，喜喜跑贵贵家便成了一个习惯，有事没事一日不到贵贵家跑个三趟五趟，如同没完成岗位工作一样心里不舒服。也因为喜喜到东新院跑得多了，她与贵贵妈一少一老竟成了忘年交。

贵贵妈——姚冬仙这几年活得好累。累就累在儿子贾贵贵已经是二十六岁的大后生了，总也办不了喜事。贵贵的未婚妻——董小丹，与贵贵恋爱已经有了七八年的历史。他们恋爱的历程与八年抗日战争一样长。只恋爱，不结婚，长此下去是喜是忧，叫姚冬仙忧心忡忡，怎么能不为儿子的事悬心呢？所以她每天见了人，总会把贵贵的婚事挂在嘴上叨叨不完。按说喜喜是他们家的常客，可是姚冬仙每每看见喜喜来了，同样会叨叨一番的。头里喜喜刚进门儿，姚冬仙就说："喜喜，我看我活不久了。"

喜喜笑道："新院婶婶你又胡思乱想哩。好好的小日子你不好好过，整天价胡思乱想……"

"什么好日子？我就一个贵贵，连媳妇也娶不进门儿……"

"看，你又想媳妇哩。你别急，媳妇总有一天会走进东新院来的……"

"没门儿！喜喜。贵贵不成器，谁肯嫁他哩……"

"贵贵怎么不成器？贵贵开一个矿石坑口他一个人刨矿石一天能挣五六十元，在咱们贾庄是头一份儿哩……"

"一天挣五六十元，在哪里呢？他天天挣钱天天输，挣得多，输得多，还不是白挣……"

“新院婶子你别急，天长日久钱就攒多了……”

她们说着话，贾贵贵回来了。见董喜喜在这儿，因为她是家里的常客，只跟她打一声招呼，没有多少客套。贾贵贵回来盛一大碗饭到饭场上吃去了。姚冬仙仍然与董喜喜絮叨贵贵的婚事。喜喜说：“新院婶子，你如果想解除你心头上的一块心病，就抓紧跟贵贵说说，趁早儿办了他们的喜事。”

“贵贵总不肯坐下来正正经经跟我说一句话，你叫我……”

“等他回来送碗，不要让他，我帮你跟他说。”

“他要走，你能手拖住他？”

一会儿，贵贵回来送碗，因见喜喜还在他家，因为喜喜爱管闲事，他很讨厌她。所以他送碗回来，放下碗，连嘴也不抹一下，就要走。姚冬仙连忙喊道：“贵贵你不要走，我有事跟你说……”

“有事明天再说吧。”贾贵贵边说边就走了。

姚冬仙说：“喜喜，快，看看贵贵要去哪里。”

姚冬仙、董喜喜一起追了出来。两个人出来在大门口朝西边村街看去，只见贾贵贵直冲老堂屋院方向走去。姚冬仙、董喜喜二人站在大门口看着。姚冬仙说：“喜喜，你看，贵贵又要去老常屋院打麻将哩。”

喜喜说：“等会儿看，还说不定。他也许是去石榴院。”

贾贵贵知道他的老娘跟喜喜每天晚上都很关心他的去向，他也不傻。当他路过老堂屋院大门口时装得十分正经，连头也没有歪歪，笃直走去了。但是贾贵贵每每到了晚饭后，一心想的就是老堂屋院向四狗家的麻将牌。一夜不去，他就躺不稳，睡不宁。今晚他走过老堂院拐弯到了院墙西侧，便站在那里等待机会。他不时儿歪头看看东新院大门口，见一老一小两个女人仍然注视着东堂屋院大门口，只得耐心等待机会。他等一会儿，歪头看看动静，终于发现姚冬仙、董喜喜都是背向西面向东跟喜喜妈王四花说话，贾贵贵像一只兔子似的闪过身来一个箭步跃进了老堂屋院。

贾贵贵在老堂屋院打麻将，“三条”“五筒”“八万”打在了兴头儿上。一会儿渴了，向吴香兰要一厅“维思可达”，“咕噜咕噜”喝着好痛快！可是另一边呢？石榴院的董小丹呢？董小丹吃过晚饭在家里等贾贵贵的到来，却怎么也等不来。不免又火了：“这个贵贵真坏！准又是赌钱去了。这种人——他算什么人？他还不如一只狗！好说歹说都没有用，就是要赌！赌！赌！看起来我上了他的当。看我以后再理你！”董小丹又一次下决心要与贾贵贵拜拜。可是她在她的卧室里看书，却怎么也看不在心上。看了半天，不知道看了些什么。董小丹把书扔了，在屋里匆匆转了几个圈儿，只觉得满屋里的物件——沙发、组合柜、书柜、席梦思床、彩色电视机、音响、茶几……啥也不顺眼，看见什么都烦。于是，董小丹离开这个屋子，就在院里转圈子。又是看见院里白花墙、石榴树、君子兰以及坐在院里乘凉的她爹她娘一律都不顺眼，看见谁都烦。因而董小丹又冲出大门，在小街上东东西西来来回回趟个不停。趟了半日，她自己反问自己道：“我这是做什么呀？我为什么又出大门外来呢？……”董小丹静静想想，这才明白了自己仍然还是在等候贾贵贵。她在心里骂道：“贾贵贵，好一个打不离的鬼……”

2. 董喜喜挨骂

矿石坑内，贾贵贵奋不顾身地挥动镐头刨矿石。矿石坑内，石灰飞溅，贾贵贵早已变成一个灰眉灰眼的灰人儿。他也不管它灰不灰，只是拼命地刨矿石。昨天这里贾贵贵在麻将场上又输了百多元。白天刨矿石挣了六十五元，黑夜输了一百三十元，黑夜比白天翻了一番。贾贵贵对此满不在乎。因为在麻将场上输钱已经是一个老习惯。黑夜输了，反正明天刨矿石还能挣钱，怕什么？没什么了不起。反正是晚上上了麻将场，他可以拼命地赌；白天钻进矿石坑，又总是拼命地刨，上了赌博场，贾贵贵不问输多少，只管赌；进了矿石坑，贾贵贵不问时间的早晚，不理论肚子的饥饱，只管刨。贾贵贵刨着刨着，好像听得有人喊他。停停手头的活儿听听，听清了是他妈喊他，便不高兴："人家正忙着，又来捣乱。"出来矿洞口，气呼呼地冲他妈嚷道："你又胡喊乱叫干什么呢？……"

姚冬仙说："我给你送饭来了，你不吃饭？"

"送饭？这大早你怎么就来送饭？"

"还早呢？你抬头看看日头儿走到哪儿了？"

贾贵贵抬头看看，天上的一轮红日已经接近中天："啊?!倒快晌午啦？好快！我还只当半大早哩。"这才忙着吃饭哩。

贾贵贵吃饭吃得很快，生怕吃饭拖延时间太长，耽误了刨矿石。姚冬仙想到白天黑夜见不着儿子的面，只有此时此刻是个说话时间，便说："贵贵，你嫌我叨叨嫌我讨厌，可是我有话不能不说，该叨叨我还要叨……"

贾贵贵嫌他妈麻烦，边吃饭边说："算啦算啦，你少叨叨一次好不好？你有什么好叨叨的？总不过就是劝我快快结婚……"

"是啊，我就是说你结婚的事儿……"

"结婚结婚每天见面就是结婚，话说三遍淡如水，这话你给我说过三百遍了，有什么意思……”

“你结了婚，我就不说了，叫我说我也不说了。你老不结婚，我就老说……”

“石榴院有小丹等着，早晚总会结婚的，你怕什么?”

“夜长梦多！把媳妇娶到咱们家里，坐到咱们床上，那才保险哩……”

“坐在哪都一样……”贾贵贵一边说一边吃，早已把一盒子饭吃光，匆匆进洞刨矿石去了。

姚冬仙对他没办法，只好拿了饭盒回家。当她走进村西头，看见董喜喜拿一张小锄进了石榴院。她知道喜喜跟小丹是好朋友，只希望喜喜能做小丹的工作，早日同贵贵结婚。

喜喜也是刚刚打地里回来。她想到昨天夜里贾贵贵没有到老堂屋院赌钱，准是在小丹这里坐了一晚，以为是一件好事。她想了解个究竟。当她走进董小丹的书房，见小丹一脸不高兴的样子，便感到事有蹊跷。问她：“小丹，你怎么啦?”

董小丹绷着个面孔说：“怎么也不怎么。”

“你满脸的不高兴，是贵贵昨天夜里来了又跟你生气了?”

“昨天夜里连个鬼也没来，我生什么气……”

“那就怪了。我明明看见贵贵来了石榴院……”

“算了吧喜喜，他又套了你，你又上了他的当了……”

“这个贵贵！我今儿个见了他看我怎么收拾他。”

“喜喜你也是程咬金，妄操心。狗改不了吃屎。贵贵那个人，我把他看透了，他不会学好的。”

“我就不信。”

当天晚饭时间，董喜喜早早来到东新院等候贾贵贵。说到昨天夜里贾贵贵仍然在老堂屋院赌钱，又没去石榴院，姚冬仙忽然哭了。说："喜喜，看起来我家贵贵生就的骨头长就的肉，天生的没出息，他这一辈子怕是娶不上媳妇了。"

董喜喜说："新院婶子你把话说错了。贵贵一表人才，又特别能劳动，他刨一天矿石能挣五六十元—— 一天五六十，十天五六百，一百天五六千，一年能挣两万多，比县长、专员挣得还多，还愁娶不上媳妇……"

"他能挣钱，他挣得多，可是喜喜你也清楚，他挣的钱在哪里呢？说老实话家里连五毛打醋钱都没有哩。喜喜你看看这个家，你看看一年能挣两万多元的人家，破桌破椅破箱破柜连一件时新物件都没有。像这样的家，谁家的闺女憨啦傻啦糊涂啦要来这个家当媳妇……"

"新院婶子你别怕，只要贵贵能改好，说翻身就翻身了。"

"他改？嘿……"

贾贵贵终于收工回来了。

贾贵贵看见喜喜在他家，只觉得她很讨厌，没有理她。可是在他洗脸时，董喜喜便说话了："贵贵，今儿个卖了多少钱？"

贾贵贵应付道："六十五元。比昨天多十元。"

"昨天你挣下的钱哩？"

"在哩。"

"在哪哩？"

"在哩就是在哩！"

姚冬仙说："在是在哩，是在老堂屋院向四狗家的箱子里吧？"

贾贵贵急了："你胡说！……"

董喜喜说："贵贵呀贵贵，你昨天夜里又没去石榴院，小丹很生气，气你没志气。你说我怎么说你才好呢？因为你赌钱的事，咱们说过千遍万遍了，可是你总说改，你又总不改！照这样下去，你这一辈子可就完了，你明白不明白？你手拍胸膛想想，你刨矿石已经刨了四五年，你是贾庄的第一个好劳动好受家，你要不是有赌博那个臭毛病，你早攒下十来万了。除了盖新房花了两万，也该有七八万哩。有那七八万元钱，这个家早就是沙发、彩电、席梦思、组合柜、洗衣机等等等等要啥有啥，小丹也早就坐在你家的席梦思床上了。赌博明明没好处，你怎么总不改呀？你细细想想看，咱们贾庄一百七十户，有一百五十多户都过上了小康生活，有哪一个小康之家不是劳动换来的而是赌博赢来的……"

"好啦好啦喜喜同志，谁委任你当我们家的政治委员了？动不动就给人讲政治……"

"我是讲政治？——我说的是大实话。你敢说我说得不对……"

"对对对完全正确！百分之百的正确！你少说几句好不好？——烦死人了！你要不放心，从今以后你就跟着我，你看我还去不去老堂屋院……"

姚冬仙说："你说得好听！人家喜喜也忙得很，哪里有工夫每天跟着你？你出多少钱雇人家的……"

贾贵贵说："是她喜喜对我不放心嘛！"

董喜喜说："好！今儿个晚上我就跟着你……"

贾贵贵说："不敢劳你的大驾了！——喜喜，我要是走呢？"

"谁管你呢！"

说着，贾贵贵就朝屋外走去。

姚冬仙忙问："贵贵你去哪里？"

贾贵贵说："我有事。"

董喜喜忙说："走，我跟你一起去。"

"你真的要去？"

董喜喜跟着贾贵贵出来街头。说："你现在到底是去石榴院，还是去老堂屋院。"

"好我的喜喜哩，昨天夜里没去石榴院，已经错了，还说不定那一位理不理我，我还敢一犯再犯吗？"

"你今天去石榴院，小丹绝不会接待你。你打算怎么办？"

"我正犯愁哩。要不，你跟我一起去，替我圆圆场。"

"你自己惹下人，还得别人替你低三下四打圆场……"

"要不全贾庄都说喜喜是好人哩。"

"你别来这一套。我知道，你最最恨的就是我喜喜。这会儿你用着我了，就来这一套。今天见了小丹，你要老老实实听我的。保证受不了大制。"

"听你的，我一定听你的。"

他们说着话路过老堂屋院大门口时，正好向四狗出来，向四狗见是贾贵贵，忙说："贵贵，我正要去……"他忽然发现还跟着个喜喜，连忙把话咽回去了。

贾贵贵走近老堂屋院大门口，就感到那大门那院那老堂屋很亲切，很想进去。只因身后跟着个喜喜，他自然不敢轻举妄动，只觉得很遗憾。

贾贵贵走到石榴院大门口忽然站住不动了。他弄不清小丹今天会怎样对待他。他觉得他实在没脸再见小丹。董喜喜看看他，说："男子汉，怎么站下来不去了？"

贾贵贵说："这今儿个见了小丹叫我怎么说呢？"

董喜喜瞅他一眼，说："你也知道你没脸见小丹？既然知道赌钱惹下小丹，你怎么还要去赌呢？你傻了？你喝了迷魂汤迷了窍了？"

"你说得可真对，喜喜。每天吃过晚饭，我可真是像喝了迷魂汤似的，一心想的就是去打麻将。不进老堂屋院的大门，就觉得不自在……"

"那好。你还返回去到老堂屋院去吧。"

"不敢不敢绝对不敢了。昨天犯下的错误今天还犯愁没法儿……"

"什么有法儿没法儿的，抹抹脸走进石榴院就好了。走吧！走吧！"

贾贵贵实在不敢进石榴院的大门，董喜喜就推着他进，三推两推把个大汉子推进了石榴院。贾贵贵看见董小丹和她爸董永发她妈岳三凤都坐在院里乘凉，他的一颗心"咚咚"跳个不停。岳三凤过去也很同意小丹跟贾贵贵谈恋爱。自从贾贵贵染上赌瘾以后，岳三凤就看不起贾贵贵了，不时地冷言冷语对待贾贵贵。岳三凤更讨厌董喜喜，以为若不是喜喜常常撮合贵贵和小丹的事，他们也许早就吹了。这会儿见是董喜喜就有气，毫不客气地说："喜喜你这是做什么？怎么推着个大后生往我们院里推？你喜喜大闺女喜欢大后生，怎么不把他拽到你们葡萄院里去，偏偏把他推到我们石榴院里来？怎么？我们石榴院是垃圾场，尽把一些赌博鬼儿的废品往我们石榴院推……"

董喜喜听着岳三凤说出如此刺骨剜心的话，只觉得自己好冤枉好委屈，霎时间两只眼哩哩啦啦泪如泉涌，很想顶她几句。可是喜喜是个最最不愿与人吵架又最最受得气的姑娘。她以为自己不是办坏事，忍忍气，没有理岳三凤。为了不使贾贵贵和董小丹之事出裂缝，她仍然毫不犹豫地推着贾贵贵往董小丹的书房推："走，快走！贵贵，你快走……"

董小丹见是喜喜推着贾贵贵来了，想到贵贵的失约，想到贵贵始终改不掉赌钱的毛病，她实在不想再见他了。董小丹不要贵贵进她的书房，连忙站起来跑回书房里，狠狠地把贾贵贵往前一推，把他推进门里来。喜喜以为自己总算又完成一个任务。说："小丹，我走呀。"

董小丹忙说："喜喜你怎么又要急着走？……"

董喜喜看着小丹的脸"嘻嘻"笑笑，说："这儿没我的事儿，我走呀……"

董小丹骂道："赖蹄子！你把一堆垃圾拢到我这儿，你可去躲清闲自在？你回来……"

"把无用变有用，把废品变宝贝，这是你的事儿，我管不着了……"董喜喜出来院里要走，不想岳三凤还在院里骂她："不要脸不要脸死不要脸活不要脸！没想到人世间还有这种没脸皮的人，来一次，骂她一顿；来两次，骂她两顿，她还要来，天生不知羞耻的东西，还不如一只狗……"

董喜喜听她骂得好狠毒，心下好难受。可是她仍然不愿意跟人吵跟人闹，为了躲避岳三凤的骂，连忙低头加快步伐跑出了石榴院。出来街上，喜喜实在忍耐不住要哭，因看看街上无人，天又黑，喜喜竟然一边走一边放声"呜呜"哭起来。今晚虽然很伤心，因又想到怕新院婶子对贵贵不放心，她哭着走到东新院大门口，只见姚冬仙还站在大门口，连忙止哭拭泪。姚冬仙问："喜喜你哭什么呢？是贵贵欺侮你了不是……"

董喜喜忙说："不是不是。看新院婶子说到哪里去了，贵贵他敢欺侮我？"

“可也是。贵贵呢？他没去石榴院？”

“去了。新院婶子，贵贵真的去了石榴院，是我亲自把他送去的。错不了，婶子，你放心吧。别老在大门口站了，快回去休息吧。”

“你不再去屋里坐会儿？”

“不去了。婶子，家里还有点事。我回家呀。”

“好，你快回家吧，真是个好闺女。”

贾贵贵在董小丹面前又发了许多誓，又打了许多保票，说是从今往后再也不赌钱了。董小丹与贾贵贵从小儿相好，后来又谈恋爱，恋爱时间长了，已经有八九年历史，两个人的感情也就越来越紧了，不是轻易可以分手的。小丹不让他进门，不过是一时之气，不过是为了给他点颜色看看，让他改过，不是真的要跟他吹的。所以贾贵贵向她打下保票以后，她也就不愿意再说什么了。两个人又一次重归于好了。他们一起看电视看到十一时多，董小丹想到他刨了一天矿石很累的。明天还要去刨矿石，应该他早点回家休息，便催他回家。她把贵贵送在大门外，说：“你回去就睡吧，不早了，要不，你休息不好，你的活儿又很累，时间长了会出毛病的。”

贾贵贵说：“知道。你也快回去早点休息吧。”

贾贵贵向村里东头走去。董小丹到底对他不放心，便远远地尾随在后边慢慢走来，看他到底要去哪里。她一直跟着他，直到亲眼看见他走过老堂屋院，后来又走到东新院大门口，董小丹这才长长出一口气，返回石榴院来。

贾贵贵今晚没到老堂屋院去打牌，在董小丹那里看电视本来早就看不在心上了。小丹送他出来，当他走在老堂屋院附近时，早已听得里边“哗啦哗啦”的洗牌声，他的心便十分地痒痒，很想拐进老堂屋院去。可是他也不傻，他也害怕董小丹在后边暗暗地盯他的梢，回头看看，似乎看见后边有个黑影。因而，他只好装作若无其事的模样直直地走过老堂屋院大门口，冲他家东新院走来。贾贵贵走到大门口故意走进院里，以后又伸头向西边望望，见没什么动静，这才又大胆地返了出来，又来了老堂屋院向四狗家。

3. 门里与门外

今天因为有小丹、喜喜的帮助，贾贵贵刨矿石，到傍晚卖矿石，竟然卖了九十二元钱，贵贵特别高兴。回家路过老堂屋院里大门口时，贾贵贵的心绪便又有一阵子骚动：今儿个晚上一定还要进场。就是输个三五十元，也没关系。昨天晚上我赢了二十多元，今天又多挣了三十多元，输个三五十元怕什么。可是当他吃过晚饭后正想去老堂屋院时，喜喜为了监视贾贵贵晚上的去向，及时来到了东新院。这个时候贾贵贵看见喜喜就有气："这个人，又来了，简直像个特务！"他很想说几句难听的话气气她，又怕小丹知道了，又是一项大罪，只好不吭声。

贾贵贵什么也不说，就往外边走，董喜喜就忙忙地跟了出来。贾贵贵讨厌她，却变个花样说："喜喜，你老跟着我走，让大家看见多不好。大家都知道小丹是我的对象，怎么我的身左身右常常跟随着一个喜喜，不怕大家说你不正经……"

"你别给我乱戴帽子！谁正经谁不正经，众人眼里有一杆秤，称得出来。你是怕我跟你，可是你也应该明白我是为了谁……"

"好好好，你就紧紧跟着吧。"

当他们走到石榴院大门口时，贾贵贵说：“喜喜你就别进院里了，小心小丹妈骂你……”

“我才不怕她骂哩。走，不把你送到正经地方，我才不放心。”

贾贵贵看看喜喜：“你这人，责任心太强啦！”

董喜喜同贾贵贵刚走进石榴院，岳三凤见是喜喜，立马歪着头“呸！呸！呸！”唾了三口，恶狠狠地骂道：“怎么天还不黑鬼就来了，真倒霉！永发你快去找一把甘草，叫我去准备半坛醋，咱们点一把草火熏熏醋？草火醋坛送送鬼吧！快！鬼来了，快送鬼……”

董小丹见她妈如此污辱喜喜，给喜喜如此大的难堪，十分气愤：“妈，你疯啦，你怎么能这样对待人家喜喜……”

岳三凤说：“我又没有指名道姓说她，我是说鬼，我是说鬼来了，——鬼来了，不送鬼，不吉利的……”

董喜喜见岳三凤说话十分刻薄，气得她满面紫胀，又不愿与她争辩，只是呆呆地站在当院里“呼呼”地喘粗气。董小丹连忙来拽她：“喜喜，不要听我妈胡说，来，快到屋里坐坐……”

岳三凤催董永发：“你还不快去点一把草火送鬼！”

董永发气呼呼地说：“讨厌。”

董小丹拉董喜喜去屋里，董喜喜不去，她只是气得喘粗气，她一句话也没说，忽然扭过身去，双手捂面“唧唧咕咕”哭着跑出大门去了。出来大门往东走一段路儿，她无法控制胸中之气，忽然“唔唔”大哭不止，就站在街头一家的大门旮旯里痛痛快快哭了一会儿，忽然有人走来问道：“是喜喜？你在这儿哭什么？”

喜喜见有人走来，也不答复他的问题，忽然又觉得自己是个二十多岁的大姑娘，在街头哭鼻子很好笑，早已把在石榴院之事忘了个一干二净，竟又“咯咯……”笑着跑走了。

喜喜走在村中想到自己又一次完成了送贵贵的任务，眼看见贵贵和小丹又到了一起，心下十分高兴。想到岳三凤那些话，她也“呸呸呸”往路上唾了三口，自语道：“你骂人，扯淡！小事一宗。只要小丹跟贵贵好，气死你！”喜喜蹦蹦跳跳地来到东新院大门口，只见姚冬仙一如既往仍然在大门口靠着那块门墩石呆呆地站着。喜喜说：“新院婶子我告你说，贵贵今儿个晚上又去了石榴院。”

姚冬仙每晚这个时候最最担心的是贵贵的去向——不是石榴院，就是老堂屋院。听说儿子去了石榴院，她就高兴了：“真的?”

“是我跟着他去了石榴院的，没错。”

“你见看小丹啦?”

“见啦。她还要拉我去屋里坐坐，我没去。”

“你怎不去坐坐?”

喜喜将嘴偎在姚冬仙的耳旁说：“我去了，人家两个人谈恋爱就不方便了。”

“看你说的！时间长了，他们也不过是看电视。”她们说着话坐到大约晚十一时左右，喜喜要站起来看看上院爷爷，月光下忽然发现老堂屋院处走着个人影儿像是贵贵。喜喜心下好火：这个贵贵！原来他每天晚上打石榴院出来，还要再进老堂屋院，他实在坏透了。喜喜跑着来到老堂屋院大门口听听，果然听得贵贵在堂屋里说话。为了听个究竟，她在此又站了十几分钟后，便听得贾贵贵在老堂屋里“七筒”“八条”乱喊起来："坏了坏了，这个贵贵可真是个死不悔改的家伙，没救了。这种人，坏就坏了，他一坏不过是害了他自己。最最可怜的是新院婶子跟小丹。新院婶子一天到晚为儿子烧茶做饭，为儿子在大门口靠着那门墩石半夜半夜地守候着，为儿子赌钱不学好犯愁，为儿子劳动苦重犯愁，为儿子只劳动不见钱犯愁，为儿子只谈恋爱结不了婚犯愁，为了儿子，老人家没少愁没少忧，没少劳累，可是愁来愁去累来累去总没个结果，总是一场空，老人家真是太可怜了；小丹也真够倒霉的，跟贵贵好了七八年，把她的一份真情全都倾注在贵贵身上了，只盼他做个好青年，就跟他结婚，成家，朝前奔。没想到他一个赌博毛病总改不了，小丹为这事跟他生过多少次气，有多少次狠心要与他断绝关系，只因旧情难断，一次次原谅了他。可是谁知道他就这样没改性，没志气，明里说得好，暗里还是个赌鬼哩。长此下去，怎么得了呢？岂不生生苦了小丹吗？这件事到底该怎么呢？"——为着贾贵贵偷赌的事，喜喜苦苦思谋了几天，不知该怎么办。她也不敢跟姚冬仙说实话，怕她生气。因为姚冬仙有心脏病，一生气，会出事的；她也不愿跟小丹说，小丹本来因为贵贵的没志气而二心不定着，跟她说了，岂不完了。谁知她不说，小丹有一天夜里明送贵贵至半道，而后又暗暗跟踪他发现了问题，小丹真的生了气，再也不想见贵贵的面儿了。贵贵也正为此事犯愁。一天晚饭后，他本来不想再进老堂屋院，要到石榴院找小丹说情。谁知他刚刚走过老堂屋院，就被向四狗一起追了上来，死抢活拽又把他拖来了老堂屋院的老堂屋，一如既往地"哗啦哗啦"打牌了。贾贵贵打起牌来什么都会忘掉，越打兴趣越大了。

4. 姚冬仙之死

这日晚上，喜喜本来想在晚饭后早点来找贵贵，好好劝解他一番，再一次去见小丹，向小丹赔情道歉，挽回局面，谁知找了几次小丹，小丹总是关门不见她了。

自此之后，喜喜一连几日没到东新院来过。贾贵贵一连赌了几天，把挣下的钱都输光了。看看喜喜再也不来找他，他妈又每天念叨喜喜和小丹，贾贵贵只好硬着头皮去见小丹，小丹总给他吃闭门羹。贾贵贵十分灰心丧气。他感到一切都没希望了，一切都完了。但是只要他拱进矿石坑里，仍然是一如既往地大干苦干，每天仍然可以挣它六七十元钱。只是没人再给他往工地送饭了。一日上午，贵贵回家来吃饭，姚冬仙又问他："贵贵，怎么老是不见喜喜来咱家里呢？"

"人家有人家的事儿，老来咱们家做什么？"

"小丹呢？这几天你见过小丹没有？"

"没有。"

"你怎么不去找找小丹呢？我知道，你又离不开老堂屋院了，所以喜喜也不理你了，小丹也不理你了……"

"她们理我，我也是一天一天活人；她们不理我，我还不照样儿是一天一天活人……"

"你说你还很好哩是吧？一个对象对了七八年，到头来理也不理你了，你还高兴。这是为什么呀？还不都是怨你不走正路，老赌钱！你不走正路，家家都有彩电、组合柜、摩托车，就你没有，你活的是个啥人呀！家家户户都有年轻人，男的该娶的娶了媳妇，女的该嫁的嫁了男人，就你贵贵总是单身一人，二十六七的人了也成不了家，叫我怎么对得起你死去的爹呢？我活这个人不光彩呀！我怎么还有脸活在人世间哩?!”姚冬仙为了以情教育儿子，便把准备好的一把斧头拿出来送在贾贵贵面前，说：“贵贵，因为你妈没本事，连一个媳妇也不能给你娶进门，我真的没脸活在人世间了。给你，贵贵，就是这一把斧头，你把你妈一斧头砍死吧，我不想活了……”

贾贵贵见情，不觉动了心，说：“妈，都是我不好，我怎么能做出这样忤逆不孝的事呢？……”

姚冬仙气呼呼地说：“你每天赌博，连个媳妇也娶不进门儿，比你拿斧头劈我更使我伤心呀，你知道不知道……”

贾贵贵说：“都怨我都怨我……”他忽然打姚冬仙的手里将那一把斧头夺在手，说：“妈，我以后再也不惹你生气，我以后再也不打麻将了。妈，你要不信，你就看着，我为了下决心不打麻将，我今天就当着妈的面把我的手指头剁了……”贾贵贵边说边就把一只手展开平放在小板凳上，另一只手举起斧头就要往下剁，姚冬仙本来有心脏病，今天说话又过分激动了点，又看见儿子举起斧头要剁他自己的手指，这一惊一吓，她只喊了一声“贵贵”便昏倒在地上了。贾贵贵手中的斧头还没来得及剁下来，忽然见老娘昏倒在地，扔了斧头就来扶他妈，刚扶在半空儿，姚冬仙双腿一蹬，全完了。贾贵贵见他妈瞪了眼，身子也挺直了，知道是没气息了，他抱了他妈的尸体就哭：“妈呀，妈呀，你怎么说走就走了，叫我怎么办呀！……”贾贵贵哭了半日，姚冬仙已经死定了，哭有何用？只好去请村里的土公——向四爷爷。

向四爷爷来了。他先把姚冬仙的尸体抬到床上，让贾贵贵找出几件衣服给他妈穿了，便把他妈的尸体停好，而后让贾贵贵给他妈点了长明灯，烧了两炷香，化了两张纸钱，贾贵贵便趴在他妈的尸体旁大哭一场。后来向四爷爷说如今五月天气热，要赶快去买木头抓紧时间给他妈做棺材。可是贾贵贵打开家里的一口破箱子，箱子里空空如也没一分钱。又打开那顶破柜子搜寻一番，破柜里除了一些破褂破袜，什么也没有。他自个儿在自己身上乱搜索一番，仅仅搜索出两元六毛钱来。他刨矿石刨了四五年，每天能挣五六十元，到头来全部家当就只有这两元六毛钱。两元六毛钱怎么可以买回一口大棺材呢？贾贵贵看看停在地上的他妈的僵尸没办法入棺，他只好双手抱头蹲在地上“呜呜呜”地哭了。

董小丹忽然听说姚冬仙死了，大吃一惊，就往大门外跑。岳三凤就喊：“小丹你去哪里？姚冬仙死了，不干不净的你可不敢去……”

董小丹不听她妈的话，跑出街上直向东新院跑来。跑到半路上，忽然又想起来自己早已下决心再也不见贾贵贵的面了，这才又站下来呆呆地站着回想着姚冬仙一生的可怜……

董喜喜在葡萄院忽然听她妈说姚冬仙死了，便怒气冲冲地指责她妈：“人家新院婶子多好的一个老人，你怎么可以糟践人家……”

王四花说：“新院老婆真的死了，我不是……”

喜喜看她妈说话一本正经，只好信了：“东新院这个老人家死了，那可把贵贵苦了……”就跑着到东新院来看究竟。在大门外就听得贵贵在屋里“呜呜”地哭，心想：坏了，老人家真的不在人世了。她跑来屋里一看，只见地上铺一摊草，放一具耙，耙上停着姚冬仙的尸体，喜喜忍不住竟也哭了。喜喜想起姚冬仙的老诚，想起姚冬仙对儿子的一片爱心，她糊里糊涂把老人之死归罪到了贾贵贵的不孝。回过头来冲着抱头哭泣的贾贵贵骂道："都是你都是你，老人早早晚晚为你辛苦为你忙，每日每夜给你做晚餐等候你吃晚餐，哪天哪日不是等你等到半夜三更，你妈是为了你活活累死的呀！你贵贵在老人家面前是有罪的呀！你因为一个赌钱死不改活不改，每天劳动可又挣不下钱，娶不上媳妇，成不了家，老人家为了你的赌为了你的娶不上媳妇成不了家，她忧心忡忡她心病太大，她为了你成亲之事日里愁夜里愁，她忧愁成疾她是活活愁死的呀！你说说你在老人家面前有罪没罪……"

贾贵贵哭道："我有罪我有罪我知道我有罪，可是眼下说有罪还是次要的，你看看我的老母亲停尸在地，急需要买木头做棺材，可是我没钱……"

"你没钱?你没钱你一天能挣五六十元,一月能挣两千多?一年能挣两三万。怎么连一口棺材也买不起呢？你说说你的钱……"

"都怨我不好，我把钱全输光了。可是眼下老娘停尸在地，我没钱买棺木，你叫我怎么办……"

"活该！你也亲自体验体验没钱的难处吧？"

"话语是话语，可是总不能让老人家的尸体总停在……"

"你把钱全输光了，你跟我说这些话有什么用？"

"喜喜你是好人，你帮我想想办法吧。"

"我不管！你自己的事儿自己也犯犯愁吧。"可是没过一分钟，喜喜又觉得眼下的贵贵正在困难之中，不帮他想想办法也不好。便说："买棺材要花一千多元哩，不是小数字。你不是有舅舅、有姨父、有姑父吗，这么大的事，他们不帮忙行吗？你快去求求他们借些钱吧。"

贵贵说:"好。只好去求他们了,可是我去了,屋里没人……"

“你走吧，有我哩。”

贵贵站起来拭拭泪，就要走。喜喜说：“你见了你舅舅、你姑父他们先跪下给人家磕个头，报个丧，再求情借钱。”

“好，记下了。”

贵贵刚出门儿，喜喜又说：“你跟你舅舅、姑父、姨父他们借钱要态度好些，好话多说……”

“好，记下了。”

5. 董喜喜打门

贾贵贵跑了几家亲戚，外村的亲戚都以为他是刨矿石英雄是大富大家，没人借钱给他。

贵贵回来看看没钱买棺材，愁得他抱住他妈的尸体大哭不止。喜喜见情，不由得大发雷霆道：“贵贵你到底说话不说，你这是怎么了，你不说话，我可就走了，你独自在家想办法……”

“不敢走不敢走，喜喜你可不敢走，你要走了我就更没办法了……”贵贵终于说话了。

“不让我走，你就快快说话，你跑了大半天借了多少钱？”

“我一分儿也没有借下，这又该怎么办呢？”

“什么？一分钱也没借下？那是为什么？你的姑姑、姨姨、舅舅都是些什么人物，这么没人情……”

“他们都说我没钱是撒谎……”

“撒谎？好，让他们来看看你妈的尸体，死人也能是假的？”

“不是那个意思。他们都说我每天刨矿石每天能挣六七十，怎么会没钱买一口棺材……”

“活该！他们不借钱给你，理所应该！”

“可是喜喜你看这大热天，我没钱买棺材……”

“活该！贵贵同志，你看看手里没钱难不难？——要实在没办法，贵贵，我看你只有一条路可走，你快去求求小丹吧，准行。”

“你叫我求小丹？——不行！小丹早就不理我了，早就跟我一刀两断了，我怎么可以去求她呢？”

“你们断是断了，现在你们不是未婚夫妻了，可还是一个村里的乡亲，小丹那人心又好，肯帮助人，你去求求她，准行……”

“不行不行，我没脸见小丹”

“你还知道你贵贵没脸见人？！——那好，让你妈就在屋里停着吧……”

“不行不行，喜喜，我求求你，你就帮帮我吧。我到了难中，你不帮我谁帮我？你是咱贾庄的头号好人……”

“你别来这一套啦。现在你需要的是钱。可是我在我家是个没权的人，我家有钱是有钱，可有钱都在我妈手里，我妈是个老抠，在她的手里抠几元钱不容易哩……”

“我知道你手中没权。可是你在咱们贾庄是个有名的好人，你的名声好，你去找人借钱肯定借得来。喜喜，我求求你了你就再帮我一把吧。”

“你这人，真拿你没办法。叫我去跑跑看。”喜喜离开东新院，先回家借口买金项链向她妈弄到一千元钱，回头把钱交给贾贵贵，贾贵贵才买了棺木埋葬了母亲。

姚冬仙入土为安了。贾贵贵回到东新院屋里，只觉得那屋空空荡荡不是往日的屋了。贵贵想起母亲的好，想起是自己不学好伤了母亲的心，想起自己一个错误举动把老母亲吓死了，十分地追悔不已。当晚，贾贵贵又哭了一夜，次日大早上厕所一趟，竟又躺在床上生闷气。他也不做饭，他也不会做饭，他也无心做饭，只是躺在床上死躺，竟然一躺两天两夜不起床不出门不做饭不吃饭。喜喜感到情况不妙，怎么两天来没有看见贵贵的影儿，难道他就没有出门儿？七月初七这天晚上，董喜喜便跑来东新院看究竟，可是东新院的大门关得严严实实，把喜喜吓了一跳。

喜喜很为贵贵担心，很是着急。就打门："叭叭！叭叭叭叭！叭叭叭叭……"东新院里仍然没反应。喜喜害怕了，喜喜以为东新院里又出了什么大事，一时性急拿了砖头瓦片儿砸门，只砸得呼里咣啷一阵声响。这一砸，惊来许多人，把小丹也惊了来。听说是贵贵两天没开门，把她吓蒙了，以为是贵贵想不开，出了事，早已"呜呜"哭起来。喜喜的心很乱，见小丹一来了就先哭，烦得很，便训斥她："小丹你是怎么啦？贵贵到底是怎么一会事儿，生死不明，你动不动就哭，顶什么用？快想想办法弄开这个门才是最要紧的事儿。"

小丹忙拭拭泪，说："是是是，喜喜，我听你的。"

大家一起行动，有的拿钳锥子别锁，有的继续打门。打着打着，忽然听得贾贵贵在门里厉声喊道："你们闹什么？——我死啦！我死啦……"

喜喜挥拳重重击那门板一下："贵贵你好混种！"

贾贵贵挨了骂，停了片刻，在门里忽然"呜呜"哭起来。门外的董小丹听得门里的贵贵哭了，她也"呜呜"哭个不住。董喜喜见他们二人哭了，她也哭了，于是，门里门外一男二女泪流淋淋狠狠地大哭一场……

仲秋月

一

八月十五月儿圆，八月十五团圆节，许多在外边上工、在外边工作、在外边经商者，都会在这一天赶回家里来与家人团聚，同望明月，同吃月饼，同饮团圆酒。

小常村的常天福今天也买了五斤月饼，二斤猪肉，五斤竹叶青酒。其实常天福全家就两个人，他和儿子常小宝蛋。小宝蛋今年才十岁，并不会喝酒。常天福一个人买那么多酒做什么？一则他有钱。他是个果树专业户，每年有三四万元钱的收入，现在已经有二十多万元的存款，多买几斤月饼几斤酒，他不在乎；二则他的心头愁多气多恨多，中秋节多喝点酒，也是为了借酒浇愁。在小常村常天福也算得上个小富翁，他有什么愁，他有什么恨？他有什么气？就因为他老婆撇下他早几年离了婚。常天福今年才三十五岁，何不再要一个老婆？他害怕儿子小宝蛋受后妈的气，咬紧牙关不肯再婚。

有多少女人看中了他这个小富翁，三番五次托媒找常天福，常天福根本不理那回事儿。

常天福为了儿子小宝蛋，什么苦也吃得，什么活儿也干得。家里家外，当男当女，忙果园，做家务，从来不叫苦。只是一想起小宝蛋他妈——卜红花，他就有气，他就恨得咬牙切齿。

为了过好今天这个团圆节，常天福吃罢早饭到果园里转了一个圈子，就回家里来了。目的就是跟小宝蛋厮守在一起。

常天福什么家里活儿也做得来。别人家今天晚上吃饺子，他也要给小宝蛋剁饺子馅包饺子吃。学校放了秋假，小宝蛋不上学，正趴在写字台上画画儿。常天福把猪肉洗净，扳倒案板，正“嘣嘣嘣嘣”剁饺子馅哩。常天福手执厨刀剁着剁着，忽然看见有一个女人走进大门来，却正是跟他离了婚的卜红花。一见卜红花，他可就慌了手脚。连忙撂下厨刀，喊一声“小宝蛋，快走！”他自己已经奔出门儿，又连忙返手“哗啦”一声将两扇门拉拢，又听“咯嘣”一声，将门锁上。小宝蛋一时没反应过来他爹喊他做什么，行动慢了一步，竟被锁在了屋里，便大喊：“爹，我还在屋里，你锁了门儿做什么？”

常天福后悔没有顺手把小宝蛋拉出来。只好喊道：“小宝蛋，你在屋里玩儿吧，我出去有点事。”就冲大门走来。

卜红花想跟常天福复婚，一半也是为了儿子小宝蛋，八天前她就找过常天福。常天福把她恨死了，坚决不同意。没想到她今天又来了。常天福不愿意与她纠缠，连忙锁门要走。卜红花害怕他走了，有话没机会说，连忙上前拦住她：“天福你不能走，你听我说嘛，过去我错了，我给你认错还不成……”

常天福不愿意同她啰唆，狠狠把她的手捽开，就要走。卜红花不顾一切地扑上来，又抱他的一条腿。常天福便打她的手，卜红花不怕打，只是死死抱住他的腿不放，苦苦哀求道："天福，你打吧，打吧，我不怕，只要你愿意跟我畅开怀说说话，咋都成……"

常天福边掰她的手边骂她："什么东西，你给我滚，我不想见你……"

卜红花说："天福，我求求你，不为你，不为我，只为咱们的小宝蛋，你原谅我吧……"

"你做梦去吧！你……"

小宝蛋听得院子里吵吵闹闹，连忙爬到窗台上隔玻璃看，见又是上一次来过的那个女人抱着他爹的腿不放，格外着急，便大喊："大坏蛋！你抱我爹干什么！看我出去不敢揍死你?"

常天福真的冷不防打脱了卜红花的手，抽身跑出大门外去了。小宝蛋在屋里拍手叫好："好好好，我爹胜利啦!"

卜红花听得小宝蛋幸灾乐祸的样子，像有人冲她劈头盖脑浇来盆冷水，打了几个寒战，心灰意冷地坐在地上抹泪哩。

小宝蛋看看案板上的饺子馅还没剁好，中午的饺子还不知什么时候才能包好，怎么可以误了八月十五吃饺子呢？他以为爹要早点回来包饺子，必须先把院里那个坏女人赶走才成。他想好一个点子，要狠狠地骂她一顿，她就没脸不走了。于是，便在屋里窗台前大声喊着骂道："大坏蛋，不要脸！大坏蛋，讨吃饭，讨不上，把人害！大坏蛋，不要脸……"

卜红花亲耳听得自己生的儿子骂自己是大坏蛋，是不要脸，心下好酸痛。可是她并不恨儿子，她今天看见了儿子，一心想的是让儿子认她个娘。如今常天福躲着出去了，她要设法与儿子接近，与儿子说话，当着儿子的面把话说清楚，力争在今天八月十五团圆节这个好日子里，与儿子团圆，与丈夫团圆。她不顾小宝蛋不住声地骂她大坏蛋，她拂拂身上的土，满面带笑地冲窗前走来，笑道："小宝蛋，你不要骂我了，我告你说，你是我生的，我是你的娘……"

小宝蛋在窗户里看见卜红花冲他走来，还说她是自己的娘，小宝蛋不信，小宝蛋不认这个野女人，小宝蛋便加劲骂她："大坏蛋你敢过来，大坏蛋你过来吧，你过来，我一枪打死你！……"不一会儿，只见小宝蛋真的把一支水枪打窗口伸出来，只听"沙沙沙"一阵响亮，喷射器似的喷出一股股水来，直冲卜红花的脸上喷，喷得卜红花抬不得头，上不来气，卜红花抬起胳膊挡着那喷水，边走边说："小宝蛋，你别喷水，我是你妈……"

小宝蛋只管拿枪冲她射水，大骂："大坏蛋你不走，老子射死你！……"

小宝蛋只管冲卜红花射水，直把个卜红花射得冷了半截身子，冷了一颗心，身子一软，瘫坐在当院里，哭喊道："我这是何苦呀！想当初我一步走错，到如今步步难呀……"

二

想当初卜红花是怎样走错了那一步呢？

想当初卜红花长成大姑娘，该找对象了，她一心要找一个富一点的村富一点的人家，因为她们卜家庄太穷了，每人每年才有二百八十斤口粮，每个劳动日才挣三毛钱。一日三餐菜汤糊糊，饿得她面黄肌瘦，少气无力，她每每端起那一碗糊糊就掉眼泪："我一日三出勤，连一碗饱饭也吃不上，活得是个啥人呀？日日月月年年岁岁这样熬着熬到哪年哪月是个了呀？"

好在她是个大姑娘，只要找婆家能找个好一些的人家，就有希望改变这种长年饿肚子的状况。因人们都说小常村学大寨学得好，年年大丰产，前年已经达了纲要，卜红花以为只要嫁到达纲要的小常村，就不会饿肚子了。经人说合，她就与小常村的常天福订了婚。别家的闺女找下婆家，男方送彩礼，多是二十斤白面，四十斤饼干，两身衣服；常天福给她送彩礼，竟送了四十斤白面，四身衣服，六十斤饼干，卜红花便以为到底小常村是达纲队与卜家庄不同，她总算找下一个称心如意的婆家。可是等她同常天福典过礼以后，只吃了一天饱饭，第二天看看碗里的饭，竟与她在卜家庄娘家的饭一样是菜汤稀糊糊。碗里的糊糊那糠菜之多，那米粒稀疏可数之情形，那浓度之清淡，竟与他们未达纲的卜家庄的糠菜糊糊一模一样。于是，卜红花很生气，她以为自己吃一辈子糊糊是吃定了。常家虽然很穷很困难，但是常天福人性特好。常天福不只劳动好，对卜红花更是体贴入微，过大年队里分给五斤白面，常天福一口不肯吃，全部照顾了卜红花。有时候糊糊锅里煮几个土豆，便是大改善的伙食，但是常天福也不肯吃一个。便是不注意舀到他的碗里两块土豆，他也会挑出来夹到卜红花的碗里。卜红花打心里感激常天福，知道她嫁了个好丈夫。可是每每端起那一碗菜汤糊糊，卜红花就有气："这哪是人吃的饭呀!"她实在无法忍受那一天三顿稀糊糊，又听说中常村是个过河队，过河队肯定比达纲队好，便想与常天福离婚，在过河队找个好人家。卜红花提出离婚，常天福大吃一惊。他觉着自己不能没有卜红花，便好言劝解她，便在碗里那多几个少几个土豆方面努力优待老婆，也不成。好在就在这时节，卜红花忽然有了孕。她只好忍着又吃了一年糊糊，她终于坐了月子，生了孩子，那就是小宝蛋。不意因为有了小宝蛋，她看着小宝蛋要多好，有多好；要多亲，有多亲；要多可爱，有多可爱。她实在舍不下她的小宝蛋，再不提离婚之事了。常天福也以为有了小宝蛋，卜红花不会再闹离婚了，认定小宝蛋救了这一家人。常天福笑着当了卜红花的面唤小宝蛋："小宝蛋，我的救命大恩人。"

卜红花瞅一眼常天福，"咯咯"笑两声。

又过了半年，吃稀糊糊加上奶孩子，把卜红花饿得头昏眼花。再加有了孩子后，一样得起早摸黑，一天两送饭，又饿又累，她实在不想在这个达纲队多待一天了，便又向常天福提出要离婚。常天福以为有个小宝蛋，她说离婚，不过是开玩笑，不理她。谁知卜红花并非玩笑，动不动与常天福吵闹，以至闹到摔锅扔碗，打夫骂子的地步，闹得常家不能过一天安宁日子。常天福看看这个日子实在过不下去了，他也很恼火，说："红花，你说吧，你要干什么?"

卜红花说："那还用问？离婚!"

"离了婚小宝蛋怎么办?"

"你想要就给你留下。"

"小宝蛋是你生的，你舍得?"

"不舍得能怎么着？统统饿死在这个家里?!"

"只要每人每天还有半斤口粮，我估计饿不死。也许今年能多分点口粮……"

"我看透了这个达纲队，再过一百年也达不了纲。我不想活活饿死在你小常村。说离就离，没有多少好说的!"

"你走了，不想小宝蛋?"

"我想他，我会常常看孩子的。"

"不行，不离便罢；要离，不许你再进这个门!"

“不进就不进！”

“你要再来呢？”

“你拿镢柄打折我这两条腿！”

“你说话算数？”

“往后你看着！”

“好！上公社去，走！”

就这样，两个人终于离了婚。

卜红花扔下小宝蛋离婚走后，十分想念小宝蛋，一连哭了几天睡不着觉。她急得什么似的想回小常村来看看小宝蛋。想起自己说的话，硬是忍着不敢再来小常村。卜红花那时才二十二岁，正是年轻小媳妇，找对象很容易。再加各村找不下对象的光棍汉不少，连过河队的中常村也有许多光棍汉。卜红花很快在过河队中常村找下一个对象，很快便又结了婚。卜红花事先通过调查，过河队中常村一个劳动日可分一元钱，口粮也有四百五十斤。她满以为到了中常村起码可以吃饱肚子的，谁知来到过河队中常村，那伙食居然同小常村一模一样，同样一日三餐糠菜稀糊糊，糊糊里煮的土豆也不比小常村常天福锅里的土豆多。卜红花又泄了气。

卜红花看透了这个过河队中常村，什么四百五十斤口粮一个工一元钱，全是假的，她不能舍子抛夫离了婚还是喝糊糊，大闹特闹了一年多，终于又离了婚。

卜红花又开始找对象了。她知道大常村是跨江队，她以为跨江队亩产八百斤，总会有好饭吃的。于是便托媒在大常村找下一个对象，想也没想到锅里煮的饭与达纲队的小常村与过河队的中常村一样，那糠菜糊糊锅里竟然连土豆也少见。卜红花伤心极了。自己嫁来嫁去嫁了个啥？她十分想念常天福万分思念小宝蛋，又一次闹得离了婚。她急于看到小宝蛋，还有常天福。可是她走到小常村村口，仍然觉得自己没脸进小常村，没脸见常天福。她坐在小常村村口哭了一场，返身去了。

卜红花又一次离婚不久，便赶上改革开放大潮。她不想再嫁人了，她只想常天福和小宝蛋，可是她又觉得没脸再见常天福。后来她咬咬牙，竟随了一干进城打工的人进了省城。她以为只有走得远远的，才能慢慢打消思念常天福想念小宝蛋那份情。

卜红花在省城人生地不熟，虽然吃了不少苦头，捡烂菜、钉鞋、饭店里洗碗、卖烧饼，杂七杂八，日里打工，夜宿露天，人生的酸甜苦辣什么味儿没吃过？日子一久，竟也赚下许多钱，临时存折上居然由两位数到三位数以至到五位数，有了两万元。随着存折上存款数的上升，她思念常天福和小宝蛋的心情越来越强烈。后来她也听说常天福承包果园变成大富翁，她为常天福和小宝蛋的幸福生活而庆幸。她也听说常天福自从跟她离婚后，再没娶女人。她断定常天福是等她。近些日子，卜红花想念常天福、小宝蛋想到日不思食夜不能寐的地步，她觉得重归于好有几成把握，于是，她把存款统统取出来，买了车票，打好行李，返回老家来。

三

卜红花给常天福打了一件毛衣，给小宝蛋打了毛衣毛裤，又买了两盒子高级月饼，于农历八月初八向小常村奔来。快走到常天福的大门口，忽然看见院里跑出一个十岁左右的男孩子，那孩秋衣秋裤球鞋穿扎一色新，浓眉大眼红扑扑的脸蛋，好可爱。卜红花断定那孩子就是她的小宝蛋，连忙上前拉他：

“小宝蛋！小宝蛋！……”

小宝蛋站下来看她一眼，见是一个陌生妇女，很稀奇：她怎么知道我叫小宝蛋？便问：“你是哪的？”

卜红花连忙笑道：“其实我就是小常村的，实际上咱们是一家，我是你的娘……”

小宝蛋大了以后，曾经几次问过常天福，别人有娘，我为什么没娘？常天福总是跟他说：“你娘早就死了。”

小宝蛋说：“我娘死得太早了！她要活着该有多好。”

又过了几年，小宝蛋渐渐觉得不对劲，又问：“爹，上头院小庆的娘死了，棺材封在高柩里，年年清明去烧纸，我娘死了怎么没封高柩？”

常天福说：“你娘是狼拖走的，尸骨不见，封什么高柩哩。”

小宝蛋说：“我娘死得好可怜。”

小宝蛋认定眼前那个女人在骗人。说：“你骗人！我妈早就让狼拖去了！”边说边就走。卜红花闻言，头一炸，心好冷。忙喊：“小宝蛋，我真的是你娘……”

可是小宝蛋已经跑远了。卜红花在那里呆若木鸡似的站了片刻，以为只要跟常天福言归于好，还愁小宝蛋不认娘吗？连忙走进院里，见正房门开着，又忙忙走进屋里，见常天福正在地上摆弄那几篓子苹果，便说：“天福，我，我……”

常天福抬头一看，一眼便认出她是卜红花，忽然胸里怒火中烧，先瞪她一眼：“你是什么人？找我做什么？我不认识你……”

“天福，我知道你恨我是应该的。过去的事全怨我，我认错。今儿个我就是来向你认错的……”

“什么认错不认错，我根本不认识你！你快快走吧！再待一会儿，我可就不客气了……”

“不，天福。你听我说。过去的事儿千错万错都是我的错。可是这几年我心里最最想的还是你跟小宝蛋，我觉着我离开你离开小宝蛋，吃香的不香，喝甜的不甜，没有你跟小宝蛋，我活得没滋没味儿活得不是人呀！我在外边跑了四五年也没嫁人，还不是为了有朝一日能跟你跟小宝蛋团圆……”

“你扯的是什么呀！我不懂……”常天福开口先滴拉拉掉下两颗泪珠儿。因听卜红花提到小宝蛋，他就想起了抚养小宝蛋的不易。卜红花离婚走后，小宝蛋才一岁半。常天福又要上地，又要带孩子，又要忙里，又要忙外，又要买奶粉奶孩子，又要做饭涮锅，又要抓屎抓尿，又要补裤补鞋……不上工挣不上工分没饭吃，去上工又没人带小宝蛋。没办法，常天福上地走时，总是给小宝蛋用被子、椅子、席片子垒一个小围城，把小宝蛋围在里边。打地里回来，不是板凳压住小宝蛋的腿，就是小宝蛋打小围城里冲出来扒倒茶壶烧了脚。卜红花离了婚，拍屁股一走，常天福真是人没有遭过的难他都遭遍了。每每小宝蛋出了事，常天福总会抱着孩子痛哭一场，同时把卜红花痛骂一顿：“你妈的臭娘们你算丧尽良心，连你亲生的儿子也能丢下舍下，到处跑着去寻你个人的幸福，你枉披了那张人皮！你鸡不如狗不如你狼心狗肺算什么东西！”常天福把卜红花恨死了。只是想起她的无情她的离婚，他哪里还想再认这种人？于是他说：“你嫁人不嫁人，与我什么相干？我还有事，请你快快出去……”

常天福生气，卜红花觉得是应该的。自己既然错了，想重归于好，必须耐心来死受他一些批评，哪怕他打自己一顿也没啥。因而她还是心平气和地苦苦哀求："天福，我知道你有气，我知道你太恨我了，我知道我做事有错。当初我离婚，都怨我太有些无情无义。就为了吃一顿饱饭，连自己的亲生骨肉宝贝儿子也忍心丢下，今天想起来，连我自己也感到自己太可恨太可恶太不是人了，可是事已如此，我一步走错了，想抹也抹不掉了。千错万错都是我的错！天福，请你原谅我，我以后一定跟你一心一意过日子……"

常天福还是不理睬她那一套，还是说："我不懂你的话，我不认识你，我没工夫跟你拉闲扯淡，你快快走吧……"

卜红花见他还是不肯认自己，心下十分酸痛：没想到过去离开他一去，走得那么容易；今天想回来，就这么难！——难就难吧，谁叫自己那时候没有主心骨走错那一步哩？便又哀求道："天福，你先息息气，你息息气听我说。你有气，你恨我，应该，谁叫我没志气走了错误路线哩！可是我知道认错，我返回来找你苦苦求你，你就是铁石心肠也该软三分吧？天福，我求求你……"

常天福想狠狠地训斥她一顿，因想到她毕竟是小宝蛋的母亲，他不愿意给她十分难堪，只想让她一走了事。便说："你走不走？我可没工夫跟你在这里纠缠，你不走，我走……"

卜红花见她要走，心下一急，连忙"咚"的一声跪在地上，说："天福，我求求你，你不要走，或长或短，你给我一个答复……"

常天福见她跪倒在地，心忽然软了。忙说："你起来，你起来再说。"

卜红花不肯起来，常天福硬是把她拉了起来。后来两个人又争论半日，也没结果。常天福害怕小宝蛋回来，借口去找小宝蛋，竟一去不归了。卜红花饿着肚子在常天福的屋里待了一天，哭了一天，等到天黑，等到弯弯半片月亮升在天空，常天福终于回来了，却仍然没把小宝蛋带回来。卜红花看看大事难成，跟常天福重归于好的希望不大了，可是她很想再见见小宝蛋，便说："天福，不拘怎么着，你总该让我见见小宝蛋吧？我生了小宝蛋，我奶了小宝蛋一年多，你不让我见见，你也太有些说不过去吧？"

常天福为了让她快快走去，说："我把小宝蛋送到他姑姑家了。你快走吧，月亮都亮了，你不走，晚上怎么办？"

卜红花看看不会有什么结果，说一声："走就走，可是说不定哪一天我还会来。"

卜红花出来街上，看看天空那一片半月，心下凄楚万分，蹒蹒跚跚走出了小常村。

四

八月十五日中秋节这天，卜红花又来小常村常天福家找常天福找小宝蛋，常天福走了，小宝蛋隔窗用水枪把卜红花射了湿漉漉满身的水。卜红花坐在地上哭了，屋子里边的小宝蛋便停止了射击，只是低声骂道："这个女人真坏！那么大了还哭哩，不嫌丢脸！"

卜红花鼓足勇气，还是磨磨蹭蹭走来窗前喊："小宝蛋，小宝蛋，我真是你的娘，你吃过我的奶，天天晚上是我抱着你睡……"

小宝蛋忽然又站到窗前，大声喊道："你胡说！我娘早就死了！你是个大骗子！你骗人，你是骗儿童的大坏蛋！你是……"

卜红花看着小宝蛋浓眉大眼红扑扑的小脸真好看，比天下的许许多多孩子都好看。她心下好高兴，小宝蛋骂她她也觉得好听。竟嘻嘻笑道："小宝蛋，我不骗你，我真的是你娘……"边说边就伸手想隔窗拽小宝蛋的手。小宝蛋碰到烧红的火烙似的连忙把手缩回来，就朝大门外边喊："爹，快来呀！大坏蛋要拉我哩，我害怕！爹，快快来呀！……"

小宝蛋的喊声没落，真的看见常天福回来了。又喊："爹！看这个大坏蛋……"

常天福说："小宝蛋，不要理她，别害怕，有爹哩！"

"爹，你快回家呀！天快黑啦，饺子馅还没剁好哩，我还急着吃月饼哩。"

卜红花见常天福回来了，心下很高兴，忙对小宝蛋说："娘给你带月饼来了。"

小宝蛋说："谁吃你的臭月饼哩！"

常天福看看天将黑了，不能让小宝蛋八月十五晚上饿肚子。觉得即使开了门，卜红花进来屋里也不怕，只要话说得难听，不怕她不走。便开了锁。不料卜红花果然紧跟过来，门一开，她居然先进了屋里。常天福为了撵她去，想挑难听的话骂她几句，不意说出口来的却是："你还有脸再进这个门儿……"

卜红花觉得常天福思想有变化，不由心下一喜，便说："我今儿个进的是新房门儿，不是原来的门儿……"

常天福气呼呼地说："死皮赖脸！"他便提刀剁饺子馅，卜红花连忙夺常天福手里的刀，她要剁。常天福不让，说："咱这穷人家，不敢劳驾你那尊富种种！"

卜红花听言他还记着过去的事。她为了表明她今天的来并非因常天福富了才又回来，实在是为了常天福为了小宝蛋才回来的，便打提包里拿出一大沓两万元钱放在常天福面前，说："天福，过去我要离婚，确实是因为你太穷才离的，是我的错；可是今天我回来，并不是因为你富了我才回来的，我是为了你这个人为了小宝蛋……"

常天福见她那么多钱，肯定了她不是冲自己是大富翁才回来的，确定是为了旧情为了孩子才回来的，心下真的有些活动了。又想到她过去虽然又嫁过两家，后来四五年不再找男人，也确实难为了她，也说明她还是不忘前情的。再说小宝蛋有爹没娘到底不是个摊场，加之看到卜红花连连找上门来，苦苦哀求一片真情，他的心真的软了。

这时卜红花掏出带的月饼让小宝蛋吃，小宝蛋不接，还破口骂卜红花道："大骗子！野婆娘，我不上你的当！"

常天福回头瞅小宝蛋一眼，说："小宝蛋你说话怎么不懂礼貌，她是你娘……"

小宝蛋闻言愣住了。

卜红花高兴极了，当时满面热泪淋淋，冲常天福喊一声："天福！"便厨刀夺在手里："嘣嘣嘣"连声响亮剁饺子馅。常天福也再没有夺她手里的厨刀。

此时此刻，一轮明月打东方升起，照进常天福的屋里。那一轮秋月好清亮，好圆好圆……

多雨季节

一

黄梅时节，时不时地下一阵黄梅雨。

中午。吴增福冒着蒙蒙细雨打地里回来，看见葡萄架旁停放着一辆崭新的自行车，认得是儿子旺旺最近给未过门的儿媳妇高云儿买的那个车，便知道是高云儿又来了。吴增福心下不免就火了："她前几天刚来过，今儿怎么又来了？——想起来了，后天凤山镇要赶会，准又是来讨赶会钱哩。咳，这媳妇真是个讨债鬼！"吴增福很不高兴。但是未过门的儿媳妇既然来了，少不得要见面的。刚打地里回来，土面土眼的怎么见人哩？吴增福看见当院里石凳上有盆水，就先来洗洗手脸。盆里的水竟是粉红色的，知道是儿媳妇高云儿洗过脸的水，也只好将就洗洗吧，担一担水好远的。吴增福洗脸时，才发现那水有一股莫名的香味儿，他自语道："真难闻！"他闭住气咬住牙匆匆一抹了事。只是想到高云儿今天一来，又得掏腰包，心下很不痛快。他低着头皱着眉头走进屋里，忽听得高云儿甜甜地喊了一声“爸”，接着说，“你上地回来了，快歇歇吃饭吧。”

吴增福连忙将愁容换作笑容，说：“是，是，你先吃。”

正吃饭的旺旺妈刘春秀见一贯愁眉不展的老头子见了媳妇会笑容满面，像个好公爹的样儿，心下喜欢。说：“你坐下，我给你盛饭来。”

吴增福却随刘春秀进了厨房：“我自己来。”

刘春秀说：“天生的贱骨头！伺奉你，你也不会享受。”

吴增福说：“就这命。”

刘春秀回头瞅他一眼，只见他双眉紧皱，气憋眉间，同刚才判若两人：“你咋说变就变了，你是魔术师？”

吴增福：“少废话！”端一碗饭就往外去。

刘春秀忙喊他：“屋里桌子上还有几样菜，怎么又去了？”

吴增福只装没听见，径直走出大门。

高云儿只觉得老公爹脾气怪怪的，很不乐意。过了一会儿，在大门外吃饭的吴增福看见旺旺陪了高云儿到供销社去了，吴增福连忙赶空奔回屋里来，横眉愣眼地追问刘春秀：“她怎么又来了？”

刘春秀：“怎么？来错了？不该来？”

吴增福说：“是不是又来讨债哩……”

“你说话好难听！怎么是讨债？没过门的媳妇赶会领赶会钱，看戏领看戏钱，这是兴下的规矩，家家户户都一样。什么讨不讨债？”

“就是讨债！这一次你打算给她多少？”

“如今的行市越来越高，少说不得一百……”

“她干脆拿一口刀把我砍死吧！”

“你低声点吧！一百元钱就那么怕？”

“她一年里要赶十几次会，是多少钱？”

“你不拿钱，媳妇娶不到家，忍着点吧。才一百元……”

“不是才一百，还没有买彩电、洗衣机、沙发、茶几、组合柜、席梦思，花项多着哩，没有一万五，办不了事。可是你的箱子里只有四千几百元，差得远哩，你去哪儿偷人家的钱去？”

“低声点吧，看云儿回来听见了不好。”

说着话，旺旺跟高云儿真的回来了。

下午，刘春秀给了高云儿二百元钱，高云儿不大高兴地走了。

当日晚上，吴旺旺大大咧咧地口头通知吴增福、刘春秀二人：“爸，妈，今儿我跟云儿研究，订了结婚日子就是十月一日国庆节。赶快抓紧准备吧。只有两个月时间就到了。”

吴增福闻言很生气：“这么大的事儿，你们怎么也不跟我们商量一下？”

吴旺旺：“这是我们俩的事嘛。”

“你们俩的事，也得我们张罗哩，总该跟我们通个气儿吧。”

“这不已经给你们通了气。”

“你这叫先斩后奏，不把你爸你妈当人看……”

刘春秀冲老头子说：“不把你当人看，还给通气儿吗？”

吴增福说：“才两个月时间，要花那么多钱，这钱从哪里来呀！”

“鞭打快牛，想想办法就行了。”

“好几年了，我哪天不在为旺旺娶媳妇的事儿想办法？”

事实上也真是像吴增福说的，自从旺旺十五岁上初中那时候起，吴增福、刘春秀夫妇就在为旺旺要媳妇的事儿日夜犯愁，日夜想办法哩。新盖起来的五间新楼房不就是老两口愁了七八年，忙了七八年，辛苦了七八年，才盖起来的吗？一个老农民盖五间新楼房真不是一件轻而易举的事。因为盖新房，至今他们还欠着凤山镇信用社两千元贷款。这贷款已经到期，信用社主任李志良已经来催过两次了。

吴增福手里只存四千元了，可是儿子吴旺旺每天催着老爸快快去买席梦思床，快快去买彩电，把个老实庄稼汉愁得摸门儿不知东西南北。两天之后，旺旺打县城里买回组合柜来。旺旺和邻家两个年轻人刚把组合柜抬回新房里一部分，便看见凤山镇信用社主任李志良走来。吴增福心下有点慌："糟了！正好让老李碰上了。"李志良看看那部分组合柜，笑道："哟！老吴有办法，也会赶时髦，买下组合柜了……"

吴增福脸一红，连忙解释道："不不不，李主任你误会了，这组合柜不是我家买的，是老疙瘩家买的，我们帮他抬抬……"

李志良指着那新房："这不是老吴你的新房嘛？不是你的，怎么往新房里抬组合柜呢？"

吴增福忙说："不不不，是老疙瘩家的新房还不现成，先在我们屋里放几天……"

李志良笑道："不管它是谁家的，反正不是我家的——看把你吓的！走，到你家里坐坐。"

什么"到家里坐坐"，分明是讨债嘛。吴增福只好硬着头皮往屋里让客。

李志良一开口就单刀直入："老增福，我可是第三次找上门儿啦。怎么样，准备现成了?”

吴增福以为欠公家的钱推后一些日子问题不大，便说：“好我的李主任哩，我手头有钱，不早就给你送到信用社了，还用得着李主任一趟一趟跑着讨钱。这样吧，李主任，再等三个月，我保证本、利一起清，好不好?”

李志良说：“老增福，你别糊涂了，晚一个月就多一月的利息，何苦哩。”

“这我知道李主任。谁的头上有头发肯装秃子哩?我要有钱，我傻了多出那几个月的利息?可是手里没钱，我不吃这个亏也不行呀李主任，我知道你这人最会体谅老百姓，就再体谅我一次吧。李主任，请抽烟……”

李志良把吴增福的手推回去，拿出自己的“红塔山”来。

一边抽烟一边强调早还贷款的好处，劝吴增福拿钱还贷款，吴增福只好摆正态度，好话多说，要求宽限。李志良说：“别说宽限三个月，再宽限你一个月，到一个月头上，信用社也该关门了。不行，老增福，你快快拿钱吧……”

吴增福说：“眼下我实在拿不出来……”

“老增福，你今天不还钱，我可要赖在你这里不走了。”李志良说着话，就走到床边上一倒，“呼呼”睡觉了。

二

吴增福为了拖延还债，只有好好招待一番李志良。

刘春秀说：“我看只不过再给李主任做点好饭吃啦。”

“做什么饭?”

“最好是烙饼。”

“要吃烙饼还得炒个菜。”

“炒什么菜？就炒个土豆丝吧。”

“土豆丝端不出去，炒两个鸡蛋吧。”

李志良醒了，说：“老增福，钱哩？快数钱吧。”

吴增福仍然求情道：“李主任，眼下我真的拿不出来。再晚两个月，到时候保证把贷款连本带利一起送到信用社去。”

李志良说：“老增福你好啰唆，这是你欠下的贷款……”

此刻，刘春秀送上烙饼、炒鸡蛋来。李志良正好是个特爱吃烙饼的人，看见烙饼就发馋。也不用筷子夹烙饼，伸手就抓了大把吃起来。吴增福看看那吃相，十分心疼他的烙饼。李志良咬一口饼，吴增福心里就“啊呀！”喊一声，只等李志良要水洗手哩，吴增福才放下心来。

李志良抽着烟说：“老增福，你这两千元贷款到底打算什么时候还哩？”

吴增福听他的语气软了大半，暗暗高兴。忙说：“你看再缓两个月行不行？”

“就两个月，到时候可不能再往后推了。”

“那是一定。”

李志良的胃口原来不大。

李志良走了。可是儿子吴旺旺是早晚都在家里，早晚在催促吴增福拿钱买东西的。

当天晚上，旺旺又跟他爸说：“爸，你看彩电、洗衣机、席梦思、沙发啥也没买，都得抓紧买哩。明天我要到镇上买彩电，拿钱吧。”

吴增福说：“现在没钱。你买组合柜刚花了一两千，手边儿没钱了。过几天再说吧。”

“还过几天哩？日子不多了，一切都得抓紧买，不能往后推了。”

“旺旺晚两天吧。叫我想想办法。”

“你可抓紧些。”

抓紧些，抓紧些，钱这东西是硬头货，去哪弄去呀！吴增福为着钱的事，白天吃饭不香，晚上睡觉不实。躺下以后，怎么也睡不着。只听见黄梅雨滴滴答答，把人的心滴得好乱。他对刘春秀说：“活个人好麻烦。没有儿子，想儿子；有了儿子，没想到儿子是个债主，天天向他爸逼债!”

刘春秀没好气地说：“儿子就是儿子，儿子怎么会是债主呢？谁家的儿子不娶媳妇，谁家的老子像你一样把儿子看成债主……”

“哼！谁家儿子也是债主。你看看谁家的儿子娶媳妇不是冲他爹他娘讨东西讨彩电讨沙发什么也讨……”

“可是谁家老子也不跟你一样把儿子看成债主……”

“我不过打个比方。我只是想现在这娶媳妇为什么就这么难……”

“养儿子，娶媳妇，从古到今一个理……”

“不一个理。在旧社会，大富大贵人家娶媳妇四乘轿八匹马鼓乐三班好热闹；中等人家娶媳妇一乘轿两匹马鼓乐一班也不错；穷人家娶媳妇有什么马有什么轿，就是新郎一碗米，新娘一碗面，一个过门，一个出门，一碗米一碗面一碰，就并成了亲，叫做碰亲，多简单……”

“旧皇历看不得了!”

“也是。那时候办事是富人家富办，穷人家穷办……”

“解放后就不一样了。五十年代那时候新媳妇能穿一件灯芯绒就高兴死了……”

“低标准那年代有七十斤饼干办事就算是大办哩……”

“后来给女方一身的确良就很高级啦，现在行?”

“我就讨厌如今办事不问穷富，瓜子、核桃一样数，没脱贫的人家也得向富人看齐。”

“时代不同了，你少一样儿，人家闺女不嫁你，你怎么办?”

“旺旺催着买彩电、席梦思哩，还有沙发、洗衣机、皮箱、饭桌什么的，差不多还得小一万元才行。可是咱们的箱子里只有两千几百元了，你说这件事不是要逼死人吗?”

“真没办法。早知道是这样，去年不先盖那五间房，也就不愁钱了。”

“你放屁！没有彩电、席梦思，媳妇娶不进门儿，不盖新房，人家闺女傻了会进你的门儿。说正话吧，我该到哪儿弄钱去?”

“我不管！我没办法。你的儿子娶媳妇你想办法吧……”

“你又放屁哩！你不管，你不管谁管？我的儿子不是你生的?”

“是呀！是我生的。当初你要是不要儿子，我才不生他哩……”

“那好！如今你不想要儿子了，怎么着，把他处理掉……”

“放你的屁！处理，处理我养的儿子是什么？是一尺布，是一双鞋?”

“看看看，你又心疼儿子了。还是说正话吧。到哪里弄钱去?”

“你不会借去？你也有三亲六故，你不去求人行吗?”

“是呀，看来也只有这一条路好走了。明天我就出门借钱去。”

“睡吧。别说了，快半夜了。”

“我是想咱们没有很富的亲戚，借钱也不会借回多少来。”

“哪家亲戚也比咱富，到了亲戚门上好话多说吧。”

“这我能办到。”

“那就快睡吧。”

“你睡吧。我睡不着。”

“讨厌！”刘春秀扭过身去，不理他了。

三

次日，吴增福没有上地，大早就在村里找他的几个好友借钱。找了三家，借下五百元，不济大事。吃过早饭后，只好出门到外村亲戚门上去借钱。

“七月黄梅天，后娘的脸。”吴增福为防万一，拿了一把雨伞。

“亲戚谁最亲？舅舅亲外甥”，吴增福以为旺旺的舅舅是重要亲戚，便先到东刘庄来。东刘庄不远，才五里路，一会儿便到了。

旺旺的舅舅叫刘春发。他有两部小四轮跑运输，每年有两三万元的收入，是个小康之家。吴增福对他抱很大的希望。以为只要这位舅爷借给三千五千元，就什么也不愁了。吴增福来到刘春发家，正好刘春发在家，只是不见小舅子媳妇胡二花。小舅子刘春发说：“地里正耨锄，你怎么有工夫走亲戚哩？”

吴增福说：“无事不登三宝殿。”

“吃饭了没有？还有现成饭……”

“吃过了。你媳妇呢？”

“她回娘家去了。”

“春发，旺旺已经订了日。你知道，如今办个事先要盖五间新房，还要铺地板砖，还要买彩电、组合柜、沙发、洗衣机、席梦思……”

“你别啰嗦了。如今娶媳妇置办这些物件，家家都一样的，还用得着你说……”

“可是就这些物件，在春发你说来，娶上三个媳妇也不愁，在我说来，娶一个媳妇也快把人愁死了……”

“你别哭穷了。你准是来借钱是吧?”

“春发你说对了。你外甥就要办喜事，还差着七八千元钱哩，不找老舅爷你找谁呀。”

“应该找，应该找。旺旺要娶媳妇，我是老舅爷，应该帮忙。”

“好！那就谢谢老舅爷了。你说吧，能帮多么大的忙?”

“这个么？——这样吧，你先回去，我先考虑考虑……”

“你还考虑什么？拿钱就得了。你这大款万儿八千算得了什么……”

“唉！咱算得什么大款，你先回去吧，我保证考虑考虑……”

吴增福忽然明白了“考虑考虑”是什么意思：小舅子媳妇不在家，他不敢当这家。忙说：“好吧。二花什么时候能回来?”

“中午能回来。”

“好，我下午再来。”吴增福拿了他一把雨伞离开了刘春发家，直奔王庄而来。王庄是他的老妹子吴增兰家，妹夫王保安养牛赶牛贩牛，四处奔跑，每年也有两三万的收入，日子过得很红火。吴增福希望能在妹妹家里借得个三两千元钱。

吴增福走在半道上，老天又淋淋沥沥下那黄梅雨了。他只好撑开雨伞走路。当他来到王庄保安家，正好王保安、吴增兰都在家，心下很高兴。吴增兰见是哥哥到来，自是热情接待。吴增福一边抽他们的高级香烟一边捏了一块点心吃着，便提出来旺旺要娶媳妇，钱不够花，借钱之事。老妹子吴增兰偏又是个不当家的，王保安说："这事真难说。要说嘛，旺旺办事，我这个当姑父的能不帮个忙？可是两天前我才买了四头牛，把家里的钱全花完了……"

吴增兰帮老哥心切，忘了王保安的厉害，忙说："没花完，柜子里还有两千……"

吴增福看见老妹子和老妹夫对于借钱之事是两种截然不同的态度，心里不免就火了：想当年你保安困难的时候，我为了帮你做牛买卖，主动借给你八百元钱。如今我有燃眉之急找到你门上，就是这态度？一赌气站起来冲老妹子说："我走呀！"

王保安说："侄儿娶媳妇这是大事，怎么让你空着两手走了呢？"

"听你的话你比我还穷，我还在这儿做什么？"

"无论有多么穷，也不能让你落空走呀。何况如今不是过去吃大锅饭时期了。虽说柜子里没钱，搜索搜索也能搜索个百儿八十的。你等等……"王保安说着就打开柜子，拿出两张大票子，递给吴增福，说："老舅爷，给，二百元。有点少，不像话，可是我手边实在再没有了……"

吴增福见他仅拿出二百元钱，杯水车薪济什么事？实在不想收他的钱。又想到有二百总比没二百强，只好说："那，我就替旺旺谢谢老姑父了……"吴增福出了门走后，王保安上厕所去了。吴增兰掂起一把雨伞出门就追吴增福。追到村口，终于追上了。说：“保安太小气，旺旺办事，才借给二百元，太不像话。可是我又不当家不主事……”

吴增福：“别说了。我心里明白，我不会怨你的。”

吴增兰忙又掏出一百元钱给吴增福，说：“哥，这是我平日在称盐打醋抹酱钱里零星星抠下的几个钱，你拿着吧。”

吴增福知道老妹子老实，在家里手中没权，便说：“增兰，我也不在乎这一百二百的，你留着防个急用吧。”

“哥你拿着吧。我不会挨饿受冻的。”

吴增福只好收下那钱。

吴增福打着一把伞向张庄走去。雨下得不小，竟把半截裤子淋湿了。他想到已经走了东刘庄、王庄两家重要亲戚，才凑得三百元钱，想借到七八千元钱，谈何容易？所以他一走路，只觉得一颗心沉甸甸的，头也直发麻。

旺旺的姨妈刘春芳见姐夫来了，自是热情接待。旺旺的姨夫张小庆是个庄稼汉。因为人口多，还有两个上学的，日子过得虽然不愁吃不愁穿，每年下来却很少节余，不过是个中不溜户儿。说到旺旺就要完婚之事，刘春芳特高兴。说：“这是大事。旺旺要过门媳妇，我姐跟你肩头上担子就轻多了。”

吴增福说：“是呀，是呀。现在我才体会到娶媳妇这个担子真够人挑的。”

“家家都一样哩。”

“我知道你家的日子紧。可是不来找找你，你又会说是我们看不起你。”

“该找！该找！办大事嘛。”刘春芳说是，就开箱取出钱来，先自个儿数一遍，交给吴增福，说：“姐夫，这是一千元。有点少，不像话，叫你笑话哩。”

“啊呀不少不少可真是不少。到底你们亲姐妹亲，你家又不宽裕，能借给一千元……”

“姐夫，我可不是借给你的。旺旺家姨父早就说过，这一千元钱是帮你们的。”

“那就更好了！不错不错，今天算我没有白跑腿。唉！王庄我那个妹夫可是个大富户，我那外甥一件大衣就花了八百八。旺旺要结婚哩，我找到他们门上，你猜他借给了我多少？”

“两千？”

“你想得倒美！二百！”

“那可是有些太少了，你妹夫真老抠。”

他们俩说着话，刘春芳就忙着做饭。吴增福吃了饭才离开张庄。

雨停了。吴增福掂一把雨伞走来，因想到刘春发答应他下午借钱给他，便又绕道来了东刘庄旺旺的舅爷刘春发家。吴增福进门看看刘春发和他的女人胡二花都在，心下甚喜，以为今天下午不会再跑冤冤枉路了。胡二花人很活套，嘴很甜。见是老姐夫来了，连忙笑脸迎：“姐夫来了？快坐下歇歇。还没有吃饭吧？我们中午吃的还剩下两碗，怎么？给你热热吃？”

吴增福忙说：“不了不了，我吃过了。”

“真吃过了还是假吃过了，你可不要作假。作假会饿肚子的。”

“自家人作啥假哩。吃过了就是吃过了。”

“那好。你歇歇喝点什么吧？是喝茶呀，还是喝饮料？喝茶有花茶有红茶。喝饮料有可口可乐有维思可达你要吃哪一样？”

“不不不，都不要。二花呀，我还有事。二花，咱们说正话吧……”

“要说正话，你听我先说。老姐夫，你还不知道哩，你只知道我家有两台小四轮天天‘嘣嘣嘣’跑着挣钱，你可不知道开个小四轮有多难。在不摸底细的人看来，大宝，二宝弟兄俩开着两部车，说不清有多么富哩，准是大款户哩，准是在信用社存下几十万哩。实际上，老姐夫，我在你面前不说一句假话，实际上我家比上你家差得多哩。再说哩，你家旺旺要娶媳妇，我家二宝也快了……”

吴增福再也忍不住，“呼”地站起来，就把身上借下的一千三百元钱掏出来，说：“二花你别说了，一切的一切我全听明白了！好，我正好借下一千三百元钱，请数下，就当我今天是来东刘庄给你发放救济款好啦……”放下钱，他就要走。

胡二花忙笑道：“嗨，老姐夫你呀！四五十岁的人了怎么听不懂个话，我跟你拉拉家常跟你借钱不是一回事嘛……”

刘春发也说：“二花嘴快，话多，她的话能听吗？你快坐下。”他把吴增福推着坐下来，就把那一千三百元钱硬塞给他。胡二花早已打身上掏准备下的一百五十元，说：“旺旺要娶媳妇，这是大事。小人家上梁、大家帮忙，春发是老舅爷，他能袖手旁观吗？春发就是有天大的困难，他也得帮这个忙。老舅爷嘛，帮小忙不行，总应该帮个大忙。这是一百五十元，不太多，也不太少，你先拿着。咱们是近亲，什么借不借的，别说那话，反正旺旺办喜事时候老舅爷能不上礼……”

有钱的老舅爷家拿出一百五十元钱。吴增福听了那么多唠叨，心下已经烦得很。又想到自家困难是困难，也不在乎那一百五十元。他无论如何也不接受胡二花的钱，硬是要走，胡二花却是想方设法把一百五十元钱给他塞在兜儿里。

吴增福离开东刘庄，只觉得来小舅子家一趟，借钱不多，惹气不少，一路上走来，他还“呼哧呼哧”直喘粗气。

四

七月天，一路两边都是高高的庄稼，不太宽的山村公路变成了一条条绿色胡同。吴增福走在这深深的绿色胡同里心下好烦闷。他想到今天把三家主要亲戚家都走遍了，才借到一千四百五十元钱。连同在村里借下的五百钱，还不到两千元，还差五六千元钱没着没落，没想到娶媳妇就这样难？一花好几万，真是要人的命哩。吴增福一路走一路想一路愁一路叹气，不知不觉走往凤山镇的一条乡土公路十字路口。因听得西边有一只什么鸟“忒拉拉”飞翔了过去，不自觉地扭头看看，忽然看见西边路旁的石堎上由地里伸出的长长的庄稼叶下有个光光的黑皮包：这是谁把皮包丢在这儿啦？就喊：“喂！谁在皮包丢啦？喂！是谁丢了皮包？”喊了两声，没人应声儿。便把皮包捡起来看看，那皮包鼓鼓囊囊地装满了东西：“是什么东西，还挺沉的。”他想拉开看看，不觉一拉就拉开了。先看一眼包里的东西，不看则已，一看，竟把庄稼汉惊呆了，因为包里是厚厚的几捆百元大票人民币：“啊！啊！这么多票子，准有五六万七八万十来万哩！我这些天最最愁的就是人民票，最最缺的就是人民票，最最想的就是人民票，可是我做梦也没想到一下子就捡到这么多人民票！我有了这么多人民票！还愁没钱给旺旺娶媳妇？不愁不愁，一百个不愁……”吴增福想到高兴处，连忙把皮包拉好，高高兴兴返身就走。只走得两步，忽然觉得自己走了不对头：这么多钱我能要么？我糊里糊涂把这么多钱昧了，我还算个人吗？我借不下钱，哪怕旺旺不娶媳妇，也不能花人家的钱，不能，绝对不能！可是我该到哪儿找这个丢皮包人呢？丢钱人发现他丢了钱以后，肯定会到这条路上来找的，我最好就坐在这儿等吧。于是吴增福就在捡包的地方坐在一块石头上，把那个皮包抱得紧紧的静等。一会儿，又下雨了，吴增福只好打着雨伞等人。打西边驶来一辆卡车，打吴增福身边驶过去，没有关注这个地方。肯定不是丢钱人。这时候吴增福才想到应该看看提包有什么特点，以便与找钱人查对。他把那钱包又掂起来看看，是个普通的黑包拉锁手提包，没有明显的特殊的记号，又把拉锁打开看包里，包里除过许多票子外，还有一个巴掌大的黑色笔记本，还有一支透明塑料蓝帽盖的圆珠笔，还有一张《大公报》。吴增福将包拉住，心想：这就好说了。又将那包坐了，又是一边抽旱烟，一边静候寻包人。坐着等着，不觉天已大黑，总不见寻包人到来。心想：这个丢包人也怪，丢了这么多钱，也不寻了，也不管了，怪大方的。莫非这人的钱太多，不在乎这几万元钱？要真是这样，我还不如拿这些钱救自个儿的急，给旺旺娶娶媳妇——不能不能，拾物不还，拾金不还，那就太缺德了，那还算个人吗？——可不敢胡思乱想了……

吴增福仍然打着雨伞呆呆地坐在那里抽旱烟。

天大黑了，路上行人更少了，夜更静了，春秀在家只怕着急死了……

刘春秀在家里等吴增福，真的是急得要命。跟儿子旺旺说："你爸爸怎么还不回来？嗯？他怎么还不回来？他吃过早饭就走了，到现在走了整整一天呀！他大不过就是大刘庄一趟，王庄一趟，张庄一趟，都是十里八里的邻庄，有多远？按说中午就该回来哩，怎么到这时候还不回来呢？”

旺旺说：“没事儿。我出去找找他。”

吴旺旺出了村满不在乎地冲东刘庄走去。当他走上山时又直奔大路而来。不一会儿，已奔上大路来，正要跨过大路往东刘庄路上去，忽然发现西边路上有人打火抽烟，走近一看，果然是他爸：“爸，你怎么在这儿坐着不回家，妈在家里等你都快急疯了！爸，快回去吧。”

“不。我还要歇歇，你先回吧。”

吴增福害怕儿子看见那个黑皮包，死活不肯起来。此时忽然奔来一部小轿车。来到此处，又忽然停下来，又忽然从车里跳出几条大汉，打着手电晃坐在地边的吴增福。旺旺倒吃了一惊，霎时间想道：是不是我爸因为愁没钱，办了什么出格的事，公安局的抓他来了？——不会，我爸不是那种人呀……只见打车上下来的人晃着手电问吴增福：“老大爷，你在这儿坐着干什么？”

吴增福估计是找钱的人来了，心里算是一块石头落了地。他说：“走路累了歇歇抽袋烟。”

“好的。老大爷你是刚到这儿呀还是在这儿一会啦？”

“你问这干什么？”

“我问你这儿没有看见个皮包吧？”

“皮包？什么皮包？”

那人双手比画着说：“这么大，黑色的，是个黑皮包。我们下午路过这儿，车出了毛病在这儿修车。我们下车在笔记本上写了两件事，以后把包放下抽烟。走时就把包落下了。老大爷，你见着没有，如果你见着，拿出来，我们一定会重谢你的。”

“你们说说看，皮包里有什么东西？”

“皮包里有钱。有很多钱。”

“很多是多少，你得说清楚才行。”

“十一万。整整十一万，对不对？”

吴旺旺忽然明白了。他气坏了：我的天呀！我这个老爸怎么这样傻！我们现在最最缺的就是钱，最最需要的就是钱，最最愁的就是弄不到钱，你好不容易捡下那么多钱，又不是偷来的抢来的，你怎么不赶快回家，还坐在这儿死等死等……

这时候吴增福又问那个人：“包里除了钱，还有什么？”

只见其中一个人说：“除了钱，还有一个小笔记本，还有一个圆珠笔。对不对？”

“笔记本是什么色的？圆珠笔是什么样的？”

“笔记本是黑色的。圆珠笔是透明的是塑料蓝帽盖的……”

吴增福听他说得不错，连忙站起来，将那个黑皮包归还给他们。说：“你们点点数儿看少不少？”

丢包者接过那包，兴奋不已，激动不已，紧紧地握住吴增福的手说：“还点什么数儿，钱包在你手里，不会错的。——谢谢你了老大爷，太谢谢你了。”那人边说边拉开提包，拿出两张票子要给吴增福，说：“老大爷，你真好，这点钱你收下。两百元，有点少，回头有工夫，我们还会重谢你的。因为今天包里钱有用项，回头再另谢你……”

吴增福说：“不能不能，这钱我不能要。我捡了钱归还你们是应该的，我怎么可以要你们的钱哩？”他死推活推不收钱，吴旺旺却急坏了。旺旺伸过手来，说：“我爹不收，把钱给我。”

吴增福看见儿子伸手接钱，他急了，狠狠把儿子的手摔过去，对丢钱人说：“同志，你们有事，快赶路走吧。”

丢钱人见他们往南边小道上去了，忽然想到连那位好人老大爷的姓名也没问清楚，便喊：“老大爷你贵姓，你的大号……”

旺旺见老爸不肯把姓名告知人家，他连忙喊道：“我爸姓吴，叫吴增福。吴是口天吴，增是增加的增，福中幸福。我们是凤山镇小吴庄人……”

丢钱人喊道：“好，我们记下了。改天我们一定到小吴庄去谢谢老大爷。”

吴增福喊道：“不必了，你们很忙。”又训斥儿子道：“旺旺你好浑，我不先说你先说，不明显是跟人家讨谢礼吗?”

吴旺旺愤愤不满地说：“好！你本分，你是好人，到手的十一万白白送给人家，你多精明。”父子二人各执伞，一路争辩着回到村里。

五

家有三件事，先挑紧的办。吴旺旺的喜日子一天近于一天，筹款办婚的事儿也就一天紧于一天了。吴旺旺早已把沙发买回来了，花了一千八百元。就跟吴增福要钱买席梦思床买彩电买洗衣机。可是吴增福跑着借钱的结果怎么样呢？他又跑了两天，才又借回七百元钱来。这天晚上，旺旺又说话了：“爸，我明天要去买彩电，拿钱吧。”

这些天，吴增福最怕的就是与旺旺见面，最怕的就是旺旺跟他要钱，他只企盼自己能很快借下三千元两千元再见儿子的面儿，儿子向他讨钱时，他能打腰包里掏出一大把票子多好?可是才又借得七百元，连同箱子里的两千，还是不够买个彩电的。如今旺旺又开口讨钱了，吴增福只好问：“要多少？”

旺旺说：“这还用得着问，买个彩电，起码三千五，这是价钱最低的；还有洗衣机，还有席梦思床，还有饭桌，还有我的西装、皮鞋，还不说事上的小零碎，只这几宗，也得六七千元……”

“旺旺，你爸实在没能耐，实在一下子弄不来好多钱。咱们去年盖新房才花了两万多，今年铺地板砖又花去了两三千……”

“你摆什么功哩？这年月谁家的老子给儿子娶媳妇不盖新房？谁家的新房不铺地板砖？谁家办喜事不买沙发、彩电、席梦思床、组合柜、洗衣机，人家都能办的事，为什么偏你就办不到……”

“旺旺，是你爸窝囊废，是你爸没能耐，这一条我承认……”

“你别来这一套好不好，你装出个没出息的熊样儿就能躲过去……”

刘春秀听话急了：“旺旺！什么话！吃饭不知饥饱，骂人不知老少，妄来世上披那张人皮……”

吴旺旺说：“实在借不下钱，你不会再到信用社贷几千元……”

“不行！孩子，咱们还欠人家信用社两千旧贷款没还，信用社老李常来催贷款，你又不是不知道。再说，结婚贷款更不会贷给你的。”

“不能贷，你就去借。反正时间不多了。再给你两天，行不行？”

“好吧，我再去试试看。”

吴增福为了儿子的婚事又跑了两天，情况十分不好，两天才借得五十元钱，抵什么事。因为借不到钱，儿子的婚期又一天天逼近，着着实实把个吴增福愁坏了。

刘春秀见老汉回来了，看看他的面色很难看，问道："你怎么啦？病了？"

"我怎么会病哩？要真的能得个病死了才好哩。"

"看你又胡说哩！你先吃饭吧……"

"这会儿我吃不下去。"

刘春秀看他心情不好，说："那就等会儿再吃吧。"

"旺儿呢？"

"他吃过饭才出去。你没借下钱，旺儿回来可真是饶不了你的。"

"还会有什么办法？我实在是没有办法了……"

两口子说着话，旺旺回来了。"爸，你回来了，今儿个收获不小吧？"

吴增福把那五十元钱掏出来，扔给儿子："不少，五十元。"

旺旺看着那五十元钱，油然火起："开什么玩笑！实际上你就不把我当你儿子看，所以不把我终身大事放在心上！看你还像个当父亲的不像……"

"不像不像，我承认我不像……"

"遇上你这种老人算我倒了十八辈子霉了！眼看喜日子快到了，啥也没买回来……"

刘春秀说："看起来你爸实在没办法了，就少买两样东西，将将就就办办事吧……"

吴旺旺又冲他妈厉声道："将就将就，你叫我怎么将就?!

再给你一天时间，你去想办法弄钱，到明天晚上要还是没钱，我就碰死在你的面前。”

吴旺旺说罢就要走，刘春秀又喊住他，说：“旺旺，你不能这样逼你爸。要是眼下实在借不上那么多钱，你看是不是把婚期往后推推，推到冬天结婚，咱们打了粮再卖上几千斤，也就差不多了。”

“不行！妈！你糊涂什么呢？婚期早已定了，咱们把亲戚朋友都通知到了，特别是人家云儿也已经把亲戚们朋友们通知到了，你再改日子，该怎么跟人家云儿说哩？不行！这一条行不通，你们还是赶快想办法弄钱吧。还是我刚才说的话，到明天晚上要还是没钱，我就不活了！……”吴旺旺边说边就出了门，回新房里睡去了。

吴增福坐在椅子旁那个小板凳上只管抽旱烟，也不说肚子饿，也不提吃饭，也不想睡觉。刘春秀看看老头子好可怜，又拽了袖口拭泪哩。她忙着又把锅里的豆角焖面坐在火上热热，盛了一碗来让吴增福吃。吴增福只管低着头抽旱烟，对那一碗饭看也不看一眼。刘春秀见此情景很伤心很着急，说：“你还没吃晚饭哩。夜已深了，你不饿？快就热吃一碗吧。钱的事你也不要太犯愁。明天你再出去跑跑，能再借一些钱更好；实在借不下，只好少买几样东西了。”

吴增福忽然抬头嚷道：“少买几样，你说得轻巧！”

“轻巧不轻巧，总得吃饭呀！你快快先吃了这碗饭。”

“不饿，我一点也不饿，我实在吃不下去……”

刘春芳苦苦劝吴增福吃饭而不成，她也没法了，只是躺在床上哭她的。哭着哭着便睡着了。

吴增福在地板上坐着那个小板凳只管抽旱烟，他实在没主意了，他实在觉得无路可走了，他实在觉得自己没能力完成眼下的任务，他实在觉得没能力抬起脚再向前走一步了。因而他觉得他连这么点任务也完不成，实在没脸再往人前走。摆在他面前的唯一可行之路就只一条——死路。想到死，他忽然觉得这是他目前最轻松的一条可行之路，一死了之，就什么也不必犯难了。可是他一想到死，一个五十来岁的大男子汉竟然双手抱头低声儿“呜呜”哭起来。哭着哭着，他忽然觉得天气不早了。如果等到天明，他想死也不容易死了。他想到凤山镇边老西沟的深山老林中去死。那地方一年半载没人去的，死在那里也死得安静。于是，他就站起来到酸菜缸后边摸出那半瓶子农药塞在怀里，准备动身离家而去。临行前，他到床边低下头在黑幕中看看刘春秀的面孔，不觉眼眶有泪，赶快扭头把泪珠儿滴在地上。回头又伸手轻轻地轻轻地摸摸刘春秀的肩头。眼里又将流泪时，连忙将头扭开，咬咬牙，狠狠心，返身就去。出来院里，又想起来儿子旺旺。便又来到新房窗前站站听听，听得旺旺睡得正香，吴增福不觉老泪横流，止不住想放声大哭。连忙忍一忍，跑出大门来。

吴增福匆匆走出村外，忽然想起来信用社的两千元贷款：“不行，这是公家的款，我不能太亏了公家。我就是死，也得先还清这一笔贷款。”因而吴增福又急急忙忙返回家里来，轻轻地打开箱子，摸黑点了两千元钱装在怀里。又一次看看刘春芳，摸摸刘春秀。出来院里，又一次到新房门口听听旺旺的睡息，而后又是狠狠心，咬咬牙，走了。

六

天很黑，田野里庄稼很深。不时有萤火虫忽高忽低飞来飞去，吴增福又一次感到这人世间真好，他实在不想就此去死：我才五十岁正当年还能劳动好多年哩，今天一死，岂不是全完了?！何况今天一死，再也见不上春秀再也见不上旺旺了……于是，吴增福返身就往回走。才返了几步，便觉得眼前有重重难关无法闯过，便又返身朝凤山镇走来。

到了凤山镇，信用社的门开了，开门的正是李志良。李志良见是吴增福，估计是还贷款来了。只是稀奇他为什么来得如此早。便问："老增福你好早呀?"

吴增福说："我很忙，我没工夫，我只好起大早来还贷款。"

"好呀，请进来吧。"

吴增福进来供销社就伸手在怀里掏钱，因为怀里还揣个农药瓶，掏钱不利索，便先把农药瓶掏出来，放在地，而后才把票子掏出来，再一次点点是两千元，交给李志良。

李志良发现吴增福打怀里掏钱时掏出一个农药瓶，很稀奇：他怎么带一瓶农药在身上？是在街上买的？不是，大清早各家商店都还没开门哩。那农药肯定是他打家里带了出来的。他带了农药出门是什么意思？他还贷款为什么起五更来还贷款？不对头！他是因为给儿子筹办婚事筹不够款项犯了难，要去走绝路了！不过这个老增福够得上是一个好人哩，他就是死，也要首先还清信用社的贷款，不让公家吃亏，这人真够善良的。手续办清了，只见吴增福又把那瓶农药揣进怀里，说："李主任，大清早就麻烦你，对不起。你歇着，我走了。"

李志良说："老增福，你走好。"

吴增福出门走了，李志良便忙着赶了出来。

吴增福离开凤山镇顺公路向北走了约莫五里路，突然转向老西沟去了。老西沟是个深山林，没村没人，平日很少有人到那里去。李志良进一步肯定了吴增福今天要做糊涂事要走绝路。今天碰上如此人命关天的大事，李志良不敢怠慢，只好紧紧地跟进了老林深沟。这时节，天下雨了。李志良也没带雨伞，只好冒雨跟着吴增福在那大森林里钻来钻去。约莫又钻了二三里路，忽然看见吴增福蹲下来，掏出旱烟袋抽烟。他抽呀抽呀大约抽了十几锅烟，又忽然站起来，打怀里掏出那瓶农药。李志良急了，连忙冲吴增福奔来。但是吴增福早已打开瓶盖子，仰起脖子“咕噜咕噜”就灌农药。李志良心想：坏了！快！先大喊：“老增福你停手……”

吴增福没想到会有人跟在后边来到这深山老林之中。回头看见是李志良，以为事不宜迟，又仰起脖子继续灌。李志良急得要命。来不及赶到吴增福身边，距吴增福还有两步远近，先飞身一脚向吴增福踢来，一下子把他蹬倒在地，只听“啷”一声响，那农药瓶早已远远打碎在一边。吴增福不能自持，倒在地上。李志良扑上来将他拉起，勉强背了他就走。

李志良背着吴增福踏着松针、乱石，弯弯地穿过老林，冒着小雨跑呀跑呀，一时雨水汗水齐下，气喘吁吁，背不动了，又挣扎着强行。奔呀跑呀好不容易奔出老林，来到路上，以为能等一部车赶路比人更快。先摸摸吴增福的嘴，还“呼呼”地大出粗气：有救！还有救。如果有个汽车立马送到镇上医院，就更好了……

北边忽然过来一部小汽车。李志良拦车，那车不理他，左拐右拐走了。李志良气得骂它一句：“缺德！”只好再等。

一会儿，又听得远远有汽车马达声，便站在路中间等车。汽车来了，却是一辆面包车。李志良展臂拦车：“请停车！请救救人……”

面包车停下了，门开处跳下一个人来问：“什么事？”

李志良指指倒在路边的吴增福：“他中毒了，急着到镇上医院抢救，请帮忙……”

那人忙说：“可以可以，快上来。”就帮李志良把吴增福抬进面包车里。向人家道谢：“谢谢你们了，太谢谢你们了。”

一路上雨下得不大不小。面包车冒着雨急驶而来。车上人问李志良：“他为什么中了毒？他是你什么人？”

李志良说：“这人是个好人。因为缺钱花，一时想不开，就服了毒……”他忽然发现车上一个空座位上放着块匾，上书“拾金不昧，品德高尚”八个大字，上款竟写的是赠给“吴增福同志”，便问他们：“你们是去给吴增福送匾吗？”

“是呀。你认识吴增福？”

“你们找的这个吴增福是哪个村的人？”

“他是小吴庄人……”

“你们看看是不是他……”李志良指点倒在后座的吴增福。

车上的三个人一起看看昏迷的吴增福，不敢肯定，问李志良道：“他就是小吴庄的吴增福？”

李志良说：“没错？”

“啊呀，他真是个好人。他怎么中了毒呢？”

“他不是中毒，他是服毒自杀……”

“服毒自杀？为什么？那么好的人怎么会……”

经过抢救，吴增福总算活过来了。李志良指着几位送匾人，问他：“老增福，你认识这几位同志吗？”

吴增福看看他们，摇摇头：“不认识。”

其中一人说：“老同志，我姓苏，叫苏丰成，是咱们县暖气片厂的。那天丢了十一万元钱的就是我们，我们还没谢谢你，今天是特意儿来向你道谢的。我们厂党委会和厂部送你一块匾，请你收下吧。”

吴增福说：“嗨！你们太外气了！”

苏丰成又在另一个人手里接过一台20英寸彩电送到吴增福面前，吴增福看见是一台彩电着实急了，双手推道：“不不不……”

李志良说：“人家送你的，你不收多不好！收下吧！——你实在不收，我帮你收下。”便接受下了那台彩电。

苏丰成说：“老大爷，听说你家最近有一宗喜事，请把喜事日子告诉我，到时候我们还要吃你的喜酒哩。”

吴增福忽然回过头来，面带笑容说：“欢迎欢迎！”又看看李志良，说：“李主任，还有你！到时候你可不能不去……”

李志良说：“我一定会去向老哥你道喜的！”

透过窗户上的白纱，一抹阳光照进来。一连下了几天的雨，总算放晴了。

韩文洲文集

第二卷

小说

山西出版传媒集团

北岳文艺出版社

2003 年在家中书房

2005 年 8 月于山西夏县

2002 年在山西榆次常家庄园

1998 年在万家寨采风

2006 年在太原汾河公园

20 世纪 90 年代末与西戎(中)、陈志铭(右)在一起

2005 年，与田东照（左二)、秦溱（左三)、李国涛（左五）等在黄河边

目　录

CONTENTS

长篇小说

五女传

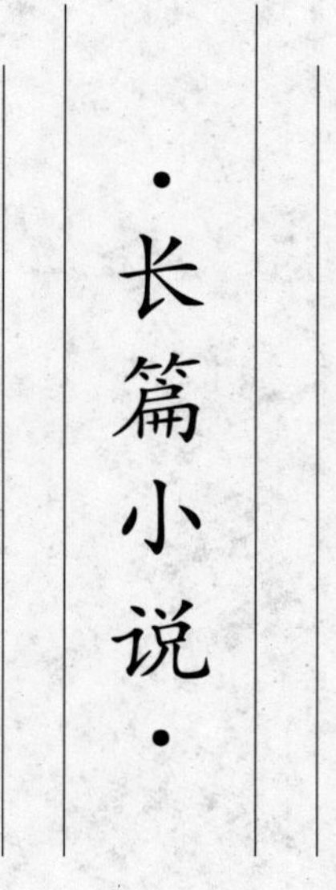

·长篇小说·

五女传

1. 丑女的婚事

“咯咯咯!”小磨院里的雄鸡叫了。

雄鸡一声叫，叫醒了上东屋的田胖孩，可是过了老半天，上东屋仍然没有灯亮。

雄鸡一声叫，叫醒了下西屋的胡金荷，胡金荷只是翻了一个身，又睡了。

雄鸡一声叫，并没叫醒北屋的高瘦孩，他们一家“呼呼”睡得正香。但是高瘦孩家的长明电灯，仍然是亮堂堂地亮着。

这个小磨院是个比较大的院子，南厅，北房，上下东房，上下西房，——东西房都有上下两座。除此以外，还有东北耳房，是高瘦孩的；西北耳房，是蔡狗儿的；南厅，是田胖孩的；东南角，是本院的大门；西南耳房，是公房，屋里安着一台砂石小磨，所以人们把这个院子叫做小磨院。五年前，这个村的大队主任，就是这个院北房的高瘦孩，向银行贷款买下一套粮食加工机，安在大庙的西厢房。可是除了村里的大小干部和几家干属、工属，大多数社员都拿不出那二分钱的加工费，仍然到小磨院的砂石小磨上来，老推少拉地加工粮食。每天每日，村里的乡亲们提着糠袋儿，端着玉米笸箩儿在小磨院出出进进，所以这里是个比较热闹的院子。

这小磨院因为东西房各有上下两座，就成了个长方形院子，像一只火柴盒儿。

小磨院有一个最大的特点，就是二十多年如一日都是一个面孔，一个样儿。院里田胖孩家的下东房，倒塌二十多年了，永远是个屋基地。那里有四个鸡窝儿，因为没钱买雏鸡，只有十几只老鸡儿；有四个猪圈，胖胖瘦瘦有五只猪崽。除此之外，就是上东房和上西房门口横躺斜倒地有几把锨镢，有几只箩头，有几根担杖，有几把扫帚。数十年来，小磨院总是放着这几样物件，没有增加，没有减少。全院二十多口人，总是早出工，晚收工，出出进进，进进出出。家家屋里也总是那半缸玉米棒子。人们一日三餐，碗里总是那半碗糊糊。二十五年前是这样，二十五年后还是这样。人们虽然也进行生产，也喊过大干苦干，只是像推磨一样，走来走去又走回原地来，只有周而复始，没有前进。小磨院有两个土诗人，一个是上西房蔡狗儿的女儿蔡丑女；一个是上东房田胖孩的儿子田春山，各有一首描绘小磨院的诗。不过，田春山不以为自己说的是诗，只说是顺口溜。他的顺口溜题目叫“糊糊歌”：

小磨院里人四户，
人不顽固饭顽固。
土改以后互助组，

吃干不吃稀糊糊。
亩产三百不达纲，
一天一顿稠糊糊。
达纲亩产四百八，
一天一顿稀糊糊。
粮食产量过黄河，
一天两顿稀糊糊。
粮食产量跨长江，
一天三顿稀糊糊。
亩产万斤放卫星，
三顿糊糊限数数。
斗天斗地学大寨，
糊糊锅里加糠煮。
批资批修进一步，
人猪糊糊一锅出。
抓纲抓线促生产，
一锅糊糊供人猪。
碗里糊糊人讨厌，
讨厌糊糊吃糊糊。
斗天斗地几十年，
糊糊没有一次输。
饭变稀汤碗变大，
人吃猪食人变猪。
莫问糊糊甜和苦，
不吃糊糊没户户。

以上是田家儿郎田春山的顺口溜，他的口一顺，溜出几句来，流遍了整个安乐庄。大队干部听到这个顺口溜，以为是阶级斗争的新动向，在整个安乐庄追查作者，也没有追查出来。大队干部只是在群众大会上笼统批评一气作罢。

蔡家小女儿蔡丑女有心计，她写的诗只是写在自己的笔记本上，个人抒发一下感情罢了。谁知后来有人偷看了她的笔记本，她写的一首诗也在安乐庄流传开来。那诗是：

朽木门窗旧砖瓦，
石头猪圈茬篱笆。
箩头旁边鸡觅食，
锨镢横放是农家。
天天高呼向前进，
步步只在原地踏。
年年岁岁一个样，
岁岁年年少变化。
开口几句老俗话，
睁眼几个瘦干巴。
有鼻有口是人样，
少魂少魄是人壳。
莫道屋顶炊烟有，
死水一潭几无差！

原来这小磨院四户人家，每家一个大姑娘，共是四个大姑娘。北房里大队主任高瘦孩的女儿叫高美女，下西房在县委会工作的夏志荣的女儿叫夏白女，上东房老农民田胖孩的女儿叫田黑女，上西屋老农民蔡狗儿的女儿叫蔡丑女。一美、一丑、一白、一黑，四个姑娘，各有千秋。实际上黑女并不黑，丑女也不丑，不仅不丑，而且是安乐庄第一个俊姑娘。这个丑女事事想比人强，却事事不如人。她有一个外号叫"愁女"，因为她每天到晚脸上总笼罩着一块愁云。她愁什么？什么都愁——愁地里庄稼不好，愁囤里粮食不多，愁盐罐里没盐，愁油瓶里没油，愁锅里饭稀，愁身上衣薄，愁母鸡下蛋太少，愁猪崽只吃不长膘，愁哥哥找不下对象，愁自己找不下好婆家，愁事儿太多了，真可谓多愁善感了。她的母亲凌二菊见女儿早早晚晚脸上总是愁云儿一朵，问她有什么心事，她也不说，只说："少管闲事。"她没办法使女儿高兴，每日里出出进进只是独个儿念叨："丑女大了，也定不下个主儿，可该怎么办哩！愁死人哩！"

丑女父亲蔡狗儿虽然是个老农民，却是个有心计的人。他最摸女儿的心事，知道女儿一切都愁。二十年前他就说："咱们的房子旧了，该盖个新房哩。"这话说了十几年，可他连个买瓦片子钱也没有，再不提盖新房的事了。儿子蔡忙忙大了，他又跟凌二菊说："以后过日子节约点，该攒点钱给忙忙说媳妇哩。"

凌二菊以后就照他说的办，以后处处讲节约，炒菜该切八个山药蛋，只切四个；该放八钱盐，只放五钱；过春节该打一斤醋，她不打。一年里节约下二百斤山药蛋，卖了十六元钱；称盐打醋省下八十个鸡蛋，卖了八元钱，十六加八总共二十四元钱，只够媳妇买一双皮鞋，跟"一个媳妇千元价"差距太大。可是两口子并不死心，还是一钱盐一两醋地省着。等到过春节，忙忙、丑女没件新衣穿，只好把准备说媳妇的二十几元钱花了。年年如此，只是攒不下娶媳妇的钱。蔡狗儿为此既着急又犯愁。石头院的姑娘花喜鹊不嫌他们穷，有心跟忙忙结婚，因为喜鹊妈不同意，喜鹊也不愿意惹妈生气，只好作罢。

蔡狗儿为儿子说不下媳妇愁，凌二菊为儿子找不下对象愁。蔡忙忙自己却是个乐天派，他自己一点也不愁，一天到晚跟年轻人们打打闹闹，嘻嘻哈哈，好像没有找对象那回事。做妹妹的蔡丑女不看兄面看父母，见父母为忙忙成家之事犯愁，她便为父母之愁而愁。有一次，蔡狗儿、凌二菊夫妇二人在屋里议论，说："要是丑女能找个好主儿，进一笔彩礼，忙忙定媳妇的事就不愁了。"

这话让丑女听着了，把她气坏了，也把她难住了。丑女虽只是个初中毕业生，自学精神却很强。她读书多，从初小到初中，不考头名考二名，决不肯考个第三名。初中毕业以后，由于家庭生活困难，她不上学了，她的老师都说把个人才埋没了。回来安乐庄她参加农田劳动，到了地里卖力干，出主意想办法，帮队里搞科学种田，想把安乐庄带到富的路上去。后来她看到卖力干也是她一个人卖，搞科学种田，干部们也只是口头上支持，实际上并不理这件事，她也就泄气了。

她的哥哥蔡忙忙已是二十五岁的人了，她也常为哥哥找不下对象而犯愁。可是她做梦也没有想到，父母亲会把给哥哥找对象的主意打在自己身上，给我找个主儿，收一大笔彩礼，给哥哥说媳妇，这就是说把我当成了这个家的一笔钱财。可也是哩，这个家缸里无粮，箱里无钱，只有我是家里唯一的一笔财富了。由着父母这样做去吧，我哪里还算个人呢？不听父母的吧，家里困难巴巴的，哥哥找不下对象，爸爸妈妈会愁坏的，她想来想去，想到自己命苦，不觉双目扑簌簌流下两行热泪，她害怕爸爸妈妈看见她哭泣，忙掏手绢拭去泪珠，心里说："没法儿啊，只要爸爸妈妈能少犯愁，也值得。可是这样找对象会找个什么样的人呢？是《小二黑结婚》里的小二黑？还是金旺？是《登记》里的小晚？是《梁山伯与祝英台》里的梁山伯？还是马文才？……那就难说了。"此后，她装作并不曾听见过父母的私语，什么也没说。这也罢了。谁知过了些日子，一天夜里，蔡狗儿吃过晚饭出去了，凌二菊对女儿说："丑女，我想跟你说个事儿。"

丑女以为她妈要说找对象的事儿，先凉了半截身子。但是她说："妈，说什么哩你就说吧。"

凌二菊说："丑女，我说出来，你可不要生气。你要生气，我就不说了。"

"看妈你，你自己的女儿，有什么不可以说。"

"丑女，这件事实在不好说，我知道我跟你爸对不起你……"

"看妈你，你自己的女儿，怎么会有对起对不起之说，妈，别这样，你就直说吧。"

"丑女，你是个懂事的孩子，知道为我们分忧，知道为我们解愁，你这样懂事，我跟你爸爸只盼你事事如意，步步顺心，可是事到如今我们实在是出于无奈……"

"看妈你，咱们娘儿们说话，怎么净拐大弯子？妈，你还是直说吧。"

"丑女，是这样，咱们家穷，你哥哥找不下对象。冯山村有一家也是穷人家，也是有一男一女，也是发愁找不下对象。前天有人来找我，说是想碰个也有男也有女的户口，订个换亲，就是冯家的姑娘嫁给你哥哥，让你嫁给冯家闺女的哥哥，他们也省了出彩礼，咱们也省了出彩礼，他们也不愁找不下媳妇了，咱们也不愁找不下媳妇了。我知道这样办事有好处，也有不好处，冯家的闺女好不好，冯家的男孩子怎么样，这些也就顾不得许多了，我们想着这可就苦了你了……”

凌二菊还没把话说完，蔡丑女听着听着已经变成一个半呆傻的呆女：“换亲，换亲，什么叫换亲？反正只要是个男的，只要是个女的，除这一条之外，一切都不讲了，就可以结亲了。可是这哪是人与人结亲的做法呢？看小说，小说里有那么多称心如意的好情侣；看电影，电影里有那么多相亲相爱的好恋人，可我呢？我……”这丑女实际上是安乐庄第一个美女，这丑女又是个看书多，能写会作的才女，这丑女更是个事事要强的烈性女子，这丑女还是个有心眼，有能耐的女子。可今天呢，她的终身大事却半点不能由她自己决定，父母却要她跟人家换亲。中华人民共和国的《婚姻法》好像只是为别的青年所订，与她无关。怨父母太狠心吗？丑女又认为不能怨。要怨，也只能怨这个穷字，怨那个大锅饭，怨这个穷字钻在蔡家几十年也不肯走掉。那么，就听父母的安排吗？可是谁知那冯家男子是个什么样儿的人呢？是怎么个品行的人呢？是懒汉？是勤汉？是能人？是笨蛋？有德行？无德行？全然不知。她明白母亲跟她提这件事，是实在不愿提又不得不提的。干脆回话不答应吧，哥哥找对象的事还是没个门儿，父母更难了，更愁哩。答应吧？这是换亲。换亲嘛，除了对方是个男性这一点没错，一切都不能考虑了，一切都不可选择了，一切都不必调查了。找对象能这样找吗？这哪里是找对象？不过就是东家有一头牛，西家有一头牛，不合犋儿，耕不了地，把东家、西家的两头牛拉在一起，硬合犋儿罢了。可我是个人啊！想来想去，觉着在母亲面前说同意，不合适；说不同意，也不对头，心里说："妈呀！叫我怎么表这个态呢？"她无法表态，一句话也说不上来。她想哭，又不敢哭，害怕她一哭，母亲会认为自己是不同意，更要伤母亲的心，更要给母亲增加痛苦。因而，这会儿她没有说一个字，像是不同意，又像是同意，也算个模棱两可的糊涂态度。

凌二菊见丑女半天不说话，也没有强逼女儿的表态，只说："丑女，你先想想也好。"就去找蔡狗儿说了跟丑女谈话的情况，蔡狗儿说："看这个闺女怎么不说话？同意也好，不同意也罢，长长短短说上一句呀。"

凌二菊说："你倒说得轻松，这话难说哩。"

"不过不说话也算一种态度。丑女是不同意了？"

"难说呀。也许是同意，也许是不同意。就叫她想一天吧，明儿个我再问问她。"

丑女听了母亲的话，思想上很害怕，很紧张。吃早饭时，她端着一碗糊糊没有到街头饭场上去吃，而是独自一人来到下东房屋基地她家的鸡棚后边，坐在一块青石上，把那碗糊糊放在旁边的一垛谷草上，呆呆地想心事：看起来不答应这种换亲，要愁坏爸爸，难坏妈妈，气坏哥哥，岂不是我一个人把一家人害苦了。答应吧，又会是怎样个结果呢？那就是赌博了，是好是歹，谁知道呢？只有闭起眼睛瞎碰了。如果能碰上个小二黑，算我烧了高香；如果碰上个金旺，算我命苦；如果碰上个梁山伯，就跟他好好做夫妻，好好劳动，好好过日子；如果碰上个马文才，碰上个猪八戒，孙悟空，我、我、我该怎么办呢？闭门不出吗？跟他闹翻吗？投河跳井吗？悬梁上吊吗？——都不成，那不把爸爸妈妈气坏吗？想来想去没个主意，可又必须赶快拿个主意出来，要不，怎么回复爸爸妈妈呢？这件事把她愁坏了，愁得她忘了吃草垛子上那碗玉米面糊糊，愁得她感叹万端，愁得她面对草垛上那一碗糊糊抹泪了。她听得头顶燕子叫，见一双燕子打北房门飞出飞进，又见鸡棚里几只老鸡混叫混斗，触景生情，默不作声地吟道：

笼里老鸡恶作剧，
堂前燕子自在飞。
人格已被穷吃尽，
低头羞看燕双归。

丑女正坐在这里苦吟，忽听有人喊她："丑女，你怎么在这里坐着？看那一碗饭冻成冰块了，你怎么不快点吃？"

丑女抬头见是忙忙站在自己身边，忙拭拭泪，强装笑脸问道："哥哥，妈跟你说了换亲的事没有？"

忙忙是个大大咧咧什么也满不在乎的年轻人，说："妈说了，我不同意。"

"为甚？"

"从我这方面说，咋也行。猪八戒、孙猴子都可以。可是还有你哩，那男的要是个猪怪物、猴怪物，我先一百个不同意……"

丑女见哥哥如此好心，也是为自个儿想着，感到如果自己不答应此事，更对不起哥哥这一片好心了。忙说："你怎么能这样说话？不管你同意不同意，反正我是同意了。都这么大了，好好歹歹定了也就算了。"

"不行，这是终身大事，不能马马虎虎。爸爸妈搞这个换亲，完全是为我想，可是不能为了我，就害了你……”

“哥哥，你见过冯山村的冯家兄妹他们？”

“二十多里远，我去哪里见他们？”

“那，你为什么不同意？你听说过他们兄妹的情况？”

“二十多里远，我去哪里听说？我是想既是搞换亲，一定是有毛病的，也许是瘸子，也许是拐子……”

“搞换亲就一定有毛病？要这样说，你有什么毛病？我有什么毛病？”

忙忙说不清了，只说：“咱们怎么能跟他们比，反正搞换亲就有问题。要不，自由恋爱多好，他们为什么不搞自由恋爱？”

丑女见忙忙说得也有几分道理，可是她为哥哥着想，还是不愿就这样把事情搁住。又一想，说：“哥，我看这样吧，叫我先去走一遭，看看他们到底是个什么样儿，回来再定。”

忙忙害怕她去了。如果看到那女的还像个样子，不管男的如何，就勉强办事，结果还会害了丑女。忙说：“你不要去，我跑得快，我去吧。”

丑女跟忙忙有同样的想法，也争着要去。忙忙说话干脆，做事干脆，说：“你不要去，我这就去，你回家去告诉妈吧。”说着话，到门口墙上摘下那顶破草帽，戴在头上，匆匆走了。

丑女见哥哥走了，想到冯家兄妹还说不定是个什么样儿，想到自己家贫困，连他们兄妹二人的婚姻大事也受到贫困的牵制，也要由贫困来摆布，不能跟人们一样自由找对象，这一辈子还说不定要碰个什么样的男子，过一种什么样的日子，心里好生不自在。丑女有一缺点，每每事不如意，爱愁，爱生气，一生气就罢工，就打不起精神来，就躺倒在炕上蒙头睡大觉哩。这天早饭后，她想着自己的婚事，心里难忍难受，愁容满面地爬上炕去，拉了那条破被子往头上一蒙，“咚”地一倒，再也不做声了。

蔡狗儿很爱怜丑女，见她这样，埋怨凌二菊不该急着跟她说了冯山换亲之事。凌二菊也很心疼女儿，也知道女儿有这么个毛病。她每每生气蒙被躺倒，说她几句吧，明知她不会听的，只等她躺得不耐烦了，才肯起床；不说几句吧，显见是当娘的不心疼女儿，每每见她生气躺倒，总要对她劝慰几句。这会儿，她坐在炕头，低声细语地劝慰道：“丑女，别生气，都怨娘不好，都怨我们没能耐，你别生气，你要气病了，咱们缺钱少花的，可该怎办哩……”她说了许多，丑女只不做声，当妈的也只好独自抹泪罢了。

蔡忙忙跑了二十里路，用了七十分钟时间到了冯山，找到冯家，先见到冯家姑娘，见她个儿矮，身架粗，嘴太大，腿很短，只觉得好笑：这个样儿，简直就是个大炮弹，只怕猪八戒来相亲也不会满意。我要跟她对了象，我那一伙伙会糟践我忙忙一辈子的。自个儿先绷着面孔摇了摇头。冯家姑娘给他倒来一碗开水，说：“你喝口水吧。”他又摇摇头，连个“谢谢”也不说，以为这么个姑娘不值人说话的。按乡俗，凡来相亲的，喝了人家的水，吃了人家的饭，就表明是相起来了，不吃不喝，就算事情不成。后来，冯家闺女给他做了饭，他也绷着面孔摇头谢绝了。一会儿，冯家小伙子回来了，见是精精干干一个年轻人，他的心又活动了：我家丑女跟他倒是很好的一对儿。

冯家男子问明蔡忙忙是打安乐庄来的，明白了他的来意，对他自有一番热情。蔡忙忙见他口头上也来得，对人也和气，做事也本分，心里说："合适，合适，定得给丑女办成这件事才行。"这才摘下头上的破草帽，要正经坐坐。又一想，这是换亲，丑女的事要办成，我忙忙的事也必须办成，忙忙再看看那姑娘。咬咬牙想道：也行呀，看她脸儿也还白净，头发也黑黑的，穿衣服也不褦襶，待水待饭也会迎人待客。个儿矮怕什么，又不要她打篮球去；身架粗怕什么，那才有劲儿哩；嘴太大，大就大点吧，男子嘴大吃四方，如今男女平等，就不许女子吃四方？腿短也不怕，腿长又不能抵汽车用，反正也不瘸不跛，我看她走路怪麻利的。"想到此，他那绷得老紧的面孔放开了，话也多了。冯家男子又让他吃饭，他说："吃就吃，反正以后咱们就是亲戚了。"

冯家男子陪他吃饭，边吃边谈，谈到农村生产，冯家男子说："现在是英雄无用武之地，怎么能搞好生产哩！"谈到农村生活，冯家男子说："大锅里搅勺子，哪里会有好菜饭？'饭场碗十样，一样糊糊汤'……"蔡忙忙见他也会编诗，又会说话，十分敬佩他，认定跟丑女是最合适不过的一对儿。他害怕事有变化，想先跟冯家女子正式定亲，可又想到没个定亲礼物。到冯山村的供销社买一件吧，身上又没钱。赊买吧，人不熟。又一想；人不熟也不怕，就说是冯家的新亲戚，还怕我是流窜犯骗了他们不成？饭罢，他借口出去找个熟人，到了供销社看看，见有水笔，选那好样的问问，见说是三元五毛一支，他先伸一下舌头："妈呀，我到哪里偷这么多钱去？"只好再问差一点的，说是八毛钱一支。心想：这还差不多，回家让我妈卖一斤鸡蛋就够了。正要买，又感到不好："买八毛钱的笔当定亲礼物？那不是开人家的玩笑？谁不知道这是一年级小学生用的笔。"又改变主意问好一种两元钱一支的笔，还是觉得太贵："两元钱要用去卖二斤鸡蛋的钱，把我家半年的称盐钱没了，岂不要吃半年的淡饭？"又问有没有一元二三毛的笔，没有。只好还买那八毛的，八毛的就八毛的吧，有这个道道就行。她个儿那么矮，身架那么粗，嘴那么大，腿那么短，有我忙忙愿意给她一支八毛钱买的笔，只怕也是她求之不得的。便买定一支，说："同志，我没现钱。明儿个就给你，我跟这村有亲戚。"

供销社的人通不过，蔡忙忙又说："不行，把我的草帽押在这里吧。"抬手要摘草帽，头上却什么也没有，这才想起放在冯家了。他跑着到冯家拿来草帽，人家嫌他的草帽太破，蔡忙忙急了，脱下身上的褂子扔在柜台上，说："这件衣服值不值八毛钱？"

供销社的人见他不像是骗子，便赊给他一支笔。

蔡忙忙返回冯家来，把新买的笔交给冯家女子，说："就这么订了，你说哩？"

冯家女子笑笑，说："很好。"她也跑到供销社买了支四毛钱的圆珠笔，回来送给蔡忙忙说："不成样子，以后再补吧。"

蔡忙忙又跟冯家男子说："咱说的可是换亲。你跟我妹妹的事，你不要怀疑。你也可以去安乐庄看看。不过不看也行，只要你看过《庐山恋》，你就不必看她了。"

冯家男子见他说话、办事很爽快，很实在，便说："怎么都好。"蔡忙忙便告辞了。

蔡忙忙一路走来很高兴：丑女这个对象真棒，人也好，人也能，丑女算是碰着了。想到今天丑女能称心如意，他独自个儿笑了，又独自个儿唱起来：

一颗明珠土内藏，

千年未曾放毫光……

唱了两句，又想起他自己的对象来：她个儿那么矮，腿那么短——反正个儿矮也是个女的，腿短也是个女的，何况人家脸儿还白白的，头发也黑黑的，好，也很好，便又唱起来。

蔡忙忙回到安乐庄，丑女为了听消息，也坐起来了。忙忙跟爸爸、妈妈、丑女当面把到冯山村一趟做了汇报，把冯家男子夸得千好万好，蔡狗儿、凌二菊听了很高兴，蔡丑女却听出他的话不对劲儿，便问："哥哥，你只说男的，那女的呢？"

忙忙还是一样高兴地说："女的差不多，嘴也甜，手也巧，她做的饭好吃多哩。"

丑女又问："是个什么样儿？"

"样儿也没说的，是个大闺女，没错！"

一句话把个长愁女子也说笑了，可是她不肯笑出声来。又问："她到底长得怎么样？"

"长得结结实实的，头发也黑黑的……"

"废话！有几个姑娘头发是白的。"

"反正她有胳膊有腿有鼻有眼，我算看中她了。"

丑女听他说话含糊，知道其中有鬼，说："叫我明天也去看看……"

"我看了，你还看什么？再说我已经跟人家说定了，连定亲礼物都交换过了。"说着便把那支圆珠笔拿出让一家人看。蔡狗儿看了心想：忙忙的事有了着落，就算把大事办了。凌二菊看了，嘴里说："好！好！很好！罢罢罢，你们的事一订，我就放心了。”蔡丑女看也不看她，说：“等我明天去冯山走一遭，回来再说。”她以为冯家那一对如果是女的好，男的差，定就定了。可是看忙忙的情景，一定是男的好，女的差，岂不是害了哥哥？所以她不愿意糊里糊涂订这门亲事。

次日，蔡丑女大早动身，来到冯山村，问明冯家的住处，到了冯家，偏是那小伙子一个人在。见是精精干干一个年轻人，心里说：“这个人看表面没说的。可是他长他短，不起决定作用，要看看他的妹妹再说。”

冯家男子见了丑女，见她画中人似的模样儿很好，自是喜欢。便忙着给她倒开水，问长问短。说：“家里大伯、伯母都很硬朗吧？”

丑女只是漫不经心地应付道：“差不离。”

“安乐庄搞了责任制没有？”

“没有。”

“为什么还没搞？”

“有阻力。”

“一定是大队干部不同意搞。”

“唔。”

“那就说明你们村的大队干部也是个大锅饭迷。大锅饭有两个头：一头大，一头小；大头苦，小头甜；干部啃大锅饭的甜头，群众吃大锅饭的苦头。这种状况非改变不可，不改变不得了，早改变早好，不改变不好……”

“唔。”丑女听那男子讲大锅饭问题讲得很有见地，也很佩服他的精神。因为还没见到他的妹妹，她不愿意过早地表示热情。问他：“你妹妹呢？”

“到供销社卖鸡蛋去了，一会儿就回来。”那男子见丑女说话的神情不大高兴，以为是自己招待不好，就要到供销社去买白糖，给她冲糖水。刚走在门口，他的妹妹回来了，说供销社售货员不在。兄妹二人进来屋里，做妹妹的见屋里坐着个女人，那么漂亮，她感到好像是他们家正演电影似的，因为人们通常把银幕上的女人看做是最漂亮的。猜定她是安乐庄来的，很为哥哥庆幸。丑女一看冯家女子不由自主地倒吸一口气：就是她？这么个姑娘，我哥怎么看上了？他还那么高高兴兴的，我还以为真的是意中人呢。现在看起来，哥哥的高兴不过是假高兴，完全是为了我，委曲求全，这怎么行……丑女一下子泄了一百分的气，也明白了哥哥用心的良苦。那男的，看人样，看性情，都没啥。可我不能只图自己合适，让哥哥一辈子窝囊。可这件事要办不成，爸爸妈妈都会生气。——那也没法了。好在快搞承包哩。真的搞了承包，一头半年日子能好过些，哥哥的事就好办了，爸爸妈妈也就不愁了……丑女来冯山亲眼看过，她又变了卦，要打退堂鼓哩。

冯家兄妹二人的想法可不同。那女的昨天看过忙忙，十分满意。那男的今天见了丑女，又是特别高兴。他们想到昨天忙忙在这里已经把两家换亲的事说定，今天对丑女的到来应该热情招待。兄妹二人，还有他们的母亲，忙里忙外，准备做好饭招待丑女。那姑娘还暗暗给她哥哥打招呼，叫他给丑女准备一样交换的礼品。

丑女看到他们一家子来来往往，十分忙碌，知道是要做好饭招待她。她想到村村队队的社员都一样，招待一次客人，借白面呀，借油呀，借了又愁还不起，不容易哩。便说好说歹劝他们，并且借口说：“我家里还有急事，要早点回去。”随即动身走了。

丑女回来，在父母哥哥面前把冯家女子说了一百个不合适，还说："我要是哥哥，宁愿打一辈子光棍，也不能找那么个对象。反正快搞承包哩，晚一年再说吧。"

蔡狗儿、凌二菊也认为如果那闺女太不像样也不好，也想道如果今年能搞承包，明年就有办法了，儿女们的婚事也就好说了。主张换亲的事暂且不要定。忙忙却执意要决定。由于意见不一致，这件事便拖了下来。

2. 美女的医术

忙忙、丑女兄妹二人的婚事一直没个结果，忙忙那个乐天派倒没什么，该说哩说，该笑哩笑，满不在乎。父亲、母亲、妹妹三人却都为他犯愁。蔡狗儿认定忙忙找不下对象，无非是因为一个穷字。他不甘心过穷日子，从来就认为他有本领过好日子。可是几十年以来从来也没有把他的本领施展出来。一九六一年，大队干部说社员在完成集体投工以外，可以搞点家庭副业，蔡狗儿出村当了三个月烧砖师傅，挣回一百五十元钱来。一九六二年就批判他是滑到了资本主义的边沿，干不成了。一九六七年春，各地闹夺权，蔡狗儿趁乱又跑出去干了三个月副业，又受了一次批判，只好老老实实在队里吃大锅饭。不过，他那个起五更习惯却始终没改。解放初期，他跟着老父亲起五更拾粪。学大寨时期，他跟大伙每天起五更去斗天斗地。这几年不讲"一天三送饭，起早摸黑干"了，可他总是五更一声鸡叫，就躺不住了。一九八一年就有人嚷嚷要搞生产责任制，干部开会不提这事，社员也没人过问，以为搞了责任制也不过是一阵风，一阵风过去，还是吃大锅饭，何必呢？可是这个不甘心过穷日子的蔡狗儿却最关心责任制的事儿，他曾经问过北房里的大队主任高瘦孩：“瘦孩，听说中央有个新精神，叫农村搞责任制哩，叫农民富哩?”

高瘦孩不假思索地告他说：“那是说的山庄窝铺，跟咱们安乐庄没关系。要都搞分田到户，那不又是三自一包吗?”

蔡狗儿无话可说了，只好跟人们一起又磨了一年洋工，又吃了一年大锅饭。不过在这一年里，从各地传到安乐庄许多新鲜事儿，哪里出了万元户呀，哪里实行责任制变富了呀，直把个蔡狗儿说得心里怪痒痒。他知道他的老邻家高瘦孩，总把一般社员看做是一切不懂、一切无能的老百姓，找他问问中央政策方面的事，总是一句囫囵吞枣的话，把人的口堵住了事。他不愿意跟高瘦孩多说话，又总想在高瘦孩那里得到一点什么好消息。有时候，他就端一碗糊糊饭到北房里来吃，顺便看看他家桌子上，是不是放着什么红头文件。有一天吃早饭，他端着一碗稀糊糊边吃边走，来到高瘦孩家，见高瘦孩还躺在被窝里，走到桌前一瞧，忽然看见桌上有一个文件，印着“中共中央文件”六个大红字，不觉心里一亮：“红头文件，红头文件，这可真是红头文件，我看到红头文件啦!”他高兴极了。忙看看那一行标题大字，却是说商业方面的事，一下子泄了气，半天忘了吃碗里的玉米面稀糊糊。后来想到应该再问一下高瘦孩，可是看看床上，被窝里正“呼噜呼噜”地响雷。大队主任常说：黑夜开会睡得晚，早上不起床是理所当然的事。不便惊动他，只好“去溜”一口，“去溜”一口，吃他的稀糊糊。一会儿，大队主任的爱人樊金花做熟早饭。主食是黄米粥，山药蛋丝加豆腐的混菜。山药蛋是家家都有的，豆腐却是大队干部家才能常吃之物。樊金花把她炒好的菜，舀了半勺子走来放在蔡狗儿的糊糊碗里，却没吱一声，蔡狗儿也没吱一声，因为他想的是中央的红头文件，并不在乎大队主任老婆额外给他送几块豆腐的恩赐。

樊金花常以行动代替语言。她要唤大队主任——她的丈夫高瘦孩起床吃饭，手里倒拿一个笤帚骨朵儿，慢悠悠地走在床前，“乒乒乒”照准被窝儿突出之处打了三下子，虽没开口唤叫一声，高瘦孩也有了相应的反应。他的双眼还没睁开，先伸出胖乎乎一只手——原来他名唤瘦孩，实际却是一个胖子。他伸手在枕头边左摸摸，右摸摸，什么也没有摸着，这才慢慢地睁开两只惺忪之眼，又看看枕头边，还是什么也没有。便说：“又把我的烟、火藏起来了？藏也不起什么作用，何必……”

妻子樊金花只不理他，也不吱声儿。高瘦孩在被窝里急得揉手搓脚，看看樊金花，笑嘻嘻地说：“行行好，给我一支吧。”

樊金花没好气地说：“一条被子叫你烧了一百个窟窿，还不改?!”

高瘦孩没法儿了。他知道只要自己起了床，就可以恢复抽烟权，可又舍不得这温暖的被窝。他东张张，西望望，忽然发现床头桌边儿有半截纸烟，见蔡狗儿在椅子上坐着吃饭，说：“狗儿，把那半截纸烟给我……”

蔡狗儿正要替他拿烟，谁知没有樊金花的眼快、腿快，她早已跑过来把那半截烟抢去了。说：“看不见人家狗儿吃饭哩？还不起！”

高瘦孩说：“我能跟狗儿比？人家晚上吃罢饭抹抹嘴就能睡觉，我呢？开会开到半夜……”

“胡诌！我夜里上厕所听得你们方块、黑桃地乱叫……”樊金花忽然感到自己说溜了嘴，半道儿刹住了话茬儿。高瘦孩抬头斜她一眼，说："偏在人前夸你是'百里知'哩……"

实际上，蔡狗儿知道他说"开会睡觉晚"不过是骗老百姓。每天晚上大队办公室里"梅花、红桃"的吼声，人们都听到过。高瘦孩的起床晚，也不仅仅是因为晚上打扑克睡得晚，并且还有肚子不饿之原因。他们几个干部晚上打扑克，不仅要按开会计工，并且还有夜饭。安乐庄大队的亩产量，虽然年年只是二百五十斤，社员们碗里的饭，虽然年年月月一个样，都是稀糊糊，可大队里仓库的公积粮却没有少过一两半斤。社员们也不敢提意见多分点，因为那是"备战备荒为人民"的。但是干部们却可以私分私吃。每天晚上一顿饭，不过十几斤，又不必记账，任何时候也不会查出问题的。他们吃了喝了，只说是这年头老鼠多，就合理合法地报销了。因为粮仓里到底有多少老鼠，每只老鼠每天需要报销粮食几斤几两，是无法计算的。一个无法计算，也就合理了，合法了。所以干了多年大队主任的高瘦孩却并不瘦，而且是比较胖的。这个胖，同他跟老鼠一起吃报销粮有决定性的关系。

蔡狗儿偷看红头文件没有达到目的，还想在高瘦孩嘴里探听一点消息。如今他终于醒了，见他两只手还在枕头边乱抓乱摸，问道："瘦孩，中央是不是来了新文件……"

高瘦孩漫不经心地说："没听说过。"

"一阵风怎么没吹进安乐庄来？"

"吹进来就不安乐了。"

"可是没吹进来，安乐庄也不大安乐呀？"

"怎不安乐？打仗了？逃荒了？天塌了？地陷了？……"

"也没打仗，也没逃荒，天也没塌，地也没陷，只是每天吃这三顿糊糊，心里就不安，心里就不乐……"

“那是外边的承包风把你吹得不安哩！……”在耳楼里刚睡醒的高美女进来了。高瘦孩这个女儿今年二十五岁，一米五的个子，却有七十五公斤的体重，看去浑圆一团，加上“美女”这么个名字，显得更不大美了。因为个子矮，她常常研究增长高度的方法。好歹这几年兴了高跟鞋，下加一寸，也只有一米五五，再不能加了，再加几寸，那不是鞋，便成了高跷。人是不能整天整日踩高跷走路的。下边不能再加，就在上边加。她模仿县城一些女人的飞机头，尽量把头发悬高，这比高跟鞋的加高余地大得多，一个飞机头可以梳五至八寸的高度。连高跟鞋加飞机头，共加了九寸。高度是差不多了，可惜高跟鞋、飞机头只能加长，不能加宽，上下两头都那么长长的、尖尖的，身子却又那么圆圆的，变成了一个枣核儿。按说大队主任家的女儿，找对象不该成什么问题。美女的哥哥——高福福又已经娶了媳妇，又不像丑女需要搞换亲，可是她现在还没对上一个象。一是跟她那枣核儿形象有关系，二是跟她那张厉害嘴有关系。要说她的嘴的厉害，安乐庄人人都怯她几分。凭着老子是大队主任，她当了安乐庄保健室的医生。她没学过一天医，只是在大队管委会决定高美女当保健医生后的第二天，高瘦孩才到公社医院要来三本医书，叫美女学医。美女把医书往床头一扔，说：“打个针有什么难的，还看医书哩！”以后她就学着公社医院的医生挎个红十字包包，里边装些注射器、体温表、扑热息痛等药品，沿门串户地当医生哩。她给人打针，消毒不严，人家的臀部肿了，就找她说：“美女，你给我打了一针，怎么屁股就肿了？”

美女气呼呼地回答道：“那是你的屁股脏，有细菌。”

有人感冒了，问她该吃什么药，她还是说：“扑热息痛。”

就卖给人家一包扑热息痛。

有人眼疼，问她该吃什么药，她还是说："扑热息痛。"……

反正十有九病，她总叫人吃扑热息痛。社员田长生患了痢疾，她也给开了扑热息痛的方子，因为社员们经得多了，也懂得扑热息痛一般是治伤风感冒的。患了痢疾，是需要用灭菌药物的，比如氯霉素、合霉素等等。人常说："久病会行医"，就是这个道理。田长生见美女让他吃扑热息痛，因她是大队主任的女儿，明知她胡说，也不便反驳。等她出门走后，田长生跟老伴说："真奇怪，我得的是痢疾，本来应该吃氯霉素，或者吃合霉素才行，她可叫我吃扑热息痛。唉！没法说呀。今天不要买扑热息痛，你到外村买些合霉素……"不想这话让美女听得了，竟又返回来责问田长生："长生，你胡说什么？我知道你该吃合霉素，我给你开扑热息痛，是先让你止止疼，你不是说你肚子疼吗，回头才叫你吃合霉素。你自己啥也不懂，还说我高美女给你开错了药，故意冤枉我高美女，你是什么目的？！你是什么……"

田长生听她说治痢疾的方法是先吃扑热息痛，不知哪天哪日才让吃灭菌药物的话，不过是笑话。可是他还得认不是："是是是，你说得对，我认错，我认错……"

"认错也不行！你胡说八道，坏了我的名誉，叫我以后怎么当医生呢？……"

"是是是，我有错，我向你赔情道歉……"

"赔情道歉也不行！你造谣中伤，恶意害人，我非告你不可！"

田长生忙着向她说好话、求情，都无效果。后来还是高瘦孩罚了他一百分工分才算了事。

美女经过给田长生看病，从田长生背后的话里也学到一点新本领，知道了治痢疾是应该吃合霉素，而不应该也吃扑热息痛的。但是她又弄不明白什么症状叫痢疾，只要病人说一句“大便也不正常”，或者说“大便次数多”，或者说“大便不顺利”，她都一律按痢疾治，统统给合霉素吃。有时候病人吃这种药起了反作用，她便说是病人报错了病。人们对她毫无办法。人们发现她并不会看病，有的病人就请西头的老医生杜敬尧看病，她就找上门来大骂：“安乐庄有合理合法的保健医生，你们为什么不请？你们为什么要请杜老妖？杜老妖没有行医证，他看病是非法的！你们叫非法医生看病是什么动机？是什么思想?！……”人们眼睁睁地看着她撑横船，也不敢吱声。因为惹下大队主任的女儿，大队主任是会找个茬儿扣人工分的。有一次，社员丁田虎看到母亲病重，不愿意美女瞎折腾，夜里偷偷请了杜敬尧看病。为了感谢杜敬尧，他到电工丁和尚家借了一碗白面，做了两碗片儿汤。没想到丁和尚把这事告知高美女，高美女跑来大骂丁田虎，骂他不该请非法医生看病，又骂杜敬尧是老右派，不好好改造，又打妖洞里钻出来害人。高瘦孩把丁田虎、杜敬尧痛训一顿，宣布各扣工分一百分，算是处罚。关于高美女的医术，田春山也有几句顺口溜：

一种药品一根针，
美女医生医术深。
扑热息痛治百病，
眼科耳科不必分。
病人说她用错药，

她说病人报错病；
一针打得屁股肿，
怨你屁股有细菌。
有病不请高美女，
保准扣工一百分。

蔡丑女更为美女医术的低能，高瘦孩的以势欺人而愤愤不平。丑女这个姑娘，最看不惯那些不平之事，可她偏偏和高瘦孩父女同住一院，不平之事又总在她眼皮边儿上发生，那不平之气自然更多了，脸上的笑容自然更少了。今天看到高瘦孩罚丁田虎、杜敬尧工分之事，把她气坏了。跟家里人们说："北屋里那父女俩太欺人了，我非告他们不可！"

蔡忙忙说："他们欺人是明事，谁不知道？告，抵什么事，人家自己手里有权，上头有势，他年年秋天开拖拉机给公社、给县委送粮食、送苹果，把路都买通了，告状抵什么事？你就别做那种糊涂事了。"

可是不告他们，丑女心中的不平之气，压得她实在难受。告吧，又觉得忙忙说得有道理："是呀，高瘦孩用大队的拖拉机，拉上大队的东西到处送，送香油，送白面，送苹果，送山药蛋……社员种上吃不上，吃啥没啥；那些当官的身不摇，膀不动，可是吃啥有啥。他们吃了姓高的，能不替姓高的说话？告状又能怎么样呢？可是不告状，总觉得心不平，气不顺。没有办法，只好在她的笔记本上写几句出气：

有权无理也有理，
无权有理便无理。

天下多少不平事，
只可下咽不可提。

高美女这个保健医生，也是端铁饭碗的。许多人有了病，宁可忍受，宁凭等死，也不请高美女看病。有的人生病，只凭自己的土经验，用土法自治自疗。患了重病，多数人采取不理的态度，听其自然：好就好了，完就完了。一个人二百多斤口粮不够吃糊糊，哪有力量上大医院？

回头还说这位美女回答了蔡狗儿那么一句，蔡狗儿说："承包风吹得我不安了，搞了承包，我不就安了……"

美女说："不好好劳动，还嫌分的少，吃的少，总想承包！承包能怎么！承包了就能发大财？今年搞承包，明年搞纠偏，傻瓜才那么折腾哩！我爸爸站得高，看得远，不搞那些蠢事……"

蔡狗儿说："照你说村村队队都搞错了，就咱们安乐庄正确？"

"你是说我爸爸不正确？我爸爸怎的不正确？他当的是人民公社的大队主任，走的是社会主义光明大道，做的是为人民服务的光荣工作，哪一点不正确？嘿！光想急发财哩，就来欺负大队干部……"

蔡狗儿见她蛮不讲理，不愿意跟她纠缠，起身走了。以后，他只盼中央的红头文件能早点来到安乐庄。他盼呀盼呀，盼到一九八二年正月，听说红头文件真的来到安乐庄，他又天天盼着高瘦孩召开社员大会，宣读中央文件。等了几天，只没个信息。虽然没信息，他的劲头已经增添了几分。过去是鸡叫二遍起床，这几天鸡叫头遍他就躺不住了。

回头还说这夜五更时分，“咯咯咯”雄鸡一声叫，上房的蔡狗儿听得鸡叫了，心下急了，心发慌了，好像已经误了什么大事，立刻披衣起床慌慌张张地在炕边摸到一根麻秸棒，慌慌张张地把麻秸棒伸进火炉里点燃，又慌慌张张地把挂在墙头的小煤油灯点亮，到此，就该忙他的大事了。可是他满屋里瞅瞅，老伴儿凌二菊还在炕头睡着；小女儿丑女还在那边床上做梦，粗粗一想，并没有什么大事要干，也没有什么小事要做，好像起一个五更，就是为了点燃墙头那一盏煤油小灯。这才安下心来，拿了那个三条腿小板凳，偎火炉坐下来烤火。坐了片刻，忽然想起来确实有大事，就是等待北房里的高瘦孩宣讲中央的红头文件。听说红头文件早就来了，也听说邻庄近队早就学了中央文件，还听说附近一些村正搞承包责任制哩。可是安乐庄呢？真是个安乐庄，安安乐乐，风，吹不进，雨，下不来。也许是县里把这个安乐庄忘了，没有给这里发红头文件？也许是高瘦孩反对承包，把红头文件压在他那个书案下，文件不能见群众，群众不能见文件，还搞什么承包？也许是今天就要召开群众大会，学习中央文件……蔡狗儿想着想着，墙头的小煤油灯忽然“噗”地一下子灭了。他知道又是凌二菊吹灭的，回头冲着被窝里的老伴儿说：“看你，酸枣儿大一点灯光能费几分钱……”

凌二菊立马顶上来：“几分钱？二分钱！去年是一年三百六十五天，你给我拿回过二分钱？前年也是一年三百六十五天，你给我拿回过二分钱？大前年也是一年三百六十五天，你给我拿回过二分钱？大大前年，大大大前年，我的丑女从一岁长到如今二十三岁，你给我拿回过二分钱？要不是我二年喂一头猪，一年养三只鸡，你吃糊糊也是没盐糊糊，你学大寨磨破户肘，连块补衣服的补丁也没有……”

蔡狗儿承认她说的都是事实，也承认这个家能够顿顿吃有盐饭、衣服破了能补块补丁，都是她的功劳。不过，他认为如今既然村村队队都在搞承包，不相信会把这个安乐庄漏掉。一旦搞了承包，一切都会很快变好的，一个五更费二分煤油钱，也就算不得问题了。他说：“我黑坐五更坐了多年，实在不想黑坐了。再说我敢肯定今年会搞承包……”一边说着，一边又摸了麻秸棒儿。点了火要点煤油灯，不防“啪”地一下子，有一只手把他手里的麻秸棒打落在地，听凌二菊说道：“承包！承包，一年一个新套套又来了！管它新套套，旧套套，几十年啦，哪一套也只能吃碗稀糊糊，哪一套也不能给咱挣块新补丁，哪一套我也不相信，我就信少点一会儿灯，能省二分钱这一套……”

“你别拿老一套眼光看新事。旧套套，新套套，都是过去学大寨那一套。如今搞承包，中央有红头文件，各村有致富典型，我看外村好些人都富了，不像过去七斗八斗地斗人家，报上还表扬哩。以后要叫我狗儿也搞承包，不是吹哩，包土地，管叫它亩产千斤；包砖窑，管叫它一年收入七八千元，包拖拉机，一年净赚五千没问题……”

“别做你的好梦了，哪有那么好的梦叫你做！”

丑女在被窝里躺着，听着父母的议论，真是既着急，又伤心。她盼望承包的心情更急切。她也听说许多村队去年搞了承包，立竿见影，许多人很快就富了的事。她不愿意总是为锅里的糊糊稀而犯愁，为衣服破没补丁而犯愁，为母鸡不下蛋而犯愁。她认为只要搞了承包，凭她一家四个劳力，会很快富起来的。所以狗儿去北屋走走，她也时时刻刻盼望爸爸能带回个鼓舞人心的好消息来；走在院里，也希望能听到高瘦孩要开会搞承包的话。头里听了爸爸妈妈的议论，感到承包还是件没眉没眼的事儿，心下很悲观，不由得长长叹一口气，说："这个糊糊碗真成了铁饭碗啦！"丑女起了床，走在炉前便拿火柱捅火。老两口子每天早上第一次看见女儿，总要先看看她的面部表情。今天，他们借炉火的火光，看见女儿的脸上照旧还是阴云密布，做妈的凌二菊，就在被窝里长长叹一口气，心里说："这么大了，可该怎么办哩？愁死人哩！"

做父亲的蔡狗儿坐在小板凳上急得想跳高高："一个穷，闹得忙忙二十五岁了也找不下对象，丑女二十三了，也不肯找对象。一个穷，屋里的破柜掉了柜门子，补不起来，板凳三条腿，连加一条腿的能耐也没。这算个什么人家哩？责任制在外村行得通，安乐庄就是按兵不动，红头文件在外村行得开，在安乐庄就是行不开。瘦孩还说那是一阵风，一阵风也算，你也给咱吹一阵子呀！哪怕一年也好，多拿他几千斤粮食没问题。吹半年也好，我出去当半年烧砖师傅，挣个三百二百没问题。可这个瘦孩就是睡在热被窝里不动。等会儿我还要去找他。"他在小板凳上坐着实在有点坐不稳，好像有什么正经事要做，便跳下炕来，又没事可做。又跳上炕头坐在小板凳上，又觉得一个人嘛，早早起了床不应该就是为了静坐。应该做点正经事，便又跳下地来，下了地做什么？到地里干活儿去？还不到上工时间，早上两个时辰工，也没人给你多记二分工，他想：要是瘦孩宣布了红头文件，搞点副业不算走资本主义道路，这一个五更，叫我编箩头，我能编它一担儿；叫我纺绳，我能纺它一辘辘；叫我织篮儿，我能织它两对儿；叫我做挂面，我能做它一作儿；叫我去担缸，我能担趟；叫我去卖煤，一个五更卖它一车，赚它一元钱没问题……这蔡狗儿真是个能工巧匠，真是个百家子弟，挣钱的本事有几十套，可是几十年来，两只巧手只能在那“一窝蜂里混十分工，捞两毛钱，挣八两玉米，够三碗糊糊”。今天，他急着把他那浑身的本领使出来，坐在火炉边的一个小板凳上，看看窗户，天还不大亮；听听北房的动静，鸦雀无声，把他急得揉手搓脚，摩拳擦掌，只是两手空空地没个做处。看地上忙碌的丑女，不过是几十年来的老一套，捅火、坐锅、做饭，做什么饭？几十年来都不必商量，不必研究，玉米面糊糊。不能变个花样吗？能，加菜的；不加菜的；放盐的，叫咸糊糊；不放盐的，叫甜糊糊。甜糊糊并不放糖，不咸谓之甜嘛。不能变吃干的？不能，一干，数量少了，填不满肚子。只有稀糊糊可以以水充量，只有水，不是按工分分来的；水，生产队也不给社员算口粮数，所以只有水可以随意增多。定量的玉米面加以增多的水，那是一定会变成稀糊糊的。所以社员们糊糊了二十多年。早晨，丑女所要忙的另两件事便是扫地、抹桌。扫地之事不必细说，抹桌嘛，蔡家过了二十多年穷日子，竟也有一张桌子，不仅桌子，大立柜、椅子、板凳都有。是些什么样的家具呢？丑女的笔记本上有这样几句话：

> 掉门立柜大张嘴，
> 靠墙板凳三条腿。
> 四摞砖头支桌面，
> 无盖小箱装尘灰。

过去，凌二菊也曾想过：丑女出嫁时，她要给女儿陪送一对新箱子。后来看到日子没个变化，无力量做新箱子，改变主意，要把她结婚时娘家陪的那口小箱刨一刨，漆一漆，变个新样儿陪给丑女算了。可是到了今天那口小箱的箱盖已经脱落，想换个新盖子，谈何容易！买木头，没钱；出树，没树。二十年前在房前屋后栽了四棵树，后来说那是资本主义苗苗，收归集体所有了。就为加做一个小箱盖子，凌二菊不知犯了多少愁，想了多少办法，做了多少次好梦，总是办不到，竟也成了她的一块大心病。

蔡家屋里的家具，虽然全是破旧之物，只因丑女喜欢干净、整齐，手又勤，不管是不是卫生运动月，不管妇联会查不查卫生，她每天大早一边做饭，一边总把那掉了门扇子大张嘴的立柜，四摞砖当桌腿的桌子，三条腿的板凳，没盖子的小箱，还有一把掉了坐板的塌格拉椅子，还有水缸、菜缸、玉米棒子缸，全抹擦得干干净净，明亮铮光。蔡狗儿见女儿那么认真地擦柜子，抹桌面，他为有这么个好女儿骄傲，他为家里总是那么几件破家具而愤愤不满。我们家要全是新家具，丑女会把它们抹成水晶家具哩。由此又想起来换亲之事，他更急了，急着要找北房里的高瘦孩。可是他再看看窗户，窗户还不亮哩。这时，忽然听得“吱”的一声开门声，忙细细听来，可惜不是北房门响，而是上东房的门开了。

3. 黑女的褂子

上东屋的门开了，可是上东屋里还是黑咕隆咚的没有点灯。有人说田胖孩过于吝啬，连个煤油灯也舍不得点。田胖孩常说：“我想大方，你借给咱五分钱，咱去打它半两煤油！”

田胖孩从小就有起早的习惯。在旧社会，他在地主家磨面，天天是五更起床；土改后，他也开过五年磨坊，很发财。在那“一天两送饭，起早摸黑干”的年月里，自然还是天天起五更。他起早起惯了，起早不干活儿，到了大寨田工地，坐着烤火取暖也坐惯了。如今还天天起五更，一是他的习惯，二是一日三餐吃的糊糊太稀，到了半夜肚子空得难忍难受，躺不住，也就只好坐起来。起了床没事干，点灯缺煤油，只得黑坐。他跟蔡狗儿不同，虽然跟狗儿一样穷，并不急着盼望搞什么责任制。他对包田到户生产责任制毫无兴趣，他认为那是瞎折腾。因为他亲身经过这种苦头。一个自留地，放了收，收了放，好多次了。放了自留地，不加工加粪，长不好苗；头年加了工加了粪，二年又收了。如今又搞责任田，还不又是那一套，不如也不放也不收干脆些，省了许多麻烦。所以他是实实在在愿意永远吃大锅饭，愿意永远吃糊糊的。“吃糊糊就吃糊糊，撑不住，也饿不死，只要每年队里还分给二百斤口粮就行。吃了糊糊没精力，也不怕，反正是上地一窝蜂，人哄地皮，地哄肚皮，哄着碗里有半碗糊糊就成。”所以他起大早围火炉坐着取暖，坐得很心净，是无忧无虑的一种静坐，像老和尚打坐一样的。不过他坐得也不十分安静，他在炉火边坐着烤火，在炕后睡觉已醒的母女二人，同时大发牢骚哩。因为一个穷，全家四口人只有两条旧被子。只好按性别分配合盖：田胖孩跟二十五岁的儿子田春山合盖一被；老伴儿霍大梅同二十三岁的女儿黑女合盖一被。大梅跟女儿黑女合盖一条被，不是睡在一头。因为被子太窄，上身面积大，如果都在一头，便不能盖严。这头那头各一个，把面积大的上身和面积小的下身，两头平均开来，基本上两人都能盖住。被子又薄，独盖一被很冷，二人合盖一被，互相沾对方体温一点光，就暖和多了。不过也有一个缺点，不能前身对前身那么睡，那样，对方都得嗅对方的脚臭气；背靠背睡着，问题就不大了。

霍大梅爱叨叨，为自家的穷叨叨，为老头子田胖孩的老实疙瘩叨叨，为儿大不能娶媳妇，女大嫁不出门叨叨，为锅里的糊糊几十年不变样叨叨，为儿女们换不了季叨叨。每天见了田胖孩的面就叨叨，每天五更是她叨叨的高潮阶段。女儿田黑女也爱叨叨，她为什么也没出嫁哩？这也吃了穷的亏。如今买卖婚姻盛行，说媳妇要价过高。如果儿子田春山没有定下媳妇，先给女儿黑女寻了主儿，进来的彩礼会吃光花光，等田春山定了亲，什么也没有了，媳妇还是订不成的。只有等春山的对象有了眉目，到那时候给黑女找对象，就可以把黑女要下的彩礼，倒个手给了春山的对象，这样才保险。东头小院那个年轻人申三儿，有事没事喜欢到黑女家来坐坐，黑女也觉得申三儿除了穷，没什么大毛病，当申三儿提出来要跟她订婚时，黑女说：“我还得问问我妈。”

申三儿想到黑女是个敢说敢当家的姑娘，没想到提到订婚的事，她竟说要问问她妈，说：“这是找对象，又不是买东西，怎么还要问你妈？”

“因为我妈是我妈，不该问问吗？”

黑女跟她妈说了此事，霍大梅嫌三儿太穷，她不同意。以为给黑女找个穷婆家，找三儿就不如找忙忙，因为她最了解忙忙：他肯劳动，人性好。早把主意打在了忙忙身上。因忙忙一直不提此事，又因为春山的婚事还没个着落，她也不愿意心明眼亮订黑女的亲事。今天见黑女提出个申三儿，便说：“急着订它做什么？你哥的事还没个着落，你早早订了，收下你的定亲彩礼，咱们这个穷家，会早早用光的，明儿个叫我拿什么给你哥说媳妇。”

黑女知道家里的困难，懂得父母为哥哥成家的难处，也不愿意惹父母难过，没有十分勉强母亲答应她的事儿。心想：这个家见钱就像见命似的，我要早早订了婚，三儿家给点定亲彩礼，哪能存得住？反正安乐庄也不只黑女一个老姑娘，再等二年，不信会老得坐不住迎亲马！又想到三儿三番五次找自己谈定亲的事，好像现在不定亲，黑女就会飞去似的，很不死心，又为三儿的不能如意而伤心。想道：人都说“男大当婚，女大当嫁”，自由恋爱，也是合理合法的事，为什么轮到我黑女头上，偏偏就做不到呢？我妈为什么不同意呢？归根到底，不过就是因为三儿家太穷。这个穷，这个穷，这个穷实在太可恶了，太可恨了！没想到一个穷字，便是十恶不赦的凶神恶煞，竟是一条不可逾越的鸿沟。使有情的男男女女，无法架设鹊桥，多会儿才能把这个穷字一刀砍掉呢？黑女不怨妈妈，只怨穷字。她为了不使母亲生气，便找三儿说：“三儿，现在订婚，条件还不成熟，就过些时再订吧，反正我会等你。”便把现在不能订婚的原因跟他说了。三儿听了，也很理解黑女的难处，只是连声叹息：“真遗憾！真遗憾！”

黑女说：“遗憾什么，不过是晚几天。你要是愿意早些儿跟我订婚，你就想办法，早些在那个穷沟两岸架一座大桥……”

“架一座什么桥？我赤手空拳，用什么架这个桥呀？”

“现在的政策是富民政策。你要多想些办法致富，用富字架桥，架一座富字桥。到那时，一切都好说哩。”

“唉！我看这是没门儿的事。安乐庄一个劳动日才两毛钱，再过十年也没希望。”

"听说有些地方搞责任制哩。有朝一日安乐庄也搞起责任制来，不就有希望了。"

"还不知道在鸡年搞哩，还是狗年搞哩。"

"就是等到鼠年牛年，我也等你。"

申三儿没办法，只好盼望责任制的早日实现。他们两个没有达到订婚目的，夜里吃过晚饭，申三儿有事没事总想到黑女家来坐坐。农村青年谈恋爱，很少有到树林里、河滩上追逐呀、嬉戏呀、谈情说爱呀种种举动，唯一的办法，就是趁父母出门之机，双方牺牲半天劳动，男的到女的家里来坐坐。或者是晚上不开会，男的就跑到女的家来了。人们对于某个青年是否在谈恋爱，往往以男方到女方家来的次数多少为标志。某个男青年到某个女青年家跑的次数多了。人们就会说谁跟谁好上了。男的到女的家里来坐，如果父母对此事是满意的，常常找个借口出去，自动留个空儿，让年轻人说话。霍大梅对黑女跟申三儿恋爱之事是不满意的。这天吃晚饭时，申三儿竟端着一碗饭到她们家来吃。他们家既没有沙发、太师椅，也没有能坐的大小板凳，本来有两个大炕可坐，奈何霍大梅不让座，黑女也不便让座。申三儿倒不在乎黑女她们是不是让座，自己找个合适地方蹲下，也是常有之事，他便靠东北墙根一只大缸蹲下来吃饭。田胖孩认为自己跟霍大梅应该出去躲躲，他端着一碗糊糊离开那个三条腿小板凳，又给老伴递个眼色，说："在家怪闷的，你不会到忙忙家去吃?"

霍大梅说："真扯淡！在哪里吃饭也要你管哩!"

田胖孩受了老伴的碰，也不在乎，自端一碗糊糊出去了。

霍大梅对申三儿的到来很不满。她既不出门给他躲空儿，也不说话，故意制造一种冷落的空气冷落申三儿。黑女认为自己不跟三儿定亲，母亲对此事又很不满，想说三儿几句，让他以后不要动不动总往这里跑，又不愿意当着母亲的面指责三儿，也想叫她妈出去走走。便说："妈，我听见狗儿叔发脾气哩，是骂丑女呢？还是骂忙忙呢？……"

霍大梅说："哪怕是骂他祖宗，碍我什么事！"坐着一动不动。

过一会儿，黑女又说："妈，我好像听得志荣叔说话哩，是不是志荣叔回来了？"

霍大梅说："志荣回来也好，不回来也罢，管那些淡事做什么？"她直是不肯挪位儿。

又过了片刻，黑女说："妈，北屋里门响哩，是不是二旦来找瘦孩叔谈责任制的事哩？"

"他不搞责任制，少了我这半碗糊糊？"霍大梅总不肯离去，黑女便生气了，当面指责三儿道："三儿，你家的炕塌了？地陷了？怎么连一个三儿也站不下？"

申三儿听言不妙，说："我不过是走顺腿了，随便走走，以后……"他抽身走了。后来很少再来黑女家，他们的事就这样拖了下来。这就是黑女的情况。说到春山，他也找过几个姑娘。一九八〇年三月，霍大梅托人介绍山村一个姑娘，已经谈了个八九不离十，那姑娘到春山家来相亲，看到他们家的桌、椅、板凳全是差胳膊少腿的物件，人家不愿意了，一九八一年二月，春山跟方山镇一个姑娘谈对象，谈得很顺利。后来那姑娘来相家，看了他家那些家具，不过是几堆只能烧火的木柴，先有些不高兴，又见霍大梅掂着个盆儿出去一趟，进来一趟，每回来一次，那笑脸越装越不像，出出进进五六趟，到底还是掂着个空盆回来，背过身去，总跟她那个女儿嘀嘀咕咕，充分表现也穷得没办法的样子。那姑娘猜出她为了招待自己去各家借细粮借不上，看出来他们家太穷，心里说："天下又不只一个春山，何苦来这个家为吃的穿的犯愁哩？"这个姑娘也给吹了。以后春山又找过几个姑娘，都是见了春山这个人，很满意；看了春山这个家，又很不满意，一个个都吹了。春山气了，也说过几句顺口溜："女儿定亲看什么？要看椅子板凳桌。屋里没有好家具，男儿不要找老婆！"因为春山找不下对象，黑女也不能先找对象。前边说过，黑女并不黑，论模样，跟丑女不相上下。黑女也爱叨叨，全是一股不满情绪。她不满碗里的糊糊，端起糊糊就骂："又吃猪食哩。"她不满地里的庄稼，常说："看那瘦干巴样儿，还算大寨田哩，丢庄稼人的脸哩！"她不满爸爸："端着碗糊糊还笑哩，叫你一日三餐端一碗水喝，只怕还要唱哩！"她不满妈妈："一天到晚穷嘴淡舌瞎叨叨，抵了二两米吃！"她不满哥哥："整天顺口溜挂在嘴上，不知道找你的对象，哪来那么多的高兴！"她更不满身上穿的："我是老虎下山一张皮，只怕一辈子就是这一身了！"前年秋天，各村各队就把政策放活了些，安乐庄却还是老样子。社员们除了种地，其余的都算歪门邪道，把社员们的手脚拴得死死的，抬手动脚都会有走错路线的危险，听说外村的妇女除了收秋，打酸枣卖酸枣仁儿也能挣几元钱，也能买一件衣服穿。黑女讨厌她身上穿的那件补丁摞补丁的旧褂子。她想了一个办法，跟她妈说："妈，我要跟队里请几天假，到姥姥家住几天，打些酸枣，卖酸枣仁儿。有人问起来，只说我姥姥病了，我去伺候几天。"

霍大梅说："那怎么行，人家干部知道了，又会扣咱的工分哩。"

“他发现了再想办法。发现不了，我就能捞一件衣服穿穿。为了这件新衣服，管他哩，我拼出来了！”于是，她借口姥姥有病，跟队长请了假，就要走。霍大梅说：“你可不敢超假。”

“你不要害怕，超不了假就是。”黑女在姥姥家住了五天，她白天上山打酸枣，黑夜到碾上脱酸枣皮儿，到镇上药材收购站，卖酸枣仁卖了七元钱，带回家来。

田黑女带回七元钱，居然成为田家的一件特大新闻、特大喜事。在田胖孩、霍大梅、田春山他们看来，简直是发了一大笔横财。于是，七元钱，成了全家人议论的中心话题；七元钱，成了全家人争取到手的巨大目标。妈妈霍大梅说：“黑女，你看咱们天天在做一样的饭，把人吃腻了，你借给我三元钱，叫我买几斤米，添添锅吧。”

哥哥田春山说：“黑女，你把那七元钱借给我吧，我活了二十大几岁，连一件的确良褂子也没穿过……”

田胖孩不争吃，不争穿，说：“看家里的桌椅板凳都是差胳膊少腿的，把那七元钱买点木头，做些桌子腿、板凳腿……”

全家人一起上阵争那七元钱，黑女气了，嚷道：“你们一人一口把我啃吃了吧！看怕不怕，不过说是七元钱，就你也争，我也夺，闹不好，见财起意，还要出人命大事哩！不行！七元钱，四个人，我没法儿给你们分，请你们少打我的主意吧！”

田春山还要争，妈妈霍大梅想一想，说：“黑女爬山上崖挣了七元钱，一个个都眼红了，争着抢着瓜分她的，不行！黑女这七元钱，也不是容易得来的，应该谁劳谁花，只能黑女花，谁也不得花一分。”

霍大梅这么一说，田春山不吭声了，两只眼只是吧嗒吧嗒地看着黑女，把他眼馋得直咽唾沫。田胖孩也不再坚持买木头的意见，坐在那个三条腿小板凳上呆呆地抽他的旱烟。一家人争吵一阵，忽然一下子静下来。黑女猛地感到心里很难过。她看看这个，瞅瞅那个，看着他们那大失所望的神情，又觉得一个个都怪可怜的，自个儿先抹泪哩："我偏偏说了不让他们打我的主意的话，要不爸爸也好，妈妈也好，哥哥也好，谁想花谁就花了它算了，只当我没打过酸枣就是了，可我偏偏说了绝情的话，怎么好改口哩。——我说了也不怕，只要他们再说话，我就给他们。"她等着有人再说话，再跟她要钱。可是过了半天，谁也不开口。黑女是个急性子，早已忍不住了。气呼呼地嚷道："你们都咋啦！头里我不给你们钱，你们这个也争，那个也夺；我如今想好了要给你们，你们都哑巴啦？怎么一个也不吭，两个也不道……"

霍大梅说："还说什么哩？自己挣，自己花，合理合法……"

黑女说："怎么花不合理？我又不是不同意买米，也不是不同意给哥哥做衣服，就是桌子做腿也是应该的。还有妈那一身衣服，破破烂烂的……"

霍大梅说："我们老了，讲什么破不破的。你别说了……"

"哥哥也实在该做一件……"

"他怎么不知道去打酸枣？不管他！"

"咱们家的桌椅板凳都差了两条腿……"

"人还顾不过来，管那些板凳做什么？"

黑女倒是看见哪个也可怜，因为只有七元钱，也顾不了许多，只好听妈的，真的去供销社买了几尺的确良，做了一件蓝色的确良褂子。春山看见新褂子就是好，他也争着要穿几天。原来这个田春山有一个优点，就是会说顺口溜。因为上西房的姑娘丑女会写诗，上东房的小伙子春山会说顺口溜，一个有文采，一个有口才，都说两个人结成一对儿很合适。谁知丑女不同意，春山也不同意。主要原因是春山还有一个大缺点：懒。懒，人们吃大锅饭，挣工分，挣工分就是挣“公分”，“公分”就是分公，有几个不懒的？在那上地一条龙里，干活一窝蜂里，实际上是培养懒汉的大本营，怎么会培养出勤快人哩？可是别人懒却会装勤，上地钟声一响，人们早早出来站在一起，等齐人上地走，春山认为早早出来也是站在街头白等，总是出门很晚，因而常常受到队长的批评，说他太懒。到了地里锄苗，别人都一锄一下子，十五锄一下子，慢慢腾腾地锄着，像是坐了逍遥船漫游。田春山不愿意磨这个洋工，估计别人一上午能锄一分地，他用一个多钟头锄完一分地，便躺倒地边桑树荫下去睡觉。别人还在慢慢地锄地，他却睡大觉，队长又批评他“太懒”。人常说“馋懒”二字是好朋友，人一懒，也就要馋。田春山真也有个馋的毛病。实际上，一天三顿稀糊糊，糊糊了几十年，谁不馋呢？可是别人都有个忍性，吃了糊糊肚子饿，咬咬牙，上了地在地头少躺一会儿，干活儿时尽量少卖力。回家想法儿多躺一会儿，也就忍过去了。田春山却常常不大忍得住。村里谁家娶媳妇、办丧事，安了大锅，他忍不住想去吃一碗，就去给人家扫扫院子，担一担水，吃人家一顿。这小磨院有两家人日子过得好些，大队长高瘦孩家吃面条时，他就来到北房里揭开人家的菜锅看看，说：“好香好香，叫我尝尝。”便夹吃一口菜，说：“差不多。”下西房胡金荷是干部家属，在县里当干部的夏志荣每每回家，总是他前脚进门，田春山便后脚跟了来，自动打开夏志荣的背包，说："志荣做官回家转，不带点心带饼干，我看看又给嫂子买了什么好吃的？"碰上馒头就吃馒头，碰上饼干就吃饼干。夏志荣怕了他，以后就买一把小锁，回家时总要把提包锁上。但是他的衣服口袋里装的纸烟是无法锁上的。田春山每看到提包锁了，就掏他的口袋："志荣老哥赚大钱，口袋准有高级烟。我看看你又抽什么高级烟哩。"总是一拿两支，一支夹在耳后作储备烟，一支现拿现抽。他也常到大庙里吃公饭。或者来了检查团，或者上级有干部来，或者公社畜牧站的人来给鸡、猪打防疫针，或者信用社有人来催要贷款，大队都要准备伙食，大队干部都要陪客吃饭。有些人来了本来可以随来随走，大队干部也要极力挽留，客走了，就陪不上客了。田春山不是任何干部，大队一支锅，他准会到场。其他社员对干部们借陪客之名大吃集体很有意见，不过是背后一顿牢骚。田春山也有意见，他除了跟人们一起发牢骚，还要来抢着吃。差不多到了开饭时候，他便跑来大庙，自动拿一个碗，自动盛一碗饭，边吃边说："真香，公家的饭就是香。"前些年，他第一次来吃公饭，大队长高瘦孩暗地里给他打招呼，说："今天是公社王主任来，大队干部陪王主任吃饭……"

田春山明白他说自己不是干部，没资格吃公饭，便说："大队干部全来到，社员也该出个代表。"闹得干部们没话说，只好让他吃。田春山就是这么个人。他处处争吃争穿，今天见黑女有了新褂子，他也争着要穿。黑女说："这是胡说，女式褂子穿在你的身上算什么样子？"

田春山说话跟说顺口溜分不开，也常常说顺口溜。他说：

“管它男式女式，反正都是褂子。男女同样是人，兄妹一样高低。如今男女平等，谁穿谁就合适。”

“滚得远远的！一个男人穿女人衣服，你不害臊，我嫌害臊哩。”

“你看我，破破烂烂这一身，出出进进不像人，我打光棍一辈子，你也该进老女坟……”

黑女也想到春山是应该有件好些的衣服，可是这块的确良已经做成女式褂子，怎么改呢？况且自己也是没件出门穿的衣服……因看到哥哥说得可怜，拿着那衣服想了又想，后来说：“哥，你就穿了叫我看看。”

田春山连忙穿了，自己低头看看，觉得怪合适的，说：“黑女黑女你看看，褂子不长也不短，反正我要穿！”

“你就不看是什么领子，什么口袋，只有几颗扣子？”

“这领子就是大些，这口袋就是小些，这扣子就是少些，啊?！怎么才三颗扣子？”

“所以你是不能穿的……”

“黑女黑女行行好，不叫我穿我敢吵？……”

黑女见他说得实在可怜，只好答应要想办法把褂子改做改做。亏了她心灵手巧，亏了她能干，后来黑女把领子、口袋都改了个新样式，把前襟也改成中式的。加了两颗扣子。便成了一件男女都可以穿的褂子。从此，春山有事出门春山穿，黑女有事出村黑女穿，逢会逢戏，兄妹二人总是分两天去赶会，今天春山穿了去，明天黑女穿了再去。谁知尽管有了一件新褂子，春山还是找不下对象，每每有个女的提亲，看见春山穿着也还差不多，人样儿也说得过去，便有几分愿意。可是再一调查，他家穷得除了有这一件褂子便什么也没有了。加之人们调查清楚他们是一件褂子兄妹二人轮流穿的，更成为一种笑料，反而更不愿意跟他对象了。田春山找不下对象也不在乎，常说：“古人三十而娶，二十而嫁，我才二十五岁，还有五岁之差。急啥?”

田春山不急，他妈霍大梅却很急。今天早上看到田胖孩又在炉边黑坐，说：“就会坐，就会坐，正事不干！听人说各村各队都搞责任制哩，你也不打听打听。”她以为真的搞了责任制，一年半年真能富起来，春山说媳妇也就不犯愁了。

田黑女在被窝里说：“什么责任制，就不要做那个好梦。真的搞了责任制，干部吃大锅饭吃不成了，他们才不干哩。只管他们自己吃饱了，喝好了，哪还管社员们的死活哩……”

霍大梅说：“搞责任制是中央的政策，他瘦孩有多大胆量敢不吭不道的……”

“人家会说因地制宜，安乐庄不适宜搞……”

“他敢！也怨安乐庄的社员没出息，干部不提中央的政策，也忍着；吃了二十多年的糊糊，也忍着；干部们不劳动，工分可挣得多，也忍着。干部们动不动就在大庙里安大锅吃好饭，吃的花的，还不是社员大伙的，可大伙也忍着，都跟胖孩这个老没出息一样，饿死也忍着，冻死也忍着，自己流汗干部吃饭也忍着，看你有多大的忍性，看你个老没出息的能忍到哪年哪月！他是干部，咱是社员，就住在一个院里，问他一句话也不敢，只怕你是麻雀胆，大队长张嘴能吃了你？……”

无论老婆、女儿说多少，田胖孩总是伸着两只瘦干巴手烤火。原来胖孩并不胖，是个地道的瘦猴儿老头子。老婆子骂他，激他，他一概没听得似的，总是不理不睬。既不烦恼，也不急躁，如同独坐深山孤庙一般，心里平安无事。这也是一种锤炼，也是一种修养，也是一种本领，也是一种道行。多年以来，娘儿们叨叨工分值太低，分钱太少，生活太苦；叨叨二十多年屋里没有添过小板凳；叨叨儿子说不下媳妇，女儿嫁不出去，无非就这三件事，每天叨叨一个五更。田胖孩认定一个吃大锅饭，三件事都是不可解决的问题，叨叨有什么用，跟她们一起叨叨又有什么用，不过是白费心，白磨嘴罢了。因而他不愿参与这种叨叨。近来她们又叨叨责任制之事，他更不想听。他坐在炉边听叨叨像是婴儿听催眠曲，如同病人听安息歌，越听越安然。这确实是一种锤炼，这也是一种本领。

霍大梅、田黑女母女二人叨叨了一个五更，看看窗户白了，母女俩都起了床，霍大梅下炕嫌坐在炕边的田胖孩碍手碍脚，推了他一下，说："坐死呀！坐死呀！"便下炕。田胖孩被她一推，身子往一边趔趔，又恢复了原样子。

霍大梅下了炕，捅开煤火，舀水添锅往火上坐，又嫌田胖孩两只烤火的手碍事，"啪"地把他手打了一下子，说："坐死呀！坐死呀！"田胖孩双手被打，往回缩缩，又伸过来仍旧烤他的火。

田黑女下炕，也不扫地，也不抹桌，只管自己慢慢地洗脸、梳头。过去，她也跟上西房的丑女一样，喜欢抹抹擦擦的，霍大梅便骂她："破桌烂凳子抹它做什么？能抹成新桌子？能抹成新凳子。"黑女看看屋子里几件破家具，也没心情抹它了。田春山对自己这个家也有几句拐腿顺口溜：

柜子缺腿歪身坐，
板凳缺腿一道坡。
桌子缺腿躺在地，

家里变成片柴窝——

一堆一堆好柴火！

吃早饭时，霍大梅正往碗里舀糊糊，忽然隔窗看见上西房的蔡狗儿端着碗去了北房高瘦孩家。心里说："准是找瘦孩问责任田的事去了。"便跟坐在炕头吃糊糊的田胖孩说："狗儿端着碗去了北房，准是问责任田的事哩。你只比死人多一口气，不能也去听听？"

老伴分配下具体任务来，田胖孩不得不说说了："问，叫人家问去，管那些闲事做什么？"

"什么闲事？不分责任田，到明年你碗里还是这半碗稀糊糊！死人呀，你也动一动吧。"

"他搞哩五八，不搞哩四十，我才不问他哩。"

"坐死呀，坐死呀……"她知道老头子对责任田没信心，只好自己出马。

霍大梅端着半碗糊糊来到北房里，见高瘦孩逍遥自在地躺在被窝里抽烟，高美女坐在那把新椅子上对镜梳头，高福福新娶的媳妇贾月娥坐在西墙那边的沙发上打毛衣，樊金花在灶边正往菜坛里倒醋，上西房的蔡狗儿坐在正头一把太师椅上埋头吃饭，却一气不吭。心想：怪呀，狗儿从来不闷坐，今儿个怎么……她知道狗儿说话比自己说话把理，想引逗他开口，便说："狗儿，你总喜欢到饭场上吃饭，今天怎么坐在太师椅上吃哩？"

蔡狗儿正在想怎么说话更有力，这会儿才想好了，说："你还是老眼光看人，看错了。"也不回头看看床上的大队主任，往嘴里溜着稀糊糊。说："瘦孩，我估计最近该开一个群众会吧?”

高瘦孩在被窝里躺着抽烟，没有任何反应。他明白蔡狗儿问承包土地的事。他对“承包责任制“这几个字很反感，听了就心烦，听了就生气。因为他觉得搞了承包，又不准干部干涉社员生产的事，干部做什么，丢了指挥生产权，接着也会丢掉掌握处理几十万斤粮食的权，政治权、经济权全没了，还有什么油水，再加干部也必须分一定数量的责任田，就该亲自下田干活了，那是他们最头疼的事。可是他们推了一年，估计今年中央政策会变的，不料又是一个一号文件，说承包比去年说得更彻底，事到今天中央有文件，公社有布置，群众有要求，不搞承包不行了，他却迟迟不肯行动，总以为中央政策也是变化无常的，总希望今天或者明天就会传来一个新的文件，新的精神，说搞承包又搞右了，又要反右，又要纠偏。到那一天，他的劲头就大了。现在蔡狗儿说是该开群众会哩，虽没提到“承包”二字，意思是说承包，他便很反感，很不满意，很感心烦，装聋作哑不吱一声。蔡狗儿急了，又说：“眼看‘雨水’过了，很快就是‘惊蛰’，行动太晚了，群众意见可就更大了……”

高瘦孩越来越心烦，在被窝里说了一句：“就是过了春分也不怕，我又没说过大家不要备耕……”

霍大梅听他说话还带了几分不满，她憋不住了，说：“照你这么说，我越发糊涂了，弄不清咱们这个安乐庄是属英国管？还是属美国管……”

高瘦孩“呼”地把被子一抖，坐起来说：“老嫂子，你吓唬谁呢？就是中央的一号文件来了，还有个因地制宜问题，支委会也该先讨论讨论吧?”

霍大梅说："我又没说不让你们讨论——讨论敢情好，那就快讨论吧，大伙可是等着哩，盼着哩……"

蔡狗儿听今天说出支委会要讨论的话，以为既说要讨论，就说明安乐庄搞承包也有希望了，他心下很高兴，跟霍大梅说："老嫂子，不必多说了，支委会就要讨论哩，瘦孩说得明明白白，就不要打扰他了。"同时给她使个眼色，两个人一前一后离开北房。高瘦孩冲他们的背影狠狠瞅了一眼：一个个都是财迷脑袋，中央文件还在我的抽斗里锁着，你们倒闹上门来了……

高美女扭头冲着院里说："哼，快急疯了呀!"

4. 白女的教棍

霍大梅端着碗打北房里出来，见一只瘦公鸡在上西房门旁边地上觅食，把靠墙放的一把镢拱倒，"啪"的一声响，把那只瘦公鸡惊得"哧嘐嘐"横飞蛮叫，满院里十几只鸡也一起"咯咯"乱叫起来，她笑着骂道:"短命鬼!自己拱倒，还把你自己吓成那个样儿。"

下西房的胡金荷听出来像是她家的公鸡受惊先叫的，当是旁人害她的鸡，"是哪个黑心鬼烂肚肠的害我的鸡……"出在院里看看，见上东房门旁正一把、斜一把竖着几具锨镢没动，上西房门旁有一把镢横倒在地，便狠狠冲那里斜了一眼，说:"放一把烂镢也不放稳些!"看看她的公鸡虽然还在昂头乱叫，却也羽毛完整，安然无恙，只说："砸死我的鸡，你们也好过不了!"又自返回屋里来，她的女儿夏白女说："是谁打咱的鸡哩?"

胡金荷明知是她的鸡把镢把子拱倒的，却说："谁知道是哪个黑心鬼，看见人家碗里的饭好，就恨人富，你们也去过好日子呀，自己没本事，碗里饭稀，还见不得别人碗里饭稠，气死活该。”

夏白女说：“小磨院里没一个好东西!”她说这话是把他们一家除在外的，好像小磨院只有她妈好，只有她自己好，实际上谁长谁短，自有公论。胡金荷有两点很出名：一是她的作风不大好。白女的爸爸夏志荣在外边工作，每每回家一趟，就有许多闲言碎语议论胡金荷的短长。没办法，他就把她带到县城去住。时过不久，她在县城又搞得满城风雨。夏志荣感到出出进进没法见人，嫌她在城里丢人现眼的，又把她送回安乐庄来，再不让进城了。二是她的为人差，爱骂人，爱传闲话。常常因为鸡呀猪呀、孩子们吵嘴、队里分瓜分豆秤高秤低、邻家借簸箕借箩晚还了一天等等鸡毛蒜皮小事，都要当做重大问题跟人争，跟人吵，跟人闹，久而久之，人们宁不用簸箕，也不借她的用。队里给她分粮分菜，总把大秤挑高，避免是非。说到她的女儿夏白女，二十岁一个姑娘，年纪轻轻的却是老滑头。她善于巴结奉承，更善于玩弄见人说人话、见鬼说鬼话那一套。她上完小学勉强领了个毕业证，考不上初中。夏志荣回家来，她就哭着闹着要父亲给她找个工作。夏志荣找大队干部高瘦孩他们讲了此事，说是闺女大了，在家里坐着不是事，看能不能让她干个民办教员。大队干部平素也常托夏志荣办事，想买硝铵买不到，找夏志荣说句话，买到了；想买粮食加工机，穷大队没钱，到银行贷款贷不上，找夏志荣到银行说句话，款也贷上了。看在这个情分上，再加白女是高瘦孩的干女儿，高瘦孩他们一句话定板，白女成了安乐庄小学的民办教员。其实，本村还有许多初中毕业生、高中毕业生，论文化水平不知比白女高多少倍，民办教员的差事却轮不到他们的头上。

过去，白女以为她的父亲是县里干部，北房里的高瘦孩不过是村里的干部，自然看不在她的眼里，轻易不喊“干爹”。瘦孩说话让她当了民办教员，对他的称呼立刻有了个大变化。每天见面要喊几十个“干爹”。学校还有一位正式教员支建国，还有一位民办教员高家宝。她过去唤支建国是支老师，如今认为她跟支建国同是教师，她一升级，支建国便该降级，便喊他“老支”了。

白女念完小学也总是个劣等生，她怎么会当得好教师呢？开始几天她也不过上几次课，可讲不来，只是训一通学生作罢。她带二年级小学生的课，学生们找她问生字，她认识的字，就告说；不认识的字，就训学生：“连这个字也不认识，好好想想去！”学生们只好苦思冥想去。一个“潜”字，一个学生问她，她教给是“替”字；另一个学生问她，她又说是“暂”字；再一个学生问她，她又说是“渐”字，三个学生对一个字各念一音也罢了，因他们互相听得别人念法不一样，便争论起来，由争论到吵架，一个教室变成了蛤蟆坑。白女闻声而来，拿起教棍“嘣嘣”敲几下教桌，质问道：“你们不好好念书，乱吵什么？”三个学生各以“替”“暂”“渐”做了汇报，而后各执己见争论不休，白女训斥道：“你们都是胡诌，明明是个‘哲’字，为什么净念错白字？……”她举起教棍走来，在三个学生的头上“嘣嘣嘣”地各敲一棍，质问道：“你们以后还念错白字不了？”

三个学生各自伸手摸摸头，都感到冤枉，又不敢辩解，一起说：“不了。”

于是，三个学生这才统一起来，一概把“潜”字念“哲”

了。

白女也许还有点自知之明，知道靠她的本领正正经经教学是教不成的，但是却下决心要保住她这个民办教师。唯一的办法就是讨好大队干部，她听北房里的樊金花念叨给高瘦孩打毛衣之事，便主动跑到北房来，自告奋勇说道："干妈要给干爹打毛衣吗？把毛线交给我吧，一定做到三保证：保证样式美，保证质量好，保证合干爹的体。叫我先量量干爹的身腰。"说着就讨了软尺给量起来，以后她到学校不上课，就打毛衣；上课时间，坐在课桌旁也是打毛衣，只说一句"背课文"，学生们便朗朗有声地背诵课文。有学生来问生字，还是她认识的字，就告说，她不认识的字，便说："问问同学去！不能见生字就问老师，你们同学应该发扬互教互学的精神。"

白女打着毛衣，过一会儿就满教室扫一眼。发现有做小动作的学生，她就拿了教棍走来敲两下子头。反正学生们只见老师用教棍敲学生的头，没见老师用教棍指过黑板。

支建国老师发现白女的文化水平太低，也不敢提意见，因为他知道这位民办老师的父亲是县委干部，也知道她是大队主任高瘦孩的干女儿，是他一手推荐来的，哪个也惹不得。只是为二年级学生的教学质量问题犯愁，为那些学生的前途叫苦。她在教室里坐着打毛衣的时候，学生们装得很规矩；她在学校院坐着打毛衣，学生们也还比较规矩，嘴头上朗朗有声，实际上大都在搞小动作；她离开学校，或是回了家，或是到别人家坐去，或是去哪个大队干部家取毛线，二年级的同学们虽也捣乱，却不敢过于放肆，因为白女老师有一套管理学生的特殊方法，在学生中暗暗安下几名"小特务"，做监视工作。哪个打啦，哪个闹啦，哪个玩啦，哪个睡啦，哪个说白女的坏话啦，

"小特务"们都会向她作密告。密告了谁，谁就一定会受她的教棍之苦。几个"小特务"见老师肯给他们特殊任务，以为是老师对他特殊照顾，有与众不同的荣耀感，所以当"小特务"，做"小特务"工作，个个都很尽职。因而做白女老师的学生，文化学不好，倒是学会了做"特务"工作。

白女当了民办教师，暑假前联区考试，安乐庄小学二年级学生考了倒数第一名，这使白女很恼火，她找高瘦孩把联区主考的勾老师痛骂一顿，说勾老师他们水平太低，判卷判得不准；说勾老师他们心眼太歪，故意欺侮安乐庄哩；还说学校条件太差，课桌太破，等等。在高瘦孩的眼里，夏白女简直算得上一名优秀教师，优秀就优在三勤上：一是嘴勤，开口不称"干爹"不说话；二是腿勤，每天每日，她都要到北房里看他几次；三是手勤，不仅打毛衣勤，看见笤帚就扫地，看见厨刀就切菜，这都是高瘦孩亲眼所见。这天听了白女的诉说，高瘦孩把勾老师痛骂一顿："这个老狗真是吃粪长大的，给我们安乐庄一个倒数第一，太欺人啦！老子多会儿亏待了他：夏天来，鲜瓜鲜豆角没少给他；秋后来了，小麦、大豆成袋儿背，就该给我们点面子哩，没想到是个忘恩负义的家伙。以后这只老狗还敢到安乐庄来，看老子怎么磕他！课桌破，不怕，回头咱们做新课桌。——白女，你不要怕，还教你的书，好歹有我哩！"

以后，夏白女自然还是安乐庄小学的民办教师。她的教学成绩虽然基本上已经低到零，一伙不懂事的二年级小学生上学，好像是履行公事。八九岁的娃娃们，地里活儿、家务活都不会干，不上学就会放了野羊，爬崖上沟会出事的。送他们上学能起到有人看守孩子的作用，也就达到了目的。至于升学，将来当什么官，当什么科学家，当什么艺术家，根本没那个想法，就连当大小队干部，当民办教员，当保健医生的想法也是没有的。人们早已看清楚了，能不能当医生，能不能当教师，能不能当干部，根本不在乎识字的多少，文化程度的高低，本领的大小，能力的强弱，完全在于一点——关系，没关系，有天大本事也没用。比如这安乐庄也有五名高中毕业生，二十多名初中毕业生，不过全是扛镢头挣工分的。数数安乐庄的年轻人，美女最赖，白女最滑，月娥最懒，文化程度都是凑凑合合的小学毕业生，可是她们一个是医生，一个是教员，一个是供销社的售货员，还不够明显吗？说到白女的当教师，田春山早就给她编过顺口溜：

白女同志当教师，
全凭手里小棍子。
学生找她问生字，
她叫学生问自己。
学生背书背不会，
棍子“嘣嘣”打头皮。
上课时间不讲课，
坐在堂上打毛衣。
管他学习不学习，
打了毛衣是成绩。
学生考试倒数一，
那是考官把人欺。
大队主任一句话，
白女照旧当老师。

后来，白女也听到有人念这个顺口溜，知道是田春山编的，把他恨死了，一人闯祸，全家受累，从此，白女跟他们全家都成了仇人，同他们不说话了。春山跟黑女伙穿一件褂子的事发生以后，白女也有了败坏他们的资料，便到处宣传，还加油添醋地说："春山跟黑女兄妹二人不只是白天伙穿一件衣服，黑夜还伙盖一条被子哩。"谁知她这样宣传，远远不如田春山用顺口溜宣传的力量大，再加人们并不相信她的话，还有人背地骂她是给人造谣。白女气了，就找上西房的蔡丑女，说："上东房的春山坏透了，他编了顺口溜骂人，你就不能也编几句骂他?"

丑女爱写诗，可她从来不随便写诗骂人。她对白女当教师误人子弟之事也很不满，对田春山倒是同情的，哪里肯答应编顺口溜骂田春山。她拒绝了白女的要求，说："咱们还是多想想自己好。春山编你的顺口溜，你又编春山的顺口溜，你还我报，疙瘩会越挽越紧的，自己当教员只要把课教好，他的顺口溜也就不起作用了。不仅不起作用，人们也会骂他，替你出气的……"

白女听言，好像她也是说自己没资格当教员，噘起嘴一怒气走了。她最爱报复，以后她就造出一股谣言，说上西房的丑女跟上东房的春山，一个爱写诗，一个爱说顺口溜，对了缘分儿。两个人出出进进，眉来眼去，上西房没人，春山就去了上西房；上东房没人，丑女就去上东房，明铺夜盖，太不像话！既然好哩，怎不结婚，既然不结婚，怎净往一起走，真是死了不败活败哩！

丑女听得这些话，气得直哭。跟她妈妈凌二菊说："早知道这样，还不如趁早跟冯山村那一家定了，省得他们嚼舌头!”

田春山听得这话，认为自己倒无所谓，直替丑女抱屈：“人家丑女正正经经一个姑娘，让白女到处嚼舌头糟践她，这可真是冤枉好人哩。”他知道白女造谣害丑女，是因为自个儿给白女编顺口溜引起的。他觉得自己对不起丑女，很想找丑女表白表白，向她道个歉。又想到自己真的找丑女说话，让白女知道了，又该造谣哩，愁得他不知该如何是好。自从白女造了丑女和春山的谣，春山见了丑女，总觉得很不好意思；见了白女，真想把她痛骂一顿，因想到这么一来，以后白女的父亲再回来，就不能抽人家的烟了，只好忍着。

白女教学的质量如此之差，家长们却也不大在乎。不过，也有一部分家长，希望自己的子女在学校能学点文化，也有的希望自己的子女将来是个有本领的，甚至还有的希望儿女长大成龙变凤，出人头地，也当个干部，手里有点权。人们看到，权，实在是太重要了。尽管他们看到白女教学质量太差，可因为白女的父亲是县干部，又有掌大权的干爹为她撑腰，不过白发牢骚罢了。

5. 月娥的柜台

今天早上，白女发现上西屋的蔡狗儿、上东屋的霍大梅一前一后打北屋出来，很觉奇怪。白女说：“不知道有什么大事，他们都找我干爹去了。”

胡金荷说：“两个穷光蛋，哪年不是过罢年就找干部诉苦哩，要救济粮哩，不会过日子，就会要救济粮，占公家的便宜占惯了，躺在公家身上活着，不嫌败兴！要是我，宁饿死，也不找干部讨要去。”

白女说：“只怕不是讨救济，可能是问承包的事哩。咱们小磨院的两家穷骨头，总嫌发财慢哩，急死呀！”

提到承包责任制，她们娘俩都害怕，都不满意。胡金荷本来是漂浮之辈，又凭着老汉一个月能领六十多元，虽也是安乐庄一名社员，却没有上地晒过一天太阳。她跟夏志荣初结婚时，生产队长也唤她，要她参加集体劳动。她跟夏志荣说她有一个毛病，就是见不得阳光，一见阳光，脸上就要生疮。夏志荣闹不清她说的话是真是假，就找北房里的高瘦孩说明原委，走了大队主任的后门，对她按特殊情况照顾，说：“具体问题具体对待，她不能上地就算了。”所以她压根儿就没有上地劳动过。现在听说上院东西房两家都找瘦孩哩，要求搞承包哩，搞承包就是要散大锅饭，散了大锅饭，家家安小锅，她能安生吗？她今年四十二岁，还算一个劳动力哩。她听说过去年外村外队已经有搞承包的。大队干部，干部家属，只要是劳力，一律要承包土地。连无劳力户也要分口粮田。一提上地晒太阳，她的心便悬在空中了，她就气了，来不来先骂道：“急发财急死呀，没那个命，包了也发不了财！”

白女说：“在集体也是种那些地，包到户下，也是种那些地，在集体有许多优越性，还发不了财，包了就能发财？！做好梦哩！”

胡金荷心不静，连忙也跑来北房，见高瘦孩还在被窝里捏着半截纸烟抽，冲着他问道：“瘦孩，真的要承包哩？”

高瘦孩对胡金荷态度是不一样的，忙笑笑说：“看起来这承包是得搞一搞，不过你也不要害怕……”

胡金荷听大队主任说真的要搞承包，不觉凉了半截子。对此她很生气，很不满，早已嚷道：“照你这样说，咱们安乐庄，不是变成个小南斯拉夫了！”她尽量找大帽子吓人，好像只有她是最革命的无产阶级战士，只有她是搞社会主义的，好像她这一说，大队干部就不敢提承包的事了。

高瘦孩“嘻嘻”一笑，说：“变成小南斯拉夫怕什么，听说南斯拉夫也不算修正主义国家了。金荷，你也不要怕，承包就承包吧，今天承包，明年纠偏，你不随着形势瞎折腾不行，随着形势瞎折腾，我们当干部的真是问心有愧啊！搞这一套，我觉得真对不起共产党员这四个字。可是咱一个小小的安乐庄，咱一个小小的大队主任，怎么能顶得住哩！”

胡金荷说：“要不行，告他们去！”

高瘦孩老婆樊金花也说：“真是哩，告他们去！”

高瘦孩的女儿高美女说：“别睁着大眼说梦话了！告！告！到哪里告去？实行承包责任制，是中央的红头文件说的，还到哪里告去？要是群众不同意，还是个理由，还可以……”

胡金荷忙说：“群众就是不同意呀！我就是安乐庄的群众，我说最最不同意。也不是只我胡金荷不同意，不同意的人多着哩！就说堂屋老嫂吧……”

樊金花忙说：“我也一样。‘社会主义好，社会主义好，社会主义国家人民地位高’，社会主义好的歌儿咱唱了几十年，过去唱，今天唱，将来还要唱，咱是一唱到底了，就是不赞成搞包田……”她是十分相信，十分珍惜，十分爱听“社会主义国家人民地位高”这句歌词的。这不仅因为高瘦孩是大队主任。旧社会的地主有时候还到地里监监工，有些地主还干些零星农活儿。如今她的丈夫，每天不睡到吃饭时不起床，长年不上地，他说一句话，整个安乐庄谁敢不听？他挣的工分不比谁多？更何况大队每年都要留一两万斤公积粮，在这些公积粮里不知沾了老鼠多么大的光。更重要的是一个高瘦孩当着大队主任，樊金花说话就气粗，高美女也能当上安乐庄的保健医生；儿子高福福也能到公社联合厂当工人。这一切的一切，充分说明：“社会主义国家人民地位高”。她认定今天搞承包，就意味着不搞社会主义了，他们高家的地位立刻会一落千丈。还有，就算干部不包地，他们一家五口，也得种几亩口粮地，那该让谁去种呢？樊金花把她的全家人数一遍，让大队主任上地？连一担水还不想担，他哪里想上地呢？让美女上地？她当保健医生，每天擦胭脂抹粉的，她才不愿意去流汗呢，再说她也不乐意让女孩儿晒火毒的太阳去。让儿媳妇贾月娥上地？她当售货员，也不行。数来数去，只有她自己去受了，哪里还像个大队主任的太太哩？想到这里，她又加了一句：“我樊金花走社会主义金光大道走定了，谁敢拆社会主义的台，我就跟他拼到底!”

胡金荷见大队主任老婆说话那么坚决，想到高瘦孩对她一向是无话不听的，这次搞承包，谅他也不敢不听老婆的，也就放心多了。高瘦孩对搞承包虽也是个反对派，只因如今中央又来了个一号文件，再加上大势所趋，上级所催，多数社员所要求，怎敢再向后推？只是看见樊金花说话那么厉害，使他有些犯难：不搞承包吧，这是中央政策，不能不干；搞承包吧，这是老婆最反对的，再说以后自己也必须下地劳动，起码也必须去种那几亩口粮田，那不是要人的命吗？可又无法。至于老婆，他想一想，以为只要把事情推到支书身上，推到公社那里，推到中央文件那里，老婆能怎样，她敢跟中央对着干？——吓死她！……

樊金花、胡金荷慷慨激昂地说了许多，躺在被窝里抽香烟的高瘦孩也没个态度。胡金荷说："堂屋哥，你可听见了，这么多群众都反对承包，你到上头就有话说了吧？……"

高瘦孩有气无力地说："你们说的也算一种意见吧。不过，安乐庄一百二十三户人家，还得听听大家的……"

樊金花打断他的话说："大家，大家，啥也听大家的，不成了尾巴主义?!"

胡金荷说："啥也听大家的，还要干部做什么?"

正说着，大队党支部书记吕二旦进来。吕二旦这年三十六岁。过去高瘦孩当了二十多年支书，近几年上级党委强调干部四化，强调培养接班人，高瘦孩便在党员中选准吕二旦。第一他年轻；第二，他是高中毕业生；第三，他老实，他听话，特别是最听高瘦孩的话。高瘦孩最喜欢这个第三条，由他提议，选吕二旦当了支书，他自己退居第二位，当了大队主任。吕二旦虽然也很不满高瘦孩的专横，又不敢提意见，事事都听高瘦孩的，实际上安乐庄的党政财大权仍在高瘦孩手里。

为了尊重高瘦孩，吕二旦称高瘦孩是"老支书"。进门便说："老支书，公社打来个电话，问咱们安乐庄的承包责任制进展情况……"

高瘦孩在被窝里使劲抽一口烟，问道："你是怎么回答的?"

"我说正讨论哩。"

"对。"

"公社问咱们什么时候开群众大会宣讲一号文件……"

"你是怎么说的?"

"我说最近就要宣讲。"

"对。"

“公社又问宣讲的具体时间……”

“你是怎么说的?”

“我说我跟老支书研究一下再定。”

“对。”

“老支书，你的意见咱们什么时候开会?”

“你说哩?”

“最早今天，最晚也不能晚过明天……”

“对。”

“老支书，你说今天开好呢，还是明天?”

“我再考虑考虑，等会儿我找你……”

这时，石头院二十二岁的大姑娘花喜鹊走来唤贾月娥说：“月娥，买个针。”

贾月娥本来身懒，再加是大队主任的儿媳妇，不怕人提意见，也就懒上加懒，应名儿是供销社的售货员，供销社的门却常常吊一把锁，售货员常常坐在屋里抱娃娃。人们想买点什么，大都先看看供销社的门，见吊着一把锁，不当紧的就返走了；当紧的，必须到小磨院里来请售货员。供销社也长期不进货，连日用品也常是缺货。供销社有一项业务是收购社员的土特产品，她也懒得收。人们来售槐籽儿，她只说：“今年没这个任务”，就把人们推出门去了。所以这几年虽然强调搞活经济，因为供销社不收购，不知有多少土特产品白白糟蹋了没人采集，社员们为此不知少收入多少称盐买布钱。人们对贾月娥不满，就像对保健医生高美女、民办教师夏白女的不满一样，不满只是个不满，却没人敢提意见。

贾月娥见花喜女唤她买针，有气无力地说：“没有。”

花喜鹊又说：“我还要买一带线。”

“也没有。”

花喜鹊又名喜女，今天本来就买针、线两样东西，一来看到贾月娥冷冰冰的态度，二来想到一个供销社连针、线也没有，对她更为不满。这花喜女有个怪劲儿，专对那些干啥不像个啥样子的人过不去。她本来不打算称盐，却又说：“我还要称盐。”

谁知贾月娥这时不想动，本来有盐，却撒谎说：“没盐。”

“我还要打醋。”

“没醋。”

“我还要扯布……”

“什么布?”

“有什么扯什么，什么布都行。”

贾月娥再不能说什么布也没有，不吱声了。上西屋丑女一家听得花喜鹊在北屋里说的话，凌二菊听了还有点害怕，说：“这个喜鹊，那张嘴还吓死人哩!”

丑女说：“喜女可是个好姑娘，我就羡慕她。我想学她嘴头上那点本领，怎也学不来。”

忙忙说：“北屋那一家人，就得喜女制他们才行。”

丑女说：“要是石头院婶婶同意，我也不愁没个嫂嫂，也省得跟冯山那一家换亲了。”

忙忙说：“没门儿的事，说那做甚哩!”

再说北屋里的贾月娥被花喜鹊说得没了办法，只得把孩子交给樊金花，到写字台上拿了钥匙，不言不语地嘟着嘴就走。花喜鹊见她这样，心里暗暗骂她：“狗仗人势，摆什么架子!”跟了她出来。

到了供销社，花喜鹊知道贾月娥从来不把柜台掸掸、抹抹，今天进来看时，柜台上浮灰已经把漆水涂得看不见了。只是有几只小小的手印、指印儿，那是孩子们跟了大人来买货时划下的。她跟其他人一样，是不肯靠近柜台的。她先隔着柜台看看盐缸，盐缸里有大半缸盐。心里说："明明有盐，她就敢说没盐。今天有盐我也偏不称盐。"又看看杂货架上也有线："看她多懒，明明有线，她也敢说没线。有线我也偏不买线。"既不称盐，也不买线，她要买什么？偏要买布。她站在柜台外边望着柜台里边的棉布货架，左看看，右看看，只不做声，故意跟贾月娥磨时间。贾月娥等着她开口，见她直看不说话，有点急了，问她："你要买什么布？"

"我还没有选择好哩。"

"你看了大半天做什么啦？"

"选看布呀。"

"你就不知道要买什么布？"

"知道呀，知道也得选择嘛，顾客买东西连个选择权也没有？"

贾月娥没法儿，只好由她慢慢选择。过了半天，她才指着一样布说："给我拿那个布。"

贾月娥照她指定的布拿过来，她翻过来看看，调过去瞧瞧，说："不要这个布，再给我拿那个布看看。"又拿来一种布，她还是左看看，右看看，看了还是不要，又要贾月娥再拿一种……如此看了换，换了看，换了十几种，把个贾月娥直换得心烦脑涨，她憋了一肚气，也不敢发泄。原来她也知道花喜鹊的厉害。因为花喜鹊平日就有个不好惹的名声，再加她是全县有名的抗日烈士花山虎的孙女，见了县委书记也敢提意见的，成了高瘦孩唯一怕她几分的人物。大队主任的家庭成员都恨这个花喜鹊，有机会就想制制她。比如头里贾月娥推三阻四不想到供销社来做她的买卖，一则是她自身就懒，二则也有故意欺负她的意思。谁知花喜鹊不好欺负，反而欺了贾月娥自己。花喜鹊挑布挑到最后，假装选定一种，说："就买这个布。"

贾月娥带气又不敢十分显露地问："几尺？"

"一寸。"

贾月娥火了，心里骂道："折腾了大半天，才买一寸，这不是故意捣乱？坏透了的小狐狸！"可也无法，只得给她。

贾月娥来到供销社半天，卖了一寸布，好不恼火。花喜鹊前脚出门，她也后脚出门，返身正要锁门，恰好东头的丁广山端着个盐罐，盐罐里盛着两个鸡蛋来换盐。原来这个安乐庄的大部分社员吃盐吃醋全凭鸡蛋换，很少拿现钱的，实际上人们已经倒退到以物交换的年代。丁广山见她锁门要走，忙说："月娥，不要锁门，给我换两个鸡蛋的盐。"

贾月娥心中有气，根本不理他的茬，自管"咯噔"锁了门，转身便走。因她心里有火，浑身都带着火，转身转得太猛太急，转的圈子也太大了些，竟把丁广山手里端的盐罐子撞落在地，罐里的两个鸡蛋连罐子一起打得粉碎。贾月娥并不管它打了什么东西，头也不扭一扭，径直走了。丁广山家早就没盐吃了。好不容易等得开了春，全家五口人十只眼，眼巴巴地盯着他家的母鸡屁股，把希望全寄托在那两只母鸡身上，盼呀盼，等呀等，才算盼得来两个鸡蛋，可以恢复吃有盐的糊糊了，谁知没称上盐，两个鸡蛋也给打了。丁广山看看地上土里的一泼黄汤，疼得他真想哭。他冲着贾月娥的背影想唤她回来赔鸡蛋，因想到惹下大队主任的儿媳妇，说不定哪天会扣自己的工分，只好忍一忍，伸手用力照脸打了自己两个巴掌，骂道："还想吃有盐饭哩，又完蛋了！"

贾月娥就是这么个售货员。田春山早就给她编过顺口溜：

安乐庄，供销社，
门上常吊一把锁。
社员想找售货员，
小磨院里请诸葛。
土特产品不收购，
时新商品不进货。
看看货架货物少，
摸摸柜台灰尘多。
不答不理做买卖，
如仇如敌对顾客。

贾月娥今天惹下花喜鹊，受了一顿窝囊气，回来家里，也不看有无外人，就大把大把抹着眼泪诉苦，口口声声说别人欺侮了她。樊金花先受不住，嚷道："太欺人啦！我们辛辛苦苦为他们服务，他们来欺负我们，太欺人啦，月娥，你快说是谁……"

贾月娥哭着把花喜鹊不称盐、不打醋，只买布还不算，还把各样布看了个遍，最后只买了一寸布的过程诉说一遍。樊金花听着听着就骂起来："那个小不要脸的就不是个好东西！她明明就是故意欺侮我们，我们也不是好欺侮的，叫我去问问她……"说着就要找花喜鹊问罪去，正在披衣起床的高瘦孩嚷道："给我回来！"

樊金花返身站定嚷道："咋啦，那个小不要脸的我早就看她不顺眼哩，你怕她我不怕她，她嘴大吃不了人……"转身又要走，高瘦孩又喊道："我看你敢去！"

樊金花嚷道："你看我敢不敢去！"一溜风跑走了。

高瘦孩想到那个花喜鹊在县委能说上话，是惹不得的，忙跟女儿说："美女，快去把你妈拉回来。"

美女对花喜鹊也很不满，说："我才不管这些闲事哩。那个坏蛋也该制制她哩……"

头里贾月娥到供销社去，安乐庄的电工、高瘦孩的外甥丁和尚来找舅舅问承包的事，还没走，高瘦孩说："和尚，你去把你舅妈拉回来。"

丁和尚知道自己不是舅妈的对手，应景似的出去转转，回来说："舅舅，我拉舅妈，怎也拉不回来，真没办法。"

高瘦孩急了："她真的去了？"

"我看见她进了石头院。"

花喜鹊就住在石头院。高瘦孩骂一声："烂婆娘，这不是没事找事哩！"只好亲自出马找老婆子去。刚要走，美女喊道："爸爸，你不吃饭，就剩下你一个人了。"

高瘦孩嘟囔道："吃啥饭哩。"拖着两个鞋片子匆匆去了。走到大门口又返回来冲着丁和尚说："和尚，你在家等我一会儿，还有话跟你说哩。"说罢，又返身走了。丁和尚跟美女说："美女，我也去石头院看看吧，你说合适不合适？"

美女说："不要去，叫我妈狠狠骂她一顿才美哩！"

丁和尚说："我也是这么想，那个喜女，早就该骂她一顿才好哩！"

6. 喜女斗金花

一时，远远听得吵声震天，美女说：“活该，打那个小狐狸一顿才美哩!”

丁和尚说：“我同意你的意见。不过，就怕舅妈不是喜鹊的对手。”

丁和尚说花喜鹊厉害，实际上也不完全对。这个姑娘因为是烈士花山虎的孙女，享受助学金上了个高中。回乡以后，安乐庄的实权人物高瘦孩，倒也没有忘了对烈士后代的照顾，很想给她分配一个好些的事儿做。细细算来，保健医生有女儿美女干了，供销社售货员有儿媳妇贾月娥干了，电工有外甥丁和尚干了，粮食加工员有侄媳弓小雪干了，大队会计有侄儿高小勤干了，民办教员有干闺女夏白女干了。一个一百余户人家的安乐庄，不过就这几样事儿比干农业优越，全都有了人干。剩下的还有菜园、果园，还可以增加一二人。他就找花喜鹊说：“喜女，我看你也不要到农业上劳动。菜园也行，果园也行，到菜园、果园，劳动强度小，也比较自由，不一定一天三次打钟就上地，或是卖果哩。可是卖菜哩，也能到处跑跑，比死死拴在土坷垃上好。你愿意干哪项都行。”

花喜鹊想到自己跟高瘦孩一不沾亲，二不带故，他竟愿意特殊照顾自己，无非因为自己是烈士后代，并不领他的情。那么，到菜园好呢？到果园好呢？细细想来，到哪里也不合适。她觉得让高瘦孩另眼看自己，照顾自己，好像就等于把自己列入高美女、贾月娥、丁和尚、弓小雪一类人物的行列中去，是一种耻辱。她摇摇头说：“菜园、果园都不干，就到农业上吧。”

高瘦孩没想到她会自动干地里活儿。又做了许多动员说服工作，花喜鹊坚持到底干农业，只好由她了。

今天早上，花喜鹊去供销社狠狠制了一下贾月娥，没想到樊金花会骂上门来。她这个姑娘看见樊金花、高美女一类人物就有气。她听得樊金花在院里高声骂道：“小妖精！害人精！你扯布扯一寸！你故意折磨人！你故意刁难人！你故意欺侮人！你活不要脸！死不要脸！你不是吃饭长大的，你是……”

花喜鹊听她骂得讨厌，跑到门口看看，见她双脚一跳一跳地直跳高高，双臂挥动，双手直指她家的门首，一戳一戳地乱戳，比巫婆上马还好看，觉得很好笑。可这是干骂仗，这是一场舌战。在这一场骂仗里，樊金花一方，花喜鹊一方，要算敌对行为。怎么能笑呢？她勉强忍住笑，应战了，接火了。说：“谁是妖精？谁是害人精？一个供销社担负着整个安乐庄布纶绸缎、衣帽鞋袜、针线簸箕、铁锨锄耙、油盐酱醋、日用杂货的供应大事，肩担着鸡蛋蚕茧、山货药材的收购任务，你到供销社看看货架上有几样商品……”

“收购你哩！收购你哩！收购……”

花喜鹊平心静气、平声细语地讲理，樊金花厉声大叫地嚷闹；花喜鹊说十句，不抵樊金花喊一句。樊金花没有多少理讲，也没有多少词儿，每每咬住一句话死死地咬，死死地喊，重复地嚷，反复地叫，院里围下许多看热闹的人，只能听得樊金花的叫声，听不得花喜鹊的细语。花喜鹊感到了这一点，认为在许多人面前让大队主任老婆占了这个上风，她的眼里更没人了，说话更气粗了。因而也放大嗓门打连珠炮了。只有打连珠炮，不给对方半点钻空子的机会，才能压倒对方。但是，她没有蹦呀跳呀地跳高高，也没有指指戳戳地挥胳膊指手，只是双手卡腰，石柱似的站在她家门口高声叫道："你把我收到供销社，供销社还不是这个样儿哩，我们称盐没盐，打醋没醋，买针没针，购线没线，算什么供销社?！算什么后勤部?！应名儿是供销社的业务员，上午也在家里坐，下午也在家里躺，请一请，动一动，不请不动，请也不动，算什么业务员！……"

"就算这个业务员！就算这个业务员！就算……"

"货架上，空塌塌；柜台上，土垃垃；门面上，一把锁；一碰一个黑疙瘩，算什么供销社……"

"就算供销社！就算供销社……"

"长着眼，不想看顾客！有耳朵，不愿听人说！挑挑货，一挑就发火！问问价，一问三不答！什么架子，什么态度……"

"就这个态度！就这个态度……"

"供销社就应该服务生产，服务生活，贾月娥仗势欺人，把个供销社搞得一塌糊涂，还怕人说，怕人道，怕人提意见，怕就不要干。供销社是群众的供销社，不是主任一家的供销社，自己不像样子，还寻上门来骂人，主任家的人就该吃人?！主任家的人就这么厉害……"

围在院里的观众听了花喜鹊的话，无不拍手称快。见樊金花蛮不讲理，仗势欺人，有的嗤鼻子，有的往她背上唾，有的嘁嘁议论，说："今天喜女给大伙出了气了……"

这时，只见高瘦孩敞着怀，拖着鞋片子奔来，拖了樊金花硬往外边拖，说："你给我少说一句好不好?！你给我闭上那张烂嘴好不好?！动不动你就骂人，给我滚回去！滚！给我滚……"死拖活拉把她拉走了。

高瘦孩拖着老婆走，拖到小磨院大门口，怎也拖不动她了。原来那樊金花在石头院骂花喜鹊，没想到她的连珠炮那么厉害，早也感到自己不是她的对手，觉得很丢脸。想撤退，在众人面前又不便撤，那就等于打了败仗，更丢脸啦。等到高瘦孩来拖她，她也就来个半推半就，随势儿退下阵来，仍然感到有点像是打了败仗似的，还不甘心，便坐在自家院大门口哭一声、骂一句地混骂起来。高瘦孩觉得总算把她拖离了石头院，离开了交战前线，在这里骂一阵也有一定好处。他认为那个花喜鹊也太欺人啦，他自己不便出面，就让老婆子多骂她一阵子也好。丁和尚还在屋里等着他，有要事商量哩，便赶快回家来见丁和尚。

丁和尚，今年二十九岁，三天后就要娶媳妇。他不过念了四年小学，因为脑子太笨，连五年级也考不上。本来可以依仗舅舅的势力，糊里糊涂念念五年级，只因他看见书本子就头疼、就犯愁，说死说活也不上学了。可是他也不想到地里去晒太阳，每天找舅舅要求当电工。当时的电工蔡保明干得本来很好，有一天晚上没有合闸，高瘦孩就以此为借口，把蔡保明的电工撤下来，换上了他的外甥丁和尚。

安乐庄虽然通电，因为多数社员手里没钱，家家户户不过是空吊一个灯泡，并不用。除了大队办公室、学校、供销社、保健室、粮食加工、粉坊、砖瓦坊等处照明、用电，只有高瘦孩、胡金荷、支书吕二旦、会计高小勤等几户用得起电，哪里用得着一个专门电工。蔡保明当电工时，还算生产小队里半个劳力，每年有投工一百八十个的任务。丁和尚当了电工，根本不参加农田劳动，变成专业电工，每年补给三百六十个工，还有几项外快。丁和尚念书很笨，搞外快却很能干。不知他在哪个单位做过调查，说是电工有保健补贴费，说接触电这玩意儿对身体有损害。还有卫生补贴费，说是接电线呀、上灯泡，扳闸呀，都会把手弄脏，弄脏手就需要洗手，所以也就需要卫生补贴费。还有加班补贴费，说是社员晚上不上工，电工晚上可有事干，就需要加班补贴费。他跟高瘦孩提出这几项补助费时，高瘦孩想一想，说："人家蔡保明当电工的时候，没有这些补助费，咱们今天要这些费，是不是不合适？"

丁和尚说："怎的不合适？走遍天下，当电工都有这些补助费，偏咱安乐庄特殊？保明没要，是他不懂。再说他干电工也没干好，咱给他干好些不就行啦！"

高瘦孩说："也是。不过，你以后可得干好才行。"

"没问题，决不给舅舅你丢脸！"

"不过我想大伙上地抓土抓粪也会弄脏手，也需要洗手，大家都不要卫生费，偏咱……"

"情况不同，性质不同。抓粪抓土弄脏手，对身体还有好处哩。再说土呀粪呀一般水一洗就净了，搞电工可不同，不用肥皂是洗不净的……"

"那就给你卫生费好啦。可是我觉得要加班费也不合适。农业上的社员黑夜虽然不加班，可是你白天也没有什么事呀……"

"你说错了。白天粮食加工能不用电？保健室煮针能不用电？……"

"那也是扳一下闸的事……"

"说得轻巧，还要检查电路，还要宣传节约用电，还要宣传用电常识，还要宣传预防触电，工作量大着哩……"

"好啦好啦，给你加班费就是了。"

高瘦孩一句话，丁和尚每天就有许多"费"的收入，生活上自然比一般社员高出许多。别看他还要干这，还要干那，说得那么玄乎，实际上每天到晚，他很少关照电的事情。反正变电室的闸是常合着的。又不上地，他每天忙什么呢？他打安乐庄的街街巷巷走过，胸前那个口袋上倒也常常插一支电笔，屁股上也常常吊着一嘟噜工具。只是那吊工具的绳子太长，又懒得掖起，走一步，屁股上晃荡一下子，打一下子屁股，谁也说不来那算哪门子派头。田春山看他半身处常吊着一嘟噜工具，便喊他是半吊子。他每天的工作，除了睡大觉，便是加工房转转，供销社站站，学校里谈谈，保健室看看。谈什么，看什么？反正学校的白女不过就是打毛衣，敲棍子，又没别的可做，丁和尚就可以跟她谈谈。美女在保健室也是闲铁一块，也很欢迎表哥来看看。有时候，白女跟几个“小特务”嘱咐几句，美女把保健室的门锁上，同丁和尚一起来到供销社，就高高地坐在柜台上打扑克，表兄妹、表弟嫂三人，再加一个白女，正好是四人一桌儿。有时候，他也想办法到外村找对象去。可他总是找一个，吹一个。其中至少有个对象是听说田春山给他编的顺口溜吹了的。因为那顺口溜说的是：

当着和尚不守庙，
东头西头到处跑。
拖个鞋片歪戴帽，
一根纸烟嘴上叼。
供销社里站一站，
保健室里瞧一瞧。
加工房里转一转，
小学校里跑一跑。
保健室里看表妹，

供销社里看表嫂。
小学校里找白女，
谈一谈来笑一笑。
谈一谈也有工分，
笑一笑也有功劳。
一天保证十二分，
和尚直夸舅舅好。

最近，和尚定了对象，可能那个对象没有听到过这个顺口溜，所以没发生什么变故。

再说丁和尚在小磨院北屋等得高瘦孩回来，高瘦孩问他道："和尚，这几天村里有什么反应?"

"有两种。有的说一号文件村村都宣布了，咱们安乐庄特殊呀，怎么连一点风声也没有？有的说是宣布不宣布一个样，谁可知道责任制能搞几天！有的说搞一天也算，安乐庄总不能不搞呀……"

高瘦孩听了这些话比较满意，说："这就是说也有很多群众不同意搞责任制吧。"

"对。"

"好。他们说搞责任制要在群众志愿的基础上搞，要是多数群众不同意……"

"肯定是多数，肯定搞不成!"

"也不能粗心大意，今天晚上打算召开群众大会，宣读一号文件。你可以活动活动。白女呀，小雪呀，中勤呀，都可以打个招呼。看看还有哪些社员，你多跑几家。说话不要说得太明显……"

“这些我都知道，没问题。”

“好。你叫小勤来一下。”

“知道。”丁和尚满怀信心地走了，却忘了说他三天后完婚的事。到了晚上，党支部书记吕二旦广播群众大会通知之后，便来到小磨院高瘦孩家，说：“老支书，今天晚上宣读罢一号文件，你是不是再讲一讲？”

高瘦孩说：“你是一把手，主要是你讲，我坐镇就行啦。二旦，我培养你当一把手，可没有少费了心血。做工作最重要的一点就是要拿得稳。今天晚上这个会可是个关键性会议，你可要拿稳点。搞不搞责任制，主要是看群众自愿不自愿，这是关键的关键，只要群众不自愿，那就好说了。”

吕二旦是同意搞承包的，他估计多数群众也是要求搞承包的。可是他不愿当面惹高瘦孩，只说：“有的社员要求搞承包，也有的社员不愿意折腾……”

高瘦孩专爱听他说的后半句话，说：“对！安乐庄的人我了解。大伙跟党走了几十年，还没有那么点觉悟？走，开会去。”

小磨院除了樊金花、胡金荷、凌二菊、霍大梅这四个家庭主妇，都开会去了。这四个妇女虽没去开会，也各有各的心事，在屋里也是坐不稳的。樊金花有两怕：一怕搞了责任制，大队的粮食少了，报销老鼠损耗就难了；二是全家人都分了口粮田，一个人只分半亩，也要分二亩半，让谁去干呢？不干吧，口粮就成了问题，她在北房里替贾月娥看孩子，坐也不是，站也不是，心神不宁。扎耳听听，只听得远远传来一阵子的吵声，像开斗争会似的，心里有点害怕。又想到安乐庄开群众会哪次不吵？哪次不闹？过去有几次开会，她当是吵架，出来到大队会议室门口听听，不过就是高瘦孩一个人讲话，他一个人讲话也总是像吵架似的听来可怕。下西房的胡金荷从来没有上过地。如今白女虽然长大了，又当了民办教员，也不愿意上地的。可是她自己是农业人口，当民办老师的女儿也是农业人口，真的搞了责任制，最低限度也该分两口人的口粮田，又该让谁去种田呢？她自然也是急得像热锅上的蚂蚁。她还是个迷信脑袋，只管在地上叩头祈祷："老天爷，可不敢搞责任田呀！可不敢……"

上东房的霍大梅想到今天一天里，高瘦孩的手下人出出进进，不知捣什么鬼哩，人家又有权，人家说话又厉害，人家手下搞电工的、搞加工的、当支书的、当会计的，都是要害人物。高瘦孩在安乐庄说一句话，真是一呼百应；高瘦孩在安乐庄跺一脚，真是地动山摇。只怕人家那一团团一伙伙早就捏弄好了。他们哪一个愿意承包土地呀！支书不愿意，会计不愿意，粮食加工上的小雪不愿意，民办教员白女不愿意，当医生的美女不愿意，供销社的月娥更不愿意，人家手下有多少人呀。社员们人数倒是不少，像她的老伴——胖孩那样的人也不少，他们怕折腾，不愿意搞承包，这不就把大半人跑了?！要是今年还搞不成承包，只有让人家当县干部的、当大队干部的过好日子哩，只有咱吃稀糊糊，活到死吃到死哩……想起几十年碗里总是那半碗稀糊糊，想起因为穷，几十年来屋里连一只小板凳也没有添过，想起因为穷，春山、黑女兄妹二人争穿一件褂子之事，想起高瘦孩权大势大，搞承包没个希望，她竟依门而站，手握袖口子抹泪哩。上西房的凌二菊人太老实，今天听蔡狗儿说了几遍："只要他瘦孩敢宣读一号文件，安乐庄百分之九十的社员准同意搞承包，只要能搞承包，别害怕，碗里的饭，身上的衣，屋里的家具，很快都会变个样哩。”她便信了老伴的话。她歪着身子坐在炉边想心事，想定今黑夜定会通过搞承包，她光在屋里计划着今年秋后有了粮食，应该先吃一顿什么改样饭，应该给忙忙、丑女做件什么时新衣服，屋里应该先把柜子腿、桌子腿全修好，还有应该给忙忙找个什么样的对象，将来给丑女陪送些什么嫁妆等等，一百样好事涌上心头，独自个儿不知偷笑了几次。她正想在高兴处，丑女回来了。忙问：“散了会啦？”

丑女气呼呼地说：“没咧！”扔了这么两个字，像跑了气的皮球，背靠墙头坐在炕头，软溜溜地把头儿耷拉着，长长地叹了一口气。原来她在会上听了高瘦孩的讲话，看看搞承包没希望了，跑了一百分的元气，实在不想再听高瘦孩他们说话，便拖着两条无力的腿跑回屋里来。

凌二菊听女儿说话带气，这是很少有的情况。平日里，不管有什么事，丑女在父母面前说话总不带气儿。今天见她这样，做妈的心上先有些嘀咕。借炉火的火光看看女儿的面容，不仅还是满面愁云，还见她“呼呼”地直出粗气，当是她病了。忙问：“丑女，你身上不舒服哩？”

“好好的不舒服啥哩！”

“怎啦？是责任制通不过？”

“能通过吗？你好好想想，老百姓没权没势，能通过吗？当干部的左一个不成熟，右一个因地制宜，一瓢一瓢净泼冷水，就是火焰山，也会泼冷的……”

凌二菊听言，也像头上泼了一桶冷水，直觉得浑身冷冰冰的，身子“索索索”地还打哆嗦哩。

7. 大梅访二菊

丑女见她妈不吭声了，借炉火的光看看她的脸，见她眼角处竟有两滴泪珠儿，又心疼妈哩："妈，你不要愁，你也不要怕，愁啥哩？不搞承包，你们不是也把哥哥跟我抚养大了。大不了过去过什么日子，今后还过什么日子……"

一向不会发脾气的凌二菊，这会儿突然发了脾气："你倒说得好听，你倒说得轻巧，从生了你，咱们就是一天三顿糊糊，到今天你二十多岁，还是吃糊糊。我不知道我怎么就这样命苦，我的儿和女就只能吃糊糊。我不能看见你跟忙忙也端一碗干饭吃，我当的不算个娘呀！丑女，自由结婚，自由结婚，见天讲自由结婚，可轮到我的儿和女头上，就不能自由就得换亲，我的儿女就这么没福气？就这么命苦？就这么算不得人？我的儿子傻？是我的女儿憨？是我的儿子长得不如人？是我的女儿长得比人差？可偏偏就不能自由结婚，就得换亲，我哪里还像个当娘的样儿哩！……"她说着说着，竟呜呜哭了。

丑女见母亲为自己的事伤心得哭了，忙强装笑脸劝道："妈呀！看你，好端端的怎么就哭哩？他们不搞承包，难道哥哥会上了五台山不成？难道我会进老女坟不成？以后要真的还是一年口粮二百多斤，碗里还是这半碗稀糊糊，哥哥还是拿不出钱来成家，换亲就换亲。其实，冯山那兄妹俩很好的，只是那姑娘差些，我才不满意。可是哥哥很满意，我要没意见，这门换亲不是就成了？你还愁什么呢？"

凌二菊听了女儿这一番话，忽然高兴了。因为她日日夜夜所愁的最大两件事，就是他们兄妹二人的婚事。忙忙是早就同意了的，今天见丑女也说了同意换亲的话，她的一颗心忽然觉得踏实了许多。不过又说："丑女呀，这可就委屈你哩。"

"妈，不是这样。冯家那个男的我看很好。只是委屈了哥哥是真的。"

"忙忙傻乎乎的，委屈就委屈他啦。我的女儿要人才，有人才；要文才，有文才；要品性，好品性，只要你满意……"

"看妈你，谁跟你开表功会哩……"丑女又想起冯山村那个姑娘的模样，只觉得太有些配不上哥哥，心里难过。看到承包没希望，以后忙忙找对象确有困难，不换亲又有什么法儿哩？她那愁云密布的脸怎也没个晴的时候了。

凌二菊见丑女已经答应下那门换亲，自然是高兴的，因又看见屋里几样差胳膊少腿的桌椅板凳，心想：亲戚朋友们来了，柜不成个柜样儿，桌不像个桌样儿，怎么请亲戚朋友们进门哩？不觉又叹气哩。丑女听得妈叹气，当是她看见她这副愁样儿发愁哩，忙又装出一副笑脸，说："妈，又怎么啦？眼看哥哥要定亲哩，该高兴才是哩……"

娘儿俩说着话，听得门响，当是忙忙回来，一看才是对门儿邻家的霍大梅。丑女忙让座，说："大妈，快坐。"说是让座，不过就是让出火炉两边的两块炕头，丑女站起来，让霍大梅坐在炕头一边，霍大梅用一只胳膊支着那个三条腿小板凳坐了，问道："丑女，你怎么半道儿回来？"

"我在会上听着心还烦哩，不想听他们说那些歪理。"

"你看会上的情形，承包有指望没有？"

"还说不定。听支书的话还有门儿，他说只要群众要求承包，就应该承包。主任却是另一种话茬儿。瘦孩叔把二旦批评了一顿，他又讲了半天，死死咬住两条不放……"

"哪两条？"

“一条是因地制宜，说安乐庄是‘过河’大队，是先进大队，根本不适宜搞承包；再一条是，说安乐庄搞承包条件不成熟！大妈，你想想，咱们安乐庄，什么事不是瘦孩叔说了算的。二旦当了支书，人也年轻，思想也比较解放，可他惹不起瘦孩叔呀。二旦在他面前说个不字，他就大嚷大叫，说二旦忘了是谁把他培养起来的，说二旦没经验，不懂事。他把眼睛一瞪，别说是二旦，谁也怕他哩。他说了因地制宜、条件不成熟这两条，二旦也不敢再说什么啦……”

“这不是胡诌他娘的经！啥叫不成熟？是他们的思想不成熟，是他们怕承包。承包了，溜达工挣不上了，睡觉工也挣不上了，打扑克工也挣不上了，老鼠偷吃粮也吃不上了！只管他有吃的，有花的，还管老百姓的死活哩！有啥的不成熟？不包不成熟，包了不就成熟了？他们老说不成熟，让我们老吃大锅饭，还是只有主任、会计、保管过好日子，我们这些没权没势的就该穷一辈子，穷八辈子！就该他们吃肉，我们连糊糊也吃不足；就该他们穿涤纶涤卡，我们做一件衣服还是两个人伙穿；就该他们自由恋爱，我们只能拿哥哥给妹妹换女婿，拿妹妹给哥哥换媳妇；就该他们听收音机，我们只能听公鸡叫明儿；就该他们坐大沙发，我们坐个小板凳，还只有三条腿，坐的时候，还得朝一边坐，不会坐，四条蹄朝天就该栽个大跟头……”

凌二菊听了她的话，又叹一口气，说：“难哪！这种日子不知道要到多会儿哩！”

霍大梅急了，火了。说：“叫我到会上带个头，发个言……”

丑女说：“东屋大妈，你先不要急，叫我再去看看。”

丑女又到会上去了。

霍大梅跟凌二菊又发了一会儿牢骚，黑女忽然回来。黑女对实行承包责任制的积极性更大。把许多工作大事都寄托在责任制上。诸如她的哥哥田春山娶媳妇，她自己跟申三儿订婚，全家人以后再不一日三餐吃糊糊，穿衣服能做到人人冬有棉、夏有单，兄妹二人不再合穿一件褂子，屋里的没腿家具能够改改朝、换换代等等。所以今天晚上开会之前，她就找申三儿，对他作了个别动员，说："看，架富桥的日子到了吧。告你说，你要积极发言，只说早就盼望责任制哩，也可以说说大锅饭把人吃穷了这些话。"

申三儿自是满口答应。谁知会议开始，干部讲话讲不完了。她不想听，便跑回家里来。气呼呼地说："妈，我听得你在这儿高声大叫地说话哩。费那个气做什么，留着那点气力搅糊糊吧。"

霍大梅忙问："还是那两个大干部讲哩？"

黑女说："大干部讲完了，大社员们正讲哩。快把人急死了，他们只管讲……"

"什么大社员？"

"当保健医生的美女，当民办教师的白女，当电工的和尚，当加工员的小雪，当保管的满仓，当业务员的月娥，哪个不比咱们挣工分多？不都是大社员……"

"就是这伙东西发言呢？"

"除了这些东西，谁还有啥说的！"

"他们说些什么？"

"他们能说什么？狗嘴里吐不出象牙来！无非是说主任讲的因地制宜，安乐庄不适宜搞包产，完全正确；无非是说干部不赞成，群众不同意，条件不成熟，他们代表社员完全拥护主任……”

“他们拥护，我们不拥护！一个白女，一个美女，一个和尚，一个满仓，他们几个人就能代表安乐庄五百二十名群众?”

“可是除了这几个人，别人都不说话，安乐庄的人都是木头，都是能出气的死人！都哑巴啦！都得了哑嗜症！都烂了舌头……”

“去开会时，我不是再三跟你说，跟春山说，叫你们都发言，你们的嘴都怎了？都烂光了，烂净了……”

“我怎么没说，我才说了一句话，美女、白女、和尚、大江，总有七八个人一起大喊大叫哩，我能说成？瘦孩叔不同意搞承包，又有‘十三太保’保驾，一个个如狼似虎，呼三喝四，哪有老百姓开口的工夫！他们太欺人啦……”黑女说在气头上，顺手夺过支在她妈肘下那个三条腿小板凳，就要往地上摔，霍大梅连忙架住，说：“黑女，那是你西屋婶的小板凳……”

黑女看看坐在她妈对面的凌二菊，这才醒过神来。把那个三条腿小板凳又稳稳放下，不由得又笑了。霍大梅说：“今儿个这个会开得真不如意，把黑女也给气糊涂了，说起来一个上东屋，一个上西屋，也真配成对了。上东屋有一个三条腿的小板凳，上西屋偏偏也有一个板凳是三条腿。也不知道咱们前世作了什么孽，今世里这么命苦！三十年前我来到他们田家，就有这个小板凳。后来缺了一条腿，也不过半尺长一寸粗一块小木头就成，谁知就这半尺长一块木头也是置不起的……”

凌二菊说：“社员不准栽树，集体树又不敢动，动个树枝儿也是破坏集体哩……”

霍大梅说："算啦算啦，承包哩五八，不承包哩四十，三条腿小板凳坐了三十多年，也没把人摔倒摔死。他们坐沙发，也没比谁多长个耳朵……"

黑女说："看我妈，一会儿一个样儿。一会儿好像孙大圣要大闹天宫，一会儿又变成猪八戒窝囊废了。"

"说好说歹，自己给自己宽心罢咧。人家不搞承包，气咱们，咱自己也给自己气受？何苦呢！"

"我偏不服气！什么因地制宜！什么条件成熟！他们是找借口对抗中央，是跟中央在政治上思想上不保持一致！只许他们吃肉，不许百姓吃腥汤；只许他们坐沙发，不许社员做个小板凳……"

"你在会上不说，在这儿跟我说抵什么用？"

"他们真敢欺压人，我就敢告他们……"

说到这里，忽然听得美女在北房里高声说话，她们静下来听听，又听得樊金花气呼呼地骂人哩："急死呀，急死呀！急发财急死呀！老狗儿就不是好东西！就嫌别人碗里的饭比他碗里的好，就想急发财，就想……"

黑女听了这些话高兴了，说："西屋婶，准是狗儿叔发言了，看把他们急的，我去看看。"她立马跑着走了。霍大梅说："二菊，走，咱也到外边听听去。"

凌二菊、霍大梅走在院里，才听得北房里跟下西房里都在吵哩。只听北房里樊金花说："你爸爸哩，他说话呀。不管有多少人发言，队有千口，主事一人，他说一句话不把他们都压下去了？"

又听美女说："老狗儿一发言，一个接一个乱吵起来，都说爸爸是不执行中央号召，爸爸急得连话也说不清了……"

霍大梅听得这话，胳膊肘捅一下凌二菊，说："听，有希望，有盼头，真有盼头哩！"

两个人走在下院，又听得下西房的胡金荷说："反正咱们不能报，你快快去，就说你妈脸皮有毛病，不能上地……"

又听白女在屋里说："人家不管你能上地不能，口粮田是人人都有份儿的……"

"口粮田我也不要……"

"不要口粮田，你吃什么？"

"我不信以后队里就不分给一点点粮食……"

"都承包下去了，你去哪里分？"

"不行不行，咱一分地也不能分。要不，你快去给你爸爸打个电话，叫他快快回来走一遭！最好连夜就回来……"

"黑夜又没班车，五十里路，你叫我爸爸步行回来？"

"叫他骑自行车回来。"

"一路上沟沟崖崖，摔到沟里怎么办?！明天再说吧。"

"只怕明天就晚了！要是分下口粮地，你一个人给我种去！"

"我才不管哩！我又没长七只手八只脚！在学校我有我的任务……"

"在学校更好。你带上几十个学生上地，不更快些！真是哩，别给你爸爸打电话了，反正有那么多学生哩……"

"都是八九岁娃娃，哪个会种地……"

下西房里的娘儿二人，为害怕分下口粮田而争吵不休。霍大梅跟凌二菊说："看这些人怕不怕，分一亩口粮田就怕成一颗疙瘩，真是些只中吃不中动的懒虫！咱们分田还只嫌分得少哩。"

两个人说着走着，出来街头，早已听得大队办公室那里吵声震天，先把个胆小的凌二菊吓得“索索”乱抖，一颗心也悬在半空。说：“天爷爷呀，开会就开会，吵成这个样儿做什么？”

霍大梅说：“越吵得厉害越好哩。瘦孩、和尚那帮东西，你不压倒他们，他们就会压倒咱们。”

街头连个电灯也没有，四面一片漆黑。街道坑坑洼洼的又不平整。凌二菊摸黑走着，忽然踩着一个软软的东西，吓了一跳。说：“街上是什么东西，软软的。”

霍大梅说：“安乐庄的街上会有什么？总不过是些牛粪泼儿驴屎蛋。——唉！没想到这年月牛驴拉在大街上也没人看得见。土改那会儿，人们起五更拾粪，看见驴粪蛋、牛粪蛋，跟抢金蛋银蛋似的，谁也怕抢不到手里……”

“如今每天价开会，广播说得可好听呀，又是每亩上肥一百担，又是上粪二百担，只图好听哩……”

两个人摸黑来到大队办公室门外，互相依偎着站下来听听，里边只是一片乱吵，像是几百个人一起发言，乱哄哄的什么也听不清楚。细细听来，才听得有狗儿、春山、喜女、保明他们的话音，也有会计高小勤、保管高满仓、电工丁和尚、粮食加工员弓小雪他们的声音。听得花喜鹊说：“承包责任制，是打破大锅饭的最好办法，是最好的富民政策……”又听得黑女说：“四面八方，千村万庄都成熟，都能搞责任制，偏安乐庄特殊，偏安乐庄不成熟?！真奇怪！啥叫不成熟？无非就是你们当干部的、当电工的、当保健医生的不同意，这就叫不成熟?！你们在大锅饭里能沾老鼠的光，可是大家都能沾了老鼠的光？要不，举拳头也行，投票也行，到底有多少成熟的，有多少不成熟的，一下子就明白了……”

霍大梅、凌二菊听了这些话，连声夸好。又听丁和尚说：“搞承包不是选干部，不能举拳头，不能投票。安乐庄成熟不成熟，干部都掌握着哩，只有大队干部有发言权……”

霍大梅听着就火了，骂道：“放他娘的狗屁！既然干部掌握着，还开群众会做什么？……”

又听粮食加工员弓小雪叫嚷：“咱们安乐庄是‘过河’大队，不能跟一般后进队比。先进大队搞承包，那是倒退，不是前进。我们群众的意见，现在的安乐庄根本不是搞承包的时候。我们认为主任说得完全正确，哪个妄想牵着领导人的鼻子走，定会碰得头破血流！……

听到这里，霍大梅忽然发现跟她偎在一起的凌二菊浑身抖得有些站不住了。推她一把，说：“你这个没出息的，他们几句话就把你吓得软瘫了，怕什么？他们才有几个人呢？……”

凌二菊战战兢兢地说：“不管他们哩，咱们回去吧。”

霍大梅见她抖得厉害，只好扶她往回走。走在供销社门口时，碰上樊金花、高美女娘儿俩，胡金荷、夏白女娘儿俩一起往大队会议室走去。霍大梅说：“他们有权有势，倒比中央还厉害哩。安乐庄是人家的天下，哪还有咱们的活路哩?!”她扶着凌二菊回到小磨院，来到上西房，凌二菊往炕头一躺，便软瘫在那里。霍大梅没好气地说：“吓死你呀！吓死你呀！他们不过就是说了几句没边没沿的大话，大不过还吃大锅饭吧，怎么就把你吓得……”

凌二菊躺在炕头泣不成声地说：“怕甚哩！我不过是想忙忙、丑女他们没生个好人家，偏偏生在狗儿家，活得不像人……”

“你有忙忙、丑女，我也有春山、黑女，不一样吗？安乐庄也不只咱们两户，像美女、白女他们过好日子的能有几家。丑女妈，你就想开些吧。”

谁知凌二菊只是想不开。她日里盼、夜里想，把一切美好的希望都寄托在一个承包上，今天看来安乐庄的承包会化为泡影，便提不起精神了。她也没有多大的奢望，什么摩托车、自行车，什么沙发、茶几，什么手表、洗衣机，什么收音机、电视机，压根儿就没想过那些东西，她认为所有这些跟狗儿这样的家都是没缘分的。她只求家里的生活像个人过的生活，碗里饭菜像个人吃的饭菜，忙忙、丑女的婚事能像人一样，能自己选择合心合意的对象，也就心满意足了。再不行，就退几步想，哪怕把那些缺胳膊少腿的桌椅板凳，都能配起腿来，柜像个柜样儿，凳像个凳样儿，也好。再不行，再退几步想，哪怕一天能吃顿人吃的饭，一年能给儿女们添一件衣服，炕头那个小板凳能配上那条缺了多年的腿，省得坐的时候还得时时小心，想着坐不倒的方法，可是就这么一点点小要求，看来也没希望，怎么能不伤心哩。霍大梅净编着宽心话劝她，她只是抽抽泣泣提不起神来，说：“咱活得不是人啊，看起来还不如趁早咽了这口气，省得看见儿女们走不在人前，生那些闲气……”

这时，忽然听得她家的门“砰”地一下被人推开，风风火火走进一个人来，进门就念顺口溜：

真高兴！真高兴！
一桩大事已决定。
定了实行责任制，
安乐庄上大轰动！

有人垂头又丧气，
老鼠之光沾不成；
大家扬眉又吐气，
致富路上快步行。
真高兴！真高兴！
我不高兴谁高兴！
……

霍大梅看看春山高兴的样儿，听了他的顺口溜，知道是定了承包责任制，忙高高兴兴地问道："真的定了？"

田春山兴奋异常地说："真的真的就是真，春山说话不骗人。"

躺在炕头抹泪的凌二菊也"呼"地坐起来，问道："多会儿分地哩？"

今晚干部划类型，
明天黑夜把地分。

凌二菊这才完全相信安乐庄真的要搞承包责任制，又打炕头跳下地来，说："已经开了春，明儿就得抓紧积粪哩！"

霍大梅笑道："看把你高兴的！头里还哭鼻子，转眼倒把生产计划订出来了！"

这时，忽然听院里院外人声嘈杂，知道是散了会。霍大梅说："老胖孩回来还进不去家哩。"忙出门一看，见田胖孩已经站在自家门口。她走来边开门边问："责任制定了？"

田胖孩有一搭没一搭地回答道："定就叫它定了，管他们怎么折腾哩!”

“定了就是定了，大伙都高兴，偏你跟人不一样，天生是烧不熟炸不烂的东西!”

他们老两口刚进门，田春山、田黑女兄妹二人也都随后回来。黑女进门就急眉急眼地嚷道：“妈，你说咱们该怎么办呢？先送粪呀？先垒堎？先打坷垃？先……”

霍大梅没好气地说：“看黑女急的，还没订下喜日子，倒急得上轿走哩。”不知为什么，这会儿，她总觉得心跳得厉害。说：“黑女，妈是怎啦？打头里春山说责任制定了，我的心忽然‘咚咚’地乱跳哩，只觉得心慌不定。你过来听听，我好像还觉得‘咚咚’响哩……”

黑女说：“我不信。”她走来侧耳偎胸听听，果然听得急速的“咚咚”之声，又看看她妈的脸，没好气地说：“我妈真没出息，盼承包，想承包，等得承包了，又吓得心跳哩，心慌哩……”

话音未落，门响处，有人来了。

8. 瘦孩的阵势

黑女回头看看，见是蔡狗儿进来，忙说：“西屋叔，今天高兴不高兴?”

蔡狗儿说：“很高兴。怎么还是黑坐？该点个灯亮了。”

霍大梅说：“好，今黑咱们点亮灯坐。——老狗儿啊，过去黑坐，不是咱们小气，一毛钱打一两煤油，能点好几夜哩，可咱们到哪找那一毛钱呢？就只能喂几只鸡，超过五只鸡就算走资本主义道路。鸡屁股里抠蛋，又要买煤，又要买布，又要称盐，亲戚朋友结婚、埋死人也要上礼，都指望这几个鸡蛋，哪里匀得过来？难哪！倒是你也养猪，我也养猪——看，今黑夜只想着个开会搞承包，连猪圈也忘了挡。春山，快快去挡了猪圈门儿。”

田春山应声去了。霍大梅继续说：“说起来一只猪一年也有四十斤饲料，人还饿着，哪有猪吃的？人吃猪饲料，猪就只好吃人涮锅水。靠涮锅水哪能长出肉来？人家粉坊七个月成头肥猪，咱们的猪是越养越瘦，两年也养不够标准，巴巴结结两年卖一头猪，卖个三四十元……唉，老百姓真难啊！这点灯钱也不得不仔细些，夜夜只好黑坐。黑坐就黑坐，咱又不描鸾绣凤，又不读书写字，就是这一窝儿的几个瘦干巴猴儿，还怕看不清干巴猴儿根汗毛……”

蔡狗儿说：“又诉苦呀，过去的事不要提它，只说眼下的事吧。”他们冲着田胖孩说：“老哥，看你坐得多稳当，怎么也不谋划谋划？还是想不通吗？”

田胖孩不以为然地说：“有啥想不通的，叫怎干怎干吧。”

“我知道，你是害怕变。别怕，我看这次搞责任制跟过去不一样，我敢说最少五年变不了。就是有个变，承包一年也好，明年准能混个饱肚。”

霍大梅看看田胖孩，见他还是平安无事一般静静地坐在那个三条腿小板凳上，走来狠狠推他一把，说：“坐死呀！坐死呀！……”

田胖孩坐三条腿小板凳的道行也真够深的，也真够有功夫。老伴用死力狠推他一把，他只是上身趔一趔，屁股却没动一动，自然没有因为小板凳少一条腿而把他推倒。他只说：“不坐，有啥好做的？”

霍大梅想到眼看要承包地哩，好像应该有许多大事需要立刻去做。老头子这么反问一句，她竟也说不来有什么可做。田春山、田黑女想一想，也说不来一个子午卯酉。这时候霍大梅已经把久不肯点的小煤油灯点亮，灯光不过酸枣一样大小，还那么摇摇晃晃的，像是要表现一种胜利的喜悦："天哪，这屋子昏昏暗暗数十年，今天总算发光了。"

蔡狗儿为着今天晚上在群众大会上定了承包责任制而兴奋不已。他是个有心计的人，知道责任制一定，有许多事要做，有许多准备工作要做。可是他这个人常常不以自家的喜事为喜事，看见别人的事比他自己有了喜事更高兴，更欢快。特别是对田胖孩，也许是因为小时候一起在地主高聚财家当过放牛娃，有点老感情；也许是因为土改时他们一起在小磨院分了房，一起搬到小磨院做邻居做了三十多年，相处的时间太长，互相之间感情太深了，遇事总会先想到田胖孩。多年以来，他也很不满田胖孩，总嫌他遇事绕道走；总嫌别人在他头上撒尿也不吱一声的窝囊样子；总嫌他事事以吃亏为本，以免生是非为本的软面窝窝样子；总嫌他数九天没棉衣穿也能忍，吃了二十多年的稀糊糊也能忍，儿子找不下对象，也能忍，也不着急；大锅饭生产也能忍，不积极要求实行责任制，总骂他没出息，不愿多理他。可是一有大事，他总会先想到他。今天晚上散会以后，一来心里过于高兴，不愿意就此睡去；二来认为有许多事情要做准备，睡也睡不着的。可是开会回来，没有先做他自家的准备，竟不由自主地跑来上东房。这会儿，霍大梅把煤油灯点亮以后，轮个儿看看他们一家人，老胖孩自不必说，三条腿小板凳上不过是放着一块木头。其余的人们，一个个傻乎乎地也全像没事人，不过只是高兴。便说："等几天包下地来，先有三件事要做好准备：第一，上什么粪？一亩上多少担？怎样积粪，要赶快把点子商量好。开春了，不能拖了；第二，你们一家四人都是整壮劳力，全啃土疙瘩吗？还需要搞点什么生产，也该有个谱儿；第三，那些农具也该检点检点，哪些能用，哪些不能用，该置几样新的……”

霍大梅听狗儿说了，再看看坐在三条腿小板凳上的田胖孩，又气了。走来又是狠劲推他一把，自然还是没有推倒，说：“坐死呀！坐死呀！”

田胖孩有点火了，说：“尽管推我做什么？狗儿说得对着哩。不过，锨镢锄耙，箩头担杖咱都有……”

蔡狗儿说：“我知道你们都有。可是那些工具还能用不能？你们就没想一想？”

一句话把全家人都说糊涂了：“都是常用的工具，怎么就不能用了？”田春山说：“都能用，真的，都还能用，都不烂……”

“我知道都不烂，都还能用。实际上有几样已经不适用了。比如镢头，大跃进以后，都换成了窄窄的，薄薄的，短短的，用这样的镢省力嘛，谁也不管刨地深不深，用起来得力不得力。还有箩头，过去全劳力都用头号箩头。大跃进以后，全都换成二号箩头，同样是担一担粪，少说也要少担二十斤；粪桶也比过去小多了，担一担也要少二十斤。为什么小了？大锅饭嘛，大桶小桶是一样的工分，大箩头小箩头也是一样的工分，谁不知道用小的省力呢？再说几十年人们吃糊糊全吃瘦了，全没力了，担大的也实在受不了。这是过去，明天就不一样了，你们还打算用那小粪桶小箩头去磨洋工不成？还打算用那些小镢小锄头去划地皮，哄肚皮不成?！……”

黑女听着，双眉一皱，打楼梯下掂出两只箩头往地上一扔，说："看这像什么东西！跟蝈蝈笼儿似的，过去送粪都担着它，你哄我，我哄你，不知道是谁哄谁哩！明天咱们还担着它去哄谁呐?"

春山打门旮旯掂来一把镢，把镢头朝上举起，说："看！看我这把镢，用了九年百十个月，秃秃的镢头不怕刨破脚！……"

霍大梅笑道："可真是哩，都该换换哩！"又犯了愁说："这也该换，那也该换，钱哩？去哪……"

蔡狗儿说："贷吧，到信用社贷上几十元就都有了。你们好好合计合计吧。"说罢，便离开上东房，听得东院里传来"咔嚓咔嚓"的劈木头声，听得西院里传来"噔噔"地镶镢头声，知道是人们都在做大干一番的准备工作，他的心下高兴极了："这才像个兴家立业的样儿哩!"因看到北房里、下西房里都是一片电光明亮，听来却鸦雀无声："怪呀，这两家怎么像出魂似的没个响动?"一想明白了：只怕是生气哩！——唉，真是，生什么气呢？不过就是要分几亩地，就气成这个样子?!他回上西房去了。

黑女送蔡狗儿来到院里，东院的劈木头声，西院的镶镢头声把她的心又给震动了。跑回屋里来，冲着田胖孩说："爸爸，你听，你听听东邻镶镢头，西舍劈木头，都连夜准备种地的事儿，咱们也快……"见她父亲坐在那个三条腿小板凳上四平八稳、不慌不忙的样子，快把她急死了，便狠力把田胖孩一推，这次竟也还是没有把他推倒，只是上身晃一晃，下身却纹丝不动。黑女嚷道："爸爸！我的爸爸！你，明天跟今天不一样了，明天要种责任田，你知道不知道？怎么还是这股子劲儿!"

田胖孩说："急啥哩？误不了。"

霍大梅说："坐死呀！坐死呀！只怕前生是站了一辈子，今生又该坐一辈子哩！你听不见家家户户都忙哩……"

田胖孩说："说不误，就不误，急的是个啥呀。"

黑女气极了，嚷道："让他坐吧，让他坐吧！看他能坐几天几夜？"便跟春山说："哥，爸爸不动咱们动。"

春山问："做什么哩？"

黑女早已把挂在护窗顶上的锨、镢、锄、耙，"咚"地一具，"咚"地一具，横三顺四扔下一地，说："过去吃大锅饭，锄头、镢头都镶得不紧，快快一律往紧里镶镶……"这时忽然听得下西屋吵起来。

原来下西屋的白女开会回来，向胡金荷说了承包责任田的事儿已定，人人都要分口粮田，是劳力的都要分责任田，先把个胡金荷吓得软瘫在床上动不得了。白女知道妈是气昏了，便胡乱骂人了："承包制！承包制！什么承包制，就是看见我们没有跟你们一样吃糊糊，就眼黑心脏地害人，搞绝对平均主义！绝对平均主义是反动的！落后的！终有一天，你们会自食其果！"又走到床前安慰胡金荷："妈，气什么哩？明天黑夜开会公地，我就敢提意见，我就敢说这是平均主义，我就敢不接受。他们真敢硬行给咱分地，我就敢说他们是强迫命令，我就敢硬硬地顶回去，看他们能吃了我！"

胡金荷双手抱头躺着，也不理白女，也不吭声儿。白女又说："妈，你不要气嘛！要不，我明天给爸爸打个电话，叫爸爸赶快回来一趟……"

胡金荷"呼"地坐起来，发疯一般地冲着白女嚷道："我早就叫你打电话，我的话你总当耳旁风过！你爸爸那个老东西，只管他在外边当干部，身不摇，膀不动，清吃坐穿，还管咱们娘儿们的死活啦！他明天回来，看我不啃他的肉……”

“这能怨爸爸？妈，夜深了，该歇了……”

“老娘不要你管！——他们太欺侮人呐！你们买不下机器，知道找夏志荣；买不下化肥，知道求夏志荣；买拖拉机，也知道找夏志荣。到了分承包田，他们把夏志荣忘个干干净净，不管他老婆能上地不能，一律平均，定得给我分地，安乐庄的人都是狼心狗肺……”

白女也骂道：“没一个长人心的！”

娘女俩生气、骂人一直骂到五更鸡叫，实在困得没气力骂了，才算睡下。

北房里却另是一番情景。高瘦孩开会回来，往床上一倒，一支接一支尽管抽烟。他有老规矩，每天晚上，在大队开会也好，打扑克也好，不拘做什么事，总是半夜回家，樊金花每晚都尽她的贤妻好老婆之道，火边上总会准备下一顿夜餐。或是片汤，或是馅儿饼，或是荷包蛋挂面汤，常常变着花样儿。今天晚上回来，樊金花把荷包鸡蛋片儿汤端到他的面前，他却死力地摆手，让她端了去。樊金花知道他这会儿心情不好，只得暂且端去。

高瘦孩躺在床上，抽一口烟，叹一声气，翻过来，调过去，那床上好像变成了蒺藜窝儿，怎么也躺不稳，卧不定。看他的面色，一会儿紫胀，一会儿蜡黄，像是患了什么重病，神不宁，气不畅……

一会儿，支书吕二旦来了，看到高瘦孩不舒服的样儿，问道：“老支书，你病了？”

高瘦孩认为今天晚上承包制的通过，怨吕二旦没有掌握好会场，对他不满。他又是猛吸一口烟，摆摆手，吕二旦只好走离床前，坐在一个沙发上。

一会儿，电工丁和尚走来，他三天后完婚的事还没跟舅舅说哩。这时，他看到高瘦孩面色像席片子一样，忙问：“舅舅，你怎啦，在会上还讲了许多话……”

高瘦孩悠悠地吐出一口烟，摆摆手，丁和尚不敢再问，坐到另一个沙发上便跟支书吕二旦说话。高瘦孩听了心烦，抬手在床上“砰”地猛击一拳，算是对说话人的警告，吕二旦、丁和尚只好傻乎乎坐在那里不敢吱一声。这时，只见大队保管高满仓（高瘦孩的堂弟）、大队会计高小勤（高瘦孩的侄儿）、粮食加工员弓小雪（高瘦孩的侄儿媳妇）、果园负责人高林只（高瘦孩的堂弟）相跟着进来。他们见高瘦孩躺在床上满脸紫胀，不做一声，又见樊金花、高美女二人各坐一把太师椅，怔怔地坐着一语不发，还有支书吕二旦、电工丁和尚各坐一个沙发静坐不语，觉得像是进了阎王殿似的阴森森的怪怕人。他们四个不敢跟高瘦孩说话。

吕二旦指指大立柜旁那条长凳子，四个人会意，忙挨个儿坐在长凳子上练静坐功夫。

一干人静静地坐着，看着高瘦孩在床上抽烟，在床上翻腾，左看也是这个动作，右看也是这个动作。一个个都感到腻歪，有的后悔这会儿不该来；有的想走，见别人不动，自己也不便行动。他们正闷得发慌，门又响了，只见拖拉机驾驶员高大江（高瘦孩的侄儿）、砖瓦窑的田四虎（高瘦孩表弟的儿子）、粉坊的田虎生（高瘦孩的干儿）、菜园的樊青只（高瘦孩的妻侄）、民办教师夏白女（高瘦孩的干闺女）接踵而至。高大江是老粗，喜欢大喊大叫，进门就喊叫：“叔叔，头里开大会，在节骨眼的时候，你怎么不好好讲讲政策……”

美女忙给他摆手，他看看床上的高瘦孩，见他面色很难看，低声问美女：“怎了?”

美女也不回话，直打手势。高大江心里说：“得了什么奇病怪症，总是不准说话。”因见满屋里是人，瞅瞅炕头那边还有一条空凳子，便与田四虎、樊青只、夏白女四个人挤在长凳子上坐下。

支书吕二旦、会计高小勤、电工丁和尚、保管高满仓、加工员弓小雪、拖拉机驾驶员高大江、砖瓦窑田四虎、菜园高青只、粉坊田虎生、果园高林只、民办教员夏白女、配上保健医生高美女（还差供销社的贾月娥已去休息不在场），这十三个人，安乐庄的人们给他们一个总别号，叫做“十三太保”。这有三层意思：一是说这些人不是高瘦孩的本族，就是亲戚，大凡安乐庄大队的好差事，全是由高瘦孩一手保举干上的；二是说这些人的工作都干得很坏。比如果园每年也产两万多斤果子，但是除了高林只私卖一部分，一大半全叫高瘦孩派了高大江，开上拖拉机，载上苹果，公社一车子，县委一车子，县政府一车子，化肥厂一车子……全都送了礼。普通社员每人每年只能分一斤苹果。还有菜园，除了大队主任高瘦孩、支书吕二旦、会计高小勤吃菜不花钱，高青只把卖了菜的钱装了腰包，不是说蔬菜损耗大，赔了钱，就是说今年菜价低，赔了钱……各行各业都是这样，都是自己发财，高瘦孩沾光，集体受害。比如安乐庄买拖拉机，跟农机厂借了三千元，在信用社贷了三千元，高瘦孩个人花了三百元，至今贷款、借款分文未还，拖拉机对集体毫无利益，谁敢吱声儿。还有大队的羊群，也由二十年前的五百只，落至今天的一百二十只。上述各个部门都是赔钱部门，就是大队干部能沾点光，谁也不敢提意见。对这些人也奈何不得，因为有个总后台给他们作保护伞。三是说高瘦孩对他的这些亲戚、本族每户给一个好差事，这么多人便是一股势力，就会拥护他、保卫他。一个保举，一个保护伞，一个保卫。有此“三保”，便构成高家的“保”字政权，也就有了“十三太保”之说。这些人今天晚上到高瘦孩家里，并不是害怕他们的大恩公心情不好，看望大恩公的。当然也有看望的意思，只是个引子。实际上都是为各自的切身利益找他出主意的。因为实行承包制不只是农业一个方面，在座的各位所担当的果园、菜园、砖瓦窑、粉坊、供销社、保健室、拖拉机等等都在承包之列。他们找高瘦孩，大都有三个意思：一是他们愿意承包自已现在所干之事；二是要高瘦孩掌握好，包价不能高了；三是不愿意分口粮田，或者要分也行，要求分点近地、好地。一句话，“十三太保”的大员们都是走高瘦孩的后门来的。他们没有想到一个承包大会，高瘦孩就会气成这个样子，实际上人们见把他气得这个样儿，有的同情他，有的却暗暗高兴，比如支书吕二旦、保管高满仓、拖拉机驾驶员高大江、砖瓦窑的田四虎，都对他不满。吕二旦表面上一切都听高瘦孩的，实际上却嫌他大权在握，什么也是二把手说了算数。说到仓库，粮呀、油呀，不拘什么，常与吕二旦共同成袋成袋地扛走还不算，高满仓简直不敢开仓库。每次开仓，高满仓前脚进，高瘦孩后脚追，每次进仓，他的衣内总掖着个口袋，谷子、芝麻、大豆、红豆，想装什么装什么。有一次，高满仓说：“瘦孩叔，以后注意些，不要闹得太多了，以后不好交代哩。”

高瘦孩说：“怕什么，就说老鼠太多，损耗太大，谁能计算出来。反正你不管我，我也不管你……”

高满仓虽然也偷，但是总嫌高瘦孩胃口太大，插手太深，对他不满。

拖拉机驾驶员高大江更恨他。他开的拖拉机虽然每年向大队交五百元，大队却要支出两三千元，是个大赔钱货儿。高大江却常常叫苦，说大队每年给他计三百六十个工太吃亏。实际上他每年能捞二千多元的外快。他为了保住驾驶员这个饭碗，每年要给高瘦孩送三百元。可是高瘦孩并不满足，常用两个方法敲高大江的竹杠：一是借钱，常常三十、五十、一百地向他借钱，没完没了，只借不还；二是捎买物件。过几天说：“大江，你出去搞运输，给我捎买一百斤大米。”过几天说：“你出去给我捎买两件衣服。”还有皮鞋呀、火车头帽呀、大衣呀、衬衣呀、毛围巾呀，香烟、汾酒呀，不给他捎买，大江害怕以后丢掉手上的方向盘。给买吧，没完没了。说是捎买，他没一次给过钱，实际上是白送。高大江见了他，拿烟点火，嘻嘻哈哈，背地里却恨死他了。田四虎烧砖瓦，起码要卖一半，在大队说来也是一项赔钱副业。田四虎自个儿不少赚钱。就因为他跟高大江一样，顶不住高瘦孩的借钱，气得他几个月不烧砖瓦。

吕二旦、高满仓、高大江、田四虎他们对高瘦孩不满，背地里说他的坏话，造他的谣，实际上全是利益之争。说到承包问题上，除了吕二旦有不同意见，他们都是站在高瘦孩一边的。因为这些人却沾了大锅饭的光，在大锅饭这一池浑水里都摸到了鱼。再说，他们也知道像拖拉机、砖瓦窑这些方面搞了承包是会有好处的，可又怕自个儿干不上，所以今天晚上在群众大会上，他们这些人都站在高瘦孩一边拼命大喊大叫，终于还是被那四百多名社员要求承包的激流所湮没了。

再说吕二旦、高满仓一伙十二个人如同庙里的泥胎像排坐一个大圈子，有的挽臂而坐，有的抱膝而卧，有的托腮而思，有的垂头而叹……形形色色，什么样儿都有。他们都为自己的前途担忧，都想叫高瘦孩做主。可是高瘦孩躺在床上“呼哧呼哧”直出粗气，他不说话，也不让别人吭声儿。弄得众人在也不是，走也不是，不知如何是好。丁和尚更为他三天后完婚的事着急。人们静静地坐了半天，保管高满仓忍不住了，低声跟吕二旦说了一句什么，站起来要走，高瘦孩突然开了腔，说：“我知道你们找我要说什么。这个口你们就不要开。现在是只要民主，不要集中，我这个大队主任连一根毫毛还不如哩。你们都想干你们的，就要看你们报的包价多少哩。别人不干，你们就还干你们的；要是有人包个大价钱，你们又不敢包，那，我也没法了。——他妈的，多少年来，什么不是我高瘦孩一句话就定了板？农业呀，副业呀，林业呀，电呀果呀拖拉机呀，样样都是按部就班地进行。如今一个承包，把我们的一切计划都打乱了，把我们这么大个摊子全打乱了，把我们这么大个阵营全打破了！你们还来找我，我有什么办法呀?！我有什么能耐呀?！你们找我哩，我找谁呀！……”

人们见他发了火，一下子全又变成哑巴了。

9. 霍大梅借钱

高瘦孩又接上一支香烟，拿香烟的一只手在空中一挥一挥地说：“我高瘦孩在安乐庄干了几十年，安乐庄起了天大的变化，你们哪个敢不承认！过去没有苹果树，如今有了；过去没有拖拉机，如今也‘突突突’地满村里跑着哩；过去没有医生，如今也有了；过去没有商店，如今有了供销社；过去学校只有一个老师，现在变成三个；还有咱们的仓库，年年都存上万斤的公积粮……这一切的一切，哪一件不是我高瘦孩一手搞起来的？哪一件不是集体生产的成绩？事到如今，把集体生产说得一无是处，还说什么我们没有解放思想，硬说不搞承包，不打破大锅饭就不能变富，——如果不富，我们能有拖拉机？能有砖瓦窑？能有粮食加工机？能有电灯？——多着哩，他们不调查，不研究，不了解下情，瞎指挥，瞎折腾，反正不叫人过一天安宁日子，打死我，我也不服！……”

高瘦孩说罢，丁和尚、夏白女他们又附和着说了些赞同的话，又提到分口粮田的事，高瘦孩说：“分就分，怕什么！大不了过一年，准又会来一个大转变，准又会来一个大纠偏。这是我多年吃得最准的一条。依我说，四虎的砖瓦窑也好，青只的菜园也好，还有虎生的粉坊，林只的果园，小雪的加工，和尚的电工，不拘你们哪个，明天晚上到会上看情况定吧，还能定上你们干，当然好；要是哪个定不上，——定不上就定不上，我敢说，最多一年，到时候情况一变，我保你四虎还烧砖，保你青只还种菜，保你虎生还开粉坊，保你林只还进果园！不怕，最多一年，我包了。你们就放心吧。”

一干人听了这些话，像是吃了定心丸，在场的“十三太保”成员霎时活跃起来。高林只说：“好吧，听老哥你的。”

田虎生说：“好吧，就让他们干一年。粉坊这事汤浆浑水什么好事，咱也休息一年。”

高大江说：“去它的！不管包多少，反正老子包啦！……”

樊青只说：“包菜园，不是小看他们，除了我青只，量他们谁也不敢干！……”

高满仓、夏白女、弓小雪、丁和尚几个人以为大队保管、民办教员、加工员、电工这些事不是随便哪个人都能干了的，没有多说。一干人在高瘦孩面前领了旨意，陆续散去，最后剩下丁和尚没走，便向老舅汇报三天后他要完婚之事，高瘦孩说："这是大事，既然定了日期，就准备办吧。只是不要太小气了。因为你有个当大队主任的舅舅，不要叫人笑话。"

丁和尚见舅舅同意了，十分高兴。次日天明，他们一家就为丁和尚的婚事大忙起来。

再说上西房的蔡狗儿开会回来躺下以后，想到承包大事已定，把他高兴得怎么也睡不着，还在打以后大干一番的小九九。他听得北房的人们陆续走了，并且听得砖瓦窑的田四虎说话，便想到要承包砖瓦窑的事儿。他跟儿子忙忙通铺睡在一起，先抬腿蹬一下儿子，说："忙忙，睡着没有?"

忙忙说："快了。"

蔡狗儿说："别急着睡，跟你说个事。"又大声喊："丑女，睡着了没有?"

这地方一般是一个三间屋子，两头两个大炕。丑女跟她妈凌二菊睡在另一个炕上。丑女回答道:"我今儿个有点睡不着。"

蔡狗儿没有再喊凌二菊，他认为她是个没能耐没主意的妇女，平日有事只跟儿女们商量，并不问她。因见一儿一女都还没入睡，便说："咱们家劳力多，除了包地，我想把大队的砖瓦窑也包下来，你们同意不同意?"

一家人听了狗儿的话，都不能不大吃一惊，以为他是说疯话，说梦话。实际上凌二菊也没睡着，先把她吓得浑身乱哆嗦哩。蔡忙忙也不同意他爸的意见，说："爸爸，你怎么想起砖瓦窑来？四虎干了几年，一年比一年赔钱多，闲着没事干了，找那赔钱买卖干哩?”

蔡丑女细细想想，认为她爸爸的想法很好，说：“哥哥真是个大糊涂蛋！你也不想想，既然一年比一年赔钱多，他怎么总愿意干，怎么总不想离开砖瓦窑?”

忙忙听了丑女这话，似乎开了点脑筋：“是呀，既然赔钱，四虎怎么总想烧砖瓦?”又问丑女：“怪呀，四虎怎么就不怕赔钱?”

丑女说：“四虎可不是块石头，真的年年叫他赔钱他才不干哩。说赔钱也是集体赔了，集体一年比一年赔得多，四虎就一年比一年抠得多……”

老实疙瘩忙忙这才如梦初醒似的说：“想不到是这样。反正过去我常听四虎说砖瓦窑赔得不能干了，可他还是干。要是这样，咱们干。爸爸过去就干过，手艺准比四虎高……”

丑女说：“砖瓦窑也是‘十三太保’一只铁饭碗，谁敢动？就怕瘦孩叔通不过。”

蔡狗儿说：“他通不过的事多着哩，可惜现在的形势由不得他了。如果你们同意干，明儿个黑夜开会我就要报……”

忙忙、丑女说了话，蔡狗儿就作为全家人同意而表了态，却没有征求凌二菊的意见。这已经是蔡家的老习惯。凌二菊也承认自已没出息，并不计较这些。可是她也说话了：“你们要干，我也不管。只是有一件，明儿个你赚了，你们花，我一针一线不要。你要赔了，你一个人去顶，可不能把我的儿女赔进去……”

蔡狗儿没好气地说：“净说昏话！你不懂，你就少说几句，不要多嘴多舌的……”

凌二菊受了丈夫的抢白，也不在乎。丑女却有点不平，说："爸爸，我妈也没有孬心歹意嘛。"

蔡狗儿笑道："我也不敢说她有孬心歹意呀……"

他们说着话，忽然听得院里"咯咯咯"雄鸡又叫了，一家人这才停了说话。

第二天，高瘦孩不出门，吕二旦带领大队干部整整忙了一天，把全大队所有的土地按各户的人口、劳力划分开来，口粮田算一数；责任田是按劳力多少，把同等劳力同等数量的土地分在一起，分成几组，让人们分组抓纸蛋，抓到哪处地就是哪处地。由于准备工作做得较好，分田分得比较顺利。至于粉坊、砖瓦窑、菜园、果园、粮食加工、拖拉机的承包，先由原来干这些事的社员报承包数儿，他们一一报了，承包的钱数都很低，便有许多社员站出来加码。黑女看到许多社员争着抢着承包副业生产，她想到申三儿学过开拖拉机，很想让他把拖拉机包下来。如果能达到这个目的，她跟三儿很快就可以订婚了。便在会场上把三儿叫出来，又给他作了二次动员，说："你看人们争着包果园、包菜园，你会开拖拉机，一定要争取把拖拉机包下来。你如果真能抓到那个方向盘，我敢保证，不出半年，那个富高桥就会架起来。"

申三儿说："我也想过这事。可是我看大江还想继续开拖拉机……"

"那要看他包多少钱哩。他要是包五百，你就包六百……"

"大江要包七百八百哩？"

"你就包它九百，一千！"

"一千？一千元可不敢包。过去大江包五百，还赔钱哩。"

"听他那鬼话哩。你只管大胆包吧，如果一千不行，一千一，一千二，要不，就一千五，也不要放过去。"

“一千五我可不敢包……”

“吓死你！你今天必须听我的。错过这个机会，你还想架富桥，盖上你那破被子做好梦去吧！反正我包你赔不了就是。”

“行，我看着情况办吧。”申三儿说着，就要回到会场去，黑女恶狠狠地咬着牙喊道：“三儿，给我返回来！”

申三儿听得这一声喊，像是曾经听到过霍大梅喊田胖孩那个劲头一样，心想：黑女真厉害，将来只怕就跟她妈一样，黑女她爸爸可是窝窝囊囊的，莫非我将来也会像黑女她爸爸一样，没个出息——像她妈也怕，反正她是个能干的姑娘。他又返回来，黑女训斥他道：“你怎么说要看情况办哩？”

“我是说看情况可包就包……”

“说了半天我是跟石头说话哩！——告你说，不拘是什么情况，你必须包下来，半点也不准含糊……”

申三儿说：“包价太高，将来要赔了哩？”

“挣了是你三儿的，赔了是我黑女的，你真是个活祖宗！去吧，你要敢动摇，看将来……”

申三儿返回会场，正好高大江报价哩，报的是六百元。申三儿便起来报了七百，高大江又加至八百，申三儿也跟着加码。等高大江加到一千一百元时，申三儿二乎了，没有及时加码。冷不防有人拧了一下他的裤子，低头一看，却是黑女在他的身边坐镇督战。他只得放大胆子，层层加码。最后加到一千四百元，高大江不再加了，算作申三儿承包了拖拉机，黑女也才长长出了一口气，心里说：“今天算办了一件正经事。”至于其他副业部门，也各有一番争夺。比如砖瓦窑，田四虎过去每年向大队交三百元，今天承包，有人提高到五百元，蔡狗儿却报了一千元，最后由蔡狗儿承包下。其他几种副业也有变动：田小庆包了菜园，夏文山包了粉坊，田珠宝包了果园，二十八头大牲畜也按社员们的包价高低包到社员户下。蔡狗儿、田胖孩两家合包了一头叫驴。只有粮食加工、供销社、保健室、羊群等几个方面都还没动。会议期间，黑女一边督促申三儿包拖拉机，一边催促她的父亲包粮食加工组。因为田胖孩一直不同意，黑女干急没办法。这会儿，她看看申三儿已经包定拖拉机，蔡狗儿已经包了砖瓦窑，特别是她的对门邻家包了砖瓦窑之事，对这个不甘过穷日子的姑娘，是一个很大的震动。她忽然感到自家太落后了。她虽然跟父亲田胖孩哥哥田春山说过承包粮食加工组的事。这会儿她看到父亲、哥哥倒像没事人一般，只是悄没声地四平八稳地坐在那里，没有任何行动，没有任何表示，直把她急得揉手搓脚，坐立不安。她希望她的爸爸，或者她哥哥，会站起来说话，左等右等，两个人总是死坐不动。气得她低声直嚷："看看我家的人，往板凳上一坐，皮胶水就粘住了，动不得了；一个个都长着嘴，也像嘴里塞了半斤棉花，都哑巴了！"可是她再细细一想，这才想起来爸爸对承包责任制没一点积极性，对一天三顿糊糊也没有什么不满意。头里跟他说过承包粮食加工组的话，算是白说了，也才想起哥哥田春山是个马大哈。什么闲事他都看得见，也会几句顺口溜，可一谈正事，就指靠不住了。一天到晚，出出进进，也是个人，不知道考虑正事，白长了那双好眼睛那张好嘴巴。只会糊里糊涂过日子，没个主见，没任何向往，靠他也是靠不住的。妈妈霍大梅倒是想富盼富愿意干，可也是个没有正经主意的人。黑女想来想去，这才忽然意识到爸爸、妈妈、哥哥都是依靠不得的，他们家想富，他们家想找个致富之路，要靠自己想，自己闯才成。想到这里，她开始认真考虑这个问题了。多年来，她为她家的生活困难极度不满，特别是为哥哥田春山找不下对象很不甘心。她认为哥哥已经是二十五岁的小伙子，连个对象也找不下，实在是他们田家的一个大耻辱。每每跟人们在一起说起这家的媳妇长呀，那家媳妇短呀，东家订了婚，西家娶媳妇这些事，她就要脸红，就有一种耻辱之感，感到自己比人矮了大半截子。过去吃大锅饭，她无能为力。今天中央政策这么好，只要自己愿意吃苦愿意干，就有富的可能。别人是人，咱也是人，别人能致富，自己为什么就不能呢？因她看见父亲、哥哥对承包副业的事无动于衷，急得她手、足发痒，跃跃欲试。她认为过去弓小雪干粮食加工，实际上也是挣工分，吃大锅饭，不好好干才赔钱的，如果以后想办法，好好干，会挣钱的。可她一个人又不敢自作主张，报名承包。就站起走到田胖孩坐的地方，跟他商量。田胖孩见黑女真的要包粮食加工组，没想到一个姑娘会有这个胆量，很为吃惊。女儿的行动有点震动了他，他说："说起来那也是一门好生产，可是干不好，赔了就麻烦了，好好想想再说吧。"

黑女说："我早想过了，干好了，赔不了。"

田胖孩摇摇头，说："你不懂，你就不要急，以后再说……"

"以后以后，你就只会以后，我不跟你说了！"黑女又来找田春山研究，田春山听了她的话也很吃惊，说："头里我当你是说着玩儿，没想到你是真要包。黑女，你怎么敢想这事？那是个赔钱买卖，人人都不敢干，难道你有包天胆？……"

田黑女说："咱勤快点，态度好点，加工粮食的人就会多起来，我敢保证赔不了。"

"不要急，不要急，咱们回家再商议。"

“讨厌！别给人来这一套，不要急，不要急，快把人急死了，你还不要急……”这件事，因父亲、哥哥都不大同意，黑女也没有十分把握，只好以后再说。但是，气得她坐在那里“吁！吁！”直叹气。

这天晚上，人们看到一个承包责任制，使得高瘦孩的“十三太保”中的几个“太保”打了铁饭碗，离开了砖瓦窑、粉坊、菜园、果园，使得安乐庄这个高家阵营变成残缺不全、支离破碎的样子，就像一个腹中长了大瘤子——患了死症的危重病号，忽然把病瘤子切除掉，重新焕发出生命的火花，看到了美好的明天一样，安乐庄的人们为着这些人事变动、生产制度的变化而拍手称快，可是许多人看看高美女还干着保健医生，弓小雪还干着粮食加工而不满。

承包责任制一订，安乐庄突然不是昨天的安乐庄了。人们大早起床不再火炉烤火，也不必等候队长派活儿，三番五次地催上工了，都是五更鸡叫上地，月亮高升收工。家家忙着修边垒塄，平整土地，积粪送粪，干得热火朝天。丑女看到这个变化，心下好不感动：照这样干起来，还愁乡亲们没个饱肚子吗！感动之余，便翻开笔记本写道：

担子在肩步自急，
春风和暖燕欢飞。
晨挑咯咯鸡声去，
晚担皎皎月明归。

蔡狗儿包了砖瓦窑，他把全家人一分两班：两个男人烧砖，两个女人上地。丑女到砖瓦场看看，见是手工脱砖，既少又慢，说："这样慢吞吞地干，能挣几个钱?"她看书看报多，知道单靠手工干活儿，并不会使砖瓦生产有多么大的发展。如今城市、农村到处都在修建筑，砖是快货儿。如果在机械化、半机械化方面想想办法，才不致费力多，生产少，才会有个比较大的收益，才会比较快地改变这个家的生活状况。心想：如果闹得好，能快点做些新桌子，新柜子，每天抹抹擦擦，抹得才有劲儿，擦得才提神儿。哥哥找对象，人家来相家，才像个家的样儿。丑女遇事不慌不忙，说话稳稳当当。等到这天晚上吃晚饭时，看见忙忙舀了一碗糊糊就要串门去，她说："哥，就在家里吃吧。"

忙忙问："怎么？你要说什么?"

丑女说："我想说个事儿。"

忙忙很尊重丑女，说："好，说吧。"

"听志荣叔说过外边烧砖，都用制砖机，一台机器制砖比几十个人手工制砖还快哩。咱们是不是可以想个办法，也买一台制砖机?"

忙忙说："啊呀！你真敢胡思乱想，谁不知道机器好，可是钱哩?"

蔡狗儿见女儿说出买机器的话来，觉得很奇怪。看看女儿，说："你可真敢想！你想得倒是好，就是办不到。因为买一台机器要差不多两千元钱哩。平素咱们称一斤盐花一角多钱，还发愁哩，去哪找两千元……"

丑女对这个问题已经认真考虑了一番，也认真算过账，认为就是贷款买机器也是很合算的。便说："没钱也不怕，可以到信用社贷款。我已经粗粗算过一笔账，就贷款买机器，虽然要出些利息，赚头也是很大的，一年赚一万元没问题……"

丑女一句话，又把全家人说愣了。蔡忙忙说：“看丑女的胆量有多大？开口就贷两千元，开口就想赚一万，天呀！还不知道烧砖能赚几个钱……”

蔡狗儿想一想说：“一贷一两千，我都不敢想这事，丑女敢想，你可真有个大心胸哩——贷就贷，要干就大干，不信天会塌下来！”

买制砖机的事一说就定了。上东屋的霍大梅想换几件农具，也没钱。听说狗儿要去贷款，就跟狗儿打个招呼，要他跟胖孩一块儿去。就在丁和尚完婚这天，狗儿找高小勤开了贷款介绍信，便唤胖孩同去。田胖孩本不想去，由于霍大梅的催促，真的去了。北屋的高家却不同，贾月娥借口供销社脱不开身，不上地；高美女借口保健室这几天打针的多、买药的多，不出工；樊金花心情不好，不动弹；儿子高福福打公社联合厂回来看媳妇，自以为是工人，不管农业上的事。高瘦孩哩，自从定了承包责任制，特别是他的“十三太保”有四人丢了好差事，把他气坏了，在屋里躺了三天三夜没起床。到了丁和尚办喜事这天早上，丁和尚再三请老舅爷，高瘦孩觉得这是外甥一辈子一次的大喜事，做老舅爷的不到场不好，这才无可奈何地起了床，出了门，来到丁和尚家院里看看，见喜棚已经搭起，大锅已经支起，喜联也已经贴在门上，看到这些，他脸上才算来了一点喜意。来到丁和尚屋里，老姐夫丁万福对他发了几句牢骚，说他不像个老舅爷的样子，他只是一笑了事。他又问过哪些人去迎亲，谁打旗？谁打灯？谁放炮？谁陪客，丁万福说都安排好了，并说樊金花也是陪客之一，他说：“她那个土包样儿，能陪客？怎么不派个别人？”

丁万福说：“过去娶媳妇，女方来的是男客，当舅爷的就是陪客；如今兴了女客，当舅妈的不陪行吗？让年轻人陪吧，福福媳妇不爱说话，美女还是个闺女，都不合适，非她上阵不行哩。”

高瘦孩没有多言。因看到炕上放一张小炕桌，大队会计高小勤坐在那里当库房掌柜，这才忽然想起来结婚上礼，做舅爷的必须第一个出面上礼。一件喜事能收多少礼钱，全看当舅爷的带头带得如何。如果当舅爷的小气，上礼少，礼价便会大落价，就该事主倒霉哩。农民普遍穷苦，把结婚上礼看得很重要。丁和尚依仗有个好舅舅，当了个电工，收入比一般社员多，日子还算好过些。只因如今买卖婚姻价越来越高，丁和尚这门亲事就给女方花了一千五百元，当然很想在今天上礼这一着上捞一把，这就要看舅爷能不能带这个头来。如今说假话办假事盛行，农村在结婚上礼问题上也有一种假。谁家的舅舅是个富户，不必说了；如果舅舅穷，外甥为了让舅舅带头多上礼，往往自己拿钱给舅舅，让他带个好头。丁万福想到高瘦孩一向对钱财抠得很紧，怕他不能带好这个头，便把他叫在一边，拿出五十元钱给他，低声说：“瘦孩，这是五十元，你自己再配上五十，给咱上一百，行不行？”

高瘦孩想一想，真的感到往出拿一百元有点心疼，便接下那五十元，说：“好吧。”他又回家里拿了五十元，共是一百，交给会计高小勤，说：“小勤，给我记上一百。”

高小勤接了钱，笑道：“到底是老舅爷，大方。”管账的按规矩给上礼人一支香烟、四个馍，算是谢礼。

高瘦孩上礼一百元，在他说来是无关紧要之事：一则，他手里有钱；二则，其中有五十元虚头，是假的。对丁和尚家的其他亲戚们说来，对安乐庄的老百姓说来，可说是出了一道大难题。再加丁和尚是个电工，他手里掌着个电权。虽然大伙平时都不用电，有时候遇个什么事，少不得也要用那么一两次。再说如今搞了承包制，日后富了，谁肯不用电，惹不起这只电老虎，以后用电是会遇到许多麻烦的。更何况丁和尚是大队主任高瘦孩的外甥，不看僧面看佛面，丁和尚敢不敢惹不好说，这高瘦孩却是惹不得的。高瘦孩上礼上得少些，一般关系的社员群众便也可以少些，或一元，或两元，权当是母鸡丢了蛋，表示表示也就算了。高瘦孩一来就是一百，人们便觉得一元、两元拿不出手来。村里许多带着一两元钱来上礼，先问问别人上礼多少，一问最低限度也是五元，只好把手缩回来，回家去凑钱。大部分人本来就为拿不出一元喜礼而犯愁，看看丁和尚由高瘦孩带头，底码定得太高，更为那五元的最低数犯难哩。小磨院上东房田胖孩家里是派了田春山来上礼的。安乐庄的风俗是谁来上礼，谁就可以吃一顿喜饭。他们为了上礼，狠狠心卖了一斤一两鸡蛋，卖得一元钱，霍大梅把钱交给田春山说："四五天才能下十来个蛋，能担一担煤烧十几天哩，真可惜，你拿它换吃一顿去吧。"

田春山来到丁和尚家，向会计高小勤问问今天上礼的行市，见说最少也是五元，只好又返回小磨院来，跟他妈说："妈，一元钱太少，只怕……"

霍大梅气了："不少。咱们跟他一不沾亲，二不带故，不过想到乡里乡亲的，人家又是个管电的，才咬牙卖了一斤一两鸡蛋。要是别人，有五毛也……"

"你不知道，人家老瘦孩带头上了一百元钱的礼，底子坐得太高，普通人家最少都上五元，这一元钱拿得出去吗？"

"老瘦孩真缺德，为了你外甥发财，也不想想全村里的穷子民拿得出来拿不出来?!说起来家家都上五元，咱要上得少了，和尚那个浪当鬼也惹不得。可是这四元钱到哪去找呢？就是偷人的摸人的也来不及呀!”

“只有借啦。堂屋是老支书，下西屋是县干部，都是有钱户……”

说着话，上西屋的凌二菊愁眉苦脸地进来说：“大梅，这可该怎么呢？和尚娶媳妇哩，不上个礼也不好。就说上一元吧，可我家的鸡开春才下了两个蛋，连两毛钱也卖不上，到哪去找这一元钱呢？真真愁死人哩……”

“愁死人？告你实话说吧，和尚娶媳妇跟别人不同，有个老瘦孩会抬价，一下子上了一百元。春山说，最少的也上五元，没有一元的行市……”

“五元？我的天爷爷呀，有五元钱能做好几个小板凳，够过一个年花的。今年过年，还是前年卖猪剩下三元钱不敢花，不就是这三元钱过了个年！如今到哪去找五元钱呀……”

凌二菊话音未落，丁和尚东王庄的表姐进来，说她今天带了五元钱来上礼，不想亲戚们最少也是十元，她只好想办法借钱，也凑个十元数儿。说是已经借了几家都扑了空，因认识霍大梅，才找霍大梅借钱来了。霍大梅听了好笑，说：“老妹子呀，说出口不怕你笑话。我们也正是为没钱给人家上礼犯愁哩。我卖了一斤一两鸡蛋，才卖了一元钱，还差四元哩。我们这个老邻居家里只有两个鸡蛋，也为这五元钱愁哩……”

大王庄那个女人知道她们也困难，只好另想办法去了。说到借钱，霍大梅说：“二菊，这样吧，咱们有两个好邻家，缺吃少花的可从没有跟他们开过这个口，今儿个和尚把人逼住了，求人家一次吧。你去北房，我去下西房，走。”

霍大梅、凌二菊分头去了。一会儿，两个人一前一后回到上东房，凌二菊愁眉苦脸地说："我还没开口，人家金花就说了一百宗困难，说得比咱还穷，一口一个'一分也没有'，早知道是这样，何必……"

霍大梅气呼呼地说："扯他娘的淡，一分也没有，老瘦孩怎的一拿就是一百！我去到下西房，金荷说花得一分钱没有，在家等志荣回来哩，说是志荣不回来，她就不去上礼，一路儿骗人的鬼话。二菊呀，也怨咱们自己太傻，凭咱们甚哩，要是金荷找金花借，准能借上，金花找金荷借，也准不会脱空。都有钱嘛，都不怕还不起。就嫌我们穷，怕有借无还——扯他娘的淡，看得我们连五元钱也不值了，也太有些下眼瞧人哩，看我能不能借上五元钱！春山，你去找找大江，叫他借给十元，咱们五元，二菊五元，就都有了。"十年前，高大江上山打酸枣，从两丈高的崖上摔在沟里，半天没人知道，是田胖孩发现以后把他背回来的。霍大梅觉得找他借钱，他总不会不给田胖孩这点面子。田春山也认定找高大江借十元钱是没问题的。他跑着去了，一会儿便返回来，说："又扑了个空，大江说他手边有二十元钱，给和尚上了十元钱的礼，剩下十元，也有人借去了。"

霍大梅火又来了，说："谄他娘的经，别人借就有，偏胖孩家的人借就没有了？我去。"霍大梅亲自出马来到高大江家，高大江忙笑着让她坐，她说："坐啥哩，五元钱把人跑得屁股不着地，哪有坐的工夫……"

高大江笑道："老婶子，真对不起你。要说嘛，不借给别人都行，有钱还能不借给老婶子你。没想到今儿个借钱人太多，都怨我疏忽大意，没给老婶子留几元……"

“不要给我诉苦，我不想听，你只说借不借……”

“老婶子呀，要是有，还敢不借给老婶子，实在是……”

“那就拉倒!”霍大梅返身就走，高大江忙说：“老婶子，你回来。”

霍大梅又返回来，高大江说：说实话，今天实在，实……实在还有两元……他就从身上掏出两元钱给她，她看也不看，说：“啥的只有两元，干脆就说因为田胖孩穷，借了还不起，多好!”又旋风似的转身走了。

霍大梅走在街上，心里好不烦恼：老瘦孩真缺德，害得我半天不得安宁！小大江真孬种，看得我五元钱不值，给我两元，人穷了就这么不值钱！——管他是电工电爷爷电祖爷爷哩，今天这个礼不给他上了！——家家都上，偏田胖孩一家不上？唉，真是五元钱逼死人哩，上，上，上，我到哪借这五元钱呢？要不，哪怕再有一元也好，可是……走着想着，迎面碰上东头的田长生，说他也是到处借钱借不上，还说：“我就知道和尚快结婚了，过大年把他妹妹在姥姥家挣的一元压岁钱扣下没敢花，没想到一元钱不行，要上五元，借又借不上……”

霍大梅说：“真他娘的晦气，过去有一元就行，今儿个偏就大涨价了。亏安乐庄穷，只有光棍，三年二年没个结婚的。年轻人们要都结婚，可了不得！一个丁和尚，就把人愁死了，一年里有十个八个结婚的，可真的把人逼得跳崖哩!”

霍大梅灰心丧气地走在小磨院大门口，忽然碰上夏志荣挎个小背包走来，一下高兴了。说：“志荣，你可算回来了。今黑夜就要分责任田，金荷正在屋里犯愁哩。”

夏志荣说：“该分就得分，愁什么哩!”

“志荣，你站站，我先跟你说个事。和尚今儿个完婚哩，老瘦孩把礼钱抬高了，上了一百元，他一抬高，就都高了，过去一般户上一元的，都上了五元，这不，我正为这五元钱奔哩，可是一元也没奔来。我卖了一斤一两鸡蛋，有一元钱。可是上一元也太少。我想上两元。你先借给我三元，算我借你一元，算老狗儿借你两元，今天说啥你也得克服这点困难……”

夏志荣想到这两家老邻家很少麻烦过自己，不便推辞，便拿出三元钱给了她，说：“以后不要跟金荷提这事。”

“知道，要不，我在大门外就把你截住了。过些时鸡下了蛋，一定还你。”见夏志荣站着不动，说：“还不快回家?”

夏志荣说：“你先走，我稍等一会儿。”

霍大梅这才想起来他要跟自己一起走进小磨院，胡金荷会怀疑夏志荣借钱给她。这才先一步回到家里，只说是跟别人借了三元，给了凌二菊两元，两家人才打发田春山、蔡忙忙两个年轻人上礼去了。

田春山、蔡忙忙在丁和尚家上过礼，因为上礼数目少，高小勤每人发给一个馍馍，一支香烟，算是谢礼。田春山一手点了香烟，一手拿着馍馍，先抽一口烟，又咬一口馍馍嚼着，蔡忙忙说：“中午和尚家有饭，不能省下那个馍馍?”

田春山笑道：“只因肚子饿，忘了省馍馍。”才把咬了一口的馍馍装起来。一时，大门口鞭炮“叭叭”响，迎亲队动身走了。田春山便到大灶上帮忙切菜，蔡忙忙回来小磨院，正好听得下西房的胡金荷屋里哭着诉苦哩：“明知道我不能上地，他们还硬要给咱分口粮田，你也不回来找瘦孩说说……”又听夏志荣说：“你们是农业人口，口粮田不能不分……”“分下怎么办，我给你种不了！……”“种地时候我可以请几天假……”“说的比唱的好听！你有你的工作，怎么可好……”

蔡忙忙慢慢走着听了几句，回到上西房，丑女上地也回来了，凌二菊正向丑女说借钱上礼的事儿，说：“丑女啊，今天亏了你志荣叔回来，才借得两元，给和尚上了份礼。要不，碰破头到哪借去呀。”

丑女忙问：“借钱的事，志荣婶不知道吧？”

“还敢让她知道？她知道了，就借不成了。”

“妈，你可记住，不要忘了借过人家两元钱。”

“还敢忘了？等咱们攒够二斤鸡蛋，就先还人家的钱。你爸爸今儿个去方山镇信用社贷款，也不知道能不能贷上，要能贷上，明天就能还人家的钱……”

这时，忽然听得“叭叭叭”三声炮响，接着便听得街头锣鼓喧天，管弦齐奏，知道是丁和尚娶媳妇来了。忙忙、丑女就在院里唤黑女同去看热闹，黑女却说不去。忙忙、丑女进来上东屋，说：“黑女，走吧，看看热闹嘛。”

黑女只说：“我不想看。”

田春山说：“都去看哩，你为啥不去？”

黑女说：“有本领，你自个儿娶个媳妇来，多好看，只会看别人娶媳妇，还算得个本领……”

丑女看出了她的心意，说：“别怕，和尚能娶个媳妇，别人也当不了和尚！”死拖活拉硬把黑女拉上，跑到街头。

10. 狗儿过三关

丁和尚的迎亲队还是安乐庄过去的老样子，不过是前边一个放炮的，进村时先“叭叭叭”放三个炮，打街上走过，他就“喀吧喀吧”地专管放鞭，闹得满村里充斥一股火药味，满村里升腾着灰蒙蒙的烟雾。放炮人之后便是两面红旗，紧接着是两盏红灯。红灯该在晚上才有，如今迎亲，大白天就把新娘子迎来了，还照旧打红灯，看来有点不伦不类，照章办事罢了。后边是乐队，不过就是本村业余剧团的上下手音乐。过去，安乐庄的业余剧团很像样子，土改时演过《白毛女》《赤叶河》，轰动一时；全国解放后，还演过《鸭绿江》《雁门关》。大跃进以后，社员们碗里的糊糊稀了，台上的节目完了，算是剩下乐队没散。乐队的人们也不愿意把乐队散了。因为有个乐队在，逢年过节能红火红火，还是次要的。重要的是村上有个红、白喜事，乐队吹打一番，乐队每人便能抽一盒烟，便以为是一项了不起的收入。还可以吃一顿饭，改善改善。

还说丁和尚娶媳妇。乐队之后便是新郎新妇各骑一匹瘦骨伶仃的老马慢慢走着，再后边便是送新媳妇的两个女送客，也各骑一匹瘦马。全部迎亲队就是这些。人们跑着到街上来看，不为看别的，主要是看新媳妇，次要是看那两位女客，对她们评头品足地议论一番，便算得一种满足。

蔡忙忙、田春山、霍大梅、凌二菊、丑女、黑女他们跟着看迎亲队，一直跟到丁和尚家大门口，因为在这里还有许多重要节目可看。

迎亲队到了丁和尚家大门口，几匹瘦马站住，村里的音乐班吹呀打呀到了高潮阶段。看新媳妇的人里三层，外三层，男男女女，老老少少，把骑在马上的新郎新妇团团围住。丑女看看新媳妇的穿着，见她穿一件玫瑰色涤纶褂子，围着猩红色大围脖，头上扎了两朵红绸蝴蝶结子，脚上穿了绣着风戏牡丹的红缎鞋子，看来那么鲜艳，不由得看看自己的一身，又看看黑女的一身，再看看周围的数百名男女，一个个都穿着补丁摞补丁的破旧衣服，灰蒙蒙的一大片，哪里像一群人，倒像是个大破烂摊子。与马上的新媳妇一比，真有天壤之别，这使喜欢思虑的丑女感叹不已。心想：全村的大姑娘、小媳妇要都能跟做新娘子一样，该有多好啊！难道人们平素就该补丁摞补丁……

这时，只见丁和尚和两位女客下了马，独新媳妇不肯下马。这有一个说法，要等拿到“下马礼”才肯下马。实际上，丁和尚不仅已经花了一千多元彩礼，今天在任庄也已花了不少礼钱。他进任家的门，跟他要进门礼；拜见岳父母，要见面礼；小舅子送上茶来，要捧茶礼，端上酒来，要敬酒礼；吃过饭，做饭的又要谢宴礼，那些众小舅子、众小姨子、侄儿、侄女都来要贺喜礼。迎亲走时，任宝宝的父母给宝宝陪送了二尺长一口箱，由一个小舅子背了送来，要背箱礼；新媳妇出娘家的门，要别亲礼，否则，宝宝便不出娘家的门；新媳妇上马，要上马礼，否则，宝宝便不上马……总之，那礼太多了，简直是多如牛毛。每个项目二十元，少说也要二百多元，新媳妇才可以上到马背上。过去，安乐庄一带并没有这些繁琐礼节。一个大锅饭，一个多年吃糊糊，人们巴不得有个拿钱的机会。他们紧紧抓住一个小伙子娶一个媳妇的好机会，便想方设法，大敲竹杠，这个礼，那个礼，越发展越多。如果长此下去，一个姑娘出门，各色杂礼会发展到百种千种，也很难预测。

再说新媳妇任宝宝死坐马背不动，负责引媳妇的贾月娥，把早已准备好的十元下马礼拿出来，递上去，任宝宝斜眼一瞧，见是一张票票，也不说话，也不接钱，也不下马。贾月娥连忙跑回家里，跟库房掌柜高小勤又要了十元，又递上去，任宝宝还是不接、不下马。后来加到四十元，算是接去了，但是还不下马。问她还要什么，任宝宝只不做声儿。站在一旁看红火的高美女，忙去问任庄的女客，才知道新媳妇还要公公、婆婆、舅舅、舅妈等人都拿一份下马礼，才肯下马的。这又是一个新发展，安乐庄的人们还是头一次听说的。因而许多人都骂新媳妇太过分。看红火的霍大梅说："咱们别在这里看了，再扩大扩大，说不定还会扩大到咱们的头上哩……"

黑女低声骂道："财迷鬼！只怕下一次马，就把她爹她娘的装老费都要下了！"

丑女说："也不能完全怨她。错过这个机会，她们就没有进钱的门路了。谁不知道安乐庄上种一天地才有两毛钱。实际上这都是一个穷字把人逼出来的，把人逼得只知道抓住一切机会要钱，不问自己是人不是了。"

凌二菊说："给了她四十元，不少了，咱们喂一头猪喂整整二年才能卖四十元……"

她们说着话，忽然看到驮新媳妇的那匹瘦马"嘶"的一声大叫，两只前蹄一跃而起，差一点把马背上的新娘子给摔下来。新媳妇死坐马背不下马，是为了多收入一点下马礼，老瘦马没什么额外想头，又收不上驮人礼，站得不耐烦了，便想造反。谁知新媳妇要下马礼的决心太大，马叫也不怕，马捣乱也不怕，马尥也不怕，一是不怕，二是压马背的功夫还蛮强的，竟也没有摔下来。后来，老瘦马急得四蹄乱刨，直刨得土雾蒙蒙，沙石乱飞，把新娘包围了，新媳妇决心真大，一不怕土雾脏脸，二不怕尘土脏了她的新婚喜服，在那蒙蒙土雾之中竟也能做到岿然不动。这时，只见贾月娥又拿来四张十元钱，拿一张说一句，说："这是我姑父的，这是我姑姑的……"递在马上，罢罢罢，新媳妇总算下了马。谁知这头刚下马，那头又来了。

新婚典礼开始，司仪高小勤喊着给主婚人鞠躬、给舅舅鞠躬……新郎丁和尚是老老实实都鞠了躬的，新媳妇任宝宝直直站着像一根竹竿，那脖子像是铁打的，根本没有一丝点头的意思。但是，一一鞠躬罢了，司仪喊“新郎新娘携手入新房”，新郎走来拉新娘的手，新娘狠狠甩他一下，直是站着不动。这个不动也有一个说法，要拜礼钱哩。新媳妇的头虽然没点过一次，但是新郎代表她一一都点过了，就必须要拜礼。实际上，做长辈的都已经把拜礼准备现成，他们一一拿出来交给司仪高小勤，高小勤便又一一唱礼道：“父亲拜礼五元，谢！母亲拜礼五元，谢！舅舅拜礼五元，谢！……”以后还有舅妈、姑姑、姑父、叔叔、婶婶……都有多少不等的拜礼。拜礼全是给新媳妇的。司仪喊了那么多的“谢”，是要新媳妇鞠躬，表示谢意。新媳妇任宝宝看过别人做新媳妇的做法，懂得真的要鞠躬，会被人看做太老实，没出息，所以司仪口口声声喊“谢”，实际上新媳妇并没谢的行动，人们也不勉强，知道人人都是这样的。拜礼也跟下马礼不同，长辈人们拿多少算多少，拿得少，新媳妇只能在心里暗骂：“小气鬼”，不能跟骑在马背上一样不下马。

典礼仪式一罢，紧接一项就是新郎新妇携手入新房。丁和尚主动来拉新媳妇的手，新媳妇左躲右闪，不让他拉。为什么，这又是一个新发展，要“携手礼”。不携手吧，大伙一拥而上，把路子堵塞，不让新郎新娘前行。携手而行吧，又要出钱。没办法，贾月娥又去屋里要来二十元钱，交给丁和尚，丁和尚立刻交给新媳妇，大概因为新媳妇受不了人们的包围、拥挤，竟不再坚持加码，丁和尚再来拉她的手，她也不再躲躲闪闪了。这个“携手入新房”关算是过了。新郎新娘进入新房，人们也一拥而来，这叫闹新房，闹新房是要新郎新娘做各样动作，比如谈恋爱经过、唱歌、散糖、敬酒等等，大多是要新媳妇做的。大伙闹着要新媳妇谈恋爱经过，新媳妇却静坐低头不语。要她散糖，她静坐不动。为什么？这个新媳妇又给安乐庄带来一样新名堂，她还要“开口礼”，就是，不给钱，不开口说话。丁和尚以为不开口，你就不用开，反正把你娶到屋里了，还有什么怕的。可是大伙通不过，定要新媳妇开口说话，新媳妇却下定决心不开口，不说话。于是，人们又向丁和尚进攻，丁和尚没有别的办法，只好又拿二十元钱交给新媳妇，谁知新媳妇还是闭口不语……人们又吵又闹，乱作一团……凌二菊、霍大梅看了丁和尚的新婚仪式，自然又想起各自儿女的事儿，无心再看下去了。她们随了丑女、黑女一路往小磨院走来，凌二菊长长叹了一口气，说：“也不知道咱们多会儿才能等到这一天哩。”

霍大梅说：“已经承包了，你还怕什么。等今年秋天发了财，咱们两家就办喜事，要办得比他和尚更红火。只是丑女、黑女不要学和尚媳妇，骑在马上不吭声儿，硬要人家的钱。”

黑女笑道：“今儿个和尚媳妇在马上才怄了一个钟头，轮到我，我敢怄他三天两天，不给我三百五百下马礼我决不下马……”

丑女笑道：“三天两天不下马，当你有多么了不起的雄心壮志，说来说去不过也才三五百元……”

黑女笑道：“别说我，我敢说到了那一天，你准不如我的耐性大，只怕给你三元两元下马礼，你就下马啦……”

丑女说：“要是我，我才不骑在马背上怄气哩，我要干脆来它个挥刀跨马大战，定要把婆家的人宰尽杀绝，他们家的家财不就全部变成我的下马礼……”

一句话，说得几个人“咯咯”大笑起来，霍大梅笑道：“今天可是太阳打西边出来了，小磨院的‘愁女’也会说了，也会笑了……”

黑女今天看了丁和尚的婚礼，又想起哥哥田春山跟自个儿的终身大事。心想：和尚能娶个媳妇，不信我哥就不能娶个媳妇。她知道娶媳妇，致富是第一要素。虽然包了土地，最早要到秋后才见成效，她实在有些等不得。她还想着承包粮食加工组的事。走着路，便跟霍大梅提起此事，霍大梅说：“你疯了！谁不知道小雪干加工组，大队每年要补进几百元才行哩。不要只管说这件事啦。”

黑女说：“那是小雪不会干，没干好。叫我干，准挣钱……”

霍大梅说：“你想得好。反正我不叫你包那个赔钱买卖……”

黑女早已跟丑女提过这事，丑女对这件事已经考虑过一番，她觉得加工组很可以干一干。说：“大妈，你就叫黑女包了吧，不会赔钱的。咱们安乐庄已经实行了责任制，人们早早晚晚会很忙的，也就不愿意推碾拉磨了。咱们再把加工费降低些，大伙更愿意来加工……”

霍大梅说：“小雪干着，加工费高，她还赔钱哩，再降低了，不更要赔吗？等到赔了钱，后悔就晚了……”

黑女对她妈这种阻三挡四的做法很不满，说：“就你前怕狼后怕虎的啥也怕！又想发财，又不敢生产，哪有那么便宜的事！照你这个样儿，手也不敢抬，脚也不敢动，还想发财哩？发你那桑树疙瘩老干柴吧！”

“不发财，我也不能闭着眼瞎干！……”

丑女看看霍大梅的思想不容易说通，暗暗拉了下黑女的衣角，两个人故意落在后边，丑女说："老人们受穷受怕了。我看这事就不必跟老人商量了，你就自个儿闯吧。人们把土地一承包，必然会大干大忙，谁还有工夫推碾拉磨，粮食加工准是快事。你听我的，你去找找大队干部，大胆些，包价高些也不怕，咱们共同想办法，我敢保你赔不了钱。"

"那样也行，就是我妈要骂我。"

"大妈骂起来，我保你过关。"

黑女听言很高兴，她知道丑女在她妈面前说话很有威力，就准备去找高瘦孩。

丑女她们有说有笑地走在小磨院大门口时，正好碰上蔡狗儿、田胖孩二人到方山镇贷款回来。看到他们两个满脸不高兴的样儿，凌二菊的一颗心早又"咚咚"跳起来，丑女的脸上立马又是愁云密布，黑女的脸也发呆了。高兴了半天的霍大梅，看见田胖孩那种不死不活的样儿就生气，冲着他俩问："又怎啦？又怎啦？"

田胖孩只不理她，站也不站，气也不吭，低着个头背着两只手直冲冲走进小磨院去。霍大梅冲着他的背影骂了一句："死东西！只差比死人多一口气！"

蔡狗儿火冒三丈地说："太欺人啦！'服务生产，服务生产'，说的比唱的好听，就是只卖嘴不办实事……"

丑女很机灵，早已猜出爸爸为什么发火："爸爸，准是信用社推三阻四的……"

"不知道他吃哪门子邪哩，我贷两千元，说是没现款，叫过两天再去；胖孩哥贷二十元，也说没现款，也叫过两天再去。一个信用社，见天成千上万地往外贷哩，我就不信二十元钱也没有，尽捉弄老百姓哩！老百姓的工夫就这么不值钱?！老百姓就什么亏也能吃？什么气也能受？什么事也能忍？……”

凌二菊忙说：“那就过两天再去吧!”

“你说得轻巧！一寸光阴一寸金，我们的工夫就那么不值钱?!”

霍大梅说：“找他们的领导告他去!”

丑女爱看书、爱看报，对时事知道得多。她愁愁苦苦地说：“如今有几个是包公？告也白搭。看起来都怨我们太傻，这不是没款的问题，只怕是没有给人家送点什么……”

霍大梅说：“扯他娘的淡！咱们贷款要还利息，还给他奶奶的送啥礼哩……”

黑女说：“你不送礼，就是贷不上人家的款！真可怕！只想买缺货要走后门，找工作要走后门，没想到信用社也有两道门。我们给人上礼连两元钱都愁得快把人愁死了，拿什么给他们送礼去？拿那个三条腿小板凳去？太欺侮人了!”

他们边说边走，回到小磨院，各回自己家来。蔡狗儿他们回来上西屋，见忙忙不在，问道：“忙忙呢?”

丑女说：“今儿个和尚完婚，咱们跟志荣叔借了两元钱，哥哥上礼去了。”

“志荣回来了?”

“头里刚回来。爸爸，要不行，你可以求求志荣叔，让志荣叔跟信用社的人讲讲，只怕就能贷上。”

“我贷的是公家的款，又不是他私人的。干啥也要送礼，干啥也要求人，干啥也要找关系，不知道瞎叫什么规矩……”他想贷款，又不想干托人找关系的事，也不愿意再去走信用社那个老路去了。不去又没钱买制砖机，制砖速度就不能提高，他的一年收入万元的计划就会落空。这件事把他愁住了："原来想得事事都会好办的，没想到才走第一步就把人绊住走不开了……"

上西屋的蔡狗儿在屋里犯愁；上东屋的田胖孩却不一样。他今天去贷款同样是落空而回，却像没事人一样，回家就坐了那个三条腿小板凳等着吃中午的有盐糊糊。霍大梅看见他就有火："坐死呀！坐死呀，不知道哪世里是走着站着活了一生，今生今世活在世上就是为了一个坐。"她想到蔡狗儿为没有贷上款快气死急死了，她家这一个却一点也不气，半点也不急。如今包了田，就要春耕大忙哩，锨镢锄耙、箩头粪桶没一样应手家具，他却总是没事人一样儿："没贷上款，你打算怎么着？镢呀、粪桶呀、箩头呀，还打算置不置新的？"

田胖孩头也不抬，漫不经心地说："没有钱，用啥买？"

"信用社不是说叫你过两天再去？"

"过两天再说。"

"这种烧不熟炸不烂的东西，真跟你没法。"因为老汉是个松松垮垮的人，老婆就得多费些神，过了两天，霍大梅就找蔡狗儿，问他还去不去贷款。蔡狗儿说："信用社那些官老爷，我真不想再见他们。可是不见也不行呀，谁叫人家有那个权？谁叫咱偏偏要用钱。"

霍大梅见蔡狗儿还要去，返回来就催田胖孩："狗儿还要去哩，你也快去吧。"

田胖孩说："去就去。"

"看你那个松劲儿吧！如今已经承包啦，也该打起点精神才行哩。不要总觉着你想的正确，总想着承包不了几天。哪怕就是承包一年，咱也该抓紧些。要是今年能多打几百斤粮食，明年咱也改个样儿吃两顿。”

田胖孩没有表态，慢悠悠站起来便走了。

蔡狗儿、田胖孩到方山镇信用社去贷款，往返二十里路，半前晌就回来了。他俩路过沙石坪地，看见凌二菊、忙忙、丑女他们，在塄上那块地垒塄；霍大梅、春山、黑女他们，在塄下那块地打坷垃。便分头拐进各自的责任田里。蔡狗儿厉声大骂道：“这些老爷们官不大，派头不小，真把人坑死了。跑了两趟，一分钱也没贷上，冤枉路都让咱们这些老百姓瞎跑了……”

田胖孩倒还是平常样子，不说长不说短，进来他家的责任田，看看还有一个耙横放在地里，便拿了耙子一下一下慢悠悠地耙地里那些谷茬和干枯的杂草。黑女听说他们今天又是白跑一趟，冲着田胖孩问道：“爸爸，他们今天怎么还不给贷款?”

田胖孩漫不经心地说：“人家还是说没现款，这包产还说不定能包几天，算了……”

黑女直冲她父亲嚷道：“连二十元也没有？什么没有，明明就是欺负老百姓哩！去他的！离了他那个吹鼓手，鼓也要响哩；离了他那泼马尿，河也要涨哩！离了他那二十元钱，看我能不能把加工组干好！”

霍大梅说：“你说得好听。二十元，你给我拿出来。”

黑女想一想，没办法了。

蔡狗儿蹲在他家责任田的地边上，一把一把抓起土坷垃净往河沟里扔。霍大梅看看情况不好，也不问她家的田胖孩，抬头问蔡狗儿道：“他们叫过两天去，过了两天怎么还不贷给?”

蔡狗儿说：“像咱们这个样儿甩着两个大巴掌去贷款，再过二十天也贷不上。老嫂子，想贷款，拿礼来，没有三五瓶好酒，三五条高级香烟，还用你那小粪桶小箩头吧！”

霍大梅听言气又来了：“扯他娘的淡！贷给哩，五八；不贷给，四十；我贷二十元钱，倒要先给送三十元的礼；哪家财主黑夜睡觉不关门，我给他偷去?！——去他娘的吧，早知道是白磨鞋底子，老胖孩也能多送几担粪。”

霍大梅不打算再让田胖孩贷款去了。蔡狗儿却还在为贷款的事儿犯愁。他思想再三，为了实现今年收入一万元的计划，只好想办法先给信用社送点什么。当天中午他们收工回到屋里，说到买礼物之事，又为手里一分一厘没有犯愁了：“他娘的！贷款这一关还没过，先得过借钱买礼关。先卖点什么呢?”蔡狗儿把他这个家粗看一遍，无非还是缺柜门的柜子、砖头支起的桌子、塌格拉的椅子，还有三条腿的大小两个板凳。再看南北两个大炕，每个炕头只有一条破被子，真可以说他这个家的东西物品是一钱不值的。蔡狗儿看了这些东西又犯愁了：“这叫我到哪里找钱呀！咱这些物件只能烧火！……”忽然看见桌底下那放鸡蛋的罐子，忙问：“鸡不是下蛋哩?下了多少啦?”

丑女忙说：“两个。”

“二十个也不行，要有一二百个鸡蛋兴许还差不多。”

一家人又没话说了。

过了一会儿，忙忙忽然说：“和尚完婚收了八百多元礼钱，不能找找他?”

丑女说：“万福叔看见一个小钱比磨盘还大，他是个出血的?”

蔡狗儿说：“把人逼得实在没办法了，要不，忙忙你去找找和尚，他跟你常在一起玩儿，也很说得来……”

忙忙说：“我去了准行。借多少？”

“看能不能借给咱一百。一百不行，五十也好。”

忙忙跑着去了。一会儿便返回来，说：“不行。人家说定亲花了一千多，都是借下的，收上的礼钱要还债。”

“听他胡扯！见天偷集体的东西，去年一下子就丢了几百元钱的电线、电器，谁不知道是他干的。他要不借给，这就没法儿了！”

丑女说：“要不就去东王庄找找我姨父吧。人家去年刨矿石不是挣了几百元哩。”

蔡狗儿说：“你姨父也是个老财迷，抠得紧着哩，谁能借出他的钱来？——不过也可以去跑一趟，这可需要丑女去，她姨很喜欢丑女，你去了千万不要跟你姨父提，要背地里跟你姨说。”

丑女说：“知道。”

吃过午饭，丑女便到东王庄来了。当晚，丑女便返回来，说是借下三十元，交给蔡狗儿。蔡狗儿接钱在手，把钱看了又看，感慨万端地说：“借几元钱真难呀！我狗儿一不是懒汉，二不是笨蛋，三不抽烟，四不赌钱，四个人干活儿连四张嘴也顾不住，真怪！几十年了，我这手连一张十元钱大票也没捏过。今儿个一下捏住三张十元大票，做什么呢？买凳子呢？做椅子呢？给忙忙娶媳妇呢？给丑女办嫁妆呢？都不是，就是叫明天往大河里白扔哩？白扔哩！……”一个五尺大汉说了这几句话，眼圈儿竟也湿润了。忙忙听了，噘起了嘴；丑女听了，愁云密布的脸儿也落泪了；凌二菊叹一口气，说：“真真难呀！”

过了一会儿，蔡狗儿又看看那三张大票子，长长叹了一声，说："白扔也总算有了白扔的，借钱这一关总算闯过来了。这就给人家买酒买烟吧。"他到北房里看看贾月娥这会儿不在家，说是去了供销社。忙来到供销社问问，纸烟只有两角六分钱一盒的，酒也只有一般白酒，只好明天到方山镇去买。

次日大早，蔡狗儿带了那三十元钱奔到方山镇来，先到副食品商店买礼品。他问售货员："有什么酒？"

售货员说："有潞酒、潞州香、山楂酒。"

蔡狗儿为了办事快，狠狠心花了七元钱，挑最贵的潞州香买了两瓶。又问有什么好香烟，说最好的就是"云岗""五台山"。又咬咬牙花了七元多钱买了两条"五台山"。他拿着这些东西来到信用社，见了老路，老路说他不该送礼，狠狠批评了他一顿，说："你在哪里学会这些歪门邪道的？不行，快快收起你这些废品吧。"

蔡狗儿说好说歹，老路只是不收。既不收礼，就给贷款吧，还是说没现款，还是说过两天才行。蔡狗儿费了登天之力，借了钱来，买了烟酒，没想到还是闯不过贷款这一关。再看看手里拿的烟和酒，气得他真想把它们摔到地上摔个粉碎，因想到那买烟买酒的钱来得不易，没摔出去。再求求信用社的老路吧，知道求也没用。这已经是第三次到方山镇贷款了，还是贷不到手。借了钱，买了烟、酒来，也办不到。蔡狗儿没办法了，心里好不难过。他拿了那瓶酒、两条烟站起来，离开信用社，"呼哧呼哧"喘着粗气，吃力地走着，只觉得两条腿像软泥儿似的迈一步都很费力。出了街心，他实在无力向前走了，便在一个卖白萝卜的菜摊旁边"扑通"坐下来，抱着那两瓶酒、两条烟，无可奈何地"呜呜"哭了。卖白萝卜的看了奇怪，问他："老乡，你怎啦?"

蔡狗儿直哭不语。

卖白萝卜的又问他："怎啦？你病了？"

蔡狗儿还是低头无话。卖白萝卜的当他真的病了，说："走，我扶你去医院。"

蔡狗儿见他一片好心，才向他说了送礼不收、贷款难贷的事。卖白萝卜的说："你真是白萝卜！如今不是前几年了，人们的胃口越来越大了。你拿这'五台山''潞州香'，哪能看在他们的眼里，要高级的才行哩。"

蔡狗儿说："人家还批评我哩，说我是搞歪门邪道……"

"他还说什么?"

"还说这些都是废品……"

"这就对了！说你这些'五台山''潞州香'是废品，就是嫌不好哩。"

"商店里卖的这就是最高的了，再好的我去哪里买呀?!"

"你越说越傻瓜了。高级的都不在柜台上摆，想买好的，要走后门才行哩。你就不能找个熟人，看谁认识副食品商店的售货员……"

蔡狗儿没想到买烟买酒也是一道难闯的关，也需要费点周折，找个关系，走走后门才行。他认真想了半天，总算想起来西街车站饭店有个姓江的熟人，便去求了他，跟他二次来到副食品商店，经铺店那人跟售货员咬了半天耳朵，还算好，他终于把"五台山"和"潞州香"退掉，买了两瓶汾酒、两条带嘴大前门香烟，共花了三十二元。只得跟饭店那人又借了两元钱。那人说："你去贷款吧，这一次只怕就能贷上。"

蔡狗儿想想贷款难、借钱难，连买烟酒也是一件难事，心里说："没想到走一步要费这么大的劲！不拘怎么，买烟买酒这一关总算也闯过来了，就看信用社这一关吧。"

蔡狗儿拿了汾酒、大前门又一次来到信用社，只见老路正跟一个干部模样的人说话。他贷款心切，把大前门、汾酒往桌子上一放，说："路同志，我也没个好拿的，这点薄意……"

老路并没看蔡狗儿，只歪歪头看看桌上的烟、酒，不想又发火："这是做什么?！我头里就批评了你，你这个人怎么这样捣蛋？你就没有听过中央的广播？收音机里天天批判不正之风，你怎么还来这一套？你老老实实坐在那里想想吧……"却没有再说是"废品"，也没有说"收起"的话。过了一会儿，老路的客人走了，老路才冲着蔡狗儿大发了一通雷霆："你这是做什么？我已经批评过你，怎么还来这一套?！难怪要整党哩，整风哩，今天我才知道，真的还有不正之风哩！我们的好传统，我们的优良作风，全让你们这些人给破坏了！立即给我拿走！拿走！你还想腐蚀我，我们是为人民服务的，我们是廉洁奉公的，我们从来是一尘不染的，我们从头到尾都是一清二白的，你别想把我们腐蚀了，你的糖衣炮弹无论有多么大，有多么重，也别想打中我的一根毫毛！拿走，再不拿走，我可就不客气了……"

蔡狗儿费了登天之力，才打后门那里闹来两条带嘴大前门，才买到两瓶汾酒，只想这一次来，就会博得老路的喜欢，便能贷到款，不想竟受了他大大的一通抢白，比老子训儿子，比地主训长工还可怕，只觉得冤枉极了，好不气愤。心想：这个款不贷它啦！也不说话，掂了他的烟、酒便走了。

蔡狗儿掂着烟、酒，出在街头，只觉得昏昏晕晕，走路趔趔趄趄，摇摇晃晃，很有摔倒的危险，这才又走在一家商店的墙根，靠墙“咚”地一蹲，仰头朝天长长叹一口气，自呼道：“天哪！我几天来东跑西颠，这是做什么呢?”在那里“呼呼”地喘了半天气，才想起来老路的可恶可恨，控制不住胸中之火，竟在大街上破口大骂起来：“什么为人民服务，为生产服务，说的比唱的好听，动不动就陈谷子烂芝麻地训教老子，不过就是个一般干部，有什么了不起，老子今天不贷款，看你还能把老子怎么样!”他不想贷款了。便来到西街车站饭店，找见老江，求他把烟、酒退掉。老江问明原因，笑道：“都怨我，没有跟你交代清楚。这不怨老路，是怨你送礼不会送。你不该明说什么‘这点薄意’……”

“那该说什么?”

“什么也不要说。来，我给你找两张废纸，把烟、酒包了，你再去吧。到了信用社，你把这包包随便放在那里，不要说是送给他的，好像这包包还是你的。等人家把款贷给你以后，你装着把包包忘在那里，走了就行了。很简单嘛!”

蔡狗儿听了，说：“不知道这叫出啥洋相哩!”又想到因为贷款，费了许多周折，事到如今，就硬着头皮再去一次吧。他再次来到信用社，照老江说的办法做来，果然灵验，两千元钱贷到手了。

11. 黑女的心事

蔡狗儿往安乐庄走着，一路来直骂老路不止。他身上装了这么多钱，走一段，就要摸一摸衣服口袋，生怕它跑掉飞去。他回到小磨院上西房，见南边那个炕头坐着一男一女两个陌生青年，已经猜到几分：“准是冯山村的。”先看一眼男的，他很高兴：“可以，很好。”又看一眼女的，心里一咯噔：

"她？"见忙忙、丑女兄妹二人在北边炕头坐着，一边两个，静坐无语，互相闹气似的，他心里说："在这个时候，他们真不该来……"

凌二菊见他今天回来脸上还高兴点，自己脸上也隐隐约约有了点喜意，说："你先坐下歇歇。"

蔡狗儿拿了那三条腿小板凳在地上坐下，又看看忙忙和丑女，丑女站起来看看冯山来的兄妹二人，跟蔡狗儿说："爸爸，这是冯山村的，已经来了一会儿。我说这件事最好过些时再说……"

忙忙说："可是，可……"他想说已经跟人家说定，丑女忙斜他一眼，他又把话咽回去。随后，忙忙、丑女走来跟冯山兄妹说话，冯山兄妹看出来今天不可能正式定亲，也不吃饭，主动站起来，告辞走了。

送客人回来，丑女、忙忙问贷款的事，见说今天已经贷回来，全家人都很高兴。蔡狗儿说："明天我就进城买制砖机。你们抓紧先把砖瓦窑的场地平整一下。"

丑女见爸爸今天终于贷款回来，长长出一口气，几天来悬在半空里的一颗心终于踏实了。看看自家烧砖这门生产有了希望，想起黑女想包粮食加工组的事还没个门儿，想起她家贷二十元也没办到，总觉得只管自家，不管黑女家，好像对不起黑女似的。她想提个意见，或借，或送，给黑女家二十元钱。因又想到自家这两千元钱不过是贷下的，因为贷款，爸爸不知犯了多少愁，吃了多少苦头，自己要提出给黑女家送钱，合适吗？可是不给一点钱，她总觉得黑女家太可怜，太困难，总有点过意不去。又想到给人家三二十元钱，也碍不着买机器之事，这才说："爸爸，咱们买制砖机也用不了这些钱，胖孩大爷没去贷款，是不是给他们二十元，叫他们买几件新农具。”

蔡狗儿一向喜欢丑女，因为她大事小事先能想到别人。在自己家里，有个亲戚送点什么吃的，她也先让别人，都有充足的理由：“爸爸费心多；妈妈人老实，别人应该照顾她；哥哥是男孩子，活动多，消耗大，你们吃吧。”好像就她一个人没有该吃的理由。前年冬天卖猪卖了四十元钱，除了买煤、还债、过春节零花，只剩下五元钱，可以做一件布衣服。蔡狗儿认为女孩子爱打扮，叫丑女做衣服，丑女却让给忙忙做，说：“穷人家男孩子找对象难，哥哥穿得不像个人样儿，谁看得起他？女孩子不怕进老女坟，好好歹歹都有人找的……”今天她又提出来先给田胖孩二十元钱，蔡狗儿很高兴，说：“还是丑女心肠好，事事都能想到别人。”他拿出四十元钱，说：“丑女，这是四十元，你给他们送去。除了买锨镢、箩头，让黑女、春山也买件衣服换换季……”

丑女接了那四十元钱，高高兴兴地来到上东房，黑女不在家，春山却窝在屋里吃糊糊。春山看见丑女，就想起人们的闲言碎语，立时低了头。心里说：“她也不怕别人说长道短，还净往我家跑。”

丑女倒是不理论这些。见春山把头低得过低，说：“喂猪哩？猪才是把嘴拱在猪食盆里吃哩。”看着霍大梅笑了。

田春山听言，脸也红了，头低得更低了。心里却说：“没见过这种人，还故意逗我哩！”

丑女拿钱送在田胖孩面前，说：“大爷，我爸爸贷上钱了。让我送来四十元，你们也好把那些小粪桶、小箩头、小锨、小镢换一换。以后又不是干活一窝蜂，又不挣哄人工了，还用那些小锨小镢哄自己不成！”

霍大梅见丑女主动送钱来，十分高兴："这个老狗儿真是个好人。比起堂屋那一个——真也没法儿比哩！"

田胖孩坐在那个三条腿小板凳上吃饭，抬头看看丑女，竟也笑一笑，说："你给了我，我再给你大妈？一就儿给了她不省事些……"

"大爷，给你也一样嘛。我可要给你提个意见，如今不是上地一条龙，干活儿一窝蜂的时候了，反正听队长喊一声上地就成，叫咱干啥就干点啥。如今家家都有责任田，就要人人都有责任心才好。地里的事，你比大妈、春山他们懂得多，也该给他们多拿点主意哩。"

霍大梅没好气地说："你听听，你听听，快六十的人了，还不如一个没出门的姑娘有心计。——他给出主意？没影的事！没出息的人是指一堆，吃一堆。他？指一堆，也吃不了一堆。遇上这号人，把你气死、急死也没用！"

田胖孩回头瞅瞅老伴，又看看丑女，笑道："看你大妈，把我说得臭狗屎一大堆。你说我这不好，那不好，你往后看看……"他听了丑女的话，真的想到种上责任田，自己不拿主意是不行的，居然豁然开朗，有点活气了。

丑女见状，跟霍大梅说："大妈，旧皇历看不得了！"拿四十元再给田胖孩时，他欣然接在手里，说："你家要买机器，还够用？"

丑女说："要不够，就不会拿四十元给你。我爸爸又没傻了疯了，有了钱先给别人用，自个儿再东庙烧香、西庙磕头地求人去。他贷了两千元，就留着余地哩，我家也要添些篓头、锨、镢哩。"

说着话，黑女端着个空饭碗兴兴冲冲地回来，进门就说：

“妈，我今天可是犯了个主观主义，你不骂我吧？”

霍大梅说：“我疯了？动不动就骂闺女……”

黑女先看丑女一眼，说：“那，我就说了。事先也没跟你们商量通，我把粮食加工组包下了……”

霍大梅、田春山听了，齐吃一惊。霍大梅直瞪瞪地瞪着两只大眼看黑女看了半天，好像不认识女儿了。她不相信她的女儿会自作主张承包下一个粮食加工组，说：“黑女，你是说着玩儿哩？还是……”

黑女说：“这能开玩笑？我真的包下了。要不信，你去北屋里问问瘦孩叔。”

霍大梅急了，说：“黑女呀黑女，你真傻！谁不知道那是个大赔钱买卖？咱们家穷得连个小板凳腿也安不起，你怎么敢包这么大一个赔钱买卖？明儿个把我这把老骨头赔进去，我……”急得她快哭了。

春山最是个稀拉鬼，这会儿也瞪了眼，冲着黑女说：“你太傻啦！我告诉你不要包，没想到你就敢自作主张包了！小雪干了几年，一年比一年赔钱多，每年都赔几百元，可那赔的是集体的，咱一家能赔得起？大队都后悔不该办那加工组哩，两部机器，今天这里坏了，明天那里换零件，净花钱，又没几个人来加工粮食，大部分人，不都是还来咱们小磨院的小磨子上加工粮食吗？你怎么……”

黑女见父母亲、哥哥都急得什么似的，她却不动摇，说：“你们不要怕，反正我包了。如果能赚钱，赚了是这个家的，先给哥哥找个对象，再做个立柜，再做一对椅子，那个小板凳子也能安上条腿……”

春山也急了，说：“说的什么话！哥哥指望妹妹挣上钱说媳妇，叫人笑话哩!”

黑女也瞪春山一眼，说：“我就要挣上钱给你订媳妇，要不是为了你找对象的事，我才不包它哩，还怕我黑女找不下婆家不成！哥哥，实话告你说吧，为了挣下钱给你找对象，这个加工组我是包定了。你们同意包也好，不同意包也罢，反正我黑女要干！横竖依靠你们依靠不上，我就自作主张包下了。横竖小心小胆什么也不敢干，发不了财，哥哥还是找不下对象。咱们把胆子放大点，要干就大干一番，往最坏处想，大不过赔几百元钱，大不过还是个找不下对象吧？有什么了不起?!”

田春山没想到黑女总把主意打在承包粮食加工组上，是为了挣下钱，给他找对象。对于这一点，他是很受感动的。那一年，黑女想办法打酸枣，挣了七元钱，为了照顾他，做下一件男不男女不女的褂子穿。今天为他的婚事，又冒着赔钱的危险，大胆承包了粮食加工组，他哪能再说别的哩。便说：“好！包就包了，我拥护!”

自从那天黑女跟父亲说了这事以后，这两天，田胖孩也认真考虑好了。这会儿他说：“小雪干着赔钱，咱们干就一定也会赔钱？那要看怎么个干法哩。实际上干好了，只怕还能赚大钱哩。”

霍大梅见老头儿说出这些话来，好像今天的太阳打西边出来的，好生奇怪：“他今天怎么也说人话了？”忽然想起过去他当过地主家的磨面工。土改以后，她跟胖孩结婚时，他正喂着一匹大骡子，种地兼开磨坊，日子过得富富有余。搞个小手工业，做个小买卖，他还真有一套哩。心想：也许我的老运好，真的还要过几天好日子哩？忙问黑女：“你是怎么包的?”

黑女说：“一年交大队三百元，电费在外，用多少电，出多少电费。”

霍大梅说：“小雪每年要赔三百元，咱们能挣……”

田胖孩说：“赔？谁给他赔哩，叫我干，一年不赚它一千才见鬼哩……”

丑女也说：“大爷说得对，只要好好干，说啥一年也能赚个千儿八百。”

黑女见有人支持她，高兴地说：“妈还当我是‘过了霜降种菊花’，黑女傻了……”

黑女包下粮食加工的事，看来全家都没意见了。黑女想起过去像砖瓦窑、粮食加工这些事，只有高瘦孩的本家、亲戚才有资格干。他们干得集体大赔钱，个人大发财，也没人敢吱声儿。如今跟高瘦孩不沾亲不带故的两家人，一家包了砖瓦窑，一家包了粮食加工组，怎能不高兴哩！她说：“这些事过去只有他们才能干，今儿个咱们也能干了，就看在这一点上，哪怕赔钱，咱也要干干。”

丑女说：“真是哩。实际上赔不了，放心干吧。不过，我可要先给你们提几点意见：第一，态度要好，不要像小雪一样，整天锁着个门儿，去家里唤她，半天也唤不来……”

田胖孩说：“知道。我也是这么想哩，我也想跟黑女说这话。”

丑女又说：“第二，收费要低。过去小雪干着，加工一斤要三分钱。安乐庄一百二十三户就有一百户是穷社员，谁能拿得出那么多的加工费？所以安乐庄虽然早就有了粮食加工机，大多数人还是推碾拉磨，情愿当没尾巴的驴儿，也不去加工，怎能不赔钱呢？我说你以后把加工费来个大降价，一斤只收二分就行……”

田胖孩说：“知道。这会儿我倒替黑女合计过了，咱给他来个大降价，一斤只收一分五。薄利多销嘛。再说，咱也不是只图自己赚钱。包产以后，人人都忙，上了地又不是像过去一样，躺躺坐坐也能记工分，都要卖力干哩。干了地里的就够累了，哪会有气力再去推碾拉磨。少收点费，还图个为大伙服务哩……”

黑女、丑女、春山他们听了这一席话，一起拍手叫好，黑女说：“想不到我爸爸有这么好的思想。我长了二十二岁，还只当爸爸就是个不吭不道、打钟上地、回家吃糊糊，没事就死坐小板凳的……”

春山马上编好顺口溜说：“我当爸爸只会坐板凳，没想到是个老雷锋！”

霍大梅笑骂道：“老不死的！二十多年没念生意经了，今儿个又念你的了！”

丑女说：“还有一条，不要受时间的限制。今后人们会很忙的。早也好，晚也好，要做到……”

田胖孩说：“知道，要想干好，一年四季就不要想睡个囫囵觉……”

霍大梅说：“知道！知道，看你一会儿说了多少知道！今儿个怎么啥也知道，过去怎么啥也不吭，啥也不知道……”

“过去叫我说啥？不吭声儿，还怕你不知道队长一喊上工走，下工回来还怕你不会做糊糊……”

说得众人又笑了。

后来田春山说弓小雪把加工小麦的罗子也毁了，需要添买一张新罗子，霍大梅看见蔡狗儿贷款吃的苦头，最头疼借钱跟贷款的事，忙说：“添罗子的事以后再说，眼下没钱。”

春山说："咱不会也去贷些款。"

霍大梅说："你当贷款是容易事！你爸爸跑了两趟，就打了退堂鼓。看你狗儿叔贷款过了几道关，费了多大劲儿……"

丑女听他们说需要买罗子，想到贷款的难处，想到自家已经贷回两千元，买制砖机又用不完，觉得自己家里有钱，不管黑女家买罗子没钱的事，好像做了没理儿的事儿似的。忙跑回上西屋来，跟蔡狗儿说："爸爸，黑女包了粮食加工组，罗子不能用，买一张新罗子要七八十元钱哩。让他们再去贷款，又要费好大劲儿，看咱们能不能再抽个七八十元……"

蔡狗儿听说黑女包了粮食加工组，好像他们蔡家也有了什么大喜事似的，特别高兴，说："好，黑女有出息。干粮食加工搞好了，也是一宗好生意。咱们的老邻家有盼头了。几十元钱，不要贷款去了。我算怕了那个信用社。大凡有一步奈何，也不要求那一尊神像去。这样吧，把我贷的款，再拿过一百元去，叫他买罗子用。"

凌二菊听说又要给田黑女一百元，心里说："已经给了四十元，又要给一百元。还没买制砖机，倒已经出去一百四，不够了怎么办？"忙说："丑女她爸爸，你怎么能这样？咱又不是大财主。如今你手里有几个钱，怎么忘了那是你贷下的。自己还贷款哩，怎么倒像钱儿堆成山没处放了似的，成百成百地往出撒……"

蔡狗儿说："咱们不能只顾自己！"

丑女听了爸爸的话，很高兴。听了妈的话，因又想到怕买制砖机的钱不够，说："买制砖机到底需要多少钱，不要花得不够了。"

蔡狗儿有些为难了："是呀，再拿去一百，怕不够买机器哩。——可是也不能让他们贷款去呀！”他不愿意让别人再到信用社去。说：“先给他一百吧。买机器的钱不足，再说吧。”便又数了一百元，让丑女送到上东屋。

田春山对蔡狗儿父女的慷慨资助，感激不尽，人家也是费了好大劲儿贷下的款，还帮助我们家，这老叔太好了。便把这事编成顺口溜夸个没完。村里许多人想添置农具，没钱；想置工具，没钱。蔡狗儿慷慨资助田胖孩之事，由田春山宣传出来，一些人也了解蔡狗儿的为人，便也找上门来，向蔡狗儿借钱。这个蔡狗儿偏又是个软心肠，偏又有个丑女的打帮。看见任何人的困难，他都替人犯愁，常以自己的缺钱难体谅别人的缺钱难。有人求助于他，手里有钱，决不会说个没有。明知道再往出拿钱，买制砖机的钱就不够用了，又感到人们来求自己，让人们空手回去不好，更觉得许多人来找他借钱，那是看得起自己，很有一种荣耀感。便这个七十，那个八十，一天里就借出去四百元。丑女看着父亲这样做，想到自家困难，别人困难是一样的，看见人们在自己家拿到急需用的钱高高兴兴地走去，心里有一种说不出的高兴。一个愁女，整天里都挂着满面笑意。蔡忙忙对父亲跟妹妹的举动，借给人也好，不借给也罢，全不在意。凌二菊看见他们父女二人把贷回的钱像水似的往外流，担心不够买制砖机用哩。她平日不爱多嘴，这阵儿却憋不住了，说：“你贷回来的钱是做甚哩？”

蔡狗儿知道老伴是害怕剩下的钱不够买制砖机用，说：“我估摸还够用哩。”

“你算算拿出多少去了？”

蔡狗儿这才算算，没想到竟然已经出去四百元。看看丑女，说：“丑女，坏了，剩下的钱就是不够用了。”

凌二菊有点生气地说："自个儿贷上款买机器，你可成百成百的送人，送来送去，自个儿不够用了，天下有你这号人吗?！你贷上款就是为了送人?"

蔡狗儿觉得送人是应该的，只是事先没计算好，没防住拿钱送人送过了头，剩下的钱竟会不够买机器用。一时竟也没了主意。丑女看看爸爸傻了眼，又替爸爸犯愁了：贷上钱就是为了买制砖机，本来钱有余头，这会儿却又不够用了，难道能不买机器？又一想，脸上有了喜色，忙说："爸爸，剩下的一千六百元，买一号制砖机是不够了，可是还可以买二号制砖机哩，就买个二号制砖机不就行了?"

凌二菊说："二号机比一号机制砖少多哩！贷了买一号机的钱买二号机，图甚哩……"

蔡狗儿听了丑女的话，立时高兴了，说："好！咱就买个二号机也好。要是二号机也买不下，咱就还用手工干……"

凌二菊说："既然想手工干，何苦费那么大的劲儿借钱，费那么大的劲儿贷款呢？帮助人，我不反对。手头有钱，哪怕你再多帮助些，我也不管，哪有自个儿碰破头儿贷上款，就是特意为了帮助人的……"

丑女说："妈，不要说了。让别人听见就不好了。"

凌二菊说："怕甚哩，我又不是窝财不救的老财……"

蔡狗儿说："你懂个啥呀！少叨叨两句吧。也不想想，乡里乡亲几个人，咱困难，人困难，不一样吗?"

凌二菊心里不满，可是她不敢再多嘴了。

下西屋的胡金荷干正事，没有她；上地劳动，没有她；瞅人的毛病，她却是个专家。今天丑女去上东屋跑了几遭，不曾想全让她看见了，也不问丑女到上东屋是为了什么事，她却只往邪路上猜。当天下午她就串了几家门儿，说凌二菊没出息，不会管教闺女，丑女每天要往上东屋跑十几遭，找春山谈恋爱。还说："什么谈恋爱，一个姑娘找一个小伙子，大白天就鬼混在一起，只见一男一女碰在一起，就是听不得说话，准不是办好事哩。"还说："有一次我还见丑女去了上东屋，进门就把门关上了……"她这样说丑女，有的不信，说："丑女不是那种人呀，平素不吭不道，稳稳重重的……"

胡金荷说："越是不吭不道的，才越肯偷偷摸摸的……"

有的听了她的话，半信半疑，说："只想丑女可不是那种人，没想到姑娘一大，也许……"

不久，丑女听到了这些风言风语，气得她哭了一夜。

凌二菊怀疑是胡金荷在外边胡说，声言要大骂胡金荷一顿，丑女不让，说："算了，你不骂她，知道的还少一些；你一骂，知道的人更多了，何苦哩。"

凌二菊咬咬牙，咽了这口气。出出进进，不理胡金荷了。胡金荷反而说是凌二菊怕了她。

12. 金花的行动

这几天，上东屋的田春山跑着买罗子；上西屋的蔡狗儿忙着买制砖机，凌二菊、蔡丑女、霍大梅、田黑女她们忙着送粪、锄麦子，男男女女，早早晚晚，十分忙碌。下西屋跟北房两家却恰恰相反。定了承包责任制已经五六天，他们连半点动静也没有。北房的高美女还比较忙，她不是忙打针、忙看病，而是忙着报消息。开头几天，她跑回屋里来跟高瘦孩说："西屋家去贷款又是白跑一趟。"她把蔡狗儿的白跑一趟是当做好消息说的。高瘦孩便说："嘿！逞能哩！要是我，准能贷回来。不是小看他哩，再跑十趟也白搭!”

过了两天，美女回来又说：“西屋家还真有能耐哩，一下子贷回两千元……”

高瘦孩又“嘿”一声，说：“还不知道能赚几个钱，来不来先欠下两千债，到明儿个赚不下钱，还不了贷款，有他哭鼻子的一天哩!”

一会儿，美女出去一趟，回来又说：“西屋家贷了两千，送人就送出去四五百元，丑女她妈正骂老西哩……”

“嘿！戏还没开，倒把鼓先锤破了，看吧，咱们小磨院以后有好戏看哩!”

又过了两天，美女跑回来说：“西屋家把制砖机买回来了。把贷下的款送了人，买不上一号机，买了个二号机……”

“嘿！又没学过开机器，老想用机器，锤破一面鼓，还有他敲破锣的一天哩!”

美女看见人们忙东忙西，好像妨碍了她的什么事，总是不满，总跟她老子汇报。高瘦孩认定蔡狗儿他们没做过买卖，没有生产经验，想得太高，不过是想入非非，肯定会有吃苦头的一天。更认为他们不懂政治，不知道政策是经常要变的，今天允许办的事，说不定明天就会受批判，到时候后悔就晚了。一来，他自己是这种想法。二来，多年以来他只会开会、只会晃晃荡荡，根本不愿意上地干活儿。所以，他家虽然也分定二亩口粮田，樊金花还分了二亩责任田，就这么四亩地，他也不想干。儿子高福福在公社联合工厂上工，虽然每月只有二十二元工资，也以为自己是在外当工人的人物，不同于一般农民。虽然三天两头回家，也不管地里的活儿，总是两根指头捏一根纸烟，泊池岸上转转，街头树下站站，到时候吃饭罢了。女儿高美女以为哪有个当医生的还上地，除了研究她的发式和穿戴的款式，便是跟白女、丁和尚、贾月娥他们打扑克。有时候独自个儿在保健室闲坐一会儿，想想自己的终身大事，又总是这么个想法：天下的男人都瞎了眼，看不见安乐庄有个美女。你们不找我，我才不理你们哩。

这个家对那几亩地有点责任心的，独有樊金花一人。她看到这个小磨院里，上东屋跟上西屋两家人起早摸黑干得一股子劲，自家的男人却是除了睡大觉，就是拖个鞋片儿到大队办公室去坐坐，根本不提那四亩地怎么种之事，便感到大有落在人后之感，很不甘心。她这个人因为几十年来做大队支书老婆、做大队主任老婆，有权有势，根本不上地，更不知道地里活儿该怎么做。现在她种着四亩地，老汉、女儿没一个到地里踩个脚踪儿。她急了，只好对他们多加督促。看见蔡忙忙、田黑女上地垒堎，她也催高瘦孩："也去垒垒地堎吧。上一整天地嫌累，哪怕半天也好。"高瘦孩不想上地，推辞道："我先看看队里有事没有。"

樊金花说："队里的事也不是你一个人的事，还有个二旦哩。"又求求女儿："美女，今儿个跟你爸爸上地垒堎去吧。"

美女说："我上地去了，要有个买药的、打针的怎么办?"

"有人找你，我到地里唤你去。"樊金花便把锨镢农具准备出来，跟上东屋、上西屋他们两家一样，也靠墙竖在那里。结果呢，高瘦孩吃过早饭，抹抹嘴走了；高美女吃过饭，抹抹嘴也走了。锨镢竖在那里，动也没人动动。樊金花急了，到大队办公室看看，老汉躺在那里脸上蒙一张报纸"呼噜呼噜"响大雷。到保健室看看，美女、月娥、和尚三个人在那里逍遥自在地打扑克牌儿争上游。美女是她的女儿，月娥是她的儿媳妇，和尚是她的外甥，都是小辈人物，她说话就气粗。儿媳妇贾月娥虽然不说不道，她倒是怕几分。只唤着女儿的名字发了一顿脾气。美女火了：“你不知道是个干啥的？只管唤我做什么？上地！上地！你不会上地去？”

樊金花挨了美女一顿抢白，没办法了。她准备好的锨镢，竖在院里白白竖了一天，到晚上又收回家里来了事。后来，她看见上东屋、上西屋两家往地里送猪粪，也把锨、镢、箩头、担杖准备在院里，催高瘦孩、高美女也去送猪粪。她还亲自动手把猪圈里的猪粪刨松一片儿，结果呢，箩头、担杖又是白白地在院里放了一天。后来有一天樊金花又看到上东屋的春山、上西屋的忙忙把粪桶掂在院里，她不懂事，只觉得奇怪：这早晚还不到下种节令儿，他们准备粪桶做什么呢？便问田春山：“春山，你们早啊？栽玉米哩？”

春山笑道：“老婶子，你错了，惊蛰刚刚过，怎能种玉茭？要想吃白面，担圊浇麦苗，——我们是担圊往麦地上追粪哩！”

樊金花又急了：“是呀，想多吃点白面，麦地不上追肥还行？”她就催高瘦孩也去担圊追麦苗。高瘦孩说：“急啥哩，误不了。”

“误了就晚了。”樊金花看看老汉不行动，她就亲自动手把粪桶准备出来，催高瘦孩到厕所去灌圊。高瘦孩坐在沙发上看报，好像他很关心国家大事，实际上不过是做个很忙的样子叫老婆看。说到他的懒，人们也许是不相信的。有一些人做了大队干部，懒、馋、贪、占便会一起占据他的灵魂。高瘦孩七十多岁的老父亲在世时，有一次，他们家水缸里没了水，叫高瘦孩担水去，他找了许多借口不去，福福、美女也都央不动。七十多岁的老父亲没了办法，他只好担了水桶到泊池上去担水。从此，高瘦孩便有了依靠，更不管担水的事了。到了冬天，泊池崖上全是冰凌，老父亲去担水，有一次竟滑倒了，“骨碌碌”滚在了泊池表面的冰凌之上，惊动了许多人来抢救。高瘦孩也来了，还说：“我爸爸真倔，我说我来担吧，他抢着要来，对他真没办法。”此后，他的老父亲照样还担水。直到他父亲去世后，高瘦孩家的水便变成了丁和尚、樊青只、田虎生他们的差事。

还说樊金花把粪桶准备好了，高瘦孩只是没个担粪追麦苗的行动。樊金花看到蔡忙忙、田春山他们担去一担，又担一担，把她急坏了。也掂了两只粪桶来到厕所，灌满两桶圊，又来催老汉，说：“我已经灌满两桶圊，求求你快去担了给我送到麦地里。”

高瘦孩坐在沙发上只管抽烟，说：“大队里还有事哩。”起身游游晃晃地走了。

过了一会儿，樊金花便追到大队办公室来，见会计高小勤在那里打算盘，并不见高瘦孩的面儿，便问：“小勤，你叔叔呢？”

“他没来呀！”

樊金花火了：“假报告！假报告，当大队主任还做假报告哩！”又到保健室来找，保健室锁着门儿，连美女也不见。她找了几个地方，没找到一个人。后来在供销社门口碰上樊青只，心想：青只是我亲亲的娘家侄儿，又很听瘦孩的话，就叫青只给我担几担圊吧。便说：“青只，我今天往麦地里上追肥，已经灌满两桶圊，偏你叔叔又忙公事哩，你就去给送几担粪吧。”

过去，樊青只凭着姑父高瘦孩的权力，在菜园里干了几年，他家的生活水平比一般社员好得多，在姑父、姑姑面前一向是很殷勤的。在承包当中，让田小庆抬高包价把菜园包了，樊青只无奈包了大田，背地里还骂高瘦孩没替他说话，今天哪里还有什么殷勤给大队主任家献哩，竟说："姑姑还知道安乐庄有个青只呢?"

"看你说的什么话？你姑父多会儿亏待过你？青只，快去给我担两担……"

樊青只说："今儿个没工夫!"说罢便走了。樊金花脑子有点笨，弄不清过去很听话的一个侄儿，今天怎么变得不听话了。冲着青只的背影唾了一口，说："看你以后还来不来姑姑家了!"她站着想一想，忽然又想起另一个侄儿高大江来。就来到高大江家跟侄儿说："大江，你叔叔忙得顾不上担粪，快去给我送两担……"

高大江看她一眼，说："你不会找和尚去?"

"反正以后用你们的时候多着哩，今天你去，明天我再找和尚……"

"今儿个就去找他吧，外甥嘛，比我们亲多哩……"

这高大江过去可不是这个样儿，今天怎么？……樊金花找人担粪，一连扑了几个空，把她气得什么似的，一路骂着回来，想想今天送不成圊肥了，只好再把灌满的两桶圊倒进厕所里，当她来到厕所看时，只见臭烘烘地流满一地圊粪，两只粪桶却变成两只空桶。她断定是邻家们故意害她，给她把个厕所糟蹋得满地是粪，臭气熏天。破口骂道："这是哪个狼心狗肺的东西害老娘哩？你们发你们的财，老娘吃老娘的苦，老娘两桶粪碍了你们的蛋事?！老娘锅里的饭稠，碗里的饭香，是老娘的命好，害老娘两桶粪，老娘就穷了？你们就好过了?！想得倒美！弄倒老娘的粪，你们也发不了，富不了，气死你！急死你！恨死你！……”她在院里骂到一定程度，以为把蔡狗儿、田胖孩两家骂败了，才回到北屋里。只见高瘦孩坐在沙发上，没事人似的在抽烟。于是又把老汉骂一顿，说是因为她灌了两桶粪，没人担，叫东西屋两家倒了满地的粪。高瘦孩说："都怨你，谁叫你灌上粪的……"

"家家都担圊追麦子，你瞎了，看不见，咱那二亩麦子……"

"才二亩麦子，没必要那么大惊小怪的，叫我抽个时间追追不就行了……"

"我知道你比王八还懒，指靠你吃白面？喝西北风吧。我就怕指望不上你，碰上青只，叫他给我担两担圊，他不去也罢了，还说风凉话哩……"

"他说什么？"

"他说姑姑还知道安乐庄有个青只？……"

"这个小杂种真赖！"

"后我找大江，叫他给我担两担圊，他也不去，他叫我找和尚哩，还说外甥比侄儿亲。看他们眼里还有你这个叔叔？还有你这个大队主任？还……"

高瘦孩听了老伴这一段叙说，只觉得浑身上下"唰唰"地冷得发抖哩。变了变了，一个承包责任制，打散了他那"十三太保"的大网，一向对他无话不听的人们，忽然变得不听话了，一向归他控制的几个经济实体，也不翼而飞了。到如今剩下的不过只有大队仓库里那万余斤粮食，不过只有归大队控制的一百二十只羊，以后还有什么油水可揩啊！不只油水少了，大队在信用社贷下的三千元，在农机厂借下的三千元，拿什么还这两笔债哩？……想到这些，他伤心极了，不知道以后会落个什么结果哩。他说老伴：“你懂个屁！过去他们还好些，是因为我给他们定了好营生做，一个种菜园，一个开拖拉机，哪个不发财？今天他们一个丢了菜园，一个丢了拖拉机，就不认我这个姑父、叔叔了。他们也不想想，是我不让他们干吗？明明是一个承包责任制，别人把好事夺走了，能怨我？大江还说我跟外甥亲，跟他不亲，和尚当电工，还不是我保下他的电工嘛，是别人干不了嘛！他开拖拉机，又不肯多包几个钱，叫三儿包大价包走了，能怨我？这些东西真是坏透了！你们开拖拉机的时候，种菜园时候，也知道是亏了我这个姑父、叔叔，今天你们都把好事丢了，又不怨我高瘦孩，怎么央你们担两担粪，就说这些气人话？真的是有奶便是娘，没奶就变成臭狗屎一大堆了?!”

樊金花听他数落两个侄儿一顿，也觉得痛快了一些。后来高瘦孩到厕所看看，回来说：“你别瞎骂人啦，那两桶圊肥不是别人弄倒的。”

樊金花说：“不是别人弄的，两桶圊粪会自己跑出来？你不要替你的好邻家辩解啦！”

“明明是粪桶多年不用，灌粪前，也没用水泡泡，两只粪桶干裂那么大的缝能不漏吗？”

樊金花这才知道自己是错骂了人。又一想：骂就骂了，反正看着他们不顺眼，骂他们一顿，还痛快些。这时，忽然听得街头有人高声吵架，侧耳听听，好像是美女吵哩，高瘦孩说：“快去看看吵什么哩！”

樊金花连忙跑着去了。她出来街头，听得是在西头吵，便向西头跑来，渐渐听清了是在田虎生家院里吵。忙跑到田虎生家里来。只见虎生的母亲糊着满脸的血，又见美女脸上也是血，手上也是血，田虎生跟他媳妇正围着美女大骂不止。看到女儿变成个血人儿，把她心疼坏了，顾不得问原因，冲着田虎生两口子厉声骂道："你们厉害，你们打死我的闺女！你们打死我的闺女！天爷爷呀！我不能活呀！你们摘了我的心肝挖了我的肺呀！我……"

田虎生的母亲双手捂着脸上的血哭道："美女妈呀！你先问清楚是谁打了谁？你看看我……"

"就是你们打我的闺女！就是你们打我的闺女！老妖婆！老妖精！你们全家人上阵打我的闺女！我轻饶不了你们！我要告你们的状！我要到公社告，到县政府告，到省政府告！到中央告你们！老妖婆！老妖精！你们把我的闺女打得好惨呀！我不能活呀！我……我……"樊金花一时气昏了，扑上来就要跟虎生妈打，田虎生厉声叫道："樊金花，你厉害，你点一把火把这个家烧了吧！美女打了人，你还来抖你的母老虎威风，你还要告哩，——今天就是非告你们不可！……"

樊金花嚷道："你去告！你去告，你头里走，老娘随后跟你去……"

双方越吵越凶，没法儿开交了。

13. 美女打官司

今天上午，虎生妈肚疼难忍，虎生便去唤了美女来看病。美女一来，问明病人的症状是肚疼不止，便诊断是急性痢疾。虎生妈说："我又不想上厕所……"

美女说："还不到上厕所时候哩，等得上起厕所来就晚了，给你输液吧。”

虎生妈不知她说得是不是在理，以为她是医生，只好听她的。虎生以为自己是高瘦孩的干儿子，跟美女也算干兄妹，她不会骗他这个干哥的，所以一切都听信她的。美女给病人输液，也是最近学会的新本领，不拘什么病，动不动就要给病人输液体。今天她给虎生妈输液体，扎静脉时左一针，右一针，扎了十几次也扎不成。虎生妈嫌疼，说：“美女，算了，别输它吧，这比肚疼更疼哩。”

美女很内行地说：“输液疼，能治病；不输液，病情一重，可有生命危险，还能怕疼！”

一会儿，美女终于给输上了。过了片刻，虎生妈又喊叫胳膊疼。虎生过来看看，发现针头周围肿起拳头大一个疙瘩，忙问：“美女，快看这是怎啦?”

美女看看，明知是没有扎到血管里，再扎吧，仍然没有扎到血管的把握，只说：“这没关系。这是你的血管不很通，液体流通太慢，先积存在这里，慢慢都会流开去的。”

虎生妈的胳膊又憋困又疼，本来受不住的，听她说还让液体保存在这里，该受到什么时候呢？她着了急，便说：“美女，怕是你输得不对吧……”

一个病人怎么能说医生的不对？何况这个医生还是安乐庄大队主任的女儿，更不允许人乱加指责，乱说短长的，虎生妈一句话把个美女医生说火了，嚷道：“你说不对就不要输！你说不对就算了！你这个病人高明，我这个医生不高明……”一边说，一边就给拔针头，摘吊在墙头的液体瓶子。虎生妈见她火了，又说：“算了算了，我不过是想着怕不对，你说对不就行了，何必发那么大的火……”

美女手拿葡萄糖液体瓶子，听她埋怨自己不该发火，那火气儿更大了，便把手里拿的葡萄糖液体瓶子照准虎生妈的脸砸来，“砰”的一声，瓶子打个粉碎，虎生妈脸上受伤，鲜红的血立时糊满一脸。虎生妈忙伸手捂脸，已来不及，抓了两手的血。美女还骂：“这也不对，那也不对！太欺负人啦……”

虎生夫妇见美女打伤母亲，一起冲着美女嚷：“你怎么能打人？你怎么能打人?！你是个治病的?！你……”

美女嚷道：“她出口伤人，侮辱医生，打了她，是她自讨苦吃，打就打了，打了活该！……”

虎生嚷道：“打了人，你还有理！不行，我找干爹去，我要告你！”

美女嚷道：“找去吧！找你干爹，我不怕，就是找你干爷爷、干祖宗、干祖爷爷，美女不怕你，你吓不倒我！……”

虎生这才回味过来他的干爹就是美女的父亲，找他肯定打不赢官司。不找吧，美女做事太欺人。又因他妈脸部流血不止，走来看看，也没办法。正想跟美女要棉纱，美女掂了她那个红十字药箱边骂边走，想溜之大吉。虎生忙又放开母亲，追了美女出来，一把拉住她：“你往哪跑？快把我妈打死了，你还想跑？你今天跑不了！……”

美女看看虎生妈躺倒在炕，双目紧闭，脸上流血不止，想去给她包扎一下，但她已经把这一家人看做仇人，看做眼中钉，哪还愿意给她包扎。不管她吧，看了那个样子，也有点害怕：难道就那么一下子，她就……不怕她，就说是她自己乱动，把葡萄糖瓶子拽下来砸了自己。便又嚷：“是她自己把瓶子拽下来砸自己，你还想赖人?！盖上十八条被子做你的好梦吧！我不怕！”

虎生嚷道："你胡说八道！你打了人，还想赖我们，——不行！你给我说清楚，你为什么打人？你为什么……"

"你赖人！你赖人！……"她忽然想起因为实行承包责任制，虎生把粉坊丢掉反而埋怨干爹之事，骂道："别人包了粉坊，你就把气记在我爸爸头上，你就叫你妈装病，有意害我美女，什么思想？什么……"美女到底有些害怕，还是想逃脱了事，虎生紧紧抓住她往回拉："你走不了！你先说清楚……"

美女着实急了，又胡咬一口，嚷道："你又打人哩！你又打人哩！你打吧！打吧！……"

这个时候，樊金花来了，又大吵一顿。这么一吵，惊动了街坊四邻，许多人跑来看他们吵闹，黑女、白女、忙忙、春山、凌二菊、霍大梅、喜鹊、和尚、樊青只、高林只、高大江、田四虎一干人都来了。多数人都骂美女、金花娘女俩，就连高瘦孩的妻侄儿樊青只、堂弟高林只、侄儿高大江，过去都是大队主任的"自家人"，都在"十三太保"之列，如今也骂她们哩。高大江说："什么医生，就凭老子是主任，充数哩！"

高林只说："真是仗势欺人哩，告她没事！"

田四虎说："这个东西狐假虎威不知害了多少人，如今反对搞关系，还叫这个狐狸精仗着他老子当医生，以后安乐庄的人谁还敢看病哩……"

霍大梅嚷道："明明是个肚疼，叫她一治，又加了个脸伤，没病也有了病，小病也变成大病了，当这种医生就不是治病，明明是要人的命哩！"

黑女最看不过一些人的蛮不讲理，她的气更大，嚷道："你这个医生太欺人了！不给人治病，还打人哩，——你到底是医生，还是强盗……"

白女冲上来面对黑女嚷道："就要打！就要打！见坏人就要打，就要打，气死你活该！气死你，省得你哥哥妹妹白天合穿一件衣，黑夜合盖一条被，死了不败活败哩！……"

黑女听言气极了，"你见来？你见来？你造谣！你害人！害人精！狐狸精！没本事，瞎逞能！不教书，只打棍！……"

"我打啦！我打啦！你想打，打不上……"

"你有干爹，有干娘，会打毛衣……"

黑女、白女两个吵成一锅粥，那边美女直冲田虎生乱叫乱嚷，这边花喜鹊走来劝黑女："不跟她吵，不跟她吵。病人头上的伤没人管，只管吵什么？她们欺负人，咱们找老支书去，看他怎么办……"

花喜鹊正说要找高瘦孩，高瘦孩正好来了。他不问青红皂白，便指着田虎生痛骂一顿："虎生，你发什么疯哩！美女来给你看病有什么错？你为什么打人？为什么打人？你是打医生！你离开粉坊，又不是我高瘦孩让你离开的，那是夏文山抬高包价把你挤出了粉坊，你怎么把仇恨记在老子身上？老子保你干粉坊干了二十多年，三年困难时期，别人吃瓜菜，你吃粉条、玉米；别人浮肿，你吃了个大胖子。别人吃了二十多年的稀糊糊，你家哪一天不吃干的？——没良心的东西，昨天才离开粉坊，今天就翻脸不认人，从今以后，你没老子这个干爹，老子也没你这个干儿子……"又听美女口口声声说是虎生妈打了她，高瘦孩又嚷道："这还了得！好心给你们看病，你们就打医生，以后谁还敢当医生呢？你行凶打人是犯法的，老子今天罚你一千个工分！美女，咱们回去！……"

高瘦孩一家三口人骂着人走了。回到小磨院，丁和尚也跟了来，说："舅舅，你怎么糊涂了？如今又不是吃大锅饭，各种各的责任田，你罚他一千工分，从哪里扣他的工分呀？”

高瘦孩想一想，发狠道：“他娘的，搞了承包，想扣他们个工分也没法儿扣。明天再说，老子罚他的款！”

田虎生见高瘦孩一家走了，大骂一通，又忙着给他母亲包扎伤口。因他妈挨打之后，流血较多，没有及时治疗，那面部突肿，连眼睛也肿没了，还直呼头疼。人们看她伤势不轻，病势也重，都劝虎生快快叫老医生杜敬尧去，也有的说叫杜敬尧不合适，高瘦孩更要找人的麻烦。田虎生说：“我不怕他，大不过再罚我一千个工分，看他到哪扣去！”便去叫了杜敬尧来。经过他的治疗，病人才算安住些神儿。田虎生想起高美女的行凶打人，想想樊金花的恶语骂人，高瘦孩的仗势欺人，就抡起一把镢头要找高瘦孩算账，却被蔡丑女拦住了。

蔡丑女刚打砖瓦窑收工回来，听说此事，自然把她气坏了。过去，她亲眼看着高瘦孩动不动就罚人的工分；看着他把安乐庄的好事都给了他的亲戚、本族、干儿；看着他吃集体、拿集体的；看着美女当医生只会害人不会治病；看着白女教书误人子弟，她都不满，她不满一切。只因想到高瘦孩凭他拿了集体的米、面、油、果买下许多替他说话的关系户，知道告他也没用，给他提意见也是白搭，都忍了下来。今天看到他们父女如此欺压群众，她实在忍耐不下了。就跑着来看虎生妈。因正好碰上田虎生抡起镢头要找高瘦孩报仇去，便拦住他，说：“你要做什么？”

田虎生嚷道：“老子今天一镢头一个，跟他们拼了！……”

“蠢材！你抡镢头能制住人家？！闹不好，反而给你自己找麻烦。他们这样欺侮人，还不快去告他，等什么呢？”

“我先跟他拼再说！他们……”田虎生抡着镢头硬是要走，

丑女急了，死死拖住他，在他的胳膊上狠狠拧了一下，嚷道："你别傻啦！就听我们一句话吧。方山有法庭，法庭是人民的法庭，有冤枉就该去告状，你胡闹，有理也没理了，听我们一句话吧！"

黑女、霍大梅、喜女她们也是这么说，都劝虎生不要胡闹，应该去告状，虎生这才把镢头扔在一边，说："他们太欺人啦！告就告去。"便改变主意要去告状。

蔡丑女想想此事，气愤至极，回家来提笔写道：

医学二字从未问，
主任将女封医生。
静脉输液输皮下，
反怨病人脉不通。
不会打针会打人，
腹疼未治伤又疼。
受伤有罪反受罚，
打人无错竟有功。
一旦不能送粉条，
干儿干爹干不成。

丑女又跑来虎生家，催虎生快去告状，田虎生嘱咐媳妇操心看着母亲，告状去了。

方山镇人民法院是县人民法院的派出机关，负责三个公社的刑事、民事的审理工作。法庭人数不多，只有三人，其中一个是庭长，姓李。今天，田虎生来告状，李庭长亲自听了他的申诉，说："怪事！当医生不会看病，反而把病人打伤，哪有这种医生？自己的女儿打了人，还又罚受伤人的工分，这个大队主任也太不像话了！”他亲自开了一张传票，说是法庭人少，让虎生自带传票回安乐庄，传大队主任高瘦孩和高美女到庭受审。

田虎生见李庭长这么讲理，心下很高兴：“今天就要看看你高家父女有多大本领哩！”

下午三时多，田虎生、高瘦孩、高美女三人一起来到法庭。高瘦孩今天被人民法庭所传，心下很后悔过去轻看了人民法庭这个单位。过去，每年秋后，公社机关、公社供销总社、信用社、铁厂、联合厂、中学、兽医站，哪个单位没吃过高瘦孩送的苹果、大梨、黄米、大豆、山药蛋，怎么偏偏没想到人民法庭的重要性呢？怎么忘了跟人民法庭也拉个关系呢？如今后悔也晚了。高瘦孩这个人有个特点，欺熟怕生。凡是拉上关系的熟人，对他们是天不怕地不怕的，什么话也敢说，满不在乎。凡是碰上没有关系而又是个什么官的生人，他便有点胆怯。这天下午，他们来到人民法庭，先拿烟给李庭长，李庭长理也不理他，更感到不妙了。

李庭长开始问案了。原告田虎生又把案情说一遍，就叫高美女说。高美女来到法庭，也毫无惧色。她今天到人民法庭来，在家里认真打扮一番，穿了一件玫瑰色涤纶褂子、一条墨黑涤纶裤子，围一块大红绒围巾，为了显露她那个高高的飞机头，头上没有扎什么物件。李庭长叫她回话，她便大大咧咧地说：“我给虎生她妈输液，葡萄糖瓶子是吊在半墙上的。她妈肚子疼，输着液也打滚儿，她身子一滚，胳膊一拽，把葡萄糖瓶子拽下来，砸破她自己的脸，他们硬说我拿瓶子打病人，这不是胡说八道?！这……”

虎生立刻回道："李庭长，不是这么回事。她给我妈输液，没有扎进血管，针头处肿起老大一块。我妈嫌疼，美女说我妈的血管细，液体就必须先聚在一起，慢慢就流开了。我妈说怕是她扎错了，她就火了，就往下摘瓶子；我妈又说你说对，就对了，何必发那么大的火，她就拿瓶子砸我妈……"

美女抢话嚷道："就是你妈自己拽下来的，你不要血口喷人！"

田虎生说："就是你砸的……"

李庭长见他们吵起来，阻止道："不准吵！"又跟高瘦孩说："你说吧，你为什么要罚田虎生的工分？"

高瘦孩说："因为他妈自己拽下葡萄糖瓶子砸破脸，他还诬赖医生，还骂医生，诬赖人也犯法，我是大队主任，我罚他一千工分也没错呀?!"

李庭长一听，火了，说："一个大队主任怎么能随便罚人？根本错误！我问问你们，葡萄糖瓶子正好是挂在病人的头顶上的吗？"

田虎生说："偏过我妈的头还有一尺多远。"

高美女说："是偏着一尺多远。可是你妈打滚就滚在此葡萄糖瓶子下边，掉下来不就正好打着了……"

李庭长说："既然是病人滚在瓶子下边，输液管子肯定更松了，怎么会拽下瓶子来？"

高美女、高瘦孩一下子都没话说了。

李庭长批评他们父女二人道："你们一个是大队主要干部，一个是医生，因为技术不过硬、输液输穿了，病人提个意见，你们就发火，就拿瓶子打伤病人，是完全错误的，完全是违法行为。高瘦孩依仗职权，乱罚社员的工分，也是错误的。

按说行凶应该法办，看在是初犯的分上，宽大处理你们，你们要给受伤者赔偿治疗费四十元。高瘦孩、高美女都要写检查，明天带上检查、带上四十元钱再来。”

田虎生今天打赢了官司，高高兴兴地回到安乐庄来，把高家父女受罚的事说了，很多人都是拍手称快的。有的还说：“撤了她的医生才好哩，省得她害人！”

高家父女打法庭出来，高瘦孩没有回安乐庄来，他们觉得安乐庄的堂堂大队主任也受什么罚，太丢脸了。高瘦孩跟女儿说：“不怕，不打赢官司，我决不回安乐庄！”于是，他从两个方面打主意：一是派美女回村里找高小勤、高满仓，到大队仓库拿一百斤大豆、二十斤好油来；二是找关系，公社各单位许多负责人都吃过安乐庄大队送的黄米、白面、苹果、大梨、香油。今天高瘦孩找人，真是求哪一尊神，哪一尊就显灵，那些神们不肯断了吃安乐庄的路子，就替高瘦孩找李庭长说情。次日天刚亮，大队保管高满仓跟高美女一路送来一百斤大豆、二十斤好油，送在李庭长家里。这天上午，原告、被告到庭，李庭长又问田虎生：“田虎生，你为什么诬告高瘦孩、高美女？你知道诬告人是犯法的吗？”

田虎生见他今天忽然变了，很觉得奇怪：“昨天就处理清了，今天怎么？……”

李庭长绷起面孔冲着田虎生说：“简直是无法无天！昨天夜里我到安乐庄调查过了，已经查明你母亲是自己打滚拽下葡萄糖瓶子打伤自己的，你不是知错认错，还诬告高美女，诬告人是犯法的！你知道不知道?！……”

田虎生听了这些话，把他气炸了，一时控制不住，哪还管这是什么法庭，“呼”地站起来，冲着李庭长嚷道：“你胡说！你……”

一个“胡说”，李庭长抓住了把柄，他也吼道：“啊！你敢骂法官！你……”

“就骂你啦！就骂你啦！你说是我母亲自己拽下瓶子的，她滚在瓶子下，液体管就松了，怎么会拽下来?!”

“她滚过去，就不会再滚过来……”

“你放屁！你是什么庭长！你是国民党法庭的庭长……”

“你还敢骂人?！你骂人民的法庭是国民党法庭，这……”

“就骂你啦！你还不如个国民党！……”

“好！你今天大闹法庭，大骂法官，完全是犯法行为！犯了法就要依法处理！……”李庭长抓起电话耳机便说：“喂喂，你是县法院？现在有一个农民在这里大闹法庭，还骂我们法庭是国民党法庭，还骂我是放屁！闹得法庭不能正常进行工作，破坏了法庭工作的秩序……是不是，一定……好！”

田虎生见他打电话，也不害怕，因为他觉得这个李庭长太坏了，太欺人了，太偏心眼了。他不知道这位庭长为什么昨天是一个样儿，今天突然又是一个样儿，只觉得太坏，他真想跟他拼了，还在骂个不停。高瘦孩、高美女看看自己打赢了官司，自是暗暗称幸。见田虎生大骂李庭长，高美女加油、打气地说：“李庭长，你看，你亲眼看看田虎生是个什么东西！他还敢骂李庭长，对我们就更放不在眼里哩……”

李庭长见田虎生大骂不休，气得他坐下来站起来，站起来又坐下，“砰砰”直拍桌子，嚷道：“坏分子！十足是个坏分子！你大闹法庭，你诬告大队干部，你诬告医生……”

这时，忽然听得“嘣嘣”的摩托车声响，李庭长高兴极了。一时，冲进来两个全副武装的法警，那田虎生还在大骂

"国民党"，李庭长向进来的两个法警说："你们看看，你们亲眼看看，这个家伙大闹法庭，破坏人民法庭的工作秩序，侮辱人民法官……"

两个法警真的看见田虎生大骂大闹，各个掏出手枪把田虎生逼住，说："你被拘留啦!"

田虎生见真的要抓他，只觉得冤枉，便分辩道："我没罪！我是，我冤枉……"

两个法警不容他说话，拿出手铐把田虎生铐了，拉出来推上摩托车，"嘣嘣嘣"吼着把他抓走了。

高瘦孩、高美女昨天到方山镇走后，樊金花像热锅上的蚂蚁，焦灼不安。晚上，美女回来又说了法庭上的情况，看看要受罚、打输官司，把她气坏了，在屋里直骂了一夜。今天，她正里一遭外一遭乱转，见高瘦孩、高美女高高兴兴地回来，一问，说是把田虎生抓走了，樊金花高兴极了，说："我正说我们当了多年的干部，他法庭就不看点面子！……"

说着话，会计高小勤、大队保管高满仓进来，问官司打得怎么样了，美女兴奋不已地说："把他狗娘养的抓走了!"

高小勤、高满仓听言，都为高瘦孩父女庆贺。高满仓见没外人，问高瘦孩："哥，你看那一百斤大豆、二十斤香油该怎么个记账……"

高瘦孩斜他一眼，说："记什么账，报了老鼠损耗不就行了!"

高满仓提醒他说："其他粮食好说，这大豆报老鼠损耗不好说，谁也知道老鼠是不吃大豆的……"

这下子，高瘦孩也有点为难了："他娘的！老鼠真讨厌，偏就不吃大豆!"想一想又说："好办，就说是给外地支援了豆种。二十斤油好说，谁敢说老鼠不吃油！”

说着话，吕二旦、丁和尚来了。他们听说把田虎生抓了，吕二旦觉得他们做得太过分，说：“这事要是能村事村了就好啦，真不该……”

高瘦孩瞪着眼说：“什么村事村了？告状是他先告的，又不是我高瘦孩带的头！你不要替打人凶手辩护……”

吕二旦说：“打人的事不是还没闹清楚？”

“明明是一清二楚，就是他们自己砸伤的，有什么不清楚？你一不在场，二没调查，不要管这些事！”

吕二旦也弄不清到底是怎么回事，再加这事直接牵涉到高瘦孩身上，再多说什么，惹下他就不好了，没再说什么。

丁和尚听说把田虎生抓了，十分高兴，他说：“好！抓得好！虎生就不是好东西。明明是夏文山报高价包了粉坊，还骂我舅舅哩，埋怨我舅舅不替他说话，看他多赖！抓了他活该！我舅舅跟美女这次打赢了官司，威信就更高了。这可是个大胜利，是件大喜事。既是大喜事，我们也该喝几盅庆祝庆祝呀！”便冲着大队保管高满仓说：“满仓舅舅，这出戏该你唱哩……”

高满仓说：“现成呀，库里有大米，有白面，有香油，就是没酒。就等一把手说话哩。”

支书吕二旦见他们这样说了，他本来不满，又不敢惹高瘦孩说：“你办去不就行了。”

高满仓便满屋子瞅瞅，见贾月娥跟樊金花在那边炕上坐着，便问：“月娥，供销社有什么酒？”

贾月娥说：“没有，还没进这个货哩。”

“有什么好烟？”

“还有几盒五台山。”

“没有大前门？”

“没有。”

供销社酒没酒，烟没烟，人们在这里也不敢说什么。高小勤看看丁和尚，说：“和尚才办了喜事，家里肯定有酒有烟，快去贡献些来……”

丁和尚没想到会搞到自己头上，很后悔不该提这个头儿，可他也只得去了。

一时，菜成酒到，一干人便“俩好”“六六顺”地吼叫起来。

小磨院的北屋里今天吃酒庆幸，自然惊动了院邻。上东屋、上西屋两家听得北屋大呼小叫地吃酒，不知道是有了什么大喜事。蔡狗儿、蔡忙忙、蔡丑女在砖瓦窑上没回来；田春山也在砖瓦窑上帮忙，田胖孩跟田黑女都在粮食加工房。霍大梅刚打加工房回来，听得北屋里喝酒，便跑来上西屋问凌二菊：“西屋……”霍大梅、凌二菊两个平素只以“东屋”“西屋”互称，“北屋的瘦孩回来了？”

凌二菊说：“回来一大会儿了。”

“他们打官司怎么样啦？”

“谁知道？”

“准是打赢了官司，要不，不会高兴地喝酒哩。叫我去看看。”霍大梅来到北房，问起打官司的事，美女沾沾自喜地说：“田虎生诬告我美女，法庭把他捆进城了……”

霍大梅听言，先是一愣，后是惊奇，说：“怎么抓了他？”

“他诬告我们，不抓他抓谁？”

霍大梅气极了，嚷道：“明明是你打伤人家，怎么是诬告？你们太欺人了！……”

高瘦孩见她嚷闹，说：“大梅，你嚷叫什么？当时你又不在场，你知道什么？我劝你少管闲事……”

霍大梅又嚷了几句，因惦记着田虎生一家人，便返身出来，喊了凌二菊，到田虎生家来了。

14. 白女碰钉子

当凌二菊知道了田虎生被抓之事，她也觉得太冤枉人，说：“就不该抓人家虎生呀！”

霍大梅说：“都是北屋那个东西害人哩！”

她们二人来到田虎生家，只见虎生妈躺在炕上“哼哼”喊疼，虎生媳妇忙着给婆婆拿药吃。霍大梅便问：“虎生媳妇，虎生怎么还不回来？”

虎生媳妇说：“该回来了，也许……”

“也许什么？人家法院把他捆走了，你们还蒙在鼓里……”

婆媳二人听了这话，如同当头一声疾雷，把她们打蒙了。过了半天，虎生媳妇才说：“虎生夜里回来还说叫美女赔我们四十元……”

“还想什么四十元？人家权大势大关系多，打赢了官司，说虎生诬告了他们，把虎生捆去县法院……”

虎生妈一听，“哇”地大声哭了。虎生媳妇也哭着大骂高瘦孩不止，口口声声要找高瘦孩算账。凌二菊见她们婆媳哭得可怜，便好言劝慰她们。霍大梅只说找高瘦孩是没用的，倒是应该先到县里看看。虎生媳妇也急着想看看虎生到底是怎么回事，便央求霍大梅、凌二菊替她照看一下婆婆，也不说吃午饭，哭哭啼啼地走了。

中午，田胖孩、田春山、田黑女、蔡狗儿、蔡忙忙、蔡丑女他们回家来吃午饭，听说高家父女打赢了官司回来，田虎生被抓之事，把大伙全给气炸了，连平日不吭不道的田胖孩也大发雷霆地嚷道："这不明明是欺负人哩！国家的法律干啥用哩?!"

蔡狗儿说："不行，这桩官司还得打，这就要看虎生媳妇哩。"

黑女对这件事最为不满，说："虎生媳妇拙嘴笨舌行吗？要不，哥哥看几天机器，叫我到县法院找他们去！"

田胖孩说："打官司告状，要自家人去才行，你去了算什么？"

黑女说："算什么？——什么都算！虎生的母亲是我的婶婶，虎生是我的叔伯哥，婶婶挨了打，侄女不能告状？哥哥有了冤，难道妹妹不能伸冤?!"

丑女听了虎生被抓之事，半天没有说话。她没有估计到虎生告状会得这个结果。她认为虎生告状，是她出的主意；虎生今天被抓，是跟她出主意有关系的。她想不通人民法庭为什么会这样处理问题，她想不通为什么有罪竟没事，无罪者竟遭殃，她又感到是自己把虎生送进牢狱的，想起来实在气愤，实在对不起人，实在是自己害了田虎生……想着想着，竟"呜呜"哭了。因听黑女说她要进城看虎生去，便抹着泪说："黑女不要去。虎生是听了我的话才去告状的，是我把他害了，我应该去。"

田胖孩说："这能怨你？你叫虎生去告状，完全正确呀！说实话，你不说叫他去告状，我也要说的。实际上都怨那个李庭长太坏！丑女，你跟虎生不沾亲，不带故，你去了，理由不充足，就叫黑女去吧。”

丑女说：“路见不平，人人有责。不沾亲不带故就不能为人伸冤？我把一个人白白送进牢里去了，我就逍遥自在地在屋里坐着，不闻不问不理不管?！我、我……”

黑女说：“丑女，你也不要着急。你是应该去，可是你看我能不能代表你，如果能，如今春天大忙，你在家里帮虎生忙地里的，我替虎生去伸冤，不更好吗?”

人们听她说得有道理，也想到虎生媳妇嘴上来不得，同意黑女进城一趟。丑女想到帮助虎生家种地也很重要，自己不再强调去了。可是她想到是自己办了一件错事，是自己害了田虎生，只恨自己太没出息，怨自己把虎生害得太苦，越想心里越难过，也不吃饭，跳上炕头，拉了被子蒙住头，往炕上一倒，“呜呜”地哭起来。

蔡狗儿忙说：“丑女，虎生的事又不怨你，哭什么呢？快起来吃饭……”

凌二菊每每看见女儿蒙被而躺，就没主意了，只说：“丑女，你不要生气，快吃饭吧，你不吃饭，会饿出火来……”见女儿只哭不动，她也抹着泪说：“这可该怎办呢?”

忙忙见丑女蒙了被子哭哩，气得他大骂一通，替丑女出气，丑女也不起床。把个大小伙子愁得没主意了。

因为这几天春山正帮丑女家制砖，粮食加工也干得正旺，一下子停了机器也不好，黑女想到喜女也会开机器，便来石头院找她。过去因为吃糊糊，黑女闲时从来没有独自唱过歌儿。如今又因为加工粮食太忙，也很少唱过一句什么。这会儿闲了一阵子，往石头院走着，竟低声唱起歌来：

清粼粼的水来蓝格莹莹的天，
小芹我洗衣衫来到了河边……

这么低唱两句，黑女忽然感到很奇怪：啊？我怎么还会唱《小二黑结婚》的曲儿？我唱得好像也很好听哩！竟不知道她是何时何地学会这支歌儿，也不知道这支歌儿，在她脑子里存在了多少时间，到今天忽然唱了出来，唱得竟也有情有致，好像很有几分感情哩。今天，她发现自己也会唱这样的好歌儿，很为自己高兴，便又接着往下唱着，来到石头院，问过喜女，喜女慷慨应下。

下午，喜女来找胖孩，在小磨院大门口碰上忙忙不觉心里一动：我跟忙忙的事，过去妈不同意，是妈嫌他家穷，如今他家变了，妈肯定会同意。她想再跟忙忙谈谈，又不知冯山那一家怎么样了。过去，外村有几个青年来找过她，她全看不中。对于她的终身大事，她也认真考虑过。在安乐庄找一个吧，她想来想去，除了蔡忙忙，再没个合适的。她认为安乐庄的人可以分为两大类：一类是高瘦孩跟他的“十三太保”；一类就是全庄的群众。那“十三太保”，人人趾高气扬，走路跟着高瘦孩的步子转，说话跟着高瘦孩的舌头转，做事跟着高瘦孩的拳头转，一个个她都看不惯；其他社员，多多少少总吃过高瘦孩跟“十三太保”的亏，大大小小总受过高瘦孩跟“十三太保”的气，欺人的人，她不满意；受人欺的人，她不愿意，所以安乐庄便没有她的对象。外村哩，也看中过两个人，一经仔细调查，多有不实之词，多有以假充真、以差充优、以穷充富之事发生，以为在外村找对象，不容易查清真相，所以不愿意轻易在外村找对象，因而便耽搁下来。安乐庄自从实行承包责任制以来，“十三太保”不大吃香了，有些普通社员搞生产、办事情可以独立自主地干了，活得像个人样儿了，她感到在安乐庄找对象，不怕任何假象迷惑，不怕调查不清，便打定主意就在本村找一个，这就想到了蔡忙忙、田春山二人身上。她以为这两个年轻人都是好的，认真把他俩比较一番，以为田春山喜欢随便吃人的东西这一点不好，便把主意打在蔡忙忙身上。可是她还闹不清忙忙跟冯山那一个到底怎么样了，也不知道蔡忙忙对自己还有没有想法。今天恰巧碰上他，便想探听一点信息。便问：“忙忙，多会儿才请我们喝你的喜酒哩……”

蔡忙忙对谁也是满不在乎的，便说：“还不知道俺老丈母娘给我生下媳妇没有，喝什么喜酒？”

“胡说！你跟冯山村那一个明明早就订了……”

“倒也有这么回事。因为丑女不同意，你想想，能成吗？丑女那个人，谁能缠了她，不拘大事小事，连我爸爸都得顺着她……”

花喜鹊听言很高兴，又问：“真的？”

“看你，你还不了解我，我是个撒谎的人吗？”忙忙想起过去两人好过，以为她今天要旧事重提，心里很高兴。

“可也是。既然冯山村那一个吹了，我可是认识一个，给你介绍介绍吧？”

忙忙听说她是介绍别人，心又凉了。只好说：“好呀！说成了，请你的客。”

“你先说你要找个什么样儿的……”

“什么样儿的都行。就只有一个条件……”

“哪一条？”

“只要把性别搞清楚，注意是个女的就成……”

一句话把个花喜女说得大笑不止，笑得半天直不起身来，伸手直抹泪。蔡忙忙更乐了，说："笑啥呢？我说得不对？"

花喜女笑道："照你说，你的对象岂不是太好找啦……"

"也可能吧。"

"要是个瘸子呢？"

"行！"

"要是个秃子呢？"

"行！"

"要是个男子呢？"

"行！"

"那，不是把性别也搞错了……"

说到这里，田胖孩出来，花喜女边笑边走了。她跟田胖孩来到加工房，刚开门，本村的，外村的一下子来了五六个顾主；有加工玉米面的，有加工谷子的，也有加工玉米掺糠糠面的。原来各村各庄跟安乐庄一样，人们都承包了责任田，还有的干各种副业生产，家家户户都把工夫、把时间看得都十分珍贵，都嫌老碾老磨加工粮太费工夫，再加黑女这个加工组加工费很贱，一斤才一分五厘钱，附近三里五庄的社员都闻讯而来。更加上黑女的服务态度很好，早早晚晚都在加工组候着，随来随加工。有的有钱，便收钱；没现钱，记账也干；还有的带了鸡蛋顶加工费，有鸡蛋也收。黑女这个干法受到本村外村群众的欢迎，人们一传十，十传百，到安乐庄来加工粮食的人越来越多了。黑女往往一天要干十五六个钟头。这么着干了半个月，算下来平均每天有二十几元钱的毛收入哩。除去电费和机器折旧费，每天也有十二三元的收入。田胖孩看到这个情况，也算了一下账：每月只打收入三百元，每年就是三千六，当他的脑子里一下子出现了这个数目字时，竟把他吓了一大跳：“唔?！三千六百元?！天哪！这是我胖孩家一年要挣三千六百元?”他简直不能相信这个数目是真的。二十多年，称盐买醋，亲戚本家有喜事上礼，看望病人、看望新生的孩子，全凭那几个鸡蛋。二年卖一头猪，卖个三四十元，全家才能各做一件布衣穿，换换季。也就是说每二年时间，才有三四十元钱的收入。前年黑女偷偷住在亲戚家打酸枣，卖酸枣仁儿挣了七元钱，全家人都当做发了一笔外财看哩，现在每天都挣十来元，这这……反正这几天，田胖孩干得很带劲儿的。

约莫到了下午四点时分，民办教师夏白女带着两个小学生来加工白面。在这里帮忙的花喜鹊看到两个七八岁的小学生用一根扁担抬着半麻袋粮食，白女却甩手跟在后边悠悠然地走来，不由得又冒火了，心里说：这像干什么?明明是当老师的把学生当成了苦力工嘛！简直不像话！

白女没想到花喜鹊在这里帮忙。一看到她，便有些后悔今天下午不应该来加工粮食。她知道花喜鹊爱找人的麻烦，说话难听，就找田胖孩说：“东屋大爷，我这是五十斤麦子……”

花喜鹊早已赶了来，冲着白女说：“我是负责加工麦子机的，就跟我说吧。”

田胖孩不知道白女怕喜鹊，也说：“白女，你跟喜鹊说吧。”

白女不愿意跟喜鹊说话，站着不做声儿。花喜鹊是个不饶人的，问白女：“这麦子是你家的，还是他们两个学生的?”

白女也不得不回答一句，恼悻悻地说：“明明就是我的，你还明知故问什么?”

“既是你的，你二十岁正当年，自己怎么不背麦子，怎么让两个七八岁的娃娃替你抬呢？……”

“我有这个福气，用你管哩！”

“这是你当老师的说的话？教育学生，德育、体育、智育各方面都应该注意；言教、身教，都不能忽视。你当甩手掌柜，用两个毛娃娃替你抬麦子，这样的行动，请问：你是培养人才呢？还是培养奴才哩？……”

“你管我培养什么？缺德鬼！到哪也想显你的能！我今天不加工了！”便指挥两个小学生：“抬了走！”

花喜鹊说：“这会儿正是上课时间，本来你就不应该离开学校！”上前拦住两个小学生：“你们不要给她抬！你们是学生，不是奴才……”

白女气极了，嚷道：“丢了麦子你负责！”带着两个学生走了。

花喜鹊把那半麻袋麦子掂在人们排的队里，笑着跟田胖孩说：“大爷，看那个白女多赖，不问孩子们才几岁，她就这样……”

田胖孩头里看见她跟白女斗嘴，心里说：“今天这个白女算碰上厉害人了。”这会儿他说：“今天她来，偏偏碰上你，活该她倒霉！”

白女生气回到学校，碰上小学生们排成一字长蛇阵踩着课桌玩“过金桥”，也该孩子们倒霉，白女老师便拿他们出气，拿起那根教棍，劈头盖脸每人罚打三棍子，又大嚷一通，骂道：“你逞的什么能？摆的什么威风？这才是‘狗咬耗子——多管闲事’！……”

孩子们听不懂她骂谁呢，都只是莫名其妙地发愣。

当天傍晚时分，白女打学校回来小磨院，见忙忙、丑女、春山他们掂着尿素塑料袋子回来，知道他们是往麦地里追化肥的，回来屋里跟胡金荷说："妈，你看忙忙、春山他们前几天才把麦子追圊肥，今天又追化肥哩，咱们那一亩麦子什么也不追？"

提到地里的活儿，胡金荷就有气，说："你问谁呢？是你要去上追肥，我拖住你不让去？老的也不问，少的也不管，问我做甚哩！夏田不追不锄，秋田没工没粪，你们老的问过？少的管过？等到夏天收不上夏，秋天收不上秋，饿也不是饿我一个人……"

白女说："你跟谁发牢骚哩？分下的口粮田也不是我一个人的，你也有一份，你踩进地里一个脚踪儿？"

"你不知道我没上过地？今黑夜再去给你爸爸打个电话，问问他还要不要这个家了？"

"口粮田是你我的口粮田，问爸爸做什么？你就只会当寄生虫？"

"谁是寄生虫？谁是寄生虫？我哪天没动？哪天没干？缝衣补裳不是劳动？烧茶做饭不是工作？要这样说，天下的寄生虫多着哩！县政府的炊事员也是寄生虫！裁缝铺的裁缝也是寄生虫……"

"你还有理哩？谁家不做饭，谁家不缝衣？谁家是做了饭，缝了衣就不问地里的事了……"

娘儿俩乱吵一顿，胡金荷倒不怎么恼恨白女，把气都结在了夏志荣身上，立刻跑来大队办公室往县里工业局打电话，夏志荣偏又到地区开会去了。把个胡金荷气得什么似的，胡乱骂了夏志荣半夜，第二天竟也扛一把镢上了地。

胡金荷上来东岭，来到她家的地里，看到满地是柴火茬秸、圪垃土块儿，她这个从来不上地的人，看着这块大地，如同老虎吃天，感到无法下口，只是拄着个镢把儿，直直地站在当地里发呆。后来一阵“隆隆”机械声惊动了她，回头看到对岸砖瓦厂，蔡狗儿一家人正在那里开动机器制砖，竟长长叹了一口气，自语道：“看人家多好，有那么多的人干活儿。”

今天，蔡狗儿一家在砖瓦厂制砖，整窑，一家人只是默默无声地各干其事，都干得不大愉快。这个不愉快，全是丑女一人引起的。她想到因为自己多了一句嘴，让田虎生去告状，没想到反把虎生拘留起来，她以为全是自个儿害了虎生，心下好生不自在。本来就是一个“愁女”，刚刚因为她家包了砖瓦厂脸上有了笑容，如今又是愁容满面，一言不发，闹得全家人也不敢轻易说一句话。全家人知道她的不愉快，是因为田虎生之事引起，大伙便骂高瘦孩一家，替丑女出气，替丑女宽心。蔡狗儿窑里窑外骂那个庭长太坏，凌二菊骂美女不是人。骂了半天，丑女脸上的愁云不只没减少，反而越来愁越重了。蔡忙忙看了丑女那个愁苦样儿，很为她抱不平。可是怎样才能使她心情好些呢？他左思思，右想想，忽然想道：这件事，必须想办法先把虎生家地里的活儿干好了，丑女准会高兴些。便说：“丑女，咱们今儿个没去给虎生家整修土地，是因为这里快出窑哩，要抓紧制砖。别怕，虎生那点地，我黑夜加加班就行了。”

丑女说：“人是肉长的，不是铁打的，你能有多大精力！”原来她愁的是砖瓦窑、地里活儿都很紧，没法儿解决这个矛盾。这天下午收了工，他们回家吃过晚饭，蔡忙忙擦擦嘴，甩着两只空手出去了。安乐庄生产落后，文化生活自然也是一张白纸，任何文化活动也没有。年轻人们干一天活儿，到了晚上，除了找能说在一起的人坐一会儿，说一会儿话儿，便是睡大觉。蔡忙忙喜欢在田春山家坐，每天晚上总听他在上东屋说呀笑呀，很能跟田春山说在一起。今天晚上他出去以后，过了半天，也没听得他说话，引起了丑女的注意。又过了一会儿，还是听不得忙忙说话，丑女急了，心想：我哥哥是不是到虎生家地里干活儿去了？黑咕隆咚的夜里，他一个人在大野地里多怕人呀！忙到上东屋看看，忙忙真的不在这里，问道："东屋婶，我哥没来？"

霍大梅放低话音说："忙忙不让你们知道，他在我家掂了一张镢、一张耙，到东岭虎生家地里干活儿去啦！"

丑女一听，心下好生不自在，说："看我哥，也不说一声，也不知道害怕……"连忙跑回上西屋，掂了一把镢就走。她一股劲跑出安乐庄来，奔上东岭坡。夜空里回荡着清脆而又响亮的"布谷、布谷"的鸟音，散发着熏荒粪的烟味儿，她的思想上猛地涌起一种春耕下种的紧迫感。丑女单身独镢，冲开浓黑的夜幕，奔呀跑呀，不一会儿，看到前边地里有一个黑人影，便放声喊道："哥哥——！哥哥——！"

丑女一声喊，夜幕里的布谷鸟突然不叫了，大概丑女这一声喊，在布谷鸟听来也算得一种美妙的歌声，把它惊呆了。

蔡忙忙听得丑女喊他，心下很窝火："怎么搞的，偏她也知道了！"他本想藏起来，又怕吓她一跳，吓出什么毛病来，只好主动应道："丑女，在这儿！"

丑女听得忙忙应声儿了，心下很高兴，她又学着布谷鸟"布谷，布谷"地叫了几声，竟跟布谷鸟的叫声没什么区别，天空的布谷鸟听了，真的又和声叫起来"布谷，布谷……"

丑女走来，进地就说："哥，你怎么敢一个人来？又是狼，又是野猪……”

“狼有什么怕的。这点活儿，我一个人干就行了，你也来，你要来了，我可就走了！”他想以“走”吓唬丑女，逼丑女回去，哪里骗得过丑女。丑女说：“你走吧，要走快走，我就是来替你回去哩。”

忙忙说：“你真有这个胆量？”

“咱们试试。”

忙忙见她这样，没办法了。说：“反正大事小事，谁也斗不过你。”

丑女说：“别说这些了。要干，咱们就抓紧干一会儿。这都怨我，找对象，你也为了我找不下个好对象；干活儿，你也为了我来加夜班……”

“丑女，看你说这话，好像我是旁人似的……”

丑女不再言语了。兄妹二人在这里干活儿，直到半夜才收了工。

15. 黑女变花脸

再说胡金荷这天上了地，东转转，西看看，不知道该做什么活儿，也不知道什么活儿该怎么做，只是白转了半天，下午就没有上地。吃晚饭时，白女批评她说：“怎么上了半天地就停了工？像这样初一一下子，十五一下子，能种好地嘛?!”

胡金荷没好气地说：“我不中用，你怎么不去？”

“我上了地，谁教书？”

“我看你在学校也是坐着打毛衣……”

“什么坐着打毛衣，别人提意见，你就把我说得一钱不值！……”说着，恼悻悻地出门去了。

白女在学校当民办教师，一天到晚，她所干的主要是打毛衣，教书不过是摆个样子。她这样做，可以；别人这样说她，她就不满意了，以为是别人故意指责她的毛病。她气呼呼地打家里出来，走在街头，满街里黑洞洞的又没个去处。她进城数次，知道县城里每天可以看电影、看戏，在她爸爸的办公室里还可以看电视。想到在这个安乐庄里什么也没有，到了晚上，除了串门儿，就是睡觉，无聊得很。气得她骂道："我爸爸真没本事，连个工作也给我找不上，我要能在城里工作有多好啊!"她在街头站了半天，又无可奈何地的返回家来。

次日上午，蔡狗儿、忙忙他们正在后沟砖瓦窑上制砖、烧窑，发现胡金荷家包的口粮田里今天有人劳动，远远看上去，正是胡金荷。这在安乐庄说来也算得一件奇闻。因为自从胡金荷嫁到安乐庄二十多年来，谁也没有见她上过地，没想到实行了承包责任制，竟把她给赶到地里来，人们自有一番议论。后来，蔡忙忙发现胡金荷只是掂着把镢头在地里乱转，好像不知道该做什么才好，笑着跟大伙说："这个老婶子上地只怕是周游世界来了，看她转来转去转得多忙……"

蔡狗儿说："不会种田的人都是这样的。这种人上地，没个人指拨，什么也干不成，看起来又是咱们的一项任务……"

蔡忙忙说："爸爸，你太糊涂了，怎么想起来要帮那大小两个狐狸……"

蔡狗儿说："年轻人说话不讲究，怎么谁也想骂人家!"

忙忙说："是我骂她们，就不想想她们的所作所为？丑女爱写几句，春山爱编几句，白女就造谣丑女跟春山长了短了，还给春山跟黑女造谣，说人家兄妹俩白天合穿一件衣服，黑夜合盖一条被子，看她坏到了什么程度，你还要帮这种人……"

蔡狗儿说："这个白女也太不像话，怎么能胡说这些哩！不过，咱也不是只看白女一个人，好歹有个志荣哩，看在志荣的面上，该帮还得帮哩……"

蔡忙忙说："看我爸爸，全不像个老农民，十足是个观音老母，慈航普度，看见谁也想帮一帮，就不想想自家的责任田还顾不得干哩！"

蔡狗儿说："给她指拨指拨能费了多少工夫！"他抽个空儿，真的跑到胡金荷的地里来，见她耙柴火也没个路数儿，刨地边也刨得像锯齿，说："你把镢头给我。"拿过她手里的镢头便刨起来。

胡金荷见蔡狗儿走来，只当要说什么，没想到是教她刨地边。看看他，像从天降下来的救命恩人一般，夸他道："都说老狗儿人性好，我总不信，今儿我可是真信了。"

蔡狗儿给她刨了个样子，又说道几句。然后又教她耙柴火应该怎样耙，还告诉应该把那一亩麦苗锄一锄，这才又返回砖瓦窑上来。后来，蔡狗儿每天忙着烧砖瓦，还要种他家分的责任田，每项农活儿开始时，他都亲自到地里指导胡金荷干活儿，下种时，还唤了忙忙、丑女父子三人一起上阵，帮她下了种。这是后话。

回头还说这天黑女上县城走后，人们等到次日晚上，虎生媳妇没回来，黑女也没回来，虎生妈自然很着急，田胖孩一家、蔡狗儿一家也都急了。田胖孩提出他明天要进城看看，丑女提出最好再等一天。等到第三天下午，黑女跟虎生媳妇回来了。人们忙问黑女，虎生的事怎么样了，黑女说："怎么也不怎么。不经一事，不长一智，只想得人民法院讲理，——才不讲理哩。头一天我找了他们几次，找到庭长，庭长又叫找问事处。找了问事处，又说今天没工夫。第二天我又找他们，他们说还要调查。我说：‘调查就调查，田虎生又没犯法，为什么抓了他？’他们说：‘田虎生大闹法庭，大骂法官，就是违法行为，抓得不错。’我又问他们：‘骂人罪重呀，还是打人罪重？’他们说：“当然是打人比骂人重，我又问：‘既然打人比骂人罪重，为什么高美女打了人没事，田虎生骂了几句就抓了？’他们又说：‘田虎生骂法官是李庭长亲眼所见，高美女是不是打了人，还没调查清楚。’你们看气人不气人？”

人们急着问：“最后他们怎么说？”

黑女说：“人家说要来安乐庄调查，只好等人家调查了。”

大伙听了黑女的话，都很气愤，都说田虎生冤枉，可是谁也没办法申这个冤，只好等人民法院调查了。

美女一家见虎生媳妇、黑女都回来了，田虎生并没回来，很高兴。她说：“叫他坐一辈子牢才好哩！”

高瘦孩说：“坐一辈子牢倒不可能，反正他短时间回不来。大闹法庭，大骂法官这是政治问题，还想三天两头回来，说得容易！”他忽然想到也应该给县人民法院的院长送点东西，便叫美女唤了会计高小勤、大队保管高满仓来，要他们再准备一百斤大豆，二十斤香油。会计、保管对他是百依百顺的，当夜就准备好，次日五更就备一辆马车进城了。高满仓进城送礼物，当晚就回来，向高瘦孩作了回报，说法院院长开始不肯收，后来也收下了。还说：“院长说了，田虎生的问题是严重的，要严肃处理。”

高瘦孩一家人听了这些话，都十分高兴。樊金花说：“那天虎生还埋怨瘦孩不替他说话，叫他白白丢了粉坊的副业，太坏了，看他今天还埋怨不啦！”

说着话，丁和尚进来，说：“舅舅，我看见杜敬尧又去了虎生家，肯定是给虎生妈看病的。他可是非法行医……”

美女一听急了，说：“看，邪门歪道又钻我们的空了！这个杜敬尧真坏，见空子就钻，他这个非法医生给社员治病治死人，谁负责?！——我爸爸真是个气门芯，这么大的事也不管管……”

高瘦孩也火了，“砰”地拍案而起，说：“这还了得！谁批准他行医看病的？和尚，给我把他叫来！”

丁和尚应声而去，不一会儿，便把杜敬尧唤来，高瘦孩把他狠狠训斥一顿，最后说：“你这个错误很大。第一，必须写一个检查，要保证今后永不再犯；第二，罚你一百分工分，走吧！”

杜敬尧走后，丁和尚说：“舅舅，你怎么开口还是罚工分、罚工分？那天你罚虎生的工分，我就提醒过你，如今没有什么工分了……”

高瘦孩稍一想想，拍着大腿说：“这个承包责任制真讨厌，罚个工分也没法儿罚了……”

杜敬尧给虎生妈治疗伤肿，已大见疗效，伤口基本上愈合了，脸也基本消肿了，肚疼也好了。自从这天高瘦孩训了他，他哪里还敢给人看病，虎生媳妇请了多次，他总不敢再踩虎生家的门槛了。虎生妈看儿子久不见回，又害怕，又生气，再加上杜敬尧不敢来给她治疗，几天工夫，她面部伤口又感染了，脸又肿起来。把个虎生媳妇愁得茶不思，饭不想，又愁丈夫的事，又担心婆婆的病，忧、愁、急、怕加在一起折磨她，只几天时间，她也病倒在床。霍大梅、田黑女、蔡丑女、蔡狗儿、花喜鹊这些人都为虎生一家的遭遇不满，都为这婆媳二人的伤、病着急，都骂高瘦孩、高美女父女欺人太甚。霍大梅嚷着要去告状，蔡狗儿只说："慢慢来吧，告状是告不成的。虎生落到这个地步还不是因为告状才倒了大霉？咱们还是想办法先给他们把地种上吧。要不，过了这个春天就晚了，他们一家今后怎么生活呢？就是虎生出狱回来，打不下粮食也不行呀！"

丑女说："种地当然要紧。不过，眼下最要紧的是给两个病人治病……"

霍大梅说："谁治？老敬尧不敢治，还叫那个美女治？"

丑女说："本来可以请公社医院的医生，可是来一两次也不解决问题。依我说还应该求求敬尧爷爷。如果瘦孩叔再找麻烦，我们就跟他讲道理……"

大家也同意再求杜敬尧。霍大梅、蔡狗儿两个就去找他。开始，杜敬尧不敢答应此事，后来他说如果每天深夜来看病，为了治病救人，他也愿意来。霍大梅、蔡狗儿也同意了。此后，每天深夜，蔡狗儿就来请杜敬尧，治了几天，虎生媳妇能起床做饭了，虎生妈的伤口也渐渐好起来。可是一个月过去了，还不见县法院有人来调查。后来蔡狗儿又进城催问一次，县法院的人说："就要去调查。"他只好独自个儿回来，等人家的调查。这时候，已是桃杏花盛开，杨柳翠绿，布谷鸟日夜喊叫"布谷"的春耕大忙时节，田胖孩一家忙了地里忙加工。蔡狗儿一家忙了烧砖忙下种。家家户户，格外忙碌。田春山提出来把粮食加工停几天，田胖孩说："不能停，人越忙，咱们越应该搞好粮食加工。要不，人们又要下种，又要推碾拉磨，顾得做什么？忙不过来哩！"原来，黑女干粮食加工，干了两个月，已经挣下六百多元，这是田胖孩没想到的。这会儿他想：没想到搞承包这么好，年轻人就是比咱强。于是，每天夜里，他就到粮食加工房加班帮忙。白天，他看到蔡狗儿一家又烧砖瓦又种田，特别忙，还常常替狗儿计划种田的事。到了地里，他把质量关把得特别严。犁地时，他打着叫驴耕地，霍大梅、田春山打坷垃，田胖孩时不时地走来找他们的毛病，训斥他们："你们隔二偏三是怎么打哩！自古道'耕地深土，耙在荣土'，你们留下那么大的坷垃不打，地就不保墒，苗就出不全，能丰收吗？"

霍大梅想想过去吃大锅那会儿在地里干活儿，老汉没这么认过真，如今处处要求严格，心里喜欢，嘴里却骂："老不死的，有话不会稳稳说？训教谁哩？摆什么架子哩？"

一会儿，田胖孩又走来，在他们打过坷垃的地方，用一只脚的脚尖在打平的土里一刨一踢，踢出一块大坷垃，又是一顿训斥："打坷垃怎么还打埋伏？照这样，能出来苗吗?！现在责任田，还干过去那种哄队长的活儿，还想增产哩，去哪里……"

田春山看看他妈，伸一下舌头，笑道："责任心，是不够，爸爸批评我接受！"

田胖孩说："干活儿实打实干才行哩，靠卖嘴儿喊口号可打不来粮食。"

霍大梅瞅他一眼，说："啊呀呀！二十多年了，就不知道咱们田家还有个技术员哩！"

几天之后，开始下种，田春山问他爸爸道："爸爸，咱们先种哪处地？先种后沟，先种寨岭？"

田胖孩说："先种沙石坪。"

"咱们沙石坪又没地。"

"先给忙忙家种，忙忙家沙石坪不养墒，不耐旱，现在有点墒情，就先给他们种吧。”

田春山、霍大梅听他说出此话，只觉得稀奇。娘儿俩互相笑笑，霍大梅说：“死东西，想不到你还有点活人味道哩!”

田春山对丑女他们一家人很有好感。见他爸爸愿意先帮丑女家下种，他自然高兴，说：“别看爸爸年纪老，先人后己风格高。”

田胖孩说：“狗儿不帮咱，咱去哪里找钱买加工机的细罗儿?”

于是，田胖孩、霍大梅、田春山、蔡丑女一起，今天都到沙石坪下种了。

春耕下种期间，田黑女一个人坚持粮食加工房的事儿，因为本村外村来这里加工粮食的人越来越多，加工机不停地转着，把个黑女忙得早上脸也没工夫洗，头也没工夫梳。她正忙得不可开交，不防申三儿不紧不慢地进来，说：“黑女，没想到加工房这么忙，过去的加工房，我可没见这么忙过。”

黑女抬头见是三儿，迎头就是一棒：“你怎么还在世上?”

一句话把个三儿说得晕头转向。反问道：“怎么会不在世上?”

“我当你早就上了望乡台！这几天把我忙死了，也没工夫去问问你搞得怎么样，你也不来报个信儿，叫人忧得晚上总做怕人的梦……”

“我是你妈不受欢迎的人，我敢随便来?”

“你不知道我在加工房?”

“我这不是来了。”

“这几天怎么样?”

“每天拉三车矿石，可以赚二十元。”

“好。不要怕吃苦，每天一定要坚持拉够三趟。几个月过后，你就够格了。快走吧，我没工夫跟你多说话。过两天你就来一趟，说说你的生产情况。”

“好。一定按时汇报。”

“去你娘的！谁有工夫跟你嬉皮笑脸地拉淡话。”

“以后一定注意。我开拖拉机，已经挣了几百元，你妈对我的看法有点改变没有？”

“去你娘的！才挣了几百元，就到黑女面前夸富来了。没点雄心壮志，成不了大器！——快快走吧，别在这里浪费时间。再晚一会儿，今天会少拉一趟哩。”

“就走就走。希望你最近探听一下你妈的口气，看她对我的看法有点改变没有。”

“快走吧，好好开拖拉机挣钱是正事，别操这些没要紧的心，我也没工夫给你当密探。”

“好。我走啦，过两天我再来向你汇报新成绩。”

申三儿走后，黑女心下很高兴，忙加工忙得更带劲儿了。

这天吃早饭时，霍大梅等黑女回来吃饭，怎也等不回来，便找到加工组说：“黑女，我替你一会儿，你回去吃饭吧。”

黑女竟没吱声儿。她一个人看着几部机器，这边忙一会儿，那边忙一会儿，在那震天动地的“隆隆”机器声中忙得连轴转。她已经有几天没洗脸，没梳头了。霍大梅见她头发蓬乱，满脸儿涂着白面粉儿、黄玉米面儿，白一块，黄一块，一个黑女变成了花脸，不成个人样儿，又说：“黑女，你没听见，你回去吃饭吧，我替你一会儿。”

黑女这才说：“你干不好，给我把饭拿来吧。”

“你回去吃一碗饭吧，也洗洗你的脸，梳梳你的头……”

“梳它做什么？没那个工夫。”

“看你蓬头垢面像个母夜叉似的……”

“管它像母夜叉、公夜叉，没工夫！”

“没工夫，没工夫，就忙成个这？过去小雪在这里，一天到晚秤锤掉了鼻子似的不过是一块闲铁。如今忙是忙，人们来加工粮食，让大伙动动手，不就……”

“瞎叨叨啥哩，我没工夫听。咱们要也像小雪，也当闲铁，那还算个承包户？……”

霍大梅说不服黑女，只好回家给她把饭送来，黑女在加工房，差不多每天要忙到半夜才能休息，早上天不亮就来上工。因为人们上地忙，多在大早和晚上来加工粮食。这天大早，黑女刚刚来到加工房，随后便有人跟来，却又是申三儿。黑女冲他嚷道：“你又来做什么？大早起来，有工夫，多跑一趟运输有多好，怎么尽管往加工房跑？你看，黑女不是还在这里？又没撒腿走了，也没坐车跑了，更没上飞机飞了！你开着个拖拉机，就该一心一意地想你那跑运输的事，怎么净想来这个加工房？像你这样，总想黑女，不想致富，多会儿才能达到个万元户哩……”

申三儿听言，抱屈地说：“是你叫我过几天就来汇报一次。我今儿个来汇报，你又说不该来。”

“这才过了几天？以后半个月来一次，敢多来一次，小心我骂你。快走吧，别磨磨蹭蹭地浪费时间。”

“还没给你汇报哩……”

“讨厌！这么轻轻佻佻的，讨厌！给我说说情况不行？怎么总是‘汇报’‘汇报’，好像我是你家什么人似的……”

“不是好像，实际上就是……”

“这会儿我就是我……”

“将来你就是咱们家的内当家……”

“讨厌！你走不走?”

“汇报过就走。”

“要说就快说。”

“这几天我每天能跑四趟，差不多能挣三十元……”

“你疯啦?你不想活啦?这样干起来，三天就把你那张皮挑啦！要致富，也要注意身体。把人累死了，还要钱做什么?以后每天只准跑三趟。敢多跑一趟，看我怎么跟你算账！走吧，以后不要总往加工房跑，黑女早早晚晚在这里哩。”

申三儿又说了两句话，高高兴兴地走了。一会儿，人们来加工粮食，黑女自然又忙起来。

粮食加工机没明没夜地“隆隆”响着。黑女忙忙碌碌干了三个月，由于收费低，黑女的服务态度好，帮老助幼，不仅赢得安乐庄人们的称赞，附近十几个村的社员，都愿意来安乐庄加工粮食。这么一来，黑女的买卖自然是越来越兴旺，开头三个月，居然净赚了九百元，真把一家人兴奋坏了。田胖孩看到那么多人民币，总有些不相信是真的。田春山更高兴，又编了顺口溜赞扬黑女：

三台机器“隆隆隆”，
白天黑夜转不停。
收下谷麦变米面，
迎来火急送春风。
黑女少收一分钱，
社员省了千万工。

服务生产家家乐，

自己赚钱也高兴。

做母亲的霍大梅，对黑女更是赞不绝口，直夸她给这个家办了一件大好事，说：“真他娘的高兴！想不到我家这个黑女这么有本事，几天工夫，就叫我大梅当了大财主，这可不愁当不上婆婆啦。”

田春山出出进进念他的顺口溜道：“高兴高兴兴煞人，春山有个好妹妹！”

黑女说：“傻瓜！你只知其一，不知其二。”

“不知哪个二？”

“你只知道一个黑女，不知道还有个丑女？”

“丑女怎啦？我知道咱们院有个丑女呀。”

“实际上我自作主张大胆包下加工组，那是丑女的点子。咱们包了加工组，当然也会挣钱的，可是挣不了这么多。咱们挣钱多，也亏了丑女的好主意，你不赞成？”

“赞成，赞成，我赞成，丑女的办法实在灵，三月挣了九百元，黑女丑女都有功！”春山把这几句顺口溜院里院外一念，上西屋的丑女听得以后，直骂他不着实，他才不再念了。

春山家有了钱，又是正值春天换季的当儿，黑女提意见每人做了一身新衣服。春山、黑女兄妹二人再不合穿褂子了。多年以来，他们全家人第一次做到了上上下下全身新。当霍大梅给田胖孩做起新衣，让他穿了，开始几天，他总觉得这身新衣服不应该是他穿的，又总觉得这身新衣服穿得不稳当，好像是偷了别人的穿在自己身上，又好像说不定明天或者后天，就会有人提出他不应该穿这身新衣服，会把他的新衣服扒掉似的。

他心慌不定地穿了两天，不愿意穿着它这么发慌，便把新衣服脱掉，又穿了旧的。霍大梅狠狠骂他一顿，他才又穿了新的。穿衣服是这样，每天中午吃白面条时，他也有一种吃得不大牢靠的感觉。他们家不仅吃的变了，穿的变了，还买了大粪桶、大箩头、大号锨、大号镢，那些仅仅是为了磨时间、挣工分的小锨小镢都变成历史文物，扔进下东屋屋基旮旯的垃圾堆里。

田黑女看看今天的田家已经不是三个月以前的田家，为哥哥找对象而奋斗的目标初步达到了，就跟霍大梅说："妈，你也该给哥哥提个醒儿，让他把自个儿的事当个事儿想想吧。"

霍大梅说："我知道。"就催春山快找对象，春山说："你也不看看是什么节令，现在有那个找对象的工夫吗？"

蔡狗儿一家变化也很大。当然他们今年春天是特别忙的。他们又要种责任田，又要烧砖瓦，又要帮助虎生、胡金荷两家种地。蔡丑女觉得田虎生是听了她的话告状被抓去的，更是认真负责地帮他家的。地里的活儿，如耕地、送粪，全是她跟虎生媳妇两个跑闹的。下种时候，黑女、春山、花喜女都来帮了几天。关于家里的事，虎生妈的病，丑女也是一有空就跑这里来，煎药、奉汤，洗洗、补补，像是虎生妈的女儿一样，照应老人。虎生妈直夸丑女好，丑女说："大妈，快不要夸我。说实话，我对于虎生，是罪大于功的……"

16. 丑女的主意

丑女在虎生家帮忙，受到虎生妈和虎生媳妇的好评；黑女搞粮食加工组，丑女帮她出了几个点子，使他们三个月挣钱九百元，也直夸丑女有功。在她自己家哩，也受到全家人的夸耀。我们知道，正月里蔡狗儿刚刚承包了砖瓦窑，是丑女出点子购买制砖机的。蔡狗儿为着买制砖机去贷款，受了不少气，硬是闯了三道大关才贷上了款。当蔡狗儿把制砖机买回来，砖瓦窑开工以后，他们全家人上阵以种田为副，以烧砖瓦为主，人手还是不够，田春山也常来给他们帮忙。蔡狗儿原是个能干人，干什么都愿意干得比别人强。丑女更是个精灵鬼儿。平日里不说不笑，痴痴呆呆，古古本本，像个老修女；庄庄重重，稳稳当当，又像个老农妇。可是她说出一句话来，没人不赞同，做出一件事来，没人不佩服；给人出个点子，又能使事情办得更好，谁人不夸奖！所以，蔡狗儿总把女儿当做是他们家的天使，对她不但十分器重，而且也十分尊重。家里大事小事，狗儿总要向她征求一下意见。在他们买回制砖机，砖瓦窑就要开工时，狗儿向女儿问计，说："丑女，你也说说，看咱们这个砖瓦厂怎么才能干好？"

丑女想一想，说道："咱们的砖瓦厂是自产自销，既搞生产，也做买卖。咱们过去没做过买卖，可也常听人说生意经，咱们不是常听人说'货真价实''薄利多销'吗？我觉得咱们生产砖瓦，就要掌握这么两条：一条就是'货真'，就是要把住砖瓦的质量关，使咱们烧的砖全成为真正的好货；一条是薄利多销。你卖得贵，有货卖不出去，去哪里赚钱？卖不出去，赚不回钱来，就周转不开，就干不成了。价格低一点，卖得快，才能周转开，才能多赚钱。"

蔡狗儿也是这个想法。听了丑女的意见，他说："好，你跟我的想法一样，咱们就这么干。关于质量问题，你给咱们当检查员，把好质量关。"

蔡家承包的砖瓦厂开工了。后沟里制砖机"隆隆"的歌声，跟埝上埝下社员们耕地"叭叭"打牛的鞭声交织在一起，使多年以来死气沉沉的一条深沟老壑活跃了起来。

制砖机“隆隆”作响，一块块砖坯子像瀑布一般泄流而出。丑女检验砖坯子，凡看到质量明显差的，她一块一块毫不惋惜地把它们毁掉了；稍有瑕疵的，她也在所不惜地一块一块摔毁。蔡狗儿见她这样，认为丑女有点过分认真，咱们是烧砖嘛，是叫盖房子用的，又不是做工艺品当摆设用的，何必过于认真。因想到女儿也是一番好意，又不愿意指责她，没有说什么。蔡忙忙对丑女也是很尊重的，他对于妹妹的尊重，有时候超过了对父母的尊重。他常常顶爸爸妈妈的嘴，却没有顶过妹妹一次。再加丑女平日的表现有点过于严肃，严肃得简直像一个老师，蔡忙忙见了她便有点胆怯。可是今天他看到丑女对砖坯子检查得过于认真，把许多可以算数的坯子也“叭叭”地摔毁了，心想：砖坯子都是费了许多工夫制出来的，摔毁那么多，要浪费多少工夫，要少挣多少钱呀！可是他又不敢直接给她提意见，便找他爸爸说：“爸爸，你再去看看，丑女把许多能用的坯子也全给摔毁了，这可不得了呀，你快去说说她吧。”

蔡狗儿很同意忙忙的意见，也想去给丑女提个醒儿。他在窑里干活儿，刚走出窑口，看见丑女严肃认真的样儿，跟忙忙说：“忙忙，算了，随后再说吧。”

忙忙见他不肯说话，气呼呼地呛了蔡狗儿一句：“都是你们把她惯坏了！你不说我说。”当他带着一股子气走在丑女身边时，正要张嘴，忽然听得丑女一边扔次坯子一边念叨：“这坯子怎行？一根骨头会坏了满锅汤的！”他看到情势不妙，只好又把张开的嘴闭上，快快地走开去了。

过了几天，窑子的准备工作做好以后，第一窑砖装好了，点火了。当他们把第一窑砖烧出以后，蔡忙忙打早跟蔡狗儿说："爸爸，不要叫丑女检查砖，我给咱检查，保证没问题。"

蔡狗儿想一想，说："你不行，太粗……"

"可是丑女检查得太细，让她检查，会把许多能卖的砖扔掉，咱们一定要大赔钱，闹不好，连那个三条腿小板凳也保不住哩！"

蔡狗儿说："不怕，绝对不会把那个小板凳赔掉的。先叫丑女检查着……"

"你就会迁就她！再迁就下去，看不把你那把老骨头赔掉才怪哩！"

蔡狗儿、蔡忙忙、田春山他们管出窑，凌二菊、蔡丑女管垒砖兼顾检查质量。凌二菊垒砖，检查得粗，半天才会挑出一块次品，另外放在一起；蔡丑女垒砖并不比凌二菊慢，甚至比她快得多，可是只听她那里"叭叭"直响，次品砖扔下满地。丑女扔次品砖的"叭叭"声，把个蔡狗儿扔得直心疼，看了丑女几次，也没有吱声儿。蔡忙忙却憋不住了，要把丑女狠狠训斥一顿。他拉着一平车砖走来，冲着丑女说："丑女！你……"

丑女只管垒砖，也不直身，并不专门听忙忙说话，就这个极其平常的表现，忙忙看了，他的火气已经减去八分，变得心平气和地说："丑女，你注意不要把好砖扔掉，要知道烧一块砖要费许多气力，不容易哩……"

蔡丑女手不停地干着活儿，说："你看看我扔掉的有几块好砖？我又不傻，又不是闲着没事干了，要把好砖白扔掉。"

忙忙心里说："嘿！她还有理哩！"他把平车放下，在她扔掉的砖堆里随便拿了几块过来，说："丑女，你看，这不明明是好砖……"

丑女直起身，只一看，就指着那块砖的一角说："你看，缺角货……"

蔡忙忙见是砖角上缺了杏核大一块，又说："这也能算缺角货？才缺一点点大一块儿，完全能当好砖卖的……"

"好砖就是好砖，次品就是次品，次品不能当好砖卖。我不是早就说过，咱们要做到货真价实，这些缺角货、少边货，怎么能卖给人呢？一来会卖倒咱们的名誉，买卖就不会畅销，想发财也发不了；二来，咱们烧砖的更要为顾主想，公家盖楼也好，老百姓盖房也好，都应该对人家的质量负责。一个人不能只想自己，不顾别人。杜甫写诗说'安得广厦千万间，大庇天下寒士俱欢颜'，想的是天下寒士。我们是新中国的青年，咱们烧砖，又是直接为天下人盖房盖楼用的，如果砖的质量不好，人们盖的楼也不好，盖的房也不好，人们怎么会有欢颜呢？"她为了说服忙忙，还把她最近写的一首诗念给忙忙听。那诗是：

烧砖烧瓦是买卖，
我做买卖为盖楼。
莫道我是砖瓦匠，
杜甫之心应该有。
制砖不可等闲看，
人冷人暖在里头。
但愿万家都舒适，
不叫一户生忧愁。
完整无缺高楼起，
他人住房我无忧。

忙忙听了她的诗，也不服气，发着脾气说："我也不是只图自己挣钱，我也不是不关心顾主盖房的质量。你要知道一块砖就差那么一点点，就缺那么一丝丝，就不算好货了？我也见过几家盖房子的，谁家买的砖也不完全是四棱八角，十全十美，完整无缺，就你特殊。"

丑女说："别人卖砖不讲质量也不对。咱们是……"

"别人都不好，普天下就是安乐庄的丑女好?!"

丑女见忙忙大发脾气，她却笑了。一边垒砖一边说："别的都不说，咱就光说做买卖，也应该注意名誉呀！名誉好，买卖就好；名誉不好，买卖就倒。过去田四虎烧砖为什么销路那么不好，为什么挣钱少，就是因为他总想以次充好，不讲质量，把名誉闹倒了。咱们可不能学他，少卖几块砖，买个好名誉，比什么都强……"

"做买卖讲什么名誉哩！就算讲名誉吧，也不能把好砖扔掉。不行，你不要垒砖了，咱们换一换，你去拉砖……"

丑女仍然不停手地干着，说："你越这么说，越不能让你在这儿垒砖……"

"不行，由不了你！我今儿个偏要在这里垒。"忙忙说着，就要推丑女走，丑女笑道："哥，你要做什么？为什么这么犟?"

"你不说你犟，还说别人犟，你走，你走!"

丑女还是笑道："怕你使出吃奶力气，也推不走我……"

"看我推走推不走!"他尽管使劲推丑女，又见丑女还是尽管往一边扔砖，忙忙过去看看，并不是质量很差的砖，又给她搬回来。就这样，丑女扔一块，忙忙往回捡一块，一来二去，把个从来没有发过脾气的丑女惹火了，咬咬牙，狠狠心，搬起一块砖头照准一堆好砖砸去，“咔嚓”一声，一下子砸坏五六块好砖，说：“哥，你要再闹，看我不敢把这一窑砖全给砸烂！”

忙忙见丑女发了脾气，把他吓愣了。田春山在这里帮出窑，见他们兄妹二人争论，因他平日在丑女面前就不多说话，总怕丑女小看他，这会儿自然也没敢插言。后来见丑女发了脾气，他也是第一次见她瞪眼，把他吓了一大跳。心里说：“想不到她还怪怕人哩。”更不敢吱声了。凌二菊见兄妹两个吵起来，只是说好话：“怎也好，不要吵，行行好！行行好！怎也好，不要吵……”

蔡狗儿在窑里听得丑女发怒，连忙出来看看，训斥忙忙道：“你干你的，她干她的，各干其事，吵什么哩？去！还出你的砖去！”

忙忙想说他父亲说的是偏理，气得他说不上话来，只好拉了平车就走。田春山也随后跟来，低声说：“平素说话稳又稳，发了脾气怪怕人，我还不知道她还怪厉害哩！”

忙忙说：“都是我爸爸惯的！事事都是她正确！”

丑女发了一通脾气，一会儿又后悔了：“这是何苦哩！他也没有孬心歹意，只是他想得不全面——自己想得全面，为什么不心平气和地给他说清楚呢？”她想起忙忙平日对她的爱护，特别是想起他为了自己找个好丈夫，竟然牺牲他自己的幸福，糊里糊涂愿意跟冯山那个丑闺女结婚，就看这一点，也不该跟他翻脸哩。这天下午，她又把注意质量、力求有个好名声的意义想好一些道理。晚上收工回到家里，见忙忙还是一脸儿不高兴的样儿，笑道：“哥哥，你还生我的气吗？别生气了。下午都怨我，怨我不该发脾气。烧砖讲究质量的事，我已经说过了，做买卖要讲声誉才好，声誉好，买卖一定会好。不信你往后看。声誉怎么就好了，就要看质量。只要质量好，少卖几块，可是卖得快，有人买，比质量不好，没人买，有利得多哩。你好好想想看。还有那个薄利多销问题，虽然买卖人都懂得，就是都不肯那样做。我说我们一定要那样做。这一点，我今儿个下午初步算了一下账。如果按二分五一块卖，一块砖挣一分钱，一百万块砖挣一万元。销路不宽，把货积压起来，就是挣一千元也是很困难的。如果按二分一块卖，一块砖虽然只挣五厘，如果一年能卖二百万三百万砖，就有一万多元钱的收入哩……"

蔡狗儿听了女儿的话，很高兴，说："是呀，我跟丑女的想法一样，就是有一点不如丑女，丑女是想到哪儿就一定认认真真地做到哪儿；我是能想到，做不到。我也知道讲质量，保名誉重要，可是一看到那些毛病不大的砖，又不忍心毁掉，实际上不忍心，就要坏大事，有丑女把这个关，我就放心多了。忙忙，你想通了没有？"

忙忙只是想不通，也不愿意再跟丑女辩论，只说："由你们吧，赔了钱，我可不负责任。"

蔡狗儿一家烧砖瓦，有狗儿领头，有丑女的谋算，有忙忙、二菊的苦干，烧的砖瓦质量好，售价低，销路广，几个月工夫，蔡记砖厂的货物成了全县的名牌货。许多单位、机关、厂矿、学校都找上门来订砖、买砖。小磨院上西屋人来人往，一时变得门庭若市，北屋门前倒显得冷了许多。前三个月因是初干，出货还不算多，纯收入也已经超过一千七百元哩。蔡狗儿看到自家的砖厂办得这么好，远远超过附近村的几个砖厂，知道是沾了质量要求严格、售价低廉这两点的光，常跟忙忙说："你看，还是丑女想得对，做得对吧。"

这时候，忙忙才认了丑女把关把得好这个账，说："我这个木头脑瓜子还能比丑女的精灵脑瓜子？"

丑女却说："实际上我比木头还木头哩。只说今年春天的几件事吧，贷款买制砖机的意见是我提的，因为买制砖机，爸爸不知道作了多少难，犯了多少愁，不怨我吗？让虎生告状的意见也是我提的，看虎生听上我的话吃了多少苦，受了多少折磨……"

忙忙说："你说得也对。不过，你还是功大于过的。人家黑女搞粮食加工，不也是直夸你的点子好……"

丑女听他净说这些，有点生气地说："今儿个是谁召开的这个表功会，怎么净表一个人的功？没有三中全会精神，我们还是继续吃糊糊……"

说到吃糊糊，蔡狗儿说："人是铁，饭是钢，人不吃好，就干不好。明儿个咱们备上驴车买麦子去。"

第二天，忙忙备了驴车，到方山镇买回一千斤议价小麦，还买回五米各色涤卡，全家人都做了新衣服，在农具方面，锨、镢、锄、耙、箩头、粪桶，也都买了大号的。这些农具早早晚晚放在院里，比从前好用多了。

蔡狗儿家买回小麦以后，先让黑女给加工了二百斤，二十多年来，这个蔡家第一次改变了一天三顿糊糊的生活状况，每天能吃一顿干饭了。但是，蔡、田家近来也各有一件愁事：有了钱，都愁没处放钱。柜子没柜门，箱子没盖子，都不是放钱地方，蔡狗儿说："咱们也该买点木头做些新家具了。"

可是眼下该往哪里放钱哩？没有办法，就把钱压在枕头下边。害怕有人发现，就一天换一个地方，并着手准备买木料做箱子。

人唤"愁女"的丑女，没想到只三个月时间，他们家就会发生这么大的变化。有感于此，她又写了四句诗：

一个生产责任制，
万能起死回生术。
磨道转圈二十年，
三月迈进奔长途。

田春山也编了几句顺口溜：

正月包了加工组，
加工机器直"突突"。
二月碗里起变化，
中午不端稀糊糊。
三月一人一身新，
兄妹再不合穿衣！

他不只编了顺口溜，出出进进他还把这个顺口溜当歌儿唱，唱得很有兴致。蔡忙忙、蔡丑女他们听了春山的歌，说："该人家唱哩，该高兴高兴了。"

北屋里高瘦孩一家听得春山早早晚晚唱这几句歌儿，越听越烦恼，樊金花说："看人家多高兴，被窝里捡了个金娃娃，该人家发财哩！承包好，承包好，承包就是好呀，千儿八百的大手抓钱哩！还是过去的狗儿！还是过去的胖孩！攥破拳头连二分钱也挤不出来！"又冲着高瘦孩说："你应名儿是安乐庄的当家人，是老革命，是有功之臣，可是你连一分钱也拿不回来，连几亩口粮田也种不了……”

美女说：“我看这个承包制有问题，允许少数人先富起来，也不是叫他们猛发财呀！看人家丑女出来进去多高兴，可不是过去愁眉苦脸那个‘愁女’了。看人家春山多满意，早也唱歌，晚也唱歌，小磨院真成了歌声永不落……”

高瘦孩看见他们的两个老邻家只三个月工夫就大发了，很有超过他这个大队主任的趋势，更为不满。老婆、女儿的话又给他打了气，他又发火了：“他妈的，干了几十年革命也没见过这种干法儿，我看明明就是路子不对头……”

下西房的白女听得高瘦孩屋里发牢骚，她想起花喜鹊那天给她的难堪，上东房的老胖孩也不吭声，还在一边看笑话，自然想寻机报复。这会儿，便跑来北屋，加油添醋地说：“别看他们两家发了财，全村人都骂他们哩，说老狗儿快变成黄世仁，老胖孩快变成南霸天了……”

高瘦孩听了这话很高兴说：“这个反映情况好，很能说明问题，白女，你还听人们说什么……”

白女说：“干爹呀，大伙对你也很有意见，说你放得太宽了……”

高瘦孩儿狠劲抽了一口烟，说：“真他妈的没办法！不放手，上头批评哩，说我不解放思想；放了手，群众又骂我，这个大队干部实在难当。说来说去，反正是都怨上头不了解下情，这种承包责任制本来就有问题……”他对蔡狗儿、田胖孩两家的三个月就见富的情况极为不满，只因这是中央政策，可也无法。再加上蔡狗儿、田胖孩两家明里暗里帮助田虎生，替他跑，替他种田，明明就是冲着他高瘦孩来的，可他也是干气没法儿。正在这时，电工丁和尚来了，他也是说村里群众对蔡、田两家有意见。高瘦孩看见外甥丁和尚，忽然想起个办法来，说："和尚，砖瓦窑那个制砖机离不开你的电，粮食加工，也离不开你的电，他们发财太急，群众有意见，这个电权就在你的手里，你可以限制限制他们嘛……"

丁和尚说："这好办，还不是由我哩。"自此以后，他就开始玩弄他的电权了。

17. 电老虎抖威

安乐庄实行承包责任制以后的第一个下种季节，全村里男男女女、老老少少，显得特别忙。小磨院蔡狗儿、田胖孩两家比别人更忙。他们又要种自家的责任田，又要烧砖瓦、加工粮食，还要帮坐了牢的田虎生和不会种地的白女他们下种。真是忙了地里忙加工，干了下种干烧砖，这头下来那头上，男的来了替女的，老的来了换少的，忙得他们连走路也走得快了许多，吃饭也吃得快了许多，睡觉却少了许多，人人都把走路、吃饭、睡觉看做是一种负担。好像一个人要能不走路、不吃饭、不睡觉，全变成机器一样，那就好了。在这样一个明媚的大好春天里，这些男女早早晚晚出没于翠柳之间，走动在桃杏之丛，奔忙于绿茵茵的野草之旁，来往在红彤彤的山丹花之侧。对于这些，人们好像都没有看见，都没觉察，都没有时间看它们一眼。就连啄木鸟的"嘣嘣"之乐，小燕子的"叽叽"之鸣，为他们担粪快跑伴奏，他们也不屑一顾；布谷鸟的高歌，春燕子的低唱，为他们摇耧播种伴唱，他们也不屑一闻。他们真正看见的春天是种子，是锄头，是松软平展的土地；真正听见的春讯是奔跑的脚步声，催人的呼唤声，耧斗的"滴答”声，耕地的鞭杆打牛声……

这一天，田胖孩一家人，除留下黑女一人在加工房忙加工，都去帮助田虎生家下种了。晚上回来，田春山吃过晚饭，便到大庙粮食加工房里，换了黑女回家吃晚饭。蔡狗儿一家帮白女家种了一天地。吃过晚饭，蔡狗儿、蔡忙忙、蔡丑女他们都又到砖瓦窑加班干活儿。安乐庄的村里，粮食加工机“隆隆”而响，安乐庄的野外，制砖机“轰轰”而鸣。他们正干得起劲时，“呼”的一下子，粮食加工房黑了，砖瓦窑黑了；粮食加工机不转了，制砖机也不动了。

田春山见停了电，觉得奇怪，说：“怎么好好的没有电了？”

在这里等着加工粮食的高林只、樊青只、田四虎等人纷纷议论起来。樊青只说：“这几天累死人了，加工点粮食也得等半天？这个和尚是怎么搞的？”

田四虎说：“这个和尚真捣蛋，一点也不负责任，去问问他……”

田春山说：“叫我去。”他到变电室找丁和尚，变电室门上吊着一把大锁。又到丁和尚家里来找他，和尚的新媳妇说他吃过晚饭就出去了，不知道去了哪里。春山想起加工房还有许多人等着加工粮食，又找不见丁和尚，心里很着急。跑着又到大队办公室看看，也不见他的面儿，又走了几家，都说没见他。田春山心想：这就怪了，难道土遁了不成！他走在街头正想着该到谁家去找丁和尚，碰上一个仓皇奔行的黑人影儿，当是和尚，便喊：“和尚！”黑人影应声道：“我也是找和尚哩。”却是蔡忙忙。电一停，砖瓦窑的制砖机不转了，蔡忙忙是回村找丁和尚的。他们两个碰了面，互相交换一下问过的人家，共是二十八户。两人走了二十八家也没找见丁和尚，如今又该到哪里找他哩？他们搭伙儿骂了半天和尚，自然也是无济于事，只好共同研究他喜欢到的去处，才想起大队保管高满仓。两个人一起来到高满仓家大门口，就听得里边“黑桃”“方块”地乱叫，其中正有丁和尚的声音。他们来到高满仓家，只见丁和尚、高美女、夏白女、高满仓四个人对对而坐打百分，田春山没好气地嚷道：“和尚，停了电，你怎么也不管？叫我们把个安乐庄跑遍了，也找不见你……”

丁和尚手里拿着扑克，嘴上叼着纸烟，不清不楚地哇啦道：“安乐庄又不是上海，是你们不会找。”

蔡忙忙说：“走吧，快去看看电……”

丁和尚叼着半截纸烟哇啦道：“看什么，不是安乐庄的问题。”

“合着闸哩？”

“当然合着。”

“是线路断了？”

“可能吧，谁知道是哪里出了故障。”

蔡忙忙、田春山都没办法了，只得各自回去收摊。砖瓦窑没有等候的人，还好说。粮食加工房还有许多人等着加工粮食，田春山觉得真不愿意让人们再背了粮食回去。他回到加工房来，人们还在这里等着。田胖孩、田黑女吃过晚饭也来了。田胖孩见停了电，许多人在这里等着加工粮食，也很替大伙着急，说：“真倒霉！偏在这时候停了电。”

黑女看看人们等加工粮食急切心情，把她急火了：“巧巧地在这个节骨眼上停了电？这不是坑人的命哩！”便问春山：“哥，到底是怎么回事？”

春山说：“我跟忙忙找见和尚，和尚说不是咱们这里的问题。看来今天晚上不会来电了。”

大伙一听，乱吵起来，有的说：“倒霉！累了一天，还得去推碾。”

有的说：“明天只好先借着吃吧。”

有的说：“是不是和尚故意捣鬼哩？”

有的说：“他敢，吓死他！”

黑女听了人们议论，想到这大忙春天，大伙都很累，把她急得满屋里乱转，也没办法。走在人们身边，十分抱歉地说：“真对不起，我知道这几天大家都很累的，也知道这几天正是有钢用在刃上的时候，可是偏偏就停了电。要不，先到我家拿点吃的……”

有人说：“人家多了，你一家能有多少……”

黑女又说：“要不，我帮你们推碾……”

有人说：“人家多了，你能帮几家？算了。”

黑女直向人们道歉，说是让大家明天再来。

这天晚上，支书吕二旦发现没电，就找丁和尚问道：“和尚，怎么搞的？怎么停了电？”

丁和尚说：“不是咱们这里的问题，我跑了一下午，查线路查了好远好远，也没查出来。”

吕二旦说：“明天再查查。咱们好说，一停电，对砖瓦厂、粮食加工就会造成麻烦。粮食加工机停了，对春耕生产很不利。搞电工要想到为生产服务……”

“知道。明天我再查查。”

吕二旦又去找蔡狗儿、田黑女，两个人对停电的事发了一顿牢骚，吕二旦说：“别怕，我叫和尚明天查线哩。”

到了次日，还是没电。黑女、狗儿又来找丁和尚，丁和尚还是说：“不是安乐庄的问题，到底问题在哪里，还说不清，我正查哩。”

狗儿、黑女无法，只好把制砖、加工粮食停下来，忙下种的事。又过了两天，还是没电，引起了人们的怀疑。蔡狗儿害怕不能如期向顾主交货，田黑女为大忙季节不能为大伙加工粮食而着急。细心的蔡丑女提出一个问题说：“咱们可以给东王庄打个电话问问，看那里有电没有。咱们跟东王庄是一条线，如果那里有电，安乐庄必然有电。要不，就证明是和尚捣鬼。”

蔡狗儿认为女儿说得对，就到大队办公室给东王庄打了一个电话，东王庄说那里这几天一直有电。这就怪了。蔡狗儿回来说了东王庄一直有电的话，都说准是丁和尚捣鬼。田春山就要去找丁和尚，丑女说：“先不要找他。不知道变电室隔窗能不能看见里边的总闸，如果能看见总闸没合，那就充分说明是他捣鬼哩。”

蔡忙忙说：“能看见，能看见，去年有一次我找和尚，隔窗往里看过，能看见。我们真傻，这几天怎么就没有想起来去看看总闸？”

黑女说：“只想人心都是肉长的，谁能想到和尚敢在这上边捣鬼。叫我去看看。”

忙忙说：“我也去。”

他们两个来到变电室门口，先隔窗看看，正好看见丁和尚在室里的床上躺着看书，看看总电闸，正是大开着。黑女正要喊叫，忙忙连忙伸手捂住她的嘴，给她递个眼色，两个人轻手轻腿进来变电室，忙忙悄悄走到电闸前，伸手把总电闸一合，变电室半空里吊的一个大灯泡忽然亮了，这一亮，惊动了躺着的丁和尚，回头看见是忙忙、黑女两个，笑道：“是你们？看，电来了，我就知道这会儿要来电，在这里等着哩。”

忙忙说：“什么你就知道？实际上这几天就没停电……”

丁和尚说：“明明停了五天……”

黑女看到丁和尚胆敢故意停电，把她气坏了，直冲他嚷道：“什么停了五天，是你故意害人害了五天！东王庄这几天一直有电，咱们安乐庄为什么没电？你当的是什么电工？！你安的是什么黑烂脏心？！”

“东王庄有电，不可能……”

“走，咱们一起到东王庄问问……”

“我该不着听你的指挥！”

“你不敢去！告你说吧，我们早问过了，这几天根本就没停电。丁和尚，你说吧，安乐庄停电到底是怎么回事……”

丁和尚见露了馅，还不肯认输，说：“不管东王庄有电没电，反正安乐庄这几天没电。问题在哪里，你们去问电业局吧。”

他们还在争吵，支书吕二旦来了。说：“有电了，和尚你说这几天停电，问题到底是在哪里？”

蔡忙忙连忙把丁和尚捣鬼的事说了，吕二旦听了很气愤，把丁和尚狠狠训了一顿，说：“当电工不为社员的生产、生活服务，还故意制造麻烦，实际上是一种破坏行为，是犯法的！念你是初犯，写个检查算了。以后再这样，可不能马马虎虎了事！”

他们打变电室出来，吕二旦催黑女、忙忙快去告说他们家里人，恢复生产，两个年轻人却把吕二旦拉住，嚷闹起来。忙忙说：“这是公开破坏生产，这件事就这样马马虎虎算了？他丁和尚必须说清楚，要不，他以后还要捣乱哩！”

黑女说：“这是打击责任制！这是对抗一号文件，非告他不可！特别是要找后台，没有后台，丁和尚没这个胆量……”

吕二旦对丁和尚的做法恨透了，也知道他有后台，可是他又不愿惹这个后台，只得对黑女他们多说好话：“是呀，你们两个说得都对。不过看在他是初犯，叫他写个检查就行了，我不是已经叫他写检查哩。如果他以后还敢捣蛋，没问题，别说你们不饶他，我也不能饶他。还有，这也怨我没有做好工作，我先向你们作检查，还不行……”

黑女说：“你也不要替他检查，我们就是……”

吕二旦说：“我是检查我的，他当然也要检查，希望你们看在我的面上……”

忙忙、黑女想起丁和尚的恶意破坏，气是很大的。看在吕二旦能支持他们的份儿上，只好送这个人情，没再纠缠。黑女说：“好吧，要不是看二旦哥你的面子，轻饶不了他！不过，必须叫他写检查。”

吕二旦说：“这没问题，一定叫他写。你们快去开工吧。”

黑女、忙忙连忙回家告诉有了电，并说了这几天没电，是丁和尚捣鬼。大伙又骂了通丁和尚，因为开工要紧，两家人分头到砖瓦窑、粮食加工房忙去了。高瘦孩、丁和尚他们为停电引起粮食加工和砖瓦窑停工之事高兴了几天，这会儿又不高兴了。

人们刚刚忙过下种，转眼就要开镰割麦，霍大梅又跟黑女说：“虎生进了牢快两个月了。他们包了十四亩地，虽然马马虎虎埋进了几颗种儿，还要锄哩，还要割麦哩，事儿多着哩。虎生要能回来，咱们就能少操一份心……”

黑女说："妈，别说了，知道你是想叫我再进一趟城。我去就是了。加工组的事，你去替几天。哥哥还要到砖瓦窑上帮忙，不去也不好。忙忙他们忙不过来……"

霍大梅因为过去生活不景气，没有想过女儿就在本村找对象的事，因为她也把安乐庄的许多人家点着名儿数过，没一家合适的。对于申三儿，也认为他家太穷，根本不同意。她也看到忙忙是个好青年，一来看到忙忙、黑女双方从来都没有什么行动；二来考虑到一个院里结亲不好。就是十分好的关系，时间长了，难免有个碗儿碰碟儿的时候，一旦因为一些小事生了气，每天到晚，出门见面，别别扭扭地很难为情。所以从来没有想过两家连亲之事。如今日子好过些了，两家人你帮我，我帮你，关系越来越好，只觉着两家的两对儿总该成全一对才好。只是不知道该成全春山跟丑女好呢，还是成全忙忙跟黑女好？这会儿，见黑女提到忙忙，便试探地问道："黑女，你看忙忙那个人怎么样？"

黑女见她妈今天忽然提出这个问题，只觉得奇怪，反问道："你问这做什么？你问我哩，我还要问问你哩？妈，你看丑女那个人怎么样？"原来黑女虽然认为忙忙是个好青年，她压根儿也没想过自己跟他对象的事儿。过去她也这样想过：假如我们家能跟北屋、下西屋过的日子差不多，我哥哥跟丑女倒是很好的一对儿。白女不是也给他们俩造过谣吗？她造谣倒也有几分道理：两个人都喜欢编几句歌儿，这是真的；两个人年龄也相当，模样也相配，再好不过了。只因她又考虑到丑女人性太好，她哥哥有两个毛病：一是馋，二是稀稀拉拉，又觉得如果真的让他们两个配对儿，有点委屈了丑女，所以后来再不考虑这事了。现在看起来春山虽然稀拉，却也很知道干活儿。

自从近两个月伙食有了点改善，他好像也不太馋了，便又有了希望他们两个能结合在一起的想法。这些天，她注意观察春山和丑女的行动，没有发现半点男慕女爱之意，有时候只是独自个儿暗笑一声作罢。今天见妈冲她问忙忙，她便冲妈问丑女，反而把个霍大梅问住了。她觉得忙忙很好，丑女很好，既想让忙忙做她的女婿，又想要丑女做她的媳妇。她想一想，说道："我是说忙忙，你说丑女做什么？"

黑女笑道："我是说丑女，你就不要提忙忙。"

娘儿俩正在斗嘴儿，春山回来了，问她们："黑女，你们讲什么故事哩，那么高兴？"

黑女笑道："妈给你找下对象了，你还傻不叽地问人哩！"

春山高兴了，忙问："谁？"

黑女说："就在咱们院里，你猜吧。"

"咱们小磨院一个丑女，一个白女，一个美女，谁知道你们说谁哩？"想一想，又说："不行不行，肯定不是说的这个院里的。"

"为什么？"

"因为白女心太黑，美女心太丑，丑女心太美，都不合适……"

"心太黑的不算，心太丑的不要，心太美的还不好吗？"

平日里，春山看见丑女总当至高无上的完人看待，他知道自己的毛病，认为自己根本配不上丑女，加上听了白女的造谣，一向对丑女总是敬而远之，哪里能这样想问题哩。他说："谁跟你们开玩笑哩！"说罢，溜走了。

霍大梅跟黑女一边说话，一边准备明天黑女进城的东西，丑女进来说："黑女，我想了又想，总觉着我应该进城一趟才对。才下罢种，很快又要割麦，这几天正是个空儿。我想明天就去，你告我说法院在哪条街……”

黑女说：“我跟我妈正说进城的事哩。丑女，我去过一次，路熟，也知道该找谁，比你去省劲得多，还是叫我去吧。”

丑女说：“不，说啥我也要去，要不，就交代不了我自己这颗心。”

霍大梅说：“要不，你两个都去吧。丑女有心眼，黑女有闯劲，两个人去了，多找他们谈谈，叫他们早些儿来调查调查。”

丑女、黑女二人都同意了。她们两个又找虎生媳妇约好，三家人连夜都给虎生准备干粮哩。丑女、黑女两家都买下粮食，连夜蒸了馍馍做干粮。虎生媳妇想给虎生带点好吃的，想来想去，屋里除了玉米，什么也没有，就在火上坐一个砂锅，“哗啦哗啦”炒了半夜玉米，共炒了二升，算是给虎生准备的干粮。

次日天明，黑女、丑女、虎生媳妇一行三人步行来到方山镇，坐汽车到了城里，来到县人民法院，黑女带路，来到问事处，还是上次那个人。黑女说：“同志，我们是来问田虎生的事。你们早就说要下去调查，怎么还没去呢？”

那人说：“快了快了，过两天就要去。”

丑女说：“上次我爸爸来过一次，也说是快了，可是也没见有人去调查。如今生产很忙，我们已经来过三次……”

“你们忙，难道法院的人不忙？全县里刑事民事案件一大堆，只能查了一件查一件。”

丑女想到既然来到法院，就应该把田虎生的冤枉申诉明白，又说：“田虎生太冤枉啊！他妈有病，叫高美女给她看病，高美女就给输液，她不会输，把液体全输在皮下，肿了个大块子，他妈疼痛难忍，问美女是不是输得不对，美女就火了，就往下摘葡萄糖瓶子……”

那人听得不耐烦了，说：“过程不要讲，等调查以后再说，你们回去吧。”

丑女觉得不把话讲完心里不舒服，又说：“明明是美女打伤病人，她还倒咬一口……”

“别说了，全是一面之词……”

“不，从高美女的话里就可以说明这一点。当时她打伤病人，她自己还说：‘她出口伤人，侮辱医生，打了她，是她自讨苦吃’，你听听，不是很明显吗？……”

“什么明显不明显！没理强占三分，当然要编一套，到底是怎么回事，等我们调查以后再说。”

黑女说：“调查就调查，虎生不过就是吵了几句，犯了多大的罪？已经两个月啦，也该放他回去……”

那人说：“不行，大闹法庭，破口大骂庭长，不是一般问题……”

丑女急了，说：“医生打病人是一般问题？骂了几句，还是因为李庭长不讲理，逼他骂的，就不是一般问题？咱们人民法院要替庭长想，也该替群众想想……”

那人也火了，说：“是医生打病人，还是病人赖医生，并没查清楚。田虎生大闹法庭，是千真万确的事！他是什么群众，是犯罪分子！——我还有要紧的事，你们回去吧！”说罢，掂起个小黑提包就要走，黑女、丑女、虎生媳妇她们也没办法了。虎生媳妇说：“虎生在哪里，我们给他送点吃的。”

那人说：“没有判处的犯人，不准任何人探视，不准接近。你们把东西放下吧。”

黑女她们只好把带的干粮放在这里，离开法院。因为法院对虎生的案子处理不公，高美女打人，逍遥法外，田虎生被迫骂了几句，久拘不放，她们都很气愤。为着这事，黑女骂了一路，虎生媳妇哭了一路，丑女没骂没哭，气得她“呼呼”喘了一路。她们往汽车站走去。出来街口，听得“突突突”的拖拉机响，却在她们背后，只管“突突”，三个女人给它闪开路，拖拉机也不走去。黑女、丑女、虎生媳妇因为心下不快，看也不想看它。由于它“突突”得过于讨厌，她们一起看时，不想却是申三儿开的拖拉机。他在城里为一家建筑队拉沙子，今天正好要回安乐庄一趟。申三儿见是黑女她们，十分高兴，他还想跟黑女重叙旧好，重续恋爱之弦，忙说：“快上吧，我正好要回家。”

丑女、虎生媳妇她们自然很高兴，就上了车，当拖拉机走在一家饭店门口时，三儿却把拖拉机停住，请她们下饭馆。丑女下来，黑女却不下来。虎生媳妇在上边推，丑女在下边拉，三推两拉把黑女拉了下来，推推拉拉地一起进了饭店。黑女直说“就不跟你们去”，实际上是半推半就也来了。

申三儿今天请客，特别高兴，也很大方，舍得掏腰包，跟正月丁和尚结婚情况大不相同了。那时，他害怕丁和尚结婚，没钱给他上礼，早早地就把他的小妹妹在姥姥家拜年挣的一元压岁钱扣下，为此事，八岁的小妹妹申六女骂了好几天。

一时，申三儿买好饭菜，过来与黑女她们坐在一起，不一会儿，饭店一位女服务员便端上来六盘菜、两瓶酒：一盘木须肉，一盘香肠，一盘腊驴肉，一盘松花蛋，一盘白糖柿子，一盘烧茄子，一瓶山楂酒、一瓶竹叶青。丑女、黑女、虎生媳妇她们久居山村，常吃糊糊，吃菜以水炒山药蛋、北瓜、红白萝卜为主。她们又没当过干部，既没出外参观过，也没进城开过会，就这几样极其平常的菜也是没见过的。虎生媳妇虽然心情不好，知道申三儿今天这样出血，是有用意的，只好强装笑容陪吃。黑女见他酒呀肉呀如此挥霍，一个吃糊糊长大的山村姑娘，对此很看不惯。这两个月，从一天三顿吃糊糊变为一天有一顿干饭吃，炒菜放盐也知足了，哪里习惯这种铺排。她认为申三儿开了几个月拖拉机，瘪口袋儿变饱了，也学滑了，心想：照这个样儿，再过些天钱更多了，说不定学成个马文才（《梁山伯与祝英台》戏中一个浪荡公子）哩。所以申三儿给她斟了一杯酒，她却动手一抖，“咣啷”一声打翻在地，说：“滚你娘的远远的！”

申三儿为了与黑女重叙旧情，重续恋爱之弦，今天才摆了酒饭招待她，没想到她会如此不客气，先凉了半截身子。丑女见她这样，猜出她的心意，却开玩笑道：“怎啦？还嫌竹叶青不好，想要茅台不成？再不，还没过门儿，倒先为婆家算计，怕吃了花了，票票装不满箱子哩？”

黑女听了丑女的话，心想：可也是呀，我这样，丑女跟虎生媳妇会以为我是怕花三儿的钱哩。又后悔自己做得过分了。黑女是个痛快人，转弯子快，立时又转怒为笑，说：“吃也不是吃了黑女的，喝也不是喝了黑女的，谁管他家的箱子柜子满不满的淡事哩。见酒不吃，一条大罪哩，你们不吃，我可吃哩！”先夹了一块木须肉扔进嘴里。黑女开了头，申三儿高兴极了，便让丑女、虎生媳妇快吃。虎生媳妇的脑子还没转过弯儿，迟迟没有动筷子。丑女冲她笑道：“还不快吃？主人开了头，她敢吃，咱们还怕什么？”

申三儿听了这话很满意，立时笑逐颜开地看看黑女，黑女却拿筷子“嘣”地照头打了丑女一下子，气得她什么似的笑骂道：“坏东西，明儿个你找女婿，叫你找一个前疙瘩、后背锅、双眼瞎、没耳朵、头上秃、脚下跛的尸不全……”

丑女笑道：“那敢情好，我就有了一门很好的副业生产。我拿一条绳子，把我那前疙瘩、后背锅、双眼瞎、没耳朵、头上秃、脚下跛的好女婿捆住、拉上，请黑女的美丈夫用拖拉机拉了我们夫妻二人，到处去展览他，我就向观众夸耀我这个奇形怪状的好丈夫，我口口声声说请看请看，看我的丈夫多可爱……保准一天能收他百多元哩……”

一席话把申三儿、田黑女，连沉默寡言的虎生媳妇都说得“咯咯”大笑起来。黑女攥起拳头捶着丑女的背说：“丑女真坏！我跟你同院生活二十多年，每天难见你说三句话，整天是愁眉苦脸的好像天天有天大的难事儿似的。这才几天，怎么一个‘愁女’变得这么快，也会说了，也会笑了，也会挖苦人了，说出一句话来，那么讨厌，叫人哭不得，笑不得，没法儿对付。”

他们说说笑笑地喝罢吃罢，黑女她们一起跳上拖拉机马槽，申三儿便开动了拖拉机。一路上，丑女想着法儿引逗黑女、三儿谈他们的事，黑女只不做声，也没办法。她们回来安乐庄，先来虎生家看虎生妈，霍大梅、凌二菊、田春山、蔡忙忙他们也闻讯跑来问情况，虎生媳妇只是爬在桌边上哭而不语；只是黑女数核桃一样把今天进城的情况说了一遍，人们也是气一会儿，骂一会儿，也无济于事，只好等人家来调查。

过了两天，人们都上地割麦走了，只有黑女在粮食加工房忙加工。约莫上午十一点时分，她回家看锅，走在大门口，发现他们喂养的那头叫驴拴在墙上的绳子扣儿松开了，那叫驴正待脱缰而去，她连忙过来拉了缰绳，重新把驴拴牢，看一眼叫驴，说："倒比过去精神多了，还想跑哩！"她回来小磨院，忽然看见北屋门口支着两辆自行车。心想：是不是法院的人来调查哩？他们找高瘦孩调查能调查清吗？她想到北屋里看个究竟，又不想去："怕他们不出来哩，等他们出来再说。"忽然听得高瘦孩呼唤"李庭长"。"啊！是李庭长来调查？他跟高瘦孩合穿一条裤子，他来调查，还不是等于不来！"她久盼调查的一颗热心忽然冷却下来。

18. 丑女一首诗

黑女回到屋里，往火里续了煤，锅里添了水，坐在火上，正要回加工房，又怕误了等法院的人。不回加工房，那里又离不开她。正在难为之际，忽然听得北屋里"俩好""七巧"地大喊大叫起来。心里又是一抖："完了！一切都完了！还调查什么呢？'黄汤一喝，一切好说'，反正是老瘦孩说啥，他们听啥就是了。"但是，她还要等他们出来跟他们谈谈。因想到既然是酒宴初摆，短时间是不会走的，她又锁了门，到加工房忙去。

黑女在加工房总惦记着在高瘦孩家吃酒的人，怕他们走了，忙不在心上。后来，花喜鹊正好来加工玉米面，便把这里的事委托给她，又跑回小磨院来，听得北屋里还是"俩好""发财"地乱叫，便开门回家做饭。不一会儿，田春山、蔡丑女他们都打地里回来担饭，见院里有两辆自行车，又听北屋里"四季发财""六六大顺"地乱叫乱喊，不知是什么人物来了。回到屋里，黑女说了是法院的人调查虎生的问题来了，都很高兴，丑女拍手笑道："虎生快出来了！"

黑女说："不一定！方山法庭那个李庭长也来了。你想……"

一个"李庭长也来了"，丑女的脸上立时又是愁云滚滚；春山又骂了："什么调查?！拜他爹、拜他小娘来了！"

丑女说："算啦！没希望啦。就是李庭长不来，不拘是谁来，三杯黄汤就把他们灌昏了！"

黑女说："不行！等会儿他们出来，咱们等住他们，问问……"

丑女说："在院里不要等。看他们还找不找群众。要是他们拍屁股就走，咱们就拦住他们……"

这时，听得北屋里人声喧闹，一时，只见高瘦孩拿火柴棒剔着牙缝，樊金花尾随在后，高美女高高扬着飞机头，"咯噔咯噔"踩着高跟鞋，扭着圆腰子，像个大枣核似的替法院的人掂着挂包送出院子来，跟客人甜甜蜜蜜地说着："勾庭长，你可再来！李庭长，你可再来！"——握手道别，美女把挂包给挂在车把上。又见那勾庭长、李庭长各个紫胀着一盘大脸，竟是一对儿的红脸关公。他们跟主人握手告别，跟高瘦孩握手，不足一秒钟；跟高美女握手，超过一分钟，好像高美女的手是磁石，吸力太大，一沾手，就不容易分离似的。还有个樊金花，她也要表示高雅，准备好跟两个庭长握手，谁知两个庭长理也没理她。一没权，二老了，竟连个握手资格也是没有的。李、勾二人推车要走了，美女还在说："你可再来！你可再来！"两个庭长跟高瘦孩握手告别过，推车就走，主客双方都摆着手说："再见！再见……"

丑女忙跟春山、黑女说："他们就要走哩，不调查了，咱们快到大门口等住。”

丑女、黑女、春山三个人一起追出去，在大门外边把他们等住了。黑女看看他们两个，都不认识，说：“同志，你们是法院的?”

其中一个人说：“是呀，什么事?”

“你们是调查田虎生的事吗?”

“是呀，怎么?”

丑女忙说：“我们想给反映情况……”

这时，只见吕二旦慌慌张张跑来，跟法院的人说：“同志，我是这个村的支部书记，想跟你们谈几句。”

法院的人说：“你说吧，简单些。”

吕二旦往西边指指，说：“到那边谈谈。”

法院的人们跟着他朝西边走了几步，吕二旦说：“田虎生的事，群众意见很大，都说不应该拘留他，你们是不是……”

法院的人说：“田虎生大闹法庭是犯法的，这是事实，群众有意见也不行。群众不懂法律，你们以后要多宣传宣传……”吕二旦无话可说了。法院的人们又返回来问蔡丑女：“你说吧，你要反映什么情况?”

“就反映高美女无理打伤病人……”

“别说了，我们已经调查清楚了。”那人说着，两个人一前一后抬腿骑车就走。这边三个人一起喊道：“同志，同志，听我们说说嘛……”

两个骑车的根本不理他们，还听他们边走边骂：“这些老百姓，胡搅蛮缠！……”

三个人眼巴巴地看着他们走了。黑女生气地骂道：“什么作风！这就叫调查？吃吃喝喝一顿就算调查？……”

田春山只说：“好厉害呀！”

丑女气得满面紫胀，站在那里呆了似的一句话也说不出来。想到虎生出狱的事又没希望了，美女打人活该打了没事，眼里扑啦啦掉下两行热泪，流在腮上，流在嘴边，流进嘴里，一口一口咽下肚里。

这天下午，县法院来人调查田虎生问题的消息传到田野，正忙着割麦的蔡狗儿、蔡忙忙、凌二菊、田胖孩、霍大梅一干人，听说他们只是在高瘦孩家吃了一顿酒，就算作了调查，一个个都气得什么似的，大骂不止。霍大梅骂得最厉害，蔡丑女却是一言不发，只是过一会儿，就拿手绢擦擦眼窝儿。过了两天，丑女决意要进城去看看，大伙也同意她去，她便又到县里走了一趟。她来到城里刚刚下车，不想正好碰上吕二旦跟田虎生，丑女霎时转忧为喜，说：“虎生，你怎么出来了？”

虎生说：“是二旦找了院长，院长说我在法庭吵了几句，是个批评问题，不应该判我三个月，还批评了法院的干部，把我放了。”

丑女听说是吕二旦办了这件好事，对他感激不尽，说：“二旦，没想到你还真关心社员的事哩。你进城来办事，怎么也不跟我们说一声？”

吕二旦说：“因为没那个必要。”原来，吕二旦一直为田虎生的事抱不平。因为这事牵连着高瘦孩，他又不敢惹这位老支书，闹得他两头为难。那天法院的人到安乐庄调查，他看到他们只是在高瘦孩家吃了一顿饭，根本不找群众。他亲自找他们反映情况，他们又不听。他对这件事很不满，很恼火，决心要想办法把田虎生保回来。为了做到既能保出虎生，又不至于惹下高瘦孩，今天借口出村串亲戚，大早动身赶到方山镇，坐头趟汽车来了县城，直接找到法院院长，讲了此事。法院院长并不知道此事，立刻找管这事的干部问过，把法院的干部批评一顿，释放了田虎生，还说第一，要叫那个李庭长写检查；第二，建议吕二旦回到安乐庄，在支部会上让高瘦孩作检查，认真批评批评他。这些话，吕二旦跟丑女只说了一半，只说那个李庭长要写检查，没说让高瘦孩作检查的事，因为他觉得自己没有能力、没有办法做到这一点，只跟田虎生、蔡丑女说："你们回去，千万不要说我到城里来过，只说是法院院长又做了调查，把虎生放了就行。"

蔡丑女、田虎生也体谅吕二旦的难处，自然答应下。他们一起坐汽车回到方山镇，分前后两路回了安乐庄。

因为今年实行了承包责任制，各家各户对所承包的麦田加了工，加了粪，竟是多年以来第一个大丰产的夏收。差不多每户都收了五百斤以上的小麦。蔡狗儿家打了小麦八百二十斤。一家人自然很高兴。蔡狗儿跟凌二菊说："今年打了这么多小麦，以后做饭，一个星期可以吃一顿白面。咱们节约点儿，给忙忙娶媳妇还要用麦子哩。"他包了砖瓦场，已经挣了不少钱。如今小麦也丰收了，多年来他不敢想的事，这几天不知想了多少遍了。他有个奢望，急着想把孙子抱在怀里。要抱孙孙，就要忙忙赶快定对象，娶媳妇。要娶媳妇，做新家具、买彩电，到时候要让忙忙骑着自家的摩托车去迎亲。他也不愿久拖信用社的欠债，还要抽出两千元还债。他估计到了冬天，这许多花费都可以赚到手的。所以烧砖的劲头越来越大了。田胖孩家也打了小麦七百三十斤；而胡金荷家只收了三百斤，高瘦孩只收了二百五十六斤。过去，社员们每人只能分到十几斤小麦，只够做鞋打褙打糨糊用。今年小麦大丰收，再加过去家家户户没存粮，有了小麦，只好有啥先吃啥，中午这一顿饭，大都吃白面了。别人吃白面吃得很高兴，很踏实，独有田胖孩总觉得吃得不牢靠。他用筷子挑起长长的白面条，似乎觉得那是一种假象，是稀糊糊的幻影儿，不相信真的就是白面条儿。吃在嘴里，也觉得不是味儿，咽下喉里，也觉得还有可能吐出来的危险。他吃白面，总是这么二乎不定地吃着，吃得很不踏实，很不香甜。

小磨院大门口有一棵千年古槐，主干五围，五根枝干也有两围粗，枝荣叶茂，街头有五亩地大那么一块阴凉之地，是安乐庄西半村的一个大饭场。人们端着白面条在饭场上吃饭，比过去端糊糊碗吃饭高兴多哩，笑脸也多了，说话也多了，笑话也多了。吃一顿饭，简直就是一场相声会，连连的笑声充满半个安乐庄，直在隔河对岸的南松坡——卧驴坡“嗡嗡”回荡。霍大梅先把那头叫驴牵出，拴在西边那块拴驹石上。端着一碗饭在饭场吃饭，看看田胖孩、蔡狗儿、凌二菊、蔡忙忙都在饭场上有说有笑地吃着，满场看看，独不见她的儿子春山，也不见上西屋的丑女在场，心下先是一乐：“巧巧的他们两个没出来？是西屋那个来了东屋？还是东屋这个去了西屋？要是他们两个能合在一起，更好。”她有些坐不稳了，碗里还有半碗饭，就往院里跑。走进院来站住，听听上东屋，鸦雀无声，听听上西屋，悄然没声：“怪呀，怎么——谈恋爱就是这么个谈法儿，说话低得叫人听不得一句？”再前进几步，东屋、西屋还是无声无息：“怪呀！谈恋爱就不说话？”她干脆走在上东屋门口听听，还是没一点动静。她放轻脚步又来到上西屋门口，忽然听得西屋里有哭泣之声，仔细听听，正是丑女哭哩：“怎啦？不是我家那一没头脑地欺负人家孩子……”忙走进上西屋看看，却并没个田春山，只有丑女独自个儿坐在那个三条腿小板凳上拿着一张纸看着哭哩。心想：我家那一个怎么不在这里？便问："丑女，怎啦？是谁写的信？"

丑女连忙把那块纸一叠再叠，折叠成一个小方块儿，装进了衣服口袋。说："没怎。这不是信。"

霍大梅断定是春山给她写的信："这个孩儿，一个院里对门两家，一天见一百次面儿，有多少话说不了，还写信哩。写也好，就该写些好话，就跟电影上那样，'亲爱的'呀，'我爱你'呀，'你是我心上的人'呀，'我们永远好呀'多好……不知春山写了些什么，叫人家伤心地哭哩。"便试探着问："你没见春山？"

丑女说："没见。"

"是你爸爸骂你？"

"我爸爸就没骂过我。"

"那你怎么伤心地……"

"我是想起咱们过去一天三顿吃稀糊糊，如今是今天一顿面条，明天一顿饸饹，每天要吃一顿白面，亏了中央的政策好，亏了我爸爸的主意正，几个月就变好了，心里很高兴，这么一高兴，不觉着眼里就落泪哩……"

"什么高兴得落泪哩，你哄我不懂事哩，不拘为什么，快别哭了，快吃饭吧。"说罢，便离开上西房。她断定是春山给丑女写了信，急着想问问春山。回到上东屋看看，只见春山端着个碗，也坐在自家那个三条腿小板凳上，并不吃饭，拿筷子的手也捏着一张纸笑着看哩：看看我说啥来，西屋那个也看信哩，东屋这个也看信哩，我猜得没错吧。农村一个老百姓，没想到他们也学会电影上的办法了，你给我写，我给你写，这么诗诗文文的，哪像我们那会儿，入了洞房，才知道胖孩是个瘦孩。便问：“春山，你看甚呀？”

春山这才大口大口地吃饭了。嘴里嚼着饭说：“没看啥呀？”

“胡说！明明看见你看着一块纸……”

“噢！那是我捡了一块纸，上边没有字……”

“扯你娘的淡！没有字，看它做什么？”

“管它有字没有字，妈妈不要管闲事。”田春山说着一笑，站起来扒拉了一口饭，端着半碗饭走了。

霍大梅还想追问个明白，喊道：“又跑你娘的了！——给我回来，回来！……”

田春山没有回来，田黑女却恰好回来盛饭，听得她妈大喊大叫，说：“妈可有个叫驴嗓子。没听见咱们那叫驴叫过，可听妈的大喊大叫不少……”

“去你娘的，说话没大没小，把你妈比成驴了。——黑女，给你说个事。头里都在老槐树下吃饭，偏你哥跟丑女不在。我回来看看，一个在西屋里看着一张纸哭哩，一个在东屋里看着一张纸笑哩，你说这不明明是有点意思……”

黑女一听，高兴得又是拍手，又是跳跃，说：“真是个好消息！真是个好消息！这个消息太好了！太美了！太激动人心了！……”又一想，说：“这就怪了：哥哥看着信笑，是对的。情书嘛，看了一定会笑的。可是那一个为什么看着信哭呢？是我哥写信不同意？”

霍大梅听她说那两块纸就是信，说道：“就在一个院住着，一个东屋，一个西屋，对门儿两家，又不是千百里远你不见我，我不见你，怎还写信哩？”

“你不懂，见面是见面，说话是说话，可是说话不能代替写信，不能充分地表达情意，不能充分地表达情感，就必须写信，这可真是碰到一块儿啦。丑女看着信哭，我想有两个可能：一个是哥哥说话粗，说不定没说好，丑女不高兴哩；再一个可能是丑女看了哥哥的诗，太激动了！太高兴了！哭，是高兴地哭哩……”

霍大梅听到这里，高兴极了：“准是高兴地哭哩，我高兴了也哭过。黑女，这一对儿要是真成了，我可真是心满意足了。”

“你不心满意足还想干啥?！找丑女那么个对象不容易哩！——我要想办法看看他们写的信。”

说着话，正好田春山两只手端着两个空碗回来盛饭，一个空碗自然是他自己的，另一个空碗是田胖孩的。农村里人们在饭场上吃饭，小一辈替老一辈盛饭是常事。黑女见他回来，也不吭声儿。趁他在灶边舀饭之际，她也装作走来舀饭的样子，趁他不注意，伸手一掏他的衣服口袋，真的掏到一块纸，返身就跑。春山发现后，端着半碗饭就追黑女，说：“捣什么乱哩！快给我。”

黑女把那块纸紧紧握在手里，说：“做你的梦吧！”

春山急了，把后里的碗放下，扑上来就夺：“你给不给?”

“坚决不给！”

“这，这，这是文件……”

“我就想看看文件……”

“不行，这，这是秘密文件……”

“我就想看看秘密文件……”

“你，你根本不能看……”

“我完全能看……”

田春山见无法夺出那块纸，想到让她看了实在不好，竟发了脾气。嚷道：“黑女，再不给，我可要骂你……”

“哥哥骂妹妹是教我好哩。”

“我，我敢打你！”

“打人又不犯法，美女有例在先。”

田春山没法儿了，也不夺信了，也不盛饭了，威胁黑女道：“爸爸还在老槐树下等着一碗饭，爸爸骂起来，你负责！”

“爸爸就不会骂。”黑女想一想，却走在灶边给她爸爸盛好一碗饭，送到饭场上交给田胖孩，往回走着就看那块纸，只见写道：

青果无需说果青，
无寺何必道无僧？
本是山庄俗家子，
何必宣传不念经！

黑女看罢这四句诗，立时愣怔了：“这是谈的什么经？半点也看不懂！这个丑女真是，就说你有文采吧，也不能写了天书搞恋爱呀！——可是我哥哥怎么看着它笑哩，他准是看懂了。”她认为想弄清这首诗的意思，先应该知道一下春山给丑女写了什么。也许她也是把纸块儿装在衣服口袋里的。她进来小磨院，直接来了上西屋。见丑女正在灶边站着舀饭，她又是装着没事人走在丑女身边，说着“丑女，你家吃什么饭哩”，却冷不丁掏她的衣服口袋，真的又掏到一块纸儿。丑女却不争夺，还说：“黑女，你也看个笑话吧。”

黑女便打开那块纸看：

一个天来一个地，
天上地下有差距。
你无心来我无意，
恋爱之事不必提。

黑女看罢，又好气又好笑地骂道："这不是废话！'天上地下有差距'，还用说，差得多哩！'你无心来我无意，恋爱之事不必提'，既然知道'不必提'，写些废话做什么？说这话好像是丑女要提似的，难怪气得人家丑女哭哩！既是说不要人家提，又说人家'你无心'；既然知道人家'无心'，何必又要人家'不必提'呢？——丑女，一个院里长大，还不知道我哥是个什么人，没头没脑的东西，别理他就行了。"

黑女离开上西屋，又想起丑女给春山写的诗，这才明白了那诗的意思。"你无心来我无意，恋爱之事不必提"，可不就等于拿个青果说"果青"，本来这里无寺庙，还说这里没和尚；本来就不是和尚，还宣传他不会念经，明明是批评我哥净说废话，他不知道害羞，还笑哩，真没出息！她返回上东屋来，见田春山还在屋里，发狠嚷道："哥，你是傻了？你是疯啦？'你无心来我无意，恋爱之事不必提'，'不必提'，你给人家写这些做什么？"

田春山笑道："不是我傻是你傻，不懂不要瞎喳喳。"说罢，抽身就走。刚出上东屋门儿，正好碰上丑女打上西屋出来，他给丑女写了那么几句，又听说把她气哭了，更不愿意跟她碰面儿。一看见丑女，心就"咚咚"地猛跳不止，红着脸跑出了大门外。至此他更不敢见丑女了，总是想尽办法躲着丑女走，谁知躲又躲不开，第二天又发生了这么一件事。

这天中午，粮食加工房一直不断加工户。田春山在家里准备吃午饭时，就发现北屋里的高瘦孩不在家，便猜中了几分："准是上边又来干部，到大庙里吃去了。"他没有先吃饭，便先来庙上加工房替黑女。一进庙门，便是一股葱花油香扑鼻："嘿！来了什么大干部，今天又吃葱花大烙饼哩！"他没有先到加工房，却先来了灶房。见仓库保管高满仓在这里翻烙饼，便问："今天来的是哪一级干部？"

高满仓说："公社兽医站那一级。"

田春山便知道是兽医站的老宋来了。

高瘦孩、吕二旦他们招待上边来客一般分三等：县里局长以上和公社领导人来了，炒盘儿，喝酒，油炸糕、鸡蛋汤；县、社一般干部和工矿、财贸各个有关系的单位的人们来了，不炒盘儿，也没酒，就是烙饼、鸡蛋汤；像保健站、兽医站、植保站等等无关紧要的单位有客人来了，做普通拉面条就行。今天，春山见说是兽医站的老宋，竟做了香油大烙饼招待，不知道这个老宋走了什么好运，居然受到升格招待。其实，因为实行承包责任制以后，为了发挥社员的主动权和智慧，反对横加干涉，反对瞎指挥，各部门到农村来的人少了，高瘦孩他们陪客吃公的机会少了，见来个兽医站老宋，他们为了解馋，便破格做了烙饼。田春山不管这些，不问三，不问四，自下手卷了两张大饼就走。

高满仓忙喊道："春山，你等等。"

春山站住问道："怎啦？"

"我跟你说，安乐庄也实行了责任制，以后队里的粮食空了，不能随便乱吃……"

田春山说："既然粮食空，为啥烙大饼？你说我是随便吃，你们吃是啥规程？"拿了大饼便走。来到粮食加工房，说："黑女，我来替你，你回去吃饭吧。"见有三四个人在这里等着加工粮食，他把那两张大饼一分数块儿，每人分给他们一块儿，说："要知道这里人多，就该多卷它两张。"他也分给黑女一块儿，黑女"砰"地把那块饼子打落在地。说："难道这会儿还是过去，吃糊糊饿哩？老毛病总不改，二十几的人了，也不知道个羞丑……"

春山说："不是饿不饿的问题，集体的粮食嘛，他们能吃，咱们为什么不能吃？"

"你又不是大队干部，为什么总是随便乱吃……"

"他们干部也是随便乱吃呀！谁给他们规定过来一个人，就上七八个陪吃的？"

田黑女说："不害羞！还有理哩。"说罢，恼悻悻地走了。回到家里来，就跟她妈诉说春山又在大队随便拿烙饼的事，霍大梅也骂了春山一顿。这一说一骂，全被上西屋的丑女听得了。这天晚上吃晚饭时，田春山在大门外老槐树下饭场上吃完一碗饭，回家盛饭时，刚进院，不想丑女在拐弯处站着，说一声"给你"，给了他一个小纸卷儿，便走了。春山心下一惊："莫非还是批判我'恋爱之事不必提'那句话？"急着跑回上东屋看去。

19. 大梅找女婿

田春山回来上东屋，就着煤油灯打开那块纸看时，还是一首诗：

小磨院里人皆饱，
奈何独有一男饥！
人活脸面树活皮，
无脸之人活死尸！

春山看罢，不觉大吃一惊，霎时冒出满头大汗：“倒霉，今天真不该吃那两张烙饼。”他说他对丑女并无别意，可是又最害怕丑女指责他的缺点，最怕丑女看不起他，最怕在丑女面前丢脸。他真有一百个后悔：“管他们有多少大老鼠、小老鼠吃哩喝哩，又不是吃了我田春山一个人的，以后再不到庙上吃去了！”他认为应该写几句向丑女作个检查，表个决心。一边想着一边拿纸，把挂在灶头的煤油灯摘下来放在那张三条腿凳子上，拿笔写道：

嘴馋吃烙饼，
是个大毛病。
病了有人治，
谢谢好医生。

春山写罢，折叠起来，胆怯怯地来到上西屋，正好是丑女一个人在灶头洗锅。他红着脸走过去把纸块往炕头一扔，抽身便跑。自从他上次给丑女写了“恋爱之事不必提”那么几句以后，见了丑女如同见了老虎一般，一不敢看她一眼，二不敢跟她说话。他打上西屋跑出来，忽然想起他常到大队吃饭，并不仅仅是个嘴馋问题，主要是对大队干部借口上边来了人，就大吃集体的行为不满意。心里说：“糟糕！我怎么就忘了把这个意思写上，这还是个主要方面哩。”可是他又不愿意再返回去。当他惴惴不安地走到大门口，忽然听得“突突突”的拖拉机马达声，还当是申三儿给谁家拉了煤来。出大门一看，却是拉了一车木头。只见蔡狗儿、蔡忙忙父子二人正在马槽里往下搬木头。他的父亲田胖孩也走来帮忙，他自己自然也跑来，问：“往哪里扛？”

蔡狗儿说：“扛到西北屋去吧。”

春山这才明白木头是忙忙家买的。忙问：“西屋叔，你家要做家具哩？”

蔡狗儿说：“二十多年连个小板凳也没做过，柜没门儿，箱没盖子，不该做几样？”

春山说：“是呀，该做。开口柜子张嘴箱，大捆票子哪里藏？枕头底下掖票子，牵肠挂肚睡不香。快做吧！”又问忙忙道：“怎么悄没声地就把木头买回来了？”

蔡忙忙说：“买几根木头也需要吹了号打了鼓去吗？”

“那倒不需要。你跟三儿是起五更动身走的？”

“走时鸡已经叫三遍哩。”

原来近日蔡忙忙是常出门的，有时到一些单位跟买砖的顾主结账，有时到一些村里，跟几个农民顾主要砖钱，有时还会跑到几十里以外商量订货。这一车木头，也是上次进山时买下的，他已经变成蔡家的外交大臣。只是有些地方不通班车，常常需要步行走，他回来很叫过几次苦哩。

几个年轻人往小磨院扛木头，他们送了第一趟返出来，刚走到大门口，忽然听得“呱啊呱啊呱啊……”连声大叫，那声音之大，跟打雷差不多。春山、忙忙他们闻声，大吃一惊，不知道安乐庄出现了什么怪物，发生了什么怪事，忙跑出街头看时，却是拴在木桩上歇凉的那头叫驴昂头大叫不止。叫驴这么一叫，真可以说是“一鸣惊人”，把安乐庄大半村的年轻人们、孩子们全给惊动了，把叫驴团团围住，都瞪着大眼看它，如同城里人到动物园看稀有动物一样。人们天天见的一头毛驴，今天这么一叫，忽然变成了稀奇动物，忽然变成了怪物，看着它，惊奇不已。有人奇怪地问：“它怎么还会叫呢?”

有的惊叹地说：“想不到叫驴也会叫!”

也有的说：“叫驴，叫驴，叫驴本来就会叫嘛。”

还有的说：“想不到叫驴的叫声这么大，只怕能传五里远哩!”

有的说：“要不，说话高声的人，就骂他是叫驴嗓子。”

蔡忙忙说：“过去只听老年人说叫驴会叫，只是听人说，没有亲耳听它叫过，今天算是听了个稀罕。”

田春山说：“怪呀！它既然会叫，过去怎么不叫?”

蔡忙忙说：“过去人还吃不饱，哪有它的吃喝！牲口饲料都叫人吃了，它瘦得连命还顾不住，哪有气力叫……”

田胖孩对这头叫驴也有不牢靠的想法，以为说不定哪一天又会让大队干部牵走的。今天叫驴一叫，他也高兴地笑了说：“多年不听驴叫，今天一听，还怪刺耳哩。”

田春山说：“过去叫驴光吃草，今天有草也有料。‘呱啊呱啊’叫驴叫，二十几年头一遭！真好!”

有些孩子还跑回家里向大人传递奇闻轶事，说田春山家包养的叫驴还会叫哩。

人们对叫驴的叫，围观一番，议论一番，忙忙、春山、丑女他们扛着木头往小磨院走，还在议论不休。

忙忙家买下木头要做新家具，霍大梅看了，自然也不甘落后，派春山出门一趟，也把木头买下。说到往回拉木头的事，因为安乐庄就只有申三儿开的那一部拖拉机，自然又想到了申三儿。申三儿开了半年拖拉机，已经开始富起来。黑女很高兴，认为督促三儿包拖拉机这步棋算是走对了，她跟三儿的事有希望了。霍大梅看着申三儿手里有了钱，天天开着个拖拉机“突突突”而去，“突突突”而来，很像个样子，又看到忙忙跟黑女并没什么表现，自然也有心让黑女跟他恢复恋爱关系。因女儿还没说话，她也不便先提，今天提到拉木头之事，她趁机会说：“去找找三儿，叫他给咱进山里拉一趟。”

田胖孩听她说出这话，不满意了。说：“说得好听！春天人家来家里坐坐，你不欢迎，今儿个又要用人家拉木头，用着人，当人看；用不着，当狗看，那么容易……”

春山也说：“是呀，是不合适。”

霍大梅说：“扯他娘的淡，有什么合适不合适。你们不愿找他，我去找……”

春山说：“你用人家，人家要再提跟黑女订婚，你怎么说……”

“那还不好说，订就订……”

田胖孩说：“不害臊！人家过去穷的时候，你不同意；人家今天富了，你又叫订……”

“害他娘的什么臊。过去我不同意，就是嫌他穷；今儿个我又同意了，就是爱他富！怎么，爱富还不好……”

田春山难为情地说：“那不像了戏里嫌贫爱富的大白脸坏蛋啦！”

“嫌贫我也嫌了，爱富我就要爱富。怎么，他那么穷，叫我的黑女跟他吃苦去？他今儿个富了，难道我不应该叫我的黑女也过好日子去。”

他们说着话，黑女打加工组回来了。问明一家人是为用申三儿的拖拉机之事争论，看看母亲今天变了，心下很高兴。她回家倒了一碗开水就走。来在老槐树下，偏偏碰上申三儿，问他：“今天你去哪儿?”

申三儿说：“进城送货。”

“我家要用你的拖拉机拉木头，你答应不答应?”

申三儿听了这话，高兴极了，说：“那还用问，叫我拉一百趟也愿意。——你妈也同意用我?”

“就是我妈提出来用你的。她过去看不起你，你不要记怪她。我妈也把话说明了，她过去不同意，就是嫌你穷……”

“嫌我穷，也应该，人之常情嘛，那说明你妈是多么爱你……”

“你看，咱们的桥不是架起来了？我妈找你，你可不敢不答应。”

“这座桥架得真美。大妈找我，没问题。”今天，申三儿打县里回来，等着黑女家的人来找他。吃晚饭时，霍大梅真的来了东头小院。一迈进申三儿家的门，三儿妈、三儿的妹妹六儿同声迎接道：“快坐快坐。”

申三儿笑呵呵地让她坐在太师椅上，申六儿早已送上一杯热茶，说：“大妈，喝茶。”

三儿妈早已端过一盘点心，说：“老嫂子，你尝尝三儿买的好东西，这是他上次到焦作市送货买回来的。我吃着平常，六儿总说很好吃。好好歹歹是河南货，吃个稀罕吧。”

霍大梅没想到今天他们会这样热情招待她。心里说：“我今儿个是来借拖拉机的，又不是做客当亲家母的，他们这样招待我，还怪不好意思哩。招待我，还不是因为我们田家也不是去年的田家了。春天里我还因为给丁和尚上礼，五元钱把我愁得走东家串西家，谁也不敢借给我一元钱，谁也不把咱当人看，如今……”她想着想着，十七岁的申六儿说话了：“大妈，请你吃一块吧。”

霍大梅看看那点心，是她见也没见过的。心想：吃就吃他一块吧，反正黑女这门亲事我也同意了，亲家老丈母吃他一块点心怕啥哩。便拿起一块，说：“我可真的要吃哩。”

申六儿说：“吃吧，大妈。我告诉你一句话，这点心，我哥哥就是给大妈你买的。他买回来了，又不敢往你家送……”

“这不是扯淡，怎的就不敢去？早些天他早一趟，晚一趟，把我家的门限也快踢断了，还说不敢去；要敢去，只怕一天要跑一百趟不成！”忽然又想道：“这次吃了人家的，是不是黑女的事就算定了？——定了就定了，反正我也没意见了。——可是还没问问黑女哩？——问不问也不怕，反正我是来问拖拉机的，又不是来替黑女相家的。”便“嘣”地先吃一口，还没嚼一嚼，先夸道：“好！好！河南货就是比山西货好！”心里又说：“这不是扯他娘的淡，我多会儿吃过山西点心！”

申三儿认为今天霍大梅的到来，虽然不是为定亲来的，可是如果她还是不同意，是不会吃他家的东西的。如果她愿吃，他跟黑女定亲的事也就没问题了。所以今天上午黑女给他透了借拖拉机的信儿，一家人便商量了这个办法，要趁机先试探一下。现在霍大梅已经大口大口地吃点心了，一家人心上暗暗高兴。因为全家人都很喜欢黑女的人品和她的能干。她吃着，申三儿便开了口，说：“大妈，我听说你家买下木头，我明天抽一天时间去给咱拉回来……”

霍大梅见三儿说了拉木头的事，她却不提此事，只说：“都说三儿肯吃苦，会办事，能跑闹，我可要说三儿没出息。都这么大了，到了说话时候不说，该办的事不办，还等到多会儿哩？你妈也五十多岁的人了，不该抱个孙孙吗……”

申三儿听言，高兴极了。“嘻嘻”笑道：“是怨我没出息，是怨我没出息……”

三儿妈忙说：“丈母娘批评女婿是爱女婿哩，我就喜欢这样的亲家母。亲家母，我今儿个唤你亲家母是不是唤早了……”

“还早他娘的早啥哩，实际上三年前我就当了预备丈母娘。”

“亲家母，三儿明儿个去拉木头，没工夫去拜望你。你看叫他后天去拜老丈母好不好？”

“还等后天做什么？明天拉回木头来，我还能不给三儿准备饭？就这一顿饭，也算酬劳拉木头，也算定亲待女婿，一举二得，我不就能省一顿饭……”

说得人们都笑了。霍大梅到小院走这一遭，定了两件事，自是高兴。回来小磨院，见田胖孩一个人在家，便跟他说了她已经应下黑女跟三儿定亲之事，田胖孩对这事本来是无所谓的，却说：“由你吧，啥事不由你还行！”

霍大梅说：“这不是扯淡！照你说，我不成了独裁专制！”

“咱们家就没有讲过民主。”

“好！以后你来当这个家！我独裁，我怎地独裁？过去多年，是我隔过顿不叫你吃糊糊？还是你有钱要给春山说媳妇，我不让说?！是你田胖孩要做立柜，我不同意做?！还是你要买电视机，我不赞成买?！不过就是天天吃糊糊，母鸡少下一颗蛋，你就得多吃一天没盐饭，过那种日子，讲民主有个啥讲头？就讲那一颗鸡蛋该哪天往供销社送？……”

田胖孩再想想，除了黑女的婚事，其余的事，在过去的情况下，真的不存在什么民主不民主的事。心想：是呀，过去上地只管挣工分就行了，啥事能由咱说？但是他又好像感觉到今天在这个家里，似乎发生了该不该讲民主这个问题，可又说不清楚。他不言语了。

说着话，田春山回来了，霍大梅跟他说了黑女与三儿之事，春山很高兴。说：“好！一个穷字步步难，一个富字事事通，我就知道你也该通了……”

等待黑女在加工组收工回来，霍大梅跟她说了去申家一趟的情形，黑女心下高兴，却又埋怨她妈不该早早地先吃人家的点心，对她这种做法很为不满，说：“难道咱们家三年没安锅，先到小院讨吃去了！我说哥哥怎么喜欢吃别人家的东西，今儿个才考察清楚了，原来是咱们家的老根儿不正……”

霍大梅没好气地说：“这不是扯淡！我这个老根儿不正，你怎么没有学会讨吃？咱们也该说说正经的哩，看明天晚上给三儿准备点什么好饭，准备点什么订婚礼品……”

一家人对这两点热烈讨论一番，次日就一一置办齐全。这天下午，申三儿驾驶着拖拉机“突突突”地开进安乐庄来，开在小磨院大门口，田春山、田黑女、霍大梅他们早已迎出来，说是迎接木头，主要是迎接未婚女婿。春山让申三儿家里去坐，申三儿想做好女婿，不摆架子，抢先扛起木头来，蔡忙忙、蔡丑女兄妹也闻声出来，帮助他们扛木头。北屋的高瘦孩一家，下西屋的夏白女母女，看到一天是丑女家扛木头，一天又是黑女家扛木头，觉得这两个普通社员家，一般老百姓，好像只应该是每天上工，收工，吃糊糊，家里摆些三条腿板凳，没盖子的箱子，才是正常现象，才合乎普通社员身份，才像个一般老百姓的样子。如今竟然中午也吃白面条，也能买回许多木头来，也想做箱做柜，简直就是一种疯狂的表现，就是一种越轨行为。北屋的高美女说："尸炸啦！尸炸啦！才吃了三天饱饭，倒忘了姓啥了！这家也拉木头，那家也拉木头，做棺材哩！"

樊金花说："一个老狗儿，一个老胖孩，坏透啦！专在眼皮边儿上气我们。也怨大队主任不会掌握政策，放任自流，眼看着叫他们搞修正主义……"

高瘦孩说："什么修正主义！早就过时了，你还说哩！"

"你说叫他们利用集体的砖窑、加工机发横财就应该？他们富了，我们穷了，这不是两头分化是什么……"

"说不对，少说几句吧。明明是'两极分化'，什么'两头分化'！你也不要急，他们炸不了几天……"

这会儿，下西房的胡金荷、夏白女娘儿俩进来，白女说："干爹，你看看咱们院的两家多哄腾。你也买木头，我也买木头，东屋做家具，西屋也做家具，两个普通社员都快超过大队主任啦！干爹干革命干了几十年，还没见你买过那么多的木头哩……"

胡金荷说："我看他们是故意压咱们两家哩。这是一件，还有一件你们不知道。这几天，一到中午吃饭时候，大伙都在老槐树下吃饭，偏偏东屋的春山也不出去，西屋的丑女也不出去，他们偷偷摸摸地搞不正当来往，不是男的偷偷地摸进西屋，就是女的悄悄地溜进东屋，一男一女，鬼鬼祟祟，偷偷摸摸，来来往往，能做出什么好事来，总不过是伤风败俗那些事。全安乐庄都知道哩，有的骂东屋那个男的，有的骂西屋那个女的，闹得满村风雨。他们这样伤风败俗，你当大队主任的也不管管？这事可是出在大队主任的院子里哩。”关于春山、丑女二人互相送顺口溜、传诗之事，胡金荷早就加油添醋地传出去了。美女说：“丑女跟春山，死了不败活着败，偷偷摸摸，明铺夜盖的事儿，安乐庄的人都知道，都骂小磨院有两个妖精，不知道那两个东西知道不知道害臊，我还替她们害臊哩。我们住在这个小磨院算是倒了霉。”

樊金花说：“没想到他们那么不要脸！咱也有闺女，哪像她……”

胡金荷说：“这，咱们可说得起嘴。一个美女，一个白女，规规矩矩，正正经经，谁敢说个不字……”

几个女人只管议论丑女、黑女，高瘦孩却在思谋如何对付蔡、田两个邻家之事。他没有想到一个包了粮食加工，一个包了砖瓦厂，发财会发得那么快，不仅是走走上坡路，简直就像坐了直升飞机，二十多年的老困难户，几个月工夫就变了个大样。成千成千斤的买麦子，成堆成堆地买木头，成百成百的大把抓钱，人富了，气粗了，出出进进碰上他们，竟觉得他这个一村之主，比他们矮了大半截似的，实在憋气得很。过去，砖瓦窑、拖拉机、粉坊、菜园，或百八十，或三十五十，多多少少还向大队交个钱。高瘦孩今天找会计借三十，明天找会计借五十，说是借，实际上是拿了就花了，花了就没事了，或者说外出参观报销补助，或者在哪个商店开个假条子，说是旧喷雾器坏了，又买了新喷雾器，就把借字一抹，变成正式开支。自从承包以后，开会少了，买化肥呀、买喷雾器呀、买农药呀、买牲口配具呀，这些名目都用不得了，把个高瘦孩闹得束手束脚，只能花旧底子，没办法找个新的进钱门路，出门进门，只觉得两只手没抓没捞的，不是个味儿。连抽纸烟也降了格：由抽五角钱一盒的降为抽四角钱一盒的，最近算算他的家底，大有坐吃山空的危险性，只好再降一级，每天买一盒三角钱的香烟抽。过去上级来一个干部吃一顿饭，会计账上记十斤粮、三元钱。如今也大大升格，那次兽医站来了一个老宋，会计上就记了十五斤粮、十五元钱，说是喝酒就花了十二元。实际上只买了一瓶酒，花了一元五角钱。反正供销社售货员是他的儿媳妇，报销单据想写几元都可以。今天，一来想到进钱门路少了，二来看蔡、田两家吃白面、买木头眼红，他就想办法要向蔡、田两家开刀。办法还没想好，支书吕二旦来找他，说是农机厂的老陈来了，请他去招待。高瘦孩对老陈的到来，真是一则是喜，一则是惧：喜的是又能吃一顿，又能趁机让儿媳妇贾月娥开一张十几元钱的报销单据，最少有十元钱的额外收入；惧的是没法儿还老陈的债。自从五年前买拖拉机，在信用社贷下三千元，在农机厂借下三千元以后，至今分文未还。大队每年都要留两万斤粮食，每年都要开销个差不多。如果他们少报点老鼠损耗，每年节约一万斤粮食，五年里也可以还清这笔债。可是高瘦孩总把大队的粮食留着，一天一天地等候报老鼠损耗，不肯还一分债，以致拖到今天。大队粮库的粮食都报了老鼠损耗，债务又逼到头上，高瘦孩自然发愁，可是羊毛出在羊身上，还不又该群众吃亏。这几年，农机厂、信用社没有催他们还债，也亏了每年秋后，高瘦孩就叫高小勤、申三儿他们无偿拉了大队的小米、香油、山药蛋、大白菜、大梨、苹果，送上门去，算是一直没有受到什么催债之难。如今，高瘦孩心里想不通的是，去年冬天给农机厂的老陈他们送东西并不少，他们今年为什么早早地就来催债了？高瘦孩惴惴不安跟着吕二旦向大庙里走来。

20. 喜鹊问喜鹊

高瘦孩跟老陈是熟人、是老交情。二人见面，握一下手，点一支烟，问一声好，先东沟一犁，西沟一耙，乱扯一通。高瘦孩问吕二旦道：“满仓在不在？快叫他准备，去供销社称一斤鸡蛋，掂一瓶酒，吃烙饼，油大些。”

吕二旦应声去了。他们又乱扯一会儿，等吕二旦回来，老陈便开始说正题话。便说：“老高啊，真对不起，今儿个我可是扮演黄世仁来的……”

高瘦孩忙说：“说哪里话，三千元钱是我高瘦孩找你借下的，又没利息，怎么能跟黄世仁比哩。不过这事还得请老弟宽限些日子，如今搞了承包，大队啥副业也没有，这三千元钱没法儿往出拿哩。”

老陈说：“几年了，我不是一直宽限你们吗。可是老高啊，今年不同往年了。中央有文件，县委有布置，公社有决定，工厂有期限，一个月内必须把欠款全部还清，否之，就要按贪污论处。你看，还能往后推吗？推不得了！”

高瘦孩听他说得那么严重，一时愣了。过了半天才说：“我不信真能这样……”

老陈说：“现在各级都搞端正党风，现在的中央领导人不讲空话，说到哪，做到哪，可不是儿戏哩。老哥，赶快想想办法吧。”

高瘦孩听言，傻了眼啦。吕二旦也直抓头皮。后来，他们两个跟老陈说了许多好话，求了半天情，也不济事。中午喝酒，高瘦孩把他家里保存的一斤轻易不肯开瓶的汾酒拿来招待老陈，又叫高满仓烙烙饼加油再加油，那烙饼简直就是香油煎出来的，把个老陈吃得顺口流油，也不肯说一句宽限的话，高瘦孩后悔白加了那么多的油。老陈临走时还说："老高，时间是一个月，多一天也不成，你抓紧准备钱吧。"

老陈走后，高瘦孩也着了慌，支委会、管委会，连开几个会议，讨论还债的办法，讨论了半天，也没个好主意。吕二旦说："都怨咱们队太穷，如果狗儿、胖孩他们搞的副业还是集体的，就不费难了……"

吕二旦一句话提醒了高瘦孩，立时转愁为乐："好！这件事就应该从他们几个人身上开刀，他奶奶的，集体的财就叫他们几个人发了，几天工夫，就一天一顿白面吃起来，就你家也买木头，他家也买木头，高兴死呀！比我高瘦孩革了几十年命还阔气。不杀杀他们的威风，安乐庄非出现两极分化不可！中央也不知道是怎么想的，连两极分化这件大事也不抓了。不管他们抓不抓，反正我这个党员要抓。"于是，他讲了一通话，管委会按照他的意思讨论，结果定了两条：一是卖饲养室那一排八间土瓦房；二是动员发了大财的蔡狗儿、田胖孩、申三儿三人捐献款项，要他们每人捐献一千五百元。吕二旦对这两点有不同看法，又拿不定主意。特别是对三个承包户的捐献，感到有点太过分。可是人家机械厂老陈催债急，大队又穷得拿不出钱来，他又是安乐庄的一把手，如果还不了这笔欠款，他要负主要责任。除了上述两个办法，他也想不出更高明的办法，只好听高瘦孩的。但是他说："让狗儿、胖孩、三儿他们捐献也可以，不过，这可不能硬性命令，只能跟他们商量。要不，他们不出这个钱，我们就更没办法了。"

高瘦孩说："有钱出钱，有力出力，这是老规矩，他不出钱由他哩？哪一个敢不拿钱，换别的社员谁愿意拿钱，就叫谁承包砖瓦厂、加工组、拖拉机；谁不愿意拿这个钱，就叫他滚得远远的！"他认为在他们几个人身上抓钱，一来可以解决还债问题，二来正好可以解解他对蔡、田两家发财致富的不满情绪。这么一来，老婆樊金花、女儿高美女、干闺女夏白女都会很满意的。

关于卖饲养室那八间房子的事，他们定的价格很低，打算每间卖二百五十元，八间房共是两千元。这也是高瘦孩的一个如意算盘。三个致富户要他们拿四千五百元，卖房子卖两千元，还了农机厂、信用社六千元，还可以剩五百元，想点办法，找点借口，瞅个机会，这五百元钱就会变成高瘦孩、高小勤的收入。贱卖饲养室，想办法卖给亲戚、本族，让他们再沾一点光，又能笼络一下人心。这天下午，高瘦孩事先就把卖房子之事跟外甥丁和尚、妻侄樊青只、侄儿高大江他们说了。樊青只过去种了多年菜园，手里还有点钱；丁和尚完婚收了一大笔礼钱，都有买房子的打算，都做了买房子的准备。

这天晚上，安乐庄大队召开社员大会，人们大吵大闹又吵了半夜。农民开会有个特点，除了召开务虚会议，读读文件，讨论讨论，分组汇报汇报，都会是风平浪静地开下去的。还有布置卫生会、检查春耕会、检查下种进度会，这些会议，都会平安无事地开下去。大凡接触钱财利益的会，吵架就是说话，说话就是吵架，说话跟吵架就分不清了，往往是大吵一顿，最后是高瘦孩说了算，糊里糊涂散会完事。今天晚上的会，两项议程，第一项，关于大队卖饲养室之事，丁和尚、樊青只、高大江都报名要买，田四虎、高小勤、高林只也报名要买，自然又是大吵一通。最后高瘦孩大讲一番需要与照顾相结合，先报和后报应该区别对待等等一些理论问题，由他批准，还是让他的外甥丁和尚、妻侄樊青只买下了。会议进行第二项议程，吕二旦先讲一番社员要有高度的热爱集体的助人为乐的大公无私的高尚风格，不过表明他是安乐庄的一把手，也是个干部，对于某一件事也讲过话罢了，真正说实际，真正权威性的话，都是高瘦孩讲的。他接着吕二旦的话说："我们社员都爱祖国、爱集体，不怕牺牲一切，个人利益必须服从集体利益。咱们五年前买拖拉机，在信用社贷了三千，在机械厂借了三千，现在一个月内必须还清。钱从哪来呢？我们就要发扬有钱出钱，有力出力的精神。经过支委会研究，管委会决定，蔡狗儿、田胖孩、申三儿三家每家捐献一千五百元钱，多一分也不要，少一分也不行……"

高瘦孩讲到这里，好像往会场里发射了一颗大炮弹，"轰"的一下子把个会炸翻了：人们有的发怔，有的发呆，有的吃惊，有的害怕，有的高兴……各种神色都有。就连一般社员也都觉得奇怪，都知道这三家还没一家挣下一千五百元，一下子就要他们各捐一千五百元，这不明明是跟承包户作对吗？中央号召承包，提倡劳动致富，社员们承包了，刚刚富了一点，又一刀一刀向富户开刀，这到底是允许富呢，还是不允许富？把人们都搞糊涂了。丑女心下更是难过：正月里刚刚承包下砖瓦厂，因为贷款，爸爸过三关，作大难，好不容易闯过关来，又出虎生的事，加了许多麻烦。虎生的事还没完，丁和尚又故意停电，闹得我们不能正常生产。好不容易把电老虎对付过去，才正经生产了几个月，不想又来了这一手。承包哩，致富哩，大队干部处处跟人作对，谁敢劳动致富，就把谁看成对头，还怎么能致富呢？昨天设一道卡，今天设一道关，不知道明天、后天还要给人出什么难题呢？——不行！不管有多少难关，不管有多少难题，反正这是中央政策，反正这些土政策是见不得阳光的……想到这里，只见霍大梅“呼”地站起来，抹着泪嚷道：“我就不知道这是做甚哩！我们还没挣下一千，就叫我捐献一千五，这不是要人的命哩！叫我去偷，我不会偷；叫我去抢，我不会抢；要老骨头，有一把，不叫我们承包说明白多好，谁有本事谁干不就行啦！……”

申三儿也站起来说：“大队有困难，社员是应该帮助。可我全部才挣了几百元，已经花了许多，叫我拿一千五，我没那个本事。大队干部做工作也不能打死胡亥要胡亥……”

霍大梅又说：“反正是要钱，我没有，要收加工组……”她忽然想起大队贷款虽是买了拖拉机，可是大队每年要留两万多斤粮食，都让高瘦孩他们明里吃，暗里拿，瞎折腾了。要是每年卖些粮，不是早该把这些欠款还清吗？便坐下来跟丑女、黑女她们说了这个意思，黑女说：“不行，他们放着粮食不还欠款，都让他们吃了花了，可要我们替他还欠款，太欺人啦。叫我再说几句。”

丑女按住她，说：“不行，这话不能直说，明知是他们白吃了，白拿了，可是谁也没有抓住人家，说话还得想个好法儿才行。”

霍大梅说：“最好叫丑女说。”

丑女说：“等会儿我说。”

黑女说：“太欺人啦！咱们才挣了一千，就叫咱们摊一千五，这明明就是压制人哩……”

丑女说：“谁说不是压制人？——不只是压制人，实际上是压制承包责任制。要都像这样，挣了两个钱，就叫你摊派三个四个，谁还敢承包呢！这不是对抗承包责任制是什么?”

霍大梅越想越生气，说：“就是压制人哩！就是欺侮人哩！不行！他们当干部的这样欺侮老百姓，哪个老百姓还敢劳动哩，生产哩……”

田春山说：“只想到承包能发财，没想到惹下大麻烦！算啦!”

田胖孩只是长长叹了一口气，自语道：“我就说干啥也不如老老实实挣工分，老老实实吃糊糊，他们偏不听，都怨黑女自找麻烦，干脆加工组交出去算了!”

田黑女气最大，嚷道：“捐献捐献，我没听说过。总不过是看见我们挣了几个钱，就眼红了！看不顺眼了！既然看不顺眼，该宰哩宰，该杀哩杀，多痛快！不要拿软刀子杀人，叫人活受罪!”

这时候，坐在会场上生气的蔡丑女听得前边有人“嘻嘻哈哈”“唧唧咕咕”，十分活跃，十分欢快，看去，却是樊青只、高大江、丁和尚那几个人在一起手舞足蹈地议论，忽然感到今天这个会开得有点不对味儿：他们是不是想趁这个机会逼我们放弃副业生产……这当儿，只见蔡狗儿站起来，丑女看去，见他一盘大脸紫胀得快憋破了。听他嚷道：“什么捐献！明明就是逼人死哩！明明就是逼人穷哩！仍是不能干，仍是干不成，干不成就拉倒……”

丑女听他们说话总走调，她以为一个也说不干了，两个也说不干了，肯定是正合了高瘦孩、丁和尚、樊青只、高大江他们的心，如了他们的意，闹不好会是上了他们的当，受了他们的骗，连忙站起来，打断她父亲的话头，说：“为什么不干了！实行承包责任制，是党的政策，群众的要求，我们还要正经大干哩。我们挣了几个钱，那是没明没夜干活挣下的，那是流血流汗挣来的，既不是偷来的，摸来的，抢来的，劫来的，更不是白吃的，白拿的，白开条子白报销的，谁也不能乱摊派，强捐献……”

高瘦孩听她说出什么白吃白拿白报销的话，分明是指他而言，又听她说出“乱摊派”“强捐献”的话，认为她这个普通社员，农村姑娘，简直是胆大包天，犯上作乱，向党支部进攻，大声吼道：“什么白吃白拿！什么乱摊派！公开反对管委会的决定，绝没有好下场！大队的决定，谁也不能反对，必须坚决执行，少一分也不行！蔡狗儿、田胖孩、申三儿三家，每家一千五百元。限期三天，交不上款，一律停工！你们不干有人干！散会！”

人们打大队出来，蔡狗儿、蔡忙忙、霍大梅、田黑女、申三儿他们边走边吵，一起来了小磨院上东屋。高大江、田四虎、樊青只、丁和尚一干人又拥到小磨院北屋里来。一个个兴兴头头地又来找高瘦孩，还要干他们原来干的副业。过去，高大江开拖拉机，半吃大锅饭半搞私活儿，并没有像申三儿开拖拉机那样认真做买卖；田四虎烧砖瓦也没有像蔡狗儿那样想办法，提高砖瓦质量，没注意薄利广销，不为顾主想；弓小雪搞粮食加工，只知道来加工的人太少，不赚钱，所以他们虽然干了多年，并不知道开拖拉机、粮食加工、烧砖瓦也能挣大钱。如今看到蔡狗儿、田黑女、申三儿干上，都很赚钱，很后悔春天报承包任务时报得太低，把好买卖丢了。他们都还想干这些副业。趁今天高瘦孩向蔡狗儿、田黑女、申三儿三家摊派，以为他们一定会放弃这些副业，所以他们又找高瘦孩来了。丁和尚说："舅舅，加工组只能黑女干？咱也可以干几天嘛！"

高大江说："叔叔，三儿不拿钱，我拿。他包了五百元，我也包五百。我还想再掌几天方向盘，就看叔叔一句话啦。"

樊青只说："姑父，等后天老狗儿把砖瓦窑交出来，可不能让别人再干，我跟狗儿一样，也包它一千……"

高瘦孩今天看到蔡狗儿、田黑女、申三儿他们发急的样子，断定今天来这么一下子，他们今后决无胆量再包砖瓦窑、加工组、拖拉机了。断定三天以后，他们就会把砖瓦窑、加工组、拖拉机交出来。因而，他跟樊青只、丁和尚、高大江他们说："好！这些事包在我身上，三天以后，保你青只上砖瓦窑，保你和尚搞加工，保你大江还握你的方向盘……"

高大江、丁和尚他们听了，高兴得直跳，上东屋里却另是一样情景。蔡忙忙、霍大梅、申三儿直骂高瘦孩横行霸道，欺负老百姓。霍大梅说："老瘦孩一讲，把我气糊涂了，我也说不干了。听丑女说了'还要正经干'的话，我才发现和尚、青只他们在一起鬼哩，我才明白今天这个会，老瘦孩有两条哩：一条是逼我们拿钱还债；一条是逼我们不干，还叫和尚、青只、大江他们干，看他们想得多美！"

黑女说："我也是开头只知道生气，后来丑女一句话把我提醒了。为什么不干，以后我们还偏要干哩！可是眼下瘦孩叔逼我们拿那么多钱，谁能拿出来，还得抓紧想办法哩！要不行，就告他去！"

蔡丑女说："人家是主任，手里有权，除了上告，没有别的好办法……"

田黑女、蔡丑女嚷着要告状，田胖孩、凌二菊直说承包副业的事不能干，退了算了。凌二菊怯怯懦懦地说："快把砖瓦厂交了算了，赚哩赚哩，赚一个，就得给人家两个，再干二年……”

丑女说：“瘦孩叔跟咱们乱摊派是非法的，是压制人，是跟党中央在政治上、思想上不保持一致的错误行为，告他没事！”

凌二菊说：“丑女呀，你真傻！就不看虎生告状告了个啥结果……”

丑女说：“我不信革命干部都跟那个李庭长一样……”

黑女说：“再碰一个李庭长也不怕！再碰十个李庭长，我也要告，大不过跟虎生一样，蹲几个月监牢……”

田胖孩说：“依我说收摊算了！没权没势，你能告倒人家?！以后咱还老老实实种咱的地，虽然一天三顿吃糊糊，吃得可心静，吃得可稳当……”

黑女说：“你怕不稳当，你吃你的糊糊；这白面我是非吃不可，这一状我是非告不行！”

霍大梅冲着田胖孩说：“掉下个树叶也怕砸破头，还能发了财！哪怕不干加工组，也要告！哪怕还端糊糊碗，也要告！气不顺嘛！”

一屋子三家人，大家都很生气，大家都很不满，大家都在说话，偏偏平时说话如流水的田春山半天没吱一声，这一点，别人并没注意到是个问题，唯独丑女觉察出来。她瞅瞅田春山，只见他双手抱头蹲在地上，不知他这会儿想的是什么。她跟黑女并排靠着一只大缸站在一起，捅一下黑女，指一指春山，黑女一看，气了：“哥，你睡着了?”

田春山这才抬起头说：“没睡呀！”

“你怎么不说话?”

“说啥哩？人家生了红眼病，咱们想干干不成！”他忽然发现丑女瞅他哩，“刷”地红了脸，黑女却骂他一句“没出息！”

田春山心想：我没有说告状的话，因为人家瘦孩叔有权，在上边说话有人听，告也不起作用嘛，能怨我！我知道告状不起作用叫我硬说个……

这时，忽然听蔡狗儿说了话，只见他冲着霍大梅说：“好！听老嫂你的，咱们告他！塌不了天！”

田胖孩听他们都说要告，他没有再说什么，只是长长叹了一口气。

那么，明天去告状，让谁去合适呢？三家人在一起经过反复研究讨论，一致推定蔡狗儿、田黑女、申三儿三个人同去。

蔡狗儿、申三儿、田黑女他们要到公社去告的事让吕二旦听说了。他认为社员们真的去告，他们大队干部肯定会受到公社领导的批评，心想：看来只能另想办法，不能强行跟社员摊派。便跑着来找高瘦孩，说：“听说狗儿他们要去公社告状，我的意见咱们是不是不要让他们拿钱。还账的事，咱们可以另想办法……”

高瘦孩说：“有什么办法？除了这个办法，再没别的办法了。告，就叫他们告去。他们去了只会吃败仗。你就不要害这个怕，操这个心，一切听我的好了。”

吕二旦见他这样，自己又想不出更好的办法，只好由高瘦孩做去。

次日早上，蔡狗儿要到公社去告状，正愁砖瓦窑上人手不够，蔡忙忙忽然想起花喜鹊来，说：“喜女那个人好说话，谁央央她，也不会说个不字。上次她帮黑女干了几天加工，就是一叫就到的。咱也央央她吧。”

丑女说："找她准行，叫我去找……"

蔡忙忙想起那天花喜鹊说要给他介绍对象的事，他还想再找找她，问问她那天是说着玩儿哩，还是真的要给他介绍对象。所以抢前一步，说："叫我去吧，我走得快。"早已跑着去了。

忙忙来到石头院，见了花喜鹊，说明来意，不料花喜鹊一本正经地回答说："不行呀，我今儿个正巧没工夫。"

蔡忙忙听她说没工夫，又看到她把个面孔绷得紧紧的，挺威严的，不敢再说什么，只说："那就算啦。"返身就走，心想：我今天白夸了个海口，没想到喜鹊也很难央……他刚出大门，花喜鹊便追了出来，边走边说："忙忙，你可真够干脆的，只敢说一句话。"

忙忙说："你正巧没工夫，还能再说啥哩?"

"人的每一句话都是说啥就是啥?"

"当然……"

"什么当然！要这样说，胖孩也不该叫胖孩，瘦孩就该叫胖孩，丑女应该叫美女，那个美女才应该叫丑女……"

"啊？你这是跟我去呢?"

"你看哩?"

"你是跟我去哩。这就好了，今天咱们在一起干活儿，我还想问问你那天说的话是不是开玩笑。"

"那可不是开玩笑，我可是真心给你当介绍人哩。"

"好！谢谢你。你要给我介绍谁?"

"谁？你看看地下有什么?"

"地下？地下有路呀！"

"你再看看天上有什么?"

“天上？天上有太阳呀！”

“你说说地下的路是什么路？”

“是土路。”

“是土路，也不单单是土路，这是幸福路。你说说天上的太阳是什么太阳？”

“是红彤彤的太阳。”

“是红彤彤的太阳，也不单是一个红彤彤，还有暖烘烘哩。”

“是呀是呀，就是暖烘烘的。可是你介绍的对象到底是谁呢？”

“你再往上看。”

“上头还是太阳。”

“低一些，你看看那棵树头上。”

“树头上？树头上有只喜鹊……”忙忙回头看看花喜鹊，说：“说了半天，你还是跟我开玩笑哩……”

“不开玩笑干什么！你再看看那里。”

“那里？那里就是放着块拴驹石头。”

“拴驹石头还有个窟窿，有些人还不如一块拴驹石哩……”

“你今天是说啥洋话哩！……”

他们说着话，来到小磨院，唤了丑女、春山，还有凌二菊，全部才五个人，还差一人，不能到砖瓦窑上干活儿。这时候，申三儿来了，他是开拖拉机，跟狗儿、黑女一起到公社去的。听丑女说砖瓦窑上还缺着一个人，他说：“叫我家六儿去吧，叫她跟你们学个手艺。”又跑回小院唤了六儿来，丑女、喜鹊她们一起来了砖瓦窑。

今天在砖瓦窑干活儿的，除了蔡忙忙、田春山，还有凌二菊、蔡丑女、花喜鹊、申六儿，大半都是女人。人常说三个女人一台戏，今天这四个女人到了一起，自是热闹得很。她们唧唧喳喳吵着先骂半天高瘦孩，又说到今后该咋办，都说不管打官司打到哪里，坚决不能放弃砖瓦窑、加工组、拖拉机这三门副业。蔡忙忙、田春山二人装窑，却很少说话。因为两个人各想各的心事哩。田春山想的是昨天黑夜丑女为什么瞅他，黑女为什么骂他“没出息”。想来想去，想不出原因，只是发愁更没法见丑女的面了。蔡忙忙只是回忆头里他去唤花喜鹊时，花喜鹊指着天上、地下、树头、拴驹石说的那些话，直想不通是什么意思。想着想着，忽然想到花喜鹊叫他猜给他找对象是谁，她却指着树上的一只喜鹊，这不明明白白是说她给我找的对象就是她花喜鹊自己，想到这里，他的心“咚”地一跳，高兴极了：“真想不到，真想不到喜鹊还没有忘了我，这，太好啦！太美啦！她说的要是真的，可比冯山那一个强十倍哩！——不只十倍，实际上要强一百倍！——怎能只强一百倍，我看要强一千倍，一万倍！”想到这里，他急着想到外边再看看花喜鹊，看她现在是什么表现，可又没个空儿。后来脱个空儿出窑看看，只见她们开机器的开机器，运砖坯的运砖坯，一个个都很忙。花喜鹊只管跟丑女说话，看也没看他一眼，心想：只怕是还有点难为情哩？中午下工时候再说，又进窑忙去了。

中午收工回家，他想瞅个空儿跟喜鹊打个招呼，两个人随后再走，偏丑女跟她形影不离，什么话也说不成。只是跟在后边，走一走，看一看花喜鹊，心里说：“就是好！就是好！过去我怎么就没有看出来喜女还这么漂亮，这么美丽，这么好看，这么精神！……”想到这里，忽然有一个骑自行车的“去溜”一下子打他身旁侧过去，看时却是高瘦孩：他今天到哪儿去了？肯定也是到公社去的。他每年都给公社那些官们送苹果，送大豆，送香油，送白面，他这一去，我爸爸他们还能打赢官司？是不是又会像虎生告状一样，又会吃他的亏呢？连忙跑回家里看看，蔡狗儿、黑女、三儿他们都还没回来，三家人又为他们今天的告状担心哩。

21. 高瘦孩压富

吃午饭时，蔡忙忙、霍大梅、申三儿三家都吃得不高兴，不痛快。霍大梅吃饭吃不下去，把碗放下，就去上西屋找丑女，说："丑女，今儿个我实在不想吃饭，我急着想去方山看看，你说……"

丑女说："没想到瘦孩叔今天也去了公社，他去这一遭，肯定就麻烦了。我也急着想去看个究竟，大妈，你该吃哩吃，该喝哩喝，别太着急。承包责任制是中央的政策，有一号文件给咱们壮胆，谁也不敢马马虎虎破坏承包责任制。我这就走。"

蔡忙忙想到不应该让丑女跑这个路，忙说："丑女，你不要去，我跑得快，叫我去吧。"

丑女说："你可快去快回，长长短短有爸爸他们哩。咱们不能把所有的人都泡进打官司告状的涡儿里去，下午砖瓦窑还忙着哩。"

忙忙说："知道。"

霍大梅说："叫春山跟你去吧，两个人说说笑笑走得快些。"

蔡忙忙忽然想到要两个人去，还不如唤了花喜鹊同去，便说："不需要。"他出门却又来了石头院，跟花喜鹊说："喜女，今儿个上午瘦孩叔也去了公社。人家在公社说一句话算一句，我爸爸他们还没回来，肯定又输给人家了。我家的人、黑女家的人都很着急，你就不关心关心？咱们两个去方山跑一趟吧？”

花喜鹊不便推辞，真的跟他去了。出了安乐庄，蔡忙忙又想起上午花喜鹊指着树上的喜鹊说就是他的对象，他把这话说了，喜鹊的脸“刷”地泛起满面红云，笑道：“我当你是个傻子，没想到你也不怎么傻。”

蔡忙忙听她也道了真情，高兴极了。你一言，我一语，说得很投机。蔡忙忙抬头四面看看，山山岭岭，沟沟凹凹，到处是绿油油的庄稼，再没个人影儿；扎耳听听，天上地下，左左右右，只有燕子在天空唱歌，只有蝈蝈儿在庄稼地里哼曲儿，再没个人声儿。心想：这个时候真是个谈心的好机会。还有，电影上的年轻人搞恋爱，在田野里跑呀追呀，在河滩上逗呀闹呀；小说里那些搞恋爱的动不动就抱呀吻呀，在街上走路也是忽而挽臂而行，忽而抱腰而走，都是公开的。今天我要只会走路，只会说话，喜鹊又会说我是傻子，又会小看我哩。想到这里，他就趁这个好机会，学着电影里、小说里人们搞恋爱的样子，靠近花喜鹊，伸出一臂拦腰抱了她。花喜鹊见他这样子，弯过手去在他的手臂上狠狠拧了一下，蔡忙忙“妈呀”一声叫，连忙把手臂缩回来：搞恋爱，这是正常现象，电影里、小说里那些男的抱女的，没见一个女的这么狠狠拧过男的，她怎么就狠心地拧我哩？忙看看她的面部表情，只见她眼睛珠儿斜着，嘴也噘着，满脸不高兴的样子。我也没有做错什么，她怎么火了？是我的抱法儿不好？是我抱她的姿势不优美？……这时，花喜鹊开了腔，一本正经地说：“真讨厌，怎么能这样？在大路上走就抱呀搂呀的……”

蔡忙忙说："你没看过电影？电影里都是这样的，人家还跑呀追呀……"

"我就讨厌看那些……"

"人家搞恋爱，你讨厌人家做什么？"

"我问问你，公鸡追母鸡是在哪里追哩？"

"在院里，在大街上，在哪里都行？"

"你见过一个男的在大街上跑着追女的吗？"

"没见过。"

"我再问问你，配牲口是在哪里配的？"

"在市场上。"

"你见过人在市场上……"

"没见过。"

"这不对了？人，是高级动物，人有人类的文明。人与其他动物、跟畜生是有区别的，高级动物怎么一定要降低到一般动物的程度上去呢？人，怎么能跟畜生一样，不懂得羞耻，不分地点，不分场合，没有制度，没有法规，没有约束，没有教养……"

"算了算了，以后一定改正……"

他们往前走着，蔡忙忙再不敢轻举妄动了。随便乱动不对，说话总不是问题吧，可是花喜鹊噘着嘴再也不吱声了。蔡忙忙想着说了几次话，她也不开口。蔡忙忙只觉得闷得慌："两个哑巴似的，这哪里像个搞恋爱呢？恋爱第一天，两口子就闹别扭哩，以后……在电影里看见人们搞恋爱都是那么高兴，那么欢乐，偏她跟人不一样……"又走了一会儿，他又试着说话，问道："喜女，累不累？"

花喜鹊说："走几步路有什么累的？我又不是大观园里的

林黛玉。”

“你还生气哩?”

“有什么气好生的。”

罢罢罢，她总算又说话了，蔡忙忙才算轻松了一点。一路上，他只寻着正话说，绝不敢有半点言差语错，每说一句话，都要推敲一番，修改多次，才敢出口。心想：要这样搞恋爱，也太没意思了。脸上逐渐显露出愁苦之状。他这么一愁，花喜女却又笑了，说：“我当有些人神经不全，只会傻高兴，敢情也会犯愁……”

蔡忙忙见喜女笑了，他才又轻松了，说：“跟你搞恋爱也真不容易哩!”

“胡说！有什么不容易的?!”

“我觉得挺怕人似的!”

花喜鹊推他一把，说：“既然怕我，请你离开一耙宽!”

蔡忙忙真的远远离开她，回头瞧她一眼，问道：“这个距离行不行?”

“去你的！谁跟你在这里量距离，寻开心哩。咱们走了这么远，还不见三儿、黑女他们回来，说不定今天这场官司又没打赢……”

说到告状之事，蔡忙忙心下也有些紧张。两个人加快步伐，直奔方山镇而来。

蔡忙忙、花喜鹊二人走后，凌二菊、霍大梅他们，自然是提心吊胆地盼着两路人马都能早些儿回来。他们等呀等呀，又等了半天，先去的蔡狗儿、田黑女、申三儿不见影儿，后去的蔡忙忙、花喜鹊不见回音，把蔡、田、申三家人都吓坏了。凌二菊在屋里做活儿做不在心上，一会儿门口站站，念叨道：

"天爷爷呀，这是怎啦？怎还不回来？"一会儿街头望望，念叨道："天爷爷呀，哪怕不烧那几块砖哩，回来算啦。"霍大梅跑得更欢。一会儿跑到上西屋来找凌二菊，说："二菊，你看他们算个人不算？怎他娘的一去就不回来了？也不怕屋里人惦记……"

凌二菊只说："谁可知道呀！"

"黑女真没出息！或胜或败，或长或短，干脆些多好，何必在那里跟他们怄那些闲气！就是一时说不成，也该先回来一个，给咱们报个信儿才好，黑女、三儿不懂，老狗儿死得着的人了，也不知道屋里的人心不净哩……"

"丑女她爸爸才想不起我哩。"

一会儿，霍大梅又跑到东头申三儿家，见只有个六儿在，便问："六儿，你妈呢？"

六儿说："我妈上地去了。"

"你妈真扯淡！儿子、没过门的媳妇都打官司去了，赢哩输哩还不知道，她怎么还有心情上地干活儿。"

六儿说："我妈一会儿就回来了。大妈，我哥哥他们怎么还不回来？只怕是我哥走时没带点什么东西，人家……"

"带什么东西哩?!——如今，办点事，真叫人没法儿办，啥啥也要拿东西，欺侮老百姓哩！六儿，快去把你妈叫回来。咱们也该商量商量怎么办哩。"

霍大梅打六儿家出来，又到花喜鹊家叨叨了一阵，连忙跑回小磨院来，只见凌二菊还在门口儿愁眉苦脸地站着，知道是黑女还没回来。说："今天这场官司准打得不顺利。他们强逼公鸡下蛋，明明就是他们的错儿，这事儿很好断哩，不知今儿个碰上个什么糊涂官儿，一整天也断不清！"她不愿意回屋里去，又要往外边走。转身时，忽然看见高瘦孩推着个自行车回来：他准是也到乡政府去来。看看他的表情，满高兴的样儿，心里说："坏了，这一个那么高兴，就该黑女、三儿、狗儿他们倒霉哩。"忙又返身走在上西屋门口，拉了凌二菊回来屋里，说："二菊，坏了他娘的大事了。你不看北屋里那一个有多高兴。"

凌二菊也看出了这一点，忙说："就知道金刚是斗不过佛爷的。大梅，你说……"

"你也别着急，北屋里那一个回来，我想咱们家的人也该回来了。不过是咱们家的人没骑铁驴子，回来晚一点罢咧。"

可是，她们又等了老半天，总不见有一个人回来。看看天色已黑，两路人马也没回来一个，又把霍大梅、凌二菊急坏了。这时，三儿妈、六儿、花大妈都跑到小磨院来问消息。因想到高瘦孩已经回来老半天了，黑女、蔡狗儿他们总不见影儿，几家人不打好处想，以为又像上次田虎生告状，有理人打了个输官司，反而被扣一样，今天也把蔡狗儿、田黑女、申三儿他们扣押起来。因而，几家人更加着急了。可是如果真的把狗儿他们扣了，忙忙、喜鹊也该回来报个信儿，他们两个为什么也没回来呢？这时候，丑女、春山他们已经打砖瓦场下工回来，一看上方山镇的人都没回来，丑女也觉得情况不妙，说："准是问题不小，叫我去看看……"说着，早已匆匆走了。凌二菊忙喊道："丑女，天已经黑了，你一个人……"

田春山也想去，只因丑女已走，他不敢去了。霍大梅冲儿子嚷道："春山，你还站着做什么？丑女一个女孩子，就让她独自个儿摸黑去吗？"

春山想到跟丑女一块走黑路很不合适，迟迟不肯动身，又经霍大梅一顿通骂，他才磨磨蹭蹭地去了。

田春山出了安乐庄，借了天空的月光，奔进村野小路上，只是看不见丑女的影儿：她走得好快呀！春山便小跑步向前追来。心想：庄稼高了，她一个大姑娘，月夜里走路挺怕人的。他追了约莫一里路，才看见丑女在前边奔跑。他也不打算追上前去，只是丑女紧跑，春山紧追；丑女慢行，春山慢走，始终保持着不远不近一定距离，不肯走在一起。丑女也听得后边有人追来，也听出来是春山的步法儿，只因心下为着父亲、黑女、喜女他们着急，后边的春山不说话，她也无心说话。他们一路儿小跑，来到方山镇政府，丑女先到办公室去问情况，田春山只站在门口等消息，不敢跟丑女一块儿进去。丑女在办公室问过吕秘书，吕秘书说黑女他们早已走了。丑女返身出来又找镇党委办公室，春山便又跟来在党委办公室门口站着等她。丑女又到镇长办公室来问，春山又跟来镇长办公室门口直直地站着。丑女出来，见春山总是这个门口站站，那个门口等等，这才火了，冲春山说道："你来干什么，镇政府差了个站岗的?"

田春山有话难言，只说："因为你跑在头里，我……"

"你怎么不跑在头里?"

田春山说不上来了。他便往丑女头里跑，却怎么也赶不上丑女跑得快。丑女问了几个人，有的说不知道，有的说黑女他们早已回去了，到底闹不明白黑女、喜鹊他们现在哪里去了。她想到黑女他们也许是到街上饭店里吃饭去了，便要到街上找去。刚走在镇政府大门口，碰上蔡狗儿、申三儿、蔡忙忙、黑女、喜鹊一干人迎面走来。见他们一个个说说笑笑的样儿，丑女才放了一半心：不拘怎么，总算没出什么事就好。却又冲他们嚷道："你们也太不像话了，整整一天，也不给家里送个信儿！"

黑女说："你们又来做什么？"

丑女说："谁知道你们闹了个什么结果！快把家里人急死了，你们可在这里逍遥自在地结队游行。"

喜鹊说："我们是等赵书记哩。"

丑女说："等赵书记也一定要一大群人一起等吗？你们人倒不少，浩浩荡荡一大群，要这么多人打狼哩？打虎哩？怎么不知道抽出一两个人回家送个信儿。"

蔡狗儿说："我们想着反正没出什么事儿……"

"家里人都是泥捏的，纸糊的，没长人心人肺，不知道为你们操心？——到底闹了个啥？"

黑女、喜鹊他们这才把今天告状的情况说了一遍。

今天上午，蔡狗儿、田黑女、申三儿三人来到镇政府，先找到吕秘书，说了高瘦孩向他们三家强行摊派之事，吕秘书却像没事人似的，漫不经心地说："你们这些社员，真是吃饱了撑的没事干，芝麻蒜皮的小事，也值得跑到镇政府来告状？回去吧，回去找老高说道说道就算了。"

申三儿人年轻，又胆小，没经过告状打官司的场面。在村里时，对高瘦孩的强行摊派很不满意，在群众大会上还敢大声疾呼地指责高瘦孩是"打死胡亥要胡亥"。在告状路上，也还有股子好汉气概，大大咧咧骂了一路儿。及至到了镇政府，见了吕秘书，镇政府是人民政权最低一级政府，这吕秘书是人民政权最低一级官品，不过是个末品官儿，却也把个申三儿镇住，总往蔡狗儿、田黑女身后边藏，总推蔡狗儿、田黑女说话，他倒变成舞台上"众将官"里的一员，只会站着，没一句台词儿。蔡狗儿虽然没有打过官司，却也不怯场。可是听吕秘书说话不三不四，没门没道，竟把个能说能干的大汉子闹得大头小尾摸不清，不知该怎么对付这位末品官儿。倒是黑女对吕秘书的话理出个头绪，对他的说话气愤极了。说："吕秘书，听你说话很大方，我们三家这四千五百元，请你拿钱好吗？"

吕秘书听得这话，以为一个农村姑娘竟敢在镇政府秘书面前出此狂言，简直是狗胆包天，脸色"刷"地一变，冲黑女问道："你是哪里来的?!"

黑女说："你的记性太不好了。头里已经告你说了，还不到三分钟，怎么就忘了?!"

"无理取闹！出去！出去！"

"你叫谁出去？这是你的家？要是你吕秘书的家，八抬大轿抬也抬我不来。可惜这是镇政府，有你的份儿，也有我的份儿……"

吕秘书没想到今天会遇上这么个厉害姑娘，把他气得什么似的，却又没办法对付她。因为这镇政府确实不是他的私人住宅，申三儿见黑女敢顶吕秘书的嘴，一则佩服她的胆量，二则又替她捏一把汗，怕闹不好，黑女也会落田虎生的下场。蔡狗儿见吕秘书身为国家干部，不讲半点道理，感到也亏了黑女会顶他，敢碰他，心想：哪怕不干那个砖瓦厂，也不能受这份窝囊气。他说："我们总共没赚够一千，高瘦孩却要我们拿一千五。要是要土坷垃，不怕，不过是费点工夫，我可以担十担、百担来。要是要石头，也可以，不过是出点气力，我可以搬十块、百块来。可他要的是钱，这钱可不是土，也不是石头，随便地里、山里就有，叫我到哪里拿这么多钱去？希望你……"

吕秘书年年吃高瘦孩的苹果、香油，也知道安乐庄大队没钱，自然是偏着高瘦孩说话，他说："县靠乡，乡靠队，队靠社员，队里有困难，不靠社员靠谁。你跟高瘦孩反个个儿，也会跟他派一千五百元哩。村事村了，队事队办，有工夫搞点生产去，不要动不动就来镇政府闹。回去吧……"

田黑女见他总是讲些歪理，自然又有一顿牢骚。蔡狗儿为了解决问题说了许多好话，吕秘书只不听他的。后来又发脾气，说他还要参加重要会议，竟逃之夭夭，黑女说："这个秘书太没水平了，咱们找镇长吧。"

黑女他们又找镇长，镇长不在。又找冯副镇长，算是找到了。蔡狗儿把高瘦孩强行摊派之事诉说一番，冯副镇长听了，先"哈哈"笑了一阵子，那态度比吕秘书好了十倍。说："这件事，按说大队干部根本没权向社员摊派。你们都是安乐庄的专业户、重点户，实际上各级政府应该对重点户、专业户加以保护，不能损害你们的利益。不过话又说回来。大队有那么个具体困难，咱们重点户总比一般社员有办法，也应该想到集体的困难。长话短说吧，摊派是不对的，咱们帮助大队克服困难也是应该的。所以我说同志们挤一挤，挤出些钱来，把问题解决了也就算了，干部、群众之间把矛盾闹大了，也没好处嘛……"

蔡狗儿、田黑女听他说还是叫出这笔钱，自然不同意。只是这位冯副镇长说话态度很好，他们有火也发不出来，只说实在是拿不出这许多钱，恳求冯副镇长跟高瘦孩谈谈，把钱数减少一些。冯副镇长却以为如今的老百姓没一个百分之百的老实人，他们说没挣够一千，不过是怕露富罢了，并不相信是实话，所以还一直动员他们帮助大队克服困难。谈了半天，也没个结果。后来吕秘书叫冯副镇长接电话，这一去，竟再不见他的面了。蔡狗儿、田黑女他们以为再找冯副镇长也不解决问题，问过乡政府其他人，知道赵书记下乡很快就会回来。后来蔡忙忙、花喜鹊来了，听黑女说了前边找吕秘书、冯副镇长的情况，也认为一定要等赵书记回来解决问题，才能回安乐庄。所以一直等到天大黑。

丑女听了黑女他们的话没好气地说："既是这样，等赵书记也好，何必许多人都在这里等？有理不在人多，家里人等得快急疯了，先回去几个报个信儿吧。"

几个人一商量，这才让蔡忙忙、蔡丑女、田春山、花喜鹊一起回了安乐庄。

次日天明，丑女、春山他们各干其事。虽也知道蔡狗儿、田黑女他们在镇政府并没发生什么意外，却总有些放心不下，吃早饭时，听说镇政府打来电话，叫高瘦孩去一趟，丑女、春山、六儿他们几家都觉得这次官司一定会赢的。早饭后，他们看见高瘦孩骑着自行车走了，可是直到午饭以后，还不见蔡狗儿、田黑女、申三儿他们回来，又以为这事是长是短，很难说了。几家人又着了急。蔡忙忙、花喜鹊又一起动身，二次到方山镇去打听消息。当他俩走到后沟拐弯处，忽然远远听得"嘣嘣嘣"的拖拉机马达声。他俩高兴极了。一时，黑女他们坐的拖拉机拐过一个弯儿，打两边都是庄稼的道上迎面奔来。那边申三儿看见是忙忙、喜鹊一路而来，不觉心里一动：他们两个又走在一起啦？有意思。

黑女直心眼，没有理论他们两个今天为什么会走在一起，急着想跟忙忙、喜鹊报喜，打马槽里跳下来，蹦呀跳呀地扑上来，说："给你们报告一个好消息，我们今天告状可跟上次虎生告状不一样，公社赵书记今儿个可把瘦孩叔批评痛了……"

忙忙、喜鹊听了，也十分高兴，问道："真的?"

忙忙说："我们中午收工走在路上，碰上他骑车回来，又没有看见他的脸是什么表情。"申三儿说："我们三家自动借给大队一些钱，我借三百，黑女借三百，丑女借四百，共是一千。这就好办多了。要不，每家一千五，到哪儿偷去呀!"

黑女说："队里有粮食，不还欠款，全叫他们报销了老鼠损耗，他们吃老鼠损耗，叫我们替他们出钱，也太冤枉了!"

花喜鹊说："不拘怎么，你们总算又闯过这道难关了。这也亏了丑女的主意正，要不，你们一家家都气呼呼地把粮食加工也退了，把砖瓦厂也退了，把拖拉机也退了，那步棋可就大大走错了。"

黑女说："我们中国有党的领导，我就不信国家干部都会跟那个李庭长一样!"

他们说着话，一起跳上拖拉机马槽里，冲安乐庄奔来。拖拉机拐过一道弯儿，迎面"嘣嘣嘣"地奔来一个摩托车，不一会儿就擦身过去了。黑女说："这东西真跑得快。等我们发了大财，也买这么个东西，碰上邻庄近社的老弱孤寡来加工粮食，咱们就'嘣嘣嘣'地送送人家。再来方山告状也走得快些，省得一误就是半天工夫。"

蔡忙忙笑道："好呀，你买上摩托车，咱也能沾点光。"

他们说说笑笑回来家里，把到公社一趟的情况说了，几家人都很高兴。他们该干什么干什么，田、蔡两家又忙着请木匠做家具哩。

蔡忙忙想到昨天在路上跟花喜鹊说的话，认定是自己已跟她把婚事定了，急不可待地想跟父母亲报喜。这天晚上，他把他跟花喜鹊的事说了，全家人都很高兴。蔡狗儿说："喜女可是个好闺女，只要你们同意，我们就高兴。”

凌二菊说：“她妈呢？她妈不是不同意吗？”

丑女说：“那是什么时候？那是一天三顿吃糊糊时期，能跟今天比？”

凌二菊说：“只要她妈愿意就好，我不过是害怕……”

忙忙说：“妈，你就不要怕这怕那的，我敢保证没问题。”

高瘦孩今天到公社去，认为他过去给公社干部送苹果、大梨、小麦、黄豆，定会替他撑腰的。他没有想到各级干部正在学习《邓小平文选》，正在检查认识过去的差错，正在努力端正党风。他还拿过去的眼光看今天的干部，自然看错了。到了公社，见了赵书记，竟实实在在受了一顿批评。批评也罢，使他犯愁的是还差三千元没法还债。他打公社回来，在家里，在队里，尽发牢骚，说：“他娘的！过去是穷人贫汉吃香，如今变成富人财主吃香，发了横财，还不敢动他一根毫毛，他们反倒有了理，我反倒受了批评，成什么体统啊！”发牢骚不解决问题，他督促吕二旦召开支委会，他自己又召集管委会，一连开了几个会，没有更好的办法可想，高瘦孩便想起来队里那一群羊。互助组时期，安乐庄有五百只羊，现在只有一百二十只了。就这一百二十只，也是安乐庄一个小化肥厂，社员群众对羊群都很看得重。高瘦孩认为把羊群卖掉，可卖两千五百元，虽然还差五百元，连上卖饲养房的钱，基本接近六千元，问题就不大了，次日，他们便派了会计高小勤外出寻买主。

大队要卖羊群这个风声传出来，引起了全村社员群众的不满。有的说：“当干部是为群众服务哩，一件好事不办，尽卖大队的财产，快把安乐庄大队吃光了，卖光了……”

有的说：“一个家出了败家子，今天卖房，明天卖地，尽走下坡路。一个大队也今天卖饲养室，明天卖羊群，再过几天，老祖宗保不住也会卖掉哩!”

有的说：“羊是咱们的化肥厂，种地不靠羊，怎能打来粮？谁敢卖羊，不把他的祖坟扒了算见鬼!”

黑女也骂：“说得可好听！卖羊哩，叫他卖了试试看，安乐庄五百名群众轻饶不了他!”

一个卖羊问题，引起了全村群众的不满，村里早早晚晚，村里地里，骂声不断，议论纷纷，简直把个安乐庄翻了天。

吕二旦对卖羊群的事也很不满意，又听群众议论纷纷，他感到卖了羊没法交代群众，便找高瘦孩商量，说：“老支书，我看卖羊这件事做不得，群众意见太大了，咱们是不是另想办法……”

高瘦孩说：“行呀，不卖羊也行。你是一把手，我听你的。可是钱呢？还差三千，你给咱拿出来……”

吕二旦说：“还是想想办法吧。”可是他想了几天，还是一点办法也没有。听到群众的议论，他觉得没法见人，就找蔡狗儿、田胖孩他们商量借钱。蔡、田两家看在吕二旦的面上，又各拿出三百元，还是无济于事，只得还打卖羊的主意。

这几天，人们都骂高瘦孩是安乐庄的败家子，为着卖羊挨骂的事，高瘦孩打安乐庄街上走来走去，只能低头快行，一副狼狈相。这还不算，又过了两天，偏偏又出了一件使高瘦孩无法抬头的事。秋假前联区考试，安乐庄民办教师夏白女教的三年级，又是这个联区九个小学校的末一名。整个年级二十一个学生，平均分数才四十四分，并且没有一个考六十分的，这么一来，人们为着卖羊的事骂高瘦孩，又加了一条，又为夏白女教学质量太差，也骂高瘦孩哩。因为夏白女是高瘦孩的干闺女，是他一手推荐她当这个民办教师的。高瘦孩为这两件事生气，又在屋里躺了三天三夜没出门。他躺倒了，白女就每天来问病问痛。说到今年秋假考试的事，她说三年级学生之所以考不好，有两个原因：一是学生们太笨，二是联区负责考试的同志偏心眼，判卷不公。她又提出一条建议：想今后能考个高分数、好成绩，秋后给各单位送粮食、送苹果的时候，不要忘了联区校长。她说："如果能给联区校长也送一份东西，到寒假考试时，她敢保证拿个好成绩回来。"就因为白女是高瘦孩的干闺女，所以他便很听白女的话，说："白女，你不要担心，我保你还干民办教师就是。"

后来，白女还是安乐庄小学的民办教师。

22. 蔡丑女卧床

这些天，蔡、田两家很忙。又要忙粮食加工，又要烧砖瓦，又要收拾麦地种小麦，又要请木匠做家具，一个个忙得团团转。有一天，田春山到上西屋来借锅，正好又是丑女一个人在屋里，春山的脸又红了，也不说明他是来借锅的，自己瞅瞅他要借的大铁锅，在那个椅子下边放着，上前掂了锅就走。不防丑女等住他，又往他的衣服口袋里塞了一块纸。心想：她又要骂我啥哩？他把锅送回上东屋，假装上厕所，在厕所里掏出那块纸看看，只见写道：

青青谷苗是人种，
沐雨劲长也顶风。
若无半点抗风力，
试问谷子怎长成？

“啊！又批评我哩。这不明明是说上次高瘦孩要我们捐献款项，我就要下软蛋，打退堂鼓，批评我没有半点抗风力吗？真糟糕！我怎么没想到这一次他们会打胜呢？以后遇事，必须有个主心骨儿，不要总叫丑女批评我。这个丑女也怪，总瞅我的缺点，总跟我过不去，为什么总把眼睛盯在我身上呢？她对我是不是有什么意思？要是有什么意思，那才好哩！不过也有麻烦，要真的跟她在一起生活，我一动，她就批评，闹得人抬手动脚都要那么小心谨慎的，要别扭死人哩！——真是胡思乱想，动不动就写诗磕人，天下哪有这种恋爱法儿！管她是为了什么，反正人家也是一片好心，为我好哩，以后再不干这种下软蛋事了，不能总叫她写上几句批评我。人活脸儿树活皮儿，难道我就不知道当好人光彩……”田春山为了向丑女表明他以后遇事再不下软蛋的决心，又写了几句顺口溜：

想把面条替糊糊，
走上承包新路路。
走路碰上拦路虎，
吓得不敢迈步步。
不敢迈步是错误，
坚决向前寻幸福。

田春山想瞅个空儿把他写的这几句递给她，过了一整天也没瞅到那么个机会。吃晚饭时，偏这天晚全院里的人，都没到老槐树下饭场去吃饭。四家人都坐在各家的门口台阶上吃饭，这对他给丑女送东西很不利，独自个儿骂道：“这个院没一个好人，都是大坏蛋。”

八月秋凉了。人们在院里坐着吃过饭，都陆续回屋里去了，独独北屋的美女还坐在台阶上不动，气得田春山什么似的，心里又暗暗骂她：“这个圆皮球还不滚回去，难道你要坐死在那里!”

高美女终于回去了。田春山听听上西屋：一家人还在说话，还不能去，后来听得上西屋门响，忙跑出院里看看，是蔡忙忙出来，便又返回屋里来。不一会儿，又听得上西屋门响，他又跑到门口看看，又是蔡狗儿出门，气得他心里骂道：“这个也出来，那个也出来，偏她不出来。”只好又返回屋里，黑女可就火了：“哥，你是怎啦？患了什么魔病，一会儿门口站站，一会儿门口看看……”

霍大梅估计儿子是等丑女，她说黑女：“管那些闲事做甚!”

不一会儿，上西屋的门又响了，春山又忙着往院里跑，霍大梅就忙着往窗前走，她隔窗看见上西屋是丑女掂着个铁锅出来倒刷锅水，她正倒水，春山正好过去，只听“哗”的一声，霍大梅心里暗暗叫了一声“妈”。“妈呀，不怕是倒了春山一身的刷锅水，这个丑女也太狠心啦!”又看见春山上前伸手给了丑女一件什么东西，双方都没吱一声，一个悄没声地回了上西屋；一个一声不响地出了下院。霍大梅看了，又是稀奇，又是惋惜：“妈呀，这到底是做什么哩？两个人是多会儿规定好了，到时候就在院中央碰头儿……”她还想看看两个人是不是还要在院里碰头儿，却见吕二旦走来去了北屋。回头跟黑女说：“我看二旦去了北屋，只怕还是说卖羊的事哩？”

黑女说：“他敢！他要真敢把羊群卖掉，算他错打了算盘!”

高瘦孩为债务所迫，除了卖那一群羊，没有别的办法。可是全村社员群众对卖羊意见很大。真是卖也不是，不卖又不行。看看离还账日期不远，把安乐庄一向不知道什么叫愁苦的元老干部高瘦孩愁死了，急坏了，竟到了卧床不起的地步。樊金花看看老伴儿总躺在被窝里打滚，没好气地说：“愁什么呢？欠下的债又不是你一个人花了。要愁，也该大伙都愁。把你愁出个病来，我可依靠谁呀!”

美女说：“管他们说什么，该卖羊就卖，谁有意见，叫他拿钱，不拿钱，就要卖羊……”

高瘦孩挥拳捣一下床头，嚷道：“心烦死了，闭了你们的嘴吧!”

高瘦孩在被窝里翻来滚去，翻滚了整整两天两夜，一点办法也没翻滚出来。这天晚上，白女来看望干爹，说到还账的事，自然又提到卖羊问题，白女说：“这也值得愁？偷偷把羊卖了不就得了。”

高瘦孩说：“你说得倒轻巧。偷偷卖了羊，不是招事吗？”

“要考虑那么多，也就没办法了，只能走了一步说一步。”

“就这头一步也走不通哩，你想想，羊群不见了，羊工们还在，人们只见羊工不见羊，不就露了馅儿……”

白女说：“那倒成了死症了。”又一想，说：“这要看干爹愿不愿舍一头……”

“舍哪一头？”

“那两个放羊的都是单身汉，跟他们说说，给他们出加倍的工资，让他俩随羊群出去，走得远点，在别处找个副业干干，半年不要回来，只说是到外地卧地去了。拖上半年六个月，放羊的回来，人们的气也就消了不少，意见也就不大了。”

高瘦孩听了这一段话，忽然把被子抖开，“呼”地坐起来，顿时有了精神，冲白女说：“好！白女真聪明，会给干爹拿主意。美女，快快叫二旦来。”

美女出去一会儿，把吕二旦唤来，高瘦孩照白女的办法把卖羊的事跟吕二旦说了。吕二旦却不同意，说：“羊群是安乐庄的一项主要畜牧生产，又是安乐庄的小化肥厂。一百多只羊，值两三千元哩，处理这么一大宗财产，不跟社员商量，不让社员知道，将来怎么向社员交代哩？”

高瘦孩刚刚有了解决问题的办法，不想由他一手扶植起来的吕二旦又来挡他的驾，自然火不打一处起，瞪大眼嚷道：“照你说，就该把我高瘦孩活活逼死不成？老子把你扶上马来，你倒想把老子拴在马尾巴上拖死，这才是养马养成狼啦，告你说吧，这是行政上的事，跟你说说，是高看你，不管你同意不同意，我高瘦孩有这个权……”

吕二旦不同意卖羊，又不敢十分挡高瘦孩的驾。没了办法，又怕担干系，说一声“我不负这个责任”，站起来走了。

也不问吕二旦是否同意，高瘦孩跟两个羊工老贾和小路商量好，连夜偷偷把羊群赶出了安乐庄，后来人们发现羊群不见了，高瘦孩只说羊群到三十里外的潞河村卧地去了。算是暂时把这一关混过去。

过了半个月，村里人们既不见羊群回来，也不见羊工的面儿。到了种麦季节，许多社员想卧卧麦地，干急没有羊。有人怀疑是高瘦孩把羊群卖掉，会计高小勤说：“哪有那回事儿。既是卖了，两个放羊的就该在家。羊工也不在，不明明是赶羊到外地卧地去了。”

人们想想也是，算是眼下没人再提此事。

蔡狗儿的砖瓦场干得很兴旺。因为有一台制砖机，数量上得来，丑女把质量关又把得很严，蔡记砖场的砖销路越来越广。他们日日夜夜连轴转，总是供不应求。许多单位不能及时汇来砖款，对生产不利，丑女又提一条意见说："咱们的生产这么好，没个跑外的怎么行，不如是把喜鹊吸收到砖瓦场替我哥，把哥哥正式抽出来，当个专门跑外的，一边收砖款，一边找顾主，跟新顾主订销货合同。"蔡狗儿认为很必要，说："倒是应该有个人专门跑外，因为咱们的买卖越来越大了。只是忙忙傻不愣的，让他专门干这个，怕他干不了……"

蔡忙忙听得这事，以为每天出外跑跑动动，下饭馆，住旅社，坐汽车，乘火车，挺有意思的，自然十分高兴，说："我不是已经跑了好多次？干得了，保证干得很好很好。爸爸要不放心，我立个军令状。"

丑女说："倒不必立什么军令状，不过也应该注意几点：跟人订合同，不能随便动砖价；期限要吃准，吃不准期限，不是到时候咱们没货，就是货堆如山，不能及时送出去；跟顾主催要欠款，态度要和气，不能随便延长时间，要不，拿不回钱来，咱们就周转不开。也不能卡得太死，明显今天没钱，也要逼拿，要灵活运用；在外要注意生活，吃好喝好，可也不能随便浪费；带了钱行走，要注意安全……"

蔡忙忙听得不耐烦了，说："看丑女，把我当成小孩子看哩。你说的这些我都知道。"

蔡狗儿说："知道你是吃几碗干饭的，以后多长个心眼吧。"

从此，蔡忙忙便成了砖瓦场的正式业务员。花喜鹊也到砖瓦场正式上工了。花喜鹊也是个大大咧咧的姑娘，跟谁也合得来，跟丑女、黑女二人更要好。她就佩服丑女的聪明、能干、心肠好，也佩服黑女的爽直、勤恳、胆量和泼辣；最讨厌美女的黑心、娇气和赖皮，最看不起白女的无能、巴结人的酸劲儿。她跟丑女到了一起，两个人志同道合，摽着劲干起来，砖瓦厂显得更有活力了。

蔡家的砖瓦场又干了几个月，已经有七八千元钱的收入。那砖场越干越兴腾，蔡家的日子越过越美满。高瘦孩、丁和尚、夏白女他们自然很眼红。只是包了几亩土地的社员田长生、丁四虎他们看看蔡家父女烧砖瓦很能发财，便找蔡狗儿商量，想离土烧砖，也到砖瓦场上来当个烧砖工。蔡狗儿说："现在还用不着很多人，等以后砖场扩大的时候，一定优先考虑你们。"

田虎生也很想到砖瓦场来。因想到他被拘留时，蔡家父女帮他家种田，出了不少力，不愿让他们难为情，没有说这话。长生、四虎为了能到砖瓦场来，差不多每天晚上要来蔡家转转，时不时地向蔡狗儿念叨："砖瓦场扩大时，可不能忘了我呀!"

丑女见这几个人每天来找她爸爸，想起他们几家的困难，很同情他们。便跟蔡狗儿商量给他们每家一百元钱，让他们的孩子们换换季。谁知他们不要钱，只要求到砖瓦场来。丑女想到自己办砖厂才七八月时间，便赚了八千多元钱，许多社员还是靠种地过日子，虽然比过去吃大锅饭好了许多，比起自家，却差了很远。这个姑娘看见每一个手头缺钱、身上衣薄的乡亲也可怜。心想：要是全村里的人都能像我家、像黑女家、像三儿家一样，都能有个赚大钱的门路，该有多好呀。她特别同情田虎生。因为他无缘无故坐了几个月牢，庄稼没作务好，也没搞任何副业，手头很紧。丑女早就想把他吸收到砖瓦场里来。这几天，田长生、丁四虎他们找她爸爸，想到他们都是安乐庄的困难户，很为不能把他们吸收到砖瓦场而惋惜。为这事，脸上已经没了愁云的丑女，近几天，忽然又是满面愁云密布，话也少了，笑也少了，居然把不能吸收田虎生他们几个到砖瓦场来当成了一件大事，成了她一块很大的心病。她小时候看戏，看《白毛女》，同情喜儿，厌恶黄世仁。看小说《李家庄的变迁》，同情李铁锁，讨厌李如珍。蔡狗儿给她讲起安乐庄的地主过去如何只管自家上顿酒、下顿肉，不问穷人的饥寒，逼租逼债，逼得穷人卖儿卖女的故事，她仇恨地主，同情穷人。她想想旧社会总是富人欺压穷人，如今是社会主义新社会，觉得自家富了，是靠党的富民政策富的，不能跟旧社会的黄世仁、李如珍一样不问穷人的疾苦。她觉得如果不能解决田虎生他们上砖瓦场的问题，自己好像变成了黄世仁、李如珍，感到无法出门见人似的。凌二菊看见女儿犯愁，她便也犯愁："丑女又怎啦？如今又不愁吃，不愁穿，不愁炒菜没盐，不愁母鸡不下蛋，她怎么……"一天，丑女他们收工回来，凌二菊见她还是满脸不高兴的样子，便问她："丑女，怎啦？头疼哩？"

丑女说："你的眼睛又不是透视机，哪来的透视结果，怎知道我头疼哩。"

凌二菊又问蔡狗儿，蔡狗儿也说不清，说："只怕是又跟春山闹气哩。"

"也真是，两个人不吭不道，哑巴似的，咱也猜不透人家的心思。"

花喜鹊看见丑女不高兴，以为是嫌她。她倒是心直口快的。这一日，她们在砖场干活时，喜女便直接问丑女道："丑女，这两天你是怎啦？是不是嫌我不该到砖瓦场来……"

丑女忙笑道："好嫂子哩，这砖瓦场归根到底是嫂子做主儿的……"

花喜鹊还没过门儿，听她一口一个"嫂子"乱唤，便说："丑女，人都说你是极懂事，又很庄重的人，今天怎么变得这样轻薄？再这样乱唤，我可要恼哩！"

丑女忙说："都怨我性子太急了。喜女，我是想虎生、长生、四虎他们几家都很困难，都想到咱们砖瓦场来，可是咱们眼下只有一台制砖机，用不着那么多人……"

花喜鹊随口应道："那还不好办！再买它一台制砖机，不就把问题解决了，你家又不是买不起。"

丑女听了这一句话，几天来脸上的愁云立时一扫而光。兴奋异常地说："这么简单一件事，我怎么就没想起来……"

喜鹊说："东屋里一个少爷，西屋里一个小姐，情切切，意绵绵，每日价只顾吟诗答对，儿女情长，哪儿还想得起还有买制砖机的……"

丑女听言火了，"呸"地唾她一口，骂道："嚼鬼话，叫烂了你的舌头！早知道你是个不贤良的嫂子，我就该在我哥面前添油加醋地奏你一本，我哥一脚把你踢得远远的，叫你患相思病患死，到相思国做个相思鬼，一辈子不得超脱……"

"那才好哩！我做了相思鬼，有些人一辈子当不了小姑子……"

丑女为着再买一台制砖机之事特别高兴，说："我如今没工夫跟你嚼舌头，等以后有了工夫，咱们再算账。喜女，说个正经的，你可真是一句话提醒了懵懂人。是着哩，增加一台机器，不只能解决七八个人进砖场的问题，咱们的生产还能扩大一倍多，就更好啦!”她今天比做新娘子还高兴。就跑来窑口跟父亲说：“爸爸，给你提个意见，我看咱们应该再买一台一号制砖机……”

蔡狗儿正忙着烧窑，顾不得说话，说：“随后再说。”

丑女把增买制砖机，解决一些人到砖瓦场来的事当做一件大事，抓得很紧。这天晚上，又跟她父亲提出这个问题。哪知蔡狗儿有他自己的打算，这几天想的是归还贷款，做家具，买摩托车，买彩电，给忙忙娶媳妇几件事，他说：“丑女，你这个意见也是一条好意见，不过，现在还办不到，因为咱们家当前有几件大事急需办，还抽不出买制砖机的钱来。等明年有了钱，没问题，一定买。”

近几年，在蔡狗儿家，丑女就是参谋长，狗儿对她也总是无话不听，无计不从，这好像是蔡家的一条老规矩，今天丑女提出增买机器之事，以为父亲是一定会采纳的，不想他却推到明年。眼下不买机器，别的还次要，丑女很为田虎生、田长生他们不能很快到砖场来，极为着急。说：“爸爸，你把问题想翻了。你想想是应该先买制砖机呀，还是应该先给哥哥娶媳妇、买彩电、做家具、买摩托车、还债那些事。要知道咱们家的日子好些了，可是虎生、长生、四虎他们的日子都还不大好过哩……”

蔡狗儿说：“这个我知道。”他看看烧砖瓦赚了钱，又觉得忙忙二十六岁太大了，抱孙孙的事还遥遥无期，便把娶媳妇看做最要紧的事。要娶媳妇，买彩电、做家具也是当务之急。至于欠信用社的两千元钱，他伤了脑筋，实在想趁早一还了之，所以他还是坚持自己的意见。丑女又据理力争，说了许多，蔡狗儿只说："增买制砖机的事，晚也只是晚个半年左右，何必急成那个样儿……"

丑女却说："抱孙孙，当爷爷，晚也不过是晚半年，怎么就急得今天等不到明天了。"

凌二菊听丑女说话难听，说："丑女，你是怎么说话哩？没大没小的，不怕外人听见笑话。"

丑女因为把买制砖机当成了急不可待的大事，说话也不顾三七二十一了。说："看，一个急着当爷爷，一个急着当奶奶，显见得丑女是外人，没有当姑姑的积极性。既是外人，有什么权力干涉人家的内部事务！还没出蔡家门，倒想害蔡家人，不过就是个干涉人家内政，不怀好意的……"说完，火通通地往床上一趴，竟"呜呜"地哭了。

凌二菊不知女儿说话是什么意思，只说："咱可听不懂这些外国话。"

蔡狗儿听女儿说出这些话来，心里也很难过，忙说："丑女，话不能这样说。谁也不敢说你是干涉什么的。不是我急着当爷爷，人在世上，家家都一样的。因为你哥哥已经不小了。亏了咱们今年砖生产搞得不坏，忙忙也定了亲，这事实在不能往后推了，你也应该体谅我们的心情……"无论他怎么说，丑女只不理他。后来，他又觉得不应该惹丑女生气，想着：要不，就听她的话办吧。可又想起还债的事不宜久拖，想起抱孙孙的重要性，紧迫性，心里说：让她闹吧，闹上两天，也就没事了。还是不肯顺从丑女。

丑女认为作为一个人，如果只管自己富，只管自己过好日子，看不见别人的难处，不体谅别人的困难，不为那些还没有找到致富门路的人想，简直是一个莫大的耻辱，是一种可耻的行为。她以为自己家明明有条件、有可能解决一些人的问题，偏不给解决。想到父亲过去也是个好人，知道同情困难户。春天刚刚承包下砖瓦场，父亲吃了许多苦头，贷回款来，还知道心疼村里的穷乡亲，给这家七十元，给那家八十元，一下子拿出四百元钱，闹得买一号制砖机的钱也不够了，只好买个二号制砖机，能够做到为了他人，忘了自己。这才几天，不过就是七八个月的时间，父亲忽然富了，他的思想也忽然变坏了。居富不仁，难道人一富，就一定会变成坏人吗？他怎么只知道给儿子娶媳妇，只想着自己抱孙孙，就想不到虎生他们的困难呢？你们当这号子富人吧，我不愿意！当这号子富人，有什么意思呢？她认为不能解决田虎生他们的问题，自感好像是做了见不得人的事儿似的，不愿意见人了。所以她又犯了老毛病，不问砖瓦场生产任务的紧张，次日大早，竟怄气不起床了。心想：我不给你们干，看你们能不找我说好听的！实际上是向全家人示威。

蔡狗儿见丑女竟发展到卧床不起这一步，忙走来劝她起床，她火通通地说："我病了！朝廷还不使病人哩。"

"这件事你也不要急，反正早晚咱要买一号制砖机……"

"买它做什么？制砖机又不会张开小嘴叫爷爷，叫奶奶……"

蔡狗儿知道自己说话不是女儿的对手，只好偃旗息鼓，不劝她了。心想：丑女也挺累的，就叫她躺着歇一天吧。自个儿上工走了。

丑女又躺了一会儿，只觉得浑身上下不舒服。一会儿，阳光照在窗棂上，红朗朗的，在这太阳升起的时刻还躺在被窝里，她感到自己好像不像个人了似的很内疚。赶快起床吧，怄了一夜也没达到目的，真不知该如何是好。心想：难道真的怨我太固执吗？不，我反正认为我的想法没错儿，都怨爸爸只想着娶媳妇、做家具、买彩电、抱孙孙，太自私了……她想到“太自私了”这句话，忽然感到有了办法，连忙披衣起床，洗过脸，梳过头，等蔡狗儿回家吃早饭时，她说：“爸爸，你还是坚持到明年才买一号制砖机？”

蔡狗儿说：“明年买也不算晚嘛。”

“爸爸，你还是坚持要先买彩电，先还债，先做家具，先给哥哥娶媳妇，先抱孙孙……”

“这都是要眼前当紧办的事嘛……”

“爸爸，这也当紧，那也当紧，就是别人致富的事不当紧？”

“到明年咱们就吸收他们……”

“自己的事，今年办；别人的事，等到明年办，爸爸，你也太有些自私自利吧……”

一句“自私自利”把蔡狗儿说火了。因为他向来最看不起自私自利的人，向来都知道想自己的事时，也会想到别人。这会儿，他觉得丑女说他“自私自利”，想一想也真是如此。他以为自己给儿子娶媳妇，等着抱孙孙，做家具、还债、买彩电，都是理所当然的事。可这些到底是私事。真的跟春天刚刚贷款回来那会儿想的不一样了，确实是想自个儿的事多了些，想乡亲们的事少了些。自己怎么不知不觉地就变了呢？自己有点变了，丑女却一点没变，还跟往常一样能想到别人，更加感到女儿的可亲可爱了，他认为自己开始变富以后，确实有些自私了。他看看丑女，慷慨激昂地说：“买！这对咱们扩大生产也有好处嘛，明天就叫忙忙进城，买它一台大号制砖机！”

丑女立刻转愁为喜，又笑了。她的心情也很激动，说：

"爸爸这一句话真好听，真动人，真感人！简直就是一支美妙的、雄壮的、气势磅礴的、感人肺腑的乐章!"

次日，蔡忙忙带了两千元钱，进城买一号制砖机去了。

砖瓦场又增加了一台一号制砖机，蔡狗儿一家讨论决定，吸收田虎生、田长生、丁四虎、申六儿、田春山等八人进了砖场，成为一个砖瓦生产联合体。他们共同研究决定砖瓦场的名称叫做"安乐庄砖瓦生产联合场"。蔡狗儿是场长。他们越干越兴腾了。

秋风吹，雁南归。谷子黄了，豆子黄了，玉米黄了，高粱红了，漫山遍野，一片金色世界。家家户户，磨镰哩，缠杈哩，碾场哩，男男女女都准备收秋哩。

秋收前，蔡、田两家已经把家具做起。上东屋看上西屋，上西屋瞧上东屋，这家做什么，那家也做什么，结果两家一样，各做立柜两顶、写字台两个、大板箱两个、支箱柜两个，高低柜两个、沙发两对，茶几两个，椅子两把、长凳两条、小板凳四个。他们做好漆过，摆设开来，上东屋、上西屋立时焕然一新，那新气，那阔气，那美气，有些超过了北屋高瘦孩家，也超过了下西屋夏志荣家。

上西屋的蔡忙忙这个沙发上坐坐，那个沙发上坐坐，直喊："真美气！真美气!"忽然发现那个三条腿小板凳还在椅旁放着，觉得满屋里油光闪亮的新物件，说："还要它做什么，扔到垃圾上算了。"就往门口走。凌二菊急了，说："忙忙，你做什么？给我拿回来，拿回来……"就追在门口夺那个小板凳。蔡忙忙只不理她，站在上西屋门口，冲着上东屋喊道："春山，你看，我要摔烂它。你也快把那个小板凳拿出来，咱们两个来个摔小板凳赛，看谁摔得最响，看谁摔得最碎……”

凌二菊冲上来抓住那个三条腿的小板凳使劲往出夺，蔡忙忙偏不放，还“哈哈”笑道：“看我妈，放着一坐一蹦多高的沙发不坐，还想坐这个三条腿哩……”

凌二菊天天见这个小板凳，不过是个三条腿的半废物，也不觉着怎么，今天见忙忙要把它摔毁，就像是要摔死她的儿，摔死她的女似的，直觉得心疼得很，嚷道：“就不叫你摔，就不叫你摔，别看我的小板凳只有三条腿，可它跟我一起二十几年了，跟你的岁数一般大哩，我跟你亲，跟它亲，都是一样的亲……”

蔡忙忙听妈说出这些话来，“咯咯”笑得更欢了，也不理她。因见对门屋里的田春山也掂着那个三条腿小板凳出来，蔡忙忙喊一声：“一，二”，两个人同时把各自的三条腿小板凳猛力一摔，两个小板凳正好碰在一起，“咔嚓”一声，摔得粉碎。这一摔，把个凌二菊气坏了，竟“咚”地一下子坐在当院里放声大哭起来。这时，田胖孩打外边回来，在下院就听得凌二菊在上院哭，不知出了什么大事。紧走几步赶到上院来，看见当院的一堆碎木头，早已认出来是他坐了三十年的那个三条腿小板凳给摔毁了，立时火冒三丈，见田春山在院里站着，冲着他问：“谁把我的板凳摔毁了！”

春山见他父亲的来势不妙，也只好说：“是我。它又没用了……”

田胖孩冲上前来“呸”地唾了田春山一脸，气急败坏地厉声嚷道：“我今儿个揍死你！好好的一个小板凳，坐得光溜溜一个板凳，谁叫你给我摔毁它哩！只差一条腿，安上一条腿就是个好板凳，你就敢给我摔毁，你拿刀子来杀了老子吧！来！

老子给你伸长脖子，你拿刀子来，拿刀子来！……”直嚷着要田春山杀他。春山长了二十几岁，只知道他爸爸是个不吭不道、从来不会发脾气的老好人，今天第一次见他冒这么大的火，久不冒火的人忽然冒了火，是很有些怕人的，早把个田春山吓懵了。田胖孩还在逼他拿刀子杀自己，霍大梅、田黑女都有些看不顺眼，黑女给春山暗送眼色，说他：“就怨你，你不知道那是爸爸的心爱之物，还不快去加工房，直管站着做什么？”

田春山趁机会走了。霍大梅走来冲着老汉嚷道：“什么大不了的事，冒这么大的火，吃糊糊也不冒火，没钱花也不冒火，儿子娶不上媳妇也不冒火，偏为了一个三条腿小板凳就冒那么大火，又不是摔死了你爹你娘……”

田胖孩还想发作一顿，经霍大梅几句数落，他才不言声了。他火动动地回来上东屋，东瞅瞅，西瞧瞧，瞧不见那个小板凳了，把他气得咬紧牙关“咚咚”地跺了三脚，也不坐新椅子，也不坐新沙发，也算是一个抗议的表示，只是靠床腿蹲在地上“吁吁”地叹气不已。

过了一会儿，春山磨磨蹭蹭返回院里来探听一下父亲是不是还在发火，走到下院看看，不见他父亲冒火了，这才放了些心，又看见丑女在院里劝慰她妈，听她说：“妈，别哭了，都怨我哥哥不好，惹您生气……”

听得这一句话，春山心里一怔：“坏了，没想到今儿个这么点小事，也是错事，怕她又要写诗骂我哩，我不如打个主动仗，先写几句做个检讨吧。”他又编顺口溜哩。

23. 仲秋明月宴

春山编顺口溜是很快的，从下院走到上院，不过十几步路，早已编好四句，他看见当院里摔毁的两个小板凳，不过是摔得三条腿搬了家，并没有摔断一条腿，心里一喜：有希望，还能修好，省得老人家生那么大的气，忙走来把那些板凳面儿、板凳腿儿收拾起来，回家拿了斧头，又在做家具时剩下的碎木头里找了两根能做板凳腿的木块儿，在院里"噼噼啪啪"鼓捣了半个小时，又把两个小板凳装好，并且各加一条新腿，都变成四条腿的小板凳，把一个送回上东屋，见爸爸蹲在地上生气，说："爸爸，别生气啦，我又给你钉好啦。"

田胖孩又看到了那个小板凳，立时高兴了，忙接过来放在地上坐坐，说："不是我要发脾气，就是有了新椅子新沙发，留着它也是个对比，你们以后看见它，就更会觉得责任制的好处。"

春山见父亲高兴了，他也高兴了，说："还是爸爸想得周到。"他忙找了一块纸，写了他的顺口溜，又拿了丑女家那个小板凳送来上西屋，见只有丑女一人在，忙放下那个小板凳，把那块纸放在桌上，转身就走。丑女看见他那个劲头，暗暗一笑，拿那块纸看看，只见写道：

管它板凳几条腿，
不该春山一手毁。
莽撞人做莽撞事，
情愿自打自己嘴。

丑女看罢笑了，自语道：“这个人，不问是错不是，糊里糊涂只管作自我检查。虚心当然好，也太虚心得过分了。”她想想春山这些日子的情况，想到他自从写了“嘴馋吃烙饼，是个大毛病”以后，真的改了嘴馋的毛病，不乱吃别人的东西了，认为一个人能做到知过必改，便是好样的，真的对他有了爱慕之心。

田春山写了“情愿自打自己嘴”的顺口溜之后，等着丑女的回音，看她还会怎样批评自己，等了几天，再没收到半片纸块儿，使他觉得有点空落落的不是个味儿。

人们刚刚种过小麦，谷子全黄了，开镰割谷子以后，蔡狗儿的砖瓦厂停了几天产，黑女的粮食加工机仍然没停。为了做到双服务——服务群众，服务生产，越是农忙季节，黑女便越是没明没夜地忙个不停。到了晚上，田胖孩、田春山自然常常来帮忙。春山到了哪里，少不得有几句顺口溜，是很红火的。碰上村里有的老人来加工粮食，临走时，黑女便说：“哥，看爷爷扛不动，你扛了送去吧。”春山便念顺口溜道：“你叫我送我就送，我也当个活雷锋。”便扛了送去。碰上小孩子来加工粮食，临了时，黑女说：“哥，看他扛了挺吃力的，你就不知道帮他送送？”春山又念顺口溜道：“能送能送我能送，保证送到他家中。”又扛了送去。

这天晚上，东王庄有一位六十多岁的老头子，来这里加工了八十斤麦子。当他担起白面走时，不防打了个趔趄，差一点摔倒。黑女看了，对他不放心，又冲着春山说：“哥哥，你看外边黑咕隆咚的，东王庄五里山路，一溜儿的上坡，一路的石头瓦块，会把老大爷摔坏的，你担了送送吧。”

春山看看那位老大爷，想到天又黑，路又差，坡又陡，往返十里路哩，这么远也去替他送粮食，白误工，白费力，这……竟把眉头皱起来，可是黑女当着人家的面已经说出此话，自己也常在黑女面前自夸自己是“活雷锋”，不去行吗？想到这里，他又笑了，说：“帮助老人理应当，一定送到东王庄”。他就夺那位大爷的担子。老大爷再三说不必了，田春山早已把担子夺在自个儿的肩上，说：“开路啦，”便“咯吱咯吱”担了走去。

去东王庄那条山路在南松坡上，跟小河北岸的安乐庄打对面。因为那坡太陡，很棒的叫驴上坡也会卧地倒的，所以叫做“卧驴坡”。田春山担着八十斤的重担子，“忽悠忽悠”地攀上“卧驴坡”，忽然想起今天晚上自己办了一件大好事，心里说：“大黑夜里，我担了一担白面不怕天黑，不怕路远，不怕坡陡，不怕担子重，爬坡上岭地替人送粮食，这件事还不算突出的模范事迹吗？”他生怕丑女不知道他办了这么一件了不起的好事，换膀子时，回头一瞅安乐庄，只见东头西头，稀稀落落，点点灯火，那是实行承包责任制以后，小磨院的蔡、田两家，村里还有四十多户，重新亮了的电灯。又听得大庙里粮食加工机“隆隆”的响声，偏在这时候，小磨院里的那头叫驴又“咯啊咯啊”地大叫一阵子，只是看不见丑女的影子，听不见丑女说话，就电灯亮、机器响、叫驴叫，这么几点平常事，田春山便觉得安乐庄实在够美了，便编了顺口溜当戏曲唱词，一边爬坡，一边高声唱道：

槽后叫驴放声唱，
庙里机器隆隆响。
东头西头电灯亮，

最好不过安乐庄！

唱了四句，他感到唱得很吃力，便停了唱。东王庄那位老大爷见他黑夜里担着重担子上山，还唱戏哩，不停地念叨着："操心，看路，前边有个坑，小心……"

田春山哪里听他的，他大步流星，快跑直上，一会儿便爬上岭头，到了平路上。老大爷说："孩子，让我担吧，路平了，我能担了，你回去吧。"

春山认为如果不送到东王庄村里，日后人们知道他只送了半截路，黑女会磕他，丑女会写诗批评他，所以他说一声"别啰唆"，直向东王庄奔来。一时，便到了东王庄老大爷的家里。

田春山高高兴兴地返回安乐庄来，来到粮食加工房，以为黑女会夸他几句，不料那黑女对他帮人送粮之事却一字未提。直催他："哥，给长生过过磅。""哥，下一个该小猴加工哩……"田春山便忙起来，心想：黑女不说啥没关系，只要丑女能说一句好就行。

第二天见了丑女的面，丑女照样没说话，也没给他一块纸片儿。春山心想：难道我夜里在卧驴坡上唱戏，她就没听见？如果她听见了，怎么也不问问我为什么摸黑上了卧驴坡？既然丑女没反映，他只好再写几句顺口溜让她知道知道，瞅空儿找纸写道：

昨天夜里黑洞洞，
帮人送粮上高岭。
山高坡陡我不怕，
大爷夸我是雷锋。

春山瞅个空儿，要把这几句顺口溜送给丑女，等他见了丑女，忽然想道：我傻啦?！叫她看了，又要批评我自夸，批评我骄傲哩……便打了退堂鼓。

丑女见春山紧步儿进来，又慢步儿走了，插在衣服口袋里的手也没伸出来，想起昨天夜里听他在卧驴坡上唱干梆戏，今天早上问过黑女，已经知道了春山帮人送粮的事。这会儿他来而复去，也猜出他是写了什么，想拿出又不愿拿出的心情，也不管他。因为她今天很忙，他们家今天要打谷子，大早要请许多妇女到场里切谷穗儿。这地方割谷是齐穗儿割的。割起以后，把谷穗窝在谷草下边，在地里晒几天谷草，然后担回打谷场里，一捆一捆垒成垛儿，齐头的谷穗子一抹齐黄澄澄地向着阳光晒几天。到打谷这天，早上请二三十名妇女一起到打谷场上来，各坐一把谷草，用厨刀切谷穗儿。因为割谷时是齐穗儿割的，切谷穗儿很容易切，一刀切一大把，几刀子就可以切一大捆谷子。

今天早上，蔡狗儿家请了二十四名妇女在场上切谷。妇女们密密麻麻坐满一场。蔡忙忙的任务是一捆一捆地给大伙往身边送谷捆子；蔡狗儿的任务是一捆一捆地用草绳捆切过谷穗儿的谷草。“嚓嚓嚓”的切谷穗声，“啪啪”的扔谷捆子声，“沙沙沙”的捆谷草声，“唧唧喳喳、嘻嘻哈哈”的妇女们的说笑声，各种声音同场合奏，正是一曲美妙动听的丰收乐曲，悦耳动听，甘醇的谷草香，幽甜的谷穗香，打谷场蒸发的泥土香，几种香味凝结一起，如同酒香，胜似酒香，沁人肺腑。打谷场上，好一派丰收景象。

蔡狗儿今年包田十四亩，种谷子六亩，估计打三千斤就很不坏了。谁知下午收了场，一合计，竟打了五千一百斤，每亩平均产量是八百多斤。他们全家人高兴，田胖孩跟村里许多人都为他庆幸。说来也怪，全村人除了高瘦孩、胡金荷、丁和尚等少数几家以外，家家户户打下谷来，都比原来估计的产量高出许多，一般都是亩产七百多斤，八百多斤。人们除了高兴，也很稀奇。有的说："怪呀，不过就是多上了几担粪，多锄了两遍草，产量怎么一下子就翻了两番?"

有的说："这是一号文件顺了天意，合了民心，就不看今年气候多好，风也调，雨也顺，还能不增产?"

也有的说："说东道西都次要，只因中央领导好。"

今年的谷子好，玉米更好。蔡、田两家的玉米估产都在千斤以上，每家的总产都会超出万斤。这两家的副业生产又十分可观，到秋前为止，蔡狗儿家已经净赚九千多元，田胖孩已经净赚五千多元。刚到砖瓦场上了十几天工的田虎生他们也得了一百多元钱。他们农业丰收，副业赚钱，吃不愁了，穿不愁了，花钱也不愁了，转眼便是八月十五中秋佳节，家家户户忙着置办一番，决意要过一个欢乐的中秋节。

八月十五日入夜，蔡、田两家合议，要在上院摆酒共饮。田春山先跑在院中，抬头看看，只见蓝瓦瓦一方青天，闪烁几点银星，磨盘大的一轮明月从他家东屋的屋脊上升起，从下东屋屋基地那几株黄瓜架上送来阵阵蝈蝈儿的歌声，清香的黄瓜味儿跟猪圈里的猪粪味儿、鸡棚里的鸡粪味儿混在一起，被悠悠的秋风吹散在下院，又吹到上院，他嗅惯了这些味儿，倒觉得很满意。忙跑回上东屋来，冲着黑女说："搬吧搬吧。"兄妹二人先把新做的红漆方桌抬在院中央，正好上西屋的忙忙、丑女也抬了新方桌出来，把两张大方桌并排放在一起。以后又把两家的新椅子、新板凳搬来，紧着便是端吃的东西：上东屋摆了四大盘菜是：粉条肉片一盘，大葱猪肝一盘，炒鸡蛋一盘，炒豆角一盘；上西屋的四大盘是：粉条肉丝一盘，蒜瓣猪头肉一盘，蘑菇炒鸡蛋一盘，黄瓜一盘。接着，忙忙又端出一大瓷盆煮嫩玉米，春山端出一大盆毛豆角（煮熟的嫩大豆角）；丑女又端出一大盘葡萄，黑女又端出一大盘苹果；凌二菊、霍大梅各端来一盘月饼；田春山、蔡忙忙各掂来两瓶潞酒，一一摆好，两家人一起围桌而坐。农村老百姓，当干部的才常有坐桌儿喝酒的机会，一般妇女一辈子没有酒呀肉呀，盘盘碟碟地吃过喝过。二十多年来，过一个中秋节，蔡、田两家都是各买一个二两半重的月饼，一切四块，每人吃一个月饼角儿，哪里大盘大盘、成斤成包地买过月饼！忙忙、春山看见今天这个台场，直高兴得手舞足蹈；蔡狗儿看了，为儿女们也能过个丰盛的中秋节而感到满意；田胖孩看了，有点不相信这是他田胖孩家过中秋节的样子。看看满桌的酒呀肉呀，瞧瞧那大盘的苹果、葡萄，瞧瞧那垒得像小山一样的月饼，好像这一切都是在别处参观展览，又好像这一切只是一种幻影，再不就是到了梦境，根本不像作为小磨院一个普通社员的田胖孩也会如此这般地过的中秋佳节。霍大梅跟他不一样，今天晚上坐在这里，只觉得很高兴，说道："老狗儿，自从咱们土改时候搬进这个小磨院来，这可是头一次哩。去年咱们还是四个人分吃一个月饼，喝酒就更说不上了，母鸡少下一颗蛋，就得吃半个月没盐饭，谁能想起酒呀肉呀……"

蔡狗儿说："其实，早十五年，要不，早十年咱们就该像今天一样，可惜……"

田春山早已给每人斟满一杯酒，说："不必啰里啰唆，端起酒来快喝……"

这时候，丑女忽然说：“停停，我们一院四家，只咱们两家在这里吃呀喝呀多不好，让我去叫叫瘦孩叔、白女他们……”

忙忙说：“叫他们来多别扭！”

春山说：“叫他们……”他想说：“叫他们来了，我就不参加了。”忽然想到这是丑女的提议，不敢胡说，改口道：“叫他们就叫他们来吧，人多了更红火些。”

蔡狗儿、田胖孩也同意叫他们两家人来，黑女说：“丑女，你去北屋，我去下西屋。”丑女、黑女分头去了。

北屋高瘦孩一家今年过中秋节过得很不愉快：一是没有认真种好口粮田，打粮很少；二是大队财务收入不景气，几个搞副业的交来几百元钱，一则要填补还债的空头，二则公社党委再三强调端正党风，不让乱吃乱花。高瘦孩有时找会计高小勤乱拿钱花，高小勤说吕二旦嘱咐，任何人不准在会计这里乱借乱花，高瘦孩拿不到钱，大骂吕二旦没良心，也没办法。所以今年过节，买的东西少，又不高兴，并无赏月吃酒的心情。这会儿，丑女忽然来请他们，高瘦孩推病不去，美女以为是丑女故意给他们难堪，理也不想理丑女，倒是樊金花想出来看看他们两家今年过中秋节是什么光景，高福福、贾月娥是无所谓的。他们三个一起跟了出来，只见黑女也把胡金荷、夏白女请了上来。霍大梅、凌二菊站起，让她们坐了，霍大梅说：“大伙都开始吃吧，看菜凉了。”

田春山学着电影里举行宴会的样子，兴兴头头地举杯站起，说：“请！为党的十一届三中全会的好政策，为一号文件的好精神，为承包责任制的实行，为今年的五谷丰登，为我们打破糊糊碗，为我们坐上四条腿的小板凳，为地下人们的高兴，为天上月亮的光明，为父老乡亲兄弟姐妹的身体健康，为吃有吃的，穿有穿的，花有花的美好光景，干杯！”

人们听了他这么许多“为，为，为”，兴头更足了，大部分人，会喝酒的，不会喝酒的，真喝酒的，假喝酒的，都举起杯来，有的喝了，有的倒了，倒也像那么回事。可是田胖孩举着一杯酒，心下含含混混，眼里模模糊糊，不知这酒是真是假，又不知今天吃酒，明天会出什么事儿，也许有一天会吃斗争的，也许有一天会往出赔偿酒钱的，端着一杯酒，只是发抖。霍大梅看了他那个样儿讨厌，骂道：“吓死呀！吓死呀！喝一杯酒就吓死啦！这是喝的自家的酒……”

蔡狗儿看看他，笑道：“老哥呀，我就说不来你是怕啥哩！”上前捉住他的手，硬是给他灌了那一杯酒。田胖孩喝罢，咂咂嘴，说：“喝酒哩！喝酒哩！咱们也喝酒哩！今年这个中秋节……”

黑女气了，说：“爸爸，说什么废话哩！”

这边丑女发现她妈连酒杯也没动一动，忙问：“妈，你怎么不喝？”

凌二菊初次上这种场面，既好奇，又有些害怕，只是看见忙忙、丑女高兴，她也是很高兴的。可又不敢喝酒，以为酒这东西不是她这样农村穷人喝的。直到今天，她还只记得她是个穷人，蔡狗儿家是个穷家，忙忙、丑女是穷人家的儿女。吃呀穿呀做新家具呀，看看几天工夫她的家就变了，可是她的思想上总还有些转不过弯来，总还认为她是穷人家里一个普通女人，对于今天晚上这种场面，她觉得自己不配坐在这里。她也试着端过几次酒杯，谁知她那手哆嗦得厉害，怎么也端不起来。丑女见她这样，忙把她妈那杯酒端起，说：“妈，你要不喝，我就回家，不跟你一起过这种窝囊节……”

凌二菊没法儿了，才接过酒杯，哆哆嗦嗦举杯喝时，竟把大半酒洒在身上。丑女笑道：“看我妈，倒像是在老财家老财婆的手下当老妈子似的，还不知道她自己如今就是个老财婆哩！”说得众人“哈哈”大笑起来。

酒过两巡，只见申三儿掂着四包月饼走来，霍大梅说：“三儿，快拿来，你在外边跑，一定是外路货，不是北京货，就是太原货，让大家吃个稀罕。”

申三儿真的把月饼掂来放在桌上，忙忙就打他的月饼包儿，丑女说：“哥，你太老实了，你也不想想那是给谁送哩，也不想想应该由谁来解包。人家自己稳坐泰山，怕人吃，怕人看，嘟着小嘴不吱声儿，你算老几，那么多手多脚的……”

黑女听言急了，连忙站起，一边解月饼包儿，一边骂道：“我算倒透了霉，今生今世偏偏跟丑女住在一个院里！看起来就不该搞这个责任制。要还是吃大锅饭，一天到晚愁呀愁呀，出出进进像个大哑巴，我们也少受多少欺侮……”

白女插嘴道：“还没过门儿，倒先唱‘姑嫂不和’哩，也不知是小姑不贤，也不知是嫂子……”

田春山想起白女、胡金荷的造谣害人，不想听她说话，忙说：“请酒请酒，一起动手……”他的话音未落，只见丁和尚、田虎生、田长生、花喜鹊一干人，各个掂着月饼、葡萄、苹果兜儿进来。丁和尚看看高瘦孩不在院里，直接去了北屋。田虎生看看樊金花、贾月娥也在这里坐着吃喝，只觉得扫兴。把拿的二斤月饼放在霍大梅面前一斤，放在凌二菊面前一斤，说：“我还想请丑女、春山他们到我家喝几杯，咱们走吧？”

黑女说：“一样，你也在这里红火红火吧，这里人多。”

因见花喜鹊也掂了月饼来，别人表现都很一般，独有丑女忙得很，又是给喜鹊让座，又动手拉她跟自己坐在一起，又是捧酒，又是捧筷，忙碌得很，亲热得很。这么一来，黑女算是有了报复的机会，说："快看快看，看看小姑子待嫂子多好，又是捧杯，又是捧菜，那么殷勤，看来倒是个好小姑子。只是殷勤得太过分了，把哥哥的事都包办代替了，忘了自己不过就是个小姑子……"

丑女正要回击，花喜鹊抢话道："小姑子，小姑子，一口一个小姑子，只说别人是小姑子，怎么忘了自己就是小姑子的小姑子？这个小姑子到底是个好小姑子，不像有些小姑子动不动先笑话人家的小姑子……"她一口气说了这么多的小姑子，把人们说得一下子弄不清楚到底谁是谁的小姑子，都"哈哈"大笑不止。丑女见花喜鹊把黑女说成是自己的小姑子，只觉得脸上冒火，没有发笑。霍大梅笑道："大家听听，这个喜女比我的嘴还厉害几分。看起来，我跟喜女做婆媳才合适，叫喜女跟二菊做婆媳，实在有些不相配……"

丑女笑道："可不能，可不能！大妈跟喜女是万万不能做婆媳的……"

黑女笑道："看怕不怕，我妈才说了一句，小姑子就怕我妈把她的嫂子抢去，又害怕把她的……"

丑女知道让黑女说下去没好话，连忙把话头抢过来，继续说："我还要说，大妈跟喜女就是不能做婆媳。大家想想看，她们两个要做了婆媳，一挺轻机枪'咯咯咯'，又一挺重机枪'啪啪啪'，每天到晚，只有开火打仗的工夫，你们上东屋受了受不了，我们不管，两部机枪早也'咯咯咯'，晚也'啪啪啪'，每天到晚只管'咯咯咯'、'啪啪啪'的，叫我们永远生活在炮火连天的火线上，还让不让我们过一天安宁日子？我们岂不是遭了大难，就该天天担了锅锅碗碗，扶老携幼，到处流浪……”

众人听到这里，又“哈哈”大笑一番。

霍大梅说：“过去我可真是把丑女看错了，没想到她那张嘴比喜鹊还厉害……”

白女说：“不要说东屋大妈跟喜女做婆媳是机枪对机枪，实际上配了这一个，比机枪对机枪还可怕，那可成了机枪对大炮……”

黑女不想听白女说话，又打断她的话，说：“今天的中秋节过得这么好，咱们小磨院有诗人，就该作几首诗让大家听听才美哩。”她想到春山跟丑女背地里只管诗来诗往，表面上却什么表现也没有，不仅没有，好长时间也没见他们俩说过一句话，到底是恋爱成了呢？还是恋爱崩了，变成仇人了。想通过让他俩作诗，看看他俩到底是什么表现。霍大梅听了黑女的话，正说在她的心坎上，也说：“真是哩，咱们看戏，见戏上的一男一女对过诗，还没见过戏下的人对过诗，一个春山，一个丑女，你们也给咱对一对，咱也听一听……”

春山听了这话，又高兴，又难为情，他想看看丑女，又不敢看。丑女听了她们娘女们的话，脸儿一红，很想争辩几句，又想到越是争辩越麻烦，没有做声儿。这时，听春山说：“我不会作诗，还是念几句顺口溜吧。”听他念道：

八月十五中秋节，
千男万女望明月。
天上明月明又圆，

人间男女欢又乐。
往年过节没酒肉，
只有玉米毛豆角。
年年中秋吃月饼，
每人分吃一点点。
眼前月饼堆成山，
大家随便来消灭。

虎生、三儿他们听了，鼓了一会儿掌，叫了几句好，又催丑女。丑女见推辞是不行的，便也念了几句如下：

春风吹开万家门，
秋夜满座人间人。
男装女服方有别，
人碗驴槽始见分。
丰收果子爽千口，
新嫩豆角香满村。
农家盛会秋风宴，
社员笑饮月明杯。
“姑嫂不和”四个字，
一半假来一半真。

人们听了，听懂几句，听不懂几句，以为既是诗，便不应是人人都懂的。也认为既是丑女作的诗，便一定是好的。人们听了后两句，想起头里白女说过“姑嫂不和”的话，谁也听不懂她说这话是什么意思。蔡狗儿、凌二菊闹不清白女为什么要把丑女跟黑女说成是“姑嫂”；霍大梅、田黑女、田春山都明白这“姑嫂不和”的“姑嫂”，指的就是黑女、丑女二人，各个心下十分高兴：这不明明是说丑女愿做黑女的嫂子吗？只是对“一半假来一半真”这一句不懂，真正懂了这一句的只有喜鹊一人。低声对黑女说：“你听，你这个小姑子不是做定了吗？”

黑女也低声问道：“怎么还说‘一半假来一半真’呢？是说她还有一半不同意？”

“傻瓜！丑女是说白女说的‘姑嫂不和’这四个字有一半是真的，有一半是假的？……”

人们听见花喜鹊这样说，都想听个结果，一个个聚精会神地听她说哩。丑女以为没人一下子会解开“一半假来一半真”，这句话，不想花喜鹊解开了，觉得她要当着众人的面，特别是当着爸爸、妈妈，未来的公公、婆婆的面说清了，是很丢脸的，忙嚷道：“不要听喜鹊妖言惑众，咱们快快再来一杯……”

花喜鹊本是低声跟黑女说话，这会儿反而高声说道：“哪一半是真的？‘姑嫂’这两个字是真的，这是一半；‘不和’这两个字是假的，这又是一半。大家想想，人家姑嫂二人说说笑笑，和和睦睦，哪里是真不和……”

花喜鹊一段话，如同是春风扫雾，把“一半假来一半真”这句话说得明明白白，蔡狗儿、凌二菊这才知道他们如今已经有了女婿，格外高兴；田胖孩、霍大梅也才肯定丑女就是他们未来的儿媳妇，感到特别满意。霍大梅兴致勃勃地说：“真把人高兴死哩！今年这个中秋节可真是个团圆节，高兴节，大喜节……”

丑女急了，冲着花喜鹊骂了一句“真是个快嘴快舌的喜鹊！”恼悻悻地离开席位要回上西屋去，黑女、喜鹊又把她拉了回来。

白女见丑女当场出了丑，心下暗暗地高兴。她为了进一步贬低丑女，以为自己是学校老师比别人高明，说："丑女的大作不如春山的诗好，有一半听不懂……"

霍大梅最喜欢丑女，不愿意让任何人说丑女一个不字。听白女那么说，她先急了，说："我听了丑女的比春山的好几倍哩。哪几句听不懂？我一个老百姓都听懂了，你当老师的偏就没听懂？春山只会说些'没酒肉''毛豆角''吃月饼''一点点'，这些话谁不会说，我也会说。哪胜丑女说的'爽千口''香满村''秋风宴''月明杯'，听着就美滋滋的很好听……"

白女不甘失败，说："什么'男装女服方有别，人碗驴槽始见分'？谁懂她是说什么……"

霍大梅说："你不懂我懂：过去穷得没衣穿，如今富了，人人都有新衣服，春山、黑女不合穿衣服了，这还不好懂？过去人的碗里、驴的槽里，是一样的吃食，人的口粮是玉米，牲口饲料也是玉米，人跟牲口的吃喝分不开。如今人吃的是白面大米，牲口吃玉米，人的碗里、驴的槽里不是分开了是什么？"

白女气了，说："这是侮辱社会主义！"站起来，恼悻悻地离桌而去。她一走，胡金荷、樊金花她们也要走，丑女、狗儿他们再三挽留不住，只好由她们走去。白女跟她妈回来下西屋，胡金荷说："黑女、丑女两个坏透了，尽显她们的能……"

白女说："还没领结婚证，倒碰在一起喝合欢酒哩，不害臊！活败哩！……"

樊金花、贾月娥回到北屋里，说了春山、丑女如何对诗，黑女如何迎接三儿，丑女如何迎接喜鹊，霍大梅如何贬低白女，樊金花说："早知道他们是出这个洋相，我才不出去哩！看了还叫人恶心哩！"

美女说："都怨你，谁叫你去的？跟叫狗一样，人家叫一声，就跟着人家去了，好像咱们家十八辈子没安过锅似的。"

樊金花说："我不过是想着他们两家大富了，想看看他们怎么着过中秋……"她忽然想起什么似的又冲着高瘦孩说："正月里开会搞承包时候，你不是说过最多一年，情况就要变哩？如今中央有没有新政策？会不会变？要不，就要眼睁睁地看着他们大把大把地抓钱，又做家具，又订媳妇，又吃酒吃肉，眼气谁呢？还不是眼气你这个主任哩！你应名儿是大队主任，一年里你两手空空，叫我就这样在人家的眼皮下受窝囊气哩?!"

高瘦孩跟外甥丁和尚在床上坐着，手把半壶白酒，就着一盘炒豆角，一盘炒鸡蛋，不言不语地半天喝一口，半天夹吃一筷头菜，显得格外冷清，听了樊金花的话也不表态，过了半天，他才问丁和尚："和尚，你对眼下的形势有什么看法?"

丁和尚顺着舅舅心意说："我看这个承包制搞不久，今年冬天准会变的。"

高瘦孩举起酒杯痛饮一口，咂了半天嘴，说道："你估计错了！中央说几年不变，我看可能不会变啦……"

樊金花、丁和尚听了这一句话，都吃惊地看看他，不知该说什么好……

24. 三人进长治

过了半天，樊金花才说："照你说，活该他们发财，咱们当干部的就活该倒霉，活该受穷哩?"

高瘦孩说："你也发财去呀！党的富民政策又没说只准社员致富，不准干部发财。"

"当干部的要开会，要工作，要领导生产，哪有那个工夫……"

"如今实行承包责任制，又不准干部搞瞎指挥，领导生产的事又不忙，只要想致富，咱们照样也可以致富的，要不，收罢秋，我也要找个生产门路去。不是吹哩，我高瘦孩不干是不干，要干起来，也不比狗儿、胖孩差多少。闹得好，还许比他们强哩。"

丁和尚说："真是哩，舅舅的路宽，腿长，搞个什么，准比狗儿还强哩……"

这时，忽然听得吕二旦在院里"嘻嘻哈哈"地笑着说话，还表扬蔡狗儿、田黑女两人干得好，丁和尚说："舅舅也是眼光不亮，看错了人，选了个二旦当接班人，一点也不听话，还跟舅舅唱对台戏。虎生坐牢，是他去保回来；上次停电，是他替狗儿、黑女他们奔跑，还叫我写了检查；卖羊的事，他也不满意；你看今儿个过中秋节，不来看舅舅，在院里跟老狗儿他们'嘻嘻哈哈'，还表扬他们，这不明明是故意气舅舅哩，看他多坏!"

高瘦孩气呼呼地说："算我当初瞎了眼，没想到养羊养成虎啦！不过我也不怕，还不到我怕他的时候哩。我就要看看他有多么大的本事……"这话说的声音很高，竟叫院里的吕二旦听得了。吕二旦心想：老支书在屋里说谁哩？他头里进来小磨院，蔡狗儿、霍大梅他们把他让在座上，请他喝酒，他自然不便推辞。近二年来吕二旦表面上事事听从高瘦孩，实际上他有他的想法，很想支持群众把承包责任制搞好，希望安乐庄也能出现几家专业户、重点户。只因他入党，高瘦孩是介绍人；他当支书，高瘦孩是提名人。所以他做工作，高瘦孩说了话，他就不敢不听，生怕高瘦孩骂他忘恩负义，把党的工作，党的事业看成是私人交易，后来他也觉得这种想法，这种做法是错误的。特别是对高瘦孩搞的那个关系网——“十三太保”的阵势不满，对高瘦孩随便吃集体、花集体的做法不满，对高瘦孩迟迟不肯在安乐庄推行承包责任制以及他那种特权思想，以权压人的做法，都是不满的。虽不敢公开反对，却也想方设法，明里暗里挡了高瘦孩几次驾，高瘦孩对他也奈何不得，吕二旦的胆子也渐渐大些了。所以他明知高瘦孩对蔡、田两家不满，也敢公开支持和表扬蔡、田两个重点户了。

吕二旦在小磨院跟蔡狗儿、田胖孩他们一起喝了几杯酒，高兴地说：“我也没想到中央的政策有这么大的威力，才半年多时间，你们几家就变成富户了。全村百分之九十多的人家，也比过去强了一倍，你看今年谁家不是大囤冒顶小囤流哩。看看你们今天是怎么过中秋节哩，又是酒，又是肉，月饼一摞又一摞，往年哪能……”

黑女说：“才几瓶酒还值得一说？我还有个想法，还没跟爸爸、妈妈商量……”

丑女笑道：“你别说，我也能猜着。”

黑女说：“你猜不着……”

花喜鹊说：“我能猜着。黑女说这几瓶酒太少，是要一来几十瓶酒哩。几十瓶酒叫谁买，还不是要三儿买喜酒……”

申三儿忙说：“买！不成问题！”

丑女说：“看三儿说话多气粗，哪像去年今天的三儿哩。可惜喜女没说对……”

黑女说：“丑女，你也不要逞能，你也说不对……”

“我要说对哩？”

“输给你二斤月饼。”

“我才不稀罕那二斤月饼哩！”

“输给你一双皮鞋。”

“你也太小气了！我问问你，你敢输给我一部摩托车？”

黑女听言，顺手在桌上抓起一个大苹果向丑女砸去，气呼呼地嚷道：“你是个什么东西！天下的女子就你精！就你灵！就你能！就你会阴阳八卦，能掐会算，我偏不服，我偏不买摩托车……”原来是丑女把她的心事猜中了。霍大梅奇怪丑女为什么会猜得这么准，说：“丑女，你真的还会掐掐算算……”

丑女笑道：“什么掐掐算算，大妈倒把我看成山妖怪了。其实，这是黑女早就说过的话，有什么奇怪的。”

黑女、忙忙他们这才想起那天去方山镇告状回来，在路上确实说过这话。可是丑女怎么知道今天黑女会说买摩托车的话哩，不也有奇怪的地方吗？说到这里，田春山是最高兴的，忙说：“黑女的意见我赞成，坚决买个‘嘣嘣嘣’！”

霍大梅说：“真他娘的把你们高兴死哩！正月和尚娶媳妇，五元钱把我愁得烧香找不见庙门，才几天的工夫，就想骑个‘嘣嘣嘣’哩，少给我炸尸吧……”

蔡狗儿说：“老嫂子，你这就错了。有了钱嘛，该买的就要买哩。你们买吧，你们买一个摩托，我也想买一……”

蔡忙忙说："早就该买，我见天出去订货，联系业务，催要欠款，几十里远的路也要我磨鞋底……"

丑女说："磨鞋底事小，误工夫事大，如今的工夫是最值钱的，买了摩托车，就能省很多工夫。"

申三儿说："你们买摩托车，我也要买电视机……"

田春山高兴地说："那才美哩，天天黑夜能看小电影……"

他们由买摩托车、买电视机又说到今年的秋粮丰收上来，丑女忽然想到羊卧地的事儿，问吕二旦道："二旦哥，这会儿可是到卧地的时候了，咱们队的羊群该回来卧卧地了，怎么还不见回来?"

一句话把个吕二旦问住了。他明知羊群已经卖掉，安乐庄的社员想卧地是根本没指望的，可又不敢说实话，到今天还只好继续说假话，混了一天说一天，便说："快了，羊群快回来了。该卧秋地哩，羊群还能不回来，这就要给他们捎信儿，叫他们赶快回来。"

中秋节一过，人们披玉米，钊黍，捶豆，摔麻，下果，摘瓜……正是人常说的"抢秋夺夏"，收秋就像抢夺，你不抢，怕雨沤，怕风刮，怕狐偷，怕霜打，十成秋，也只会有八成收，哪个是傻子哩。看看秋事将完，人们忙着秋耕，还不见大队的羊群回来。这里的农民习惯在秋耕时卧卧羊，卧上一夜羊，次日就耕地，一犁把羊粪蛋全翻在土里，沤一个冬天，来春便见肥力，会长好庄稼的。今年刚刚搞了承包责任制，要求羊卧地的人多了，偏偏没了羊群。人们有的找吕二旦，有的找高瘦孩，问安乐庄的羊群什么时候可以回来。开头几天，他们只说"快了"。后来几天，他们又说："羊群转远了，已经出了本县，有二三百里路哩，只怕一下子回不来。"人们没法儿，又不知底细，只是乱吵乱骂，骂大队干部羊群管理不善，说大队干部对社员的卧地不关心。也有人猜测是高瘦孩他们把羊群卖掉，就问高瘦孩，高瘦孩却一口否认，还说：“没有通过大家，我还能偷偷把一群羊卖掉？没有的事，大家放心吧。”到底以后该如何向群众交代这笔账，他也说不来。他的办法是尽量混，混过一天算一天。到将来实在没办法的时候，就说是把羊群丢了，试试看行不行。不过，就因为这一群羊，人们说三道四，议论纷纷，把个高瘦孩闹得轻易不肯出门，轻易不肯见人，在家里蹲着，也是坐不安，睡不宁。这也罢了。秋假一过，学校要开学，村里又有许多人找吕二旦提意见，不同意让白女继续担任民办教员。还有一些社员要求撤换美女的保健医生，让杜敬尧到保健室来。高瘦孩听到这些呼声，气得他直骂人，说安乐庄没一个好人。他感到在安乐庄待不住了，心想：安乐庄的人这么坏，处处跟高瘦孩过不去。你们要撤这个，换那个，我拍拍屁股走了，没有我的话，看你们哪个敢随便乱动？又想到出去跑闹几天，也许能赚一笔钱，也跟蔡狗儿、田胖孩他们比试比试，让他们知道高瘦孩也有办法致富的。于是，他就找吕二旦半通不通地商量过，又找过乡政府领导人，说他要到外边给安乐庄找些致富门路，把家里存放的钱给樊金花留下一部分，他带了一部分，出门走了。

再说由于今年全村里粮食大增产，粮食多了，吃的自然也多了。过去一天三顿吃糊糊，每人每天超不过一斤粮食，一个安乐庄一天才消费五百斤粮食。如今家家户户由糊糊变干饭，全村里一天要吃千余斤粮食，翻了一番。再加上附近村庄还有许多人来安乐庄加工粮食，田黑女的买卖真是一天胜过一天，一个人忙不过来，反正地里没紧活儿了，田胖孩便整天到加工房里来帮忙。蔡狗儿一家趁天气还暖和，再加订货还很多，便抓紧烧砖。人手不够，便请霍大梅、喜鹊妈来帮工。他们没明没夜地又忙了两个多月，天下雪了，地上冻了，砖瓦场只好暂时停下来。这时候，他们两家算算账：田黑女已经净赚了七千元，蔡狗儿已经净赚一万八千元，成了安乐庄第一个万元户。像田虎生、丁四虎、田长生他们几人也各赚四百多元，都很满意。砖瓦生产暂时停下来，蔡狗儿便想到忙忙完婚之事。他们开了一个家庭会，蔡狗儿说："忙忙，你也不小了，我想最近就把你们的事办办。该怎么个办法儿，需要置买些什么，你考虑一下，提个意见。丑女的事也该问问春山……"

忙忙随口应道："结婚的事先往后放放，我的意见应该先买电视机，看爸爸同意不同意。还有摩托车，我是个跑外的，走路费力不说，把工夫全浪费在路上了。买个摩托车，能省许多工哩。"

蔡狗儿笑道："买吧！两样都买。两样东西都需要嘛。没个电视机，年轻人劳动一天，黑夜灰溜溜的，没个意思。没个摩托车，确实也不方便。"又问丑女道："丑女，你的意见哩?"

丑女说："没意见。不过也有一点意见，要买电视机，就买个大些的，买个彩色的，也能让乡亲们都看看。"

蔡狗儿听言很高兴，说："好！买大的，买彩色的。还是丑女想得周到，先能想到邻家们，乡亲们。"

丑女说："今年买摩托车，明年还应该买一部汽车。咱们不只要制砖卖砖，还应该跑运输，给用户送砖……"

蔡忙忙听言高兴极了，说："好！买汽车，我举双手赞成。我给咱当驾驶员，'得得得，得得得'，那才美哩！"

凌二菊见他们那么高兴，听他们说又要买摩托车，又要买电视机，又要买汽车，不知要花多少钱，也不知道摩托车有什么用处，电视机有什么用项，不便插嘴。她倒是见过汽车拉煤，以为那汽车是只能拉煤的，便说："咱们又不天天拉煤，买汽车做什么？"

蔡狗儿说："你不懂，不要多嘴。"

丑女说："妈，你不知道，汽车的用处可大哩，什么也能拉，咱们要有了汽车，不只卖砖瓦能挣钱，给各单位送砖，也能挣钱哩。不过，今年咱们还买不起，要买也是八三年的事。"

凌二菊说："我也不懂，我不过是瞎问问……"

丑女知道春山家也要买摩托车，跟忙忙说："哥，春山家也要买摩托车，你去问问他，要买就一块儿去。"

忙忙笑道："我去？你不会去？春天爸爸贷回款来，去春山家送钱是你去送的，怎么？遇了好事，你就去送；这事，就派我去……"

丑女气了，冲着蔡狗儿说："爸爸，你看哥哥说的是什么话！"

蔡狗儿笑道："忙忙就是不好，还不快去。"

忙忙瞅丑女一眼，说："反正丑女事事都是正确的。"又一笑，跑着去了。

忙忙问过春山，原来春山要买摩托车，申三儿、夏文山、田珠宝几家都要买电视机。他们商定一个日子，几个人乘了申三儿的拖拉机，一起到长治市来了。

申三儿开着拖拉机，奔过方山镇，奔过县城，一路儿奔来，不知有多少汽车"隆隆隆"把他们超过，也不知有多少拖拉机"突突突"迎面奔来。他们有的载粮，有的载菜，更多的是载煤车。太行山的乌金，一车车地流向冀中平原，流向齐鲁平原，流向豫州，流向湘鄂，支援祖国建设。当他们路过有名的“千里荫城”时，忽然又是一部大卡车迎面而来，擦车而过。蔡忙忙无意间看见那车里坐着一人，好像是高瘦孩，忙说：“是瘦孩叔。”当人们回头看时，大卡车已经奔去好远。人们倒是看清了那车的马槽里，堆满了鼓鼓囊囊的大麻袋，一包包麻袋“疙疙瘩瘩”的样儿，田春山说：“看，满车的山药蛋，瘦孩叔是不是往河南运输山药蛋哩?”

蔡忙忙说：“也可能。其实，运输山药蛋，也是一桩好买卖。要不，山西的山药蛋卖不出去，河南人想吃山药蛋吃不到……”

夏文山说：“也好，也算干了一宗正经事儿，总比在安乐庄坐着吃老鼠报销粮好得多。”

蔡忙忙说：“没想到瘦孩叔也开了脑筋，做买卖哩。”

田春山说：“这些人不干是不干，干起来比咱也干得欢……”

申三儿一行五人来到长治市，东奔西跑忙了四天，蔡忙忙、田春山各买摩托车一部；蔡忙忙另买十八英寸的彩色电视机一部，田春山又买收录机一部，申三儿买了十四英寸的彩色电视机一部；夏文山、田珠宝各买十二英寸的黑白电视机一部，每人又买了些衣服、皮鞋、香烟、水果糖、高级点心。申三儿便提出次日就要返回安乐庄，蔡忙忙他们都没意见，田春山却有意见，说：“不行，等我学会骑摩托车，咱们骑了摩托车进安乐庄，那才叫美哩。”

蔡忙忙说：“一下子能学会吗?”

田春山说：“反正多会儿学会，咱们多会儿再回去。”

申三儿说："那，我就不等你们了，明天我还要到县城送货哩。"

田春山自持是申三儿的大舅哥儿，硬要申三儿等他一天，申三儿也害怕日后黑女寻自己的不是，只好听大舅哥的。这天，他们到长治体育场"嘣嘣嘣"地学了半天，吃晚饭时，田春山、蔡忙忙都已经累得爬不起来了，吃过晚饭，田春山还要去学车，蔡忙忙说："明天再学吧，我实在学不动了。"

田春山说："走吧，不打精神没精神，打打精神浑身是精神。"硬拉了忙忙，又在体育场"嘣嘣嘣"地鼓捣了大半夜，两个人基本上可以驾驶摩托车了，第二天就动了身。在路上，蔡忙忙、田春山各驾驶一部摩托车，夏文山坐在田春山的后座上，田珠宝坐在蔡忙忙的后座上，两个人高兴得要沾摩托车的光，以为会比坐拖拉机好许多。不料恰恰相反，一会儿，田春山的摩托车拐弯太急摔倒了；一会儿，蔡忙忙的摩托车冲到路边的水渠里，夏文山、田珠宝二人也跟着他俩倒了霉，直摔得腰酸腿疼，四个人都闹得满脸是土，浑身是泥，变成四位土地爷爷。夏文山、田珠宝再不敢沾摩托车的光了，只好爬上申三儿拖拉机的马槽里。蔡忙忙说："我也不骑这个摩托车了，把它搬上马槽里，还坐三儿的拖拉机走吧。"

田春山不同意，他认为安乐庄的人今天能骑上私人摩托车，这是安乐庄人走承包责任制路子的胜利，是安乐庄人富起来的证明，是安乐庄人的一个光彩，到了能表现光彩的今天，不能随便放弃不表现，说："你就骑上摩托车吧，怕什么呢？再摔一跤能摔死人！"

蔡忙忙说："路还远哩。咱们都还没学成，会出事故的！"

"不行！你今天非骑不可，出了事故我负责！"

“出了事故，负责也晚了！”

“说啥你也必须骑了走！”

蔡忙忙拗不过他，心想：骑就骑吧，大不过喜鹊另找一个对象。

这样，忙忙、春山二人还是骑了摩托车走。从长治市到安乐庄一百八十华里路，他俩不知摔过几跤，滚过几身土，等他们回到安乐庄地界时，每人头部各个凸起一个大肿包。蔡忙忙的肿包在左脑侧，有长长的头发掩蔽，人们很难看见，还好蒙混；田春山的肿包就在脑门上，无法隐蔽。路过方山镇时，他到商店买了顶长舌头帽子，顶在头上，用长长的帽舌头掩蔽着那个大肿包。

“嘣嘣嘣”，两部摩托车驶进沙石坪处，蔡忙忙还要直向前冲，田春山横车把他拦住，说是要等申三儿的拖拉机过来，一起进安乐庄村。蔡忙忙说：“头上的疙瘩疼得厉害，咱们赶快回去让美女给抹点红汞吧，要不，会发炎的。”

田春山说：“美女那个医生没用处，这么点大个疙瘩怕什么，揉一揉就消了。”硬是要等申三儿。蔡忙忙也没办法，心想：反正到家了，大概今天不会出人命大事了，由他吧。

一会儿，申三儿开着拖拉机奔来，由田春山摆布，他自己骑摩托车领头儿，蔡忙忙骑摩托居中，申三儿开拖拉机尾后，中间拉开一定距离，定下同等的速度，两部摩托车一起“嘣嘣嘣”响着，一部拖拉机“突突突”吼着，田珠宝、夏文山二人在马槽里站着，如同举行阅兵式一般，车虽只三部，却很有一番气势，轰轰烈烈地开进了安乐庄。惊天动地的“嘣嘣嘣”“突突突”之声，真的惊动出许多老少，有些孩子蹦呀跳呀，喊呀叫呀，欢迎他们骑了铁马归来……

25. 今日小磨院

田春山他们的两部摩托车、一部拖拉机排队驶进安乐庄街里，惊动了许多男女奔上街头看热闹。不仅田春山有一种威风凛凛的美感，就连蔡忙忙、申三儿他们此时此地也感到很威严，很排场，简直就是打了胜仗归来的英雄。他们耀武扬威地来到小磨院大门口，一干孩子们、年轻人也拥到这里来，帮田春山、蔡忙忙他们搬电视机，搬货物。田春山、蔡忙忙把两部崭新的摩托车开进小磨院上院来，田春山把他的摩托车停在上东屋门口，放在竖着的锄镢旁边，蔡忙忙却把他的摩托车停在当院里。谁知在田春山看来，停在当院里也是一种错误，说："停到你家上西屋门口去。要不，有人还以为是北屋的。"

蔡忙忙觉得他有点过于孩子气，却也不敢不听他的。要不，他会当做一件大事认真跟你纠缠半天，只好把摩托车推到上西屋门口，停在碰墙竖的几件锨镢那里。数十年来，甚至数百年来这个只是横放几把锨、镢、锄、耙的小磨院，一下子发生一个大变化，两个"嘣嘣嘣"的怪物冲了进来，横卧在两家山村老农民的门口。

上东屋的霍大梅，上西屋的凌二菊、蔡丑女，听得他们回来，连忙迎出院里，一个说："春山，快回家歇歇，喝碗米汤。"

一个说："忙忙，火边还煨着饭哩。"

田春山说："没那个工夫。"他急着想把电视机天线架起，让小磨院的人们，让安乐庄的乡亲们享受一番。当蔡忙忙搬着电视机往上西屋走去，他喊道："忙忙，你往哪搬哩？"

蔡忙忙说："西屋。"

“不要太自私了，先放在院里，让大家都来看个稀罕。”

“我一会儿再搬出来……”

“你真傻，就不看有多少人都等着看哩，你搬到屋里，人们都也拥进屋里，不把上西屋挤破才怪哩。”

蔡忙忙听他说得在理，就要往院里放，左看看，右看看，没个放处。丑女说：“哥，你先放在院里，我们抬个桌子出来……”

田春山说：“不要往地下放，叫我跟你抬……”一看丑女，他的脸“刷”地一红，心想：坏了，我怎么跟她说了话？

丑女却说：“怎啦？丑女不配跟你抬桌子？”

春山一时没了主意，看见申三儿进来，忙说：“三儿，快去抬桌子。”

一时，把桌子抬出来放在西北角处，蔡忙忙把电视机放在桌子上，几个人又忙着架起天线，已是太阳偎山时分。这时节，到小磨院来看稀罕的人越来越多，男男女女，老老少少，拥拥挤挤，说说笑笑，好像小磨院起庙会哩，把院里的十几只母鸡吓得无处可去，都跑来下院，早早地上了窝。田春山看看满院的人，把他高兴得满院里乱转，向人们打招呼，又把他在长治市买回来的水果糖拿来，又搬出一把椅子，跳在上边，大把大把抓了往人们头上撒，说：“吃糖吃糖，随便吃糖，有软有硬、有甜有香……”一干年轻人、孩子们在人群里钻来钻去，喊着笑着抢糖蛋儿。人群中有人说：“这比娶媳妇典礼还红火哩！”

有的说：“春山今天倒像新郎哩，那么高兴，就是那一身泥巴衣服不像。”

也有的说：“过去都说春山嘴馋，爱吃别人的东西，看他这会儿多大方。”

凌二菊看看满院的人，真是稀奇，跟霍大梅说：“都来看啥哩？那个电视机不过就是前面安了一块玻璃，看着光光的……”

霍大梅笑道：“你真是他娘的傻瓜！那东西能唱戏，能演电影，能唱歌，能跳舞，能看景致，听人说啥也能哩，等会儿那玻璃一亮，就开戏了……”

“就在咱们院里看戏？”

“不在咱们院里在哪里？就不看全村里的人都跑来看戏哩……”

凌二菊长长出了一口气，说：“过去地主老财还没在院里唱过戏……”

“过去那些土财主穷毛鬼胎，哪舍得花这一份钱。再说过去就没这东西，他有钱也买不上。如今的政策好，昨天穷光蛋，今儿个说声富就富了，你不看咱们小磨院过去就只有几把镢头，这会儿‘突突突’开进摩托车来了……”霍大梅看到村里许多老爷爷、老奶奶也扶着拐棍来了，忙回屋里端来两条板凳，让着几位老人，说：“坐，快坐，黑夜就别走了，我管饭……”

丑女看到田春山向大家撒糖块儿，便找见蔡忙忙问：“哥，春山给大伙糖吃哩，你就没买糖……”

蔡忙忙说：“买的有。他撒了糖，咱就不撒糖了，我给大家撒烟吧。”他就回屋里拿出一条香烟拆开，大把大把抓了卷烟向人群里撒，说：“老大爷、老大伯，请抽一支大前门……”

许多孩子也吱吱哇哇喊着拱在人群里抢香烟哩。

丑女看看安乐庄的乡亲们今天都拥到小磨院来，一向冷冷清清的农家院子突然变得这么热闹，这么红火；又看到满院里的大姑娘，小媳妇们，有的穿了鲜亮的红毛衣，有的穿了崭新的花袄儿，有的穿了翠蓝的涤纶褂子，有的扎了雪白的纱巾，真是穿红的，扎绿的，花花绿绿，挤了一院，小磨院立时变成一个大花园。今天不过是平平常常的一个日子，她们既不是做新娘，也不是过节日，一个个都比往年过春节穿得好了许多，竟跟春天骑在马上不下马的丁和尚媳妇穿得一样鲜美，倒像人人都是新娘子，天天都过春节一样了。丑女想到丁和尚春天娶媳妇到今天，不过十来个月的工夫，在姑娘们、媳妇们的身上居然起了这么大的变化，又看到一个永远总是放着几把锨、镢、锄、耙的小磨院，如今竟也停着两部摩托车，放着一部彩色电视机。她认为在城市里，彩色电视机、摩托车也许并不是什么了不起的稀有之物；在机关，在工厂，在学校，人们看电视已经看了数十年，更不算什么奇异事儿。可是在安乐庄说来，在小磨院说来，总应该算做一件奇事。为什么呢？奇在哪里呢？奇就奇在几个月之前，人们还为几元钱，几角钱犯愁、奔波、苦恼，人们还是一天三顿吃稀糊糊，还是没有安一条小板凳的力量，还是只能依靠一颗两颗鸡蛋吃有盐的饭。几个月之后，仅仅就是几个月的工夫，同样是小磨院的几个人，蔡忙忙、田春山居然也大把大把地握了钱票，成千成百地花钱，又是买摩托车，又是买彩色电视机，变得这么快，她认为奇就奇在这个变得太快上边。看到此情此景，丑女不觉又想到过去常说的“阶级斗争，一抓就灵”，还有什么“七斗八斗”之说；总说“灵”，到底“灵”在哪里呢？斗了多年，碗里总是那半碗稀糊糊。如今的承包责任制才真叫灵哩，小磨院在几个月里就起了这么大的变化，还不算灵吗？丑女想着这一切，心里非常激动，自然诗兴大发，回屋里提笔写道：

一个承包责任制，
老农一步迈千里。
昨日相聚破烂会，
今朝竟展百花衣。
镢头纵立摩托车，
锄镜横影电视机。
西屋散烟如飞雪，
东房撒糖似洒雨。
一号文件真叫好，
万户农民万户喜。

丑女刚刚写罢，就听得春山在院里念顺口溜：

过去农民过日子，
人人"咕咕"两个鸡（饥），
一只"咕咕"老母鸡；
一个"咕咕"肚子饥。
今天农民养鸡（机）多，
小磨院里好多机：
说呀唱呀收录机，
歌呀舞呀电视机，
跑呀飞呀摩托车，
"嘣嘣"吓坏老母鸡。
少了一个肚子饥，

多了许多幸福机。

随后便听得院里响起“呱呱”的一片掌声。丑女这才想起忙忙、春山他们回来连一口开水也没喝，还没有吃饭，便出来院里，冲着在窗台那里放录音机的蔡忙忙说：“哥，快回屋里洗洗脸，先吃饭吧。”说着，也看了一眼田春山。田春山忙说：“忙忙，洗脸洗脸，看我就忘了脸上还涂着泥巴没洗哩。”

蔡忙忙说：“你不说话，谁敢轻易不跟着你忙，谁敢轻易回家洗脸上的泥巴……”

田春山看一眼忙忙，笑道：“看你说得多怕人，我倒成了小磨院里一个小恶霸……”

“差不多！”蔡忙忙正要回家洗脸，又见田春山早已把电视机拧开，只见荧光屏上正好飘起鲜艳的五星红旗，只听正好高奏中华人民共和国国歌。人们看着那飘扬的五星红旗，听着那雄壮的国歌，霎时间，解放感、伟大感、肃穆感、威严感、自豪感、幸福感、欢腾感、胜利感、富强感、前进感……种种感触，一齐涌上心头，男男女女，连老爷爷、老奶奶、小孩子都自觉不自觉地停了说，停了笑，面对荧光屏，肃然起敬……一会儿，田黑女、田胖孩打粮食加工房回来吃晚饭，看到挤下满院的人，迎面一部彩色电视机正在放映，把个黑女高兴坏了，浑身里充满幸福感，满意感，说：“爸爸，你看，多美啊！你看咱们小磨院多红火……”

田胖孩有点不相信他是回来自家院里，只觉得是到了小时候听老人讲故事说的天堂里，过了半天才说：“这东西就是忙忙家买的？”

黑女说：“是呀，这就是忙忙买的电视机……”

“这东西真好，它自个儿就会放电影……”

黑女听了，不由得“哈哈”大笑起来，说话间，中央电视台开始播放新闻联播，那红花绿树的景色，西装革履的人物，把一个小山庄的观众们惊呆了。后来看到电视剧《蹉跎岁月》，那曲折的故事情节，鲜明的人物形象，把人们吸引得都忘了还没有吃晚饭，有的赞叹能在小磨院看上小电影，是想也没想到的，有的夸耀一个老农民也能买得起一个小电影机，真是稀罕事。有的听说从今往后每天晚上可以在小磨院看小电影，更是兴奋异常。从此以后，小磨院变成安乐庄的电视剧场，任凭西风呼啸，不管冰封雪飘，小磨院夜夜都是满院满座，成了安乐庄社员一个文化生活站。

蔡忙忙回家洗过手脸，丑女给他端上饭来，放在方桌上，说：“哥，你快吃饭吧，我还要到院里看电视。”

忙忙这时闲了，忽然想起一个情况，说：“等会儿，问你一句话。”

“要说快说。”

“咱们在院里忙了大半天，怎么没看见美女、白女她们?”

丑女听言，长长叹一口气，说：“你还不知道哩。前天黑夜开大会，二旦哥说了白女教书质量太低，会耽误孩子们的学文化，又讲了美女当医生没有把保健室搞好，大伙听了，纷纷提意见要求换人，真的当夜就换了……”

“换了谁干哩?”

“大家要求喜女当了民办教员，杜敬尧大伯当了保健室医生……”

“好！二旦办这两件事办得好！——这个二旦的胆子好大啊，敢把老支书的女儿、干女儿的差事撤下来，这可是在太岁头上刨了两镢土……”

“这是群众的要求，这两镢土不刨行吗？一个误人子弟，一个误人性命，实际上过去瘦孩叔凭特权办事是完全不应该的，就因为那天把美女、白女撤下来。两个人嫌丢脸，两三天就没出门儿。”

“嘿！这两个东西也知道丢脸？”

“实际上也不完全怨她们两个，都是瘦孩叔太不自觉，把事办坏了，害了她们……”

“对了，告你说，我们今天出来长治市，看见瘦孩叔坐在一个大卡车里，可能是搞运输，做买卖哩。”

“那也好，总算是办正事哩，也算改邪归正哩，等会儿你去告说北屋婶，就说你看见过瘦孩叔。瘦孩叔出门已经二十多天，还没来过信哩……”

“我才不管她哩！叫她忧几天吧，他们过去做事也太欺人了！不说远的，你看他们诬告虎生……”

“我知道，他们过去不好是不好，如今既然有变化，不就好了。不拘怎么说，好好歹歹住在一个院里，告给人家一句话，咱们能少一块肉……”

“反正我不想看那几尊神像……”

丑女见忙忙不肯去，她只好来到北屋，把忙忙在路上看见高瘦孩的事说了，樊金花很高兴，说：“只要他还活在世上就好。”

美女因为丢了保健医生，本来气还没消，今天又听说丑女家买回电视机、摩托车，又听得拥下满院的人看电视，对丑女的气更大了，看也不愿看她一眼，丑女认为她们正在气头上，作为一个邻居，应该对她们有点安慰，便说：“美女，保健医生的事就不要总是挂在心上，其实，如今只要想干，干什么也一样，干什么也能致富的。要不，明年春天咱们一起到砖瓦厂制砖去，明年咱们的砖厂要扩大生产，正缺人哩……”丑女好心好意安慰美女，谁知美女总把丑女当对头看，听见丑女说话，她就反感，竟把手里端的饭碗“咚”地一声摆在桌上，表示抗议。丑女瞪起眼看看她，只好把嘴闭上。樊金花见美女当面给丑女难堪，说：“美女，丑女说的都是正话，也是为你想，你怎么……”

丑女看看形势不大好，连忙说：“北屋婶，你也出去看看电视吧。”连忙离开北屋。出来院里，她在人群里拐弯抹角地寻着路儿往上西屋走，拐弯走在上院大门口时，忽然看见有两个人一前一后向下院走去，前边一个像是忙忙，后边一个像是喜女，她看了很高兴，心里说：“今年冬天也该哥哥办办这件喜事才好哩。”看到喜女，又想起喜女当了学校老师的事，自然又想到了学校的一切条件太差，特别是那些课桌凳太破太旧。她在报上常看到一些重点户、专业户出资办好事的事迹，心想：我家不到一年，收入一万多元，应该学习人家那些重点户办好事的先进事迹，也为安乐庄办点好事嘛！要没有三中全会的好政策，要没有中央的一号文件，我们还不照样吃糊糊，还不照样是坐那个三条腿小板凳吗？想到这里，第二天就跟父母、哥哥商量。蔡狗儿一向办事大方，能想到群众，又事事支持丑女，自然是同意的，说：“好，丑女想得好，咱拿一千元，把学校的课桌全部换换。”

忙忙对资助学校的事，本来也没有什么，只是觉得好事都是丑女先提出来，显得她处处都好，显得自己事事都差，有点不高兴说：“帮助学校我没意见。不过咱们刚刚富了点，底子还不厚，就成千成千地往外拿钱，是不是有点过分大手大脚……”

丑女说："明年咱们还要再买一台大型制砖机，吸收更多的乡亲到砖场来，砖厂还要大发展，明年会更好的，底子不厚，不过才拿一千元，不会影响咱们的生产。春天时候咱们白手起家，贷款买机器，还要干哩，如今银行存下万元钱，就不能干了？还有，哥，你不要忘了如今是谁干民办教员哩。"

蔡忙忙这才想起花喜女是民办教员，更觉得应该多多支持学校，把学校办好，他笑一笑，说："我不过是说不要忘了我们的底子还很薄，帮助学校，我又不是不同意。"

蔡忙忙同意了，丑女又问她妈，凌二菊说："你们看着办吧，问我做甚哩？"

蔡狗儿说："好，也算一句话。"

全家人都同意了，蔡狗儿便拿了一千元钱送到吕二旦家，说明意思，吕二旦很高兴，说："好，再开群众大会时，在会上宣布一下，叫大家向你学习，做课桌的事，咱们很快就买木头，说做就做。"

黑女、三儿知道了蔡狗儿资助学校的事，他们两家也不甘落后，各拿出五百元，说是叫做书架，买图书，办一个图书室，供青年们看书学习。因此，丑女、黑女、三儿三家都受到大队表扬，群众的称赞。不久，学校有了新课桌。大队团支部把供销社旁边的两间闲房子打扫一下，办了一个小图书室。次年，蔡狗儿、田黑女、申三儿几家出资买机器，买水管，搞了自来水，使安乐庄的社员家家扔掉水桶，不再到大泊池里担水了……这些都是后话不提。

回头再说丑女那天看到忙忙和喜女的行动，认为应该抓紧办他们的喜事。当把资助学校的事定了以后，她在父母面前便把忙忙跟喜女的事提出来，凌二菊听了很高兴，说："办吧，办得了，今年不办，还等多会儿哩。”

蔡狗儿说：“办，今年冬天一定要办。不过，我还有个想法。要办，最好忙忙、丑女这两件事一起办，更红火些。”

丑女说：“先把哥哥的事办过再说吧。”

蔡狗儿说：“不行。忙着娶了媳妇，又要忙出嫁闺女，太浪费工夫……”

丑女想到时间的宝贵，不言语了。蔡狗儿知道不说话就是同意了，以后又找霍大梅商量丑女跟春山的事，又找喜女妈商量忙忙跟喜女的事。霍大梅又找申三儿商量黑女跟三儿的事，经过反复协商，四家人一致同意同时办这三对年轻人的喜事，以后，他们又找会计高小勤给他们开了结婚介绍信，三对年轻人一起到公社登记过，四家人便共同商定一个完婚的喜日，是一九八二年十二月三十一日，取个除旧迎新的吉利。于是，丑女家、黑女家、喜女家、三儿家，这四家人很忙了几天，他们加工米，加工面，蒸喜糕，打喜饼，买新料，做新衣，猪肉鸡肉，瓶酒散酒，花椒胡椒，粉皮粉条，豆腐豆芽，南瓜北瓜，油盐酱醋，鞭炮蜡烛……所有这些，基本上准备得差不多了。

到了十二月三十一日这天早上，田虎生、田长生、丁四虎、夏文山、田珠宝一伙总有二三十人早早地便奔来小磨院，为蔡忙忙、田春山两家帮忙。由于蔡狗儿的砖瓦场为田虎生、田长生等七八人解决了生产门路问题，到砖瓦场才两个月时间，每人都赚了四百多元；蔡、田两家又出资帮助学校，又拿钱还了安乐庄一部分旧债，黑女的加工组加工费很低，服务态度又好，许多人又能天天到小磨院看彩电，人们都把蔡狗儿、田胖孩两家当做是安乐庄人致富的大门，是过好日子的带头人，许多人总拥在他们的周围打转转，更愿意帮他们的忙。田虎生、田长生他们正在小磨院忙着搭喜棚，丑女正在屋里忙着梳妆打扮；黑女正在屋里忙着熨嫁衣，不防另一个新人——今天就要到小磨院来做新娘子的花喜鹊，却风风火火地跑到小磨院上西屋里来，凌二菊、蔡丑女和他们全家人，还有他们的亲戚朋友们，都吃了一大惊。照本地方的乡俗，当日就要做新娘的姑娘，只有等新郎去迎亲时把她迎来，绝不可以在迎娶之前，如同走邻居、串朋友一样随便跑来的。可是这个喜鹊却破坏了安乐庄的乡俗，竟大大咧咧地跑了来。凌二菊吃惊地问她："你怎么在这会儿跑了来……"

丑女心里说："我这个新嫂子真是个特殊人！"

花喜鹊不理论这些，只说："告你们一个消息，老贾跟小路回来了。"

丑女急问："羊呢？"

"就回来干巴两个放羊的。"

蔡狗儿听言急了："那不明明是把羊卖了？"

花喜鹊说："那还用说！"

人们听说安乐庄的羊群真的是让高瘦孩卖掉了，屋里、院里霎时吵成一锅粥。倒把一院两家娶媳妇又加出嫁女儿的三重喜事冲淡了。

26. 新人茶话会

"羊是农家宝"，山村农民把羊群看得很重要，简直看做是高级化肥厂。农民都懂得，化肥很好，确实能增产，却也有一个缺点。上了化肥的农作物，小米会变成淡米，不香了；南瓜会变成萝卜，不甜了。只有羊粪，很养地，羊卧一次地，准保你长两年好庄稼。可是高瘦孩竟敢自作主张暗地里把羊群卖掉，人们气愤极了。丑女说："他们到底是怎么把羊群卖掉的，还不清楚，咱们去问问小路。"丑女、喜鹊说着就走，凌二菊急了，说："丑女，给我回来，不看是什么日子，尽管乱跑。"

喜鹊说："我们去问问小路，一会儿就回来了。"

黑女在上东屋也闻讯跑出来，要跟丑女、喜女一块儿去。霍大梅追出来看看，嚷道："大家看看，迎亲炮还没响，迎亲鼓还没打，三个新媳妇怎么凑在一起乱跑哩，统统给我滚回来！不，统统各回各家去。黑女，你听得没有，找小路的事，虎生也好，长生也好，哪个不能去，难道就你们三个长着两条腿，别人都是瘸子、跛子……"

田虎生、田长生闻言，一起扔下手头的活儿，追上丑女、黑女、喜女三个，把她们赶回来了。

一时，虎生、长生跟两个羊工老贾、小路一起走来。当人们问明安乐庄的羊群确实是被卖掉以后，大伙又是气愤，又是恼火，七嘴八舌地乱吵一顿，都说高瘦孩干出卖羊这件事来，太缺德了，更多的人则为以后没有羊粪上地而叹息。蔡狗儿见人们对羊群看得这么重要，想羊群想得那么厉害，以为只有自己可以解决这个问题，便跟丑女、忙忙说："安乐庄确实不能没有羊，我想拿两千元钱买他一百只羊，你们同意不?"

忙忙对这些事是无所谓的，丑女听了父亲的话却极为高兴，拍手言道："还是爸爸好!"

人们听说蔡狗儿要买羊，自然很满意，闹吵吵地议论一阵子，算是不再提羊群的事，又转到忙喜事上来。

小磨院今天有蔡、田两家办喜事，两家都是又娶媳妇又嫁女的双层喜，自然忙碌得很。至于三家如何迎亲，因为三家女方都在本村，路是不远的。田春山迎娶丑女更近，就在一个院子里，东屋、西屋打对门儿，三五步就可以到达。这么近的路程，是不是也需要迎一迎呢？按丑女的意见，不必走那个旧形式，只需叫东屋的春山来到西屋里走走，丑女同他一起去了就成。蔡狗儿从来是随着女儿的心意办事，没什么意见。男方的当家人霍大梅却坚决反对，说："要是那么个办法，倒像是孩子们耍娃娃家，哪还像个娶媳妇!"凌二菊、蔡忙忙娘儿俩却不同意，硬要春山也到村里上街、下街、东头、西头转个圈儿，返回小磨院来，迎了丑女，再到村上转个圈儿回来。说一辈子就这么一次，不能鸦雀无声地办喜事。丑女拗不过母亲、哥哥，只好由他们摆布。后来，支书吕二旦提意他们三家集中迎亲，集中转街，便这么定了。

元旦上午，申三儿因为要做新郎，请高大江开了拖拉机。田春山与蔡丑女、申三儿与田黑女、蔡忙忙与花喜女，三对新人，每人胸前一朵大红花，站在拖拉机马槽里，在安乐庄转了个大圈儿。三对新人虽然都是安乐庄本村人，都是老熟人，看红火的人却超过了丁和尚娶媳妇，因为都想看个稀罕：第一，三对新人同一天完婚，同乘一车转街；第二，三对新人有两对是兄妹同时办喜事；第三，三对新人今天没有骑马；第四，三个新娘子今天都没有穿红袄儿，她们像开会讨论过一样，都穿着一样的天蓝色涤纶褂子，雪青涤纶裤子，各蹬一双墨黑的皮鞋，各围一条雪花枣红围巾，显得格外整齐、大方、潇洒、淳朴。引得一街两旁的乡亲连声称赞，说："这倒比穿红扎绿还气派多哩。"

人们看新娘，少不得有许多评论。人才好的，会把你捧到天上，说成是仙女下凡；人才差的，会把你贬到地狱，说成臭狗屎一大堆。今天人们看看丑女、瞧瞧黑女、端详端详喜女，真是无话可说，为什么？因为他们看来看去，三个女子几乎不相上下，无法论个上下、长短、高低。人们平素知道丑女脸儿也秀气，身子也苗条，各方面都是无可挑剔的；也知道黑女并不黑，跟丑女一样秀气，只是眉宇稍窄了一点，两只眼睛靠拢得近了些；也知道喜女的脸上不该有事没事总是笑容满面，欠些庄重，头发也有点少。今天看来，似乎这些问题都不存在了，又能说个啥哩？不过，人们也不肯悄没声地看着三个新娘子过去，有的说："今儿个看见丑女也不比黑女、喜女多只眼睛，怎么怪有心计的。"

有的说："看见黑女也大大方方的，想不到这么个闺女还怪有冲劲儿哩。"

也有的说："老狗儿家嫁出去一个能干的姑娘，又娶来一个能干的媳妇，该老狗儿发财哩。"

还有的说："二菊是个没出息的，遇上喜女这么个媳妇，婆婆媳妇会打个颠倒颠哩。"

也有的说："安乐庄五个有名的闺女，今天才有三个一起完婚，要是再把美女、白女配上，就更有意思了……"

拖拉机"嘣嘣嘣"地开着，鞭炮声"啪啪啪"地响着，三对新人在乡亲们的议论声中，不觉走完安乐庄的大街小巷，一起来到小磨院大门口，三个新媳妇都没有等下车礼，便"咚"的一个，"咚"的一个，自动跳下车来，一起来到小磨院喜棚下边。只见棚下桌上的彩色电视机正放映北京的元旦歌舞晚会，春山的那部录音机正放上党梆子戏，又是打，又是唱，热闹非常。三对新人的新婚典礼由吕二旦主持，在彩色电视机的高歌声中，三对新人向毛主席像敬礼，向父母亲敬礼，最后三男三女互敬互拜过，吕二旦便喊“新郎新娘谈恋爱经过”。家家完婚，都有这个项目，但没见有一对新人真的谈过什么经过。今天这三对新人，大都也没计划谈，只是田春山认为自己跟丑女恋爱，没在一起坐过一分钟，没在一起说过一句话，只是通过几首诗，几段顺口溜的交流，特别是他是在一次又一次的挨训声中与丑女结成伴侣的，觉得这种恋爱办法很值得向众人一说。便自动走在中间，说：“一九八三元旦好……”才说得一句，不防有人在背后戳了他一拳，回头看时，却是新娘子丑女。他不敢再往下说了，又见忙忙、喜女、三儿、黑女，还有丑女都已走了，他也拔腿就跑。年轻人们死拉活拽地不让他走，他说：“新娘子，早走开，新郎不能单打单。”硬是跑着走了，背后早有几个年轻人骂他“怕老婆”。

今天这三对新人结亲，既没有要“下马礼”之说，也没有要拜礼、开口礼之事，自然无需多说，只是到了晚上，三对新人不是分别进行“闹新房”，却是集中在小磨院的喜棚下开什么“新人茶话会”。据说这是丑女向吕二旦建议的新办法。

入夜，喜棚下几盏霓虹灯高照，一张方桌上放一把椅子，椅子上放着彩色电视机，放映各种新年节目。三对新人的家长们蔡狗儿、田胖孩、霍大梅、凌二菊、三儿妈、喜女妈并排上坐。全村里的乡亲们每天晚上都来这里看电视，今晚又有“新人茶话会”一说，自然不肯不来。满院里摆了几张桌子，田、蔡、申三家集中了十多斤喜糖，一百斤苹果，一百斤落花生，分别堆在几张桌上，还有十多条香烟，茶水什么的，人们吃着喝着，要求坐在中间的三对新人出节目。人们“田春山，来一个”，“蔡丑女，来一个”，“花喜女，来一个”，“哇哇”地喊着，众人的掌声有节奏地“啪啪”响着。田春山早已急了，很想先来一段，因又想到上午背后那一巴掌，这会儿也不敢轻举妄动。偷空儿看看丑女，见她并无反对之意，便站起来，说："好，我先来一段。"便说道：

一月一日夜一更，
全村男女都高兴。
……

才说两句，在场的年轻人们便一哄而起，纷纷嚷道："不对！"

"说错了！"

"胡说八道！"

田春山笑问大家道："我哪里是胡说八道？"

"明明就是你们新郎新娘高兴，怎么说全村男女都高兴？"

田春山看着大家说："你们互相看一看，哪个不是笑颜开……"

人们互相看看，满院里的男男女女真的都是高高兴兴的，有的没话说了，有的却说："高兴是高兴，程度不同，你们几个是最高兴的，说吧，不要把大伙拉扯上……"

田春山说声好，继续说道：

一个承包责任制，
家家过上好光景。
……

众人又"哄"地嚷闹起来，"不对，又走了题儿……"

田春山说：“我说的都在题上呀!”

“你为啥要说过上好光景……”

“过去光景不好，想找对象难找……”

人们听他说得在理，又无话可说了。

田春山又往下说：

庄稼怕旱人怕穷，
找一个对象碰一个钉。
一个富字十分香，
不找对象有对象。

田春山说罢，便坐下来。年轻人们却又一哄而起，要他详细说说不找对象怎么就有了对象。谁知田春山看了丑女一眼，见丑女又绷起面孔，以为是给他的一个警告，说死说活不愿往下说了。于是，人们又要求丑女来一段儿。丑女也不推辞，站起来说道：

天上银河汇众星，
人间天河穷筑成。
只因人间有天河，
多少男女不相逢。
一号文件春风劲，
春风习习万木青。
吹活多少死胡同，
吹笑多少愁面容。
昨日分文逼好汉，

今朝万元夸英雄。
千家纷纷甩穷字，
万旗猎猎把富争。
穷为社会主义耻，
富是社会主义荣。
一个富字化鹊桥，
千对万对渡双星。

满院人听了丑女的诗，以为她并没有说清她跟春山恋爱经过，对她也很不满。只因她基本上把他们过去为什么没有结婚，今天为什么能够结为夫妻的意思说明白了，对她也无法挑剔。倒是有些人还在回味丑女的诗句。想起过去一个穷字，成了人间一条又长又宽的无形天河，有多少老青年做光棍，找不下对象的事实，不正是男女不得相逢吗？看近二年，村村队队，又有多少青年喜做新郎哩！……这时，会场上有人要求花喜女、田黑女他们出节目，喜女、黑女两个没想到搞这个“新人茶话会”比过去人们闹新房更难。如果还像过去一样让年轻人们乱吵乱闹，做新娘的只要下定决心，对抗到底，也能蒙混过关的。今天这茶话会开得诗诗文文，对抗又没法儿对抗，作诗又不会作诗，出节目又没个什么节目可出，难死人了。黑女知道“新人茶话会”的点子是丑女出的，对她很为不满，回头举手照背打了丑女两拳，气呼呼地说：“都怨你！都怨你！你出的坏点子，你替我们来一个。”

丑女笑道：“这怎么能替？没本事出节目，你怎么有胆量当新娘子？要是我，自己知道是吃几碗干饭的，就老老实实当姑娘，管他是三儿，四儿……”

黑女听言气坏了，跟众人说："大家听听，过去我就说我跟丑女住在一个院里，就是个大倒霉事儿，今天她又变成我们田家的人，我还能在田家存在一天吗……"

霍大梅笑道："不怕！丑女来了，黑女走了，你还怕她做什么?"

说得众人又笑了。黑女连忙趁机会说："大家笑了，这就是我的节目……"

"不行！黑女！来一个！……"

黑女看看不出节目是不行的，出于无奈，忽然想起她也会唱"清粼粼的水……"便说："来一个就来一个，我才不怕哩!"便站起唱道：

清粼粼的水来
蓝格莹莹的天……

黑女唱着唱着，发现自己唱的这支歌比上次唱得更好，自己听来也很有点像郭兰英唱这支歌似的，是那么好听，是那么优美，是那么有感情。她的歌声一落，引起会场一阵热烈的掌声，人们纷纷议论，有的说她唱得好，有的说就不知道黑女还是个好歌唱家哩。连霍大梅听了也觉得奇怪，跟人说："真他娘的官僚主义，在我手里捧着抱着拉扯大的闺女，连我也不知道我的黑女会唱歌儿，还唱得这么动听……"

接着，人们又欢迎喜女，要她"快来一个"。喜女知道推辞没用，站起来说道："各位乡亲，父老兄弟姐妹们，我也不会写诗，我也不会唱歌，我给大家念一首诗吧。这诗不是我写的，也不是书上的，也不是……"说到这里，丑女觉得不对劲儿，忙说：“喜女，自个儿只能出自个儿的节目，不能随便拿别人的顶替……”

喜女说：“你着的什么急，我念的诗又不碍你的事。”她害怕念不成，连忙念道：

一个天来一个地，
天上地下有差距。
你无心来我无意，
恋爱之事不必提。

丑女听了，气得她暗下手直拧喜女；春山听了，忙向大家解释道：“这几句是我编的，跟别人没关系。”众人听了不知道是什么意思，喜女又向大家解释一遍，大家冲着春山大呼小叫地乱吵一通，逼他说清当时为什么要写这四句话。因丑女在场，春山只敢硬着头皮顶大伙的牛，不敢吐半句真情。闹了半天，听得电视机里的播音员说：“明天再会”，参加茶话会的老人们也就陆续散去。剩下一些年轻人揪住三对新人不放，还在吵呀闹呀，说呀笑呀，吵着闹着，人们忽然听得

“咯咯咯——”

“咯咯咯——”

雄鸡又叫鸣儿了，新的一年开始了，新的一天开始了，小磨院的人们又迈开了新的步子，安乐庄的人们又迈开了新的步子……

黑 楼 梦

第一章 雷

1. 呜呼哀哉

“咯叭——”天空一声疾雷，震得山摇地动。雷声阵阵，大雨滂沱，西堂屋院久病在炕的喜枝老汉咽气了。

有福哭了，甘枝哭了，屋里屋外，雷声、雨声、哭声，混作一片。

喜枝老汉没有儿子，自然也没有孙儿。但是村里人大都承认有福便是他的孙儿。虽非亲孙儿，但有福从小儿无祖无父无母，跟喜枝老汉相依为命整整二十五年，谁能说有福不是他的孙儿哩！

喜枝老汉咽气时，只有有福和他的妻子甘枝在炕前。有福看看爷爷死了，直管哭，甘枝哭了几声，说他：“这是哭的时候吗？快快去请秋叔吧。”

有福没有五服内的正门本家。他们十一家本家，算来秋叔便是最近的一家。按乡规家里有了大事，如婚、丧，买卖房屋、土地等等，均必须请本家族长主持的。有福听甘枝说得在理，便忙去请秋叔。

秋叔家很近。有福住西屋，秋叔住东屋，同住一院，只几步路便到了。有福来在门口，正出门，“轰隆隆”又是一个大响雷，院里“沙沙”地雨下大了。甘枝在屋里忙喊：“戴个草帽去!”

有福说：“几步路，又不怕淋湿咱的纱帽翅，不戴。”他却急急忙忙返回来，说：“总打雷，不怕惊了爷爷的尸?”

甘枝说：“那该怎么办呢?”

有福想一想，说：“听人说在死人头边拿个擀面杖滚动着，就不怕了。”甘枝忙着拿来擀面杖用一只手搓着它，在喜枝老汉头边忙忙乱乱地滚动起来。有福又要去，甘枝说：“爷爷才断了气，又不住声地打雷，要惊——你先别去，我害怕。”原来甘枝虽然已经是两个孩子的妈妈，实际上还是个没经过事的十九岁的小媳妇。发生今天这种事，怎么能不害怕呢?

有福说：“爷爷停尸在地，还没有请地公，还没有请秋叔，多少事摆在眼前，怎么能不去呢?别害怕，好在又不远，一会儿就回来了。”

甘枝无奈，一边滚动着擀面杖，一边说：“你可快些回来。”

有福正要走，他们刚过百天的孩子睡醒，“哇哇”哭哩。甘枝忙又抱起孩子，一手抱着他吃奶，一手滚动着擀面杖，一边又流着泪儿。有福又安慰她一句，这才走了。

天空里“轰隆隆”“轰隆隆”雷声不断，有福低头哈腰冒雨跑来东屋里，见了秋叔，先一腿下跪磕了一个头，站起来才说："秋叔，我爷爷不行了。""不行了"便是死了。作为死者的亲人忌讳直说"死"字，只说是"不行了"。

秋叔与死者虽是本族，却不十分近，他是不避讳"死""不死"的，便说："几时死的?"

"还不到吃一碗饭工夫。"

"你爷爷病了，你也不抓紧请医生看看，应名儿你还是他的孙儿哩!"

有福知道秋叔并不是那么看重爷爷的，今天说出此话，不过是故意找人的毛病罢了。他说："也请医生看过了，也吃了五六服药哩。"

请过几次医，吃过几服药，实际上秋叔并不关心此事，也不深究。只说："根聚来了没有?"

根聚便是村里的土公。所谓土公，便是熟悉土葬死人事宜之人。诸如如何停尸；给死人穿衣先穿什么，后穿什么，如何穿法儿；如何点灵灯，何时祭奠，何时谢孝，何等样人该穿重孝，何等样人该穿轻孝；坟上如何方坟，如何破土；出殡时如何开祭，如何起灵，如何下葬，等等，他可以随时告知事主，遵章办事。

有福见秋叔问起土公之事，说："先给秋叔磕过头，就去请土公。"

"你爷爷的装裹呢?"

"还没有赶上穿，爷爷就不行了。"

"装裹现成吗?"

"现成。"

"还不抓紧请土公给他穿上，再晚了，胳膊腿硬了还穿得上吗?”

“那，我就先去请根聚爷爷吧。秋叔，你也过去吧。”

“你先去吧。”

有福出来院里，“轰隆隆”当头又是一声大响雷打来，瓢泼大雨直泻而下，他也不回屋里拿个草帽，就那么光着头冒着倾盆大雨跑出大门来。如此大的雨，在他看来是算不得什么的。因为他是个“耐性”很大的人，劳动不知累，极耐劳；遇难不怕难，极耐难；遇事不怕苦，极耐苦；人打不还手，极耐打；人骂不还口，极耐骂；人欺不怕辱，极耐辱；几顿不吃不叫饿，极耐饿；寒冬衣薄不叫冷，极耐寒……真是个集多种耐性于一身的“多耐家”，这场大雷雨又算得什么呢?

电光闪闪，雷声隆隆，大雨哗哗。有福冒雨到上头街请了根聚爷爷，他们又冒雨回来西堂屋院，刚进西屋门儿，只见在喜枝老汉尸体旁坐着搓擀面杖的甘枝竟“哇”的一声哭起来。

根聚爷爷看看甘枝，说：“有福媳妇，你先不要哭，这早晚还不是哭的时候，你爷爷停尸在地，装裹要紧。有福，你只管傻站着做什么？快拿装裹呀……”

有福忙把装老衣服拿出来，共五件，给死者穿好，便忙着奔丧。所谓奔丧，就是到亲戚门上报告死讯，如同当今的发讣告一般。有福求本家里的炉孩、老肉等人到亲戚门上报过喜枝老汉的死讯以后，喜枝老汉的两个女儿白肉和小肉一前一后很快就哭着来了。她们一来，先趴在死者的灵前痛哭一番，以后看看死者的装裹，见是穿了五件衣服，均表示满意。可是她们到秋叔家转了一趟回来，突然变了。小肉责问有福道：“有福，你是怎么当这个孙子的?”

有福老老实实地说：“怨我不好，没有抓紧给爷爷治病。”

小肉说："我爹已经过世了，看病不看病的事我们也不深究了。可你给我爹只穿五件衣服，说得过去吗？我爹在世操劳一辈子，房有五间，地有十亩，给你置下这么大的产业，你就忍心让他穿了那么五件衣服走吗？"

白肉不会多说话，只是帮腔道："是呀！你的心下过得去吗？"

有福说："那是爷爷在世时交代过叫给穿五件的。"

小肉说："你爷爷交代叫给他穿五件，那是爷爷为你们的日子想。爷爷事事为你们想，你们为什么也不替爷爷想想？"

白肉说："你也为爷爷想想吧。"

有福人老实，只好说："那就再加……"

甘枝听说又叫加装裹，又要多花钱，想到在爷爷这件事上还不知要花多少钱，小户人家死一个人便是遭一场大灾大难，如何经受得起？但她想到对于两个姑姑只可好言商量，不可持强硬态度，她一手抱着孩子，一手抹着泪说："大姑姑，小姑姑，两个姑姑替爷爷想，替爷爷说话，也是应该的。谁家父母不疼儿女？谁家儿女不尊父母？可是有福给爷爷穿五件衣服，那是爷爷在世时说过的。要是不照爷爷的话行事，不就算对爷爷的不孝敬吗？再说我们办事，要为过世的人想，也要为在世的人想。如果为爷爷的事十分破费，后代儿孙不能过日子，往后谁给爷爷上坟扫墓、烧钱化纸呢？所以咱们能省一分就省一分……"

小肉听言气极了，说："有福媳妇，你说得像话吗？你只为你的儿女想，怎么也不为我爹想想？房是我爹的，地是我爹的，多穿两件衣服也是穿了我爹自己的，怎么就不该穿呢？亏了我爹穿也是穿的自己的，要是穿了你们的，难道就该把我爹赤身条条一条破席片卷了去不成?!有福是我爹辛辛苦苦养大的，你知道不知道?你这个小媳妇是我爹花钱给有福娶下来的，你知道不知道?你们掉了疮疤忘了疼，对我爹知恩不报反为仇，一个个狼心狗肺，还算个人不算?……”

甘枝听她说话不饶人，哭道：“姑姑呀，话可不能这样说。爷爷的恩情，我们不敢忘，可是爷爷说的话，我们也不敢反抗。爷爷交代让给他穿五件，我们也不是只给穿了三件。照爷爷的话做事，我们做得理也足，气也壮……”

小肉再也忍不下去了，冲有福嚷道：“有福，看看你那小媳妇多厉害！要吃人呀！有福，我问问你，难道娶进门来的媳妇就这么吃人咬人的厉害，难道打这个家嫁出去的闺女就不是人，就不能开口说一句话，就比做媳妇的矮三尺，就该受这份窝囊气吗?——我的爹呀！……”小肉觉得今天受了气，也不再跟甘枝吵了，忽然恼悻悻地来她爹灵前，双手把着尸体放声大哭起来：“爹呀，爹呀！我狠心的爹呀！只管你阴曹地府去躲自在呀！不问我苦苦受小泼妇的欺呀！爹呀爹呀！我苦命的爹呀！他们薄衣单裳欺侮你呀！爹呀爹呀！我可怜的爹呀！我们有话只敢往肚里咽呀！我们活得不像人呀！爹呀爹呀，你慢慢走呀，你等一等你苦命的女儿呀！我们要一起走呀！我们要做一路的鬼呀！……”

白肉见妹妹趴在爹的灵旁哭起来，她也来陪她哭了。甘枝见此情景，以为她们姐妹二人是以哭压人，定要压服我们再给爷爷多穿两身衣服，想到两个姑姑如果取得胜利，便该自家倒霉。想到伤心处，便也坐在爷爷尸体的另一头大放悲声。于是，三个女人哭丧，一半是哭死者，一半是各诉其苦，但她们的哭之主要一半在于各自向对方示威，在于互相威胁。有福因两个姑姑为死人争穿，而他的媳妇偏又不同意，只觉得好不为难，见双方三个女人又大哭不已，没了主意，便来劝慰两个姑姑。可是两个姑姑根本不理他的茬儿。有福以为爷爷辛辛苦苦把自己抚养成人，爷爷多穿两件衣服，也是应该的，便有心答应两个姑姑的要求。又见甘枝哭得好不伤心，又看见甘枝怀里的孩子，又想到如果在爷爷的事上大肆破费，以后日子难过，又以为实在是不可再破费了。因他无法劝解两个姑姑，只好去求外援。他又跑来东屋里求秋叔了。说明原委之后，秋叔说："这事儿我能管。白肉、小肉为她们的爹争两身衣服，那是理所应该之事。我能说什么呢?我能说就穿五件算了?"

有福人太老实。见秋叔不容情，竟不知道说啥好哩。因想到两个姑姑原本也同意爷爷穿五件衣服，只是来东屋去了一遭，回头就变了，他也想到是两个姑姑听了秋叔的话才变了主意的。可是这会儿他又不知道怎么向秋叔求情。想了半天，竟说："可是我媳妇不同意再增加装裹……"

有福脑子笨，嘴笨，一句话竟把秋叔说火了："你媳妇!你媳妇!你媳妇算什么?她来到你家三个门旮旯还没踩遍，她有什么资格当家主事?你堂堂一个男子汉，当不得家，主不得事，跟你那没出息爹一样，不如趁早拱水缸死了……"

秋叔一顿训斥，吓得有福一句话也不会说了。他缠不过两个姑姑，他又缠不过秋叔，只好说："那，就照秋叔说的话办吧。"

秋叔说："好，你赶快去买布去。"

有福说他实在没工夫到附近城镇去买布，秋叔便派他的二儿子水炉去办此事。有福对水炉说："你到附城可不敢买太贵的布，尽量买便宜些的……"

秋叔却不同意，他问有福："那是怎说？"

有福说："太贵了，没那么多的钱。"

秋叔说："胡收拾些赖布回来，能交代过你那两个姑姑吗？你爷爷挺尸在地，多想想怎么尽你的孝道是老正经，别抠抠掐掐打你的小算盘了，当年你爷爷办你父亲的丧事办得那么红火，你今天也该对得起你的爷爷，既要买，就要买一身细竹布的，再买一身蓝布绸儿的……"

"秋叔，绸绸缎缎实在太贵，没钱呀……"

"钱？——怕什么？我给你垫上。"

垫上，终究是要还的。明儿个拿什么还呀？有福明知垫上不是好事，只是瞪着眼咽一口唾沫，再没吱声儿。他这个人很少说话，便是说，也总是那么简单的一两句，别人再说什么，他不会再还口的。好在他有个很好的耐性儿，有福是祸？是喜是忧？他会忍着的。忍，便是他应付一切的好法儿。

呜呼哀哉人可去？
一命休时万事休。
人欲休时休不得，
千事万事缠人头。

2. 情乎何在

秋叔说天气太热，五黄六月天，尸不可久停，事要早办。定葬期、方新坟、买孝布诸事皆燃眉之急。有福只好先到东头请永义叔看葬期。他一路走来，每碰上男人，便单腿半跪点一下头，算是磕头。此所谓给死者磕路也，好像如此这般做法，死者到阴曹地府去便会一路通行，否之，便不大顺利。但碰上女人却不必磕头，好像女人没有什么了不起，不会给死者制造什么路障的，只此一点，既说明男女之不平等，也证明女人似乎比男人善良许多。

有福来到东头永义叔家，给永义叔磕过头，说到定葬期之事，永义叔拿一本黄皮子历书，问明喜枝老汉的生辰八字，年龄和死的日子、时辰后，他把那本黄皮子历书翻了又翻，又反反复复掐了老半天指头儿，嘴里还癸丑、甲寅念念有词地念叨了半天，说："今天是六月二十二，就定在二十九日，你看怎么样？"

有福同意后，永义说明天再给他写个殡葬单子。说到方坟地之事，也说定明天上午就去看看。

有福回到西堂屋院，天已大黑。秋叔把他喊到东屋里来，问明出殡日子和方坟地之事后，说："时间这么紧，头一宗要抓紧扯孝布，散孝布，一共需要扯多少布，你计算过没有？"

有福说："还没赶上算一算。"

"你这个人，天塌下来也不知道着急，你打算扯多少孝布？"

"扯孝布"便是买孝布。有福悄没声地想了片刻，说："只怕要扯四五丈才够哩。"

"四五丈？——四五丈抵什么事？还不够散发孝布条子哩，我替你算了一下，一共要扯四十多丈才行，就说我们一家吧，炉孩两口子要两身，水炉两口子两身，还有炉花跟她女婿，扁女跟她女婿，春弟跟她女婿，还有秋发一家，老肉，桂花，保弟，只这两家，就得二十几丈。还有你们两口子，还有白肉、小肉，还有新根、来旺，还有东长院三家，还有吊祭时的孝布条子，只怕扯四十丈布也不够哩，先扯四十丈吧，不要含糊了。"

有福人老实，却也是个人。跟秋叔一样，脑海里一样有思维细胞，一样会想一想的，他默默地算一算，——一尺布三百钱，一丈布三串钱，十丈布三十串，四十丈，一百二十串。这道数学题再简单不过了，有福虽然没有进过学校门，小九九是算得来的。脑子里一下子来了"一百二十串"这个数目字，无异是晴天一声疾雷，先吓得他打了一个寒战：妈呀，光孝布一宗就花一百二十吊?！将来我到哪里起土还这笔钱呀?！便说："秋叔，你看是不是能省俭就省俭些?"

秋叔一下子瞪起两只大眼睛："省俭？还怎么省俭呢？——我问你，你今年多大了?"

"三十二。"

"喜枝哥抚养你的时候你是几岁?"

"六岁。"

"三十二减六，是二十六。喜枝哥养你二十六岁，是容易的吗?！他苦心效力养你这么大，是图个什么？还不是图了叫你到这一天给他养老送终吗？你倒好，不说尽心竭力为老人尽孝，开口就是省俭，你的孝心哪里去了?"

有福只是浑身乱抖，不做声儿了。

原来有福之父叫柱孩。因其妻生来百拙无艺，横针顺线拿不起来，柱孩为此很生气。到有福六岁时，一日，柱孩叫妻子给补补裤裆子，不想其妻一块补丁补了三天，最终竟把前裆后裆补在了一块儿，不补前虽破总还是条裤子，如此一补，一条裤子一大二小三个口子竟三面堵塞，互不相通，变成三个小口袋，自然不成裤子了。柱孩见妻子如此无能，大气特气，大呼小叫地指着那条裤子大骂一通，以为跟这样的女人生活在一起窝囊死人了，一时想不通，以为如此在世上没什么人生趣味，看看那一只大水缸里水还满着，便一头栽进水缸里自尽了。为着老婆手拙而自杀，当时人们自然传为笑谈。有福的拙妈妈看看因为一条裤子补坏了，把老汉气死了，儿子刚六岁，女儿刚两岁怎么养活得起呢，她便带了两岁的女儿嫁到秦山村去了。留下六岁的有福，他没有亲爷爷，便由二爷爷喜枝收在身边。好在喜枝只有两个女儿，没有男孩，收留下这么一个小孙孙，以为是有了传宗接代的后代，便把有福当亲孙儿抚养，终于把他养大了。有福人虽老实，但他明白他之所以能长大成人，还娶了媳妇，还有了一儿一女，都是爷爷的大恩大德。今天办爷爷的丧事，怎么可以不尽心竭力极尽孝道呢？可他做梦也没想到要买这么多孝布，要花一百二十串钱。一百二十串钱这个大数字实在把他压得喘不过气来，过了半天，才说:“秋叔，咱们小户人家，死一个人，穿这么多布，实在穿不起呀。秋叔，我求求你，你就可怜可怜我吧。该穿半孝的，不要穿全孝……”

秋叔哪容他多说，吼道：“什么半孝全孝，侄儿侄女，外孙女，侄儿女婿，都是小一辈，哪一个不该穿全孝？你总是只为你的老婆儿子想，你总是不肯为你爷爷好好尽孝道，好吧，反正你不是你爷爷的亲孙，反正你没资格承受你爷爷的房地，你要真不想给你爷爷办这件事，你滚得远远的，喜枝哥留得有房有地，我会给他办好这件事的。”

有福听言大吃一惊，他虽然明白他家的房和地一大半是自己父亲留下的，他也明白自己跟爷爷生活了二十六年，爷爷的房地产他是有权继承的。可是当时没有什么法律做保障，一切全凭族长的舌头编的。他想到秋叔的厉害，他明白自己说多少也没用，他没办法了，他没主意了，他只觉得心好酸，心好疼，只是无可奈何地悄没声地流出两行眼泪：一百二十串，大不过卖二亩地吧，自家十亩零八分地，其中四亩原是爷爷的地。有这四亩地，办爷爷的丧事，想也绰绰有余了。想到这里，他含着两眼热泪对秋叔说："明儿个我就先扯四十丈布吧。"

秋叔说："明天就叫水炉替你到镇子上扯布去。还有两件事。一件是油漆棺材。大热五黄六月天，不抓紧把棺材油漆油漆，不赶快装殓，再晚两天，还装得进去吗？还有纸扎。几天后就要出殡，不早些请人做，还赶得上吗？你打算做几样纸扎？"

有福想一想，说："做上一匹纸马，做上两个伏侍，你看行不行？"

"伏侍"就是纸俑，就是纸人儿。

秋叔又发脾气了，说："一匹马两个伏侍，亏你说得出口来。你爷爷活了一辈子在村里有名有节的，过去还当过闾长，做这么点纸扎，说得过去吗？就算你能交代得了死人，死人死了，一不会争，二不会讨，好说，可是你能交代过众人吗？众口难挡，你不怕大伙戳着脊梁骨唾你吗？"

有福见他又是一顿脾气，心里一震，却没反驳，只是又咽了一口唾沫，又流了两滴眼泪，想到："大不过再卖二亩地，由人家吧。"问道："秋叔，我不懂，你说该做几样呢？"

秋叔说："我给你计划好了：纸马一匹，纸轿一乘，金山一座，银山一座，金幡一对，银幡一对，伏侍两对，金楼一座，银楼一座，仙鹤一对，就这些。"

有福听后，不觉倒吸一口气，想到秋叔的话，说一不二，你只可赞同，不可否定，想一想：大不过再卖二亩地。只好说："就照秋叔的话办吧。"

甘枝早就听得秋叔在屋里呼三喝四地训教有福，不知是什么事。等有福回来，忙问："秋叔跟你说甚来着？"

有福心情很不好，也不想说话。只说："总不过是说爷爷的丧事。"在东屋里他跟秋叔对几宗大事做出决定，回来家里竟只用一句话便交代了，也不详细说清，自家人商量一番。

甘枝急了，火了："没见过你这种烧不热炸不烂的东西！难道我不知道是说爷爷的丧事？到底是说甚事呀？"

"就是孝布跟纸扎两件事。"

有福不爱说话，说话简单，竟简单到如此程度，该说说具体的，他也只用"孝布""纸扎"两个简单词儿交代过去。

"孝布要扯多少？纸扎要做几件？不敢跟我说说清楚吗？难道扯孝布、做纸扎也是什么天机，只能你们做神做鬼的可以知道，不得跟我们凡人泄露天机?!"

"就是在东屋里说的那么些。"

"扯你娘的淡！你在东屋里说的到底是多少？这天机半点也不敢泄露吗？我问问你，我还是这个家的人不是？有话儿该不该跟我说说？"

此刻两个姑姑白肉、小肉都在这里，小肉也说："有福从小儿是个没嘴葫芦儿，娶过媳妇儿当了爹的人了，还是个没嘴葫芦儿。从来是多么大的事，多么杂哩古董的事，到了他嘴里，也只会说一句话。有福，我问问你，你是皇帝爷爷？你是金口玉言？你的话就那么金贵？你就不能多说几句，说细致些，给人说个明白？"

有福说："反正秋叔说定了，叫我买四十丈白布，叫油漆棺材，叫做纸马一匹，纸轿一乘，金楼一座，银楼一座，金山一座，银山一座，金幡一对，银幡一对，伏侍两对，仙鹤两对。”说罢，他拽了破褂子襟角儿擦了擦眼泪。

甘枝、白肉、小肉同在这里的根聚爷爷听了这些数目字，齐大吃一惊。而甘枝则感到晴天一声疾雷，竟把她吓蒙了。原来像有福这样的小户人家办丧事，附近十里八庄从来没有见过这么多纸扎，穿这么多孝布的户口，大都是穿个三五丈布，做一匹马、两个伏侍，或者再加金山一座，也就很像样子了。像有福刚刚说过的样子，那是极少数大发大富的财主儿或稀有的小官宦人家才可办到的。而这个有福家呢，地也不过十亩，房不过五间，每年所打粮食也仅够一家五口人糊口，三年五年尚不敢做一件新衣。今天因为一件丧事，摆如此大的排场，花好多的钱，一个小户人家如何经受得起呢？白肉、小肉都想把她们爹的丧事办得风光些，可也没有想到会风光到这般地步。白肉说：“怎么就要那么多孝布？我爹应名儿只两个女儿，没一个儿子，只一个孙孙，比别人家三男四女穿孝布还多哩？”

小肉也说：“咱也吃了三十多个口利馍馍，还没见过做这么多纸扎的。秋哥也太过分了。”

土公根聚爷爷说：“这个老秋是欺有福榆木疙瘩老实人哩。我看他是猫给老鼠拜年——没安好心。”

“没安好心”，几个女人一时省不过神来。人家死了人，死了人便是遭了难。一个人遭了难，怎么还可以对人家不安好心？

甘枝突然哭了。她哭着，大把大把抹着泪冲有福嚷道：“有福呀我的活死人了！你也不想想你有多大的产业，多大的能耐，多大的门面，多大的名望，怎么也拔下汗毛跟人家大财主、大官宦、大家子比上下，比高低呢？有几亩薄地、几间房子，大大小小五六口人张开嘴要吃要喝，伸开胳膊要穿要戴，你就要等着明儿个房卖光地卖尽，叫你的大女小男喝西北风，叫你老婆拖大带小掂讨吃棍沿门乞讨当叫花吗？人家叫你买四十丈布，你就买四十丈布，叫你做金山、银山、金楼、银楼、金幡、银幡，你就做金山、银山、金楼、银楼、金幡、银幡，我问问你，你长那个脑袋叫做甚用？叫做尿盆不成？你长那张嘴巴叫做甚用？叫拉屎不成？你怎么不多说好话，求求秋叔，叫秋叔高抬贵手，给我们大大小小留一条活路……”

有福受到妻子的指责，又用手掌心抹抹眼泪，只说：“我跟秋叔说过了，秋叔不赞成。”

“他不赞成，你不会多说几遍？你不会多求人家几遍？井是一镬掘成的？衣是一针缝成的？你多说几句话就怎啦？人都是病死、老死的，有几个人是说话累死的？……”

有福直是若无其事似的坐着不动。

根聚爷爷说：“求老秋那个人，难啊！他只大眼一瞪，谁不害怕？他当社首说一不二，哪个敢说个二字？”

甘枝嚷道：“他厉害吃不了人！有福，你是去不去？你就只会坐？难道前世里十八辈子没有坐过，今生今世坐坐坐要坐十八辈子不成……”

有福以为再去求他也无用，还是坐着不挪位儿。

白肉对有福那股子死坐不动的样子也很着急，便说他：“有福，你快快去吧。去了好话多说。人心都是肉长的，跟他说明白你们以后的日子，不信他没个三回六转。去吧，为你们妻子儿女以后的日子，快快去吧。”

有福这才站起来，说：“就再去试试吧。”

有福要走时，甘枝嘱咐他："去了，要好话多说，不要总是只会说一句话就变成哑巴。"

小肉也说："秋哥实在不准情，你给他跪下，看他怎么着！"

根聚爷爷也说："看在你媳妇儿女的分上，把胆子放大些认真求求他。这是关系到你们一家往后过日子的大事，不多纳几分低下，往后怎么过日子啊！"

有福"唔，唔"应着，到东屋里来了。

秋叔早已听得西屋里哭哭闹闹，嚷嚷吵吵，知道他们是为什么而闹的。有福一来，说："秋叔，你看纸扎是不是少做些？孝布是不是少扯些？咱小户人家不能破费太大呀。"

秋爷瞅他一眼，厉声嚷道："少些！少些！少多少？你不打算给你爷爷穿孝吗？水炉、炉孩、老肉、炉花、扁女、桂花他们能不给喜枝叔穿孝吗？白肉、小肉能不给她们的爹穿孝吗？各家各户来吊孝，能不给人家一条孝布吗？至于纸扎，不过都是菩荻皮儿跟纸做的，能花了多少？老人养育你们几十年，你们为老人养老送终总打总算就这么一件事，也不能尽尽你们的孝道吗？你愿意当一个忤逆不孝的孙儿，我还不愿意当一个忤逆不孝的侄儿哩！告你实话说，你不过是个孙儿，还是个侄孙儿，怎么办喜枝叔的丧事，你只有尽孝的义务，没有主事权……"

有福越听越没门儿，却也急了，连忙扑通一下子给秋叔跪下，哀求道："秋叔，你不要生气，只求你可怜可怜我一家大小，高高手，我们也就过去了。"

"放屁！哪个拦住你们挡住你们，不叫你们过去？你不知道给你爷爷尽孝，反而反咬一口赖别人的不是，学得这么赖，混账东西给我滚！你要不滚，我叫你跪在这里跪十天跪半月，看西屋里那一具死尸化成脓，烂成泥，谁管它！”

有福看看求情无用，只好弯起胳膊抹抹泪，站起来，他回到西屋里，甘枝她们知道他是败阵而回的，甘枝抱着吃奶的孩子一手抹着泪，忙忙朝白肉、小肉跪下，哭哭啼啼地说：“大姑姑，小姑姑呀！有福没出息，没能耐，没嘴葫芦儿不中用，求求大姑姑、小姑姑看在爷爷在世时疼我们的份儿上，求姑姑们去见见秋叔，替有福给秋叔好话多说，求秋叔准准请，少买些布，少做些纸扎，明儿个也给我们留点房、留点地，叫有福养家糊口。求求你们啦，大姑姑，小姑姑。”

白肉、小肉看看甘枝哭得可怜，看看她怀里抱的刚过百天的孩子可怜说：“好，你别哭得多了。岔了奶水，以后怎么养孩子呢？我们去就是了。”

白肉、小肉到了东屋里，说了许多求情话，秋叔说：“你们不必多说。我只问问你们，喜枝叔没有儿子，只你们两个女儿。喜枝叔有房有地，这些房这些地你们要分一份儿吗？不分，那好。你们姐妹二人不分，喜枝叔的丧事花多花少花得着有福的吗？”

“花不着。”

“这不对了？既然花不着有福的，花多花少花的也是喜枝叔自己的，他有福有什么道理死乞白赖不让花？我拿喜枝叔自己的产业把喜枝叔自己的事办得光彩些，有什么不可以？你们姐妹二人是喜枝叔的闺女，不替你们的老人想，总替别人说话，天下有你们这样傻的人吗？”

秋叔一席话把白肉、小肉两个女人说转了。两个女人回到屋里来，白肉说：“甘枝，算啦。不拘花多花少反正花不着你们的，秋哥说怎么办，就怎么办吧。”

有福听得这话，只是白白地叹气不已，甘枝听了却又像平空里当头一声疾雷打来，打得她倒吸一口气，抱着孩子“哇”的一声又哭了。哭了几声，突然抱了孩子闯出西屋门外，闯进东屋门里，怀里搂着孩子“通”的一声朝秋叔跪下便磕头。边哭边说道：“秋叔呀！你看我们爷爷挺尸在地，有福榆木疙瘩没出息，我儿女一双汗毛没脱，以后天长大日头一家四口要吃要穿要花销，秋叔你就发发菩萨心肠可怜可怜我们一家吧！我的小儿小女有一天能长大成人，我会逢庙烧香、遇神磕头，替秋叔祈福祈寿，求秋叔长命百岁……”

秋叔看看她也跑来求请，不由得火冒三丈，厉声嚷道：“胡说！有福呢？他死了！”

甘枝不明白他们的话意，老老实实哭回道：“他在家里。”

“有福既然还在世上，你来做什么？”

“我来给秋叔磕头，我来找秋叔求情……”

“有福还没死，你来磕什么头？母鸡能叫鸣儿吗？月光能晒米吗？丧事该怎么办，那是你管的事吗？滚！”

甘枝闻听此言，只气得牙咬得咯崩乱响，真想狠狠地骂他祖宗，骂他的三代。想到此刻老东西是惹不得的，只好再哭求一番：“秋叔呀，我知道我不过是个妇道人家，比男人矮三尺，可矮三尺也是个人，自古道孤树不成林，独木不成船，普天下家家户户谁家有男没有女能成一家人?！男人有一张嘴，女人也有一张嘴，男人说得话，女人也说得话，秋叔不看僧面看佛面，看在有福有儿有女以后要养家糊口的份儿上，在爷爷的事儿上少做几个纸扎，少扯几丈孝布，以后我活一天我就早晚一炉香把秋叔当神明敬……”

“滚，一个妇道人家，唧唧喳喳叫什么名堂！滚！滚！……”

“不！秋叔不准情，我就总跪着！秋叔一日不准情，我就跪一日！秋叔十日不准情，我就跪十日……”甘枝想到未来的日子，想到儿女们后来不至落到沿门乞讨的地步，骂也忍着，污辱也忍着，不把女人当人看也忍着，直是跪着不起，直是求情不止。

但是秋叔有秋叔的算盘，哪里怕一个年轻女子。他气极了，突然“叭”的一声拍桌子吼道：“滚！再不滚，我就把有福叫来把你拖出去！”

秋叔拍一声桌子吼一声，在甘枝听来无异又是两声疾雷。她怀里的孩子也为之一惊，“哇”的大哭不止。孩子大哭，甘枝大哭。哭了半天，求了半天，除了挨训，又有何益?！甘枝看看求情无用，她咬咬牙站起来，大放悲声地哭着，抱着“哇哇”大哭的孩子，哭女人抱一个哭娃娃疯了一般地走出东屋，走过院子，来到西屋，“通”地一下子坐在喜枝老汉的尸旁，身子一仰一合地痛哭道：“爷爷呀！我苦命的爷爷呀！你走得无踪无影呀，我们有话跟谁说呀！我们有苦往哪倒呀！爷爷呀！爷爷你上了望乡台呀！丢下我们受人欺负呀！爷爷呀，你一走咱们家塌了天呀！妖魔鬼怪拥上门呀！爷爷呀！你早也疼晚也疼总疼我们呀，你双眼一闭谁疼我呀！爷爷呀！知冷知热的爷爷呀！你慢走一步等等我呀！……”

甘枝一场痛哭，直哭得满院的邻居们听了都替她伤心，都替她抹泪。她也哭，她怀里抱着的孩子也哭。白肉、小肉两个姑姑都来劝解她、安慰她，说老人挺尸在地，大事小事，千宗万宗，忙得很，哭坏身子，谁来支撑呢？可是甘枝想到眼前的难处，想到以后日子的难过，又想到往日的苦楚，哭得更痛了，正是因为她小时在娘家当姑娘时少吃缺穿受罪受苦受怕了，她今天才为明天的少受罪少受苦而求人，而争取，不料争来争去只争得满腹冤苦，她怎么能不伤心，怎么能不痛心，怎么能不痛哭呢?!

只道人情见天良，
哪知人情看斤两!
人间人情何处有?
总在铜臭钱里藏。

3. 嗟乎难哉

甘枝的娘家极穷。她当闺女当了十四年，就在这整整十四个年头里，她没有吃过白面，她没有穿过棉衣棉裤。她是啃糠咽菜，披破挂烂长了十四岁。她打七岁起，为了碗里的糠糊糊，她常常帮人推碾，推得半晌碾，人家便给她二升糠，算是酬劳。冬夜无煤烧火取暖，她又常帮人剥玉米，到了可以赚得一筐子玉米棒子用来夜里烧火，既可取暖，也可照明。有歌曰:

穷家孩子手脚勤，
六岁小女奔西东。
帮人推碾大半晌，
赚得糊口糠二升。
替人辛苦剥玉米，

　　挣来棒子夜做灯。
　　三九腊月无被盖，
　　棒子烧火坐到明。

甘枝冬天没得棉衣穿，她便到别人家的垃圾堆里翻翻腾腾地拣碎套儿。大都是核桃大小的套块儿，又极少，如何套得棉衣？于是，她便把那些小小的碎套块儿用线串而纳之，串在一起，纳成一片，串纳成碟底碗口大小五六块儿，她把姐姐、弟弟连她三个人的三件破褂子，各在前襟缀一块儿，后背缀一块儿，便算是度过寒冬的棉衣了。她跟姐姐都在六七岁便找婆家。她虚岁十五与有福成亲，来到有福家里，等爷爷和有福上地走后，她偷偷地把一只大缸的缸板掀起来一看，不觉大吃一惊："娘啊！满满一大缸谷子！这么多的谷子！多好啊！"再看一只大缸，还是满满的一大缸谷子，连看了四只大缸，全都是满满的谷子，又看过几只小缸小罐，红豆呀，大豆呀，小豆呀，黏黍呀，祭黍呀，真是吃啥有啥，直把她喜得一颗心"通通"乱跳。她坐在一把椅子上双手上下交替地搓着胸口，自语道："老天爷呀，从今往后我可再不会饿肚子了！"可是谷子有了，黍子有了，各种豆子有了，怎么没有玉茭呢？许是在楼上？于是，她又"咯噔咯噔"上得楼来，用头把楼口盖子顶开来看时，天呀，一个三间楼棚铺满了黄澄澄、金闪闪的大玉茭穗儿，足有一尺厚，天爷爷呀！满满的一楼棚子玉茭，天天吃玉茭面煮疙瘩也吃不完呀！楼上楼下，满棚满缸，穀子、玉茭、黍子、豆子、好多的粮食，把个十五岁小媳妇惊呆了。她站在楼口边上，瞪着两只大眼睛望着那一大摊满满的三间楼棚堆下的玉茭，一层层、一穗穗、一粒粒，金光闪闪，耀人眼、舒人心。在她看来，一粒粒玉茭都是无价之宝，都是珍珠，都是无比珍贵的心爱之物。她看呀，看呀，她简直像一个叫花子忽然得到十万两黄金似的，心下十万分激动，十万分兴奋，十万分幸福，怎么也不愿意离开这些珍珠般的玉茭。她在楼上傻了一般地站了足足一个时辰，这才恋恋不舍地下了楼。以后整整五年，一日三餐，有稀的，有干的，冬有棉，夏有单，小日子过得均之匀之，无忧无虑地生活了五年。如今她已经是有两个孩子的小媳妇。她过了十四年的穷苦困难的日子，又过了五年一日三饱的生活。一个十四年的穷，一个五年的饱，在她的生活中实在是个极为鲜明的对比。她但愿像此五年的生活一样永远永远过下去，不要求再高，不企求大富大贵，她只求今生今世再也不要返回到“三九腊月无被盖，棒子烧火坐到明”那种生活里去。可是她做梦也不曾想到只因为爷爷死了，只因为爷爷办一件丧事，她的无忧无虑的生活，她的锅不忧没米下的生活，她的不欠人不亏人的生活，她的十亩山田五间房的小家庭便该结束了，便会发生大变化，便该再过少吃无喝，愁吃愁穿，欠人亏人，逼债躲债的贫困日月。她怎么能不急？她怎么能不愁？她怎么能不伤心？她怎么能不哭呢？她到东屋里找秋叔磕头求情，被他骂出门来，赶出门来，回到西屋里趴在爷爷尸体上哭呀哭呀，整整哭了两个时辰，把堂屋里的邻家扎根大哥和丙午媳妇惊动来了，把南屋的有有哥惊动来了，把大门道那一间小屋里的仙枝惊来了。原来这个名叫西堂屋院的院子是一个四合头院子。进大门有东西两座小房，再进二门有个门道，门道东侧有一间小房，安根住；院里扎根哥住堂屋和东北耳楼，有有哥住南屋，秋叔住东屋，有福住西屋和西南耳楼，共五家人。有福的西屋虽已年久，墙皮漆黑，原来的白粉已荡然无存，变成一座黑楼房，但梁粗檩粗，墙厚砖好，地上铺砖也都完整无缺，很可以住许多年的。现在只说邻家们来了，看看喜枝老汉的尸体，无不叹气，都说死了一个直性大汉子，都说喜枝老汉一死，这个西堂屋院好像一下子少了几十个人似的冷清多了，他们是来劝慰甘枝的。看看甘枝哭得好伤心，一个个编着开心话儿劝慰她，要她想开些，要她为怀里的孩子想，不要哭坏了身子，这样说好说歹，左劝右劝，总算把甘枝劝住不哭了。人们又叹一会儿气走后，时已深夜，又到了该给喜枝老汉烧纸的时刻。原来此地死了人，从即日起，每晚深夜和早晨五更时分要烧两次纸，要大哭两次，孝子孝孙由土公带着要转遍村街谢两次孝。当夜烧纸，哭灵、谢孝事宜不必细说。至次日天明，百事缠身，他们更忙了。

给喜枝老汉做装裹的衣料细竹布和蓝绸买回来了。做装衣的任务自然落在甘枝头上，因为她是全村里有名的巧媳妇，剪、裁、扎、缝，样样俱精。可是她受人逼难，心情很坏，时时刻刻眼不断泪。况且还要奶孩子，还要忙种种丧事，但她又不得不忙着做装裹。她怀抱婴儿，一针血，一针泪，在炕头穿针引线。

孝布也扯回来了。四十丈白布全握在秋叔手里，由他分发。有福、甘枝夫妇自然领到两份重孝孝布，白肉、小肉也各领到两份重孝孝布。但是小肉不满意，说是她还有儿子，她的儿子是她爹亲亲的外孙，不应该穿孝吗？按当地乡俗，一般当外孙的，只给三尺白布，束一条白腰带罢了。可是小肉还要求再给六尺，外孙也要穿白裤。秋叔不给，她又是吵，又是闹，又是大哭一场，没完没了地闹起来。

实际上为死者穿孝、尽孝是不应该争的。人死了，孝子孝妇为什么要穿白的？因为白布是棉布本来之色。人之所以把白布染做红的、绿的、黄的、蓝的等等色彩，那是把用来蔽体、御寒的衣服又加一层意义——美观。人穿衣服讲究美观，美化人生，是应该的。死了人，是悲伤之事，人在悲伤时候便不讲求美观了。故孝子孝妇穿白服，不过是不讲究美观之意。如孝服只粗针大线缭上而不绕缝，如披麻，如百日不理发，皆此意也。若按此意说，死了人，孝子孝妇，亲戚本族之小辈只需表示悲痛就行了，何必一定要穿孝。既穿孝，穿那么一点表示表示罢了，何必定要穿多少多少？亲戚、本族既来吊孝，要向死者表示悲痛要戴孝，你自己扯白布，或穿一身，或穿半身，或行重孝，或行轻孝，均无不可，为什么定要向死者家属讨了白布行自己的孝呢？可是今天在喜枝老汉这件事上，秋叔不仅要许多该穿孝的不该穿孝的都要穿孝，都向有福讨孝布，而且该穿轻孝的却硬要穿重孝，大肆浪费。不知秋叔如此做来，到底是何居心。

再说小肉到东屋里来冲秋叔哭着给自己的儿子争孝布，一会儿白肉也来了，她也哭着为她的女儿讨孝布。白肉边哭边说：“我是我爹亲亲的女儿，我的儿子是我爹亲亲的外孙，亲亲的外孙给外公戴孝只三尺束布一条白腰带，说得过去吗？就说我的儿子小了一辈子，那也该穿个轻孝穿一条裤子束一条腰带吧！秋叔你说，我这点要求能说出轨吗？”

秋叔说：“按说外孙给外公戴孝，一条裤子一根腰带，也是分内之事，应该的。可是你知道有福是事主儿，我不过是替人办事，替人办事就不可过分大手大脚。所以我说一个外甥有一条三尺布的白腰带将将就就也就行了。你们何必为一条裤子六尺布争来争去的……”

“秋哥，你说错了！为老人戴孝怎么能将就呢？我爹活了六十多岁，一辈子就这一件事，给老人尽孝也将就，我的心下过意不去啊！秋哥，说到天东地西，你不给我儿子加那六尺孝布，我坚决跟你们过不去！你试试！”

白肉也说：“我的闺女是我爹亲亲的外孙女，一块三尺布的蒙脸布，一条六尺布的孝裤，少了一尺也不行。”

原来戴孝也有几个等级。死者的儿、女、儿媳妇三种人穿重孝，从头到脚一色素服加麻片，且孝服之边边缝缝只缝不绕，一律毛边儿。亲侄儿、亲侄女、孙儿、孙女穿轻孝，只穿一条裤，且可绕边儿，再束一条腰带，鞋子两帮各补小小一块长方形白布即可。三服外之侄儿、侄女和外孙、外孙女穿小孝，只是鞋帮上两边各补小小一块长方形白布，男者只束一条白腰带，女的只蒙一方白头巾即可。一般仅此三个等级。其余一般朋友、邻舍、乡亲到出殡之日来吊祭者，也给三指宽或二指宽七八寸长一个白布条就成，所谓“见一张小白纸给一个孝布条”者是也。小白纸是人们用来剪纸钱之纸。按这个等级而论，白肉、小肉哭着闹着为其子女争孝裤的布，实在是过分的要求。可是乡俗还有一个习俗，大凡死了人，出嫁了的女儿和本族子弟在讨孝布方面无论给多给少，总会争执一番的。唯有能够大哭大闹地争孝布，在众人眼里方可以显得他们是极尽孝道的子女。当然其中未免夹杂一些趁机占些儿小便宜之意。向人家争得孝布来尽自己的孝道，不过是冠冕堂皇的借口。借口归借口，但历来家家户户如此，历来乡规里俗如此，其冠冕也就堂而皇之得多了。白肉、小肉为了多争几尺孝布，为了争个“孝女”的名声和占几尺布的小便宜，她们还是声嘶力竭地闹着，争着。她们还不曾争得个长短，秋叔的大女儿卢花来了，二女儿扁女来了；秋发的大女儿桂花来了，二女儿保弟也来了。她们自然也是进村起哭，亦哭亦诉，极表悲伤。其实，她们大多是做做样子罢了。

这些侄孙女们一来，便参加进白肉、小肉她们争孝布的行列里来。她们七嘴八舌，哭哭、闹闹，争了半天，秋叔还是不答应给她们增加孝布。其实，发孝布的大权就握在他的手中，说声增加，便可以增加的。他的本心也是愿意给她们增发孝布的。可是他却故意推脱，故意迟迟不发，其目的在于造成一种声势，造成一种影响，说明在这件丧事上之所以用孝布很多，并不是他这个做本族家长有意浪费，实在是孝女孝男们苦争，争得太厉害，实在是孝男孝女多，所以用布多了的。因而这些争孝布的女人们争呀吵呀闹呀闹得越凶，闹得时间越长，秋叔便越是得意，正中了他的下怀。

只说那几个女人在东屋里秋叔面前闹了半天，争了半天，秋叔只是不答应，首先是把个小肉气坏了。气坏了怎么办？因此事告状打官司是没有的，只有到死者的尸体前大哭特哭一顿算是最高明的策略，以此来扩大影响，扩大声势，争得孝布便是最后一策。于是，小肉率先跑回西屋里来，往死者的尸体旁一坐，双手拍打着尸体厉声大哭起来："爹呀爹！我狠心的爹呀！只管你望乡台上各自在呀！我满腹冤气跟谁说呀！爹呀爹呀！我苦命的爹呀！你的女儿命好苦呀！我有心尽孝他们不让尽呀！爹呀爹呀！你慢走一步等等我呀！我……"

小肉到死者尸体前哭起来，以此在众人面前造成一种影响，她实在是个孝女，她实在想为老父亲尽孝但又受到阻碍，她实在是有苦衷无处诉说。

小肉这么一哭，已经表示她真正是一个极尽孝道的孝女，白肉、卢花、保弟她们若不如法炮制，相形之下，她们岂不太不孝了？岂不是假孝女吗？因而不拘愿哭不愿哭，她们也只得接踵而来，也只得在喜枝老汉的尸体旁坐下来，一个个将头上蒙的毛巾往额前拽拽，一只手揪住毛巾下边两个角儿，将脸捂住，便编着挽歌儿哭起来。此种揪了毛巾角儿蒙面哭丧大有弊病，与死者是真亲还是假亲，是真伤心还是假伤心，是真哭还是假哭，全部蒙在那块毛巾之内，使人无法察看清楚。今天的几个女人之哭，像白肉、小肉许是真哭，而像卢花、保弟、扁女她们只不过是为了争孝布，只不过是人哭时不得不哭，一准是假哭无疑的。但不拘是真哭还是假哭，都是口口声声念着挽歌哭的，听起来都是极伤心的。因是几个女人同时大哭，这种同时哭可以谓之“合哭”，如唱歌之“合唱”一样。但“合唱”是合唱同一支歌又是同时唱，听来整齐而和谐。她们的“合哭”则是各编其词，各成其调，调门儿有高有低，挽词儿有长有短，极不一致，不过是杂乱无章的乱喊乱叫罢了。她们几个女人在这里哭呀哭呀哭了大半天也没人来劝止。做孝妇哭丧是不能无劝而自止的。那便显出你是假哭，你并不太伤心。既然无人劝止，她们无论是真哭是假哭是有泪是无泪，只好继续“合哭”下去。

按俗规说作为女儿、侄女、侄孙女的这一干女人哭丧时，哭到一定程度一定时间，作为苦主女主人的甘枝便应该主动去劝止一番，她们也就会随之而止的。但是甘枝不愿意去劝止，因为她们是为了争孝布而哭的，她们的哭正是向有福、甘枝夫妇示威、抗议，以争取胜利。甘枝若来劝止，如果只是空口白劝，没用，必须答应给她们增发孝布方可，她哪赞成给她们增发孝布呢？实际上她们如此大哭大闹地要求增发孝布，不过是趁人在大难之中，发人家的家难财。什么发财，不过是占小便宜罢了。作为苦主的甘枝迟迟不肯前来劝止，她们也应景似的大哭不免时间过久了些，便对甘枝加了几分恨意，恨意一来，她们的哭便进入一种声嘶力竭状态，很少听得她们哭死者，哭爷爷，只听她们口口声声是“我的命好苦呀！我哭死哭活谁可看得见呀！”竟是哭她们自己。

但是东屋里的秋叔着急了。便来院里喊有福：“有福，你出来！”

有福忙忙打西屋出来。秋叔说：“卢花她们哭了大半天，你媳妇怎么也不劝劝她们？不像话！”

有福说：“我去说给她。”他回来西屋叫甘枝去劝止她们，甘枝在炕头抱着孩子一边流泪，一边给爷爷做装老衣服，说：“你的眼瞎了？看不见我忙着！”

“可是劝劝她们也是你的事……”

“我又没长着三头六臂。爷爷今黑夜就得装裹，我又没分身法儿！”

有福没法儿，只好自个儿去劝她们。谁知那些孝女们觉着甘枝不来劝止，又增加几分气，又做出几分示威性的姿态，更加厉声大哭起来。有福也没了主意。正好东头永义叔来了，只得打点去看坟地。

尽孝只在争孝布，
争布有方只在哭。
只在女子哭声里，
有人庆幸举屠苏。

4. 泪乎干哉

有福家在村北山坡上有一处地，六块儿共二亩，地名叫金地凹，多么好的地名啊！打村里到金地凹要上一道青石铺路的石坡，那六块地便在石坡两边，西边两块，东边四块。有福引着秋叔和永义叔把六块地看了又看，最后来到东边第二块地里，永义叔朝北看看山脉，往南看看隔村隔河的南山，他又把罗盘放在地里看了一会儿，嘴里还乾坎艮震念念有词地念了一会儿，说："这是块好坟地，座乾象，登巽象，乾者，天也；巽者，风也。坐天乘风，必定前程万里。只是巽位的南山显高了些，大风易过，小风就会受到阻隔，往前走就不容易了。有福，你看这个座向行不行?"

有福一个老实农民，只知道方一块坟地把爷爷葬埋了完成做孙儿的任务尽到孝心便好了。说到什么坐天乘风，前程万里，他以为那是作为风水先生的永义叔一句吉利话，吉利话不过是说给事主图个好听罢了。一个老农民坐什么天，乘什么风，有什么万里前程，他全然不当一回事儿。秋叔听了永义的话也只当一般吉利话听。他知道有福家底的厚薄，他知道有福今日办过他爷爷的丧事之后他那个小家庭将会发生什么样的变化，他知道有福老实得除了吃饭、劳动二事，别无本事。这么一个家，这么一个人，会坐什么天，乘什么风，有什么万里前程？风水先生净会胡编白扯！

坟地既定，因为五黄六月天气过热，尸体不可久停。当即由永义叔择定葬期是六月二十九日，今天晚上由永义叔动笔打个葬单子便可。至于方茔地、祭茔地之事，议定当天下午便方苗好，明天晚上子时三刻便祭茔地，嘱咐有福要做好一切准备工作。

离开金地凹下石坡时，秋叔又提起卢花、扁女一干女人争孝布之事。他狠狠地训斥有福："连个媳妇也管不了，算得个什么男子汉。扁女她们哭死哭活，你也不叫你媳妇劝一劝，算个什么人?！外孙也好，重外孙也好，给你爷爷穿条孝裤尽个孝道，难道不应该吗?"

有福无奈，只说："该怎么办你就怎么办好了。"

后来卢花、桂花她们争孝布之事自然是以大获全胜而罢。但是这会儿秋叔又跟有福说要请僧、道两班和吹鼓手一班。僧，便是和尚；道，便是道士。有福人虽老诚，但是本村外村婚丧大事也见过不少，一般像他这样的小户人家甚至比他富的人家办丧事，不过一班吹鼓手，一个和尚罢了。这个村子二十多年来死了五六十个人，用吹鼓手用和尚都没有超过此限的。他也听说过镇子上当铺掌柜家办丧事是用了姑、僧、道三班的，可人家是当铺掌柜，自己跟当铺掌柜比，岂不是拔下汗毛比大腿？再说孝布用了那么多，纸扎又做了那么多，爷爷的丧事一罢，不知要亏空多少钱。再请僧、道、吹鼓手三班，岂不是要人的命吗？他想跟秋叔求求情只用一个和尚和一班鼓手。可是他又害怕遭到秋叔的训斥。他试着开口，却又不敢张嘴。后来想到最大不过挨他一顿骂，便说："秋叔，咱一个小户人家，是不是请一个和尚，请一班吹打就行了……"

秋叔不假思索打断他的话，说："喜枝叔的事你交给我办，我就要办得像个样儿。你好好做你的孝子就行了，不要管这些闲事。"

老实巴交的有福又不会回话了。可是他想到爷爷的丧事上如此破费，到了来不知道要花多少钱，不知道该怎样了结此事，心里好痛，心里好难过。他想到自己妻子儿女一家人的生活，只好壮壮胆，再向秋叔求求情。说："秋叔，反正一个和尚也是念经，十个和尚也是念经，其实有一个和尚念念经也很好……"

秋叔不等他说完，又发脾气："胡说！一斤米能饱一个人，难道一两米也能饱一个人！一斤米，一两米，一样吗？！这件事你是叫我办呀还是不叫我办？你说一句话，不叫我办，你另请高明去吧……"

秋叔一发脾气，有福便吓得张不开嘴了。只是想到此事如此折腾下去，他这个家要倒大霉，遭大难，到了来不知道会落得个什么样的结局，心下好不酸痛，双眼扑拉拉流下两行热泪。当着秋叔的面，竟只敢流泪，不敢出声儿；只敢流泪，不敢抬手抹抹，害怕秋叔训斥他："你哭什么？你有什么冤枉？"那两行热泪只是顺鼻窝而下，流到口角，流进自己嘴里，伤心地咂咂嘴，那泪水好咸好咸。回得家来，要不要把请僧、道、吹鼓手三班的事儿告知甘枝呢？他思想再三，以为告诉她也没用，反而会给她增添许多气。她又要做许多人的饭，又要做孝妇，又要招呼那么多女亲，又要带孩子，要是一气把她气得病倒，岂不是麻烦更大了？所以回得家来对她并没有提及此事。

秋叔回来以后，见那一干女人已经停止大哭，早已按她们的要求照数增发了孝布。下午，有福、秋叔和永义叔到金地凹去方茔地，有福想到请僧、道、吹鼓手之事到时甘枝终是会看到的。说不定她又会哭死哭活地大哭，又会生大气的，要是气出个病来，这个家还怎么支撑下去呢？他真是忧心忡忡，满腹苦情，没个说处。他们方过方茔地回来，天已大黑。初更时分，甘枝给爷爷做的两身衣服已经做起。土公根聚爷爷给喜枝老汉穿好，便行装殓。所谓装殓，便是把死者装入棺材。届时，所有孝男孝女均已到齐，棺材也已横放在迎门中堂的贡桌之前。当地的农户，不论贫富，大都住砖瓦楼房。有的人家虽已穷得日子艰难，轻易也不肯把砖瓦楼房卖掉。有福家三间砖瓦楼房的布局与诸邻一样，进门一间迎面是中堂，正中壁上一幅神像吊画，乃福、禄、寿三星是也。吊画下方有一个一尺见高位牌，上书“天地君亲师之神位”八字。位牌前方桌上是香炉、蜡台，每逢初一、十五，都要烧香的。但令人不解的是这个烧香是烧给福、禄、寿三星呢？还是烧给天、地、君、亲、师呢？抑或是眉毛胡子一把抓，一股脑儿都在数，很难说清。死下人了，棺材要往中堂神像下方放，对于福、禄、寿三星，对于天地君亲师，岂不是一个大大的亵渎？但是神是万能的，人也是万能的。他们把挂在门上的竹帘儿摘下来挂在中堂壁上，隐隐约约把福、禄、寿三星遮挡起来，把天、地、君、亲、师捂住。如此做来，好像做人者便可以免除亵渎神灵之罪。有福今天也是如此做过以后，把中堂两边的两把椅子搬去，放了两条长凳，支起棺材，便开始装殓。棺盖子一盖，有福烧香化纸钱后，孝男孝妇们便大哭起来。有福今天晚上的哭，不仅仅是哭爷爷这死，更是哭办事之难。孝妇们中白肉、小肉自然是为哭爹而哭爹，独有甘枝是大不同的，她除了哭爷爷的死，同时也在哭眼下的受人摆布，也在哭将来生路的渺茫。

当夜装殓既毕，次日便打墓、砌墓。这一切进行得虽然比较顺利，但在顺利进行之中，有福的心头总是重甸甸地压着两块大石头：一是爷爷的丧事如此办来，将来不知道会塌多少亏空，日子将如何过；二是请僧、道、吹三班之事还没告知甘枝。明儿个三班人马一到，又不知她如何生气，如何与他过不去。谁知并未等到那一天，甘枝早已在人们的言谈中听到了风声。当天晚上，心事重重的有福打坟上回来，甘枝便抱着孩子冲他哭着："有福，我问问你，你还要不要老婆孩子啦？"

有福见问，知道大事不妙。他只说："我还能不要家小？"

"你既然还要我们，明儿个叫我们吃什么？喝什么？我看你是存心卖你的妻子孩儿，存心饿死你的妻子孩儿。何必等到明儿个，不如今儿个就拿长长一条绳来把我们娘儿们活活勒死，省得明儿个我们拖大引小沿门乞讨！"她说着便"呜呜呜"痛哭起来。

有福见她哭得伤心，想想以后确实没有好日子过的，便说："我还能叫你去讨饭？"

"不叫我们去讨饭，孝布用了几十丈，纸扎做了十几二十多对儿，你还嫌不排场，不威风，不气魄，你还嫌花得少，你还嫌你的房多地多，你还要和尚一班，道士一班，吹打一班折腾，等爷爷入土为安以后，你的妻子孩儿还活得成吗？你见过谁家小户人家跟你一样要威风，要排场，请道士，请和尚……"

有福见她越哭越痛心，想到秋叔那边实在扛不住，妻子这边又无法交代，两头夹攻，好不为难。他以为甘枝说话在理，可又无法抵制秋叔的淫威。没办法，他只好说："你不要生气，只要有我这个人，不怕。"

"有你这个人能怎么着？明儿个欠下人家的债，你拿什么给人家，把你的浑身骨头剁碎了，剁成一百块儿，一千块儿，人家要不要？！有福呀有福，你只比别人多一口气呀！他们说要请僧、道、吹三班，你就请三班？你就没想想请了僧、道、吹三班是花你的钱？还是花他们的钱……”

“我知道是咱花钱，可是秋叔叫请三班……”

“你是死人？你没长嘴？……”

“……”有福只是用手背抹抹泪。

“你就没有求求人家？……”

“……”有福只是用手掌抹抹泪。

“有福呀有福呀，为了明儿个你的妻儿不拖打狗棍，你就多长一个心眼，你就去求求人家吧，你去吧……”

有福知道族长秋叔的厉害和威严，去也没用的，所以他只是抹泪不肯去。甘枝看着他总是坐着不动，她想到将来的难处。她也没有更好的办法，又是抱着孙子到爷爷的棺头痛哭起来。

亲戚们见她大哭不止，大姑姑白肉也很可怜她，便劝她一番，并提议让她抱了孩子去求求秋叔。甘枝说上次因为纸扎之事去求秋叔遭到训斥，说女人没权张嘴没权求情，白白受人一场气，今天再去有什么用呢？白肉说：“不拘他怎么训人，不拘他说女人是人不是，咱们只是为了明儿个活下去，只是为了两个汗毛未褪的孩子，就不能管得许多，有福是个没嘴葫芦儿，你不去谁可以去呢？”

甘枝想想也是，自己的事自己的难处，自己不去，谁能替得了呢？他就是把人不当人看，他训人，他骂人，有什么可怕的？为了孩子们能活下去，她什么都不在乎了。于是，她又抱了孩子到东屋里来了。

甘枝进门就冲秋叔跪下，哭道：“秋叔，我可是又来求你老人家啊。秋叔呀，爷爷的大事咱们该怎办就怎办，只是僧一班，道一班地请来，那不是咱小户人家请得起的。不看僧面看佛面，你看在我怀抱里这个吃屎狗的分上，我求求秋叔，咱们也跟家家户户一样也只请一个和尚吧。秋叔呀，你读书识礼，你怜贫惜苦，你通情达理，你人好心善，你一定高抬贵手，咱们将将就就……”

秋叔对喜枝老汉丧事的做法有他自己的想法，自己的主意，自己的打算。他虽是有福不太近的本族，可是他又是有福最近的本族。办丧事是只有本族族长说了算的。他早已料定他想怎么办便可以怎么办，任何人都不能批驳的。他讨厌甘枝的求情，他根本不理她的茬儿。他扬头搭手坐在炕头，眼也不眨一下，嘴也不张一下，好像什么事也没有似的。甘枝见他不理不睬的样儿，她不灰心，她也不丧气，只好继续求情：“秋叔呀，你就行行好吧。有福的家有多深的水你也知道，不过就是那五间房子十亩地，我们大大小小四口人伸胳膊要穿，张嘴要吃，长年大日头地要过日子，你就发发善心行行好吧。自古道善有善报，秋叔今天能救我们一把，秋叔明儿个定是人丁兴旺，子孙满堂，长命百岁，富贵永长……”

秋叔终于听得不耐烦了，“咚”地打炕头跳在地上，唬道：“胡说白道！滚！”

甘枝见他开口骂人，训斥人，心下好难受。她实在不愿意再次受人的训斥了。可是又想到照了秋叔的话做去，将来的日子难过，她为有福想，为怀里的孩子想，还是忍气吞声跪在那里，还是咬牙捏鼻向人求情：“秋叔呀，你骂吧，你打吧，我骂也不怕，打也不怕，只求秋叔大发慈悲拉我们一把，让我们一步，叫我们的前头有路……”

“胡说！谁不叫你往前走啦？谁叫你前头无路啦？红口白牙讹人耍赖皮，什么东西！滚！给我滚！”

“你说我是讹人也好，你骂我是赖皮也好，我不在乎，我只求秋叔可怜可怜我的弱女幼儿……”

“滚！滚！给我滚！”

无论秋叔怎么骂，怎么训，甘枝总是跪着不动，总在苦苦哀求，她求告一会儿，又哭一会儿，又哭着想一会儿：人都有个人心，人心都是肉长的，秋叔的心为甚这样硬呢？难道他的心不是人心，不是肉长的，难道是铁打的，铜铸的不成？我求情好话说了千千万，他为什么没个回心转意呢？可是又一想：爷爷的事是有福家的事，为什么有福家的事有福自己却当不得家，主不得事，啥啥事也必须求他人？啥啥事也别人说了算？啥啥事也必要别人当家做主呢？这是为什么？这是什么规矩？为什么自己花钱办事由不得自己，偏得秋叔做主呢？为什么明明是自己的事，我可要跪在秋叔面前苦苦求情呢？为什么为着自己的事寻着遭别人的骂，遭别人训斥，看别人的眼色，看别人脸，求别人给我们留情呢？为什么？为什么？到底是为什么呀？她想来想去想不通，想来想去还是不向秋叔求情，自家就会倒大霉。可是她说好说歹，哭天哭地，除了遭到秋叔一顿训斥，一无所获。但是她想到照秋叔的话办过丧事，自家便会大难临头，想到除过向秋叔求情别无他法，她只好咬咬牙坚持到底，在这里跪下去。她不信秋叔没一分人心，会不给人半点情面。不问秋叔愿听不愿听，她仍然跪在那里边哭边诉，边诉边哭。整整跪了一个时辰，两个时辰，夜深了，人静了，膝疼了，腰困了，头懵了，孩子哭了，孩子醒了，孩子又哭了，孩子又睡了，终于还是没人给她留情。直到喜枝老汉该贯殓时，白肉、小肉走来，劝她回去，她还是跪着哭着，哭着跪着，不肯起来。她虽然膝疼、腰疼、头懵、眼黑，不能支持，但想到秋叔不肯准情，他们立刻就会大难临头，她怎么会为一时的眼黑、头疼半途而废呢？她还是抱着孩子跪在那里哭诉。孩子又哭了。刚过百天的孩子“哇哇”哭着，刚刚十九多岁一点的小媳妇继续哭着诉着，直哭得头晕泪干时，她竟眼前一黑昏了过去，昏倒在地。

忽然满天乌云滚滚，狂风呼呼，电光闪闪，雷声隆隆，瓢泼大雨劈头盖脑倾泻而下。忽然又是一声疾雷，随之一阵狂风卷来，竟把那黑梁黑棚黑壁黑梯三间黑楼的屋顶卷去一大片，“忽啦啦”连声响起，黑椽黑笆黑土黑瓦一股脑儿纷纷落下，又把那黑檩黑板黑楼黑棚砸开大大一个黑窟窿，大雨大风又打那黑窟窿直泻而下，霎时三间黑屋里汪洋一片，把那黑柜子黑箱子黑桌子黑罐子连同甘枝怀抱里的孩子一起漂流去了。甘枝惊叫一声扑来抢她的孩子……她睁眼看时，竟回来西屋，只是做了一个噩梦。

自家有事自难管，
跪于他人哭哀哀。
族规族法跪不倒，
人情人味哭不来！

5. 悲乎恸哉

甘枝给秋叔跪，甘枝向秋叔哭，哪知跪死哭死，也不能哭得来他人的半分人情，也不能哭得他人有半分人味儿，到了只是自个儿干了眼泪，昏倒在地。有福同根聚爷爷把她抬回西屋里来，把她救醒之后，她还是痛哭不止。因时间已晚，便开始做贯殓。所谓贯殓，就是用大铁钉把棺盖死死钉在棺帮子上。这也有个小小仪式：孝男孝妇们跪满一地，根聚爷爷“叮叮”地钉棺盖时，孝男孝妇们要一起高声呼叫：“爷爷，躲钉。爷爷，躲钉。”“爹，躲钉。”似乎如此说来，死者有灵，便会躲着，不被铁钉所钉。而后又是烧香、化纸，而后又是孝男孝妇大哭，而后又是孝男沿街谢孝，通告全村，喜枝老汉今晚已经贯殓过了。

有福在忙中气中甘枝在哭里泪里折腾了几天，不觉已是六月二十八日。西堂屋院的大门外东边早已搭起白花花一个大丧棚。喜枝老汉和有福之父的棺材早已移至棚下，用板凳支着。丧棚前中间的两根柱上贴着长长一副白对联，那是请永义叔写的。只见是：

阳世为人，人竟做鬼，阳世何曾没恶鬼；
阴间做鬼，鬼曾是人，阴间未必无好人。

横额四个大字是：混沌难分。

两根边柱上也有一副短联，是：

善恶常难辨；
因果未必准。

丧棚上端还飘飘扬扬贴着四条吊挂，各书一字，合起来便是一句话：“了不了了。”

不到晌午时分，和尚、道士、吹乐三班人马均已到齐。西堂屋院里大灶小灶皆已生火。

到了这个时分，争孝布的也不争了，争纸扎的也不闹了，有福、甘枝只管做他们的孝男孝妇就是了。

傍晚时分，僧、道、吹三班人马列队奏乐，把各色纸扎迎在丧棚下，竟迎了三次。村里看热闹的乡亲们都道喜枝老汉死得好不威风，好不排场。

晚祭是丧事的一个重大仪式。但也不过是三祭三馔一类。那些吹手、和尚、道士们，也不过是过金桥、做道场、吹戏一类，不必细述。孝男、孝孙们在和尚、道士、吹乐们的音乐声中给现死的喜枝老汉和早已去世的柱孩献茶、献酒、献馔，献了三次，和尚们诵了三次经，孝男孝女们哭了三次。三祭之后，由礼宾先生读祭文，一时乐停哀止，丧棚四周围得里三层外三层的观众们，乡亲们也一齐扎耳待听。只听礼宾先生高声读道：

维

中华民国十五年六月二十八日。

不孝孙男顿首泣拜

祖父灵前。祖父生于清咸丰十一年，殁于民国十五年六月二十三日，享年六十五岁。祖父幼小失学，长大务农。巧于耕而豆谷丰；善于蚕而桑叶肥。负一柄银锄，早出而晚归，锄露锄霜；挑两肩荆担，爬坡而越岭，担月担星。路见不平敢于打，一身正气；邻有困苦勇于帮，满怀慈心。膝下无骨肉子，视若淡水；掌上有螟蛉孙，抚为至亲。田里家里，做男做女；衣衣食食，克勤克俭。待人尚厚，处事崇公；于人为善，于己求严。勤劳一世，辛苦一生；村乡皆尊，邻里俱敬。年逾六旬，不期重病，医药无

效，驾鹤游冥。女儿孙孙，恸哭悲声，谨备酒馔，献于祖灵，呜呼哀哉，伏维

尚飨

祭文读毕，一个礼宾先生喊一声“举哀”，孝男孝女们一起悲声大放哭起来。又一个礼宾先生喊一声“请师讽经”，那一班和尚便“咚咚嚓嚓”打着乐器，嘴里“哼哼唔唔”念起经来。

因为今天有福给爷爷办丧事办得格外红火，格外风光，全村里男女老幼倾村而出，一起围在丧棚前看这一出三祭三馔。三祭三馔虽已结束，但人们还不肯就去，特别是那些女人们还想听听丧棚下那些孝女的哭。因为人们的哭丧是如哭如诉边哭边诉的，哭声的好听与难听，嗓门儿的优与劣，诉词儿的好与差，是可以听出一个女人的能与拙的。每个女人都有哭丧的时候，及早学来，似乎也是她们的必修课程。因而，许多妇女——老婆婆、小媳妇、大姑娘、少奶奶们都围在丧棚四周，静静地听着。丧棚里女人们的哭，粗听时不过是乱七八糟的杂喊乱叫，细细听来，却是哭词儿各异，韵味也各不相同的。人们在那众多的哭声里细细分辨出每个人的哭音，听来哭得最悲哀最伤情最揪人心的莫过于做孙媳妇的甘枝。听她如泣如诉地哭道：“……爷爷呀！我的好心的爷爷呀！你活在世上为人忙呀为人累呀，你两眼一闭受人欺呀！爷爷呀！你披星戴月种庄田呀，你顶风冒雨奔日月呀！你住有屋子耕有田呀！你囤里有谷缸里有豆呀！爷爷呀，我们冬有棉呀夏有单呀，棚上满粮锅满粥呀！爷爷呀！你一家大小好日月呀，全凭爷爷大恩德呀！爷爷呀！你睁开两眼看看我呀，他们欺你的后代欺你的孙呀！

爷爷呀！你的孙儿好无能呀，终有一天要拖打狗棍呀！爷爷呀！你一走呀把好好的日月都带走呀！爷爷呀！你慢走一步等等我呀！我情愿阴曹地府伺候你呀！不想在人世间受人的欺呀！爷爷呀！我该到哪里去寻你！爷爷呀！……”许多女人听了她的哭，都在为她伤心落泪，都在为她担心，为她捏一把汗。

只说当时孝男孝女们哭丧暂告一段落，时已半夜，以后还有和尚们过金桥，道士们做道场，吹鼓班吹戏曲。直闹到五更鸡叫时分，又开始晨祭。早饭后，是亲戚、本族、朋友们便纷纷前来吊祭。孝男们自然是磕了一上午的头，孝妇也哭了整整一个上午，不必细述。

上午人们前来吊祭之时，还是清明大天，不意到了午饭时分，天渐渐地阴了。西北方向黑云滚滚，天气也显得闷热闷热，看来又将有一场大雷雨哩。

午饭过后，有福给爷爷烧过最后一次纸，和尚又念了一次经。在此期间，抬棺材的小伙子们早已做好准备，端纸扎的人马也已各就其位，僧、道、吹三班人马便也各奏其乐，孝男孝女们也已大放悲声。此刻天空忽然一声大雷“轰隆隆”打响，就在此乱哄哄的乐声和惊天动地的哭声还有震撼山岳的雷声之中，忽又听得“咯叭”一声响亮，土公根聚爷爷把烧化的纸钱的一口大砂锅一脚踢翻，打得粉碎。打烂砂锅，也算出殡仪式之一，以此向人们宣告：喜枝老汉彻底完了；喜枝老汉离开生他长他并且劳动、生活了六十五年的村子的时间到了；喜枝老汉因为他的死，他的家破了；喜枝老汉的灵柩该起灵了。同时打破砂锅一响，也是土公向孝男孝女，向抬棺材者，向端纸扎者，向僧、道、吹三班人马发出的一个信号，一个号令：大家各执其事一起行动吧！可是就在人们要行动时，忽然“轰隆隆”又是一声大雷响亮，随之而来的是大风，是雨柱。可是砂锅已经打破，起灵信号已经发出，任它雷声多么大，西北风多么急，雨柱多么稠，起灵之事必须依既定时间进行。于是，在那大雷大风大雨里，出殡队列按程序是大雅锣鼓先行，而后又是一对香幡，而后是一对仙鹤；而后又是一对金山，一对银山；而后是一班吹奏而又诵经的和尚；而后是一对金楼，一对银楼；而后是纸马、纸轿；而后是拉灵的孝男们；而后是两名端瓦者；而后是喜枝老汉的灵柩；而后是哭丧的孝妇们；而后是二对伏侍；而后是道士乐班；而后是两对银幡；最后才是吹鼓手乐队。灵队之长，半里出头。如此红火，如此热闹，如此风光，在这个小山庄里实在是空前的盛举。因为喜枝老汉丧事的派头之大，早已远近传闻，所以今天十里八庄许多男女都赶到这个小山庄来看了一次稀罕，开了一次眼界。许多人都为这么派头这么风光的丧事咂嘴不绝。虽然此刻正值大雷大风大雨，只因看这样一次盛举，十年难逢，人们也就不怕风不怕雨不怕雷鸣电闪，一个个淋得湿漉漉地站在雨柱里泥水里，奔在大雨里泥地里跟着看红火看稀罕。

送灵队在雷声里电光里风里雨里迈进着。和尚们、道士们打着吹着念着经冒雨前行，那袈裟那道袍虽已淋淋沥沥浑身里滚水，他们为了挣钱，一切都不在乎。只是那些纸做的金山银山金楼银楼金幡银幡……一律化为破烂不堪的碎纸和干巴的苇荻子棍棍。不知有福、甘枝、秋叔、白肉、小肉们看了此情此景，各人会作何感想。

送灵队满村街转一个圈子，最后来在石坡处，抬棺材的小伙子们一鼓作气冲前而行，奔上石坡。端纸扎的孩子端着些挂着破纸碎箔的苇荻子棍棍架架，乱七八糟地冒雨奔上坡去。孝男们除了有福还在痛哭，其余都已脱离拉灵队伍有说有笑地冒雨而行；孝妇们按此地乡俗是哭送到村边为止，所以大都不哭了，一个个奔着跑着找避风避雨之处。唯有甘枝一人却不知道雷鸣，不管它雨打，不管它风吹，还在那里大哭不止，多少人劝也无用。她们回到屋里来，但是甘枝还是只管哭个不停。甘枝的眼泪恰如两股活泉，像是流不完，堵不住的。孩子“哇哇”哭着要吃奶，她也不闻不问。亲戚们劝解，邻家们劝解，她只不理，直是哭呀哭呀，哭个没完。她如此哭来哭去，终于一头栽到炕头，一不吃，二不喝，三不言语，甘枝病倒了。

当天晚上，又是吹鼓乐吹戏，又是和尚念经，又是道士做道场，叫做安神。葬了鬼，又安神，是因为有福家死了一个人，办了一场丧事，折腾了七八十来天，不只因此闹得四邻不安，更重要的是闹得诸神不宁，所以出殡以后首要任务是吹戏、念经，以安诸神。为此又折腾半夜，次日僧、道、吹各班找秋叔算过账，各个怀揣铜钱而去。这些事，甘枝全不问了，全不管了。她只是不吃不喝地躺着病着，几天之后，竟到了奄奄一息的地步。于是，有福害怕极了：刚刚葬过爷爷，甘枝又病到这个地步，他怎么能不着急呢？有福正在不知该如何是好的当儿，秋叔忽然找他算总账哩。

人间何处有人情？
眼泪一斗值几文？
任凭哭倒太行山，
难动族规半毫分。

6. 家乎破哉

有福要去东屋里跟秋叔算总账，临走时，他看看炕上躺着的甘枝，说：“秋叔叫我哩，怕是要算账，你说……”他像是向她征求意见。两天不吃不喝的甘枝早已没一丝气力，她知道秋叔不操好心，总以族长族规压人，说什么都没用的。她一语不发，只是轻轻地翻了一个身，将脸背过去。有福知道她气重病重，他可怜她，又没办法。农村里一个人病了，不问是大病、小病，胸病、腹病、头病、喉病，是否有病的标准，只看你是否发烧。烧，便是有病，不烧，便是没病。你不吃饭，不起，不是装病，便是懒病，邻居壁舍会把你议论讥讽个一钱不值的。即使发烧，事实证明有病，无非是扎扎指头出出血，无非是荆芥葱胡一碗汤，哪里请得起大夫呢？如今有福因为一件丧事便是大难临头，不知会如何了结此事，哪里谈得上给甘枝请医的事呢？有福只说得一句：“你躺着歇歇吧。”便去了。

有福来到东屋里，只看一眼秋叔，便坐在柜前一条板凳上，等秋叔说话。秋叔说：“你爷爷的事总算忙过了。喜枝叔也入土为安了。至于事上花的钱，全是我借了别人的，人家都等着要钱哩。今儿个咱们就算算，——不过我已经给你算清了。我给你一宗一宗念念，你听着——

装老衣服两身，花钱三串三百文；
油漆颜料，花钱四百二十文；
油漆匠工钱，花钱一百文；
纸扎二十二件，花钱四十八串；
孝布四百二十尺，花钱一百二十六串；

和尚一班，花钱八串；

道士一班，花钱八串；

吹鼓手一班，花钱四串；

土公一人，花钱四百文；

白面一百斤，花钱二十串；

食油十斤，花钱五串；

食糖三斤，花钱六百文；

抬棺费，花钱三串；

端纸扎费，花钱一串二百文；

一应杂费，花钱二十一串。

总共二百四十九串零二十文。就这么些。在这件事上，我实在是想尽办法一分一厘地给你省哩。要不，只怕三百串也出不来。头里我说过了，这些钱都是我向人借下的，人家就要要钱。我替你好说歹说，答应人家大后天还钱。你快快准备钱吧。”

有福人虽老实，只听得一个“二百四十九串零二十文”十个字一句话，突然如同在他的头顶连连打来十声疾雷，直把他打得头懵眼黑，晕晕倒倒，一口气直往下咽，一个字儿也说不出来了。过了半天，省过点神来，只觉得心里好疼：天呀！就花了这么多！

秋叔见他半天来只是发愣，并不回话，说他：“有福，你怎么不说话？你打算多会儿还人家的钱?”

又过了半天，有福忽然低低头，一个向来不知道着急不知道害怕的三十二岁大汉子，那双眼竟又扑啦啦流出两行泪来。他先咽一口唾液，使使劲儿，说：“秋叔呀，这么多钱，我手里分文没有，叫我立地生金也生不出来呀！”

“什么话？二百四十多串钱是你家的事花啦？是我家的事花啦？花钱的时候花啦，还钱的时候又不想还钱，不想还怎么着？你有福办事，难道该我秋喜还债不成？”

“哪还能。我是说这么多钱，就是把有福全身骨头砸碎了卖，只怕连零头儿也不够哩。”

“你怕的是什么？办丧事办的是喜枝叔的丧事，喜枝叔虽然死了，可是喜枝叔的房还在，喜枝叔的地还在，你怕什么？”

“可是我一家老小以后还要活哩。”

“你说你不打算还人家的钱啦？你不还，好，你有福说一句话，叫谁还？叫谁还？”

今天有福实在是为那二百四十多串钱的大数目字压在头上把他压懵了，压急了，才说了几句话。秋叔这么一问，他想到丧事是自家的丧事，欠债是自家的欠债，作难也该自家作难，想法儿也该自家想法儿，便说：“我回去合计合计再说吧。”起身要走。

秋叔说：“还合计什么？有什么好合计的？只说想办法还人家的钱就对了！——你慢走，你说清几天能拿过钱来？”

有福站在当地里思谋片刻，说：“秋叔，你就不能多宽限几天？”

秋叔说：“废话！要是我的钱，五年不早，十年不晚，谁叫我跟你是一个老坟上烧纸的？可是这些钱全是借下人家的，三天期限够宽绰了！去吧，明天先来见一句话。”

有福没有再说什么，他低着重甸甸一个头，迈着重甸甸的脚步，怀揣重甸甸一颗心离开东屋，出在东屋门口慢慢抬头看看，东屋门口，西屋门口，不过十来步路子，此时在他看来竟像有千里之遥，似乎今生今世都不可走回西屋里一般。忽然又听得西屋里传出孩子的“哇哇”啼声，知道是甘枝两三天不吃不喝因而奶水越来越少，孩子吃不饱，肚里饿，时不时地大哭大嚎。西屋里债务累累，无钱偿还，使人急，使人愁；西屋里一个大的不吃不喝，已经到了奄奄一息的地步；一个小的饿了没奶吃，又没人看他，没人管他，长此下去，还不知道这个出生刚刚百天的幼儿是不是能成得个人，真是千头万绪，千难万难，全堆在这个少言寡语老老实实的庄稼汉头上，他如何能不愁？如何能不急？他的头如何能不重？脚步如何抬得动？他一步一步挪着步子往西屋方向挪着，只听屋里的孩子“哇哇”直吼，吼得他揪心抓肺般地疼。他使使劲儿挪着脚步，挪呀挪呀，大半天才挪在自家门口。

有福回到屋里来，只见甘枝仍然拥着一条破被子有气无力地躺着，孩子在炕中手脚乱舞地大哭大闹，甘枝伸手想拽儿子而又难得抓住。有福蹭上炕来，抱起儿子，擞擞哄哄，儿子还是哭个不停。后来他热了一勺子米汤灌过他，才算稳住神。

有福到东屋里算账之事，甘枝也不闻不问。有福想把花销多少告诉她，又害怕她听了那个老大的欠债数儿更要着急，更要生气，她的病会更重几分，如何了得？便不言语。但是由于甘枝直是不吃不喝，孩子直是大哭大闹，有福想到长此下去不是事儿，姥姥本来给他们带着两岁的女儿，抽不出身来的。因听说女儿病重，小外孙无人看管，只得带着外孙女儿来了。甘枝见娘来了，想起受秋叔欺压之事，想到日后的日子难过，又痛痛哭了一顿。姥姥见女儿只因家里死了一个人便遭此大难，一个不缺吃不缺穿的小小的殷实人家眼看就要发生很大的变化，女儿、外孙们日后又将愁吃愁穿受苦受难，她怎么能不伤心，怎么能不担忧呢？于是她又哭了，她低声骂了一顿老秋喜，回头来还得劝慰女儿是大事。她抹着泪说：“甘枝呀！不管怎么着，反正事也办了，钱也花了，生气能怎么着？你生气，人家就能饶过你吗？你这么着折腾自己，你要有个长短，不过是害了你自己。依我说你该吃哩，吃，该喝哩，喝，只要有个好身子，没地种，咱们能开；没房住，咱们能盖。甘枝，你要听话。你年轻轻地这么下去，我活在世上还有什么用？你不是想要你娘的命吗？”

甘枝听言，“呜呜”哭道：“娘啊！不是我要往死里折腾自己，实在是那个狼心狗肺的东西逼我死呀！娘，你想想，爷爷一件事花了几百串。这房能留得住吗？那地能保得住吗？一家大小四口人，没房没地还算什么家？还怎么往前走呀！娘！我实在咽不下这口气，我实在不想活呀！……”

姥姥边抹泪边说：“甘枝，这话你可说错了。你怎么不想想你死了哪个可怜你呢？天下的穷人家也不只有福一家，有多少人穷得一垄青田没有，一个瓦片没有，你的命就那么不值钱？再说你要有个好歹，也不只是苦了你一个人，你丢下这两个小吃屎狗儿，我一个人能抚养得了？有福能抚养得了？你不是苦苦害了这两个不懂事的孩子吗？……”

说到两个孩子，甘枝哭得更恸了。哭了半天，她真的只是想到两个孩子太可怜，这才强打精神坐了起来，有福见情很高兴，忙着去热了一碗米汤，甘枝终于进食了。

说到欠债之事，姥姥问有福：“有福，他们限期那么短，你也该打早想想法儿才好，尽管坐着，钱能打天空掉下来不成！”

有福说：“家里有几石粮食，在爷爷的事上也吃个差不多了。咱们庄户人家，除了几颗粮食，还有什么法儿呢？”

“那，你打算在哪里起土还人家的钱？”

“我也没法儿。”

“你说得轻巧！你说个没法儿，人家就饶你过关啦？”

“可是这个家不过就是这两张破桌，两把破椅子，还有两口箱子……”

甘枝哭着说：“两口箱子有一口是我的，把你的骨头砸碎卖了也不叫你卖我的箱子。”

姥姥说：“别争这些破桌子赖箱子啦！这些东西能值几个钱？说大的吧。”

有福抬头看看黑糊糊的天花板，说：“大的也就是三间屋子。”

甘枝抹着泪哭道：“做你的梦吧！我问问你，你把这个西屋卖了，叫你的老婆孩子到哪里去？难道你就是居心让我们当街里顶瓦去哩？我说你又请和尚，又请道士，又做金山银山金楼银楼怎么那样大方，敢情你压根儿就没安好心！好吧，有福，你来，你把我们娘儿三个拖出去，拖到当街大道上……”

姥姥忙劝女儿：“甘枝，你这么说虽然是气头上的话，有福听了怎么受得了呢？花钱多能怨他吗？”

“不怨他怨谁？一个男子汉窝窝囊囊，脓脓水水，人家叫他打狗，他不敢打鸡；人家叫他走东，他不敢走西，有鼻有眼有嘴装人哩，那张嘴除了吃饭还有什么用？在人家眼里他不过是一只狗，一只鸡，一根木头，一块不崩纹的石头！他也算个人？不过是只比大门口那块门墩石多两个耳朵，枉来世上走一遭！死了不败活败哩！活活地给祖宗败哩！”

不拘甘枝如何骂，有福总不犯犟，总不反驳，只是呆呆地坐在炕头白白地犯愁，过了半天才说："真不行，只好把耳楼卖了算吧。"

甘枝听说要卖掉那两间耳楼，无可奈何地哭道："活给祖宗败哩！"

姥姥说："甘枝，你别骂他了。——有福，就打上卖那两间屋子，可是你想想两间屋子能卖多少钱？"

有福说："大不过卖个六七十串钱。"

甘枝忙哭道："六七十串我不卖！他们真把人逼得不行了，随他们的便儿！想杀哩杀，想剁哩剁，就是这四堆穷骨头，叫他们拿了长刀短刀来吧！"

姥姥说："甘枝，说气话抵什么事？咱们还是好好合计合计吧。——有福，你说那两间耳楼有人买吗？"

有福说："秋叔早就想上了，还愁没人买？"

甘枝哭道："不！我卖房也不卖给他，他想得倒美，他把别人不当人看，他拿别人的房地当粪土，他把人折腾穷了，他发财，他置房买地，他压根儿就没安好心，我不能把屋子卖给那种狼心狗肺的人……"

姥姥说："只要有别的人买，就卖给别人也一样……"

有福说："咱不行。人家是本家，本家要买，谁敢卖给别人。"

"你说那倒成了死症？"

甘枝见说即使卖房子也定须卖给秋叔，想到秋叔的居心害人，想到他趁人危难，谋产霸业，怎么能不气，怎么能不伤心，她又"呜呜"哭个没完了。

过了一会儿，秋叔又叫有福到东屋里去，有福临走时，甘枝说："你可不能答应把屋子卖给他，就说咱的屋子有人要买哩……”

有福说：“人家要问谁买哩，我说个甚？”

“你真真是个榆木疙瘩！只说有好几家争着买哩，张家买李家买，他管得着吗？”

有福实在不会说半句假话，他犹豫了。姥姥说：“甘枝说得对着哩，你就照她的话说吧。就是卖给他，你这么说说，也能撑撑房价，多卖几串钱。”

有福只好点头应下，到东屋来了。

秋喜问有福：“钱都准备下了吗？”

有福老老实实地说：“去哪里准备，一分钱也没有哩。”

“那，你打算怎么办？不还了？”

“还能不还？”

“既要还，拿钱。”

“秋叔，就不能多宽限几天？”

“还宽限什么？宽限五天也得拿钱，宽银五十天也得拿钱，晚拿早不拿，早拿晚不拿，不一样吗？何必支支吾吾叫我受人家的逼呢？”

有福不吱声了。由于秋叔逼得紧，他没有更好的办法，只好咬咬牙，说：“那就卖房卖地吧。”

“这句话早就该说。卖房卖哪座房？卖地卖哪处地？说细点。”

“就是那两间耳楼，就是邢家地那三亩地……”

“办了大事不卖大房，那两间耳楼能值几个钱？你就别做好梦了，干脆说那三间西屋吧。邢家地那三亩地也差得远哩，泊池岸上那四亩地还值几个钱。事到这一步，你还留恋好地，好吧，你不卖房不卖地也行，拿出钱来！”

有福又说了许多求情好话，秋叔只是不依。说来说去便定下来把两间耳楼和泊池岸上的四亩好地再加邢家地上头一块一亩三分好地卖掉。说到买主，有福说别人要买，秋叔说："你越活越不懂事了，我不买，看他谁敢买!"

原来乡里族里在买卖房地方面也有乡规族规，必须先让本族人买。本族人不愿买时，方可卖给别人。有福怎敢违犯族规？明知卖给秋叔，自家要吃大亏，可是这是不可侵犯的乡规族规，又有什么办法呢？

秋叔要买有福的房和地，价钱出得极低，两间砖包楼房，他只出五十五串钱；五亩三分好地，他只出六十五串钱。有福回到西屋里来把情况告说姥姥和甘枝，甘枝闻言无异又是当头一声疾雷照她打来，她立时浑身里乱颤乱抖，气得她满嘴的牙"嗒嗒"乱响，如此半天，她又"哇"的一声大哭起来。边哭边说："他欺人压人活活要把人欺死压死呀！他不如干脆点一把火把我们一家四口连这座房子烧了，烧光烧净，也没人跟他们争了，也没人跟他们闹了，由他们在西屋院里顶天立地多好！有福呀有福，你算个什么人？不过是别人手里的一把稀泥儿，由人家随意儿捏，由人家随意儿揉，想把你捏成方的就捏成方的，想把你揉成圆的就揉成圆的。我们家的事，由人家随意儿办；我们家的钱，由人家随意儿花；我们家的房，由人家随意儿住；我们家的地，由人家随意儿种；我们家倒像是死光了，死绝了，没人了！有福呀有福！看你把地也卖了，房也卖了，叫我们怎的活人呀！……"

甘枝痛哭不止，姥姥抱着外孙女儿痛哭不止。有福只是干愁，只是干急，只是不说话，只是呆呆地坐在炕头。后来还是甘枝憋不住，要有福再找秋叔求求情，求他把房价、地价再提高点儿。有福去了一趟，效果不佳。又是甘枝提出叫有福去请请堂屋里的扎根哥，南屋里的有有哥，请他们到东屋里说说情，提提价。

扎根哥、有有哥都很同情有福的不幸，自然应下他的要求。二人找秋叔说情，搞价，说好好歹大半天，还算有效，两间耳楼的房价提到了六十六串钱，五亩三分地的地价提到了八十二串钱。当面说定，有福卖房卖地就请扎根、有有二人做中保人，七月初三日就写卖契文约。

房价、地价又增加了二十八串钱，对甘枝说来算是一点安慰。再算算，共欠人家二百四十九串零二十文，除去一百四十八串钱，还有一百〇一串二十文的亏空，又该怎么办呢？甘枝因此又哭起来，有福因此又犯愁了。——

莫道风光二字美，
风光二字压死人。
昨日风光过去后，
今早无处可栖身！

7. 噫乎完哉

债不是好欠的。欠债变成高利贷，驴打滚的利息滚起来是很怕人的，是会吃掉人的。因此，甘枝同姥姥忙着想办法多还他们一些债，少留一些高利贷。可是她们想来想去，除了借当一法，别无高招儿。于是，娘女俩便催促有福去借当。有福东跑西跑，别的物件借不来，只是借下上山棚会一套铙钹，下山棚会一套铙钹。山棚会是按街道结合起来正月里搭棚敬山神的棚会。那铙钹夏、秋、冬天是用不着的，可以有差不多半年的当期。有福又找一家借下一具车甲。七月初二日早上，他就把两副铙钹装在箩头里，挂在车甲两头，把铁质车甲扛起，担了那两副铙钹。奔十里路，来到附城西铺里当了，言定铙钹的当期是半年，车甲的当期是四个月，总共才当得两串钱。有福也算有脑子，想想两串钱顶什么用？想起甘枝的姐姐桂枝就嫁在附城坡底，她的婆家当年是财主，如今虽然破落下来，可是正月里到峰西村走亲戚时，她还戴着银帽花、银耳坠。便跑到坡底来要跟大姨子桂枝借当物。桂枝不肯借给，有福也算有办法，他只说如果还不了债，甘枝就不肯吃饭，就会饿死，桂枝看在妹妹不死的份儿上，这才把一堂银帽花、一对银耳坠借给了他。有福拿这些银耳坠、银帽花到当铺又当了三串钱。

有福回得家里来，把借了孩子她姨姨的帽花、耳坠当了三串钱的事说了，甘枝又骂他："我一个人跟着你受苦受难受人的气罢了，你又去害我姐姐，叫我们姐妹二人都跟你一个没出息的东西倒霉，不知道我们姐妹们前世里作了什么孽，今生今世一起跟你不得过一天安稳日子……"

七月初三日晚上，有福叫了扎根哥和有有哥一起来到东屋里，只见根聚爷爷正在屋里南头灶台上切菜。因为买卖房地，买主都要准备一桌酒席，宴请卖主全家和中保人、写字据人及近门本家。

一会儿，作为近门本家的秋发叔、明印哥、喜印哥，还有执笔写字据的永义叔都来到了。只因房价、地价已经议定，并无多余的话可说，人们闲言几句，秋叔向永义叔说明买卖房地一切具体事项，永义叔便执笔写来。一会儿便写就了，他朗朗有声地给买主、卖主、中保人、本家们念道；

立卖契人韩有福，因事花钱在急，手头一时不便，央中说合，愿将祖业砖瓦楼房二间卖与韩秋喜名下为业。现将该二间楼房四至开明：东至有有南房山墙，西至扎根和卖主厕所，南至庙头大街根，北至卖主西屋南山墙小道。四至之内，土木金石相连，为买主所有。三面言明房价五十五串整，抵有福借秋喜款项五十五串整，房价已是当面交清。自即日起，二间楼房归秋喜为死业。空口无凭，立字为据。

卖房人：韩有福

买房人：韩秋喜

中保人：韩扎根

韩有有

执笔人：韩永义

中华民国十五年七月初三日立卖地文契如下：

立卖契人韩有福，因事花钱在急，手头一时不便，央中说合，愿意将祖业泊池岸上土地四亩，邢家地土地一亩三分，共五亩三分地四至开明：泊池岸上土地四亩，东至韩姓五亩大地堎根，西至韩姓三亩地堎根，南至水沟，北至小路；邢家地土地一亩三分，东至水沟，西至小路，南至卖主土地堎根，北至韩姓地堎根。两处土地四至之内，土木金石相连，为买主所有。三面言明两处土地之地价共八十二串文，抵有福借秋喜款项八十二串整，地价已是当面交清。自即日起，两处五亩三分土地归韩秋喜为死业。

三面言明，买主买地不买税，五亩三分地这粮税银两仍由卖主担负。空口无凭，立字为证。

卖地人：韩有福

买地人：韩秋喜

中保人：韩扎根

韩有有

执笔人：韩永义

永义叔念罢，卖主、买主，中保人，三方皆无异议。三人各在自己名下划一个“十”字，如同盖了印章。永义叔又把两个卖契文书照抄一份，各个划上“十”字，卖主、买主各执一份，买卖房地之事算是终结，秋叔又提出下欠款项之事，有福又把当东西的五串钱交上，算是总共清了一百五十三串钱，还留下九十六串零二十文，秋叔问有福多会儿还，有福再三求情宽限，永义叔、扎根哥、有有哥他们也替有福说情，秋叔只好说：“好吧，谁叫我跟有福是一个老坟烧纸的，就以后再说吧。不过，这些钱我是转借别人的，眼下可以不还，也得给人家出点利息，也得写个欠债字据。说到利息，秋叔要定成月息四分，大家说还是老规矩，三分利息就可以了，便定成月息三分。又把借期和抵押物商定，秋叔又说欠债字据也要有福找两个中保人，有福看看扎根、有有二人，说：“还是两个老哥给我当保人吧。”

扎根哥、有有哥没意见，秋叔却不表态。扎根哥急了，冲秋叔说：“怎么，你不赞成，嫌我们当了买卖房地的保人，就当不得欠债保人了？害怕我们房少、地少，没资格做这个保人？——不怕！到时候有福还不了债，我有五间砖瓦楼房哩，难道抵不上这九十六串钱?”

秋叔忙说:“不是那个意思,我是说,我是说——好吧,我相信你们两个老邻居。”

中保人既定,秋叔又叫永义叔写了一纸欠债文约。写好后,由他当面念道:

立借契人韩有福,因事花钱在急,手头一时不便,央中说合的,借到韩秋喜名下铜钱九十六串。三面言明串钱月息三分。借期三年。三年之内,每年年终欠债人必须清还当年利息。三年到期,本利两清。欠债者以祖宗三间楼房为抵押。如到期本利全无,所抵三间楼房归债主所有。空口无凭,立字为证。

借债人:韩有福
债　主:韩秋喜
中保人:韩扎根
　　　　韩有有
执笔人:韩永义

借契一抄二份,有关人都划过“十”字。至此,喜枝老汉一件丧葬事发展到这一步,其结果便是韩秋喜的无比高兴,韩有福的万分痛心。有福一向是不会生气的。无论大事小事,该愁时他不会愁,该伤心时他也不大伤心。即使愁,一愁便了,即使伤心,也只伤一阵子便了。今天写卖房卖地的文契,从头到尾不过是觉得心头上有点儿酸酸的罢了。叫他划“十”字时,也不觉得怎么着。即至划“十”字划完那一竖时,他忽然感到那个“十”字好凶好怕,他眼泪花花地看看那个“十”

字，竟是尖刻尖刻的一把可恶的杀人的剑。那“十”字虽然是划在纸上的，他却感到是一把剑恶狠狠地刺在了他的心头，甚至连甘枝、女儿、儿子都刺串在那把可恶的剑上。他忽然浑身里打了一个冷战，双眼一黑，就要昏倒，但是他咬咬牙，还是坐稳。

几个“十”字划过，一切都完了，一切事均告终结。剩下唯一的一件事便是摆酒宴，吃酒席。在场者都要吃，卖主全家人都有吃酒席的份儿。秋喜叫有福回西屋去叫甘枝，有福知道她不会来的，也只得走走过场。

有福手捏着两张卖契文约，一张欠债文约，这三张文约，一张卖了房子，一张卖了地，一张欠了债，都不是平常物件，实在是三块千斤重铁，有福捏在手里，只觉得沉甸甸的好重好重。这三张纸是有福家办了一件丧事的归结，这个归结就是三张小白纸，有福捏着它发愁，不知该怎么向甘枝交代。他捏着三张纸刚走在当院里，不防“呼”地刮来一阵大风，紧接着又是一个大闪，紧接着又是一声疾雷，原来老天早已阴了，大雷雨又冲有福袭来了……

有福回到西屋里来，在昏暗的灯光下看见甘枝躺在炕上还睁着两只大眼，想到甘枝又是整整一天不吃不喝不睁眼，口口声声嚷着要死，这会儿忽然看到了她的两只大眼睛，自然高兴了许多。他正要开口说叫她去吃酒席的事儿，一个字还没吐出，甘枝忽然大叫一声“娘呀”，只见双眼一闭，她的头也歪倒了。她的一声大叫，把两岁的女儿，刚过百天的儿子全惊哭了，小姐弟俩直着嗓子“哇哇”大哭不止。姥姥看见甘枝的情况不好，也顾不得两个孩儿的大哭大嚎，连忙喊一声“甘枝”，甘枝不应声儿。她忙着过来伸手摸摸甘枝的口鼻，哪里知道她口也没气息，鼻也没气息，立时把个姥姥吓呆了。此时忽然听得又是一声疾雷，院里沙沙地下雨了。姥姥醒醒神，忙喊："有福，快快救人!"

有福连忙上炕把甘枝抱起来窝住她，姥姥又忙着掐甘枝的人中，谁知毫无作用。姥姥喊她，她不应声儿，又摸摸她的手，那手已经是冰凉冰凉像冰块儿一样。姥姥感到大事不好，先"哇"的一声大哭起来。有福看看甘枝没气了，姥姥、女儿、儿子老小三个哭作一堆儿，他竟身不由己地把甘枝放倒，他自个儿也软倒在炕头……

西堂屋院的上空又是"咯叭"一声疾雷响亮。院里哗哗的大雨倾盆而下。——

有福没福祖父亡，
族长办事无天良。
大请僧道奏笛管，
又叫鼓乐伴笙簧。
富翁何曾有孝意，
散发孝布夸大方。
金楼银楼风吹散，
纸马纸轿雨打伤。
醉翁之意不在酒，
富佬之心赛虎狼。
大肆破费逼人穷，
穷人房地富人想。
老农缺钱愁无计，
族长霸去地和房。

丈夫哀哀难救妻，

儿女双双哭无娘。

第二章 雪

1. 雪夜归人

腊月二十三日下午。

老天阴得黑森森的。鹅毛大雪漫山遍野倾泻而落。山山沟沟村村落落白茫茫一片。

西下河村的有福在高平县的公记铁炉上做小工，也就是当炊事员，今天放年假归来，半下午时分已经来到西下河村对面的红骡背山坡上。他背着一个破布袋，在山坡小路的半道上站下来，望望笼罩在蒙蒙雪雾里的西下河村，早已望见他家的院子西堂屋院和他家那座西屋的屋脊和房坡。但是他却站下来不动了。他冬仨月没回家，他今天就要回家，他已经来到差不多是自家的大门口，他急着想看到他的妻子和儿女，可是他却站在那白皑皑的雪山雪坡雪地里不动了。因为他虽然很想回家，却又不敢回家。为什么？因为他是多年来身负重债的人。当年因为办了爷爷一宗丧事，本族族长韩秋喜谋产霸业，肆意花费，结果，有福被迫卖了两间砖瓦楼房、五亩三分好地，尚不足偿还丧费款，竟又欠下韩秋喜九十六串钱的高利贷。六年以来，虽然年年打利，只因驴打滚的高利贷越滚越多，每年借当还当，每年借新债还旧债，还来还去，原来只有一个债主，如今滚成四个债主；原来欠债九十六串，如今变成一百九十八串。眼下年近月满，正是债主们讨债、逼债之期。可是他在铁炉上干了整整冬仨月，才挣了一串五百钱，对于那大笔欠债，简直是九牛之一毛，如何了得！况且家里还有小儿女三个，过大年尚无新衣，都盼着他回家买新布做新衣哩。在此种情况下，有福过年不能不回家。但是想起债主逼债的可怕，他又极害怕回家。不回家？不回家又到哪里去？不回家，甘枝跟孩子们又等着他回家，能不回家吗？可是想起来讨债人的气势汹汹，自己手里只有一串五百钱，他实在又不敢回家了。他站在雪天雪地里憨憨地站了半天，想了半天，以为家是一定要回的，但是此刻大白天他是绝不可以回家的。他打算等到深更半夜人睡村静时偷偷摸摸回去方妥。

半山坡上的有福脚踏皑皑白雪，头顶雪花飘飘，欲走无路，欲坐无地，只是站在雪地里让大雪随意飘覆。他雪头、雪身、雪脚，已经变成了一个白花花的雪人，雪天雪地里站着个雪人，三者混为一体，白茫茫一片。即使迎面村街里有人，也不会看出南山红骡背的山坳里还站着一个人。

冰天雪地的三九大雪天，风刀雪剑，好冷好冷。有福手冷了便使劲儿搓手；脚冷了便吃力地原地踏步，只踏得半尺深的白雪塌下深深两个大雪坑。

忽然迎面村里传来一阵“噼噼啪啪”的鞭炮声，紧接着便“当当当……”锣声响亮。有福忙忙看去，只见打添荣家大门走出一伙人来，还有马，还有花轿，还有宫灯。他这才明白是添荣的弟弟春荣娶媳妇哩。只见那娶亲队为首一个人背着钱褡子，专管放鞭炮，依次一个打锣的吹鼓手，两个打旗的，四个打宫灯的，而后便是骑着高头大马的新郎官春荣，再后便是四人抬的大花轿。既是能用得起大花轿的人家，为什么不用它一班吹鼓手，却只有一个“当当”打锣的？原来当时吹鼓手是下流行道，很少有人愿做此事。方圆几十个村子只梧桐村、佳祥村各有一班吹鼓手。人们办婚丧大事偏又要择号儿，就是择吉日。几十个村子有几家办喜事，往往碰在同一个吉日里，都要用吹鼓手，一班吹鼓手五六个人只好化整为零，面面俱到，一二人顶一班，一个人既打鼓又打锣，以应吉期。到了晚上，他们又往往集零为整，轮流给每家办喜事者吹奏一出戏。此所以只有一个“当当”打锣者的缘故。

春荣的迎亲队花灯花轿和重色浓彩装束的人们结队打空空旷旷白皑皑一片厚雪的村街里走过，显得十分突出，十分显眼。

有福看到春荣娶媳妇动身这么晚，又只有一个打锣的吹鼓手，不由得暗暗大叫其苦了——他们今天娶媳妇回来得一定很晚。只一个吹鼓手，还不知等到二更天或者三更天，才会轮到来给他家吹戏。村里人来来往往看娶媳妇，看吹戏，我怎么回得去家呢？岂不是活该把我冻死在这个雪地里吗？有福越想越着急，忽然看到那娶亲队正路过西堂屋院大门口，并且看见他的女人甘枝同他的两个孩子都在大门口看红火。原来六年前有福为着爷爷的丧事卖房卖地，甘枝一气患了重病，却又活了过来。他看见了妻子儿女，哪里还有心情看娶亲队？只见孩子们披破挂烂，缩脖子袖手地冒雪站在雪地里，可怜极了。他长长叹一口气，心里说：“谁叫他们的老子穷哩！”他不由自主地低头看看自己的一身，破鞋子破裤子露在外的破棉套块儿已经同斑斑雪花儿联作一片，没有穿袜子只穿着一双破夹鞋的脚，也已经为厚厚的白雪埋没，分不清哪里是雪地哪里是他的脚了。他远远看见孩子们受冻的寒碜样儿，想到整整冬仨月没跟妻子儿女们见面，今天好不容易回到了家门口，却为了害怕那些如狼似虎的讨债的债主们，竟有家不敢归，夫妻父子父女不敢团圆，只是站在此冰天雪地的红骡背山坡上任凭风吹雪打，他伤心得浑身里“唰唰”地乱抖哩。

村街里春荣的娶亲队“当当”敲着铜锣，“叭叭”响着鞭炮，在那白茫茫的雪街里走过，走向村西，走向白花花的田野，一乘花轿一群娶亲队长长的一溜儿，像是一张大白纸上蠕动着一个花毛毛虫，一会儿，便埋没在西河河槽的茫茫雪雾之中。

顺河槽吹来阵阵“呼呼”的西北风，大风卷着飞雪上下翻腾，一时间白花花的雪雾弥空，挡住了有福看妻子的视线。大风一阵过后，他透过纷纷直落的大雪朝村里望望，他家大门口只是白花花一片雪地，没有人影儿了。他鼻子一酸，也就罢了。有福此人脾气极好，不大会冒火，不大会生气，不大会犯愁。又有很大的耐性。逢着伤心事，只是鼻子一酸，便没事了。有人欺他，骂他，只是想一想“吃亏人常在”一句老俗话，便没事了。他不爱说话，但劳动起来却一个人顶两个人干哩。他能耐劳、能耐苦、能耐饿、能耐欺、能耐辱……实在是个具多“耐”于一身的“大耐家”。即如眼前，他已经顶风冒雪走了大半天的路，又顶风踏雪站在这个红骡背山坡上站了老大一会儿，他头冷、脚冷、手冷、背冷，浑身里快冻成一块儿大雪块儿大冰块儿，他还是耐心地站在这里站呀站呀……

天渐渐地黑下来。漫山遍野，对面村里村外连成白茫茫灰蒙蒙一片。一时间，村里东头街、上头街、庙槐街有几个院子有几家富户映出来昏黄的灯光。忽然村里有人放炮，东头街、庙槐街、上头街响起了稀稀落落的炮声，几个院子的上空冒出来几点火星。原来腊月二十三天傍黑，到了家家户户送灶王爷上天的时辰。一会儿，有福影影绰绰看见他家白蒙蒙的大门口有一个小小的黑糊糊的影子走动，像是个孩子，在大门口烧香、作揖、磕头。虽然夜色昏黑，但就了皑皑白雪的映照，他还是看出来那个孩子便是自己的儿子哒哒。他远远看见儿子耸着肩缩着脖子烧香、磕头的样子，知道是孩子衣薄衣烂，嫌冷，有福不由得鼻子又是一酸："孩子冷啊！孩子才六岁，也会烧香敬神了，真聪明！"原来今天虽是祭灶，家家户户对各路神佛都要烧一炷香的。刚才哒哒便是给大门上的门神烧香的。巧讨饭的安蚕人有歌道：

左门神，
右门神，
秦琼、敬德唐朝人。
白日叫你收香烟，
黑夜把门加小心。

把门把什么？把鬼、把妖、把贼，大概这几个把都是秦琼、敬德的岗位工作。

天已大黑，村里许多人家的窗户映照着昏黄的灯光。有福在红骡背山坳里的雪天雪地里站呀站，冻呀冻，实在受不住了。可是这会儿村里还响着稀稀落落的炮声，还在敬灶王爷，送灶王爷，有福怕碰上人，仍然不敢轻举妄动。人们送灶王爷也送得奇怪。关于这个灶王爷，安蚕人也有一段歌：

灶君爷爷本姓张，
灶君奶奶郭丁香。
大事小事你知道，

香汤辣水你先尝。

说明家家户户敬着同一个灶王。可是送上天时却是东一家酉时放炮送他，西一家戌时放炮送他，几个时辰内几乎每分每秒里都有人放炮送他。如此送来，此一家刚刚把他送到半天空里，那一家又烧香送他，他必须立刻返回那家去收人家的香烟，让人家送。千家万家不一个时间送，灶王爷岂不活该倒霉，一夜里让大家把他送上去，他再返回来；送上去，再回来，把他闹得晕头晕脑，活活折腾死哩！

当地人送灶王没钱买什么祭灶糖，只做一顿糯米饭，盛半碗敬敬灶王，糊灶王嘴的作用是一样的。

山西老农民一般人家想吃一顿白面是不容易的，往往做一顿糯米饭吃吃，便是改善生活。有福知道他家今年也打了二斗糯黍，想到今晚甘枝也许会做一顿糯米饭让孩子们高兴高兴。他急于想回去看看孩子们是如何高兴的。他在红骡背山坡上站的时间也实在够长了，冻得他也实在耐不住了。这会儿村里已经断了炮声，冰天雪地黑咕隆咚的夜里估计不会再有人在街上走动了，趁春荣的迎亲队还没有返回来的当儿，也是回家的一个好机会。于是，他开始挪动两只冻得麻木了的脚，踏雪下山。山路不平，黑夜里在雪地里看山路却是平的，哪里有凸起的石头，哪里是凹下去的坑儿，无法辨别，有福只好慢慢地试探着走。一会儿，他估计走到了大崖头的石阶小坡头上，那石阶小坡一面靠崖壁，一面是直陡陡的深沟，石阶小坡又只二尺宽。雪山雪坡雪沟白茫茫一片，又不能分辨出哪里是小坡路，哪里是深沟，一步踩错，便会摔下深沟里去。因而他只好蹲下来两手托着雪地，两脚慢慢地探着石阶往下爬。爬呀爬呀，刚爬到半坡上，忽然听得“叭”的一声炮响，同时传来“当当”的锣声。不好，春荣娶了媳妇回来了。抬头看去，只见村西头闪闪烁烁有几盏红灯。他只好坐下来，坐在雪坡上等。只见那几盏红灯游游荡荡地在白茫茫的雪空里游动，只听得锣声“当当”，炮声“咚咚”，一会儿，看到那几盏红灯打他家的大门口游荡过去，他又开始摸索着小石阶往下蠕动。他终于平安无事地来到白蒙蒙的河沟，踏雪上一道小坡，便到了老槐树底街头。看看四面无人走动，连忙走进大门，穿过二门，到了院里，只见西屋窗户上明明的，知道甘枝和孩子们还没睡，心下顿时高兴起来。走在门口推推门，门关着，打门吧，又怕东屋里的秋叔听得，只好伸手轻轻地叩着——

穷汉离家九月中，
公记铁炉去做工。
辛苦又飞三九雪，
怀揣工钱几多文？
翻雪山，踏冰凌，
想起过年浑身冷。
怕见债主鬼魅影，
半夜回家轻叩门。

有福进来屋里，甘枝便忙着给他热饭。小女儿、小儿子都还没睡。他们听娘说他们的爹今天晚上就要回来，他们知道爹每次打铁炉回来总会带两个白面“咯嘣”给他们吃的。什么是“咯嘣”？有福在炉上是炊事员，每次散场要吃一顿白面。有福总是把剩下的和好的白面拍成两个厚厚的饼子在火上慢火烤熟，这种饼不放油不放盐，干巴巴的，吃起来却是“咯嘣”发响，很脆，故叫“咯嘣”。今天晚上，哒哒和肥肥终于把爹盼回来，终于又是各人一个“咯嘣”，他们高高兴兴地吃“咯嘣”哩。

有福今天冻坏了，急于到炉边烤烤手、烤烤脚，甘枝不让，只叫他在地上多转一会儿，等暖和一些后再烤手烤脚。有福转了一会儿，手脚渐渐有了些知觉。甘枝把今天晚上做的祭灶糯米粥也已热过，有福便边吃边烤火。甘枝问他带回来多少工钱，有福说：“一个月五百钱，三个月一串五百钱，我没花一个铜元。”他把钱掏出来交给甘枝，甘枝数数不错，想到应该给三个孩子扯点布做件衣服，想到过大年应该称一斤盐，打一斤醋，买两把敬神的香，买一张贴对联的红纸，称三五斤白面，让孩子过大年吃一顿饺子，吃一顿白面，还要待三家亲戚。可是这几天债主们天天来找有福讨债，闹不好，这一串五百钱一分也保不住的。于是，两口子讨论、研究、想办法、出主意，看看把这些钱藏在哪里好，藏在哪里保险。甘枝本来针线活儿太多，连明彻夜地忙着，可是这时候的首要任务是藏钱。六岁的哒哒看见爹和娘忙着藏钱，他竟也懂了大人为什么这样做。他也害怕那些讨债人把爹挣回来的钱讨去。因为很快就要过大年，他很想穿一件新裤子。娘早就答应他，等得他爹打炉上回来有了钱，就给他扯新布，做新衣。过大年能穿了新衣到家家户户去拜年，去挣核桃，多好啊！所以他早就盼望他爹挣了钱回来。因见爹和娘拿着钱分呀分的行动不怎么快，他也着急了。还催促他们：“快些吧！看有人来了！”

甘枝斜了儿子一眼。她跟有福终于把一串五百钱分作五份儿，破箱里放了三百文；炕头破席片下藏了三百文；正头破桌子下边那个放红豆的小罐子里藏了三百文；破柜子旁边那只放白萝卜的大缸里藏了三百文；还有三百文藏在了楼上墙上端的椽眼窟窿里。一个欠债累累的穷苦人家，一旦手里有了几文钱，设法到处藏钱实在是件大事。一个四口之家开着两扇门儿，要吃要穿要花销，怎么能不花几文钱呢？

把钱藏过了，还有一项重大任务是藏人。有福欠债累累，大年前几天是债主们讨债的日子。有福在铁炉上上工，债主们知道他最晚也会在今天这个腊月二十三回家。更知道他债项多，债主多，手里钱少，若不走在前边先讨债，往往会费更多的气力。因而债主们今天晚上很可能还要来讨债的，所以必须设法躲起来。否则，债主们哄上门来，死逼活逼会逼死人的。

有福顶风冒雪走了六七十里路刚刚回家，外边还下着大雪，到哪里去躲呢？甘枝要他快快吃点饭，而后可以躲到楼上去。

糯米饭热了，有福大口大口地快速度吃饭。甘枝手头活儿太多，仍然忙着做针线活儿。哒哒仍然负责往火里续玉米棒子烘火。那火苗有碗口来粗细，“霍霍霍”地烧着，把烧火年久薰得黑糊糊的屋子映照得红朗朗的。那火苗高一下低一下子，一家大小四口人的脸上明一下子暗一下子。有福边吃饭边问哒哒：“哒哒，今年冬天上学，你念了几本书？”

哒哒说：“六本。”

有福听刚刚六岁的儿子说一冬天念了六本书，心下很高兴。可是家里没钱，那六本书是怎么买来的呢？便问正在做针线活儿的甘枝。原来甘枝夏天养蚕，剥下些桑皮换了两刀麻纸。甘枝让哒哒拿一刀纸交给学校老师，老师给抄了一本《三字经》。谁知哒哒念书好快，只十几天，就把一本《三字经》念完了。老师叫他再念《百家姓》，他家既无书，甘枝想到剩下的一刀白纸哒哒写仿要用，不能再抄书了。亏了甘枝是全村里第一名巧妇。许多女人要央她剪花、扎花、裁衣、做帽，所以她向这些人家讨烧火照明的玉米棒儿，借一勺盐儿，讨几个红萝卜等等是很容易的事儿。谁家的孩子已经不上学，家里还有几本旧书，也是容易借来的。当哒哒念完《三字经》，甘枝便给孩子借了一本旧《百家姓》,而后又借来《必须杂字》《四言杂字》《千字文》《大学》，不到两个月时间，哒哒全念完了。老师说他念书太快，以后便不让他再念新书，要他每天温习那六本书。

有福想不到他六岁的小儿子这么聪明，这么会念书。他想到自个儿太没出息，家里太穷，把个聪明孩子糟蹋了。想到这里，他眼里酸酸地掉了两行泪。

有福吃着那碗糯米饭，哒哒坐在炕的横头负责往火坑里续玉米棒子。家里没钱买油点灯，烧玉米棒子照明，还可以取暖。甘枝很忙，她一边朝有福问话，一边就了玉米棒烧的火明儿替人家做针线活儿。忽然听得东屋门“哗啦”一声响，有福、甘枝都着了忙。甘枝连忙示意有福快快上楼，有福连忙放下手里的半碗糯米饭，返身一纵跳上炕头，立马轻手轻脚地踏上楼梯，飞一般地跃上九级楼梯，上了楼，又忙忙把楼板盖住。此种害怕、惊恐、慌乱行动，一如后来跑老兵，跑日本。甘枝看看有福上了楼，正好听得院里传来“忽突、忽突”的踏雪脚步声。六岁的哒哒也是躲债的行家了，他看见了他爹放在炕头的糯米饭碗，冲着他娘指指那碗，他娘看见那碗又是一急，急中生智，忙忙端起那半碗糯米粥放在哒哒手里。哒哒也真机灵，他真的拿筷子吃起来。又是“忽突、忽突”的踏雪声，那声音渐渐地大了，近了，甘枝的心，哒哒的心，楼上有福的心都在“咚咚”地跳着，跳着……

2. 半夜愁人

甘枝的心“咚咚”地跳着跳着，假装做针线，针却扎了手指，又假装手指并没让针扎过，以表明他家的生活自然如常。

甘枝认真地听着院里“忽突，忽突”的踏雪声，那声音却渐渐地远了、小了。才知道是东屋里的水炉去了西南耳楼。她的一颗慌慌乱跳的心才稳下来。哒哒也不吃糯米粥了。他低声问娘：“我去叫爹下来吃饭吧？”

甘枝向孩子摆摆手，又低声说：“给你爹送到楼上让他吃吧。”

哒哒端着半碗糯米粥轻轻地踏着楼梯送了上去。他返回来仍旧替娘烘玉米棒烧火照明，甘枝仍旧做针线，眼角处却滚着亮晶晶两颗热泪。

一会儿，有福下楼把一个空饭碗送下来。看见甘枝很累的，说：“你少做一会儿活儿，也该休息了。”

甘枝说：“这么多活儿，我去睡，你做？”

话音未落，忽然又传来“扑突、扑突”的脚步声。有福、甘枝、哒哒他们又是如临大敌，一个个忙了乱了起来。甘枝忙忙示意有福快快上楼；有福忙忙返身上楼；哒哒忙忙藏爹的饭碗，碗还没藏好，有福上楼上了半截儿，门“哗啦”一声被推开，东屋里的财主秋喜突然闯了进来：“有福，慢点上，小心一步踩错摔下来。”

有福明知道大事不好，只好返身下楼。甘枝心里骂道：“这只恶狼又来了！”手还不离针线，眼里早已扑啦啦流泪哩。哒哒却硬是把一个饭碗藏了，继续拿玉米棒子烘火。他心里也害怕："秋爷爷把钱拿去，我今年过年又穿不上新衣啦！"

有福让秋喜坐在一个炕横头上，他自个儿坐在楼梯第一级阶梯上，说："我才回来。"

秋喜说："知道你是才回来。今年冬天在炉上还可以？"

"不过是白受了冬仨月，可以甚哩。"

"你不是傻子。白受，哄谁呢？"

哒哒看看秋喜爷，只觉得他眼瞪得太大，脸太难看。他直愣愣地瞅着秋喜爷的脸，看他是否看那口破箱子，是否看破柜子旁边那只放萝卜的大缸……

秋喜今天为什么来得这么急？已近半夜，还下着大雪，天气又那么冷，他还不睡，有福前脚进门儿，他后脚便跟了来。因为他知道有福欠债太多，有福的债主太多，他挣钱却又不多，要向他讨债，必须先下手为强，才能讨得一些现钱。他知道有福今天晚上一定会回来的。一般在外边做小买卖、住炉的炉工，都在腊月二十三收工的。他也知道有福为了躲债总在夜深人静时才会回来。他坐在东屋里，时刻听着院里的脚步，西屋的门响，闻声即到。免得穷汉们穷婆娘穷窟窿眼儿多，鬼哩鬼倒把钱到处乱藏，同他们讨几个钱要费许多口舌、许多周折。可是今天晚上不知怎么，秋喜竟没有听见有福回来，只是想来碰碰，竟碰上了。他说："有福，你看又是年近月满的时候，咱们也该算算账了……"

有福说："还用得着算？本钱九十六串，利钱二十八串八。"

六年前，有福欠秋喜九十六串钱，六年后的今天，为什么还是九十六串？因为有福每年要把利息付清的。借债文约上写得明白，到期无本有利，若本利两无，秋喜就要占他的三间西屋。他劳动一年，苦受一年，哪里挣得来二十八串八百钱？他总是用挖东墙补西墙的法儿借了别人的新债还旧债。借不来许多，便借当物当些钱来。所以六年之后，九十六串钱的欠债，已经还了他一百五十串钱的利，不仅那九十六串还在，而且又增加了三个新债主，欠下他们九十六串钱，当铺里还当着山棚会的棚布和铙钹，还当着几家的车甲和银物。别说本利全还，只说还那一百八十八串钱的利，也需五十六串多钱，赎当物仅需十几串，可是他打炉上仅仅带回来冬仨月挣下的一串五百钱，还想给哒哒、肥肥小姐弟俩各做一件新褂子过年。用项这么多，这么大，一串五百钱够什么用哩？反正每年年关一到，有福的办法便是能拖便拖，能躲便躲，能少还一些债利便尽量少还一些。他们逼得没法时，便再借新的当物，借新当，赎旧当，能剩几文钱，就还他们几文钱。这么着拖拖，躲躲，只要能拖到大年初一五更，迎接灶王“回宫降吉祥”一声炮响，按乡规便是南霸天、北霸地、天王老子，也不可以向穷人讨债、逼债了。腊月年关，实在是穷人的鬼门关；初一五更以后大年初一，实在是穷人的自由世界。

再说秋喜冲有福讨债。一步步逼了上来，说：“好，二十八串八，不错。拿钱吧！”

过了一会儿有福才说：“秋叔，你还不知道我的家底？我实在连二百钱也拿不出来哩！”

“你住了一冬天炉，挣下的钱呢？扔了？半夜三更地谁跟你说废话，拿钱吧。”

“秋叔，我在炉上病了两个月，今年冬天实在没挣下钱。”人说有福人老实，却也会想出一些应付秋叔的点子，可是秋叔哪里听他的，瞪着两只大眼厉声斥道：“我管你挣下钱没挣下钱！我不跟你磨嘴磕牙，废话少说，只说拿钱吧。”

有福知道秋叔的厉害，他不吱声儿了。甘枝把秋叔恨死了。可是为了闯这个年关，只好耐着性儿跟他求情。她一边做针线，一边说：“秋叔，有福有多大能耐，你也知道；有福老实疙瘩，你也知道。他是个撒谎的人吗？头里我还跟他要几百钱给哒哒做件过年的褂子，他满身里空巴巴地掏不出一分一厘。秋叔你就行行好宽限有福一年吧。明年春天有福上炉挣回钱来，一准先给秋叔你上利……”

“宽限，我够宽限你们了！宽限了六年还不够宽限？还叫我宽限到哪年哪月？拿钱吧！香甜美味抵不了盐，花言巧语抵不得钱。有福，你是拿钱不拿钱？文约上可是写得明明白白，到时本、利全无，我要占你这三间西屋！你是要拿钱？你是要给房子？说吧，就等你一句话！”

有福做事耐性大，劳动耐性大，吃苦耐性大，挨逼也有很大的耐性。任凭你刀搁在脖子上，他总是不紧不慢不慌不忙不长不短不说不道不生不熟那个样儿，静静地坐着不吭声儿。过一会儿，秋喜逼上几句来，有福总是那个样儿。这种性情也是多年来受人逼债，受人逼迫逼出来的。你急，能怎么着？腰里能掏出钱来吗？所以秋喜也很光火：“没见过你这种人，攮你一刀也攮不出个屁来！不说话也好，我就去写封条来，看你住哪里。”

有福还是不怎么着急。可是甘枝急了。她知道秋喜的为人，她知道秋喜睡里梦里都在谋算他家这座三间砖瓦砖房，她知道秋喜什么话也说得出什么事也做得出。因而她只好开口：“有福，你死了！没气啦！”

有福还是慢吞吞地说：“可是我没钱呀。”

“你把带回来的三百钱给了人家吧。哒哒不做衣裳了，就叫他原身衣裳过年吧。那三百钱就放在箱里。”

甘枝舍出那三百钱，也是无可奈何了。有福见那三百钱已经捅明了，只好开箱。正在此时，忽然门开了，又进来一个人。有福回头看见是又一个债主扁瓜来了，连忙又把箱盖子盖上，仍旧坐回楼梯上来。

扁瓜问：“有福，你是今儿个回来的？”

有福“唔”了一声。甘枝做着针线让座道：“快坐下吧。半夜三更的你怎么还没歇着？”

扁瓜说：“眼看年近月满了，手头还没个揭纸钱哩，睡得着吗？”

“揭纸”，便是买门红纸，过大年写对联用的。说是没揭纸钱，揭纸用得了几文钱？不过是哭穷罢了，不过是表明今天有福必须还他的债罢了。秋喜见又来了一个扁瓜，他也害怕有福此时真的拿出钱，势必扁瓜也会分一些，他自己便会少拿几文，所以眼下没有强调快拿钱。

闲言两句，扁瓜便开门见山地开口跟有福讨债。有福欠他十串钱，当年利息三串，共十三串。有福说：“扁瓜叔，我今年实在没钱，你再宽限我几个月吧，到秋收时节，没本有利，我一定还你。”

扁瓜说：“你别往后推了！鸡年推狗年，狗年推猪年，还推到啥时候呢？你挣上钱回来过年，你也该让我过过年吧。”

秋喜说：“他这个人真孬！欠下人家的，还人家得了，今年推明年，明年推后年，就是不想还钱！有福，你到底拿钱不拿钱？”

有福坐在楼梯上只不做声儿。

秋喜又火了："有福，你到底想咋着？"

扁瓜说："你到底叫不叫人过年！"

有福又说了一句话："我还能不叫你过年？"

"那好，拿钱！"

"你说你是拿不拿？"

有福还是不做声儿。

哒哒一边拿玉米棒子烘火，听得两个讨债人逼呀逼呀直逼他爹，想到爹要把带回的钱给了他们，他过年就没有穿新褂子的希望了，一颗小小的心直是乱跳不住。

甘枝见他们逼有福一阵子紧过一阵子，心里为有福愁，为过大年没法儿过愁，为没法儿还债愁，手里一针针做着活儿，眼里一串串掉着热泪，好不为难，好不着急，好不伤心。她一急，又说道："没钱就是没钱，哪个人有头发肯装秃子呢？你们就是把他逼死，不过是一堆穷骨头，值不得钱，还不得债，对你们也没甚好处……"

秋喜大冒其火了："照你说，他欠下我们的，我们讨也不该讨吗？骨头不值钱，这三间房也不值钱？"

扁瓜吼道："你还大话吓人哩！照你说，有福死了，我们还得偿命哩！好怕人！不管你说什么，说到天东地西，不拿钱过不去！拿吧！"

此刻，忽然听得外边锣鼓喧天，紧接着又是笙箫齐奏，唢呐声声，春荣娶媳妇已经开始吃支鼓酒席了。听得音乐声，有福又想起来另一个债主添荣：亏春荣今天娶媳妇，添荣也没工夫出门，要不，再添一个添荣，更糟了。可是此刻忽然又有人推门进来，不想正是添荣。他弟弟今天娶媳妇，也不肯误了找有福讨债，可见有钱人讨债是极其重视的大事哩。

添荣是全村的首富。有福欠他四十串钱，本利共是五十二串。有福见又来了一个债主，以为一个债主是逼人，三个债主也是逼人，反正没钱，只有说着走着再说。甘枝见又来了一个债主，想到有福今天顶风冒雪走了几十里，前脚进门半碗热饭没吃了，便一个接一个来了许多债主，死逼活逼，逼人的命，哪里活得还像个人？他们为什么瓮里有粮，柜里有钱，放给我们债，在我们身上生利息。我们为什么欠他们那么多的债，驴打滚的高利贷，越滚越多，滚得人锅开没米下，伸手没衣穿，年年腊月有个难闯难过的鬼门关呢？她一边做针线，一边拭眼泪。一边可怜有福，一边可怜孩子们，她的孩子八岁的凤凤在姥姥家；四岁的肥肥，吃了一个“咯嘣”，心满意足地睡了；六岁的哒哒还坐在炕边一个个拿着玉米棒子烘火。他看看又来了一个讨债人，看看老秋喜，瞪着眼，板着面孔，挺怕人。眊眊扁瓜，黑丧着一盘脸，要吃人。瞅瞅刚来的添荣，一来就气势汹汹，吓煞人！只见添荣坐也不坐，一只脚踩地，一只脚跷起来踏在炕沿儿上，说：“有福，到了该拿钱的时候了吧！欠下人家的，还人家的得了，这也要我们费口舌吗？”

有福说：“今年我在炉上生了多时的病，实在没挣上钱，你们都也不在乎我这几个钱……”

有福话音未落，添荣、秋喜、扁瓜一起开口训斥他一顿，骂他一顿，说他死皮赖脸不还债，骂他欠债不还不如一头牲口。有福挨了一顿骂，看看他们几个债主逼人逼得厉害，很后悔今天晚上没有在红骡背山上的雪天雪地里多熬几个时辰，晚回来几个时辰，也许今天晚上能平平安安地跟妻子儿女合家团圆一个晚上，可是悔也晚了。

几个债主骂了一通有福，见有福只不做声儿，那气氛又缓和了几分。扁瓜说："不是我要逼你，有福，你说句掏良心话，我借给你十串钱，你借钱的时候是怎么说的？你没有忘了吧？再说你说你没钱，你没钱，谁有钱？我要有钱能过得年，我才不来逼你呢，说老实话，过大年别说割肉哩，称面哩，连揭一张贴对的门红纸我都揭不起的。你说你困难？谁不困难，你叫我可怜你。你怎么不也可怜可怜人?!"

添荣也说："我因为给春荣娶媳妇，花钱花得空空的，连拉一车煤的一百钱我也拿不出来。有福，你总不能不叫我拉儿车煤吧？你总不能叫我家过大年灭了火吧?"

一个债主哭穷，似乎个个债主都应该哭一番穷，于是，秋喜也说："谁家不一样？水炉赶牲口跑柳树口，连一碗肉丸子还不敢吃哩；水炉媳妇坐月子，买一两红糖还没钱买哩；过大年蒸馍馍，连买二两碱面的钱还没有哩。我算是倒透了霉，遇上有福这么个孬种，借下我的钱，死皮赖脸不还给我，叫人什么也办不成！——有福，你怎么总是不做声儿？不做声儿就能混过去？嗯？你欠下人的钱，装什么聋，卖什么哑哩？快说你今天拿多少?"

有福坐在楼梯上不言不语，纹丝不动。

添荣厉声嚷道："有福，你是给不给？你说上一句，我身上可是带着封条哩。没有钱，有房就成。怎么？是你拿钱呀？是我封房……"

说到封房，秋喜心下甚为着急。他就住在这个西堂屋院里，他已经霸占了有福的西南耳楼，剩下这座西屋，他梦里睡里都在想着占有它，如何能让他人占了？他思谋片刻，又训斥有福几句，跟添荣、扁瓜他们说："是这样吧，有福今天才回来，也该歇一歇，反正还有个明天哩。"

添荣、扁瓜又冲有福训斥几句，要他明天把钱准备好，三个人这才一起走了。他们刚出门，甘枝做着针线活儿哭道：“有福呀！你看你活得还像个人吗？你不回来还好些，你头脚进门，他们就二脚跟来。逼呀逼呀逼死逼活地逼人，我们天天让他们逼着训着骂着活人，算得个什么人呀！还不如他们的一头牲口一只狗一只鸡活得痛快呀！我们年年受人的逼，受人的压，到哪年哪月才能熬出去呀！有福！都怨你没出息。六年前在爷爷的丧事上你要有三分骨气，你要能顶住秋叔，你要不买那么多孝布，不做那么多纸扎，不请那么多和尚、道士、吹鼓手，能花得了那么多的钱？能塌下那么多的饥荒？能卖了那五亩三分地两间房？你那时候没出息，欠下人家的，你今儿个只不吭气，能顶得住吗？我看你明天拿什么还他们的钱！”

过了半天有福才说：“那时候秋叔要那样办，我也没法儿呀！——他们明天来了，明天再说。”

甘枝性子急，总为有福那个没紧没慢的脾气着急。说：“明天再说，明天再说。欠下四五家的，本滚利，利滚利，滚下一大堆儿，他们明天来了，你拿啥给人家？那一串五百钱，还不够一家的零头儿，你硬顶，顶得过去吗？一个主儿，你押的是这三间房，两个主儿，你押的也是这三间房，三间房你押了三四家，你不拿钱，他们要占房子，你怎么办，十冬腊月三九大冷天，就叫你的老婆、孩子当街大道顶瓦片去不成？你说一句话呀！咋办？”

有福为债务所逼，他也犯愁，可是他也实在没办法。说话，怎么说？说什么？他也实在无法可想，无话可说。于是，只不做声儿。在他看来，只能是走一步，说一步，走到哪步说哪步。

可是甘枝很着急。她一边做针线活儿，一边抹眼泪，一边为累累债务犯愁，可是愁，愁，愁，又有什么办法呢？眼看夜近五更，哒哒也困了，睡了，人也饿了。饿了能怎么？甘枝只是喝了一碗开水压饥，因为只有水是不缺的，甘枝夜夜都是如此过的。有一首“冬夜”歌，道：

屋外北风屋里吹，
为人家忙，为人家累。
为了儿女糠菜粥，
针不敢停，人不敢睡。
五更饥寒一碗水，
肚里无食，身上无被。
新衣件件鞋对对，
手不离针，眼不离泪。

甘枝这里手不离针，眼不离泪；有福坐在炕横头默默无声地替她往火里续玉米棒儿。甘枝泪眼花花地看看他，玉米棒火苗“霍霍”地烘着，照出有福明明暗暗的一盘脸，似愁非愁，似忧不忧，甘枝胸中的火燃得更旺了，气得她什么似的“呸”地照脸唾了他一口，骂道：“活死人！活死人！好我的活死人哩，你到底有个法儿没有？你就居心要这一家大小过大年也到当街里顶瓦去不成？我们大难临头，你就是块石头也该崩个纹儿吧！活死人！活死人！……”

有福实在没有好法儿，只好说：“有甚法儿？那一串五百钱，拿出一串来顶个数儿，我明天再找两家求求人家借点什么当了去，看能当几文钱吧。”

甘枝想想除了借当，别无二法。可是借当能借到什么？能当几个钱？三勺勺两勺勺水能泼灭那房来高的大火吗？说起借当，甘枝又想起借贵枝家的衣服当了正好当期也满了，人家过年能不穿吗？赎衣服也得一串多钱。忙说：“你去把那些当票拿出来看看哪些快到期了，要紧着给人家赎回来，哪些当期还早，可以缓一缓。”

有福又往火里续了两个玉米棒儿，便去打开那口破箱子，从中拿出一个半尺来长三寸来宽的一个小木匣子。回来坐在炕横头，就着玉米棒子烧的明儿，打开小木匣子，拿出来半寸厚一沓子当票。——

富家躺箱立柜高，装绸装缎装元宝。
有福有个小木匣，里边装的净当票。

有福没上过学，但是他也识几个字，从哪里学会的，十有九个字是从当票上认下的。为了记住每一张当票是什么当物，当价几文，当期是何月何日，他拿了当票便问当铺掌柜。所以当铺掌柜便是他学得几个字的老师。比如夹袄，布裤、狗牙滚边褂子、车甲、犁拐、铙、钹、蓝棚布、白棚布、银耳坠、帽花等等，他都认识的。其他字他就见生了。

有福拿着一沓子当票就着那起起落落的玉米棒烧的明儿，一张张看过，说：“借贵枝家的衣服腊月二十五就到期了。借狗仁家的帽花，二十五也到期了。借上山棚会的棚布和铙钹，正月初四到期，还可以缓几天。”

甘枝忙问：“赎这两样东西，要多少钱？”

“四串钱。”

“年前赎当就得四串，还有他们那几十串利钱，不快些儿想法儿行吗?”

于是，两个人便数着户口儿想借当的人家，数来数去还是只有贵枝和小狗两家可以借点物件。次日大早，有福便跑着到两家去借当。借当也是一件大难事儿，一般情况谁肯把物件借给你让你送到当铺里去呢？像有福这样的穷人家，借当就更难了。因为他太穷，他欠债太多，把物件借给你当了，你要是到时无钱赎当，不能物归原主，那不是要吃大亏吗？有福借当借了多年，他比任何人更知道借当的苦处，可是不借当又有什么办法?

有福踏着街雪先来到村中堎底院，“叭叭叭”叩响小狗家的门儿。

3. 雪路逼人

小狗和他的女人见是有福进来，先就感到不妙，以为他不是借钱，便是借物来的。小狗也是小户人家，不过年年够吃够穿，不欠人短人罢了，轻易不肯借给人什么的。但是有福也有个好名声，他人老实，春秋两季打铁炉回来常要打打短工，无论给谁家干活儿，总是实实在在地干，不会取巧儿，不会质量差。他手又勤，干活儿又快又好，往往一个人可以干一个半人的活儿。犁、耧、锄、耙，各路活儿都是好手。有歌曰——

有福平生好劳动，犁耧锄耙样样精。
一人干活顶两人，五更辛苦到三更。
无人不道能吃苦，有口皆碑好性情。
长年累月流血汗，滴滴滴进鬼债坑。

正因为有福勤劳、老实、忠厚、人缘好，他虽然穷，许多父老乡亲仍把他当人看，事事都留点情分儿，往往还可以借来些物件。来到谁家，人们对他总是亲热相待的。所以小狗夫妇虽然怕他是借当物来的，却也不冷待他。小狗媳妇还热情地让座，小狗也问长问短。说到人们逼债和赎当物在急之事，小狗说："有福哥，你老老实实一个人，一年四季起五更睡半夜的，也不能过一天安生日子，欠下人家那么多债，我也替你犯愁哩。"

小狗媳妇说："那年你爷爷奔丧不那么破费，哪有这些事，还不是严严实实一家人。老秋做事真是也太过分了！"

小狗说："其实，你那几亩地，几间房，老秋早就想上了。别看那三间房现在你还住着，说不定哪年哪月就把你赶出来了。"

有福说："我一家老小五六口，怎么能没一座房呢？说甚我也要保住那三间西屋。"

"是呀！一大家人，没个安身之处就麻烦多了。"

说到这里，有福便说了还债和赎当两件事实在逼得人过不了关，想借点什么东西当了，解决火烧眉毛之急。小狗跟他说了许多困难，说儿子不扎大前年娶媳妇借下几串钱还没还清，说不扎去年死了媳妇又花了许多钱，说没有了娘的一岁小孙孙每天要买"牛舌头"吃，天天要花钱等，说是这么说，最后却说："有福，你还不知道我家有多深的水，值钱东西没一件，就我年年过大年穿的那件大布衫，只怕还能当几个钱。今年过大年我也不穿它了，就这原身衣裳也能过个年的。"终于把他那件大布衫拿出来交给了有福。

有福打小狗家出来，太阳已经升上东屋的屋顶。出来大门，太阳照在满地的皑皑白雪上闪闪发光，耀人眼花。他胳肢窝里夹着那件大布衫，带着一身刺骨的三九寒风，直奔东头街来。到了贵枝家，满家人都是热情迎接他的。因为有福常常给他家做短工，贵枝和他的老父亲宝聚爷爷都很喜欢他，久而久之，有福跟贵枝竟成了要好的朋友。

说了几句家常，有福便提出借当物之事。说："我当的你家那件衣裳还没有赎买回来。可是讨债人实在把人逼得不行，你家还得借给我点东西我去当几个钱用用。要不，我实在过不了这一关。"

有福话音未落，宝聚爷爷早已训斥他了。说："你这个有福，欠下一屁股的债，借下一大堆的当，打炉上回来，不是称面打醋高高兴兴准备过年，你不是借当，就是赎当。腊月忙，忙腊月，大家忙的是什么？看你有福忙的是什么？你呀！不是我说你，看你活得还像个人不像，唉！看见你人模人样的也是一个人,老实说你还不如人家一条狗哩！我真替你作难！"没想到宝聚爷爷今天不高兴了。

有福挨了骂，心下也不怎么难过，也不怎么伤心，也不怎么生气，以为像他这样欠人短人的人，像他这样典典当当的人，像他这样的受苦汉，让人家骂几句，让人家训几句，实在是无所谓的，实在是理所应该的，实在是骂之不屈的。他挨了一顿骂，身子还是那样坐着。面部还是那样淡淡的样儿，只说："宝聚爷爷，我的事我愁，你只借给我一样物件就行。"

宝聚爷爷说："一样物件，你看这个家里哪样东西能借给你？借方桌吧。过大年要摆供，要烧香；借斗椅吧，过大年来了亲戚往哪里坐？借衣服吧，过大年谁能不穿衣服；借箱借柜吧，过大年谁家能赤拉拉地没个箱柜；借大缸吧，米哩豆哩叫人往哪里装？除了这几样，有福，你睁开眼看看，这个家还有什么值钱东西？”

有福听言，明明是不愿借给任何物件，却也不气，却也不恼。他知道求人借点当物不是轻而易举之事，不好话多说，不三番五次求情，不耐心磨工夫，是什么也借不到的。只好再说好话，只好再求情。但是无论他说什么，宝聚爷爷只是不肯借给他任何物件。眼看贵枝媳妇已经把早饭做好，有福想到今天借当的任务还很重，不可在这里死等，便告辞要去。贵枝忙说：“有福，你借我那件衣服送到当铺后天就到期了，你今天去附城，无论如何先把它赎回来。要不，把衣服当死了，我过年可没办法出门拜年去哩。”

有福说：“反正今天不赎，后天一定要赎回来。”

“就差一天，何必等到后天……”

“你看我债主垒上门来。天天都不好过的。只能过了一天再说另一天。”

有福正要动身去，贵枝媳妇早已盛了一碗小米粥过来让他吃。有福借当任务尚未完成，哪里吃得下饭，以为他们还愿意让自己吃饭，便是看得起自己，已经很高兴了。他说家里还有人等他，只管走了。出得大门外头，不想贵枝又追了出来，喊着叫他等等。然后走来，打腰里掏出一个小布包子，说：“这是虎叶他妈的一堂银帽花儿，她说她今年过年也不戴它了，你拿去当几个钱用吧。可是那件衣服你得给我赎回来。”

有福拿到一堂银帽花儿，心下很高兴。以为贵枝到底是老朋友，不肯让我白白跑这一趟。以为自己到底还活得是个人，还有人愿意借给物件，自是欢喜。他“忽突”“忽突”地踏雪返回上头街来，走在文柱家大门口，忽然想起文柱家有一对儿银手镯的，想去借来当几个钱。当他来到文柱家还没提出借当之事，文柱先向他诉苦哩："有福呀，咱们庄稼人种几亩地过日子，年景一年不如一年，缸里瓮里一年比一年空，这日子实在是一年比一年难过了。今年过年的面也没称哩。梅红纸也没揭哩，神伏(猪肉)也没割哩，香也没抹哩，炮也没买哩，我正发愁过不去这个年哩。"

有福知道他是不愿意借当，故意哭穷，以为借当不是容易事，不能人家一诉苦，你就打退堂鼓，必须多磨些工夫才行。于是，他也说了债务吃紧，求他发发善心帮帮人的求情话，文柱还是只管诉说他家没法儿过大年的困难。有福说："文柱叔，你再困难，总比有福我强得多，我只求你借点你过大年用不着的东西，这总该行吧。"

文柱知道他穷，知道他欠债太多，害怕借给他东西当了将来无力赎回，那不白扔了。他说："咱小户人家，家里就是手边常用的几件东西，哪一件是用不着的？我说有福呀，你有胳膊有腿大后生怎么能混到这一步？一年四季不是忙着借当，就是忙着赎当，不是愁还不了债，就是愁锅开没米下。一个人活成这个样儿，哪里还像个人哩？这是有福你，要是我，我才没脸活这个人哩！井里有水，池里有水，或跳池，或投井，死了多好！何必年年受这个制哩……"

文柱不仅哭穷，且把有福说得一钱不值。但是有福仍然不恼、不气、不火、不还口。求人半天，最后看看总没借到当物的希望，只说："那就算啦。"便夹着他借到的一件大布衫，怀揣着那一堂帽花，离开文柱家。他在街上"忽突""忽突"地踏雪走着，以为所借之物当不了多少钱，还想再借点什么。当他走在来旺家的牛圈处，见他家的牛圈粪土已经出完，新秸杆压土已经填平，估计他家的车甲到明年秋前是用不着了，便又到来旺家说了许多人情好话，听了许多刺耳的言语，终于又借到一具车甲。借当难，借当苦，除了借当人，谁人能知道借当的凄楚呢？有一段借当歌曰：

借当难，借当难，求人借当苦难言。
过了正月借铙钹，借鞋借帽借银簪。
元宵人家用铙钹，赎回铙钹借犁拐。
春天人家用犁拐，赎犁再借棉衣衫。
夏天人家要单衣，再借夹袄去赎单。
秋天人家要穿夹，赎夹又借单衣来。
冬天人家用车甲，借犁当了赎车还。
人情好话天天讲，借当之苦似黄连。
常言穷死莫借当，当铺重利重过山。
当票年年多几张，年年过年难过关！

有福腰里揣着借来的一堂银帽花，腋下夹着借来的大布衫，肩上扛着借来的六十多斤重的铁车甲，踏雪串街而行，准备回家吃过早饭，就到附城镇去当新当，赎旧当。当他肩扛铁车甲踏雪走在下街西罗门口时，忽然看见扁瓜正进西堂屋院的大门，心想："坏了，扁瓜又到屋里找我讨债来了。"有福想到手中无钱还债，借了当物还没当了，这时候回家去白白受他们的逼，又没工夫到附城去当东西，他不打算回家了。他也想起来自己跑了一个早上，现在还没有吃早饭，也感到肚子里空落落的实在饿了，可是饿几顿不吃饭在他说来实在算不了什么，忍一忍也就行了。于是，他扛着铁车甲匆匆打自家大门口走过去，直奔村西而来。

有福肩扛着重甸甸的铁车甲，一个胳肢窝里夹着那件大布衫。走出村口，走进深深的狭窄的名叫上河的小河沟里。河沟越深越窄，呼呼的西北风越显得猛烈而又尖刻，像片片利刀一般直打有福的脸。一沟两岸雪山上雪光闪闪，一条小河沟雪风飕飕，在此漫漫的雪山雪沟里除了白茫茫的雪，什么也没有，连只小小的麻雀也看不到，只有一个肩扛重重的铁车甲的有福。有福，脚踏半尺深的雪路，面迎利刃般的寒风，忍着饿，忍着冷，大步大步地向附城镇奔来。

有福扛着铁车甲走过四里长的雪沟，又上了三里长的雪坡，便踏上高高的雪岭。岭上风更大，风更烈，风更冷。他上了一道雪坡，肚里更觉得空空的，可是又有什么办法，他还是大步大步地踏雪前行。

有福走出西街阁，便到了附城镇。这个附城镇是陵川县大镇之一，五百多户农家，一百多户商店，有东、西、北三条市街。平时双日逢集，腊月赶花集，一街两旁摆满花花绿绿的年货，每天都有集的。有福今天到镇子上来不是赶花集，只是为了进当铺。当铺就在西街。当他走进当铺，那当铺高高的柜台后边站着两个穿长袍的，其中一个便问他："你要当车甲？"

有福先把车甲放在地上，说声是，当铺掌柜的说是可以当两串钱。有福为了闯过年关，想多当几个钱，说："好掌柜的，给我当三串钱吧。"

"两串，多了不当。"

"两串五行不行？"

"两串。"

"两串三行吗？"

“两串！”

“两串二总该行吧？”

“……”

有福还想讨价，掌柜的不理他了。他再说多久，掌柜的只不理他。没办法，只好照两串钱当。他又拿出那件大布衫叫掌柜的看，掌柜的说可以当五百钱。有福又争了半天价，最后还是五百钱。有福又拿那一堂银帽花儿当，掌柜的拿了看看，说：“是真货，价可以高点，给你当四串钱。”

有福想想今天借了许多当物来当，统共才当得六串多钱，而给那几家债主打利则需要五十多串钱，实在差距太大，先有几分泄气。为了多当几个钱，他又同掌柜的讨价还价一番，那当铺是很发财的生意，那掌柜早已是家资万贯的大富翁，家资一大，那脾气也就越大，那架子也就越大，哪里拿一个穷当客做人看，哪里愿意同一个穷当客多说一句话？无论有福怎么求情，掌柜的只做没听见。柜台后边两个穿长袍的只是围炉坐着取暖，只是“呼噜噜、呼噜噜”抽水烟，只是说说笑笑地聊闲天，仿佛柜台前并没有站着一个当东西的有福。但是有福并不在乎掌柜的什么态度和脸色。看难看脸色，受人的呵斥、指责、唾骂，实在是极平常的事儿，算不得什么的。只要能多当几文钱，那才是大事。于是，他静静地在柜台前站了老大一会儿，又一次开口求情了：“掌柜先生你就再宽宽手给我加一串钱吧。我实在是饥荒逼得过不了年，反正我要上利的。”

柜台后的掌柜还是“呼噜噜、呼噜噜”地抽水烟，还是大笑大说聊闲天。有福还是不在乎，又说：“掌柜先生，行行好吧，加一串不行，加八百行不行？八百，就加八百吧。”

也许是掌柜的嫌他啰嗦，竟说要给他加五百钱。一堂银帽花算是当了四串五百钱。以后那个小掌柜的把三样当物收起，贴了号，又同有福言明月息四分的利息，交给有福三张当票七串钱，有福过过数不错，把钱揣在腰里出离当铺，想起来应该扯几尺布给哒哒和肥肥各做一件新褂子，让他们高高兴兴过个年。以为扯几尺布不过花几百钱，多几百钱少几百钱一样还不清债的。于是，他向街里走来。腊月天赶花集的附城镇好热闹，一街两旁排满了年货，花花绿绿的绸缎庄，五彩鲜艳的年画摊，还有点心摊，调味摊，鞭炮摊，杂货摊，五花八门，形形色色，他们为了叫生意，各个放喉高呼，——“捎灶爷，捎灶爷!”“卖门神，卖门神!”“揭红纸，揭红纸!”“银箔鞭炮香”“花椒胡椒姜”……乱呼乱喊，实在是一出叫卖大合唱。有福不管这些，他只想扯几尺布就赶快回家去，免得甘枝等他悬心。想起回家，这才想起直到现在自己还没有吃早饭，感到饿得有点儿眼花，头也有点懵懵的。心想：“先买吃个烧饼吧，不过花二十钱，二十钱又挨不碍一个债窟窿。”于是，他来在一个烧饼摊前，眼看着那扑鼻香的芝麻烧饼，一只手掏钱时，忽然又想道：“不吃这个烧饼也饿不死一个人。省二十钱，还能办二十钱的事儿。”他不买烧饼了。

街上赶花集的人们越来越多。他在人群中挤着走着，挤在一个布摊子前，看好布问好布价以后，便掏出二百钱来，正待交给卖布的，忽然有人劈手把他手里的钱抢了去。有福回头看去，却是东王庄的王瓜孩。王瓜孩也是有福一个债主，欠他整整三十串钱。既是债主把钱抢去，有福也无话可说。只说：“欠你的钱，我正想法儿哩。”

“我大早便到下河你家去找你，你早早就躲开不见面儿了。欠下人的钱，躲了和尚躲不了庙，你能躲到哪里去?”

有福说："我还敢躲?"

瓜孩说："只说利钱就该九串，这才几个钱？差得远哩。把你腰里的钱全掏出来吧。"

有福想到现在全部只有这七串钱，债主有四个，总共一百七十六串欠债，利钱五十多串，怎么能把这七串钱全给了王瓜孩呢？掏钱不可以，不掏钱也不可以，没办法，他只好不做声儿。瓜孩急了便骂他，他才说："我身上实在没钱，回家去再说吧。"

瓜孩不依，定要他快快掏钱。还是卖布人说了话："在当街大道上向穷人逼债，不像话吧！"瓜孩才松了下来。有福不敢再掏钱买布了，他害怕再碰上别的债主，只好匆匆离开热闹的附城镇，踏着白花花的雪道奔上归路。

有福怀揣七串钱，迎着呼呼的北风，匆匆前行，正走在岭上，忽然有人喊道："有福，慢着。"有福连忙抬头看时，却是下河村的财主添荣。他最害怕碰上债主，却偏偏又碰上一个债主。忙说："我去附城跑了一趟。"

添荣问："你去做啥来?"

有福不敢说当当之事，他是个极老实的人，此时也只得说不老实的话了："哒哒的姨姨病了，我去看看。"

添荣知道有福这几天正是苦于没钱还债的节骨眼儿，哪里有时间有心情看望什么大姨子小姨子，他猜定他是当当回来的，身上肯定有钱，正是讨债的好机会。他横身拦住雪路，说："有福，今天已经是腊月二十四了，昨天夜里你说今天给钱，那一笔账该清一清了吧!"

有福说："就在这一两天里清清吧。没本有利。总要给你一个交代。"

“你现在身上就装着钱，现在清了不就行了，何必再等一两天呢？难道那几个钱在你身上多揣一两天能替你生个孩子？本利共是五十二串，拿吧，不要拖拖拉拉的了。”

有福又犯难了。想到身上只有七串钱，只一个添荣的利钱就该十二串。他要是知道了我身上有七串钱，全拿了去，还有秋叔哩，还有瓜孩哩，还有扁瓜哩，我拿什么给他们呀！因而他不敢承认身上有钱，又不知道该如何应付添荣。他站在雪路上呆呆地站了半天，只不做声儿。添荣火了，说：“看你这个有福，也不拿钱，也不说话，你想咋哩？你想把我活活冻死在这雪路上不成?!”

“那还能?”

“既然不能，你拿钱呀！身上装着钱不还账，你想咋着？要赖皮吗?”

“不是。我还能要赖皮?”

“既然不是要赖皮，拿钱。”

有福又不做声了。只是在白花花的雪地里站着不动。白花花的雪岭上北风扫地吹来，卷起一股股白蒙蒙的雪花片儿打人的头，打人的衣。有福对于刀片似的北风，对于撒钉子般的雪片子的拍打好像有免疫力似的，看来并不怎么在乎，只是直矗矗地站在冰冷冰冷的雪路上纹丝也不动一下。添荣却有些受不住了，一会儿搓手，一会儿跺脚；一会儿拽一片头上箍的大毛巾捂嘴掩鼻，一会儿又拽拽前襟扯扯后背掩肚子捂腰。他实在等得不耐烦了，他实在冷得受不住了，他的火劲儿来了：“有福，你是拿钱不拿？不拿也算，反正文契上写得明白，我明儿个可要锁房子啦!”

有福总算说话了：“那还行?”不过只此三字。

“不锁房也行，拿钱。你钱也不想拿，房也不想叫我锁，你打算怎么着？你说！”

有福只是背风而站，不声不响。

“快点说！你要把人冻死在这儿吗？”

有福还是不敢说身上有钱，话又没法儿说，只好还是不说话。

“你是个什么人？死皮赖脸还不如一只狗一只猪！……”

骂狗也好，骂猪也好，有福直愣愣站在雪地里任凭风吹雪打，总不吱声儿。

“有福！你这样可不行！你是拿钱不拿钱？你当我不敢锁你的房？咱们今儿个黑夜看看！我算拿你没法儿！谁跟你在这个大风岭上做站功做冻功呢！死皮赖脸！死皮不要脸！哪里还像个人！……”

添荣一边骂有福，一边向前走了。有福没钱还债，只好拿一个不言不语硬顶，真是无言胜有言，总算又顶过了一次。

有福默默无言地动步了。他在呼呼北风的雪岭上受了添荣一顿辱骂，也只当家常便饭，也不往心上搿，也不怎么伤心，也不怎么生气，也不怎么愁苦，只是怀揣着七串铜钱甩开大步，背风踏雪走过风岭，走下雪沟，向下河村奔来。

4. 过年没人

有福早上出去借当，没有回家吃早饭。秋喜、扁瓜早早地便又来讨债，有福不在家，他们又走了。甘枝知道有福不敢回家吃饭，一准是借了什么当物，饿着肚子到附城镇去了。既担心他挨饿受冻，又担心借当、当当是否顺利。只好把剩下的糊糊煨在火边儿等他。谁知大等小等，只不见他回来，心下好不着急。她心也跳，眼也跳，只觉得大祸就要临头，这一家人就要完了。她在屋里坐不稳，站不安，又跑出大门口来。她出出进进跑了几遭，有福忽然回来了，气得她什么似的便骂他："我当狼把你拖走了！你还回来哩！"

有福也不言语。回到屋里，有福把借了三件当物，当了七串钱之事简说一遍。看看火边煨着饭，忽然觉得大饿了，正去拿碗，甘枝说："饿不死你，先别吃饭，钱呢？"

有福这才想起还有比吃饭更当紧的事儿。忙把钱掏出来，问甘枝："咋说，先藏起来？"

"藏起来能不给人家？先分开，分成四份儿。要不，放在一起，一个人全拿去，怎么应承别人呢？"

于是，有福忙着数钱，忙着分作四份儿，一份儿三串，准备给秋喜；一份儿两串，准备给添荣；两份儿各一串，准备交代瓜孩、扁瓜两个小债主儿。甘枝又问："贵枝家的衣服没赎回来？"

有福说："满打满算才当了七串钱，哪敢赎当。反正贵枝家的衣服还不到期……"

"可是明天就到期了，你不给人家赎回来，把人家的衣服当死了怎么办呢？"

"明天的事只好等到明天再说吧。"

"还有狗仁家的帽花儿，明天也到期啦。"

"狗仁家的帽花也只有等到明天再想办法。先把这几份钱分头藏起来吧。要不……"

于是，他又把四份钱分四个地方藏了。但是当他正藏第三份钱的时候，忽然听得"哗啦"一声有人推门进来，看时正是东屋的秋喜。有福往一个装豆子的小罐子里藏钱，藏进了一半，忙着伸手掏腰里的一半，已经来不及，秋喜说：“别乱藏了。有钱不还债。把钱藏起来做什么？还想置房买地发大财吗？”

有福没法儿，只好把手里的钱送在秋喜面前，说：“秋叔，这点钱就是给你准备的，你拿去吧。”

“这是多少？”

“一串。”

“一串钱，你开什么玩笑哩!”秋喜说着，随手“当”的一声将那一串铜钱摔在地板上，只见那五十个铜板八面开花丁零当啷地到处乱滚。秋喜这一摔，把个正在炕横头坐着拣豆的哒哒吓得直打哆嗦。他看看满地乱滚的铜板钱，好生奇怪：“那么多钱，他怎么还嫌少?!”

甘枝坐在炕后做着针线活儿，见秋喜把一串钱摔在地上，只气得她心如刀绞：“黑心鬼！黑赖脏心的东西！你一手遮天，把我们好好一个家害得卖房卖地，欠债累累，叫我们天天难，月月难，年年难，还嫌不痛快！还嫌少！还嫌害得人不狠，狼心狗肺的东西……”她又是眼泪花花看不清针针线线了。

有福见秋喜把一串钱摔下一地，在他说来也是常有之事，也是平常之事，也是他这样的家常常发生之事，也不怎么生气，只是弯腰仆地到处捡起那些铜钱，随后他又把还没藏了的两串钱拿来配够三串钱送在秋喜面前，说：“秋叔，这是三串钱，你先拿着，剩下的我再想法儿。”

秋喜靠炕头的护窗柱子坐着，瞪着大眼问他：

“你欠我多少？”

“九十六串。”

“今年的利钱呢?”

“二十八串八。”

“共是多少?”

“一百三十四串八。”

“这不对了！一百三十四串八，你拿三串钱就能交代得了！简直是捉弄人！简直是欺侮人哩！实告你说吧，有福，自从六年前你欠下我九十六串钱，六年过去了，还是九十六串钱……”

甘枝忙抹着泪说：“可是有福年年给你打利，一年二十八串八，已经给你打了一百七十二串八的利，你当是白花你的哩？十根指头不一般齐，三年两头荒，人也有个不方不便的时候，今年有福钱不多，还有明年哩，你当叔叔的也该宽限有福一年，有福也认得你是叔叔……”

秋喜吼道：“宽限！宽限！我已经宽限了六年，今年是本利两清的时候了！没钱也好，反正这三间房插翅也飞不走！”他还是不肯接有福手里的三串钱。实际上六年前在办有福的爷爷的丧事时，秋喜之所以一手抓住办丧事的大权，大肆铺张浪费，又请和尚又请道士，大做纸扎，大发孝布，有福家死了一个人，竟花了数百串钱，逼得他卖给秋喜两间房，五亩三分地，还欠下一屁股债。六年过来，有福当当，借债，揭东墙，糊西墙，到了来当票越来越多，欠债越累越多，这一切全是秋喜一手造成的。可是他今天说话仍然端端是理。他的目的实在就是为了霸占有福的地，霸占有福的房。六年前，有福贱价卖给秋喜两间房，五亩半地，实在不是秋喜的心意，他时时刻刻都在谋算有福的三间西屋。他看到有福今年连利钱也拿不出多少，哪里愿意要他那三串钱？他要趁机占房哩。面对秋喜的威逼，甘枝一针串一颗泪珠儿，针线活儿也没法儿做了，哒哒拣大豆总是好豆、破豆颠倒放哩，有福手里握着那三串钱交也交不上，收也不便收回来，好不为难。有福只好求情，说："秋叔，你就再宽限我一年，我明年……"话音未落，门响处，又有人来了，又一个债主扁瓜进来，看见有福手心里握着几串钱，他眼疾手快，疾步上前，劈手就夺钱，有福想收回那只握钱的手，哪里来得及。三串钱让扁瓜一起抢去了。有福忙说："扁瓜叔，我欠他们的钱还很多，你先拿上一串……"

扁瓜一边往腰里揣钱一边说："三串钱只够我的利钱。我今年的年也不好过，那十串本钱咱们也得清一清。"说着，便坐在炕横头不动了。有福要求明年再还他的本，他只不依。秋喜则口口声声要锁房。他说："你今年能拿出一百二十四串八，我狗屁不放，没事！少一个铜板，我也要锁房。你说吧，怎么办？"

有福说："秋叔，你还不知道我这个家有多深的水，你就是把我打烂打死，我也拿不出那么多的钱呀！"

甘枝听他口口声声要锁房，知道他想的就是这三间房，他心狠手毒，说得出来，做得出来，怎么能不着急，不害怕呢？她一边针针串着泪珠做针线，一边求情，说："秋叔，求求你再宽限我们一年吧。你真的锁了有福的房，这一家大小到哪里安身去呀！我们就是搭个草棚也得个工夫哩。你不看佛面看僧面，有福没出息，有福不好，他到当街大道上去顶瓦，活该，谁叫他欠人短人的，只求秋叔看在我这几个吃屎狗的份儿上，再宽限我们一年吧……"

秋喜根本不理那一套，直冲有福说："好吧，没有钱，就锁房。我秋喜也不是那种不仁不义的人，我做事宽宏大量，给你们三天期限把你们那些破桌子破椅子破缸破瓮破锅破碗一统搬出去，我不稀罕这些破东西!”说罢，抽身便走。有福看看不妙，连忙追上来拽住秋喜一条胳膊，说：“秋叔，你不要走，还钱的事咱慢慢说。”

秋喜吼道：“还慢慢什么？已经六年了，已经年近月满要过大年了，还慢到何年何月哩？什么也不必说了，准备搬东西好了!”

秋喜要走，有福死死拽住他不放。秋喜又返回来坐下，叫有福拿钱，有福还是拿不出来。这么着过了半天，甘枝把中午的菜汤已经做好，想起有福连早饭还没吃，盛了一碗菜汤叫他吃，他也无心吃。只好叫哒哒、肥肥先吃菜汤。两个债主又闹了半天，东王庄村的瓜孩打附城回来也来讨债了。添荣随后也来了。四个债主碰在一起，围攻有福的火力自然又加重许多。他们一会儿小风漫雨，一会儿急风暴雨，从中午到黑夜，又从天黑闹到半夜，有福看看无法下台，最后才说：“我不是不还钱，有头发谁肯装秃子呢？我实在是两手空空拿不出来。这样吧，今儿个夜深了，大家回去休息吧，到明天没本有利，不叫大家白跑的。”

债主们个个认为单独讨债比较好，不愿在此白怄气，一个个骂骂咧咧地走后，甘枝做着针线活儿问有福：“你怎么敢说大话。明天给他们，明天你拿什么给他们？”

有福说：“没办法，只好再卖二亩地吧。”

提到卖地，甘枝忽然两眼热泪纷流，哭诉道：“你也别卖房了，你也别卖地了，不如你把那把切菜刀磨得快快地把你的老婆孩子宰尽杀绝多好！多清净！也省得你愁吃的愁穿的愁住的愁还债愁借当……”

有福当然也不愿意卖地的。可是欠债累累，债主们逼债如逼命，无钱还债，债主们便要锁房，到那一天他们锁了房，冰天雪地的三九腊月天一家人又该到哪里存身哩？为了保住这三间房，有福才咬咬牙要卖二亩地。他向甘枝说明舍地保房的意思，甘枝想想别无他法，她只是哭个不住，再不言语了。她坐着哭一会儿，又躺下哭一会儿，哭呀哭呀直哭到五更鸡叫，刚刚迷迷糊糊入睡，便说是阎锡山的兵在河南打了败仗返上太行山来，闯进下河村来。甘枝一急，抱了肥肥，拉了哒哒便往后沟里跑。刚跑到小河崖头上，偏偏顶面涌来黑压压一群持枪的大兵，他们呼呀哈呀地迎面直刺而来。甘枝看看无路可走，便抱了肥肥、拉了哒哒一起扑下大崖，同时头上“叭”的一声枪响，她“啊呀”大叫一声，醒来却是一梦，心还“咚咚”地跳个不停。她想想刚刚所做的梦，再想想那些逼债者逼得人无路可走的情形，又想起卖了地以后一家人无法生存的可怕的前景，她又哭了，“呜呜”地哭着直哭到天明。

天明了。这一天又该怎么过呢？为了不受债主逼，唯一的办法便是卖地了。甘枝不同意卖，也没办法。

有福要卖地，还必须先通过族长韩秋喜。有福找他说了卖地之事，秋喜本来急着霸占有福的三间西屋，因想到有福高搭债台，今年卖了地，明年的年关又没法儿闯。他还必须卖房，不过是早一年晚一年罢了。他赞成有福卖地，他实在也想要有福的地，可是他却要有福先问本族内其他人家是否买他的地。绕这么一个弯儿，返回来还必须卖给他，地价就会便宜许多。有福知道他的用意，知道脱不过他的手，不愿意费许多工夫许多口舌绕那个不必要的弯儿，便说：“我卖地，只能先让秋叔买。秋叔不放话，我敢卖给谁呢？”

说了半天，秋喜真的说了他要买地的话。以后又是央了本院的两个老邻家扎根哥和有有哥做中保人，讨价还价一番，言定有福邢家地的二亩土地的地价是四十五串文，当夜卖主有福，中保人韩扎根、韩有有都会集在买主韩秋喜家，仍然请了东头的韩永义写卖地文契。写好后，韩永义当面念道：

立卖契人韩有福因事花钱在急，手头一时不便，央中说合，愿将祖留土地邢家地二亩卖与韩秋喜名下为业。现将该二亩地四至开明如下：东至水沟，西至河谷，南至河谷，北至买主邢家地塄根。四至之内，土木金石相连。当面言明地价四十五串文。除抵买主债利二十八串八十文，余十六串二十文当面付清。并且三面言明买主只买土地，不买该处土地之地亩税，其后该处地之地税仍由卖主负担。两相情愿，决无悔言。空口无凭，立此字为证。

卖地人：韩有福

买地人：韩秋喜

中保人：韩扎根

韩有有

书契人：韩永义

中华民国二十二年十二月二十五日立

有福在东屋做卖土地的大事，甘枝在西屋里针线活儿做不成，搭了那条全是破窟窿的被子哭肿了眼，哭肿了脸。因为今天再卖二亩地，全部只剩下金地凹那二亩半地，全家五口人，还欠着人家一百多串债，从今往后，那日子实在是无法过下去了。

秋喜今天又买下二亩好地，照乡俗又要做一顿酒席请卖主全家，请中保人，请书契人吃一桌。看看夜已很深，秋喜家的酒席也已准备差不多了，秋喜冲有福说："酒席快好了。你快去叫你媳妇跟哒哒、肥肥过来好好吃一顿吧。"

有福知道甘枝为着又卖了二亩地之事正在屋里痛哭、生气，哪还有什么心情来吃酒席？至于他自己，他说："我也没工夫吃。还有两件当物必须连夜去赎回来，迟一步到鸡叫五更就当死了。当物都是借下别人的，当死了，我可还不起哩。"于是，他拿了卖地所剩的十六串二十文钱离开东屋。出在院里，才听得添荣、瓜孩、扁瓜在西屋里说话。家里既然还有三个债主等着他，他怎么敢带着那十六串钱回家哩。站在院里想了一会儿，忙到厕所里藏在一块石板下五串钱，这才回了家。添荣便说："有福，你今天发了财，总该没话说了吧？"

有福说："咱还能发个啥财。卖了二亩地，都抵了秋叔的债了。"

添荣、瓜孩、扁瓜不信他的话，又是逼着他拿钱，他这才从怀里掏出十一串钱，给了添荣七串，给了瓜孩四串。扁瓜的三串利钱已拿到手，可是他还要本钱。欠添荣的四十串钱，当年利息该十二串，他只拿到七串，仍然不行，欠瓜孩三十串钱，当年利息该九串，四串钱也不解决问题，三个人还在逼着他拿钱。甘枝破被子蒙面直管哭泣，百事无心问了。有福被三个债主百般逼迫，更有何法？已经卖了二亩地，难道把仅剩的二亩半地一起卖掉不成？这一头三个债主死死逼债，有福却又惦记着另一头——赎当。眼看五更鸡叫将近，若不在鸡叫前将到期的两件当物赎出，怎么交代人家呀！可是三个债主围攻他，他又无法脱身，这会儿直把他急得出了一头冷汗。

东屋里的水炉进来叫有福一家人去吃酒席。有福说："你看我去得了？"

有福指指炕后，说："她病了，就叫哒哒、肥肥去吧。"

水炉说："叫嫂嫂和孩子们都去吧。"

水炉走了。有福叫哒哒带了肥肥去吃酒席，哒哒说不敢去。有福此时忽然想起一个脱身之计，跟添荣，瓜孩他们说："我送送两个孩了，一会儿就回来了。"

瓜孩说："跑了和尚跑不了庙，怕你跑了不成。"

有福拉着两个孩子送到东屋里，返身出来，却不回家。他蹑手蹑脚来到厕所，拿了藏在石板下的五串钱，又蹑手蹑脚走出院来，想想那两张当票就在身上装着，他迎着深夜呼呼的西风直奔附城而来。

甘枝在被窝里抽抽泣泣地哭着，忽然听得东屋里酒令高唱，那么欢乐。她的心下更难受哩，她竟放声大哭起来。添荣、瓜孩、扁瓜三个债主坐着等有福，却总不见有福回来，他们便感到不妙。瓜孩说："看这个有福，人人都说他是个老实人，怎么尽做玄乎事？把我们凉凉地撂在这里。他可跑了!"

添荣说："不怕他插翅上了天。躲了今儿个躲不了明儿个……"

几个债主又等了半天，只不见有福回来。又嫌甘枝大哭一阵小哭一阵麻烦，他们说是明天还要来，一个个起身走了。

东屋里买地发财是大喜事，酒令唱得一阵高过一阵，西屋里卖地丢财，债主逼，当铺紧，愁事伤心事没完没了，甘枝哭得一阵更比一阵伤情。

有福孑身孤影匆匆奔跑在小河谷的黑幕里，奔跑在两壁雪山的峡谷里，奔跑在呼呼的西风里，一边奔跑，一边注意听着。总害怕听见那可怕的“喔喔”鸡叫声。他奔出小河谷，他又奔上山岭，到了附城镇，进了当铺，终于没有听到鸡叫声，也算不幸中一点小幸。

有福当了新当，赎出旧当。连夜奔回家来。这才把卖地文契拿出，放好。又把赎回的当物交给甘枝。甘枝给他热饭吃。他说：“吃饭不大紧。我实在累了，困了，想睡睡。”甘枝说：“睡？别想好事了。眼看天一亮，讨债的又是早早拥上门来，你怎么办？不如趁早吃上一碗饭。到哪里躲躲去吧。峰西村哒哒他姥姥家也行，附城哒哒他姨姨家也行，你先躲几天，到初一五更再回来。今年就躲过去了。”

有福想想也是，胡乱扒拉了一碗饭，把过年碾点玉米面，蒸几个馍馍和给哒哒、肥肥扯几尺布做件衣服的事交代过，连夜，匆匆走了。

有福走后，几个债主又来过几次，因总不见有福的面也没办法。

到了三十除夕晚上，家家放鞭放炮，烧香燃烛，好不热闹，只有有福家还是冷冷清清，何止是冷冷清清。入夜以后，几个债主又来寻有福不见，一个个扫兴去了。甘枝以为等到五更一声炮响，出去躲债的有福便会回来。即至到了五更时分，院里的年火已经燃着，家家户户烧香，放鞭放炮，煮饺子，却不见有福回来。于是，甘枝心慌了，意乱了。以为他如果是在亲戚家躲债，这个时刻他是一定会回来的。因为五更一声炮响，债主们便不会逼债来了。可是他到底为什么没回来呢？她越想越害怕，以为一定出了什么大事。为了闹个明白，她不顾过年不过年，嘱咐哒哒在家看好肥肥，冲着满村里的“叭叭”炮声，奔出村来，摸黑来到峰西村问问母亲，母亲说有福并没来过。又奔到附城镇问问姐姐，姐姐也说没见过有福的面儿。他到底哪里去了呢？事到如今，她不往好处想，认定是有福被人逼债逼怕了，逼苦了，再也不想受逼了，说不定是投了河，跳了井……她越想越害怕。又以为即使是死了，也该有个死尸。于是，她下定决心要找回有福。死的也好，活的也好，总要找见他才能放下心来。就在人们高高兴兴过大年的一天，甘枝东村到西村，到处跑着奔着找有福去了……

家里六岁的哒哒带着四岁的肥肥过大年，只听得院里街头许许多多孩子们跑着唤着抢炮儿，砸核桃吃，多么高兴啊！他们小兄妹俩在家里等爹，爹不回来，等娘，娘也不回来，吃饭，别说吃饭，火上连个冷水锅也没有坐。因为久久等不回爹和娘来，就在那“叭叭”鞭炮声里，就在东屋财主家喝酒庆发财的笑声里，哒哒、肥肥小兄妹俩无可奈何地“哇哇”放声大哭起来。——

年关二字意何在？
穷家富户两分开。
穷人过关难过年，
富翁过年不过关。
黑楼悲哭父母散，
红屋喜宴庆发财。
哭的哭来笑的笑，
一声爆竹听悲欢。

第三章 霜

1. 当当锣声

“当当当当当当……”

锣儿声声响，锣儿声声催。

锣声响处，号为“清凉禅院”的大佛庙里一股扑鼻的油香冲出庙门，撒向庙槐饭场，撒向西下河村的庙槐街，上头街，东头街。

就在“当当”锣声中，许多人扛着大袋大袋的谷子送到大庙的社楼上。可是有些人听得催仓的锣声，只有着急，只有害怕，没有办法。

住在庙槐街西堂屋院的有福便是愁得无法交仓的一人。

原来一九三一年过大年由于韩秋喜、韩添荣、王瓜孩一干人的逼债，有福于腊月二十六日出门躲债，无处可去，索性去了高平县公记铁炉的东家家里。以致屋里的甘枝大年初一到处跑着寻他，屋里的哒哒和肥肥大年初一不仅没有吃上一顿素饺子，火上连锅也没坐的。有福直到谷雨时节下种时才回来家里一趟。如今有福回家来收秋，因为自家的十亩土地几年里已经被迫卖掉七亩半，剩下金地凹的二亩半土地，能打多少粮食？谷子、玉米、黍子、大豆，杂七杂八，统共才打了两石八斗，其中谷子才打了一石六斗。全家五口人，糠糠菜菜度日，也难过得一冬。可是韩秋喜逼买有福的七亩半土地时，卖契文约写得明明白白，他是只买土地，不买地税的。所以有福虽只有土地二亩半，却要交十亩土地的税谷。大社收税谷分两天两次收，第一天，叫做收仓，就是收公粮之意，是要交给上边，供养各级官员的。第二天，叫做收社，是供给本村大社一年里各项开支用的。按十亩土地算，有福头一天该交仓谷一石五斗。第二天又该交社谷四斗，共是一石九斗，他今年打了谷子一石六斗，春、夏两季向人借谷四斗，还过借谷只剩一石二斗，哪里够交仓交社呢？更何况全家五口人还要过一年光景，便是啃糠咽菜，多多少少也该掺点粮食哩，此事又该怎么办呢？

“当当当当……”大社里催交仓谷的锣又打响了。那锣声甘枝听来无异于听丧钟，那锣声响得越紧，甘枝的心便越紧张，越着急，越害怕。甘枝坐在炕上一边做针线，一边流眼泪，只是干着急。反正她年年月月，日日夜夜，总是“手不离针，眼不离泪”的。为了糊口，她不得不抓紧每一分、每一秒时间，为人家忙，为人家累。可是她做着针线活儿，听着那“当当”的锣声，好像每一声锣都打在她的心头上，直把她打得胆战心惊。因想到仓谷也好，社谷也好，不交到大社里是过不了关的，以为交仓的事应该尽快想想办法。可是有福给贵枝家刨茬，还在贵枝家地里忙着。又想到有福给人家打忙工，定是天大黑才会回家，到那时候岂不误了扇仓？于是，她做针线做不在心上了，她坐不住了，她只好骂有福：“死东西？只管替人家在地里忙，也不想想扇仓的事。催仓的锣声这么紧，这么大，在地里也该听见的，怎么也不回来说说该怎么办？”她只好跳下炕来去找有福，不意有福正好回来。甘枝气得什么似的责问他：“你听不见大社里‘当当’只管打锣？你打算今拿什么去扇仓哩？”

有福坐在炕横头，没紧没慢地说：“我不是正想法儿哩？”

“想法儿！你有啥法儿？你把那石数谷全扇了仓，一家大小五六张嘴。长年大日头地不吃了？不喝了？要是老婆孩子你全不要了，也算，你或者给我一条绳子，我跟凤孩、哒哒娘儿五个一绳吊死，你或者买一包毒药来，我们娘儿五个一起毒死，也省得你替我们愁吃，也省得你替我们愁喝……”

“说这些做甚？我不是正想法儿哩……”

“想法儿，你的法儿我知道，不是卖房，就是卖地。你房也卖过了，地也卖过了，还有这三间房，还有那二亩半地，看你是想卖房哩？还是卖地哩……”

“卖了房，一家五六口人在哪里住？”

“这么说，你是要卖地哩……”

“就剩下那二亩半地，怎能卖哩？”

“房也不卖，地也不卖，你打算拿什么去扇仓？大社里催仓的锣打得当当乱响，你硬顶，顶得过吗？”

“顶还顶得过？”

“扇仓没的扇，顶也顶不过，你打算怎么闯这一关哩？你说呀！”

“怎闯！真没法儿！要不，只好再去求求人，借几样当物当几串钱，买几斗谷，给人家扇仓去……”

“当！当！当！”你还有什么本领？卖房、卖地、借当，这就是你的本领！当铺的利那么重，去年也当，今年也当，春天也当，秋天也当，当来当去，把你的房也当进去了，地也当进去了，你还要当，还要当……”

“可是除了借当，我还能有啥好法儿哩？”

甘枝想想，真也没有更好的法儿，只好说：“要借当，你快快借去呀！”

说话间，院里“呼呼”一阵大风，吹得破窗纸“啪啪”乱响，竟有几片霜干了的槐叶儿打破窗棂吹了进来。同时，又听得街头催仓的锣声“当当”乱响。甘枝听得锣声就害怕，就着急，催有福道：“你快快去呀！”

有福却只不动。

甘枝又急又气：“你坐死在那里了不是？”

有福说：“就是借当，你也叫我想想去哪家借才能借上……”他站起来正要走，院里忽然有人喊有福哩。有福、甘枝闻声，齐吃一惊。

2. 呼呼风声

有福正要走，只听院里有人喊道：“有福，老社头叫你到庙上走一遭。”

听说老社头叫哩，能有什么好事会轮到穷大汉有福的头上，无非是催仓罢了。偏那老社头就是有福的本家叔叔韩秋喜。原来这个只有六十几户人家的西下河村，只有二十四家有做社头的资格，唯一的条件是有十亩以上土地的人家才可做社头。这二十四家分做四班，每班六家，每四年一轮。每班六家之中由其中一户房地产最多而又会打会记账者做头儿，叫做老社头。若是别人当老社头，虽然仓谷、社谷都是少交不得的，但是催仓催社的态度总会好些，有时也可以缓交几日，让你想办法。有福碰上秋喜做老社头就没有你缓交的余地了。因为韩秋喜想有福的三间房想了多年，没有到手。今天仓谷、社谷逼住你，就是要逼你卖那三间房。

有福只好到大庙里去见老社头韩秋喜。他刚刚站起来要走，甘枝说：“你去了怎么交代人家？”

有福说：“怎么交代？我就说我正想法儿哩。”

“不管他怎么着逼你，你也不能说卖房的话。”

“我知道。卖了房，一家人到哪里去住？”

“就怕你软骨头，人家三句大话把你吓住，你就没法儿了！”

“不。就是逼死我，我也不说卖房的话。”

有福到大庙里去了，甘枝在屋里做针线活儿也做不在心上。她急着想到庙上听听消息。刚出西屋门儿，忽然听得一阵锣鼓声响，知道是庙里唱秧歌开戏了。原来在一般人家特别是比较富裕的人家看来，封粮纳税以后，便算是万事大吉，所以也算是吉庆之事，要唱三天秧歌。秧歌班就是本村的，有福也是秧歌班里的人，常常扮个配角，演演老旦。今天下午头天演出，演的是《黑虎山》连本戏的第一本，也有有福一场戏。有福今天被扇仓之事所逼，哪里有上台唱秧歌的心情？所以庙里已经“当呤当呤”开了戏，他还没想起扮演老旦之事。

甘枝也是个戏迷，但是她今儿个却没有半点看秧歌的心情。她急匆匆地走出大门来，正好碰上秧歌班的常来福来唤有福。甘枝说：“扇仓的事快把他愁死了，他哪里有工夫唱秧歌？”

常来福听她的话音，知道有福去了社房，又返回庙里来去找有福。

甘枝正要到庙里看看老社头逼有福扇仓之事，却见春花迎面走来。这个春花是西下河村财主韩添荣的二妹子。因其丈夫牛文肉在太谷做生意，她便长年住娘家。春花的大哥添荣虽也是有福的债主，他每年向有福讨债时也总是逼死逼活，不饶人的。可是这个春花跟她大哥却很不同，她虽也生长在财主家，却很同情甘枝家的艰难。当然因为她是常常求甘枝给她剪花，给她扎花，给她做针线。可是她也常常在家里偷点粮食给甘枝。现在她看到甘枝满面愁容，知道她今天是为着扇仓的事犯愁。便问她："有福哥还没扇过仓吗?"

甘枝说："把他的骨头砸碎添到斗里，也不够扇仓！他凭什么给人家扇仓哩。"

春花说："那可该怎办呢?"

"没法儿。反正就是他那一把瘦骨头，叫他顶去吧。"

两个女人说着话，听得庙里一阵锣鼓声落音，却听得有福正在放喉大唱。春花说："有福哥怎么还有心情去唱秧歌?"

甘枝抹抹泪说："人家秧歌班叫他哩，他能不去？春花，你快快看秧歌去吧。"

"我看过多少遍了，我也不想看它，回家去吧。看秧歌，还不如咱们在一起坐坐，说说话。"

两个人向西堂屋院走来。又是"呼"一阵西风吹来，老槐树枝被寒霜打过的黄了的半黄了的槐叶儿纷纷落地。甘枝踏着霜叶儿走着，因她衣衫单薄，只觉寒风袭人，便耸起肩缩缩脖子，说："这天气说冷就冷了，哒哒、肥肥他们都还没有过冬的衣裳哩。"

春花只是叹一口气，同甘枝一起来到西堂屋院西屋里，甘枝上炕便拿起针线活儿，春花却自己动手找见甘枝家的和面盆儿，放在炕头，就搂起衣角从兜肚里往出掏小米。她一把一把地掏来，竟掏了小半盆儿。一个春花，一个扁女，偷偷给甘枝拿粮食，已是常事。春花把半盆小米放在锅碗桌上，回头坐在炕沿边儿上，说："甘枝，哒哒、肥肥呢？看秧歌去了?"

甘枝说："他们除了吃吃玩玩，知道什么，都看秧歌去了。"

"孩子还是吃屎狗，懂得什么。"

她们说着话，扁女扶一根拐棍儿也进来了。扁女是东屋韩秋喜的二闺女，今年二十六岁，已有一个孩子。因她小时患小儿麻痹病，瘸了一条腿。正因为此，她嫁了东王庄一个穷汉子。由于婆家太穷，她也是常住娘家的。她父亲韩秋喜虽是个谋产霸业的狠毒之辈，扁女却是个心地善良的女人。她不满意父亲对有福、甘枝夫妇的欺压行为，可她在父亲面前并不敢多说一句话，只是常常一碗两碗的偷点粮食送到西屋里来，以表对甘枝的同情。这会儿都到庙上看秧歌去了，她在屋里偷偷装满一兜肚豆子走来，也是自动到锅碗桌上拿那个和面盆儿，因见盆里已有半盆儿小米，又见春花也在炕头坐着，知道那小米是春花拿来的，便又找到一个木升儿，把豆子掏下，也坐到炕的另一头跟春花说话。甘枝对她们两个的送米送豆自然是十分感激的。虽然对扇仓大事无什么作用，总可以让哒哒、肥肥他们吃两天的。她说："常常叫你们提心吊胆地给我偷东偷西，真不知道该怎么报答你们……"

扁女说："西屋嫂，说这些做什么？哒哒、肥肥他们有一顿没一顿的，怪可怜见的。一碗豆子能抵什么事？等有空儿我再弄些大豆来，让你家碾些豆面，省得总给孩子们吃没面的菜汤。"

春花说："明儿个我也给你弄两碗大豆来……"

甘枝说："你们俩，还有大东屋的瓜肉，总爱见我这两个孩子，总想着法儿接济我。要说我命好，你们看我冬天愁还债，春天怕春荒，夏天愁吃喝，秋天愁扇仓，哪里活得像个人？要说我命不好，可又遇上你们几个好心肠人，事事替我愁，步步为我想，能说命不好吗？……"她说着又抹泪哩。

一会儿，有福唱罢那一场戏回来了。甘枝问他："你没碰上秋叔?”

有福说：“我一下台，秋叔就把我等住了……”

“秋叔还是那话?”

“反正秋叔说叫我快点去扇仓。要不，大社就要来封咱的西屋。”

一听说要封房，甘枝便“呜呜”哭起来。她哭得两眼泪汪汪，可是她的两只手却还在不停地做针线活儿。因为她明白手闲肚也闲，不替人多做几针，长年大日头孩子们吃什么，喝什么?就是今天扁女、春花之所以如此怜惜哒哒和肥肥，也是因为自己给她们剪花、扎花换来的。

春花、扁女见甘枝哭得可怜，互相看看，也无计可想。看看有福，有福愁兮兮地静坐无话。扁女便问：“西屋哥，你家扇仓该扇多少谷?”

有福说：“今天的扇仓该扇一石五斗，明天的社谷又是四斗……”

春花说：“你今年打了多少谷？"

有福说：“一石六斗。春天夏天借吃四斗，还了借人家的，还有一石二斗。”

扁女说：“一石二斗谷还要吃一年哩……”

有福说：“眼下还敢想吃饭的事?就是一家人不吃不喝，这一石九斗谷我也没法儿交呀?”

春花问：“那该怎么办哩?”

有福说：“实在没法儿，只好等着人家来封房……”

甘枝立刻哭骂道：“你说得好听！封房，封房，等得他们封了房，你老婆、孩子一大堆到哪里去住？拱狗窝？钻鸡棚?你穷得连个狗窝鸡棚也没有……”

说话间，忽然听得老槐树底又“当当”打锣催粮哩。

庙头老槐树底那锣声真是逼人锣，催命锣，那锣声每响一次，有福、甘枝心头的愁便加一层。扁女看看甘枝愁得发急，哭得伤心，很想为他们夫妇排排忧，解解难。因想到这会儿他们东屋全家人都在庙里看秧歌，想到东屋里楼上堆着大堆大堆的谷子，楼下并排五只大缸也全是谷子，便想趁此机会偷偷弄来几斗，替西屋哥、西屋嫂出点力。因想到她一个人做此事不大方便，就跟春花说要她到东屋里坐坐。春花便跟了她到东屋里来，她说：“春花，看把西屋嫂愁成啥了？我也替他们发愁。春花，你看我家的人都看秧歌去了，我想装几斗谷子给西屋嫂送过去……”

春花见扁女愿意帮助穷苦的甘枝，很赞成她的一片好心。也说：“我家的人也都看秧歌去了。就我大嫂一个人在西屋做饭，我到下西屋也能弄几斗谷子……”

“去你家那么远，打街上走过，会碰上人的。就在这里装吧。”

“要装快装。”

扁女慌慌张张寻了一条布袋，慌慌张张掂来一支斗，慌慌张张掀开一口大缸的盖子，慌慌张张张开口袋口儿，春花给她挖谷子，挖了两半斗，便挖下一个大坑子。忙说：“看，挖了两半斗就挖下一个大坑儿，你家里人发现了，会打死你的……”

扁女也愣住了。说：“这可该怎办？"

春花问：“你家楼上没谷子？”

“有呀。”

“是一大堆儿？”

“是呀。——对了。咱们到楼上的大谷堆子上挖吧，挖三五斗看不出破绽的。”

两个人忙把那两半斗谷子倒回缸里，盖好缸板，一个人掂布袋，一个人掂斗，匆匆爬上楼来。她们在楼上的大谷堆上挖谷子，装谷子，慌慌张张装了大概三四斗，忽然听得楼下门儿响，有人来了。两个偷装谷子的女人慌了，不知该怎么办。这时，又听得楼下有人说话：“门儿没锁，家里怎么没人？”

楼上的两个人听得是水炉说话，动也不敢动。

扁女憋不住咳嗽一声，水炉在楼下问：“扁女，你上楼做什么？”

扁女说：“撵猫儿。”

春花以为扁女说撵猫儿，会应付过去，不想听得“咯噔咯噔”，水炉上楼来了。原来水炉想到扁女的婆家太穷，以为穷人少不得会干出偷偷摸摸之事，要上楼来看个究竟。

楼上扁女、春花一时慌了手脚。

3. 哀哀悲声

扁女、春花看大事不妙，便忙着抬着那半布袋谷子往大谷堆上倒。刚刚倒出，布袋、斗子来不及藏，水炉早已上得楼来。他看见谷堆子旁边又是斗子又是布袋，又见扁女、春花二人惊慌失措的样儿，断定她们是偷谷子，好不气愤：“扁女，你挖谷子做什么？”

扁女哪敢说实话，一时没了说的。水炉还在怒目逼问，亏了扁女脑子来得快，忙说：“奶奶说明天要碾谷，我今儿个先把谷子装现成……”

水炉断定她是撒谎，认定她是偷谷子。一时火起，扑上来先照脸“啪啪”打了两巴掌。说：“你倒好，在这个家吃着喝着就做起贼来，你还有二分良心没有?”

扁女挨了打，“哇哇”哭起来。

春花看看事情露了馅，只觉得很难为情。她说：“我来叫扁女去看秧歌。扁女说明天你家要碾谷，你们都很忙，叫我帮她把谷子装起来……”

水炉说：“春花，没你的事。我知道扁女没安好心……”

扁女只是大哭不止。

扁女一哭，水炉一顿训斥，自然惊动了西屋里的有福、甘枝夫妇。他们注意听听，也听出来像是因为扁女偷谷子，水炉打了扁女，甘枝便估计到扁女是为这个西屋的扇仓而偷，是为西屋的扇仓挨了打的。因而又替扁女抱屈，又为此事感到难过。冲着有福说：“你可听见了？因为你穷，叫扁女也跟着我们挨打受气……”

有福说：“扁女真好，跟她爹她哥可不一样。”

说着话，听得东屋里动板子动棍的“啪啪”乱响，水炉又打扁女了，扁女“哇哇”放声痛哭哩。

甘枝很替扁女的挨打而难过，她说:“我去东屋看看……”

有福阻止道：“你去了能怎么着？不摸底细，你能说个啥?”

甘枝也感到去了东屋是无法说话的，干急没法儿。只是为扁女的挨打白白落泪罢了。

街头的锣又“当当”乱响哩，人的心又“咚咚”乱跳哩。眼看已是半下午时分，若再迟疑，扇不了仓，老秋喜是绝对不饶人的，他一定会逼你卖这座西屋房的。有福看看坐在炕后的甘枝一边做针线活儿，一边泪流淋淋，他实在坐不住了，站起来便要走。甘枝抹抹泪问道："你去哪里？"

有福说："你听大社里的锣'当当'地只管响，我想去求求人，借几斗谷。"

"借？凭你甚哩？就凭你那二亩半地，就凭你背着满身的债，谁敢借给你？要是前几年，你还有几亩地，还半死不活算个人，求东家，告西家，三斗五斗还借得来。如今你穷得典典当当，就凭你那一把穷骨头，借得来吗？"

"我也知道借粮不好借。可是人家大社里催仓的锣一直打，你能不去扇仓？我想找找你常给他们做针线活儿的几家……"

"算啦！我常给他们做针线，他们也三升五升的接济咱们，没一家亏咱们欠咱们的。怎好意思再找他们……"

可是除了这法儿，再没更好的法儿，甘枝也不再阻拦他了。

有福头顶落叶，背着"呼呼"的西风，走了几家，没借下一粒粮食。他无精打采地在街头风地里磨蹭着，来到老槐树底，正好碰上他的老岳母韩姥姥带着他的大女儿凤孩看秧歌来了。韩姥姥问他："有福，秧歌班没你的戏？"

有福说："有我一场戏，已经唱罢了。"他看见女儿凤孩来了。忽然想起一点办法：扇仓的事真把人逼苦了，这一石多谷子，我讨也讨不来，借也借不上，总不能让秋叔趁这个时候锁了我的三间西屋，还不如赶快给凤孩找个婆家，闹个石儿八斗谷子，这一关也就过去了。于是，有福便把闯扇仓关的主意打在女儿凤孩身上。他想到凤孩已经九岁了，上头街文柱的孩子长锁也十岁了，文柱家日子好过，能跟他说定这门亲事，不仅可以解决燃眉之急，不愁扇不了仓，女儿凤孩也找下一个好婆家。于是，他又奔上头街文柱家来了。

因为扇仓的事过急，有福来到文柱家，见他家万章村的姐夫老吴也在，只是跟老吴闲言一句，便抓紧时间说正题，冲文柱说："说起来你家长锁还小，许是才十岁吧，定亲好像还有点早。不过，我想给我家凤孩寻一个婆家，我看你家长锁就很合适。看你现下有这个意思没有……"

文柱听他如此说，想到有福太穷，处上这么一个穷亲戚，长锁会倒一辈子霉的，他不同意。便说："有福，你家凤孩今年几岁了？"

"九岁。虽说才九岁，几年过去，也就十五六了……"

"不。孩子还小，我家长锁也还小着哩，我还不打算急着给他提亲事……"

有福听言，一时傻了眼。忙着想想别人家，全村里十来岁的孩子没几个。虽然还有两三个，都是穷人家，拿不出几斗谷子的。只好再做文柱的说服工作："长锁虽小，早晚是要娶媳妇的。人常说'谷要早种，儿要早生'，再过……"

"不。长锁今年才十岁，就给他说媳妇，过早了些……"

有福见文柱总不答应此事，想到扇仓之事实在拖延不得，心下好生着急。他正想着再找找哪家，文柱万章村的老姐夫老吴忽然开口说："有福，万章有个主儿，正想订个媳妇，我给你家凤孩当个媒人，你说行不行？"

有福听言很高兴。说："那好，万章村谁家？"

"怕你不认识，就是我村东头庙后边大锁家。他有一个弟弟，叫小锁。只是比你家闺女大了点，今年已经二十二岁了……"

有福忙说："二十二岁也不算大，比我家凤孩大十三岁，我比凤孩她妈也是大着十二岁哩。"

"好。不嫌大就好。女婿虽然大了点，家里可说得过去。

人家独住一院，五间堂屋，三间西屋，足够住的。种着十五六亩地，粮食是吃不清的。还喂着一头驴，闺女娶过以后，回娘家也能骑驴。去哪找这样的好户口？”

“小锁那孩子怎么样？”

“只知道上地做活儿。丑话说在前头，人是老实一点。老实怕什么？总比玄哩咣当的滑头鬼好。”

“反正我靠你了。你是西下河的老亲戚，我想你也不会骗我。”

“骗你？——我还能骗你。你说哩，就这么订了？我知道，你准是急着花钱。你说吧，你说哪天叫大锁给你家下彩礼？哪天都行。”

“我这会儿有一件火烧眉毛的事儿，急着扇仓，就是张开口袋没谷子装……”

“谷子好说，你说先要多少谷子？”

“先给我三石吧。交仓就要一石九哩。”

“三石有点多，我看两石好说。等我明天回去，就叫大锁给你送谷子来……”

“我今天就过不了关，哪能等到明天……”

“今天？看你这个有福，哪有个当天提亲当天就下彩礼的？明天就算很快哩……”

“可是我今天实在过不了关。要不，凤孩才九岁，我何必急着给她找婆家。再说，这件事我是背着凤孩她妈办的，风声出去，她妈知道了，这事只怕也不大好办哩。”

原来这个老吴跟大锁是本家，那小锁生来不怎么精明，娶不下媳妇。今天看到有福为着扇仓的事过不了关，趁此机会想给小锁定个媳妇。因见有福满口答应这门亲事，他害怕夜长梦多，自然同意现说现定。又害怕日后有福夫妇知道了小锁不大精明的事实，他想一想，说："这样吧，因为你急着扇仓，今儿个的秧歌我不看了，我可以马上回万章走一遭，叫他们立刻给你送两石谷子来。只是有一条咱们应该先办好，要先写个庚帖。因为你家凤孩才九岁，少说也要再过五六年才能过门儿，时间一长，有个变化怎么办呢？人家大锁的两石谷子不是白扔了？"

有福说："写庚帖就写庚帖。老姑父你拿得起笔来，你就给咱写吧。"

什么是庚帖？就是写明男女双方的年庚属相和两家同意结亲的帖子，实际上等于一个结婚合同。

老吴真的跟文柱讨了一块红纸和笔墨，问明凤孩的生年，一时写好，给有福念道：

吴小锁，男，万章村人。生于清宣统三年庚戌岁；韩凤孩，女，西下河村人，生于中华民国十三年癸亥岁。戌、亥相逢，狗猪相和，男婚女配，百年好合。两相情愿，永不分隔……

庚帖末端书就双方家长姓名和媒人姓名及年、月、日，一书两份。双方在自己名字下方划了"十"字，如同盖了印章一般，不得追悔。

有福因为急于扇仓，不问女婿年龄大小，不问女婿是憨是傻，匆匆忙忙说定这门亲事，一切都来不及细想，一切都来不及考究，反正只要有谷子扇仓就成。可是当老吴写好庚帖，他笨手笨脚划了那个"十"字以后，忽然想到还不知道那女婿是个什么样的人，糊里糊涂就把个闺女卖了，只觉得自己对不起闺女，心下一酸，忽然眼里扑啦啦流下来两行热泪。怕老吴他们看见，忙背过身去用袖口拭了眼泪。

有福接过一纸庚帖，老吴说他马上就要回万章村去担谷子，有福看看有了谷子，总算放下心来。他打文柱家出来，想先回家看看韩姥姥。一进门，韩姥姥便训他道："你爹没爹，娘没娘，只管在哪里奔丧？大庙上催仓的锣打得'当当'乱响，你听不见？就要等得他们来锁你的屋子吗？我问问你，老婆孩儿一大堆，你要不要他们啦？真的叫他们到当街顶瓦去吗？……"

有福见老岳母如此训斥自己，知道她也是害怕老秋喜趁扇仓之际霸占这座西屋，并无歹意。可是他已经给九岁的凤孩找了主儿，想到那女婿年龄比较大了点，人又老实，他也不敢跟老岳母、跟甘枝说知此事，只好闷闷地受她的指责，好在闷没声儿地受人指责，他是极有工夫的。

韩姥姥见他只不做声儿，更着急了。冲他嚷道："有福，你怎么不说话？难道你真的是一根火柱捅了个吃饭窟窿？——一石九斗谷子哩。不是个小数儿，你拿甚给人家扇仓去，这么大的事儿，你怎么一点也不着急？你怎么出来进去只做没事人儿？你打算怎么着？难道就要把孩子闺女扛去往大扇车里倒吗？——有福，你说话呀！你快快说一句呀？——怎么，你就是要等着老秋喜来锁你的房子哩？……"

有福看看九岁的女儿凤孩，看看满面是泪的甘枝，看看满面怒色的韩姥姥，还是不敢说出他已经想出扇仓办法的话，只好不做声儿。

有福越是不说不动，韩姥姥、甘枝便越着急。些时，忽然又听得街头“当当”响起催仓的锣声儿，那锣声儿如同丧钟，如同逼命，那锣打一下响一声，如同射在甘枝心里一支火箭，令人心急，令人心慌，令人心眼难熬。她一边做针线活儿，一边抹眼泪，一边冲有福嚷道：“活死人！活死人！好我的活死人哩！你到底打算怎么办？你到底打的啥主意？你是打定主意等人家来在咱们的屋门上贴封条不是？——活死人！你说话呀！——活当家！活祖宗！好我的活祖宗！活祖爷爷哩，你打算怎么着？你吭一声呀！你说一句呀！你放个屁呀……”

有福呆呆地坐在炕横头，左手搭在右手背上，如同一块大石头，动也不动一下，晃也不晃一下，话也不说一句。他觉着关于给凤孩找下婆家的大事，实在没法儿说出口来，可是不说此话，老岳母和甘枝又死逼活逼，不说此话，又无法交代扇仓之事。这时，忽然听得有人在院里喊道：“有福，老社头儿叫你哩。”

有福只答应道：“知道了。”

“你可快点来，老社头冒火啦!”

“知道。”

有福站起来要走，韩姥姥说：“看你去了怎么交代他们!”

有福说：“你们不要害怕，我会交代他们的。”

甘枝哭道：“你会什么？你会卖房？你会卖地？除了卖房卖地，你还会什么？就只卖房卖地是你的本事！我可告你说，你敢在老社头面前答应卖这座老西屋，我就一头碰死在你有福的面前……”

有福边走边说：“卖不了。”

有福又走到大庙里去了。韩姥姥、甘枝娘儿两个互相看看，相对无言，只是各自拽了袖口抹各自脸上的泪。九岁的凤孩看见姥姥哭，妈妈哭，她也呜呜哭起来。韩姥姥看见凤孩哭得可怜，想到她小小年龄，也跟着大人伤心抹泪，好不心疼。说："凤孩，你别管大人的事，你看秧歌去吧。"

凤孩看见姥姥、妈妈都为扇仓的事如此着急，如此伤心，自己怎么可以去看秧歌哩？因见妈妈一边哭，还一边忙着做针线活儿，看看炕头放着两个白萝卜，知道是做晚饭要切的，她也一边抹泪儿，一边扳开案板切萝卜。甘枝抹抹泪说："凤孩，姥姥叫你去看秧歌，你就去吧……"

九岁的凤孩说："我不想看。老社头叫去爸爸，还不知道爸爸……"

一句话没说完，只听院里人声嘈杂，好像有许多人乱吵乱嚷。甘枝、韩姥姥听话音不对头，她们一起打炕上跳下来，奔来门口，只见有两个社头，一个手里拿着糨糊和一把大铁锁，一个手里拿着两条白纸条，嚷着要封西屋门儿。有福跟着两个社头来了。他直嚷道："我一会儿就有谷子，我一会儿就要去扇仓，你们先不要封，先不要封……"

一个社头说："不行！老社头有话，现在你不去扇仓，就要封房……"

甘枝和韩姥姥眼见大社真的封房来了，娘女们直吓得浑身里"索索"乱抖，霎时间，她们心也慌了，腿也软了，眼也呆了，头也晕了，她们只觉得天要塌了，地要陷了，房要倒了，人要完了……她们趔趔趄趄来到门口，只见一个社头冲她们说："把你们用的锅锅碗碗拿出来，要不，你们用什么做饭，用什么吃饭……"

甘枝定定神，泪如雨泼的哭道："你们封了我的房，吃无吃处，宿无宿处，要那空巴巴的两口锅，几个碗还有什么用处？我求求你们，你们先不要封房，扇仓的事，有福正想法儿哩……”

有福站在门口，拦着两个社头，说:“我求求你们！我求求你们！我一会儿就要去扇仓，你们不能封我的房，你们……”

凤孩也跑来门口，哇哇哭着说：“这是我家，你们不要封……”

看秧歌的哒哒带着肥肥也回来了，见两个社头要封房，他也站在门口，展开双臂挡住他家的门，哭道：“这是我家！这是我家……”

两个社头受老社头韩秋喜的指示而来，见他们一家老少把屋门紧紧护住，他们害怕完不成任务，冲有福说：“你是搬不搬锅碗？要不搬，我可真要锁门哩……”

有福、甘枝、韩姥姥他们只是求情，并不搬锅搬碗。他们急了，上前推开有福，推开凤孩，推开哒哒，推开韩姥姥，推开甘枝，就要锁门……

4. 凄凄呼声

甘枝、韩姥姥、凤孩、哒哒他们见势不好，甘枝抱着一岁的旦旦用膀子抗住一扇门，韩姥姥抗住另一扇门，两个社头要闭门上锁，甘枝、韩姥姥死死抗住两扇门不放。哒哒和凤孩看看妈妈和姥姥抗劲儿不怎么大，姐弟两个齐上阵，一个帮妈妈抗住一扇门，一个帮姥姥抗住一扇门，他们死死抗着抗着，闹得两个社头无法把门儿闭拢。甘枝边抗门边哭边说：“门，不让你们锁！要锁门，不如干脆拿刀来杀了我！……”

韩姥姥边抗门边嚷道：“你们不看大人也该看看孩子们，你们看孩子们一个个哭哭啼啼，就不寒心。他们都是人，也该有个宿处，鸡还有个鸡棚，狗还有个狗窝哩……”

两个社头见哒哒、凤孩，还有站在一旁的肥肥，还有甘枝怀里的旦旦，一个个“哇哇”乱哭，他们真的也有些不忍。可是想到老社头韩秋喜的厉害，害怕完不成任务受他的磕，他们一边推着甘枝、韩姥姥她们，一边假装好人好言好语的骗人，终于趁她们防范不力之际，“哗啦”把两扇门闭拢，把抗门的四个人闪出门外，又是“哗啦”一声把门贯上，“咯叭”一声把有福的西屋锁了。甘枝、韩姥姥、哒哒、凤孩见情不好，一起上来推门，哪里推得开？两个社头在两扇门中缝上打“×”字贴了封条，一起走了。

甘枝、韩姥姥、凤孩、哒哒、肥肥围在上了锁、贴了封条的门口哭成一团，有福蹲在当院里抱头流泪。大风呼呼地吹着，大风飘来的霜叶纷纷落着，——干黄的树叶有地可落，赶门在外的有福却无处可去。

有福想想，只好出门再去求人。也想看看老吴送粮食来了没有。他来在大门外。正好碰上大东屋的瓜肉。瓜肉正是嫁在万章村的，便想问问情况。问道：“瓜肉，你们万章村有个叫大锁的？”

瓜肉说：“有呀，问他做甚？”

有福说：“也没甚事。他家里怎么样？”

瓜肉见他问大锁的情况，只觉得稀罕。说：“家倒是不错，人家独住一院，五间堂屋，三间西屋，十几亩地，还喂一头驴……”

“他是弟兄几个？”

“弟兄两个。大锁还有个弟弟。”

“他弟弟人怎么样？”

“是个傻子。你问他做甚?”

“他很傻?”

“反正只会吃饭，什么也不会。倒也能担担粪，担担水。其他啥也做不成。叫他锄苗，他敢锄掉谷苗、留下草；叫他拿盆，他会给你掂只缸来。说话也不行，只会说吃饭，其余就只会傻笑。”

有福听言，霎时急得出了一头冷汗：“这个老吴，也不把话说清楚。照瓜肉说的，我岂不是把凤孩害苦了?看起来，我应该赶快到万章去找找老吴，退了这门亲事，——可是，真的退了，我拿什么去扇仓?我拿什么求他们给我开开西屋门?这一家人到哪里去安身呢?”他想来想去，以为眼前只好这么定了，反正凤孩还小，随后走着再说。

瓜肉看见他愣愣的样子，只是傻站着不说话，便问他：“有福哥，你问这些做什么?”

有福不便说实话，只说：“我是随便问问。”

瓜肉的娘家跟有福也是近门本家，她跟甘枝又很要好，自然很关心他家的事。她感到有福问大锁家的情况，定有缘故。又见他吞吞吐吐的样儿，便说：“有福哥，到底是什么事?说说吧，怕甚哩?难道我是旁人?”

有福想到瓜肉不是旁人，又可靠，又想让她帮自己拿个主意，便一五一十如实地说了把凤孩许与小锁之事。瓜肉听得此话，真的急了，说:“有福哥，你太糊涂了，也不打听清楚，怎么糊里糊涂给凤孩找了个傻女婿?你不是苦苦害了闺女……”

“可是扇仓的事把人逼得走投无路……”

“再怎么逼，也不能把闺女往火坑里推呀，这件事有福嫂知道不知道?”

“她不知道。瓜肉，你千万不要告她说……”

“不告她说，纸里能包住火吗？”她害怕有福害了凤孩，以为只有赶快把此事告说甘枝，甘枝一闹，这件事就办不成了。她说：“叫我去告说有福嫂，不能把凤孩害死……”说着就往西堂屋院走。

有福急了。他害怕甘枝知道了此事，事有变化，扇不了仓，老西屋开不了门，一家人无处存身，如何了得。忙喊道：“瓜肉，你回来！你回来……”

瓜肉只不扭头。有福害怕事情有变，以为只有赶快把万章的谷子弄来，扇了仓，开了门，才能过去这一关。他慌慌张张迎着西风走出村来，此时天已大黑，风还不停，野外漆黑一片。有福迎风走过邢家地，上来红土坡，只不见老吴送粮的影儿。又想到瓜肉把此事告说甘枝和韩姥姥以后，如果事情有变，一家人便无路可走，心下好不着急。他迎着西风，走过红土坡，已经走出三里路，来到马庄村的泊池边儿，还不见老吴的影儿，他便喊道：“老吴！”

再说瓜肉来到西堂屋院，见甘枝，韩姥姥、凤孩、哒哒、肥肥、旦旦一家老少哭成一疙瘩，又见西屋门上真的贴了封条，看了好不寒心。问：“这是怎么啦？”

瓜肉看见凤孩，一口气说了有福把凤孩许给万章村的事，韩姥姥、甘枝先是一愣，又想到庙里扇仓的事，又想到眼下无处存身的事，以为也只好如此。甘枝便想问问万章大锁家的情况。忙问：“瓜肉，你们万章那个大锁，他家的日子好过不好过？”

瓜肉见问，只好实话实说：“大锁家倒是不错。弟兄两个，八间房，十几亩地，还喂着一头驴……”

甘枝说:“看来家里说得过去。人哩?你说说人怎么样……”

瓜肉说:“我就是要说这个。那年轻人今年二十二岁了……”

韩姥姥嚷道：“我不赞成！凤孩才九岁，怎么给孩子找了个二十二岁的……”

甘枝说：“妈，你不要急。凤孩九岁，他二十二岁，也不过才大十三岁。过去你给我找有福，有福不是也大我十二岁哩。——瓜肉，你说那人好不好？勤不勤？有没有甚毛病?”

瓜肉说：“我正要说这个哩。年龄大，还是小事，倒也不狂气，倒也不会抽不会赌的，只是有一件，他除了会吃饭，会担担子，什么也不会了，那是个傻子呀，你们怎么给凤孩找个傻子……”

瓜肉的话音未落，还不大懂事的凤孩早已“哇哇”放声大哭起来；甘枝闻言，只觉得有一块千斤大石冲她劈头压来，傻了一般地愣着不动了；韩姥姥见说给外孙女儿找了个傻女婿，吓得她头一炸，眼一黑，昏倒在地。她踏着白花花的霜地，顶着呼呼的西风，来在寨岭山山顶，迎面忽然扑上来一只龇牙咧嘴的恶狼，吓得她“妈呀”一声疾呼，扭头就跑，哪料这边又有一只恶狼冲她扑来，她又是“妈呀”一声大叫，回身向南就奔。才跑得两步，不想又有两只大恶狼一起冲她嘶叫而来，她向北跑，北边也有几只恶狼向她冲来，反正东跑东有狼，西奔西是狼，四面八方到处是狼，逼得她无路可逃，她只是双手抱头没命地呼唤。忽然两只大恶狼一起扑在她的身上，一只大恶狼扒她的心，一只大恶狼抓她的脸，她又是“妈呀”疾呼一声，睁眼看时，在她的周围黑糊糊站满了人，只见甘枝、凤孩、哒哒、肥肥他们正围着她呼唤悲哭，却是一梦。她昏了过去，又活了过来。她又看见了女儿甘枝，她又看见了外孙女凤孩。看见凤孩，她只觉得心好疼，事好怕，觉得凤孩要嫁一个傻女婿，此事比几只恶狼一起向她扑咬更可怕。甘枝把她扶起来，她双臂抱住凤孩，“呜呜”哭起来。韩姥姥哭，甘枝哭，凤孩哭，哒哒、肥肥、旦旦哭，瓜肉和东屋的扁女，堂屋丙午媳妇闺女，还有闻讯奔来的春花、小狗媳妇，还有好多人都抹泪哩。韩姥姥、甘枝、凤孩她们身上衣薄，院里风大，哭久了哭一肚子冷气，会哭病的。堂屋的扎根大爷，南屋的有有大爷劝甘枝扶韩姥姥到南屋里暖暖身子，甘枝也说：“妈，你别哭了，咱们到南屋里坐坐，等哒哒他爸爸回来再说……”

韩姥姥只管坐在大黑地里哭，边哭边说：“你给我叫有福去，我见了他，要咬他一口，问他一句，问问他为甚要把凤孩推到火坑里去……”

甘枝说：“他偷偷卖了闺女，我……”

韩姥姥嚷道：“什么偷偷卖了闺女！凤孩不是他有福的闺女！凤孩虽然生在他有福的家，可她是在峰西长大的，她是我一把屎一把尿抓大的。凤孩长了九岁，一年三百六十天，是在我家啃糠咽菜长大的。凤孩啃了九年糠，也是啃的峰西的糠！凤孩咽了九年菜，也是咽的峰西的菜，甘枝，你说，凤孩应名儿是你的闺女，她在你们西下河住过几天，吃过几顿饭？！叫西下河的父老乡亲们都说说，凤孩是谁养活大的？——明明是我养活大的闺女，他有福凭什么卖凤孩？卖也罢了，他怎么特特儿给孩子找一个傻女婿？这不明明是把孩子往火坑里推吗?！——甘枝，你说，你就要眼睁睁看着把凤孩往火坑里推？……”

甘枝哭道：“就是西屋门上的锁锁一千年一万年，我们当街顶瓦顶一千年一万年，也不能让凤孩嫁给一个傻子。妈，你等着，我到庙上找他去……”

甘枝抱着一岁的旦旦哭哭啼啼奔出西堂屋院大门，韩姥姥、凤孩、哒哒、肥肥他们也随后跟了来。他们奔下三十五个石阶，只见庙门口几个卖烧饼、卖绿豆丸子、卖落花生的摊子已经点亮马灯，“烧饼啦，油酥烧饼!”“花生啦，焦花生!”……他们高声叫卖着。甘枝、韩姥姥他们哪里有心情看这些，他们奔进庙门时，一股烙饼油香扑鼻，原来是社头们正在大吃烙饼。他们来到上庙院看看，不见有福的面儿又到社房里看看，几个社头正在那里大口大口地吃烙饼，一个个吃得顺口流油，只是仍然没有个有福。甘枝便问：“有福呢?”

一个社头回道：“不知道。”

“他没来?”

“不知道。”

这就奇怪了，这半天有福到哪里去了呢?甘枝忽然想起来有福可能是到万章村那个傻子家担粮食去了。她以为事不宜迟，应该立刻去追回有福，返身便走。甘枝抱着旦旦奔出庙门，奔上老槐树底，就往村西奔。韩姥姥、凤孩、哒哒他们也紧紧跟着她奔。甘枝回头冲凤孩、哒哒他们嚷道：“天，黑洞洞的；风，冷飕飕的，大人有事，你们只管跟着我做什么?你们回家去!”说着，直往前奔。谁知凤孩、哒哒、肥肥不听她的话，还一直跟在她后边跑。甘枝火了，回头嚷道：“凤孩，哒哒，你们怎么不听话，快快回去……”

凤孩、哒哒还是不回去。甘枝急了，摸黑伸手“啪啪”打了凤孩两个巴掌，又“啪啪”打了哒哒两个巴掌，哭道：“风这么大，不怕吹死你们?你们回去不回去?”

凤孩、哒哒他们还是不回去。甘枝又要伸手打他们，韩姥姥哭道："甘枝，不准你打孩子们！回去，回去，你叫孩子们回哪里去？天也宽，地也大，有你们娘儿们的存身之处吗？"

甘枝这才回过神来，她们的家已经让老社头封了锁了，她这才明白自己打孩子们是冤枉了他们，她又伤心地痛哭起来。

夜色茫茫，风声呼呼。甘枝抱着旦旦边哭边走，韩姥姥一手拉着哒哒，一手拉着肥肥，头顶满天星星，脚踏茫茫夜色，迎面冲着冷飕飕的西风，向村西头走来。刚刚走出村口，后边扎根大爷，有有大爷，还有瓜肉、扁女、春花他们一起追来，说是风太大，天太冷，孩子们披破挂烂穿得太薄，又没吃饭，受不了的。他们要甘枝、韩姥姥带孩子们回去，到有有大爷家歇歇，扎根大爷、有有大爷可以替他们去追有福。可是甘枝、韩姥姥说什么也不愿意回去，只是求有有大爷带了凤孩、哒哒、肥肥三个孩子回去了。

扎根大爷随同甘枝、韩姥姥奔离村口，奔下河谷，扑面的河谷风更猛烈，如同利刃一般刺骨价疼。他们不管风大风寒，直冲前奔。他们拐弯奔进马庄河口，又奔上红土坡，只怕追不上有福，越奔越快，七十四岁的扎根大爷竟跟不上她们母女。他们奔了三里坡路，已经来在马庄的白干泊池岸边儿，总是追不上有福。扎根大爷赶上来，说："甘枝，我看有福已经走远了，只怕已经到了万章村。还有四五里路，你们就别去了，有我去也一样，我一定把有福追回来……"

甘枝、韩姥姥以为有福真的已经到了万章村，把凤孩的事说定，担了人家的粮食，事情更不易挽回了，母女二人坚持要去。扎根大爷也没办法，只好随她俩前去。

她们在大风里奔呀奔，一会儿，来在马庄村西那条叫做长松坡的路上，忽然发现前边有几个黑影子，同时传来一阵子脚步声。她们估计是有福弄了粮食返回来，韩姥姥和甘枝早已凉了半截身子。一会儿，她们同迎面走来的人碰了面，见是四个人，有两个人担着担子，韩姥姥早已认出来其中有个有福，便唤道："有福，你办的好事！……"

有福见是甘枝和韩姥姥，只觉得大事不好，只好站住，说："大黑天，风又大，冷巴巴的，你们也来做什么？"

甘枝嚷道："有福呀！你没长人心呀！我跟着你典典当当，愁吃愁穿，糠糠菜菜过穷日子也罢了，你怎么又把凤孩往火坑里推？难道我的儿儿女女不是人……"

韩姥姥也嚷道："有福呀有福！你给凤孩找个傻女婿，你还是凤孩的爹不是？走遍天下哪有个当爹的把闺女往火坑里推的？像你这种人还不如一只吃屎狗，你妄披了那张人皮！你妄来世上走一遭！今儿个你速急给我把这门亲事退了！要不，就是你有福一条命，就是我峰西老婆子一条命，我活不成，你也别想在世上活成！……"

有福说："万章那孩子傻也不很傻。退了这门亲事，西屋门开不开，一家人没法儿生存呀。"

韩姥姥嚷道："哪怕你当街顶瓦，也不能给你的闺女找个傻女婿！——什么你的闺女，我问问你，凤孩活了九岁，你养活过她几天？七八年里你不问凤孩的吃，你不管凤孩的穿，凤孩是喝西北风长大的？凤孩是穿西北风长大的，抚养闺女的时候没你有福，卖闺女的时候，你就想起来是你闺女？我今天告你说，你想卖凤孩，没门儿……"

甘枝嚷道："我跟了你十二年，你不是当当，就是借债；不是卖房，就是卖地，你卖房卖地也罢了，你倒好，今儿个你又卖闺女啦！卖闺女也罢，一个女孩子，迟迟早早要卖的，要找婆家的，要出门的，可家家的闺女找婆家，嫁男人，是嫁人，你怎么给闺女找了个傻子?！你做这事，你闷良心不闷?！你看看你还是个人不是?！你今儿个速急给我退了去！你要不退我立刻碰死在你有福面前……”

扎根大爷也说：“有福呀，你也不憨不傻，没想到你能做出这种傻事。事到如今，看你怎下台哩！”

有福说：“我也不想急着给凤孩找婆家，可是今儿个扇不了仓，老社头已经封了咱的门，大冷天一家老小无家可归，我再没个好法儿了！”

甘枝嚷道：“没好法儿，你就给凤孩找个傻女婿？我们就是顶青天，睡野地，也不能害儿女呀！你还站着做什么？还不快点叫人家把粮食担回去？”

有福说：“光担回去粮食也不行，我已经给人家写了庚帖，划了‘十’字，板子上钉钉的事儿，没法儿了！……”

甘枝、韩姥姥听得这话，以为他既然已经给人家写了庚帖，划了“十”字，那是很难挽回的事了，娘女两个一时又气懵了。甘枝指着有福的鼻子哭嚷道：“都是你！都是你！都是你害了我的闺女！你眼睁睁地害我的闺女，你还有二分良心没有？你还是个人不是？像你这种苦苦害自己闺女的人，世上少见，天下少有，你还有脸在世上活人，跳井哩，投河哩，不如你早早死了的好，省得你在人世间活败！……”她一边嚷着，一边就推有福，直往路边土崖处推。有福自知理短，不敢争辩，只说：“我早就不想活了！我早就……”

扎根大爷、万章的老吴都上来拉甘枝，劝解甘枝。甘枝想到凤孩的事不能改变，伤心极了，又坐在冷地里哭起来。

老吴想尽快把粮食担到下河，了却此事，以免生变，对甘枝、韩姥姥她们说夜深了，天很冷，劝她们回西下河去。她们不动，老吴又说："这事错不了，我是西下河的老女婿，我还能骗你们，实际上小锁只是老实点……"

小锁到底是怎么个人，韩姥姥、甘枝很不放心。后来，韩姥姥想到这里离万章村不远了，不如去看个究竟。她就拉甘枝要去。老吴不愿意让她们看见小锁，劝她们别去，她们哪里肯听，直奔万章村来了。扎根大爷想到两个女人走黑路，对她们不放心，随后也跟了来。

老吴看到韩姥姥、甘枝去了万章村，害怕她们看到小锁以后，回来嚷嚷着毁约，闹着退婚，忙对有福说："有福，我着咱们不必等她们了。夜这么深了，只怕你们村的秧歌也快杀戏了。等杀了戏，社头们回家睡了觉，你今天扇不了仓，那三间房的门儿就开不开了，你们一家老小以后到哪里安身呀……"

有福想想也是，以为这样做，虽然苦了女儿，可是救了一家人，不这样做，又有什么办法呢？说："走就走吧。"

老吴吩咐两个担粮食的年轻人快走，他们担起便奔。有福、老吴他们一起奔西下河而来。

再说甘枝、韩姥姥、扎根大爷三人来到万章村，找到吴大锁家，见到那个小锁，老吴说小锁二十二岁，看去却像个三四十岁的人。年龄大小事小，他真的是个大傻子。问他什么，他不会说，只会傻笑；不跟他说话，他还是个傻笑，看去还不如一只狗、一只猫精灵。韩姥姥、甘枝都气昏了。

甘枝边走边哭道："我宁愿丢了西屋，也不能害我的闺女。妈，快走，他们还在长松坡等我们，咱们到那里跟老吴把话说清，叫他立刻把粮食担走，把庚帖退出来，打死我，我也不能答应这门亲事！"

夜深了，风还刮着，头上传来南飞大雁凄厉的叫声。她们在这一摸一把黑的山岭上奔走，那寒气又增加了几分。路边干枯的草上早已铺下白花花一层霜。霜打树枝，干叶飘零，深夜飞雁，叫声凄厉。这茫茫夜色，好悲凉，好悲凉。

甘枝、韩姥姥、扎根大爷摸黑奔来，他们急于找到在长松坡等他们的有福和老吴，力争退掉这门亲事。以为他们的谷子好在还没送到西下河村，还有退掉的希望。可是当他们来到长松坡看时，有福不在这儿了，老吴不在此地了，那两个担谷子的也不见了，他们一齐吓怔了。他们怔怔地站下来，墨黑的夜空好静好静，远远传来村里大庙上唱秧歌的锣声，"当，当……"听来好凄惨，好悲凉……

甘枝站着想想，忽然感到大事不好，肯定是老吴趁她们到万章村去这个工夫，老吴撺掇有福到西下河大社扇仓去了。有福拿人家的谷子扇了仓，凤孩的婚事想改变也无法改变了，凤孩嫁一个傻女婿也就嫁定了。想到这里，甘枝浑身一冷，她大呼一声："有福呀！你把我的闺女害得好苦呀！"眼前一黑，昏倒在地。

韩姥姥正骂有福，见甘枝昏倒，喊一声"甘枝"，便忙着救甘枝。

扎根大爷也忙着救人，他一边呼唤，一边掐她的人中，直嚷："甘枝，你哭吧！你哭吧……"

可是甘枝总也哭不出声儿来……

第四章 雾

1. 望门而站

腊月三十日傍晚。

大雪纷飞，雪天雪地雪山雪沟雪野雪村。白茫茫一片雪世界。

在高平县公记铁炉上做小工的有福，今天冒雪又来到了西下河村对面的红骡背山坡上。

有福肩上搭一个破布袋，站在厚厚的雪坡上朝北看看他的村他的院大门他的屋脊。西下河村静静地裹在大雪里，显得好安静。

有福今天头顶雪脚踏雪奔了五十里雪路。眼看到了家里，可是他却站在雪山上雪地里不动了，跟去年一样。冬仨月没回家，这会儿自然是急着想回家的。何况此时已是腊月三十日傍晚，人们转眼就要过除夕，就要过大年。谁不愿意跟妻子儿女团聚呢？可是他跟往年一样，来到了家门口，却仍然不敢回家，只是在雪山雪坡上呆呆地站着，呆呆地望着他的村他的家的大门口他家的屋脊。

当年因为埋葬爷爷，欠下韩秋喜九十六串钱的高利贷。七年来虽然年年打利，哪料驴打滚的高利贷滚来滚去，一个债主竟滚成四个债主，九十六串高利贷，年年打利，至今仍有二百二十串欠债。年近月满的腊月又是债主讨债的高峰期。去年腊月回家，有福被逼又卖掉二亩好地。如今只剩三间房子和二亩半土地，今年回去，在债主们的威逼之下，岂不又得卖房卖地？一家大小六口人日后到哪里安身去呀！他想起债主们逼债的可怕，他实在不敢回家了。可是他想起他的女人甘枝，一个刚刚二十七岁的年轻女人，带着四个孩子过穷日子。想起甘枝和儿子哒哒、旦旦，女儿凤凤和肥肥都在盼望他回家过年。盼望他回家团圆，又感到不回去，对不起妻子儿女。只是白天不敢回去，以为等到夜深人静时再回，或许还可以躲过债主们的逼债。

有福头顶纷纷的飞雪，脚踏厚厚的积雪，站呀站呀，一会儿便感到两只脚冻得没了知觉。可是他又不敢走动走动。一动，村里街上有人会发现红骡背坡上有人，若静静地站着不动，雪天雪地里站一个雪人，不容易为人发现的。

有福忽然发现他家大门口站着个孩子，他一眼便看出那是他的儿子哒哒。哒哒今年已经七岁了。去年他过年回家，哒哒向他汇报一冬天念六本书，他多么高兴啊！这孩子今年冬天又念了几本书呢？无钱买书，孩子又是借人的书上学吗？……他远远看哒哒，只见哒哒仰着头伸长脖子直往红骡背这边看，知道是孩子盼自己回家过年，他心里说："哒哒，别急，等得天大黑，我就回去了。"

有福看着哒哒返回院里去了。一会儿，只见自家大门口又站下个女人，正是甘枝。他看看甘枝袖着双手也是直往红骡背这里看，不是看我有福是看谁呢，有福很想早点回家去，免得儿子、妻子心急火燎地盼他等他。可是一想到几个债主一起上阵围攻的阵势，他就怵胆，他就害怕。

甘枝在大门口站了一会儿，往红骡背山坡上望了一会儿，返身向院里走去。有福看到甘枝在纷飞的雪里走去，忽然觉得鼻子好酸好酸。

天已黄昏。天空的飞雪变成灰蒙蒙的雪雾。

一会儿，村里便有人放炮。东院、西院、上街、下街、东头、西头，接二连三地响起鞭炮声，满村里点点火星在灰蒙蒙的雪空里闪烁。

人们在此时烧香、放炮、叫做接老爷。家家户户要把各路神仙接来过年，把祖宗接来过年。可是哒哒、肥肥小兄妹俩盼爸爸回家来过年，已经到了除夕晚上，总不见爸爸回来。

哒哒看到家家户户烧香敬神接老爷，他便问他妈："妈，都接过老爷了，咱家不接老爷？"

甘枝坐在炕后一边做针线一面抹泪："活人还接不回来，管那些死人做甚!"

哒哒不敢吱声了。看看他妈，见她眼角处总是滚着两颗泪珠儿，他知道是因为家穷。是因为妈整日价愁吃愁穿愁烧愁债才流泪的。妈总是没明没夜做针线，他知道那是为了跟别人家讨米讨面讨糠讨菜讨起来容易些才忙死忙活忙个不完的。他知道妈早早晚晚总是心情不好，动不动就哭，动不动发脾气，动不动就骂他们小兄妹们，那是因为富人家的高利贷把人压的。所以他轻易不敢有什么奢想，这过大年没件新衣没顶新帽没对新鞋，他也不敢向妈提个意见，提个要求。可是他听得东邻西舍前街后院炮声连连，大年除夕夜，难道也不放个炮？为此事他壮壮胆子，说："妈，都放炮哩，咱家不放个炮？"

甘枝抹一把泪，穿一针线，哭道："人家放炮是庆发财哩，庆团圆哩，高兴哩！红火哩！你爸爸欠人一屁股债，发了什么财？大年除夕家家吃团圆酒哩，你爸眼下还不知道在哪里，你跟谁团圆？"

哒哒又傻了眼了。

忽然一股炒肉的香味儿扑鼻，哒哒知道是东屋里财主家正做除夕的酒菜。可是看看自家的灶火，灶火上只是滚着半锅白萝卜条红萝卜条豆叶菜玉茭老糁儿的和和汤，只因是过除夕，今天的和和汤里少放一样东西——糠面。可是就吃这没糠的和和汤也算过除夕的好饭，也该端锅开饭了，谁知妈总不说开饭的话。他饿了，知道妈常给做针线活儿的几家送来几个年饼，还送来几个豆包，还有年糕。他想吃一块年饼。因见妈只管做针线，只管抹泪，他又不敢做声儿了。

甘枝坐在炕上一边抹泪，一边做针线活儿，一边想着有福，这时门忽然响了，有人进来，只当是有福回来了。抬头看时，不想却是财主韩秋喜。

秋喜站在当地满屋里瞅瞅："有福哩？他不是回来了？"

甘枝一见是秋喜，比看见鬼更吓人，比看见狼更怕人，看见他，甘枝便心烦、便讨厌、便害怕、便浑身里打战。因为七年前给爷爷办丧事，就是这个秋喜以族长身份把持一切，大肆破费。就是这个秋喜逼得有福把房子贱价卖给他，把好地贱价卖给他，到了来欠下他九十六串钱的高利贷。七年来，已经还了他一百八十多串的利息。到如今由一个债主变成四个债主。去年又卖了二亩地，到如今还有二百二十串的欠债。有福今年今日之所以不敢回家过年，都是这个本家叔叔一手造成的。甘枝怎么能不怕他？怎么能不恨他？哪里还愿意见他？她说："有福不是个老鼠，会钻洞；有福不是一根针，我能把他藏起来；有福也不是个要把戏的，会隐身法儿。我没见他回来!"

秋喜竟发了脾气："看你这个小媳妇，说话这么难听！难道我还不能问问?"

甘枝说："我没说你不能问。还想问甚，就快问。"

秋喜不语，却破桌下，老梁上，缸旮旯，门旮旯到处乱瞅。

甘枝讨厌他那满屋里搜索贼眉鼠眼的目光，说：“秋叔，你要不信，你搜搜看。尽管搜，我不怕!”

秋喜狠狠瞪甘枝一眼，说：“我不信今儿个晚上他能不回来!”出门去了。

秋喜刚走，另一个债主添荣又来了。他也是满屋里瞅瞅：“有福呢？又躲去了？”

甘枝抹一把泪，说：“过大年哩，哒哒、肥肥也盼他回来哩，可是他偏没回来，你找他哩，我也是盼他回来哩……”

添荣说：“他没回来，跟你说也一样。到了今天，可真是年近月满了，那四十串钱该清一清了……”

添荣去后，甘枝想到直到除夕晚上债主也不肯放过有福。要是有福等会儿真的回来，一干逼命鬼又一起来逼债，有福受逼无奈，又要卖房卖地，如今就剩下这三间房，还有二亩半地，今年要是再卖二亩地，一家大小五六口，伸开胳膊要穿，张开嘴要吃，让孩子们穿什么，吃什么呀……甘枝越想越感到有福今晚是万万不能回来的。可是在这个时候他要忽然推门回来，那该怎么办呢？又想想，甘枝以为她应该赶快跑到红骡背山坡上去看看。看看有福是否又在那里等着，准备回家，她要把他拦住。要他设法找个去处躲几天。她想着想着，连忙把手里的针线活儿放下，正要下炕，只听“哗啦”一声门又响了。她只当是财主韩秋喜逼债来了。看时，却是东头的贵枝。

甘枝忽然想起来去年腊月因为有福被债主们逼得无奈，曾借了贵枝家一堂银帽花到附城镇当铺当了，那帽花已经到期，还未去赎，她让贵枝坐下，说：“有福真真不是人!他当了你媳妇的银帽花。也该早几天回来把帽花赎回来，又不是仨钱俩钱的物件，真的当死了，可该怎样交代你媳妇哩！到了这时候，也不见有福的面儿，他还算个人吗!……”

贵枝说：“甘枝，你不知道，那堂帽花是真货，很值钱的。今天有福不去赎回来，那就当死了，叫我怎地交代我媳妇？去年腊月有福找我借当，我媳妇见他为了还债愁眉苦脸地好犯愁，好心好意把一堂银帽花借给他，没想到到了今天，连有福的面儿也见不着……”

甘枝哀求道：“你也别急。年年过年他要回来，今年过年他不会不回来的。真的老婆儿女一大家人，他就不理不看我们了？有福还不是那种无情无义的人。他会回来的，你要忙，你先去忙你的，等会儿再来，他就回来了……”

“还等什么时候哩？五更接灶王的炮也快响了！甘枝，不是我说话难听，是有福做事太对不起人了！我也不是在乎那一堂帽花，因为正月初六我媳妇要去送外甥闺女，要戴帽花的，只求有福今儿个晚上能回来，把帽花给我赎回来……”

“他回来，我一定叫他先去给你赎帽花，这是我给你家喜叶做的一对花鞋儿，你给喜叶带回去，今儿个过大年闺女要穿的。”甘枝把放在窗台上的一双扎花鞋送在贵枝手里。

贵枝接过鞋，说：“好。等会儿我再来。给你拿一升米来，叫孩子们过年吃顿焖饭。”

甘枝说：“我知道你们两口子很心疼哒哒、肥肥。有什么针线活儿，只管拿来。”

贵枝去了。甘枝正要动身去红骡背山上找有福，忽然门又响了。心想：“坏了，这时候有福真不该回来……”看时，却是扁瓜。

扁瓜也是一个债主。进门就问：“有福呢？又躲起来了？欠下人的，就该还人家，躲躲藏藏的躲得过去吗？”

甘枝总怕有福忽然推门回来，急着要去找有福，把话说清楚，可偏又不得空儿脱身，心里好急好急。但是又一个债主来了，只好再应付一番："扁瓜叔，看你说的，欠下你的，躲得了和尚躲得了庙？你等他回来哩，我更是急得等他回来哩，要过年了，我这个穷窝里连半斤白面也没有。连一根葱也没有，孩子们眼巴巴地看着一口冷水锅，不也是等有福回来？盼有福回来？"

扁瓜说："过大年哩，我连个炮也没买。这个有福真把人害死了，欠下人的钱，躲着不见面，他算是个大孬种！——我今儿个非把他等回来不可!"他竟坐在炕横头不动了。

甘枝看看他要坐等有福，心下好不着急："这可怎么办哩？有福要先哗啦一声推门回来，这个年……"她想一想，忙到窗台拿起一顶做好的花帽，说："扁瓜叔，这是我给来旺家三闺女做的帽儿，她过年要戴，我给人家送去……"

甘枝婉转地下了逐客令，扁瓜仍然不走。她的心下好急好急。

甘枝家买不起点灯油，夜夜都是不点灯的。别人家过年除夕点了红烛，她家却和往常一样，仍然是往灶火里燃玉茭棒子照明又兼取暖。那烘玉茭棒子的任务仍然是七岁的哒哒担负。他也看出来妈妈很讨厌这些债主，也看出来妈妈想要扁瓜爷爷快快走，可是扁瓜爷爷偏偏不走。他便想出一个办法，故意把火坑里多塞了几个玉茭棒子，使得那火只冒烟，不升火苗，以为扁瓜爷爷害怕烟，会走去的。

扁瓜被那浓烟呛得难受，连连咳嗽一阵子，还直擦泪。训斥哒哒："那么大孩子，怎连个火也不会烘!"

哒哒看看扁瓜，只不做声儿。

甘枝拿了那顶帽子要走，扁瓜忽然说："我也等一会儿再来，不信有福会忘了跟老婆孩子团圆。"

说话间，只听"哗啦"一声，门又响了。扁瓜以为是有福回来，先又坐下来。甘枝也以为是有福回来，又吃一惊："坏了！还不如你死在外边，这时候你可回来做甚？……"

但是进来的却是凌底院的小狗。甘枝看看又将难以脱身，不能去找有福，快把她急坏了，但是又有什么法儿呢？

小狗、扁瓜二人除夕夜里见面，互相说了两句吉利话，小狗正要说他的事，甘枝心下着急，忙抢先说道："小狗哥，实在对不起你。我知道有福去年腊月借了你的大布衫当了。你宁愿过大年不穿大布衫，把大布衫让给有福去当钱，帮他度难关，这份情义我们死也忘不了。可是不知道有福今年在哪里喝了迷魂汤，过大年也不回来了，小狗哥，大年除夕家家都很忙，你先回家忙你的，有福回来，我就撵他先到附城当铺里给你赎大布衫去……"

小狗、扁瓜暂时走了。

甘枝害怕别的债主再来，难得脱身，跟哒哒说一声："计狗奶奶说是要给一斗糠，你去拿来。"

哒哒问："妈，你要去哪儿?"

甘枝说："小孩子家，少管闲事。"

甘枝走到门口。忽又想起前几天东屋的扁女还有里头院的春花送来的花托还有几个。花托，就是用发过的玉茭面用磁花印子托上花烤的饼子，陵川、高平一带的农户过年，家家要托花托的。甘枝忙打开那个破柜子看看还有六七个花托，她拿了四个装在兜肚里，就要走。哒哒却又喊她："妈，你等等。"原来哒哒虽只七岁，伴随爸爸、妈妈受债主的威逼也已多次，居然也是个躲债的小行家，竟然看出来妈要出去做什么。他忙着到破桌上那个小盆里拿过来两个黄蒸，说："扁女姑姑送来的黄蒸还有两个，也给爸爸带去吧。"

黄蒸，是用黏黍米面和玉茭面包了红豆的蒸食，因黏黍米和玉茭面皆黄色，故名黄蒸。甘枝看到哒哒这么懂事，知道心疼爸爸，不由得又落泪了，她说："这冷黄蒸，你爸爸在冰天雪地吃它，受不了的。算了，留着你跟肥肥吃吧。"

哒哒忙说："爸爸不会到外村找个人家烤热了吃？"

甘枝以为哒哒想得在理，又把两个黄蒸装了，又对哒哒嘱咐一遍："你可看好肥肥，小心她滚到火上去。你可记住到计狗奶奶家拿糠……"

甘枝出门，冒雪走了。

屋子里忽然静下来，哒哒听着外边稀稀落落的炮声，远远近近高高低低的剁饺子馅声，看看自家跟往年一样，还是没饺子吃的，只使劲咽了两口唾液，便打算到计狗奶奶家拿糠。先看看炕后边睡觉的肥肥，说是盖着被子睡的，只因被子太破，那破口又太大，只见五岁的肥肥一只胳膊从被子一个破口伸出外边，一条腿又打另一个破口伸在外边。哒哒连忙上炕把肥肥的胳膊和腿慢慢送在破口里边，谁知这只胳膊到了被子里，那只胳膊又到了另一个破口外边。他为肥肥左掩右掩半天，怎也掩不严，为这件小事，竟把他急哭了。提到哒哒家的被子，有歌曰：

韩家被子历史久，
百孔千疮贼不偷。
套似核桃样，

夜里漏满炕。
全家合一被，
冻得不能睡。
顾前难顾后，
掩左露开右。

哒哒看见肥肥的头滚在砖头下边，把她的头扶在砖头上，跳下炕来，往火里填了两个玉茭棒子，掂了斗正要走，听得门响，以为是爸爸妈妈回来，不想却是财主秋喜又来了。问：“你爸爸回来了？”

哒哒忙说：“没回来。过大年也不回来，也不给我扯布做衣裳……”

“你妈哩？”

“我妈？——我妈到厕所去了。”哒哒竟也知道撒谎的重要性。

“你拿斗做什么？”

“去计狗奶奶家借糠。”

秋喜瞅哒哒一眼，返身去了。

哒哒再看看炕上睡着的肥肥，又往火炕里填了两个玉茭棒子，那火苗霍霍地烧着，这才掂了斗出门。

哒哒穿了一双破鞋走在街头，雪好大，风好紧，风卷雪片子，片片打在脸上，好疼，好疼，他半闭着两眼走着，听得远远近近的剁饺子馅声，听得零零星星的鞭炮声，他也感觉到了过大年的好处。可是爸爸还没回来，妈妈找爸爸也不知道找见了没有，家里连一个白萝卜也没有，拿什么剁饺子馅呢？为什么自己不能跟别人家一样，也剁饺子馅，也宰猪杀羊吃肉，也放鞭放炮，也做新袄，穿新袄？哒哒打计狗奶奶家端了一斗糠出来。背风冒雪来到老槐树下。想看看他妈是不是上到了红骡背山上，想听听妈妈是不是正跟爸爸在山坡上说话，可是山沟里灰蒙蒙的一片，什么也看不见；西北风呼呼吼叫，什么也听不见。听来听去，还是只能听得几声炮响，还是只能听得东邻西舍“嘣嘣”乱响的剁饺子馅声。看来看去，只是看见几户人家窗户上烛光摇曳。哒哒拖着一斗糠站在雪天雪地里，也不怕冷，也不想回家，他想等他妈打红骡背山返回来，一起回家。可是他等呀等呀，只等得浑身里厚厚滚上一层白雪，总是看不到他妈的影儿，总是听不见他妈的脚步声。

2. 背井而行

甘枝带了花托和黄燕，冒着大风大雪，往河谷里走，只因那坡路雪太厚，坡太滑，走一步，滑一跤，好不难走。她以为在河谷里会碰上有福的，她东看看，西瞧瞧，哪里看得见一个人影儿？她想喊有福几声，又不敢出声大喊，只好再往前摸。她头顶雪，脚踏雪，跨过小河谷，开始爬山了，那山路更难爬。因为那山坡小路只有二尺来宽，一边靠崖壁，一边却是深沟。如今大雪铺天铺地铺山铺沟，天上地下山山沟沟全然是灰蒙蒙白花花一片，哪里是路哪里是崖哪里是沟，如何分辨得出？一步踩空，便会摔下沟去。无奈何，甘枝只好两脚踏雪双手抓雪爬着上山。她爬呀爬呀把一双手爬得麻木了，揣在怀里暖暖，再爬。她爬到松林后坡上，估计该碰到有福了，还是没个人影儿。再爬一段儿路，再爬一段儿山，直到她爬上红骡背岭头，终于还是没有碰上有福。甘枝觉得好奇怪：“难道他今年过年不回来了？他过年不回家，到哪里去过年呢？他如果想到年关的难闯难过不敢回家，也该趁早给我捎个口信儿，怎么没捎个信呢？难道你不要这个家了？”甘枝在山头上呆呆地站了一会儿，只得返回。

黑夜走雪路，下坡比上坡难走得多。一步一滑，三步一跤，甘枝也不知道摔过多少次跤，也不知道在那厚厚的雪堆里滚了多少次，反正她身上的雪越滚越厚，已经滚成了一个实实在在的大雪人。她低头看看，哪里是山，哪里是路，哪里是她自己，连她自己也无法分辨出来哩。想到此，她以为在这个雪山上找人，即使面对面碰上，也很容易错过去的。于是，在返回来的路上，她仍然留神看着雪路上的动静。

甘枝下在半坡上，忽然看见眼前不远处有个摇动的大雪球，早已断定那就是有福，她低声喊道：“有福!”

大雪球说话了：“是你，你怎么……”

甘枝、有福夫妇到了一起，甘枝问：“你是多会儿来到这儿的?”

有福说：“半后晌。”

“怎么没把你冻死。”

“冻死倒好了。”

“你说得轻巧，想得倒美！你欠下一屁股债，想把一大堆债给我们留下，让我们娘儿们替你背债，天天受人的气，年年过难关，你可到望乡台逍遥自在地做鬼去？你还有良心没有!”

有福不言语了。

甘枝问：“你半后晌就来到这儿，怎么到这会儿也不回家去？我当你黑夜爬雪路一脚踩错摔到沟里……”

有福说：“去年年关我回家，卖了二亩地还了他们的利息，难道今年回去再卖二亩地？今年卖了地，明年又该卖什么?”

“我就是为这事儿来的。你饿了，先吃个花托压压饥吧。”甘枝打身上掏出一个花托给他，有福接了便啃着吃：“这是谁家的花托?”

“吃吧，反正不是你家的。”

“哒哒哩，他跟肥肥都睡了?看起来今年又没钱给孩子们做件新袄儿……”

“鬼门关还没法儿闯，管他们穿不穿，过年不过年哩……”

“哒哒冬天又念了几本书?”

“一本上《论语》念完了，想借本下《论语》也借不上。家里穷得典典当当，啃糠没糠，吃菜没菜，念它有什么用处，穷家薄饮，债是债山，当是当海，啃糠咽菜啃不出状元榜眼探花监生来……”

有福叹一口气，说：“哒哒就不该生在咱家来。”

“半夜三更地坐在大雪地里哪有拉闲扯淡的工夫！我爬到山上来，是想告诉你，你今年不管到哪里躲几天，不要回家了。你要回去，咱那二亩地准保不住，老秋喜就是要趁你无钱还债，逼得你把房子地全卖给他。他想得美，叫他想去!我们一家大小不能没个窝儿，不能没个种萝卜种瓜的地，你听我的话，今年就别回去了……”

“可是凤孩、哒哒、肥肥、旦旦冬仨月没见他们,我实在……”

“只要有命在,多会儿不能见面儿?你去吧！你去吧！……”

有福本也不想回家去，可又想见见孩子们的面儿，他说：“要不，我回家去只待一会儿，看看哒哒、肥肥、旦旦他们，我立刻就走……”

“哪有那么好的梦叫你有福做，老秋喜、添荣、扁瓜，一会儿这个来，一会儿那个来，还有贵枝、小狗他们，你当了人家的银帽花，大布衫，都到期了，你有钱给人家赎?”

“我不回去也行，添荣、秋叔他们的债，就不管它了。可是借贵枝、小狗家的当，真的当死了，以后又该怎的交代人家哩?”

“走着再说，哒哒一个人在家，炕上还睡着两个孩子，我该回去了。”甘枝把她带来的花托、黄蒸全交给有福，说：“不管你到哪儿，叫你做干粮吃吧。”

有福看看到家门口，却不能回家一起过年，心下好难过，竟默默无声地流泪哩。他打身上掏出冬仨月所挣两串工钱，交给甘枝，说：“这几个钱，给哒哒、凤孩、肥肥、旦旦每个人扯一件衣裳吧。”

甘枝接过钱，又拿了估摸二百钱给有福，说：“你拿着，不管到哪去，叫你做盘缠。”

有福接过钱，又摸黑数了一百钱给了甘枝，说：“有一百钱就行。”又打那个破布袋掏出三个“咯嘣”，就是用白面不加油盐干烤的饼子，咬一口“咯嘣”响的食物，交给甘枝,说：“这三个‘咯嘣’，哒哒、肥肥、旦旦，每人一个。告他们说，过几天，我就回来……”

甘枝接了“咯嘣”，想到有福在炉上做工三个月没回家，如今过大年，他来到家门口，也不能回家跟孩子们见见面，心下好不酸痛，好不难受。她用袖擦擦泪，说：“你快去吧。不管到了哪里，有顺人捎个口信来。还有一句话我告诉你，过了年六月我要坐月子，你可回来。”

有福说：“好，六月我回来。走哩，你快回去吧，哒哒、肥肥、旦旦都在家里等你哩。”甘枝返身踏雪走了几步，回头看看有福直是站着不动，忽又想到这半夜三更腊月冰天雪地大冷天，我叫他去，到底叫他到哪里去呢？又连忙返回来问有福：“你打算到哪里去？”

有福说：“我不是正想这事哩。”

“要不，你跟我回家吧。难道过大年，也叫你在这冰天雪地里挨饿受凉？你回去，他们想怎就怎，反正还有三间房子二亩地，他们想占房就占房，想霸地就霸地，我们没有安身之处，普天下拖打狗棍沿门乞讨的也不是只你有福一家人……”

有福听她这么说话，也急了，说：“我怎么忍心叫孩子们拖打狗棍去呢？今儿我不能回去，我越想越不能回去。你快快回去吧，我这就走……”

“你走，你走，你要去哪儿去呀？天下虽大，哪里是我们穷人立足之地呀！”

“不，我听说阳城、沁水一带有共产党，我想到阳城找找共产党……”

甘枝闻言，不觉大吃一惊：“啥呀！你要去找共产党？——我的天呀！找啥不好，你怎么偏偏要去找共产党？哒哒冬天在学校，老师教他们唱歌，唱的就是‘共产党人杀人如割草，无论贫富皆难逃，富人要觉悟，穷人要知道，共产党来了一起都糟糕！’你怎么要去找共产党？你不是寻死去吗？要死就在咱们家里死，何必叫……”

有福说：“不，我听说共产党是打富救贫的，都是好人。你别害怕，我只想去找找看，找到找不到，还说不定哩。你快快回去吧。”有福想起孩子们在家等着过大年，害怕甘枝在此时间太长，他主动返身踏雪爬坡而去。

有福背了装着几个花托、几个黄蒸的破布袋，孑然一身，冒雪而去，踏雪而行，他要到哪里去呢？连他自己也弄不明白，说不清楚。

有福冒雪走呀走呀，他转过一道山岭，走过马庄村，将近万章村时，忽然远远听得鞭炮“叭叭”乱响。他在雪地里站下来看去，只见万章村里几家窗户烛光闪烁，几家院里也已点燃年火，红朗朗地火光冲天。一会儿，远远近近几个村庄传来了“噼噼啪啪”的鞭炮声，甚至听得万章村有人吃酒行令之声。有福看到村村落落人们高高兴兴过大年的情景，想起来甘枝、哒哒他们今年过年又是少烟没炊，自个儿却奔走在荒山野外的雪道上，前不着村，后不着店，只是任那飞雪打脸，狂风袭背，不由得伤心地流泪哩，有歌曰：

一

翻过雪山上雪岭，
村庄远近鞭炮声，
迎面阵阵刺骨风，
冷又疼，
百里坎坷路不平。

耳边隐约哭喊声，
四面狰狞鬼魔影，
几次徘徊风雪中，
黑洞洞，
热泪点点结成冰。

二

长夜浑浑天不明，
大地莽莽雪冰凌，
沿路几家烛火明，
刺骨风，
飘来饺子味带腥。

三

听得高楼行酒令，
逃债之人腹内空，
愁苦二字担不动，
独一人，
何时才能到阳城！

有福顶风踏雪挨饥忍饿又走了一程，已到吕家河村边。此时天色微亮。雪已停下，满山遍野却又起了大雾。哪里是山，哪里是沟，哪里是村，哪里是路，只是雾茫茫一片，无法辨别。有福独身一人就在这雾里走，雾里闯，深一脚，浅一脚，混走罢了。

有福实在累了，实在饿了。来到吕家河村口，正好有一间没门没窗的小庵，他便走进庵里。正好庵里有一堆豆秸，他把豆秸分成两堆，一堆备坐，一堆划根火柴点燃，霎时便是大火熊熊。他坐在另一堆豆秸上，从破布袋掏出一个黄蒸，一个花托，烤在豆秸火旁。

村里鞭炮声阵阵，村里传出来一股股烹锅的油香，炒菜的油香，还有一股股火药味儿，过大年的味道他是嗅到了的。他想到村里讨吃几个饺子。因又想到今天大年初一，人人爱讲吉利的，大年初一便碰上一个乞讨叫化，岂不惹人讨厌，他只好老老实实在此小庵里边烤火，边吃他的花托、黄蒸。

一会儿，忽然觉得他的两只脚好疼好疼。他知道冻僵了脚烤火太急，会出问题的。只好离火远点，慢慢地烤着。

有福又上路了。

有福冒着风寒，踏着冰凌,日里翻山，夜宿野庵，冷了打柴烘火烤烤，饿了讨点吃的，走了整整四天，终于来到阳城县地界。

有福来到一个村的村口，找一个背风处，拂拂那块石头上的雪，坐下来歇歇，只觉得头蒙眼黑，知道是又饿了，只好到村里去讨吃点东西。

有福进得村来，只见穿红的，扎绿的，大姑娘，小媳妇，这个院子里出来，那个院里进去，穿花一般穿来穿去；有说的，有笑的，有提篮子来的，有提篮子去的，有穿了新衣的孩子在雪地跳的，有拿了年糕啃着在雪地里打秋千的，人们是何等的高兴，何等的欢快呀！见景生情，他自然又想起来甘枝，想起哒哒、肥肥、旦旦来，不知道他们是怎样过这个年的，心下好痛好痛。

有福走了两个院子，大娘大嫂喊了半天，也没人理他，也没人睬他，他第一次感到乞讨叫化的艰难，第一次感到人们把乞讨叫化是不当人看的。他为了解决饿肚问题，哪里管得这些，只好在人们贴着大红对联，贴着花花绿绿门神的门外有气无力地叫化。

有福终于讨得两个玉茭皮蒸的馍馍。他想找一个类似吕家河村村口没门没窗那样的野庵，烘个火，烤烤馍馍，暖暖身子。可是这个村并无此庵，有福担心晚上连个存身之处也没有哩。再向前走，他又累得难以行走了。无奈何，他只好蹲在一个大门口犯愁，叹气。

一会儿，忽然有人冲他问话：“喂，你是哪里人氏？”

有福抬头看看是个五十开外的小老头子。说：“老叔。我是陵川人氏。”

“陵川？陵川好远哩。”

有福抬手竖起三根粗壮的指头：“三百多里路哩。”

“这么远，你到此地做甚？”

有福叹一口气，说：“老叔，我是个讨吃要饭的。”

“讨吃？我看你不过三十七八岁，粗胳膊大腿的正是壮年，怎么当起乞讨叫化子？准是个懒鬼！”

“不，老叔，咱肯出力。老叔，村里有没有雇工的？要有，我给他干干，你看我懒不懒……”

那人摇摇头，走了。走了几步，却又返回来：“夜里你住哪里？”

有福说：“我出门在外，少亲无故，哪里有我的住处？老叔，我身上还有一百钱，能不能给我找个住处？”

那人低头想想，说：“一个人出门在外，怪难的。你就到我家住一宿吧。”有福闻言，感激不尽。便跟他去了。

那人姓岳,叫岳开开。岳开开是个孤老头子。一间小屋，一个人，一只水缸，一口锅，一把勺子，一个炕，一卷破被子，一块砖头上垫一块脏布就算是他的枕头，唯独碗有两个，筷有两双。多出的碗和筷子是给出嫁了的闺女回来用的。岳开开早先也有砖瓦楼房，也有几亩地的，村里地主岳光祖为了霸占他的房地，借口他在黄龙嘴山上刨了一棵枯干了的檀树，说他是刨了黄龙的龙须，破坏了岳家庄的山脉，把他拉在大庙上吊了一绳，罚他给黄龙爷唱一台戏，以安神灵。一台戏花了七十七串铜钱。岳开开被迫卖房卖地，一个小户人家顷刻间变成一个穷光蛋，他女人也为此事气得一病不起，命丧黄泉，而后他便住进来这间小屋。岳开开过贫困生活已经过了十三年。大概正因为他穷，所以也就有点怜贫之心，今天才把落难的有福引回这间小屋里来。

有福今天终于热热乎乎吃了一碗饭。到底温温和和坐在了炕头，感激地说："老叔呀，想不到我今儿个会遇上好人。"

吃过饭，有福到底是勤快人,主动洗锅洗碗，主动和煤，掩火。岳开开说："我看你也不是个懒人呀，怎么落到这步田地?"

有福想到岳开开是好人，便把自己如何破产，如何负债，如何过年不敢回家，如何来到阳城，说了一遍。岳开开听来，他的经历竟跟自己的经历差不多，他对有福更亲近了几分。两个人越说越亲热，互相间很快便说话没顾忌。有福便问："老叔，我听说阳城有共产党，你见过没有?"

岳开开说："我倒是听说陵川那儿有共产党，我正想问问你哩。"

有福感到奇怪："陵川有共产党，我怎么没见过哩？不过陵川虽小，也有五百八十三庄哩，也许别乡有吧。"

说到共产党，两个人说了半夜。说共产党打富救贫，要真的能碰上共产党就好了。后来岳开开又说他听人说阳城县西乡一带靠沁水县那边确实有共产党的，有福便想到沁水那边去找共产党。

有福在岳开开家住了几日，后来岳开开给他找下个营生，便是到瓷窑上赊下一担盆盆碗碗。让他担了串乡走户去卖。他卖盆卖碗卖了几个月，倒也能糊得住嘴，自是喜欢。可是他的家呢？家里穷得升合无粮。甘枝和哒哒他们不知是怎么熬怎么过哩。金地凹那二亩半地也不知道种上了没有。他这么想一想，也只是想想罢了，身在异乡，有什么法儿呢？有时他也想到回家看看，又想到他一回家，债主逼债上来，必定是落得个卖房卖地，孩子老婆无存身之处，他只是摇头，打消了回家的念头。

有福担一担盆盆碗碗走乡串村叫卖，碰上老实人，没有忘了打听共产党的事儿，问来问去，没一个能说出个子丑寅卯来。倒是有几个人警告过他，说："这会儿到处查共产党，到处抓共产党，你怎么还敢打听共产党，以后说话留点神吧。"

有福没想到还会有人抓共产党，后来逢人说话，自然加了几分小心。

转眼已是六月大热天。农村里正是锄地时节。每逢农忙，有福在岳家庄打打忙工。给东家担粪追苗，给西家锄谷耨地，有福肯卖力，庄稼活儿干得在行，又细致，岳家庄人都夸他是庄稼行里一把好手。他在岳家庄越混越熟，岳家庄人都把他当亲人看。那个老光棍岳开开见人们夸有福，他感到自己脸上也增添了许多光彩，常跟有福说："大年初四我留下你算是留对了。"

可是有福说："老叔，我怕在这儿住不久了，我想回家看看。"

岳开开跟有福混熟了，处热了，早已把他当自己屋里的人看，哪里肯叫他走？说："你不是躲债出来的吗？你这会儿回去怎办呢？"

“这半年我也攒了四五串钱……”

“四五串钱抵什么用，你欠人家二百多串哩。你这会儿回去，不是自寻着受制吗？我说你不如在这儿多干几年，挣下百儿八十的再回去。”

“不，我老婆孩子一大家，缸空瓮光的，一家人吃没吃的，喝没喝的，会饿死他们的……”

“缸空瓮光，你有福回去难道就缸满瓮实了，你别傻气，老老实实在这儿住着吧……”

“不，我家里就在这个月里要坐月子。她坐了月子七高八低几个孩子没有照应。”

说到这里，岳开开也认为有福是应回家看看，可一想，认为他回去不是好事，便问：“你不是还有个老岳母吗？你不回去，我想你的老岳母会照应你家里坐月子的。你就别回了。”

去年腊月三十日晚上，在红螺背山坡的雪地里有福跟甘枝告别时，他是说定今年六月要回去的。今天听岳开开说得在理，也想听他的话，暂时不回家，就在此地多干些日子，多挣几串钱。可是一想到哒哒、肥肥、旦旦他们都还很小，一个女人坐了月子，有许多困难，以为自已不回去，实在放心不下。因又想到今天带四五串钱回去实在无法应付那一干如狼似虎的债主，他思想再三，只好摇摇头，放弃眼下回家的念头。以为如果在这里能找到共产党，我跟共产党一起回陵川去打富救贫，就不愁还债的事了，就不害怕秋喜、添荣那一干债主了。有福在阳城一带继续走村串乡卖碗卖盆。无论走到哪里，他都忘不了找共产党的事儿。以为只有找到打富救贫的共产党，他才会躲过那几笔高利贷、阎王债，他才不至于再受逼，再卖房，再卖地，他的一家人才不至于饿死、冻死、困死，他的一家人才有生路。

一天晚上，有福跟岳开开说起找共产党的事，岳开开说：“你就别傻气了，共产党头上又没刻着字，你盲目瞎找，哪有那事。”

有福只觉得找不见共产党，他就没活路，他不愿意听岳开开的话。

过了一会儿，岳开开忽然说：“有福，前些时我也听人说过，说有个讨饭人，只有一条胳膊，人们问他那一条胳膊怎么掉了？那讨饭人说让火车擦掉了，背地里人们都说他那条胳膊是打仗让枪子儿打掉的。说他准是个暗共产党。你到处跑着卖碗，要是能碰上那个人，你找共产党只怕就有门了。”

有福听言高兴极了。

自此以后，他四出卖碗，时刻留心着那个独臂人，每看到讨饭人，先看看他是几只胳膊。有一天在马家庄卖碗，忽然看见一个人的背影，那人甩一条胳膊走路，另一边却只是一条随风飘落的空袖筒子，他的心下好高兴：“找到了，找到了!我今天总算找到共产党了！”便随后追去，那人东走，有福向东追，那人北拐，有福转向北赶。那人发现后边一个卖碗的总是跟着他走，站下等他过来，气呼呼地问他：“你要干什么？”

有福看清了，返过身来的他，原来还有一只赤条条的胳膊在前头衣襟里边，先泄了一百分的气，呆呆地站下来问那人：“你买个碗吧。”

那人骂道：“谁告你说我要买碗？胡诌八扯！——你一直跟我做什么？我偷了你家的金？摸了你家的银！混蛋！你再跟老子，老子一脚蹬死你！”

有福挨了半辈子骂，受了半辈子气，这么几句算得了什么？他是不在乎的。只是忙着给人家道歉：“我对不住人！我对不住人！……”担着一担碗赶忙转进一条小胡同里去。

又有一天有福在后庄卖碗，真的碰上一个独臂讨饭人。他的心好舒畅，便想着跟他说话。走在东院，有福跟来东院，跟独臂人说：“唉，老总，你是哪里人氏?”

独臂人见他称自己是“老总”，闹不清他是个什么样人物，对他先有几分戒心，说：“东三省的。”

独臂人到西院去讨饭，有福又跟到西院来：“喂，老总，咱们交个朋友吧？咱们都是受苦人，咱们……”

独臂人见他总是缠着自己不放，以为他是阎军防共团的探子，只说“高攀不起”，想尽办法摆脱了有福。但是有福决不肯忘掉找共产党的大事。

已是七月伏天。一日，有福担一担盆碗走过几个村子，当他离开一个村子要到另一个村子去叫卖，在大野地里，忽然天空阴云密布，电闪雷鸣，大雨瓢泼而来。他冒雨跑呀跑呀，跑到沁河岸上，想到要过河必须快过。再晚一会儿，河水一涨，过不了河，今晚就回不去岳家庄了。他担着一担碗毫不犹豫地淌进急流的沁河里。才走几步，不想河水突然猛涨，一个大浪，把他打翻，一担盆碗自然不必再说，有福忽然大喊一声“坏啦，哒哒，肥肥!……”早已随波逐流翻滚而去。

3. 昏然而去

说来也巧，此时正有一个卖桃子的年轻人随后来到沁河岸上，看见一个担碗的被大浪打翻，卖桃子的连忙放下桃子担，跳进河里，顺流直下，一把抓住有福，把他救上岸来。

水淋淋一个有福躺在河岸上大雨里，已经不省人事。卖桃子的帮他压肚子、吐水，忙了半天。雨停时，有福也睁开眼了。看看是卖桃子的小伙子救了他，自然感激不尽，哭道："亏了你呀！亏了你呀！"说着就跪下给他磕头。又说："我的碗担子也冲没了，我也没甚谢你。"掏掏身上，还有卖了碗的三百铜钱，双手捧着送在卖桃子的面前："这几个钱，你找点酒暖暖身子吧。"

小伙子说啥也不收他的钱。扬长去了。

有福直夸小伙子是好人。他忽然想到这个卖桃子莫非是个共产党？他就追那小伙子，追了一段路，小伙子走进一个村里，他也追进村里，竟不见他的影儿了。又不知道小伙子姓甚名谁，问也无法问，只好作罢。

有福也不问眼下是不是正在到处抓共产党，他还在到处问询共产党，跟了共产党去。

又是一个大冷冬天。

一日大早，有福又担一担盆碗离开岳家庄。走着走着，忽然起了大雾。十步之外，便是灰蒙蒙一片，什么也看不清楚。他冒雾走了三里路，刚走在一个村里，刚叫卖两声，忽然有两个人走来拦住他，问："你是哪里人？"

有福说："陵川。"

"陵川人你到阳城来做什么？"

"卖碗，做个小买卖？"

"做买卖？嘿！放下你的担子。"

有福只好把担子放下。

"解开你的扣子！"

有福只好解开衣扣。

两个人竟搜他的身哩。搜来搜去，只搜出一百铜钱，一盒火柴。他们把钱跟火柴全没收了，还破口大骂："他妈的，共产党!"

有福好生奇怪：谁是共产党呀，便问："谁是共产党?"

一个人怒目而视："你以火柴为暗号，你不是共产党是什么?"

有福只觉得奇怪："我找共产党，我见也见不到一个共产党，找来找去，怎么说我自己就是个共产党呢?"他正想分辩，两个人已经给他铐了手铐，拉他便走。有福只觉得冤枉：我想找共产党却到处找不见，我怎么糊里糊涂就是个共产党呢？他回头看看那一担碗，喊："我的碗，叫我担上碗!"

两个人对他乱踢几脚，说："什么你的碗？你完了！"

有福糊里糊涂被关进阳城县的牢房里。

有福在铁炉上辛苦一冬，过大年有家不敢回。为了躲过债主们的逼债，为了保住那三间房子二亩地，方冒雪顶风挨冻受饿逃到阳城县来。他只道在此地卖卖盆碗，挣个糊口钱，不致饿死冻死，做梦也没想到他正想找共产党，人家却说他就是共产党。一副铁镣把他铐住，送到这个黑咕隆咚的黑房子里来，做了囚犯。一个逃难人，一个卖碗糊口的，犯了什么法？有什么罪？有福无论如何也想不通这个理，只觉得好冤枉，好冤枉。

有福入狱已经几天，也不见过堂审问他。白天里，就叫他推磨磨面，夜里就给他带了手铐。每天两顿饭，不过是两顿清清的玉茭糁子汤。他每每端起这糁子稀汤，就想起甘枝、哒哒、肥肥、凤孩、旦旦他们；每天在黑房推磨，磨盘"呼呼"地响着，他的眼泪滴滴答答滴着，他又想起来老婆、孩子们……

一

有福卖碗串西村，
忽来恶魔强搜身，
搜出几根火柴棒。
眼一瞪，
说是共党捆进城。

冒风担险出火坑，
离乡背井来逃生，
不料又入火网中。
夜蒙蒙，
到处都是黑牢笼。

二

一日三餐水澄清，
夜夜风打饿骨冷，
举目无亲孤伶仃。
无人省，
远离家乡三百程。

狱里狱外一般同，
整日拉磨做牲灵，
夜戴手铐拖铁绳。
少睡梦，
长夜昏昏何时明！

一日上午，有福吃过一碗玉茭糁子稀汤糊糊，又到黑房里推磨。刚推得几个圈子，两个黑衣卒忽然喊去过堂。有福被他们押在堂下。

一个胖胖的官审讯有福："你叫什么名字?"

有福说："韩有福。"

"你是哪里人?"

"陵川西下河村人。"

"今年多大了?"

"三十九岁。"

"什么职业?"

"卖碗的。"

"你为什么来到阳城卖碗?"

"我在阳城有朋友。"

"谁是你的朋友?"

"岳家庄的岳开开。"

"你是在什么地方参加共产党的?"

这个问题，有福觉得无法回答。过了一会儿才说："我没有参加过共产党呀?"

"胡说！不老实！你今天不老实交代，枪毙你!"

有福一时变做一段木头。他没有想到事情会有这么严重，没有想到不承认是共产党就会挨枪毙。可是他想着自己找共产党还没找到，怎么说自己是共产党?

那个胖胖的官对有福审问半天，有福总没口供，胖官吼一声"看刑!"早有几个喽啰把压杆抬了上来。

有福为了那几笔阎王债，挨过骂，受过逼，借过当，求过人，卖过房，卖过地……受过重重苦，受过重重难，却并没坐过牢房，受过酷刑。他看见喽啰们把压杆抬了上来，早已把他吓得浑身“索索”乱抖。可是自己只是愁着找共产党找不到，我见也没见过共产党，叫我怎么说？叫我说什么？……

胖官见有福总不吭声儿，又吼一声：“韩有福，你招不招？”

有福说：“我真的不是共产党……”

“压！”胖官吼一声几个喽啰张牙舞爪扑了上来，架了有福横身爬在一个长长的宽宽的大板凳上。那大板凳一头钉下一个铁环，喽啰们把粗粗的压杆的一头穿入铁环，将压杆压在有福的双腿之上，两个喽啰把住压杆的另一头，两个喽啰的四只蹄往空里一跳，龇牙咧嘴地同时吃劲儿往下狠狠一压，有福只觉一口气“刷”地往下坠去，两条腿如同用铡刀铡断一般，剧烈地疼，他大呼一声“妈呀！”咬紧牙关瘫在了大板凳上。

胖官又呼道：“韩有福，你招不招？”

有福的双腿疼痛难忍，有福气喘吁吁，有福觉得挨此一压，实在冤枉，胖官喊叫什么，他全然不管。

胖官又吼叫道：“韩有福，你招不招？”

这会儿的有福已经喘过一点气来。他说：“你叫我招甚呀？”

“你是共产党，你为什么……”

“你们不能无凭无据说我……”

胖官把在有福身上搜出的一个火柴盒子拿起来“啪”地一拍，说：“这就是你的证据！”

有福以为有一盒火柴就是共产党，岂不到处都是共产党哩？他气喘吁吁地说：“那怎算？有一盒火柴就是共产党，太原城的老阎还开着火柴厂哩……”

老阎就是阎锡山，当时山西省的督军，人称阎督军。胖官见这个有福胆大包天，竟敢亵渎阎司令长官，他大呼一声：“给我压！”

喽啰们立刻来压有福。

压杆压来，有福只觉得浑身骨头全碎了。他的气又是急速地一坠，只喊得一声：“天呀！”便感到天也飞速地旋，地也火速地转，眼前一片漆黑，头上一团五彩线乱抖乱绕，就在这一团五彩乱线里，他忽然回到了西下河村西堂屋院的西屋里。只见甘枝在地上掂个笤帚骨朵儿满地里跑着打哒哒，哒哒却钻进了缸旮旯里。转眼间，忽又看见哒哒、肥肥、凤孩、旦旦一群孩子成串儿串在一根绳子上飘飘忽忽地压在他的头顶上飞速地转圈子。孩子们一会儿哭，一会儿笑，一会儿一根麻绳又变做一匹身子又瘦又长的白马；一会儿，四个孩子又浑身里流血，那瘦马一纵，四个孩子一起打半空里摔了下来，一起摔落在他的头上。他倒吸一口气，“妈呀”大叫一声，睁眼一看，只见两个喽啰各提一桶水正往他的头上泼。原来有福早已昏死过去，喽啰们照他的脸泼了四桶冷水，他才又死而复生。

有福又活了。他急促地喘着粗气，只觉得身子腿已经不是他自己的，胳膊也已经不是他自己的，似乎只剩一颗头是他自己的了。

有福连挨两次压杆之苦，两条腿虽没压断，可是几天里不能行动，实实在在坐了几天牢房。

有福住的那个牢房是个六间通房，靠两壁墙打两排草铺，二十多个囚犯共居一室。有福的两个邻近，左边一个老程，右边一个老江，他已经知道老程是个大盗犯，几天过去了，也没问明白老江到底是犯什么法送到这儿来的。老江只是话多，好像他什么也知道。天南海北，前朝古代，说起啥也能说一套。两天前，有福已经把他如何逃债从陵川进到阳城，又为何被抓入狱的事告说过老程和老江，老程说："哈，看不出来，还是个老圪岔。"伸手比一个"八"字在有福面前。有福甚感冤枉地说："我哪里是这个，我见也没见过哩。"

老江笑道："你准是个老共产党，道行深了。所以在刑堂上表现出宁死不屈的样子，佩服！佩服……"

有福摇摇头，连连说："我实在见也没见过共产党。我看你也是个好人，不瞒你说，我倒真想找找共产党，真想见见共产党，可是我找了多时，就是找不见。"

老江笑道："哈，你倒是会要花招，你是个找共产党的——自个儿本来就是个共产党，找你自己得了，何必……"

有福说："看你说的，共产党是打富救贫的，我自己要是个共产党，我为什么不救我自己，我为什么过大年也不敢回家，到处流浪？没那回事。"

有福跟老江、老程他们闲聊了几天，互相间越来越惯熟了。有福的腿好些以后，给人们扫地、扫床、掂马桶、送马桶，格外勤快，深得同房囚犯们的赞赏。都道有福人老实，手脚勤，为人厚道。老江对他更好，饭时常常自己少吃几口，匀给有福吃。有空儿就跟有福聊，还常常给他宽心，还常常给他讲剥削人压迫人的地主恶霸们终有一天会打倒的，受苦受难的穷人终有一天会翻身的，还说穷人要想翻身，就必须团结成一疙瘩，才有力量打倒地主，打倒恶霸……有福听他讲了这些话，只觉得好新鲜，只觉得句句都说在了他的心坎上，只觉得这个老江有学问，这个老江真正是个好人，他忽然觉得这个老江就很像是个共产党，他一定是个共产党。有福想到自己到处找共产党，找了半年多也没找到，没想到在监狱里找到了。他很高兴，他很满意，以为他入狱入得值得，以为他挨那两次压杆挨得值得，以为他当假共产党入狱倒比在狱外到处找共产党省劲得多。他高兴，他拉住老江的手，激动地说："老江，我可算找到了，我可算是找到了……"

老江问："你找到什么了？神经病！"

"不，我找了半年多找不到，没想在牢房里找到……"

"你别发神经了！你再胡说八道，老子到胖官那里告你的状！"

"不不不，你是……"

有福话未说完，牢门"哗啦"一声打开，两个喽啰喊道："韩有福，滚出来！"

有福一时傻了眼，只好拖着脚镣"哗啦哗啦"响着蹒蹒跚跚走出牢房。

有福又被押在审讯室里。

胖官又问："你叫什么名字？"

有福依旧回答："韩有福。"

"韩有福，你今天要死？要活？"

"你们让我活，我就活几天，不让我活，我也没法儿……"

"要死要活，在于你自己。说，你是什么时候参加共产党的？"

"我不是，我真的不是……"

"不老实！你还想尝尝压杆的滋味不是？"

"我实在不是……"

"来呀……"

胖官一声喊，喽啰们又把压杆抬了上来。有福面对那压一下就叫人绝气的刑具早已浑身里乱抖不止。

胖官又喊一声："你招不招?"

有福面对压杆，忽然想起来家里的甘枝、凤孩、哒哒、肥肥、旦旦，还有可能出生不久的孩子，想到今天再吃一压杆，他也就不能再回家，今生今世再也不会看到甘枝、哒哒他们了，他眼里扑啦啦掉下两行热泪来，却一声没吭。

"压!"

胖官一声喊，喽□们早又把有福按倒在长板凳上。一会儿，他又是喊一声"妈"，一口气猛然下坠，他的眼前又是红黄蓝青五彩线乱缠乱绕，他又在那乱彩乱绕的五彩线里看见披破挂烂、瘦骨嶙峋的甘枝、凤孩、哒哒、肥肥、旦旦，但只看到一眼，他的眼前迅即变作漆黑一团，以后，有福什么也不知道了。什么也不想了，甘枝、凤孩、哒哒、肥肥、旦旦他全忘了；小狗家的大布衫，贵枝家的银帽花，他也全忘了；秋喜的一百串高利贷，还有添荣、扁瓜他们的高利贷，他全不负责任了；衣服、车甲、铙钹……当铺里的一切当物，他也不管赎不赎了；找共产党找到找不到，他也全不想了……

第五章 震

1. 久别重逢

且说韩有福到阳城县的山村里躲债，四处担挑卖碗以糊口。只因阎匪兵在他的身上搜出一盒火柴，硬说他是共产党，把他抓进牢狱，枪杆子戳他，皮鞭子抽他，压杆压他，几次死去活来。有福人虽老实，却也有几分骨气，死死顶住那五刑之苦，不曾胡说半句话。有福一向特耐劳，特耐苦。竟也特耐疼，压杆压得他几次断了气，他也耐得住，没有压出他半句话，再说他不仅不是共产党，他也没见过共产党，想胡说也说不出来什么的，只好硬顶。但是阎匪帮只当他是一个有着坚强意志的共产党员，所以硬抗硬顶不说实话，对他看管极严。

有福在阳城县监狱里住了半年牢房，推了半年磨，吃了半年糊糊饭，老实人也会想出高明的逃脱办法。一次，一个狱卒押了韩有福等六个人到粮库里担粮食，他竟借上厕所之际爬上厕所的墙翻墙跳出，一口气跑在一户人家的门道里又爬上门楼，终于脱身而去。他在那家的门楼里蹲了半天又半夜，又偷偷逃出阳城县城。认定这个阳城县不可久留，连夜奔跑，赶天明已经跑到晋城地界。而后他一路乞讨往陵川县方向走来。当他进入陵川地界后，却又徘徊不前，不知该如何办了。韩有福离开家乡已有两年半时间，他想妻子想哒哒想肥肥想旦旦想来喜，可是一想到自己两年多没回家，那驴打滚的高利贷不知又滚了几滚，韩秋喜他们准会逼迫自己卖房卖地还债，没了房，没了地，一家大小五六口人吃什么？住什么呀？想起债主们的逼债，他实在没勇气再回那个家了。可是不回家又该到哪里去呢？还这么东游西逛混日子，假如再叫他们当共产党抓去，弄不好会丢命的。想到这里，韩有福以为反正在外边也是死，回到家里大不过也是一死，便下定决心要回家看看甘枝和孩子们——

当年族长逼人走，
逼上沁河北浪头。
落在阎王压杆下，

死去活来做冤囚。

地大没有穷人路，
走到天涯一样苦。
不信故乡千重山，
没人立足一寸土。

人去三秋与三春，
高利贷儿驴打滚。
只知月圆三十次，
不晓利打多次滚。

有福穿一身破烂，讨一路火食，匆匆走来。一日傍晚时分，又来到红骡背山坡上，他一下子看到了对面河岸上的西下河村，看见了庙堂屋院的大门和大门口的老槐树，同时看见了他的房屋脊。想到自己二年多有家不敢归，妻子儿女不敢见，在外边差一点让沁河水冲死，差一点让监牢里的压杆压死，只当回不来了。没想到还会有看到自己家乡的今天，他竟流泪了。

韩有福已经来到自己的家门口，仍然没勇气在白天里回家。一如既往等到天黑，他才偷偷摸摸走下红骡背坡，摸进西下河村，快步走进西堂屋院，看看院里没人，像小偷似的溜进西屋里来。

甘枝和哒哒、肥肥、旦旦、来喜他们正吃稀菜汤，忽然发现有福回来，真是又喜又惊。甘枝说：“你还记得有个家？我只当你在外边狼拖了狗拽了……”

有福自己坐到炕横头上，说："要是狼拖了敢情好了。"

肥肥、旦旦他们已经不认识他们的父亲，一个个瞪大眼看着这个陌生人。哒哒见是父亲回来，十分高兴："爸，快歇歇吃饭吧，我给你拿碗……"

甘枝看见有福一身破破烂烂、狼狈不堪的样儿，早已流泪哩。有福一去二年半不归，今日回来，甘枝有许多话要跟他说，又怕提起伤心事有福吃不好饭，只好先忍着。看见哒哒给他爹舀饭，舀得太稀，甘枝一把将碗夺过来，操勺子尽量给他舀点稠的。按说有福一走二年半没回家，今天好不容易回来，不必说摆酒宴接风洗尘，总该另做好一点的饭让他吃，可是另外做饭，能做出什么好饭食哩？如今一家人吃的是野菜粗糠糊糊汤，如果另给他做饭，也只会再滚一锅野菜粗糠糊糊汤，一个样。

有福吃着饭，甘枝想问他这二年半他到底去了哪里，在外边是如何生活的。有福把他在阳城生活的情况粗略说了，甘枝说："反正你是个牲口，就会死受。"

有福说了他差点被大河冲去，甘枝说："亏你遇上好人，那是你命大。"

有福又说了他坐牢、吃压杆的事，甘枝哭了，说："怎么就没压死你。——在家里受人的逼，受人的压，没想到出门在外，也是受人的欺，我们穷人真真是没路可走了。——这么说，你今儿个是空着两只手回来的。你两手空空的回来，怎么交代那些逼人鬼呢？……"说话间，忽然听到东屋门响，先把一家人吓了一跳。甘枝问有福："你回来时在院里没人看见你吧？"

有福说："没有。"

“一碗糠菜汤，不要细嚼慢咽的吃啦，快快吃完它到楼上去躲一躲。要不，东屋老秋听见你说话，找上门来，看你拿什么还人家的债！”

哒哒也说：“爸，你先上楼吧，等会儿我到楼上去端碗。”

有福说：“我不信他还能听出来。我很快就吃罢了……”他喝完两碗糠菜糊糊，放下碗，抹抹嘴，看看甘枝，又看看哒哒、肥肥他们。说：“要不，我就走吧。”

甘枝说：“你一走二年半没归家，这才回来不到一个时辰，又要走？你要去哪里？还想再走二年半不要回家？你叫我咋着带活这一家大大小小？”

“那就在家住一天，明天再说。”

哒哒说：“爸，别说了，你快快上楼去吧。”

有福正要上楼，不意东屋的韩秋喜早已寻上门来：“是有福回来了？”

韩有福看见韩秋喜就发怵，只说：“才进门儿。秋叔，你坐。”

甘枝见是秋喜，心下好急好气：“老鬼又来了，这个家又不得安宁了！”

韩秋喜坐在一个炕横头上，看看韩有福，说：“这二年在外边发财吧？”

韩有福说：“发什么财，差点丢了这二钱命……”

甘枝忍不住胸中之气，说：“你还不如死在外头的好！你走时两手空空，回来时也是两手空空，我看你拿什么还人家的钱？”

有福没做声儿。

韩秋喜说：“甘枝，这是什么意思？有福一去二年不回家，今儿个他回来了，难道我不应该来看看他。好好歹歹有福是我的侄儿，我是有福的叔嘛。”

甘枝早已抹泪了。说：“秋叔，你说到哪里去了。我知道秋叔是最关心有福的……”

“我关心有福难道也不好？——咱们废话少说。有福走了路，也累了，该早些儿休息休息哩。”韩秋喜说罢便走了。

哒哒说：“爸爸，教你快快上楼，你不；秋爷爷已经知道你回来，看你怎么办！”

甘枝哭道：“他能怎么办？就这三间楼房，还有二亩半地，卖吧！卖不够，还有老婆儿女一大堆，——就怕是把我们娘们全卖光，也不够还他们的高利贷！有福，你只管闷坐着做什么？明天老秋再来，你打算拿什么还人家的债？你说话呀！”

有福说：“到明儿个再说。”

“你还要推？今天推明天，明天推后天，推来推去就有钱啦？”

哒哒今年已经十岁了。他想到爸爸常不在家，每每回家来，说是他前脚进门，债主便后脚跟了来。总是爸爸回家一次，不是卖房，就是卖地，总是爸爸回家一次，就带回一个大灾难，小小年纪已经害怕了债主的逼债，便说：“爸，要不，你现在就快快地走吧。或者到峰西我姥姥家，或者到附城我姨姨家……”

甘枝说：“躲过初一躲不过十五！再说你爸既然回来，就别想再走出去西堂屋院的大门，老秋不会放过他的！——有福，你快说，明儿个老秋再来，你打算怎么交代人家？”

有福说：“反正就是有我这么一个人，想刮想砍由他的便吧！”

“你胡说！老秋睡里梦里盼你回来，心上想的是你这三间房二亩地，人家要你那一把穷骨头做甚？把你那一把穷骨头剁碎，也不过是一把柴火。你快点想法儿是正事……”

有福说:“要不，我赶快再走吧。不拘走到哪里，能讨吃一口就吃一口,讨不上一口，山上死山上倒，沟里死沟里倒……”

哒哒听说父亲要走，便跟妈说：“妈，缸里还有两穗玉米，快点炒一炒，让爸爸做干粮……”

甘枝说：“老秋听见咱们哗啦哗啦的炒玉米，又会说咱们家大发大富了……”

有福说：“不能炒。全部才两穗玉米，留着让你们碾糠面吧!”说罢，起身就走。

甘枝想到有福刚进门儿又要走，早已哭得泪人一般。立刻从炕头跳下来，说：“叫我看看院里有人没有。”

哒哒说：“妈，叫我去。”

哒哒来到门口开门看看院里静无一人，返回来说：“没人。爸，快走!”

有福抽身便走。刚出门，就看见东屋里出来个黑影，竟是韩秋喜——

水流千里归大海，
夫妻久别又相逢。
莫道相逢是喜事，
妖魔鬼怪拥上门。

2. 债主上门

韩有福看准了东屋出来的黑影是韩秋喜，便感到自己想走也是走不了的，只好装作是上厕所拐弯进了西南角上的厕所。一会儿他打厕所出来，只见韩秋喜仍然站在东屋的门口不动，他只好又返回西屋里来。哒哒早已报讯给他妈，说父亲走不了啦。甘枝见有福真的又返回来，哭道："就知道东屋里的鬼不会放你走的！你就等着卖房卖地卖儿女吧。"

有福往炕横头一坐，说："就知道回来没好事。"

"你快快想想法儿吧！等那些逼人狼拥上门来，你打算怎么交代他们。"

"到时候再说吧。"

"死骨头！到时候再说，到时候你拿什么给他们？——你走时一共欠下二百二十串钱的债，二年里本滚利，利加利，到如今滚下多少啦？你算过没有？"

"我也粗粗地估算过，连本带利只怕你少不了三百五十串。"

"三百五十串，你打算拿什么还债？就凭你屋里那两条破板凳？就凭你屋里那几只破缸几只破烂罐行吗？"

"要实在不行，就只好卖房卖地了……"

"你放屁！你说得好听！卖房卖地——你除了会卖房卖地，你还有什么本领？西南耳楼你已经卖了，就剩下西屋这三间房，你把它卖了，你让这一家老小到当街顶瓦去？咱们十几亩地让你卖去七八亩，剩下二亩半地，一家大大小小六七口张开嘴要吃，糠糠菜菜还饿不死，你把地全卖光，你叫这一家大大小小吃什么？你到底还要不要这个家啦？”

“还能不要家？”

“既然要这个家，你说说你打算怎么应付那些讨命鬼儿……”

“……”

“你说话呀！你是哑巴？”

“……”

“你死不吭气就能抗过去？——到时候一干逼命鬼围上门来，你没有钱给他们，等他们一把锁把这个西屋锁了，这一家大小到哪里去存身呀？……”

“……”

甘枝逼着有福说话，逼着有福想办法，有福一条穷大汉会有什么办法呢？没有办法，又该说什么呢？所以有福总不吱声儿。甘枝可就更着急了。她想到这个家今天已经走到绝路上，看起来摆在一家人面前的只有死路一条，她又伤心地“呜呜”哭了。她一边哭，一边骂有福，有福只是呆呆地坐在炕横头上死不做声儿。越是看见有福这种没出息的样儿，甘枝胸中之气便越大，骂他也就越骂得凶。肥肥、旦旦年龄小，早已横躺炕头那一领破席片上睡了。刚刚两岁的来喜看见妈妈哭，他也哭了个不住。哒哒也很为父母的难处犯难，却也没有什么办法，只好上炕抱着来喜哄他，不让他哭，以免父母听来心烦。

有福、甘枝夫妇为还债的事整整吵了一夜。次日天明，债主韩秋喜、韩扁瓜、韩添荣他们陆续拥来有福家讨债。有福无钱还债，只好向各位债主求情，说：“我出门二年半没有挣下钱，还坐了半年牢，眼下我实在是没钱还债。我求求秋叔、扁瓜叔和添荣老弟高抬贵手再宽些日子，叫我再想想办法……”

韩秋喜、韩扁瓜、韩添荣听言，立时火冒三丈，“咚咚咚”冲有福攻来。韩秋喜歪着脖子瞪着眼说：“什么再宽些日子！我已经宽了你二三年，你还想叫我宽到哪年哪月？你花了人的钱不还账，躲得远远的要赖皮，我们吃了多大的亏，你知道不知道？废话少说，拿钱吧，拿出钱来，咱们脸上都光彩，拿不出钱来，也好，反正文契上写得明白，到期无钱还债，以祖传三间楼房为抵押，丑话说在前头，你没钱，我可要锁房！”

甘枝、哒哒、肥肥听说东屋秋爷爷要锁自家的房，一起“呜呜”哭了起来。有福看见妻子儿女们哭成一颗索疙瘩，看他们一眼，想到这三间房真的让他们锁了，这一家人没个存身之处，可真的无法生存下去了。因而他也掉下两行泪来，却无话说。他以为韩秋喜他们看见孩子们哭得可怜，也许会宽限些日子。谁知韩秋喜根本不理孩子们哭不哭的事儿，直是逼着有福快拿钱。有福又总是不做声儿。甘枝虽然比有福强些，会说几句，却也是只哭不言语，因为她知道韩秋喜的为人，他的心好狠好毒，在他的面前求情、哀告，如同对狼求情，绝对没用的，所以她只有哭的份儿。韩秋喜只管催逼，说：“有福，你痛痛快快说一句话，到底有钱没有？没有也没关系，反正有这三间房还有你的二亩半地哩……”

韩添荣说：“你今天不还钱，我明天可要去占你金地凹的地，你说吧，有钱没有？”

韩扁瓜说：“有福就会要赖皮，就会装聋作哑充傻子，不行！实话告你说，你装聋作哑混不过去。文契上的白纸黑字写得明明白白，没钱有房有地怕什么……”

于是，三个债主有的“啪啦啪啦”打算盘，有的嘴上念念有词算利息，三家合起来本加利共是三百八十多串钱，单是韩秋喜一个债主的本利就是三百二十串钱。韩有福、韩甘枝夫妇听到这个数字，都吓了一大跳，但却无话可说，有福只是呆呆地抹泪，甘枝却“呜呜”地痛哭不已——

逼人算盘叭叭叭，
讨命账簿沙沙沙。
有的喷血张血口，
有的舞爪龇狼牙！

垒成山的高利贷，
穷人自然无法还。
这个开口要锁房，
那个声言霸地产。

锁了房，霸了地，
全家七口何处去？
有福急得碰破头，
甘枝哭得泪湿衣。

五洲四海南到北，
到处都有恶魔鬼。
把人逼在刀山上，
又往万丈沟里推。

3. 家破屋空

几个债主逼有福逼了两天，也不曾逼出一个铜板来。后来韩秋喜他们撂给有福一句话，说给韩有福三天时间，让他想办法筹款。三天以后仍然无钱还债，他们就要封房就要占地。这天天里有福、甘枝夫妇哭一顿，骂一顿，共同想办法，但是想来想去到底没想出一个铜板的办法来。到第二天下午，两口子看看只有明天一天时间了，到底该怎么办，需要当机立断，快想办法。既然无钱还债，便只好卖房卖地了。有福这人做事往往只管眼前，不考虑后果，得过且过。再说就当前情况看，他手中分文没有，债主逼债好凶，不卖房卖地，又有何法呢？因而他说："看起来不卖房卖地，这一关过不去，那就卖吧。"

甘枝也明知不卖房卖地无法过难关，可是她一听有福说出要卖房卖地的话，竟又气了。说："好！卖吧！卖吧！房卖光，地卖净，干脆把我们娘儿们也卖了，剩下你一个人逍遥自在地活人吧！就知道你没操好心！就知道你终有一天要把我们娘儿们赶出去，——你呀你呀，有福，你算是丧尽良心，害得我们娘们儿好苦！……"甘枝又哭了。

甘枝落泪甘枝哭，有福见得多了，已经习以为常，不过他也在想办法，他也在思谋，看看能不能少卖点产业，以保这个家不至于走上家破人散的地步。他又想一想，说："我想着房和地也不能全卖光，咱们卖房不卖地，卖地不卖房，卖上一宗看看行不行。你看是卖房留地好呢？还是卖地留房合适……"

甘枝哭道："你卖了房，这一家大大小小到哪里去住？住鸡窝？住狗棚，可惜你连个鸡窝狗棚都没有，让我们娘儿们白天黑夜睡大街，能活人吗？……"

“要不，那就留着房，先卖地……”

“满打满算二亩半地，你一家大大小小六七口，本来就不够吃，你把地全卖了，一家大小喝西北风能活人吗？……”

“唉！……”有福长长叹一口气，又没了办法。

有福、甘枝吵一会儿，哭一会儿，总吵不出个可行的办法。后来看到哒哒、肥肥、旦旦、来喜他们一个个饿得瘦骨一把，想到如果再卖几亩地，孩子们更得挨饿。与其把儿女们饿死，不如给他们找个生路，一则可得些身价，又可以还债；二则，孩子们到别人家也不至于挨冻受饿；三则，这个家地少了，人口也少了，还能马马虎虎活下去。于是便说：“实在没办法，要不看看村里谁家要孩子，咱送给他，多多少少给咱几个钱，也能抵点事。家里人口少了，也许还不至于饿死……”

甘枝越听火越大，厉声哭着骂道：“王八蛋有福，你真是个大孬种！你今天卖，明天卖，卖房卖地也罢了，今儿个倒好，又想起卖儿卖女的法儿来！你还有半分人性没有？你还是个人不是？连你的亲骨肉也要卖，活活给祖宗败哩！你妄来世上走一遭！猪不如，狗不如的东西……”

哒哒、肥肥见说父亲要卖妹妹旦旦和弟弟来喜，早已“呜呜”哭了。哒哒忙着抱了旦旦，肥肥也抱了来喜，都抱得很紧很紧，好像只要他们把弟弟、妹妹抱牢，就不会卖掉似的。

有福挨了骂，也不怎么生气，也没有动怒，过了半天才说：“可是不给孩子们找一条生路，他们在这个家活得成吗？”甘枝大哭大骂道：“家家都有儿有女，家家都养得了，为什么偏你有福养不了？你有福有胳膊有腿能蹦能跳，连你自家的儿女也养活不大，你白来世上走一遭！……”

“我知道我不算个人。可是我不卖儿卖女，这一关怎么过呀!”

“你还是要卖孩子们?! 你还是要卖孩子们?! ……”

“我没有别的法儿呀!”

“那好吧有福，卖儿卖女算什么本领，你干脆把老婆儿女全卖光多好，也没人吃你的啦，也没人穿你的啦，留下你一个人在这个家顶天立地……”

甘枝本是说气话，可是有福听甘枝说了老婆孩子全卖光的话，心里一动，以为这么着倒也是个最好的办法，这样一来，可以多得些钱，还债的事也就不犯愁了，房也可以保住了，便说:“你能到别人家去，也比在这个家等死好些……”

甘枝痛骂道:“牲口，畜类!……”甘枝气极了，她一边骂，一边顺手拿起一把剪刀冲有福砸来，有福躲不及，剪刀砸在头上，立时鲜血淋淋流满面颊。有福连忙伸手捂住头上的伤口，却没挪窝儿。哒哒急了，忙着放下旦旦，就在炕上寻碎棉套块儿。甘枝又急又气地骂道:“砸死他活该! 省得他活在世上败……”一边骂着，一边把哒哒手里的烂棉套块儿夺过来，还是一边哭，一边骂，一边拿来一双筷子夹了那块烂棉套儿放进炉火燎燎，又将棉套火吹灭，忙着把烧焦的棉套往有福头上的血口处一捂，止住血。继续骂道:“你还没死! 你还有一口气，还能卖老婆卖儿女……”

有福说:“不走这步路，实在无路可走呀!”

“你想过没有，你卖了老婆孩子，这个家还算个家不算?你不是把这个家抖底儿弄垮了……”

“可是我不卖人，等得他们封了房，占了地，我一垅青田没有，老婆孩子不照样要做饿死鬼?做饿死鬼也罢，饿死我，饿死你，都没啥，孩子们来到这个人世间才几天，也饿死他们……”

“要死我们一起死，也比你卖儿卖女卖老婆好……”

“有活路不走，何必一定要走死路……”

“那为什么要卖我，为什么不卖你有福自己……”

“……”

两口子大吵小吵，吵得天昏地暗，也吵不出个过难关的好办法。他们吵呀吵，哒哒、肥肥他们哭呀哭，这个家哪里还像个家的样儿。眼看过了明天一天，债主们就要来锁房，就要来占地，时间吃紧，两口子只好再吵。他们吵一会儿，再停下来认真想想如何是好，想来想去，还是只有卖几个人是最好的办法。这样，卖了人卖些钱，可以保住三间房，少卖二亩地，留下的少数人，还可以将将就就过日子。甘枝实在不愿意眼看着让这个家散了伙，可是不走这一步路，没有第二条路可走，最后只好答应有福的做法。于是，有福连夜就到村上去找几个光棍汉，找了两家，因他们也太穷，没力量买儿女，谈不成。后来有福便想起来韩科肉。韩科肉去年死了女人，没儿没女。堂屋的丙午去找科肉。有福要一百串钱，科肉说实在没那么多钱，只出四十串。说来说去，最后讲定六十串，并说定明天就写字据。

丙午回到西堂屋院，跟有福一家说了科肉已经同意了，身价是六十串钱，也只好如此。甘枝见说明天就要写字据，两个孩子就要离开这个家，她想骂有福，也没有骂出一个字来；她想哭，也没有哭出声来，只厉声喊了一声“有福！”便昏倒在炕上，直挺挺躺在那里没了气息。哒哒急了，大喊：“妈！妈妈呀！……”就爬上炕来摇动他妈，他妈不动，又大声喊妈，妈妈不应。哒哒急了，就喊：“爸，快救救我妈吧！”

有福早已爬上炕来，把甘枝拦腰抱起，窝住她，又掐她的人中，甘枝只是没气息。哒哒急了，哭道："怎办呀？怎办呀？爸爸，你快说怎办呀……"

有福说："你不要哭，你快快去看看抽屉里有没有香。"

哒哒说："早就没香啦。上个月初一咱家就没烧香。"

"你快去堂屋借几炷香。"

哒哒边忙跳下炕，跑到堂屋丙午家借来六炷香点了，有福就拿香在甘枝鼻口处熏香。熏了半日，甘枝忽然"哇"的一声哭出声来。哒哒、肥肥、旦旦他们才高兴了。

甘枝醒过来以后，什么也不说，什么也不道，只是"呜呜"地哭。她哭呀哭呀，哭了整整一夜。到了次日上午十点多，她才起了床。想到两个孩子今天就要离开这个家，好不心疼。她想到自己小时候在峰西娘家过穷日子，想起十五岁来到这个家看见棚上那么多粮食，只道从今以后可以过好日子了，没想到爷爷一死，有福办了一件丧事，欠下那么多债，年年还，还不清，越还债越多，今日竟走到卖儿女的一步，这是为什么呀？她恨东屋的老秋，她恨有福没出息没能耐，可是恨有什么用呢？又想到孩子们今天就要离开这个家，难道就该这样离去吗？她以为应该做一顿好饭吃。可是这个家要啥没啥，有什么好饭可做呢？便指挥哒哒："哒哒，你看看米缸里还有米没有？"

哒哒说："不用看，还有一把。"

"你看看糠面罐里还有多少糠面？"

"不用看，还有一升多。"

"你看看楼梯下那只缸里还有多少玉茭？"

"不用看，还有几升。"

甘枝犯愁了。哭道："有福，今儿个我们娘们儿在这个家吃最后一顿饭，难道也要我们吃糠菜汤吗？你能不能去找找洛义爷爷，跟他赊一斤面。"

有福说："我去试试看吧。"

有福家穷，一般人不愿赊东西给他。有福说："洛义叔，你不要害怕，我卖了老婆孩子，会有钱给你的。就是没钱，你总要雇人种地，我给你做几天工还不成？"

于是，开磨坊的韩洛义赊给有福一斤白面。

七口人，一斤白面，能够谁吃，只好滚面条汤。甘枝躺在炕上无心做饭，好在有福会做饭，他滚好一锅稀汤寡水的面条汤，先给哒哒、肥肥、旦旦、来喜他们每人舀了一碗，又给甘枝舀了饭，说："你快吃一碗吧。"

甘枝仍然躺在炕上，看看有福，看看哒哒他们，又哭了。她哭着勉强坐起来，一边流泪一边端起那碗饭，只看了一眼，忽然又把一碗饭放下，哭得更痛了。哒哒、肥肥看到妈妈哭着不吃饭，他们才吃得几口，也哭得吃不下去了。一家人吃着一锅稀溜溜面条汤，谁也吃不下去，老的少的哭呀哭，哭得没完没了，哭得好伤心——

亲生骨肉要分手，
全家热泪河开口。
穷人苦咽伤心泪，
富翁喜吞发财酒。

树倒房塌大风吼，
亲人走时不忍走。

富翁吞了银洋去，
穷人寒舍空悠悠。

高利贷，恶似狼，
血盆大口把人伤。
吞没人的房和地，
又吞人的弟妹娘。

甘枝看看该到孩子们离开这个家的时候了，想想这个家明明是不愁吃不愁穿好好的一个家，只几年工夫，为什么会走到骨肉分散这一步呢？她越想越痛心，越痛心越哭得痛。甘枝哭，哒哒、肥肥、旦旦、来喜也都“呜呜”大哭不止。

有福卖了三口人，卖得六十串钱，原以为差不多够韩秋喜的利钱，卖房卖地的事可以缓一缓了。至于另外两个债主，债款不太多，不会占房占地威胁他的。有福拿了六十串钱送到韩秋喜家，韩秋喜却不收，瞪大眼说：“你哄小孩子呢？六十串钱，连利息还不够哩。废话少说，咱们按文契上写的办事，我要锁房……”

有福想到自己被迫卖了妻子儿女，仍然保不住那三间房，心下很着急，只好又求情，又说好话，但是无论他说得多么可怜，韩秋喜总不领那份情，一口咬定要锁房。韩有福说好说歹都没用，韩秋喜只说：“西屋里有锅锅碗碗什么的，你想拿，就快拿出来，我锁了门，可就晚了。”

哒哒在屋里听得东屋的秋爷爷来锁房，吓得他浑身直犯抖。今天母亲和旦旦、来喜都走了。大妹肥肥虽没有卖了，还算这个家的人，可是她也跟着母亲生活去了，因为这个家实在无饭可吃了。哒哒看看亲人们都走了，就剩下爸爸和他两个，只觉得屋里空荡荡的难忍难受。韩秋喜逼债，他没办法，只会哭；父亲被迫卖母亲卖弟弟卖妹妹，他没办法挽留，只会哭。这会儿老秋喜又要锁这个房，锁了房，我们该到哪里住呢？他哭得更痛了。忽然老秋喜进来了。老秋喜看看哒哒，说："哒哒，出去，快快出去……"

哒哒见他说话好粗气，心中不满，竟说："这是我家，我不出去!"他以为只要自己不出这个家的门，韩秋喜便不会锁他家的门。

韩秋喜训斥说："什么是你家，这房早就该是我的了。快出去!"

"我不！我不！……"

"你出不出去?"

"不！不！……"

"你再犟嘴我揍你!"

"就不就不……"

韩秋喜不愿意浪费时间磨嘴皮，看看哒哒不过是一个十来岁的瘦猴娃娃，上前拧了他的一条胳膊掂了起来就走……

哒哒急了!哒哒哭了,哒哒骂了:"你欺负人,你欺负人……"说着，便在韩秋喜的手背上咬了一口。韩秋喜也不理他，掂了他来在门口，就把他一扔，扔在当院里。

哒哒被他摔在地上，摔得好疼，他也顾不得疼不疼，又连忙爬起来。看看韩秋喜正要闭他家的门儿，他迅急跑过来，不顾一切地"哗啦"一声把门推开，又跑进来自己的家。韩秋喜骂道："小孬种！我看你能翻了天!"又二次把哒哒掂了出来，一条胳膊夹着他不放，说："有福，还拿不拿什么啦?"

有福坐在廊阶上不做声儿。韩秋喜看看有福已经把锅锅、碗碗、镢、锄、耙拿出来放在廊阶上，他又坐着不动，知道他不再拿什么了。便一手拉拢两扇门儿，先关上，然后“咯叭”一声上了锁。这才又把哒哒扔在地上。

哒哒眼看自家的门上上了锁，眼看自己有家不得住，又看见父亲在廊阶上呆呆地坐着，气极了，就拿砖头砸那把锁，嘴里还骂着：“我操你娘！我操你娘！……”

有福知道砸锁也没用，就训斥儿子：“哒哒，你给我滚开！”

哒哒不听，只管砸锁。有福害怕秋喜找麻烦，再加他人也卖了，地也卖了，房也让他人锁了，满肚子气没处出，见哒哒不听话，便扑上来“叭叭叭”一连打了哒哒几个巴掌。哒哒还是不服，有福死拖硬拉把他拉开了。

哒哒扒在自家西屋的门框上哭，有福坐在廊阶上呆呆看着堆在脚前的锅、碗、瓢、勺和一条破被子，还有一个缺一条腿的小板凳，还有一个装着二升糠面的小瓦罐，他不知道该把这些物件放在哪里，又不知道今天该到哪里去煮那两碗糠糊糊充饥。因看见哒哒哭得好可怜，他也伤心地低头抹泪哩。

韩秋喜锁了韩有福西屋的门，慢悠悠地背着手回东屋去了。

一会儿，东屋的人吃早饭了。韩秋喜端了一碗饭来要往大门口老槐树下去吃，院里伤心痛哭的哒哒和呆呆坐在廊阶上呆看空锅空碗的有福，他好像看不见，径自出大门去了。

哒哒爬在西屋门框上哭呀哭，哭个没完；有福坐在廊阶石上呆呆地看着那些空锅空碗，不知道今天该归落何处……

一会儿，堂屋的扎根大爷出来，走近西屋看看门上吊的一把大铁锁，看看哭得好伤心的哒哒，看看呆子一般的有福，又回头看看东屋。“嗨——!”地叹一口长气，说：“哒哒，别哭了，有福，哒哒还没吃饭,你们就到堂屋先吃上一碗吧……”

有福说：“扎根哥，我不饿，你快去吃饭吧。”

扎根又哄哒哒别哭了，哒哒只是“呜呜”哭个不停。后来扎根大爷舀来一碗糊糊饭让哒哒吃，哒哒怎么也不吃，扎根大爷看看他们父子无家可归，十分可怜，便说：“有福，你跟我来，我跟你说句话。”

有福跟了扎根大爷来到堂屋，扎根大爷的儿子——韩丙午说：“西屋叔，你坐下，现成饭你先吃上一碗。”就让他的女人给有福盛饭，有福不吃。因为至今还不知道该到何处存身，他怎么能吃得下呢?

丙午低声咬牙骂道：“我就知道总有一天老秋会把你那西屋门给锁了。说实话，自打生了哒哒那时候办西屋爷爷的丧事时老秋在丧事上瞎折腾，乱花钱，我就看出来他是为了霸占你的老西屋。今儿个老秋真是如愿了！你们还是近门本家哩，他太狠心啦!”

有福说：“说啥也没用了。”

丙午说：“你打算到哪里去住?”

有福说：“秋叔把我们父子赶出门来，这不正愁没个去处哩……”

韩丙午十分看不惯韩秋喜的为人，做事，也很为有福鸣不平，说：“他锁你家的门儿，没关系，我的西耳楼闲着，你们父子就到西耳楼住吧。”

有福闻言十分高兴，说：“你先说个租价。”

“什么租价，咱们穷邻家，我能收你的租钱?再说就是说定个租价，也是一句空话，你会有钱给我？——来，我拿钥匙把西耳楼开了，先打扫打扫……”

丙午早已拿来钥匙，开了门，跟有福一起大概打扫一下，便把那些锅碗盆勺拿了来。有福见哒哒还在那里站着哭，硬是把他拉到西耳楼里来。哒哒看看炕上光光的什么也没铺，说：“他锁了咱家的们，咱那破席片也不让咱拿出来？”

丙午说：“有福叔，你再去找找老秋。看来你的西屋里保不住了，干脆说个价卖了，还了他的阎王债算了。只要你答应下卖房，他会把门开开的。你还有两张破桌几只烂罐还有些席片，火柱，都搬过来好了。”

有福也看到不卖房是不行的，只好找到韩秋喜，说了愿意卖房的话。韩秋喜等的就是这句话。他们双方央了韩丙午和大东屋的韩新根为中间人，经过讨价还价，西屋三间楼房言定房价是二百六十串钱。买有福的房和地是韩秋喜多年梦想之事，焉肯让别人买去？这时候，韩秋喜才把西屋门开了，让有福把他的破桌破箱破缸破席片卷去，西屋终了归韩秋喜所有——

恶霸口是恶狼口，
吞了人的亲骨肉。
债主手是刽子手，
将人逼下万丈沟！

富翁嘴巴大如海，
多少房地能填满？
逼得穷人骨肉散，
还又霸人房三间。

我们屋子我们修，
想在恶霸心上头。
阴谋诡计十来年，
终于霸在恶霸手！

第六章　露

1. 忙工好忙

有福被迫卖了亲人儿女，卖了房，卖了地，原来有十多亩好地，五间砖瓦楼房，一头驴好端端一个人家，只十年时间，西屋的好房好地便陆陆续续变成了东屋的产业。到了还欠韩秋喜二十串铜钱的债。有福穷是穷尽了，寒是寒彻了，只好借住了韩丙午那两间西耳楼。那耳楼位于韩有福原来的三间西屋山墙对面，屋门距那山墙只有三尺远近，所以屋里整日不见阳光，黑咕隆咚地很黑很暗很潮湿。为了度日，有福给人扛长工去了。家里虽还有二亩半土地，有福、哒哒父子捎捎带带就种了，所以十来岁的哒哒为了挣一碗饭吃，有时打忙工，有时做日工，有时也做季工，反正春、夏、秋三季，他都很忙的。实际上打忙工并非好事。穷人打忙工有三怕，有《西江月》为证——

一

一怕天阴雨下，
二怕犁毕锄罢，
农事空闲少人问，

三怕长冬雪大。

阴天下雨闲暇，
锄罢种毕回家，
农事有空肚也空，
大雪长冬难过。

二

农忙时节来到，
你叫他叫都叫，
一家一家排了号，
忙工忙断腿腰。

春忙地平粪饱，
夏忙苗壮无草，
秋忙谷穗大玉茭，
他人楼满囤高。

还有四句是：

忙工一年四季忙，
忙得富家谷满仓，
忙工一年四季苦，
苦得自家锅无粮。

哒哒虽然才是个十来岁的孩子，只因韩秋喜的连年逼债，只因韩秋喜的谋产霸业，害得他一家人骨肉分离，无家可归，他恨死了东屋的韩秋喜。他们一家落得这个下场，哒哒很不甘心。再加他常听堂屋的扎根大爷和隔壁院明顺爷爷讲故事，其中就有很多穷孩子如何努力读书，长大成人，干了一番事业的人。韩哒哒便很想读书。他读书并不想长大了居官，只是想学点本事，救穷人。穷人的苦，穷人的难，他体会得太深了。他自家穷，还有邻家韩丙顺家也穷，还有东院韩迷风家也穷，他们一样少吃缺穿，破破烂烂，看了很可怜。哒哒打忙工，却也有个好处，白天给人干活儿，晚上的时间归自己所有的，可以读书。可是穷人家哪里来的书可读呢？他就在别人家的垃圾堆里捡破书，过年家家门上的对联还有四扇屏之类就都是哒哒的“书”。有歌曰——

缺吃少穿家里穷，
早出晚归打忙工。
肩上担子重甸甸，
背部流水汗淋淋。
汗淋淋，重甸甸，
不可压掉读书心。
从早到晚为人忙，
晚上无事回家中。
日暮收工兼打柴，
夜里烧些充油灯。
有心读书无书读，
垃圾堆里去取经。
人把破书作破烂，

破书垃圾一盆倾。
我将破书认宝卷，
有多有少捡手中。
忽捡一本破《大学》，
忽捡半本破《中庸》，
忽捡几页《水浒传》，
忽捡数句老《诗经》，
捡来什么读什么，
读书如同收古董。

哒哒就这样一边做苦工，一边读那些“破烂”，竟也渐渐认识一些字。有不认识的字，堂屋的扎根大爷，隔壁西院的明顺爷爷都识几个字，便去问他们。哒哒为了学字，对扎根大爷和明顺爷特好，特尊重。在老槐树底下饭场吃饭，他主动给两位老人家端饭，送碗。明顺爷爷想抽烟，哒哒便跑到他家里去给拿来烟袋；抽烟没火，哒哒又跑着去点燃火绳送来，显得十分殷勤。晚饭时分，哒哒就在饭场一边吃饭，一边听人们说时事。有几天，人们说八路军过了黄河。过了几天，又说共产党打上太行山来，说领头人便是朱德、毛泽东。人们都知道共产党、八路军是打富救贫的。听说八路军上了太行山，穷苦人都很高兴，像韩秋喜、韩扁瓜一些人却很不高兴，他们说八路军是强马，成不了气候的。反正说什么的都有。又过了几天，上头街的老常家忽然来了一个人，姓张，常家人称他是老张。老张在常家出出进进许多天。谁也不知道他是个干什么的。有人说老张是个暗八路，是来西下河村调查情况的。也有人说老张是个做小买卖的。哒哒最希望八路军过来。他知道八路军来了，要搞减租减息，父亲欠韩秋喜的二十串钱，就不怕他逼债了。他想弄清楚在常家住的老张到底是个什么人。一日，他来到上头街刚走到常家大门口，那个老张正好打院里出来。哒哒见他光着头，穿一身普通便装，跟老百姓没有两样，看不出来他到底是个干什么的。哒哒想问问他，又不知道怎么说话，直是瞪大眼不住地看老张。老张说话了："小孩子，不认识吧？我是个打席子的。你家要打席子吗？"

哒哒摇摇头说："不打。"

"小孩子，你家在哪儿住？"

哒哒指指路南的屋后墙："就住这儿。"

"啊！好院子，四合头大院，都是你家的房子吗？"

"我家哪有房子？就住这两间黑楼，还是借下的。"

"你家怎么没房子呢？"

"欠人家的债。我爸没钱还债，把房子卖了。就是那三间西屋。"哒哒指指西堂屋院西屋的屋脊。

"噢，你也是个穷孩子。你家还有土地吗？"

"还有二亩半，不够种。我爸给人家当长工，我也是个打忙工的。一天不打忙工，就吃不上饭了。"

"好可怜。不过，我相信慢慢会好的。"

"哪能呢？"哒哒低声问老张，"听说八路军快来了，你听说过没有？"

老张摇摇头说："不晓得，这事我可不晓得……"

哒哒听言大大泄了气。

又过了几天，老张不见了；又过了几天，听说八路军开进了附城镇；又过了几天，老张又来了。老张仍然穿一身便装，只是肩上多了一个挎包，腰间多了一个盒子枪。老张就住在明顺爷爷家。哒哒闻讯十分高兴："八路军真的来了，以后再不怕秋爷逼债了！"他就跑到明顺爷爷家找老张。见今天来的老张正是前些时自称是打席子的老张，说："你还哄人哩，就知道你不是个打席子的。"

老张笑道："你怎么知道我不是个打席子的？"

"我没见你打过席子。"

"嗨！你还怪有心眼哩。——小孩子，你叫什么名字。"

"我没名字。"

明顺爷爷说："哒哒不是名字？"

哒哒说："那是我小时候没衣穿，冻得我上下牙打架，'哒哒'乱响，我妈就唤我是'哒哒'，那还算个名字？"

老张说："总也算个名字吧。小哒哒，我知道你家的情况。现在你家虽然很穷，很快咱们就要搞减租减息，情况会有好转的。但是当前的头等大事是抗日。村里要组织好多组织，比如牺盟会，也就是牺牲同盟救国会；农救会，也就是农民救国会；妇救会，是妇女救国会；青救会，是青年救国同盟会；儿童团，是儿童抗日组织；你就当西下河村的儿童团的团长好不好？"

"儿童团是干什么的？"

"唱抗日歌，宣传抗日；站岗放哨查汉奸；搞生产运动捉懒汉，任务很多……"

"行！这好办。"

几天里，西下河村的各救会都已经组织起来，韩明顺是牺盟会秘书（会长）；韩喜娃是农救会秘书；张富有是青救会秘书；韩哒哒也参加了儿童团。

西下河村的救亡运动和减租减息运动很快开展起来。像韩有福、明顺爷爷、喜娃爷爷、韩科肉、扎根大爷、小安根、韩白锁、张富有、韩新发等穷苦人无不喜形于色，好高兴。他们说："共产党来了，就不怕富人们逼租逼债逼税了。"

另一方面却另是一番情景。那些平日里向穷人逼租逼债逼税逼粮吃人咬人欺人压人的富有者如韩秋喜、韩添荣，还有几个并不怎么富有却极恨共产党的如韩扁瓜等，看到穷人们高兴的样子，他们又急又气又怕，心里说："什么世道！"又害怕共产党，又不知道八路军会如何对付他们，一个个缩头缩脑缩在屋里，关了大门，掩了二门，轻易不敢出门。偶然出门，碰上有福、明顺这些穷人，竟也"嘻嘻哈哈"笑脸相迎。有歌曰：

偃旗歇鼓朱门闭，
鸣号举旗茅舍开。
减租减息欢声里，
高楼胖鼠缝里钻。

2. 该说不说

哒哒自从参加了儿童团，因他同韩志中、韩丙顺、韩迷风等一干孩子们站岗、放哨、查汉奸很主动很积极，不久，哒哒又当了儿童团的团长。可是这个哒哒不仅仅是当儿童团团长做儿童工作积极，如积极唱抗日歌曲，积极宣传抗日，积极带领儿童团团员们手持红缨枪在西下河村口站岗，放哨，查汉奸，还真的查到了好几个可疑分子。儿童团的孩子们工作真带劲儿。有歌曰：

长矛红缨红似火，
小将英姿壮山河。
急风暴雨进军号，
惊天动地抗战歌。
站岗放哨查汉奸，
宣传动员救祖国。
多少红色少年郎，
英勇机智斗敌情。

哒哒和别的儿童还有一个不同之处，他不只积极做儿童工作，还积极参加大人们的减租减息群众大会。每每大庙里开群众大会，他总是跑在头里也来参加。有福太老实，韩秋喜霸占了他的房他的地，逼得他家破人去，到了今天减租减息会上，他却不说一句话，他竟不敢面对面指控韩秋喜如何一手遮天，在他爷爷的丧事上挥霍浪费，如何逼得他卖房卖地卖老婆卖儿女，如何逼得他欠债躲债，借当赎当，躲债躲难。好像一个人吃香的喝辣的享清福是那么回事儿，吃压杆挨皮鞭也是那么一回事儿；无租无债也是那么回事儿，欠债累累也是那么回事儿；人不欺他不压他也是那么回事儿，人欺死他压死他也是那么回事儿；减息也是那么回事儿，不减也是那么回事儿，都无所谓的。也许是有福受压受欺太多了，一切都不在乎了？如同吃苦药太多了，也就不怎么知道苦是何味了。有福实在就是一根木头。若说有福也是个人，实在也是个麻木之人。

有福在减租减息大会上，只是没事人一般呆呆地坐在那里。农救会秘书喜娃爷爷急了，指名韩有福说道：“有福，你是个债务大户，高利贷把你好端端一个家给压垮了，高利贷压得你家破人散，你东奔西逃，你坐牢房，你吃压杆，你的苦水够多了，你今天也该吐一吐吧？……”

有福说：“反正我的事大家都知道。”还是开口只会说一句话。

牺盟会秘书韩明顺爷爷对有福这个样子很恼火，说道：“什么话？大家都知道，知道什么？你能不能痛痛快快说一句话？……”

韩丙午也冲有福说：“就是个吃饭窟窿！”

有福见乡亲们对他很不满，只好又说：“还不就是欠秋叔钱的事儿，他太欺人了！”又是一句话，完了。

明顺爷爷瞪了有福一眼：“你愿意继续背你那高利贷，你就老背着好啦！”

在场的韩秋喜知道有福有几斤几两重，量他也不会说出什么了不起的语言，很是洋洋自得。哒哒却为爸爸的不会说话很着急，连连拽他的衣角，低声督促他：“你快说吧怕啥哩？你快说吧……”

有福却说：“我不是已经说过了？”

开了半夜的减租减息会，有福终于没有说出第三句话来，明顺爷爷、喜娃爷爷、丙午、哒哒都恨他无能，只有秋喜特高兴，特满意。

散会以后，哒哒便找妈妈，向妈妈汇报爸爸在会上的情景。甘枝听了很生气，说：“石头！他是块不崩纹的大石头！老秋欺他压他十几年，把我们的房也霸占了，地也霸占了，害得你爸卖儿卖女，妻离子散，害得人够狠了！好不容易等到共产党来了，他在老秋面前连个屁也不敢放，欺死他活该！”话是这么说，甘枝知道有福就是那么个人，从来就是个打不还手，骂不还口，人唾在他脸上，一擦就没事；人压在他头上，也不会“吱”一声的榆木疙瘩。如今搞减租减息，靠他是靠不住的。次日，甘枝便跑来明顺爷爷家，说：“明顺爷爷，我想求你一件事，就是减租减息的事儿，你可要帮帮有福。你跟有福是隔壁邻居，天天一起在老槐树底下吃饭，你还不知道有福是个什么东西？刀搁在他的脖子上，他也不会放个响屁的。明顺爷爷，有福是怎么穷了的，有福为什么会欠下老秋的高利贷？有福为什么会落得个卖房卖地卖老婆卖儿女卖成个穷光蛋的下场，你是知道的。有福要有二分能耐，也不会因为爷爷一宗丧事，就一下子穷下来。有福背高利贷，全是老秋逼的呀！明顺爷爷，如今共产党来了，穷人该出头了，可是有福不中用，还得明顺爷爷多帮帮他才行哩。你问问有福他如今还有什么？除了破箱里那个巴掌大装当票的小木头匣子，他什么也没有。高利贷只差没有把他害死，到如今该他出一口顺气了，他可连个屁也嘣不出来。你们要不帮帮他，他斗得过老秋吗？”

明顺爷爷说：“有福真没出息！共产党来了，咱们村牺盟会、农救会都成立起来了，该穷人翻翻身了，他可没嘴葫芦儿有苦水倒不出来，真气人！不过甘枝你也别着急，老秋喜压制有福，高利贷剥削有福，全村里谁不知道，那是明摆的事儿。不怕，他不会说话，只有牺盟会、农救会大家说话了……”

明顺爷爷知道有福没出息，就找哒哒说：“哒哒，今儿个黑夜咱们还要开减租减息大会，靠你爸是靠不住的。到会上，你敢不敢说话？”

哒哒说：“敢！不敢说，怕啥哩。”

“敢就好。你就把老秋喜向你爸逼债的事到会上给大伙说说。”

“行，我说。”

当晚西下河村又召开群众大会，人到得很齐，家家都有人到会。但全是成年人，孩子娃娃却只有韩哒哒一个。哒哒照例跟有福坐在一起。

开会了，牺盟会秘书韩明顺先讲了开会内容，几个欠债户韩锁成、韩黑娃都说了话，独有福仍然是一气不吭。哒哒便督促他：“爸，你快说呀！”

有福说：“说啥？”

“说减租减息的事嘛……”

“上次我不是说过了？”

“真气死人！”哒哒只好站起来说话，“我家欠债的事我知道。我妈说过我家穷是秋爷爷逼穷的；我家欠债，也是秋爷爷逼下的；我家卖房卖地卖人，也是秋爷爷逼下的。秋爷爷的高利贷太厉害了，为了还秋爷爷的高利贷，我爸每年腊月到处跑着借当，也借过铙钹，也借过衣裳，也借过银帽花，也借过车甲，什么都借过。我家没钱没粮食，啥也没有，就有一个装当票的小木匣子，还不都是秋爷爷的高利贷把我家害穷了……”

韩秋喜冲明顺爷爷说：“明顺，这是怎么回事儿？一个毛娃娃也在大人面前唧唧喳喳的……”

哒哒冲韩秋喜说：“毛娃娃怎么着？毛娃娃不是人？毛娃娃没受过你的欺？你逼得我爸穷了，毛娃娃也就穷了，你知道不知道？你逼我爸卖了地，毛娃娃就得啃糠咽菜！你逼得我爸卖了房，我爸爸没有了安身之处，毛娃娃也没有了安身之处，你看不见？你逼得我爸卖大人卖孩子，我爸没有了亲人，毛娃娃也没有了亲人，你承认不承认？要不是你把我爸爸逼成个穷人，我想念书，也能上学念书，可是你把我们逼得想念书也念不成了，这些事难道是假的？……”

韩秋喜干瞪眼，没话说。

明顺爷爷说：“毛娃娃说的话一点也不假，句句是实嘛。”他接着便把韩秋喜如何逼有福走上贫困之路的事实从头到尾一五一十详详细细地说了一遍，只说得韩秋喜无言以对。当时韩有福还欠韩秋喜二十串钱的债，当场说定其利息由月息三分减为年息一分。韩秋喜不高兴，也没办法。韩有福自然很高兴，但只是长长地痛痛快快地出了一口气，也没说话。哒哒可是很高兴的，立刻跑着向他妈报喜讯去了。

共产党来了，天下成了穷人的天下，减租减息减去了穷人头上三座大山的压力。还有一件大喜事便是实行合理负担。韩秋喜过去做事太霸道，他不仅逼迫有福走上穷途，无可奈何地把好房好地贱价卖给了韩秋喜，并且在卖地文契上写得明白韩秋喜是买地不买税，也就是说土地变成了私产，封粮纳税还照旧是韩有福的事。所以韩有福虽然仅留下二亩半土地，每年秋天却要纳十亩地的税，多么霸道！多么不公平！可那是富人的天下，穷人有什么办法呢。有福每年秋天为纳税一事不知要犯多大的愁。有一年不是为此事把他的九岁的大女儿卖给了一个二十二岁的傻女婿吗？当时的秋喜哪里可怜过人呢？有《更漏子》道：

一

卖了房，
卖了地，
又卖亲人妹弟。

还债本，
清债利，
总该喘口气。

不要税，
只要地，
富佬一肚诡计。
他种田，
我纳粮。
这算啥道理？

二

秋风厉，
雁声凄，
又是纳粮诡计。
锣声高，
锣声低，
只把穷人逼。

二亩地，
十亩税，
有福愁苦无计。
高利贷，
又背起，
不叫人喘气！

如今好了，一个合理负担，有钱出钱，有力出力，有福再不为那“二亩半地，十亩税”犯难了。也不害怕动不动不分贫富地按户摊派了。这也有歌——

富家田，
贫纳税，
人吃人的旧社会。
按户摊，
更不对，
地主减半，
穷人加倍，
——废废废！

秋风吹，
大雁飞，
金波滚滚大谷穗。
支前线，
第一位，
有粮出粮，
有力出力，
——对对对！

甘枝做梦也没有想到会有今天。甘枝啃糠咽菜，披破挂烂，为还债愁，为借当愁，为儿女的糠菜汤愁，愁愁苦苦十几年。老秋喜欺人压人十几年。没想到共产党来了，一个减租减息，穷人扬眉吐气了，富人低头叹气了，把她高兴得一边做针线，一边还唱秧歌《打酸枣》：

太阳上来一竿高，
姑嫂二人去打酸枣。
……

甘枝督促哒哒：“你们儿童团查汉奸可要眼活些，不要叫汉奸混跑了。”

哒哒说：“知道。”

哒哒的工作积极性更大了。他不害怕每年年关债主找他父亲逼债，也不害怕每年秋收社首逼税了。他每天带领儿童们手持红缨枪到村口站岗放哨查汉奸——

儿童团员戴袖章，
汉奸最怕红缨枪，
没有路条过不去，
拉到农会见会长。

附城镇真的查出几个暗地与日寇勾勾搭搭的汉奸，其头目是东王庄村的段炳文，他串通附城镇兴泰和当铺掌柜胡福卿和乾益恒盐店掌柜李克忠与日寇勾结，宣传八路军破枪破人顶不住日本，说：“日军来了不要跑，要打起太阳旗欢迎……”造谣破坏，十分嚣张。抗日区公所查到他们勾结日寇的实据，立刻逮捕了他们，并且把盐店和当铺封了。

哒哒听说把附城的当铺封了，区上发有通知让各村在当铺有当物者，不必拿钱，可以先到附城当铺去认领当物。哒哒以为是个特大喜讯，先到西头告说伯父韩科肉和母亲韩甘枝，科肉、甘枝十分高兴。科肉说：“一个当铺，可把有福害苦了。当铺早就该剿，剿了他，穷人少了多少愁苦。快叫你爸去认领当物吧。”

甘枝说:“告说你爸把当票全带上，要数清是几张当票，当了几件物件,认领时要领够。当物都是借下的,小心少领了……”

哒哒说声知道，便跑回他们的黑楼里来，爸爸却不在，只有他姐姐凤孩在家。凤孩在峰西村姥姥家住了十四年，因为姥姥已经过世，她也大了，便回来西下河村自己家里。哒哒问：“爸呢?”

凤孩说：“上地去了。”

“看他！天大的好事他也不关心，还上地去了。”哒哒便跑到地里把爸爸叫回来，说：“区上通知叫咱们到当铺里认领当物，咱们快快去吧，去晚了，只怕领不全了。”

有福说：“咱手头没钱去赎当……”

“不是赎当，是认领，不花钱就可以把当物统统领回来。”

“不花钱，人家让领?”

“爸，你真是——当铺早给剿了，当铺掌柜也给抓了，还要什么钱哩。”

“真的?!”

“爸太落后了，什么也不知道。早上明顺爷爷说剿了当铺，你怎么就没听见了?”

“我只当剿了当铺，当物也给剿光了，正愁没法儿归还借下人家的当物哩。”

“快走吧，不要磨磨蹭蹭的了。把那个装当票的小匣子拿上。”

有福到那口破箱里拿了那个小木匣子，揣在怀里，说：“走。”

哒哒看看他爸，他爸还是天天那个老模样，不怎么愁，也不怎么喜。哒哒心下好奇怪：“我爸是咋啦，遇上这么大的喜事，也没个笑脸，还是那个样儿，真怪!”

他们出来街头，正好碰上明顺爷爷、喜娃爷爷他们，他们是到附城开会的。大家一路来到附城，才知道今天开会开的是批判汉奸段炳文、胡福卿（当铺掌柜）、李克忠（盐店老板）的批判大会。当有人把段炳文、胡福卿、李克忠押上会场时，哒哒问有福：“爸，哪个是当铺掌柜?”

有福指着一个胖子说：“就是那个大胖子。”

哒哒看看那个胖子，咬牙切齿地说：“坏家伙！那么胖，还不是吸了咱们穷人血汗才胖了的。”

大会开始，讲话的却是到过西下河村的那个老张。老张讲话中，群众几次高呼口号：“打倒汉奸段炳文！打倒汉奸胡福卿！打倒汉奸李克忠！……”哒哒也振臂高呼口号，喊得很带劲儿。跟他爸说：“要不是八路军过来把汉奸胡福卿打倒，你能不花钱认领当物吗?”

开罢会，区上的老张就宣布在当铺有当物者，可以凭当票认领。认领时，不必花一分钱。哒哒高兴地说：“爸爸，快拿出当票来。”

有福拿出当票就要去认领，哒哒说：“爸爸，数清楚，看是几张。”

有福又把当票数数，共是八张。他们走进当铺里，认领当物的人好多，已经排下长长一列队。今天来领当物的人没有一个犯愁的，个个都是眉开眼笑好高兴。哒哒跟着有福排队，当排到柜台前时，有福把那八张当票递上去，不一会儿，八件当物全部领到手里，计有银帽花一堂，乌纱两条，棉褂子一件，夹袄两件，铙钹一副，棚布一件。哒哒说：“爸，看，真的没出一分钱吧？共产党可真是救人哩！”

后来老张宣布，把收回来的当票全部焚烧，以解群众的后顾之忧。一会儿，有人把那些当票堆在当铺外边的大街上，点了火，老大一堆当票变成一堆熊熊大火，“霍霍霍”地烧呀烧，那火焰竟有房来高。一堆大火，烧得穷人们心花怒放。哒哒看看他爸，他爸竟也笑哩。当年，有福既不为赎当犯愁，也不怕社房逼粮逼税，按合理负担办法，有福的二亩半地竟可以不出一斤一两谷子，怎不叫有福、哒哒、甘枝高兴呢？——

秋日秋风秋上场，
袋袋谷子粒粒香。
合理负担政策好，
催粮不怕锣声响。

3. 上学难上

哒哒那时虽然才十二岁，可是他积极参加减租减息斗争，牺盟会秘书明顺爷爷便要吸收他参加牺盟会。一日夜里，他找哒哒问他：“哒哒，你说牺盟会好不好？”

哒哒说：“好！”

“怎么好？”

“牺盟会救穷人，牺盟会打日本，牺盟会捉汉奸……”

“对，你愿意参加牺盟会不？”

“牺盟会这么好，我还能不愿意?”

“好，那我就介绍你参加牺盟会，以后你可要好好干。”

“好。明顺爷爷。”

哒哒就这么简单地成为一名牺盟会会员。明顺爷爷还把会费账交给哒哒，叫他记会费账。以后明顺爷爷到附城区上开会，在村里活动，一个六十岁老爷爷总带一个十二三岁的小会员，哒哒简直成了明顺爷爷的小秘书小勤务兵。明顺爷爷要到县城里去参加抗日锄奸大会，也忘不了带哒哒去。

一天大早，哒哒跟随明顺爷爷、喜娃爷爷和丙午哥他们出来村庄，沿庄稼地走来，只见一路两旁的秋庄稼一株株一行行挂满了晶晶莹莹湿漉漉的露珠儿，显得那谷子那玉茭那高粱绿油油活生生的，人们看着好不赏心悦目。喜娃爷爷说：“嘿!这可是头一个好秋啊!”

明顺爷爷说：“哒哒，你家今年打一颗一颗，打一石是一石，不必害怕大庙里‘当当’敲锣催粮了。”

哒哒说：“可是哩!”哒哒他们好高兴。有一段《南歌子》说得好：

艳阳照山醒，
春风吹山青。
红旗飘飘上山峰，
坚决抗日人民子弟兵。

战斗号角鸣，
土豪刹威风。
减租减息新法令，

多少穷人将死又复生。

明顺爷爷说："哒哒，今年经过减租减息，你家明年春天就不必犯愁借粮了。"

哒哒说："可不是哩。年年收秋，家家都是往各自家里扛粮食，我爸是往庙里扛粮食，交了庙里的，没了家里的，收秋收得真没劲儿!"

丙午哥说："今年你可鼓起劲儿收秋吧!"

他们一行说说话话走出西下河村地界，走过附城，经玉泉村，嘉乐铺，北四渠，行五十里路，已近陵川县城。因是夜里才要开会，以防敌机轰炸，所以他们在北四渠坐下来休息，直到傍晚时分才进了城。哒哒第一次进城，看到那城门好高好大，看见那城墙好高好厚，他很高兴："啊！这城墙就是比东邻西舍的院墙高多啦！这城门就是比有钱人韩添荣家的大门和大庙的庙门大多啦!"哒哒觉得很是开了眼界。进得城来，城里一溜儿的石板铺路，可是铺得不太平整；一街两旁都是商家门面，那房子却都是矮矮的平房，并没有附城镇街面的铺房高。大概因是怕敌机轰炸，商店大都不开门，只有几家麻铺儿几家烧饼铺还在营业，街上人又很少，一个县城显得冷冷清清——

村童初进陵川城，
清冷市街少人行。
三道城门两条街，
五家麻铺六家饼。
瓦片盖房房子矮，

石板铺路路不平。
声讨日寇开大会，
三更直到鸡叫明。

哒哒跟着明顺爷爷他们初更时分来到县政府老仓后场上集中，三更时分才开会，县长张维汉讲话，还有许多人讲话，都是讲抗日的。直到鸡叫时分才散了会。哒哒开了一次大会，很开脑筋，自此以后，哒哒做牺盟会工作更积极了。可是刚刚收罢秋，明顺爷爷忽然告说哒哒一个好消息，叫他到附城凤山上的高级小学去念书。当时在当地凡高小毕业的学生，人们便作秀才看待，很不容易很不简单的。哒哒一个穷孩子一个小雇农根本没有想过上高级小学念书的事儿。他如果能在谁家的垃圾堆上捡到几页破书，也就算是大喜过望之事。可是今天明顺爷爷忽然告他说叫他到附城去上高级小学，哒哒以为爷爷是开玩笑，说："你哄人哩。"

明顺爷爷说："不是哄你，是真的。"

"可是上高小要考试，我总共才念过一年书，能考上吗?"

"你是贫民生，咱们牺盟会保送，可以免考。"

"可是钱哩？我家没钱供我念书呀……"

"贫民生，不交钱，吃饭也是公家管的，你挑一卷铺盖去上学就行。"

"真的?"

"不哄你就是不哄你。"

哒哒高兴极了。哒哒连忙把这个好消息告说父亲，告说母亲和伯父。在他的父亲有福看来哒哒上学也是那么回事儿，不上学也是那么回事儿，无所谓的。只是想到哒哒上学可以糊口，跟打忙工差不多，以为是个好事。母亲甘枝和伯伯科肉都很高兴。科肉说："能上高小念书，可不是个简单的事儿。方圆几十个村，就只东王庄段家有几个上过高小的，哪还有人能上高小。这可不是件容易事儿。牺盟会叫你上，你就上吧。"

甘枝更高兴，说："哒哒从小就爱念书，过去我们穷，整天价愁吃愁穿，心里没一天不烦。可是哒哒也不管人的心里烦不烦，没事了总拿一本破书念了一遍又一遍。有一次，我嫌他念书念得烦，一把手把他手里的破书夺过来，扔进火里给烧了。早知道哒哒还能上高小，我何必烧他的破书哩。"

哒哒笑了，说："那一次妈烧了我的书，我偷偷哭了一夜哩。"

甘枝就给哒哒准备行装。有什么好准备的？不过就是那一把破被子，寻了些好一些的补丁，认认真真给补了一番，哒哒带走被子，有福就没了破被子盖，怎么办呢？有福说："没关系，到黑夜我就靠着火睡吧。"

有福也给哒哒准备行装哩。有什么好准备的，实际上就是给准备一根小棍儿。哒哒用那小棍儿挑了破被子离开西下河村，到附城镇凤山上的道观里报到来了。

这所高小是一九三九年二月就开办起来的。大多数学生已经学了六七个月，哒哒初来总害怕跟不上课。可是他来到学校刚刚一个月，便参加期中考试，哒哒竟考了一个全校第四名，老师们都说哒哒是一个很好很有希望的学生。哒哒学习也更加努力了。

一个星期日，哒哒回家住了一天。次日上午也返校来上学，刚刚上得山头，转个弯朝校门走时，忽然发现情况不好。原来当时学生们是轮流在大门口站岗的，站岗时只是持一根铁镢把模样的大棍子站在那里。可是今天哩，持大棍子站岗的学生不见了，却是两名穿了灰色军装手持步枪的大兵站岗。这是怎么回事儿？哒哒看势不妙，返身就走。可是哒哒已经走不了啦。只听站岗的大兵吼道："站住！哪里走？"吼着，就持枪追了过来。哒哒走不了了，只好跟着大兵去。他只是稀奇："昨天这学校还好好的，怎么今天就变成大兵了……"哒哒好害怕，他弄不清那大兵是什么兵，弄不清老师、同学都哪里去了。只是一夜之间呀，为什么突然就变了？那持枪的大兵为什么不叫他走？他胆战心惊地走进学校的大门，那大兵叫哒哒往厨房里走。来到厨房，只见学校原来的老炊事员老韩还在这里。哒哒见了熟人，心下似乎平静了一点。那个大兵对老韩说："这个小家伙交给你，看好，不准他跑掉！"

那个大兵出去了。哒哒朝院里看看，只见院里走来走去的都是灰军衣大兵，竟不见一个学生。心想："坏了！我们学校怎么住上兵了？"便问老韩："韩师傅，老师们，同学们都哪里去了？"

老韩说："哪还有老师们呢？哪还有同学们呢？——你呀！既然回了家，你今天又来做什么呀！"

哒哒听言，知道情况突变，吓得他浑身里"瑟瑟瑟"地直打哆嗦，不知道今天会出什么事……

4. 入校无校

老韩问哒哒："你吃过饭没有？还有饭。"

哒哒愁眉苦脸地说："还吃什么饭？还说不定……"

说着话，头里那个大兵又来了，冲哒哒说："跟我走。"

哒哒只好跟他走。大兵把哒哒带到一个房子里，只见那里有七八个同学，哒哒才放了几分心，那个大兵走后，同学们有的“嘻嘻嘻”，有的“哈哈哈”一齐逗哒哒。有的说：“哒哒你来做什么?”

有的说：“你是找上门来吃洋枣哩。”

“你是来推平头吗?”

“你是自投罗网……”

说什么的也有，一起吓唬韩哒哒。哒哒见他们嘻嘻哈哈的样儿，反而不怎么害怕了。问他们：“张校长呢？李老师呢？孙老师呢？……”

同学们告他说张校长、李老师被扣了，孙老师、龚老师他们逃跑了，小李老师投降了……

哒哒闻言好伤心，哒哒同大李老师同住一室，朝夕相处一个多月，多好的老师，竟被他们扣了。哒哒问剿咱们学校的是什么部队，同学们谁也说不来，反正不是八路军，并且是八路军的对头兵。哒哒初来，同学们还吓唬哒哒，实际上他们也害怕，大家都不知道会落个什么结果，一个个惶惶然无法可想。中午时分，听得大兵的吹哨子开饭，过了半天，也没人管这儿的学生吃不吃，喝不喝，大伙只好饿着。实际上同学们只知道犯愁，吃饭不吃饭还是小事一宗。直到下午两点多，炊事员老韩才偷偷送来些馒头，说：“你们快吃吧，别叫他们看见。”

同学们都很感谢老韩。

同学们嘁嘁喳喳议论着，大家议论决定等到半夜时分要跳院墙逃走。可是到了下午四点时分，远远的大炮声咚咚作响。一会儿，只见学校里的大兵们里里外外穿来穿去，一片慌乱的样子。哒哒说：“他们越乱越好，说明他们在这儿在不久了。”

天黑了。只见当了降兵的那个小李老师穿一身灰军装来了，低声向同学们说："我们马上就要转移，我们走后，你们千万不可在这儿久留，赶快回家去吧。"

一会儿，就听得院里乱哄哄的不知是干什么。一会儿又听得院里吹哨集合，哒哒他们顿时高兴起来，一个个嘁嘁喳喳的说："快了快了，他们就要走啦……"

"好啦好啦，他们走了，咱们就能回家了。"

哒哒又高兴又伤心："好不容易上了个高小念书，才念了一个多月就念不成了！真倒霉！八路军一走，减租减息又减不成了，以后又没法儿活了……"

哒哒他们听听院里的动静，好像那些兵们已经开始往出走了，同学们连忙收拾各自的行李，准备连夜回家。可是这时候突然又闯进三四个大兵，冲哒哒他们嚷道："小家伙们，赶快打好你们的行李跟我们走……"

哒哒他们一个个都傻了眼。跟他们走，他们是什么兵呀？他们是干什么的？跟他们到哪里去呀？因为不知道他们是什么兵，同学们都不愿意跟他们走，一个个乱嚷起来。哒哒说："我们都是小学生，又不会打仗，你们要我们做什么？你们让我们回家吧……"

一个大兵吼道："少废话！快走！走！……"

哒哒他们直嚷着不肯走，可是那些大兵不答应，一个个用枪杆子戳着赶着要他们快走。哒哒好着急好伤心，他不知道大兵们要把他们赶到哪里去，他忽然想起父亲、母亲、姐姐、弟弟、妹妹们，他好伤心。他一边收拾自己那一卷破被子，一边偷偷地抹泪。

后来才知道这个突变是阎锡山发动的"十二月事变"。有几句《浣溪沙》曰——

太原有个阎老鳖，
我们抗日他绊脚，
发动事变十二月。

光辉太行半山黑，
抗日有罪溅热血，
乌云滚滚寒风烈。

第七章 霾

1. 步步有绊

哒哒他们七八个同学慌慌张张把行李打好，几个大兵押着他们离开斋房，黑天黑地磨磨蹭蹭地在院里走着。几个大兵用枪杆子戳着他们直吼："快走！他妈的你们不快走，一会儿日本兵来了你们都得脑袋搬家……"

哒哒说："可是你们叫我们到哪儿去呀？你们不说清楚，糊里糊涂的……"

"什么糊里糊涂？你们走不走？不走毙了你们……"

哒哒他们磨磨蹭蹭地走着，刚打内院走到外院，炊事员老韩忽然迎了上来，哒哒他们见了老韩好像看到一点希望似的，便一起来央求他："老韩叔，求求你替我们说句话，放我们回家吧，我们都还很小，又不会当兵……"

老韩真的说话了："老总，他们一干猴娃娃，你们带他们走有什么用处？实际上他们是一大堆的累赘，你们带了累赘走，对你们行军也不利呀，你放了他们吧……”

一个大兵说：“不是不让他们回家，因为让他们一干小东西回去他们会胡说白道的……”

哒哒闻言立刻说道：“不，我们什么也不会说的。我们又不知道你们是哪路兵，又不知道你们是干什么的，我们会说什么哩?”

老韩也说：“是呀，他们什么也不知道，不会说什么的。就放他们回家去吧……”

一个大兵想一想，说：“好！放你们回去，可是不准你们胡说……”

就这样，那些大兵走了。

哒哒他们得救了，他们一起跟了老韩来到厨房，大伙商量怎么办，哒哒害怕再遇不测，说：“咱们在这儿没好处，大家赶快各回各家去吧。”

一个同学说：“现在不能走。咱们又不知道那些大兵去了哪个方向，咱们出去如果再碰上他们岂不又糟了！”

大伙想想也是，只好等天亮再说。数九寒天好冷好冷，七八个人都跳在大炕上烤火。一个个刚打天罗地网里逃出来的，唧唧喳喳，大说大笑，好不欢快。老韩想到几个同学一天里没正经吃点饭，提议要给大家做饭吃。说到吃饭，人人都很来劲儿，七嘴八舌地说反正老师们抓的抓了走的走了，学校也完了，看看还有什么粮菜，吃光分光罢了。几个同学把粮油清点一番，还有白面二十斤，食油五斤，小米两石五斗。经过商量决定连夜把白面和食油吃光，把小米卖光。于是，五六个同学各背几斗粮食下山到镇上找斗行去卖了，共卖得十元大洋，八个学生每人分得一元，余两元归炊事员老韩所有。

老韩分得两元大洋，很高兴，烙饼很卖力。二十斤白面五斤油，说是烙饼，只因油多，实质是油炸饼，那大饼烙出来油津津的，抓一把，满手流油；咬一口，顺嘴流油。哒哒长了十三岁哪里吃过如此油大的烙饼，只吃得几口就吃不下去了。大家大吃一顿，把剩下的大饼每人分得两张。直到鸡叫时分，大家听听外边的动静，除了远远的炮声，什么动静也没有，同学们便一起下了凤山，各个走上回家的路程。

哒哒昨天刚刚上学走了，今天大早就背着一卷破被子回来，父亲、母亲、伯伯都很吃惊，问哒哒出了什么事。哒哒把学校的变化说了，甘枝听了好伤心，说："回来就回来吧。咱们穷人家没那个念书的命就不念它吧。"伯伯韩科肉说："反正就是个种地命，还种地算啦！"

伯伯韩科肉也是一个苦人儿。他十几岁就没了母亲，父亲韩安根，人称大安根的续娶一妻，又生二子。这位后妈容不得前房儿子科肉，逼着大安根将科肉撵出门去，只给他七亩地。他家虽有三座共七间房子，却不肯给他一间住。科肉没法，同媳妇借住下韩来旺三间房子。几年之后，来旺的弟弟秋旺娶媳妇要住那三间房，科肉只好又在西稍院毛锁家借下三间小平房住。到处串房檐罢了。韩科肉是个能人，在村里秧歌班唱秧歌唱须生唱小生，是第一个好唱家。他也会打击乐，鼓、锣、钗、钹都拿得起来。村里元宵节摆灯会，谁家出殡，都用小锣大雅鼓，他打大雅鼓打得好；元宵节人们画花灯，没人会画，也是求他画，山水花鸟人物都画得出来。所以科肉在西下河村既是戏剧家，也是音乐家，又是美术家，都道科肉是西下河村的能人。可是他被父亲、继母赶出门外，生活也极艰苦。只因无子，便收养了有福的儿女来喜和旦旦。凤孩、肥肥姐妹们也就认科肉是义父，平时以伯伯称之。哒哒只上了一个多月高小，半道儿被阎匪军突击队剿了学校，哒哒只好半道儿辍学回来。父母为此很伤心。甘枝说："哒哒从小儿就喜欢念书。八路军来了，哒哒总算上了高小，也不花钱，多好呀！只想哒哒念上几年书，也许有个出息，没想到哒哒没那个命……"说着又哭了。

科肉说："种地吧！咱们穷人家就是个种地命。"

有福什么也没说。

哒哒把那一元现大洋交给有福，有福说："我给你保存起来吧。"

昨天哒哒在凤山上经过那一场大风暴，今天回到西下河村，村里都平平静静什么事也没有，也就放心了。这天晚上，哒哒照例又到大庙上的厨房里坐庙来了。原来大庙的火烧的是大社的煤，也就是全村人家摊钱买下的煤，所以烧火不必惜煤省炭。大火堂大火口烧着大煤大炭，那火好大好暖和。每到冬天，每天有一些老爷爷老大爷来坐庙取暖。十几岁的孩子欢蹦乱跳不怕冷，很少来坐庙取暖的。只有哒哒例外，一则因为他家贫寒，炉小火小兼之衣衫又破又单薄，且不喜欢贪玩，又爱听坐庙的老爷爷老大爷们说古道今，所以哒哒也是个坐庙常客。今天晚上哒哒又跑来庙里坐庙，却只有庙官邢水圪炉一个人在。这个邢水圪炉也是个苦人儿。其父从高平逃荒至此，无房无地，只好当庙官。大庙可以住，庙地可以种庄稼，赖以生存。只是当庙官是个伺候人的活儿，如同是村长、社首的奴仆。打扫大庙，看门烧火，大社有事，担水、做饭，开会打锣，遇讼叫人，杂七杂八，事儿很多。碗里有半碗糊糊吃，谁也不愿干此事。

今天晚上水圪炉见哒哒又来坐庙，问哒哒怎么没有到凤山上去上学，哒哒便把昨天在凤山上学校里的遭遇细细讲给水圪炉听，水圪炉吃了一惊，问道："学校也给剿了？你不就上不成学了？"

哒哒说："学校完了，还上什么学！"

水圪炉说："真可惜。咱们这个村记事以来也没出过一个上高等学校的。你好不容易上了高小，才几天，就念不成了。以后你做什么呀？"

哒哒说："咱能做什么？还打咱的忙工吧。"

"学校也给剿了，八路军呢……"

说着话，忽然听得外边"咚咚咚……"好像有很多人乱跑。水圪炉跟哒哒齐吃一惊。哒哒说："外边儿是咋啦？"

哒哒话音未落，只听"乒乒乓乓"门被打开，忽然闯进来五六个持枪的大兵。大兵一来就把枪口对准邢水圪炉："这个村谁是牺盟会员？快说！"

哒哒见说他们是找牺盟会员，想到自己就是个牺盟会员，早已吓得他浑身里"瑟瑟"地乱抖起来："糟了！昨天在凤山上刚刚受了一个大惊，没想到今天晚上又碰上这些大兵。他们找牺盟会会员，就是要抓牺盟会会员；抓牺盟会会员，就说明牺盟会完了；牺盟会完了，就说明穷人又该倒霉了。恶霸们又该兴风作浪了。就说明减租减息又减不成了，合理负担也行不通了。我们家又该种二亩地交十亩税了，这该怎么办呀！"哒哒看见几个大兵逼问邢水圪炉，邢水圪炉只说不知道，还双手合掌连连给大兵们作揖求饶。大兵们哪里认他那一套，大兵们就打邢水圪炉，他们扇动大巴掌左右开弓"啪啪啪"直打得他顺口流血，连声逼问他："快说，谁是牺盟会员？"

邢水圪炉还是作揖求饶："老总，老总，我是个看庙的，我什么也不知道……"

"你是这个村的人，怎么会不知道，不老实说，老子揍死你！"大兵们就用枪杆子戳他，把个邢水圪炉戳得"啊呀啊呀"乱喊乱叫，可他就是不说谁是牺盟会。大兵们十分生气，几个大兵有的用枪托子戳他，有的用皮带抽他，有的用脚踢他，一个个如狼似虎十分凶恶……

哒哒见大兵们打邢水圪炉打得那么凶，很替他不平。因有那么多的兵，他也无力对付，便想到应该赶快去告说邢水圪炉的妻子，让她赶快设法来救救他。又见大兵们都围着邢水圪炉行凶，哒哒以为是个空子，便抽身夺门而出，大跑而去。大兵看见一个小孩子跑了，大概是怕他出去走漏风声，便有一个兵追了出来："你往哪里跑？站住！站住！……"

哒哒不管三七二十一，在前边直管没命地奔跑。大兵在后边紧紧追赶，还"哗啦哗啦"地拉枪栓，喊着："再跑老子毙了你！"

十三岁的哒哒也不知道是太傻瓜，也不知道是太勇敢，不怕死，明明听得身后边的大兵"哗啦哗啦"拉枪栓，他竟一概不予理会，只管没命地奔跑。西下河村的大庙特殊，在村子的下边，要上一道坡，还要再上三十五级三石台阶，才是村街。哒哒常跑这些台阶跑惯了的。跑着上台阶如走平路，一步三阶，三步九阶，只十来步便奔在街上。当时正是蚀月中旬，月光照明，也不怕踩错台阶的。可是哒哒会奔，后过的大兵也会跑。大兵紧紧追了上来，虽然抓不住哒哒，那枪杆子却可以打着他，便用枪杆子"乒乒"地捶他。枪杆子把哒哒的头部、背部打得好疼好疼，但是哒哒明白疼是小事，让他抓住便坏了大事。所以他不管疼不疼之事，只管没命一般地奔跑。上来村街，哒哒边跑还边想问题，以为往村里跑，不如往村外跑，于是便向村西跑来。忽又挨了几个枪杆子，也不管它，还是没命似的奔跑。跑到明顺爷爷家大门口，听得院里乱哄哄地吵，知道明顺爷爷出了事，哒哒心下好难过。此处往北有个小胡同，哒哒以为跑直道不如拐胡同容易脱身，便转弯跑进小胡同，大兵又追进小胡同，还是边追边打边喊。哒哒跑出小胡同，又往村西头跑。跑到西头院大门口，想到此院是两进院，容易摆脱追兵，便一气跑进院来，飞速钻进南院墙处那几捆苇荻堆里来了。

哒哒在那几捆苇荻堆里直喘粗气。早已听得大兵追进来，幸好那傻兵没管那几捆苇荻，却奔到内院里去了，听得那大兵在内院里“叭叭”地打韩志中家的门儿，哒哒认定是个脱身的好机会，连忙打苇荻捆子中钻出来，跑出大门，朝西跑出村外。哒哒仍然以为跑直路不如跑拐弯路保险，出来村口便向北折，直跑上泊池岸上，又马不停蹄地直向北奔。他奔下小江河，又奔上三角坡，想到添荣家六亩地有个土羊窑，便奔上六亩地，钻入土羊窑，这才感到好累好累。他双手托着土壁“呼呼”喘了半天气，这才想起来自己好倒霉：昨天在凤山道观遇险，不想今天晚上到庙里坐了片刻，又遇一次大险。想到今天晚上如果大兵们抓去不知道会出什么事，好后怕。又想到那些大兵们打水圪炉的巴掌，也不知道结果如何？因又想到邢水圪炉不是牺盟会会员，不会被他们抓去的。才算放了几分心。忽又想到今晚也不知道来了多少兵，也不知道抓了谁，他很为明顺爷爷、喜娃爷爷和永义爷爷担心。哒哒想想东想想西，想了半天，再仔细听听村里有什么动静，又听不见。看看土羊窑外边的六亩地，只是一片月光，静静地，昏昏黄黄的，什么也没有。又过了老大一会儿，忽然听得“叭”的一声枪响，不知是怎么回事，哒哒又浑身里乱抖起来。他“瑟瑟”地抖呀抖呀抖了好半天，忽然远远地听得有人高声喊叫。哒哒忙走在土羊窑口听听，却听清了是科肉喊哒哒。哒哒想到既然是伯伯喊他，大概是兵们走了，村里没事了，这才动身往村里走。才走得几步，忽然觉得他头上、背上、肩上好疼好疼。那大兵用枪托子打他，如今已经过了两个多钟头，哒哒才知道疼了。他忍着疼回来村里，父亲、母亲、伯伯才说到处找不见他，只当是把他抓走了。如今见他平安无事地回来，他们才放下心来。甘枝说：“看怕不怕，早知道是这样，不当那个牺盟会员就好了。”

说到牺盟会，甘枝好害怕。她说：“昨天剿了高小，今天又来村里抓牺盟会，那八路军呢？八路军怎么不见了？”

科肉说：“八路军准是走远了，看来这天是变了，穷人又该倒霉哩，老秋喜、扁瓜他们又该威风哩……”

说到变天，甘枝心里好害怕。受了多年苦，借债逃债，逼粮逼税，天天受人的逼。好不容易，八路军来了，穷人有个盼头了。没想到说变就变了，以后这日子可怎么过呀！

哒哒也伤心地哭了。

次日天明，哒哒才听说昨天夜里突击队把喜娃爷爷和张富有抓走了。又听说村副把明顺爷爷、丙午哥叫到大庙上去捆起来了。哒哒是不是也会叫到大庙上去呢？到底会出什么事呢？有福、甘枝、科肉、哒哒都犯愁哩，不知道该把哒哒送到哪里去躲躲这一场大灾大祸。哒哒他们正愁无处投奔，忽然院里“呼呼”作响，大风打得门板儿“砰砰”乱响，又见院里飞沙走石，大风卷起尘土、石子、鸡毛、秸秆满天乱飞，明明天刚亮了，忽然又昏黑下来，越使甘枝、哒哒他们愁肠百结。有一首《南乡子》道：

暴风千山谷，
沙石纷飞满天霾，
严寒冷打万木枯。
处处，
狰狞横走吃人虎！

魔怪横刀舞，
无底深渊没船渡，
今日又踏旧时路。
步步，
水深火热穷人苦！

2. 人人过关

忽然老槐树底“当当当……”一阵锣鼓声响，听得庙官邢水圪炉高声喊道：“男女老少下庙开会啦！”打锣召集开会也是庙官的任务。

甘枝闻声，忽然哭了：“这可怎么办呀，哒哒你快快走吧，快快走吧……”

哒哒说：“叫我去哪呀?”

科肉说：“要不，你先去峰西村你舅舅家躲几天吧。”

甘枝哭道：“就先去峰西吧，哒哒你快快走吧……”

哒哒没办法，只好就走。有福送哒哒刚走出大门，恰好碰上东稍院的韩扁瓜。这个韩扁瓜也不是国民党员，也不是地主富农，不过就是个中农，不过也放点债，比如有福就欠他的债。减租减息时，自然减了息。就因为这些，不知道还因为什么，韩扁瓜就是对共产党、牺盟会不满。据说今天把明顺爷爷、丙午哥抓去大庙捆绑起来，就是韩扁瓜一伙人干的。如今他看见哒哒，知道哒哒也是个小牺盟会员，在减租减息会上，一个小不点儿毛孩子还说三道四，哪里能放他走了，便冲有福说："哒哒要去哪里？"

有福说："他有事要去舅舅家。"

"不行，听不见当当锣响开大会吗，你们一同下庙开会去。"

哒哒走不成了，只后悔没有早点走掉。只好迎着满世界的风卷土浪下得庙来。走近大庙一看，只见已经站下半庙院人，明顺爷爷和韩丙午、韩白锁三人却被五花大绑了，绑在敬着毗卢佛的大雄宝殿门首的那两根大石柱上。哒哒想起自己跟着明顺爷爷东奔西跑二年多，一老一少，早早晚晚，亲亲热热，形影不离，多好的老人呀！如今却叫他们紧紧地捆绑在大石柱上，还不知道会怎么折磨他，哒哒好悲愤。

一会儿，人到齐了，就开会，韩扁瓜他们责问明顺爷爷为什么要搞减租减息？说什么放债收利，欠债还钱，天经地义，难道不应该吗？明顺爷爷说："高利贷是剥削，减租减息是反对剥削，这是……"

明顺爷爷一句话没说完，几个凶手各个手握镢柄锄柄"砰砰"地打了起来。打了一会儿，韩扁瓜他们又问明顺爷爷该不该减租减息，明顺爷爷却说："是剥削就该减……"

韩扁瓜他们火了，大喊："把他吊起来，把他吊起来……"

只一会儿，几个打手便把一个六十多岁的明顺悬空吊在“大雄宝殿”的画梁上。哒哒看看吊在半空里的明顺爷爷，止不住伤心之情，竟抱住头“呜呜”哭了。那边有人正在打明顺爷爷。因为明顺爷爷的儿子韩存立还有韩毛锁、韩计狗、张富有他们早已闻讯逃走，不知去了哪里，存立媳妇看到老公爹受此酷刑，害怕他们把老公爹折磨死，连忙走上前来跪倒在地，向韩扁瓜他们求情，韩扁瓜理也不理她，直管打明顺爷爷，存立媳妇见求情无望，竟跪在那里放声痛哭起来。一个大佛庙，狂风大作，刮得人们张不开嘴，睁不开眼。满院里充斥着霾霾风沙、哀哀哭声和呼呼的打人声，可是他们打来打去，也没什么结果。又打了韩丙午、韩白锁一顿。韩丙午、韩白锁也没有给他一句满意的话。西下河村四十多名牺盟会员，明顺爷爷不过是个头儿。韩扁瓜他们后来宣布把明顺爷爷放下来，把他连同韩丙午、韩白锁还有韩兴发他们关押在西北耳楼里，又对在场的三十多名牺盟会员训了一番话，要他们规规矩矩，不准乱说乱动，等待处分。哒哒自然包括在那三十多人之内。

散会后，哒哒回来家里直哭。说韩扁瓜他们吊打明顺爷爷太冤枉人啦。有福却为哒哒担心，要他赶快到峰西村舅舅家躲几天。哒哒总是想不通，哭道：“我们又没抢人的又没偷人的，咋就犯了法？又是打，又是吊，太不讲理了！”

甘枝只怕扁瓜他们不饶人，说不定哪天开会，打人吊人也会打到哒哒头上，直催哒哒：“哒哒，你快快走吧！你快快走吧……”

“走走走，我就不知道是为什么！他们谋产霸业，逼债逼粮，他们种地，我们纳税，他们还有理……”

甘枝急了：“小爹呀！也不看看是什么时候，你还说这些话，叫他们听见，不是玩的，你快快走吧。”

哒哒害怕父母着急，只好到峰西舅舅家躲几天。哒哒的外公叫韩玉斌，别看他这名字文文雅雅，实际上也是一个老长工，受苦汉——

姥姥家住在峰西，
典典当当过天气。
秋怕地主利上利，
春愁儿女饥又饥。
富家债坑坑缺底，
穷人苦刑刑无期。
外公扛活二十年，
赚得当票满抽屉。

一九三九年夏，哒哒的姥姥已经去世，如今只是外公和舅舅韩辛未、妗子宋姣女三人过穷日子。哒哒初时来到舅舅家，舅舅不让他多出门儿，也不叫他去泊池上担水，也不叫他去红土崖担土，也不中他去推碾去捞磨。只准他躲在屋里窝着。窝了几天，哒哒感到闷得慌，幸好邻院本家舅舅的孩子韩海明常来，可以说说话，解解闷。海明的父亲韩辛卯原是个买卖人，识得字，家里有许多古典小说。海明怕哒哒嫌闷，便偷偷地拿了家里的《说岳》送来让哒哒看，于是，哒哒每天又窝在屋里看《说岳》，看得很入迷，舅舅韩辛未因也是个牺盟会会员，峰西村也天天去开会，挨斗争，每天回来家里，总念叨：“也不知道牺盟会、八路军到哪里去了！他们说来，不知不觉就来了。说走，没见他们说个走，悄没声地就走了。他们倒好，一走了事，叫我们在村里受制！”

说到牺盟会、八路军的去向，哒哒看《说岳》也看不到心上了。他想八路军走了几天，肯定不会走得很远。如今有家不敢回，在舅舅家也是窝在屋里不敢出门儿，难受死人了。再说峰西村到西下河村不过三四里路，韩扁瓜他们要找你，还不容易吗？还不如了去寻找八路军、牺盟会痛快些。哒哒有了这个念头，也不敢向外公、舅舅说，害怕他们不让自己走。次日大早，哒哒偷偷装了两块糠窝窝，借口上厕所，却一去不回来了。原来韩辛未他们发现哒哒一走未回，很着急，村里村外问，井上池上看，都没个影儿，韩辛未又跑到西下河村来问，有福、科肉都说没见哒哒回来。因而西下河、峰西各家都很着急。甘枝又哭着骂有福，叫他赶快去找哒哒。有福随同辛未来到峰西又来到附城镇问哒哒的姨妈桂枝，也说没见哒哒来。这可该到哪去找他呢？把有福、辛未、甘枝、科肉他们愁坏了，急坏了。

哒哒到底哪里去了？——

数九寒天西风烈，
霾霾尘雾蔽日月。
枯木逢春叶初绿，
又被呼呼风吹落。

3. 季季误时

哒哒离开峰西村，不走附城镇大道，却行城东村、神眼堂、玉泉小路，一路北去。走村过庄向人打听，人们只摇头，只摆手，什么回答也没有。哒哒来到曹庄村问一位老大爷：“老大爷，你没听说八路军退到什么地方去了?”

老大爷瞪大眼瞅瞅他，吃惊似的低声说：“你这个小孩子吃了豹子胆不是?如今到处都在抓八路，斗八路，你怎么还敢找八路?你找八路不就证明你是个小八路吗?你这么逢人就问八路,问到有些人头上就坏了大事,非把你抓起来不可。快不要这么乱问乱碰了。”

哒哒闻言也傻了眼。可是他又说：“老大爷呀，不是我要问八路，你要知道找不见八路军，穷人就没法儿活了……”

老大爷说：“是倒是。可是你就不睁眼看看这陵川县如今是谁家的天下?你再这么乱碰乱问，要吃大亏的。孩子，你是哪里的?”

“我是西下河村的。”

“你们西下河也在突击牺盟会吗?”

“是呀！他们把我们的牺盟会秘书吊起来打哩，打得好凶……”

老大爷说：“村村都一样！不要说了。要不是情况不好，你就到我家去吃顿饭。实不相瞒，我也是天天过关，天天过不了关。如果让他们发现我收留了陌生人，可就了不得了。孩子，你也不必乱问乱碰了，我估计八路军走远了，你乱找乱碰是找不到的，回去吧。”

老大爷匆匆走了。哒哒傻乎乎地在那里站了半天，不知该怎么办。返回去吧，他不愿意。继续前行吧，问人也不便问，这么着冒走，走到何处是了呢?又不知道八路军到底去了哪里，又不知道八路军撤离陵川县到底是到东边大山里去了还是北上去了太原。他好为难。哒哒离开曹庄村又往北走了几里路，看看太阳已经偏西，知道晌午已过，也感到饿了，这才掏出一块糠窝窝边走边吃。又上一道大坡，来到嘉乐铺，想到那个小饭铺里讨一碗开水喝。刚进门，忽然看见一条板凳上背靠背坐着两个人，却是大绳捆着胳膊的，一边还有四个人坐在那里啃吃大烧饼。哒哒感到不妙，认定是坏人抓了牺盟会的，连忙返身退出，不想两个啃吃大烧饼的却追了出来，冲哒哒问："你是干什么的?"

哒哒不敢说实话，只说："走路的。"

"你是哪个村的?"

哒哒以为不可以说实话，便说："田庄。"

"你去哪里?"

"甘井掌。"

"去甘井掌做什么?"

"看姑姑。"

那两个人见哒哒回话干脆利落，找不出什么毛病，放他走了。

又经这么一件事，哒哒真的感到想找八路军是很困难的，只好打退堂鼓往回返。

整整一天，哒哒就吃了两块糠窝窝，直到天大黑，他又返回到峰西村舅舅家。韩辛未见他回来，问明他去了哪里这才回来，哒哒实话相告，辛未训了他一顿："你要走，也不说一声，只管你走了，你可知道快把家里人急死了? 快上炕暖和暖和，叫你妗妗给你热饭吃。我还得到西下河跑一趟，免得你家的人悬心。"

辛未打点走了，哒哒挨了舅舅的训也无话说。从此，哒哒仍然就窝在舅舅家看小说。看完《说岳》，韩海明又给他送来《三国演义》，拿去《说岳》。哒哒看《三国演义》看了几天，不觉大年已到。过了年，形势似乎稳住一点，西下河村的韩扁瓜他们也没有十分追究哒哒参加牺盟会的问题，这才松了一口气。为了防备万一，哒哒仍不敢回家，不过也不总是窝在屋里看《三国演义》。开春了，人忙了，舅舅韩辛未仍到附城东街煤窑去干活儿，哒哒随外公韩玉斌每天上地干活儿。谁知哒哒看小说看上了瘾，每天担粪送粪，刨地种地，好忙好累，但是哒哒一天没书也不成。一日三次打地里回来，如同一天要吃三顿饭一样，他一天必定要看三次小说。每每吃饭端饭在手，一本书也就同时展开在他的眼前。《三国演义》看完了，韩海明又给他送来《封神演义》。当下种结束时，他把《封神演义》又给看完了。

这时候，有福跑到峰西村来报告消息，说牺盟会的事算是暂时完了。西下河村除了毛锁、存立几个逃走未归，明顺爷爷、喜娃爷爷、永义爷爷各罚款四十元，韩丙午、张富有、韩白锁他们各罚款二十元，说看在哒哒年幼不懂事，只罚了一元钱完事。还说哒哒这就可以回家了。哒哒问："罚了咱一元钱，咱家哪里有钱呀?"

有福说："蚀月里你在学校带回来那一元钱，交给人家了。"

哒哒说："真可惜！他们太欺人啦!"

于是，哒哒向外公、舅舅、妗妗告别，随父亲回来西下河村。

哒哒又回来了。回来又能干什么？不过就是那二亩半地，有福给人扛长工去了，二亩地值得哒哒一个人种吗？况且家里囤光瓮净，天长大日头吃什么？因而哒哒还是只得干他的老本行——打忙工。如今哒哒虽然才十四岁，可是他个头很高，农田活儿也样样在行了。他有时给人家干季工，有时也干月工，更多的是打忙工。打忙工有个特点，农活忙时，忙工特忙，连自家的二亩半地也顾不上作务。往往是家家都种罢了，已经过了下种节令，哒哒才回家种自家的田地。锄苗时节，家家都锄罢了，才有工夫锄自家已经荒坏了的苗。秋收也一样，收罢人的收自家，麻籽也摇落了，萝卜南瓜也霜打了。这情景没打过忙工者不知道，现在把打忙工者一年四季的苦楚告你说——

1. 春天

垒堎、熏荒、担粪、
犁地、修边、垒堎、
忙工春最忙，
下种已过桃红，
桃红，桃红，
自家还没垒堎。

2. 夏天

间苗、采桑、锄苗、
割麦、回茬、耩刨，
忙工夏日忙，
锄蒿伏天将了。
将了，将了，
自家还没锄苗。

3. 秋天

种麦、摘瓜、钊黍、

摔麻、捶豆、打谷，
忙工秋更忙，
秋耕霜打柳枯。
柳枯，柳枯，
自家还没割谷。

4. 冬天

拾粪、卖柿、担煤、
送脚、挑碗、卖盆、
忙工冬不忙，
忙得滑雪破冰。
破冰，破冰，
肚里大鸣不平！

打忙工如此忙如此苦但能如此平平安安地打下去也罢了，谁知日寇打了来，侵占了陵川城，邻近高平县、晋城县都已被日寇占领。国民党二十七军、四十军、四十七军虽已喊着抗日的口号开上太行山来，村村安营，庙庙扎寨，写标语、喊口号，操场练兵，口口声声坚决抗战，可是日寇出发“扫荡”了，却不见了中央军的踪影。日寇“扫荡”过后，他们又来了，抓丁、起粮、打人、捆人，气势汹汹，很有功似的。哒哒他们打忙工混火工也不得安安稳稳地干了。人道蒋家军有四宝，是——

蒋家军有四大宝，
嘴会吃来腿会跑。

绳子会捆老百姓，

棍子打来有面条。

日寇“扫荡”，国民党二十七军作乱，村里反动势力镇压牺盟会会员。村副为了招待国民党军，三天两头逼着老百姓交粮食，闹得家家锅开无粮，挨饥受饿，老百姓全无生路了。哒哒看到这些情况，心下十分不平。哒哒好歹受过牺盟会一些教育。牺盟会、八路军虽然撤走了，再不见影儿了，但是共产党、牺盟会为穷人办事为群众着想的思想却深深地在哒哒的头脑里扎了根。明顺爷爷、喜娃爷爷他们自从“十二月事变”以后，挨了打，受了罚，思想上不痛快，在国民党政权统治下，他们总是低头出，低头进，终日里默不作声，不知是气不平，也不知是对时局不满，反正变成了不声不响的木头人。哒哒却不同，他还总想着牺盟会，总想着穷苦群众的苦楚。他恨日寇，恨国民党军，一个人单身独马，又无力对付他们。但是他也不肯就此罢休，他还在想办法对付敌人。因为“十二月事变”前他是村儿童团团长，村里多数少年儿童跟他在一起站岗放哨查汉奸，唱歌宣传学文化，久而久之他跟一干少年儿童成了好朋友。于是，哒哒借组织少年学文化为名，组织了一个小小的业余午校。那时候，哒哒并没有听说过业余学校、民校之类的组织形式。他想把小朋友们组织起来，可是他是个小雇农，农忙时间没工夫，只有中午、晚上的时间是属于他的，因而只能组织午校。小朋友们多数贪玩，整日劳动，中午还想玩玩，可走方，可点茅，或下棋，玩法很多，谁愿意大中午去学文化呢？可是哒哒为了把少年们组织起来，对村里的小朋友们一个个进行说服动员，终于说服了韩伍贵、韩贵锁、韩春林、韩虎才、韩发昌、韩虎疙瘩、韩怀英、韩末旦、韩小洛、韩东来等十几个小朋友，同意跟随韩哒哒进午校。至于韩志中，他是韩哒哒的好朋友，两个人志气相投。两个人经常在一起评说时事，对于当时局势，都有一股不满情绪。韩哒哒想干什么事，韩志中都是完全赞同的，他自然不必动员，也算午校中的主要成员了。

韩哒哒把午校组织起来了，却又愁没个学习的地方。他一个穷孩子，自己住的地方还没有，哪里有十几个小朋友学习的地呢？大庙里房子不少，不是他的。于是，哒哒想了个办法，先领着一干少年来到村北小松坡泊池岸上，看准大泊池的东南角处有一个三角形角旮旯，以为在那儿搭草棚可以少垒两壁墙，他们便搬来一些石头块儿垒起一人高一壁墙，上边用折来的树枝搭了顶棚，顶棚上和了泥抹过，可容十来个孩子学习的地方便盖成了。没有课桌，他们又在草棚里沿墙垒一圈石头，和泥抹光，算是桌子。

一日中午，韩哒哒、韩志中把十来个小朋友都唤来这里，正式开课。韩哒哒先讲了这个午校的宗旨：一是好好学文化，懂道理，做好人；二是不准欺侮穷人，不准欺侮讨饭的叫化，碰上讨饭者，自己少吃一口，要接济他们；三是查汉奸，发现日寇，碰上汉奸，要报告村公所；四是不准偷摘别人的桃杏等等。从此，十几个少年每天中午都要来这里学文化，讲做人的道理。他们并无课本，韩哒哒找一块石板，每天在石板上写十个左右生字，让大家认。韩哒哒念过《三字经》，有时就给大家讲述“囊萤”“映雪”一类苦人苦学的故事。这么着学了几天，有些孩子如虎疙瘩、虎儿等，以为每天上地劳动，中午也不能玩玩，渐渐地不愿再来泊池岸上学文化。韩哒哒对此很着急。

他主张人们学文化，更主要的是希望这些小朋友都能学一些做人的道理，将来长大以后都做好人，都不做欺压穷苦人的坏事。他就想方设法让大家每天中午都能到这里来学习。为此他真也动了一番脑子，想了一些办法。一个主要办法是讲故事。好在韩哒哒《三国演义》《水浒》《西游记》《说岳全传》《封神演义》等小说都已经看过，他的故事多得很。于是，一干十二三岁的孩子们每天中午来到泊池岸上，先学一些字，然后韩哒哒就给大家讲故事，《三国演义》《水浒》都是长篇故事，一天讲一回，一干娃娃都听上了瘾，每天吃过午饭，都积极主动地往泊池岸上跑哩。就这样，一个六十几户的小村子，就那么十几个年龄差不多的孩子，终于团结在韩哒哒的周围。于是，韩哒哒除了教他们学文化，给他们讲故事，也给大家讲不要欺压穷人和不要当汉奸的道理。这样坚持了三个月，秋天到了。“立了秋，就把晌午丢”，三秋大忙时节，人们不歇晌了，这个午间学校也就自动散了伙。但是那十几个孩子却还和过去一样尊重韩哒哒。谁知就在这年秋后，日寇占了离西下河村只有三十里路的岸头村，时不时出发“扫荡”，抢粮，杀人，再加二十七军天天征粮，闹得老百姓刚刚收罢秋就发生粮荒，有些人家藏了些粮，还可以将就度日，有些人家只好剥树皮为生了。

一

东山恶虎西山狼，
蒋匪横征日寇抢。
瓮里无米锅无饭，
多少穷人饿肚肠。

二

秋风霜打雁南归，
谷子上场妄成堆。
新粮未到瓮口边，
公所逼粮锣又催。

三

尘雾卷来狼成群，
张牙舞爪枪如林。
抢人粮食喂狗马，
日寇“扫荡”坑杀人。

四

日本鬼子蒋匪帮，
一群恶虎一群狼。
横征暴抢害人民，
秋场净时囤也光。

五

十月寒冬雪纷纷，
饿魔缠人欲断魂。
村头迎风刮树皮，
山间扒雪剜草根。

六

上顿野菜下顿糠，
锅滚哗哗锅无粮。
罪恶滔天日本鬼；
滔天罪恶国民党。

第八章 雹

1. 日军抢粮

日寇占领峰头以后，时不时出发“扫荡”，村上家家户户都没有安宁的日子过了。一旦消息不好，人们便拖大带小，爬山越岭，四出逃难。就是平日里人们上地劳动。也要挑了那一卷破被子和担了锅锅碗碗去，生怕日寇来了，砸了烧了抢了。人们过日子到了白天，以为黑夜好些，便盼黑夜；到了晚上，又以为白天好些，又盼天明。人们日盼夜，夜盼日，真不知盼到何年何月才能过一天安稳日子。有歌曰：

日本鬼，
“扫荡”瘾，
何时发作无定。
走过夏，
地未耕，
满山少人影。

大白天，
要上地，
被子挑在锄柄。
漫长夜，
人进山，
静坐看星星。

日寇在峰头村盖起炮楼以后，在那里扎了老营，晋城、陵川一带的村村庄庄都不得安宁了。西下河村离峰头只三十几里路，日寇每每出发“扫荡”，便会“扫荡”到附城、西河底、东王庄、西下河一带。当时各村各点为了防备日寇的“扫荡”，也采取了一些措施。那时候，虽然也有国民党的二十七军到处流窜，但他们根本不管老百姓的苦难。老百姓为了生存，各村各庄虽然没有开过会，没有讨论过，却又像开会讨论过一样，都自觉自动联合起来，有了共同防范的办法。一是村村在其最高最显眼处插一面红旗，人们轮流守旗，并远远瞭望。一旦远远发现日寇踪影，便将红旗降落，大家就纷纷逃遁。红旗若在，表示平安无事，大家可以进行农事活动。二是家家上地劳动要担了锅碗粮食来。要不，日寇忽然来了，把你的锅碗砸了，粮食抢了，吃什么？况且人在地里不能回家，只好带了粮食锅碗在野地里烧火做饭，比较保险。三是人们上地要用镢柄挑了被子来，如同解放区的抗日干部用小棍子挑着被子下乡一样，以保有被子盖。四是村村有约，每天要互送情报。由西往东，一村送一村。那情报写得极简单，就是个二指宽的一个小纸条，一般只写七八个字如“今天无事，有事再报”。如有事就写日寇出发某时已经到了某村等等。今天晚上，西下河村忽然接到“消息不好，峰头的日本兵出发了”的消息，一个西下河村立时如同溢了红油锅。于是，哒哒满村里乱跑，喊他爸，喊他妈，要他们快快逃难。当时哒哒又有了两个弟弟保喜和全喜。为使全家人跑得快，哒哒背了刚一岁的全喜就跑。哒哒家跑日本好在比别人家有一点优越之处，家里穷得啥也没有，不怕日寇抢了糟蹋了，掂上一口锅，夹起一卷破被子甩腿跑了就是。

哒哒背了小弟弟全喜奔下大庙石台阶，直向龙王洞那边的河沟里奔来。只见村西、村中、村东三条通向河沟的蜿蜒小路上牵牛的赶驴的担锅的扛被的提锄的挑筐的拖大的抱小的男的女的老的少的拥拥挤挤踉踉跄跄急急忙忙慌慌张张没命似的奔跑。跑着跑着，忽然听得村西“叭叭”两声枪响，大伙明白是日寇已经进了村，家里算是完了。完了怎么着？完了也得跑。哒哒他们挤在人流里跑了一段河沟，又奔上红骡背，直奔到红骡背背后，可以稳住身子以后，人们才坐下来，老人们干脆躺在那乱石荒草之中，“呼呼”地喘气，一会儿便听得村里人喊马嘶乱哄哄的。哒哒他们爬在山顶上朝北望望村里，只见村东村西村中好几处火光闪烁，火光中看见鬼子兵影乱走乱动。人们说：“坏了，坏了，日本兵在村里起灶做饭哩，眼下走不成了。要是日本兵住下来，咱们有家难归，在这山野里要水没水，要粮没粮，吃什么呀？就是有水有粮，也不敢生火做饭，大人们好说，孩子们挨饿哭起来，岂不糟了?!”人们好难好急。哒哒抱着全喜，只怕他哭，便设法哄他，逗他玩儿。想找妈让全喜吃吃奶，他抱着全喜在山坡上找，却怎么也找不见甘枝，连有福、凤孩、肥肥、科肉、旦旦、来喜、保喜他们一个也找不见。哒哒这才想起来只顾自个儿抱着全喜跑，却没顾及他们，也不知他们跑到哪里去了。如果是跑了出来还好，如果是没有跑出来，日本兵进了村，那不糟了？要是出个大事，可该怎么办呢？哒哒越想越后怕，急得他低声抽泣起来。但是小全喜饿了，唧唧呶呶要哭。哒哒很害怕很着急，便忙着给他找吃的东西。碰上垴底院小狗婶婶，小狗婶婶说她带出来的锅，锅里还有两碗菜汤，便舀半碗给哒哒。哒哒喂全喜吃了，情绪才好了些。于是哒哒又想到父母姐妹弟弟，又是满山坡里跑着问人，问谁谁也说没见。哒哒害怕极了。忙又爬上山顶看看村里，只听村里叮叮当当噼哩叭嚓一片摔锅打碗砸缸捣柜之声，不知道日本鬼子把人们的家糟蹋成什么样子了。许多人都在伤心落泪，唉声叹气，捶胸跺脚，抓耳挠腮，真是急也没法儿，气也没法儿。哒哒他们在山坡上夜幕里苦苦地等苦苦地挨，好不容易等到东方微亮时间，看看村里，好像平静了一些，但是到底不知道日本兵是否走了。便有丙顺、小敦、志中几个人自告奋勇回村里探听消息。

一会儿，哒哒他们在山背后忽然发现村里有两处浓烟滚滚，火光冲天，知道是鬼子放火烧了乡亲的房子，黑夜里人们看不清是烧了谁家的房子，许多人都伤心地哭了。

天亮时分，只见村里烧房的火还在燃烧，但是村街里已经看不见鬼子的影子，估计是日寇走了。为了弄清虚实，便有几个人准备摸回村里看看情况，此时，只见丙顺、小敦、志中几个人站在村口朝南山顶高声呼喊："喂！大家回来吧，日本兵走了！回来吧！"

人们闻声，便又担着挑着扛着提着，扶老携幼拉大抱小，慢慢地下山了。

哒哒急着想看父母姐妹们到底是怎么回事儿，扛起小弟弟全喜一口气奔回家来，只见爸爸、伯伯、妈、姐妹们都在，这才松了一口气。原来他们是跑到北边江河那边躲了一天一夜。可是看看家里，桌翻凳倒锅破碗碎，没一样囫囵东西了。只因家里无粮，自然也没有损失粮食。再看看邻家，只见家家户户柜倒箱翻，缸躺瓮破，谷子玉茭红豆大豆糠皮芝麻枕头破席片锄柄镢把烂瓦片杂七杂八的物什都给混倾在一起撒满一地，叫人看了好心疼好心酸。再看看院里街上，到处是粮食烂衣破锅碎盆撒的拉的人屎马尿臭烘烘地混杂在一起，一片狼藉。一个小山村，人们会有什么好物件，不过是几口箱几顶柜几口锅几个碗以及坛坛罐罐锄把扫帚之类罢了。就这些赖以生存的物件也全给剿了打了毁了，乡亲们怎么能不伤心呢？这时候，人们正在嚷嚷，说东头院的两个老人和一个小闺女被日寇杀死了。上街烧了两院房子，把三瓜、老肉、小孩给抓去了，把瓜瓜、全炉的牲口也给赶走了。于是，村里有的哭，有的喊，有的破口大骂，全村里闹成一盆酱。有几段十六字令道：

烧，
大村小庄火焰高，
六月火，
九月烟未销。

烧，
同胞万千房塌倒。
屋上火，
在人心上烧。

杀，
无辜老幼血成河。
一山山，
千里白骨多。

杀，
杀我同胞如杀我。

杀人仇，
定将报以杀！

抢，
米粮衣物一扫光。
千万家，
破瓮横烂箱。

抢，
空了粮囤空我肠。
饿死仇，
仇火十万丈！

西下河村全村人都觉得日子没法过了。

当然也有几户人家如韩添荣、韩秋喜他们，因为家里粮食多，早已刨了地窖，把粮食藏在地窖里，他们是不怕饿死的。哒哒家自然另有一番景象。他们家刚刚借下一斗玉茭，还有二斗粗糠，也让日寇全给倾倒在侧厅茅坑里了，这会儿才是六月，到秋收还有两个多月，天长大日子怎么过呀！有福看看当天就没菜没糠可以煮锅，愁得他躺在当街里直叹气，没办法。他给人家扛长工，到主家看看，主家正在为日寇剿光了而生气，有福说想借一斗玉茭，主家火了：“老日本把个家剿光剿尽了，我还不知道锅开了该煮什么，你还找我借粮食，我又不是老日本会给你抢几斗来……”

有福借不下粮食，凤孩、哒哒他们只好挨饿。打忙工挣饭吃吧，如今日本人刚刚扫荡过，谁家还有心事雇人锄地哩，哒哒没办法，只好到大街上的土里灰里垃圾里一粒一粒捡些粮食来。稀汤淡水过了几日，开始有人叫哒哒耨地了，哒哒暂时又有了吃饭之处。

日本鬼子“扫荡”去了之后，国民党二十七军的散兵游勇又来了西下河村。范汉杰、刘进的二十七军就是这样的队伍——敌人来了，他们走了；敌人走了，他们又来了。二十七军已经成了溃不成军的游勇，他们三五成群来了做什么？吃饭。每每来了，自然是先下大庙找庙官邢水圪炉，做饭久了，做饭慢了，有时做了小米干饭不吃，要吃面条，没有白面吃，都是打人的理由，都会把庙官狠狠揍一顿。有时三五个军人半夜打庙门，庙官就得半夜忙乎招待他们。邢水圪炉非僧非道，不过是为了种大庙里那几亩地，才当了庙官。如今当庙官只有招待军人的工夫，没有种田的时间，没日没夜地忙碌，还天天要挨枪托子，挨皮带子，挨小棍子，邢水圪炉实在挨打挨怕了，再三向村副韩添荣要求他不愿干了。可是庙官如此难干，邢水圪炉不干，谁又肯干呢？韩添荣寻找这个人总是寻找不上。后来他终于找到韩有福头上。

韩有福辞去半个长工，要下庙当庙官了。也就是说韩有福准备着挨二十七军的棍子了。有《月上瓜州》道：

日寇“扫荡”出发，
刀霍霍，
尘土漠漠，
狼蹄声踏踏。
烧杀抢，
抢烧杀，

侵略者，

除了作恶，

还只会作恶！

2. 国军要粮

韩有福少地没房，生活十分困苦，他想到大庙有七亩地可种，还有一座具有七十二间房子的高楼大厦可以居住，种庙地，住庙堂，既不必花钱买，连地亩税也不必出的，这真是碰破头也找不到的好事儿，也就有了看庙的心思。自从他那西堂屋仅有的三间祖房老西屋被韩秋喜霸占以后，借下堂屋韩丙午两间黑耳楼住着。只因韩丙午是牺盟会会员，十二月事变后，韩扁瓜他们罚了他二十元钱，他哪里有这么多钱，只好卖房。东屋里的韩秋喜以为这又是一宗好事，又可以在本院里买两间房子。以为除了他，别人谁还买得起房呢？便托人与韩丙午搞房价。这个韩丙午也怪，听说韩秋喜要买他的房子，他气了，说："嘿，别做好梦吧！我丙午不是有福，随便受他的欺！我宁愿把那房子拆掉卖砖卖瓦，也决不卖房子给他。"有福说："丙午，你别傻了，拆房卖砖瓦要少卖好多钱哩。……"

"少就少！我宁愿少卖钱，也不给他老秋那个合适！只要能卖够二十元罚款就行。"

于是，韩丙午真的拆房卖砖瓦了。韩丙午与韩秋喜不是本族，韩秋喜干瞪眼没办法。

韩丙午要拆他的西北耳楼了，韩有福又没了住处，只好再求人找房。还算顺利，他找到秋发叔一说，秋发叔终于答应把那两间豆腐房借给他住。这位韩秋发是韩秋喜的亲弟弟。一个心如钢刀谋产霸业，害得韩有福家破人散；一个好人好事，救人于危难之中，白借房子给有福住。秋发叔虽也是穷人，穷人的心竟如此善良。天地间事总是有好有坏有长有短有明有暗有良有莠有善有恶，不相同的。

有福又搬到秋发叔的豆腐房来了。那豆腐房是平房，房顶上大烟囱处还有一个露天大窟窿。做豆腐烧大火将屋壁熏得黑糊糊的如同黑漆，土炕土地，走一步，溅一股尘土起来，房质实在太差。土炕上满是土，席片子又薄又破，席片上席片下都是土。况破屋既有窟窿夜里可以看见天上的星星，每刮风又常常“沙沙沙”地往下落土。被子又破，核桃大小的碎套子晚上漏满一炕，白天又把它撮起来塞进被里。且枕的是砖头，每人一块儿，不必掏钱买。请看哒哒家的铺的：

无毡无被铺席片，
多孔多刺少边沿。
屋顶尘落席片下，
炕中土流席上边。

哒哒家的被子：

我家被子历史久，
百孔千疮贼不偷。
套似核桃样，
夜里漏满炕。

父子共一被，

冻得不能睡。
顾前难顾后，
掩左露开右。

哒哒家的枕头：

捡来砖头做枕头，
何时欲捡何时有。
头压砖头扁，
砖磨头发短。

头磨砖头光，
砖磨头破浆。
磨得日子久，
砖磨头皮厚。

哒哒母亲、弟、妹的被子：

一条破被子，
娘儿三人盖，
破口比之弟弟大，
左右更难掩。

风打母亲醒，
孩子摸不见。
早已滚出破口外，

冻却冰一块。

每到冬天打忙工无处打，缸里无粮身上衣破夜里更冷，把人饿得冻得不能入睡时，更叫人伤心——

一

屋顶窟窿风吹冷，
半夜睡着又冻醒。
几番看火火已灭，
泪到嘴角结成冰。

二

屋顶看见星星出，
锅里没有米煮粥。
几番端下又坐上，
人在炕上饿着哭。

三

屋顶窟窿天上月，
半边寒光半边缺。
三更树头风声厉，
五更架上鸡声咽。

就这样的屋子，就这样的生活，哒哒巴不得有个好屋子住，有几亩土地种。哪怕是暂时的，穷人熬日子，熬了一天算一天。哪怕挨大兵的枪托子小棍子，疼一会儿就不疼了。于是，有福辞掉庄里村僧秋孩的半个长工，留下韩敦肉家的半个长工，同哒哒一起到号称"清凉禅院"的大佛庙里做不会念经的和尚来了。

那庙子不怎么太大，也不太小。正殿三大间佛殿，东西两个耳楼共是七间。大庙是个三进院。上院正殿外，还有东西共六间楼房；出花墙中院东西阁楼又是六间楼房；下院东西十间楼房，上边是东西十间楼房，下边是东西十间厢房；南边是三间戏台加东西四间耳楼是化妆室。全庙七十二间房子仅大石柱就有四十二根。村里的穷人有的连一间破房也没有，有的借住一间破房子，哪里比得上外国人毗卢能住这么多漂亮的好房子呢？村里的父老乡亲也怪，宁愿花大钱花大气力给外国的死人毗卢盖这么多的房子，却睁眼不看自家村里的穷乡亲有没有房住，真怪！

一九四二年十月，韩有福、韩哒哒父子一起来到大庙上，先是打扫庙院，以后就是生火担水。生火好说，大社有公煤，烧就得了。担水却不容易。一个大庙有三只水缸，村公所一只，厨房一只，小学校老师一只。特别是厨房的一只大水缸，每天十几二十个不等的二十七军的散兵路过吃饭，每日少说也须有三五担水方可。西下河的水井很远，在二华里外的马庄河，仅担水一事，每天要花半天时间。这任务全落在十六岁的哒哒肩上。此时的哒哒因为已经看了不少书，动不动便喜欢读几句所谓的诗。他到井上担水，吭哧吭哧地担着，头上大冒热气，口中直喘粗气，他却在累中寻情趣，脑子里却在琢磨什么诗句。因为他看《三国演义》有孔融：“座上客常满，杯中酒不空”句。哒哒根据每天担两只桶到井上担水，使得庙里三只水缸的水常满的情景，在那吭哧吭哧担水的路上也得两句诗：“双桶井常游，三缸水不空”。他自己也觉得上句读来有点别扭，不如孔融的“座上客常满”那么顺溜，他又无能为力改得顺溜些，也只好如此。

且说有福、哒哒父子刚刚打扫过大庙，哒哒刚去担一担水回来，早有两个大兵各拖着一根小棍子大大咧咧地来了。进门就喊：“庙官，做两个人的饭。”

给大兵们做饭，大庙里除了水缸里有水，什么也没有，必须到村副家去领小米领山药蛋领油领盐。来一通兵做一锅饭，做一通饭领一次小米山药蛋。于是，哒哒便拿一个木升子和一个碗，到村副韩添荣家来。当村副的只愿意发米发菜，不愿意直接见兵。往往兵见了村副，不吃小米，要吃白面，或者吃一顿走时还要带一斗，麻烦很大。须知如今当兵的每天来了吃，吃了带，村副每天就该向老百姓起粮收粮。老百姓因为日寇抢，村副三天两头收，大多已经粮尽囤光，说死说活也拿不出粮食来。只有韩添荣、韩秋喜他们几家的粮食楼满囤高，他们哪里愿意多出多拿呢？因而村副总是躲着不肯见兵。今天韩添荣照例给哒哒量了一升米，倒给二钱油，又抓给五个山药蛋，哒哒便回来大庙。有福忙着做小米干饭，哒哒忙着切菜，招待那些大兵。只第一天，便来了大批共十五个兵，有福他们好忙，好在没有挨棍子。可是到了第二天上午，忽然来了一批五个兵。进庙就唤：“庙官，快做饭。”

哒哒立刻按五人之数又去领来小米、山药蛋。那些兵们一见要给他们做小米饭，一个兵火了：“他妈的又是几颗赖小米！老子不吃！快去闹白面来……”

哒哒说：“每天都是这样的，都是吃小米干饭的。这个村穷，没有白面……”

又一个大兵说：“什么没有白面！老子没有打你的棍子，狠狠揍你一顿，看有没有白面……”

哒哒见他们说话好厉害，他也火了："你吓唬谁呢？你们就会吓唬老百姓！上前线打日本去那才算本领哩！老百姓连粗糠野菜也吃不上，给你们小米吃，够好了，还想吃白面……"

一个大兵听言，忽然大发雷霆了，冲哒哒说："你他妈的什么人？——暗八路！"举棍就打哒哒，还有两个兵大呼："暗八路，抓起来……"

哒哒看势不好，料定寡不敌众，不可死挨他们的棍子，只挨得一棍子，不等他们抓他，抽身就跑。两个兵随后就赶，还是上次老阎突击队追赶哒哒那条路线，哒哒跑出庙门，冲三十五级石台阶奔来。他明白让他们抓住就坏了大事，便使尽平生气力猛冲猛奔，只几步便跃上街头，仍然朝村西头奔来。两个大兵吃老百姓的小米干饭不少，跑步却差劲儿，小棍子可以"砰砰"敲打着哒哒的头哒哒的背，却怎么也抓不住他。哒哒连连挨打，哪里管得许多，逃脱他们的手掌方是头等大事。他仍旧猛跑特跑。身后"砰砰"响着只管打棍子，还连声大喊："抓住他，暗八路……"哒哒却只管跑。他奔呀跑呀还是跑到西头院大门口，他感到实在跑不动了，如果继续往村外跑，长时间下去，势必筋疲力尽而被抓，只好跑进西头院再想办法。于是，哒哒猛跑几步，同追兵拉开一些距离，迅速跑进西头院的栅栏门，迅速返身将两扇栅栏门闭拢关住。两个大兵追至栅栏门口，就骂就打门，哒哒不假思索就往内院里跑。跑进内院，又是急忙"哗啦"一声将两扇大门闭拢，又是"哗啦"一声关了，近身就要往哒哒的朋友韩志中家里跑，适志中之父韩明肉在门口，见哒哒如此慌张，又听得外边有生人打门，急问："怎么啦？"

哒哒说："二十七军抓我啦，我藏到你家楼上去吧……"

韩明肉说："不行，你赶快跳院墙逃去吧。"

原来此院东北角之东北耳楼已拆除，只有一壁丈余高的小院墙，院墙根处还倒扣着一只四尺高的大缸。哒哒以为逃出去最好。又听大门外那些兵死劲地打门，喊叫，哒哒抓紧时间就爬上倒扣的大缸上，韩明肉走来双手扶住他的脚，他才爬上院墙，纵身跳在地上，一溜烟跑出村口，跑上泊池岸头，又跑下小江河，又跑上三角地，朝西北转进焦家沟。哒哒看看后边没有追兵，这才站定喘口气，这才觉得头上背上好疼好疼。身上疼，双腿又酸困，走路很困难了，好在眼下也没有什么危险，这才钻进一块深深的庄稼地里，往地垓根一躺，动不得了。

再说韩明肉帮哒哒跳墙走后，因外边打门打得好紧好凶，又想到哒哒已经逃走，开了门也没事了，就去开了门，又开栅栏门，两个兵立时冲了进来，冲进内院。看看没人，就往韩明肉的东屋里跑。在东屋楼上楼下寻一遍，只没此人，就是炕头躺着一个瘫痪女人，便责问韩明肉："那个小家伙在哪啦？"

韩明肉说："谁，没看见呀！"

"你胡说！明明跑进院来，难道他插翅飞走不成！"便又搜查西屋，搜查堂屋，搜查西北耳楼，院内四座屋子楼上楼下全搜遍了，只不见人。他们又去找韩明肉，不想此时韩明肉之子韩志中刚刚打地里摘豆角回来。这个韩志中与哒哒是好朋友，比哒哒小一岁，个头也差不多。两个兵以为他们抓住了哒哒，细细看时，却不是。但是一个兵突然冲韩志中说："走，跟我们走！"

韩志中急了，说："干什么叫我跟你们走？"

韩明肉说："你们为什么抓他？"

大兵说："少废话！走！"又冲韩明肉说："我们先把他

押起来，你赶快去把那个小暗八路给我们找回来，找不回来暗八路，我们就不放你的儿子。”

两上兵就要带韩志中走，韩志中不肯走，还说：“你们为什么乱抓人？我干了什么？你们为什么抓我？……”

说什么也没用，两个大兵拖拖拉拉把韩志中拉去，把他关在韩伍锁家牲口房的槽后边。

国民党军的所作所为也有几段歌儿——

一

蒋家放出三群狼，
张牙舞爪上太行。
拳打脚踢要米粮。

装腔作势把日抗，
对准百姓动刀枪。
日寇一来跑他娘！

二

几万军队几万枪，
无村无庄不来狼，
哪天哪日不要粮？

秋禾一年一上场，
村副三日一收粮，

十有九户囤底光。

三

腰里别枪手拖棍，
东村出来进西村，
走一村来吃一顿。

不给做饭乱打棍，
做了米饭骂百姓，
吃了鸡肉装好人。

四

南庄出来北庄走，
吃一升来带一斗，
拿去卖了换烟抽。

给得少了棍子揍，
妈的妈的骂上口，
大炮一响跑在头！

3. 百姓夺粮

哒哒在玉茭地湿漉漉的土地里躺了半天，听听没什么动静，也不敢回家，身上好像少疼了一些，便打定主意到峰西村舅舅家去躲几天。他站了起来，忍痛爬上寨岭山，又下山来到峰西村舅舅家。舅舅韩辛未问明他的来意，气呼呼地说：“什么世道！老百姓没活路可走了。”

再说西下河村韩明肉看看把儿子韩志中给押起来，十分着急。便去找村副韩添荣。韩添荣说：“你不要怕，志中没事，都是那个哒哒闯的祸……”

虽说志中没事，老让大兵扣着他怎么办呢？韩明肉找干部找大兵，说好说歹，最后说定村副先拿十斤白面给大兵，让韩志中讨个保人出去找那个暗八路，如果找不回来，就把韩志中带走。说到这里，忽然村西头枪响，国民党二十七军的大兵好机灵，闻枪声就跑，早已跑得无踪无影，韩志中也就让韩伍锁给放了出来。在峰西村的哒哒闻讯那些大兵逃走了，他也就回来西下河村继续干他的小庙官。

有福、哒哒父子二人当庙官，只因二十七军的散兵游勇越来越多，差不多每天要来十几伙数十人，父子二人一次又一次到村副家领米领山药蛋，一锅又一锅地焖小米干饭，炒山药蛋丝儿，没明没夜地如此折腾，好苦好累。时不时还要挨棍子。这么多人吃吃喝喝，西下河的井又远，一去二里路，每天要担五六担水，都是十七岁的哒哒的任务。如此干了几个月，好难干呀，有一段“庙官苦”道：

毗卢大庙号大雄，
碧瓦玉柱院三重。
大殿小殿堆金佛，
长工短工做假僧。
早晚免去一炉香，
父子不念半句经。
泥塑金佛易对付，

虾兵蟹卒难应承。
来来往往刘进军，
零零散散国民兵。
三三五五散如沙，
五五三三不成营。
有枪有炮不抗日，
无缘无故害百姓。
逃避日寇是行家，
危害百姓成了精。
日日都有恶狼到，
时时不离鬼怪影。
土豆炒菜锅没闲，
小米焖饭炭不空。
不吃黄米吃白面，
吃了拉面派烙饼。
糠糠菜菜民受苦，
米米面面军饷丰。
大锅小锅锅连锅，
上顿下顿甑接甑。
烧火做饭早到晚，
洗锅担水夜到明。
忙来忙去穷人苦，
累死累活饿骨疼。
不当庙官是死路，
做了假僧活不成。
穷人久盼共产党，

茫茫阴夜盼天明。

由于日寇抢，中央军吃，老百姓大都糠无糠，菜无菜，连树皮也将剥光，大都饿得奄奄一息。后来二十七军更坏，嫌一顿半顿吃得不痛快，干脆集中十几二十个兵装作日寇，每进一村不找干部，只装成日寇随意抢粮，老百姓一点活路也没有了。

一日，有七八个大兵押着四个民伕担着八笼谷子来到西下河村，那谷子原是在别的村子装日寇抢来的。来到西下河为了派老百姓给他们把谷子碾成米，他们又变成了国军，找村副派了牲口派了人给他们在碾上碾谷子，一方面来到庙上吩咐有福、哒哒父子给他们做饭。有福就连忙坐锅，哒哒就掂了盆掂了碗到村副家去领小米领山药蛋。当哒哒跑过庙前街，他看到两个大兵背着枪在碾边上守着老百姓碾谷子，还看见一边放着两大袋谷子，哒哒心想："他们有那么多谷子，还又向我们要小米做饭。村里的乡亲们都饿得糠没糠，菜没菜，都快饿死了，许多人都饿倒不能动了，他们倒好，学了日本的本领，到处抢粮，太不像话了！太不公平了！"特别是想到他的妹妹、弟弟肥肥、旦旦、来喜、全喜他们饿得躺在院里的廊阶上连坐也坐不起来，小弟弟全喜去年就会走路了，到今年又大了一岁，反而饿得只会爬，连路也不会走了……想到这些，又想：就不能想个办法把碾上的粮食弄下一些，救救父老乡亲们？也许人到急中真可以出智，哒哒忽然想起一个很现成的法儿。他一边到村副家领来小米、山药蛋、油和盐，送到庙上，让父亲做饭，他担一担空桶说是要去担水，又走了。他来到村西头，正好碰上韩志中，两个人低声嘀咕几句，哒哒便又找了几个人串联一番，不一会儿，便有人把一九三〇年阎冯付蒋败仗回来路过此村留下的几枚迫击炮弹拿来，偷偷来到村西头外边的崖头上，把两颗炮弹扔下深沟，只听“咚！咚！”两声，大炮一响，霎时间，街上便有人大喊：“快跑呀！日本来了！”“快跑呀，日本下来马庄坡了！……”

于是，村边山头上的“消息旗”也降落下来。

人一喊，旗一降，西下河村立刻如同炸了红油锅似的乱了起来。东屋院、里头院、堎底院、西堂屋院各院各家的人们拖大拉小跑了出来；一会儿，东头，西头，上街，下街，牵牛的，赶驴的，夹被子的，挑锅碗的……人们磕磕绊绊，急急忙忙，拥拥挤挤一起向洞上河那边奔来。

那几个二十七军听得大炮响，早已着了慌。又看见人们呼天喊地地乱跑，又看看山头上的“消息旗”真的不见了，以为真的是日寇“扫荡”进村了，他们比老百姓更害怕日寇，他们躲避日寇的本领比老百姓更强几分，他们跑起来比老百姓跑得更快。于是，他们也不要小米了，也不等着吃小米干饭了。也不问碾上碾着的谷子了，说一声“快跑！”便甩开长腿，随着逃难的百姓逃走的方向没命一般地向洞上河那边跑去。老百姓跑日本一般进山里为止，待日寇一离村，便再回来。二十七军的兵们走到哪算哪，一跑就跑远了。就跑进瑶泉、汰河一带大山里去。那几个兵真的一跑就没有回头，哒哒他们又连忙把跑到洞上河的乡亲们唤了回来，说是日本已经过去了。有人稀奇今天的日本为什么来得突然，走得又好快。后来有福、哒哒父子请了几个乡亲帮助那些家里什么也没有了的人家分那几个二十七军弄来的粮食，大家才明白了是怎么一回事儿，于是，人们有的一斗，有的五升，分到了黄灿灿的小米，好不高兴。哒哒看见乡亲们那么高兴，他自然也很高兴。可是一斗米，五升米，能吃几天？不到一个月，人们又没的可吃了。于是，许多人家没有糠，就拆了枕头吃枕头里的陈糠；野菜也采光了，就剥榆树皮碾粉皮做面吃。几天时间过去，村里村外到处是白生生的没皮树。人们只盼快快挨到秋收就好些了。虽有日寇抢，匪军收，老百姓自己也该能吃几顿吧。可是眼看谷子秀穗了，玉茭秀穗了，秋粮有望了，不想一日中午忽然阴雨密布，狂风大作，电光闪闪，雷声隆隆，一时间，噼里啪啦的冰雹倾天而下，开头是核桃大小后来是鸡蛋大甚至拳头大小的大冰雹风卷雹，雹驾风纷纷摔了下来，把漫山遍野的庄稼打得少枝无叶，不成熟的谷穗子、玉茭穗子大都打落在地。有福、哒哒、甘枝、科肉、丙午、富有、明肉、志中、来福许许多多人直是望天长叹：完了完了，全完了！兵灾，雹灾；雹灾，兵灾；日寇、匪军；匪军、日寇，也不知道是冰雹像日寇，还是日寇像冰雹，反正倒霉的只是老百姓：

一

野狼成群结队，
砰叭响。
砸箱捣柜，
处处寻油水。

咯咯叫，
撵鸡飞。
此行状，
当是国匪，
又是日本鬼！

二

成群结队强盗，
声声嚎。
箱翻柜倒，
四处刨粮窖。

逮鸡飞，
打狗叫。
此行状，
当是日寇，
却是国匪到。

三

野兽群群队队，
错相来。
前者砸缸，
后来者捣柜。

抢一回，
捣一回。
此行状，
日寇蒋匪，
到底谁像谁？

第九章 霖

1. 遍地寻糠

已经有整整两天，哒哒一家人只有开水喝，没有糠吃，没有菜吃，没有树皮吃。来喜、保喜、全喜三个小弟弟饿得连路也不会走了，整日整日地躺在院里廊阶石板上，闭着眼睛，手也不能动一动，脚也不蹬一蹬，一个个都是奄奄一息的样儿。有福看看孩子们，叹口气，没办法；科肉看看孩子们，叹口气，没办法；哒哒看看弟弟们，他想哭，没有泪。甘枝看看孩子们，说："我不信一个个活蹦乱跳的孩子难道就这样给饿死哩……"可是不饿死又有什么办法呢？甘枝看着孩子们可怜，只好多想办法。想办法又有什么好办法呢？连那米缸、糠面缸、酸菜缸，一只只大缸小缸也已经结了密密络络的蜘蛛网了，只是水缸里还有清清的半缸水。剜野菜去吧，已经没了野菜；剥榆皮去吧，已经没了榆皮。甘枝看看饿得仅有微微一口气的孩子们好伤心好凄惨。有《唐多令》为证：

一

重重山压头，
层层云添愁，
昨天日寇才"扫荡"，
今朝匪军又抢搜。
人难活，
泪难流。

蚂蚁灶边走，
锅碗案头扣，
水缸有水人影瘦，
米罐无米蛛网稠。
恨匪军，
骂日寇。

二

压压乌云低，
阵阵西风厉，
挨饥挨饿肚无食，
村里村外树没衣。
啃野草，
吃树皮。

大的已倒下，
小的坐不起，
饿魔逼人将饿死，
死神推人近死期。
哪里逃？
何处去？

甘枝为了不致把凤孩、哒哒、肥肥、旦旦、来喜、保喜、全喜这些孩子们饿死，就想到拿点什么物件找有粮食人家去换些粗糠来救救孩子们的命。可是她想来想去，箱是破箱，桌是破桌，谁家会要这些破东西呢？衣服呢？也全是千补万纳的破烂，没人要的。只有她自己腿上一副腿带还不破，兴许有人要，便把一副腿带解了下来，交给哒哒，说："哒哒，你拿这腿带去问问谁家愿意要，咱也不敢换米，咱也不敢换面，能换给咱们几斗糠就好。"

哒哒看看妈妈那副腿带，又看看妈，很不乐意接受这个任务。因为当地中年以上的妇女，即使是很穷，冬无棉，夏无单，上上下下披破挂烂都可以，只是不能把裤腿口撒着，撒着裤腿口出门见人，如同是裸体见人，只有疯子或者傻子才会如此。因此，甘枝好穷，却还有一副不太破的腿带。那腿带也是甘枝没明没夜为人辛苦为人忙挣下的。因为甘枝手巧，村里许多拙女人离不开她的，或央她剪花，或央她扎花，或央她做帽，或央她做鞋……针线活儿好多好多。甘枝也不讲价钱，谁送来给谁做，人们只是随意送些东西给她，或一碗小米，或半升玉茭面，或两个萝卜，或三个山药蛋，甘枝凭她一双巧手，锅里没有缺了糠菜汤，儿儿女女才得以成人。只是甘枝手头的针线活儿太多，太苦，太累，每年冬天总是针线活儿做到三更半夜甚至五更鸡叫，才能打个盹儿。所以就是那两条腿带也是来之不易的。同时，若是往年，有福、科肉、哒哒还可以打忙工糊口，甘枝还可以养半张蚕卖几个钱，解决点生计。这个一九四三年情况却大不相同。只因日寇抢、匪军收，多数人家断了粮，竟没人用短工了。今年初夏，甘枝也养了半张蚕，又因为天天东奔西跑逃难，常住深山野沟，怎么还有工夫喂蚕呢？有一段《破阵子》道：

江山狼蹄踏碎，
田垅虎爪踩废。

滔天罪恶蒋匪帮，
罪恶滔天日本鬼，
千里白骨堆！

锄横西岭石垒，
人逃东山草背。
地里苗大少人锄，
席上蚕老无人喂，
桑叶空自肥。

人们在大好时光时唯一的正经事儿只是逃难，地荒了，蚕老了，也无暇顾及，这是什么世道呀！

再说甘枝要卖腿带，哒哒觉得母亲没了腿带，一个女人今后如何撒着裤腿口出门见人呢？哒哒说："妈，你的腿带怎么可以换糠吃呢？以后你没腿带用怎么行呢？"

甘枝说："腿带要紧，饿死人要紧？你看不见来喜、保喜、全喜一个个直拖拖地躺在廊阶上快没气了……"

哒哒看看弟弟妹妹们，可也是，只好先救命。他把妈妈的两条腿带接在手，又掂了一条破口袋，满不高兴地去了。

哒哒拿着妈妈的腿带出来街头慢吞吞地走着，只不知道该到谁家去换糠，这年月，西下河村虽然大多数人家都已没得糠菜煮粥，但还有二十来户中等人家把粮食藏在地窖内，不缺粮的。其中有五六家地窖内粮食还相当多，比如添荣、秋喜、宝聚爷爷、秋聚爷爷、文柱他们，都有粮食。但是逢此兵灾、旱灾、雹灾因而灾难重重的大灾年，人们保粮食如保命，连粗糠也是不肯往出拿一点的。所以哒哒拿着一副腿带真不知道该到谁家去换糠。他边走边想，想到韩添荣到底是本家，又是西下河村的第一富户，自己常常给他做短工，难道就没一点情义?便来到添荣家，正好添荣在家。哒哒把两条腿带送在添荣面前，说:“添荣叔，我家两天来连糠糊糊也吃不起了，都饿得不会走路了，这是我妈的一副腿带，你行行好，换几斗糠……”

添荣不紧不慢地说：“看你这个孩子，如今兵荒马乱，老日本也抢，二十七军也收，村公所天天起粮，我有几颗粮食早就给抢光起尽了，哪还有粮食……”

哒哒忙说：“添荣叔，我不是换粮食，我只求换几斗糠……”

“看你这个孩子，糠是谷子碾下来的，没有粮食，哪儿来的糠呀……”

哒哒知道他家的粮食多得是，以为人到难中，只有多说好话才行，又说：“添荣叔，我求求你救救我们吧。我也不敢换你家的细糠，只要能换几斗粗糠，我们也感谢不尽……”

“看你这孩子！我要有，细糠也给你二斗，可是没有，你也不能强逼公鸡下蛋呀……”

哒哒看看在添荣家没希望，只好掂着他的腿带和空口袋走了。出来街头，往东头走走，又返身朝西头走走，返来复去真不知道该到谁家去才有希望。后来走在庙槐街，正好碰上水炉。水炉就是韩秋喜的儿子，他家是西下河村的第二富家，地窖里藏粮食不少。虽然哒哒知道水炉极吝啬，便迎上来说：“小叔叔，这是我妈的一副腿带，你换给我家几斗糠吧……”

水炉看也不看那腿带，只管走他的路，边走边说：“这年月，我还愁着没糠吃哩。”

哒哒忙说:“小叔叔,哪怕只换三斗糠也行,我求求你……”

“你求我哩，我还不知道该求谁哩……”水炉撂下这么一句话，扬长而去。

哒哒又失望了，他看看手里的两条腿带，想想母亲的可怜，想想弟弟姐妹们的饿肚，伤心地含着两眼泪花儿又盲目地到上头街来了。因又想到瓜瓜爷爷家有粮食，况且瓜瓜爷爷为人忠厚，再找找他，或许还有点希望，便向瓜瓜爷爷家走来。

有两阕《如梦令》道——

一

日寇、匪军、村长、
抢粮、收粮、盗粮，
多少穷苦人，
瓮里升合无粮。
粮无，粮无，
饿得面瘦骨枯。

二

树皮、野菜、粗糠，
糠无、菜枯、树光，
清清锅里水，
滚得哗哗乱响。
乱响，乱响，
几番端下坐上。

2. 遍地落弹

瓜瓜爷爷是秋聚爷爷之子。他们父子辈分大，哒哒叫瓜瓜也该叫爷爷哩。哒哒怀着骨手碰的心情来到瓜瓜爷爷家。瓜瓜爷爷对十六岁的哒哒还当人看，他喜欢哒哒的爱念书。笑道："你稀罕呀，除了正月十八山棚会销供菜你才来我家，平日里你可没来过，有事?"

哒哒忙说："我家两天里连粗糠吃的也没有了。这是我妈的一副脚带，想换几斗糠……"

瓜瓜爷爷说:"糠，这年月糠也很缺哩。去年打谷子不多，老日本抢了几次，村公所三天收一次粮，两天起一次粮，把人收得光光的,谷子早就碾光了。没有谷，自然也就没有糠……"

哒哒听言很泄气。没想到如今这世道连有名的老实人也会花言巧语说谎话。但是哒哒想到求人不是容易事，还得低三下四多说好听的。又说："瓜瓜爷爷，我也知道这世道家家都难，可是瓜瓜爷爷总比我们家好些，你平日对谁也好，怜贫惜寒……"

瓜瓜爷爷想到哒哒家的人确实饿得厉害，平日里又很看得起这个垃圾堆里捡书读的穷孩子，便说："这年月真叫人没办法。反正要饿就大家挨饿，要死就大家饿死，我家的粮也不多，给你二斗吧……"

一个"给你二斗"，哒哒如同马上就要得到万两黄金似的好高兴。连忙把那个破口袋递给他，瓜瓜爷爷"噔噔噔"上楼装糠去了。

一会儿，瓜瓜爷爷掂着半口袋糠下楼来，递给哒哒。哒哒忙把一副腿带交给他，他不要，说："算了，你也穷巴巴的，不过是二斗糠，你还拿回去吧。”

哒哒想到就是拿腿带换粗粮也不是容易事，不能白要人家的糠，硬是把腿带放在方桌上，背着糠去了。总算弄到二斗糠，父母姐妹兄弟们总算能吃两天，他背着二斗粗糠如同背了二斗黄米一般高兴，忙忙地往家里走。可是哒哒刚刚走在石坡处，忽然听到“叭叭”两声枪响：“坏了，也没听到有情报，怎么日本突然就来了？”忽然看见人们都往东头跑去。哒哒想到回家送糠已来不及，再说把粮送回家里，日本进村会给糟蹋光的，不如背到野地里藏起来。于是，他就奔上石坡。可是这石坡是北坡，日寇正好打南山上小路下来的。哒哒背着半袋子粗糠奔北石坡，隔河南山上的日寇看得清清楚楚。原来近日峰头村的日寇出发抢粮也不易抢得到，真是见粮如见命。一干虎狼之卒看见北坡上有个人背着鼓鼓囊囊的布袋奔跑，认定是粮食，一定要打劫下。日寇对于中国人如同对草芥、蚂蚁一般，随便地杀，随意地砍，于是，他们立刻对准背糠的哒哒“叭叭叭……”一阵乱枪打来。哒哒好怕好急。躲也无处躲，藏也无处藏，耳听南山上枪声乱响，眼看他的脚下“噗噗噗”地子弹乱落，那些飞来落地的子弹不过就在他的脚左脚右三五寸处一两寸处，“噗噗噗”或溅起一撮土，或嘣起一片碎石片，他看到这个情状，吓坏了，如果有一颗子弹打中了，岂不是一切都完了。于是连忙跑进路边的庄稼地里。但是枪声还是不断。哒哒又觉得藏在庄稼地里也不是生路。南山上离此不过二里来路，一会儿敌人便会追了上来，岂不更糟？再跑它二三十步到了五亩大地上边，栽下小江河，就躲开敌人的枪口了。于是，哒哒又冒险打庄稼地里出来，在小道上直往北奔，于是，南山上的枪声更紧了，一颗颗子弹密匝匝地冲哒哒打来，哒哒心慌了，意乱了，吓得他跑也跑不动了……

一边家里人听得枪声，甘枝忙到大门口看看，只见南边红骡背山上下来一股敌人，还“叭叭叭”直打枪。把甘枝吓坏了：“哒哒出去换糠，也不知道这会儿他在哪里?”回头抱了全喜，拉了保喜，唤上来喜就跑。一股跑出东头，奔上西岭，来到西岭沟下，这才坐下来喘口气。来喜还好，还能坐得住，保喜坐不住，又躺倒在土地里。小全喜饿得想哭，却没有哭的气力。还有许多乡亲也跑到这里来。甘枝忙问他们见哒哒没有，都说没见。她害怕哒哒没跑掉，碰上敌人，岂不坏了大事，她又伤心又着急，抱着全喜只管哭。后来听说打红骡背下来的敌人在村刨了两家粮窖，把瓜肉、迷风抓了给他们担着粮食早已走了，甘枝这才拖大抱小同乡亲们一起回来。回到村里，仍不见哒哒。甘枝只当是把哒哒抓去了，或者打枪打……她不敢往下想，又连忙跑到庙上去找有福，可是有福说一上午也没见过哒哒的面儿，甘枝觉得大事不好，就哭。她又骂有福，叫他快快去找哒哒。有福正要走，又来了四个兵，要吃饭，有福只得忙着去找村副领米领油领山药蛋。甘枝看看有福脱不开身，她只好抱了全喜离开大庙，跑着来到泊池岸上四处瞭望，也不见哒哒的影儿，便喊：“哒哒！哒哒!”喊了几声，饥肠辘辘，竟没气力喊了，只是坐在泊池岸上四处看着哭泣。

再说哒哒背着半布袋糠在弹雨中没命地奔跑，终于还是跑上五亩大地来，下个小坡，便背着了敌人的视线。这一跑，把他累坏了，两天没吃一个糠皮，本来少气无力，但为了逃命，为了保住那二斗糠，还必须往前跑。他向北跑了一段路，忽然想到跑直路容易被日寇追上，这才又向西折，跑下小江河来。以后又跑上七亩地，又向南折，跑进马庄河小山沟里。已经听不到枪声了，哒哒害怕不保险，还只管往小河沟里跑，直跑到双眼井上，又爬上南边的山坡，冲头里敌人走的红骡背山后方向跑来。他这么跑着，等于绕西下河村转了个大大的弧形圈儿。直到以为保险不会被敌人发现了，这才把二斗糠往地下一扔，软溜溜地坐下来。这一扔，他忽然感到不对头，明明是二斗糠，有半口袋，怎么显得少了？他本来吓坏了，跑累了，没气力动了，为了那点救命的粗粮，却又有了精神，忙翻过口袋看看，糟了，竟让敌人的子弹打了两个小洞，他一路跑，口袋一路漏，可不是就渐渐地少了。哒哒想到这点糠来得不容易，想到这是一家人的救命糠，竟又被敌人打漏许多，好可惜，好可恨，他又哭了。哭了一会儿，想到自己背着糠，日寇把口袋打破了，为什么没打着自己身上；想一想，自己背糠跑步走，那口袋晃晃荡荡或偏左或偏右，子弹，口袋，身子不是一条垂直线，所以——也许是这半口袋糠救了自己一命。哒哒想起枪声乱响，子弹像撒豆一般在自己周围纷纷落下的情景，好后怕，简直就像已经死过许多次一样。可是那么多子弹在自己身边落下，为什么偏偏自己一点事儿也没有呢？好险！真怪！想到头里在弹雨中奔跑之事好后怕，加之腹内空空，又苦奔一阵，这会儿浑身上下散了骨头架一般，哒哒如同一堆烂泥软倒在枯黄的野草地里。

哒哒在枯黄的野菜地上烂泥一般躺了一会儿，忽然听得远远有人喊叫，这才慢慢坐起来注意听听，好像是他妈甘枝喊哒哒。哒哒心想："坏了，家里找不见我，着了急。准是那干鬼子兵在村里没有久停，已经走了。他连忙把子弹打破的口袋拔了两把枯黄的野草塞住，这才站起来往回走。他有气无力走呀走，下来马庄河，慢慢走出马庄河口，听得母亲还在呼唤哒哒，哒哒走到邢家地河谷处，已经远远看见母亲站在泊池岸上，便应道："听见了！一会儿我就回去了！"此时，迎面忽然走来两个手拖小棍子的大兵。拦住哒哒："干什么的?"

哒哒极讨厌二十七军那些游勇，恨他们只会害老百姓，不会打鬼子。说一句"逃难的"，直往前走。可是两个大兵以为哒哒背的是小米或者是谷子，他们见了粮食就要抢，一个兵一把将哒哒背的糠袋子夺过去，哒哒那点糠是救命的贵物，喊着："你们干什么?"就要夺糠。那兵将口袋夺在手觉着轻飘飘的不像是粮食，气了，早已把那口袋扔在小河谷的沙滩上。这一扔不要紧，哒哒用野草塞住的破口给摔开了，又漏出许多糠撒在河沙里。哒哒这点糠实在来得不易，他求了许多人家求之不得。好不容易换得二斗粗糠，为了这点糠哒哒冒着密匝匝的弹雨逃难，差点儿丢了命，如今大兵们又把他那点救命糠摔在河沙里，哒哒看看撒在沙子里的糠，好心疼好伤心好气愤。那世道，有一首《声声慢》道：

天昏地暗，
鬼哭狼嚎，
万恶封建社会，
逼人倾家荡产，
无家可归。
穷人流血流汗，
狼吃肉，
我们咽泪，
愁与恨，
饿和累，

多少苦命垂危。

枕中陈糠已尽，
更那堪，
树头千枝叶稀。
多少饿殍，
病笃不进汤水，
无钱无医无药，
无米面，
无烟无炊。
无人道，
吃人狼无肝无肺。

3. 遍地欢庆

两个大兵摔掉哒哒的糠袋，大大咧咧嘻嘻哈哈笑着走了。哒哒认为这粮来之不易，又是救命糠，撒了可惜，便蹲下来一点一点地在那细细的沙子里捡糠皮，如同沙里澄金一般。又听得母亲在泊池岸那边只管喊他，他站起来看看，不想甘枝抱着小全喜正往这边来。原来甘枝看见有两个大兵纠缠哒哒，她害怕哒哒出事，喊着奔着冲哒哒而来。哒哒急了："妈，你不要来，没事了！"

甘枝也看到那两个兵走了，这才站下来。

哒哒沙里澄金一般将沙里的糠皮尽量多捡一些，看看糠沙混杂实在难捡时，这才罢了。

哒哒背着糠回来了。哒哒今天不过是拿母亲的腿带换了二斗糠这么一点儿事，却如同走了几座庙，烧了几炉香，磕了几百头，继而闯过鬼子的枪林弹雨，又经过一番沙里澄糠，才将糠背回来，简直如同经过重重磨难的冒险家归来一般，好不容易。

可是一斗多一点粗糠只能吃两天，吃三天，还是救不了人，哒哒一家人，西下河多数乡亲，无不是在死亡线上挣扎。

日寇烧、杀、抢，匪军吃粮、收粮也罢了，人们都盼望秋天能有个好秋。有福、哒哒父子今年种了大庙的庙地，好多年来第一年种了那么多的地，实指望秋天能多打几石粮食。偏偏这个一九四三年竟是一个大旱年，五月、六月、七月正是需要雨的时候，老天偏偏无雨。地里的庄稼却旱得干了几棚叶子。上次天阴了，刮风了，打雷了，只道要下雨，下来的却是冰雹。西下河村三分之一的庄稼给打得秆枯叶烂，没了收成。哒哒他们天天盼雨，村里乡亲几次到黄龙洞上去求雨，也没求来一滴。直到八月初的一天下午，天又阴了，雷又响了，忽然下了雨了。今天风不大，雨不小，真正是一场清风细雨。雨过天晴，漫山遍野的庄稼立时起死回生，扭曲的叶子舒展开来，绿油油水漉漉真好看。

下雨是好事，可是到收秋还有一个月，人们又该怎样支持这一个月哩？糠无糠，菜无菜。没办法，还得饿死。饿不死，日本鬼子再“扫荡”一次，或者匪兵再来抢几次，你不死也必须死。

有福，哒哒，乡亲，父老，多少人都是奄奄一息，处在半死不活状态之中。

人们等死若能平平安安地死了也罢，偏偏三天两头要跑日本。就在刚刚下了雨的第二天半后晌时分，山头上的红旗忽然降落下来。人们又慌了，哒哒担了一担水刚走到村西头，看看山头上的红旗落下，同时又看到西岭坡路上——一大长溜儿鬼子下山而来，那鬼子队好凶，抬着好几架大炮，还有骡驮大炮，前头已经走下山根，后边还继续不断，比前几次“扫荡”的鬼子兵又多又凶。哒哒心里说：“坏了坏了，西下河又该倒大霉了！”哒哒来不及担水到大庙上，逃命要紧，撂下那一担水，抽身就往东跑。只见全村里庙槐街、上头街、东头、西头，人们又是牵驴拉牛，担锅挑被，扶老携幼，没命地向黄龙洞那边的河谷里奔来。大家奔进河谷，哒哒也奔进河谷，因见甘枝、科肉、凤孩、来喜、保喜、全喜都在这里，独不见有福，哒哒急了，嚷道：“我爸怎么就不知道逃命呀！眼看鬼子进了村，他还活得成吗？”

后边跑来的人说，鬼子已经进了村，这一次鬼子兵很多，起码是一个营，乡亲们想到一次来几百名鬼子，一个小小的西下河村彻底完了！有的说：“反正家里也没有一颗粮食了，也不怕他抢粮，只求鬼子兵不要放火烧房，就是万幸。”

甘枝想到家里还有二升糠面，害怕鬼子糟蹋了，还骂七岁的来喜，没有把那二升糠拿出来。

一会儿又有人远远喊叫，说是鬼子走了，大家快快回来吧。

人们都很稀奇：“这一次来的老日本为什么来得快走得也快?”

于是，人们就慢慢往回走。哒哒抱了全喜，甘枝拉着来喜、保喜回来家里，看看，一切平安无事，屋里的锅盆碗勺动也没动。哒哒说：“今天来的鬼子为什么会这样规矩?”

忽然有人说上头街贴下一张布告，哒哒便跑来看看，那布告上写的是“救民于水火之中……”等等，后边写着：陵高抗日县政府县长路德文。

“啊！是抗日队伍！是八路军！”哒哒看了高兴得就要跳起来，可是饿骨嶙峋的他却没气力跳起来。

“十二月事变”至今已有三年八个月，八路军、牺盟会撤走以后，半点消息没有。八路军今天忽然回来了，哒哒觉得他们一家有救了，西下河的穷人有救了！哒哒好高兴，他连忙村东村西的奔跑，把这个天大的好消息告说给父亲，母亲，伯伯，明顺爷爷，永义爷爷……哒哒差不多跑遍半个村。

八路军又回来了，哒哒高兴，穷人高兴。可是富人不高兴，韩扁瓜不高兴，韩添荣不高兴，韩秋喜不高兴……可是他们不高兴又有什么办法呢？一个多月过后，西下河村便开始进行反霸锄奸斗争。韩扁瓜、韩秋喜他们以为日本还在峰头村，还在陵川城，八路军肯定在不久。但是八路军站住了脚，他们干急没办法。有诗为证——

红旗飘飘太行山，
当年健儿今又来。
高楼黑幕装佯闭，
茅舍红花带笑开。
碉堡阎网虎狼惊，
山河冻解军民欢。
反奸锄霸胜利日，
抗日前线捷报传。

一九四三年冬，西下河村开展反霸斗争，有福、哒哒父子们向韩秋喜算血泪账，有福、哒哒家被韩秋喜霸占去的三间西屋终于屋归原主。有福、哒哒就打大庙里搬回西屋住，一家人好高兴。经过一冬的斗争，哒哒认识到只有共产党才能救人民，积极要求参加革命工作，便于一九四四年二月走上革命道路。当时陵高抗日县政府驻下东河村。哒哒来到县政府，县政府秘书让他填一份表格，哒哒将表格拿在手里看看第一格是姓名，他犯愁了。因为他至今十八岁，虽有姓，却还无名，至于“哒哒”二字，那不是他的名字，只因出生以后，家贫家寒，衣不蔽体，一岁多了，还没取名儿。甘枝见她的儿子常常冻得嘴里上下长出的四颗牙“哒哒”作响，便顺口叫儿子是“哒哒”。因而这“哒哒”二字就连乳名也算不上，难道一个革命干部就叫“哒哒”不成，亏了“哒哒”识得几个字，临阵磨枪，赶快给自己取大名。想了一会儿，想好了，便在那份表格的第一格里写下了一个姓名——韩文洲。

韩文洲有一首《沁园春》是写欢庆解放的——

东风浩荡，
红旗飘飘，
光辉太行。
看山山起舞，
水水欢歌，
行行红缨，
溢溢谷浪。
萧萧秋风，
漾漾春意，
千门万户迎红阳，

齐欢呼，
毛主席万岁，
声声山响！

几伙受惊恶狼，
碉堡里惆怅铁丝网。
彼东洋帝国，
何等疯狂；
蒋家王朝，
为虎作伥。
两只疯狗，
合咬太阳，
不过同枕梦黄粱。
君不见，
工农兵大众，
欢庆解放！

一九九三年七月十日不了屋

韩文洲文集

第二卷

小说

山西出版传媒集团

北岳文艺出版社

BEIYUE LITERATURE & ART PUBLISHING HOUSE

2003年在家中书房写作

1965年8月,作者参加中共晋东南地委长子县社教工作团郭村工作队,全体队员合影

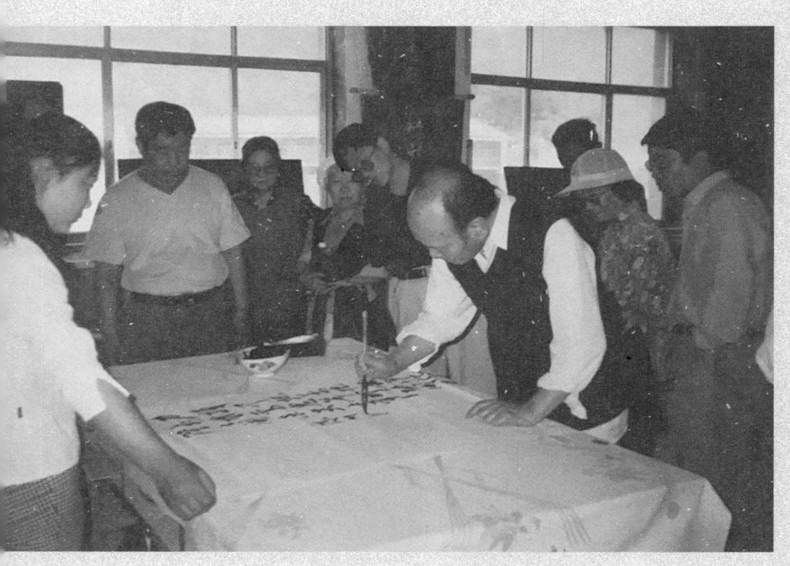

2005年参加采风活动时题词

20 世纪 90 年代参加创作会议时，与焦祖尧（左一）、田东照（左二）、孙谦（左四）、冈夫（左五）合影

20 世纪 90 年代与马作楫（前排左一）等参加创作会议

2004年与部分老作家合影。前排左一陈志铭、作者、胡正、郁波、段杏绵，后排左一刘德怀、彦颖、王之荷

1998年参加文学活动

目 录

CONTENTS

短篇小说

中篇小说

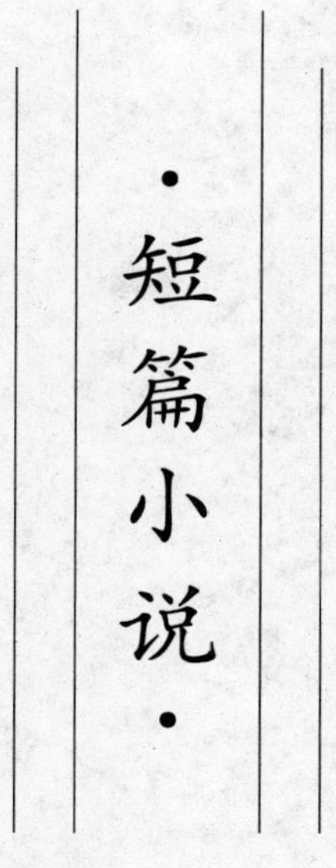
·短篇小说·

除夕宴

今天晚上过除夕，李小龙家的二层小洋楼布置一新。席梦思床换了新床罩。转角沙发换了新套子。大客厅里的中堂字画已高高挂起。楼上楼下整个卧室也都挂了年画和字画。每个卧室里还贴了“身卧福地”“福如东海”等壁条。四处壁上还贴了“福”“招财进宝”“黄斤万两”等许多方。客厅正中方桌斗椅，香炉烛台，红烛摇曳，香烟氤氲，彩灯闪亮，满室生辉。好一派吉日气氛。女主人把除夕酒菜也已准备现成，两包千字头大鞭也已放在桌上。入夜以后，只听得这个大李庄满村里鞭炮“叭叭”乱响，只有李小龙家的鞭炮迟迟没有点火；但听家家都在热热火火地吃团圆酒，只是李小龙家的团圆酒迟迟不能开宴。为什么？因为李小龙家还少着一个人。他是谁？就是李小龙本人。他哪里去了？出门躲债去了。这就怪了。如此一个住着小洋楼，室内设备一切现代化的幸福人家，怎么还有躲债一项？可是只因李小龙欠下人的债，债主们又频频来催讨，不躲债行吗？李小龙为什么会欠人的债呢？是因为他打麻将赌了钱？也不完全是；是因为他吸毒借了债？也不完全是；是因为他劳动不好，收入不多，家庭生活费入不敷出才欠了债？也不全是。那么到底是为什么呢？

女主人王福果坐在客厅里的转角沙发上看电视。现在是晚上七点四十五分，再过十五分，中央电视台的春节晚会节目就开始了。她要等李小龙回来全家人一起喝除夕酒。可是她的两个小女儿欢欢、乐乐却嚷着要吃饭。王福果说："今天晚上过除夕，要全家人在一起喝团圆酒，你们的爹还没回来，你们也忍着点儿吧。要不，橱柜里有年糕，你们每人先去吃一块……"

正说着，有人推门进来，却是前街的刘宪宪，刘宪宪穿着呢子大衣进来，一进门还没落座，便忙着先脱大衣，说："嘿！到底是你们李家气派大，自家安了锅炉烧暖气，好热好热！"

王福果笑迎道："快坐吧。——安锅炉烧暖气过冬真舒服。你们家为什么不也安个锅炉烧烧暖气？"

刘宪宪坐在沙发上说："我家？安个锅炉八九千，加上管道暖气片要花一万几千元钱，我哪有那么大的力量……"

"你别在我面前哭穷！我家是欠债户，你是讨债人，到底欠债户富呀还是讨债人富？谁穷谁富不是明摆着的。——我知道，大年三十除夕夜你不是个闲游门儿的，准是来找小龙讨债的……"

"没错。你看看你家年画也花花绿绿地挂起来了，红烛也明晃晃地点着了，千字头大鞭也买下了，厨房里香喷喷的，只怕除夕酒席也准备现成了。可我们家哩，连个二百头鞭也还没有买回来……"

“供销社还没关门儿，你去买回来不就得了……”

“钱呢？我的手里要有钱，会拖到这早晚连挂鞭也买不回来？你知道小龙借了我两千元钱，他明明承许年前一定还我，我们家也就指望这两千元钱过年呢，没想到你家小龙说话不算数儿，一拖再拖到大年除夕夜了也不还钱。小龙呢？怎么大年除夕夜也不回家吃团圆酒？”

“你还不知道小龙是个什么东西？整天不着家，谁知道他拱到哪个鬼窟窿里去了。说不定又在谁家垒长城哩，你等他也是白等。大除夕夜忙忙的，你快回家忙你的去吧。”

“我不信他大除夕夜也能不回家吃团圆酒，我等不回他来。我空空两只手没法儿过年嘛……”

壁上的大石英钟忽然“当当”作响，连连响了八声。欢欢、乐乐嚷着要看中央电视台的除夕晚会，王福果连忙按一下遥控器，电视荧屏上倪萍正说话。王福果说：“宪宪，快回家跟你老婆、孩子们一起看中央电视台的晚会多好。等会儿小龙回来，我告诉他还不行？”

刘宪宪说：“我空着两手回去还是没钱买鞭炮，孩子们会吃了我的。”

王福果说：“买鞭炮花不了多少钱。”便打身上掏出二十元钱给他。说：“宪宪，二十元钱，不多，也够买鞭炮的……”

“看你福果，不是这个意思嘛，实际上孩子们过年的新衣新裤新鞋都还没买哩……”

“你别瞎说了好不好？你一年里少说也有两万的收入，怎么会穷到这个地步哩……”

此刻门响起，又走来一个赵七儿。赵七儿身披皮大衣，头戴火车头帽子，脚蹬皮鞋在地板上“叮咯叮咯”响着，刚走在客厅的当地上，忽然“嚯”地一下子把他滑倒，嘴啃地趴在地板上。王福果、刘宪宪连欢欢、乐乐两个孩子一起大笑起来。刘宪宪笑道：“你这个七儿怎么一进门就趴在地板上给福果拜年哩？你是给福果拜年呀还是给我宪宪拜年？”

赵七儿趴在地上龇牙咧嘴地说：“快把人摔死了你还说洋话……”

刘宪宪笑道：“那么严重?!”忙走来扶他：“请起吧，我相信不会摔成个尸不全的……”

赵七儿一边爬着站起来一边说：“大年除夕你满嘴里不吉不利地混说。”

王福果问：“到底摔坏哪里没有？你三十出头儿的人了怎么走几步路还是慌慌张张……”

赵七儿看看那地板，愤愤不满地说：“是怨我走路慌张，还是怨你家的地板太滑？你看看你家铺的地板砖，明晃晃地照出人影儿了，光溜溜的比滑冰场还滑，能不摔人吗?！有了钱铺什么不好，偏铺这号子地板砖——听说你家铺地板砖花了七八千哩，是吗?”

王福果说：“花了整整九千哩，还不算铺砖费……”

赵七儿说：“你家真有办法，你家小龙能耐大，会挣钱嘛，一年净挣两万，两年就挣了四五万。挣了钱就该想着法儿花嘛……”

王福果说：“这话就说不清了。你说我们没钱吧，可也盖了这么座小洋楼，也吃不愁穿不愁的；你说我家有钱吧，可又欠下一屁股的债，你们前头来了个刘宪宪，后头又来了个赵七儿，不都是讨债来的吗？一个欠债户也能算有办法户吗?”

刘宪宪说："看，又哭穷哩。——天气不早了，你家小龙到底在哪里，麻烦你快快去找他回来……"

王福果说："两条腿长在他身上，他去了哪儿我怎么会知道哩。我说你们先回家去跟老婆孩子团团圆圆欢欢乐乐热热火火喝团圆酒才好，何必……"

赵七儿说："福果，看你说的，谁不知道大年除夕夜在家里高高兴兴看晚会节目吃团圆酒好，可是没有钱哪来的酒？没有钱哪来的肉？你家小龙借下我五千元钱，天天说，明天就还我，可又天天不还我。今儿个上午他还告诉我叫我晚上来家里拿钱，可是我来了，他怎么可以躲起来不见面儿哩？这不是骗人吗？……"

王福果说："什么骗人，什么躲起来，你别说这么难听好不好？……"她一边说着，一边打橱柜里搬出一箱维思可达饮料，抱了五六听放在茶几上，说："请你们先喝点儿，不要那么气势汹汹好不好！"又拿出两盒云烟，请他们抽烟；又瓜子花生核桃橘子端上来几盘子请他们吃。说："请你们一边看节目一边吃点喝点……"

乐乐忽然喊道："妈，爹怎么还不回家来，我饿了，我要吃饭……"

欢欢也说："妈，快把人饿死了，咱们先吃吧……"

王福果说："不行！今儿个过除夕，一家人不到齐，少一个人也不能开宴。等着吧……"

门又响了，这时候又进来一个人，却是李小龙嫁在本村的大姐李小鹃。李小鹃掂着一部录像机进来，说："小龙呢？你们今儿个晚上吃除夕宴团圆酒，小龙说他要录像，我怕你们急着用录像机，我们一家人匆匆忙忙录了几个镜头就忙着把录像机给你们送回来，真是人说的‘借人衣，不整齐；借人帽，跟着要’……”

刘宪宪说：“你是小龙的老姐，小龙一个录像机，他敢不让你用?”

李小鹃说：“不是当年我妈在世的时候了。如今我们姐弟们各支锅，另下来，不是一家人了，也不能说一家话了……”

王福果听了她的话刺耳，也肯定她这会儿来送录像机是假，讨债是真的，因为李小龙也借下李小鹃五千元的债。便很是恨她：“都大年三十了小龙也不敢回家来吃一杯团圆酒。别人不给小龙面子也罢了，你小鹃是小龙亲亲的大姐，也在这时候来逼债，还像个当姐的不像!”就说：“大姐，大年除夕晚上你怎么还往娘家跑?”

李小鹃说：“哪有那么多的说法儿，我就不信出嫁了的闺女为什么过除夕不能回娘家？这不？我回来了，这个陈规旧俗我给破了……”

“姐，你今儿个不单单是为了破陈规旧俗来的哟?”

“还有送录像机……”

“你也不单单是为了送录像机来的吧?”

“实际上也就是来送录像机的。不过我还想捎带看看小龙在家不在……”

王福果说：“小龙敢在家吗？姐，你可亲眼看见了，大年三十除夕夜拥来了这么多讨债人，小龙怎么敢在家呢？奇怪的是别人来讨债也罢了，有些人应名儿跟小龙是一奶同胞的亲人，也在大年除夕夜逼上门来跟他讨债，害得小龙大年三十除夕夜有家不敢回，过除夕不得跟女儿老婆吃一杯团圆酒，也不能安安稳稳看看中央台的春节晚会，你看小龙活得还像个人吗？……”

李小鹃听言，不由得也火了，说：“福果，看你说的什么话？难道小龙没有在家过除夕是我这个当大姐的逼走的？你给我头上扣的这顶大帽子不小呀！这照你这么说，我这个当姐的岂不是成了黄世仁、崔二爷、南霸天、北霸地？你说话太吓人了！可是小龙借下的五千元钱是小龙亲口说过年前就还的。今儿个早上小龙还说叫我今天晚上来拿钱，我是照小龙的吩咐按时来的，怎么就错了，怎么就变成了逼债的地主？你们不能在一起吃团圆酒，怎么就成了我小鹃的过错？……”

王福果却半笑不笑地说：“我没有冤枉你，姐！你明明是来逼债，小龙明明是为了躲债，过除夕也不敢回家，不是明摆着的事儿吗？”

“他要躲，怨他自己；我来找他要钱，是他欠下我的，难道不该要？欠下人的钱左推右推不还也罢了，还说这种话，还给人头上扣大帽子，像话不像话？再说小龙借下的五千元钱，是我向别人转借的。人家逼着我要钱，我不找小龙找谁？……”

“什么向别人转借的！你哄旁人可以，你们哄不了我王福果。——逼债就是逼债，花马吊嘴不抵二合米……”

刘宪宪、赵七儿他们也很讨厌王福果，嫌她一口一个“逼债”，给人乱扣帽子。赵七儿说：“福果，你不要一口一个‘逼债’行不行？什么逼债，没道理嘛！首先人们是借给小龙钱的，又没有利息，借一元，还一元；借十元还十元，不是高利贷；再则，小龙借钱时就说今年秋天还的。后来又推到腊月，腊月就腊月，谁叫咱们乡里乡亲也算个朋友哩！可是到了腊月，小龙又一推再推，我来你家跑过多少次，难道你不知道？就是今儿个晚上来，也是小龙亲口答应让我们来的，这怎么能说成是逼债？照你说，到了改革开放大家快要过上小康生活的今天，旧社会里的黄世仁、崔二爷居然打回来了……”

赵七儿也说：“我们好心好意借给小龙几千元钱，没想到好心变成驴肝肺，有了罪，却变成黄世仁、崔二爷……”

王福果眼见得他们都发了脾气，害怕把事情闹得僵了，忙笑着解释道：“看你们说到哪里去了！你们好心好意借钱给小龙，怎么能说你们是黄世仁呢？我只是说有些人表面是人实际上……”

李小鹃立刻把话头抢过来，说：“你是说我表面是人实际上是鬼不是……”王福果说：“你是小龙的姐，我怎么敢在你的面前说三道四呢……”

正看晚会节目的欢欢、乐乐嫌她们的娘和姑姑吵得破坏了看电视，一个嚷道：“吵死了，吵死了，大年除夕你们也吵架，这么好的晚会不让看……”又一个气势汹汹大声喊道：“你们吵什么呀你们！你们当弟媳妇的也不像个弟媳妇，当姐的也不像个姐，大年除夕夜也吵嘴，像话不像话？你们到底让不让看电视？要是不让看，你就把这个电视机砸了……”

王福果连忙说：“不吵了，不吵了，欢欢、乐乐你们看吧，我们保证不会再吵了。”李小龙、王福果夫妇把两个小女儿当做上帝看，大事小事都不敢惹小姐妹的。每有事，只要欢欢、乐乐开口说了话，她们的话便是圣旨，没有个不灵验的。

小洋楼的客厅顿时安静了许多。加之电视里正是彭丽媛唱歌，讨债人们算是安安静静看了会儿节目。彭丽媛的歌声还没完，刘宪宪忽然打彭丽媛的歌声里惊觉过来：“我怎么也安安稳稳地看节目哩？时间不早了，这时候不抓紧讨钱，等大年夜半子时的钟声一响，十二点一过，还怎么可以再朝他开口讨债哩？旧社会里地主讨债，大年三十一过半夜子时，就不可能讨债了，许多穷人躲债等到这个时辰也就没事了，如今新社会更是不可以了。”刘宪宪以为无论晚会节目有多好，也不可忘了讨债的大事。否则，李小龙这号人很不好对付，连大年除夕夜都讨不了他的钱，平日讨债就更难了。看起来，过了这个除夕夜，只怕还得再等一年。五千元钱嘛，存到银行一年里也是好多利息哩。于是，刘宪宪连忙说：“福果，你不要只管看电视了好不好？天气不早了，你快快出去找找小龙……”

王福果很讨厌他们。只因欠人家的钱，也不便十分表现不满，反而说话的口气变得温和许多。说：“你们都知道小龙是个无线流星，他去哪里，他多会儿回来，全没准儿。叫我到哪里去找他？所以说你们等他也是白等。大过年的，大家也都不能在自家屋里看中央台的晚会，也不能高高兴兴吃杯团圆酒，何苦呢？依我说大家就不必在这儿白白等他了。反正他是咱们大李庄的人，今天不见明天见，早晚会见着他的，还你们的钱，早几天晚几天也差不了多少……”

刘宪宪说：“什么差不了多少，差得多哩。大年除夕夜讨不上小龙的钱，平日里来讨钱就更难了。”

赵七儿说：“福果，天气不早了。小龙不在家，你拿出钱还给我们也一样嘛。实际上这个家是你当家……”

王福果说：“谁欠你们的钱，你们就找谁讨，我不负这个责任……”

李小鹏说：“什么话?！亏你能说出口来。小龙盖了小洋楼，小龙住小洋楼，难道你福果没住？小龙安上锅炉烧暖气，小龙暖和，难道福果不暖和？小龙买下摩托车，小龙出门‘嘣嘣嘣'，难道你没'嘣嘣'过？小龙买下大彩电，小龙看彩电，难道福果你没看……"

王福果说："没错，我看了！小龙盖上小洋楼就是叫人住的，我为什么不住？小龙安上锅炉烧暖气，他暖和，我也该暖和哩，谁叫我是小龙的老婆哩?！小龙出门骑摩托'嘣嘣'，我是小龙的老婆，难道不该'嘣嘣'几声……"

赵七儿说："该！实在应该。你是小龙的老婆，没问题。小龙住什么吃什么看什么骑什么，你也住什么吃什么看什么骑什么都应该。可是自古道，有福同享，有难同担，你总不应该在这个家只管享福不管还债的事……"

"不是我手欠下的债，我当然不管，在这个家既然有福可享我为什么不享呢?"

李小鹏说："你享多么大的福，谁也管不住。自古道'穿衣吃饭看家当'，有多么大的家当享多么大的福，才是个正经理。你们刚刚盖了小洋楼花了五六万，买锅炉烧暖气换大彩电买摩托车买录像机的事就该往后推一推，等有了钱再买，可是你们不，小洋楼一盖起，就想尽办法摆阔气，明明手里没有钱，借了一万多元钱安锅炉买暖气片；层里暖和了，出门还想'嘣嘣'响，又借下六七千元买摩托，又借下五千元钱买彩电。为了享受，欠下一大堆债……"

王福果说："这你就不懂了，你尽说外行话哩？欠债享受，这是眼下的时髦，好多大城市里好多人都搞这个欠债享受，不是什么稀罕事……"

"你说得好听！你有本事还债，你搞欠债享受可以，总不能为了自己享受，欠下债不还，叫人家大年除夕夜围上门来逼债，为了躲债，大年除夕夜也不敢回家，这叫什么享受?！这是自己给自己找麻烦，应该吗？你也睁大眼看一看，大年三十夜家里坐下这么多讨债人，你们过得叫什么日子呀！要还是在旧社会穷人受封建压迫，叫人家逼债，那是没奈何的事！你们放着好好的日子不过，搞什么欠债享受，也落到这一步……”

“这一步怎么啦？我认为我们这一步很好！我们有了大彩电，总比旁人看的小彩电痛快！我们有了摩托车，总比别人骑自行车又快得多！我们安了锅炉烧暖气，数九天好暖和，你说我们家难道不比你们家暖和？你们手里有余钱，偏偏走路没摩托，冬天没暖气挨大冷，那是大傻瓜！我们可不想过那种傻瓜日子……”

赵七儿说：“好好好，就算天下数你两口子精明，就算我们都是傻瓜，一切都不讲了，福果你看都快十二点了，还要我们等到什么时辰呢？没多有少，先给我们一部分钱，也叫我们买几个炮放放好不好？”

刘宪宪说：“要不，福果你快快去找小龙回来。我们在你家熬了半夜，一个钱也讨不上，真的只管你们过年，不管大家……”

王福果说：“大家怎么过年，我们管不着，想买什么买什么，想怎么过就怎么过……”

刘宪宪：“一切都要用钱，你快快拿钱呀?!”

王福果说：“没有，你们今儿个想要钱，没有就是没有。——没见过你们这些人，大家乡里乡亲的几个人，好意思大年三十来逼债……”

刘宪宪说：“你们要不欠我们的，我们会来吗!?”

赵七儿说：“好意借钱给你们，倒是我们不对了……”

他们正吵着，门响了，又进来一个人。大家看时，正是李小龙回来了，刘宪宪、赵七儿、李小鹃都高兴了。他们又一次提出要小龙还债的事，李小龙不慌不忙地说：“喂，你们看看电视里正报时哩，是几点了?”

大家看时，荧屏上显示的正是几个大圆圈，人们这才明白除夕夜已经到了子夜时分。也就在此刻，忽然听到全村里鞭炮乱响，刘宪宪、赵七儿、李小鹃他们都只是叹一口气，什么也不说了。因为此时已是大年初一开始，不可以再讨债了。刘宪宪他们要去，只见王福果已经摆开酒宴、准备吃除夕宴。李小龙说：“喂，大家不要走，就在这儿喝几杯吧。我先给大家拜个年，恭喜大家发财!”

赵七儿、刘宪宪他们只好也说：“恭喜！恭喜！”边说也就边走了。

李小龙、王福果连忙送出来，不知李小鹃什么时候也离开家，早已走在大门外边……

模范丈夫

响午时刻，吴三宝锄苗收工，戴一顶新草帽，握一把芥菜，掂一张小锄，匆匆向村里走来。大五月天趴在地里锄苗又热又累又饥又渴，吴三宝想快点回到家喝一碗水。想到他的女人刘秋秋是个麻将迷，赌博鬼，不知道今天中午回去能不能吃一碗现成饭，不免心下就有点窝火："今儿个是端午节，我不信过大节她也敢打麻将，也敢误做饭。难道她不知道我在地里锄苗又饥又渴又累……"

吴三宝急着想喝一碗水。他掂一张小锄刚进大门，就听见了屋里"哗啦哗啦"的洗牌声。不由得胸中之火就燃烧起来："这个家伙真的又打麻将哩！大端午节，她就敢不做饭！看我今天不敢把那些麻将牌给她扔进火里烧了！"吴三宝怒气冲冲来在家门口，恶狠狠地将那小锄、芥菜往廊阶石上一扔。只听"当啷"一声响，在屋里打牌的刘秋秋听得了，知道是吴三宝锄苗收工回来了。她一边打牌一边迫不及待地喊道："三宝你怎么才回来?！你这个人呀真不长心，楼上的蚕还没喂，快饿蔫了，快快先切些桑叶喂喂蚕吧。猪圈里的猪又没喂哩，头里我听得猪圈那边‘咕咚’响了一声，只怕是快把它饿急了，隔着猪圈篱笆跳出来了，也不知道跑到哪里去了。房背后好几家种着瓜，你先去看看它，不要啃吃了人家的新瓜，快快把它撵回来，先喂喂它，你就抓紧做饭。可是你还得先到厨房看看那火还有一口气没有，要是还有点火，先续上点煤，再坐锅；要是火灭了，你就啥也先别管，你就先生火先坐锅，要不，把人饿得心慌火燎地老出错牌……”

没等吴三宝发脾气训教刘秋秋，刘秋秋先给吴三宝布置下来三项紧急任务。那三项紧急任务真个是一项紧过一项。能耐小的人会把人愁死也不知道该先做哪一项才好。吴三宝本来干渴得要命，想先喝几口水。如今摆在面前的三项任务如此紧急，哪里还有工夫喝水？吴三宝本来火气很大，如今又看到屋里四个女人“哗啦哗啦”打牌，打得那么消闲自在，牌桌上每个人的手边都放着一筒健力宝，出一张牌，便悠然悠然地拿了健力宝筒子抿一口，真是四位逍遥自在的活神仙。吴三宝见此情景，胸中之火也就更大了。可是刘秋秋又说：“三宝，你在地里火毒的阳光下苦苦干了一上午能不渴？这儿有健力宝，喝一口凉丝丝的，你先来喝一口再去看火……”

吴三宝本来想剿了那一桌麻将牌，因为有几个邻家妇女在家，其中还有吴三宝的三婶赵小月，他以为此时此刻不可以在众人面前发脾气，没有动手。实际上他没动手最最关键的一点是不敢惹老婆。要不，今年他原计划夫妇两个人上地劳动，争取收入万元，可是刘秋秋天天打麻将，不生产也罢了，还要输钱。去年因为刘秋秋打麻将，他们家没有评上精神文明家庭。可是吴三宝对刘秋秋总是恨之有余，又无能为力，从来没有打过老婆一个巴掌。眼下的吴三宝不仅没有揍老婆，而且还半笑不笑地向刘秋秋请示："我到底该先做什么？先做饭？先喂蚕？还是先喂猪？"

"我不跟你说了，快快先去看看火，看过火就赶快喂蚕，蚕都饿死了……"

吴三宝心下窝着火，心里说："嘿！老子偏不听你的，老子偏不先去看火，你挨饿活该！"吴三宝憋着一肚子气，拖着劳累的身子先切好桑叶，然后掂一篮子桑叶上了楼，只见楼上白生生的蚕虫们有许多已经爬出席子外边妄想觅食。吴三宝到底是上了楼，离刘秋秋远点了，他憋着满肚子的气可以发泄一番了。但发泄也要有个限度，以楼下的刘秋秋听不得为准。于是，吴三宝一边往蚕席上撒桑叶，一边压低声音咬牙切齿地大骂一番："我恨你十八辈祖宗，好个刘秋秋你赖到极点了！老子在地里火毒的阳光下锄草，累得骨头都散了架，你倒好，你可在屋里逍遥自在地打牌，饭也不做，蚕也不喂，猪也不管，只管你哗啦哗啦搓那几张臭牌！我打地里回来吃不上一口现成饭且不说，你他妈的呜里哇啦先给我分派下来一大堆任务！你她妈的成了打牌专家，啥啥也不干倒像是立了大功似的，给我分派任务还那么理直气壮，真是个不知道羞耻不要脸的赖婆娘！我跟你结婚算是倒了十八辈子的霉！我在地里红脊白汗地受死受活为致富而奋斗；你在屋里清清闲闲有说有笑地垒城墙输钱。一个当驴当马挣钱，一个作威作福输钱，我受死受活不是白受吗？这个家有了你这么个无底洞，还能致富吗？好你个刘秋秋你真是个大癞皮狗！你不给我做饭，你有什么资格指挥我?！老子今天偏不看那火！偏不做饭，咱就看看谁能饿过谁！……"吴三宝一边骂老婆一边撒桑叶，一时喂罢蚕，便带着满面怒气下楼。正在打牌的东邻家赵小月说："三宝，忙了一上午，累吧？"

吴三宝忙改扮一副笑脸，说："不累不累，这么点事算个啥呀！"

赵小月说："你可真是个模范丈夫。"

吴三宝笑笑，难为情地说："模范个啥呀！"

刘秋秋说："猪还没喂，饭还没做，快把人饿扁了！大端午节连顿好饭也吃不上一口，你还有工夫拉闲扯淡——快先去看看火。三宝，委屈你了，你先去看看火，如果火灭了，门旮旯有柴，赶快先生火。如果火还有一口气，就先续上几块炭，先煨上个冷水锅，然后先和面。把面醒上，再去喂猪。喂猪回来，先炒菜。你累了一上午，够辛苦的，就别再炒麻烦菜了。橱柜里有小葱，切上几根小葱，打上四个鸡蛋，炒两个就是菜，很省劲，费不了多少工夫的。小葱土大，要多涮两遍。不洗净，脏哩龌龊地我吃不下去。听清楚了没有？——我也快了。现在已经打到北风出，再打两牌，这个四圈就结束了。你可抓紧点儿呀。"

吴三宝听着这一大堆唠叨，心下十分烦恼："他妈的你倒会当甩手掌柜。老子今天就不给你做饭，咱就看谁能饿过谁。"却又装出一副笑脸，说："知道！"却又后悔不该应此一声"知道"，这样一来岂不是说明我是害怕她吗？以后要注意点。吴三宝出来院里，不知不觉朝厨房走来。还没到厨房门口，忽然看见一头大黑猪在大门外赵小月家的地里拱人家的瓜苗，只好先跑来撵猪。吴三宝东跑西跑好不容易把一口猪撵回猪圈里，这才来到厨房看看，一炉火已经黑咕隆咚没气了。吴三宝好火，掂起火柱照火炉便是乱捅一通，边捅边低声骂娘："我恨你妈刘秋秋，火也上了望乡台，你还想吃面条，吃你妈的狗屎吧!”而后便生气地坐在门口门礅石上不动了。可是他只坐得片刻，又想到刘秋秋坏是坏，可她也给他生了两个聪明伶俐的女儿，都上了中学，也是有功之人，不能不让她吃饭。于是，吴三宝又连忙站起来，又连忙劈柴、生火、添锅、和面。一个人忙得不亦乐乎。他已经炒好了鸡蛋，也不见秋秋来吃饭：“恨你妈这个北风打得好慢呀！锅快滚了，这拉面是该拉哩还是不该拉哩?”便黑着一盘脸握着两只面手来屋里看消息。走进屋里，连忙换个笑脸说：“秋秋，饭快好了……”

刘秋秋边打牌边说：“饭快好了你就抓紧做吧。小月婶连坐四庄，这个北风咋也打不完——快把人饿死了，饭好了就快点送过一碗来。看不见小月婶的媳妇已经送了饭来……”

吴三宝见小月婶已经吃饭了，以为自己也不能给刘秋秋丢脸，连忙回厨房做好拉面条也给刘秋秋送来一碗，刘秋秋端碗就吃，还夸吴三宝：“三宝你真是个模范丈夫!”

吴三宝听得“模范丈夫”四字很伤心：“你别嬉皮笑脸给我戴高帽。反正我单枪匹马为小康而奋斗也是白搭！你会打麻将，我会睡大觉，老子今儿个下午也要痛痛快快睡一下午，不上地了!”可是等他吃过饭睡了一觉醒来，抬头看看太阳偏西老多，心下急了：“坏了！今儿个怎么多睡了半个小时，苗都荒了，快上地去吧!”吴三宝掂了小锄匆匆走了。

升官梦

1. 梦想升官

高生富近几年活得很窝囊很憋气，其原因就是升不了官。他原来在清河乡政府当秘书，是个一般干部。后来又调至本乡铁厂当会计，仍然是个一般干部。反正当一般干部已经当了三十年，没有高升过一步。高生富只稀奇别人升官为什么升得好快。与他同过事的，有的早已升了乡长、局长、县长。只有他几十年如一日，正所谓老干事是也。高生富原不相信命运，时至今日，他也开始相信了。每每遇上打卦算命者，他总会偷偷摸摸花几元钱算一卦。算命者总说就在当年他会高升的，却一年年过去了，还是个老干事。高生富已经五十多岁了，全乡三十多个村两万多口人，谁不认识由小高经过几十年岁月流逝后变成老高的高生富？乡里其他干部总是“小”字辈变成“长”字辈。独独高生富不同，由小高到老高，就升过这么一次，他觉得自己实在无脸见人了。后来他想到许是别人走后门送礼多，可是自己送，一个一般干部挣钱有限，他只好多在家，少出门。

有一天，高生富正躺在屋里生闷气，其妻李宝兰把午饭做好，唤他吃饭，他只不挪窝儿。后来在陶瓷厂上班的大女儿大花回来了，李宝兰便让大花来催他吃饭，说："爸，吃饭！"

高生富应一声"知道"，却还是躺着不动。过了一会儿，在小学当老师的二女儿二花回来了，又来催他："爸，你咋不吃饭？"

高生富也不看二花一眼，只说："你们先吃吧。"仍没动一动。

这时候上中学的三女儿三花回来了，李宝兰让她盛一碗给高生富送过来，说："爸，快起来吃饭。"

高生富生气了，说："吃什么饭，麻烦！"

三花不让他，就捶他的腿："你起不起？你不起，我捶断你的腿！"

高生富很嫌闺女们讨厌，回头狠狠白三花一眼，"讨厌闺女你干什么……"他忽然看见三花长得好漂亮，他忽然在三花的脸上看出来一点吉兆，他忽然觉得自己有三个人见人爱的姑娘，自己为什么忘了闺女们是个大大的优越性呢……

高生富端着一碗饭忙着跑来跟老婆女儿们坐在一起吃饭。一边吃一边老是看他的女儿们。看看大花，"嗤嗤嗤"笑几声；看看二花，"嘿嘿嘿"笑几声；看看三花，"哈哈哈"大笑三声。他把三个姑娘给看羞了，给笑红了脸，大花说："爸是怎么啦？"

二花说："爸，你傻啦？"

三花说："爸，你疯啦？"

李宝兰瞅他一眼："神经病!"

高生富又是哈哈大笑一阵子。

高生富这回可是想对了，一日，乡政府的牛秘书忽然寻上门来。高生富见是牛秘书，心下好高兴：牛秘书找我有什么事？是不是就冲我家的二花来的？忙笑脸迎道："是牛秘书？嘿！你可真是个稀客，快请坐快请坐。宝兰，快冲茶快冲茶。牛秘书你看我家连一听什么饮料也没有，太不像话了。如今哪还有一杯淡茶待客的？牛秘书你先坐坐，我去去就来……"

牛秘书猜定他是买饮料去的，忙制止道："看老高你多忙！我又不是哪来的稀客，快坐快坐……"

高生富坚持要出去，牛秘书连忙把他拉住，又把他按在一个小沙发上，说："坐下吧，别忙乎了。"

高生富只好坐着，两个人拉了几句家常，高生富总说牛秘书一定是有什么事，牛秘书说："其实也没有什么大事。不过要说不是大事，这事其实也不算小事。我是说你家有三位千金……"

高生富听他真的提到他的三个闺女，心下大喜："好极了，牛秘书准是来给我家二花提亲的。牛秘书亲自上门提亲，那户口准是错不了的，不是乡长家，准是书记家，这就有门儿了。跟书记、乡长结亲家，还愁甩不掉这顶老干事帽子。"忙说："是呀是呀，我这个家要啥没啥，就是有闺女。"

"大的叫大花是吧？"

"不错不错，不过大花已经娶过了。"

"二花呢？"

"还没找婆家。我正想着二花也该找婆家了。"

"我倒是替你看准一个户口，就怕你看不起。"

"看你说的什么话，牛秘书看准的户口准没错。"

"我说的是这家你也知道，就是吕乡长家……"

高生富只听得"吕乡长"三字，差点没把他高兴死。嘿！吕乡长，这可是全乡第二个大官，全乡第一个大富人家哩。说权势，吕乡长的哥哥是县人大的主任，这么好的人家到哪儿找？高生富立刻意识甩掉头上戴了三十年的干事帽子大有希望了。连忙"哈哈哈"大笑三声，开口说话时忽然觉得那话音有点冒油，冒油也不能不说话呀。便说："啊呀！是吕乡长家，这么好的户口，高攀还高攀不上呢！就怕吕乡长的公子看不上咱的闺女。不过牛秘书，我高生富也不是自吹自擂，你走遍咱全乡三十二个大小村庄，我敢说我家的二花不数第一，也不让她第二……"

李宝兰嫌他自吹自擂，很叫人难为情，忙制止他，说："你别自吹自擂了，人不夸自夸，脸也不红一红……"

牛秘书说："不，不是老高自夸，二花我见过，乡政府的同志们都见过，真是人人见人人夸，都说二花在咱们乡可以夺冠军的。"

高生富瞅李宝兰一眼说："你听听，你听听反映，到底是我高生富吹哩，还是事实本来如此……"

牛秘书说："实话说吧，我今天就是受吕乡长夫妇的委托来提亲的，就看你的夫人意见如何……"

高生富听得此话高兴得立时手舞足蹈起来，又瞅李宝兰一眼，笑道："什么夫人！看那穷相吧！她老公不过是个老干事，哪有个干事的老婆敢称夫人的……"

李宝兰也瞅高生富一眼，说："就你好，就你是生就了官相，屁！那一副穷干事样儿，叫人看了恶心……"

牛秘书笑道："都好都好，眼看就要跟吕乡长结亲，很不简单嘛。我得先听听你们夫妇二人的意见……"

高生富争先说："没问题，这婚事我举双手赞成，宝兰，你哩，你也表个态嘛。"

李宝兰说："吕乡长家自然是好人家。吕乡长想跟我们做亲家，这是吕乡长看得起我们，我们还能再说什么呢？但是，这事……"

一个"但是"，高生富急了，立刻斜老婆一眼："什么但是！吕乡长愿意跟咱们攀亲戚，再好不过了，你但是什么？我说这事就算定了，不准开但是的口啦——"李宝兰说："但是如今是自由结婚，到底怎么样，应该先看二花的意见……"

高生富乱摆着手说："没必要没必要。二花那边我敢负责……"

"二花要不愿意呢？"

"没问题没问题，你想想，大乡长家嘛，她怎么会不愿意？牛秘书，这事我包啦，你回去跟吕乡长说吧……"

牛秘书说："还是先征求一下二花的意见才好……"

2. 升官路断

牛秘书走后，高生富乐不可支，先背着手在屋里疾步转了三大圈，发现了桌上笔筒里的笔，便抽出两枝毛笔做鼓槌，往椅子上一坐，嘴里念着"咯啦咯啦锵！锵锵锵锵锵锵咯啦锵——锵呤呤呤锵呤……"

李宝兰听了心烦，走来夺了他手中的两枝笔，说："烦死人了！你……"

高生富歪头看看她，说："我高兴，你知道不知道！——

喂，等二花回来，你把吕乡长家提亲之事跟她通报通报……”

“我不管！二花今年才十八……”

“傻瓜！二花的年龄虽然有点小，可是机会难得嘛！这么好的人家错过了，——过了这个村就没这个店了，将来会后悔的！再说你看我辛辛苦苦干了差不多三十年工作，到头来还是个老干事，别人三年一升，五年一升，官模官样车来车去的多气派，独独我没出息，人们见了面总是老高长老高短，我老是个老高，我实在为我自个儿害羞，我没法儿出门见人呀！再说自古道官人有多大，夫人有多高，你总是个老干事老婆，你的脸上也不光彩嘛……”

“你别唠叨啦！难道跟乡长家攀亲你就能升官？”

“只要跟吕乡长做了亲家，我看准成，到时候我在铁厂提个副厂长，或者提个股长什么的，那不就算是‘长’字号人物了。二花她妈，这么大的喜事，难道你就不高兴？一旦我提升个‘长’字号人物，我出门见人脸上光彩，你也是‘长’字号人物的老婆，你的脸上也会增光添彩的，难道你就不高兴？……”

李宝兰的心真的让他说得活动了，说：“你敢保险？”

“百分之百保险。你想想，跟大乡长攀上亲，他是我们的亲家，我们是他的亲家，还能不给这么点面子……”

“就怕这事不成……”

“百分之百地能成。吕乡长家要不同意，也不会托牛秘书来提亲。”

“就怕二花不同意。”

“由她哩？再说这么好的户口，她不同意，她还想找个什么户口？我想一说是吕乡长家孩子，她也不会不同意的。今天晚上二花回来，你先探探她的口气。”

原来二花没考上高中，便在村里小学当个非正式的民办教师。当晚二花回来吃罢晚饭，说是要去俱乐部看电影，李宝兰说：“二花你等等，跟你说个事。”

高二花一边换衣服一边说：“有话快说。”

“你先不要急着换衣服，你坐下，听我慢慢说。”

“你不说，我走啦。”

“二花二花你慢走。是这样的，今天有一件好事寻上门来，有人给你提亲来了……”

二花听了一愣。说：“妈，你还不老，怎么就糊涂到不识数的地步……”

“谁说我不识数儿……”

“妈，难道你忘了你是哪年哪月生我的？”

“一九七二年八月初八……”

“那么我今年是多大岁数了？”

“十八。”

“如今实行晚婚，到二十二岁还有四五年时间，十八岁是提亲事的时候吗？”

“我知道你还不到结婚年龄，可是提亲并不是马上就要结婚。再说这是个再好不过的好户口，错过这个村，就没这个店了。不结婚，先订婚，总该行吧？”

“哪有那么好的户口？——谁家？”

“我说出来准会吓你一跳，你也准会满意……”

“不一定。什么了不起的户口会吓我一大跳。”

“吕乡长的孩子。这户口怎么样？”

“是他？！”二花闻言真的大吃一惊。她呆呆地站了老大一会儿，只说了一句：“恶心！”抽身就走。李宝兰连忙唤她，二花理也不理，早已冲出门去，一边走，一边还“呸呸呸”连唾三口。

李宝兰看看高生富，说：“看，不成的吧。”

高生富喘了半天粗气，说：“由不了她！”

“你胡说！如今自由结婚，不由她，难道该由你不成？”

“咱就看看该由谁？——她同意也好，不同意也罢，反正这门亲事算定了……”

“生富你怎么能这样说话……”

“不这样说怎么着?！我辛辛苦苦工作几十年，到今天还是个老干事。今天好不容易盼到高升的机会，二花太没良心啦！她二花真敢不答应，看我怎么处治她……”

李宝兰也觉得二花她爸太可怜。说：“你也不要太着急。小孩子家懂得什么？等她回来咱们好好开导开导她，只怕问题就不大了。”

当晚二花看电影回来，正要洗脚睡觉，李宝兰又来了：“二花，你听我说……”

二花洗着脚歪头狠狠瞅她妈一眼：“请你免开尊口好不好！”

“二花你听我说，吕乡长家可是个好户口，错过这个好户口，你明儿个后悔就晚了……”

“我不同意，不要再叨叨了！”

“为什么不同意？在咱们乡又没有比吕乡长家更好的户口。二花，你别傻了……”

“我不傻，我精着哩。我就是不想嫁乡长家的儿子！”

“为什么？你是不是已经有了男朋友？”

“有呀……”

李宝兰闻言有点着急，忙问：“谁？他是谁？”

“一下子说不清……”

“既是男朋友，怎么会说不清呢？”

“我在小学有七八十个男朋友；我在初中，有二三百个男朋友。”

“算啦算啦你别骗你妈啦，跟妈说正经的。为什么？乡长家这么好的户口你也看不起？”

“乡长算什么？乡长还没县长大哩，县长还没专员大哩……”

“县长大，专员大，咱们攀不上，在咱们这儿住，乡长就是最大的官……”

“我又不是嫁乡长，他大不大，与我什么相干。”

“嫁给乡长家儿子也很不简单哩……”

“我讨厌乡长家那个儿子，我瞧不起那个小流氓……”

“二花你怎么可以这样糟践人家……”

“怎么不能？那是个什么东西？上学不好好学习，只会打架斗殴，打了人还要没理强占三分。”

“那就说明人家有权有势。”

“什么有权有势，是个小霸王！在街上，进了饭店门儿，见了烧饼吃烧饼，见了糖糕吃糖糕，只吃不拿钱，说一声‘给我爸记上’，抹抹嘴就走了。”

“看人家那派头多么大。”

“什么派头，恶心！——他跟人赌钱，输了钱，不认账，还打人。人家把他揪到派出所，派出所长不教训他，反而处治被打者，仗势欺人，什么德性。”

“照你说他就没有一点好处？”

“十足的小流氓，有什么好处！这种人，我看都不想看他一眼，我怎么可以嫁给这种人呢？”

李宝兰也感到让二花找这样的对象不好，她傻了眼。说：“可也是，跟这种人过日子怎么过得成呢？”

高生富听言急了，立刻驳斥道：“什么这种人那种人的？这种人怎么啦？年轻人血气方刚，打打斗斗常有的事嘛，难道只有话也不敢多说一句，路也不敢多走一走，畏畏缩缩，死气沉沉的人才才算好青年？敢打敢斗敢闯敢闹，说明那孩子是个有骨气有闯劲有前途的后生，我就喜欢这样的年轻人……”

二花说：“你喜欢，我不喜欢！你们想干什么，随便儿，我不同意，看你们能怎么着……”

“这事由不了你！”

“咱就看看由谁！……”

3. 终于升官

因为二花不答应这门婚事，高生富很生了几天气。

一天下午，高生富正准备到铁厂去上班，忽然隔窗看见牛秘书又来了。连忙给李宝兰打招呼：“快，牛秘书来了。牛秘书问到二花的事，只说二花很高兴，我们也没意见，不准你胡言乱语……”

李宝兰说：“可是……”

牛秘书进门就喊：“老高。”高生富忙着应声儿，让座，泡茶。几句家常之后，牛秘书说：“你们商量好了没有？有个结果吗？”

高生富忙说：“有呀有呀，我们都没意见。只要吕乡长满意，我们更满意。”

“好！二花呢？她同意吗？”

“她当然同意。我们跟二花说了，把个二花高兴得一夜没睡着。”

“那就好，那就好，既然你们都没意见，我看这事就让虎虎来你家走走，让他们两个见见面……”

虎虎就是吕乡长的儿子。

高生富闻言着了急。想一想，说：“那可不必。我们这个二花爱脸红，保证她愿意就是，见不见面都一样。”

“不，搞恋爱嘛，一对小男女怎么可以不见见面呢？你看让虎虎什么时候来？”

“什么时候都行。那就后天来吧……”

牛秘书走后，李宝兰便怨恨高生富：“明明二花不同意，你叫人家虎虎来干什么？”

“你别怕，我有办法。”

到了后天，牛秘书真的带领吕虎虎来了，却不见二花的影子。高生富说：“是这样，牛秘书，二花今天有个会，非参加不可，请你改日再来好不好？”

牛秘书、吕虎虎只好改日再来。可他们又来两次，总不见二花的影子，他们很感蹊跷。吕虎虎先发了火：“不要套人嘛！这是做什么？同意就同意，不同意拉毬倒！”

牛秘书连忙斜虎虎一眼，说：“虎虎你说话客气点好不好。”牛秘书见那个二花总不肯见面，觉得事有蹊跷。说：“老高，我们来过几次，总见不上二花的面，这事是不是不成？”

高生富早已想好了主意，说：“倒不是不成，就是关于这件事我想……我想……我想……”

牛秘书见他说话吞吞吐吐，不知他有什么难言之事。后来忽然明白了什么似的试探着问道："老高，你是不是有什么要求？"

"啊呀！牛秘书你真是善解人意的好人，你算说对了……"

"什么事，你说吧，只要能办到的，我们会想尽办法给你办……"

"这宗事在我说来算是大事，要我自己办，比登天还难；要是让牛秘书、吕乡长办，不过是一碟子小菜，算不了什么的。我是说，我是说……"

"你干脆说吧，怕什么？又不是外人。"

"说，我说。不过这件事也不是单单为了我，主要是为了吕乡长。我总想吕乡长跟一个小小的一般干部做亲家。门不当，户不对，首先是吕乡长很丢面子的……"

吕虎虎说："就是为了个这，你才老不让我跟二花见面？婚姻大事还来这一套，还做这种小动作，没油水！"

牛秘书说："不。实际上老高也是为虎虎你们父子着想的。好！老高，这事好办，我跟吕乡长一说，准成！"

过了两日，乡政府一名副乡长真的到铁厂来召集厂里中层以上干部会议，宣布高生富为铁厂副厂长。人们当即鼓掌表示赞同。一个宣布，一通掌声，高生富忽然觉得自己立时又长高三尺，"嘻嘻"笑着向人们点头哈腰，连声说："谢谢！谢谢！……"

当天下了班，高生富走在回家路上，努力做出一副官态官样儿，把头抬得高高的，把双手插在裤兜儿里，走路带几分摇摇摆摆的样儿，每每碰上熟人，带着官腔官调搭讪："你好？你好？"

高生富一路飘飘欲仙。回到自家屋里，见了李宝兰，立刻振臂高呼："我当了厂长啦！我当了厂长啦！我……"高生富工作三十年没当过官，今天忽然头上有了顶官帽子，不知该如何表白才好，生怕人不知道他当了官，口口声声大呼不止。

李宝兰见他疯了一般地呼唤，嚷道："老高你疯啦，不怕邻家们听得笑话……"

"谁敢笑话，我这厂长又不是假的！我这厂长是千真万确的，你明白吗?"

"就算是真的，何必那么大呼小叫的……"

"什么大呼小叫！过去的人升了官还要敲着大锣到大街夸官三天哩！我不过喊了几句——我还要喊，我当了厂长啦！我当了……"

"老高你算啦！你……"

"什么老高?！过去我是老高，今天我是厂长，你说话注意点……"

"神经病!"

"什么神经病？这是真的！——快！快到肉案去割二斤肉，快到副食店去买两瓶酒，要买就买汾酒。"

李宝兰却坐着不动。高生富火了："你还不快去!"

"好端端地买酒肉做什么?"

"我的天呀，我当了厂长，这么大的喜事，不该喝两盅庆贺庆贺吗？——快去快去。"

过去买菜、割肉都是高生富当采购的，今天他忽然要宝兰出马，她不去，说："我不知肉案的门朝哪厢开哩。要去，你去……"

高生富只觉得很奇怪：她跟厂长说话，怎么可以这样说呢？又说："叫你去，你就去……"

“割肉买酒从来就是你的事……”

“好我的宝兰你错了！过去我是一般干部，上街买个酒，割个肉，可以，如今我当了厂长，当厂长也上街割肉买菜，成什么体统！”

“你升了官，今天的高生富不是昨天的高生富了，可是难道今天的李宝兰还是昨天的李宝兰不成?!”

“怎么？你又没升官!”

“谁说我没升?”

“你升了什么……”

“我昨天是干事老婆，今天升了厂长夫人，你知道不知道，你总不能让厂长夫人上街割肉吧?”

夫妇二人争论半天，也没个结果，中午照旧还是炒了土豆片做菜。

高生富次日到铁厂上班便换了一身新衣服，刮脸也刮得很细致，厂里人都说不认识他了，他便很沾沾自喜。有事出门，哪怕就是到本镇街上什么地方转转，也要坐了厂里的小汽车去。他又觉得自己应该回老家走走，让乡亲们看看他如今也升了官，也有小汽车坐了，其实他的老家很近，不过就是十华里路程。一日，他坐了厂里的小汽车回老家，路过他的宿舍门口时，李宝兰却跑来拦住他的车。高生富打开车门探出头来问：“什么事，你也想回家走走？好，上车……”

李宝兰说：“你别去了。牛秘书在家里等你哩。”

“真的?”高生富只好下车。

高生富回到家里，牛秘书说：“高厂长，你今天是不是要衣锦还乡夸官一番?”

高生富笑道：“哪里哪里，是家里有点事。——牛秘书，你有事?”

“好我的大厂长哩，当了官倒把我们的大事给忘了，真是人说的贵人多忘事哩……”

“哪里哪里，二花的事好说，她十分满意这门婚事……”

“那就让虎虎跟二花见见面吧。”

“可以可以。”

“今天晚上我同虎虎来好吧?”

“很好很好……”

牛秘书走后，李宝兰便问高生富:“你只管答应下让虎虎来见二花,二花不同意,一见面闹崩了,你怎么交代人家吕乡长?”

“等中午二花回来，咱们好好做做她的思想工作。”

“要是做不通她的思想怎么办? 二花的工作没做通，你可大早捡了顶官帽子往头上戴，我就看你能戴几天!”

“你看看，我这顶官帽子既然戴到头上肯定会戴它后半辈子。”

“你瞎吹! 叫我说你老老实实摘掉那顶官帽子算啦，免得闹出大笑话来……”

“你胡说! 我这个副厂长来得很不容易你知道不知道?”

4. 完了完了

中午，二花回家来吃饭，高生富以为做二花的工作是迫在眉睫之事，忙说：“二花，你爸在厂里升了副厂长，你大概早就知道了吧?”

二花说：“升就升吧，工作了几十年也该升升啦。”

“不，要不是吕乡长出面说了话，我头上那顶老干事帽只怕会戴到棺材里去的。你看……”

“你工作几十年，其实吕乡长早就该提升提升你。”

“那倒不一定。很明显，吕乡长提拔我，全是为了让你嫁给虎虎，你可不能做忘恩负义之人……”

“这么说那个吕乡长也太不像话！为了给儿子找对象，利用职权给人加官晋爵，还像个乡长样儿吗?!”

“不不不，二花，吕乡长可真是一番好意。再说你老爸工作了二三十年还是个老干事，你就不可怜可怜老爸吗？为了你的老爸，为了你老爸头上这顶小小的官帽，我求求你就答应下这门亲事吧……”

“凭闺女升官，也不害羞——你不害羞，我可实在害羞哩！他当乡长的越是这样，我才越是不同意哩……”

“可不敢可不敢，我的好二花我的好闺女。我求求你啦二花，你就答应了吧。今儿晚上虎虎就要来，你就……”

“他来不来与我什么相干！”二花说着，一怒气出门去了。

高生富特着急，就追就喊：“二花二花你快回来……”

二花没回来。

高生富疾呼：“我的天爷，这是要我的命呀！”

李宝兰说：“我看二花是没希望了，牛秘书再来了，把这件事说断算了……”

高生富急了：“断了？你说得好听，二花不嫁给人家，我这个副厂长怎么办呢?!”

“你没当厂长不也活了四五十岁！大不过把那个厂长帽子丢了拉倒……”

“丢了我这个副厂长帽子？——不行！我得到这个副厂长真比登天还难，不容易呀！”

“不丢敢情好，我也乐意当几天厂长老婆。可是二花的事怎么办?”

“我宁愿丢脑袋，也不愿丢了这个副厂长！自从我当了副厂长以后，进了厂门儿，哪一个不笑脸迎我？哪一个不厂长长厂长短跟我说话？走在街上，哪一个看见我不点头？你没当过官没领会过当官那份美气，嘿！美着哩！美着哩！马马虎虎叫我丢掉这个副厂长，没门儿!”

“好好好，我就要看你怎么向人家交账!”

当晚，牛秘书又陪着吕虎虎来了，牛秘书进得门来向四壁乱瞅：“啊？二花还不在……”

高生富连忙笑脸解释：“二花今天晚上又有个急事出去了，我看这样好不好，明天晚上她准在家，就等明天晚上……”

牛秘书、吕虎虎来了几次都见不到二花的面，高生富总是今天推明天，明天又推后天地应付公事，不免起了疑心。吕虎虎先瞪大眼嚷道：“你到底是搞什么名堂！你是骗人吧？——我可告诉你高生富，你如果敢骗人，我们也不客气的，告你个诈骗罪，我叫你吃不了兜着走……”

高生富忙笑道：“不不不，婚姻大事要见真的，我怎么敢骗人呢?”

“你骗了我们几次还说不是骗人……”

说着话，忽然打外边走进一个人来，看时却正是高二花。吕虎虎一看见高二花，那份怒气立刻消了十二分，忙笑道：“二花回来了，我正等你哩……”

高二花怒目瞪着吕虎虎：“你等我做什么？我们是骗子，你们等骗子做什么?”

“不不不，好好一家人，怎么会是骗子哩？二花，你坐，咱们谈谈。”

“有什么好谈的?”

牛秘书说：“你们俩还没坐下来一块儿谈谈嘛……”

二花说：“我为什么要跟他一块儿谈?”

牛秘书说：“老高说关于你跟虎虎的婚事，你已经同意了……”

二花说：“我从来也没同意过，我从来就是坚决反对……”

“那，你爸怎么说很满意?”

“我很不满意……”

“老高，你看这事怎么办，二花不同意，你怎么说她同意呢?”

高生富说:“二花你是怎么啦?你明明说过同意，怎么今天又推翻啦?——你是害羞吗?好，我走开，你好好跟虎虎谈谈……”

高二花说：“你走还不如我走!”匆匆走了。

牛秘书冲高生富说：“老高，你看这事该怎么办?”

高生富说：“牛秘书你听我说，我们二花说话没个准儿。让我明天再跟她谈谈，准没问题……”

吕虎虎看出来高二花不可能谈成的，便冲高生富厉声大骂一通，说他是骗子，指责他是捉弄人，是官迷心窍，是个大骗子……最后跟牛秘书说：“牛秘书，咱们走！再也不来上他的当啦!”

牛、吕二人气冲冲地走了。

高生富眼看大事不妙，以为头上那顶副厂长官帽子戴不成了，好生气好着急，又是搓手又是跺脚，满屋里乱转着，直喊：“完了完了一切都完了！一切都完了！……”

302 病房

县委书记秦汉业因患高血压病住进了县人民医院。若是一名普通干部或老百姓住医院自然是平常事，县委书记就不大相同了。

这消息立时传遍县里各个单位，那些局长们、主任们、乡镇里的干部甚至连同许许多多一般干部，都为秦汉业住院开动脑筋，行动起来。县委办公室主任卢三山，组织部长成玉海，宣传部长丁尚仁等人都买了中华鳖精、山楂奶、芒果汁到医院来看望。县里各局、委、办，各单位，各公司的头头脑脑们甚至连大多数一般干部都给惊动了。有的干部想升职，有的干部想提拔，有的干部想调个好单位，有的干部怕下岗，平日里，无论是局长还是干事，谁不想巴结县委书记、县长和组织部长呢？去年，组织部长成玉海的儿子结婚，人们看好这个烧香机会就纷纷烧香，争先恐后地给成部长家上了一份厚礼，据说成玉海给儿子娶了一个媳妇，大有赚头。但是人人明白你想升官你不想下岗，单单讨好一个组织部长还不够，在县委书记面前挂个号，那是最为重要的一个环节。但这位县委书记有个两袖清风的好名声，好端端的你到秦汉业家没借口，不送点什么，又怕提干时书记记不起自己，讨论下岗名单时却偏偏能记起自己，如今，这可真是一个千年不遇的好机会。

民政局赵金星是县府资历最深的局长。大前年开县人大会时，他就有希望升副县长，结果没当上。明年县人大又要换届，他接受上次坐等的教训，要大早打通关节，最最重要的关节自然是县委的常委们，但既要买礼品，就要花钱。局长夫人名叫刘金果，偏是个出名的老抠。赵金星身为局长，平日里身上口袋里装的零花钱，从来没有超过买两盒“大光”烟的钱，每每遇花钱，赵金星向刘金果领几元钱，很不容易批准。不过今天赵金星想到买礼品是关系到这个家主要人物的升官大事，刘金果不会算不清利害，于是放大胆量，便冲刘金果说道：“金果，你也知道秦书记住院以后，县委机关、县府机关各单位很多人都到医院看望秦书记了，咱们也应该去走走才对呢。”

刘金果说：“去吧去吧，该跑的你不能不跑。大家都去了，你不去，好像你对秦书记有意见似的，那可不得了。前年换届时你没上去，只怕就是吃了太老实的亏。”

“你拿钱呀!”

“真是吃不穷，穿不穷！就怕领导生大病……”刘金果发牢骚，实际上还是开始行动起来。刘金果打开柜子拿出五元钱给赵金星：“给你，这日子实在是过不下去了。”

赵金星见是五元钱，气极了：“开什么玩笑，五元钱，五元钱能买个什么？副食店里各色饮料很多，有一百多元一盒的，有七八十元一盒的，最最便宜的也少不了五十元。如今看病人，谁家不是掂了饮料礼盒子去的？何况还是看望县委书记……”

“看县委书记就必须买礼品盒子吗？哪来的这项规定？拿一瓶子山楂罐头也一样能看病人。一瓶子罐头大不过三四元钱，给你五元钱还少吗？”

“好我的你哩，拿一瓶子罐头去，像话吗？倒不是打发叫花子哩。——快拿吧，怎说也得拿五十元……”

“五十元，那不是要人的命吗？你送一次礼就拿五十元，我问问你秦书记给你提一级能增加几元钱。赔本买卖我不想干！”

“你呀你呀，你太近视眼了！如果能升个副县长，要加两级，三十多元哩。一个月三十几元，一年三百，十年三千，一百年三万，还不说……”

“咱给他送五十元的礼，他给你升个副县长，他给你打保票不？”

“什么话？快拿钱吧，少说也得五十元。”

“他不给打保票，赔本买卖我不干……”

刘金果死不肯拿钱，赵金星也没有办法说服她，只好另想办法。他找他局里的部下借了五十元钱，连忙跑到一家副食店看看，好家伙，过去货架上花花绿绿满满当当各色饮料盒子，如今却只剩下稀稀拉拉的几盒子。且是八九十百多元的贵货。赵金星只好再走一家副食店看看，不想这一家也一样，饮料盒子所剩无几。这种情况赵金星还是第一次见。便问：“你们的礼品盒子卖得好快呀？”

“这两天卖得真够快，都是各单位的男男女女们买去的。今天还好些，昨天买礼品盒子的人还排队哩。”

“这是怎么啦？”

“怎么也不怎么。秦书记住了院，谁也想去看望看望。光咱县就有上千名的干部哩……”

赵金星闻言，思想上就增加了几分紧迫感，更觉得看望秦书记的事拖延不得的。连忙拿四十二元钱买了一盒子鸡蛋奶粉，在街上又买了三斤芦柑匆匆忙忙跑到县医院，便碰上好多人打内科秦汉业的病房出来走了，又看到好多人掂了各色礼品盒子走进秦汉业的病房。他看到刚刚走进秦书记病房的县财政局局长王保财。因看见王保财掂了两个大礼品盒子，还有香蕉、芦柑、黄梨装满一个大网兜儿，便觉得自己掂了一只礼品盒和三斤芦柑，太小家子气了。更何况王保财也是一名明年有可能升副县长的人选。论资历，王保财比我赵金星差得多；论政绩，近二年王保财跑在了我的前边；论学历，我是本科大学，王保财是大专生；论人缘，王保财又超过了自己。王保财在许多方面都超过了我，今天在看望秦书记送礼品方面自己如果比不上他王保财，自己的副县长岂不会泡了汤？于是，赵金星没有走进病房，连忙返身走出医院，他要想办法求人借些钱，多多加买一些礼品，力争超过王保财。

财政局局长王保财四十出头，近二年努力抓财政收入，扭转了多年来本县的老穷县局面。消灭了赤字，还略有盈余。因而王保财在县长县委书记面前是大红人。王保财本来只是想把本县的财政工作做好，消灭赤字，增加财政收入，为本县的小康建设贡献一份力量。近来因为他的工作成绩，常常受到书记县长的赞扬，由而也就想到了下次换届自己准有高升的希望，以为趁秦汉业住院之际再在秦汉业面前有点表示，明年的升官就保险多了。王保财同他的老婆路露商量去看望秦书记买多少礼品之事，路露明白趁此机会在秦书记面前表示表示的重要性，便说："如今干什么都礼重的，拿少了不好看。我给你二百元钱，你去买吧。二百元一定要全花了，多买点儿，要买好的。要不，你也掂一盒子东西，他也掂一盒子东西，平平常常，大家都一样。人家秦书记就记不住你的。"

"有道理，有道理。"没想到这事儿还真是一门学问哩。王保财真的跑到一家副食店把二百元钱全部买了礼品。

老鼠拖葫芦似的掂了许多礼品来到县人民医院三楼 302 号秦汉业住的高级病房，好家伙，只见另一张床上和两个沙发，四把椅子上全都坐满了人。床头和桌子旮旯边还站着几个人。一张桌子上花花绿绿的礼品盒子摞成几架小山，床头床下也堆放着各色礼品盒子还有不少的香蕉、大梨、苹果、芦柑。秦汉业躺在病床上正输液体。书记夫人郝月楼站在地上东扭扭西转转忙着照应客人。因见王保财双手掂了好多东西走进来，郝月楼笑道："王局长你这是怎么啦？看你手上掂的，胳膊上挎的，背上背的，大嘟噜小嘟噜好多的嘟噜，二道贩子似的跑什么买卖呀……"

郝月楼一句话，满病房的人都哈哈大笑起来。

王保财一边说："好累好累……"一边瞅放礼品的地方，满屋里到处是礼品盒子大山，找不到一个可放东西之处，就在地上不停地打旋。郝月楼连忙上来接他的礼品盒子，说："看把你累的，也真是，为什么要拿这么多的东西呢？"

王保财这才看看秦汉业说："秦书记，我不知道你住了院。我昨天下午才打小川乡回来。听说你病了，吓了我一跳……"

秦汉业躺在病床上说："你也来干什么呀？不过是病几天，都要跑了来看看，有这个必要吗？"

王保财说："怎么没必要？病了嘛，能不来看看吗？"

头里进来坐在沙发上的县交通局副局长李小峰说："你住了院，如果县级机关没一个人来医院看看你，岂不说明你严重脱离群众了……"

郝月楼接上李小峰的话茬说："那就变成孤家寡人，难道那样才……"

靠在床沿上的商业局干部张来昌说："老百姓有病住了医院，左邻右舍也会跑来医院看看的。"

秦汉业说："看看也可以，不要拿这拿那嘛，你看我住的这个病房副食品商店似的……"

李小峰说："这也是人之常情嘛。"这位交通局副局长因考虑到现任局长将要退休，局里三个副局长都想升任局长。李小峰以为自己升任的可能性最大，但没有把握。早就想在县委书记、县长面前有所表现，挂个号，苦无机会。正好秦汉业因病住了医院，同时他也发现交通局另外两个副局长孙小山、吴天成买了礼品盒坐车到医院去过了。只觉得自己落后了，失策了，连忙买了两盒子饮料跑来医院。他坐在沙发上问候秦汉业几句，秦汉业倒是应了声儿，只是没有歪过头来看他一眼。李小峰在县大礼堂多次听过秦汉业做报告，但是没有说过话。今天拿礼品来一趟，目的是能让秦书记认识自己。明儿升局长还许有希望，可是秦汉业看也没看他一眼，如何能记住交通局的副局长李小峰来送过礼品呢？一百多元钱岂不是白花了，来医院一趟岂不是等于白来一趟？所以李小峰一有机会就要说话，想叫秦汉业注意到自己。可是他把话说过了，秦汉业仍然没有扭过头来瞧他一眼。只觉得今天等于没来，不知道该如何是好。这里人太多，坐久了不好，走又不想就这样走了。叫他左右为难。此刻，坐在床上的农业局干部孟有生说了话。这个孟有生只是农业局的一名普通干部。但是他在农业局工作了近二十年当了二十年一般干部，算是个老干事了，总没有升个小官的机会。在农业技术方面，他有几项新技术皆得以推广，是个很有成就的农业技术干部。书记、县长在会上多次表扬过他，但他总是个老干事，管农业的副县长也多次说过要提他当农业局的副局长，但总是空头支票一张。更何况农业局还有个既年轻，又是大学生，成绩也很突出的同事黄少红很受局长的重视，连县委书记秦汉业也说过少红能干，将来到底谁提副局长，还很难料。孟有生觉得自己年龄比较大了，没什么希望了。他又很老实，不愿意为了升个小官到处烧香磕头去。可是他的女人王远香觉得一年又一年的老是个老干事的老婆，实在没脸见人，定要设法让老孟升个副局长什么的，便督促孟有生也掂一盒礼品到医院来看看秦书记。孟有生觉得这种行为实在有点为了自己升官而巴结领导之嫌，很不想做此事，老婆王远香便骂他："你怎地这么没出息！别人都去得，偏你去不得？去！大家都去，偏你不去，就甘心当你一辈子的老干事吗？"

"我一个小小干事，就是去医院走一遭，秦书记也不会记得住我，去不去都一样的……"

"放屁！你去了医院，多说几句话，表现突出点，秦书记不就记住了？"

王远香硬是到副食店买了礼品，亲自出马，与孟有生一起来看望秦汉业。目的在于监视孟有生，看他在秦书记面前说话不。王远香就与老汉孟有生肩碰肩坐在床上，见别人说东道西，偏孟有生连屁也不放一个，急得王远香连连碰他的膀子，总是碰他不响。王远香急了，便暗暗下手拧他的大腿，孟有生无奈，才开了口，说："秦书记，你这种病要注意多多静养……"

孟有生开了口，王远香就注意秦汉业的反应，看他看了孟有生一眼没有。县民政局局长赵金星又去加买了礼品匆匆走进来，他两手掂了两大盒礼品也不找地方放下，就掂着礼品盒子走到秦汉业的病床前大声说道："哎呀秦书记你怎么搞的又犯了病？你呀！平日里就知道工作，只会当老黄牛……"

秦汉业听他如此说话，心里有点烦，又不便说什么，只是勉强笑道："你快请坐吧。"

郝月楼这才忙着接过赵金星掂的礼品，说："老赵你晚到一步，实在给你找不下个座位，你就辛苦一点站着吧……"

坐在沙发上的交通局的李小峰连忙站起来，给老资格赵金星让座，只见商业局的干事李建国、王建华和张来昌三个人都是为了谋求交通局副局长的位子来给秦汉业送礼品盒子的。他们为了争得秦汉业赏识，那礼品盒子你的更比他的大，可是因为拿了礼品盒子来探视秦汉业的人太多，礼品盒子和送礼品盒子的人拥拥挤挤，挤满一个大病房，使得这里空气十分不佳。人们你一言他一语，一个个生怕秦汉业没有记住自己来看望过他，总想多说一句话，引起秦汉业的注意，但是正因为如此却把个病号秦汉业吵得心里焦躁不安。秦汉业住院已经七天，头两天来人少，经过治疗，他的血压已经有所降低。近三日来看望他的人来得过多，使他整日价处在乱哄哄的"闹剧"之中，他的血压反而又升高了。头天夜里，秦汉业就提出要设法阻止太多的人来探望，郝月楼却以为有很多的人来看望他，才正好说明秦汉业没有脱离群众，是个很受群众拥戴的好书记。她还说："叫谁来，不叫谁来，会惹人的，不合适。有人来，你只管养你的病，不要多说话，一切由我接待好了。坚持几天，人就不多了。”因而秦汉业只好硬着头皮顶。不想硬顶是错误的。由于来人太多，秦汉业的病不仅没有好转，竟于第九天的大早病情忽然加重了，患了脑血栓，秦汉业偏瘫了。

这消息立刻传开来，很多人比如像民政局局长赵金星，交通局的李小峰、吴天成，农业局的孟有生他们都很后悔前两天不该花一百多元二百元到医院来看望秦汉业。因为秦汉业患了脑血栓，他偏瘫了，还怎么有可能工作，还怎么会继续当他的县委书记呢？还怎么管得了人们升副县升副局长的事呢？像民政局局长赵金星这样的人，找夫人刘金果讨几元钱十分不易。县级机关的局长们，职员们的工资能有多少？他们一下子白扔掉一百多二百多，怎么会不心疼呢？刘金果听说秦汉业偏瘫后，想到丈夫赵金星一下子白扔了几十元钱，十分生气，竟与赵金星连明彻夜大吵了两天：“我给你五元钱，你偏说少，硬是借下人的几十元买了那些黑货去上号，这下倒好，把几十元钱白扔了！把几十元钱白白地扔到粪池里了。早知道是这样，还不如把那几十元钱扔进泊池里，还能‘扑通’听一声响。你要听上我的话就拿五元钱去买东西，哪会是这个结果呀？你白扔了五六十元，以后禁止你五十天抽烟，啥会儿你把这六十元钱给我省出，你啥会儿再抽烟。”赵金星怕邻家听见他们吵架不好，不肯与老婆对吵，只小声嘟噜了几句，只好忍着不抽烟，可又忍不住。老婆不发买烟钱，赵金星只好再借钱。借钱买烟之事又叫刘金果知道了，便又大骂赵金星，他们闹个没完。至于其他人，自从秦汉业的病情忽然加重患了偏瘫以后，县里各局、办的职员们、干事们和各乡镇的乡长、书记们好像开过会，做过决议似的，忽然间一致行动，一律都不再往县医院跑，不再有人到副食店买礼品盒子了。

秦汉业的病忽然加重了。秦汉业住的 302 病房忽然清静起来，忽然冷落起来。前些日子从早到晚，秦汉业的病房门庭若市，好不热闹，热闹得病人的高血压久久不能降下来，如今这病房突然冷清起来，从早到晚，今天明天，秦汉业那么多老同事，除了几个县领导来过，那么多老部下，那么多老同志，居然都不知道来看看这位病重了的县委书记，使得其妻郝月楼、其子女秦必强、秦必红他们都说，这个病房冷清得很怕人。医生说如果早几天能是这个样儿，秦书记的病也不会加重的。书记夫人郝月楼说："老秦的病重了，再也受不了那么多人的吵吵嚷嚷，就这样清静些才好。"

郝月楼一方面陪视秦汉业，一方面想到这些天收到那么多礼品盒子，那么多香蕉、芦柑，把原本很宽敞的宿舍堆得没个下脚处了，她要儿女们迅速处理一下。于是，秦必强、朱芳夫妇和秦必红回家把那些物什清点一番，仅是各样礼品盒子便是五百二十三件，比几个副食品店的商品还多。这么多东西如何消化得了。但又不知该如何处理。亏了媳妇朱芳想得出来，她说这几天县城的副食店都已经空空荡荡地缺了货，把这些礼品盒子折价售给他们，他们准高兴，他们既省钱，又省了到省城进货了。于是，他们找几家副食店说说，都很愿意买他们的货。他们就六折出售给几个副食店，五百二十三件礼品盒子共售款两万八千二百元。一男一女各分一万四千一百元。各自庆幸发了一笔财。

再说秦汉业虽然偏瘫了，但病情并不太重，经过二十几天的精心治疗，再加上这一段时间很少有人来病房看望他，很安静，环境特好，秦汉业的偏瘫竟然奇迹般地很快好多了。他不仅下了床，偏瘫过的半身居然完好如初，基本上没多少感觉了。这使得全家人十分高兴。女儿秦必红竟高兴得跳起来。儿子秦必强高兴地说："他妈的一群势利眼，我爸病重了，以为我爸的书记干不成了，连个鬼也不上门儿了。他们高兴得太早了。我爸奇迹般地好了，看他们还冷清我爸不……"

秦汉业便训斥儿子："什么话！大家都工作忙嘛，总不能每天来看我这个老病号……"

秦必强说："老爸你错了！什么工作忙！为什么你在中风之前，这个病房如同闹市一般，探视者你来他往整天价拥挤不堪；老爸你一旦中风了，这个病房突然变成了冷宫，连一只狗也不见来了……"

"王县长、王部长他们不是都来过嘛，不要这样看人看问题……"

"我不冤枉他们。老爸，你等着瞧，你如今又好转了，我敢打保票，不出三天；那些鬼们又会拥进这个病房的……"

"不！我这一次好过来，一定要保密，对任何人也不要说出去。一则，不要给大家找麻烦；二则，人来得少，我可以安安静静治治病。我这病受不得吵吵的……"

秦汉业话音未落，早已有财政局的局长王保财同老婆路露又是掂了大大的花花绿绿的礼品盒兼带着一大兜儿的香蕉、橘子到了 302 病房。路露进来就说："秦书记，听说又犯了病，前几天我跟保财就说要看看你，又怕你病重受不了人多说话，我们干急没敢来。我们就天天问讯你的病情，这两天又听说你好些了。这就叫好人必有好报。我们就说像秦书记这样的好领导，老天爷也不能把他怎么样的……"

郝月楼嫌她高声大叫话多，对秦汉业的病情不利，连忙招呼她坐下，说："老秦的病刚好些，医生再三嘱咐要他静养，他受不得吵吵的。你们已经来看过老秦，实在不该再来……"

路露忙低声说："是呀是呀，是这个理儿。不过秦书记病了这么长时间，来看一次，我们怎么放得下心呢？我们来了，可以不说话或少说话……"

他们说着话，商业局的李建国、王建华又提着礼品来了，交通局的李小峰又提着礼品盒子来了，连被老婆大骂两天的赵金星也是又提着礼品盒子来了。还有大王乡的乡长、书记，小山乡的书记、乡长，和平镇的镇长、副书记，还有好多局的局长，还有好多公司的经理，又纷纷涌上 302 病房门来，秦汉业的病房又一次变成了蛤蟆池。郝月楼忙着接待大家。秦汉业躺在病床上无可奈何地叹了一口气，说："同志们不必忙着看我了，看起来我是没希望了……"

“老等”马轱辘

一

“老等”马轱辘是他们家的中心人物，也是马家沟许多社员群众里一个中心人物。近一年来，他一行动干什么便有一些人跟在他的后边也干什么。因为他是个精灵人、是个明白人、是个能人。因为他干什么，都能干出个样儿来，都能发财，简直就是个“活财神”。人们跟着他学，他也乐意根据人们各自的条件，出主意，想办法，帮助乡亲们致富。但是有一条，找他取经、讨主意，找他求助，开口说话要注意，千万不要唤他的绰号“老等”。要不，你喊他一声“老等”，就不大好办事哩。

这天吃早饭时，“老等”马轱辘手里端着一碗饭，站在当院里，一个一个唤着名字给全家人分配活路。第一个总是先唤他的老伴儿黄秀珍。他认为这也是一种先己后人、以身作则的模范行为。并且凡是脏活儿、累活儿、重活儿，除了留给自己干，总是先让老伴儿干。老伴儿今年四十五岁，他认为按照国家干部的说法，四十五岁还是个中年，还是重用、多干的年岁嘛。其次便是女儿马水仙。按说儿子马水旺是这个家里第一个强劳力，脏活儿、重活儿应该先让他干。只因他已经娶了媳妇，马轱辘认为儿子一结婚，好像有一半已经属于媳妇的人，害怕媳妇有意见，说他派活儿不公，所以总是把儿子排在女儿的后边。第三个才是儿子马水旺，总是最后才轮到给儿媳妇路小香派活儿，给她派的活儿也总是比较轻一些，不那么脏一些的活儿。当然，如果是锄苗，耪地，也就无所谓轻重了。

“老等”马轱辘派活才派了一半儿，村西头的马肥肥走进院来。他冲着马轱辘不喊名不叫姓，偏偏单喊一声“老等”，笑道：“看老等你，吃着饭也忙成这个样儿。”谁知他一声“老等”唤坏了，“老等”马轱辘看也不看他一眼，竟然继续唤着儿子、媳妇的名字往下派活儿。马肥肥一时弄不清他为什么还会拿架子，不理人，只好再重复第二遍，说：“‘老等’你的耳朵塞上驴毛啦!”

“老等”马轱辘听他只管喊“老等”，气极了。回头瞅他一眼，恼悻悻地说：“谁姓等？我跟你不是一个老坟烧纸？”

这时候，马肥肥才醒过神来：他是忌讳当面唤他“老等”的。原来这马肥肥自以为比马轱辘大两岁，也算他一个本家老哥，事先并没有注意唤他的绰号是个问题。因见他居然发了脾气，这才笑道：“看老弟你，这二年那么唤惯了，不小心又唤了一声，什么大不起的事。算了，以后我记住不唤‘老等’就是了……”他虽然已经赔了情，道了歉，可是马轱辘还是没有热情接待他。他只好说正经的：“老弟，我也买下泡桐苗啦，咱没有栽过这种树，怕栽不好，想请你去指导指导……”

"老等"马轱辘的面孔虽然还是绷得紧紧的，却朝西房里喊道："水旺，今天上午你去帮助你肥肥大伯栽泡桐。"

马轱辘家帮助乡亲办事，是他们家一个月前订下的新家规里的一条。他们全家人讨论制订的家规共二十四条，其中有广开生产门路，科学种田，科学养殖，全家人都必须努力学习科学；有粮售给国家，钱存入银行，支援国家四化建设；家里人有私事必须请假；制订生产计划，生活上花钱超过五十元者，要经全体家庭成员讨论通过；家庭成员任何人超额完成本人生产计划者，奖超产部分之百分之八十为个人积累；必须在经济上、技术上支援落后人家搞好生产，走上致富之路，凡有帮人的事，家里任何人不得推诿……大概如此。所以乡亲们找上门来，总是有求必应的。现在听当家的一声喊，儿子水旺应声而出，笑着对马肥肥说："大伯，这就去吧。"

马肥肥见马轱辘绷着个面孔，也不再跟他告辞，引着马水旺走了。走在街上，他说："水旺，想不到你爸爸的脾气还是……"

马水旺说："只要记住不唤他'老等'，态度好着哩，多大的事也好办。"

"多年了，可也真是——实际上他过去就是个'老等'嘛。——"

二

过去，马轱辘确实是个"老等"。

一九五八年玉米卫星上天，亩产万斤时，人们乱吵吵，马轱辘说："等着看吧，就怕这颗卫星上不了天，终究还会落地哩。"

一九六一年，大队又一次给社员分了自留地，别人积极种，他不积极，说："等着看吧，过不了二年，自留地还会收回去的。下工还不是白下工。"真的到了一九六三年，社员又没有自留地了。

七十年代初，有的喊口号拥护"旗手"，有的背地里骂"秃子"，马轱辘说："等着看吧，'旗手'也好，秃子也好，早晚都得完蛋。"后来的事真打他的口上来了。许多人都佩服他这个"等等看"，便开始有人喊他"老等"。有人以为他是个高明人，每每遇事，总是大队干部带头先走一步，"老等"马轱辘又总是等着干部干起来，他才不前不后地跟上去。还有些社员不看干部，专看"老等"，总是跟在"老等"的后边走。所以当时人们喊他"老等"，是一个褒义词。后来人们喊他"老等"，却变成一个贬义词。

前年春天，马家沟刚刚实行大包干生产责任制。有一天，大队召开社员大会，宣布植树造林政策，说是社员种树，林权归已，种多少都可以，长期不变。第二天，许多人已经行动起来，马轱辘却是按兵不动。女儿马水仙说："爸爸，我看许多人家都到大队领树苗去了，都准备种树哩，咱们也该行动行动哩。"

马轱辘胸有成竹地说："急什么哩？等几天看看再说。"过了一会儿，又说："水仙，你出去转转，看看行动的人家多不多。"

马水仙答应一声，正要走，马轱辘又说："水仙，主要看看支书、主任、会计他们几家。"

女儿说一声"知道"，跑着去了。她知道什么？她知道她爸爸的思想，她知道她爸爸主要是害怕政策变。昨天分过生产责任田以后回到家里，他就说过：“嘿！分田承包，好是好，就怕不牢靠。过去一个自留地，一个自留树，马年往下分，羊年就往回收。鸡年又往下分，狗年又往回收，倒腾过几次啦，谁还信它哩。你不下点工，上点粪，分上地作务不好；你多下点工、多上点粪吧，第二年就变了，工也白下了，粪也白上了。如今又搞承包责任制，谁可知道能搞几年。等二年看看再说。”

如今大队干部又讲上级领导号召植树造林搞绿化。说是除了集体造林，社员自己也可以在自己分到的地头、路边、荒山，还有房前屋后的空地种树，林权归社员自己。马轱辘自然信不过。他想先看看别人，特别是看看大队干部，好像只要大队干部真的也有行动，就可以信他几分。

一会儿，马水仙回来了，说：“爸爸，我看见许多人都在自家房前屋后种树哩。”

马轱辘心里一怔，问：“支书、主任家有行动没有？”

“都行动起来了。支书扛了一大捆树苗上了山，说是他今年要栽六十棵树；主任家也要栽五十棵树。”

马轱辘有些吃惊地说：“嘿，还真不少哩。”可是他还有些半信半疑，立刻“咚咚咚”走出街头，一定要亲眼看准才算数。他一出大门就看见支书、主任各个扛着树苗上了对面山上，心里说：“干部真的动起来了，这一次莫非跟过去不一样了。”这才返回家里来，向全家人发布了种树命令：“今天上午全家人出动栽树。水仙你跟我去大队领树苗。”

父女俩来到大队，会计说今年的任务是每个劳力五棵树苗，自栽自护，保栽保活，林权归己。愿意多栽者，数目不限，马轱辘按自家五个劳动力领到二十五棵树苗，会计问他还要多少，他毫不犹豫地说："多一棵也不栽。"

会计说："大小队干部们每人都多栽了几十棵，你家劳力多，多栽十棵二十棵还算个问题……"

"多一棵也不栽。"

这年春天，马轱辘一家人就栽了二十五棵树。

春耕时节，家家忙着耕地，他女人黄秀珍说："过去种地一窝蜂，耕地浅耕，活土层太薄。咱们今年要想多打粮食，是不是把咱们的责任田普遍深耕一次?"

马轱辘说："责任田谁又知道能种几年，等等看看再说。"后来，他看到干部们有普耕一遍的，有深耕百分之七八十的，他也只好跟上来，说："咱也不普耕，咱也不少耕，咱来它一个不上不下的中不溜儿，耕它百分之六十好啦。"只把百分之六十的土地不深不浅地耕了一遍。

锄耨时节，今年许多人家都是加工干的。因为过去多年来干活儿"一窝蜂"，把土地荒坏了，真是杂草丛生，草苗争长。所以今年人们有的锄三遍，有的锄五遍，还有的照古话说的"三犁九耙十二锄刨"，锄耨了七八遍的。马轱辘家的土地锄过一遍，耨过一遍以后，几天过去杂草争长，同庄稼争水、争肥，庄稼很快发黄了。儿子马水旺提意见多锄几遍，马轱辘却不同意，说："急什么呢？谁知道下那么大的工值不值得？等几天看看再说。"后来，因见许多干部、党员都是五遍、六遍地锄地，把他闹得疑疑惑惑，也只好跟上来。不过，他也不肯下大功夫，还是取个不上不下中不溜儿，统共锄了三遍完事。

还有许多社员忙着垒兔棚、盖貂棚，扩大鸡窝和牛圈，大量买兔、买貂，鸡娃子、猪崽子，都是一买几十只。黄秀珍看了眼红，跟当家的马轱辘说："你看家家户户发展鸡，发展兔，可咱们还是……”马牯辘摆摆手说：“你花钱买下那么多小鸡、小猪、小兔，今年得不上利，到了明年看见利啦，也就变了，到那时候卖都没个出路，我不干，等二年看看再说。”后来他看到许多干部、党员家更是想尽办法发展家庭饲养业，竟然还有买驴买牛的，又把他搞得疑疑惑惑的。也跟不上来吧，又怕以后真的不会变了，可要吃大亏。他认真思谋一番，还是只好跟上来，仍旧取个不上不下的中不溜儿办法，人家买四十只雏鸡，他买二十只；人家买十个猪崽，他买五个……反正一切都是切中办事，跟上别人慢慢走。

在这一年里，无论什么事马牯辘决不先开步，总是等着先看干部、党员的行动。干部、党员干起来了他便跟上走，可也总是半跟半走，来个不上不下的中不溜儿办法。他认为他这种态度最合适不过：如果以后政策变了，他比起别人只会吃个小亏，不会吃大亏；如果政策不变，虽然不能得大利，也能得点小利。因为他总是这样等等看看，两眼盯着别人的脚步，慢慢跟着走。在马家沟，“老等”这个雅号传得更普遍了。前年，村里许多人当面唤他“老等”，他是满不在乎的，还扬扬得意地夸耀：“‘老等’怎么着？‘老等’，就对呀，就正确呀，干部前边走，社员等着后边跟，比不跟强，跟得没错呀！”

不久就是秋收时节，村上大部分社员，有的产量一年翻一番，有的增产七八成，平均亩产千斤的有好几户，亩产七百斤、八百斤的也不少，最低没有少下六百斤的。可是马牯辘呢，才得到个亩产三百六十六，只比吃大锅饭时每亩增产三十六斤，没有完成包产任务。他家包产的二十亩秋田，向大队共赔产一千七百斤。看到别人家大车拉、小车载，满仓满库，大囤溢、小囤流，男男女女出出进进，高高兴兴的情景，他们一家人走在人前总有些灰溜溜的样子。于是，儿子马水旺怨他不该因为等着看别人少上了粪；女儿马水仙怨他不该等着看别人少耕了地；老婆子黄秀珍怨他不该等看别人，庄稼少锄好几遍；儿媳路小香怨他种田不该总是等着看别人，自己没有主心骨儿，吃了大亏……真正是怨声四起，好不烦恼。自己也怨自己，也怨别人。对老婆、孩子们说：“这能怨我不该等？过去的政策一年一变，把人变怕了，你不等等看看，谁知道如今的政策变不变！”

到了年终，家家总结全年的农业、家庭饲养业和各种生产收入，有的一年收入三千元，五千元，许多人家的收入都在千元以上，少说也在六七百元左右。只有少数户口收入不多。马轱辘家呢，才只有一百一十元的现金收入，平日早已零花光了。人们有的往银行存款，有的买自行车，有的买缝纫机，有的买洗衣机，有的买电视机，有的买马，有的买牛，还有的买手扶拖拉机……只有“老等”马轱辘，手里买一只母鸡的钱也是没有的。春节到了，别人家的年轻人都做料子新衣，他家的儿子马水旺、女儿马水仙、媳妇路小香只是每人买了一对新布鞋。这样自家、别家一对比，全家人对“老等”马轱辘的意见大极了。儿媳妇路小香出出进进怪话不住声：“老等，老等，等了整整一年，等到一双布鞋子过年；老等，老等，等了整整一年，连一角二分打醋钱也没等上！老等，老等，有个‘老等’的好当家，还等不上过个好年！……”

儿子马水旺早早晚晚都冲他父亲嚷叫：“老等，老等，等了一年，等了个大赔产！再等一年，等着喝西北风吧！”

女儿马水仙总是特特儿地当着她爸爸的面说风凉话：“爸爸，咱明年就干脆不必往地里上粪啦，看有个变化，就白上了；爸爸，依我说把猪圈里那两只瘦猪，宰了吃了算啦，人吃的还不足哩，哪里有它吃的东西，再过一年，会变成小老鼠的……”

老伴儿黄秀珍这几天总是说他：“老等，老等，等来等去等来个啥？就等来个全家男女指着脊梁骨骂你。要是我，哪还有脸往人前走，水缸里有水，树上有枝，拱水缸也好，往树枝上搭一条绳也好，随便闭上那两老鼠眼……”

“老等”马轱辘因为一个“老等”办法吃了大亏，心情本来不好，村里人就有不少风凉话，如今全家里人又这样冷嘲热讽地嘲弄他，哪里受得了，一时怒火满腔，满屋里暴跳起来。先是掂起一根锄把，高高举起，厉声嚷道：“这还过什么日子！这还过什么日子！把这个穷家剿光剿尽算啦！……”举着镢把子在水缸板上一扒拉，“当啷”一声，把个舀水盆扒拉在地，摔个粉碎。他看着那几片碎盆片，嘴里骂着“我今天非把这个家剿光不可！”心里却心痛地惋惜着那个舀水盆儿：“啊呀，那是二升玉米换下的啊！”手握镢把子却还在满屋里乱扒拉。可是大凡放着破筐烂篓子的地方，好像看不见，总不到那地方去扒拉，只是把镢把子在屋顶上，墙壁上乱戳一气……

在院里的马水旺、马水仙，在小东房里的路小香，闻声一起赶来阻止他劝慰他，老伴黄秀珍却只管嚷：“叫他剿！叫他剿！不过是空空荡荡一个穷屋子，怕他打烂电视机不成？”

“老等”马轱辘听了老伴的话，气更大了，心里又骂自己：“他娘的！白等了一年，把十几个电视机等跑了！”举着镢把子又乱戳一阵子。儿女们把他手里的家具夺去，他又手拍膝盖嚷闹几句，忽然打个转身，跳上炕后，拉了一条大被子，却全部蒙在脸上，躺倒在那里。全家人只听他“呼呼”出气，再不吱一声了。

三

“老等”马轱辘从下午二时蒙头躺炕，晚上全家人劝他吃饭，他也没吃，只是一动不动地蒙头躺着。这天晚上，黄秀珍因为他没有吃饭而心内烦躁得一直不能入睡。因为丈夫今晚没有脱衣服，她也只是和衣躺在炕上。过一会儿推推他，说：“给你把饭热热，你吃上一碗吧？”

马轱辘蒙头不语。

又过了一会儿，黄秀珍又推推他，说：“你不想吃剩饭，我给你滚两碗拌汤吧！”

马轱辘蒙头不答话。

又过了一阵子，黄秀珍伸手在他的背上轻轻拍了一下，说：“我想起来了，那天外甥拿的挂面，还有半把子，给你滚碗挂面汤吧？”

“老等”马轱辘虽然还是没吱声，却抬腿蹬了她一脚，她才不再说什么了。可是她的心里还在惦记着他的吃饭问题：“天呀，会把他饿出火来的……”

这时，“老等”马轱辘忽然把头上的被子抖落，“呼”地坐起来，推了黄秀珍一把，说：“快快起来！快快起来！”

黄秀珍以为他要吃东西，赶快坐起，正要下炕，马轱辘说：“你先别急，你听我说，我已经考虑好了。今年一定要抵它两年干，不捞它个万元户，到明年大年初一我就拱水缸！”

黄秀珍扛他一下，说：“没啥说了，动不动死呀活呀的。”她相信她的老伴真要干起来，是会比全村任何人都干得好的。问他：“你打算怎么干？”

“老等”马轱辘胸有成竹地说：“二十亩地，加工加粪，科学种田，来他个总产一万三，力争一万六。”

“咱们家兵强马壮五个劳动力就拱那二十亩地能发了财?!”

“你听我说嘛。农业上主要只用两个劳力，其余三人的用场，我都合计好了：你主要搞家庭饲养业，你今年必须完成养肥猪十头，任务是六百元；养鸡六十只，今年养小鸡，基本不给你什么收入任务；养肉兔一百只，任务是五百元；养蚕两张，争取产它二百斤茧，又是六百元；秋天你还必须拣洋槐籽，打酸枣仁，这两种的任务是二百元。你看行不行……不过，这是硬性任务，不管你愿意不愿意，总共两千元任务，必须完成!”

“照你说的，不把我活活受死吗?”

“老等”马轱辘为了鼓励老伴，拿大队干部常说的话说道：“为了给四化做贡献，不能怕脏怕苦怕累嘛！……”

“那，也得叫人考虑考虑。”

“考虑是可以考虑的。不过这是命令，总得干，你只考虑怎么样才能干得更好就是。还有一条：超任务有奖，多完成一百元，奖你六十元……”

“你奖我，我有了钱还不是花在你们身上了。”

“你可以多做几身好衣服，也可以每天吃点偏食，养养身子嘛。——我跟水仙两个人种地，到秋天除了口粮，保证向国家售粮超万斤，这不，又是一千几百元。水旺会开拖拉机，大队的拖拉机让小旦承包，一年只愿包一千元，大队不干。咱包它两千，我琢磨一年赚它两千没问题，这不又是两千!”

“还有水旺媳妇呢?”

“给她找个轻活儿干。我明天跟大队干部讲讲，让她把粮食加工机包下来，闹好了，一年收入两千是稳捉稳拿的。"

"照你说，咱们家一年就是七八千……"

"七八千算什么，我还想一年就变它个万字号哩？"

"你想得倒美！——看我又忘了，你还没吃饭，把那半把挂面给你煮煮吧。"

"留着待亲戚用吧。你把晚上剩下的和子饭给我热热，或者再拿三四个山药蛋放在火里焖焖，咱们老两口每人吃它两个。"

"焖山药蛋要小火慢慢焖才成，鸡快叫了，焖到什么时候呢？你不睡了？"

"今天晚上看来我是睡不着的。真的，我一点也不想睡，就想快点干！睡不着，老坐着也不舒服，咱们就慢慢等着吃焖山药蛋吧。"

黄秀珍想到屋里除了几个山药蛋，再没别的更高级的吃食，真的去洗了几个山药蛋，焖在灶膛里，又跟马轱辘说话了。

四

"老等"马轱辘带领全家人大干一年，总收入超过万元，是一万三千三百元，真的一年干出一个"万"元户来。村里许多四平八稳搞生产的人家，远远落在了他的后面。人们看到这个马轱辘干什么都看得准，拿得稳，干什么都成功，都胜利，都发财，不只佩服他的能干，许多人都找他出主意，讨办法，也想跟在他后边走上富裕之路。"老等"马轱辘说："那还用得着说。都是打一条弯路上走过来的人，咱知道穷困二字的味道。如今虽然包产到户，说到底还是社会主义大家庭的一员嘛，咱还能只管自己吃肉，不问别人喝上喝不上腥汤！”因此，他白天忙生产，每天晚上少说也要走访一家困难户，跟他们共同商量致富的办法。有的需要钱，他就慷慨解囊，或三百元，或二百元，支援他们作投资费用。只是，你找他求援，注意不要唤他“老等”就成。因为前年他做了一年“老等”，吃了大亏，太有些伤了“老等”的脑筋。谁知今天来了个马肥肥，偏偏唤他“老等”哩。他虽然对马肥肥不大理睬，却也派儿子马水旺帮他栽泡桐树去了。马肥肥走后，又走来一个贾三孩，偏偏也是见面就喊：“‘老等’叔，今天我想麻烦你一件事……”话没说完，因见他突然把老脸一沉，满脸阴云，看也不看他一眼，倒像是有多么大的冤仇似的，一时摸不住头脑，把后边的话咽回去了。

“老等”马轱辘见贾三孩一个年轻人进门就喊“老等”，心里烦极了：“今天怎么尽来些讨厌鬼?！唤‘老等’，你就不要喊‘叔’；既然唤我是‘叔’，为什么定要再加个‘老等’呢?明明是故意敲人家的麻筋嘛!”他扭转头只看墙，不看贾三孩。贾三孩想了一想，连忙“嘿嘿”一笑，把态度变得谦虚些，又说：“‘老等’叔，我准备开个豆腐坊，只是没钱买磨买豆，想求你这个‘万元户’帮帮忙，先借我二百元……”

他二次又唤了一声“老等”，把马轱辘气炸了，“呼呼”直出粗气。后来又听他说了个“万元户”，这是他最喜欢听的，看在这点情分上，才扔给他一句话：“今天不现成，等明天你再来吧。”

贾三孩知道马轱辘的钱容易借，因为他支援别人总是一说两准的。他本来打算今天就去买磨子，可是人家说今天不现成，也只好等到明天再来。次日大早他又来了，又是进门就喊："'老等'叔，今天……"一句话没说成，"老等"马轱辘便扬起一只手说："去去去，今天还不现成!"

贾三孩只好再等一天。他只奇怪这个"老等"对别人都好，他还常常拿了钱主动给人送上门，支援别人致富，自己一连两天找上他的门去，为什么总把往自己门外推呢?他跟别人说起这事，有人才告他说问题就出在唤"老等"上。所以到了第三天，贾三孩来找"老等"马轱辘，进门时，自己先给自己打个招呼："注意，今天可再别唤'老等'了。"进门以后，小心翼翼地说："轱辘叔，都怨我们年轻人说话没礼貌……"

"老等"马轱辘早已笑脸迎道："什么也别说了，给，二百元，赶快拿了办你的事去吧。"

贾三孩接过钱，高兴极了，说："真好，'老等'叔真……不不不……"

"老等"马轱辘又白他一眼，亏他转弯子快，说："轱辘叔，咱们马家沟真亏了有你这个'万元户'，方便了多少人家呀……"

什么"亏了你"，什么"方便了多少人家"，这些好言语，"老等"马轱辘一点也不在乎，就听到"万元户"这三个字，格外高兴，笑道："三孩，别多说了，快快办你的事去吧。如果钱不够，只管来找我……"

贾三孩手里握着二百元人民币，高高兴兴地去了。

“老夸”方庚午

三月三，把会赶。这一天凤凰山有个古庙会，一台电影一台戏。早饭过后，附近各村男男女女、老老少少便向凤凰山涌来。

“老夸”方庚午今天也要去赶会。他动身比较早，天不明就吃了点剩饭，骑了自行车，车架上绑了一口袋粮食，独自一人动了身。出村走了三里路，到了三岔路口，恰好碰上马家庄的马老二。因为方庄和马家庄的人到凤凰山镇子上去赶集，去赶会，去看唱，经常在这个三岔口碰面，一路前去凤凰山，两个村的许多人都成了老相识。“老夸”方庚午和马老二就是这样的老相识。两个人碰不在一起便罢，每每碰了面，同路往凤凰山去，马老二便会挑逗“老夸”夸夸其谈一番。想当年土地改革以后，他们两个人就在这个三岔口碰过面，也是一路到凤凰山去的。那一次，马老二赶着一头毛驴，方庚午赶着一头骡，各驮几斗小米到凤凰山，打算粜了米，弄几元钱，赶会花。他们两个人边走边说，马老二问方庚午：“你们方庄分土地的事儿结束了没有？”

方庚午兴高采烈地回答道：“结束了。我分了十亩河湾地，是方庄的头一份儿，我分了三间房，也是方庄数一数二的上等砖瓦楼房。”

“咦！真有你的。这头大驮骡也是你分下的？”

“是呀。我跟方忠顺伙分了这头大骡。棒着哩，跑起来一阵风，跟宋朝孟良盗马的那匹千里驹差不多！”

“看把你美的！听说你也结了婚？”

“结了，就是区上召开翻身庆祝大会那天结的。在方庄村，我那一口子是头名状元……”

“什么头名状元？她的文化水平很高？”

“各方面都是头名状元。就说姓名吧，她姓赵，《百家姓》赵钱孙李，她占了第一个字；她名叫牡丹，牡丹是花中之魁，也占个第一。特别是她长的模样好，身材细细的，很苗条，真的像一朵牡丹花。”

“好呀！针线活儿怎么样？”

“描鸾绣凤在方庄村是第一个巧手。”

“干地里活呢？”

“担大粪能担一百二十斤，她的劲儿大得赛过薛仁贵。”

“在厨房呢？”

“她炒菜不放油，也比别人放了油炒的菜香。”

马老二听他这样吹嘘，知道其中一定有夸大之处，比方能担一百二十斤和身材苗条就有矛盾，也不便反驳，只是暗暗笑他。因想到这里方庚午翻身以后格外高兴，才如此夸夸其谈，也应该原谅的。方庚午把他的女人赵牡丹夸得样样都好，根本没有可挑剔的毛病，这只是一方面，更主要的是他喜欢夸方庄村，夸方庄村的乡亲们。自从土改以后，方庚午总以为“天下庄，数方庄”，数方庄最大，从东到西有一里长；数方庄人多，有六百多口；数方庄地势好，坐北向南，是个向阳窝儿；数方庄对面的山好，有满山松树；数方庄村坡下的河大，有三丈多宽。这河平素虽然只是一条干河，有一次下暴雨，山洪暴发，这条三丈多宽的河水居然有一丈多深，还冲去一条耕牛。为这事，方庚午夸了几十年口。每每有人说起河流冲去什么时，他就要说：“我们方庄的河最大啦，有一次大河流得凶着哩，还冲去一头老牛。”好像天下再不会有河水冲去老牛之事。出了村，人们谈起牲口，方庚午便说：“要说牲口，数我们方庄的高头大骡最多，共有二十一头骡哩。”

人们说起房子，方庚午便说：“我们方庄家家户户都住砖瓦楼房。这两年盖新房的就有七八户。五五年就有两户同时动工，同时盖房子。在旧社会里谁见过?!”

说起吃饭，方庚午又说：“我瞧各村各庄都不如我们方庄的社员伙食好，家家户户每天中午都要吃一顿高粱面拨鱼儿。”

说起吃肉，方庚午又说：“我们方庄村有两户，过端午节，过八月十五，都要割五角钱的肉吃一顿。”

说起穿衣，方庚午说：“我们方庄已经有两个人做了灯芯绒裤子。”

说到学文化，方庚午又说：“我们方庄一年里就出了两个秀才，都高小毕业了。”

总之，当时五十年代，住在山村的方庚午因为爱夸口出了名，名声一大，竟使邻庄近队许多人忘了他的真实姓名，总是直呼他的绰号“老夸”。

“老夸”方庚午过去虽然爱夸口，实际上在他的夸夸其谈之中基本上都是实实在在的东西。当然也有少数几处带有水分。比如他的女人赵牡丹，名字虽然漂亮，人样儿却也不十分出色，并不真的就是什么花容月貌，女中之魁。他却把她夸得过分地美好。其他如夸房子、夸骡子、夸村子、夸灯芯绒裤子等等。虽然是因为他久住山庄没见过大世面的缘故，可也全是有的事，他很少无中生有地撒过谎，说过假话。实际上他也曾经反对过说假话。方村大队亩产粮食三百三十斤，大队长方石头却向上级汇报说是亩产四百四十斤，达了纲。社员口粮三百零三斤，方石头却向公社报的五百斤。许多社员反对方石头说假话、做假报告，一向夸夸其谈的“老夸”方庚午，也反对方石头的做法。说“说话夸夸口可以，夸口也不能把没的事说成有的，夸口也不能说假话。何况粮食是硬头货，根本虚假不得。咱们明明吃三百斤，你报了五百斤，等大伙没了饭吃，不能上地劳动，你怎么向上边交代?”

大队长方石头说：“你不懂，不要瞎提意见。你这个‘老夸’每天夸夸其谈，不过是胡扯乱拉，有什么意义？我这样报产量，是为了显示集体生产的优越性，是为了给广大社员鼓劲，是一种精神鼓励。把大伙的精神鼓起来，精神可以变物质，实际上也就不算浮夸了。所以这是有重大政治意义的问题。谁反对这样做，谁就会在政治上犯严重错误……”

一个“精神可以变物质”，使得“老夸”方庚午似乎明白了浮夸的重要意义，觉得浮夸也是应该的；一个“政治上犯严重错误”，使得“老夸”方庚午感到作为一个老贫农，头里不该给大队长提意见，以为是他自己在政治上到底还不成熟。多年以来，农村的党员、干部和贫下中农是最忌讳“犯政治错误”这句话的。这个“老夸”方庚午为使自己永远不犯政治错误，从“老夸”迈进一步，迈到了浮夸、说假话的路子上来，加上他本来就是个“老夸”，他一旦浮夸起来，比大队长方石头还浮得更浮，夸起来更夸。

那是一九七五年的三月三，方庚午既没有赶大驮骡，也没有骑自行车，只是在肩上背了半袋粮食到凤凰山去赶会，也是在这个三岔路口又碰上了马家庄的马老二。马老二逗惯了方庚午，两个老相识一见面，马老二把方庚午一挑逗，“老夸”方庚午又夸他们的方庄了。马老二笑问道：“老夸，又是到凤凰山加工粮食去吗？”

“老夸”带着几分得意的神情“哈哈”一笑说：“是呀。如今新社会，有这个方便，不必慢吞吞地转碾道啦。”

“大部分村都有加工机，你们方庄是有名的‘跨江’队，怎么不买一套？自个村有了加工机，不更方便吗？”

“哈哈，不瞒你老兄，如今的机器一天进一步，我们先进大队不愿意要那些老掉牙的旧货，等明儿个买新货哩！”

马老二明知他是吹牛，也不反驳，顺着他的话意又说：“嘿！还是方庄先进村有办法。”他看到“老夸”背的口袋，看数量有五斗模样，也该有七八十斤重，可是“老夸”背着并不怎么吃力，好像只背了三四十斤重的东西，轻松愉快，满不在乎。早已猜定了他背的是什么货色，却又故意问他：“老夸，你今天背的粮食是到凤凰山卖呢？还是加工哩？”

“我今年春天已经卖了二三百斤，有余粮也不能卖光，为了备战备荒，还要广积粮哩。今天我是去加工的。”

“加工什么？谷子？玉米？”

“一不是谷子，二不是玉米，是麦子。我们方庄大前年达纲，前年过河，去年跨江，今年就要闯千斤。先进村嘛，在我们方庄吃小米、玉米的就那么两三户了。”

马老二看看他背的口袋稀稀疏疏印出豆大的颗粒印子，根本不像麦子，知道他今天又是吹牛，便又问道：“麦子？麦子有那么大的颗儿？”

“颗儿大？嘿！我们方庄是先进村，上的化肥足，麦颗儿自然是很大的。”

“那敢情好。我活了五十多岁，还没见过那么大的麦颗子。老夸，让我参观参观，学习学习。”

“老夸”方庚午听马老二说要看自己背的粮食，有点着了慌，忙说：“反正是麦子，看不看一样。不要耽误时间，看误了赶会。”

“时间早哩，误不了……”

“老夸”再三推辞，马老二再三坚持要看。“老夸”看看推脱不过，急中生智，想好了对付马老二的办法，便站下来，把半口袋粮食放在当路上，解开口子，大着胆子说：“请随便参观。”

马老二顺手伸进口袋，抓出一把一看，哪里是麦子？全是玉米和谷糠，糠的比例至少在百分之七十左右。他却故意念叨道：“啊！好麦子！好麦子！……”

“老夸”见露了马脚，却装作吃惊的样子说：“啊？是这个？看，我昨天准备好两口袋粮食，一口袋麦子，一口袋就是这，今天早上不小心背错了。这半口袋玉米掺糠本来是准备在碾上加加工做猪饲料的。在我们方庄，猪饲料也要掺百分之三四十的玉米，比你们马家庄人吃的还要高级……”他虽然这么夸着口自己哄自己，可心里却暗暗想道：“如今一不打仗，二不支差，三不遭荒年，吃上饭就是专门种地搞生产，为什么连那几亩地也种不好，总是离不开糠，闹得人开不得口，说不得嘴……”

这些都是老皇历了。

两个老相识今天又碰了面，几句客套以后，“老夸”方庚午问道：“老哥，你几时也买下自行车了？”

马老二笑道：“只许你‘老夸’可以骑洋车？我就不可以也洋一洋吗？不过我们马家庄到底不如你们先进村，你骑的是‘飞鸽’，我骑的是‘环球’。”

“老夸”方庚午说：“一样。‘飞鸽’‘环球’差不多，到底不如‘凤凰’‘永久’……”

马老二听他今天说话突然变得这样谦虚，很有些奇怪。他想试探一下，看他到底是不是真的变了。说道：“听说去年你一户就向集体交粮五千斤，贡献不小嘛！”

“老夸”方庚午摇摇头，说：“五千斤粮食算什么？我们方庄有十几户交五千斤哩，听说你们马家庄交七千八千的也不少，比起你们，我的贡献太小啦。”

马老二听言，心里说：“嘿，他今天真的变了。”他想再试试他，又说：“我还听说你一户就向国家售粮八千斤，这贡献很大嘛……”

“太小啦，附近村村队队，一户售粮万斤的户口多着哩，八千斤算什么，贡献太小啦！”

马老二见他真的变谦虚了，开始很为奇怪：“这个‘老夸’，过了几十年穷日子，夸了几十年富；如今真的富了，很该夸一夸哩，他怎么反而闭口不夸……”转而一想，感到并不奇怪：一则，时期不同，形势不同。二则，矮个子忌短，总愿叫人说他不低；病人忌凶，总愿意说句吉利话，也是常有的事。不过，他认为"老夸"方庚午的变化到底有些突然。因又看见他的自行车上带着几斗粮食，既不像土改刚结束那会儿他的骡子背上驮的小米，也不像一九七五年那会儿他自个儿肩上背的糠掺玉米，他已经看出来是什么粮食，便问他："'老夸'，今天你带那几斗麦子去那里做什么？听说你们方庄已经有了加工机怎么还又到凤凰山去加工……"

"也不是加工也不是卖。前天我到柳村去换玉米种子，有几户社员想种春麦，没有好麦种，提出来用玉米二斗换我一斗麦子，咱是方庄先进村的社员，怎么好意思要人家的玉米，我想趁今天到凤凰山去赶会，给他们送几斗麦种，可惜才只有五斗，太少了些，丢人现眼的，真有些不好意思……"

马老二听说他是给别人送麦种的，又看他一眼，说："好！还是'老夸'风格高。"因听他说话到底还有几分"老夸"的夸意，笑道："老夸啊，你只道你今天变了，没想到你还是个'老夸'……"

"老夸"方庚午笑道："不是我要夸口，今年秋后，我请你到我家看电视去。先进村嘛，社员家里怎么能没个电视机。到时候你来到我家，咱方庚午一定酒肉招待，你也看看咱那朵牡丹花的手艺……"

马老二笑道："要这样说，看电视事小，单为看看牡丹嫂子，我也一定要去……"

两个骑着崭新的自行车，说说笑笑，直向凤凰山奔去。

一家人

赵长文和李香桃夫妇共有三个孩子：大女儿赵小玲，今年十三岁；二女儿赵小珍，今年十一岁；最小的男孩子赵小珠，今年九岁。这本来是很好的一家人，但谁也没有想到，在“文化大革命”中，却分成了两家人——丈夫赵长文带着小玲和小珠住在机关宿舍的三排三号，妻子李香桃带着赵小珍住在四排三号，他们各支锅，另下米，各过各的日子。原来两口子离婚了。两家人就两家人，各自过各自的日子不就没事了，但问题并不这么简单。他们夫妇不仅变成了两家人，并且变成了仇人，每天每日还在互相找麻烦。赵长文不让李香桃过安稳日子，李香桃也不让赵长文过心净日子。赵长文一日三餐吃罢饭，洗了碗，便开了后门，把洗锅水远远地泼在四排三号李香桃的门口；李香桃常把做饭时剥下的葱胡、蒜皮扔在三排三号后门的门口。这也罢了，赵长文还每天教唆着赵小珠打开后门，朝着四排三号骂他妈是什么“地老保”“哈巴狗”“不要脸”；李香桃也教着赵小珍站在四排三号门口，骂她的爸爸是什么"土匪""大坏蛋""打砸抢分子"。小姐弟俩也常常相骂。小珍骂弟弟小珠是"小哈巴狗"。只有十三岁的大女儿赵小玲懂点事，常常为着父母分居，弟妹相骂之事伤心落泪。他们相互之间的仇恨为什么这么大呢？一家人为什么会变成两家人呢？夫妇之间，小姐弟之间为什么也会变成冤家对头呢？现在就给大家讲讲这段故事。

1. 武斗之家

赵长文、李香桃夫妇二人都是机械厂的工人，原来就住在这个宿舍的三排三号。在过去的十几年里，他们家的小日子过得十分美满。两个人真是情投意合，你恩我爱，互相关心，无微不至。在工作上，总是互相勉励，互相学习，互相帮助，互相竞赛。男的盼女的当模范，女的盼男的当英雄。每个季度评比时，有一个拿不回奖状来，就要找原因，查思想，共同想办法，争取下次把奖状拿回家里来。你看他们宿舍的墙壁上，整整齐齐地贴着数十张奖状。赵长文、李香桃这两个名字，都是成双成对写着的。在生活上，总是谁先下班回来谁做饭。过星期天，也是一个洗衣服，一个和煤、做饭，共同劳动；在吃喝上，男的嫌女的碗里放的肉少，女的怕男的碗里饭不满；吃苹果时，男的拣大的给女的，女的又挑大的给男的。真正是相亲相爱，十分和美。谁知，自从当地的人们在"文化大革命"中分成两派以后，夫妇二人因为观点不同，便各站一派，各执己见，互不相让，竟达到仇天怨地，不能同居的地步。赵长文站的那一派叫"天派"，李香桃站的这一派叫"地派"。"地派"要打倒张书记，保王书记；而"天派"却要打倒王书记，保张书记。为此两面三刀派群众常常在办公室、大街上进行大辩论，各说各有理。李香桃、赵长文夫妇回到家里也常常进行面对面的辩论，有时辩得面红耳赤，不可开交。但是过了一会儿，李香桃便说："算了。在外边不管怎么样，咱们回到家里可以不必说这些了。"

赵长文也说："好吧，在家里咱们不谈政治。"

话是这么说，但实际上却做不到。随着两派矛盾的加深，他们越来越是势不两立，他们夫妻之间也就越来越不可调和。尤其在"文攻武卫"的口号提出后，两派武斗便开始了，他们二人的仇恨心理也就一发不可收拾了。在一次武斗里，"天派"打伤了"地派"数十人。为此，李香桃忍耐不住，每逢赵长文回家来，就要跟他辩论。这一天，李香桃下工回来，正切菜，只见赵长文背着一支步枪气势汹汹地回来，把步枪放在桌旁，先冲了一杯茶，便坐在椅子上抽起烟来。李香桃想到他们的坏处，理也不想理他。她把菜切好，炒好，便和面。见他还是只管坐着抽烟，喝茶，心里骂道："坏透了的坏东西，别以为你当了'天派'的宣传部长了，回到家里来什么也不干了！……"

一会儿，李香桃把拉面条先做熟一锅，给三个孩子盛了三碗，自个儿也盛了一碗，不言不语地吃起来。赵长文见她没有给自己盛饭，便站起来拿了一个碗，自个儿去捞面条。李香桃赶上来把笊篱抢在自己手里，说："哪有那么现成的事，我的锅里没有你的饭！"

赵长文见她不让自己吃饭，先火了。大大咧咧地嚷道："你为什么不让人吃饭？你有权利剥夺我的吃饭权?!"

"我没有剥夺你的吃饭权，反正我的锅里没有你的饭！"

"胡说！粮食也有我的份儿！"

“粮食有你的份儿，你自个儿不会做？你的手哪去啦？丢了？烂了？——举着枪杆子打人有手，做饭就没有手了？！……”

“打就打了，你能把老子怎么样？”

赵长文一边嚷着，一边使劲夺她手里的笊篱。李香桃坚决不让。赵长文夺不出笊篱，便猛不丁儿把她另一只手里的一碗饭劈手夺过来，往地下一摔，只听“咔嚓”一声，碗打碎了，热乎乎的一碗拉面条撒了一地。面味儿，酱味儿，醋味儿，葱味儿，白菜味儿——杂七杂八的味儿充满一室。在一旁吃饭的三个孩子看见爸爸妈妈大吵大闹，害了怕。有的喊“爸爸”，有的叫“妈妈”，“哇哇”乱哭起来。赵长文正在气头上，看见三个孩子大哭大叫，回头伸出他的大巴掌照准孩子们的头，每人打了两巴掌。骂道：“他妈的！什么东西！只管你们吃，不管你爹，你们还哭，我叫你们哭！……”

李香桃看到摔在地下的饭，想到这一家人过的不是人过的日子，本来很伤心，又见赵长文狠心痛打三个孩子，心里一阵悲愤，她把手里的笊篱扔下，过去抱住痛哭流涕的小珠，放声痛哭起来。赵长文嫌他们哭得厌烦，一气之下，又把火上坐的锅掂起来，只听又是“咔嚓”一声，摔在地上摔了个粉碎，弄得满地里都是碎铁片，白哗哗稀渣渣地流了满地的面汤。李香桃见他把做饭锅也给摔了，想到这一家人的日子难过，便把小珠推开，站起来，把一锅菜也给摔了，嚷道：“这日子恁是不能过，干脆剩光摔净算了！……”

赵长文也说，“剩光就剩光，你道你爹不敢？！”

于是，两个人一起动手剩家：一个摔刀，一个摔擀面杖，一个摔盆，一个摔碗，只听满屋里叮叮当当，咔咔嚓嚓乱响，摔得盆块儿，碗片儿到处都是。赵长文摔东西摔火了，后来掂起一个盐罐儿照准李香桃的脸摔来，这对李香桃正是火上加油，她也掂起一个醋瓶儿照准赵长文的脸打来，一时，赵长文的脸上便是稀糊糊满脸的醋；赵长文气极了，拣起擀面杖就来打李香桃，嚷道："今天，有我没你！"李香桃顺手拿起一把笤帚就打赵长文，嚷道："反正活不成了！"两个人越打越带劲，竟在家里武斗起来。三个孩子看看爸爸妈妈打得不可开交，这个扑上来拖爸爸的腿，那个扑上来拉妈妈的衣，只听"爸爸呀！""妈妈呀！""我害怕呀！""吓死我了呀！"……喊成一气。赵长文嫌他们哭得厌烦，一边打大人，一边又打孩子。李香桃气恼极了，顺手拿起厨刀，扭着赵长文嚷道："好你个武斗部长！你会武斗，你会打人！在外边打人，回到家里也打人！好！我们一家都犯了你们天派的法，一个个都不入你的眼，把刀给你，你干脆把我们斩尽杀绝好了！……"

赵长文也嚷道："你当我不敢！打地派有理，就是有理！打了还要打！……"

他们一家人这一闹，惊动了左邻右舍，进来把他们死拉活拽，总算是拉开了。

2. 分　家

自此以后，赵长文干脆不上工，专门在社会上搞宣传，总是宣传他们的大方向如何正确，胜利一定是他们的等等。整天里忙忙碌碌，不知道干的是什么。李香桃呢？她也时常跟他们那一派人一起到街头去做宣传，揭露赵长文他们那一派所干的坏事。他们夫妇二人的矛盾越来越尖锐了。家里有一个火炉，赵长文回来做饭，只做他跟三个孩子的饭，不管李香桃吃不吃。就这样，赵长文还嫌不解恨。有一次他先回到家里，做了饭就吃，为了跟李香桃作对，他把饭做熟以后，就打来半桶水，“哗啦啦”地倒在炉火里，把炉火泼灭了。赵小玲说：“爸爸，妈妈回来还要做饭，你怎么把火泼灭了？”

赵长文发恨说；“地派大方向错了，罪该万死！她还想吃饭，吃屁吧！”

赵长文走后，李香桃回来了，看看炉火已经被水泼灭，问女儿：“小玲，这是哪个缺德鬼办的好事？”

小玲哭道：“是爸爸。我说妈妈回来还要做饭，不让爸爸把火泼灭，他定要泼灭！他定要泼灭！……”

李香桃骂道：“他们天派坏透了，除了害人还是害人，坏透了的东西！”一边骂着，一边只好找了柴，又把火烘着，做好饭吃了。她为了报复赵长文，也舀了一瓢水把炉火泼灭了。这么着过了几天，赵长文认为泼灭火，她还会烧着，还有饭吃，不如干脆把家里的粮食全部弄走，看她还能吃什么！因此，他自个儿把饭做好吃了，最后把家里所有的粮食全部拿到他的一个派伙计家里去了。当李香桃回来做饭时，到米袋里舀米，米无一粒；到面袋里舀面，面无一两，小玲忙说：“爸爸把粮食全拿走了。”

李香桃骂道：“简直是畜类！——你不让我们吃，你也别想吃！”于是，她开了箱，干脆把粮食供应本装走了。

事情发展到这个地步，李香桃决心要跟赵长文断绝关系。赵长文也下决心，不与李香桃共处了。于是他们都在想办法往自己手里抓东西。赵长文回家来，见李香桃不在家，他就把箱子打开，把存款折拿了去，李香桃发现存款折不见了，就把柜子打开，把衣服、被子一起拿去。以后，男的回来拿去几口锅，女的回来拿去几个碗，这个回来把椅子搬走，那个回来把凳子扛走……只几天工夫，好端端的一个家就像被扫荡了一般，闹得空荡荡的一无所有了。在这种情况下，赵长文主动提出来要跟李香桃离婚，自然是一提就离了。他们离婚时决定，大女儿赵小玲跟男孩子赵小珠归赵长文抚养，二女儿赵小珍归李香桃抚养。由于父母分手，亲亲热热的小姐弟三个也分成了两家人。

自从他们离婚以后，李香桃带着赵小珍到四排三号去住，孩子们还以为这是他们又多了一个房间，并不认为是变成了两家人。因此，在四排三号生活的赵小珍动不动就到三排三号找姐姐弟弟玩；在三排三号住的赵小玲、赵小珠动不动又到四排三号来找赵小珍玩。有时候，李香桃看到小玲、小珠来了，想起他们有父无母的可怜，常常抱着小玲、小珠痛哭一场，说："只当你们的娘已经死了，别直管来了，看那个狼心狗肺的东西知道了打你们。"

小玲听了这句话只管哭，九岁的小珠听了这句话，不以为然，还说："我还能不找妈妈？"

李香桃听得这话，哭得更恸了。有时候，李香桃吃好的，总要给小玲、小珠留一些，让他们来了吃。

可是三排三号的赵长文却不然，如果碰上二女儿小珍来了，便骂道："他妈的，小哈巴狗，你到老子家里来做什么？给我滚！"硬是把小珍赶走了。有时候他发现小玲、小珠去四排三号玩，就打他们，说："小叛徒！李香桃是个反革命，你们找反革命做什么？再见你们去四排三号，看我砸不断你们的腿！"后来因为这事，赵长文真的狠狠地打了他们两顿。小玲、小珠真的不敢再到四排三号找妈去了，小姐弟三人从此也断绝了关系。

3. 小珠之死

赵长文不但不让小玲、小珠到四排三号找他们的妈去，他还教唆两个孩子骂他们的妈李香桃。他每天在孩子们面前说李香桃如何如何坏，说她是个反革命，不要脸，是大坏蛋，等等。十三岁的小玲懂了点事，不肯骂妈妈。反正小珠还小，不懂事，有时跟四排三号的小珍玩恼了，就真的骂起来。小珠在三排三号一骂，四排三号的小珍也不让人，也就跟小珠相吵相骂起来。小珠在三排三号直朝四排三号骂道："李香桃，不要脸！李香桃，大坏蛋！李香桃，哈巴狗，一跤摔在沟里头……"小珍便在四排三号直朝三排三号骂道："赵长文，大流氓，天天去搞打砸抢！赵长文，大坏蛋，不要女儿只要官！……"

有时候，双方骂恼了，还各个准备下砖头、瓦片，扔来扔去，搞起武斗来。

这也罢了。有一天，赵长文从大清早出去。直到下午三点多还没回来，小玲、小珠姐弟二人饿了两顿没吃饭，小珠一个劲哭着找爸爸。小玲没法儿，便带着小珠出门，找爸爸去了。

这时，两派武斗搞得正凶，街头常常可以听到枪声。因此，路上行人很少。小玲拉着小珠打冷清清的街上走过，只觉得很怕人。每听到响一声枪，小玲便拉着小珠乱跑一阵。等得枪声停了，小珠便说："姐姐，我害怕，咱们回去吧！"

小玲说："小珠，不怕，是爸爸他们打枪，怕什么。"

于是，小姐弟二人又向前走去。走着走着，枪声又响了。小玲害了怕，说："小珠，咱们回去吧，不找爸爸啦！"

小珠说："不，我要找爸爸，我要看爸爸打枪……"

小玲拉小珠回家去，小珠怎么也不肯回去。小玲没办法，只好拉着小珠继续往前走。走着走着，小玲听得"嘎"的一声枪响，那枪声很近，很怕，吓得小玲"啊"地惊叫了一声，拉着小珠就跑，没想到却拉他不动了。小玲回头看看，这一看可把她吓呆了，只见小珠躺在地上，血脸血衣已经变成个血人，动也不动了。小玲吓得趴下来，双臂紧紧抱住浑身是血的小珠，没命似的痛哭起来，连声只叫："小珠呀！小珠呀！小珠呀！……"

当赵长文抱起他的儿子赵小珠的尸体时，禁不住痛哭失声。他心中忿忿地骂道："都是这个坏女人！不是她站在反动立场上，分不了家，我的小珠也不会到街上乱跑……"

当李香桃听到小珠被打死后，差一点没把她气死，喊着哭着跑着来到大街上，见赵长文正抱着小珠的尸体往一辆汽车上放，她立即扑上来，照脸先打了赵长文几个巴掌，哭骂道："好你个狼心狗肺的杀人贼，你给我一个活小珠呀！你快给我一个活小珠呀！……"同时就夺过小珠的尸体；赵长文发狠回手给她一拳，骂道："滚开！要不是你，小珠死不了！……"他又狠劲地一脚把她踢倒！回手把小珠的尸体放上汽车，汽车嘶叫了一声，开走了。

李香桃眼看着他们把死去的小珠也给抢走了，连死孩子也不能好好看一眼，也不能抱住他哭几声，心里一急，只听"啊呀"一声，昏倒在地，不省人事了。不知过了多时，才有人把她救回家去。从此以后，李香桃就有点疯了。她到处跑着骂赵长文，骂他是杀人不眨眼的强盗，骂他是六亲不认的野兽。逢人便问："你们见过老子叫人打死自己的儿子的事吗？"她疯疯傻傻地到处跑着告状，谁知无论她告到哪里，人们只把她当疯子看，并不理她。她这么着跑了七八年，告了七八年，到头来还是毫无结果。

4. 破镜重圆

粉碎“四人帮”以后，疯疯傻傻七八年的李香桃欣喜若狂，得到新生。在批判“四人帮”活动中，赵长文受到深刻的教育，他开始清醒过来，检查认识了自己的错误，得到了所在单位同志们的谅解。今天他眼看着生活在他这个三排三号的大女儿赵小玲已经二十二岁，并且在某工厂当了工人；对门儿四排三号的二女儿赵小珍也已经二十岁，也在一个工厂里当了工人，不由得想起来已经死去七八年的小珠，想到孩子竟然死在武斗之中，实在悔恨极了。他看到四排三号的赵小珍可亲可爱，很想到四排三号找李香桃谈谈，首先希望两个女儿不要再仇人似的互不来往。因又想到过去的矛盾多方面主要是自己的不对，又不敢前去。后来他又想了一个办法，买下二斤点心，十斤苹果。在一个晚上，他要大女儿赵小玲到四排三号找她妈。小玲自然是愿意去的。临去时，赵长文教给她许多话，让她去了如何如何说，小玲都答应下，掂了点心、苹果，到四排三号找妈妈、妹妹来了。

李香桃、赵小珍娘儿两个正在屋里坐着吃饭，见小玲突然来了，她们先是一怔，李香桃立刻放下碗，扑上来，紧紧抱住二十二岁的大女儿，不由自主地放声痛哭起来。娘哭了，小玲、小珍姐妹二人自然也是痛哭不已。李香桃抱着大女儿一边哭一边只管喊：“我的孩子呀！我的孩子呀！没想到我们娘儿们会变成仇人，仇天仇怨地这么多年，这是为什么呀?！……”

赵小玲哭着骂道："都是'四人帮'把我们害的。"

赵小玲跟妈妈抱着哭了一场，随后又跟妹妹抱着大哭一场。赵小珍想到妈妈疯疯傻傻八九年，今天才好些了，害怕她犯了病，这才拭去眼泪不哭了，并且再三劝慰妈妈、姐姐不要哭了，说："妈，别哭了，我们今天活得总算像个人了。过去还不哭，今天为什么要哭泣呢？"又对赵小玲说："姐姐，别哭了，过去'四人帮'害得我们亲亲的姐妹们成了仇人，今天党中央粉碎了'四人帮'，仇人总算又成了亲人，还只管哭什么？实际上今天我们应该高兴，应该笑……"

娘儿们渐渐不哭了。李香桃今天见小玲来了，自然又想起死去八九年的小珠来。于是，她把墙上挂着的小珠的照片拿下来，捧在手里，看了又看，不由得又哭起来，说："小珠要不是让打死，今年也十八岁了，也成了个大孩子了。可怜他无缘无故地被……"说着又大哭起来。小玲、小珍也哭了一会儿，便忙着劝解妈妈。李香桃想到跟小玲分居八九年，没有亲热过一天，今天女儿来了，应该做点好饭吃。于是，她们临场做戏，小玲跟小珍姐妹二人，一个上街买肉，一个在家炒菜，李香桃忙着烙饼，一时就现成了。吃饭中间，小玲想起爸爸嘱咐，便试探着说："咱们今天虽然团圆了，可还是个小团圆，不是大团圆，要能大团圆了，那就更好了。"

提到团圆的事，李香桃自然又想起小珠来，不由得眼圈一红，又抹起泪来，说："'四人帮'把咱们一家害苦了，哪还能大团圆呢？可惜死了的活不了啦！……"

小玲也抹着泪说："珠已经死了，再说多少也没用了，咱们现在只说活着的吧……"

小珍说："活着的这不是都到了一起吗？"

李香桃说："咱们娘儿三个已经团圆了，这不正是吃团圆饭吗？……"

小玲说："可是还有……"

李香桃说："再没有了！"她知道小玲说的是赵长文，又说："就咱们娘儿三个，绝没有第四个……"

小玲说："不，还有我爸爸……"

提到赵长文，李香桃胸中之火不由得油然而生，她把筷子狠狠地摔在饭桌上，说："他算什么人？！——畜类！豺狼！——以后不准你们再提那个畜类！"

小玲、小珍姐妹二人见妈妈发了脾气，都瞪着眼不敢吱声儿了。可是小玲想到她爸爸的嘱咐，想到别人家都是父母儿女在一起，自己家这么分居着不好，便又大着胆子说："妈，你不要生气。我爸爸跟着'四人帮'跑，这是他的错误。可是如今'四人帮'被粉碎了，我爸爸已经承认了错误，已经和'四人帮'划清了界限，对妈妈也已经有了回心转意，咱们就该团结他，教育他，不能推开不管。妈，你也想一想，全国千千万万那么多人都能团结成一家人，咱们才四个人，为什么就不能……"

李香桃发狠说："不能，不能，就是不能，再说多少也不能。——我恼他，我恨他；我不想看他，我不想理他；我看见他就有气，我……"

小珍也说："妈妈，你不要气，人要想开些，咱们应该明白这是'四人帮'害了咱们一家，咱们恨，只能恨'四人帮'……"

"我恨'四人帮'，我也恨那个畜类……"

小玲、小珍说好说歹，说了许多，李香桃总不回头。小玲看到她妈气太大，不敢再提这件事了，打算随后再说。

自此以后，赵长文每天晚上要派小玲到四排三号去劝解李香桃。这么着整整过了一个月，也没有个结果。后来，赵长文又托朋友去找李香桃说，又恳求厂里的领导去找李香桃谈，同时让两个女儿做李香桃的思想工作。又是一个月过去后，李香桃为两个女儿着想，又看到赵长文这几个月的所作所为确实有很大转变，这才答应跟赵长文复婚。

一天下午，李香桃和赵长文要去领结婚证，当赵长文换了一身新衣服，拿着工厂开好的结婚介绍信来到四排三号时，正在伤心落泪的李香桃一眼看见赵长文进来，止不住满腔怒火，伸手“啪啪”两下子先照脸打了赵长文两个巴掌，骂道：“不要脸的畜类，你还有脸来见我！”

赵长文忍着疼痛，只说：“反正我错了，你打吧，我接受……”

李香桃还要打他，被小珍上来挡住了。

李香桃、赵长文二人领结婚证去了。赵小玲、赵小珍姐妹二人今天特别高兴，比她们的爸爸妈妈还要高兴得多。当爸爸妈妈出门走后，她们两个也一起大忙起来，一个到街上去买肉，一个在家里切菜，准备中午吃大团圆饭……

新嫂嫂

1. 谁在屋里下跪哩?

晚上，共产党员岳大泉在大队办公室开罢支部大会回来，刚走在自家门口，忽听得他新结婚的媳妇于大宝贝在屋里气冲冲地嚷道："说不行，就不行，你跪死在那里，也是枉然，那是自寻的……"一句话把岳大泉说愣了："是谁给我老婆下跪哩？怪呀!"

岳大泉今年二十九岁，三个月前刚和大宝贝完过婚，自然还没有儿女。那么，是谁给她下跪呢？他很想听听还有谁在屋里说话，可是除了大宝贝发怒，再不听有人说话了。这时，只听大宝贝又说："你还直管跪着做什么？快快给我滚开，我急着休息哩!"

岳大泉听到这里，断定是有坏人趁自己出门开会之际，来到他家里的。可是这个人是谁呢？怎么一声儿不吭？坏小子！等老子进去狠狠揍你一顿再说。他正要推门儿，忽然听得大宝贝又说："你哥哥开会快回来了，你还不快点起来，等你哥哥回来看见，看你那脸往哪里放！……"

岳大泉听说是他的弟弟在屋里给新媳妇下跪，急忙又停了步。心里说："没想到给大宝贝下跪的是小泉。看这个小泉多没出息！为什么要……"他不敢往下想了，也没办法进门儿，害怕这么冒里冒失闯进去，会把小泉羞死的。他呆呆地站在门口没主意了。

2. 新房里求嫂嫂

黄牛背村就岳大泉一户姓岳的。按当地习惯，新结婚的媳妇在头三年里都算新媳妇。对男方的侄儿来说，她是新婶婶；对男方的弟弟、妹妹来说，她是新嫂嫂。这也不过是人们提到新媳妇时这么说说罢了。实际上侄儿、弟妹们唤新媳妇时，都会把"新"字省去，直呼"婶婶""嫂嫂"。可是岳大泉有个弟弟，名唤岳小泉，虽也是二十七岁的大小伙子了，唤"嫂嫂"时总要带个"新"字，总是"新嫂嫂"长，"新嫂嫂"短，一天不知要唤多少次。也许是因为多年以来，他们岳家就他们弟兄二人两条光棍，没个女人，如今有了新嫂嫂，格外高兴，才这么唤起来没完没了。

岳大泉完婚那天晚上，新媳妇于大宝贝在新房里被一伙闹新房的年轻人纠缠住不放。他们说说笑笑，打打闹闹，一个个十分快活。后来大宝贝看见南壁墙根那把椅子上坐着一个人，呆呆地坐了半天，没吱一声儿。她心想："怪呀！今天闹新房哩，哪个年轻人不是高高兴兴，活蹦乱跳？怎么……许是受了谁的气？许是……"

后来，新媳妇于大宝贝趁没人的空儿，便问小泉："小泉，你只管呆呆地在这儿做什么？大家都忙的什么似的，你怎么闲得没事做……”

小泉抬头白了她一眼，把脸扭到一边去了。

大宝贝笑道：“怎么啦？是受了你哥哥的气？”

“……”

“是身上不舒服？”

小泉闷声闷气撩出一句来：“是心上不痛快！”

“心上怎么不痛快？”

“眼看我哥有了新媳妇，可我哩，还不见个媳妇影儿哩！”

大宝贝听得这一句话，止不住“咯咯”大笑起来。她这么一笑，小泉火更大了，冲着大宝贝说：“新嫂嫂，你笑啥哩?!你们结婚入洞房，当然高兴，可我……”

“你怎么？你想娶媳妇，为什么不趁早找一个，跟你哥哥一起典礼，一起入洞房？……”

“谁跟咱哩！就说新嫂嫂你吧，也是只找大泉，不找小泉……”

小泉一句话又把新嫂嫂大宝贝说乐了，“咯咯”笑道：“小泉，你要知道大泉大，小泉小，先大后小，合情合理……”

“谁跟咱哩！”

“小泉，别发愁，你的事包在我身上，我保准给你找一个称心如意的好媳妇……”

“你可不要忘了。”

“忘不了。”

“新嫂嫂，这事可靠在你身上了。”

到了第二天，小泉瞅个空儿又问新媳妇：“新嫂嫂，你哪天动身给我找对象去哩？”

大宝贝见他做事太急，又笑了。说："哪能这么快，等我有了工夫再说。"

"新嫂嫂，你可不能骗人。"

过了两天，小泉见大宝贝并没有替他找对象的意思。瞅个空儿又说："新嫂嫂，你怎么不快点行动?"

大宝贝说："还不到时候哩。你也不要太急。你比你哥哥小一岁半，过一年再找也不晚呀。"

"新嫂嫂，你可不能这样想。找一找，也要好长时间；定一定，也要好长时间；恋爱恋爱，也要好长时间，找着找着就不早了。"

"倒也是。可是这事你怎么总找我说，为什么不求求你哥?"

"我哥？我可不敢与我哥说。我看见他挺怕人的。反正这个家除了我哥，就只新嫂嫂你啦，我不靠你，靠谁?"

原来，大泉、小泉弟兄二人从小离开父母早，大泉十八岁当家，为了带好弟弟，总是学着别人做父亲的样子对待小泉，大事小事，对小泉总是一本正经的样儿，从不稀稀拉拉，害怕稀拉惯了，无法管教弟弟。到底是十几岁的年轻人，想得不周全，大泉内心虽然很爱弟弟，可惜在表面上严肃过多，柔和过少，闹得个小泉连话也不大敢跟他说。

新媳妇于大宝贝知道大泉对小泉过于严肃，认为小泉将来找对象，自己是应该多关照关照才对。原来大宝贝在娘家时，就是"五讲四美"的模范人物：对于父母，她是个好姑娘；对嫂嫂，她是个好小姑子；对邻居，她是个好青年。心地十分善良，脾气又好，人也勤，嘴也甜，最喜欢帮助人办事。有人打毛衣打不好，她的手巧，说："叫我给你打打。"人家说她也很忙，算了。她说："没关系，加几个夜班就成了。"便替人打毛衣。秋天，看见年纪大的人扛粮食，她会马上接过来，说："爷爷，让我扛。"就扛了去；看见人有了不痛快事，她就好话劝慰，直到你高兴了为止。

大宝贝在跟大泉恋爱期间，常有人说"大泉家两条光棍，没公没婆，去到他家就该挡里挡外，不能过一天清闲日子，瞎了眼的才找那样的对象。"

大宝贝却说："他家有男人，没女人，才最需要女人哩。"她却认定了要跟大泉结婚。有人说大泉家有困难，劝她不要找这样的人家。她说："过去吃大锅饭，穷过渡，有几家不困难。如今实行责任制，慢慢会好的。"正因为她看到大泉家没个女人，在他们搞恋爱期间，她常常到大泉家里来帮助洗衣、做鞋、料理家务。再加上她脾气好，又爱说，她看见小泉没爹没娘，大泉对他又过于严肃，只觉得小泉怪可怜的，所以在她没过门的时候，每次来了，给小泉洗衣服，做衣服，什么都干，亲亲热热，不像一般做嫂嫂的把小叔子当做眼中钉，肉中刺，害怕他将来分家财，对人不理不睬，你恨我妒。这地方又有小叔子对嫂子可以随便说话的习俗，所以大宝贝刚刚迈进岳家门，小泉就把她缠上了。以后，大宝贝对小泉的婚事真的很关心。她把她娘家村上的姑娘们，把她亲戚门上的姑娘们像排队一样，一个个地排在她的心坎上，考虑着给小泉提哪一个最合适。可是，她给小泉连提几个姑娘，都因为女方不同意，没有说成，小泉的那张嘴可就越撅越高，劳动积极性也就越来越低了。一天吃过晚饭，大泉参加党支部会走后，大宝贝又想起小泉找对象之事，心想："小泉找对象为什么这么难找？说个头，不高不矮，论长相，精悍标致，比大泉还帅几分哩，怎么姑娘们反而都不喜欢他？后来她又想到如今的姑娘们找对象主要是看你家里经济状况如何，看你穿的如何，其次才是看人。心想："照这样下去，小泉娶不上媳妇，懂情说理的人，会说是因为这个家不大富裕才使得小泉的事一直没个结果；不知底细的人，一定会说是因为小泉没爹没娘，没人心疼，会说什么'十个嫂嫂九个坏'，害怕小叔子娶上媳妇分家时分她的家产。可是姑娘们都不同意，我有什么办法呢？"因又想到人们找对象主要是看经济，不看人，想想自己完婚时，娘家亲戚、朋友给她添箱的东西，还有几块涤卡，也还有二百元钱，那是准备盖新房用的。心里又说："那些涤卡先让小泉用了吧。大泉是个没心计的，小泉的事，我不操心谁替他操心呢？"想到这里，她隔门先看看小东房，只见小东房又是黑咕隆咚的："小泉出去了？要是在家，怎么电灯也不亮？"她出门走在小东房门口推推门，门没锁，知道是小泉在家黑坐。心想："准是因为找不下对象，又在屋里躺着生闷气哩。"便喊道："小泉，怎么不拉着灯？"

小泉在屋里开口就带气，说："屋里又没个做针线活儿的，害怕看不见我自个……"

大宝贝"咯咯"笑道："我看你想个做针线活儿的快想成梦了。"她一边说，一边把电灯开关一拉，电灯一亮，只见小泉直挺挺地躺在床上，使人看了，实在有几分孤单感。便说："小泉，你坐起来，咱们好好谈谈……"

小泉躺在床上动也不动，说："跟我哥哥说话去吧！"

"怎么，不值得跟我说话？好，我走……"

小泉连忙一滚身坐起，忙不迭声地说道："新嫂嫂，你回来，你回来……"

大宝贝又返身进来屋里，笑道："知道你是个什么东西，还假装正经哩！"她坐在桌边那条旧凳子上，又说："小泉，我想起来了。那几个姑娘不同意，我看不是你这个人的问题，只怕主要是嫌你穿得平常，以为咱们家不富裕，叫你白跑了几趟。你看这样行不行，我还有几块东西，明天就给你做一身新衣服……"

做嫂嫂的拿自己的体己给小叔子做新衣，这是人们没有见过的事。常言"山雀儿，尾巴长，娶了媳妇忘了娘"，连娘还会忘掉，小叔子就更是眼中钉了，哪里还会拿自己的衣料给小叔子做新衣穿的？小泉忙说："不能不能，那可不能……"

于大宝贝说："为什么不能？一家人别说两家话，要不，你们打了十来年光棍。黄牛背过去生产又不好，你身上那一套破破旧旧的，找得下对象吗？明天我给你做一身涤卡衣服，再给你三十元钱，到供销社选你合意的买上一双皮鞋，再买顶好帽子，再配上你这一表人才，不把那些姑娘们晃倒才怪哩。"

小泉越听越高兴，可是他觉得又穿新嫂嫂的涤卡，又花新嫂嫂的钱，很有些过意不去。说："你给我做一身涤卡，就够好了，还又给我钱，就别给钱了……"

于大宝贝早已回到自己房里开箱拿出三张十元钱的票子交给他，说："老老实实拿去吧。"

小泉见她对自己这么好，心情一激动，忘了一切。"呼"地站起来，学着电影里人们的动作就要拥抱新嫂嫂。嘴里说："啊呀！新嫂嫂，你的心真好，你真好……"

大宝贝一把将他推开，"咯咯"笑道："新嫂嫂不如新媳妇，新媳妇还没进门哩！"

次日，大宝贝连明达晨加工干，一天时间就给小泉做好一套涤卡新装。小泉又买了一顶火车头大帽，又买了一双新皮鞋。忙着从头上到脚下装束起来，问大宝贝道："新嫂嫂，你看怎么样？"

大宝贝把他认真打量一番，笑道："明天你就找去吧，准能找他一打儿……"

"新嫂嫂，你说我再去找谁？"

"这也问我？你自己平日就没往眼里存一个？"

"我看每个姑娘都很好，就是不知道找哪一个……"

"吃才！拣那最好的找不就得啦？不过，你不要只看模样儿好，还要看她的人性儿怎么样？劳动怎么样？对公怎么样？对人怎么样……"

"那，那又该找人家哪一个呢？"

"找哪一个？自己也犯点愁吧。找对象犯点愁，明儿个才知道媳妇儿来得不易，才会心疼人家。"大宝贝嘴里这么说，因知道小泉是个老实人，不得不给他多方面出出主意，活动活动。实际上，她早就存在心里几个姑娘，过了一日，她带着小泉转了两天，谈了两个姑娘。第一个是赵庄的，因为小泉说话胆怯，只会出汗，不会说话，那姑娘嫌他太老实，没谈成。大宝贝这才又想起钱庄的钱兰英。原先，她以为钱兰英过于精干，不一定会看上小泉这个家，没先去钱庄。今天他们在赵庄扑了空，第二天，只好又奔钱庄来。在路上，大宝贝走在前头，小泉跟在后头，一会儿看看新嫂嫂，一会儿又低头看看自己那一身新衣服，高兴得他什么似的，心里说："这个新嫂嫂真好，没对象，天天带我到处奔波给我找对象；没有好衣服，拿她的料子给我做了好衣服，自古以来，哪有这么好的新嫂嫂……"这时，大宝贝忽然说："小泉，今天去了你可要沉住气，你要还是不会说话，以后我可不管你啦！”

“新嫂嫂，说啥你也不能不管。你要不管，我的一切就全完了。你到我家时间虽然不长，可是全黄牛背村男男女女，老老少少，谁不夸新嫂嫂是个好嫂嫂……”

“去你的！我不稀罕你表扬我，只要你能沉住气，快些谈成一个，叫我跟着你少跑几趟路，也算我烧了高香。”

小泉“嘻嘻”一笑，说：“新嫂嫂，真是个好嫂嫂！”

3. 新嫂嫂的两个条件

大宝贝在钱庄保健站有个女朋友，事先已经联系好，他们叔嫂二人今天要到钱庄来。当他俩来到钱兰英家里，小泉一眼看见钱兰英是个十分俊气的姑娘，谁知一个姑娘的俊也是一种吓人的东西。小泉只是觉得“呼”地一阵子，前胸后背热乎乎地流起水来。可是他却埋怨自己穿的那一身新衣服：“兴许是新衣服不合身，把人卡得紧紧地出了一身汗。”

钱兰英忙着让大宝贝坐下，又让小泉道：“同志，你只管站着做什么？也坐下呀。”

小泉听言，心里又急又怕，他张一张嘴想回话，不知怎么像是患了哑症，那嘴竟然不会发音了。于大宝贝看他站着不是站样儿，耷拉着两个膀子，没个精神，那脸东扭西扭没个放处，几次给他打手势提醒他要大胆，也不起作用，对他干急没法儿。钱兰英看了他那样子，以为准是个没出息的，先有几分不愿意。于大宝贝看情况不妙，只好替他打掩护，说：“看你那个架子！活该！走路也一定要跑步走，说是为了锻炼身体，大冬天出了满头大汗，累得连话也说不上来了——兰英请你坐哩，怎么还不坐下？”

小泉这才不十分紧张了，忙说：“坐哩，坐哩。”便坐下来。

于大宝贝跟钱兰英拉了几句家常，便给小泉递眼色，让他说话。小泉只是忙不迭地摇手，她干气没法儿。钱兰英心想：“这么大的人了，找对象还要带着嫂嫂来，看来这个嫂嫂倒是个好心肠人，可惜他肯定是个没出息的，至少也是个没嘴葫芦儿。人样儿倒是挑不出什么毛病，也许是人生面不熟有点胆怯？穿得也可以。这些个倒没关系，只要人正经，肯劳动，将来日子舒畅些也好。我应该先问问他的家境怎么样。”便问道：“你不吭气儿，我可要说话哩。你是在农业上呢，还是干别的？”

大宝贝听听小泉没有抓紧回话，又不敢看他，害怕越看他越糊涂，只好不做声。

小泉对女方问话，心想：为了不让新嫂嫂事后批评我没出息，今天无论如何要正正经经说几句话。忙着拭拭头上的汗，又咳嗽一声，说：“我，农业，农业，农业……”大宝贝见他说了半天，结结巴巴，却只会说“农业”两个字，连一句完整的话也说不来，急得她什么似的，很想给他提提词儿，觉得又不是小学生背书，又不是演员演戏，哪有个找对象男女双方谈话提台词的呢？因见小泉只管看自己，心想：他总想依靠我，就越没词儿，忙着把脸扭到一边去了。

钱兰英又问：“你们的生产责任制搞得怎么样？”

小泉以为第一句话说得不怎么样，这第二句话，定要下决心说好。便说：“好，好很，很，好很……”

大宝贝听他还是说不成一句话，竟然把“很好”说成“好很”，真是又气又急，急得她头上也冒汗了。

钱兰英又问："你家今年向国家售了多少粮？"

小泉忙说："售了四，百斤，斤……"又把四千斤说成了四百斤。一个四百斤，大宝贝气得嘴唇打颤，钱兰英歪过头去撇嘴。小泉看看这阵势，心一慌，浑身上下的汗水如同瓢泼大雨，只觉得"拉拉"地流个不住。心想："想不到找个对象这么难，比我过去考中学上考场还怕哩。"

大宝贝发现钱兰英看着小泉的皮鞋撇嘴，好像那皮鞋有假似的，知道情况不妙，虽然设法把小泉的回话做补充、纠正，却也晚了，那钱兰英总是淡淡地应付他们，看来并无真心谈下去了。大宝贝只好向她告辞一声，跟小泉去了。

他们走出钱庄，小泉看看大宝贝满脸的不高兴，想起来都怨自己，也不敢多言，只是跟在她的后边默默地走着。心里说："找个对象真不容易，今天又把嫂嫂给惹恼了，以后又该怎么办呀！"

这天吃晚饭时，大宝贝向大泉说了今天去钱庄的情况。大泉说："小泉就是那么个人，这件事反正还得依靠你哩。"

晚饭后，大泉开会走了，小泉又磨磨蹭蹭来到大泉和大宝贝休息的屋里。见大宝贝还是满脸儿不高兴，理也不想理他，心想：坏了，今天在钱庄我为什么就说不成一句话呢？真奇怪！反正我的事还得依靠新嫂嫂，今天我还得好话多说。便向坐在小板凳上洗衣服的大宝贝走近几步，有点低三下四的样子说："新嫂嫂，你生气了？不要生气，反正今天怨我没出息，以后我一定改。"因见她只管洗衣服，根本不理睬他，知道她的脾气好，一点也不害怕，又说："新嫂嫂，你不要生气，过去的不提了，看我以后的表现吧。你先休息两天，看哪里还有合适的……"

大宝贝一边洗衣服，一边怒气冲冲地说："有合适的没合适的，与我什么相干！"

"新嫂嫂，我的事全凭你哩……"

"你的事你自己办，我不管了！"

"好新嫂嫂哩，你可不能说这话，我求求你。"

于大宝贝今天想让他作点难，逼他学点出息，便说："求我做什么？求人不如求自己，自己的出息那么大，找个对象算得了什么！"

小泉想到自己见了大姑娘不会说话的缺点，知道离了于大宝贝办不成事，只得苦苦哀求。谁知他说一千道一万，于大宝贝口口声声只说不管，把小泉急坏了。说："新嫂嫂，都说你是个好嫂嫂，你真能不管？"

于大宝贝说："行好不得好，好好歹歹让别人随便说去吧，我不怕。"

"新嫂嫂，你真的不管了？"

"说不管就不管，哪还有假的不成！"

小泉以为如果于大宝贝真的不管自己的事，以后找对象更难了。想来想去，除了于大宝贝，没人肯管他的事，再加他找对象心切，心里说："我今天必须，必须……"屋里本来就他们两个人，他却左看看，右看看，看看无人，狠狠心，"咚"的一声面朝大宝贝跪在地上，直愣愣地跪着，说："新嫂嫂，看，我给新嫂嫂跪下了。"

于大宝贝见他竟然给自己跪下，想笑又不敢笑，只是心里说："这个小泉，为了找个对象，就这么低三下四，说起来也怪可怜的。"可是她还是没有吱声儿。

小泉两眼瞪大，直直地看着于大宝贝，说："新嫂嫂，你看，你看，你说话呀。”

于大宝贝故意说：“谁管你哩，说不行就不行，你跪死在那里也是枉然!”

小泉见她还是不肯说一句痛快话，心想：你不说话，反正我会老跪着。

于大宝贝说自己要休息，催他站起来走吧，他也不肯站起，拿大泉开会快回来了这话吓他，他也不怕，还是直愣愣地跪着不动。她真的害怕大泉回来看见了不好，况且她并不是真心不管他的事，便说：“小泉，你的要求我答应你，可是有两个条件，你也必须答复我。”

大泉在门外边听得这话，气坏了：“她，她怎么能……”又听小泉说：“新嫂嫂，只要你答应我的要求，我也一定答复新嫂嫂的要求……”

又听于大宝贝说：“我向你提两个要求：第一，从今以后，你听我的，我叫你做什么，你就做什么，还必须做好……”

大泉听了这些话，咬牙切齿地骂道：“想不到她这么坏!”又听小泉说：“新嫂嫂，行行行，这一条我一定办到。”

又听于大宝贝说：“第二条，我希望你在一年内不要找对象……”

大泉听了，气极了：“嘿！连对象也不让小泉找了，简直坏极了!”

又听大宝贝说：“咱们走了几家，为什么尽碰钉子，不一定是因为你小伙子长得差，就因为咱们还没有摆脱那个穷字。兰英笑你的皮鞋，就是笑咱家装富。如今姑娘们找对象有几个不攀富、不攀高的，‘水往低处流，人往高处走’，人之常情。

况且如今党的政策那么好，咱们已经包干到户一年，全家三人都是全劳力，连个穷字也摆不脱，对国家没贡献；对自家，生活没大改善，说明我们不是笨蛋，就是懒汉，姑娘们看不起咱们家，是看不起咱们的没出息。这次通过你找对象，倒是给我们照了一次镜子，证明我们种责任田还没尽到责任。小泉，以后你听我的，老老实实停一年不要找对象，咱们明年好好开个头。我已经打算好了。我看咱们责任田里的桑树不少，养三五张蚕不成问题。养好了，只这一项就是一千多元收入哩；我也会编藤篮儿，闹得好，也是一笔收入。咱们再多养几头猪，多养几只鸡，再把农业抓好，等到明年秋后，咱们家的责任制也搞得像个样子了，只怕你的对象就好找多了。小泉，你说哩?”

大泉听了这些话，才明白了小泉给于大宝贝下跪的意思，松了一口气，心里说：“小泉算是遇上一个好嫂嫂。”后来他听得小泉答应下于大宝贝提出的两个条件，又听小泉说“新嫂嫂，跪得我的膝盖好疼”，知道是小泉已经站起来，也快要回小东屋去，他连忙蹑手蹑脚跑出大门外边，听得门响，知道小泉已经回里小东屋，这才二次走进院里来。

4. “是你”

第二年，大泉、小泉都听于大宝贝的指挥，于大宝贝吩咐他们干什么，他们就干什么。特别是小泉，很听新嫂嫂的指挥。这一年他们除了农业，还养了五张蚕。养老蚕那一段时间是特别忙的，一天到晚，于大宝贝把个小泉催得流星不落地：“小泉，快去砍桑叶。”砍回桑叶来，又催他：“小泉，咱们快摘叶。”摘罢桑叶，又催他：“小泉，快来帮我切叶。”切了叶，又催他：“小泉快担两担叶子来。”喂罢蚕，又催他：

“小泉，快剥桑皮。”剥完桑皮，又催他：“小泉，快再去砍两捆桑叶来。”养罢蚕，又催他：“小泉，咱们快快到地里上化肥去。”耨罢地，又催他：“小泉，你快快上山砍些藤条来，我给咱编藤条篮儿，你明天到市场上去卖。”……这么着，他们忙忙碌碌干了一年，向国家售蚕茧五百五十斤，收入一千多元；夜里编篮儿，收入三百元；秋天向国家售粮一万斤，又是两千多元，再加上猪、鸡、鸭、兔收入八百多元，一年共是五千元，成了黄牛背村数一数二的富户。这么一来，全家人高兴，小泉更高兴，瞅空又问于大宝贝：“新嫂嫂，一年时间快到了，你提的两个条件我也全办到了。现在……”

于大宝贝不露声色地说：“急什么哩，再等两个月……”

“哎呀，怎么还要等两个月？”

“等咱们商量商量，咱们买个电视机，买个洗衣机，再买两辆自行车……”

小泉听言，高兴得跳了起来，说：“好好好，还是新嫂嫂想得周到。要买，就再买个录音机，再买个电冰箱……”

“那些以后再说，有了钱不能花光用尽，还得考虑以后的生产投资。”

“新嫂嫂说得对。可是我的事，你是不是忘了？”

“说你不要急，你就不要急。你还是听我的，过几天再说。”

几天以后，岳家的房顶上安上了电视机天线，屋根处安上了洗衣机放水的皮管儿，他们家每天锣鼓声声唱戏哩；“呼噜呼噜”水打浪花洗衣哩，就是不见于大宝贝提找对象的事。小泉又问：“新嫂嫂，咱们明天出马吧？”

大宝贝还是不慌不忙地说：“不急，过两天再说。”

小泉见她三番五次往后推，认定是她骗着自个儿给她受了一年，就是为了给她买电视机、洗衣机，就是为了她发财，并不是为了给自己找对象，十分气恼，也不唤“新嫂嫂”了，气呼呼地嚷道：“嘿！一年里你叫我干什么我干什么，马不停蹄受了一年，如今你看上电视了，不管我的事了。你今天推明天，明天推后天，只打雷，不下雨，操的是什么赖黑心……”

于大宝贝挨了骂，也不生气，反而“嘻嘻”笑道：“你想说什么就说什么，反正我希望你再等两天。”

于大宝贝不见行动，小泉干急没办法，出出进进，寻着难听的话直骂新嫂嫂，新嫂嫂却总是笑而不答。小泉又骂她是个“笑脸奸臣”，她也不在乎，每天总是那一句话：“等几天再说。”

又过了两天，就在小泉的骂嫂嫂声中，忽然传来一阵脚步声，原来是东头的小江媳妇忽然找上门来，给小泉提亲。这么一来，把个小泉高兴坏了。等小江媳妇走后，又笑着跟于大宝贝说：“新嫂嫂，想不到今天会有人找到咱们门上给我提亲，怎么说？咱们明天就去看看吧？”

于大宝贝又是“哈哈”一笑，说：“小江媳妇提的那个闺女我见过，小不高的个儿，脸面也平常，手也不怎么巧，我看不合适，还是等几天再说吧。”

那闺女到底怎么样，小泉不了解。见她这么说，以为一定是有意推脱，又是骗自个儿。变了脸说：“你不要骗人！知道你安的什么心！推呀推呀，你把我的小辫子拧得紧紧地受了一年，如今又天天推……”

于大宝贝有她的想法，有她的主意，无论小泉怎样骂她，以为年轻人找对象心切，发发火是必然的。还是笑着说：“急上几天吧，反正还得等几天!”

又过了两天，连续有四五个人来找他们，给小泉提亲，小泉再三要求新嫂嫂同他去看看，她还是不同意去，总说：“再等两天看看。”自然又挨了小泉几次骂。有一天，小泉正在地里干活儿，于大宝贝忽然跑到地里来冲着小泉说：“小泉，今天先别干活儿，快回家里看看谁来了?”

小泉忙问：“谁来了?”

“反正是个女的，你跟我回家去看看就知道了。”

小泉听说来了个女的，自然高兴，撂下锄头就往回跑。一路上，他再三问是谁来了，于大宝贝只笑不告他。他俩进了村，于大宝贝说她要到供销社打醋，让小泉先回家去，小泉兴冲冲地跑回家，进门一看，没想到是个熟人，正是去年他到钱庄找过的那个钱兰英。不知是这一次于大宝贝不在场没了依靠，还是又长了一岁长了见识，今天看到钱兰英，说话干脆多了，先是一愣，接着便笑道：“兰英，是你！……”

冯二马下乡

一

地区报社一位年轻的记者冯二马，今天下乡到曲寨村访问专业户曲新珍。

曲寨村是太行山窝里一个小村子。在这个山窝里居然出现了一个“十万富翁”，这消息引起了地委的注意。地委领导给地区报社负责人打招呼，让他们派一个记者去采访这个“十万富翁”，并且嘱咐在采访中一定要注意做到实事求是，这个任务落在了年轻记者冯二马头上。

冯二马虽然把任务接受下来，可是他对曲新珍这个“十万富翁”很有点信不过。

从报社驻地到曲寨村不过三十公里路程，冯二马到曲寨是骑自行车来的。他骑着车子慢慢地蹬着，那个还不曾相识的“十万富翁”在脑子里打转转，一个又一个问号出现在他的脑际——曲新珍不过是个修理工，修理工嘛，不过是修补修补的事儿，能赚下十万元吗？什么彩色电视机，什么收录机，什么电冰箱，什么摩托车，一个山村老百姓，他会欣赏什么音乐？他就是有钱，在农村又有什么好吃的，他要电冰箱干吗？他盖起一座三层小楼，全家不过五口人，盖一座楼，有那个必要吗？屋里还有沙发，还有地毯，土里来土里去，铺地毯有什么好处？他们全家五口人还花了五千元坐飞机到许多的城市游览过，这一家人岂不是太有点狂妄了？现在还是富人少，穷人多，既然有钱，为什么不发扬共产主义风格，帮助致富，而是只顾自己坐飞机上天，只顾自己游山玩水呢？……总之，他对这个“十万富翁”一百个信不过。多年以来，浮夸风严重，如今虽然一再强调实事求是，但是有些人为了出风头，以一当十，以十当百，以无当有，虚张声势，不过是为了当模范，出风头，得奖发财罢了。冯二马想到领导上嘱咐他在采访中要注意实事求是，这就说明领导对这个“十万富翁”也是不完全相信的。今天我一定……他骑车慢慢地走着想着。想到这里，又想道：过去有些人搞浮夸，在群众中造成极不好的影响，今天绝不允许这种坏风气继续下去了。领导上派我采访这个“十万富翁”是要我正面报道一番。我今天倒要看个虚实，如果还是浮夸那一套，我要像赵树理一样，给他扎一扎火针，压一压又有点抬头的浮夸风。想到扎火针他蹬车的劲头又大了。只一个半小时，便到了曲寨村地界。抬头望望，一个只有数十户人家的村子出现在对面的半山腰上。同时，在那一片砖瓦平房和稀稀拉拉的绿树之中，有一座比较大的建筑物凸然而立，比全村的房子高出大半截，显得那么孤独，那么高傲，——这一定就是那个“十万富翁”的小洋楼。这个小洋楼是冯二马访问曲新珍深刻的第一个不良印象。心里说：“好一个‘十万富翁’，这样做，不明显是脱离群众吗？就凭这一点，也该扎他一火针！……”想着蹬着，忽然听得“嘣嘣嘣”一阵响声，抬头看时，只见打迎面拐弯处那条两边是梯田中间是路的一条小胡同里窜出一部“嘉陵”摩托车，一个戴着墨镜、浑身穿戴时髦的高个儿小伙子驾驶着它直冲而来。冯二马正想拦住他询问什么，“嘣嘣嘣”，那部“嘉陵”早已擦身而过，飞奔而去。他没有想到在这样的山沟小村里会飞出“嘉陵”这种东西。看着那小伙子的穿着，看着人家的“嘉陵”打自己骑的自行车旁飞驰而过，忽然觉得自个儿好像有几分寒酸气儿，很不是滋味儿。心想：刚刚飞过去的这个“嘉陵”之客，肯定就是“十万富翁”的公子了。看那股傲气！看那股横冲直撞的劲头！人一富，就该是这个样子吗？他很后悔没有及早拦住他先问一下“十万富翁”家的情况。

冯二马骑着车子又走了一段路，该上坡了。他蹬不动，只好下车推车自行。进了曲寨村，碰见一个老大娘，该不该问问曲新珍的住址呢？——不必了，那座孤傲的小洋楼不就是目标吗，冲它直去就行了。他推着车子走过两个大门，只见北面一个空地上正有许多人在那里忙着——有的和水泥，有的掂水泥包子，有的往半截新砌的墙上撂砖，有的正在那里拿着瓦刀砌砖……他随意问道：“盖房吗？”

工地上一个人回答道：“是。”

冯二马问过，又觉得自己说话好笑：“明明就是盖房嘛，还要问，真是多此一举。”他冲着那座孤高的小楼往前走了不远，路过一个小胡同时，只见胡同里靠右边也有人在那里哼着“夯”歌儿夯地基，心想：这个村子不大，盖新房的人还不少哩。他又转过两个院子，那座孤傲的小洋楼就矗立在他的眼前。他推着车子站下来，抬头望望，只见这座三层小楼冲天而立，水刷石挂面，二三两层还有两个跳台。二层跳台下还吊着一嘟噜组成梅花式的球形电灯泡，竟有几分小宫殿的气派。心里说："这个修理工也真敢出洋相!"他朝楼里喊道："有人吗?"

楼里有一个女人应道："来了。"随声走出来一个女人。冯二马看时，只见她四十多岁的年纪，穿一身满是油渍的工作服，脸上黑一片，灰一片，很像城市工厂里做粗活儿的女工。心里说："这大概就是所谓的'十万富翁'的夫人，未免太，太有些那个……"

二

出门迎接冯二马的正是"十万富翁"曲新珍的爱人李雪英。她见了客人，不问是哪里来的，也不问是为什么事所来，先笑容满面地迎道："同志，快来快来，请屋里坐。车子就支在这里，——锁不锁没关系，丢不了的，请吧。"李雪英把门儿打开，让客人进来，又指着右边的沙发说："请坐请坐……"

冯二马进门看时，满厅里富丽堂皇而又清雅别致的布置把他镇住了。转眼工夫，他忘了他是来到一个山村修理工的家里，还当是到了国外某个资本家的客厅，使他不相信自己的眼睛，使他不相信自己是来到了中国农村一个修理工的家中。作为主人的李雪英见他如痴如呆地站着不动，忙又说："同志，请坐。"

冯二马回头看看李雪英，见她浑身油渍，土里土气的样子，又使他不相信她就是这个客厅的主人。在主人的再三招呼下，记者落座了。李雪英先打一个橱柜里拿出一盒带嘴的中华牌香烟让他抽烟，然后说："同志，你先坐，我去沏茶来。"便进了东北角一个套间里。

这时，他才细细地打量这个小客厅：地上是一方海蓝色起花大地毯，正中是方桌斗椅，桌上一架新式大座钟，两边两个一尺见高的景泰蓝大瓷瓶，每个瓶里插一把鸭翎扇子。壁上挂着一张字画，草书着李白名诗《早发白帝城》，上首挂着画着《红楼梦》金陵十二钗的挂历，挂历下边一个圆形黑色小兀几，上边放着一盆葱绿色君子兰；下首只有一个温度表，下边又是一个小兀几，上边放着一盆秋海棠；对面正中一个墨绿色高腿电视架上放着一台电视机，看大小像是二十英寸的。壁上挂着四条字画，龙飞凤舞一般草书着李白、杜甫、王维、白居易等大诗人的诗句；靠南是一个高腿衣帽架子，上边挂着一顶鸭舌帽子、一方纱巾。这时，记者冯二马才想到自己进门后没有摘去帽子。这忙伸手把头上的帽子摘下，站起来把它挂在衣帽架上，又发现门左方镶着一方大穿衣镜。忙站在镜前整一整衣襟，理一理头发，回头看时，才看清了自己坐的地方放着一大二小一套绿色平绒装的大包沙发；前边是一个长方形墨绿色茶几，上边放着一套景泰蓝茶具，还有一个竹制浮雕烟灰缸子，后边是一个落地式电风扇。这边壁上是一张独条字画，草书四个斗大的字是"振兴中华"。总之，这个会客室完全不像一般农户，墙上喜欢贴些"穆桂英挂帅""梁山伯与祝英台"一类戏曲人物。这里除了那个挂历上的人物画，全是字画，很像是一位文人的客厅，或者是一个书法家的住宅，根本不像是一个修补匠的家。他很奇怪：一个修补匠的喜爱为什么会有如此高雅？再说，这个会客室的新颖、大方、别致、整洁，还有家具、字画的名贵，是他这个二十八岁的年轻记者没有见到过的。他的父亲是地委的一位部长，行政十四级，也称高干了，可是他的家却远远比不上山村里这个修补匠的家。他也去过地委书记家几次，比起此室，也实在不过是小巫见大巫了……这时，只见打套间里出来一个女人，双手捧着一杯热茶笑容可掬地朝他走来。只见这女人也是四十多岁模样，紫糖色面皮，大眼睛，穿一身深蓝色西式装，显得整洁而又大方。他想："这又是谁？莫非是刚才那个女人的妹妹？她们二人，谁是这个家的主人呢?"

那女人捧茶走来，说："同志，坐呀。请用茶。"把一杯茶放在茶几上。

记者冯二马一边入座，一边疑疑惑惑地问："你，你是……"

"我叫李雪英，我家那一口子早两天就出门购料去了。今天不一定能回来。同志，有什么事，就请你说吧。看我，还没有问你贵姓……"

记者忙说："好说，我姓冯。"他细细看时，才看清这个倒茶的女人正是头里迎接自己那个脸上抹黑的女人。

"你是哪个矿上的?"

冯二马听她把自己当成了定制矿灯的矿上采购员，只觉得好笑：真是满脑子除了买卖发财，没有别的了。便说："我不是搞买卖的，我是打咱们地区报社来的。"

"那敢情好。当记者都是有文采的人干哩。"

"不敢当。曲新珍同志不在，看我今天来的……"

"他在不在一样。你要了解什么，看我能不能替他说说。"

"那就更好了。李雪英同志，我今天到贵府上来，一是想参观一下你们的家庭；二是想了解一下你们是怎样变成‘十万富翁’的……”

“这两件事我都能办到。冯同志，你上了路，累了，是不是请你先休息休息……”

“不累不累。咱们就开始吧。”

“冯同志，你看是先谈呢？还是先看呢？”

“咱们就边看边谈，来个两结合好不好？”

“也好。咱们从下到上，一层一层看。这第一层，这儿，算个客厅，一眼就看完了，没有多少介绍的。地上这块地毯，是陵川地毯厂的货，比较便宜，才值两千四百元；这一套沙发是三百元钱买的；那个彩电是两千多元买的。墙上这几张字也比较贵，只中堂那一张就花了八十元哩……”

冯二马听一句，暗暗伸一下舌头：“妈呀！她可真舍得花钱！”他认为这一家的富是够富的了。可是他们不过是一个修补匠，怎么会挣来这么多的钱呢？是不是，是不是有其他更大的赚钱门路，这是他最为怀疑的一点。便插问道：“你们单是搞修理呀，还干别的？”

李雪英说：“单干修理工。另外就是还种了二亩地。”

“你们干修理工干了几年了？”

“几年？这就看怎么说啦。公开干，不过四年时间，偷偷干，只怕有二十多年了。”

“啊？你们已经干了二十多年？”

“是呀，一九五七年，我跟新珍结婚以后，新珍就是个修理工。我在娘家当闺女时，我妈总骂我笨，可是我一来到新珍家，不知怎么我这两只笨手一下子就变巧了。不是我自吹，无论新珍干什么，反正我总是一看就会，他会修什么，我也会修什么。实际上我比新珍还多一套本领，就是心眼活……”

冯二马没想到这位女主人如此健谈，更没想到她会那么夸夸其谈，炫耀自己。——他们想富是很有可能的，但是凭一个修补匠会成为“十万富翁”，准有假！看来很可能是这个喜欢夸耀的女人为了当模范，出风头，凭她一张巧嘴，真真假假混在一起，欺骗了某些好大喜功的人。只此一点，我也该准备给她扎一火针，也让她学点实事求是的本领……只听李雪英还在滔滔不绝地说着：“啥叫心眼活，就是要眼看四面，耳听八方……”

冯二马对她的夸夸其谈越来越反感，打断她的话，说：“请问你上过什么学？”

“我是高中毕业生。”

“高中课本上有‘眼看四面，耳听八方’这句话吗？”

“这话不是课本上讲的，是我爷爷常爱说的一句话。——什么叫‘眼看四面，耳听八方’呢？就是看行情，听信息，单凭盲目瞎干，无论干什么都会吃亏的……”

这时，楼上忽然有人喊话了：“妈！你又大呼小叫地说什么？能不能低声点儿！”

李雪英听完，忙回头看一眼冯二马，又伸一下舌头，放低声音笑道：“冯同志，乡下人说话声高，又把我那个宝贝女儿惊动了。咱们就低声说吧……”

记者冯二马听得楼上有人说话，口气那么傲慢，给人下命令似的，心想：“好个高傲的小姐啊！”又听说是李雪英的女儿，这个李雪英对女儿竟那么顺从，喊一声话，当真立刻把声音放低许多，有点奇怪。问道：“你女儿也是修理工吗？”

“不是，她不干修理工。她爱种菜，她爱种树，我们种的二亩地，全种的是蔬菜，都是她一个人干哩。她很爱看书，一天能啃一块砖头！另外，她还上着电大，这会儿正在楼上做作业。这闺女是个好闺女，事事都争强好胜。上学时候，考九十九分还说丢了脸，常常哭鼻子。她也有一个缺点，不愿意见年轻小伙子，从来不让男人们到她的卧室去，今年二十五岁了，还没有找下对象哩。”

冯二马听她如此说，对她怕女儿的原因，似乎明白了一点。想起自己已经是二十八岁的人了，也没找下对象，对这一点，倒是有点同病相怜之感，这时，他竟长长叹了一口气。说：“雪英同志，你还是继续说吧。”

李雪英说：“咱们还是边看边说吧。”她带着记者向套间走着说道：“……我那一口子就很赞成我这个眼看四面，耳听八方。他过去是个打铁的，干一天两三元。一九五九年村村安大锅，食堂化，我就提了个意见，让他干补锅。他也干，我也干，两个人一天能挣六七十元哩。到了六〇年，食堂慢慢走下坡路了，可是各地都在修水库，修水库就要用平车，我就提意见要改行修平车。嗨！修平车还真叫行哩，我们两口子一起干，干一天就是七八十元……”

记者听着想道：“这个女人可真会看行市哩！”

他们说着话进了套间，只见这是旧柜子、破桌子、烂板凳，还有一张破床，床上铺一条破席，放一卷破被，反正一切都是破的旧的，墙上还贴着两张褪了色的旧年画，一张是《长坂坡》，一张是《断桥》。与会客厅比起来，简直是两个截然不同的世界。冯二马看后，心想：“我当他们有多少了不起的物什，就是客厅里那一点嘛。这个所谓‘十万富翁’，不过如此，到底原形毕露了……”只听李雪英说：“这些东西都是我们过去用过的旧东西、旧家具。本来，新珍要把这些东西全扔掉，我不同意。放在这里，是个对比，叫年轻人天天看看，不要忘了今天好日子是怎么来的。后边是厨房，咱们也进去转一转吧。”

他们来到厨房看时，原来这里也分里外两小间。里边一小间放着橱柜、餐桌，还有电冰箱、洗衣机；里头一小间便是厨房。一切都很整洁，摆设都在地方。冯二马看后点了两下头。李雪英说：“咱们到楼上看看吧。”一边上楼，一边说话，李雪英接着头里的话说：“到一九六二年，各地修水库的不多了，修平车的活路越来越窄，老曲心里有点着毛。我一想，这会儿各县都在实行‘户户喇叭化’，谁家的喇叭没个出毛病的时候？我就跟老曲说：‘咱们再干做喇叭。做喇叭也是好事嘛，能叫千千万万老百姓坐在屋里听戏，听国内新闻，听国际新闻，能叫千千万万年轻人学理论，干这个准行。’老曲一想也是，就听了我的话，忙着买了工具、原料，两个人连明彻夜突击生产舌簧喇叭。干这个，我们一年能挣两三千元哩。别看挣钱多，也不容易哩。为了不错过家家安喇叭的时机，我们每天要干十七八个钟头，总是半夜以后打个盹儿，鸡叫起床就干，有时候连饭也顾不得吃，吃两个现成的窝窝头干粮就成。常常是嘴里嚼干粮，手里干活儿。有时候用户追得紧，我们一连几天不睡觉，干罢活儿站起来，腰困腿酸连路也不会走哩……”

当冯二马听到他们能挣那么多的钱时，认定是他们要价太高。后来又听她说他们的货比一般市价都贱，他们又很懂风向，能吃大苦，心里说：“也难怪啊！”对他们的赚大钱，收入多，似乎相信了几分。不过，他还是不相信什么“十万富翁”之谈。这时，他忽然想起来一个问题：在当时，像他们夫妇的做法，是会当单干——走资本主义道路看待的，是会受到批判的，难道他们这样做，就会畅行无阻吗？因而，对她的说话又有些怀疑了。便问：“请问李雪英同志，在当时大讲两条道路斗争，你们这样干，难道……”

李雪英说：“是呀，要不，我们怎么会当了‘运动员’哩……”

“什么‘运动员’？你们在体育方面也……”

“不是体育方面的运动员。你听我说。因为我们不愿意跟着大伙每天上地磨洋工，吃大锅饭，常常跑在外边，不是修平车，就是做喇叭，在当时就算单干风，就算走资本主义道路。所以每来一次运动，就当一次斗争对象，次次运动受批判，有人就叫我们是‘运动员’。特别是十年大乱，我们两口子戴高帽游街，一天升一级，第一天，高帽只有一尺高；第二天升一级，变成二尺高；第三天又升一级……最后我们还戴过一丈二尺高的高帽哩……”

冯二马听到这里，算是点了一下头，有点表示赞同的意思。他们说着话，早已上来二层楼。李雪英顺手推开一个门，说声“请进”，冯二马进来了。他抬头满屋里先扫一遍，竟使他不由自主地喊一声：“好家伙！”

三

二层楼这一间房子原来是李雪英的女儿曲文兰的书房。只见靠北墙是一色三个六尺高的大书架，琳琅满目的书籍先把他吸引住了：“这个修补匠买这么多书做什么？不是故作文雅吧？”他走前看看，第一柜全是马恩列斯毛周刘邓陈的著作和哲学书籍以及《史记》《汉书》等史书。这使他很吃惊。一想，又摇一摇头，心里说："难道这些都是一个修补匠看的书吗？不过是夸富的一种办法罢了。"再看第二柜，上两格全是中国古典作品:《红楼梦》《水浒》《三国演义》《西游记》《镜花缘》《今古奇观》《聊斋志异》《唐诗》……中两格是些《高老头》《邦斯舅舅》《静静的顿河》……全是外国小说;下两格又是《鲁迅全集》《郭沫若文集》《茅盾文集》《赵树理文集》《吕梁英雄传》《刘胡兰传》等等当代名著；第三柜则又是有关科学技术、医药卫生、青年思想，还有美术、书法、裁剪、食谱一些书籍。看了这些，真使他迷惑不解。便问："这些书都是谁买的？谁看的？"

李雪英笑道："谁也买，谁也看。买这些书可不容易哩。我们到北京、天津、上海、广州、杭州、重庆游览过好几次，每次出去，第一，是了解市场情况，商品信息；第二，是学习技术；第三，就是买书，买时新商品。你不买书，首先过不了我们那个宝贝女儿的关。那是个道道地地的大书迷。因为看书，常常误吃饭。她看起书来，谁也不敢喊她吃饭，谁喊她，她给谁钉子碰，那副吃人咬人的面孔谁看了谁害怕。"

冯二马听说她的女儿如此好学，想不相信，又有何法？事实如此嘛。因而对他们买书仅仅是为了夸富的看法开始有些改变。又想到她女儿的厉害，常是一副吃人咬人的面孔，自然又想起头里在楼下时楼上那一声大喊"妈！你又大呼小叫……"她为什么这样厉害，难怪她找不下对象！只是她这样好学，农村里竟有这样的女才子，也很难得。可惜她是山村姑娘，尽管是当代的蔡文姬，没个城市户口，怎能找个城市对象呢？等着进"老女坟"吧！冯二马已经开始看这个屋里的其他摆设了。可是不知为什么，他的思绪总是有点儿不大集中，总是有点儿离不开那位尚未见面的十分厉害的才女。这屋里还有沙发、茶几、写字台、收音机、落地台灯、电风扇等等摆设，他都没有认真看。当他看到壁上贴的一首诗时，把他吸引住了。那诗是：

小楼三层盖不高，
未敢树旗旗自飘。
且引千家翘首看，
希望万人下眼瞧。

冯二马看过第一句，心里说："平平白白罢了。"看过第二句，心里说："真是'自我标榜'。"看过第三句后，心里很反感；"狂妄极了！"看完第四句，倒有点吃惊，先嚼了几下唾液，心里说："这一句还可以。如是这个意思，为了将来万人住比他们更高的楼，那么，'且引千家翘首看'也不是什么歹意了，自然不能说是'狂妄'。"这短短四句诗，竟把他开始来时认为这座小楼的"孤高"之感打消了大半，便问："这首诗是请谁写的？"

李雪英笑道："就是我们那个宝贝女儿写的。你看看哪里写得不合适，给她指点指点。"

冯二马见说是她的女儿所写，顿起敬慕之意，说："好样的，我看她将来可能是个诗人。"他很想马上见到这个好学的姑娘。因见左侧有一个相框，其中的照片全是全家合影，忙走前看看，其中有一位年轻女像，模样果然俊俏。便指着问道："这就是你的女儿吗？"

"不是，那是我的儿媳妇。我那女儿从来不跟我们一块儿照相，她自己也不多照。照过两次相，也不往墙上挂，她说：‘我这个丑样儿，别叫人看了笑话。’”

听如此说，记者急欲见到她的女儿的念头立时消了许多：“她虽然好学，有点才气，原来丑，惋惜啊惋惜。”

他看罢修补匠曲新珍家的书房，返身出来，李雪英继续向记者介绍情况，说：“咱们这地方煤多。三中全会以后，各县的地方煤矿开得越来越多。我们出去跑了些地方，为煤矿服务的企业很少很少。我就给我那口子提意见改行干这个。不久，我们就挂起‘煤矿服务站’的牌子。我们不止修理矿灯，还制造煤矿急需的矿灯充电架。我们的牌子一挂，许多煤矿都跑来跟我们订货。中原油田还跟我们订了货哩。我们一家有三个人干这个，连明彻夜干，也是供不应求。我们的造价是最贱的，一个充电器比市场价贱四五百元哩。就这，每一个月也有两三千元的收入哩……”

说到这里，冯二马对这个“十万富翁”想看个究竟，便问：“你们现在有多少存款?”

“十二万。”

“能看看你的存款条子吗?”

“可以。”

他们说着话，进了曲新珍、李雪英夫妇的卧室，其中沙发、立柜、写字台、台灯、电扇、钢丝床等自不必细述。只见墙根处一个保险柜，女主人走去伸手左扭右扭几下子，保险柜开了，拿出一叠子存款条子递给记者，记者翻一张，记一个数儿，结果真是十二万元。于是，他对这个修理匠十万之富的怀疑一下子打消净尽，倒是很佩服他们会掌握时机和不怕苦的干劲儿。这时，他还是想见见那位才女，说：“我想见见你的女儿，可是她又不愿意见人……”

李雪英说：“她倒是愿意见有文化的人。你是记者，她可能会热情接待你。来吧。”只几步便已走在曲文兰的门口。李雪英轻轻推开门，让记者进来，记者一眼看见窗前一个姑娘背身趴在写字台上写什么，心想：这大概就是那位好学的才女了。李雪英轻声柔气地说：“文兰，你也该休息休息……”

谁知背身坐着写字的姑娘既没回头，也没应声儿。冯二马心里说：“好个傲慢的农村姑娘……”

四

李雪英见女儿不理不睬，以为对记者是一种不礼貌的表现，忙把声音放大些说：“文兰，你听不见？……”

文兰还是头也不回，兴冲冲地撂出三个字来：“少麻烦!”

“文兰，有客人……”

“有客人就有客人，你们该做什么做什么，为什么这样啰嗦!”

冯二马见她实在傲慢得厉害，心里说：“看背后，像个好样的；她那么好学，又有文才，也值得人敬佩；只是这股傲气，未免……”他带着一种不满情绪把视线移到左面壁上去了。又见这边壁上挂了一张字画，上面楷书一首诗是：

勤是幸福巧是金，
一勤一巧好在全。
开花不开看自己，
莫怨春风吹未匀。

冯二马看了，以为前两句太白，但对末一句“莫怨春风吹未匀”很感兴趣，自语道：“说得好。党的富民政策对任何人都是一样的，都是没有偏向的，你自己不好好干，能怨谁呢？”他低声问李雪英这诗是不是文兰写的，李雪英指指女儿，点了一下头。看了这首诗，记者对曲文兰复起敬佩之意，又看她一眼，她还是背身俯案而写，好像这个屋子并不曾有人进来。记者一心要结识一下这位山村诗人。便大胆走前两步，说：“曲文兰同志，对不起，打扰你……”

李雪英连忙说：“文兰，报社的记者同志跟你说话哩。”

谁知那曲文兰还是头也不回，只爱写字。说：“等一会儿。”

冯二马见她这样，一股无名之火油然而生：“哧！什么了不起的人物！”只好先看这位山村修补匠小姐的卧室。见只有床铺、衣、柜、写字台、椅子几样大物件，却没有沙发，这就怪了，那么富有，这位傲慢小姐的卧室，为什么偏偏没有沙发？又见另一张简易桌子上放着一台打字机，桌头柜上有一部录音机，壁上挂着一把小提琴，一枝猎枪，一把宝剑，一支笛子，进门一架书架，放些小说、画报；还有几张报纸乱放在一把椅子上。心里说：“也真够多才多艺了。”

这时，曲文兰忽然站起来，回身冲着陌生的记者一笑，说：“记者同志，对不起，慢待你了。因为我正做一道难题，怕忘了，没有及时……”

冯二马一看到她的面目，不觉又是一惊：“这个小山村，这个修补匠的家，竟有这样的姑娘?！她的貌同她的才她的脾气可以说都是十分相称的。”因见曲文兰指着一把椅子让他坐，他这才坐下来。说：“文兰同志，各室都有高级沙发，你这里为什么……”

曲文兰笑道：“我们年轻人学习是首要任务。坐得太舒服，学习劲头就会减三分。”

“原来如此。有志气。”冯二马很想跟她多谈谈，又不知该从何谈起，只好说现成的。他指着壁上的诗说：“你的诗写得好。开花不开看自己，莫怨春风吹未匀，特别是这末一句，真叫人佩服。我相信，叫那些在致富路上还迟迟不肯起步的人看了，是会跃跃欲试开步走的。”

曲文兰说：“只是‘开花不开’四字还欠推敲，意思并不准确。”

“你那‘且引千家翘首看，希望万人下眼瞧’，可是再准也不过了。”

“我家这个小楼，我家也有些高档商品，这些固然都是为我们一家人享用，不过也有它的‘弦外之音’，想给乡亲们摆个样子，希望大伙都能努力跟我们一样。可是要知道我们这个家也不能算是最高标准，我们希望大伙都能超过我们眼下这个现状。比方，我们家有电视机、电冰箱，可是还没有电子计算机，也还没有电脑什么的；我们有四部摩托车，可是还没有小轿车；我们顿顿有鱼有蛋，可还不是天天有鸡有鸭……所谓‘希望万人下眼瞧’，从字面上讲，是希望人们盖起比我们更高的楼，广义地说，是希望乡亲们很快能在致富路上大大超过我们，当然我家的明天也会超过我家的今天……”

一席话把个冯二马说得只有点头的份儿，再没有别的可说，更忘了“扎火针”之说。李雪英见他们两个谈得很投机，以为自己可以脱身给客人做饭去了，便跟记者说：“冯同志，你们先说着，我还有点事。”又对女儿说：“文兰，等会儿别忘了引冯同志到三楼上看看。”自去了。

记者又向曲文兰提问：“请问你家是不是也曾拿钱资助过还没有致富的乡亲?”

“我们拿一些钱办过一些公益事儿，比如给学校盖了六间课堂；给大队买过一部拖拉机，搞运输；还买过一部电影放映机。至于个人，在生活上也稍有一些资助，但没有拿过更多的钱。因为那样做，就会使许多人不敢致富，不愿意致富。富了就该把钱全拿出来给大伙，也就没人愿意先富了。你也不想先富，怕富了白支援别人，他也不想先富，怕富了招风，岂不又成大锅饭?因为有此一弊，所以我们盖楼，我们买一些高档商品，我们的生活比大家好些，给众人树个样子，比均富主义要好得多。所以才有‘未敢树旗旗自飘’的说法，所以才有‘且引千家翘首看’的意思……”

冯二马听到这里，对他初来时对他家这个小楼的孤高之感，自然也打消了大半，只说：“好，原来如此。”又问：“现在这个村子有没有向你们看齐的人家?”

“多得很，有几家都已经变成万元户了，只是离十万还远。有两个养鸡户也快赶上我们了。不久，我们曲寨就会盖起许多三层楼来。现在已经有六家开工盖楼……”

冯二马这才想起他刚进村时看到的大兴土木的两家。便说：“这几家也盖三层楼，跟你们还只能做到平视，还不能在四层五层楼上下眼气你们哩。”

“也快，不过，一旦有人在致富路上超过我们家，也就算是‘下眼看’的意思了。”

“还有，我刚进村时碰到一个年轻人驾着摩托车飞去，想一定是你哥哥了。”

“我哥哥早几天就到外省跟几家煤矿算账去了。曲寨村有摩托车的也有五六户哩。”

“那一定也先是‘翘首看’，然后才达到‘驾车追’的……”

一句话说得两个人都笑了。

他们说着说着，双方都感到互相熟惯了许多。不知怎么，冯二马对曲文兰不仅仅只有敬仰之意，并且好像还有点别的什么企望。后来说到文学方面，他想试一下她对文学作品的鉴赏能力和她的品性，便问：“你一定看过《红楼梦》，对这部不朽之作，你最喜欢哪个人物?”他想试试她是喜欢宝钗呢？还是黛玉，或者是晴雯，尤三姐。从她的好恶上就可以看出她的人品。

曲文兰不假思索地回道：“我只喜欢他们大门口那一对石狮子。”

冯二马听完，直瞪着眼看了她大半天，随后便是不住地点头称是。心里说：“照赖大的话说，贾府中只有那一对石狮子是干净的。她今天这样说，可见她的为人了。”又问：“那么，你对《水浒》里的许多英雄人物，最喜欢哪一个呢?”他以为或是宋江，或是武松，或是林冲，一定会在这几个人中说一个。

曲文兰随口应道：“我只喜欢那一杆杏黄旗!”

听如此说，冯二马对她的谈吐见解真是佩服得五体投地。想到她对文学作品是有研究的，一定也写过文学作品，便说：“你一定写过不少作品，能不能拿一两篇出来，我也学习学习。”

曲文兰说：“好吧。你跟我来。”

冯二马不知要去哪里，便站起来，跟她出门，下楼，竟向楼外走去。心想："她的作品难道藏在外边?"当他们走出楼门，抬头是一座座旧式土房，是坑坑洼洼的土街，竟使他愣了一下："这半天，我怎么忘了我是来到农村了。"因见她直冲冲往前走着，问："文兰同志，你的作品不在屋里?"

"我的作品就是野外那二亩菜地，请跟我去看看，好吧?"

冯二马只好跟了她去。一边走，一边谈，一边看着她，一边想着她的为人，还有她的好学精神，心里竟产生一个新的念头："我看我如果能在这里成个家，不能不说是一件好事。可是如果真的要跟她谈此事，那难度只怕……"

“糊糊好”

“糊糊好”是方庄老党员高忠顺的外号。高忠顺是怎样一个人呢？只要我们明白了“糊糊好”三个字的意思，也就明白了高忠顺是个什么样的人物。

“糊糊”是一种汤食，有几种不同的“糊糊”。单用玉米面糊成的饭，叫“玉米糊糊”；先煮一些小米，再糊进去一些玉米面，叫“米汤糊糊”；如果先把小米、红萝卜、白萝卜、山药蛋煮好，再糊玉米面，然后加盐、醋，叫“有盐糊糊”……样数虽多，反正都叫“糊糊”。农民在粮食不太足的情况下，才吃这样的“稀糊糊”。方庄大队因为二十多年来生产一直搞得不好，社员们除了过节，一年四季，一日三餐，碗里端的总是“糊糊”。要说每天的早、午、晚三顿有什么差别的话，就在于早晚是“玉米面糊糊”，中午是“有盐糊糊”。几十年了总是吃糊糊，他们便希望每天能吃一顿干饭，哪怕是小米干饭也好。再不，就是吃两块玉米面窝窝头也好。可是高忠顺却说一天三顿吃糊糊就很好了。高忠顺是方庄大队的老贫农、老社员、老党员，可以说是个“三老”人物了。他对党一贯是忠心耿耿的，对社会主义从来是无比热爱的。在他看来，过去几十年，我们的工作无论搞成什么样子，一概都是很好的，都不应该说半个不字。一个老社员、老贫农、老党员嘛，怎么可以说社会主义的坏话哩！一九五三年到一九五六年，农业社年年丰产，社员们丰衣足食，高忠顺说：“看社会主义多好，一日三餐有汤的，有干的，总不怕跟旧社会一样，总愁揭开锅没米下。”大跃进以后的三年，社员们每天喝糠糊糊，他说：“总比旧社会受剥削好，饭虽然差点，总没有断过顿呀！”“文化大革命”后，学大寨，记政治工分，干活一窝蜂，亩产量年年下降，社员每年空半年口粮。上头宣传“富了就要变修”，高忠顺就以为“穷是最光荣的”，喝糊糊，穿补丁衣服是最光彩的。他做了新衣服，不愿意穿出门，害怕人们说他变“修”了，定要让儿子穿破了补了补丁以后他才穿。他女儿在外边工作，给他买了一件绒衣，他也没有露面穿过一天。他端着那碗玉米面糊糊在饭场上喝，常对人说：“大米、白面也不见得怎么好吃，吃了口干，还是喝糊糊好，又随和，又顺溜，我就最想喝糊糊。”这么着时间长了，“糊糊好”这个好名字也就自自然然地落在了高忠顺的头上。

且说一九七九年，“糊糊好”忽然听人们说，有些地方，有些大队又要下放自留地、自留树、自留畜，还允许社员搞家庭副业，搞包产到户，说让少数人先富起来。“糊糊好”不由得惊叫一声“我的天呀！……”心“通通”地跳了半天。他认为所有这些说法，简直是奇谈怪论，那不明明是复辟、倒退、走回头路，还要贫下中农“吃二遍苦”“受二茬罪”吗？他浑身上下所有的神经都紧张起来，一溜小跑回到家里，跟老伴高大娘说："坏了坏了，坏了大事了，真了不得了……"

高大娘见他那个惊慌失措的样儿，不知出了什么大事，惊问道："看你'了了了'的，还有个'了'没有？到底出了什么大事啦？你能不能说明白点？"

"我，我给你说不明白呀！谁知道是怎么回事呢？"

"怎么就说不明白？我的活祖宗，你快说呀！"

高忠顺说了一遍。

"我的天爷爷呀，这是哪个吃了豹子胆，还敢搞这些。一准是有些人造谣哩！"高大娘也很吃惊。

"也，也许是造谣。过，过几天再看看吧，看大队干部怎么说，要是大队干部不提这些，那就一定是造谣。要只是一些人造谣，那，就不怕了。"

过了几天，大队支书、主任到公社开会回来，果然说分自留树、自留田、自留畜，搞家庭副业，搞包产到户都是真的。又过了一天，大队党支部召开大会。支书说了上级号召，让大家表态。他这个平日总是只说"同意"两个字，或者是只会举手的"糊糊好"，破例大发雷霆了。他直冲着支书方石头厉声嚷道："我问问你，支书，我我我，我们以后还走不走社会主义了？我们以以以，以后还走不走社会主义了？……"他红着脸，瞪着眼，气势汹汹地嚷闹了半天，不过就是这么一句话。支书呢，实际上对现在的政策也不大理解，也想不通，因为公社开会布置时，公社党委负责人对为什么要放宽农村经济政策，并没有说出个长长短短来，只是说："这是中央文件精神，我们各大队必须认真贯彻执行。"他对"糊糊好"提出来的问题能说什么呢？只好不理他。后来见"糊糊好"一直闹个没完，会场上有人跟着他乱吵吵，支书才把"糊糊好"指责一顿说：“你反对党的政策，还像个老贫农、老社员、老党员不像?”

“糊糊好”高忠顺不服气，直嚷：“你们搞包产到户吧，我高忠顺坚决反对！我们跟着毛主席走社会主义光明大道走了几十年，决，决，决不跟你走回头路!”

群众大会开了半夜，社员们吵了半夜，到了没吵出个结果来。支书便宣布散了会，说明天晚上继续开会讨论。“糊糊好”回到家里，想到搞不搞包产到户，是走不走社会主义道路的大事，又不知道该怎么办，愁得一夜没合眼。次日天明，他想到公社跑一趟，问问公社领导为什么硬要贫下中农走回头路。他催老伴早点给他做饭。高大娘说：“快。年年月月，早早晚晚，不过就是半碗稀糊糊……”她的这句话，高忠顺过去常常听说，并没有感到过有什么不合适、不妥当、不顺耳之处。今天听来却大感不妥，以为她是故意揭他的短，是顺着那些讲包产到户、走修正主义道路的人说话的，反驳道：“半碗糊糊怎么着？要，要不是土改翻了身，要，要不是走上人民公社金光大道，你连糊糊也喝不上的!”

老伴不知道他为什么今天会发这么大的火，说：“你说这些做什么？我又没说人民公社不好呀!”她正准备炒菜，盐罐里却没盐了，又说：“没盐吃了。你是想办法找个什么废品到供销社换一斤盐哩，还是就吃这没盐没菜的糊糊哩！这糊糊虽然稀，我还能给你糊在锅里；这一把盐每天每日地称不来，就把人愁死了。”这些话，高大娘也是常讲的，可是“糊糊好”今天听来却十分反感，以为她这么说，是给社会主义抹黑。要是让大队干部、公社干部知道了这个情况，搞分田到户、走回头路、搞修正主义不是更有理了吗？于是，瞪起两只干巴眼指着高大娘嚷道："你胡说！没，没，没，没盐没醋就怎么着，人，人，人是吃五谷杂粮长大的，不是吃盐吃醋长大的。"

高大娘见他这样，也火了，说："你今天是怎么啦？疯啦！"没再理他。后来，她忽然想起桌子下边那个小瓷罐里还有一点咸菜，拿个碗夹好一些，放在灶边。

"糊糊好"高忠顺看看锅里的糊糊已熟，他舀了满满一大碗，拣又粗又长的萝卜条咸菜夹了几根，放在碗里糊糊上边，来在大街饭场上。人们并不怎么注意他，还在吵个不休。他听着人们的吵吵声，好像同意分田到户的人比较多，他又急了，认为有必要赶快到公社跑一趟。于是，他三口并作两口，喝完他的糊糊，送了碗，就匆匆起身走了。走在大门口，他又想起了什么，又匆匆返回家里来，有些扬扬得意地对高大娘说："给我拿出那件绒衣来。"

高大娘很稀奇："他从来不肯穿它，今天怎么……"便开箱给他拿出来。"糊糊好"连忙将它套在棉衣外边，因为里边有棉衣，紧得扣不上扣，就敞开胸穿上了。高大娘说他："谁家的绒衣是穿在棉衣外边的，你傻了！"他平日总是掩掩盖盖穿在里边的衣服，不知为什么他今天却硬是要穿在外边。

他走出街头，人们看到那一身打扮，都想笑，又不敢笑。

"糊糊好"一口气奔到公社，直接找到公社党委张书记的办公室门口，那门恰好开了。他一看是张书记，忙说："张书记，我问你一件事。"张书记问："什么事？你说吧。""张书记，以，以后还走不走社会主义啦？"

他的话很简单，张书记猜那意思可能是对于搞包产问题不理解。便说："谁说不走社会主义呀。你是说搞包产，养自留畜这些问题吧？没问题，这是党的政策……"

"不，要这样搞，不明明是修了？"

"什么修了，不是那么回事。这跟修正主义是两码事。你回去吧，没问题。"

"不，我，我们贫下中农，我们党员跟着党走社会主义走了这么多年，都不愿意走回头路……"

"这不是回头路。我们要向前看嘛。"

"三自一包，批了多少年，如今……"

"话不能那样说哦，听党的话没错。你回去吧，听党的话没错，只要记住这一点就行了。"

"糊糊好"见张书记说的尽是些笼笼统统的话，他自然还是想不通。为了说明过去社里的生产搞得确实好，以争取张书记的支持，他故意拍拍自己身上穿的绒衣。谁知张书记并不理论这些，他很有些泄气。他想立即回去，又想到就这样回去算什么呢？就那么糊里糊涂地走回头路，把干了几十年的社会主义糟践了吗？他以为跟公社领导人说不清，有必要到县里跑一趟，找找县委书记，或者找找农政部的王部长。于是，他转道向汽车站奔来。当他来到汽车站时，汽车还没到站，这时他才想起两件事来：一是买车票的钱，忙着伸手摸摸衣口袋，还好，有一元钱；二是吃饭问题，下饭馆吧，他总说饭馆的饭吃不饱，况且钱又少。进城往返的车票钱就需要八毛，剩下两毛，中午在城里还要吃饭，怎么够呢？他考虑再三，决定早上什么也不吃了。

一会儿，汽车来了，他忙着买票、上车……四十分钟后，"糊糊好"便到了县城。他一心想着找县委领导的事，下车以后，直奔县委会来。当他走进县委李书记的办公室时，李书记正在看报。李书记到方庄下过两次乡，在"糊糊好"家里吃过一顿派饭。那时，“糊糊好”为了招待李书记，特地在大队副业上赊了一斤白面，吩咐高大娘炒了两个鸡蛋，做了一顿鸡蛋稍子拉面条。当县委书记吃着拉面条，发现“糊糊好”一家全吃的是“有盐糊糊”时，硬要让“糊糊好”吃面条，他要吃糊糊。“糊糊好”不同意，说：“不，不行不行，还能让李书记喝糊糊？”

李书记说：“你们能喝，我为什么不能喝？”

“不一样吗？我看见你们那糊糊挺好的……”

“好，就是好呀！反正我喝着很好喝，永也喝不腻……”

因为李书记坚持要喝糊糊，“糊糊好”推脱不过，只好给他盛了半碗。他喝了几口，说：“这糊糊倒也喝着顺溜。不过，社员们上地劳动，喝上这点糊糊……”

“糊糊好”忙说：“满，满行！喝上糊糊上地，口不渴，唇不干，好着哩。我就最爱喝糊糊。在旧社会里，我们吃糠咽菜，哪能喝上这样的糊糊呀！……”

就因为“糊糊好”在李书记面前夸过糊糊好，所以李书记跟他虽只一面之交，却留下了深刻的印象。今天一见面，便记起来，忙给他打招呼，让座。“糊糊好”见县委的李书记比公社的张书记态度好得多，心下很高兴。他劈头就说：“李书记，我们队搞包产，还叫社员养自留畜，还叫少数人先富起来，这些事是不是你布置的？”

李书记见他谈的是这个，觉得有点奇怪：“他跑到城里来问这个干什么？”遂笑道：“是呀，是县里布置的。你进城有什么事？还是专门……”

“没有别的事，我是专门问这个问题来的……”

“看你，为这事还需要专门跑这么远吗？”

"天，天呀！这事？这是什么事？这是大事呀！咱们走社会主义走了几十年，咱，咱们天天反修防修，没，没想到这么快真的就要修……"

"哈哈哈……不是这么回事嘛，咱们今天搞分田到户，搞专业承包，搞生产责任制，允许社员有自留地、自留树、自留畜，不管哪种形式，都是为了把生产搞好，就是分田到户，土地所有权还是集体的，这并不等于说就是修了嘛……"

"过去这么搞，就是修，今天这么搞怎么又不是修？我想不通。我们贫下中农都愿意走社会主义，都，都不愿意……"

"过去是过去，今天是今天，过去、今天不能混为一谈。过去批判三自一包，是不对的，批判错了。既然是过去批判错了，今天我们为什么不可以这样做呢？只要咱们把这一点搞清楚了，我想，大家都会慢慢想通的。如今有许多地方都这样搞了，凡是这样搞的，产量上来了，社员生活改善了。事实证明，这些政策是正确的……"

"糊糊好"对县委书记的话很不服气，很不满意："过去批判错了？批三自一包，批修批资，捍卫社会主义，有什么错？我看你们不过都是为了保头上的乌纱帽，过去黑的，如今可以说成是红的……"

"不不不，不是这个意思。我告诉你，到底是过去错，还是今天错，都不能凭嘴说，实践是检验真理的标准，咱们以后看看事实。"

"什，什么不是凭嘴说？我看你们就是凭嘴说。就这一件事，把它说成方的，是你们；把它说成圆的，还是你们……"

李书记又给"糊糊好"说了许多的道理，"糊糊好"总是想不通。最后他问李书记："照你说，这个三自一包是干定了？”

“我们应该这样做嘛……”

“好吧，你，你们都变成老修了！你们修就修，反正我高忠顺决不跟着你们修……”他认为在这里再说多少，并不会解决什么问题，也不告别一声，就怒气冲冲地出门走了。他离开县委会，才想起来没有向县委书记夸夸他这一身打扮，拿这个铁的事实证明过去的集体生产搞得就很好，可是已经晚了，也就罢了。

“糊糊好”找了公社的张书记，见了县委的李书记，都没有解决了他的问题。好像摆在面前的死胡同，不管愿意不愿意，只好硬着头皮往里钻了。为此，他感到十分闷气，心下十分烦躁。他一边低头走着，一边想心事：“这，这以后哪还有社会主义呢？这，这以后怎么办呢？这，这以后……”他走着走着，忽然看到眼前没路可走了。抬头看看，不想走进一个四合头小院子里来，连忙问问人，才知道是走错了路。只好返身出来，走出县委机关，直奔汽车站来了。

当“糊糊好”坐了汽车走出汽车站时，他忽然看到路旁的几家饭摊子，这才想起他今天还没有吃任何东西，又一想：“算了，装了满肚子的气，哪还能吃下东西去呢？不吃它，至少又能省一毛钱。”

“糊糊好”憋着一肚子气坐车回到公社所在地。下了车，觉得肚子饿得慌，只好朝车站小饭店走去。可是到饭店看看，猪肉氽汤要三毛钱一碗。吃大米吧，肉菜也很贵。心想：“大米也不见得怎么好吃，还不如喝糊糊顺溜哩。”可饭店里没有糊糊。最后，他花了一毛钱，买了一个烧饼。正待咬着吃时，忽然想起来家里还有个小孙孙，心想：“烧饼也不见得怎么好吃，我不信吃一个烧饼能饱万年。”于是，他把那个饼塞进了他的怀里。出了饭店，就朝去方庄的大路上奔来。才走得几步，忽然碰上了他的老表弟——郑庄的党支书老郑。老郑问明他是从城里告状回来以后，埋怨他道：“老表哥呀，你跑这个闲路做什么？你两顿没吃饭，饿出火来可不得了。来，咱们到饭店里去……”硬把“糊糊好”又拉进那个小饭店来。老郑买了两碗汤，四个烧饼，两个人围桌吃起来。他们吃着，老郑说：“这烧饼打得好，又香又酥……”

“糊糊好”说：“硬巴巴的，也不见得怎么好吃……”

“胡说！我不信没有你每天喝的那半碗糊糊好……”

“糊糊就是好喝呀，比吃这个硬巴巴的烧饼顺溜多哩。”

“鬼才信你的话哩，你就是因为糊糊好喝，才反对搞生产责任制，才反对……表哥呀，你想错了。我问问你，什么叫社会主义？”

“糊糊好”高忠顺说：“这，这谁不知道，集，集体化就是……”

“集，集体化是为了什么？”

“为，为了不让阶级分化。”

“不让阶级分化是为了什么？”

“为、为了永远保证，保，保证……”

“永远保证吃糊糊？”

“唔。糊糊就很好吃。”

“不，你说错了。搞社会主义是为了把生产搞好，大伙过幸福生活，能吃好，能吃饱……”

“不，不不不……”

“不什么？……”

“糊糊好”这一次可没有忘了他这一身打扮，立刻摸摸头上的草帽，拽拽身上的绒衣说：“老，老表弟，你看我，我穿得这么好，还，还不够幸福……”

老郑一看，笑道：“老表哥呀，看你这一身七长八短，不冬不夏，像个啥呀，只有穷透了的叫花子才这样乱打凑的。实际上你这一身只能说明没搞好社会主义。”

“糊糊好”不服，说：“这，这是绒衣，还有，还……”

“都是早二十年就该穿的，你今天才穿，老表哥呀，别夸你的了。你应该好好想想，我们搞社会主义，难道就是为了天天喝糊糊？我们干社会主义干了几十年，连个喝糊糊问题也解决不了，难道不应该摆脱过去那一套……”

“糊糊好”听了表弟这两句话，不觉心里一动，想道：“是呀？过去县里干部下乡，都说建设社会主义是为了让大伙过幸福生活，如果只是天天喝糊糊，这，这能算……”想着，他朝老郑笑笑，吃烧饼的劲头似乎大了些，也好像吃得很香似的……

新官上任第一年

柳树河大队三十六岁的李海明，干了一年支书，就取得了显著成绩。去年冬天他一上任，第一件事就抓联产到组生产责任制；第二件事是抓作业组的种植自主权；第三件事是抓集体副业和社员家庭副业……到了秋天，大秋作物大丰产，现金收入更是大幅度增加。人们都说："李海明到底是年轻有为，干得就是好！""有了好支书，地里的庄稼长得就好！"……李海明听到这些反映，心里自然很高兴。一天晚上，海明下工回到家里，他女人王腊月也直愣愣地看着他的脸，笑嘻嘻地说："大伙在地里又夸你了，说你执行政策坚决，办法多，干劲大，会领导。"

李海明见老婆也这么夸自己，又看到她说得那么高兴，心里十分舒畅。可是他懂得，取得一些成绩，万万不可骄傲自满。因此，他板起面孔说："以后你少在我面前说这些……"

王腊月不服气地说："这是大伙说的，又不是我王腊月编的。看你那个架子吧！”

“大伙说让大伙说去，咱们自己不要说这些。以后你在社员中倒是该注意听听人们对我有什么意见。”

王腊月见李海明在一片叫好声中仍能想到要听群众的批评意见，自然十分佩服。她说：“想不到你这个人还这么虚心。好，往后我一定照你说的办。”

一天下午，王腊月下工回来，路过刺梅弯小路，忽然听得路边塄上的地里有几个人正在议论李海明。一个名叫李保昌的社员说：“海明当了一年支书，争得个大丰收，咱承认。就是执行制度不严。今年秋天麦田羊卧地，明明规定每个作业组卧三夜，二队的二组组长厉害，就卧了四夜，咱们三队三组的组长好说话，只给卧了两夜，不公道嘛！他当支书的能随便破坏制度，咱也能。”

一个名叫李发来的社员说：“今年秋天收玉米，大队的拖拉机给各队组载玉米穗儿，每天先拉支书那个组的，我们组没有掌权人，每天是天黑也运不完，还得人担牲口拉。李海明一上任就在群众大会上宣布他决不搞特权，但这不是搞特权是什么？”

李保昌又说：“还有分南瓜的事儿，大家谁也不准挑选，他们组的组长给支书挑了一担子好南瓜，支书也没吱一声。才当了一年支书，就沾染上了坏习气，再当下去，作风肯定好不了……”

王腊月听了这些议论，脸上火烫火烫的。她一边慢慢往村里走着，一边想：“没想到当干部这么不容易！海明上任以来，整整十一个月，没明没夜地操劳，全大队一百一十八户，家家分了粮，户户有了存款，他这个支书，也该对得起大家了，没想到大家对他还这么刻薄，时间长了，还不照样落个臭烘烘的下场！……”她打算今天晚上就把这些情况告诉海明。

王腊月把晚饭做熟以后，煨在火边，然后坐在电灯下打毛衣，要等海明回来一起吃。她打了一会儿毛衣，心想海明兴许就要回来了，就把饭热在火上。谁知饭冷了再热，热了又端下，如此三番，仍不见李海明的影儿。

很晚了，李海明才兴兴头头地回来。他进门就问：“饭热不热，头里忙着研究分配问题，什么也没觉着；等散了会，才知道饿了……”他边说边拿碗舀饭，才舀得一勺，就把碗扣在嘴巴上，“咕噜咕噜”喝完了。

王腊月看到他这个样，又想到人们还对他说长道短，觉得海明太可怜了。忙伸手夺了他手里的勺子，说：“外边怪冷的，回来不说先暖和暖和，就往肚子里灌热饭，把凉气压进肚子里，生了病，哪个心疼你?”

李海明听她的话音不对，手里掂着个空碗问她：“你怎么啦?”

王腊月一边打毛衣，一边没好气地说：“怎么啦？你办的好事你不知道？羊卧地的事明明有规定，每组卧三夜，为什么有的组就能卧四夜，有的组只给人家卧两夜？收玉米时，为什么咱们这个作业组天天用拖拉机拉，有的组是人担牛车拉？还有分南瓜的事儿，明明有规定谁也不准挑选，为什么你担回来的南瓜全是好的？制度全让你破坏了，还怎么……”

李海明厉声问道：“这是谁说的?”王腊月头也不抬地说：“反正不是我王腊月给你编造的。”李海明的脸一下子变成了紫色。他觉得社员这样看待他这个成绩显著的新支书，太有些冤枉人了！太不像话了！……他把手里掂的那个空碗摔在地上，高声喊道："我李海明没明没夜地大干了一年，争了个全队大变样，哪一点对不起大家？没想到他们还是这样——谁有本领谁去干，我李海明不公道，我李海明执法不严，我李海明有特权思想，还有什么资格当这个支书……"

王腊月没想到他会因为这点事发这么大的脾气，忙说："我的活祖宗，你说话低声点行不行？……"

李海明嚷道："我不怕！早知道会落得这个结果，我何必……"

王腊月说："我只说你是个通情达理的人，没想到你说的是精明话，做的是糊涂事……"

"我怎么不通情达理？我哪一件事做得对不住大家？我……"

"你不要吵，我只问你一句话，'以后你在社员中倒是该注意听听人们对我有什么意见，'这话是谁说的？难道不是你李海明红口白牙说出来的？"

"我说了。我是说，我是说……"

"你是说什么？嗯？为什么你说得那么漂亮，真的听到有人给你提了点意见，就发这么大的脾气呢？你说呀，你……"

李海明瞪着两只大眼，冲着王腊月张了几次嘴，但却没说出一个字儿来。他往桌旁那把椅子上一坐，只管"呼哧、呼哧"地喘粗气。王腊月又加了两句："既然只愿意听好话，不愿意听反面意见，当初就不要说那些漂亮话呀！"

无论王腊月再说什么，李海明反正是不吱声了。他闷闷地坐了半天，忽然转身拉开被子要睡觉。王腊月提醒他还没吃晚饭，他也不理，只是把衣服一脱，蒙头睡去了。到五更鸡叫时分，他忽然把睡得正香的王腊月推醒，说："你醒醒，我跟你说句话。”

王腊月没好气地说：“难道这辈子天就不亮了？人家睡得正……”

“不，有句当紧话儿，我实在憋不到天亮了……”

“有话快说！”

“我也懂得当干部要能听正反两方面的意见，可是夜里说不来为什么就发了那么大的脾气。看起来，一个干部能痛痛快快地听听群众意见，真不是件容易事啊！以后……”

王腊月见他说出这些话来，心里很高兴。她本来是背着他睡的，忽然调转身来，问道：“你一夜就没睡吗？”“睡不着。我想羊卧地、拖拉机拉玉米的事必须向大家检讨。就是那些南瓜，你看是不是应该送回队里去重分……”

“当然应该。”

“好，我今天就送回去。还有，以后你再听到什么，跟我最好慢慢说，最好说得好听些……”

“胡说！既然是反面意见，怎么会好听呢？我的嘴又不是过滤嘴……”

“那，以后你就还是直说吧，不要过滤了。”

王腊月伸手狠狠地拧了他一下，咬着牙说“你呀！你！……”

李海明“哎呀”了一下，喊声：“好疼。”随即又说：“我饿了。”

“知道饿了就好，自个儿起来热着吃去吧。”

李海明说一声“好”，忙披衣起床，把饭锅坐在了火上。

重新上任

七七年春天，秦有余又被选为沙河桥大队党支部书记。支委会散后已经晚上十点多了，他高高兴兴地往家里走去。当他走到家门口，伸手一摸，挂着冷冰冰一把铁锁，这才想起还没有吃晚饭。

秦有余心灰意冷地开了锁，推门进屋，摸黑拉着灯。看看炕头，没有一个人；看看灶头，静悄悄地放着一口锅和一个碗。看到这般情景，他鼻子一酸，不由得又想起他和双凤还有女儿珠珠分散时的惨景来……

在“文化大革命”前，社员秦二狗不好好劳动，看了戏也记工，看了老丈母也记工。秦有余发现以后，把这些工全扣了。这样，秦二狗便怀恨在心。在“文化大革命”中，他撺掇了一伙人，夺了秦有余的权，把秦有余关进了“牛棚”。并在县里一个造反派头头的支持下，先任党支部书记后入党，成了沙河桥的掌权人。秦二狗知道要保住今天手里的权，必须把在群众中很有威信的秦有余斗倒斗臭。谁知秦有余是个硬汉子，就是把刀子撂在他的脖子上，也不肯下软蛋。

秦二狗气了，想撺掇几个人把秦有余打死。但他的哥哥大狗——一个背上背着锅儿、左腿少半截的拐腿儿——不同意，说："那样做不恰当，活活把人打死，将来对咱们不利。"

"那你说怎么办?"

"我给你想个好办法。"这个拐腿锅锅想的是什么办法呢?原来他家兄弟三个（还有一个双眼瞎子的弟弟秦小狗）只有秦二狗有女人。如今拐腿锅锅出了一个点子：要想办法让双凤和珠珠娘儿两个，嫁给大狗、小狗弟兄二人。这样，碰破头也找不下对象的秦大狗、秦小狗就可"成家"了。而把这件事办成以后，秦有余也就活活气死了。办法一定，弟兄三个就来到了秦有余的家。

双凤和珠珠已经整整一个月没见上秦有余了。她们知道秦有余整日价受着冤枉苦，又不能见面儿，怎么能不气呢?这时，双凤和珠珠娘儿俩正黑灯瞎火地躺着说话，忽然听到门儿响，随即有两股电光满屋里乱晃，不知是来了什么人，出了什么事。娘儿俩连忙坐起来，才听得秦二狗开了腔："屋里这么黑，怎么也不拉着灯?"

娘儿俩没有吱声。秦二狗说着自己打着手电找见开关把电灯拉着。双凤、珠珠一见拐腿锅锅在地上一拐一拐地到处找座位，还有一个瞎子伸着双手到处乱摸，心先加了一层气："我们有了难，谁也想欺负，你们这些怪物要干什么呀?"

秦二狗说："双凤，今天我可是给你们娘儿两个道喜来了。我既然是沙河桥的支书，不能不关心你们的生活前途。秦有余是个罪恶累累的走资本主义道路的当权派，打倒是没问题了。我是说你们应该为自个儿的前途好好想想，秦有余打倒以后，就变成了人民的敌人，跟过去打倒的地主、富农一样，后半辈子别想再翻身了，你们跟着他别想过一天好日子。我为你们着想，想了个好办法，你看我哥哥还没个家里人，我家小狗还没娶过媳妇，双凤啊，你要跟了我哥哥，珠珠嫁给我家小狗，这可是再合适不过了。你想，我是沙河桥的支书，到了我家，还愁没有好日子过吗？……”

瞎子小狗也说：“别看我没有眼，咱的心可好了……”

拐腿锅锅大狗也说：“咱的脾气好，双凤你也知道……”

冯双凤听了气得要死。立时浑身生劲，往地上一跳，指着他们三个嚷道：“不要脸！畜类！别说我还有男人，就是十辈子没有男人，也绝不嫁给你们这些狼心狗肺的东西！……”

秦二狗见她敢骂自己，立刻怒气冲天，骂道：“你是什么东西，敢骂党支书？反革命！冯双凤，你放明白些！我好意给你们一个出路，你们不干！实告你们说吧，不愿意也得愿意！……”

冯双凤嚷道：“你们这群畜类，给我滚出去！”

十七岁的秦珠珠也跟她妈一样，嘴也是不饶人的，她也跳下炕来，冲着秦二狗嚷道：“旧社会，地主黄世仁逼杨白劳，逼喜儿，没想到你们也来逼我们娘儿俩！你们比黄世仁还要坏！……”

一句话惹恼了秦二狗，他大发雷霆地吼道：“混蛋！你侮辱党支书，侮辱革命造反派，这是现行反革命行为，你等着瞧！”说完，向大狗、小狗挥手道：“走，马上召开群众大会……”

拐腿锅锅无可奈何一拐一拐地跟着，瞎子东摸西摸着，弟兄三人离开了双凤家。路上，二狗嚷道：“开斗争会，揍他个七死八活，看她们还愿意不愿意!”

拐腿锅锅说：“不可，越打她们越不愿意，那就没希望了……”

“你说应该怎么办?”

拐腿锅锅在二狗耳边嘀咕了几句。

秦二狗认为拐腿锅锅的主意高妙，立刻照办。他们一方面派了几个胆小怕事的民兵去监视双凤和珠珠，一方面让拐腿锅锅到村西“牛棚”去看秦有余的行动，而二狗自己便到高音喇叭上大喊大叫起来：

> 全体社员注意听，现在广播一个喜讯：经公社批准，冯双凤已经和秦有余离了婚，自愿同秦大狗结婚；另外秦珠珠也愿意嫁给秦小狗。他们两对儿的婚事已经公社批准……

全村社员们听到这个消息以后，都感到奇怪，有的气愤，有的大骂，但是谁也不敢怎么着。双凤、珠珠娘儿俩听到广播，差点儿没气疯了，哭着闹着要去找秦二狗，不想已有民兵把门儿锁上，出不去这个门儿，只好在屋里大哭大骂。

再说关在“牛棚”里的秦有余听到了这个消息，更连肺都气炸了。他没有想到秦二狗会做出这等事来。他想到眼下双凤和珠珠正在遭受着天大的磨难，如何顶得住？……他着了急，就举着双拳砸窗，把铁窗棂砸得“咚咚”地响。砸不破，只好跺着脚一连迭声地骂道：“秦二狗啊秦二狗，我操你十八辈祖宗呀……”话音未落，忽然“咯”的一声，大口大口地吐出血来，接着眼前一黑，便昏倒在地了。

秦有余倒在地上，昏昏沉沉地不知过了多长时间，才恍惚听得有人说话：“有余，我今天跟双凤结婚，我家小狗跟珠珠结婚，请你到我家喝喜酒去。走吧，请你去喝几杯。”秦有余睁眼一看，直气得五内俱焚。他想坐起来，试了几次，却怎么也坐不起来；他想张嘴，却怎么也张不开。这时节他只有微弱的一口气了。

拐腿锅锅隔窗看看牛棚里的秦有余，见他倒在地上动也不动，吭也不吭，断定他已经是个九分快死的人了，心里高兴，连忙一拐一拐地奔回家里，向秦二狗做了汇报，弟兄三人直乐得抓耳挠腮。瞎子小狗急促促地说：“快快去告诉双凤和珠珠，就说秦有余快死了，叫她们死了那份心，今天黑夜咱们就可以办喜事。”

于是，弟兄三人又到双凤家来了。这时双凤、珠珠母女二人正在屋里抱头痛哭，见秦家三个怪物闯了进来，哭得更恸了。秦二狗弟兄三个劝了半天，娘儿俩根本不理睬。秦二狗火了，正要动手，这时候突然闯进一个人来：这是沙河桥有名的爱管闲事的赵昌昌老汉。这个昌昌老汉，今年六十六岁，人称“满街忙”。

现在，秦二狗见是他来了，便冲着他问道：“你来做什么？”

昌昌老汉一本正经地说：“我来做什么？还不是为你们弟兄们着想。你看她们哭哭啼啼的哪里像个办喜事？既要办，就要喜喜欢欢地办……”

秦二狗说：“是呀，我也觉着应该喜喜欢欢地办，可是她们娘俩偏偏是死顽固，总是哭个没完……”

昌昌老汉说：“支书，你别急，这点事好说，全包在我身上好啦。”

原来，昌昌老汉听到广播以后，觉着他们做事太欺人，想设法救她们娘儿俩逃走。于是，他便装作一本正经地说道：“双凤，依我说，你们就不要哭了。活一个人嘛，没有个一帆风顺活一辈子的。改嫁个男人嘛，也不是什么稀罕事，改嫁就改嫁吧……”

双凤一听，立即火冒三丈，直冲着昌昌老汉要他滚；珠珠干脆推着昌昌老汉嚷道：“滚！滚！滚出去！等我们娘儿俩死了，任凭你们打，任凭你们捶，全由你们；我们今天还活着，谁想欺负我们，办不到！……”

昌昌老汉看到她们娘儿俩哭得那么可怜，又那么坚强不屈，心下又悲又喜，一边说：“你们不要闹嘛，有话可以慢慢说……”一边趁秦二狗她们不注意的当儿，把一块破纸递给珠珠。珠珠接到破纸以后，背转身偷偷看着，只见上写：

你们要假同意。等一有机会速速逃走。

珠珠看后，心下又惊又喜。后来又听昌昌老汉说了一通，到了半夜时分，珠珠假意儿说道：“你别叨叨了，我嫌叨叨得讨厌！反正人家厉害，由人家吧！可是有一件，要在三天以后才行。”

秦二狗听珠珠说同意，可高兴了。那瞎子更是得意地跳了起来，说：“行呀，只要你愿意，三天就三天。”

瞎子的话音未落，只听“啪”的一声，双凤照脸打了珠珠一巴掌，骂道：“不要脸的东西，要去你去，给我马上滚！”

昌昌老汉忙说：“你不要打珠珠嘛，自己想不开，孩子想开了，不好吗？”又好说歹说地劝起双凤来。开头儿，双凤还在争辩，后来她干脆不开口了。昌昌老汉便把秦二狗和拐腿锅锅叫到院里的一个角落处，低声说：“你看，小的已经同意了，大的也不言语了。”昌昌老汉故意蹲下，慢腾腾地说：“我看是否这样，今天太晚了，让她好好想想，等明天再说。这事是急不得的，得慢慢来……”秦二狗表示同意昌昌老汉的意见，但拐腿锅锅不高兴。于是昌昌老汉和秦二狗又劝了他一阵子。就这样，他们在院里大约“消磨”了二十多分钟。等他们返回屋里来时，只有一个瞎子在那里呆呆地坐着，却不见双凤、珠珠的面儿了。秦二狗和拐腿锅锅着了急，拍着手嚷道：“人呢?!”

昌昌老汉心里高兴，但嘴上也冲着瞎子嚷道：“人呢？怎么她们娘俩都不见了?!”

瞎子抱屈地说：“我知道?！你们不知道我没眼?”

昌昌老汉装作生气的样子说：“胡说！你没眼，也没耳朵？她们走，你就没听见?!”

拐腿儿锅锅冲着瞎子骂道：“吃才！真是个吃才，你的耳朵哪去啦！人家昌昌叔费了好大劲儿，才给咱们说了个差不多，可你把她们放跑了，这可好！娶媳妇，回家去盖上十八条被子做梦吧!”

秦二狗气恼得不行，说：“别吵了，别吵了，我集合民兵去，追!”说着，就向外奔去。

昌昌老汉也紧跟了出来：“是呀是呀，追人要紧，这可是迟慢不得的。”

再说双凤、珠珠娘儿两个从村东跑出来，珠珠问：“妈，咱们到哪里去?”

双凤说：“先到柴庄你姑姑家去。”

珠珠说：“不行，他们会到柴庄找去的。我舅舅在河南省工作，干脆跑远点，找我舅舅去吧。”

“咱们只管自个儿远走高飞，丢下你爸爸……”

“那有什么办法呢？咱们在家里守着不是一样不起作用吗?!”

双凤认为女儿说得有道理，时间又不允许她们细想细说，于是，她们两个直朝东南小道奔去。

她们二人没命似的摸黑向前奔跑，约莫走出五里路外，走在东河岸边，忽然听得背后远远有追喊之声，娘儿俩又急又怕，立时心也慌了，腿也软了，跑不动了，珠珠却说：“妈，快跑!”

冯双凤也说：“珠珠，快跑!”

但是她们实在跑不动了，后边追赶的脚步声又越来越近了，娘儿俩都感到今天肯定逃不成了。在此千钧一发之际，路边闪光的河水给了双凤一个启示，于是，她站下来，从她手提的简单行李——小包袱里拿出包着的珠珠的一双鞋横三顺四地扔在河岸上，又把自己脚上的鞋脱下，说：“你要给你爸爸和你娘报仇！快跑!”说着，只听“扑通”一声，跳进河里。珠珠眼看着她妈跳河，大吃一惊，立时大把大把抹着满脸的泪水，喊道：“我的妈呀！你跳河死去，我还活在世上做什么呀!”纵身也要跳河，忽然又想起她妈刚刚说过的“报仇”的话，又想到母女双双死去无益，这才和着泪水咽了一口气，咬咬牙，抽身继续向前跑去。……朝这边追来的两个人，不过是为秦二狗所派，不得不来，他们本想着追上以后，也要想法儿救她俩逃脱，没想到还没有追上来，就听了珠珠哭喊的话，只当她俩都已经跳河了。当他们追到此处，拿手电晃晃，在河岸上看到了两双女人鞋，更肯定她俩真的已经跳河寻死。他们都为冯双凤和珠珠之死而伤心，拣了那两双女人鞋回村里交差去了。

再说昏倒在地的秦有余，后来慢慢省了人事，想到秦二狗乘人之危，夺人的妻女，直气得他咬牙捶胸，恨不得插翅飞出去把秦二狗一口吞掉。可是他被关在铁窗里，双手被捆得紧紧的，又有什么办法呢？正在气恨交加之际，忽然听得昌昌老汉在窗外低声说："有余，双凤和珠珠都已经逃走了，你放心吧。"这真是一个大喜讯，秦有余对昌昌老汉感激不尽，连声说："好好好，昌昌叔，我永远忘不了你！"

冯双凤和珠珠双双跳河死去的消息传来之后，秦二狗气死了。他怀疑昌昌老汉捣鬼，但又没有凭据。他只好把愤恨发泄到秦有余身上。他每天召开大会批斗秦有余，三天两头把秦有余戴高帽游街。这也不解他的恨。他发誓定要置秦有余死地而后快。

不久便是大雪纷飞的数九寒天，秦二狗在村头选定一个独风胡同口，他亲自动手，画地为牢，在那里用石灰圈了个一尺为直径的圆圈儿，让秦有余带着写着"反革命修正主义分子秦有余"的牌子，站在那个圆圈里，两脚并拢，两手垂胯，不准动。在他的面前插了一个贴着毛主席像的木牌子，也不打他，就要他白天黑夜一个劲在那里站。说这是让反革命修正主义分子秦有余向毛主席请罪。秦有余咬紧牙，用尽力支撑着。但是，时间太长，天又太冷，不久终于支持不住，昏倒在地，同时撞倒了主席像。于是，秦二狗扬扬得意，说这是现行反革命罪行，马上召开群众大会斗了他一顿，随后向县革委作了报告。县革委那个造反起家的副主任为了满足他的“造反”派弟兄的要求，真的命令公安局派人下来，将秦有余按现行反革命分子逮捕入狱了。

自此，秦有余一家三口，逃亡的逃亡，入狱的入狱，被弄得家破人亡。秦二狗把他的房子收归大队用，作了放化肥的仓库。

三十年河东，三十年河西。秦有余坐了十年牢房，打倒“四人帮”后，终于冤案昭雪。一九七七年春天支部改选时，又当了党支书。而横行了十年的秦二狗得到了应有的下场。

如今，秦有余重新上任，决心大，信心足，他说为着祖国的“四化”，一定要和大家一道努力，争取三年内把沙河桥的亩产恢复到“文化大革命”前的水平。但是当他开罢支委会回到家里时，不由得又想起死去十年多的双凤和珠珠。他独自一个人在这个空空荡荡的屋里坐了半天，眼巴巴地看着火边的饭锅饭碗，想着过去有妻有女时热热火火的家庭，这个五十岁过头的大汉子竟伤心地握着袖口儿抹泪了。这时，忽然听得门儿响，走进一个人来，却是昌昌老汉。他进门就说：“有余啊，支部改选的事，我已经听说了。好！大伙盼的就是你重新上任，你一上任，沙河桥还会飞起的……”

秦有余说：“全看大家的努力吧……”

“不，只要你一上任，大家的劲也就上来了。”昌昌老汉正要接着往下说，忽然发现秦有余的眼圈红红的，他猛地想起来什么似的，忙问：“你哭了？——是不是又想双凤、珠珠死得不明不白，到今天连个尸体也不知道在哪里……”他的话音未落，只听“吱”的一声门儿响，两个人一起回头看时，只见走进一个妇女来，不是别人，准准地就是冯双凤。两个人同时大吃一惊，都以为自己是在做梦，都不相信自己的眼睛，两个人又互相看看，再看看走进来的冯双凤，只见她手提一个大提包，看看秦有余和昌昌老汉，把大提包往地上一扔，直冲着昌昌老汉扑上来，同时“哇”地一声哭开了，说：“昌昌叔呀，没想到还能见上你呀！……”

昌昌老汉和秦有余吃惊地一起问道：“你你你，双凤，你你你……”

冯双凤看出来他俩弄不清自己是人是鬼，哭道：“昌昌叔呀，是你救了我，我跳了河，可是我没有死……”

秦有余今天能看见冯双凤，这是万万没有想到的。他觉着她不论是人是鬼，只要还是冯双凤，是什么都可以，是什么他都高兴。于是，他扑上来，捉住了她的双手，颤巍巍地说：“双凤，双凤，你回来了，你回来了……”

三个人各自低头抹了半天泪，昌昌老汉这才说给双凤做饭要紧，双凤说她已经吃过晚饭了。两个人急着想知道她是怎样回来的，双凤便把逃走以后的情况说了一遍。

原来，自从十年前那夜她们娘儿俩逃出去以后，冯双凤被迫跳了河。她要珠珠逃命，珠珠走了几步，不忍看着她妈淹死，竟也跳河救她妈去了。谁知她在河里没寻到她妈，反被河水冲昏，淹死在河里，而冯双凤却被牛庄一个刨药材晚归的老汉发现后救了她。冯双凤被救，哭女儿哭了几天，又在牛庄姨姨家藏着住了几个月，每天打听秦有余的消息，直到秦有余被捕入狱以后，她看看救他是没有希望了，这才到在河南工作的哥哥家去了。以后，因为思念秦有余，她曾几次到监狱里去探望，但是一次也没有看到过。直到粉碎“四人帮”以后，她问到秦有余出狱确信，这才打点回来看望秦有余。

秦有余和昌昌老汉听到冯双凤被救的事，都很庆幸，都很高兴。可是他们听说珠珠真的早已不在人世了，又一起哭了。后来还是昌昌老汉想到他们夫妇离别十年半，今天初次团圆是喜事，应该高兴，便说："咱们都不要哭了。珠珠这孩子死了，也没办法了。今天你们夫妇团圆，这是大喜事，——不，实际上是双喜临门：一件是你们夫妇团圆；一件是有余的重新上任，我提个意见，今天晚上我们应该喝几杯……"

秦有余兴奋异常地拉着双凤说："双凤，你先坐下，我去打酒……"他忽然发现冯双凤的脸变了，变得红一块紫一块，满脸的怒气全都跳出肉来了。他正摸不着头脑，只见双凤顺手狠狠地把秦有余一甩，直冲着他问道："你又要当支书?!"

两个人这才明白了她的意思。昌昌老汉忙说："双凤，这是全沙河桥社员们的意见，咱们不能……"

冯双凤怒气冲冲地嚷道："揭了疮疤忘了疼，你死受活受受了十几年，最后落得个家破人亡！今天我回来了，你又当上支书了，——你要干你就干，反正我只跟秦有余成一家，不跟支书在一起。"说着掂了她那个大提包就要走。秦有余连忙追上来，说："双凤，你不能走，你无论如何不能走!"

昌昌老汉也连忙追上来，拦住她，说："这是哪里说起……"

冯双凤坚决要走，只问秦有余，"你说吧，我走不走，全在你一句话，干还是不干?"

秦有余想：这些年沙河桥落后了，社员吃的苦太多了，自已是共产党员，大伙要自己领着干怎么能因为老婆不同意就不干呢？但是失散十年多的妻子刚见了面又要走，又怎么能忍心？他说："反正我不能再让你走了……"

昌昌老汉拉着冯双凤说："双凤，你听，有余已经说了心里话了……"

冯双凤认为他那句话是模糊不清的，她实在害怕丈夫当了支书有朝一日再遭大难，便狠狠心挣脱他们，跑着走了。双凤前面跑，秦有余和昌昌老汉后面追。追到村口，秦有余一把拉住冯双凤，说："你走！你走！我问你，你到底拥护不拥护党中央？我问你，要不是粉碎'四人帮'，咱们还能不能见面？我是一个党员，不干社会主义，不奔'四化'，你叫我干什么?!"

冯双凤被问得无话可说了。她不走了，可也不回去，"咚"地一声蹲在地上哭起来。

昌昌老汉见她又回头，说："回吧，你想想今天你不回去像话吗?!"他死推活推，要推她回去。冯双凤与秦有余久别重逢，哪里真的愿意就此再走，嘴说是"决不回去"，两腿却一步一步向家里走去……

黑 梅

一

岭南村的社员赵黑瓜最近初步订下一门亲事，女方是李庄村的，名叫李黑梅。前天，李黑梅托人捎口信来，说是四月初八就要到岭南赵黑瓜家里来相家。

赵黑瓜的家是个比上不足比下有余的中不溜儿农户，家里的摆设极为平常。况且赵黑瓜的娘——赵三婶听人们风言风语传说，李庄的李黑梅可不是个省油的灯，做事、说话都有个别扭劲儿，那是一个很难对付的姑娘。据说这个李黑梅已经有两家向她提过婚事都吹了。自从赵黑瓜跟李黑梅谈上以后，有人说什么黑瓜大概吃了豹子胆，居然敢跟黑梅搞对象，就怕是白跑腿。又有人说：就你黑瓜，凭什么呢？家里破柜旧桌两三件，黑梅会看起你那个家来？真是白日做梦哩。赵黑瓜听到这些话，却不以为然，只说："行不行，跟她碰一碰怕啥哩！碰不成，算拉倒！"后来，赵黑瓜真的到李庄跟李黑梅见了两次面，不想谈得还相当投机，黑瓜这才有点不相信众人的议论，认定了要跟黑梅谈下去。如今黑梅又捎口信要来相家，这门亲事又算进了一步，黑瓜觉得更有希望了。

黑瓜的娘赵三婶听人们说黑梅处处要求过高，事事不好对付，心想黑瓜娶上这么个媳妇，一天到晚闹别扭，可怎么过日子啊！因又想到自己的儿子也是个别扭人，不太好找对象，今天既然有一个愿意谈的，也只好让他们谈下去，有一个别扭媳妇，总比打光棍好。可是自从前天黑梅捎口信说四月初八要来相家，可就先把个赵三婶给难住了。在这件事上，她有两个大难处：第一，自己这个家很平常，只有几件旧家具。可是人人都说黑梅要求过高，家里没有新箱新柜，没有四大件，人家相得起来吗？怎么办呢？女方来相家，是决定儿子婚事成败的大事，万万马虎不得。思想再三，只有借摆设一个法儿。别人家定亲事，每逢女方来相家，大都是缺什么，借什么，借上几样东西摆设一天，应付过去也就算了。她打算借支书家的缝纫机，主任家的自行车，老保管家的收音机，在外边当采购的老张家的沙发、茶几，还有老李家的花瓶，老赵家的毛毯等等。这么一来，应付黑梅那个别扭人的问题算是有了个谱儿。可是这样做，第二个难处又来了，就是会受到她的那个别扭儿子赵黑瓜的责难。这真是有了对付那个别扭媳妇的办法，又带来一个无法对付别扭儿子的问题。这，又该怎么办呢？因为她知道她那个别扭儿子黑瓜性情太直，一直反对弄虚作假。如果借摆设之事让他知道了，也就借不成了。于是想起他儿子性情古怪，以前闹过好几次别扭。有一次，镇子上赶庙会，赵三婶见东邻西舍的年轻人们都穿了新衣、皮鞋去赶会，她想到黑瓜到了找对象的年龄，出门穿戴也该像个样子，就到别人家给他借来一件新褂子、一双皮鞋让他穿了去。黑瓜却坚决不穿，说："借人衣，不整齐，打肿脸充胖子，有什么意思，我不穿。"硬是穿了那一身旧衣服去了。去年有人给黑瓜提过一个对象，他去女方家时，赵三婶给他借了一身好衣服，他不穿；女方来相家时，赵三婶借了几样东西摆在屋里，他不让，说："借这些做什么，雪堆里埋死人埋得住吗？咱们骗了人家，等结了婚，人家跟你要那些东西，你怎么办？闹不好离了婚，还不是竹篮子打水一场空！"硬是将借下的东西给人家送了回去。当时，那个姑娘来了一看，见他家一切都很平常，婚事没谈成。赵三婶埋怨黑瓜吃了太老实的亏。黑瓜却说："哪怕打一辈子光棍，也不做那些骗人事。"

半个月前，赵黑瓜第一次到李庄李黑梅家里来谈亲事，他的几个朋友知道他衣裤鞋帽没有一件像样子的，有的给他送来好衣服，有的给他送来新皮鞋，要他穿了去，他还是坚持不穿，说："我今天穿了你们的好衣服去，明天呢？反正骗过初一，骗不过十五，还是实在些好。她看见我穿得好，就愿意，那不是真愿意；她看我穿得不好，就不愿意，咱也就看清了她的心，不愿意正好。她如果是个正经姑娘，看人不能看穿戴，很好；她如果不是个正经姑娘，只看穿戴不看人，那就叫她去得远远的，我宁愿打光棍，也不愿对那个象。"反正是死活不肯穿那些衣服。只因众人再三劝告，只好把借来的衣裤鞋帽全部穿戴起来，往李庄去了。

赵黑瓜往李庄走着，一边想着今天见了那个叫李黑梅的姑娘应该谈些什么，想着走着，忽然又看见了自己的一身打扮，心想："能找上哩就找个对象；找不上哩就拉倒，何必这样装蒜哩！"立刻就把头上戴的，身上穿的，凡是借来穿在外边的全脱了下来。最后剩下鞋子，只因并不曾里外穿着两套鞋，脱了皮鞋就要光脚丫子，算是暂时没有脱掉。当他把脱下来的衣服裤子正往一起收拾时，迎面忽然走来一个陌生人。那人见他在半道上摆弄几件衣裤，只当他是一个小偷，或者是个逃犯，直盯盯地盯着他看了老半天。黑瓜发现这个过路人只管看自己，觉得好笑，心里说："走你的路吧！你能猜出来我在半道上为什么脱衣脱裤嘛？没门儿！……"

黑瓜夹着脱下来的衣、裤、帽子继续往前走。当他走到李庄后，先把脱下来的衣裤帽子送到他姑姑家，又跟姑姑要一双旧布鞋换穿，姑姑不同意，他就在床下找了一双他表兄的布鞋穿上，到李黑梅家去了。

谁知黑瓜和黑梅只见了两次面，过了几天，黑梅竟主动捎了口信儿来，说是三天以后——四月初八，黑梅要来岭南相家。赵三婶一听，乐了。说："这样说来，人是看中了，就差看家了。"

关于家里没有好摆设这个难题，她已经想好了办法，那就是借。可是这第二个难题又该怎么解决哩？自己要借，那个别扭儿子一定不同意。不借吧，又怕没法儿应付黑梅那个别扭姑娘。为着这件事，真把个赵三婶难坏了。亏她还算不笨，搜肠刮肚总算又想出来一个办法。到了初八这天，刚吃过早饭，她就支使别扭儿子黑瓜到外村买粉条去了。她以为只要黑梅先来了，黑瓜随后买粉条回来，即使发现了家里借下几样摆设，当着黑梅的面，他也没法指责借摆设之事了。这么着应付过去也就行了。当黑瓜出村买粉条走后，她才忙着把家里打扫一遍，然后找了两个年轻人跟着她东家借方桌，西家借斗椅，支书家借缝纫机，主任家借自行车，又借来沙发、茶几、花瓶等物件，一一摆设起来。自己先满屋里观察一番，感到也还满意，自语道："有这样一个家，不信那闺女来了会看不起来，不信她还会闹什么别扭。"

随后，赵三婶正忙着做饭，忽然听得大门响，连忙隔窗看去，只见进来两个陌生妇女，其中有一个约莫二十一二岁样子，像个大姑娘，她的心先"咚咚"跳了两下子，低声自语道："来了来了，真的来了。"不知怎的，她有些手忙脚乱了。

二

今天，李黑梅到岭南村来相家，是由她的嫂嫂张腊梅陪同来的。其实，黑梅并不黑。她妈刚生下她时，见她生得黑，便唤了黑梅这个名儿。不想初生小儿黑，大了会变白；初生小儿白，大了却会变黑。黑梅大了变白了，名儿却没变，人们反而觉得俊姑娘叫个带"黑"字的名儿，倒是更俏了几分。这个黑梅是个很有主见的姑娘，又是个模范共青团员。人都说黑梅人也好，心也好，学习也好，劳动也好，对集体也好，对群众也好，对上好，对下好，一切都好，可惜有一点不大好，就是对人对事有个别扭劲儿。黑梅找对象，不求富，不求贵，只求找一个品性好、劳动好的诚实青年。因而对于相家一事，看得很淡薄。认为家里房子多少，家具好坏都是次要事，一切都是人置的，只要有个合心合意的好丈夫，比什么都好。只因找对象相家是当地一个习俗，也只好随乡俗办事，例行一趟公事罢了。当她同黑瓜见过面，谈过话以后，认为黑瓜还算得一个比较如意的诚实人，这才初步决定来看一次家，最后再说订婚之事。据赵黑瓜上次说，因为岭南村过去生产落后，家境实在很平常，家里只有桌、椅、板凳和两口箱子几样旧家具。旧就旧吧，想到黑瓜是个精干、诚实的青年，黑梅没有说个不字。可是今天黑梅满面春风跟着嫂嫂张腊梅一迈进赵家的门，脸一下子绷起来了。心想："黑瓜明明说他家没有什么方桌、斗椅、缝纫机、自行车、沙发、茶几这些东西，今天怎么忽然都有了？难道黑瓜也是浮夸不实之人？我最讨厌这种人，为什么偏偏又碰上这种人呢？"黑梅在过去在牛大旺家曾上过一次当，她害怕今天又会上当，心里先不高兴。赵家人见她们来了，一个个忙着笑脸相迎，又是让座，又是倒水，又是问好，又是洗苹果，三个人忙得不亦乐乎，却始终没有博得黑梅的欢心，只见黑梅反而把脸一下绷了起来。赵三婶见她们来了，连忙打厨房跑到正房来迎接，进门就说："坐，请坐吧。"

黑梅回头看看赵三婶，正色言道："不累。"

赵三婶看到黑梅不大高兴，又不肯坐，只当是黑瓜没在家迎接她们的缘故，忙赔笑说道："黑瓜出村有点事，一会儿就回来了。坐，先坐吧。"黑梅还是说："不累。"

张腊梅明白黑梅的心意，知道今天相家又会出岔儿，可是也没了主意。又想到那个黑瓜还没回来，就这样走了不好，——可是不走吧，难道老站着不成？便拉拉黑梅的衣角，低声说："坐一坐也不妨事呀。"

黑梅说："谁想坐谁坐吧。"一时，赵三婶又端来糖水，说："请喝水吧。"

黑梅只说："不渴。"

张腊梅口渴了，正要端起茶杯喝一口，黑梅斜了她一眼，说："前生里你是渴死的？这一生里你就没喝过一口水？"

张腊梅知道黑梅的厉害，在家里就有几分怕小姑子，黑梅那么一说，她只好又把茶杯子放下了。

赵三婶见她们二人坐也不坐，水也不喝，先感到有些不妙。想道："人人说这个黑梅做事跟我家黑瓜一样别扭，果然不假；如今黑瓜也不回来，叫我招待这个别扭女人，把人闹得别别扭扭的，怎么也招待不好，可，可叫我怎么……"转念又想："莫非是这闺女看不起我这个家来才不肯坐我的坐，也不肯喝我的水吗？天爷爷呀，就这个样儿，还是我东邻家借一样，西邻家借一样，上街下街借了半条街才摆成这样儿，叫我看也算不赖了，还想什么好的呢？难道……"

这时，黑梅忽然看了赵三婶一眼，说："大娘，如今大忙春天，下种还不完，我们走啦。"

赵三婶听她说马上要走，一时慌了神，心里骂道："我家那个死东西也不回来，人家这样走了，叫我怎么交代。"忙上前拦道："不能不能，这可不能，黑瓜马上就回来了。"

黑梅心想：黑瓜也那么不老实，没什么好谈的，见他不如不见他。便说："黑瓜回来不回来，一样。大娘，打扰你啦，我们走啦。"

赵三婶更着慌了。在屋里拦她们拦不住，连忙跑到门口去挡，心想："她们今天真的走了，叫我怎么和黑瓜说呀！"便站在门口当中不动。黑梅见她这样，只觉得好笑，说："大娘，我已经跟你说清楚了，我们家里有事嘛，请你不要这样。"

赵三婶觉得无论如何不能让她们走掉，看看黑梅就要侧身挤出去，她没了办法，又忙着闭门……这时，忽然听得有人喊了一声："娘。"黑梅抬头看时，正是黑瓜满面堆笑回来，她才不硬往外边挤了。

黑瓜见她们三个女人在门口挤，不知是做什么，又跟黑梅说："黑梅，怎么不到屋里坐？"

黑梅想到黑瓜也是一个做假骗人之辈，对他没有多少好感。只说："家里还忙哩。"正要抬头走，这时的黑瓜忽然看见自己屋里方桌、斗椅、自行车、缝纫机等物摆满了屋，这分明是他娘办的事，不由得火起，回头责问他娘道："娘，谁叫你借了这么多家具来？有啥算啥，是啥就是啥嘛，咱们穷，穷得骨气些，能找上个对象哩，当然好；找不上哩，慢慢来，如今实行了责任制，慢慢就不穷了，何必装模作样打肿脸充胖子哩！雪堆里埋死人不见实啦！"他一边说，一边进到屋里，四面看看，花瓶、茶几等物一切都是借来的，越看越恼火，说："这是装得个什么洋蒜呀！真没意思！快点通通给人家送回去！"

赵三婶见黑瓜当着黑梅她们的面说出这些露底子话来，真是又气又恨。心想："遇上这个别扭孩子，能办成什么事！今天叫我的老脸往哪里放呀！这一说，露了老底，不就更……"正想发作几句，只见黑瓜先推了那辆自行车就要走。这时，只听黑梅开了口，说："黑瓜，急什么哩，那些东西，等一会儿再送也不晚呀。"

赵三婶看去，只见黑梅稳稳实实地坐在桌旁那把椅子上，满面是笑地说着，太不像头里绷着面孔坐也不坐、水也不喝那个黑梅，心下好生蹊跷："怪呀！头里她相不起我的家来，急着要走；如今黑瓜说露了底子，就该走得更快些，为什么不但不走，没有人让座，反而自个儿就稳稳当当地坐下来不走了呢？"她呆呆地站在当地里不动了。

黑瓜还是坚持先要去送还那些物件，黑梅说："只要你肯说实话，办实事，晚送一会儿早送一会儿有什么关系？先坐下吧。"

黑瓜看着黑梅，见她不像先前那么绷面孔了，才放下心来。说：“也好。晚一会儿送倒没关系，只是我娘不该……”他以为这时候不必多说这些，便坐下来问道：“黑梅，你是才来呀，还是来了一会儿?”

黑梅笑道：“才来不大一会儿。”又满屋里瞅瞅，说：“我看咱这房子还很结实哩。”

“结实倒也结实，只是旧了些。”

“我看咱家那几样旧家具木料都不赖。”

“木料是不赖，也都旧了些。”

赵三婶听黑梅说话，一口一个“咱家”，明明是同意了，把她乐得脸上开了花……

黑梅见赵三婶只管站着，忙笑道：“大娘，你也坐下呀。”

赵三婶看看黑梅那满面笑容，更乐了。她这才省过神来应该赶快去厨房做饭。说：“你坐你坐，厨房的火上还有锅哩。”连忙返身向厨房走去。边走边想：“我只当黑梅别扭得很难说话，如今看来她说话顺情顺理，也不怎么别扭呀！”想起黑梅一口一个“咱家”，想起黑瓜、黑梅两个说话喜眉笑眼的神色，她的心里只觉得甜丝丝的十分舒服：“我看这个黑梅准能成。今天的饭应该做得美味可口更好些才好……”跑进厨房大忙去了。

白杏儿

1. 两道命令

方庄大队二十年没有唱过戏了，今年因为获得一个丰收年，请了一个剧团，从今天起要唱三天。家家户户都在准备安大锅做饭，接待邻庄近队来看戏的亲戚、朋友。

方庄村十字街上有一串一进两院的大院，因为院里有三棵老柳树，人们便把它称做柳树院。这个柳树院住着五家人，大早起来，便有两家人在院里垒灶火，安大锅，还有两家人早早地就在生产队问好牲口，一吃过早饭，就备好车马出村接亲戚走了。住在外院西房里的白杏儿，看到邻居们都在忙接待亲友的准备工作，她家的人却像没事人一般出出进进，有点着了急。她从屋里追到院里，迎面拦住准备下地干活儿的丈夫——方合儿，嚷道："死人！我看你只比死人多一口气儿！你的眼瞎了，看不见家家户户都忙着垒大灶，赶快给我垒大灶去！……"她打了个转身，回头又嚷道："死人！赶快去队里问个牲口，到白家庄接我娘去！”

方合儿听老婆一连给他下了两道命令，弄得他没主意了。平日里，他见了老婆白杏儿，只敢规规矩矩地听她的命令，一声儿不敢吭，反正白杏儿命令他干什么，他老老实实地干什么就得了。可是今天呢？白杏儿同时给他下了两道紧急命令，他该先照哪一道命令办事呢？她说一是一，说二是二，方合儿又不敢回话、申辩，怎能办呢？他只好按老规矩办事，又到西南楼里请示他妈来了：“妈，她叫我赶快去接她妈，又叫我赶快在院里垒大灶，我只有两只手，该先办哪一样呀？”

方大妈看见儿子那个窝囊废样儿就有气，骂道：“你是块石头！你不会问问她？四十五岁的人了，在老婆面前连一句话也不敢说，动不动就来问你娘，走遍天下有你这种人没有？”

方合儿说：“我不，你去问问她吧。”

“我不管！我给你们当了二十年的通信员、中间人，如今我不管了！”

当妈的不管，方合儿一时傻了眼，默默无声地站在当地里，不知道该怎么办了。

2. 吃烧饼的“资产阶级”

你道方合儿为什么这样怕老婆？说起来话长。自从她的女人白杏儿二十一岁上来到他家，一过门就向公公、婆婆、丈夫发表一项声明，说她的脸皮儿跟别的女人的脸皮儿不一样，有两个不能：一不能晒太阳，二不能见风。说是一晒太阳，她的脸上就要长疤；一见风，她的脸上就要起疙瘩。既然如此，方合儿只好找大队干部说明原因，给她请长假不上地了。按说白杏儿不上地劳动，就该在家里好好操劳家务。只因方合儿人太老实，一不喜欢穿好的；二不喜欢花言巧语，只会老老实实地上地干活儿，白杏儿就认为嫁了这么个榆木疙瘩丈夫，跟他在一起窝窝囊囊的，心情一直不大好，根本不把丈夫当人看。当着人的面，没有人见她跟方合儿说过一句话，也没有人见她正眼看过方合儿一眼。方合儿见到白杏儿，正像小老鼠碰到大猫一般，总是慌慌张张地躲开她。公公婆婆知道自己的儿子太老实，没出息；媳妇儿太精灵，两口子不大相配，害怕他们不能长久，只得处处替儿子操心。方合儿、白杏儿两口之间的事儿，做妈的本来不应该过问，方大妈却常在背地里叮嘱儿子："合儿，我告诉你说，以后见了你媳妇，她不笑，你先笑；她不说话，你先说话。她要躲你，你就紧紧跟着她；她要不理你，你就缠她。两口子嘛，什么话不能说？什么事不能做？怕什么呢？"

"妈，我知道，你……"

"你知道吃饱肚不饿！以后要学得精灵些，不要总是傻里傻气的。她是合儿的媳妇，又不是别人的媳妇，为什么她见了别人有说有笑，见了你就板起面孔来？以后你也多长个心吧，不要只是一个吃饭窟窿！"

可是无论做妈的如何指点，反正方合儿见了白杏儿就害怕。他常常准备好了跟媳妇说的话，可他一见媳妇，就全忘光了。所以白杏儿越来越看不起他，每天闹着要离婚。公公婆婆以为自己的儿子太老实，如果媳妇离了婚，再找对象不容易，只好处处顺着媳妇儿，由她吃，由她穿，将将就就过日子。白杏儿还算讲点情义，看在公婆面上，倒也将就了五六年，并且生了一男一女，离婚的心也就慢慢打消了一大半。她虽然总是看不起方合儿，只因她看见儿女亲，也知道谋算家务了。她认为这个家六口人，只有公公和方合儿两个人劳动，方庄大队的生产又太落后，收入不多，两个孩子就不可能吃好、穿好。她也到集体地里去劳动吧，不行，她早就声明不能晒太阳。于是，便把主意打在家庭副业上，要大量养猪。她家经常养着一头猪，那猪圈自然是小的。如今她计划养四五头猪，首先要扩大猪圈，垒猪圈自然是方合儿的事。这天中午，方合儿正打算午休，白杏儿面不朝他，而是朝着墙壁命令道："夜里睡不够，白天还要挺尸吗？给我担石头去，把猪圈往大处垒垒。"

方合儿根本不敢违令，只好取消午休，忙着掂了镐头，担了箩头，到石子河里去担石头。

猪圈扩大以后，白杏儿很快买了五个猪崽子，只几个月工夫，一个个猪崽子都变成了半大的肥猪。她以为再喂两个月，就会有一大笔收入，心里甚是高兴。正在这时，大队支书传达上级的指示，要批资、批修。说一个社员喂猪多了，就是"以副压农"。还说白杏儿是方庄大队自发势力的典型。白杏儿听到这话很生气。跑到支书家里来，直冲着支书问道："好我的大支书呀，我一个大门不出，二门不迈的妇道人家，好生生地待在屋里，坐在炕上，怎么就成了啥个典型，你……"

支书知道白杏儿难缠，对她不能示弱，便直截了当地说："当然是典型呀！你喂猪一喂一大群，你心里总想着那几头猪，根本不想集体……"

"你不要隔门缝瞧人！你又没带穿山镜，没长隔山腿，你怎么知道我不想集体？我日里想，夜里盼，日日夜夜都盼着咱们大队能达纲，能过河，家家户户吃不愁，穿不愁……"

"胡说，你天天想的盼的就是你圈里那几头猪……"

"想猪怎么啦？想猪犯了哪条国法？你给我说清楚，讲明白，要是想猪真的犯法，该杀哩，该剐哩，我白杏儿死而无怨……”

支书见她如此胡搅蛮缠，一发火，狠狠训了她一顿，当天晚上就召开群众大会，把白杏儿批判了一通。她没办法，只好把那五头半大肥猪一起贱价卖了。

白杏儿还不死心。她以为养猪目标大，多喂几只鸡不会有大问题，便又买了二十二只小鸡。过了几个月，小鸡变了大鸡，成群结队地在柳树院出出进进。到第二年春天，她一天能收几十个蛋，能卖一元多钱，一个月可以有三十多元钱的收入。于是，她的两个孩子见了卖烧饼的买烧饼，见了卖凉粉的吃凉粉，身上也穿上了新褂子新裤，白杏儿为此十分高兴。谁知她高兴，支书可不高兴了，他说白杏儿又刮单干风了，还说她的两个孩子经常买烧饼、买凉粉吃，没时没节也穿新衣服，是过上了腐朽的资产阶级生活，又召开群众大会批判她了。白杏儿见支书这样对待自己，心里又气又不舒服，大着胆子说："喂几只鸡，下几个蛋，买几个烧饼吃，就是资产阶级？我没吃过猪肉，也见过猪走。我在电影里看过，人家资产阶级就不养鸡，也不吃烧饼。"

支书见她竟敢在群众大会上当着众人的面顶撞自己，气极了，吼道："你胡说？资产阶级不吃烧饼，他吃什么呀？难道每天也是喝糊糊不成！"

白杏儿大着胆子回答道："人家资产阶级吃鱼哩，吃鳖哩，哪还吃烧饼，也不吃这八分钱一个的，肯定是糖浸的、蜜灌的……"

"你见过！你敢当面顶支书，你大胆，你反党，你……社员同志们，白杏儿公开反党，大伙要把枪口对准资产阶级，猛烈开火……”

一个普通社员白杏儿任她的嘴有多么巧，到底不是支书的对手，批判大会到底把她的“走资本主义道路”的“错误”思想批臭了，第二天，她就命令丈夫到镇上卖掉那十八只鸡。

白杏儿看看猪也不能多养，鸡也不能多喂，没办法给儿女们找几个买布钱，两个孩子端的碗里总是那半碗稀糊糊，心里酸酸的。可又能想什么办法呢？看来，要想给两个孩子捞几个买烧饼钱，又能不受批判，必须离开这个方庄。为此，她就到城里一个干部家去当了保姆。除了吃，每月赚六元钱。支书听到这件事，火更大了，嚷道：“这个白杏儿真是钱迷了心窍，总想着发家致富，在修正主义道路上越滑越远了！这还了得！上天呀！”他命令方合儿赶快进城去把她揪回来。方合儿不去，说他在女人面前说话不抵事，支书就给他写了一纸公文，方合儿起一个五更，进城叫白杏儿去了。

3.“合法副业”

白杏儿终于回来了，并且又受了一次批判。她没想到走一步，错一步，走两步，错两步，反正抬手动脚就有错，好像只有坐着吃、坐着穿才是唯一正确的。为此，白杏儿很生气，她把被子一蒙，在炕头整整躺了两天，哭了两天。方大妈来叫她吃饭，她也不吃，嚷道：“我这个人，鸡不如，狗不如，不如早些死了好，我还吃它做什么！”

后来，白杏儿起了床，出了门，可是她下决心以后什么也不干了，直嚷：“反正咱生就了的‘糊糊命’，就喝咱的糊糊吧！”谁知秋天一到，天凉了，儿女们身上衣薄，需要换季，手头分文没有，她又急了。怎么办呢？大队里生产不好，一个劳动日才二角二分钱。方合儿和他的老父亲两人上工，连全家六口人的吃粮款也挣不够，哪里来的扯布、买帽、秤盐、打醋钱呢？猪圈里没猪，鸡窝里没蛋，当保姆又不能，直把个白杏儿急得团团转。正是人说的急中生智，她忽然想起来赵家河那个神婆下神很能挣几个钱。凭她的精灵劲，过去下神时，看在眼里，记在心里，很学了一套。于是，一天夜里，她忽然得了一个魔病，在屋里躺一阵子，坐一阵子，哭一会儿，笑一会儿，滚一会儿，闹一会儿，把全家人吓得什么似的，只当她疯了。后来，只见她斜着眼，说是大慈大悲救苦救难观世音菩萨来了她家，观音娘娘驾了祥云，游走四海，选取诚心诚意的人替代观音娘娘广行佛法，普度众生，救苦救难，云云……

白杏儿的婆婆——方大妈一向迷信鬼神，今天听儿媳妇这么一说，早已信以为真，立刻烧香化纸，跪地叩头不绝……自此以后便有患病的来请白杏儿看病，她让病人烧上三炷香，化上三张纸，她闭目合十胡诌乱扯一顿，最后用一张黄纸叠个小三角形包儿，在香头上正转三圈，反转三圈，便说是取来了观音娘娘的神药，交给患者，拆包看时，仿仿佛佛看到包子里有那么几粒儿黄颗颗儿，当即用开水喝了。碰巧有几个患病者真的好了，便说是下神灵验。于是，一传十，十传百，到方庄村拜观音娘娘的人越来越多了。再加附近大队，每年空喊学大寨口号，尽干假、大、空的事儿，生产都不大好，社员生活都不大景气，想盖新房盖不起，想找对象的找不起，因为天天喝"糊糊"，闹病的也不少。他们为了知道一下什么时候才能有个好转，就纷纷涌上"观音娘娘"的门来求神问卦。那些求过药的，问过卦的，每人除了交几文钱的"神药费"或"卦礼"，还又拿了香油、白面、点心、饼干、苹果、大梨等等，来谢活菩萨。这么一来，白杏儿不只有了给两个孩子买布做衣服的钱，一日三餐的伙食也大大改善。她看看当神婆这门副业比喂猪、养鸡、当保姆的出息大得多，又省力、又省劲，也就认认真真地做起“观音娘娘”来了。

白杏儿当神婆下神一开始也害怕大队支书会给她安个罪名，加以干涉，或者还会开大会批判她。没想到她干了许多天，支书不仅没干涉，有一天夜里，支书老婆还偷偷摸摸来求“观音娘娘”。原来这位支书并不真正懂得唯物论。他敢于反对资本主义倾向，敢于反对单干风，敢于批社员多养鸡、多养猪，却没有勇气反对“观音娘娘”。他害怕真的触犯了“观音娘娘”，灾祸临头。他虽然也说过白杏儿又在搞歪门邪道，说是要派民兵摔破她的香炉，但不过只是虚张声势罢了。过了几天，他的二小子病了，让队里的赤脚医生看了几次，服了几种药，也不大见效。白杏儿趁机扬出一股风来，说支书的儿子得病，是因为他大胆辱骂神灵的缘故。支书老婆听得这话，把丈夫痛骂一顿，骂他不该上欺神佛，定要他亲自去找白杏儿烧香许愿，救救孩子。支书无可奈何地说：“我是支书，我怎么能带头去求神呢？为了救救孩子，还是你去吧。不过，你千万不要白天去，最好是等夜深人静的时候……”

支书老婆来求过“观音娘娘”，二小子一下安顿多了。其实，她的儿子不过是重感冒，过了六七天，自然好了。支书老婆却一口一个“阿弥陀佛”，感谢“观音娘娘”白杏儿。并于农历六月十九日备就两盒子油果，二十斤白面，二十元香火费，送在了白杏儿家。从此以后，白杏儿找到了“合法”的副业生产。

村上的人们，有的要来求“观音娘娘”看病，有的要来算卦；有的不看病，不算卦，因为方庄村穷，社员穷，多数人每天喝糊糊，平日吃不上什么好食物，自然有点馋，知道白杏儿家经常存放着不少点心、饼干，所以有些人有事没事总喜欢到她家来坐坐。还有些人并不是为了吃饼干，而是专门找白杏儿说话的。

“没把流星”熊一牛就是一个。这个“没把流星”仗着在“文化大革命”中绑人有功，又胡闹了几年，变成一个天不收、地不管的游徒。去年春天，新任支书方成城上任不久，抓专业承包联产计酬生产责任制的时候，社员们有拥护的，有反对的，有说长的，有说短的，满村里男男女女，议论纷纷，简直吵成了一锅粥。当时，对这种生产责任制意见最大的，要算“观音娘娘”白杏儿和“没把流星”熊一牛。大队里为了限制“没把流星”熊一牛外出流窜，把他分配在林业队，林业队给他分配了一项具体任务，叫他承包了二亩果园，他在外边自由自在地“流”惯了。不愿意拴在那二亩果园里。便跟林业队队长方芳儿大吵了一顿，又找支书方成城大闹一番，都不解决问题，于是，他只好来找“观音娘娘”求神问卦，问问他是不是还有希望外出搞流动副业。

4. 能走在人前了

当时，“观音娘娘”白杏儿也很不高兴。因为新任支书方成城不相信她那一套，不害怕“观音菩萨”报复，说是白杏儿既然不能上地晒太阳，可以干点别的嘛。大队要办蜡烛组，做蜡烛是坐在屋子里做的，晒不着太阳，总该行吧，白杏儿认为干什么也不如当“观音娘娘”省劲、随便、出息大，推三阻四不愿意到蜡烛组去干活儿。她正在屋里想办法推掉蜡烛组的事儿，不想熊一牛脚丫子上拖着两片拖鞋，哼着“咿咿呀呀”的小调儿，悠悠然然走进了柳树院的下西房。

这个“没把流星”是个三短两粗的人儿——脖子短、腿短、胳膊短；身粗、嗓门粗，他走起路来挺着个圆肚子，远远地看去一团浑圆，活像个圆皮球在路上滚。因为他没有老婆，孩子，他在外边流窜，卖药，算卦，打山害，看风水，做买卖，什么都干，他挣下钱全都吃了、穿了、花了，他虽然不上地，也到底是个农民，穿着上却尽量学城里人。见城里人穿皮鞋，他也买皮鞋穿，见城里人下了班穿拖鞋，他也买了一双拖鞋，有迟没早地乱拖一起。连下雨天，数九腊月大雪天，也拖着两片拖鞋在泥泞的街上、半尺深的雪路上走来走去。村里人背地里都骂他是个“半吊子”。

再说“观音娘娘”看到“没把流星”进来，照样儿是笑脸相迎，让座冲茶，说：“整整一天了，没见你个鬼影儿，我当你不在世上了。”

熊一牛气呼呼地说：“就是快把人气死了！想把老子窝在方庄窝死，叫我给他们看果树，我是个看果树的?”

白杏儿说:“不要理他那个茬儿，走就走了,走了没事……”

“人家说这是责任制，负不到责任，要受惩。到底走了行不行，他们是不是会真的惩我，我想求求你，给我算一卦……”

“算什么卦！别人不知底细，你还不知道……”

“不管怎么说，我对于‘观音娘娘’总还信几分。反正又不费什么事，你就给我算算吧。”

“我的卦若不灵，可不准你出去胡说。”

“我还能拆你的台。来来来，先算一卦。”

“好。你先洗洗手，点燃神烛，烧个香。”

在熊一牛洗手、点神烛、烧香的当儿，白杏儿装模作样，往桌旁椅子上一坐，立时双目微闭，两肩先耸了几下子，便算是“观音菩萨”附了身。只因为这位“观音娘娘”并不懂得“观音菩萨”是佛门的菩萨，去错把她当做道行的仙子，只听她微声细语，喃喃地胡诌了一通：“忽听仙童一声报，‘观音娘娘’离天朝……一牛是吾小马童，他的命运我知道。游三山，逛五岳，东闯西转三千零九遭。我派一牛做买卖，谁敢阻拦谁倒灶！吾神今天实在忙呀，腾云驾雾该去了……”

接着，白杏儿的双肩又耸了两下子，便算是下了马。“没把流星”听罢神卦，直把他高兴得抓耳挠腮，问道：“‘观音娘娘’说的是真的吗?”

白杏儿说：“那还有假吗!”

“好！那，我就放心了。”

“你打算多会儿出去?”

“晚个三两天就走。

正说到这里，忽听得号称“铁舌头”姑娘的白芳儿在院里喊道：“一牛叔，我去你家找你……”

白杏儿一时慌了手脚，忙着“噗”一声吹灭“神烛”，又把香炉里烧的香一把抓灭，手心被烧疼了，她也只好忍着。这位神仙全村里的人都不怕，单单就怕新任支书方成城和“铁石头”姑娘方芳儿几分。因为方芳儿说话，那舌头是不打弯的，说到哪里定要办到哪里的。熊一牛自恃是个逛过大地方，见过大世面的人物，如今虽然在林业队是“铁舌头”的属下，却并不把她放在眼里，只满不在乎地坐在那把椅子上，等待“铁舌头”姑娘进来。

方芳儿走进屋里，只觉得一股香味扑鼻，又见正头桌上空余烟缭绕，知道是白杏儿又在家里下神算卦。便先问白杏儿："合儿婶，如今你怎么还搞这一套?"

白杏儿忙说："我搞哪一套？哪一套我也没搞呀!"

"你看看这满屋里的香烟，瞒不过人的。合儿婶呀，前几年你喂鸡受批判；养猪也受批判；当保姆挨整，这不怨你，这说明你是愿意干点活儿的。后来你当神婆，也不怨你，那是从前政策不对头，把你逼上邪路的。大伙都原谅你。可今天不一样了，你不能上地晒太阳，大伙照顾你，让你到副业组做蜡烛，你再不去，就说不过去了。"

"我如今老了，干不了啦！自古道"人过三十不学艺"，我如今三十七八岁的人了……"

"三十七八？""铁舌头"姑娘明知她已是四十四岁的人了，还说是"三十七八"，感到有点好笑，又不敢笑，只说："三十七八正当年，做蜡烛又容易学，这是正事儿，我劝你……"

"没把流星"见方芳儿只管跟白杏儿说话，他想趁机脱身走掉，连忙站起来，也不向白杏儿告辞一声，脚丫子上那两片拖鞋轻轻地拖着，就往门口磨蹭。方芳儿今天是专门找他来的，早已看出他想溜掉，连忙回头喊道："一牛叔，你去哪里?"

熊一牛边走边说："家里还有点事，你在吧……"

方芳儿害怕"没把流星"溜掉，忙跟白杏儿说："合儿婶，咱们以后再谈吧。"就紧紧跟着熊一牛出去了。这一天，因为方芳儿跟得紧，熊一牛没有溜掉，只好上果园干活儿去了。

白杏儿总以为做"观音娘娘"比干别的活儿都好，小队干部、大队干部、副业队长登门上户，说服她改邪归正，动员她做蜡烛，她找了种种借口，总不肯去，她每天坐在屋里等人们来求她问卦、看病。只因为今年不同往年，各村各队都实行了生产责任制，社员们一个个有了责任感，有了过好日子的希望，早早晚晚都很忙，谁还有闲情来找她求神问卦呢？所以“观音娘娘”的门庭一天天冷落下来。白杏儿很有些着急，在屋里坐不住，有事没事到街头走走看看，她忽然发现左邻右舍，大妈、大嫂们看她的眼光跟往日突然不一样了，那眼光里夹着几根刺；人们跟她说话，那话音里也带着几根刺。当她走过去不远，人们马上就会有一番嘁嘁喳喳的议论声：“放着正事不干，就想吃飞食！”“今年不是往年了，看她以后怎么办！”……她弄不清人们对她的态度为什么会突然变成这个样子，以后她再也不愿意轻易到街头去了。有一天，她在屋子里实在坐不住了，等人们上地走后，就偷偷地走上街头，东走走，西转转，忽然发现家家户户，院里院外发生了很大变化：有的院里的猪圈扩大了，猪崽子多起来；有的院里鸡棚扩大了，小鸡儿成群结队地跑着叫着；还有许多人家盖了兔子棚，养着各色各样的兔子。触景生情，她想起了过去自己是因为养猪、养鸡受批判的事儿，至今心里好像还有些隐隐作痛。又想，大伙今天干的事儿，我早就干过了，算不得什么稀罕！你们会养鸡，谁不会养？你们会养猪，谁不会养？白杏儿想在得意处，顿时感到有了精神。

当天中午，方合儿打地里回来，吃过午饭，正想午睡一会儿，白杏儿却冲着他说：“还要睡吗？你的眼瞎了，不看见家家户户扩猪圈，盖兔棚，兔子满棚猪满圈？谁像合儿家，一个个除了吃饭，就是睡觉……”

方合儿早就想着跟别人家一样养猪养兔，只因白杏儿没令，他自然不敢轻举妄动。今天她既然放了话，方合儿立即行动，反正过去拆猪圈、拆鸡棚的砖、瓦、石头都现成，先去担了土，担了水，和好泥，就动手先垒鸡棚。才垒了一层砖，白杏儿来了。方合儿只当她是找毛病来的，没想到她一来，就帮他锹泥儿搬砖地忙起来。他心下好生奇怪：她今天也来帮我干活儿，这可是开天辟地第一遭……

一会儿，方大妈也出来了，见媳妇白杏儿在太阳光下搬砖供泥地忙起来，忙说："杏儿，叫合儿垒吧，你也来做什么？大晌午太阳怪毒的，你……"

白杏儿说："别人家的鸡也大了，兔也大了，就合儿家不如人，连鸡窝、兔棚也没盖，如今也该抓紧些了。况且合儿也四十多的人了，我知道累，难道他不知道累……"

方大妈看见媳妇知道心疼她的丈夫，感动得流了两行生泪。

她们正说着话，熊一牛拖着两片拖鞋走来了。

白杏儿忙着干活儿，不想理他。他走过来低声说道："你说我命该'游三山，逛五岳'，今天怎么让那个'铁舌头'把我拴在那二亩果园里脱不得身了？我看你的卦也不灵……"

白杏儿斜了他一眼，说："人家忙得什么似的，谁有工夫跟你磕牙磨唇拉淡话！"

"垒个鸡窝，什么大不了的事儿，大热中午也不歇歇，没明天啦？"

"明天还有明天的事哩，明天我要到蜡烛组做蜡烛。人家忙忙的，你只管……"

"没把流星"看着抓泥儿搬砖的白杏儿淡淡地一笑，无可奈何地返身走了。

就打这天起，白杏儿再也不干“观音娘娘”的事了。她白天在蜡烛组上工，早晚喂鸡、养猪、作务兔儿，只一年工夫，队富、家富，他们家变了大样儿。为了准备二月二看戏，全家老少六个人都做好了新衣服。

回头再说方合儿遵照白杏儿的吩咐，今天赶了马车到白家庄去接了老岳母来，方大妈接待亲家自然是很热情的。杏儿娘一来，见女儿一家人老老少少都穿了涤卡、涤纶做的新衣新裤，米筛还晾着堆得像山一样的馍馍，便说：“亲家啊，看你家如今过的日子多好，要比前些年强几倍哩！”

方大妈说：“在我们方庄，家家户户都是这样的。就说咱们家吧，去年养了十二只鸡，二十四只兔，四头肥猪，只这三宗，就是四百多元哩；杏儿在蜡烛组上了三百多个工，又是二百多元；合儿跟他爹共是六百个工，又是六百多元，总共是一千二百多元，比过去一年只落二三百元，不是强了几倍是什么？”

白杏儿接上说：“娘，我参加乡里劳模会，还得了一个半导体收音机哩。”说着，就把桌子上的半导体拧开，热热火火地唱起戏来。

吃过午饭，白杏儿跟方大妈陪着杏儿娘往剧场走，路过街头，人们看她们，无不是热情和羡慕的眼光；人们跟他们说话，无不是亲切和真诚的语气。白杏儿碰上东邻的亲戚，西舍的朋友，总是笑着问长问短：“大娘，看戏来了？”“表嫂，你是上午来的？……”她觉着只是在近一年来，她走在人前，感到脸上有了光彩，跟人们并肩齐眉站在街头说说笑笑，仿佛每一句话，每一个笑声都是很有滋味的。

唐七羊

六月十五日，县剧团要到唐家庄来演出。剧团还没有来到，唐七羊老汉的女儿——唐小翠，早已在家里做看戏的准备工作了。因为她断定她的未婚夫——刘聚海（他家在刘家庄，离唐家庄只有五里路），今天一定要来看戏，她必须加工打扮一番。

唐小翠打开柜子，解开一个大包袱，挑着衣服穿。七羊婶在灶边切菜，见女儿翻腾了大半天，也没有挑定一身衣服，便说道："我不信没有一件合适的！看你翻腾腾、翻腾腾，翻到什么时候才是个了呀？快来切菜吧，等会儿亲戚们都来了，咱连饭也做不熟。——看你，怎么又脱掉了？唉！你呀！可该穿哪一件才好呢？你们算遇上好世道啦！你娘年轻的时候，十年八年也穿不上一件新褂子。缝上一件新衣服，新三年，旧三年，缝缝补补又三年，到哪里挑去呀……"

七羊婶的话，小翠好像没有听见。她又挑了一件褂子穿起来，兴奋地向她妈征求意见道："妈，你看这一件好不好？"

七羊婶急着想叫小翠来帮助她做饭，并从省事出发，只说是好。小翠自己仍然觉得不好，又换了一件，问道："妈，你再看看这一件好不好?"

七羊婶仍然说："好。我看数这件好哩。"

小翠说："你就只会说个好!"

七羊婶说："你说哪一件不好?我们年轻时候有这么一件，也是好的!"

小翠没好气地说："你老拿现在跟你年轻时候比！——如今是社会主义社会，又不是封建社会，怎么能比呢?"于是，她不再向妈征求意见了，只自己挑起来。最后，她挑定一件府绸衫子和一条天蓝色布裤子，认为很好，才不再往下挑了。

小翠切着菜，问她妈道："妈，今天中午咱们做什么饭呢?"

七羊婶说："红豆焖饭。你切菜，我量红豆去。"

她们家的红豆就在这个东房里的一个小缸里放着，七羊婶拿了一个升却出了东房门。小翠忙问："妈，红豆就在这里，你到外边干什么去?"

关于量红豆的事，七羊婶有她自己的秘密，不能向任何人泄露。因此，她说："不用你管。"说着，头也不回就往西房里去了。一会儿，七羊婶拿着一个空升返回来了。只见她怒气冲冲，一进来，就逼近小翠问道："我的小娘！你快说那红豆哪里去了?"

原来，七羊婶放在西屋的红豆丢了。本来，丢了东西，就该向社里治保委员会报告，可是她不，她丢了东西，总是首先审问小翠。因为她过去"丢"过很多东西，都跟小翠有关系。这一次，她当然还要问小翠。

这一次红豆的丢失，小翠确实是知道的，而且就是她亲手干的。她干了的事，一旦被妈发现以后，总是干脆承认，决不赖账。这次也不例外。她说："红豆是我拿走了。你看事办吧！"

一听说又是她拿去的，七羊婶马上哭着大骂起来："我的小娘呀！不知道前一世你跟我结下了什么冤仇，你事事跟娘作对！不把你娘气死你不甘心！你……"她哭着骂着，哭起来没个完，骂起来没个了，却也不再追问红豆的下落了。你道那红豆哪里去了？你道她为什么不再往下追问了？这里面有个原因，说起来话就长了。

原来，丢失红豆的事，是小翠和她爹——唐七羊结合起来干的。唐七羊今年六十四岁了。在唐家庄，人们不叫他唐七羊，只唤他老组长。其实，他是跃进人民公社唐家庄生产队的保管员，现在并没有担任什么组长，可是人们总还是这样唤他。这也有个原因。原来，唐七羊在一九三八年就入了党，是个有着二十年党龄的老党员。自从唐家庄有了党支部，他就担任了党的小组长。在土改时，他担任过分配小组的组长。村上有了互助组以后，他是互助组的组长。成立农业社以后，他也任过一年组长。直到一九五四年，他才当了农业社的保管员，因为他当组长当的年代长了，所以直到现在人们还是唤他老组长。

到现在，经唐七羊介绍入党的党员，有的当了县长，有的当了工厂的厂长，有的当了处长，连唐家庄现在的支部书记也是他介绍入党的。前年，县里来了个学生出身的青年干部，了解到唐七羊的这些情况以后，他向别人道："唐七羊老汉入党这些年啦，怎么才是保管员？他怎么进步得这样慢？——他入党二十年也没有提拔提拔，他闹过情绪没有？”

人们回答道：“唉！同志，这话你可没有说对。你要知道老组长给地主干了三十年长工，没有入过学校的门，他没有文化呀！说到闹情绪，咱向来没有见他闹过情绪，咱只看见他的干劲一天比一天大。比如他现在是保管员，可是他参加地里劳动，比谁的劳动日也多。”

真的，唐七羊不只劳动积极，工作负责，而且，人们不大愿意干的，他也积极去干。比如，每年正月闹元宵，玩旱船时，敲锣打鼓，能出风头的，谁也想抢着干。每逢找不到背人鼓的时候，唐七羊就跑来，什么也不说，悄悄地就把鼓挎在了自己的肩上。

唐七羊才当保管员时，他的保管室里的东西并不多。因为当时唐家庄农业社成立起来才只有一年，而且是个穷社，上级的政策又是少扣多分，公积粮留得很少，除过种子，只有两石多点。另外还有几具土犁、土耙和各种小农具。为了发展生产，把穷社变为富社，社员们一致要求购买新家具。社主任唐丙午想买一部双轮双铧犁，因想到社里只有两石粮食，又打消了这个主意。有一天，唐七羊见了唐丙午，他问：“丙午，你不是说要买一部双轮双铧犁吗？这两天怎么又不见你提这件事了？”

唐丙午说：“七羊大叔，咱们社的家产是你掌握的，有多大家当，你知道。就凭那两石粮食怎么能买一部双轮双铧犁呢？”

唐七羊说：“看你这孩子！有困难为什么不早说。社里粮食少，咱们可以想办法嘛。咱们这个小社这样穷，再不买点儿新式农具，把生产提高提高，穷到什么时候才是个了呢？——

告你说，如果真的要买新农具，我拿五石粮食！”

原来，自从解放后十多年来，唐七羊分了土地，一来，他在互助组里劳动殷勤；二来，七羊婶过日子俭省；三来，他家人口少，一年年地积少成多，如今家里居然有了十几石存粮。他认为社里买新农具，发展生产是件大事，社里没钱买，自己家里存着粮食不往出拿，不是一个共产党员应有的态度。因此，他主动地向唐丙午提出了这个问题。

唐丙午见他说要拿出五石粮食，高兴得照唐七羊的背上狠狠地拍了一巴掌，问道：“七羊大叔，这是真的？”

唐七羊说：“当然是真的。什么时候拿，什么时候现成。”

唐丙午知道七羊婶把家把得紧，便又问：“七羊婶会同意吗？

唐七羊说：“这个不用你管，我自有办法。”

唐七羊回到家里，吃晚饭的时候，因是吃的韭菜盒儿，便边吃边说：“如今过的时光呀，真是人间天堂。今天一顿压饸饹，明天一顿韭菜盒，要是在旧社会里，过大年也吃不上这些饭。”

七羊婶说：“就这，别人还说我过日子过得太仔细哪！”

唐七羊又说：“要说仔细，我看你闹得也算仔细。要不，咱们怎么会存下那十几石粮食呢？”

七羊婶说：“单凭仔细能存下粮食？你给地主当长工的时候，我把升把合地比现在把得更紧，怎么老是锅滚没米下呢？——要不是毛主席领导咱们翻了身，你再仔细也不会存下一颗粮食。”

“这话说得对。咱们听了毛主席的话，成立了农业社，去年打的粮食不是比前年打得更多了吗？咱存那十几石粮食，有四石是去年分下的呀！”

七羊婶见他今天开口合口一直提那十几石存粮，又想到自从他当了保管员以后，打地里回来就往保管室跑，不知忙些什么，吃饭还要小翠给他送，有时小翠不在家，她自己就给他送饭。他晚上也住在那里。有时即便回来，有紧要话说一句，没紧要话，吭也不吭就走了，今天为什么他的话突然多了起来呢？她断定其中定有缘故。因为在一九五一年抗美援朝，捐献飞机大炮的时候，有过那么一次：他回得家来，就跟今天一样，拐弯抹角地说了一大堆，结果是动员她捐献飞机大炮的。她断定今天一定又有了什么事情。便说：“你要说什么，就干脆说吧，不要东扯西拉地转圈儿了！”

唐七羊笑了笑说：“干脆就干脆！社里要买双轮双铧犁，没有钱。我想咱们那些粮食放着也是放着哩，你看是不是……”

七羊婶听出来他是要借给农业社粮食，这一下，她可不同意了。她虽然拥护农业社，可她不同意借给农业社粮食。因为她在旧社会愁吃愁喝愁了个后怕根子，如今握住一颗粮食就不愿意松手儿了。她害怕唐七羊真的把粮食借给了农业社，于是，就大哭大闹起来，威胁唐七羊。她一边哭一边嚷道：“家里才只有三颗粮食，你就要往出借，你要借，就不如拿一口刀来杀了我！——就那么恰好？唐家庄就咱一家有粮食？别人为什么不借，偏咱要……”

唐七羊见她大吵大嚷地闹起来，知道七羊婶在旧社会里过贫困日子，过了个后怕根子，如今有了几颗粮食，就把得紧紧地不肯放。他也劝过她，说是咱们有共产党的领导，日子只会一天比一天好，以后你不要那么自私自利了，七羊婶总是不听他的话，反而威风更大了。唐七羊觉得改变一个人的思想，不是一时三刻，靠三言五语可以解决问题的，准备以后慢慢教育她。况且，一直吵下去，他怕邻居们听见了不好，没有再说什么，只狠狠地瞅了她一眼，走了。

第二天早上，小翠到保管室送饭来了。唐七羊问她："昨天晚上我走了以后，你妈嚷到什么时候才不嚷了？"

小翠说："你走了以后她就不嚷了。"

唐七羊说："小翠，我告你说，等你妈不在家的时候，你来告我。"

小翠那时候虽然才只有十四岁，可是她很懂事，她知道爹是个先进的，妈是个落后的。她很听爹的话。清明节那一天，七羊婶回娘家上坟去了。小翠连忙跑到保管室来报告了这个消息。于是，唐七羊马上回家去量了整整五石小米，扛到保管室来，交给了唐丙午。唐丙午说："你偷偷闹来，不怕七羊婶知道了？"

唐七羊说："你不用管这些，有我负责。"

唐丙午说："好吧。你到社里让会计给你打个借条吧。"

唐七羊说："好。"他嘴说是好，却始终没有去找会计讨过什么借条。你道为什么，原来他有他的想法，而且他的想法在别人看来，似乎有点古怪：他认为没有共产党，他就不会有粮食、有房子、有好时光。他认为党给了他房子、土地、粮食、好时光，党并没跟自己讨过什么"借条"，他今天只不过是拿出几石粮食来，怎么能要借条呢？以后，唐丙午发现唐七羊没有要借条，就主动开了个借条，亲自交给了他。他接过借条去，马上撕了个粉粉碎。他说："你把我看成什么人了！"

再说七羊婶打娘家回来以后，过了两天，才发现她家丢了粮食。于是，她好像丢了性命一般大嚷大闹起来。她去到保管室，一头碰在唐七羊身上，哭着骂着，硬要他把她杀了。唐七羊没好气地说："党过来，分给你房子、粮食，你就高兴，你借给农业社几石粮食，就这样的胡闹！你算是丢了奶，忘了娘，什么东西！"他知道他要一直跟她在一起，她会没完没了地往下闹，就主动离开她，没吃饭就下地里去了。

唐七羊一走，七羊婶独自个儿嚷了一阵，觉得没趣，才收了场。她想到他既然已经借了出去，嚷也晚了，只后悔自己不该回娘家去。又想到反正是借出去的，又不是白送了人，将来还会归还回来的，才没有再嚷。

自从这次以后，七羊婶看家看得更紧了，没有大事，总不离家门。可是任何人总不能一天到晚死守在家里，说不定遇上什么事，总是要出出门儿的。又有一次，社里要买几头耕地牛，钱不够，偏巧七羊婶到娘家为娘家侄儿办喜事去了，唐七羊父女俩又闹去四石粮食。她回来以后，自然又闹了一场。不过，只因唐七羊把农业社看成了自己的家，处处为农业社着想，再加上有个小翠为他做内线工作，七羊婶虽然经常闹，却总免不了要"丢失"东西。保管室没有斗用，唐丙午要雇木匠做，唐七羊不让。他说："咱们社的家业不大呀，大事小事都花钱，怎么得了呢?"他家有两只斗，就让小翠瞅空儿拿来一只。保管室装粮食的布袋不够用，他又让小翠瞅空儿把家里的布袋拿来两条。总之，保管室缺少什么，只要他家里有剩余的，就一定要拿来。七羊婶见她的家里今天少了这一样，明天又少了那一件，知道是她的老汉拿到保管室去了，她想找到保管室去骂他一场，又想到他一见她的面，他就躲开了，又不解决什么问题，一直没有去。后来见老汉拿去的东西太多了，逼得她到了无法忍耐的时候，就怒气冲冲地向保管室跑去。她正要进门，恰碰上唐七羊正要出门。唐七羊一看她来势汹汹，知道是来跟他生气的，便问她："你到这里来有什么事?"

七羊婶说："这又不是禁地！怎么？你能来，我就不能来?"

唐七羊说："这话你可没有说对。社里有规定，别人是不能随随便便进保管室的！"

七羊婶要进去，唐七羊拦门一站，不让她进去。说是她要进去，以后保管室丢了任何东西，都要她负责。七羊婶见他说得厉害，又怕惹下是非，也不敢勉强往里走了。她隔门往保管室里一瞅，看见一口袋粮食，那口袋就是她家的；又看见一只斗，那斗也是她家的；又看见一个挖粮食的大瓢，那瓢也是她家的……七羊婶不见则可，一见就恨不得伸手一齐拿走，却又不敢进去。气得她厉声骂道："我把你个老不死的！什么也偷了来！什么也偷了来！这日子硬是过不成了，要偷，你就一同给我偷光！要偷，你就……"她正准备痛痛快快地骂他一顿，不料唐七羊"哗啦"一声把门拉住，关起来，上了锁，不声不响地走了。七羊婶再骂也没人听了，只好打退堂鼓，往家走。

七羊婶回到家里，气还没有平，想来想去，想到她不在家的时候也丢东西，在家的时候也丢东西，那些东西都是老汉拿走的，可又没有碰得过一次，他常常不回家，恰好我一出去他就知道？恰好我一出门，他就正好回家来了？绝不可能！他一定有"耳报神"！这个耳报神还能是谁呢？一定是小翠。她在老的头上没出透气，小的你可跑不了。

中午，小翠打地里回来了。她看见妈的脸色不对，也不理她，拿了个碗就要到锅里去舀饭，没防住七羊婶猛猛地把碗夺去了。小翠只听得她娘大发雷霆地说："我的锅没下你的米！你把粮食拿到哪里，就到哪里吃去吧！"

小翠早料到有这么一天。关于她帮着她爹拿粮食的事，她妈不提，她自然也不想没事寻事，她妈既然提出来了，她也不避讳。便说："我把粮食借给了社里，社里又没安锅，你让我啃生壳子去？"

七羊婶见女儿说得那么理直气壮，厉声骂道："你还有理啦？借！借！借！你们每天价借，怎么只见借来不见还？怎么……"

"还没到还的时候哪！"

"还不到还的时候，就等还回来的时候你们再吃吧！"

小翠满不在乎地说："不吃就不吃。等把我饿得上了火，有了病，看谁心疼；等我有病了，请了医生，吃了药，花了钱，看谁心疼……"

七羊婶就这一个女儿，哪里真的愿意让她受一点儿委屈。听她这么一说，早就软了三分。她觉得能让自己受一两顿饿，也不能不让女儿吃。于是，她又改了口说："管你们啦！只要你们有本领，哪怕你们每天吃山珍海味，娘把这两只眼一闭，看不见你们，也省得每天价生气了！"说罢，气呼呼地上了床，一头栽倒，抖开一条被子盖在身上，呜呜咽咽地哭起来。这一行动，是表示她要绝食，向女儿示威。小翠知道这是做给她看的，就不管三七二十一，舀了一碗饭，出去吃去了。

小翠回来舀第二碗饭的时候，七羊婶不哭了，但仍然蒙着被子不起床，不吃饭。小翠怕妈饿坏，就想了一个办法。她去在床前问道："妈，是不是有了病？"她在妈的头上摸了一下，装着吃惊的样子，叫嚷起来："哎呀！妈，你发高烧了，我去请个医生来看看吧。”说着扭头就要去。七羊婶真的有病的时候，还舍不得花钱请医、吃药。如今她没有病，哪里舍得花钱请医。听说小翠要去请医，连忙喊道：“小翠，你回来，小翠……”可是，小翠早已走远了。

小翠真的把诊疗所的段医生请了来，七羊婶只好以假作真。段医生把过脉后，依小翠的主意，真的给她开了个药方。七羊婶问道：“段医生，抓这一服药要多少钱?”

段医生说：“你的病重，这服药贵。要三元四毛钱。”

一听说要三元四毛钱，可把七羊婶吓坏了。她说：“我的病不重，我不吃药。”

她说不吃药，小翠可不依，早已拿了药方出了门。门外传来小翠的声音：“段医生说你的病重，不吃药怎么行呢?治病要紧，别舍不得花钱。”

七羊婶怕真的白白花费三元多钱，着了急，连忙掀开被子，坐起来，下了床，拿了个碗，舀起饭来，故意把勺子在锅里搅得叮当响。一边喊着小翠：“小翠，你听，我在吃饭哩。”

小翠真的返回来了。她笑着说：“只要你还能吃饭，就说明病还不太重。暂且不必抓药了。”

七羊婶照着小翠的脸唾了一口说：“坏东西!”

小翠和段医生一齐大笑起来。

自此以后，她为了表示抗议唐七羊的行为，二年多以来，她没有到保管室给他送过饭，全是小翠送的。有时小翠不在家，她宁愿找别人给他去送饭，她总不肯去。谁知到了一九五八年三月，有一天，小翠到了乡里开宣传会议去了，中午不回来。到了吃饭时候，她也不去送饭。她想找个别人，只因今年是个大跃进年头，男女大小中午都在地里吃饭，连个送饭的也找不到了。她怕饿坏老汉，没奈何，只好亲自出马。

七羊婶提了饭篮，去到保管室，保管室的门闭着，推开一看，却不见人。她二年多没有来过这里，今天一来，她发现这个保管室大大变了样：只见东壁上，烂笼头、烂缰绳、旧套绳、煞绳、小揍绳……挂满一墙，像个麻绳铺；南壁根，木锨把、镢把、车床板、方木头、长木头……放下一大堆，全是旧的，又像个木料铺；北墙上，担杖钩、锨头、把头、犁拐、锄、铧……挂下一大片，也全是旧的，又像个铁货铺。墙根处，各色各样的钉，还堆下几堆。本来，保管室的任务是保管粮食、大农具和现款的，为什么会有这些乱七八糟的旧玩意儿呢？这一切都不是社里掏钱置买的，全是唐七羊平素里随时随地拣来的废物。别看这些都是废物，对他们这个穷社来说，这些废物起的作用可不小。社里牲口没有笼头，他每天晚上抽业余时间，就把那些旧笼头锯开来，打成个新笼头，不要社里拿钱买。社里没有木头做车，用他拣到的木头做了好几挂车。社里没有犁，用他拣到的碎铁，铸过好几张犁。只说钉子一项吧，他拣下的各种类型的钉子都有。要红盖钉：二寸的、四寸的、寸半的全有；要枣子钉，一枣、二枣、三枣全有；要爬钉，一至七爬全有，其他如鱼眼钉、荷花钉、弯儿钉全有。去年社里盖了三间饲养室，没有拿钱买过一个钉。

七羊婶过去也听说她的老汉收拾了不少玩意儿，全给了社里，可是到底收拾了多少，她向来还没有看到过。今天她看到这些以后，把她心疼得什么似的，叹息道："别人拾到一个钉，也要拿回自己家里，就是他，把这么多东西，都白白地给了社，他怎么活成了个傻老头子了呢？"他认为唐七羊拣下的物件，等于是她拣下的。她准备拿回家里一些去。这时候，她又发现了放在东墙根的一排大缸。她连忙过去掀起一个缸板一看，是一缸小米，再看一只缸，里边又是红豆，她把每一只缸都看遍了，全是粮食。她看到这些粮食以后，分外眼红。就生了歹心，准备私下里往家里拿粮食。她认为他们父女俩可以把家里的粮食拿到这里，她也可以把这里的粮食拿回家里。拿，也是拿了自己的，并不算偷，也不算拿了公家的。况且如今唐七羊不在保管室，正是好机会。于是，她马上动手，挖了二升米，包在内衣里。她还要再挖，忽然听得院里有人走动，连忙稳稳地把缸盖好了。

唐七羊进来了。这一阵儿，他是在北库房里检查种子来着。他一见七羊婶，觉得稀罕，便问："小翠不在？"

七羊婶笑眯眯地说："她到乡里开会去了。我给你送饭来了，看冷了，快吃吧。"

唐七羊见她今天有说有笑的，忽然变了样，觉得奇怪，想问个究竟。他问道："今天是哪阵风儿把你刮来的？"

只因七羊婶怀里抱着赃物，觉得在这里不宜久留，只说："哪来的这些啰嗦！给你送来饭，你只说吃就对了！"说罢，头也不回，就去了。

自从这次以后，七羊婶看到送饭能往家里带粮食，有利可图，可报宿怨，她借口说今年大跃进，小翠上地累得很，不让小翠给唐七羊送饭，她亲自送起来。小翠认为妈能够说出这些话来，也算是有进步，便把送饭差事让给了她。然后，七羊婶一天送三次饭，有时得机会，有时不得机会，时间长了，得机会的时候也不少，她把保管室里的粮食——小米、红豆、麦子……陆陆续续地挖了不少，大约不下三石。她偷到的粮食全都藏在了西房里。她认为小翠他们没有发现，一直也没有进行过检查。

今天村上要唱戏，中午准备吃红豆焖饭。她到西房里去舀她偷回来的红豆，没想到丢了。再看看她偷回来的小米、麦子，也全给丢了个干干净净。她费尽心机收回这么点儿粮食来，一下子全给丢了，她的心里怎么能不难过，怎么能不吵嚷呢?

其实，她第一次拿了保管室的粮食以后，唐七羊就发现了。因为他的保管室向来没有丢过东西，那天七羊婶去了一次，偏偏就丢了米，他断定是她干的。他认为如果直接去找她要来，除了惹得她大嚷大闹一场，别无好处。反正他有老经验，就把这事告诉了小翠，父女俩想了个办法，等她逐次偷到三石多以后，父女俩瞅了个空，又把这些粮食全部拿回社里来。只怨她没有及早注意检查工作，发现得过迟罢了。

今天她骂小翠，小翠只管切菜，不理她。因为她清楚她妈现在的脾气和过去的脾气不同了。在过去，她生了气骂起来，越有别人在场，越有生人来，她骂的劲就越大，目的在于向别人说明是非，让别人同情她，替她说服唐七羊父女俩，向她投降。现在却相反，她生了气，只有在没有别人听的时候她才要骂，一见有了生人，她清楚自己的理短，怕别人议论她的不是，就不大嚷大叫地骂了。小翠断定她今天骂人的时间不会太长，因为到唐家庄看戏的亲戚们很快就会来到。

七羊婶还在骂小翠，忽然听得院里有个女人喊道："二姐，给我们做好饭了没有?"七羊婶听出来这是她娘家兄弟媳妇的声音。听见亲戚们来了，她连忙停了骂，强装笑容，迎出院里来，笑道："看你们多积极！唱戏的还没来到，你们倒先来了!"

四花说："我偏不是来看戏的，我是来看望二姐的！——二姐，我听见你在屋里骂，你是骂谁哩？"

七羊婶只好支吾几句，她说："还不是骂你那个宝贝外甥女儿呗，还有谁。"

"为什么又骂小翠哪？"

"因为她急着看戏，切菜切的有老拇指头来粗，看她是人不是人，看我该骂不该骂！"

小翠一听这话，连忙向四花声明道："妗妗，不要听我妈的话，她根本不是骂这个的，她是骂……"

七羊婶怕女儿揭她的底子，连忙打断她的话说："我的小娘！你少说一句行不行？"

小翠说："我说的就不多，你一个人骂了老半天，我才说了几句？"

七羊婶说："你妗妗来了，要赶快做饭！这不是说话的时候！"

小翠说："要不是妗妗来了，我还不说哩！"

"你就敢不听你妈的话？"

"该听的听；不该听的就……"

四花见她母女俩越吵越上劲，连忙解释道："算啦！算啦！我是来看县剧团的戏，不是来看你们这出'母女吵嘴'的，我不想看你们的戏，早些把这出戏煞了好不好？……"

正说着，忽然有个人喊了声"小翠"，大家抬头看时，正是小翠的未婚夫刘聚海，便说："你来干什么？"

刘聚海说："看戏嘛！"

小翠说："剧团来了？——剧团还没来到，你倒先来了，真有些积极分子！——也好，你既然来了，就先给我们评评理吧!”

七羊婶怕在女婿面前丢脸，十分着急。连忙说：“聚海，不要听她们胡说，她们没有一个好东西！——孩子，你们刘家庄的麦子打罢了?”

刘聚海说：“早就打罢了。”

以后，七羊婶又问他今年的麦季好不好，又问蚕茧收成怎么样，爹娘都好吧，他们怎么不来看戏……一个紧接一个地提了一大堆问题，目的在于不给小翠和四花说话的机会。她只管问，刘聚海只管答，小翠却在一边只管笑，把个刘聚海笑得起了疑心，只当是自己脸上哪里抹了黑。便问小翠：“你笑什么哪?我的脸上有了黑?”

小翠笑道：“嘿！你倒挺虚心，能自我检查。可惜不是你的脸上有黑，而是有些人脸上有黑，别人想提，她还不叫提呢!”

听她这么一说，七羊婶着了急，狠狠地白了她一眼，说道：“我的小娘呀！你今天少说一句行不行?”

小翠和四花见她那个着急样子，不由得一齐哈哈大笑起来。

一九五九年五月十日于并

妯娌三人

一

这几天，徐家庄五星农业社第三生产队的小队长徐广远，正跟他的三弟弟媳妇——李秋菊闹矛盾，却把他自己的女人——张春桃夹在了中间。这是为什么呢？原来，这地方有个老习惯，无论有什么事，当哥哥的都不跟弟媳妇直接说话。徐广远对李秋菊有意见，他不直接向李秋菊提，只是通过张春桃，让她向李秋菊传达他的意见。李秋菊对徐广远有意见，她也不直接提，也是通过张春桃，让她传达自己的意见。这么一来，张春桃夹在中间，她向自己的丈夫传达李秋菊的意见的时候，徐广远就骂她一顿；她向李秋菊传达徐广远的意见的时候，往往也要受到李秋菊的批评，使得她两头受气，好不为难。

徐广远和李秋菊闹的是什么矛盾呢？说起来话就长了。

原来，李秋菊今年二十六岁了，她是个共产党员。在她结婚后的头二年里，工作和劳动都很积极，在支部里被评选为模范共产党员，在农业社被评选为一等劳动模范。第三年她养了娃娃，也不能做工作了，也不能参加生产了。她只想得迟二年等孩子长大就好了。谁知以后她又养了两个孩子，什么也干不成了。因为孩子们的拖累，不能参加工作和生产，李秋菊的心下很不满意。她有心把孩子们委托给婆母——徐大妈，只因徐大妈是个只管做家庭“领导”工作，不管做实际工作的人，办不到；有心把孩子们委托给两个嫂嫂，大嫂有六个孩子，二嫂有四个孩子，比她的孩子还多，跟她一样劳累，也办不到。到了来，她这个共产党只能做看孩子、做饭、做针线的活儿。因此，她常常跟干部们发牢骚，说是她这个共产党员没价值。她虽然终日忙着家庭事务，每时每刻却都忘不了她是个共产党员。她认为她不能参加工作和生产，支部会却不能不参加。每逢支部开会，总不肯少去一次。可是她每一次都不能参加到底。因为她总是带着三个孩子到会的，在会议期间，不是小的哭，就是大的闹，党员们开会是一个一个发言，她的三个孩子却是齐声吵嚷，三个孩子闹起来比支部大会开得还要红火得多，往往会影响会议的进行。一开到这等地步，大家就要劝李秋菊离开会场，李秋菊没法儿，只好带着三个孩子愤愤不平地回家去。因此，她常常这样想：新中国解放女性哩，男女平等哩，参加劳动生产哩，难道我参加了那么二年生产，这一辈子拴在这个家里就算拴死了？她由自己想到她的两个嫂嫂，两个嫂嫂的光景跟她的光景一模一样。由两个嫂嫂想到全社里许许多多的妇女，许许多多妇女的光景都跟她一样——都是初结婚以后参加一年或者两年农业生产，一有了孩子，就拴到家里了。社里虽然经常有上地的妇女，只是一些没结婚的姑娘们、初结婚的新媳妇和没有孩子的妇女。有一天，她又想到这个问题，越想越生气，就编了一支歌儿：

妇女参加生产，
最多不过两年，
怀里有了娃娃，
别想出门见天！

李秋菊每天唱这支歌儿，唱得久了，她的两个嫂嫂和社里许多有孩子的妇女们也听会了，也经常唱。不过，她们唱歌是唱歌，不能参加生产还是不能参加生产，并不解决问题。

到了一九五八年，一个全面大跃进，社里的男社员们有的到别处支援修水库，有的去修铁路，有的参加了社办工厂……全社三百多个男劳力就走了一百二十多名，差不多减去一半。就拿徐广远一家来说，他们弟兄三人，他的两个弟弟——老二徐广道到青石湾修铁路去了，老三徐广达到混泥河修水库去了，三个就走了两个。人少了，农业生产上自然要发生困难。在这种情况下，别队的队长都是鼓足干劲，大闹技术改革，苦干实干，以少胜多，独有徐广远这个队长跟人不一样。他看到他们队的劳动力越来越少了，农业生产上发生了困难，他不是想办法克服困难，而是到处喊叫困难。每日里，他一见社主任杨红山的面，就要愁眉苦脸地说："老杨，你想办法换换我这个队长吧，咱干不了！"

杨红山知道他不是干不了，而是嫌兵马少。就问他道："你说咱们支援混泥河水库应该不应该？"

徐广远说："谁家只凭一个社的力量能修个水库，我又没有说不应该呀!”

杨红山说：“好。你说到青石湾去修铁路应该不应该?”

徐光远说：“修好铁路，大家便利，我什么时候说过不应该?”

杨红山说：“这就对了。咱们如今劳力少，应该想办法克服困难，老喊叫困难不解决问题！……”

徐广远虽然喜欢喊叫困难，可也是个通大理的人。杨红山这么一说，他就没有可说的了。可是他到地里，看见他们队里的人马那么少，想起地里的活儿那么多，又感到困难了。一打地里回来，就又去找杨红山，跟他要劳动力。只因要了几次也没有要到一个劳动力，徐广远生了气，不直接找社主任了，就在大街上观音阁前出了一张大字报。他在大字报上写道：

说困难，道困难，
说起困难说不完：
各种工作加几倍；
精壮劳力减一半，
能干活的快走光；
能吃饭的都还在。
应名咱是当队长，
有将没兵不会干。
我向社长提意见，
把我这队长换一换！

徐广远

看到这张大字报的第一个人，是徐广远的老二媳妇王夏莲。张春桃、王夏莲、李秋菊，她们妯娌三人向来相处得很好。在她们三人之间，老三媳妇李秋菊虽然是最小的一个，只因她做活儿手巧，待人处事特别忠厚，遇事很有主见，两个做嫂嫂的碰到任何事都要向她汇报汇报或者请教请教。这次也不例外，王夏莲看到那张大字报以后，连忙跑到东房里跟李秋菊说："老三家，街上又出了一张新大字报呀！"

李秋菊忙问："什么大字报？"

"是小看咱们妇女的大字报！"王夏莲说着，就把那张大字报的内容念了一遍。她又说："我觉得他写那'能干活的快走光'，那是指的男人；'能吃饭的都还在'，那是指的妇女。你说气人不气人？难道咱们整天价什么也不干，就是坐着吃饭来着？"

李秋菊听她这么一说，觉得这张大字报简直是侮辱妇女，十分生气。连忙问道："是谁写的？"

王夏莲说："你猜是谁？——就是咱们家的老大！"

"是老大写的？他向来就看不起妇女，这也不奇怪。看大嫂跟着他变成什么人了。前几年她在老大的面前还敢高声说句话，如今她见了老大连大气也不敢出一口了。不知道大嫂在不在家，叫她来咱们一块儿研究一下。"王夏莲说："在哩。"说罢，就跑在门口，朝着西房喊道："大嫂，你来！"

张春桃在西房里应了一声，就跑着来了东房。她一见王夏莲和李秋菊两个人都是满面怒气，只当是对她自己有了什么意见，先害了怕。连忙问："叫我有什么事？"

王夏莲说："老大出来一张大字报，说咱们妇女都是吃饭的，你知道不知道？"

听她这么一说，把张春桃吓得什么似的，连忙声明道：

“这个我可不知道呀，那是他一个人出的……”

李秋菊笑道：“看把你吓得那个样子！——老大出大字报当然不会跟你商量。我们叫你来，主要的不是问你这个。我的意见是咱们也出一张大字报，好好把老大的思想批判批判。人家前进社不是成立了农忙食堂和托儿所吗，我看咱们也应该提个意见，让社里成立托儿所、幼儿园，成立社员食堂，解放妇女劳动力，克服生产上劳力不足的困难。你们俩同意不同意？”她说罢，王夏莲是积极赞成，张春桃却唧唧哝哝地说了老半天，也没有说清楚她到底是赞成不赞成。因为她平日里害怕的就是自己的丈夫，如今却要自己署名出大字报，批评自己的丈夫，她害怕徐广远看到这张大字报以后跟她闹纠纷。李秋菊是个干脆人，见不得说话吞吞吐吐的人。她见张春桃半天说不清一句话，便追问她道：“你是不是怕老大骂你。你如果害怕，就不写你。”

张春桃说：“如今社里的人马那么少，地里的活儿堆得那么多，咱看见也着急，只要能把做饭、看孩子的问题解决了，咱也愿意下地呀。”

李秋菊没好气地说：“我早就知道你愿意。现在不是叫你说这个，我们是问你同意不同意写大字报!”

张春桃见李秋菊生自己的气，她自己也很着急，可又下不了决心。她又说：“老太太有些儿小看人啦！我受他的气还少哪？我对他的意见可大啦！你们又不是不知道。”

李秋菊见她老不往正题上说，又好气又好笑地说：“我的大嫂呀！你怎么是这么个人，你能不能说句干脆话！”

张春桃怕她俩对自己不满，下决心要说句干脆话，谁知话到嘴边，又变了样，她说：“我听说光明社也成立了社员食堂和托儿所，只要咱们社能办到，咱们下地干活儿总比在家里七头八绪的好。况且农业上实在是缺人手呀！”

王夏莲见她还是这样，也着了急。她跟李秋菊说：“老三家，不要细跟她说了。等她一辈子也不会说出一句干脆话儿来。你只管写吧，也把她写上，我负她的责！”

李秋菊也不愿意再跟她啰嗦，就动了笔。张春桃也有心给徐广远提意见，又害怕挨他的骂。一听说要写她的名字，心里早已嘀咕起来。想不让她俩写自己的名字吧，又怕她俩说自己太没出息。她这人遇到芝麻大一点儿事，也要吓得发抖。这时，她站在王夏莲的背后早已抖得如同筛糠一般，想提个意见不要写她的名字，抖得连话也说不出来了。正在这时，忽听院里有个孩子“哇”的一声大哭起来。她听出来是她的五孩子——小胖哭的，自古道“儿是娘的连心肉”，儿子一哭，做娘的心就要疼。她一听见小胖哭，就连忙跑到院里去了。

二

张春桃跑到院里一看，只见小胖躺在地上打着滚儿疾声大哭。她连忙跑过去抱起来一看，小胖的脑门上磕得肿起个大疙瘩。她连忙把小胖抱起来，一面用手给他揉疙瘩，一面追查把小胖磕伤的原因。她生着气问小胖道：“我的小爹，是谁推倒你的?”

小胖哭着说道：“是小香。”

小香是小胖的姐姐，只比小胖大两岁，今年才五岁。张春桃听说是小香推倒的，并不问小香的罪，便喊起宝香来。因为宝香是最大的，带弟弟妹妹是她的任务，弟弟妹妹之间出了问题，不管她是不是参与者，都该她负责。

宝香今年十三岁了，年岁虽然并不大，只因她是张春桃最大的一个孩子，她跟着这个“大”字不知吃了多少冤枉亏，受了多少冤枉气。张春桃因为又要做饭，又要带六个孩子，又要做八个人的衣服鞋袜，忙不过来，就把宝香当大人用，做了她的助手。因此，宝香从十岁上起，就当了家里的小保姆（带弟弟妹妹），还兼任着小针工（替妈妈拧麻绳，给弟弟纳小鞋帮）和小伙夫（替妈妈洗锅碗、切菜等等），哪一样做不好，都得挨一顿骂，挨巴掌的时候也不少。特别是弟弟妹妹之间出了问题，不管是她的过错不是，总是骂她的时候多。有时候，张春桃受了徐广远的气，她不敢在徐广远的面前论长短，辩是非，只好在孩子们的身上出气，出气的对象也总是宝香，因为她是大的。宝香常常受冤枉气，这是一方面，另一方面，因为她要在家里担任那么多的事务工作，也就不能上学了。她看见别的孩子们能上学，她不能，很不高兴。去年有一次，她偷偷地去上了半天学，张春桃痛痛打了她一顿，她再也不敢往学校里跑了。

再说张春桃喊宝香，喊了两声也没人应声。又喊了两声，只见宝香打厕所里出来了。她明明看见宝香是打厕所里出来的，还要问：“我的小娘呀！你到哪里去来?!”

宝香见出了问题，先害了怕。连忙说：“厕所。”

因为宝香上了厕所，小香推倒小胖的事，她本来不该负责。可是，张春桃心中有气，既然有气，就得在宝香的身上出。没理由她也找了个理由说：“就那么恰好，为什么早不上厕所，迟不上厕所，偏要在这时候上厕所！——过来！”

宝香本来觉得自己很冤枉，可是她也没有再争辩，因为她知道跟她妈讲理是讲不通的。本来她也知道过去要挨打，可又不能不过去。因为她摸她妈的脾气，这会儿躲过，等会儿抓住你还得挨补充打。不过，她为了少挨几下，也有一个办法，就是看见妈妈要打她的时候，就趁早大喊大叫，一喊叫，奶奶和婶婶们就会出来救驾。这次也不例外，她一边往张春桃的身边走着，还没有挨到巴掌，就预先喊道："妈呀！我再也不敢了！我……"

宝香喊着喊着，巴掌早已落在了头上。于是，她就把嗓子放大哭起来。她一哭，徐大妈和王夏莲出来了。王夏莲连忙把张春桃拉住，说道："你呀！就会打宝香！一点点小事嘛，何必生那么大的气哩。宝香，你快领小胖玩儿去吧。"

宝香听她二婶这么一说，连忙抱了小胖，出大门走了。这时，徐大妈才说："没见过你们这些年轻人，动不动就是个打。你们带过孩子，我也不是个没带过孩子的人！——你才有几个哪？也不过才有六个，我带大八个孩子，还没有像你那样欺负过孩子哩！照你这……"

王夏莲忙说："妈，没有多大事情，你回去吧。"又拉着张春桃说："大嫂，走，去看看咱们的大字报。"就拉着她去了东房。

这时候，李秋菊早已把大字报写好了。一见两个嫂嫂进来，就说："我写了两首呀。快听，我先给你们念念，看行不行。"便念第一首道：

天也高来地也宽，
妇女们的路儿偏偏短；
放下针线抱娃娃，
放下娃娃动锅碗，

忙忙乱乱一整天，
总在三间屋里边。
有时虽然也出门，
不过是下来锅台上磨碾。
社会主义大建设，
也为女来也为男——
男的干劲冲破天；
女的有翅不能展。
希望成立托儿所，
还应办个幼儿园，
再买几架缝纫机，
社员食堂也应办。
腾出妇女一双手，
定到田野干一番！

张春桃、王夏莲、李秋菊

又念第二首道：

徐广远，眼光短，
开口只会讲困难。
口口声声劳力少，
几百妇女忘在脑后边。
劳力少了有何怕，
工作多了有何难！
男劳动力不够用，
解放妇女下田干。

让俺妇女上了马，
保证工作没困难，
凭它困难比天大，
一脚踢开不理睬！

张春桃、王夏莲、李秋菊

王夏莲听罢，只乐得拍手叫好。因见张春桃呆呆地站着，没有表示态度，便问她："怎么？不同意？"

张春桃说："不是不同意，就是写上我的名字，怕广……"

王夏莲说："你要是怕老大看见，干脆，把你的名字去掉好不好？"

李秋菊这时说："为什么要去掉？如果她不害怕老大，倒可以不写；她害怕老大，我们才偏要写她的名字。写上能怎么？他又吃不了人！——大嫂，如果老大批评你，你来找我，我替你想办法对付他！再说，你也应该锻炼锻炼啦，老那么窝囊气，到什么时候才是个了呢？——走，咱们到街上贴大字报去。"

于是，妯娌三人拿了大字报，直奔大街观音阁前面而来，把两张大字报贴在了徐广远那张大字报的旁边。

三

因为那两张大字报上写了张春桃的名字，她回到家里干什么也干不在心上了，老觉得好像马上就有大祸临头似的，一颗心咚咚咚地只管跳。她好像傻了一般，看见小香，却叫小胖；心想着到米缸里去舀米，却到面缸里舀了一碗白面；明明是下午，她总觉得还没有吃午饭，心绪十分烦乱。天一黑，徐广远回来了。她想道：如今天已经大黑了，也许他还没有看到那两张大字报。她认为只要他现在还没有看见，今天晚上先能混过去。心是这么想，她却没胆量看看他的脸，生怕在他的脸上看到对她不利的东西。因此，她装作没事人一般，给他盛好一碗饭，端在他的面前，说道："趁热吃吧，看凉了。"

徐广远怒气冲冲地说："我自己会舀！你如今也会写快板啦，也会贴大字报啦，也会给人提意见了，已经成了了不起的人物了，咱还敢吃你的饭！别说是舀饭，我看以后连做饭也不敢让你们做了！……"

他还一直往下说，张春桃早已吓得筛起糠来，连一句话也回答不上。后来她想起李秋菊的话来，觉得以后不应该太窝囊气，才鼓了鼓勇气，吞吞吐吐地说道："那，那不是我写的，那，那是老三家写的。"

她的话还没有落音，只听"喀嚓"一声响，徐广远端起那饭碗往地上狠狠地一摔，滚热的一碗饭倾泻在地上了。他同时大发雷霆地骂道："你说得好听！既然不是你写的，大字报上张春桃的名字是我写上的？——你还想给我提意见哩，你既然有本领，你拿口刀来杀了我！你们到地里也能顶个人用，凭你们能克服了种地的困难，蚂蚁也能拉犁耕地了！……"

这么一来，张春桃再也不敢开口了，只好规规矩矩地挨骂。

徐广远每天愁的就是没劳力问题，张春桃她们妯娌三人既然提出了上地的要求，正是克服劳力不足的好事，徐广远不只不表示欢迎，为什么还要发这么大的脾气呢？这是因为：第一，她们妯娌三人不该用大字报批评他小看妇女的思想；第二，他确实看不起妇女。他出大字报要劳动力，本意要的是男劳动力。他认为如果她们妯娌三人不出那两张大字报，社里边或者也有可能给他的小队拨几个男社员，就能解决些问题。这么一来，假如社里真的听了她们的话，办了食堂和托儿所，让妇女们上了地，妇女们顶不了大事，也要不到男社员了。因此，他对这件事特别不满意。他越骂越来劲，张春桃越听越害怕，正在无可奈何的时候，徐大妈进来了。张春桃一见婆婆到来，像得到了救星一般，心才跳得慢了点儿。因为在过去，徐广远骂起她来，除过婆婆批评批评他能顶点儿事，任何人也不解决问题。

徐大妈也知道张春桃很老实，是个好媳妇，她也反对儿子对媳妇那种不和善的态度。只要她听到儿子骂媳妇，她就要来训子，救媳妇的驾。这一次，她也是为着这个来的。她一进来，就逼着徐广远说："你呀！你怎么老不改！怎么好端端地就要骂人！嗯？你给我走！"

按她的经验，只要把儿子撵走，就没事儿了。往日里，她叫儿子走，儿子不敢不走；这一次却不同了，徐广远没有走，只说道："妈，不是我要骂她呀，是她们太有些儿不知道天高地厚了……"接着，他就把她们妯娌三人如何出大字报，她们如何要求成立托儿所、裁缝所、社员食堂的事，详详细细地说了一遍。他这么一说，没想到真的把徐大妈说服了，徐大妈的态度马上转了个弯，回头责问张春桃道："春桃，这是真的？嗯？把孩子都送到托儿所去，还要你们干什么用哪？嗯？你们连饭也不想做了，你们想干什么哪？嗯？你们这些年轻人呀！……"

徐广远见他妈也说起张春桃来，他的劲头更大了，越发怒骂起来。张春桃见婆婆今天的态度也变了，一下子摸不着头脑，浑身又抖索起来。

你道徐大妈今天的态度，为什么忽然又变了？这里需要作个交代。

原来，徐大妈一生抚养了三个男孩子，五个女孩子，她把这八个孩子抚养大，真不是一件容易事。想当年孩子们小的时候，她的老伴儿还活着，一家十口人，做饭当伙夫，看孩子当保姆，做衣当裁缝，全由她一人担当，一天到晚，一年到头，忙忙碌碌，辛辛苦苦，不知费了多么大的精神，才算把孩子们抚养大，该娶媳妇的都娶了媳妇，该找女婿的都找了女婿，到如今，外孙儿男男女女共有十六名，可以编一个大班；孙儿孙女共有十三名，也可以编一个小班。真是子孙满堂，好不热闹。

徐大妈过去虽然吃苦不小，自从她由当媳妇高升一级——当了婆婆以后，关于做饭、缝衣等等事务逐渐减少下来，就轻闲了许多。以后，她又由当婆婆高升一级——当了奶奶，再加上年岁也大了，就把一切家庭事务工作推了个干干净净，专门做家庭“领导”工作了。本来，她的家里的一切事务，有她的三个媳妇商量着办，是完全可以办得了的。可是徐大妈还不肯丢掉家庭事务工作的“领导”权，事事都想沾一手。媳妇们给孙孙们做衣服，该买什么样的布，该做什么样的衣服，都得通过她。一天三顿饭，每顿该做什么饭，该下几升几合米，该炒什么菜，也得通过她。孙孙们淘气的时候，哪个媳妇敢打他们一下，她就要自做家庭法官，问哪个媳妇的罪，替孙孙们争争光，出出气。她认为管管这些，是一个老年人分内的事，只有这样，才心满意足。她心满意足，媳妇们可不满意。因为徐大妈领导家庭事务工作，不比社里干部们领导生产工作。社干部领导生产，遇事就召集大家开会，让大家讨论、提意见，你不提意见，干部们还要动员你、启发你，让你提意见。徐大妈领导家庭事务工作的办法却不同，无论干什么，她说一是一，说二是二，说得对也是对，说得不对也是对，只有她说的，没有媳妇们说的。她又不害怕年终鉴定受批评，也不怕媳妇们反她的官僚主义。这么着时间长了，除过李秋菊有主见，没受什么影响，像张春桃、王夏莲二人，见了别人都也能说会道，一见婆婆的面，就变成了没嘴葫芦儿。这也是媳妇们不愿意老待在家里的原因之一。

徐大妈这个所谓家庭领导者，并不是民主选举的，而是自己想干的。只要她自己愿意干，是任何人罢免不得，会永远干下去的。她做梦也没有想到媳妇会提出成立社员食堂和托儿所的意见来。因为社里如果真的办了社员食堂和托儿所，她就会丢掉家庭领导权，变成个空头“领导”者，哪里会满意。她认为如果真的到了那一天，她整天价没有个说的，媳妇们也不由她管了，哪里还像个当婆婆的样子？因此，她也站在徐广远的立场上，批评起张春桃来。她把张春桃数落了一顿，便回了北房，她也不管儿子骂不骂媳妇了。临走时，她对徐广远说：“这事可不能由她们！她们连饭也不想做了，她们想上天就是没有路。你去把她们的大字报给我揭回来！”

徐大妈认为只要是媳妇们干的事，全由她管，根本不懂得出大字报的事是她管不得的。她不懂，徐广远却是懂得的。他知道那两张大字报既然贴出去，就不能随随便便地揭掉它。不揭掉，心里又不痛快，便又骂起张春桃来。

张春桃挨着骂，吭也不敢吭。正在这时，院里有人叫徐广远到社里去开会，徐广远走后，她才松了一口气。

徐广远刚走，就听得王夏莲在东房里喊道："大嫂，你来！"

张春桃想道："坏了，她们两个又要批评我窝囊气了。"她怀着鬼胎离开西房，慢悠悠地向东房走去。

四

张春桃进到东屋里一看，只见李秋菊坐在床沿上，抱着她的最小的一个孩子喂奶，满面怒气，眼珠儿转也不转。知道是对自己不满意了。再看看坐在椅子上剥豆角的王夏莲，只见她目光直射天花板，嘴撅得天来高，可以拴驴。张春桃知道那是鄙视自己的表情，不知该如何是好，自然又不会说话了。王夏莲等着张春桃先开口，看她有什么可说的，她一直绷着不开口。只因绷了一大会儿，张春桃也不开口，她就绷不住了。便用轻蔑的口吻问道："大嫂，你今天又打了个大胜仗？"

王夏莲的话本来是讽刺她，可是她还是老老实实地说："打胜仗！——人家差一点没有把我吃掉！"

王夏莲没好气地问："怎么？老大又打了你？"

"他打破一个碗。"

"打破一个碗，你的身子又不疼，你为什么要怕成那个样子？"

"他骂我不该给他出大字报。"

"你是怎么回答的？"

"我说是老三家写的，不是我写的。"

"已经写了你的名字，你把这个责任承担承担吧，怕什么呢？——你就会拉扯别人！"

李秋菊连忙说道："她说是我写的，这倒是真的。问题不在这里，主要是怨她太没出息，没有把咱们要求办社员食堂和托儿所的理由好好给老大讲讲。"她问张春桃道："大嫂，你同意不同意办食堂和托儿所？"

张春桃说："咱在家里又做饭又带孩子，一天价累死累活，谁还愿意老这样！"

"你同意不同意到地里干活儿去？"

"如今社里人手那么少，咱们不出马怎么行呢？"

"你什么都知道，为什么不拿这些讲给老大听听呢？"

"人家张开嘴能吞下个人，你们又不是不知道。咱不张嘴，人家还欺负得咱不行哩；咱再要多嘴，还不知道要怎样欺负人哪！"

"过去就是因为你不敢还他的话，他的威风才大了的！以后你大着胆子跟他讲理，看他能把你怎么样？"

张春桃觉得李秋菊的话很有道理，她想道："是呀，你不敢说话，他看见你没本领，他才越要欺负你；你大着胆子跟他讲理，他能把你怎么样？大不过是骂你一顿吧。可是，你不说话，他还不是照样要骂你。因此，她决定今天晚上等徐广远回来，要好好跟他讲讲理。谁知她回到西房以后，一直等到半夜也没有等回他来，就先睡下了。睡下以后，因为一直考虑着如何跟徐广远讲理的问题，怎么也睡不着。只等徐广远回来以后，她又害怕跟他接了嘴，说他不过，白白地再挨一顿骂，又不敢开口了，只装着已经睡熟的样子，动也不敢动一下。

次日天亮，一家人起床以后，张春桃看见徐广远的脸色很不好，断定他马上就要开始发脾气骂人了。没想到等了老半天，他也没有开口，只是隔了一会儿，长长出了口气，隔一会儿，长长出一口气。一见这种情形，她又猜定一准是昨天晚上他在干部会议上受了批评，因为往常他在会议上受了批评，回到家里总是这样的。

张春桃猜得很对，昨天晚上，徐广远确实受到了大家的批评。原来，自从李秋菊她们妯娌三人贴出那张大字报以后，很快就有许多男女社员写了大字报，一致拥护她们三人的意见，要求成立社员食堂和托儿所，让妇女们从家庭事务里解放出来，参加农业生产，以克服劳力不足的困难，完成农业生产大跃进任务。还有一部分社员写大字报，要求向河北省徐水县学习，干脆成立人民公社。社干部们看到这些大字报以后，就在昨天晚上，开了一个干部大会，批评了徐广远的错误思想，一致决议要办人民公社和社员食堂、托儿所。

今天大早，社主任和支书正准备到乡里去商讨办人民公社的事，还没有动身，就接到乡里的电话，通知所有党员、团员、各级干部和积极分子一齐到南堡镇去开会。干部们又连忙通知大家到南堡开会去了。

干部们整整开了一天会，在太阳偎山时分回来了。开会的内容就是成立人民公社。他们回来以后，大会小会，一连开了好几个会，全体社员都同意成立人民公社，办社员食堂和托儿所、幼儿园，还有人提出来要求办缝纫所。于是，干部们忙了几天，在八月十八日，徐家庄五星农业社和附近的十一个农业社联合起来，成立了一个人民公社。五星社成了这个公社的第四中队，徐广元领导的第三生产小队，仍然是第三生产小队。同时，第四中队办起了社员食堂、幼儿园、托儿所和缝纫所。这么一来，徐家庄有二百四十名因为做饭、看孩子不能上地的妇女，都能上地了。宝香也解除了带弟弟妹妹的职务，上了学。因为增加了女劳力，就得重新编编队。在编队的时候，原则是男人在哪个队，女人也在哪个队。因此，李秋菊她们妯娌三人当然该编在徐广远领导的第三小队了。

李秋菊她们妯娌三人眼看能上地参加生产了，一个个高兴万分。开罢编队会，三个人回到家里，王夏莲斜着眼看看张春桃，只见她高兴得连嘴也合不拢来，跟往常大不一样了。张春桃告李秋菊："老三家，我死能睡，明天早上你可早点唤醒我呀！"王夏莲插嘴说："看你那个劲，你现在就下地去吧！"

张春桃说："去就去，哪个狗才不愿意哩！"

李秋菊说："算啦，以后只要有力气，有你的用武之地了，急啥哩！"三个人说说笑笑，直到五更鸡叫才休息了。

在编队的时候，张春桃和王夏莲又有了新的意见。她们二人找到李秋菊，提出来不愿意在第三小队，理由是徐广远思想保守，看不起妇女，态度不好，跟他在一个队里干活儿，挺别扭，同时难免会常常挨他的骂。李秋菊的看法却不同，她说："老大看不起我们，我们才偏要跟他在一个队里干，让他亲眼看看我们到底顶事不顶事。况且这是咱们第四中队的统一规定，咱们就应该按中队的统一规定办事。说到老大的态度，那也没有什么可怕的。只要咱们做出成绩来，只要咱们不做错事，他也没有办法。"

王夏莲说："对，老三家的意见也有道理，咱们就在第三队吧。"

张春桃说："你们怕不愿意哪，老大发起脾气来又不在你们的头上发。"

李秋菊说："你不要老怕他发脾气，以后你胆子放大一点儿吧，怕啥呢？"

只因三个人有两个人的意见一致了，张春桃也没有办法。

因为各小队都要选妇女一人做副小队长，专门领导妇女，第三小队选上了李秋菊。

再说徐广远眼见没有讨得一个男劳动力，只是增加了二十几名妇女，心里自然不痛快。他为了让事实说明妇女上地不顶大事，就想了个鬼办法，专门分出一百二十亩秋田来给妇女们，让她们单独去干，等她们完不成任务的时候，他就有话可说了。

他给妇女们分活儿，本应该找副队长李秋菊商量商量。可是他不只没找她商量，他独自个儿把地分开，连通知也没有通知她一声。本来，这地方哥哥不跟弟媳妇说话的习惯，只是指的不说乱七八糟和开玩笑的话，有工作、有正话还是可以说的。只因徐广远清楚出大字报的事是李秋菊带头干的，他最恨她，就连正话也不愿意跟她说一句。他只是对张春桃说："你去告说老三家，白杨凹的一凹玉茭地跟山羊坡的一坡谷地，是分给你们妇女干的。连耨带上追肥，都是你们的事。"

张春桃听说分给了她们活儿干，心里很高兴。连忙跑到东房里跟李秋菊说："老三家，现在可好了！"

李秋菊见她那样高兴，忙问："什么事？"

张春桃说："老大给咱们分配下活儿了。"她就把徐广远说的话，原原本本地说了一遍。

李秋菊听罢，没好气地说："关于这件事，老大应该找我来说，跟我商量商量才对，他怎么这样省事？——大嫂，不是我每天价只会批评你，你也太有些儿老实了。不管是什么事，你也听他的？"

正说着，王夏莲也来了。她问清又有什么事情以后，也生了气。她说："这可不成！地里又要耪，又要上追肥，还得担粪——耪地可以，咱们多年没上地，初次上地单独干怎么能干得了呢？只说担粪咱们就担不了。假如男女合在一块儿干活儿多好呀！男人们担粪，咱们耪地，不是正好吗？"

李秋菊说："我觉着这倒不算什么问题。如今青年小伙子们都不在，队里的男社员大部分的年岁比较大一些的，怎么能让他们担粪呢？咱们也应该锻炼着干一干哪！"

正说着，忽然听得一阵锣声响亮——社员食堂开饭了。

妯娌三人到食堂里去吃饭，一出大门，就看见徐广远在前边走着。李秋菊想道：他是队长，我是副队长，恐怕以后每天每日都得跟他在一块儿研究生产工作，互相不言语怎么能把工作做好呢？他不跟我答言，我应该先跟他说话。因此，她连忙向前跑了几步，赶上他，装作什么也不知道的样子，问道："大哥，吃过饭就要上地干活儿了，可是咱们还没有研究干什么活儿哩。你说咱们什么时候研究？"

李秋菊说罢，等了老半天，既不见回头，也不见他答言，好像根本没有听见似的。

这两天，徐广远把李秋菊几乎当对头人看待了，哪里还愿意跟她吭声儿说话。也认为他不回言，也不怕她提意见，她如果敢提意见，说自己闹成见，他就可说是因为大伯小婶关系才不答言的。因此，他只管若无其事地向前走去。

李秋菊见他不答言，知道他是在生自己的气。他认为他在工作上闹私人成见，是很不像话的，她自己也有点儿生气。不过她为了工作，还是忍住胸中之气，又问道："大哥，马上就要上地了，咱们研究研究干什么活儿吧。"

徐广远还是不言语。她一连又问了两遍，他只是不理睬。

于是，李秋菊着实生了气，大声说道："没见过这样的干部，拿工作开玩笑，问你三番五次也不答一言，官僚架子可不小！"她说过这一番话，认定徐广远一生气，准会开口的，没想到他还是一言不发。她没奈何，只好作罢。她站住等张春桃和王夏莲走过来以后，生气地跟她俩说道："没见过这种人！把石头扔在河里，还能听到个响声；一连问了他四五遍，连个屁也没有放一个！"

张春桃很有经验似的说："我就知道他不会理你，你要寻着去讨没趣。就不知道他是个什么人！你们每天说我没出息，要是你们是我，我看也一样，照样会把你制得变成个哑巴！"

李秋菊说："那可不一定！如果我是你，早就把他看不起妇女的病治好了！"

王夏莲说："别说这些了，快说吃罢饭咱们该怎么办哩吧！"

李秋菊说："先下地干活儿。等将来再跟他算老账！"

五

到了食堂以后，李秋菊提意先给徐大妈往家里打饭。张春桃说："你去给妈送饭吧，我不去。"你道她为什么不肯给徐大妈送饭？因为自从成立了社员食堂和托儿所，徐大妈觉得就像失了业一般，十分无聊，心里好不痛快。因为心中有事，就得找个地方发泄。平素里因为李秋菊做活儿手巧，对婆婆殷勤孝敬，总不肯说李秋菊不好，因为张春桃没出息，有气的时候总是在她的头上出的。徐大妈也清楚这次闹得她"失业"，"主犯"是李秋菊，可是她骂起来只骂张春桃，只是在骂张春桃的时候，捎带着说几句隐隐闪闪的难听话让李秋菊听。因此，张春桃不愿意多见婆婆的面。李秋菊说：“你不去我去。”说着，就打了饭送回家去。

因为徐大妈对食堂不满，食堂的饭假如做得不大好，她就挑剔许多毛病说下一堆；假如做得好，她也要故意挑许多毛病。

今天早上，食堂里吃的是煮疙瘩。李秋菊把饭打回去以后，徐大妈虽然没说她什么，却也发了不少牢骚。煮疙瘩本来并不大，她却说：“看这疙瘩有多大，我当是煮了几颗大皮球！”她在汤里挑到一根没有绣花针那么大的小谷草棒，又没好气地说：“这是什么？怎么把盖房子的老梁也煮到锅里去了！”

李秋菊知道她是故意挑毛病，去笑着说：“妈，不怕。他们没有做好，我可以替你给他们提个意见。”说罢就走了。徐大妈还想再多挑剔几句，也没有对象了。

吃罢早饭，李秋菊就领了一队女将到白杨凹地耨玉茭去了。在干活儿当中，李秋菊再三吩咐大家要把活儿干好，一来为了保证完成今年的增产指标；二来要防止那些看不起妇女力量的人来挑毛病。大家虽然已有几年没上过地，在没有孩子以前也参加过地里劳动，已是老行手了，没有什么不会干的。况且大伙为了完成今年的跃进生产指标、为了做出样子让保守派看看，都很听李秋菊的话，干得又快又好。

干到半前响，王夏莲忽然发现白杨坡上来了一个人，细细一看，却是徐广远。她连忙对秋菊说：“老三家，快看，老大来了。”

李秋菊向坡上看去，果见是他来了。心下想：他为什么要到这里来呢？———定是来检查我们干的活儿来了。她连忙对王夏莲说："二嫂，快传给大家，叫大家努力干，再锄得好一些。"

王夏莲说了一声"是"，就把话传开去，大家的干劲越大了。张春桃为了让男人看看自己到底顶用不顶用，锄得更是带劲。

徐广远来到白杨凹地里，谁也不找，就在李秋菊她们刚锄过的地里窜来窜去，寻找起毛病来。你道他为什么要来寻毛病：第一，寻她们几点毛病，回到村上扩大宣传一下，以证实妇女上地不顶事，克服不了劳力不足的困难，好再向社里要男劳力；第二，因为早上李秋菊在大街上嚷着批评他是官僚主义，直到现在还记在心里，想特别多寻李秋菊一些毛病，好好地报复报复她。因此，他在李秋菊锄过的行垅里瞅得特别仔细。瞅来瞅去，瞅了老半天，只寻到一株很小很小的苦菜幼苗。以后，他又在别人锄过的行垅里寻了一阵，也寻到几株没锄掉的草。同时，他检查到好些个围玉茭苗的堆儿围得不圆。他终于有了话把子。

李秋菊见徐广远真的是找毛病来了，她也不在乎。她想：找毛病是好事，只有找出毛病，才能改掉毛病。因又想到她跟他都是队长，老是互不答言，对工作不利——他不找自己说话，自己应该主动找他。他今天到这里来，正是好机会。她把早上徐广远不理她那件事早已忘了干净。因此，她先停了干活儿，走在徐广远身边，说道："大哥，你好好检查检查，看我们锄的还有什么缺点，全给我们提出来，让我们改好。要知道我们多年不上地，肯定会有缺点的。"

徐广远到这里来检查劳动情况，跟副队长接头原是正理。可是，李秋菊说罢，他却理也不理，只抬起头来喊道："春桃，你来！”

徐广远喊张春桃，张春桃没有一次敢于违令，这次也不例外，早已跑着过来了。她知道只要徐广远叫她，大半是要挨批评，她低着头，等候着他的批评。

徐广远指着让张春桃看她们漏下的草，又指着让她看锄得不圆的围玉茭堆儿，一边指画，一边批评道：“这耨得像什么！都是半个堆儿，遇上大风把玉茭刮倒，完不成增产任务谁负责？——看这，锄草就是为了松土除草，土没松，草还在，像这个样子，庄稼怎么能长好呢？庄稼长不好，完不成生产任务，谁负责？我负责，还是你负责？——你能！你能！你能得上天，就是干的这样的好活儿！……”他把一株小草、个别堆儿不大圆这些小毛病，都提到很高的原则上提出了意见，目的在于吓倒李秋菊。他虽是跟张春桃讲话，目标却是李秋菊。如“你负责”，“你能”这些话，李秋菊早已听出来是奚落自己。她认为徐广远不应该把一点小毛病说得那么严重，可是她又想到：无论怎样，没锄净草，总应该算是缺点，总应该接受。因此，她没有吭气，她知道自己再说什么，徐广远也是不会理睬的了，就暗暗给张春桃使眼色，让她说话，做个检讨。张春桃怕以后李秋菊再说她没出息，准备说几句。没料想她把李秋菊的意思领会错了。他对徐广远说：“谁干活能保证不丢一棵草！就是你锄过的地里也不敢保这个险！”

徐广远见她竟敢这样大模大样地说反对自己的话，十分怒火。他厉声骂道：“你倒是放屁！你连你自己还管教不了，还想管教我哪，等再一世吧！——不行，照这样下去，绝对不行！……”他说着，就走在李秋菊新锄过的垅行里，指着他头里寻见的一棵草，对张春桃说：“你睁大眼看看，这是什么玩意儿！这是谁干的活儿，你必须给我查清楚！太不像话啦！还是领导人哩——领导人干的就是这样的好活儿！……"

李秋菊听出来是说自己，她忍不住了。她觉着既然自己没把草锄净，不管他的态度好坏，总是自己的不对。因此，她说："大哥，这几垅是我锄的。我没有把草锄净，确实是我的错误，我诚恳地接受。特别是我还是这个队的领导之一，更不应该做这样的活儿……"

李秋菊直接跟徐广远说话，徐广远却不直接跟她说话。他还是对张春桃说："干下这样的活儿，怎么能增产呢？增不了产，谁负这个责？——既然没本领，何必显那个能！嘿！'糠面不能拉面条，妇女不能往地里跑'，偏要往地……"

李秋菊听他越说越不像话了，马上说："你检查我们的工作，我们欢迎，你帮助我们指出缺点，我们更是特别欢迎，你这样辱骂我们，我们可不同意！……"

徐广远一下想不来对策，觉得再待下去没好处。就一边说着，一边走了。他走了老远还在说："就凭这样的本领还写大字报批评人呢，你也等着看我的大字报吧！"

李秋菊听得明白，知道他还是指槐说柳地奚落自己。她也说："希望早些看到你的大字报！"

王夏莲生气地说："因为几根草，他给咱们出大字报，根本没道理！我不信他锄过的地里就敢保证不丢一棵草。我非去看看不可。"

徐广远他们是在大滩地耕地的。说着，她就要到大滩地去。李秋菊心想：因为几棵草的小事，这么着互相闹腾，根本没必要，除了只会恶化互相间的关系，别无好处。因此，她说："二嫂，咱们不去，不要因为闹气耽搁了耨地！"

王夏莲说："互相检查也是对的嘛，什么叫闹气！"说着，她就走了。

王夏莲去到了大滩地，男社员们不知她的来意，都只管用奇怪眼光看着她、议论她。也不管这些，她看准徐广远锄着那一垅，就跟在后边低着头乱瞅。瞅来瞅去，果真瞅到两棵草。她也不直接找徐广远说话，只叫着另一个社员说："小六，你们快过来看看这个！"

大家不知道叫什么，连忙过去一看，却是两棵草。小六说："这有什么看头！常言说'大米里少不得有稻，锄过地免不得丢草！'这也稀罕？"

徐广远在前边锄着地，听说王夏莲也找到了他的毛病，只好装作没听见，低着头只管锄地。

王夏莲对不六说："不稀罕？——既然不稀罕，为什么我们丢下一棵草，就有人说我们妇女不是种地的材料呢？你们男人也丢下了草，难道你们也不是种地的材料？这叫什么道理？……"

她一边说着，一边就往白杨凹走，她急着要去给大家报告胜利消息。她去到白杨凹一汇报，大家都很高兴，连李秋菊也说："今天这算第一个胜仗吧！"

六

晌午，大家下工以后，徐广远没有先回家，他一个人又到白杨凹转一趟，想看看她们到底锄得怎么样，看看她们一上午干了多少活儿，比他们男人少干多少，看看她们耨的地到底还有别的什么缺点，好好地搜集一些材料，用来当做资本，回去向中队长说明，再提出给他调拨男劳力的要求。

他去那里一看，按人数、地亩平均起来一算，她们比男子队还多耨了一亩。再找别的缺点，找不出来了。他反对妇女们上地，无非是害怕妇女不顶事，干不好活儿，完不成增产任务，并非为了别的。今天一看她们干得基本上很好，先自软了三分。他回到村上以后，并没有去找中队长。

再说王夏莲她们打地里回来，一进院，就听徐大妈在北房里气呼呼地喊道："春桃，你来！"

张春桃听得徐大妈的喊声带气，先害了怕。她想道：我算是倒了霉！过一天不知要碰几次钉；不是这个碰，就是那个碰——她不喊老二家跟老三家，怎么偏要喊我呢？我看她也是软的欺，硬的怕，只挑软的欺呢。她不愿去见婆婆，就看着李秋菊，向她求援。李秋菊说："你们快洗洗脸，吃饭去吧，先给妈打回饭来。叫我去看看妈有什么事。"她说着，早已进了北房。她看见婆婆满面怒气，却装着没事人的样子，恭恭敬敬地说："妈，有什么事？"

徐大妈本来是对三个媳妇都有气，可是她的气不愿意在三媳妇的头上出，便说："没你的事，叫你大嫂来！"

李秋菊撒谎道："大嫂肚疼哩，有什么事就跟我说吧。"

徐大妈厉声说："上地不肚疼，我叫她有事就肚疼？既是上地就要肚疼，没那上地的本领，何必要上地呢？不行，她不来，我定要她来！"

李秋菊见她的气儿比往日更大了一些，不知是什么原因。见她定要叫张春桃来，一下又没了主意。

你道徐大妈今天的气为什么更大了？原来，自从李秋菊她们上地走后，她一个人在家里坐着，既没有人来向她请示该做什么饭，也没有人来向她请示该给哪个孙孙做一对什么鞋，也不见一个孙孙来向她告状，坐了半天，静悄悄、孤零零，满屋里一瞅，空荡荡的，有时候不由自主地朝院里喊："春桃"，或者喊一声"秋菊"，也没人应声，觉得无聊，觉得她这个家实在不像个"家"的样子了。她在家里发了顿牢骚，也没有人听她的，觉得不足以解心中不平之气，就扶着一根拐棍儿，出了大门，周游大街到处寻找同心合意的人诉苦去了。

徐大妈走到刘家院大门口，见刘大婶在大门口坐着，就过去坐下来，板着面孔问道："你家的媳妇也到地里去了？"

刘大婶说："还不是跟你家的媳妇们一样。"

徐大妈连忙说："是呀，都一样！看如今的媳妇们手里一不沾针，二不沾线，三不捞锅，四不捞碗，五不带孩子，六不上碾道，放下碗就往地里跑，跟男人们一样样的，哪里像是个女人家的样子呢！"

刘大婶听了她的话，没好气地说："照你说女人跟男人一样不好，难道跟男人不一样才好？依我说还是如今的办法好，像咱们当媳妇的时候，哪里能现现成成地吃一顿饭……"

徐大妈原想听她说几句同情话，消消自己心中的不平之气，没想到听了她的话气更大了。气得她嘴唇打着哆嗦地说："好，你是进步的，我是……"说着，站起来就走，直向东边走去。当她走到杨家院大门口时，又见杨老奶奶在那里坐着，就又坐下来，问道："老奶奶，你今天闲了？"

老奶奶说："我跟你一样，都成了老朽材了，不闲着还能干什么？"

徐大妈见她说话带气，认定是找对了对象，便进一步说道："老奶奶，你这句话算是说对了。咱们如今真的都成了老朽材了，一点用处也没有了！老奶奶，咱们如今应名也是当婆婆哩，这‘婆婆’二字是个空名字呀！你想，媳妇们干活儿不用咱吩咐，管米管面用不着咱，不是成了没用人是什么！咱们没用处吧，咱们老了，可惜她们年轻人长年大月地手里不沾针，照这样下去，她们的两只手慢慢就会变成驴蹄骨朵儿，连针也不会捉了……”

杨老奶奶说：“学会捉锹把不比捉针强？如今有了裁缝厂，还定要捉那个针干什么？——如今是大跃进时候，男人们修水库、办工厂，调走那么多的人，女人不出马还行？”

徐大妈听她说罢，气更大了。原来，老奶奶头里说的她成了老朽材，意思是说年轻妇女能上地，她不能上地之事。徐大妈误会了她的意思，落得又碰了个钉子，十分不满。于是，她又生气地离开了杨家院大门口。

徐大妈憋着一肚子气返回家里，一个人痛痛快快地大骂了一顿。她骂刘大婶和老奶奶不该做了“投降”派，没有对她说一句顺气话。她正在北房里大发雷霆，媳妇们就打地里回来了。她为了消消胸中之气，才叫张春桃的。这就是她今天特别生气的原因。

李秋菊见她今天的气特别大，又不跟自己说什么，她想道：她既然不肯跟我说，我不如叫大嫂进来，看看她要说什么。因此，她喊道：“大嫂，你也来吧。”

张春桃听得李秋菊喊她，只得进去了，王夏莲随后也跟了进去。徐大妈见张春桃进来，便大发雷霆地朝着她骂道：“我的老天爷呀！你们才上了半天地，就变成大老爷了，就看不起我这个老朽木头了，请也请不进来了！亏是上了半天地，要是当了大干部，管保是用八抬轿也抬不进这个门儿来了！我当你肚疼来着？肚疼怎么还能上地？”

张春桃不知该说什么是好，李秋菊连忙接话说：“妈，大嫂是刚才肚疼起来的，一上午她并没有肚疼。”

徐大妈只不跟李秋菊对话儿，仍指着张春桃说：“你说，你不来见我，你这一辈子就不再见我了？嗯？会上个地，就连我的话也不听了，——不听了好！我以后听你的！我的老天爷呀，如今……”

李秋菊说：“妈，我们怎么能不听你的话。我们上地是上地，我们打地里回来，你只要有什么事，叫我们干什么，我们就干什么……”她见婆婆叫张春桃来，并没有什么大事情，只不过是为着成立食堂的事胡乱发一顿牢骚而已，连忙对王夏莲说：“我跟妈说话，你快去给妈打饭去吧。”

王夏莲领会了她的意思，连忙去了。徐大妈正是因为吃饭问题生气，见说叫给她打饭，便又说：“别给我打饭，打回来我也不吃！我没权利求你们给我做饭，我自己会做。”说着，就真的去拿锅舀水要做饭。李秋菊连忙拦住她说：“妈，这可不能让你老人家做。况且有现成饭，何必受这些麻烦呢？再说，我们上地也不是怕在家里做饭，只是为了多打粮食，让大家都过好光景。我清楚妈也是最愿意让大家都过上好光景的。这几天妈的心里不痛快，只怨我们没有早点把话向妈说清楚。”

正说着，王夏莲已经把饭打回来了。她让徐大妈吃饭，她不吃，还一直坚持要自己做饭，端着个锅儿一直不放手。李秋菊抢着夺那个小锅，怎么也夺不过来。婆媳俩拉来推去推了半天，徐大妈拉不过李秋菊，最后把那口小锅放开，又是大发雷霆地说：“就算是你们比我厉害！你们不让我做，我能不做！——你们一同给我走！”

李秋菊一听这话，连忙向两个嫂嫂说：“走，咱们快些吃饭去吧。”

妯娌三人走到大门外，张春桃愁眉不展地说：“秋菊，咱们只管出来了，妈不吃饭该怎么办呢?”

李秋菊笑道：“你呀！真是个老实疙瘩！妈为什么撵咱们走呢？她想开了点儿，准备吃饭，她说过不吃食堂的饭，当着咱们的面儿又不好意思吃，才撵咱们走的。”

一听这话，王夏莲和张春桃一齐拍手笑道：“还是你说得对，肯定是这么回事儿!”

一九五六年二月二十九日草于陵川

一九五八年四月二十六日修改于并

紧急调查

一

方城乡新来的党委书记何学仁上任了。

干部调动，新官上任，本是常有之事。可是在方城乡硫磺厂的事务长秦志友看来，却非同小可。他在这个硫磺厂干了二十五年，忽而事务长，忽而会计；干几年会计，又干几年事务长，两个职务交替着干，反正离不开钱财二字。现在是乡，过去是公社。他一向对公社领导干部的变动非常关心。每变动一次，他就要绞几番脑汁，费许多心血，花不少精力，跑很多路子，出一定数量的物品。在他工作的二十六年里，公社换过七任党委书记，八任主任，每一位都很看得起他，都说他是个好同志，是个干家。背后常有人骂他是“臭硫磺”，很多人反过他。公社领导人听到这种反映，大都在全社干部会上发过脾气，批评那些唤“臭硫磺”的人是患了嫉妒病，是嫉妒先进工作者的一种“红眼病”。人们不仅没有反倒他，反来反去，竟在一九七九年把他反成一个先进工作者，反他的人自然都很泄气。一九八三年打击经济领域犯罪活动开始，又有人检举揭发他，结果又让当时的公社书记一口一个“红眼病”，把人们训斥一顿，他仍然出席了秋后公社的先进工作者表彰大会。秦志友心里明白，既要当干部，保持“先进工作者”这个称号非常重要。要想保住这个称号，跟公社领导特别是跟一把手搞好关系是关键的关键。他明白要做到这一点，先必须舍财；要舍财，先必须了解新书记是怎样个人物，怎样个脾气，怎样个作风，有没有接受别人财物的事情等等。这一切都需要做一个紧急调查。当前正搞打击经济领域犯罪活动，正搞查房，事不宜迟啊！

何学仁到方城乡来担任党委书记，人地两生，并不了解硫磺厂有个秦志友，自然还没有想到对姓秦的做什么调查了解，可是秦志友对何学仁已经开始了频繁的调查工作。

二

何学仁到方城乡来上任的第二天，秦志友已经调查明白：供销社的吕世昌跟何学仁是同村老乡；铁厂的施国英跟何学仁是在县委组织部一块儿工作过的同事；信用社的严山发是何学仁的同窗好友。于是，他就打这三个人入手调查何学仁。

这天晚上，秦志友先来到供销社的吕世昌家。他见吕世昌手里拿着一张报纸，哈哈笑道：“老吕同志，下了班也不休息，还在学习时事吗？你的学习精神真好，真值得我学习……”

吕世昌一边让他坐，一边说：“哪里，我不过随便翻翻。”

“别谦虚了，我早就知道你学习好，——看你家多好，收拾得多干净，多整齐……”

秦志友连说带笑，大夸一通。吕世昌问他有啥事，他笑着说：“啥事也没有，没有事就不能串串门儿？……”还说：“乡里何书记来了，你怎么不去看看？”

“我已经看过了。”

“你跟何书记是一个村的，家门离得近不近？小时候一定玩儿过吧？”

“玩儿过，我最了解他，他从小就很有志气，脾气又直，有许多故事哩……”吕世昌接着说：“小时候，我跟学仁是同学。有一次做算术题，他算错一道，已经下学了，他也不走。老师问他：‘学仁，你还不走？’何学仁坐在课桌后只管考虑算术，一动也不动，说：‘这道题我还没算对哩。’老师说：‘下午来了再算吧。’何学仁说：‘上午的题怎么能推到下午做？算不对我就不吃饭。’老师听了很受感动，就走来帮他算，他说：‘老师，还是让我自己想想吧。’他自己想呀想呀，想了半天也想不出来，家里母亲找他吃午饭，他也不走，说：‘题还没算对哩，怎么能吃饭？’直到下午我们来上学，他才把那道题算出来，也误了吃饭，下午接着上课了……”

秦志友听了这个小故事，认为是无所谓之事，只是“嗬嗬”笑着赞道：“何书记真有志气。”

吕世昌又说：“说到他的脾气直，实在也真够直的，从小就直得像根铁棍儿。三年困难时期，收秋偷粮食是公开的秘密，收玉米偷玉米，收豆子偷豆子，人们的衣服上都有许多暗口袋。那时何学仁才十一岁，放了秋假，孩子们都跟着大人上地收秋。他妈就在学仁的衣服里子上朝里缀了五六个暗口袋。学仁发现这些口袋后，问他妈：‘妈，给我安这么多口袋做什么？’他妈说：‘有用。在地里收秋，要手疾眼快，玉米呀，红豆呀，大豆呀，小豆呀，见什么就装什么。这个口袋叫你装红豆，这个口袋叫你装小豆……’学仁听了奇怪，反问道：‘那不成了小偷？’他妈说：‘傻瓜！什么小偷，人人都是这样也就不算偷了……’何学仁一听火了，说：‘明明就是偷嘛，还说不算偷哩！’不由分说，他动手‘嘶嘶’两声扯一个口袋，‘嘶嘶’两声扯一个口袋，把六个口袋全撕去了。还说：‘当小偷，太败兴啦！’妈说：‘这年月，口粮太少，一天三顿糊糊也喝不到头，谁不这么干活该谁饿肚子……’何学仁说：‘饿死也不能当小偷呀！’看，何学仁这个人从小就多么正直，从小就多么有骨气……”

秦志友听了这个故事，有几分不乐意。继而又想：那是小时候的事，年小不懂事嘛，只知道照书上的一些先进人物学。后来他工作了多年，在社会上跑闹了多年，不信他就没有一点变化。他觉得吕世昌只知道何学仁小时候的情况，并不了解参加工作以后的事，没必要再谈下去。他笑着把何学仁小时候的正直夸了几句，找个借口说他还有事，又“嘻嘻哈哈”地笑着离开吕世昌家，直朝信用社严山发家走来。

三

秦志友自笑自走地来到严山发家门口，听得严山发有说有笑地在屋里高谈阔论，一听，里边一口一个“何学仁”，心里说：“这就好接话茬了。”早在门外带着笑声喊道：“老严，你们有了什么大喜事？……”说着，走进屋里来，继续说：“快说，有了什么大喜事？”

严山发先迎接了他，让他坐下，说：“稀客！怎么今天跑到我们庶民百姓家来了?”

秦志友哈哈笑道:“信用社的大主任也成了庶民百姓?要这样说,我这个小小的事务长……”

“什么小小事务长,有名的先进工作者嘛。你乡党委、乡政府书记、乡长门上的常客,今天怎么走错门……”

“别给我戴高帽子啦!我跟何书记还不认识哩,你可是何书记的老同学,还是好朋友,谁不知道。何书记来了咱们方城乡,对你说来是个好兆头啊!朝里有人好做官嘛!……”

“这,你可把话说错了。头里我们正是议论老何哩。老何这个人我了解,那是个真正的共产党员,一步两脚印儿,在他身上找不到歪门邪道的东西……”

秦志友听了这几句话,不知为什么,先凉了半截子。他又一想:“我看不一定。‘文化大革命’以来,有许多人看起来道貌岸然,讲起来满口原则,实际上恰恰相反,哪有个不吃荤的猫儿呀!为什么有些领导人都是老婆当代办,就是这么回事。”

严山发又说:“他在龙头沟公社当副书记时,龙头沟公社为什么两年建成了文明区,为什么两年人均收入就提高到五百元,跟老何的领导有很大关系。他在龙头沟干了两年,有很多故事,我先给说两个。”接着就说了下去。

秦志友强撑着听完故事,便向严山发告辞出来。他走着想着:真没想到这个何学仁是这么个怪物!莫非——不,不一定,想起来了,七五年关书记初来方城公社,人们不是也把他说得很了不起吗,不是也说他是个大公无私的活包公吗?可是实际上呢,我这个先进工作者称号还不是关书记给我的。今天就说这个何书记吧,老严说他不徇私情,处理那个房地基问题处理得公正，——屁！说不定就是因为那个远门亲戚没有给他送东西，他才连亲戚也不认了；说不定打胜官司那一家早给姓何的送过大米白面哩……想到这儿，他一下子有了精神，跑去的笑容一下子又返回到他的脸上。他独自个儿在黑街上走着，自笑自问道："要不要再去找找铁厂的施国英呢？……算了，现在对何学仁的情况已经了解清楚了，没必要再问人了。"因而，他对何学仁的调查工作就算暂告一段落。他回到宿舍里躺下以后，把他今天晚上的调查工作系统地总结一下，得到的结论如下：

对何学仁总的印象：跟过去的关书记一样，表面上冠冕堂皇，实际上外净内脏。小时候不偷粮食，那是小，不懂事；算不对数学题不回家吃饭，那是孩子脾气；信不过一些虚报的"万斤粮户""万元户"，那是打击别人，炫耀自己；八个月走乡串村不回家，那是升官心急；只顾下乡党委开会派人找他也找不见，那是官僚主意；亲戚找他说情，他不认亲戚，那是嘴里没吃上，混说歪理！……

四

次日，秦志友就以他"先进工作者"的身份，拜访了何学仁。他们一共谈了二十分钟，秦志友在何学仁身上又发现两个问题：一是他穿得很平常，料定他并不富裕；二是他抽烟却有一个紫檀木雕花的好烟嘴，说是别人送给他的。——什么送给他的，白吃白拿嘛。从这一点上看，可见也是个爱占小便宜的人。他的心更加踏实了。因为当前查房事急，晚了不妥。于是，一天晚上秦志友抱着一台电视机来到何学仁的办公室。进门就"嘀嘀"笑道："何书记，还没休息？"

何学仁见他抱来一台电视机，心里一怔。问："这是谁的电视机？"

秦志友还是边笑边说："新买的。"

"你买的？"

"也是也不是。何书记，这部电视机先放在你这里吧。你是单身，晚上挺闷的，可以看看。"

何学仁急了，说："不行不行，你搬走吧。我下乡时候多，一个月没几天在乡政府的。再说乡政府也有……"

秦志友认定开始时都是这样的，都是说得很漂亮，都是表现得很正派，这也不肯收，那也不肯要，实际上变个办法，就收下了。他为了把这件事办好，改个话头笑道："何书记，是这样的。这是给别人买的，这人最近不在，先放在你这里看几天还不行？"

何学仁明白借口别人不过是给人送礼的一种新行话。又一想，认为还是把这部电视机留下最好，便说："好吧，就在这里先放几天吧。"

秦志友明白，"先放几天"不过是一句顾面子话，实际上就是收下了，人们都是这样的。他心里很高兴："我早就调查清楚了，就知道你跟过去的关书记他们一样。"

何学仁初到方城乡，并不知道硫磺厂有个秦志友。前天第一次见面，没有看出什么。今天第二次见面，竟送来一台电视机，肯定了他是个有什么问题的人。当天夜里他就找乡党委、乡政府几个负责人问了秦志友的情况。都说秦志友是个好同志。何学仁心想："既是好同志，为什么来这一套呢？他知道给我送，难道不知道给他们几个领导人送？难怪他们几个都说他是好同志哩。"第二天，何学仁又找几个一般干部了解秦志友的情况。他先问炊事员，炊事员开头也说秦志友是个好人。后来他看到何学仁跟其他几个领导人不同，便换了话头，说："何书记，你想想，查房查了二年，许多人盖房大大小小都有不同的程度问题，就秦志友盖了七间新房没问题。不只没问题，还是先进人物哩。还不明显吗？"

何学仁听他话中又话，忙问："他家的经济情况如何？"

"全家九口人，一个劳动力还是个老病号，多年不上地了。就他一个人挣钱，一个月才四十一元。可是人家能盖起七间砖楼房，人家全家九口人，除了上小学的哪个人没戴手表，哪个人没有好大衣，人家哪天不吃大米白面，你想想……"

"那多年以来就没人揭发过？"

"年年都有人告他的状，可是告状抵什么？关书记在千人大会上还批评告状人是患了红眼病哩。"

何学仁说："原来如此！可惜他今天走错门儿了！"

……

十字路口

一辆救护车在太行山巅一条柏油公路上向北疾驰飞奔而来。

救护车的后部写着偌大一个红“十”字，表明它是一部救死扶伤的车，各种车辆无不让它先行。

救护车跑得飞急，一路上喇叭响个不停，许多车辆、行人闻声，纷纷给它让路……

是啊，车内躺着一位重病号，昏迷不醒，奄奄一息，需要急救。是什么病，无结论。因为在县医院诊断不清病情，病人病情又重，医生才建议立刻把病人送到地区人民医院急救。

救护车跑得很急。车内的人叽叽喳喳掀起一番争论，争论得也很激烈。原来车内坐着两部分人——一部分就是病人、病人的亲属吴大妈，县医院的随车医生路大夫；一部分是坐车到平山镇看戏去的。其中有县卫生局的李副局长及其爱人；县医院的赵副院长及其爱人和女儿。平山镇在县城向北二十里向东折再行二十里的一个山谷里。在那里的演出单位是地区梆子剧团。县里人看地区剧团是不大容易的事。今天下午，李副局长和赵副院长决定坐救护车到平山镇看戏之后，才定了去地区医院送一个危重病号的事儿，这些看戏的只好跟那个危重病号一起坐车同行。司机金定安看看车上既有危重病号，又有去看戏的领导人，心下先有些犯难："倒霉，今天这个方向盘又不大好掌握哩。"

救护车一开动，赵副院长便跟司机金定安说："小金，先把我们送到平山。"

这位赵副院长在县医院分管行政和党支部工作，是金定安的直接领导人，自然必须听他的。可是他知道今天送的病人病势危急，先到平山镇转一趟，最少要延误半个小时，如何了得？迟迟不敢回声儿。又觉得惹下赵副院长不妥，这才像是应诺，又像是置疑地"唔"了一声。可是病人的亲属吴大妈急了，忙跟随车看护医生路大夫说："大夫，你看病人病得这么重，我求求你们，先去送送病人……"

陆大夫认为吴大妈的要求是合理的，便跟他们的赵副院长说："赵院长，病人的病势非常严重，先去送看戏人不大妥当吧……"

路大夫一句话未完，赵副院长便不高兴了。说："什么话，到十字路口拐个弯，二十里路就到了，到地区医院是一百二十里路，先送近的，后送远的，这是常识，你怎连这点常识也不懂？"

县卫生局的李副局长也说："先到地区医院，后送我们，下午的戏不就完了，那还看什么戏呢？"说着，他看一眼赵副院长，也算一个命令，也算一个指示，量他不敢违抗。这李副局长一来是赵副院长的顶头上司；二来，赵副院长的侄女想到县医院当护士，必须依求李副局长办事，所以他对李副局长是百依百顺的。便说："先到平山一趟，不会耽误多少时间嘛，总不能拉着这么多看戏的到地区去白费时间。路大夫，做事应该灵活点嘛，不要斤斤计较嘛……"

司机金定安听了他们的争论，直到现在还没确定了去向，心下也很烦躁："车已经开动，你们还没确定先到哪里，我该怎么办呢？……"

吴大妈听说要先去平山，看看昏迷不醒的病人，心下十分着急。因想到院长说了话要先去平山，自己一个农村老百姓有什么办法？只是伸手抹泪罢了。路大夫对赵副院长、李副局长的做法很为不满，说："什么斤斤计较？救护车先送病人，理所当然。我的意见，今天必须先送病人！"

吴大妈听路大夫说话很坚决，心下直夸他是个好大夫。又忙着看看赵副院长，见他怒气满面，又觉得路大夫的话怕不抵事，心里直叫苦。

赵副院长见路大夫竟敢怒气冲冲地顶撞自己，如此目无领导，很为气恼。为了表示领导的尊严，不理路大夫的茬儿，直冲着司机金定安说："小金，还是先去平山！二十里路嘛，不会误事的。"

金定安既同情病人，又不愿意惹领导，只好又用既像应诺又像疑问模棱两可的语气"唔"了一声。听来这一声"唔"好像很随便，很容易，很轻松，实际上由于赵副院长和路大夫的争论，最难办、最难为情，思想上斗争最激烈的还是司机金定安。该听路大夫的话呢？还是该听赵副院长的话？他觉得两方面都该听，难就难在都该听这一点上。当然，作为这部救护车的司机金定安，非常明白自己的职责，先送病人，是无可非议的事。可是他也明白作为一个医院的普通司机，服从医院领导的指挥，也是完全应该的。更何况从他个人利益方面说，他正在申请入党，而赵副院长正好是医院的党支部书记，千万惹不得的；他的爱人正在地区卫校上学，今年毕业后，他还想求李副局长办事，把他爱人分配到医院当护士，李副局长自然也是惹不得的。有这两个惹不得，金定安当然觉得必须听从赵副院长的指挥，先把他们送到平山镇去看戏，这是一方面；另一方面，这几年，司机金定安对路大夫有一股不满情绪。这是由两件事引起的：第一，一九八〇年调资时，路大夫投票不同意给金定安调资，至今他对路大夫还有些耿耿于怀；第二，去年秋天也是赵副院长和这位路大夫坐着救护车到南岭大队去买苹果、大梨，中途碰上一架担架抬着个重病人往县医院送。抬担架的拦路挡车，要求拉上那个病人，金定安正准备停车，赵副院长说："继续开，不要管他，全县的病人多着哩，我们一部救护车怎么能管了许多。"

金定安只好听赵副院长的，没有停车。为着这件事，路大夫给赵副院长提过意见，并且也给金定安提过意见，说他不像个开救护车的司机。金定安虽然也感到自己有不是之处，同时对路大夫也就有了不满情绪。不过他又觉得自己开的是救护车，不先完成救护任务，先送领导看戏，也有些不像话。因而犹豫不决。

金定安把救护车开得飞快，几句话工夫，已经把县城甩在五华里之外。

救护车继续向前奔驰着。

金定安手握方向盘，耳听车内的争论，闹得心烦意乱，不知所措。特别是病人家属吴大妈高一阵，低一阵的抽泣声，听来格外揪心。想道：这么重的病人，按说我们是应该先送病人……这时又听路大夫说："赵院长，病人的情况越来越不好，急需抢救，我还坚持我的意见，必须先送病人……"

赵副院长说："看你这个老路，为什么这样固执？病人病重，知道嘛！要不为什么用救护车送病人呢？急是急，也不在乎半个小时……"

路大夫毫不谦让，说："救死扶伤，分秒必争！反正是救护车，必须先送病人。小金同志，你今天必须先到地区医院……"

金定安虽然对路大夫有意见，听他说得很在理，把对路大夫的成见已经忘了几分，心想："是呀是呀，是应该先送病人。"可是他并没有表态，也没有吱一声儿。赵副院长、路大夫，都为着小金不吱声而着急哩。

赵副院长却火了，气呼呼地说："救护车怎么着?！我们又不是不送病人，你不要吓唬人！——小金，先去平山！半个小时，没什么了不起……"

金定安听赵副院长的口气很硬，又想到自己入党的事，又想到自己爱人不久就要分配工作的事，心里说："今天要惹下赵院长，自己就别想入党了；李副局长也是惹不得的，要不，她的工作分配不到县医院，说不定会分配到哪个公社医院去，我这个小家庭岂不是永远建立不起来了！再说先到平山一趟，往返不过耽误半个小时，我不信半个小时就会坏了大事……"他想到这里，自然又"唔"了一声，再次表示服从县医院领导的指挥。

路大夫听了金定安这一声"唔"，心里好生着急。看看救护车离十字路口不远了，为了对病人负责，他认为对于坚持先送病人的事决不能含糊。为了迫使赵副院长很快改变他的态度，下了最后通牒说："不行，救护车只能先送病人！你们一个卫生局长，一个医院院长，如果你们今天真敢先送看戏的人，我明天到县政府告你们去！……"

赵副院长、李副局长见路大夫说出告状的话，都有点怵了，一时没有回答上来。赵、李二位的爱人是专门到平山看戏的。她们以为有赵副院长说话，自个儿没必要开口。如今看到那个路大夫说话简直目无领导，很不客气，又怕误了看戏，忍耐不住，两个人回头直瞪瞪地把目光射向赵副院长。赵副院长本来有点惧内。再加今天还有个李副局长的爱人，以为今天自己的话若不算数，一则在李副局长的爱人面前太丢脸，二则害怕明儿个没法过老婆的关，三则认为自己身为副院长，在一个路大夫面前下软蛋，也显得过分的无能。心想：路大夫不过是一个普通大夫，竟敢如此对待院长，十分恼火。厉声嚷道："老路，诈唬谁呢？你现在就告去！哪个怕你不成？误半个小时，去一趟平山，犯了哪条法？——小金，你今天必须先去平山！——"

李副局长见路大夫那么出言不逊，根本不把局长、院长放在眼里，太不像话了。也说："赵副院长，你总不能让这么多人跟着白误工夫吧？"

赵副院长说："别怕，有我哩！管保不误你们看戏就是。"

路大夫说："咱看今天听谁的！"

李副局长的老婆为了给赵副院长鼓气，说："要不先去平山，我何必坐这个车呢？"

赵副院长的老婆也说："要不先去平山，我现在就下车！"

路大夫不客气地说："请随便，我们管不着！"

金定安听着他们的争吵，好不难为情。先到平山送他们去看戏吧，真的因为这半个小时耽误了病人，自己岂不是失职？先送病人吧，又会惹下局长和院长，自己入党的事，爱人分配工作的事……他手把方向盘，心里左右为难，真不知道一会儿到了十字路口时，这个方向盘该转向哪个方向。

金定安双手紧握方向盘，救护车仍在飞奔急驰而行。眼看离十字路口只有一公里路了。病人的呻吟声越来越厉害。路大夫心里也越着急。因为他明白权是在赵副院长手里的，他也明白金定安不愿意惹卫生局和医院的领导人。越是想起这些，他就越是着急。在此紧急时刻，他只好尽自己的力量为病人大声疾呼："小金，病人病势危急，你今天必须先去医院……"

赵副院长说："不要听老路瞎诈唬，没有那么严重。小金，只能先近后远，先到平山……"

"医院，必须去医院！"

金定安握着方向盘不由得放慢速度。只差几步就到十字路口了，"去医院"，"去平山"，两种不同的呼声直把他震得心烦意乱；到了十字路口，这个方向盘到底该向哪个方向转呢？一个平日很有主见的年轻司机这会儿也没主意了……

"小金，到了，转弯！"

"小金，顺直走……"

金定安耳边响着"医院""平山""直走""转弯"的呼声；心里想着病人、入党、爱人工作……他的心绪乱极了，只觉得顺直开去，不合适；转弯行，更不恰当，没想到这么简单一件事，竟如此难以处理，实在是硬把人往死路上逼哩。眼看只有几十米便是十字路口了。直到此时，他还弄不清楚到时候该把方向盘转向哪一边。

“小金，医院！”

“平山！”

眨眼工夫，金定安开的救护车已经到了十字路口。“平山？医院？”两种去向在他的脑子里激烈地搏斗着。但是他好像有点身不由己，方向盘稍稍一转，救护车歪过头冲平山方向去了……

李副局长、赵副院长以及他们的家属的脸面立时舒展开来；吴大妈、路大夫却急了。吴大妈“哇”的一声放声哭了；路大夫居然破口大妈小金的祖宗了……金定安哩，他也咬着牙骂了自己一声：“孬种！”刹那间又把方向盘一扭，汽车又向地区医院那边急驰而去。于是，吴大妈、路大夫都松了一口气。吴大妈感动得自语道：“真是个好同志！”

路大夫立刻改怒骂为赞扬，冲金定安笑道：“好样的！”

但是，李副局长、赵副院长以及他们的爱人却大为恼火，七嘴八舌地乱嚷着：“停车！停车！……”

“停车！我们要下车！”

“我们是看戏去的，把我们来回拉二百多里算什么?！停车！……”

金定安不停车，赵副院长吼道：“小金，就算方向盘在你的手中，可是我们不去看戏，难道就地下车也不成？……”

小金边开车边说：“请原谅，没那个时间！”

“难道停停车就……”

金定安“呼呼”地喘着气咬着牙，一语不发。他双手紧握方向盘，救护车向着地区医院飞奔急驰而去……

岔路口

八月初，立秋的第二天，在沙石坪的乡村公路上，慢吞吞地走着十辆牛拉铁轮车。乡村公路是土路，经过夏天几场大雨的冲刷，路面坑坑洼洼的十分不平，铁轮牛车走起来，“咯噔咯噔”地震天价响。再加上有几辆车没有及时上油，车轴上又发出一声声十分刺耳的“吱扭”声，听来令人很不舒服。这十辆铁轮牛车是许庄大队的拉粮车。他们拉粮，不是向国库送，而是从国库往许庄村拉。因为离收秋还有两个月，又许多人家口粮不足，支持不到秋天。许庄大队的党支部书记许振声还算有办法，他向县委一要求，县委就答应给他们解决了五千斤。这个大队的党支书许振声爱表功，爱争荣誉。在路上，他跟赶牛车的社员们夸口说：“借这些粮食不容易啊！要不是咱们大队工作好，要不是我这个支书有点名气，别说五千斤，就连五十斤也借不回来。”

许庄的大部分社员对他做工作不踏实有意见，赶车的社员们听了他的话，大都撇一撇嘴，没有说话。其中一个老贫农名叫许发发的老汉是个敢提意见的，他说：“向国家借粮还算得个本领哪？像人家石庄大队脚踏实地搞生产，出大力，流大汗，多打粮食，多向国家售粮，那才是真本领哩！”

许振声满不在乎地说：“你看问题也不要太片面了！我看他们石庄还不如咱们许庄哩。远的不说，只说今年吧，在公社里咱们受过四次表扬，他们石庄才受到一次表扬；他们石庄受过三次批评，咱们许庄连一次批评也没有受过……”

许发发老汉越听越有火，生气地站下来，指着一路两边的庄稼说：“支书同志，不要夸你的功吧！你睁大眼睛看看这一路两边的庄稼！路东是石庄，路西是咱们许庄的，人家石庄受批评，看人家的庄稼长得多好！那玉米秆子粗得真正像牛腿一样，一株赛过一株；你看那气色，油黑油黑的像漆过一样；你看那玉米棒子，哪一个没有一尺多长，人家今年过江肯定没问题……”

不等他说完，快嘴姑娘许兰花早也用鞭杆子指着路西的庄稼说：“我看还是咱们许庄的庄稼好！你们看咱们的玉米秆儿长得细细的，玉米棒子长得小小的，多秀气！不像他们石庄的玉米粗杆子大棒的，笨死人啦！”

许兰花的话还没有说完，逗得所有赶车的社员们都“哈哈”大笑起来。许振声看见他们这一老一少两个社员当着他的面说风凉话，可就火了，嚷道：“你们不要抬高别人，压低自己！咱们许庄过过河，他们石庄过过几回河？去年冬天地区召开老劳模座谈会，为什么单请我许振声去，不请他石长庚去？……”他又背他的光荣历史了。原来在十年前，许庄认真抓生产，亩产曾经达到过六百斤，在柳城公社说来算是拔尖的先进大队了，因而受到公社、县上的重视，每次开会都表扬他，物质上也照顾他，下乡的、参观的，到许庄来的人也多了。这个许振声以为他成了全社第一名了不起的人物，以为这个劳模是当定了的。他经不起考验，一天天骄傲起来，不怎么实干了，第二年亩产便落了下来，是四百八十斤。后来又受“四人帮”务虚不务实的流毒影响，又渐渐走上了说空话、说大话、不认真实干的邪路，前二年他们亩产又下降到三百八十斤。因为他不认真实干，又害怕把他这个“老劳模”的招牌丢掉，只好常常虚张声势。他做工作不肯卖力鼓实劲，便用邪门歪道的办法使“巧”劲。因为这几年石庄的生产搞得好，他害怕落在石庄的后边，每个季度的工作，他都要抢在石庄的头里，上底肥、上追肥、锄地遍数等数目字都要尽量比石庄说得大些。因此，许庄常常受表扬，而石庄却常常受批评。但是到了秋后，又总是石庄的亩产量高于许庄。不过，许振声也真有办法，每到秋后，不是说受了什么灾把原因推到老天那里；就是说化肥迟到了一个月，把问题推到上级那里。近二年，肃“四人帮”的流毒，许振声做工作算是踏实了许多，但是总还留着些“务虚不务实”的尾巴。再加上公社领导做工作也存在着不切实际的作风，所以许振声这个尾巴也就不大容易去掉了。

石庄的党支部书记石长庚做工作正好跟许振声相反，搞生产总是脚踏实地地干，做工作总是老老实实地做，一就是一，二就是二。因为在一些工作方面向公社报的数字没有许庄报得多，不合公社领导的口味，常常批评他。受批评也不怕，工作该怎么做，还是怎么做。今年春天，许振声向公社夸大数字，汇报他们许庄达到了每亩施底肥一百五十担，因此受过表扬；而石庄的底肥是每亩施底肥一百二十担，因此受过批评。

今年夏天，许庄的小麦是亩产一百六十斤；石庄的小麦却是亩产四百一十斤，所以许庄今年又没有完成夏粮征购任务；而石庄除完成征购任务以外，还要向国家增售小麦一万二千斤。在生产方面是这样，在社员生活方面自然也不例外。每年春夏，总是石庄的社员存粮吃不完；许庄的社员口粮不够吃。前二年，每到春、夏两季，许庄便有一些社员通过亲戚、朋友的关系到石庄大队来借粮。石长庚胸怀开阔，对人热情，总是来者不拒，有求必应，还说："借上些吧，大忙季节，正是抓生产时候，不吃好怎么能搞好生产呢！"石庄的会计对此有些不满，有时就当着许庄来借粮的社员的面说："你们许庄不是说生产走在前，搞得好，老许不是也常受表扬吗？怎么老来我们这个常受批评的落后队借粮？"

许庄借粮的社员便说："唉！不要看谁受表扬谁受批评，要看实际嘛！你们虽然常受批评，实际上我们都明白是石庄搞得好，谁也不敢说石庄一个不字……"

石长庚说："人家来借粮，借多借少咱们借给就算了，不要在许庄的群众面前说长道短。有意见，最好找他们的干部谈。"

许庄的社员说："我们的支书只叫说好，不让说赖，接受个意见可不容易哩。"

石长庚说："是呀，常在一起开会，我了解他。就因为他是这么个人，我早就想给他提几点意见，又没法给他提……"

对于石长庚关心别人，关心邻队社员的生活和生产问题，没架子，好说话，好办事，有求必应，许庄的社员都很感激他，说："真是个好支书。"

可是许庄的支书许振声对许庄的社员到石庄去借粮的事很为不满，认为这是给他这个支书的脸上抹黑，想了许多办法限制人们去石庄借粮。今年，他害怕社员们再到石庄去借粮，便向上级要求来这五千斤粮食，以为这就可以限制大家到石庄借粮了。他以为他能够借来这么多粮食，是可以受到社员们的称赞的，没想到许发发老汉他们还会说长道短。这时看到石庄地里的庄稼，许振声这才想起来今天最好不要碰上石庄的人，——让石庄的社员看到许庄向国家借粮食，种地的农民竟往村里拉起返销粮来，多丢脸呀！于是，他催着大家把牛赶快些，以为走过岔路口，岔上许庄的道，就什么也不怕了。可老牛到底只是些老牛，无论怎么加劲赶，也快不了许多。许振声还在催促人们快点赶，许发发老汉猜透了他的用意，说道："慢点赶吧，怕什么？怕人碰上笑话咱们这些种地的农民伸手向国家要粮食吗？我看不必！是好样的，实实在在把生产领导好，那才……"

许振声生了气，打断他的话，说："老发发，你尽管诈唬什么！大家不要不知足！除了我这个老劳模，别人想借还借不来哩！"

许兰花嗤了一下鼻子，说："噢！没想到这也是沾了老劳模的光！——照你说老农民吃供应粮也成了光荣事儿？算了罢！如今大伙都在脚踏实地地向四个现代化奔，人家石庄买下拖拉机已经三年了，你应名儿是老劳模，怎么连个拖拉机烟囱儿也不敢买？"

许振声大大咧咧地说："一部拖拉机一年要用多少汽油？我是为了给国家节约汽油，才不买它哪！"

一句话逗得赶车的社员们都"哈哈"大笑起来。

许发发老汉说："你可真会为国家着想呀！照你这样说，咱们还何必争取实现机械化呢？"

他们正争论在热闹处，忽然听得东边传来一阵“隆隆”的拖拉机马达声，不必细听，也知道这是石庄的拖拉机远远来了。这时许振声才想起他们的牛车队快要走到石庄、许庄两个大队的岔路口。因为他知道近两天石庄大队的拖拉机正往柳城粮站送增售小麦。他心想：真倒霉！让他们赶快些，他们偏不赶快些，这，这，我们是“咯噔咯噔”慢吞吞的小牛车；他们是“隆隆”响走得飞快的拖拉机；我们今年小麦减了产，连小麦征购任务也没有完成；他们今年是小麦大增产，不仅早已完成小麦售粮任务，如今他们又自动向国家增售一万两千斤小麦。我们是往回拉粮，他们是向国库送粮，假如今天两队的车——牛车和拖拉机碰了面，那，那多难看呀！想到这里，只听那“隆隆”的拖拉机声来得更近了，随着那“隆隆”的拖拉机马达声，许振声的一颗心也“突突”地乱跳起来。心想：坏了！看起来今天是非碰面不可了！——真倒霉！他们的拖拉机为什么早不来，晚不来，偏偏在这个时候来了呢？这这……转念一想，认为还是抓紧时机往前赶一下吧！赶得快，也许能趁前赶到去我们许庄的路上，如今庄稼正长得高，只要岔过去，他们就看不见了。于是，他向赶牛车的社员们下令道：“赶快点儿！发发叔，加两鞭！兰花，给我打那个慢吞吞的皮老犍！打！加劲打！”他还找了一条理由说：“这儿路窄，要不赶得快些，趁早岔过去，等人家石庄的拖拉机过来，就不好错车了！快，快点赶！”

许发发、许兰花他们猜透了许振声催着人们加快赶车是什么意思，想到今天如果真的能碰上石庄增售小麦的拖拉机，对我们的支书，对我们赶车的社员都是一个教育，所以他们只是虚张声势地喊了两声，并没有真正加鞭赶牲口，许振声急了，喊道："兰花，你们的手呢？不会揍它们两鞭子吗？快！快！"

许发发老汉说："你就揍死它们，它们也还是几只老牛，揍不成拖拉机的，老牛想跟拖拉机比速度，那不是梦想！"

许振声见他们不听自己的，只好自己动手乱打那些老牛，他这么一乱打，那些老牛们算是走得快了点。这时，听得石庄那边路上的拖拉机马达声越来越大，好像转眼就会奔跑过来。许振声连忙抬头看看，离许庄、石庄两庄的岔路口只有二三十步远了，心想：只要再赶快一点，有希望岔过去。便又加劲打起那些老牛来，眼看头车牛已经走在岔路口上，听得那边的拖拉机马达声响得更凶了，"突突突"地一股劲大叫。许振声更着慌了，他手执皮鞭对老牛们又是一阵乱打，牛车队乱了套，有两辆牛车互相一撞，把一辆牛车撞翻了，有一个口袋偏偏翻在路边一个树根茬子上，把口袋挂破，洒满一地玉米。许振声气得说了声"糟糕"！就指挥赶牲口的社员赶快收拾，埋怨着："这不是故意要咱们的好看吗？要不，人家还不知道咱们拉的是什么呢！"话音未落，只听"突突突突"一阵震天动地的拖拉机马达声响在耳边了，许振声连忙回头看去，正是石庄的拖拉机迎面飞驰而来，那马槽载着小山一样高的鼓腾腾的麻袋，肯定载的是小麦了；更令人不快的是他一眼就看见了石庄的支书石长庚老汉也高高地坐在那麻袋垒的小山上，他觉得让石长庚看到自己往回拉玉米，就更丢人现眼了。可是已经碰上，有什么办法呢？只好装作没事人一般站起来，迎上去两步，向石长庚老汉摆摆手，说："老支书，下来休息休息吧。"实际上他是最怕石长庚真的下来休息的。

石长庚看到许庄一长溜十来辆牛车，又看到路上撒下的玉米，心里一动，明白了是怎么回事，他是个爱帮助人的热心人，连忙跟驾驶员说："停停。"拖拉机立时停下来，石长庚从马槽麻袋上跳下来，走在许振声跟前，说："你们早呀，倒打柳城返回来了。"又看看许庄的那些牛车，说："嘿！这么多车！……"

快嘴许兰花说："看我们的车够多了吧！一长溜儿十来辆，多有气魄，多么威武；不像你们石庄只是一辆孤零零的拖拉机，连个尾巴也没长……"

许振声怕的就是提这个，不想许兰花偏偏就要提这个，忙着回头斜了她一眼，不想许发发老汉又在一边开了腔："长庚老汉，我看你这个支书也是越当越傻了，你看我们许庄大队是拉着粮食往大队里拉，你们石庄大队怎么是把粮食往外拉？……"

许兰花又说："我们许庄，你们石庄，一样的山，一样的河，一样的土地，一样的社员，一样的搞社会主义，怎么偏偏拉粮食的车不一样了？我们是骨头肉儿老牛拉，你们是铁牛拉；我们这么多牛，你们才一个牛；我们是往内拉，你们是往外拉……"

许振声听得这些话很刺耳，又不由自主地看看人家头向北的拖拉机；再看看自己队一长溜向南的小牛车，确实也有点儿太难看了，不知道该怎么说才好。他连忙回头瞅了许兰花一眼，当着石长庚的面儿，想发脾气又不便发，只说："你们少说一句能当哑巴卖了你们！老支书有话说，你们能不能……"

石长庚忙说："没事没事。"他是个好心肠人，做共产党员时间长了，当支书时间久了，处处爱先想党的事业，先想集体的事，先想别人的事，先想众人的事。因见许庄大队在这个时节拉来这么十来辆小牛车玉米，他便自然而然地想起在旧社会，每到青黄不接的六七月，自己和广大贫下中农饿肚子的苦处，心里先有些不舒畅。又听许庄两个社员尽说许振声的风凉话，又替许振声难为情；转而又想到许庄过去的生产也并不坏，许振声做工作也是有成绩的，这几年之所以垮下来，都怨许振声他们思想认识不清，中了“四人帮”的毒，也不能单怨他自己。转念一想：可直到现在，他为什么还不肯脚踏实地抓生产呢？社员群众说几句风凉话，也难怪呀！他害怕许振声不好意思，面子上下不来，忙把话头岔到一边去，说：“来，咱们大伙先把路上的玉米收拾起来。‘粒粒皆辛苦’嘛，糟蹋了多可惜。”说着便去帮他们收拾路上撒的玉米。他一边撮玉米，一边说：“真是社会主义好啊！到了社员口粮不足的时候，国家就……”

在石长庚老汉面前，许振声还想装英雄好汉，不愿意落“社员口粮不足”的名声，忙说：“不不不，我们许庄社员的口粮没问题，就是牲口的饲料有些不足，这是给牲口拉的饲料……”

许庄赶车的社员们听了这一句话，都不高兴了。许兰花绷着面孔，冲着许振声说：“啊？你怎么能这样说？我们都是牲口？……”

许发发老汉大声说：“我可是堂堂的人民公社社员啊！——是啥就是啥嘛，你怎么总爱说假话。许庄和石庄是邻庄近队，人家什么不知道，你哄别人可以，你能哄了人家石长庚？”

许振声听他们两个这么一说，羞得他满脸红一块紫一块，不知该说什么是好。石长庚为了使他好下台，忙说：“振声说得也对呀。社员的口粮不足，牲口的饲料当然也不足啦，说得不错嘛。”

许振声见石庄的老支书说话处处偏袒自己，想起近年来自己用弄虚作假的办法在工作上处处抢石庄的先，跟石庄争高低，石长庚却根本没有半点儿记怪自己的意思，心下十分感动，忙说：“老支书说得对，我头里说的就是那个意思。”当他们把路上撒的玉米收拾完了以后，许振声跟石长庚握握手说：“谢谢你对我们的帮助。”

石长庚说：“你也太客气了，这也值得一谢吗？”他知道许庄大队口粮不足的户数不少，如今离收秋还有两个月，拉回来这么五千斤粮食恐怕也不很足。他们石庄大队是个实打实，搞生产总是脚踏实地地干，年年丰收。不只每年要向国家多售几万斤粮食，而且储备粮也很多。他们在国库里存着二十万斤；在大队库里还先存着十五万斤。石长庚早就有心给许庄大队解决点口粮问题，因为许振声虚荣心大，他不开口，也不便找他谈这事。今天既然已经把话说透了，便说：“振声，如今离收秋还有两个月，这么五千斤粮食恐怕还有些不足吧？”

许振声忙说：“够了够了，差不多了……”

既然说够了，又说差不多了，这话本身就是矛盾的。许兰花忙说：“不足就是不足，不要打肿脸充胖子了。”

石长庚说：“这样吧，为了让社员们吃好，把小麦种好，石庄再借给咱们许庄五千，看足不足？要不足，还可以再加五千。”

许振声说：“那，那……”

许兰花见支书没有句干脆话，忙说：“那就太好了，再加上你们的五千，没问题，今年的小麦一定能种好！”

许振声这时才说：“那就太好了！谢谢你们。”

“这还客气什么。”

当石长庚上了拖拉机马槽的粮袋堆儿上，许振声说：“老支书，我们明天就到石庄去拉粮，行不行?”

石长庚说：“不行！那要你们十来个人十来辆车误半天，明天让石庄的拖拉机送去好啦!”

许振声，许发发老汉，许兰花他们一起说：“那就太好了!”话音未落，石庄的拖拉机已经“隆隆”响着奔跑而去。

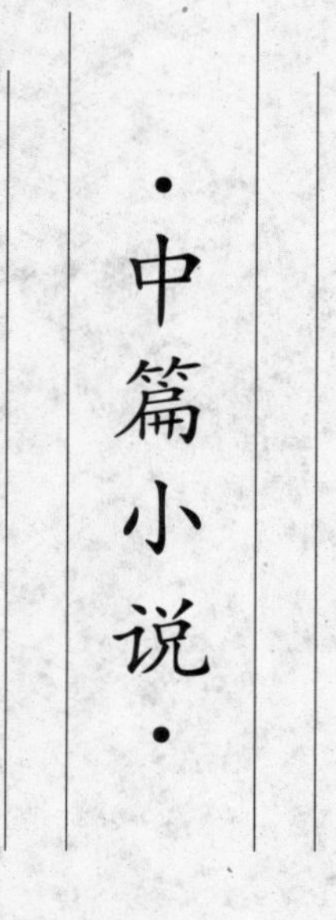
·中篇小说·

村妇告官

1. 平地一声雷

“咚!”

一声巨响，如同一声疾雷，震得小苏村满村子的房子抖了三抖。村里的男男女女都大吃一惊：“这是咋啦?!”

就是那一声巨响，把村里的老老少少都惊动了，一家家，一户户都倾家而出，站在大门口，站在街头，你问他，他问你：“这是咋啦?”

“这是咋啦?”又不是当年抗日战争时期，日军出发扫荡啦；又不是解放战争时期，国民党匪军败逃啦；又不是前些年修大寨田崩石头了；又没听说谁家今天娶媳妇放炮啦——放炮哪会有这么响? 怎么大清早就响了一炮?

一时，确切消息传来：“黑黑家的新楼房给炸塌了!”

黑黑姓刘，四十八岁，是本村的党支部书记。黑黑的新楼房是新盖起来的，黑黑家搬进去住还不到一年，怎么就给炸塌了？那新房非同一般，村里多少新房都比不上的，好端端的怎么就给炸塌了？那新楼一搭七间，里外砖包，屋脊兽头，钢筋水泥结构，怎么就给炸塌了？那新楼房水磨石地板，高级壁纸贴墙，花花吊灯，大沙发、大彩电、大电冰箱、大双桶洗衣机、大收录机，满满一屋子机，满满一屋子电器，好豪华，好漂亮，怎么就给炸塌了？奇怪！

“炸伤人没有？”许多人都互相问讯着，许多人都跑来支书家院里看，只见支书刘黑黑，黑黑女人任香女，儿子刘红生、刘红安，女儿刘红红都在院里站着，好像没出什么伤亡事故。只见任香女说：“房顶上塌下来一块东西，把我的一条胳膊擦破一点皮。”

人们拥在门口看看屋里，只见后墙中间炸开一个大口子，破砖碎泥巴把屋里的沙发、彩电、组合柜砸得个一塌糊涂。人们好奇地问：“你们咋啦？怎么好端端要炸房……”

刘黑黑愁眉苦脸地看看他的炸坏了的新房子，返身展开双臂拦着众人往大门外赶：“大家请回去，大家请回去，大家不要乱走乱动，不要破坏现场。肯定是坏人捣乱——不怕他捣乱！他炸毁我一座房，叫他双倍赔我三座房！他妈的！吃了豹子胆的，大明白天就敢放炸药包炸我的新房子，我敢说准是那个小月亮干的！不出三天，定会把你狗日的揪出来，把狗日的送进城里高墙院里，等着吃洋枣吧！”因见村治保主任刘小旦站在人群里不动，刘黑黑怒气冲冲地指责他道：“小旦，你只管傻站着做什么？坏人炸了我的新房，这么大的事，你这个治保主任怎么也当没事人哩？”

刘小旦一愣，伸手摸摸自己的头，慢慢省过神来：“啊呀！我怎么忘了我是治保主任？”

刘黑黑怒斥道："小旦，你还不快点看看现场，快点到镇上派出所去报案……"

刘小旦这才走上前来，大概看看炸得乱七八糟的屋里，说："这一炮炸得好惨！这些人，对支书有意见，提意见也行，告状也行，怎的也行，为什么要炸人家的新房子？一砖一瓦盖起来是容易的吗？屋里那么多的电器家具，都炸得差胳膊少腿的多可惜……"

刘黑黑大火了，训斥刘小旦道："这是什么时候，还在这儿说淡话，快快给我报案去！"

刘小旦说："好，就去。我回家推自行车去。"

刘黑黑说："自行车太慢，骑我的摩托车去吧。"

刘小旦骑了摩托车，"突突突"地一溜烟去了。

村里人离开支书家院里，出来街头，三人一堆，五人一伙，议论纷纷。有的说："支书家房子比过去地主家的房子漂亮得多，一炮炸毁，太可惜了。"

有的说："炸了活该，也是他自作自受！"

有的说："黑黑不好是不好，也不应该来这一手，炸人家的房……"

有的说："啥应该不应该，炸了就应该！他那房子应名儿是他的，实际上还不是贪污上全村老百姓的血汗钱盖起来的！"

有的说："这话不错。"

有的说："反正'老第一'这一次又创造了一个'第一'。从古到今，谁见过好端端的一座新房会一炮炸了……"

有的说："刘黑黑创造个第一，还不是拿手好戏。"

原来这位刘黑黑一向爱吹"第一"，总把"第一"挂在嘴上不放。当年他在盖他的新房之前，便向人宣扬："我盖的新房，在全凤山镇不数第一，也决不让它第二……”盖起新房之后，又宣扬道：“你们走遍凤山镇三十三庄看看，我刘黑黑的新房是不是第一！”

想当年刘黑黑与任香女结婚以后，他曾经在村里宣扬：“咱那一口子，不是我吹哩，那可是咱们小苏村的状元。”

有了女儿红红以后，又说红红是小苏村的小状元。他担任支书以后，曾经说过他要创造凤山镇第一富村。几年过去了，大苏村成了全镇第一富村，小苏村却成了全镇倒数第一的穷村。群众议论纷纷。刘黑黑还满有理：“倒数第一也是第一呀！今年倒数第一，明年看，后年看。”看了几年，小苏村总不能成为全镇第一富村，谁知却创造出一个全镇炸房第一案。

铁驴好快。小苏村到凤山镇十华里，只一会儿工夫，便把凤山镇的主要领导都惊动了来。因为镇上领导以为炸毁一个村支书的房子是大事一件，不可当官僚主义敷衍了事。于是，镇党委书记辛为民，镇长岳为群，副镇长和喜林，公安派出所所长黄百正四人坐了吉普车霎时工夫便到了小苏村。此时还不到吃早饭时间。

刘黑黑见了镇上领导人，一时难以抑制伤心之情，一来便大把大把抓了老泪哭道：“辛书记岳镇长呀，你们可算来了！你们看看把我的新房子炸成个啥了！连房子带家具要值三四万哩，他们一包炸药给我全炸完了！完了！完了！这下子一切全完了……”

镇长岳为群说：“黑黑，你先不要哭，咱们先看看现场，然后你先谈谈情况……”

刘黑黑哭道：“反正看也完了，不看也完了……”

镇党委书记辛为民说：“你先不要这么说。炸毁了房子，当然损失不小，可你们一家人都还好，这就是不幸中的大幸嘛。”

一干人看过现场，来到大庙里村民委员会办公室。

镇上来了人，村干部便有一阵大忙。村主任任木林吩咐保管员苏小发快快坐锅做早饭。同时拿来一条“黄果树”高级香烟，招待镇上领导。小苏村近年虽然家家有了白面吃，人人吃饱了，但并不大富，还是个穷村。但是在招待上级干部方面，从来不肯露穷相，同附近几个富村一样，茶是上等花茶，烟是高级香烟，菜是鸡蛋、猪肉，酒是汾酒、大曲，支书、主任、会计三个主要干部作陪，村村如此，小苏村如何可落人后？

抽烟、饮茶之中。镇上各位领导让支书刘黑黑谈谈事件发生经过。刘黑黑哭道：“有啥经过？我们一家人围着一张大方桌正打麻将，我闺女红红正出了一张牌，说一声‘白板’，就是红红说了一句‘白板’，就‘轰隆’一声响了，我家的房子就‘哗啦’一声塌下一个大洞。满屋里都是黑烟，我也看不见香女、红红她们，她们也看不见我。我只当是天塌了，过了老大一会儿，我才看见是我家的后墙给炸开一个大洞。就是这么个经过。”

镇党委书记辛为民说：“你们一家人大白天也打麻将，好消闲!”

刘黑黑说：“玩玩嘛，谁知道就玩出了一场塌天大祸……”

派出所所长黄百正问：“爆炸之前，你们听见过什么响动没有？”

刘黑黑伤心地说：“就听见红红说了一声‘白板’，其他啥也没听见……”

副镇长和喜林说："看起来准是村里有人对你有气，干出这种事来。黑黑，最近你跟谁吵过架？"

刘黑黑说："没有呀！咱是支书，怎么可以跟群众吵架呢？影响不好嘛。"

黄百正说："我认为这件事跟以前告你的状的事是一码事。"

辛为民说："很可能。"

黄百正说："黑黑，准是那些告你的人干的。你估计哪个人可能性最大？我先说明一下，是估计，这么大的事，不能随便给人……"

刘黑黑哭丧着脸说："我一下子也说不来。你们知道告我状的是四十八人联名告的，谁知道是哪个王八蛋苦苦害我一家哩！要叫我具体说，不用说，错不了，准是那个不要脸的小月亮干的……"

黄百正说："告状告得最凶的就是那个小月亮。这个人大可怀疑。不过还有一个人也值得怀疑，就是那个任腊生。他跟你家红红恋爱，你家红红半道儿跟他吹了，红红又跟春生好上，任腊生当然有气。两个年轻人争你家一个红红，自然就争出大麻烦来了。"

刘黑黑说："不可能吧。腊生虽然跟红红吹了。可是他已经有了新对象，还是个什么……"

和喜林说："这你就不懂了。自古道'杀父之仇，夺妻之恨'，那个气大着哩……"

刘黑黑说："是倒是。不过这件事，你们就不要怀疑别人。就是那个小月亮没错。你们想想，过去我罚过她男人的工分，她告我的状告了一年多又打了败仗回来，她能甘心吗？炸房的事，成不了别人……”

黄百正说：“那可不一定。我看十有八九问题就出在你家红红身上……”

和喜林说：“有可能。那四十八名告状人之中不是也有任腊生的名字吗？”

刘黑黑一想，骂道：“要是他狗日的，我非跟他拼了不可！”

黄百正说：“这仅仅是个怀疑，你先不要骂人……”

保管员苏小发走来说是菜好了，村主任任木林便吩咐搬桌，上菜，拿酒。

一会儿，炒豆腐、炒鸡蛋、炒花生米、罐头鱼、罐头香肠、罐头蘑菇、罐头红烧肉、罐头牛肉八盘菜摆满一桌，两瓶汾酒，两瓶啤酒，两瓶高橙饮料，两盒“黄果树”香烟，两盒火柴，堆满一桌。走一村，吃一顿，村比村，菜比菜，已是当地的长年老规矩，不拘是什么事，酒肉挂帅，烟茶先行，乡镇大员们视为平常小事，总是心安理得地上座。每每举杯对酌，总是一醉方休。镇上来的大员们一个个把酒杯高高举起。

镇领导们酒罢饭毕，动身走时，定下一个小苏村爆炸事件调查组，由副镇长和喜林、公安派出所所长黄百正分任正副组长，负责调查，破获爆炸一案。其实，除了正副组长，只有镇政府秘书李如光一个组员，官多兵少，是当今一大创造。凡事动不动先给你戴一顶官帽子，否则，工作没有积极性。

和喜林、黄百正他们开始工作，还是从上次四十八名村民联名告刘黑黑一事入手。

四十八名村民，到底谁是行凶炸房犯呢？

2. 怀疑一个人

四十八名告状人，任腊生也是其中一名。派出所所长黄百正认为这位任腊生行凶炸房的可能性最大。应该是第一名嫌疑对象，其次再考虑小月亮。但是要怀疑任腊生，还必须从刘黑黑的女儿刘红红入手。

黄百正陪同副镇长和喜林一起来到刘黑黑家。

刘黑黑家六口人都坐在院里抱头叹气。女主人任香女却坐在一张小板凳上哭哭骂骂，说是等抓住爆炸犯，要把他千刀万剐了……

只有大儿媳妇李兰花和红红二人在厨房里做饭。

黄百正朝红红说："红红，你来，咱们谈谈……"

红红在厨房里正系了围裙切莱，刀还"噔噔"切着，回头眊黄百正一眼："跟我有啥好谈的!"

"有谈的、有谈的，你来嘛。"

"有谈的你就谈吧。"

"你来嘛……"

红红很不高兴。她围裙也不解。走出厨房……

做嫂子的李兰花见黄百正叫小姑子谈话，当着她的面又不肯谈，不觉醋意大发。原来前些时黄百正在这个小苏村调查四十八名群众告刘黑黑一事时，这位支书家的少奶奶便同黄所长勾搭上了。红红每每打黄百正面前走过，黄百正双目直瞪瞪迎她来，双目直瞪瞪送她去，总不肯离开红红。少奶奶为此私下里审问过派出所所长多次。李兰花最讨厌黄百正同红红在一起说话。

黄百正、和喜林同红红来到红红家不曾炸着的西边小库房里来。

红红双手揪着围裙站在地上问：“有话快说，有屁快放……”

和喜林指指墙根处的一条板凳：“红红，你坐下说话。”

“坐什么？我还急着有事。”

黄百正上上下下只管看红红，却不说话。

门朝西开的厨房里的李兰花擀面擀不在心上，只管歪头瞧门朝东开的小库房的动静。看到黄百正只管目不转睛地看红红，鼻子里好酸好酸，心头好疼好疼：“我操你八辈祖宗，看我不敢一刀砍掉你那个骷髅……

李兰花刚提起刀，只见黄百正拿出个小本本写字哩，也就暂息老怒了。

小库房里的黄百正边问边记：“你跟腊生是什么时候吹了的？”

红红反问道：“吹什么？”

“你跟腊生过去不是恋爱过吗？”

“我没跟他恋爱过。”

“过去你跟腊生不是好过吗？”

“我没跟他好过。”

“不，不是实话。过去我住在你们小苏村，腊生天天来找你……”

“找找我就是好过？”

“那时候我发现你们两个很谈得来……”

“我跟谁也谈得来。”

“不，你们两个常是在一起半夜半夜地坐……”

“坐就是坐，坐坐怕什么？坐坐就是谈恋爱？我跟东院老爷爷也在一起坐过，我跟西院老奶奶也在一起坐过，也是谈恋爱……”

“不。你们还一起到过郑州，上过太原。”

“那是跟我爸爸一起去的，有什么问题？”

“在郑州你跟谁住在一起？”

“是个女的，南方人。怎么，我跟那个女人也有问题？”

“你跟腊生单独在一间屋子里坐过……”

“坐过怎么啦？”

“我早就听说过，你们在郑州时，你爸爸有事出去，你们在一起……”

“在一起就怎么啦？你要说什么就直说吧，别问这些淡话。”

“不是淡话。这些情况很重要。既是这样，你总不能否认你跟腊生恋爱过吧。”

“他爱我，我不爱他！”

“既然你不爱他，在郑州为什么在一起……”

“玩玩嘛！玩玩跟恋爱是两码事。”

“只怕问题就出在这个‘玩玩’上边。后来你为什么不跟他玩儿了？”

“腻了嘛！”

“是你提出来不跟他好了？”

“我又没同他一起鞠过躬，我有那个自由！”

“当时他一定很生你的气吧？”

“他想生气就生他的气，我管不着。”

“当时腊生生了你的气。说过什么话？”

“忘了！谁记那些淡事哩！”

“不是淡事。你好好想想。”

“想什么？他说如果我敢跟春生好，他就敢把春生一刀砍死。”

“现在你不是正跟春生谈恋爱吗？”

“是又怎么样？这是我的自由。”

“是你的自由。很明白，问题就出在这儿。”

“啊！你说是腊生炸了我家的房？可是他只说过要杀春生，没说过别的……”

“这只是个怀疑，还不能肯定……”

但是，经黄百正、和喜林他们根据红红所说事实研究，认定那个任腊生是炸房事件第一个嫌疑分子，要进一步在任腊生身上下功夫。

黄百正他们正待下功夫在任腊生身上做文章。不意任腊生却单身独马消闲自在地走进红红家院里来。

黄百正见是任腊生走来，忙低声跟和喜林说：“就是这个家伙！”

刘红红回到厨房里刚刚拿起厨刀切菜，发现任腊生来了。不由得怒气满腔。“坏东西！做事那么歹毒！绝没有好下场！”可是她的双目却扑啦啦涌出两行热泪。

黄百正对和喜林说：“看看这家伙做什么来了。”

任腊生向楼房走来。

黄百正连忙出来阻止道：“任腊生，坏人行凶的现场不得随便走动，请你离远点。”

任腊生站下来，只是歪头看看屋子里炸毁的情形。说：“真可惜！好好的一座楼房。炸成这个样儿，太可惜了！什么人这么坏，炸人家的房子。太缺德啦！”

黄百正心里却说：这个家伙也这么说，简直是装蒜！

任腊生回头跟黄百正说："黄所长，依我看这个炸房家伙出不了小苏村。别村人不会到小苏村来干这种事的！太瘆人啦！"

黄百正心里又是一句：装蒜！他本来想跟任腊生试谈试谈，以为还须从旁多方了解，放他走了。

一会儿，李兰花请和喜林、黄百正他们吃午饭，又是四个菜，两瓶酒。

黄百正唤刘黑黑一起吃饭，刘黑黑说："我吃不下去呀！请你们先吃吧。"

和喜林说："你也不要生气，你也不要着急。等案子水落石出，一切还会有的。"

刘黑黑勉强入座，黄百正就要同他碰杯。刘黑黑勉强举杯同他碰一碰，这一碰，碰得刘黑黑心下好酸好痛。因为几年来，他身为小苏村的一把手，几乎天天要同人碰杯，不知碰过多少次杯，只今天这一碰，碰得他一颗心好痛！好痛！

碰杯之中，黄百正说炸房一案应该从任腊生入手，希望刘黑黑对于任腊生的行凶提供些线索。刘黑黑却大吃一惊："什么？你们怀疑腊生是炸房的凶手？不可能！不可能！他平素对我很好哩……"

黄百正说："问题就在于这个平日对你好上。——既然对你好，四十八名告状人里为什么也有他的名字？"

"那是他上了别人的当……"

"什么上了别人的当，你也太老实，太天真了。别人把你当傻瓜卖了，你还会说'谢谢'哩。你好好想想吧，好好想想任腊生近一个时期有什么不正常的言语，行动……"

刘黑黑低头想想，说："别的想不起来，就是最近他唤我打麻将，我没有去。还有，有一天我看见他笑眯眯地打小月亮家出来，一看见我，他就把面孔板起来了，莫非问题就出在这里？"

黄百正说："还有你家红红跟腊生吹了以后，又跟春生好上，腊生说过要杀春生，不也是一个重大线索？"

"他只说要杀春生，怎么又来炸我的房子呢？"

"大傻瓜！腊生恨春生，就不恨你家红红？他既恨你家红红，又恨你不该碰上他去小月亮家，两恨并一恨，他就起了歹意，不是很明显吗？"

"他妈的，这个小月亮真是第一个坏事的妖精……"

3. 隔窗一火柱

其实，小月亮是不是妖精，支部书记刘黑黑最知底细。

一九七七年刘黑黑当了当时的大队主任以后，他把全村里二十三名年轻媳妇和九名姑娘都暗暗打进他的袭击计划之中。他要创造个袭击妇女第一名。

刘黑黑袭击女人的最佳时间是五更鸡叫三四点时刻。此时此刻，女人们正跟各自的丈夫一起在屋里床上睡大觉，他如何进行袭击呢？他有高招。

当时正是"农业学大寨"学得起劲儿时候，"起早摸黑干，一天两送饭"，村村如此。刘黑黑就钻了"起早摸黑干"这个空子。

当大队干部真不容易。大冬天里，每天每日大早三四点时分，刘黑黑总是第一个起床，而后便向全村社员高声广播："全体社员请注意，除了有小孩子和做早饭的妇女，一律修大寨田走啦!”

等得所有男社员们和不务家务的姑娘们摸黑起床，摸黑修大寨田走后，社员们嫌冷，在大寨田里架起堆堆玉米秆大火烤火取暖之时，便是刘黑黑袭击女社员之际。当天他计划袭击哪位女人，便特意儿注意看到那位女人的丈夫扛着镢头修大寨田去了，他就鬼鬼祟祟地溜进那一家，把那一家女人的热被子一手撩起来。刘黑黑如此撩人家的被子，钻人家的热被窝，自然有许多女人大吃其惊，有许多女人拧他的腮帮子，有许多女人唾他的脸，但是，因为他是大队主任，有权有势；因为她们赤身躺在被窝里，自卫能力极小，有什么办法呢?

当时，这位大队主任刘黑黑差不多天天如此袭击人家的热被窝。刘黑黑如此做来，哪里还像个大队主任?只因女人们大都顾面子，不吭不道。到了白天，刘黑黑在小苏村的大街小巷摇摇摆摆走来走去，开会讲话，抓革命，促生产，俨然还是一个堂堂大队主任。五更天他的所作所为，谁人晓得哩?

但是有一天五更时分，刘黑黑广播男人们修大寨田走后，当天他的袭击目标是小月亮。何谓小月亮?天空的月亮是美的象征之一。古人有言“花容月貌”，便是此意。小月亮本名陈小青，人们见她长得俊，合乎“花容月貌”之意，便给她叫了“小月亮”的绰号。当然小月亮成了刘黑黑的重点袭击对象。

人们大五更里又叫刘黑黑赶到山沟里修大寨田走了。刘黑黑看得清楚，小月亮的男人苏四四也修大寨田走了。于是，刘黑黑行其故技，便鬼鬼祟祟摸到小月亮家门口，正兴冲冲地抬手推门而入，也不看那门是否推开，头头尾尾一起往屋里碰，不意却把脑门碰起来一个大包，他站着醒醒神儿：“他妈的!我明明看见四四扛了镢头去了，门怎么还关着?”便走在窗台处把脸贴在窗玻璃上低声呼道："小青，小青……"

小月亮听得是刘黑黑在窗外边喊叫，她极讨厌这位大队主任的为人，连忙故作"呼呼"鼾声，"呼呼"大响不已。

刘黑黑急了："小青，你听不出是谁？是我呀！我是黑黑，我是黑黑……"

回答刘黑黑的只是"呼呼"一阵子鼾声。

刘黑黑无可奈何地走了。当天上午，刘黑黑又溜到小月亮家来。

小月亮的心同她的模样一样，是个好心肠人。可是她也很讨厌黑黑一流不务正道的干部，她极恨这个刘黑黑，说："大白天怎么也不上地，只管串门儿？"

刘黑黑"嘻嘻"笑道："你这个人真讨厌，今天五更时分我在窗外叫你，你怎么不应声儿？"

"我下梦州路远，怎么听得见呢？"

"装洋蒜！"

"你说是洋蒜就算是洋蒜，你说是洋葱就算是洋葱，什么事不是全在大主任一句话哩！"

"咱黑黑是一村之主，说话不算数，就没法儿领导全苏村三百口大众向前奔啦……"他一边说话，一边凑上前来，不问长不问短，便动手动脚。小月亮一趔身，说："大天白日，你是做什么？"

"五更黑夜里你不开门嘛。"

"大五更天你来做什么？"

"有事找你呀……"

小月亮听他说话酸溜溜地好讨人厌。她不想跟他多说，低头一想，说："谁知道你大黑五更天要来……"

“好！你不知道，我现在正式告你说，你可要记住：明天鸡叫五更时分四四上大寨田走后，你可要给我留着门。”

“那是四四要关门……”

“放屁，四四出了门，怎么能再关门，明明就是你关了门。明天五更你不要关门了……”

“大主任说了话，我记住了。”

可是小月亮心里却说：“你明天再来吧，我总会制你个‘一去不再来’！”

到了次日五更时分，刘黑黑广播大家上工以后，眼看着苏四四扛了镢头走后，刘黑黑好不高兴，以为好时刻可算等到了。便蹑手蹑脚摸到小月亮家门口，兴致勃勃地抬手就推门，奇怪，那门竟然还是关着。刘黑黑很扫兴，很生气。又来到窗口处：“小青，小青……”

屋里仍然只有“呼呼”大作的鼾声。

“小青，小青，是我……”

屋里的鼾声更响亮了。

“小青，小青，你忘了……”

屋里仍热鼾声连连，但是就在小月亮的鼾声“呼呼”作响的同时，就在刘黑黑喊小青的同时，窗格里忽然“出溜”一下子穿出一根红朗朗的东西，擦刘黑黑的肩头而过，吓了刘黑黑一跳。他还没有省过神来是怎么一回事儿，只听小月亮在屋里高声大喊：“有小偷，快抓小偷啦……”

刘黑黑好气好急：“这个小月亮，明知是我，怎么还要抓小偷？”忙低声说：“小青，是我……”

屋里人只管大喊抓小偷，不理刘黑黑的茬。刘黑黑害怕真的有人闻声而来抓他，夹着尾巴逃跑了。

白日里，刘黑黑又来了，责问小月亮为什么不讲信用？为什么还是关着门？小月亮说："大五更黑夜里谁敢豁着门睡觉？我没那个胆量。"

"关着门也罢了，怎么唤你，不开门也罢了，还攮出红通通一根烧红的火柱攮我，搞的是什么名堂……"

"我只当是有了小偷，小偷都是好厉害的，我不烧红火柱对付他，他就要害我……"

"你明明知道是我黑黑，你可胡喊乱叫捉小偷，哪有毬个小偷！"

"半夜三更有人叫门，哪能是好人？吓也把人吓糊涂了，谁还想得起来是大主任……"

"我看你是故意捉弄我。"

"捉弄谁也行，谁敢捉弄你。"

"那好。我问你，明天五更你忘了忘不了？"

"明天就记住了。"

于是，第三天五更鸡叫时分，刘黑黑广播众人赶快修大寨田走后，满怀喜悦又来推小月亮的门，不想那门一如前两日，同样关得个实实在在。刘黑黑气极！这家伙！天天骗我！太欺人啦！——不，我不信她会看不起我大主任，也许是她胆子太小，真的是怕小偷。便又低声喊："小青，小青，是我呀，告你说，不是小偷……"

屋里人也没应声，也没有鼾声。刘黑黑很高兴：有门儿，今天大有希望，今天她醒着，今天她没有喊抓小偷，没有烧火柱。便又喊："小青，小青……"

刘黑黑喊声未落，忽然打窗里又穿出一根红通通的东西，竟然擦他的一只耳朵而过，他疾呼一声"妈呀！"摸摸那个耳朵，好疼好疼，好烫好烫。正待骂小月亮，只听屋里的小月亮大声疾呼道："东邻家西邻家，为家快来把鬼抓；东屋叔西屋婶，半夜有鬼打我的门……"

刘黑黑恨死了小月亮："他妈的，昨天抓我的小偷，今天又捉我的鬼，来这一套，我轻饶不了你！"可是他也不敢争辩他不是鬼，也不肯就走，还低声说："小青，是我，你不要大喊大叫好不好……"

小月亮不理他，只管喊叫捉鬼。刘黑黑害怕邻家们出来，连忙溜走了。

刘黑黑摸黑走在街上，心里好不舒坦："他妈的，叫女人们的门老吃闭门羹，这还是第一次哩！"

刘黑黑的耳朵只是烫伤一点皮。无妨大体。但是他女人任香女发现了，问他："你的耳朵怎啦？"

刘黑黑只好撒谎："我去大寨田检查，他们烘火烘得太大，我烤火离火太近，不防烧了耳朵。就是烧了一点皮，没关系。想不到烤火会烧了耳朵，这还是第一次哩。真见鬼！"

刘黑黑哪里肯吃小月亮的亏？有一天五更，苏四四起床慢点，晚上工不到五分钟，刘黑黑便执法如山，罚了苏四四一百分工分。

苏四四受罚，很为不满。跟小月亮说："他妈的！黑黑的心真黑，我今天上工晚到五分钟，他就罚了我一百分工分！"

小月亮听言却笑了："那敢情好。"

"你还笑哩，人家罚了我一百分工分，你不生气，你还说好……"

"当然好呀！在小苏村大队，挣上工分挣得越多，赔钱越多，谁不知道。人家大苏村多挣一个工能多分六毛钱，咱们小苏村多做一个工，结算下来，才八分钱。一个工八分，一百分十个工，才八块钱，今年年终结算，咱们大不过少分八块钱，何乐而不为哩。”

“倒也是，总是受了罚，总是脸上不光彩……”

小月亮说：“脸上虽然不光彩，头上可光彩……”

“头上有什么光彩不光彩！”

“当然是头上光彩。他罚了你一百个工分，这一罚，罚得好，你的头上可就少了一顶乌龟帽子，还不光彩吗？八块钱花得还不值吗？”

一句话提醒了苏四四。他说：“这个王八蛋主任，欺人欺到我的头上来，算狗日的瞎了眼！”

但是刘黑黑却还要苏四四“等着瞧”！

刘黑黑想起往事，想起小月亮，把他气得咬牙切齿。他跟黄百正说：“是呀，是有问题，那个腊生真也不是个好东西。那一次上凤山镇，是腊生开拖拉机去的，他说话就很蹊跷……”

黄百正问：“怎么回事，你说说。”

“很简单。有一天黑夜我们几个干部在一起玩……”刘黑黑忽然感到说漏了嘴，连忙改正，道：“是我们在一起开会……”

什么开会？实际上是他们几个干部在一起“哗啦哗啦”垒城墙，打麻将，赌钱。

4. 争夺一张牌

麻将牌，赌具是也。

赌博曾经盛行于漫长漫长的旧社会。

赌博使得许多人卖房、卖地、卖儿卖女卖老婆，倾家荡产。

吃、喝、嫖、赌、抽，是旧社会的五大害。

共产党领导人民群众砸烂旧社会砸得好痛快，人们在斗封建的同时，连同烟具，连同烟鬼，连同纸牌、骨牌、麻将牌、宝盒子一起斗倒斗光，在新中国荡然无存。

一场史无前例，造反派们口喊破四旧，手玩老四旧。他们往往喊罢破四旧的口号之后，不知从何处弄来麻将牌，开始只是玩玩，接着便玩赌纸烟，赢一盘，也不过赢三支“代代红”，实属玩玩之意。而后又赌葵花子儿，赢一盘，也不过是三把葵花子而已。而后又赌烧饼，赢一盘也不过三个大烧饼。但是如果赢五盘，便是十五个大烧饼，要那么多大烧饼何用？况且大烧饼在赌场上用黑手抓了扔来扔去，不卫生，不文明，于是乎便有人提意见赌钱。开始也不过分分毛毛，而后是三元五元，而后十元二十元，而后越玩越大，偃旗息鼓多年的赌风，又打造反派们的手上死灰复燃了。但当时那赌风还只是在镇上在城里幽灵一般地明明灭灭，但既是一股风，风便不会老是原地不动地吹，原地不动地刮，必然是步步吹散开来，于是，便也吹到农村里来。但农村的赌风也大都始于村干部。一般农民谁见过？一般农民群众谁敢兴此风，作此浪。如今的小苏村虽然已有十多副麻将牌，但是真正常打麻将牌者还是刘黑黑一干村干部们。

如今当一个农村干部，如果你愿意做工作，工作很多很多，做不完的。如果你不愿老老实实做工作，完全可以什么也不做。小苏村的老百姓说得好：“如今的村干部除了秋后催催群众秋耕地，什么事也没有了。”

既当村干部，工作又很少，承包土地也不多，又挣着工资，又有办法拿外快，日子又过得去，甩着两只大手做什么？——打麻将吧。

刘黑黑他们也想学着城里人一张方桌四下坐四个人“哗啦哗啦”高雅一番。做了支书的刘黑黑，还有村委主任任木林，会计苏大旺，保管苏小发，正好一桌。

刘黑黑他们赌博，为了消除不良影响，常常在夜里来到大庙上，把庙门一关，高楼深院的大庙里任凭那麻将牌“哗哗啦啦”乱响，谁人可以听得！

刘黑黑一伙赌博，越赌，赌瘾越大，往往一赌一个通宵。几个人通宵作赌，一块块小小的麻将牌虽像一块砖，那砖虽然又小又轻，但搬一夜小砖，垒一夜小城，很累很累的，一个个感到很疲乏，很疲乏。于是，便又有人提到如今抽吗啡者不少，那玩意儿能解乏，何不也抽他几口？于是，他们又设法弄来吗啡，各个赌得筋疲力尽时，便抽他几口，便感到精神倍增。为了夜夜精神倍增垒小小的城墙，便夜夜各抽几口。如此连抽几夜，几个村干部便变作双料鬼——赌鬼＋烟鬼。

做赌鬼要输钱，做烟鬼要花钱，做鬼之钱从何而来？当支书的刘黑黑，当主任的任木林，当会计的苏大旺，每人每年的工资不过数百元。但是他们每人每天抽吗啡需要二三元钱，只此一项，每人每年便要花数百元以至千余元。他们赌钱。往往每夜动辄四五十元甚至百十元的输赢，钱打何处来？因为他们手中钱有限，在他们垒小城墙之中，赢了，便笑，往往输了便恼，恼羞成怒，便吵，便闹，便大打出手。大庙里常常少不了武打戏唱。

一日晚上，他们打麻将打到“西风对”那一牌的最后，苏大旺出了一张“八万”，刘黑黑立马喊道：“好！就是这一张！”便伸手来拿那个“八万”。谁知此刻任木林却把那个“八万”抢在手，说：“看我的吧。”原来任木林也等着“八万”成牌，他在刘黑黑上首，自然该他成牌。可是身为支书的刘黑黑已经连输三夜，当晚也是输家，把他输得急了，输得眼红了，竟不顾牌场规矩，硬说是他先说了成牌，就该他成牌。任木林自然不让，刘黑黑便打他手里夺那个“八万”，任木林不放，刘黑黑不让，一来二去，便开始武斗。刘黑黑抓起一把小方块儿照任木林劈脸打来。任木林火了，嚷道：“好呀，身为党支部书记，你还打人！”他也抓起一把小方块冲刘黑黑打来。

刘黑黑大怒，嚷道：“你当老子不敢打你，老子打了你，老子还要打你，你告老子去！”

于是乎，两双拳头乱戮乱打，四只脚乱蹬乱踩，把那一百二十八块小方块蹬得满世界乱飞。等苏大旺、苏小发二人把他们劝解下，刘黑黑还在嚷：“大旺，你去把治安主任唤来！他耍赖！他还打人……”

苏大旺笑道：“好我的大支书哩，咱们赌钱，什么光彩事，躲治安主任还躲不及，你还叫治安主任来……”

刘黑黑吼道：“扯淡！治安主任就怎啦？他不是在我支书领导之下吗？他不也天天在家里垒城墙吗？”

“我知道他也垒过城墙。可是这种事只能互相装看不见，互相装不知道，互相不提那码事，自然也就没事了。你今天敲明叫响地叫他来赌场上处理因争着成牌引起的打架斗殴之事，这事上得桌面吗？”

刘黑黑想想也是，狠狠地骂道：“操他妈！老子受了气，想打官司也不能打！”

苏小发说："赌场打架不记仇，来，再打两圈又成了好朋友。"

刘黑黑说："打就打。——可是深更半夜的，我饿了……"

苏小发说："饿了就吃。你们稍等一会儿，我去弄吃的。"

苏小发的仓库里有米有面有油有菜，常常招待上级干部用的。可是一干赌鬼又想吃又懒得做，只好到供销社买现成的吃。苏小发奔来供销社窗口，叫冬青，供销社的任冬青不想开门，强睁着惺忪之眼，隔窗交给苏小发两盒子糕点，两瓶鹌鹑蛋罐头，四瓶饮料。苏小发抱了满怀吃食，说一句："记上吧。"就走。

任冬青问："还不给钱？账面上已经记下四百多元了，弄得我们没法周转……"

"别怕，黄不了你的。明儿个就跟你算账。"

四个村干部大吃大喝一顿，闹得满世界都是鹌鹑蛋皮。

四个村干部吃饱喝足，又"哗啦哗啦"开始垒城墙。

刘黑黑边垒城墙边问保管苏小发："供销社的账哩？"

苏小发边垒城墙边回答："我叫冬青记了账。"

"是不是又有好长时间没跟冬青算账？"

"大概是一个多月。"

"又累下不少吧？"

"不多，才四百多元。"

"大旺，这个钱早晚要给人家，你付了不就得了，不要累得太多了。"

会计苏大旺说："眼下没现款。"

"你胡扯！你是怎么当这个大总管的？前几天林业上不是

交回三千元承包费来？你做毬甚来几天就给我弄光啦？”

苏大旺说：“你的记性叫狗偷吃啦？林业上交来的三千，你当天就拿去一千，第二天木林又拿去五百，第三天你又拿去三百……”

刘黑黑说：“那也还该有一千二哩？”

“你买冰箱欠人家的钱，人家也拿走了。”

刘黑黑无话可说了。发狠说：“他奶奶的，钱是越来越不够花了。”

刘黑黑花村委会会计那里的钱如同花他太太任香女手里的钱一样，很随便的。也有不同之处：花他太太手里的钱，往往还有几分心疼，花起来不那么痛快的。花村委会那里的钱，却总是大大方方，随随便便，痛痛快快，无所顾虑的。小苏村虽是个穷村，刘黑黑他们花钱却大富大发派头十足。

当晚，他们打麻将打到鸡叫五更时分，八圈已完，村主任任木林说：“同志们，咱们今晚不能再打了。”

刘黑黑说：“打！继续打！为什么不能再打了？”

会计苏大旺说：“你们明天上午不是要到镇里开会去吗？”

刘黑黑这才想起开会之事：“他妈的国民党税多，咱们共产党就是会多！”他明白到镇上开会如果在会场上打瞌睡，辛书记就敢当场点你的名，怪丢面子的。只好停打。

打牌一收场，刘黑黑总是往那只床上一躺，摆开一个大字，抽他的烟，第一把手是不管打扫战场之事的。

刘黑黑躺在床上边抽烟边分派任务：“小发，你准备八篓子苹果八篓子黄梨；再准备八十斤红豆分开装八个袋子，每袋十斤；再准备八十斤麻油，装八个油壶，每壶十斤。早晨八点以前我们就开路。大旺，你大早告说腊生，叫他的小四轮去送一趟。”

5. 满载一车货

次日早上八点，刘黑黑、任木林前往凤山镇走后，任腊生也开着小四轮开往凤山镇。

到了凤山镇，刘黑黑说："腊生，你听我的指挥，我叫你去哪，你就去哪。凤山镇大庙、小庙十八座庙，咱们今天先进八座庙，凤山镇的大神、小神七十二尊神，咱们今天先敬八尊神。"

任腊生对于每年秋后村里载了香油、红豆、苹果、大梨到镇上，到城里给各路神仙进贡之举甚为不满。说："庙太多，神太多，老百姓不穷有啥法！"

刘黑黑冲任腊生说："什么话？年轻人嘴上没毛，说话不牢。不要胡说！要知道没有这许多庙，没有这许多神，我们就寸步难行哩。我们不给信用社那座庙烧香，你到贷款时候能贷上吗？你不给煤电厂、硫磺厂、铁厂、瓷厂几座庙烧香，有了指标，轮得上咱们小苏村的年轻人去上工吗？你不给法庭那座庙烧香，遇个事，你能打赢官司吗？你不给派出所那座庙烧香，小苏村出了事，你能大事化小，小事化了吗？还有……"

任腊生说："他们吃皇粮，保皇王；吃公粮，保公王，是他们的职责。咱们送公粮，交农税，已经尽了咱们的职责。可是遇事还得逢庙烧香，遇神磕头，如今的庙越盖越多，现在的神像越塑越多，叫人有烧不完的香，磕不完的头，就老农没出息，就老农民尽日里低三下四……"

任木林说："说怪话抵不了二合米吃，赶快行动，不要误了开会……"

任腊生的小四轮先开到派出所院内，给那位黄百正所长搬下一篓苹果，一篓梨，放下十斤红豆，十斤香油，还不行，黄百正还把刘黑黑拉在一边低声说："老刘，腊月里你还得给咱弄点绿皮大豆，也叫咱生点大豆芽。还有，我们过年还没核桃哩……"

刘黑黑大大咧咧地说："我的大黄所长哩，你何必操这份心？大豆也好核桃也好，到时候送年货，第一家我先给你送，你怕什么？蒸年糕你不用点大红枣？小苏村的大枣可是全镇里第一份哩。"

"用，用，还能不用大红枣……"

"好，大红枣也有你的……"

任腊生听清了他们的私语，一旁大声喊道："还有醋哩、酱哩、鞭哩、炮哩、贴对联的大红纸哩。一并买了送来吗？……"

黄百正听他说话刺耳，问刘黑黑："这是个什么东西？"

刘黑黑说："他是我们小苏村第一个大八毛，不要理他。"回头训斥任腊生："八毛啥哩？到哪也改不了你那个'八毛'脾气！"

刘黑黑向和喜林、黄百正介绍任腊生的情况，说到这里，他说："你听听腊生说些什么话，他孬着哩！炸房的事，这个家伙就是值得怀疑。"

黄百正说："你这么一说，我也想起来了，是有那么回事。我就说那个任腊生应该怀疑。再加上红红跟他吹了的事。"

刘黑黑说："等把问题查清，我轻饶不了他！"

现在还说刘黑黑那天到凤山镇送物品之事。

任腊生开着小四轮去过信用社主任家，去过煤电厂厂长家，还有铁厂厂长、硫磺厂厂长等几家，最后来到镇党委书记辛为民家，放下各色贡品，刘黑黑说：“辛书记，过大年你还需要些啥，趁早说话。”

辛为民说：“啥也有了，不需要什么了。——唉，有点小事还得请你帮忙。明年春天我计划开工盖新房，还缺点，还缺点……”

刘黑黑脑子好快好灵：“辛书记，一定是木料还不大足吧，木料好说，你盖房，檩梁椽柱咱们小苏村全包了。”

辛为民说：“不，哪能呢？我就是缺七根檩条，两根柱木，我打算进城时找找木材公司……”

“找毬木材公司做甚？我们小苏村那个大松林是全镇第一个大松林，缺了辛书记你那点木料？”

6. 半夜一件案

过了两天，刘黑黑声言上级派下二十二根木料的任务，派群众到南松坡一气锯倒二十三棵大松树，计划给辛为民送去几棵，其余十四棵，他们夜里行动，把松木截短，抬到刘黑黑家楼上五棵树的木料，主任任木林，会计苏大旺，保管苏小发各得三棵树的木料，各个准备盖新房用。当他们抬着木料往任木林家里送，路过小月亮家大门口时，正好小月亮站在门口，还有个罗来来。罗来来、小月亮看见是刘黑黑、任木林他们深夜摸黑抬木头，知道他们不是干好事，偷抬木头之事偏又叫他们看见。任木林以为罗来来、小月亮二人向来爱多事，偷抬木头之事偏又叫他们二人看见，如何是好？一想，计上心来。便放下肩上的木头，闯进小月亮家院里，冲罗来来说：“来来，半夜三更的你还鬼鬼祟祟地串户游门，偷鸡摸狗，败坏村风；小青，你也不是好东西，尽跟男人们鬼混。伤风败俗！走，你们两个一起跟我走……”

小月亮不是个饶人的。她跟苏四四结婚七八年，不知有多少男人打过她的主意，小月亮一一把他们推出门去，因而又不知惹下多少人，连刘黑黑、任木林、苏大旺几个村主干也给惹下了。今天见任木林说话难听，还要她同来来跟了他们走，想到任木林是故意找茬儿报复人，看到他们半夜里往家里抬木头不做好事，她不跟任木林走，反而大声嚷道：“谁鬼鬼祟祟啦？你们半夜三更偷大伙的木头，那才叫鬼鬼祟祟不做好事哩！我们没有抓你们的小偷、大盗，你还想抓我，咱就看谁抓谁哩！——大主任，走！咱们一同到镇政府去……”

任木林火了：“什么东西！半夜三更偷鸡摸狗，不嫌丢人败兴，你还……”

“你先撒泡尿照照你自己是什么东西！身为村主任，三更半夜偷公众的木头，不嫌丢人败兴，你还诬蔑好人……”

“你胡说！深更半夜你窝藏奸夫……”

小月亮手指罗来来说道：“你说的奸夫就是他吧？”

任木林吼道：“不是他是谁？事实摆在面前，你想抵赖也抵赖不了……”

小月亮笑道：“这个奸夫不是我窝藏的……”

“笑话，眼看着他从你家出来，你还不认账……”

这时候小月亮的男人苏四四忽然打屋里出来，说：“要说窝藏，也只能说是我窝藏了来来……”

任木林忽然傻了眼。只一想，又吼道：“好你个四四，你睡在炕后边，你媳妇就在炕前边跟来来办坏事，一顶乌龟王八帽戴在了你的头上，你不嫌丢人败兴，你还替你媳妇的奸夫辩护，是咋啦？怕老婆顶灯也不能怕到这个地步吧！”

罗来来也嚷道：“有什么根据？你血口喷人！”

小月亮说：“你一口一个奸夫，你见来？你见来？”

“半夜三更罗来来在你家做什么？”

小月亮说：“你实在要逼我们说实话，好吧，咱就实打实说，来来在我家是等一些人……”

“胡说！三更半夜他在你家等什么人？”

“因为我家在路口，因为我们猜今天黑夜必然有人偷抬木头！所以来来来到我家等着，我们想看看是什么人偷抬公众的木头。我们只当是哪里的野贼野盗偷我们村的木头。没想到是大主任……”

任木林一时说不上来，保管苏小发忙说：“这是给上头准备的木头……”

小月亮说：“给上头的木头，大天白日抬，多么光明正大，为什么半夜三更里偷偷摸摸……”

任木林忙说：“白天忙，没工夫……”

“白天有什么忙的？不是打麻将，就是下梦州……”

“你不要诬蔑共产党员！——算啦算啦！你们忙你们的，我们忙我们的，我们也不管你们的闲事，你们也不要干涉村委会的公事……”

小月亮说：“什么公事，明明是偷木头……”

这时候，刘黑黑跟儿子刘红生也抬着一根木头路过这里。问明他们吵架的原因之后，刘黑黑想到过去小月亮隔窗攮他一火柱之恨，二则想到他们看见了半夜偷木头之事，若不给他们点厉害，将来麻烦不小。这一次的几根木头也没法儿往家里弄了，要吃大亏。必须先发制人。好在那个罗来来夜入小月亮家，说他有问题，他就有问题。于是，他说："来来跟小青在一起过夜是犯法的！木林，把他们两个拉到大庙上去！再给派出所黄所长打个电话。"

罗来来、苏四四、小月亮都要争辩，刘黑黑不听他们的，他同任木林、苏大旺、刘红生一起动手，把罗来来、小月亮二人推推搡搡推到大庙，推进上庙院那三间西厢房里，苏小发拿来一把锁"咯叭"将门锁上。刘黑黑说："小发，你去喊小旦来。这事是治安上的事，叫他赶快给镇上派出所打个电话。"

苏小发去唤刘小旦，小旦在被窝里隔窗问道："什么事，半夜三更地找麻烦！"

小发说："把来来跟小月亮扣起来了，黑黑叫你快去。"

刘小旦先吃一惊："小月亮跟来来咋啦？是不是搞流氓啦？"

"是呀！快快起来吧。"

治保主任刘小旦也摸到小月亮家动手动脚胡缠过小月亮。当时小月亮问他："小旦，你不是治保主任吗？"

刘小旦"嘻嘻"笑道："治保主任咋啦？'文革'那时候，省里一个大头头在地区看了文工团演《红色娘子军》，演罢戏，大头头就把那个女演员带走了。咱一个小小农村治保主任不过是毫毛之草，算得了什么！"说着又要动手。

小月亮躲开他，说："我又不是演员，你也去找个演员多好！"

"你比演员还漂亮哩。要不，大家都唤你是'小月亮'。"小旦又要动手。

小月亮边躲边说："小旦，你再这样，我可要去告你……"

"你去哪告我?"

"凤山镇上派出所……"

"你就是告到县上省上，县上省上处理村里的问题还得通过我刘小旦。古人说得好'强龙不压地头蛇'……"

"地头蛇也吃不了谁!"

小月亮说着就往门口走，把闭着的门"哗啦"一声拉开。两扇门敞开着，小月亮靠一扇门站定。小旦不敢到门口处来拉小月亮，只是在屋里低声说："小青，你回来嘛！你回来嘛……"

小月亮死死靠门站在门口，小旦竟没胆量到门口处来拉小月亮。看着无法制服小月亮，小旦悻悻地走了："你看不起老子，总有一天你会犯在我小旦的手里……"

今天半夜里小月亮终于被押起来，刘小旦以为正是报复小月亮之时，很高兴。一路走来，刘小旦问具体是怎么回事，苏小发把那经过说说，刘小旦听了感到不对劲儿："啊！这种事?既没当场抓住他们，没赃没证的，再说四四也在家，你们又是在大门口碰上他们的，你说来来是找小月亮怎么怎么的，人家说来来是找四四的，你说个啥?闹不好，小月亮和来来反咬你们一口，告你们一个非法拘捕人，你们一干村干都脱不掉干系的。"

小发说："嗨！你这个治保主任，来不来先替流氓犯洗涮，我看你准跟小月亮有一手。"

"毬！我才看不起她哩，你们都把小月亮捧到天上去了，我看也扯淡，就那么回事儿!我只是说没赃没证抓人家不合法，是会出事的……"

"会出什么事？乡下老百姓有几个懂得这些道道？抓就抓

啦，罚就罚啦……”

刘小旦以为苏小发说话有道理。乡下人十个人十个法盲，什么是法？支书主任的话就是法。再说那个小月亮也太可恶，竟然敢看不起我治保主任刘小旦，趁今天这个机会给她点颜色看看，也许下一次她不敢站在门口……

刘小旦来到大庙，问那两个流氓犯关在哪里？刘黑黑说两个人一起都关在上院西房里。刘小旦听言又急又气：“什么？你们把小月亮跟罗来来关在一个屋里？他们一个男的，一个女的，又是流氓犯，把他们关在一起，不正好是给他们一男一女两个流氓犯创造流氓条件吗，你们做事真糊涂！”

刘黑黑他们听言，也觉得自己做事糊涂。忙说：“真他妈的糊涂，没想到我也给他们创造这个条件。不过我糊涂也是第一次糊涂，算了。好，你来了，我们就把两个流氓交给你了，你快去把他们两个分开。”

刘小旦说：“分开好说，咱们先去看看两个人在屋里做什么？”

原来那西房里是个闲房，又没灯，大冬天里也没生火，很黑很冷的。刘黑黑、刘小旦几个人蹑手蹑脚来到西房窗前，隔窗玻璃往里看看，只见一个罗来来，一个小月亮，一男一女两个人紧紧地紧紧地依偎在一起，好亲密。刘小旦戳刘黑黑一拳：“你看我说啥来？”

苏小发说：“这不就有了赃有了证。捉奸要双，这可真的捉到双的了！”

刘黑黑看一眼，好生气：“他妈的，没想到我给你们俩创造了一个好机会！我还是第一次见这种事哩。”早已蹬门而入，大吼一声：“你们干什么！我捉了你们的双，把你们关了禁闭，你们还敢在禁闭里搞流氓……”

说来也怪，刘黑黑一伙闯进“禁闭”里来，罗来来跟小月亮紧紧依偎在一起竟然不动，竟然不肯分离开来。刘小旦越看越生气：“两个大流氓，你们听见没有？你们好大胆，事到如今，还不肯分开……”

小月亮理直气壮地说：“大冬天你们把我们锁在没火屋里，谁不知道两个人偎在一起暖和点……”

刘黑黑吼道：“他妈的，还有理哩，简直他妈的不知羞耻！——小旦，你可看见了，他们公开搞流氓，你可要依法处理。”他还惦记着松坡里的木头没扛完，急着去扛木头哩。

刘小旦把小月亮、罗来来分在两个房里关起来。

次日天明，刘黑黑借口要去交上头派下来的木头，又是派了任腊生的小四轮，载了七根木头，刘黑黑亲自押送，送到凤山镇，当面交给了镇党委书记辛为民。

刘黑黑向辛为民汇报了罗来来、小月亮之事，辛为民也以为刘黑黑他们做得不对。想到为了自己盖房，这位刘黑黑送来这么多不花钱的木料，少说也值千元之数哩，年年还吃过刘黑黑送来的好多好多苹果、大梨、小米、白面、香油、猪肉，不愿意当面说他个“不”字，把矛盾一推，推到派出所去：“黑黑，你到派出所找找黄所长，叫他去处理处理。”

刘黑黑来到派出所跟黄百正说了，黄百正说他们搞错了，说：“你回去快快把他们放了，要不，人家是会告你的。你们非法拘捕人，本来是错误的，反正我不追究此事，你们还怕什么？”

刘黑黑以为黄百正不追究他的责任，实在是那些个黄梨、苹果、香油、红豆起了作用，有价值，自然很庆幸。但是他回到小苏村来，还是不让刘小旦放罗来来、小月亮二人，他要多关他们两天，让他俩看看到底是谁厉害，要报报那隔窗一火柱的大仇。至于非法呀，合法呀之说，他不怕，他以为“我是小苏村的一把手，是非法，是合法，还不是在我的一句话哩”。

刘黑黑关小月亮，一是为了堵住小月亮看见他们偷木料之口，二是为了报那隔窗一火柱之仇。可是今天他又突然想起来小月亮被关，一定很着急，一定很害怕，在这个时候去找她，总不会再来个隔窗一火柱吧？于是，他找刘小旦要钥匙，说是他要审问小月亮。

刘小旦正想趁此机会给小月亮点厉害看看，说：“好，咱们两个一起去审问她。”

刘黑黑自然不同意，说：“不行，我要单独审问她……”

刘小旦说：“你要单独审问，你怎么也忘了我刘小旦是治保主任……”

刘黑黑想想也是，只好说：“算啦，不审她了，她那个人，招惹不得的……”

7. 告状一封信

又把小月亮、罗来来关了两天，村里人议论纷纷，甚至有人骂刘黑黑是“北霸地”。刘黑黑很生气，跟刘小旦说：“他妈的，有人骂我是‘北霸地’，这不是把我跟《红色娘子军》里的‘南霸天’扯到一起了。‘南霸天’是反动派，我刘黑黑是革命派，怎么能把我同一个反动派拉扯到一起比呢？”

刘小旦以为这个“北霸地”说法儿好笑，说：“我看中国还没有出现过‘北霸地’，这还是第一次听说哩……”

“什么第一次！——小旦，把那两个家伙放了吧。但是要给他们宣布一个条件：从今往后，不准来来再进小青家的门儿！”

刘小旦很同意，说：“毬！以后谁也别想沾小月亮的光！”

刘小旦奉命放人，先开开关小月亮的门，说：“小青，回家吧。支书说这一次对你们宽大处理，以后可要正派点，不要见天价拈风惹草地不正道……”

小月亮说：“胡说！我怎么拈风惹草不正道啦？你说，你说……”

刘小旦说：“唉！这还用问，你自己做事自己明白……”

“我不明白！你说，我怎么拈风惹草……”

“算啦算啦，对你宽大处理，够意思啦……”

“什么宽大处理？你们非法关押人，绝没有好下场！”

“怎么可以说非法关押人？——算啦算啦，反正一切都不说了，你回家吧。”

“回家就回家！回了家再说。——我问问你，来来哩，放不放他？”

“你管你得了，何必管那么宽？”

“不！你不放他，也不要放我……”

“嘿！还挺义气的！说明你们二人——算啦算啦，一切都不讲了！”

小月亮、罗来来二人都被放了。临走时，刘小旦说：“今天放你们，可有一个条件，以后不准来来再到小青家去……”

小月亮说：“没有这个法律，——来来，你有事找我，只管到我家去，没事！”

当天晚上，罗来来真的又来到小月亮家。

村里人听说小月亮被放，一会儿，村东头的苏大友也来了，罗来来、苏大友、苏四四、小月亮四个人到了一起，大说大侃，侃东侃西，句句不离刘黑黑，事事不离任木林、苏大旺。他们说起村干，越说越有气。他们说到了刘黑黑过去大旱把男人们赶去修大寨田，钻女人的热被窝之事，说到了刘黑黑他们身为村里主干，不务正业，带头大兴赌风，大兴抽吗啡之风，实在不像干部的样子之事，说到了刘黑黑一伙任意拿老百姓的血汗到处送礼，到处烧香、磕头，糟践老百姓血汗之事；说到了刘黑黑借口招待上级领导，常常支大锅吃饭，常常"黄果树""汾酒"大吃大喝之事，说到了刘黑黑一伙借口上边派下木料任务，对南松坡坡树大伐大砍，大都据为已有，大发洋财之事；说到了刘黑黑一伙每年向群众摊派两万多元，一部分挥霍浪费，一部分几个主干私分私花，村委会经济不公开之事；说了他们非法关押群众之事……他们越说气越大，以为几个村主干没做一件对群众有利之事，却吃群众的，喝群众的，花群众的，简直是小苏村群众的大害虫。他们说到气愤之处，都说应该告刘黑黑他们一状。好在小月亮会说，罗来来会写，便写定一纸告状信，列举刘黑黑等三人贪污、浪费、吸毒、赌博等共八条错误事实。而后沿门串户征求大伙意见；有的说告状信所写八条完全属实，但是怕刘黑黑他们报复，不敢签名。敢签名者共是四十八人。这就是小苏村人人皆知的那封四十八人告状信。

当时罗来来、小月亮、任腊生他们把一份告状信送交镇党委镇人民法庭以后，等了三个月，那告状信如同石投大海，没半点消息。于是，他们又二次写信，复写六份，镇党委会、镇政府、镇法庭、县委、县政府、县法院各一份，送了出去。但是又过了三个月，还是没有半点信息，苏四四、任腊生他们便有点心灰意冷，不打算再告状了。但是小月亮、罗来来却不服，便又写了告状信，亲自送到镇党委、县委会，县委会这才督促凤山镇党委尽快派人到小苏村查案。凤山镇党委这才派定副镇长和喜林、县公安局凤山镇派出所所长黄百正和镇政府秘书李如光三人组成小苏村问题调查组，由和喜林任组长，开赴小苏村来。

镇上来了干部，支书刘黑黑、主任任木林、会计苏大旺三位自然是积极接待。“黄果树”拿来一条，花茶拿来三包，又吩咐保管员苏小发赶快称面，赶快开油瓶烙大饼。可是副镇长和喜林说：“黑黑，你不要瞎忙了。我们这次下来，另有任务。同时我们这次来要发扬老八路作风，要吃派饭，你们村委会就不必支锅了。你们只管忙你们的，最好不要再找我们。到一定时候，我们会找你们的。”

刘黑黑他们听了这一番话，感到大事不妙，一个个傻了眼。刘黑黑忙说：“不能不能！横竖大庙里灶火是常生着的，锅碗瓢勺，油盐酱醋，白面大米都是现成的。过去镇上的领导来了，都在大庙里开灶的，这次也不能例外……”

和喜林说：“不能例外也得例外。黑黑，不要多说了，给我们派饭吧。”

刘黑黑有点摸不着大头小尾了，只好给他们派饭。他交代苏大旺去派饭，并且私下嘱咐他派饭要派到那些胆小怕事老实疙瘩户口去，免生是非。

而后刘黑黑、任木林、苏大旺三人又秘密聚会，估计情势，商量对策。任木林说：“镇上为什么忽然来了这么一下子？”

苏大旺说：“看来情况不妙啊！”

任木林说："和镇长到底是干什么来了，还对我们保密，还来了派出所所长，没听说咱们村谁家被盗呀？"

苏大旺说："如果是盗窃问题，黄所长来了应该先找治保主任刘小旦，他们连小旦也不找，这是搞的什么名堂？"

任木林说："是呀！"又冲刘黑黑说，"黑黑，你怎么不说话？"

刘黑黑狠狠地说："还说个毬哩？这一次和镇长他们肯定是冲我们三个人来的，你们还看不出这点火色？"

村主任任木林说："我们三个咋啦？我们三个老老实实地做工作，有什么错误？"

会计苏大旺说："是不是冲咱们抽吗啡问题来的？"

刘黑黑说："毬，如今有哪个村干部不抽？那是明事，要抓，抓就对了，不会这么鬼鬼祟祟的。"

苏大旺又说："莫非是冲咱们赌钱问题来的？"

任木林说："不会。那也是明事。如今不只村村赌，就是镇上，我看除了辛书记和岳镇长，哪个不赌钱？不过是不像咱们每天夜里干，可是他们一到星期六晚上，就'哗啦哗啦'垒城墙哩。"

他们到底是冲什么事来的呢？

任木林又说："要不，是因为咱们常常酒呀肉呀地招待上头人，犯了铺张浪费错误？"

苏大旺道："也不可能。如今哪个村不是这个样儿？再说这也不怨咱们，他们每次来了，你不拿好烟好酒，他们还批评我们思想不解放哩……"

任木林说："也许是因为咱们给上边送苹果、送大梨、送香油、送大豆送得太多，犯了请客送礼不正之风的错误……"

苏大旺说："这个问题咱们也不怕毬他！咱们送东西是不正之风，他们收东西就不是不正之风？辛书记、岳镇长、和镇长、黄所长，哪个没吃过咱们小苏村的东西？咱们送得少了，他们还张口要哩！"

任木林说："是不是因为伐树问题呢？"

刘黑黑说："伐树问题更不怕他！镇长也好，书记也好，他们谁家盖新房不用咱小苏村的木头？"

任木林说："要不是因为咱们的财务不公开，每年向群众收各种款项两万多元，没个着落……"

刘黑黑说："毬！这一点也不怕他！咱们花钱是不少，可是咱们的钱干了什么？还不是他们三天两头一伙一伙跑来大吃海喝地吃了喝了……"

几个人猜测半天，以为不拘他们是冲哪一个问题来，每一个问题都跟镇上领导人有牵连、有瓜葛，他们怎么会单单处置村干部呢？有了这点估计，他们也就轻松了许多。因为就如今来的这位调查组长、副镇长和喜林和黄所长三人而言，他们在凤山镇盖新房，不仅那大梁是小苏村送去的，那砖那瓦，小苏村也送去几大车。每年秋后他们吃小苏村的白面、红豆、大梨、苹果，也不在少数。他们如果是来查送礼问题，私自伐木问题，铺张浪费问题……不拘是哪个问题，照刘黑黑的话说："怕毬他什么？这个问题咱们不数第一。"

副镇长和喜林、派出所长黄百正、镇政府秘书李如光三人来到小苏村坚持吃派饭只吃了两天，虽然每天都能吃到一顿拉面条，但是早上黄米粥，炒山药蛋丝儿菜，晚上和子饭煮山药蛋块儿，便感到很是吃苦不小，便叫苦连天。第三天晚上，李如光便喊叫："饿得发慌。"黄百正便高呼："快得他妈的浮肿病了！”

刘黑黑听到这个消息，这天晚上便吩咐保管苏小发到供销社买来四个肉罐头，“黄果树”“汾酒”也一概备好，准备给和喜林、黄百正他们补充补充，吃一顿丰盛的夜宵。

入夜，刘黑黑偷偷摸摸找到工作组那里，说：“和镇长，今天晚上咱们到庙里坐坐吧。”

和喜林说：“不合适吧?”

李如光说：“怕什么？黑夜嘛。”

和喜林、黄百正因为想酒想肉，也就默认了。

深夜里，刘黑黑、任木林、苏大旺、苏小发四人陪伴和喜林、黄百正、李如光三人在庙里关了庙门大吃大喝一顿。酒罢饭毕，刘黑黑拿出麻将牌来，说：“和镇长，你们好几天没垒垒城墙，今黑夜玩玩吧。”

和喜林、黄百正他们到小苏村来时，便心中有数，明白所谓调查，不过是做个样子给上级看，给小苏村群众看，知道是查不出个所以然的。所以明里做调查，私下里同刘黑黑他们吃吃玩玩，以为是没什么的。这么着吃了两次夜宵，玩了两夜麻将牌，刘黑黑他们跟和喜林他们在一起吃吃玩玩，随便多了。既然随便多了，刘黑黑也就随便说道：“和镇长，你们这次来，到底是要调查什么问题，怎么两三天了鼻嘴不肯透点气?”

黄百正说：“别问了，还不是因为你们……”

刘黑黑问：“因为我们什么……”

和喜林把他的手提包一拉，从包里拿出几张纸，扔给刘黑黑，说：“你们自己看去吧。”

刘黑黑他们急于想看到和喜林手里的告状信，今天终于拿到手里。以为“我常常给你们送礼进贡，不相信你们一点情义也不讲”。

任木林、苏大旺见一封告状信到了刘黑黑手里，便一起凑上来看，只见那告状信写道：

辛书记
岳镇长：

我们是小苏村村民。只因我们村党支部书记刘黑黑、村民委员会主任任木林、会计苏大旺几名主干不工作、不劳动，不为群众利益想，净做违犯群众利益的事，无视党纪国法，贪污、浪费，欺压群众，用全村群众的血汗钱，营造他们的安乐窝，村民实在忍无可忍，才写此信，希望镇政府尽速派人调查处理。兹将刘、任、苏等人的八点错误事实陈述如下：

……

刘黑黑他们看这封告状信，越看气越大。看完，正要看看后边的落款，不防和喜林一把将信夺去，说：“后边的就不要再看了。”

刘黑黑说：“看看就咋了？怕我们知道是谁告的状，报复他们？扯淡！就是不看，我也知道是谁……”

黄百正说：“唉，黑黑，我们一番好意让你们看看，你们可不能胡乱猜疑人，可不准报复人……”

刘黑黑说：“我才不理他们哩！什么七条八条，全是胡说八道……”

和喜林说：“黑黑，话不能这样说，实际人家告你们的八条，我看条条都错不了……”

“条条都是胡编乱造！——和镇长，你真的信了他们的？你打算如何处理我们？”

黄百正说：“要处理你们，还让你们看信？”

刘黑黑他们听了此言，一颗心跌进肚里，放心多了。可是刘黑黑又问和喜林：“和镇长，如果照黄所长说的办，你们如何向上头交账呢？你们不会是把我刘黑黑当小孩子看，骗我刘黑黑吧？……”

和喜林说：“看你说的。实际上这八条我们看有七条站不住，就是人家告你在大半夜里把男人们赶到山沟里修大寨田，你就敲妇女们的门……”

刘黑黑一想，打断他的话，说：“这一条更是他妈的胡编乱造，那是小月亮报复我……”

“小月亮为什么要报复你？”

“你们不知道小月亮有多坏，有一天大早我去唤她上工去，他妈的她懒得怕起床，不上工，装毬睡哩。第二天大早我又去唤她，她倒做了准备，早就把火柱红好，隔窗捅出一根红火柱想捅死我，亏我眼急头快一扭头，她扑了个空，她还喊叫抓小偷，把我这个督促学大寨的当小偷抓哩，看她多坏！她没捅死我，还不死心，她不上工，还不叫四四早上工，我罚了四四一百个工分，她狗的就怀恨在心，十几年不忘，胡编乱造一些罪名，告老子的状啦！”

“原来如此。可是有四十八人签名……”

“什么四十八人，一个个都是他妈的小月亮的老相好……”

“你不是乱给人戴大帽吧……”

“我是支书，我能红口白牙胡说白道？”

8. 告状一日行

和喜林、黄百正、李如光三人在小苏村查案，他们除了想点如何敷衍了事之法，别无事干，甚觉无聊。开头几天，还坚持白天吃派饭，晚上到大庙里酒酒肉肉，改善改善。后来干脆在大庙里吃饭了。刘黑黑为了讨好和喜林、黄百正他们，特意让他儿子的新媳妇李兰花下庙做饭。李兰花一来，那个黄百正便看上了她，两个人常常有一搭没一搭地混侃，很快便勾搭在一起，很快便香油和蜜，难舍难分了。对此，和喜林也看出点火色，私下里提醒黄百正："老黄，你做事可要检点些儿，不要忘了你是个派出所所长。"

黄百正说："你不要光看表面，年轻人打打闹闹，玩玩嘛，怕什么，保证没事。"

刘黑黑也看出黄百正跟他的儿媳妇举动异常，心下很是高兴，很是满意："好，以后我什么都不怕了。"

以后黄百正对刘黑黑的态度果然更亲近了许多。说到查案之事，黄百正说："没事，你放心，包在我黄百正身上，保你的支书帽子稳稳当当戴着。"

和喜林、黄百正在小苏村住了十一天，酒酒肉肉十一天，垒城墙七八天，说是问题已经查清，说那四十八人所告刘黑黑等人的八条，毫无事实根据。实际上他们也不说短，也不说长，就那么糊里糊涂要走。临走时，一个电话打到镇政府，镇政府便派吉普车来接。于是，吉普车尾巴里装了三袋子苹果，三袋子白面，三瓶子香油，车里坐了三个人，满载而归。

吉普车还没开出小苏村，刘黑黑便站立街心，拍着胸膛高呼："小子们想告倒我刘黑黑哩，结果怎么样？我刘黑黑还不照样挺胸站在小苏村的大街上嘛!”

小月亮、罗来来、任腊生、苏四四他们在和喜林他们初来的头两天里，也高兴了两天。后来见他们干脆蹲在大庙不出门，天天跟刘黑黑的儿媳妇鬼混，天天由刘黑黑他们陪桌吃酒，便感到大事不妙。如今他们又不长不短地拍屁股走了，断定他们告此一状有落空的危险。这天晚上，几个人又聚到小月亮家，各个大发一顿牢骚，又有何用？为了弄个明白，他们推定小月亮、任腊生、罗来来三人明天到镇政府去找镇上领导。

刘黑黑的女儿刘红红正跟任腊生恋爱着，天天要见面，天天要在一起谈情说爱，谈得很投机。和喜林他们撤离小苏村走后，红红忽然听说那四十八名告状人里有一名就是任腊生，把她气坏了。便跑到任腊生家里来，大发雷霆地责问任腊生：“腊生，你做的好事呀……”

任腊生见她这样，莫名其妙：“红红，你咋啦?”

“我问问你，走遍天下，你见过女婿告老丈人的状这事吗?”

任腊生这才明白了她生气的原因。说：“红红，你不要生气，是……”

“是什么？是你明一套，暗一套，明里是人，暗里是鬼，大搞阴谋诡计……”

“不是我搞阴谋诡计，咱们恋爱归恋爱，告状归告状，这是两码事……”

“什么两码事？你告我爸爸就是告我刘红红，你又要我做你的老婆，又要打倒我爸爸，什么思想？什么品质？什么黑癞脏心？妄披了那张人皮！任腊生，今天我告你说，以后你再敢踏进我家一步，小心你的狗皮!”刘红红说罢，返身便走。

任腊生急了，连忙追上来拉刘红红："红红，你不要误会，你听我……"

刘红红狠狠将他一甩："你还想假眉三道地骗人，没门儿？"一怒气走了。

任腊生立时软瘫在地上，竟"呜呜"哭起来。

腊生的母亲骂腊生："腊生，这就是你的不是呀！你是黑黑的女婿，怎么又告人家的状哩？……"

腊生的父亲任三狗说："告就告啦！告得不错……"

腊生的母亲说："什么不错？你眼看着人家红红跟腊生吹了……"

"吹就吹吧，吹了很好……"

说话间，小月亮、罗来来二人来找任腊生，一起到镇政府去。腊生妈急了："什么？你们还想叫腊生去告黑黑，就是因为腊生签名告过黑黑，红红头里才来骂了腊生一顿，跟腊生吹了，你们还想叫腊生去做那种惹人招罪的事……"

腊生的父亲任三狗说："吹也已经跟她吹了，还怕什么？去吧！腊生，你还不快去？"

腊生却只管蹲在地上哭，不说去，也不说不去。小月亮说："既是这样，腊生的情绪一下子还转不过弯儿来，你就算了去吧。"

任三狗说："别管他！他不去我去！走，小青，咱们走……"

上次告状的四十八人里原本没有任三狗。今天任三狗却要去，小月亮、罗来来他们以为多一人比少一人强，也就跟任三狗一起奔凤山镇来。

小月亮等三人来到凤山镇人民法庭，法庭他们不管这样的事，叫他们去找镇政府。他们又来到镇政府办公室，只有秘书李如光一个人在那里翻报纸。李如光见是他们，便明白了他们的来意："什么事?"只问他们"什么事"，也不让座，也不给倒一杯白开水。在李如光看来，这个凤山镇人民政府是一镇人民之政府。他这个秘书，虽还是一名借调干部，但毕竟是干部，既是干部，便不可当老百姓等同而看。大凡来到镇政府做客的，如是地区领导干部来了，书记、镇长便忙得兔毛乱飞，一个个如同丈二和尚，摸不住头脑。身为镇政府秘书的李如光便只敢规规矩矩地站在门口，听候镇长、书记吩咐差事，战战兢兢，如同一个童养媳，大气不敢出一下子。如是县里领导干部来了，镇长、书记必定是热情迎接，奉烟奉茶。李如光跑里跑外，协助接待事宜，一举一动，规规矩矩，自降一格，好像一个勤务兵，那呼吸也得屏息三分，如是县里一般干部来了或者同本镇干部在一起，他便大大咧咧，嘻嘻哈哈，仿佛是一个小官儿，便可以保持正常呼吸。如是乡下村干部来了，便有几分气势，便有几分派头，俨然是一位上级干部，说话便有几分气粗。如是村里老百姓来了，便拿出一副趾高气扬模样，话也不想与之多说一句，好气粗，好气粗。今天既是老百姓来了，来到此凤山镇人民政府，李秘书只记得此地乃镇政府，不记得其中"人民"二字。竟然颠而倒之，拿起他的秘书大架子。不给一碗白开水也罢了，连坐也不肯让一让的。老百姓嘛，还让他们坐，值得吗?

小月亮、罗来来都来过镇人民政府的，从来没人向他们让过坐，已经习以为常，以为这也是正常现象。以为这是来到镇人民政府，并非是串门到了东邻家西邻家，也非走亲戚到了姑姑家姨姨家，此地怎么会有老百姓的座位?明明看到一边有一大二小三个沙发，一边靠墙还有两把椅子，所有这些哪里是给乡下来的老百姓准备下的？于是，小月亮、罗来来、任三狗三个人只好站着跟李秘书说话。李秘书问他们“什么事”，嘴快的小月亮说：“就是你们去我们小苏村调查的那件事。我们想问问……”

李如光漫不经心地打断小月亮的话头：“不用问了。你们的事已经查过了……”

小月亮说：“我们也知道镇政府查过了。可是查的结果怎么样，也该有个……”

“哪有那么简单的事儿！我们还要给镇领导汇报，镇领导还要研究，等研究以后再给你们答复吧。”

“研究归研究，我们告刘黑黑他们的八条没错吧？”

“有错没错，现在还不是回答这个问题的时候，你们先回去吧。等研究以后再说……”

小月亮看看罗来来、任三狗他们两个，要求他们加以配合，也说说话，两个人却一起乱摇头。小月亮没办法，只好说：“咱们走吧。”

“你们怎么不说话？我一个人到底不行，你们也该帮着点儿。”

任三狗原也准备有许多话可说。可是一进了镇政府，心头直发慌，一句话也说不上来了。这时候他说：“头一次进镇政府，有点胆怯，看下一次吧，一回怯，二回准不怕他了。”

罗来来说：“下一回准说话，下一回你看我的。”

小月亮他们每隔十天半月来问情况，整整四个月他们跑了整整十趟，李如光总是用同样一句话把他们推出门去。小月亮他们已经感到李如光只是支吾其事，对他很是不满。他们每到镇上跑一趟回来，刘黑黑、任木林、刘红红他们便有一番冷言冷语：“跑吧，没人给你出跑路费!”“想告倒我们吗？就怕告不倒老子，先会跑断几条狗腿!”“跑吧！跑来跑去，告不倒村干部，到了来一个诬告罪等着你们哩！诬告好人是要戴手铐的……”

小月亮听得这些话，很不服气，她说：“做黑人，办黑事，还有理啦？我就不信有共产党的领导，告不倒你们几个害人虫!”

小月亮、罗来来、任三狗几个人认定他们所告刘黑黑等人的八条是铁的事实。小苏村如果继续让刘黑黑一伙执政掌权，小苏村就别想富起来，就别想奔小康。因而，他们第十一次跑到镇政府来。他们认为总找那个秘书李如光不解决问题，便要找岳镇长，便要找辛书记。当他们在镇政府沿门寻找镇长、书记的办公室时，李如光发现了他们，便追了出来：“罗来来，你们乱跑什么？”

罗来来说：“找镇长!”

李如光说：“岳镇长下乡走了，你们不要在镇政府乱跑一气……”

小月亮说：“什么叫乱跑一气？我们不是三岁小孩，你吓不死人!”

小月亮他们走在会议室门口，听得岳志群在里边说话。正要推门进去，李如光又追上来拦住：“岳镇长在会议室开会讲话，你们不要……”

小月亮火了：“一会儿你说岳镇长下乡了，一会儿你又说岳镇长开会呢。镇政府到底有几个岳镇长？”

李如光不理论这些，只是拦住不让他们进会议室。小月亮说：“镇长开会讲话，我们绝不进去。可是我们总可以在这儿等等岳镇长吧？”

“等也是白等。有话可以跟我说嘛……”

小月亮说：“跟你说过几十遍了，抵什么事？今天就要等岳镇长。”

小月亮、罗来来、任三狗三人一起靠墙蹲在会议室门口等岳志群。三个人灰不溜秋地蹲在那里如同是三个乞讨叫花。乞讨叫花，乞乞讨讨，常有所得，叫一叫，也会有人花一花，常有所获。他们在镇人民政府乞讨了不少次，叫了不少次，却总是有叫者无花者，差于乞讨叫花远矣。

小月亮他们蹲在那里听着等着，只听会议室里许多人说说笑笑，且有乒乒乓乓甩什么东西之声，全不像是开会。一会儿，会议室里又传出“黑桃 3”“方块 4”之喊声，罗来来甚气：“嘿！开什么会？里边是打扑克……”

三个人一起站起来推门闯进会议室看看，果然是六个人围一个小圈子在那里甩扑克牌，其中便有岳镇长。小月亮便冲岳志群说：“岳镇长，我们想跟你谈个事……”

岳志群手里甩着扑克牌，回头瞅他们一眼，漫不经心地说：“找李秘书说去。”继续甩他的梅花、黑桃。

小月亮说：“这事我们要亲自跟岳镇长说……”

岳志群边甩扑克边说：“我还要开会，没工夫。到办公室去找李秘书去说吧，一样。”

罗来来壮壮胆子，说：“不一样。我们已经找过李秘书十来次，他老是支吾、应付我们……”

岳志群说：“不会的。找他去吧，我没工夫，我还要开会。”

但是小月亮他们却一定要等上岳镇长谈谈，说：“你开会，我们不打扰，等你开罢会再谈也行。”

岳志群说：“你们这些人，不劳动，不生产，一天起来，游游逛逛，不像个劳动人民的样子嘛。我开会，你们还要等，不是白白浪费大好时光吗？回去吧……”

小月亮还是坚持要同他谈谈，岳志群急了，甩下手里的扑克牌，同他的一伙牌友说：“咱们开会。”

六个打扑克者立时分散开来，各个坐入沙发。岳志群说：“现在宣布开会……”因见小月亮他们还是站在那里不动，岳志群好不窝火。因为岳志群是镇长，按镇党委、镇政府的常规而言，党委书记、副书记、镇长、副镇长从不直接接待群众，从不直接过问民事的，因为他们是领导，领导是管大政方针的，如何可以纠缠那些告状打官司的鸡毛蒜皮小事呢？岳志群冲小月亮说：“我们开会啦，你们怎么还是站着不动？走吧走吧……”

小月亮等人无法，只好离开会议室，仍然蹲在会议室门口等镇长。

小月亮他们蹲蹲，站站，又等了两个小时。听得里边散了会，正要再进会议室，只见岳志群正好走出来。他们连忙上前拦住他：“岳镇长，岳镇长……”

岳志群见小月亮他们还没走，十分生气：“真讨人厌，几个赖皮鬼！”他说：“你们怎还没走？我有事，没工夫……”径直朝大门口走去。小月亮他们也不泄气，紧紧地追了上来，小月亮说：“岳镇长，岳镇长，你听我们谈谈嘛，哪怕谈十分钟也好……”

“我没那个工夫……”

“你没工夫，哪怕谈五分钟也好……”

“一分钟时间也不行……”岳志群看也不看他们一眼，直管扬长而去。

小月亮因见这一次来到镇政府罗来来虽也开了口，但是只说得那么一句话，再也不见他开口了。他们一边追岳镇长，小月亮一边跟任三狗、罗来来说：“两个吃才，怎么总是不说话，怎么总是叫我一个人唱独角戏。你们说话呀……”

任三狗说：“小青，实在不行。一进镇政府的门，我就不行了。”

罗来来说：“我不是也说了一句。”

“一句就能解决问题？”

“可是我，不行，我佩服你小月亮不就行了。”

这时，只见副镇长和喜林打外边进来，岳志群截住他低声问：“老和，这个女人你认识吧？”

和喜林说：“当然认识，不是个好东西。她把小苏村的男人往她家拉给拉遍了。就是咱们常说的那个‘小月亮’嘛。过去学大寨时候，有一天五更刘黑黑在窗外边喊她上工，她睡懒觉不想上工，就拿烧红的火柱捅黑黑，刘黑黑躲得快，没伤着。后来她男人使懒迟上工，刘黑黑罚了他一百个工分，两口子就怀恨在心，到今天给刘黑黑编造了八条罪状，告人家黑黑……”

“这家伙真坏！可是为什么有四十八人签名告黑黑呢？”

“很明显嘛！四十八人中，除了他们两口子，其余四十六人都是小月亮的相好。小月亮一声喊，四十六人哪个敢不听她的……”

“噢！是这样。我看她妖里妖气的就不是个好东西。”

那边罗来来看见和喜林，他提议可以再跟和喜林说说，他在小苏村调查过嘛。小月亮不同意，说："他在小苏村多少天，净跟黑黑他们吃酒、打牌，他们是一个鼻孔子出气，找他抵什么用?"

罗来来说："也是。"

这时，看见岳志群刚走到大门口，只见一部小轿车冲镇政府驶来，一会儿开进镇政府大院，停车开门人出，是县委组织部的副部长赵超。于是，岳志群连忙迎上来同赵超握手，笑容满面地说："欢迎欢迎！请！——李秘书，快给赵部长安排房间；事务长，给赵部长准备饭……"

头里在会议室打扑克的几个人也一起围上来同赵超握手、问好。他们一大群人簇拥着赵超大说大笑嘻嘻哈哈热热火火拥进会议室。偌大一个镇政府大院，冷冷清清地站下三个老农民，理也没人理，看也没人看。

小月亮、任三狗、罗来来三个人直矗矗地站在当院里，走又不愿走，在也在不得，三个人你看看我，我看看你，不知该怎么办才好。又见李如光一手握一个高级茶叶筒，一手握一条高级香烟，小月亮他们认识是"红塔山"。李如光把烟、茶跑步送进会议室里。一会儿，又见一个人大概是事务长掂了一大片肥猪肉、两只烧鸡，还有几个食品袋，不知是些什么，奔厨房去了。一会儿，又看见一个人掂了两瓶汾酒，还有一兜儿什么饮料，奔餐厅去了……镇政府的人们穿梭一般地在大院里乱跑，好忙好忙，一切人都是跑步走，跑步忙，他们太忙了。

镇政府的人们那么忙，小月亮他们该怎么办呢？罗来来说："看起来今天没指望了。咱们回吧？"

小月亮说："你想回你回吧，你在这儿也不起多大作用，没见你开口说过一句话，就知道跟在我屁股后边跟来跟去……”

任三狗说：“你倒是说了不少话，说话多抵什么事，还不等于我的不说一句话……”

小月亮说：“说还不行，不说更不行了，你愿走哩走，愿在哩在，随便。回去能咋着？往返二十里路，不是工夫？——来来，你的意见呢？是走呀是等？”

会议室里忽然大说大笑起来。

“要几套，送你几套……”

“哈哈哈哈……”

原来头里坐小车来的大干部是个买瓷器的。为买瓷器而来，也这么热热火火地招待……

会议室门外靠墙蹲在那里的三个老农民听了屋里的话，好羡慕。任三狗说：“多会儿咱也买一套。”

一会儿，岳志群陪同赵超走出会议室，随后簇拥着一群镇干部边走边说边笑向餐厅走去。蹲在墙根处的三个乡下人，谁也看不见，谁也不理他们。小月亮他们三个乡下人如同是路边的小草，院侧的垃圾堆，任其自在。

餐厅里开了宴，小月亮他们只听得里边杯盘叮当，忽儿“俩好”“三桃园”高声大叫。一时间，酒味儿、烟味儿、鸡肉腥味儿、鱼腥味儿……混杂一起，说不来是什么味儿，一股股地打餐厅里冒出来。这时候，静静地蹲在那里的三个乡下人忽然感到饿了。罗来来说：“咱们也到街上买点什么吃吧！”

小月亮说：“也行。我去。”

任三狗说：“你不能去。倘或有个说话机会，全凭你哩。”

任三狗出去，一会儿便买回来六个烧饼，每人两个，靠墙蹲着吃着。这会儿，又看到事务长端一盘“杏仁露”饮料往餐厅里送，小月亮才感到吃那干巴干巴的烧饼，既没菜，又没汤，下咽好费力。她指挥任三狗：“你去厨房里讨两碗开水来好不好？”

任三狗是个没出过门没见过世面的人，一个镇政府的厨房他一个人也不敢去，说：“咱俩一起去吧。”

小月亮瞅他一眼：“吃才！”她抽身去了。

“大师傅，倒两碗开水喝吧？”

厨师瞅她一眼，说：“没有！不看什么时候，胡乱打扰人！”不理她了。意思是我们正忙着招待上级领导干部，哪有闲工夫倒开水给老百姓。

小月亮听言，心下很不是滋味儿。因见灶台上一把大茶壶“嘟嘟”直冒热气，知道是开水。大师傅既然没工夫，自下手倒吧。便自己到灶台上拿碗。

大师傅又说话了：“喂！你干什么？没水就是没水，你不要胡捣乱……”

小月亮说：“我自己倒也不行？”

“少说废话！你这么捣乱，菜做不好，谁负这个责？”

小月亮不相信倒一碗白开水会有多么严重，不由分说，就去倒水。此刻，事务长正好进来，说：“喂，怎么随便跑到厨房来了，你怎么随便倒开水？我们招待上级领导，如果开水一时不够用怎么办？”

小月亮也没好气，说：“我负责！”

事务长说：“你负不起这个责。”

小月亮说：“有什么了不起，我就负不了这个……”

这时间忽然进来两个人，他们进门就说：“好渴好渴！好饿好饿……”

大师博见是大苏村的支书、主任，他也常吃大苏村的苹果、落花生，自是满面笑容迎接道：“渴了有水，饿了有饭，随便吃吧。”

大苏村的支书、主任早已自下手倒水的倒水，舀菜的舀菜……

大师傅说：“算你们有口福，今天有好菜……”

小月亮见此情景，好生气，也不倒开水了，手里捏着个干烧饼去了。

小月亮他们三个人仍然蹲在餐厅门旁啃吃干烧饼。餐厅里照常杯盘叮当，半空里青烟乱飞，绿水荡漾……

事务长又送上一道菜来。他返出餐厅时，又看见蹲在餐厅门旁的小月亮他们，感到餐厅里灯红酒绿招待上级领导干部，餐厅门旁蹲着三个啃吃干烧饼的老百姓，不成体统，很不雅观，要赶他们走：“喂，正招待上级领导，你们蹲在这里多难看？走吧走吧，到外边吃去！”

小月亮听言很窝火：“什么？难看？吃个烧饼有什么难看不难看？这镇政府有多么可怕，老百姓在这儿吃个烧饼，也是吃自个儿的，怎么就难看……”

“你们这些老百姓，一点规矩没有！什么也不懂，简直愚昧无知到了极点！走！你们赶快走！”

小月亮嚷道：“我们偏不走！这个人民政府不是你一个人的政府，你能在这里喝酒吃肉，我们就不能在这儿吃个干烧饼！镇政府不是你的家！我们……”

他们还在争吵，只见有两个人架着岳志群打餐厅里出来。岳志群歪头吊眼，满口滴涎，嘟嘟囔囔：“我没醉！我没醉！

你们你们……”

小月亮见岳镇长醺醺大醉，不知人事，知道今天无望，跟罗来来、任三狗说：“咱们走吧，明天再来。”

三个人走在回家的路上，一个个都很生气，一个个都不言语。

小月亮忽然开了口：“你们两个人，就会跟着我跑遭遭，我走到哪儿，你们跟到哪儿，就是不吱声儿，好像两个当新媳妇的，等着拿到开口礼才开口说话……”

任三狗说：“反正有你哩，反正全凭你哩……”

“有我哩！有我哩！你们来做什么？”

罗来来说：“给你壮个胆呀。”

任三狗说：“给你跑个腿儿呀，买烧饼不是我去买的？”

小月亮瞅了任三狗、罗来来一眼：“嘿！买烧饼，好大的功劳哩！”

任三狗说：“不算功劳，不算功劳。要说功劳，还数小青你是第一功。不管说啥，等咱们告状告准了，那个黑黑一倒，小苏村祛祛赌呀，抽呀，吃呀，喝呀，乱砍滥伐呀，贪污腐化呀那些歪风邪气，扶扶抓生产，抓好人好事那些正气，等大家富起来，谁还忘得了你小青的大功劳……”

小月亮说：“去你的！在大野地里能说会道有什么用！……”

9. 亲戚一席话

以后小月亮他们又到镇政府来跑了五次，岳志群不在便罢，如果在，李如光见小月亮他们来了，就去密告岳志群：“岳镇长，小月亮又来了，你小心点。”

岳志群认定小月亮他们是一干胡搅蛮缠，不谙事体的老百姓，不想见他们，便设法躲藏一室，埋头看报。有一次，岳志群上完厕所正出厕所门，忽然看见小月亮、罗来来、任三狗他们又来了，吓得他什么似的连忙退回厕所里边，也不嫌臭，只是在厕所惶惶然地踱大步。忽然觉得这个厕所到底不如厨房，好臭好臭，很想出离此地，又不知道小月亮他们是在院里，还是进了哪个办公室，情况不明，不便出去。也不听院里有人走动，也不听院里有人说话，也不见有人来上厕所："他妈的，镇政府的人都是闷葫芦？不上厕所？连半点消息也通不了！"既然消息不通，哪敢轻易出去？岳志群只好在厕所里慢慢地踱步。踱步半天，也怪，厕所竟然不臭了，岳志群这才悟出一点道理：厕所久站便不臭。

好不容易听得有人走进厕所。岳志群急不可待地回头看看，是李如光，不由得火冒三丈："好你个李秘书，你这时候才来……"

李如光连忙制止他："岳镇长，低声些，那几个人还在院里……"

"你为什么不赶他们走？"

"我赶了几次，他们没皮赖脸就是不走……"

罗来来、任三狗忽然闯了进来。因为他们听得岳镇长在厕所里训人。任三狗冲岳志群说："岳镇长，我们等你老半天了……"

岳志群好窝火："等我做什么？

任三狗说："还是那件事……"

"你们这些老百姓真是吃饱了撑的，整天价不上地劳动，故意……"岳志群边走边说，终于走出厕所。又说："今天没工夫，你们……”

可是不管岳志群有无工夫，他去了办公室，小月亮、罗来来、任三狗三个便也跟到办公室来。他去了会议室，他们又跟到会议室来。反正他去到哪里，他们便跟到哪里，把他揪住不放。岳志群以为长此下去也不是办法，便说：“你们要说什么快点说，给你们十分钟时间。因为我还有个重要会议。”

任三狗说：“我们告了刘黑黑他们的状，镇政府也调查过了，眼看四五个月过去，怎么还不处理……”

岳志群傲然地说：“已经处理过了。”

小月亮他们闻言齐吃一惊。小月亮问：“我们怎么不知道？是怎么处理的？”

“经过调查，你们所告的八条全站不住脚，不……”

小月亮急了：“怎么站不住脚？那八条，条条都是事实……”

“没一条是事实。”

“不！刘黑黑他们夜夜打麻将赌钱，难道不是事实？刘黑黑……”

“刘黑黑赌钱，你们抓赌了没有？捉奸要双，捉贼要赃。没赃没证，凭嘴皮子空口说空话能算数吗？”

小月亮、罗来来、任三狗他们听得此言，一个个立时傻了眼。他们以为刘黑黑一伙赌博，小苏村男男女女二三百口谁人不知，哪个不晓。明摆着的事也能不算数，这叫什么理呀？小月亮心中好窝火，好窝火，她不服气，她又说：“还有，刘黑黑、任木林、苏大旺身为村委会主干，对于精神文明建设大事，他们可没有抓过一次，可是他们却带头吸毒抽吗啡……”

岳志群又问：“你们抓住没有？有什么证据？如果没有证

据，就凭你们红口白牙胡说，告人死罪，自当死罪，你们懂不懂？你们……”

小月亮他们又傻了眼。三个人互相看看，三个人都很泄气。小月亮悔恨自己为什么不抓他们一次？可是她仍然不服，说：“赌钱、吸毒的事就算我们没抓住他们，没赃没赃，可是他们每年都要进松坡砍松树，砍一次，十几棵大树倒了；砍一次，二十多棵大树倒了，这总是事实吧？刘黑黑、任木林、苏大旺他们盖新房没买过一寸木头，全用的是大伙的树……”

“好！还是那句话，拿证据……”

“他们砍树，全村里人人都亲眼所见的，不是证据吗？”

“明明还是一句空话，证据在哪里？”

村里群众所见，实在便是证据。可是身为镇长的岳志群原本是知法的，却要如此说话。小月亮他们不过是普通老百姓，他们不懂法，实在是道道地地的法盲，也就无话可说了，只是满腹里憋气好难受，好难忍。小月亮又说：“照你说他们吸毒、赌博、乱砍集体的树据为己有，一切一切都是完全正确的，倒是我们错了？还有，他们每年向全村群众摊派两万多元钱，村政费、教育费等等一切费用大不过五六千元就够了，可是每年的两万多全不见了，他们从来也不公布收支清单，就那么明目张胆地把老百姓的血汗生吞了，难道他们也不犯法……”

“嘿！这一切不过是你们的估计，也没有真凭实据。一个估计能算人家的罪名吗？……”

“我们是估计，你们也派人调查过，总不是估计吧？那么多钱都到哪里去了？点火烧了？插翅飞了？……”

“村委会有村委会的正当开支……”

“什么正当开支？上头来一个干部，总是五六个陪客，酒呀，肉呀，‘黄果树’呀……”

“干部下乡是好事嘛！干部下乡总不能自个儿背了锅去，总不能饿着肚子做工作，总该吃一碗饭吧？你们监督干部的工作，精神可嘉。可是你们也不能捕风捉影，随便诬陷干部，要不，谁还敢当干部呢？谁还敢工作呢？谁还……”

小月亮说一条，岳志群批驳一条，反正是刘黑黑的所作所为完全正确，反正是小月亮他们告状毫无道理，甚至还是诬陷干部，甚至还是告人者有罪。只一句“捕风捉影，随便诬陷干部”，小月亮听了好气塞，只喊得一句“这是为什么？”忽然觉得头一晕，眼一黑，“咚”地一下子摔倒在地，什么也不知道了。

罗来来、任三狗见情一急，连忙来扶小月亮。镇长岳志群见她昏倒，以为小月亮是装死吓唬镇领导，满不在乎地说：“把她抬到医院去看看。”

罗来来、任三狗抬了小月亮走后，岳志群以为总算把几个麻缠鬼甩脱掉了，顿时感觉好轻松。便喊通讯员：“提一壶水来！”

经过抢救，小月亮总算睁开了眼，但是她拒绝吃饭，拒绝喝水，只是呜呜咽咽地哭。

小月亮在医院住了三日，哭了三天，只有苏四四时时不离她的床前。村里刘黑黑、任木林他们闻听此讯，更加扬扬得意，趾高气扬。刘黑黑在街头高声大叫地嚷：“他妈的，看看到底是谁把谁告倒了！”

刘红红也说：“她在医院还不吃不喝，这一倒，再也站不起来了！”

但是罗来来，还有那四十八联名告状人闻讯，差不多都到镇上医院来看望过小月亮。

可是镇政府的岳镇长还有各位领导没到医院来踩一个脚印。

小月亮回来小苏村家里以后，还是不吃不喝不说话，只是流泪，只是“呜呜”地哭。泪流干了，又只是干“呜呜”。

丈夫苏四四见此情景十分着急，他也哭了：“小青，我求求你，你吃上一口吧。你几天了不吃不喝，你要有个好歹，叫我怎么活哩?”

小月亮还是不吃不喝不说话，只是“呜呜”地干哭。

苏四四无法，只得四邻求援。邻家们大都是那四十八名之内的人，都来劝她，说好说歹，小月亮才咬咬牙答应要吃东西。当她慢慢地靠墙坐起来要吃一碗挂面汤时，眼里的泪忽然多起来，大串大串的泪珠儿滴滴答答滴进碗里，她却没吃一口，只是叹一口气，说得一句：“我就弄不清为什么怎么也告不倒那些害人虫!”

刘黑黑却十分清楚小月亮他们为什么会败仗回营。他早就料定任何人也别想把他告倒，他早就认定他的那顶小苏村支部书记是一顶铁打的，铜裹的，金镶的，银包的堂堂皇皇的保险帽子。

刘黑黑知道告状头目小月亮回来了，也知道她三天三夜水米不沾牙，看来她想绝食而死，看来这一气不得了，她没脸皮再在小苏村街上走来走去，看来她即将呜呼哀哉。他妈的，那完全是你自寻死路。到今天，你总算认识我刘黑黑的头有多大，腰有多粗，根有多深，树有多高了！你想刨我的根？吓死你，累死你，气死你，活该!

刘黑黑还嫌小月亮死得慢，他大模大样地来到小月亮家大门口，高声大叫地说："好呀！打了大胜仗回来了，该庆庆功吧？是唱三天戏呀？还是演两场电影……"

小月亮听得刘黑黑在外边如此说话，好气好气，突然一滚身坐起来，冲苏四四大声说："给我端挂面汤来！"

刘黑黑听得了小月亮的话，忽然感到自己说话起了反作用，后悔不已。但又想到不管小月亮是死是活，也奈何他刘黑黑不得，还是得意扬扬地走了。

转眼过大年，初六那日，刘黑黑偕同夫人任香女，女儿刘红红；儿子刘红生、刘红安一起坐了凤山镇硫磺厂厂长胡孟的吉普车到大苏村岳母家去拜年，在岳母家，舅爷任元宝问起小月亮他们告状之事，刘黑黑满怀胜利喜悦说："他们喝了迷魂汤，瞎了眼的还想告我黑黑的状，结果怎么样，不过是碰了一鼻子的灰，灰溜溜地夹着尾巴收兵回营——收兵回营你当她是好回的？那个小月亮已经气了个半死，不吃不喝住了三天医院，又把她抬回小苏村来，差点儿送了她那二钱命……"

舅爷任元宝是红红他们的舅爷、刘黑黑的小舅子，县文化局的局长，回家过春节的。他了解刘黑黑的为人，也听说过小月亮告状的八条内容。他说："姐夫，说话不要太过，做事也不要太过。你身为小苏村的支书，事事首先应该检讨自己……"

"我自己怎么着，凤山镇三十三个村，谁不晓得小苏村的刘黑黑是全镇八个模范村支书里的一个？我要干得不好，我的所作所为要有点什么蛛丝马迹，模范支书这顶帽子能戴到我刘黑黑的头上吗？"

"一顶好帽子不能遮百丑。看看实际就看出来了。你看我们大苏村有多少万元户……”

“小苏村的万元户也不少呀？……”

“我也知道小苏村有几个万元户，实际上就是姐夫你还有主任任木林，会计苏大旺，保管苏小发，不过就是你们几个村干部……”

“不，还有小四轮专业户，还有石料场专业户，还有两个编织专业户，他们不全是万元户？你明儿个到了小苏村，到他们家看看，彩电，沙发，还有电风扇哩……”

“不过就那么两三家，也值得夸口？大苏村一百八十八户，有一百八十一户是万元户，彩电、冰箱、沙发、组合柜家家都有的。姐夫，你也该向我们大苏村的支书学习学习，人家是先群众，后自己，真正做到了‘先天下之忧而忧，后天下之乐而乐’了。可你们小苏村呢？当干部的都是先盖自己的窝，这还不算，你们整天大吃大喝，赌钱，抽吗啡，乱伐山林，乱花公款……”

刘黑黑越听火越大，“呼”地站起来，手指着任元宝厉声呼道：“你胡说！你的官大，你也没资格教训我刘黑黑！县委孙其新还满面笑容跟我握过手哩，镇里辛书记还不敢说我一个不字，你凭什么教训我呢？你说我刘黑黑有问题，好！你告去！小月亮告我的状告了半年告不倒我刘黑黑，你能把我刘黑黑告倒吗？……”

任元宝也火了：“刘黑黑，你不要狗咬吕洞宾——不识好人心！我是提醒你，我是为你好……”

“放你的屁！你是为我好？你是嫌我倒得慢……”

任香女、刘红红、香女妈见他们姐夫小舅子二人大吵起来，一起围了来劝架，刘黑黑根本不听她们的，指着任香女、刘红红她们说："走！咱们一起走！我刘黑黑没有他任元宝那个小舅子！走！"

任香女、刘红红她们不走，劝刘黑黑坐下来，不要生气，刘黑黑不听，硬是拖拖拉拉把老婆、女儿、儿子们拉出门来，大喊大叫地嚷着走了。

刘黑黑回来小苏村，想想任元宝的说话竟同小月亮他们告状的八条如出一辙，很是奇怪："他妈的！是不是我这个小舅子跟那个小月亮有什么关系？要不，他不替他姐夫说话，为什么尽替那个坏女人说话呢？"便唤任香女："香女，你过来。"

任香女被他拉回来，给娘拜年没拜成。还在生气，只不理他。

刘黑黑走来问道："香女，你那个好弟弟是不是跟咱村的小月亮有什么……"

任香女见他如此糟践自己的弟弟，不得不吭气，回头唾了他一口："呸！曹操！"

"我不是曹操。你想想，元宝跟小月亮说得一模一样……"

"我不知道，你有本事，你问小月亮去！"

说到小月亮，任木林忽然走来，说："黑黑，坏了，小月亮又出马了！"

刘黑黑忙问："她又去了哪里？"

"只怕是进城告状去了！"

"进城？啊呀，这可有点麻烦，县里不比镇里……"

"咱们也该想想办法，做做准备……"

10. 书记一句话

小月亮原本想到在镇政府告状的不易，想到告状的苦楚，她实在不想再告了，甚至不想再活了。只因她听得刘黑黑那股子嚣张气焰，她实在受不了，她实在咽不下这口气，她实在对刘黑黑他们吸毒、赌钱、挥霍公款的败家子行为看不下去，所以她打定主意还要告。以为镇政府不是尽头衙门，还有县，还有地区，还有省，不信告不倒几个败家子！于是，她找罗来来、任三狗他们商量一起进城告状的事，任三狗看到告状是白费工夫，不想再去，借口说："我有点腿疼，最近不能出门。"

罗来来也不想再去跑冤枉腿，可是已经跑了半年多，如今小月亮还要上告，不去实在不好，怎么能让一个女人单枪匹马出门去呢？正为难间，见任三狗说了腿疼不能去，他也说他有点头疼不能去。小月亮见他们一个个都打了退堂鼓，她决不打退堂鼓，说："你们不去也行。你们写在状纸上的名字还算不算数？"

罗来来说当然还算数，小月亮说："那好，还是四十八名。进城的事，我们两口子去好了……"

苏四四忙说："不，来来、三狗他们不去，我也不想去了。你想想，马上开春要种地，你也走了，我也走了，这地还种不种了？"

小月亮说："种它做什么？打不得三颗粮食，不够喂那些没尾巴的大老鼠。每年卖粮卖不得一二百元钱，还不够刘黑黑巧立名目乱摊派。等告过状再种地也不晚。"

苏四四说："你说得轻巧。孩子在南乡上中学，你不种地打粮食，怎么供孩子上学？节令不饶人，误了下种，你明年喝西北风能活人？"

"我管不了那么多。走了一步说一步吧……"

"你别犟了。我劝你不要再管那些闲事啦。反正刘黑黑又没杀了咱的父、又没霸占咱的房……”

“你胡说！他刘黑黑吃全小苏村人的，花全小苏村人的，拿大家的钱盖新房买摩托车，比杀咱一家的人霸咱一家的房更可恨……”

“小青呀，你真犟！他吃也吃的是全村的，贪污也贪的是全村的，这是大家的事，又不是咱一家的事……”

小月亮说：“要真是咱们一家的事，我才不告这个冤枉状哩。”

苏四四说不服小月亮，又害怕她告状白费气力白费工，又没办法说服她，把他急坏了，竟蹲在地上双手抱头，“呜呜”地哭起来。

小月亮见苏四四哭了，不由得鼻子一酸，她的脸颊上也扑啦啦流下两行泪珠儿。她只得好言劝四四：“四四，你不要伤心。你想想，刘黑黑只管贪污大家的，不管大家致富的事，老百姓不能过一天好日子，你的心痛快吗？我知道，你嘴上是那么说，你心里也不痛快。不管怎么着，叫我再去跑上这一遭，你说行不行？”

苏四四听她说话如此恳切，他也无话可说了。

就在正月初六这天，小月亮肩上挎一个小包，包里装几块干粮，到凤山镇坐了班车进了城。

小月亮是第一次进城。打大街上走过，踏着那光溜溜的马路，望望一街两排高高的小洋楼，看看满街里乱走的男男女女，觉得好开眼：“城里就是比乡下好哩！”

小月亮自个儿走走看看，发现许多人直愣愣地瞪着眼睛盯她，她有点发毛，不知道自己身上哪里有异样之处！是扣子没扣好？是衣襟不整齐？是脸上有黑？是头发散乱？忙着又是抹脸，又是摸扣子……她似乎觉得浑身里都没什么不妥之处，可是人们不管是男不管是女还是老盯她，老盯她。真奇怪，直管看我做什么？莫非是他们没见过乡下人？她也想不来乡下人有什么叫人看不惯之处，不理他们。

小月亮找到县人民法院告状，县人民法院的人粗略看看她的告状信，说是不应在这里告，应该找县信访接待室。小月亮又奔到县政府来，又说信访接待室在县委会。小月亮又奔县委会来，走进县委大楼，先在一层楼穿来穿去看看，只没个信访接待室。又踏上二楼沿门看一遍，也找不到。又上来三楼，沿门看看那些木头牌牌，还是不行。忽然一个屋里出来一个人，问她："你乱跑什么？这是县委机关，领导都在忙着办公，你乱跑什么？出去！"那人又走进一个屋里去。

在此县委大楼里行走，小月亮本来早有一种紧迫感，经那人一诈唬，好像到了什么可怕的地方，把她吓得浑身里乱抖不止。她连忙找出处要走，谁知一时慌乱，东走走，没门，西走走，没门，直没个出处，这座大楼好像是个闷葫芦儿。难道县委会的人就不出去，老在这儿住着，住着？可是我是怎么进来的呢？——越找不到出路，她的心便越慌越乱；越是慌乱，便越是找不见出路，直是在楼道里乱走乱碰。忽然面前又出现一个官样的人，也不知道他是打哪里来的。那人盯住她死死地盯，死死地盯，盯了半日，才问："你找谁？"

小月亮只稀奇城里人见了人为什么总是把人盯住不放，把人盯得好心慌。她喘喘气说："我找信访办公室。"

那人说："错了！你是哪里来的？"

"小苏村。"

从小苏村来的便是个农民。县里县委、县政府各大机关的吃“皇粮”的领导和干部同志们一个个都见不得普通老百姓在县级首脑机关的办公大楼里走动走动，以为岂有此理，一个老农民在县委大楼里乱走乱动，这是你们来的地方吗？以为老农民在现代化建筑的漂亮的高级的堂而皇之地打扫得干干净净的县委机关干部看书、看报、说话、饮茶办公、开会的大楼，忽然有一个乡下农民在楼里走动，便感很不相称、很不雅观，很不熨帖，很不是那么回事儿。尽管那人很想多看几眼小月亮，由于感到不熨帖，又说：“你走错了。”再不说别的，转身下楼去了。

小月亮看见那人下楼，才找到下楼之路，忙随后下楼，追问那人：“同志，信访办公室在哪里？”

那人回头又盯她一眼，忽大发慈悲，说：“出了这个楼，大门口那个小房里。“

小月亮出了楼看看，大门口果然有个矮房。走近看看，门旁果然钉着一个木牌，上书“来信来访办公室”。总算告状有门了，小月亮这才体会到在县上告状比在镇上告状要难好多好多。

信访办果然有一男一女二人。那位女的接了小月亮的告状信翻翻，让小月亮坐下，问：“你叫什么？”

小月亮说：“陈小青。”

“哪个村的？”

“小苏村。”

“年龄？”

“三十八。”

“村有村长，镇有镇长，又近又方便，你为什么跑这么远来城里告状？”

“因为我们告的是村干部，因为镇政府不管。”

“不可能吧？你还是回去吧。有什么事，找镇政府去，不要动不动就往县里跑……”

“不，镇政府真的不管。”

“我不信。镇政府说什么？”

“他们说，他们说……”小月亮不能说岳镇长说过他们所告八条没一条是事实，竟然一时语塞，说不来了。

信访办那女同志叫尤珍。见告状人说不出个长短，断定她是个告状油子，属于吃饱了撑的没事找事混闹事者。便说：“你还是回去吧，还是去找找镇政府。是长是短，让他们调查调查……”

“镇上调查过了。”

“既然调查过，就会处理的，为什么没个结果？”

“因为镇政府老拖老拖，已经拖了半年……”

“半年不算长。许多问题告三年五年的有，十年八年的有，半年还算长吗？回去吧，还是去找找镇政府，镇政府调查过，比我们了解情况……”

小月亮想起那个镇政府就头大，就害怕，就犯愁，哪里愿意再进镇政府的大门？她不愿回去，尤珍同志不接她的状纸，直催她快走。她想想再去镇政府毫无用处，她想想不告刘黑黑，小苏村群众太受欺，只好力争在此告状。可是尤珍总劝她走，她没办法，便呆呆地坐在一把椅子上不动。县级机关到底比镇政府看得老百姓重点儿，还让你有一把椅子坐。

小月亮坐在那里想想来县里告状更是困难重重，不知该怎么办才好。就这样回去吧，刘黑黑吸毒、赌博、砍树、叫门、吃酒、贪污的行为实在叫人不能忍受。再说就这样回去，刘黑黑岂不是更有风凉话好说，岂不是会赌得更凶，抽得更猛，吃得更痛快，砍树更大胆，拿大伙的钱花得更大方，小苏村的老百姓多会儿才能像大苏村的群众一样过几天好日子呢？小月亮想着想着，心下好难过，好难过。不时用手心、用手背，翻来调去地用手抹她的眼泪。

一会儿尤珍又劝她走，她不走。尤诊说："我们要下班了！"

他们要下班，她也不走。小月亮一个死不走，活不走，还起了一点作用，尤珍也很同情她，把她的告状信接下了，并登了一番记。说："你回去吧。"

小月亮问："我多会儿再来？"

"我们还要调查，多会儿通知你，你就多会儿来。"

小月亮看看尤珍，心下很感谢她："县干部到底是很好哩。"

小月亮回到小苏村，天天盼望接到信访办的通知。

尤珍很同情小月亮。她没有忘记了解小月亮所告之事，只过得几天，县里召开乡镇负责人会议，尤珍找到招待所见到了凤山镇的镇长岳志群。

小月亮进城告状走后，刘黑黑也立马行动，到镇政府找到岳志群。因为小月亮他们是老百姓，见见岳镇长，好难好难，岳镇长宁久蹲厕所不出，也不肯接近小月亮。因为刘黑黑是村支书，是干部，是送果、送粮、送油、送面、送砖、送瓦、送木料的老客，有关系的，是老关系。有关系，没关系，是不同的；是干部，是老百姓，是不同的。因而岳志群对刘黑黑笑面相迎，热情接待。说到小月亮进城告状一事，岳志群说："黑黑呀，不是我要批评你，你们的所作所为也太不像话了……"

刘黑黑以为父训子不羞，上级训下级不羞，看看岳镇长要训他，并不以为有什么羞处，只是他不同意什么“太不像话”之说，他以为自己的所作所为都很像话的。便争辩道：“我一天到晚勤勤恳恳地工作，为人民服务，没有半点不是之处呀……”

“什么没有不是之处，你们打麻将赌钱，你们抽吗啡……”

“没有没有，绝对没有……”

“你哄别人可以，你哄不了我岳志群。你们胡吃胡花，你当我不知道？不说别的，就说你们到广州买彩电的事吧，怎么买一部彩电，跑了五六个大城市？买彩电才花了两千多元，怎么你们的出差费就花了五千多元，简直是胡闹嘛……”

“不。买彩电也是为了加强全小苏村百姓的文化生活。多花了几元路费，谁知道出门要花多少钱……”

“你不要嘴犟了。还有很多，今天我不细说了。我只是提醒你，以后在各个方面都要注意，不要……”

“以后注意，没说的。——岳镇长，还是说说小月亮告状的事吧……”

“人家进城告状，这就不好说了。因为咱是下级……”

“不不不，你在县里熟人多。我知道你跟孙书记是同学，只要你在孙书记面前替我说一句话，准行。”

“试试吧。”

“不要试试，你可要当个事儿……”

“估计问题不大。你也不要害怕。以后好好工作，再不要胡来好不好？”

刘黑黑见岳志群答应下他的请求，也就放心地回了小苏村。

再说尤珍找到岳志群，问到小月亮告状之事，岳志群说：“你们可不要上那个女人的当，那不是个好东西。她本来叫陈小青，人送外号‘小月亮’……”

“小月亮？什么意思？”

“花容月貌嘛，漂亮嘛……”

“我也看见人家好漂亮……”

“可惜人漂亮心不漂亮。因为十几年前小苏村支书刘黑黑五更天叫过她的门，本来是叫她起床到大寨田劳动。她太懒，不愿意起大早上地修大寨田，居然烧红一根铁火柱捅刘黑黑。还大喊大叫地诬蔑刘黑黑是小偷。正因为她不上地，也不叫她男人早上地，刘黑黑罚过她男人一百个工分，她就怀恨在心，编造罪名，告刘黑黑的状……”

“有趣，好故事。要这样说，那个女人够厉害的啦？”

“当然啦。”

“不。告状信上有四十八人签名，并不是陈小青一个人……”

“什么四十八人，除了她跟她男人，全是她的情夫……”

尤珍听了大吃一惊，说：“那么多情夫，不可能吧？”

“什么不可能，要不，为什么小苏村人给她一个‘小月亮’的外号……”

“是也是。一切全明白了。——不，你说四十八人全是她的情夫，可是签名人有少一半是女人……”

岳志群一时说不上来，只好编造：“那几个女人是小月亮的情夫的情妇。”

“是？”尤珍到底弄不清情夫与情妇之关系，以为岳志群是凤山镇的镇长，是党员，不会错的。再说岳镇长所说那个刘黑黑唤社员上工，社员捣乱，罚过他们的工分，他们便怀恨在心，捕风捉影编几条罪状告人，也真是那么回事儿。尤珍对小月亮的行为甚是惋惜："那么漂亮个女人，没想到做出事来那么坏！"

尤珍对于小月亮告状之事算是弄清了，但是她也没有通知小月亮进城，因为她的告状是诬陷好人，是泄私愤，照理应依法治她个诬陷罪。因为尤珍想到小月亮毕竟是个穷百姓，经受不起的，她又极喜欢小月亮的模样，也就把此事不长不短，没着没落地搁在一边。

可是小苏村那个小月亮却还是日里盼，夜里盼，天天盼望县信访办的来信。但是盼来的还是刘黑黑一段冷言冷语。小月亮很着急，她又要进城了。她把家里仅有的五元钱带了，又带得五个馍馍，上了路。

虽然已经过了二月二，只因天阴了，风不断，气候还是很冷的。

小月亮掂个干粮兜儿，下了汽车，天空零零星星飘舞着雪花，西北风渐渐吹大了。她迎风冒雪来到县信访办，那位尤珍同志尽管还是让了座，甚至还倒一杯开水给她，可是那面容却不如上次好看。

小月亮已经知道尤珍的姓名。她说："尤同志，我们的事调查过了没有？"

尤珍绷着面孔看看她，小月亮的姿容又打动了她的心："她多好看呀！这么好的一个女人，为什么有一颗狠毒的心呢？"她说："陈小青，你告刘黑黑他们的问题我们已经认真负责地查过了。老实说，你们告刘黑黑他们的八条，都不是事实。按法律办事，你们无中生有告别人的状，是犯诬陷罪的。

看在你一个老百姓不懂法的分上，算了。回家去老老实实地劳动好了……”

小月亮听了此言，想到他们不仅不依法处理刘黑黑，反而说她犯了诬陷罪，怎么能不着急？怎么能不生气？她要争辩，但是一开口，却只有两行热泪流进嘴里，竟说不出一句话来。过了半天，她的情绪缓过来一些，便说：“不，他们赌钱，他们吸毒，他们砍树，他们大吃大喝，他们贪污都是事实，为什么我们老百姓说的话都是假的，都不能相信，为什么他们当官的说一句，算一句；说两句，算两句，句句都是对的，句句都能听，句句都正确！为什么？为什么……”

“你不要这样说话。你们告的几条，我们都查过了。我们只能实事求是处理问题，我们不能偏听偏信，单听你一个人的……”

“不！我们告他刘黑黑的八条，全是真的！全是真的！要不信，你们再去调查……”

“已经调查过了。你还是回去吧……”

小月亮无论说多少，一概无用。她生气，气得双目冒烟，她着急，急得浑身乱抖，她争辩，毫无用处。又到了下班时间，她只得离开信访办。她又吃了败仗，她还不死心，她还想再告，可是又该到哪里去告呢？

小月亮来到街头，站在县委大门口，心还在“咚咚”地跳，眼还在哩哩啦啦滴泪。两只泪花花的眼东看看，西看看，满街里全是高高兴兴的行人。她返身看看县委大楼门口，出来的，进去的，都是喜笑颜开的干部。街上行人有的掂着肉，有的扛着菜篮子，冒雪走来走去。人们看到掂个干粮小提兜儿的小月亮，只是眊她一眼，走过去了。县委大楼里出来的男女干部，有的眊她一眼，有的根本就没有看见她，各个回家吃热面条，吃猪肉，吃鸡蛋，吃牛肉，吃鱼去了。小月亮呢，她掂了五个冷馍馍，也无心吃它。雪又下大了，她只想找个地方坐坐，可是遍地是冰冷的雪，哪里是她坐的地方呢？她呆呆地站在县委机关门口站呀站的，想着下一步又该怎么走。她忽然想到了找县委领导干部。这会儿正下班，县委领导人也会打大楼里出来的。可是出来许多人，大都披着好看的大衣，一个个看去，都像是领导，该问哪一位呢？大楼里又出来几个人，边走边说边笑，只见一个人朝另一个人说："孙书记，下午三点的会你参加不参加?"

小月亮终于碰上了县委一把手，她壮壮胆子，连忙迎上来："孙书记，我冤枉呀！……"

小月亮看戏看过告状人拦轿喊冤的戏，往往一拦轿，坐轿的大官差不多都会接下状纸，闹得好，有冤伸冤，有仇报仇，很解决问题的。今天，她一边喊冤，一边便打身上掏出状纸，送上来："孙书记，这是我的状纸……"

孙书记叫孙其新。他看她一眼，没接状纸。另一个干部说了话："有事你找信访办嘛……"他一边说着一边同孙书记直向前去。原来他们要去县第一招待所陪地区来的一位部长吃饭。

小月亮好不容易碰上了孙书记，以为机会难得，决不可错过，连忙追上来："孙书记，孙书记，信访办我去过了，他们不给办……"

孙其新和他的同行者以为既然是信访办不给她办，定有缘故，说不定这个女人又是一个告状油子，靠告状发财的，因而不待理她。那个干部说："多找找嘛！"

小月亮边追边说："找多少次也不行，孙书记，我冤枉……"

"有冤枉你到法院去……"

"去过了。法院叫我找信访办。"

"你就去找信访办不就对了。"

"信访办也不给办，我求求孙书记听我说说……"

"孙书记有重要工作，没工夫……"

那人应付着小月亮。孙其新只管走路，总不吱一声。县委书记如何可以直接过问这些非纲非线的些些告状小事呢？

可是孙其新他们只管走，小月亮又是只管追。一直追进一招大楼门口，孙其新他们进去了，小月亮也要追进去，被两个年轻人拦住了，不让她进去。她是谁？她是陈小青、外号小月亮，一个普普通通的老百姓，老百姓怎么可以随便进一招呢？倘是刘黑黑，还差不多。

小月亮被人拦住，急坏了，以为好不容易见到孙书记，就这么轻易让孙书记走了，还有什么希望呢？也是小月亮好聪明，脑子来得快，办法想得绝，突然就地一倒，躺在了白花花的雪地里，大呼："你们打死我吧！你们打死我吧！……"

门上的两个人见她这样，出口骂小月亮是"赖皮"。

小月亮倒地，没人理她，她还得自个儿站起来。

小月亮站在招待所门外白花花的雪地里，站在呼呼作响的西北风里像一截木头，呆呆的，傻傻的。

一会儿，招待所里边杯盘叮当，热乎乎的海参，热乎乎的鱿鱼，热乎乎的火锅，直把孙其新他们吃得满头冒气，跟随孙其新的那一位说："孙书记，把帽摘下来给我。"

"好。老魏，给你。"

原来那一位就是县委办公室主任魏文清。

小月亮手提一个干粮小包站在雪地里，但是那块雪地也非一个老百姓可在之地，早已有人撵她："出去！成何体统！"

小月亮趔趔趄趄走在大街，歪歪扭扭地冒雪蹒跚而行，终于没人撵她，没人赶她，雪街雪道终于是她的可在之处，可行之路。

小月亮住了店，她还想见见县上领导。可是又过了两天，县委、县府到处找领导，总是找不见。她住店，她吃饭，五元钱早已花光，怎么办？日里讨饭，夜宿街头，好在街头饭摊有几炉火晚上闲着，可以供她取暖。

小月亮告状无门，总得想点办法，但是所想到的还是"拦轿喊冤"一个老办法。她认为到处找不到县上领导，但是打县委、县府出来的蛤蟆车，领导准坐在里头。过去他们拦轿喊冤，我何不拦车喊冤呢？这一日，小月亮便站在离县委机关不远的街口，直愣愣瞪着眼等蛤蟆车出现。

终于打县委机关出来一个蛤蟆车，小月亮紧赶两步跑在大街中站定，展开双臂。蛤蟆车来了，她展臂拦挡："我冤枉呀！我……"

小蛤蟆车"的的"地叫着叫她让路。她不让，蛤蟆车"吱"地一扭头，擦其身过去了。

小月亮返身望去，只有一股黑烟扑面而来，她很想哭。

小月亮决心好大，她要等蛤蟆车返回来："你出去总要回来的。我不信等不上你！"可是她哪里知道那个小车直奔省城去了。

小月亮死死地站在街头等小蛤蟆车。但是左等右等，只有些自行车、摩托车、大卡车穿来穿去，总不见什么小蛤蟆车出现。可是她还要等。小月亮做什么事也是勇往直前，绝不半途而废的。她是一根铁棒，宁折不打弯的。半夜里斗刘黑黑叫门是这样，镇政府等岳镇长也是这样。今天等不来小蛤蟆车，她绝不撤退。

“的的的——”终于等得一部小蛤蟆车打县委机关驶出。小月亮连忙跑在大街之中，展开双臂，拦车喊冤，这个蛤蟆车如同那个蛤蟆车一样，又是扭头转弯擦其身而过，不想这一擦竟把个小月亮擦倒了。小月亮躺在地上大叫：“救命呀！”

蛤蟆车还算好，停住了。打车里钻出一个人来，不问长，不问短，先厉声骂她：“你找死呀！”是个司机。

打车里又出来一个人，正是那位县委办公室主任魏文清。他看看倒在街上的小月亮，四下里没半点血迹，以为她是装样，说：“你还不站起来？”

小月亮虽然被撞倒地，但只是背部有点疼，不觉着有什么伤筋动骨之事。但是她为了告状之事，便借题发挥，直喊腿疼。魏文清连忙把她扶起，却扶不起来，问她：“你的腿怎么啦？”

小月亮混喊道：“我的腿断了，我的腿断了……”

“根本不像，腿断了怎么没流一点血？”

小月亮又喊道：“是里边的骨头断了……”

里边的骨头断了，皮却没破一点，也怪。

小月亮大喊骨头断了，小车里又出来一个人，正是县委书记孙其新。他看看小月亮，说：“先送她到医院看看。”

魏文清和司机把小月亮抬进车里，他们又一起上了车，开向医院。

小月亮坐在小车里好高兴：“我今天拦车喊冤总算拦对

了。”她以为机会难得，抓紧时间向孙其新诉冤倒苦，用最快的速度诉说刘黑黑他们的八条罪状：“他们夜夜赌钱，天天抽吗啡，村看村，户看户，老百姓看的是村干部，好多老百姓也赌开了，也抽开了。他们私砍村里的树，已经砍倒一百多棵，他们盖新房，做家具，用的都是不出钱的木头。他们买了一个电视机，就跑了太原、北京、杭州、上海、广州五大城市，买电视机花了两千来元，他们的路费、住宿费就花了五千多元，他们每年要向村民摊派两万多元，除了他们吃吃喝喝浪费，除了他们挣的，全装了他们的腰包，账目也没公布过一次……”

孙其新听了，说：“你不要说了，我们可以查查。老魏，你问问信访办……”

一提信访办，小月亮急了：“不要问信访办，他们偏听偏信……”

小车已经开进医院。魏文清、司机把小月亮抬进医院里，交代过，孙其新、魏文清一起坐车走了。

小月亮很高兴，认定这一次拦车喊冤没白喊。

可是医院要给小月亮照相，小月亮不让，说：“照相做什么？断了就是断了，照照相就不断了？”

医生说：“照照在什么部位嘛？”小月亮胡乱指指她的右小腿：“就是这儿，就是这儿？”

“是那儿就那个部位，但必须照相，看看骨折的程度……”

小月亮没法子了，只好由他们推上一个手推车，推到照相室。

照相室的人问她是哪里骨折了，小月亮又指着左腿说：“是这儿。”

医生忽然笑了：“你这个人，怎么搞的？——别照相了，没那个必要。”

小月亮还没弄明白是怎么回事，只说：“我就说不要照嘛！”

回到病房，小月亮忽然想起来自己搞错了，背过身去偷笑不止。

医生立刻打电话告诉县委魏文清说那个女人并没有骨折，什么问题也没有。

于是，孙其新、魏文清感到那个女人不是个好女人。孙其新叫魏文清去问过信访办的尤珍，回来把尤珍说的话向孙其新作过汇报，孙其新说：“算了！也不要过问她的诬陷罪，也不要管她。这种人，越管麻烦越多。”

医院撵小月亮出了院，小月亮又到县委找书记，没见到书记，只是魏文清把她训斥一顿，说她不该诬告干部，说她不务正业，劝她改邪归正，回家去好好劳动。小月亮听了这一番话，想到拦车告状又一次扑了空，想到无论如何都告不成这个状，她又哭了。她不知道下一步该怎么走，该怎么办，铁棒终于打了弯，无可奈何，小月亮哭哭啼啼回了小苏村。

小月亮这次回家，不同往常，只觉得心头有一块千斤重石压着压着，好疼好疼。她吃也不想吃，喝也不想喝，一头栽倒在床上，只是蒙着头呜呜地哭，呜呜地哭。哭了一天一夜，还是呜呜地哭。又哭了一天一夜，还是呜呜地哭。看到这般情景，苏四四好着急，好害怕，总趴在床头劝她：“小青，你不敢哭了，你要哭病的；小青，你不敢不吃饭呀！你已经饿了两天，你要有个好歹，叫我怎么过呀！”

小月亮只是“呜呜”地哭。

苏四四很着急。眼见自个儿劝妻子不起作用，只好求外授，把任腊生的母亲任大妈请来。任大妈撩小月亮的被子，想看看她的情景，她拽拽那被头，小月亮“呼”地一下子伸手又把被头蒙在头上，还是“呜呜”直哭。任大妈说：“小青呀，怎么能不吃饭呢？会饿出毛病来的。我知道你有气，可是气有什么用呢？你生气，人家高兴，不是白白苦了你自己？吃吧，你不吃饭，四四也愁坏了……”

无论任大妈说什么，小月亮除了“呜呜”地哭，再没别的反应。

任大妈看看对小月亮无能为力，只好告辞。苏四四追了出来，说：“大妈，你看小青那个样儿，叫我怎么办呀!”

任大妈叹了一口气，说：“你家小青的脾气你还不摸？遇啥事也是宁折不弯个弯的。我看她这一气，就敢活活气——真可惜，可是个好人哩——我想起来了，我看你找咱们小苏村哪个人也没用，怎不去大苏村求求孩子她姥姥?”

一句话提醒了苏四四。苏四四立刻奔来大苏村，说明小月亮宁死不吃饭的情景，把个陈姥姥吓呆了，先一把鼻涕一把泪哭个没完。苏四四着急，说：“那边的人都快饿死了，你还有工夫哭……”

陈姥姥省过神来，忙喊儿子小红快备车。

陈小红是个大富户，自家有车。一会儿工夫，陈姥姥和苏四四坐了陈小红的吉普车来到小苏村。

陈姥姥进得门来，看到女儿蒙头躺在床上有气无力地“呜呜”直哭，她也不问三，也不问四，也不劝解女儿，一屁股坐在女儿的床头放声大哭不止：“青呀青呀！你不能丢下你的娘呀！青呀青呀！你可怜可怜你的娘吧！青呀青呀！你怎么不说话呀！青呀青呀，你睁开眼看看娘吧……”

小月亮蒙头听得是娘哭哩，她也不动弹，她也不说话，只是“呜呜”地哭。

苏四四看看陈姥姥来了也没用，背地里又求陈小红劝劝他姐。陈小红过来说：“妈，你是咋啦？你不说一句正经话，只管哭，姐姐听了会更难过的。”

陈小红唤着“姐姐”劝解半天，小月亮也不理他，还是直管“呜呜”地哭。

苏四四看看这般情况，好犯愁。

村里人看到小月亮进城告状打败仗回来，大多数为她打抱不平。那四十八人更为她抱屈，更认定刘黑黑太坏。许多人都来看望小月亮，劝她吃饭，劝她保重身体，说“留得青山在，不怕没柴烧”。但是小月亮任何反应也没有，直是“呜呜”地干哭。

任木林在街头说风凉话：“咱们小苏村的女英雄打胜仗回营，怎么连个面儿也不见呀？该开个庆功大会吧？”

刘红红也说：“演它三天电影，给女英雄庆庆功！”

刘黑黑也说：“唱它三天大戏，给女英雄挂一块金字大匾！”

许多人为小月亮不平，许多人为刘黑黑他们的趾高气扬而气愤。村里人议论纷纷。就在这纷纷议论之时，那惊天动地的一声“咚！——”响彻云霄。

便是这“咚”的一声巨响，把个蒙头“呜呜”直哭的小月亮惊动了，她忽然把头上的被子一撩，忽然坐起来，忽然说话了：“咋啦咋啦咋啦？”

苏四四、陈姥姥他们也不知道是咋啦，他们无法回答小月亮的问题。因见她终于说了话，好高兴。

小月亮听得街头人们乱跑，乱嚷，她也坐不住，就要下床，就要走出去看看发生了什么事。可是她刚刚下得床来，随即便“咚”的一声摔倒在床前。

苏四四、陈姥姥连忙把她扶起来，扶上床，小月亮不上床，还在问：“外边是咋啦？四四，你是个死人，不会出去看看？”

苏四四连忙跑着出去看看，回来说：“好事一宗。”

小月亮急问：“什么好事一宗？”

“不知道是谁用炸药包把黑黑家的新房给炸了！”

小月亮闻言大吃一惊：“这是哪个没脑浆的东西做出这种蠢事来……”

苏四四说：“什么蠢事！是好事！反正那房子是用全村老百姓的血汗盖起来的，反正告状也告不倒他，这下子好了，一包炸药给狗日的炸塌了……”

“你想错了！炸塌人的房子是恶作剧，是犯法行为，你知道不知道？明人不做暗事，是哪个晕头转了向的做出这种蠢事来？这倒好，黑黑坏事做尽，吃人的血、吃人的汗，我们告也告不倒他，看明儿个人家翻过来当原告告人吧……”小月亮又急又气，好不伤心！

不一会儿，就听说凤山镇的副镇长和喜林跟派出所的所长黄百正查案来了。小月亮说：“你们看看，他们不是又来了，来得这么快，这么急，可不是我们告状那时候，请也请不来。也不跟我们告状那时候一样，他们来了只是坐在大庙里打牌、吃酒、聊闲天，对我们告刘黑黑的问题不闻不问，敷衍了事，啥啥事也没有。这一次他们一定会积极地查，认真地查，一定要把炸房人查出来的，因为那‘咚’的一声炸的是刘黑黑的房。要是炸了咱苏四四的房，炸就炸了，炸了活该。就是来几个人查查问题，又是应付一番，不了了之。这一次，你们等着看吧！”

11. 废墟一只鞋

和喜林、黄百正在小苏村查炸房一案，紧锣密鼓一般地看过现场，问过刘红红，又问过刘黑黑，根据小月亮陈小青是告刘黑黑的带头人，任腊生是同刘红红告吹的对象又是同小月亮关系不正常者，主要怀疑对象便有了小月亮和任腊生两个人。

和喜林、黄百正紧急商量一下，商定先到刘黑黑房子后墙被炸处查看一下脚印，再查清谁家屋里存放过炸药，再设法接触小月亮、任腊生二人。

和喜林、黄百正正要去查脚印，直到此时，黄百正才想起一件事来，问刘黑黑：“黑黑，怎么不见你们村的治保主任？”

刘黑黑想想说：“看，这一炸把我给炸糊涂了，出了这么大的事，小旦也该到场嘛。头里他还在这儿，怎么半道上又走了？”连忙派人去唤刘小旦，刘小旦不慌不忙地蹒跚走来。刘黑黑训他道：“看你那个没紧没慢的样子，小苏村出了这么大的事，你这个治保主任怎么来了又走了？你拱在谁家媳妇的被窝里睡觉哩？”

刘小旦说：“我看我在这儿也没用处……”

“胡说！是你不主动配合人家黄所长……”

“好，配合配合……”

黄百正他们来到刘黑黑新房被炸的后墙处，只见炸开的洞口处堆一堆破砖夹干水泥泥巴，其余什么也没有。

黄百正不让其他人走近，他独自一人进前查看脚印，只见满地里如同有数百人在这里打过架似的横横竖竖踩满了脚印。如何在这乱七八糟的脚印中辨认出凶手的脚印呢？但是，黄百正还在那里看呀看呀，看了半天，跟和喜林、刘黑黑说：“可以看出是一男一女两个人作的案。”

刘黑黑说：“没问题，肯定少不了那个贼婆娘小月亮。”

黄百正说：“现在还不敢肯定，还得多方面查查……”

刘黑黑说：“还查什么？把小月亮抓起来没错！”

和喜林忽然发现爆炸口那一堆废墟上有个异样小东西，走去拿起来一看，是一只女人鞋。他说：“黑黑，这是你家红红的鞋吧，只怕是放在石头桌上……”

刘黑黑接过那只鞋看看，早已认出是他女儿刘红红的鞋，竟然说：“不不，这，这是小月亮的鞋！狗东西，来炸我的房，怕炸死她自己，把鞋子掉了一只也不管了——看我说啥来！我就说抓她小月亮没错嘛！黄所长，你还不赶快行动……”

黄百正说：“你不要诈唬嘛！咱们还得进一步查……”

和喜林说：“如果是陈小青行凶时掉在地上的鞋，那一炸，砖头泥块儿就该把她的鞋压在下边，怎么会是在上边呢？”

刘黑黑说：“这还不明显，炸药包一响，先把这只鞋炸得飞上天空，我的房子被炸破以后，这只鞋子又落了下来，可不是就到了上头……”

黄百正、和喜林认为他的话不过是胡编乱造，也不深究。黄百正说：“这只鞋可以算个疑点，等会儿到她家去看看。”

刘黑黑说：“还等什么？她到处告我的状，到处吃败仗，告状告不成就想了这么个馊主意，来炸我的新房，很明显很明显嘛。”

黄百正以为刘黑黑的话不无道理，合乎逻辑，便问刘黑黑："如果我们先接触那个小月亮，任腊生呢？他可是很值得怀疑……"

刘黑黑说："小月亮有作案证据，任腊生不过是个怀疑。只要把小月亮逮了，有没有任腊生，一审问，还怕她不招……"

于是，他们便决定先去小月亮家看看。刘黑黑忽然想起一件事，冲刘小旦说："小旦，你陪和镇长、黄所长去，我看我去不大合适。"

黄百正说："你避避也好。"他把那一只鞋揣进了怀里。

和喜林、黄百正、刘小旦三人来到小月亮家，只见小月亮躺在床上蒙头而哭，苏四四，还有一个不认识的老婆婆围在小月亮的身边哭，还有罗来来，还有那个任腊生也在这里。黄百正冲苏四四说："你媳妇哭什么？"

苏四四回头看看，见是他们几个，吓了一跳，瞪着眼不会说话。

黄百正问苏四四的话，和喜林却只管满屋里乱瞅，床下，椅子下、板凳下，缸旮旯，门旮旯……处处都瞅到了，不见有什么单只鞋的踪影。

黄百正又问苏四四："你怎么不说话，你媳妇哭什么？"

苏四四说："她，她病了……"

"病了为什么哭？"

小月亮蒙在被窝里哭，听得是黄百正来了，先吃一惊："坏了，他们来找我，准没好事，说不定又是听上黑黑的话，想害我……"她哭得更恸了。

黄百正不再问苏四四，直接喊小月亮道："陈小青，你起来，有话问你。”

小月亮根本不理黄百正的茬，只管“呜呜”地哭。

苏四四急了，忙说：“不行！她已经整整两天了饭没有吃一口，水没有喝一滴，她坐不住呀……”

“坐不住也得起来。陈小青，起来起来，有话问你……”

小月亮只不起来，只是“呜呜”哭个不了。

黄百正说：“装什么洋蒜！起来起来……”

这时，刘黑黑的儿媳妇李兰花也来了。她在小月亮家的两只大缸处背靠大缸站了片刻，便走来拽拽黄百正的袖子，又噘嘴冲缸旮旯处努努，黄百正忽然发现那个缸旮旯处有一只鞋，正同他怀里揣的那只鞋是一对儿。于是，他把怀里揣的那只鞋掏出来，冲苏四四说：“陈小青今天不起来也不行。这是你媳妇行凶炸房掉在现场的一只鞋，证据确凿，你们还有什么话说？”

在场的人们听他如此说，一个个都吓呆了。

苏四四闻言，立时浑身乱抖不止：“不不不，这不是她的鞋，这不是她的鞋，我媳妇没穿过这样的鞋……”

小月亮闻言，大吃一惊。顾不得哭了，“霍”地把被子一抖，“呼”地坐了起来，直愣愣地瞪眼看看黄百正手里那只鞋，一看便认了出来。大声呼道：“你们胡说，那只鞋明明是红红的鞋，怎么今天变成了我小青的鞋？全小苏村的人谁没见红红穿过那鞋？你叫大家看看，你叫大家说说……”

黄百正说：“你胡说！红红的鞋，红红会炸她自家的房子吗？”他把那只鞋送在罗来来、任腊生他们的面前，说：“大家看看，大家看看，这是不是陈小青的鞋？”

罗来来、任腊生他们也看准了是刘红红的鞋，一起说：

"就是红红的鞋……"

刘红红扑上来指着任腊生骂道："流氓！你跟小月亮是好朋友谁不知道，你还想替她辩护……"

黄百正走在缸旮旯处，指指缸旮旯里的一只鞋："大家看看，这里还有一只鞋，跟我们在炸房处捡到的这只鞋是不是一对儿——是吧！既然是红红的鞋，怎么会放在小青家哩？……"

众人看看旮旯处的一只鞋，一个个都傻了眼，弄不清是怎么回事。

苏四四看见那只鞋，只觉得奇怪，红红的鞋为什么会飞到我家来呢？大呼道："不是不是，这不是……"

小月亮一见打自己家里忽然又冒出刘红红的一只鞋，她明白了一切。她知道这就是自个儿告刘黑黑的状得到的结果。她觉得今天事已到此，说也说不明，辩也辩不清了，于是她冲黄百正说："拿出你的铁手铐来！"

黄百正立时把小月亮铐了。

小月亮瞪着干涸的眼回头看看陈姥姥，看看苏四四，说："四四，多会儿瞅空你到学校看看孩子，什么也不要跟他说，告说他叫他好好学习，好好……"

黄百正喊一声："走！"

苏四四、陈姥姥见他们铐了小月亮要走，一起扑上来又哭又拉。苏四四说："她不是炸房犯！她不是炸房犯！她两天两夜不吃不喝，两天两夜没下过床，没出过门，没说过一句话，怎么会是她……"

黄百正说："胡说！你说陈小青两天没出过门，她的一只鞋为什么会丢在炸房现场？她的那只鞋会自己飞出去不成！"

拉了小月亮便走。

苏四四、陈姥姥死死拉住小月亮不放，小月亮急了，说：“妈、四四，你们别拉我好不好！你们拉得过他们吗？我几天不吃不喝，实在经不住你们拉拉扯扯的……”

黄百正只管拉了小月亮就走。

小月亮由于两天不进饮食，身子好软好软，她想走好，歪歪扭扭地却怎么也走不好。只觉得头好晕、心好慌、腿好软。只觉得天也打转转，地也打转转，转呀转呀转呀地就那么转了去……

一九九二年四月二十六日于不了屋

四个小媳妇

B 城东区有好大一个公寓区，一个大院子盖下纵横四排四四十六幢公寓。其中九号楼二单元一层二层三层四层正好住了赵、钱、孙、李四家，四楼是赵家，三楼是钱家，二楼是孙家，一楼是李家。四家里各有一男一女。四家四个小伙子赵雪山、钱忆荣、孙静远、李千秋均已娶过媳妇。四楼赵雪山的媳妇叫朱珠；三楼钱忆荣的媳妇叫秦小星；二楼孙静远的媳妇叫尢如月；一楼李千秋的媳妇叫许之惠。四个新媳妇各有各的故事。现在先说四楼的媳妇朱珠。

1. 四楼

朱珠是大学生，是建筑设计院的设计师，一位二十八岁很年轻的设计师。也许是由于职业的缘故，做什么都很利落，都很细心。可是今天她在婆婆周正面前说了一句很粗心的话，做了一件很粗心的事。她同婆婆周正、丈夫赵雪山同桌共进午餐时，满面笑容地对婆婆说：“妈，我有一个想法，我想给你找一个老伴儿……”

周正听得这一句话，手里的筷子夹着一块红红的西红柿也不吃了，只是夹着它瞪起一双大眼看儿媳妇，看呀看呀看呀，竟把个朱珠看得发了毛，怵了胆，害了怕：“妈是怎啦？我说话说错了？我……”

自从赵雪山娶了朱珠，不仅小夫妇很美满、很幸福、很和谐，便是朱珠同婆婆周正的关系也是很和谐的。朱珠开口不唤妈，不说话，一口一个妈，嘴是很甜的；下班回来，丢下盆，捞扫帚，帮助婆婆忙里忙外，手是很勤快的；给婆婆做新衣，给婆婆打毛衣，给婆婆买点心吃，买饮料，心是很美的。周正到一楼王梅那里夸媳妇，到二楼郑君逸那里夸媳妇，到三楼吴大凤那里夸媳妇，周正没想到夸来夸去，媳妇的心眼却是这么坏，没想到朱珠菩萨嘴豺狼心，今天忽然要给她找个老伴，忽然要赶她走，周正好伤心。周正把夹的那块西红柿“啪”的一声往桌子上一甩，眼里扑啦啦流下两行热泪，也不吃饭了，站起来便奔到她的卧室，倒在床上，“呜呜”哭起来。

朱珠一时傻了眼。

朱珠看看赵雪山，问他：“怎么办？”

赵雪山说：“我不教你说你要说。你问我哩，我还要问你哩！怎么办？”

原来关于给婆婆找老伴儿之事，朱珠是跟赵雪山商量过的，赵雪山原本不同意，经朱珠反复说明婆婆找个老伴儿的种种好处，才说服了丈夫。但是赵雪山不愿意同母亲说这个话，朱珠便毫无顾忌地说了，却没想到效果会是如此之糟。

朱珠也不吃饭了。连忙奔来周正的卧室，摸着婆婆的背，说：“妈，你不要生气，我是想着爸爸去世已经七八年……”

周正不想听她的话，周正恨死了朱珠，她滚身坐起来，冲朱珠嚷道："我老汉死了七八年怎么着？儿子没有撵我走，闺女也没有撵我走，轮到你，你想撵我走？你来到这个家才几天？你来到这个家三个门旮旯还没踩遍，就想撵我走？没门儿！想得好美，你……"

朱珠忙说："妈，你想错了，不是这个意思……"

"不是这个意思是什么意思？"

"妈！你听我说一句嘛，你不能不让人讲话嘛……"

"你那一句话就把我的心伤透了！够了！够了！朱珠，我的好媳妇！自从你来到这个家，你把我当亲娘看，我也把你当亲闺女看，没想到你嘴是一罐蜜，心是一把刀，媳妇想把婆婆赶出门去，什么居心？什么良心？什么行为？什么德行？……"

"妈，实在不是这个意思嘛……"

"什么妈？我不稀罕你唤我妈！你是厅长家闺女，你是大学生，你是大知识分子，你是设计师，我算老几？——你当你的设计师，我不反对，随你设计什么都好，可你千不该万不该，不该给雪山他妈设计出个老伴儿来呀……"

"妈，你也让我说一句，只说一句……"

"半句也不想听！狗嘴里吐不出象牙来。明明白白的事还有什么好说的，无非是嫌我老了，老不中用了。可是你们怎么也不想想，我虽然老了，开水哩，炒菜哩，擀面哩，还能给你们当个老伙夫嘛。是白吃白喝不成？就算饭做得不可口，我可以不做；菜炒得不香，我可以不炒，可是我整天整日守在这个屋里，算个看门老婆子，算一把保险锁，你们能放放心心地工作，我挣一碗饭吃，你们也吃不了多少亏，怎么就把我看成无用之才，嬉皮笑脸地撵我走哩……"

“妈，我不是撵你走……”

“不是撵我走是什么？你叫我找老伴儿，我五十八岁快六十岁的人了，难道世界上还有那么个傻汉子傻老头子倒插门儿的不成……”

朱珠看到婆婆就是发火，就是不满，就是不听人说话，她干急没办法，便出来过厅找赵雪山，只见赵雪山独自个儿坐在餐桌旁饭一口菜一口吃得很是逍遥自在。朱珠对他又好气又好笑，走来一把夺了他手里的筷子，说：“没见过你这种人！妈又是生气又是哭，你可在这里做没事人……”

赵雪山说：“我有什么办法呢？”

朱珠小声说：“妈的气好大。妈不听我说的，难道她也不听儿子的？我求求你，快去说说……”

“一人做事一人当，我才不管哩……”赵雪山又拿起筷子要吃饭，朱珠又是“啪”地一下子把他的筷子打掉。说：“妈哭成那样儿，你还有心思吃，吃，吃……”

赵雪山说：“好我的你哩！这种事，叫我怎么说哩？——没关系，妈就是这么个脾气，只要咱们不管她，一会儿就没事儿了。你也快吃饭吧。”

“我吃不下去！”

朱珠以为丈夫说得也有几分道理，只好由婆婆哭去。她也没心思吃饭，只是把她和婆婆的两半碗残饭收拾了，把饭桌收拾了，回来卧室静等婆婆的情绪好转。可是她总听得婆婆哭个没完，闹得她躺也躺不稳，坐也坐不定，心下好慌好难受，又问赵雪山：“你听妈老是哭，怎么办？怎么办？”

赵雪山一想，说：“没有更多的好办法，我看你去搬搬救兵，求求援吧？”

“求谁?”

“三楼婶子，二楼婶子，一楼婶子，不拘哪一位，搬来一位就成。”

于是，朱珠就跑到三楼来。敲开吴大凤的门，说明她一句话惹下婆婆，大生其气，求她去劝解一番。吴大凤闻言，说：“看你这个小媳妇！怎么闯下这么大个麻烦！你公公死了七八年，你婆婆从来没有提过再嫁人的事，你婆婆是个心事重的人，连我这个老朋友也不敢在她面前说这种话，你好大胆量……”

“三楼婶子，反正我话也说错了，事也做错了，事到如今后悔也没有用，只求你帮帮这个忙，在我妈面前多进好言，劝她老人家不要记怪我们这些糊涂虫，不要老生气就好……”

“你婆婆是个老犟头，不好说哩。不过，我可以去试试。”

朱珠总算搬来了救兵。

吴大凤见了周正，说：“四楼，有什么大不了的事，生这么大的气?”

周正见吴大凤来了，想到三楼的吴大凤，二楼的郑君逸，一楼的王梅都是老夫妻双双对对，独自个儿是孀居，也就想起了死去八年的老伴儿，也就想到了孀居的苦楚——女儿赵雪芳是个钉篓子，事事碰她的钉，天天碰她的钉，因为女儿的婚事，她不知碰了多少钉，但是女儿的钉子碰来，只有她一个人受，连个说话处也没有，连个商量处也没有，也独自一个人操闹，给女儿雪芳办嫁妆，给儿子雪山娶媳妇，是容易的吗?女儿既是大学生，又是极机灵极漂亮的，偏偏嫁了个铁拐李似的女婿，她本来很伤心的。儿子娶了媳妇才几个月，媳妇就提出来给她找老伴，分明就是要把她赶出门去嘛。她怎么能不伤心呢？周正每有苦楚，很少同女儿雪芳说，因为雪芳是个钉篓子，只会是自寻钉子碰，倒是老邻居吴大凤、郑君逸、王梅，有苦可以在她们面前诉诉。便拉了吴大凤一只手，抽抽泣泣地说："三楼呀，你可算来了。我只当今生今世跟你见不上面儿了……"

吴大凤说："好我的四楼哩！我不信会有多么大的事儿，就到了这个地步……"

"三楼呀，我跟你不一样。我给雪山娶媳妇没想到娶来一个勾命鬼……"

"四楼，你别这么说，你们四楼的媳妇够好了，我们三楼那一个更坏……"

"忆荣媳妇总不敢往死路上逼你吧？看我家这一个，豆腐嘴，刀子心，想活活把我逼死……"

"我不信！我看人家朱珠满好的……"

"知人知面不知心，朱珠的心好狠！今天在饭桌上吃饭中间，她忽然提出来要给我找个老伴儿，这不是撵我走是什么？三楼，你说说，自古以来哪有儿媳妇给婆婆找对象的……"

"许是朱珠看见这个楼一拉溜三家，都是双双对对的，只有四楼你是孤零零一个人，怕你寂寞，怕你没个说话的人，怕你没个做伴儿的，才想出这个好主意……"

"什么好主意！黄鼠狼给鸡拜年——没操好心！明明就是嫌我，明明就是撵我走哩！三楼，给我找老伴儿，不是撵我走，难道是……"

"也许是要给你找一个倒插门的老汉汉……"

"胡说！走遍天下，你见过五六十的老婆婆找到倒插门老伴的吗？找倒插门儿女婿有是有，是那些只有女没有男的人家为了立后才那么办的。我一个寡妇老婆子，我这辈子有一个死老头子，下一辈，我有儿有女，要那个倒插门老汉做什么？三楼呀，明白人不必细讲，儿子、媳妇要撵我离开这个家，我这么大了，落得个让儿子、媳妇赶出门去，我还有脸见人吗？我还能在这个人世间活一天吗？我不死，不是太不知趣吗？三楼，你说说，我除了走这一条路，还有第二条路可走吗？……”

“可也真是。哪有儿媳妇给婆婆找对象的？真是听也没听说过。一个老女人找了对象，明明就该卷起铺盖卷儿走嘛！只道四楼这个媳妇是个通大理的，对你那么孝敬，对邻居也是见面就笑，不笑不开口，开口就是‘婶子’‘大妈’的，好一张蜜舌甜嘴……”

“那是蒙蔽人的诡计，蜜舌甜嘴满面笑，还不是跟妲己一样，对纣王说得好听，笑得好看，到头来断送了纣王的江山……”

“唉！如今的年轻人可也真是难对付。四楼，你听我一句话，你可不敢上她的当，也不要寻死觅活地走绝路。你要想开些，她越是要生着法儿逼人死，你越是要顶着撑着活下去，叫她扑个空，叫她空欢喜一场，看她能把你怎么样……”

朱珠的卧室与周正的卧室只一墙之隔，并排两道门不过一米远近。朱珠盼望三楼婶子能说服婆婆，便站在她的卧室门口注意听着。没想到三楼婶子没能说服婆婆，反而被婆婆说服，说话变成一道腔。朱珠很着急。妈总是这样看问题，婆媳们以后还怎么在一起生活呢？她把那边谈话的情况告诉赵雪山，问他该怎么办？赵雪山也没办法。朱珠下决心要去搬大姑子赵雪芳。她骑车先到设计院请了半天假，便又奔市委宣传部来，把赵雪芳唤出来站在楼道里，说："姐，大事不好……"

赵雪芳见她惊慌失措的样儿，也害了怕，忙问："什么事？什么事？"

朱珠便把今天中午发生的事说一遍，说："妈就是要寻短见，妈要有个好歹，我怎么对得起一家人呢？我看这事非姐姐你出马不可……"

赵雪芳却笑了："朱珠你怎么想起这一招来？你闯的这个祸可真不小！妈也怪！怎么想的？就要寻短见。——朱珠，别怕，我看妈不过是虚张声势吓唬你，不会怎么样的，我们正开会，我走不开……"

"姐，你好狠心！怎么能见死不救呢，我求求你……"

"没事，你放心回去吧。你做晚饭给我多做上一碗饭，我一下班就去了。"

朱珠无法儿，只好走了。

赵雪芳下班以后来到娘家，见妈妈躺在床上生气，说："妈，你出什么洋相哩？是哪个打你哩？骂你哩？手执钢刀杀你哩？你……"

"她做事比骂我还怕！比打我还怕！说她是拿刀杀我也冤枉不了她……"

"你说该怎么办？告她去！还是绳子捆了送她去？——简直是没事找事，自寻烦恼。就算朱珠一句话说错了，你同意哩五八，不同意四十，怎么就闹到寻短见的地步？神经病……"

"朱珠撵我走，你也骂我是神经病……"

"你口口声声朱珠撵你走，有什么根据？"

"她要给我找老伴儿，不是撵我走是什么？……"

"给你找老伴儿就是撵你走？朱珠为什么要给你找老伴儿，

你问清楚了没有？查明了没有？一不问清，二不查明，来不来便来这一套，给人乱戴帽子，还拿自尽威胁人，完全是无理取闹！你想想你像个当婆婆的不像，你想想你对得起对不起……”

周正又碰了女儿一堆钉子，觉得好伤心，以为自己没有问明朱珠说话的原因就生气，就埋怨朱珠不操心，似乎自己也有不当之处。可是一个女人找老伴儿，嫁老汉，不是被赶出门去又是什么呢？又是儿媳妇要给她找老伴，儿媳妇能对婆婆操什么好心呢？实际上自从老头子去世以后，因为女儿赵雪芳说话不随和，儿子赵雪山长大了，对母亲总是离离隔隔的，便很觉孤单，觉得一个人活得没什么意思，打定主意等儿女们成亲以后，她也要找一个老伴儿，只图找个说话的，只图找个做伴儿的。可是，女儿赵雪芳出嫁以后，少了一个钉头，日子过得似乎好些了；又等儿子赵雪山结婚后，看到儿媳妇朱珠也孝顺，嘴也甜，手也勤，跟媳妇在一起也红火热闹，便以为就这么过吧。不想，凑合不下去，朱珠要撵她走，又碰到了赵雪芳的钉子，只觉得好冤枉。朱珠看到赵雪芳几句话便很有效力，心下好高兴。早已把晚饭准备好，请周正吃饭。因赵雪芳还在，她也不敢不吃，一边抹泪一边入座了。

但是周正心下总是很不痛快，次日上午，赵雪山、朱珠夫妇上班走后，周正感到闷得慌，便来到三楼找吴大凤诉苦，谁知吴大凤也是独自个抹伤心泪呢。周正便问她：“三楼，咋啦？是受了闺女的气呀还是受了媳妇的气？”

吴大凤狠狠咬咬牙说：“闺女也好，媳妇也好，没有一个好东西！”

2. 三楼

三楼吴大凤的女儿叫钱忆芳，儿子钱忆荣娶的媳妇叫秦小星。做公共汽车售票员的钱忆芳在公共汽车上认识了美术家杨其山，很快爱上了杨其山。只因杨其山是个瘸腿青年，吴大凤坚决反对女儿的婚事，为此，娘女二人闹得天翻地覆，还是由于吴大凤做事太绝，钱忆芳和杨其山终究还是不能成就其好事，后来，钱忆芳虽然同益民商场的经理狄火结了婚，可是她的脑海里总是抹不掉杨其山的影子，总是对母亲吴大凤有一股愤愤不满的情绪。只这一点，吴大凤本来就够伤心了，偏偏儿子钱忆荣跟秦小星结婚后，秦小星的一举一动都惹她生气，秦小星作为儿媳妇，在婆婆吴大凤面前那态度总是很好的，开口一声“妈”，闭口一声“妈”，一张嘴真像个蜜罐子，好甜好甜；早也笑呵呵，晚也笑呵呵，一盘脸真是一朵笑荷花，很美很美。可是吴大凤最害怕听秦小星喊妈，极讨厌儿媳妇的嬉笑。秦小星喊一声妈，吴大凤常得掏腰包；媳妇笑一笑，婆婆又该服劳役。秦小星是市装潢公司的副经理，月工资五百元，加上奖金、福利什么的每月有六百多元收入。钱忆荣是省汽运公司的科长，月收入也三四百元。小夫妻二人每月可拿近千元哩。只二年工夫他们小夫妻已有四万多存款（加上他们婚前的存款），可是秦小星看见那些十万富翁、百万富翁好眼红，恨不得在一日之内赶上他们，超过他们。所以她把钱看得很重。不过她也有个优点，决不取不义之财。可是在家里就不同了，她已经有一个儿子飞飞。丈夫钱忆荣的收入得全部交给她。她们三个人在家里吃喝，伙食费一分不交，也罢了，她还总是盯着公公钱其贵的二百元工资，总盯着婆婆吴大凤扫街道挣的那一百一十元钱。她知道公公婆婆开支的日子。到了公公开支的那天晚上，秦小星便笑呵呵地看婆婆的脸，便甜甜地喊婆婆“妈”：“妈，我今儿个买了一件褂子，七十元，我手头儿没钱，你先借给我七十元，明儿个有了就还你。”

钱其贵今天才开支了，怎么能说没钱，只好点上七十元钱给媳妇。

到了吴大凤开支之日晚上，秦小星又笑盈盈地喊“妈”：“妈，我给忆荣买了一块衣料子，八十元钱。我手边钱不现成，你先借给我八十元，等我开支了就还你。”

吴大凤只好再给她八十元。

这样的事儿不知有多少次了。秦小星嘴说是“还”，却总没见还过。

钱其贵、吴大凤二人的工资加在一起每月不过三百元，秦小星每月都想着法儿巧取豪夺一半。剩下的一半，五口人生活，还要应门事，哪能够用，因而吴大凤两年里没添过一件衣服，穿鞋也常向收烂货的买。今天早上，吴大凤把昨天蒸的馍馍馏热做早饭，秦小星笑着提意见哩：“妈，怎么每天早上就是几个馒头，把人的胃口都吃倒了。大门口就有卖油条的，咱们不能换换口味儿?”

吴大凤只好说：“小星，我也知道油条好吃，可是咱们家五口人吃……”

“妈，你说错了，是四口，飞飞才两岁，一顿能吃几口……”

“小星，你别看飞飞小，一天的生活费比一个大人花销还大多哩……”

“妈，都怨你！每天价飞飞说要吃巧克力，你就给买巧克力；飞飞说要吃哈里哈哩，你就给买哈里哈哩。你把飞飞惯成那样儿，能怨谁……”

吴大凤能怨谁呢？只好怨自己，只好生闷气。她正愁没个倒苦水之处，正好四楼的周正来了。她说：“四楼，你说说，我这日子还能过一天吗？他们小两口比我们老两口的收入多两倍还多。飞飞应名儿是他们的儿子，他们没有给飞飞买过一支冰棒，一块糖。我给飞飞又买巧克力，又买雪人，又买芒果汁，又买哈里哈哩，不想买出罪过来，说是我惯坏了飞飞。如今的娃娃，有几个不吃雪人不吃巧克力的？我们老两口的钱，小星每月会借去一百多，剩下一百多，五口人生活，够吗？人家还嫌早上没有油条吃，你说我哪还有钱吃油条呢？四楼，你看看，我也不嫌丢人败兴，我没钱买鞋穿，还是那天我看见一个收烂货的车上有这么一对鞋，旧是旧了，还能穿，花八毛钱买下的。你看看我身上的褂子，你也知道，前年是这一件，去年是这一件，今年还是这一件……”

周正叹一口气，说：“你家那个小星嘴好甜，做出的事来好刻薄！长此下去，怎么受得了呢？三楼，按说我不该说这句话，看在咱们多年朋友的分上，我可要说句不中听的，你怎么不早打主意让小两口自己过日子去？他们自己立了灶，别说是吃油条，就是每天吃鱿鱼海参……”

“好我的四楼哩，你也是说废话哩！你想想，我要跟她一分两家，各支锅，另下米，她还得拿钱买粮，她还得拿钱买菜，她还得出电费，出水费，出扫街费，出房费，她愿意吗？除过这些，还有一条，如果分开过日子，谁给她当伙夫，谁给她当勤务员，谁给她当老保姆？……”

“是呀！你又是炊事员，又是勤务员，又是清洁工，又是老保姆，又不花一分钱，啥啥都有了，多清闲，多省心，多自在，多合算！可是三楼呀，小星不好是不好，总比朱珠强……”

“四楼，你可是把话说反了。我家这一个怎么比得上你家那一个？人家朱珠两口每月给你交一百五十元，人家下班回来切菜、擀面、洗碗、涮碗，丢下盆捞扫帚，什么不做……”

“三楼，你别夸她。你们三楼那个有啥说啥，怎么想怎么做，明人明事，好办；我们四楼那一个，明一套，暗一套，表面上好，那也是一计，你看昨天，狐狸尾巴不是露出来了……”

“后来雪芳不是也回来了？她怎么说？”

“你不知道雪芳是个钉篓子，除了给我半篓子钉子碰，还能有什么悦耳中听的话不成！——三楼，看起来咱们四层四家娶了四个媳妇，除了二楼的静远媳妇，都不是好东西……”

“二楼好福气，如月应名儿是媳妇，实际上比亲生的闺女还好多哩。——唉，四楼，不拘怎么说，我劝你想开些，不要寻死觅活的了，你要一时想不开，一步走错丢下我们走了，我们怎么……”

“三楼，你别怕，我死不了。我也想开了，为什么要死哩？她个没良心的盼我走，盼我死，我要是真的死了，岂不是称了她的心，如了她的意，我何必照她的如意算盘行事呢？我还要活，我还要高高兴兴地活，叫气死她……”

忽然有人敲门儿。

吴大凤忙去开了门，是女儿钱忆芳。原来钱忆芳今天该上下午班，上午有时间想来看看妈。吴大凤见她香蕉、橘子、点心提了一大兜儿，也就想到女儿的心与媳妇的心实在大不相同，竟把她感动得流下两行热泪。

钱忆芳见四楼的周正在这儿，忙拿了香蕉、橘子让她吃。又拿了香蕉找飞飞，飞飞却在她哥的床上睡觉。回来客厅，说："四楼婶子，雪芳没回来？"

周正吃着香蕉说："她回来不如不回来。忆芳，你回娘家给你妈带的是香蕉、橘子！我们雪芳回来，只给她妈带了半篓钉子……"

钱忆芳笑道："雪芳又不是钉铺子老板，哪来的那么多钉子……"

"我不冤枉她。因为我那好媳妇要给我找老伴儿，我生了气，雪芳回来……"

"什么？媳妇要给婶子找老伴儿？——这是好事，婶子怎么生气呢？"

"媳妇要赶我走，我能不生气？这事要搁在你身上……"

"四楼婶子，你错了，给婶子找老伴儿的事，朱珠早就给我说过。朱珠不是赶你走，朱珠是怕你一个人孤孤单单地寂寞，想给你找个伴儿。为这事，朱珠还找了许多报纸、杂志看过，说是老年人有个伴儿在一起生活，比单身生活好，身体会更健康，更长寿。朱珠希望四楼婶子生活得更舒心，能长寿，一心一意要给四楼婶子找个老伴儿。找老伴儿并不是赶四楼婶子走啊！你就还在四楼这个家，难道就不能找老伴儿？"

周正听了钱忆芳一席话，又吃一惊："难道朱珠真的是为了我好？——不可能！"她说："忆芳，我也不傻，也不憨，一个当了婆婆的老婆子，难道还能再找一个'倒插门'女婿……"

"什么倒插门，正插门！朱珠说过，她要给你找一个老伴儿，也不让你跟他走，也不算他倒插门到你们家，反正就在你家一起过日子，到百年之后，各归原主……”

周正听到这里，竟脱口说了一句：“这倒是个好法儿！”可是她忽然懵了：“这么说来，朱珠是一片好心为我，我可反口恶语伤人，我好糊涂！我哪儿还有脸再见媳妇的面儿呢？”

钱忆芳说：“四楼婶子，我看就是当时朱珠讲明白给你找老伴儿并不让你离开自己的家，你也一样会想不通，一样会不满意的。因为儿媳妇给婆婆找对象，这事儿太少了，太新鲜了，你也会觉得让儿媳妇给自己找老伴儿是件丢脸的事儿，你也会反对。因为你们那一代人的思想太陈腐了，对这样的新鲜事儿一时难以适应，一时难以想通，最低限度你也会觉得羞巴巴的……”

周正的脸真的“刷”地变得大红，说：“忆芳，你这句话可是说到我心坎上了。说实话，这会儿我就觉得没法儿再见儿子和媳妇……”

可是周正总觉得没脸再见朱珠。直到中午十二时多，听得朱珠下班回来“咯噔咯噔”上了四楼。她才说：“三楼，坏了大事了，只管瞎唠叨，怎么就忘了做午饭……”连忙走了，出来楼道上了几个台阶，还是觉得没法儿见朱珠的面儿，又返了下来。听得二楼的郑君逸跟媳妇尤如月说话，她竟停下来，随郑君逸进了二楼。因见尤如月下巴颏处贴一块胶布，不知是怎么回事。只见她一如既往扶着郑君逸走路，好高兴，刚坐下便抱住郑君逸一只胳膊说：“二楼呀，你好福气，静远给你娶了这么好的媳妇……”

郑君逸说：“不一样吗？四楼，我家的如月好，你敢说你家的朱珠不好？”

偏郑君逸又提起朱珠，周正的心好难受，只觉得无法开口。

3. 二楼

郑君逸看看周正的脸色好难看，呆呆地坐着也不说话，以为四楼的媳妇好是好，原来也有不尽人意之处，四楼也有难言之苦。看到周正的愁容，也就想起了自家的愁事儿。她没有想到过去有过去的愁事儿，今天又会有今天的愁事儿。过去因为儿子三十二岁了找不下对象，女儿三十岁结不了婚，把她愁得食不甘味，夜不成眠。常跟周正、吴大凤、王梅她们诉苦，说什么“该走的不走，该来的不来”。如今倒好，女儿孙静芳出嫁，该走的走了；儿子孙静远娶了尤如月，该来的早也来了，还有什么可犯愁呢？女婿肖岱是一个大工厂的工程师，很有出息的，小两口过得也很美满，还有什么可愁呢？尤如月是报社的摄影记者，因多方面创作社会主义新人新风的作品受到赞扬。她赞美他人，她赞美新人新事，她赞美好人好事，她自已也是做过许多好事的好人。一次下农村采访，中途下大雨，涨大河，她碰上一个肩挑卖凉粉的老农民被山洪打倒，将要打进汹涌的大河里，尤如月不顾一切地扑上来救人，老农民的凉粉担子虽然冲进了大河里，尤如月的一只鞋虽然被冲跑了，可是她救了一条命。昨天她在电车上碰上掏人腰包的歹徒，她就抓歹徒，歹徒便持匕首威胁她，她不怕，还要抓他，歹徒便在她的下巴颏上刺了一刀。虽然把歹徒抓了，她也受了伤。因此，她的下巴颏上便多了一块胶布。

尤如月在外边，在工作上如此，在家里也一样。尤其是对婆婆郑君逸真是关怀备至。近年郑君逸患高血压病，尤如月便不叫婆婆做家务，无论睡得多晚，尤如月一样黎明即起。她不准婆婆做饭，总是自己下班回来才做。她不准婆婆单独上街，每出门，尤如月便扶着她去，或随了她去，像是郑君逸的“跟随婆”“警卫员”。满大院的人谁不夸九号楼二楼的郑君逸有个好媳妇，有个好“警卫员”。连很少说话的大姑子孙静芳也夸弟媳妇：“我妈有了如月，我也就放心多了！”但是做丈夫的孙静远却极讨厌尤如月。郑君逸今天愁的就是儿子对媳妇不好。儿子孙静远见母亲到大门口转转，尤如月也要跟着去，孙静远便不满意，说：“多此一举！”

尤如月每天上班走时总要嘱咐婆婆：“妈，你可不能一个人出去。有什么事，等我回来。”孙静远也看不惯，说：“简直是杞人忧天！”

尤如月把做饭、洒扫等等家务活儿全包了，孙静远也以为是不正确的，说：“大权独揽，表现自己。”

反正尤如月的一言一行，一举一动，孙静远都是看不惯的。昨天尤如月与歹徒搏斗，下巴颏带伤回来，孙静远便问她：“你怎么负了伤，怎么回事？”

尤如月以为说实话，孙静远又会讽刺她，只说：“是我骑车摔倒碰破一点皮。”

“不可能吧？一定又有一段可歌可泣的英雄事迹……”

“想怎么说，随你的便。”

“不是我要说，不是我要管闲事。记者同志，逞英雄也要看时间地点。否则，今天划破一点皮，明天就会割掉一块肉，后天也可能送掉一条命……”

“你关心人当然好，可是我知道我该怎么做……”

郑君逸看见儿子又来讽刺尤如月，说：“静远，你又胡说什么？如月没有做错什么？不准你横挑鼻子竖挑眼地挑剔人！没有事，坐到客厅里看你的书去……”

今天，四楼的周正来了，郑君逸看见周正满脸不高兴，也就想起昨天家里发生的事儿。说：“四楼，你也知道我们家如月的为人，家里家外，谁敢说个不字？偏不入静远的眼，每日冷言冷语伤人的心。昨天如月在公共汽车上碰上小偷，如月抓小偷挨了小偷一刀，你说这能怨如月？静远麻籽、黑豆数落人家一堆不是……”

周正说：“我说如月的嘴头上怎么贴了块胶布，美国伤兵似的，敢情是抓小偷受了伤。如月可也真胆大，一个年轻小媳妇……”

说话间，朱珠笑呵呵地来了。冲周正说：“妈，怎么不回去吃饭？敢情是二楼婶子请你的客不成……”

周正看见朱珠，不觉满面羞愧，忙低下头，唧唧哝哝地说：“我，我正说要回去哩……”只觉得好惭愧，站起来慌慌张张地先走了。

郑君逸看看周正那情景，好纳闷：“她今天是咋啦？”便问朱珠：“朱珠，我看你妈今天的神色不对劲儿呀？”

朱珠笑道：“是我一句话说错，惹下我妈了。”

“什么话？那么可怕！”

“说不得！说不得！……”朱珠笑着跑走了。

郑君逸觉得奇怪：“看她们四楼的婆媳俩，出什么洋相哩？”也不管它。便到厨房来看看，见尤如月正切土豆，灶台上放着两头蒜还没剥皮，便顺手拿起来要剥。尤如月却不让，手里提着厨刀夺婆婆手里的蒜头：“妈，你坐着休息去，厨房没你的事。”硬推她走。

郑君逸说："剥两瓣蒜也能升高血压，看把你吓得……"

尤如月说："你就近听我咚咚咚地切菜没好处。去去去……"硬是把婆婆推出厨房。

孙静远听得也有话说："故意制造紧张气氛！"吃饭时，尤如月不住地往婆婆碗里夹蔬菜，说："妈，你多吃点蔬菜，妈，你把肥肉给我，妈，我给你舀汤……"

孙静远瞅他媳妇一眼："俗里俗气！"

父亲孙佩才吃着饭却也瞅着儿子孙静远一眼："多嘴多舌！"

午休时，孙静远故意把脸背过去。尤如月笑道："你怎么啦？我是臭硫磺？"

孙静远说："好媳妇，高攀不起！""你这种人！好也罢，歹也罢，我是侍奉你妈，你也有意见。怎么？我打骂公婆你才满意吗？"

"咱的理论水平低，理解不了你那高、大、深……"

"我对你妈好点，你也争风，少见！"

孙静远一滚身掉过脸来，问道："真的，我问你，你的下巴颏到底怎么破的？"

尤如月却一滚身给他一个背部："无可奉告！"

"看你，我是关心你……"

"谢谢！"

"说真的，我知道你在外爱管闲事，我是害怕一旦碰上个难对付的家伙，你会吃大亏。闹不好，你那二钱命也会……"

"我的命不过就是二钱重，丢就丢了，撂就撂了，损失很小很小……"

"我是打个比方，你怎么什么也不懂！"

“有一个懂的就够了……”

孙静远以为尤如月特讨人厌，他又一滚身将脸扭了过去，尤如月却又一滚身扭了过来，搔着他的胳肢窝儿笑道：“恼了？恼了？真的恼了？……”

孙静远要笑又不愿意在她面前笑，直嚷道：“讨厌！讨厌！……”

尤如月爬起来，推他一把：“实在太讨厌吗？——好，我走……”

孙静远头也不抬，只说：“我可告你说，不准你出去没事找事，不准你自找苦吃，不准你自寻麻烦！……”

但是，尤如月当晚下班回来，却带回来一个陌生的十二岁小姑娘。跟婆婆说：“妈，你看我给你带来个谁？”

郑君逸看看是个陌生的小姑娘，问：“她是谁？”

尤如月便说了小姑娘的来历，原来尤如月路过广场，碰上两个歹徒死拖活拽地拉这姑娘走，这姑娘直唤“我不！我不”，尤如月看出来事有蹊跷，便上前阻拦那两个歹徒。歹徒说小姑娘是他的妹妹，是妹妹逃学跑出来的，尤如月便问他们：“你妹妹叫什么？”歹徒说“叫小妹”，小姑娘却喊“我不叫小妹，我叫大荷”。事实证明他们是两个歹徒。况且小姑娘是外地口音，两个歹徒却是本地口音。又有几个行路人帮助，尤如月终于把小姑娘夺过来。问时，小姑娘竟是河南省人。因其父母望女成才心急，要大荷夜夜自习至深夜十二点，大荷不免瞌睡。其父以为学习打瞌睡如何成将才？便仿照古人“头悬梁”“锥刺骨”的苦学故事，来个“二而合一”，把大荷坐的椅子上刀尖朝上钉一把削皮刀子，又把天花板上吊一根绳子，下头挽了大荷的头发，一幅小女儿“悬梁”“刺骨”的“苦学图”活生生地展现出来。如此一来，大荷只是想着如何可以防备上不揪头发，下不至于刺骨，始终处于惶惶然惊恐状态中，哪里还学得进去？她实在无法忍受此“悬梁”“刺骨”之苦，便逃了出来，一直逃至本市来投奔姨妈。可是她还没有找到姨妈，便碰上那几个歹徒。尤如月说了大荷的来历，说：“妈，小姑娘很可怜的。我把她带回家来先住一晚，明天我就把她送到她姨妈家。”

郑君逸见说大荷是逃出来的，觉得她好可怜，抚摸着她的头说：“这么小，受那么大的苦，你爸你妈也太狠心了！——看多危险，以后出门可要小心。孩子，你洗洗脸。”说着，就要给她准备洗脸水。

尤如月说：“妈，你别动。大荷，你跟我来。”她帮大荷洗过脸，又给冲了茶水，便下了厨房。

一会儿，孙静远下班回来，发现屋子里多了个陌生小姑娘，便问她是谁。郑君逸就要给他介绍，尤如月害怕他胡说，便喊：“静远，你来。”

孙静远来到厨房，尤如月一边洗菜一边说：“静远，我说了，你可不准胡言乱语。”便把大荷的来历说了，又说：“小姑娘够伤心了，不准你再说什么废话，再伤人家的心。反正就是一夜，明天我就找她的姨妈去，一切都没事了。”

孙静远听说是这么一回事，很不高兴。瞅尤如月一眼，说：“多管闲事！街上千千万万的人，为什么正好叫你碰上了……”

“别说了！别说了！叫小姑娘听见，人家会伤心的。反正这事不麻烦你……”

“什么不麻烦我？你把她带回我家来，还说……”

"好啦好啦！我的祖爷爷，别说了。你躺着休息去，或看书，或看报，随你的便儿，一会儿饭成了，我再请你……"

"今天你走时，我不嘱咐你不要没事找事？嘿！你偏又没事找事……"他到底回了自己卧室，没有给小姑娘难堪，尤如月好高兴。

郑君逸来到厨房，说："如月，是不是多炒两个菜，请小姑娘喝杯酒，人家第一次来家里……"

尤如月说："妈，你又来了！就是不听话，就是想管点事，你就陪客人坐着好不好？多炒两个菜，我知道……"

"还有酱肉没有？"

"有！妈，我的妈，你就少操一份心吧……"

"我是怕你忙不过来，我帮你切切菜，快一些……"

"快！我的妈！你走不走？"尤如月边说话边拿擀面杖高高举起，说："你再不走，我可不客气了！"

郑君逸想着今天有客人，客人肯定很饿的，应该尽快做饭，才想破例下厨房帮个忙。不想尤如月还是不准帮。她看着媳妇高高举起的擀面杖，笑道："我的天呀！比南霸天还霸道！"只好离开厨房。

等公公孙佩才回来，尤如月饭菜备齐，便开宴。

孙佩才知道了大荷之事，很赞成儿媳妇的行事。他先举杯致祝酒词道："现在为欢迎我们家的远方来宾，为来宾的广场脱险，为来宾明天的健康成长干杯！"

十二岁的大荷没想到她今天会来到这样一个家，还设酒宴招待她。小孩子懂得什么，她不知道该说什么，可是她的心好难受，以为他们一家对她太好太好了，只是举起杯来。说："我不会喝酒。"

尤如月说：“一点点也好，来。”

大家都要饮酒时，尤如月发现孙静远既没站起来，也没有举杯。“这个人，还是嫌我爱管闲事哩。”想说他，又怕他当场撂出一句叫人下不了台的话。便不理他，因见郑君逸也举起一杯酒，忙说：“妈，你糊涂了？”

郑君逸笑道：“今天‘有客自远方来，不亦乐乎？’……”

“不行不行，你乐是可以的，但禁止饮酒……”

“我跟大荷一样，一点点……”

“半点点也不行！妈，请你自觉自爱点好不好……”

孙佩才也说：“君逸，如月的话怎么可以不听呢？”

尤如月也说：“看爸爸说的，真叫人不好意思……”

大家都笑了，孙静远不只没笑，还板着面孔撂出一句话：“哗众取宠！”也没人理他。

大家说着吃着喝着，郑君逸随意儿在一个盘里刚刚夹起一片红烧肉，早已被尤如月发现，轻轻地把那块肉夺过来，说：“妈真是得意忘形了，乱吃一气……”

郑君逸也笑了：“你这个媳妇！你的两只眼难道什么也不看，特地看我一个人不成？我还没有意识到我夹了什么菜，你的眼好尖，偏偏就看见了……”

孙静远说：“处处表现自己……”

孙佩才歪头瞅瞅儿子：“什么话，你妈有病，你有过什么表现？你为什么不表现表现……”

“我不会做那些表面文章……”

“好呀，你的实实在在的文章在哪里，拿出来看看……”

尤如月说：“爸，你别理他。快就热吃。——大荷，吃，准是饿坏了，努力多吃点儿。”

饭后，大荷也到厨房来要帮尤如月洗涮。因为她太感谢他们一家人了。尤如月却不让，说："生生的，你什么都不摸，歇着去吧。"

尤如月洗涮罢，来到客厅，看了一会儿电视。便对大荷说："大荷，我告你说，你爸你妈让你'头悬梁，锥刺股'是不对的，但是他们希望你好好学习是对的。以后你一定要好好学习。只要你学习好，我相信你爸你妈也不一定还要你'头悬梁，锥刺股'……"

大荷说："我一定听阿姨的话。"

当晚休息后，孙静远不愿意与尤如月同床，却拥一条毛毯子去睡沙发，尤如月自语道："一个人好宽绰。"

孙静远气呼呼地说："我这个家都变成难民收容所了！"

尤如月说："什么话！我们都是社会主义新中国的公民，怎么可以见难不问,见难不救呢？你以为你不应该睡沙发,难道这床上睡不下你,难道是大荷占了你的地方！还是一位科长哩，说出一句话来自己也不掂掂分量！睡沙发活该！自寻的……"

孙静远嫌她爱管闲事，嫌她在家里处处显能。他很看不惯。昨天她带伤回来，本来把他气得不行，今天她又带回一个陌生的小姑娘来，还摆酒宴招待，他更有气，以为此风不可助，否则，以后还不知道她会带回家什么人来，还不知道以后她会不会被人打死打残，认为有必要教训教训她，便打沙发上滚身站起，又把他盖的毯子卷了夹了，说："反正这个家让人破坏得一塌糊涂！反正这个家没有我的立足之地！好！我走！我走了，任凭你接待女的男的……"拉门就要走。

尤如月一把将他拉回来，低声说："坏蛋，你这样胡闹，不怕你妈听了血压升高？不怕急坏了你妈急出事来……"

"反正这个家不能存在了!"

孙静远夹着毯子还要走，尤如月又把他推回来……两个人推来推去，四只脚乱踩乱踩，"噔噔噔"地如同十八根鼓槌敲鼓。不想他们"噔噔噔"乱踩乱踩之声惊动了一楼的李千秋和许之惠两口子。许之惠说："二楼是干什么呢？惊得人不能睡觉！真讨厌!"

李千秋也嫌二楼讨厌。因许之惠说了讨厌，他便不愿再说话。因为他们小两口今天晚上刚刚开过一仗。

4. 一楼

其实，李千秋跟媳妇许之惠天天要开仗。做婆婆的王梅说许之惠不是媳妇是火药包，说儿子李千秋不是儿子是炸弹。炸弹碰火药包，岂有平而静之之理。

李千秋跟许之惠恋爱半年里，许之惠每天要来家里，表现很好。见了李杰就喊"爸"，见了王梅便喊"妈"，连一般男女恋爱阶段喊"伯父"喊"阿姨"的称呼都压缩掉，跃进到婚后阶段直接以"爸爸""妈妈"呼之。李杰好高兴，说："这闺女嘴真甜。"王梅说："这闺女是个好闺女，明儿个准是个好媳妇。"而且许之惠总是一进门先往厨房跑，进厨房就跟王梅抢呀夺的，见王梅拿刀正切菜，许之惠便夺刀："妈，我来切。"见王梅擀面，许之惠便夺擀面杖："妈，我来擀。"见王梅扫地，许之惠便夺笤帚："妈，我来扫。"……公公李杰说："之惠好殷勤，将来准能操闹个好人家。"婆婆王梅说："之惠好贤惠，总怕累坏我们老年人。"许之惠还常常带些好吃的来，或香蕉，或苹果，或烧鸡，或火腿……孝敬老人。可是当许之惠一过门儿真的做了这个家的媳妇，忽然来了个一百八十度大转弯，对公公李杰不再喊爸爸，背地里喊“老东西”；对婆婆王梅不再喊妈，只叫“老家伙”。下班回家根本不进厨房门儿，只等婆婆把饭菜做好，她来吃现成的。连她自己的卧室也不打扫。过几天，王梅看不过去，给她打扫打扫，李千秋跟媳妇说：“看，又教妈替咱们服务哩。”

许之惠满有理地说：“这是她应尽的义务。”

有时王梅生气不给他们打扫，许之惠便发牢骚：“懒骨头！什么都不想干！”

李千秋不满，说：“你不懒，你为什么不干?”

“我有我的工作。”

“我妈也有我妈的事儿。又做饭，又买菜，又打扫整个家……”

“就剩下这一个屋子就不能打扫打扫？斤斤计较！小气鬼！”

“我做家务，你妈替我上班去?”

“你回来家里不是床上躺躺，就是沙发上坐坐，又不是没时间……”

“我上班就好好工作，下了班，就好好休息，劳逸结合嘛，有劳有逸嘛……”

“你知道有劳有逸，难道我妈是牲口？——牲口也有个歇脚的时间……”

“切菜做饭，刷锅洗碗，扫地抹桌，打醋称盐，是她的分内工作，她不做谁做……”

“你把我妈当老保姆看，当奴仆看，什么思想！什么德性……”

“就这德性！我来这个家是做人来的，不是当保姆的，更不是当丫鬟使女来的……”

“你不当丫鬟使女，叫我妈当丫鬟使女……”

“她当活该！老东西是她的老东西，儿子是她生的儿子，媳妇是她用小车接回来的，她不当谁当……”

李杰、王梅老夫妇俩听得那边小两口吵得好凶，李杰气得直跺脚：“你听这是做什么！鸡毛蒜皮小事也吵成这个样儿……”

王梅火了：“什么鸡毛蒜皮小事？是小事，你为什么不去给媳妇扫地，抹桌子去……”

“我是说因为这么点事不应该吵嘛！过去因为一个千芳是个疯子，引来多少年轻人在屋里跳舞，闹得四邻不安，如今千芳出嫁了，不想娶进门的媳妇又是个神经病，每天吵呀骂呀，惊得满楼人家不得安宁……”

王梅实在恨媳妇，不愿意给她当老妈子打扫去。因为想到他们吵呀闹呀实在影响不好，只好忍气吞声地寻了笤帚来到许之惠李千秋的卧室，先扫了几帚，许之惠还在骂呀吵呀的，王梅说：“丫鬟使女保姆老妈子来了，你们还吵什么？”

许之惠瞪着大眼冲婆婆嚷道：“扫扫地，有什么了不起？居了官似的，官模官样官架子可不小！……”

“之惠，这话什么意思？是谁官架子不小……”

“就是你个老东西！就是你个老东西！扫个地，还带一股子威风杀气来，不是官架子不小是什么？不是……”

王梅实在不愿意吵架，只好不做声儿，弯腰低头扫她的地。李千秋看看母亲来扫地了，许之惠还在骂人，好气愤！一气之下，顺手抓起写字台上的大理石台历板向许之惠劈头砸来。许之惠发疯一般地冲李千秋扑来，一头拱着李千秋大嚷大叫："你打死我！你打死我！你们一家人合手欺侮我一个弱女子，我还能活一天吗？我……"

李千秋越发火大了，两只手到处乱抓，寻找凶器，一时寻不到凶器，就夺他妈手里的笤帚。王梅害怕出事，又气又急，不知该如何是好。也是一时情急，慌慌跪倒在地，不住地给儿子磕头："千秋，我的小爹！我的小祖宗！我求求你，你不要打啦！你走吧！你走吧！你快快走吧……"

许之惠又哭又喊，一把鼻涕一把泪地直嚷："李千秋，你打！你打！你打……"却冷不防打王梅手里夺出笤帚照李千秋劈头盖脸地乱打。李千秋就夺笤帚，反手又打许之惠："你还打人，你还打老子，老子今天不揍死你……"

李杰在隔壁听得儿子、媳妇、老伴儿三人嚷成一盆酱，打成一颗索疙瘩，只得出马上阵，奔来儿子卧室，骂一声"不要脸的东西"，上前一把揪住李千秋的头发揪了出来，一只手开了门，一只手把儿子推出楼道去："你给我滚！"

许之惠却还在屋里嚷："老公公往儿媳妇屋里奔，老骚货！老绝户头！老不要脸！……"乱骂一气。

只因为一点小事，王梅家便闹得个天翻地覆，王梅好生气，一天多吃不下饭，夜里也不能入眠。跟李杰说："老李，你看咱们的日子还能过吗？一天好说，两天好说，就三个月五个月，咱们也可以硬着头皮顶，可是长此下去，咱们受得了吗？"

李杰叹一口气，说："千秋跟之惠恋爱那会儿，满好的，没想到她是个大懒虫，是个大赖皮，是个大泼妇……"

"老李，咱们就不能想办法搬搬家？"

"往哪搬，机关的房子挺紧的……"

“千秋他们单位也没房子。要有，我希望他们快快搬走……”

“眼下没希望！——不过，你也不要生气，没必要……”

“是我要生气？是人家逼得我生气呀！”

王梅真的很生气，因为女儿李千芳不走正道，因为李千芳嫁了个小老头子安然，因为李千芳的男朋友们与安然争风毒打李千芳，几乎没把王梅气死。如今儿媳妇许之惠每天里没事找事，无事生非，闹得小家庭持久大战，永无宁日，如何是好？如何能不气？王梅总觉得胸口处有一块东西拱动，出气很不顺畅。她每天早晨睁开眼总是先叹一口气：“嗨！”整日里也是在嗨声叹气中度过的。每天晚上一上床也是先叹一口气“嗨！”

过了一日，女儿李千芳风风火火回来，还香蕉、橘子、沙棘汁饮料掂了一大兜儿，看望母亲。因为她听弟弟李千秋说母亲又跟许之惠生气啦。

王梅过去恨千芳不成器。后来李千芳同肖峰结了婚，女婿好，女儿也变好了，正正经经地上班儿，正正经经地同肖峰过日子，也高兴过几天。今天看见千芳，王梅又是先叹一口气，双目先流两行泪，说：“千芳呀，你妈活得不如人呀……”竟抽抽泣泣地说下去了。

李千芳急问：“妈，你别生气。我听千秋说了，不过就是因为个扫地，什么大事……”

“事情不大，可是人家一口一个老东西骂我，还骂我……”

“她骂由她骂。不想听，躲出去，或二楼婶家，或三楼婶家，或四楼婶家，同婶子们说话去。耳不听，心不恼，只当没她那个人……”

“千芳呀，你说得好容易。之惠吵架骂人是家常便饭，天天如此，你能天天躲着不回家……”

“我们家倒霉极了！千秋偏偏娶了这么个媳妇。过去因为我这个闺女不成器，惹妈生气；不想就这么一个媳妇，又是个气布袋……”

“千芳，不提她了，提起她，我的心坎上就有一块东西拱得难受……”

“妈，可不敢把你给气病了。妈，咱们到医院检查检查吧……”

“没事儿，死不了——千芳，肖峰怎么许多天没来？”

“他那工作把他忙死了。他总说要抽个空儿来看妈，又总是抽不出空儿来……”

“我知道肖峰忙，我不会记怪他的。”

李千芳因还有事，又劝慰她妈几句，匆匆走了。

当天晚上许之惠下班回来一进门便闻到一股香蕉味儿：“看老东西坏不坏！我们上班走了，老东西在家偷买香蕉吃，老馋猫！不要脸！”连手提包也来不及放下，便满屋里到处搜查香蕉。搜了几处，终于在王梅的卧室里发现了，不仅有香蕉，还有橘子，还有沙棘饮料，通通放在一个长方形小塑料透花篮子里。许之惠火冒三丈，厉声疾呼道：“我当你们为什么天天跟我生气，原来是嫌我碍手碍脚碍眼碍目吃吃喝喝不方便，我一出了这个门，就在屋里生着法儿吃东西尽吃高级的！既然怕我吃怕我喝，为什么‘咯叭咯叭’响着鞭炮嘟嘟开着汽车把我娶来！不要脸！一家子的不要脸……”

王梅打厨房连忙奔来，说：“之惠，你听我说，这香蕉橘子是千芳送来的……”

“我在家的时候，她为什么不送来？为什么要瞅我不在家才送来？你们明明还是把我当外人！你们明明还是怕我吃了怕我喝了——你们怕我吃，你们也别想吃……”说着说着一把将那个塑料透花篮子抖翻在地，香蕉、橘子全撒在地板上。王梅忙说：“谁说怕你吃呢？你吃就是了，何必发这么大的火……”

原来李千秋先许之惠回来一步，正在卧室里看书。开头儿听许之惠嚷，不想理她。听得她打翻东西，忍不住奔了来，指着许之惠大骂：“什么东西！不问青红皂白先胡搅蛮缠……”

许之惠嚷道：“你们全家人欺侮我一个人，还说我胡搅蛮缠……”

李千秋听她胡说全家欺她，又看见满地的食物，不由火起，就扑上来要打她，王梅眼疾步快，连忙扑上来拦住儿子……

当夜，王梅又是哭着向李杰诉苦，还说她觉着心头那块东西更大了，拱得她透不过气来。李杰说：“不叫你为那些事生气，你偏不听，长此下去，不得了呀！明天就上医院检查去。”

到了次日早上，李杰动员王梅上医院，王梅不去。说：“我不去。如果真的是病，倒不如早些死了的好！”

5. 一楼、二楼、三楼

王梅心头憋得慌，便想跟郑君逸、吴大凤、周正她们倒倒苦水。大清早就来了二楼郑君逸家。因为见她家有个陌生小姑娘，便问：“二楼，我怎么没听说过你有这位小亲戚？”

郑君逸笑道：“她是我的小女儿……”

王梅笑道：“吹你的！你多会儿生了这么个俊闺女……”

“昨天晚上……”

“一夜里就长这么大?”

两个人笑一会儿，郑君逸说了实话，王梅却又伤心了：“看你家二楼的媳妇，看我家一楼的媳妇，二楼的媳妇比闺女还亲，还是个活雷锋；一楼的媳妇是个母老虎，张开大嘴要吃人哩。”她就把昨天因为一个打扫屋子的小事，许之惠大闹一场；今天又因为几个香蕉橘子之事，许之惠又大闹一场，这些诉说一遍抹泪说道：“二楼，我们一楼的媳妇真正的是勾命鬼啊！这几天把我气坏了，只觉得胸口有一块东西顶得我的心好疼……”

“一楼，你可不敢生气，凡事要想开些，身体要紧……”

“人家骂起你来，把你气得鼓鼓的。哪还顾得什么身体！——看你多好。闺女好，偏偏媳妇也好……”

尤如月走来说：“妈，吃饭。吃了饭，我还要去送大荷。一楼婶子，你也在这儿吃吧。”

王梅看看尤如月笑呵呵的样儿，听她喊妈喊得好亲昵，想想自家媳妇许之惠的凶样儿，心里说：“一样的女子一样的媳妇一样都是人生父母养的，为什么二楼的媳妇就是活雷锋？为什么一楼的媳妇就是活阎王?”……她的心下好难过。好也勉强作笑，说：“如月，你们有事，你们快吃吧。”

只见她们一家人都坐了，郑君逸坐时，尤如月还扶着她，还笑呵呵地说：“妈，慢点，坐的时候不要太急太猛……”

又见尤如月一碗一碗端了稀饭来，第一碗放在大荷面前，笑道：“大荷，请吃饭。”第二碗放在孙佩才面前，说：“爸，请吃饭。”第三碗放在郑君逸面前，笑道：“妈，你吃。”第四碗……直把个王梅看得如痴如呆；看人家二楼，也是个媳妇，爸一声，妈一声，声声喊得悦耳中听，喊得好亲；左一碗，右一碗，碗碗端得撩人眼花，端得真勤。我要是有这么一个好媳妇，哪怕只活一天，死了也值得。尤如月见她并不急着走，便来拉她："一楼婶，你就坐了吃一点……"忽然门开了，却是许之惠，她冲王梅嚷道："你为什么罢了工？你为什么不给我们饭吃？你为什么大清早就到处乱跑？你为什么到处搞反动宣传……"

王梅害怕她在别人家也吵，一言不发，连忙低着头走了。许之惠跟在婆婆后边，一边下楼一边责问婆婆："你到处乱跑，到处造谣，破坏我的名声，什么意思？什么做派？什么……"忽然看见三楼的媳妇秦小星走进楼道。秦小星看看王梅满脸不高兴的样儿，便问："一楼婶子你咋啦？"

王梅强作笑脸说："没事。"

秦小星见许之惠边走边训人，又问她："之惠，你怎么啦？"许之惠伸出一指戳戳王梅的背影："老东西！"

秦小星回来三楼，冲吴大凤笑道："妈，我在咱们楼道里看了一出戏。"

吴大凤白她一眼："楼道里有什么戏可看。"

"有呀，唱的是'媳妇骂婆'……"

"你是说一楼？"

"是呀！婆婆在前愁眉苦脸，一语不发；媳妇在后怒眉瞪眼，骂婆婆到处乱跑，到处造谣……"

"准是因为一楼去二楼串门，误了锅——误就误了，定得婆婆顿顿烧茶煮饭不成！一楼跟三楼一样，不得好活一天……"

"唉，妈，此话怎讲？"

"你说此话怎讲？"

"妈，你错了！我一不打公，二不骂婆，我不笑不开口，不唤妈不说话，三楼的媳妇如此之好，怎么能跟一楼的媳妇同日而语呢?"

吴大凤一想，小星一口一个妈，到底比一楼那个之惠强，也就不言语了。

一会儿，小星上班要走，她换了褂子换了鞋，亲一亲儿子飞飞，摸摸衣袋儿车钥匙在，便喊一声："妈，我上班走啦。"又向飞飞告别："小飞飞，拜拜。"她拉开门儿，忽又闭上门儿，返身回来，一如既往笑眯眯地说："妈，我们单位今天有个结婚的，我打算给人家上二十元钱的礼，我倒忘了，省得我开箱，妈，先借给我二十元。"

吴大凤抱着小孙孙，说："我的钱也在箱里，我还抱着飞飞……"

秦小星一把抱了飞飞，说："妈，我一时找不见箱上的钥匙，还是借妈的钱省事儿。"

吴大凤想到这个月已经给了媳妇一百五，所剩一百五，也已经开支八十多元，还有七十多元，还有二十个日子，本来犯愁无法支持这二十个日子，偏小星又开口讨要，不给吧，她是媳妇，是亲爱的小孙孙的妈，如果惹下她……吴大凤只好咬咬牙，交给秦小星二十元。秦小星拿了钱，笑笑："谢谢妈！"又亲一口飞飞，将儿子交给婆婆，又冲儿子一声"拜拜"，走了。

吴大凤抱着孙孙算算账，坏了！剩下五六十元钱，一大家人怎么支撑那二十天呢？只怀里这个小飞飞每天一支雪人，五毛；两天一包哈里哈哩，一元，且不说巧克力糖，只此两项，二十天也要花二十元。怎么办呢？吴大凤觉着这个家的日子实在过不下去了。

当日，吴大凤等钱其贵回来，向他告急，说这个月的钱所剩无几，实在没办法再维持二十天，问他该怎么办。钱其贵也是干急没办法。又过了十天，当月的工资便全部花光，连买菜钱也没一分，自然也没有了给飞飞买雪人买哈里哈哩的钱。三楼发生了经济危机，把个吴大凤愁得立时脸色苍白苍白。钱其贵吃惊地问她："老吴，你病了？"

吴大凤说："什么病不病的，你说今天中午就炒吃大米白面不成？"

钱其贵说："你想想办法吧，我还得上班。"

吴大凤不让他走。两个人静静地坐着想办法，还是没办法。后来钱其贵来到钱忆荣、秦小星的卧室看看，想找点钱。看看秦小星锁着的两个大皮箱，自语道："他妈的，皮箱里的票票呀，存款折子呀多得多，不知道有几万几千，就是干看花不得！"因看见衣架上挂着秦小星一件褂子，随意儿捏捏那褂子口袋，饱饱的，不觉心下一动。忙着掏掏那口袋，竟掏出来一个钱包，鼓鼓囊囊一个钱包。拉开钱包看看，好多的钱。将一叠票子数数，有整有零二百三十四元四毛五分。钱其贵大喜过望，好兴奋。立刻拿钱来见吴大凤："老吴，有了有了，你看有多少钱……"

吴大凤看看他手里的钱却大吃一惊："这钱是哪里来的？"

钱其贵兴兴头头地说："小星的衣服口袋里的……"

"我的活祖宗你疯了！你有多大胆量敢动人家的钱……"

"她也是这个家的一员，她张开嘴也要吃嘛……"

"你不知道你家的媳妇是个什么东西？人家吃也该吃你的，花也该花你的，你有什么资格敢花她的？你有多大胆量敢花她的？”

“我是想这么多钱，她不一定记得是多少，先拿她几元几毛……”

“我不想冒那个险！她兔精兔精的，一毛一分也会记得清楚。你花了人家的，人家回来发现了，说老公公偷儿媳妇的钱，张扬出去，你还有脸出门见人吗？再说小星那个老抠，把一分钱看得比磨盘大，只知往里抠，她发现钱少了，会轻易放我们过关吗？我们穷，穷得有骨气。有困难，自己想办法，何必戳她那个马蜂窝儿……”

“照你说，岂不成了死门症？那就菜也不要买了，哈里哈哩也不要买了……”

两岁的小飞飞不满意了，大嚷：“我要吃哈里哈哩，我要吃哈里哈哩……”

钱其贵说：“飞飞，买哈里哈哩没钱呀，你妈回来你跟你妈要……”

吴大凤瞅他一眼：“你疯了！飞飞真的跟他妈要钱，还说是爷爷奶奶挑唆的，会说是你我对媳妇有意见，不又是一场气！——飞飞，不要听你爷爷的话……”

“你不让飞飞要钱，我看你还买菜不买……”

“你先把那些钱给她装好，在哪里拿的，还放回哪里去……”

钱其贵把一叠钱又给塞进秦小星的钱包里，吴大凤又把钱夺过来看看：“人家原来就是这么个乱七八糟的样儿？”

“管它哩！反正又没花她一分……”

“人家看出来有人动过她的钱包，多没趣！”吴大凤把那些钱理顺，装好，给放回原处。因听得门响，开门一看，却是四楼的周正。吴大凤说："四楼，你来得正好，我正要找你哩。"

吴大凤见她好高兴，也笑笑说："是不是朱珠给你找下老伴儿了？"

周正笑道："你让我坐下再说好不好？"

6. 三楼四楼

周正随吴大凤来到客厅坐下，因见钱其贵在家，周正忽然脸红了，也不说话了。吴大凤看看她，说："看你羞答答的变成关公了，其贵怕什么？谁也不是十七的十八的……"

钱其贵见吴大凤跟周正说笑起来，忘了没钱买菜之事，就想趁机会溜之大吉，站起来就披衣服，说："今天上午还有个会，我该上班走了……"

吴在凤说："啊？瞅空儿你就想开小差？中午还坐锅不坐？"

钱其贵笑道："我相信你会有办法的……"糊里糊涂就走了。

周正说："看多么可怕！九点多了，还舍不得放老汉上班走……"

吴大凤笑道："我看也不想多看他一眼！只是中午还没有买菜钱——说正话哩，四楼，你来得正好，今儿个你得伸出友谊之手，先借给我十元钱。要不，今天中午就揭不开锅了。——这个月小星就借了三次，一百七十元。还有整整十天，你教我怎么支撑下去？四楼，好难啊！跟小星分开过吧，小星不同意，就要讹我们。儿子只说等他在他们单位分下房子再说。可是他们单位分了几次房，他也没分下一间。你说这日子叫我哪天熬到哪天呀！四楼啊！说句良心话，我活了六十来岁，大江大海都好过，我都过来了，就这个小小的牛蹄坑儿我迈不过去呀！这个患癌症那个患癌症死了，我为什么就不患个癌症呢……”

“三楼，看你想到哪里去了！你千万不可胡思乱想，没有过不去的火焰山……”

“不，四楼，这个人我是一天也不想活了，半天也不想活了……”

“不，三楼，你一定要撑住活下去。可是这个小星做事太过分了。他们三口人在这个家生活，一分生活费不拿，净抠你的，心下也过得去。”说着话打身上掏出二十元钱交给吴大凤。“先给你二十，要不够，你说话。”

“你可救了我的急。下个月发了工资先还你。——四楼，你快说说是不是找下了？”

“哪有那么容易的事儿。昨天晚上，朱珠真的引来一个，三楼，你说我家的朱珠是个什么人？叫别人引了来还不成？她是媳妇，我是婆婆，偏她还要亲自引了来。那个走后我说她，她还有理！自家的事儿自己办，波及面儿小。妈，你不是不愿意叫太多人知道吗？——你听听，说得多在理……”

“你先说说你看上了没有。”

“什么看上看不上。他那脖子黑糊糊的，可能三年五载没洗过脸……”

“这样说来是你看不上他了，你这人！过去雪芳找对象，你说闺女不该挑挑拣拣，你怨闺女不该撵人家走，今儿个轮你头上，你不也是挑挑拣拣的！——四楼，你听我说，这么大了，差不多就行了，别再挑来挑去的……”

“我也不挑了，我也不找了……”

周正嘴说是不找了，可是又过了两天，朱珠又给她带回来一位。周正心想："这个朱珠，她怎么总记着这件事？"也只好接待。

朱珠先把婆婆唤到她的卧室里，做个简要介绍，说："妈，你看今天这一位怎么样？"

周正看看儿子赵雪山躺在床上看书，也不言语，又看看儿媳妇朱珠这般高兴，只觉满面烧烫烧烫地很不自在。说："我管人家怎么样哩！"

"唉，妈，什么话？你可不能说这话，我托人找过好多老光棍，我没有引回家里来，一个个是我先过过目，凡是太老的，太年轻的，太不会说话的，太会说话的，太精能的，太不精能的，我就替妈打了×，凡是引回家里来的，都是经我精心选择，筛选出来的，你可要慎重对待才是。——今天这一位姓康名健，名字先很好；今年六十二岁，比妈大三岁，不算太老，也不算太小，正合适；过去是市民政局局长，处级干部，去年才离休，妈也不算降级；论个头，一米七八的个头儿，不高不矮；论模样儿，红光满面好健壮；你看看那脖子，细皮白肉的，你敢说脏吗？说话诗文子曰的，性情也很好……"

"算啦算啦……"

"算啦就算啦。走，你跟人家好好地坐坐，说说话，互相了解了解。我已经跟他讲了，也不算妈嫁给他，不到他家去；也不算他倒插门来咱家落户。登记以后，他就住在咱家，吃在咱家。我也跟他说定了，每逢星期天，他回他家跟儿孙孙们团聚团聚，妈要有兴趣去，就去；没那个兴趣，也可以不去……"

"现在先说这些做什么！"

“好，你们先坐坐，先谈谈。”

朱珠同婆婆来到客厅，先做介绍：“妈，这位是康叔叔，这位是我妈妈。你们先坐着。”她又忙着拿烟，又忙着泡茶，又忙着拿沙棘饮料，又忙着端来一盘橘子，又忙着剥橘子皮：“康叔叔，您吃橘子。康叔叔，您喝茶……”后来又说：“康叔叔，您坐着。”便离开客厅，来到她的卧室。

赵雪山看见她，把手里书一扔，低声而又怒气冲冲地说：“你真的又拉来一个……”

朱珠笑道：“不是拉来，是请来的……”

“谁跟你嬉皮笑脸地说话！你做这种事，也不嫌丢脸……”

“我一不偷，二不摸，三不拐骗，为什么要嫌丢脸……”

“你也不想想，走遍天下有你这号人没有……”

“有呀，你睁大眼看看，站在赵雪山面前的不是一位……”

“你算什么人？神经病！”

忽然听得客厅里一阵子哈哈大笑，朱珠忙摆手制止赵雪山说话，她站在门口听听——

“……人老了，跟儿女们说话也说不在一起，坐在一起也怪别扭的，就觉得生活得没什么情趣。我的意思就是找个做伴的，找个说话的……”

“我也是，白天雪山、朱珠上班走了，就感到这个家空空的，有时候还害怕哩。怕什么呢？我也说不清……”

“实际上不是怕，那就是孤独感……”

“有时候觉得孤孤单单的没意思，真想早点离开这个世界。幸亏我这个媳妇很好……”

“我也看出来了，真是个好媳妇……”

“好是好，她不该亲自给我找人……”

“这话你可说错了。事实说明你还有旧观念……”

“不，现在我也想通了。有朱珠亲自办这事，倒是比别人可靠得多。如果你没意见，我可要声明一点，我可不能到你家去落户。你到我家生活，也不算倒插门，百年之后，你还是你，我还是我……”

“没意见，完全赞成……”

朱珠听到这里，兴奋至极，返身一跳三尺高，跳在赵雪山面前，攥紧一个拳头照准赵雪山的胸膛“咚”地就是一拳，说：“成了！成了……”

赵雪山猛乍乍挨她一拳，受不住，不觉“妈呀”大喊一声，竟然把那边的周正、康健惊动了来。周正急问：“咋啦？雪山，咋啦？……”

赵雪山愣愣地看看妈，没说话，却冲朱珠说：“好凶啊！”

朱珠却“咯咯”大笑起来，又推着周正说：“走吧走吧，妈，没事……”

而后周正和康健登记过，双方商定九月九日二人到一起生活。康健、周正都说到了九号，康健来到周正家，就自己一家四人，两杯酒，四个菜就成。谁知朱珠却把此事看得很重，偷偷地给康健、周正各做一身新衣，还准备了两朵小红花，还买了鸡、鸭、鱼、肉、虾、鱿鱼、海参、猴头、火腿等等做了十道菜。到了九日，赵雪芳和女婿杨其山来了。朱珠还请了一楼的李杰、王梅夫妇；二楼的孙佩才、郑君逸夫妇；三楼的钱其贵、吴大凤夫妇都来吃喜酒，主客十二位，正好一桌，此前，朱珠要给婆婆和续公翁戴上小红花，二人不肯戴，周正说：“老了老了，还戴它做甚。”

康健说：“就免了吧。”

朱珠也不勉强。

这会儿客人们都来了，朱珠却又把两朵小红花拿来，一本正经地说："一楼二楼三楼的叔叔婶子们，今天是我爸我妈的大喜日子，这小红花你们说该戴不该戴？"

来宾们怎么可说不该戴，自然是异口同声："该戴！"

"好！"朱珠就给续公戴花，就给婆婆戴花。众口难却，康健、周正夫妇只好老老实实地让儿媳妇给戴上红花。众人看时，他们二人忽然更精神了许多，更年轻了许多，喜宴上也增加了几分喜庆色彩。

赵雪山以为作为儿媳妇的朱珠竟然亲自给婆婆找老伴，没公翁就算了，还要给自个儿找一个老公翁，同社会上正常的父母为儿女操办婚事比，实在是一件颠而倒之之事，而自己和朱珠作为小辈，竟也参加母亲的婚礼，实在是一宗颠而倒之之举，总以为是件丢脸的事儿。他今天原想出去躲躲，朱珠看了出来，采购呀，帮厨呀，摆酒呀，把任务给他排得满满的，使他无法脱身。还告诉他："到时候如果你敢临阵脱逃，给妈给叔叔闹个下不了台，小心我揭你的皮！"赵雪山既讨厌朱珠的所作所为，又胆怯她的厉害，实际上是个怕老婆的，也就不敢不听话。但是他看见朱珠定要给老人们戴花，很反感，也不敢吱声儿。后来，朱珠举杯向续公、婆婆敬酒，要赵雪山一起来，赵雪山既不站起来，也不举杯，朱珠不便当众指责他，只是偏身子，一只手暗暗地使劲地拧他的胳膊，他还是不动，她又踩他的脚，狠狠地踩他，赵雪山没办法，只好将酒杯举起。于是，朱珠才说祝酒词："爸爸、妈妈，我们国家改革开放十年，经济日趋繁荣，国家更见富强，人民生活自然是芝麻开花节节高。大家生活都提高了，在这种情况下，让老一辈孤零零地吃好饭，饭会减去五分香甜；让老一辈冷冷清清地住好屋，屋会减去七分温暖。虽然还有我们，只因不同辈，同我们坐在一起，也少不了孤独感。孤独感是什么？孤独感是催老剂，孤独感是致病菌，我们做小辈的有责任减少老一辈的孤独感，有责任给他们增加欢乐，增加温暖，让老一辈有一个更加美满更加舒畅更加幸福的晚年，让老一辈多活十年，多活二十年，多活三十年，多活五十年，争取他们同我们一起奔向小康世界，也享享小康之福。否则，我们到了小康，到了幸福的世界，却把老一辈撂在艰苦和幸福的边界线上，到那时只是每天为老一辈的不幸而遗憾，还有什么意义？岂不太晚了？现在我娘家的爸爸就常发遗憾之感叹，每每吃好饭，我爸就叹气：'珠儿，你奶奶要能活到现在该有多好呀！'我爸我妈五年里搬了两次家，房子一次比一次好。每每搬进新房，我爸也要叹气：'珠儿，你奶奶要能活着住住这好房子，哪怕住三天，也会很高兴的。'可是太晚了，悔也来不及了。正因为如此，我们才请我爸我妈到了一起。我们希望二位老人和和美美，欢欢乐乐，共度晚年，长命百岁……"

于是，满桌人一起站起来，一起干杯，不想大部分人却是酒与泪同饮的，康健、周正听了朱珠的话，感动得老泪如雨、哩哩啦啦滴在酒杯里。就连一向不满朱珠撮合母亲婚事的赵雪山也一把一把地抹泪哩。心里埋怨朱珠："这些话怎么不早点跟我说说。"

三楼的吴大凤也抹泪哩："看人家四楼的媳妇，看我们三楼的那个小星，只知道抠财窝饷地抠我的钱，哪里还管我会愁死……"

二楼的郑君逸也抹泪了："如今的年轻人读书多，到底受过教育，想得到，做得到。四楼这个朱珠跟我们二楼的如月真是一个比一个好，一个更比一个强……”

一楼的王梅几乎呜呜哭了：“看四楼的朱珠心多美，我们一楼的之惠哪怕有一分人心，也不会见日价打公骂婆，没事找事……”

赵雪芳原来对弟媳妇给母亲找老伴的事不以为然，找也好，不找也罢，无所谓的。今天听了弟媳妇的话，也很感动，怨自己远远不如朱珠处处为他人着想这品行。赵雪芳忽然举杯要敬弟媳妇一杯酒，说：“朱珠，谢谢你！你这个当媳妇的实在比我这个当女儿的强了十倍。我应该敬你一杯……”

朱珠笑道：“看姐姐你，这么客气。女儿、媳妇是一样的。其实，你是姐姐，倒是我应该敬姐姐一杯……”

“不不不，在妈面前，我是个坏蛋，因为我只会给妈钉子碰，只会让妈生气。只有朱珠你是功臣……”

“看姐姐你，今天是什么日子，总是把我拉扯上……”

周正笑道：“你们也不必争了。都好！都好！你们两个就共饮一杯吧。”

朱珠、赵雪芳刚饮过酒，好像听得门外边有人说话，忙开门看看，只见一楼的媳妇许之惠，二楼的媳妇尤如月，三楼的媳妇秦小星都在门口。原来她们都把四楼的朱珠给婆婆找老伴儿当做新鲜事儿，都想来看个稀罕，都又不便到屋里，只是在门口偷听，朱珠头里的一段话她们全听得了。一楼里把婆婆看做奴才的许之惠听了朱珠的话，竟也深受感动，并且感动得抹泪不住，说：“四楼婶子真好，难怪朱珠对婆婆好。四楼婶子口口声声夸媳妇好，我们一楼那个老东西只会到处说我的坏话……”

二楼的尤如月说："朱珠的心真美!"

三楼的秦小星说："咱们也进去道个喜，看看有什么好吃的……"

此刻，正好朱珠开了门，笑迎秦小星她们："快快请进来！快快请进来……"

尤如月、秦小星说声"谢谢"，笑着跑下楼去。许之惠看见婆婆王梅在屋里逍遥自在地坐着吃喝，又想起头里她在众人面前说她打公骂婆，自然气又来了，说："叫我们家那个老东西回去!"

朱珠听她说话不入耳，不便说什么，只请她到屋里喝酒。屋里的李杰、王梅见儿媳妇在此出言不逊，很丢脸的，害怕她说出更讨人厌的话。二人连忙站起来向康健、周正告辞，匆匆下楼去了。许之惠怒气冲冲地追了回来……

7. 一楼二楼三楼四楼

一楼又起了战火。李杰、王梅夫妇刚刚离开四楼的喜宴，就卷入一楼的战火之中。媳妇许之惠破口大骂："你们到四楼上宣传我许之惠打公骂婆，能有几个人知道？市有市电视台，省有省电视台，中央有中央电视台，为什么不把我揪到电视台去宣传宣传？也叫千千万万的男男女女看看我许之惠是怎样打公骂婆的——你们敢？你们不敢，一无赃，二无证，你们无中生有，凭空捏造，诬陷好人，诬陷好人是犯法的！好你个老家伙，好你个老东西，吃上饭，没事干，就会到处造谣生事，诬陷你娘——你娘这不好，那不好，为什么开着小汽车把你娘接了来？你娘进了李家门，就是李家人，好也罢，歹也罢，好好歹歹总是李千秋的媳妇，你们当公的，当婆的，不是包涵人家，到处造谣败坏人家，当公公没个当公公样儿，做婆婆没个婆婆样儿，也不怕外人笑话，也不害羞，还有脸说人，有脸道人；说人道人不如人，怎不撒泡尿照照你们自己什么德性……”

李千秋在屋里看书实在看不下去了，跑出来便打许之惠，许之惠自然不让，小两口你一拳，我一脚，打得好凶，打得不可开交。李杰无材料，只好骂儿子，只好拉架，王梅看看这个家越来越不像个家了，只是哭，只是气。当晚，她又哭了整整一夜，次日便感到胸口处那一块越来越憋气，连呼吸都不大顺畅了。吃饭下咽也感不适，心想：只怕是真的病了？病了也好，要得病就得个大病，一死了之。又过了几天，王梅吃饭真的成了问题，下咽极感困难，但是她也不肯说病了。李杰看出来有问题，便问她，她只不做声儿。李杰没办法儿，只好去找女儿李千芳商量，李千芳见说，把她吓了一跳，以为是自己过去事事不听妈的话，把妈气病了。想一想实在对不起妈，心下好难受，便与肖峰说了妈病之事，肖峰说：“既然病了，快去看看。”

李千芳、肖峰随李杰一起回来九号楼一楼，李千芳见了王梅就哭：“妈，你怎的病了？都是我不好！都是我不好……”

但是王梅只说没病。肖峰知道，岳母与许之惠生气，有病了不肯说，便劝她到医院查查，王梅总不肯去，李杰、李千秋、李千芳、肖峰硬是把她逼上汽车来到钱忆芳他们的医院。钱忆芳平日少言寡语，对病人却很热情。又是一楼婶子来了，更是积极主动地为之跑闹。经过检查，钱忆芳先吃了一惊，因为王梅患的是食道癌。她只是先跟李杰、李千芳、李千秋他们说了实话，对王梅暂时保密，只说是食管炎。可是王梅自知身患何病，也不怕它，也不理它。医生要她住院，她不住，经钱忆芳和家人再三劝解，也只好住院。此后，李千芳、李千秋轮流在病床前伺候母亲，许之惠却骂王梅是逃避家务、逃避劳动，故意跟她过不去。她怄气也不到医院看看婆婆，也不管做饭，也不管打扫，只几天工夫，她的卧室便变作乱七八糟的老鸦窝儿。后来，许之惠娘家的娘痛骂许之惠一顿，骂她不通人性，猪狗不如，许之惠只好跑了一趟医院。她来到王梅的病房，王梅、李千芳都很稀奇，只道她有悔悟，有变化。可是她来到病房只看了王梅一眼，没有说一句话，没有喊一声妈。以为不过是个扫家不勤、做饭不香的老婆子，喊一声妈，说一句话，很不值得，很不应该的。倒是看见邻床病人的陪侍人是个很英俊的小伙子！笑容可掬地跟小伙子很说了几句话。也不向王梅、李千芳他们告辞，便走了。

李千芳说："她是做什么来了?"

王梅说："大概是来看我的……"

"一语不发，也算看望病人……"

"一语不发，她总算老远跑来看了我一眼，总比不来的好。"

"看我妈，很知足哩。"

又过了一天，二楼的郑君逸由媳妇尤如月照应，还有三楼的吴大凤、四楼的周正都来医院看望王梅。王梅很高兴，以为到底是老邻居、老朋友们没有忘了她。王梅还说："二楼、三楼、四楼，我还要告说你们一个好消息，昨天下午之惠也来看我来了……"

郑君逸、吴大凤、周正闻言都很高兴，周正说："之惠心里到底还是有婆婆的。不拘过去怎么样，人到难处，她还想着，也算是好媳妇哩。"

王梅说："我也是这么想的。当然我家这一个比上二楼的如月四楼的朱珠三楼的小星还差十万八千里，不过我也知足了……"

尤如月忙说："一楼婶子说话怎么也把我拉扯上了！其实我总觉得……"

王梅说："别说了。你看你跟婆婆跟得多么紧。来医院一趟，还有三楼四楼陪着，你还不放心。大首长的警卫员似的，婆婆走到哪里，你跟到哪里，二楼想在街上偷买一根芝麻糖也没办法……"说得众人一起笑了起来。

郑君逸说："一楼又说芝麻糖哩。有一天我想吃几个软柿子，如月能掐会算似的，下班回来准准就带了柿子回来；有一天我想吃几个天津包子，如月下班回来准准就带了天津包子回来；那天我可真想吃根芝麻……"

吴大凤笑道："如月准准就买了芝麻糖回来……"

尤如月说郑君逸："妈，你今儿个是来看一楼婶子的，还是来宣传媳妇……"

吴大凤说："该宣传就要宣传。我们三楼要有二楼这么个好媳妇，我不只到医院来宣传，我还要拉上媳妇上电视台。还有四楼的朱珠……"

郑君逸笑问周正："四楼，说起来我又想起来，你家老康那天碰上我还夸朱珠哩……"

周正说："我家那个朱珠也怪，对我好也罢了，没想到对老康也一样好。别的不说，不见面不喊爸，见天你一口一个爸，把个老康喊得好高兴。老康总说：'我该给朱珠买一块头巾才像话。'次日真的就给朱珠买来一块头巾。过了两天，朱珠下班回家。喊一声'爸'，交给老康一双新皮鞋，又喊一声

‘妈’，也给我买回来一双新皮鞋，老康好高兴，第二天就给媳妇买了件高级外套回来。可把个朱珠气坏了，还发了脾气：‘我爸好难缠，以后再也不理爸了’……”

吴大凤听得流了满脸的泪说：“四楼，别说了，再说下去，把我气死了，你可就吃大亏了……”

周正说：“吃大亏的是小星，我会吃什么亏……”

“我一死，我欠你那二十元钱不是白扔了，说实话，我可是真不想在这个世上……”

“你又来了！二十元钱我倒忘了，你还记着……”

尤如月说：“咱们到底是来看一楼婶子的？还是拉家常来的……”

周正说：“真是哩，咱们也太不像话了。——一楼，你的病打算怎么着？依我说还是下决心打早动动手术的好。”

王梅说：“谁说不是哩。我原来不想住院，住了院也不想手术，我活着不如人，早就想死死不了，得了这个病，不省得落个自尽的臭名儿？自从之惠来医院看了我一眼，我就觉得活着到底比死了好，就还想活几天……”

李千芳说：“大家听听，我和千秋劝我妈手术劝了几天几夜，我妈根本不听；之惠只是来看了我妈一眼，这一眼好值钱，我妈倒下了决心做手术，真是一眼千金……”

十月二十六日，王梅被推进了手术室。此后，一家人好忙，李杰、李千芳、李千秋父子父女三人日夜轮班到病房陪侍，李千芳还要做饭，还要给她妈做病号饭，白天黑夜地连轴转，好忙好忙。至于许之惠，谁也不敢给她什么任务，以为在王梅住院期间，许之惠能够做到不吵不闹不哭不骂不制造任何事端，不节外生枝闹麻烦，便是大幸。可是许之惠有一天碰上三楼的吴大凤，吴大凤说："之惠，你婆婆那条命可是你救下的，你可立了大功了。"

许之惠不解："三楼婶子你说什么？"

"一楼原来不想做手术，只要等着去火葬场。自从你去医院看了你婆婆一眼，她才改变主意，做了手术。一楼那条命不明明是你救了的……"

"可是我一句话也没说，就是看了她一眼……"

"就你去医院走了一遭，看了她一眼，就起了这么大的作用……"

许之惠没想到自己去医院一趟，看婆婆一眼会起如此大的作用，会救人一命，许之惠想不通这是为什么？想不通自己看婆婆一眼为什么就会起如此大的作用。但是她忽然感觉到好像她是今天才跟李千秋成亲，好像今天才来到这个家，好像今天她才做了媳妇，有了婆婆，觉得好奇怪，好新鲜。她独自个儿笑一笑，再想一想三楼吴大凤说的话，再想想婆婆死也不做手术，只因自己到医院看了婆婆一次，婆婆又还想活人，便做了手术，许之惠忽然感觉到做一个人好不简单，成一个家好不简单，当一个媳妇好不简单，做一场婆媳关系好不简单……因而许之惠忽然感觉到在婆婆手术期间，仅仅不吵不闹不生事端是远远不够的，作为一个媳妇，好像还应该做些什么。于是，她忽然觉得自己应该赶快到医院一趟。她连忙换了件衣服，下楼骑了车直奔医院而来。走到医院门口，因见几个掂了橘子掂了罐头进医院的人，忽然感到自己也应该拿点什么。掉自行车头就返。不想正好让李千芳看见，就喊她，她也没听见。许之惠来到一个副食店，问问罐头价，一瓶三元多，问问饼干价，一包五元多，她嫌太贵："看一次老东西就花这么多钱？——还不如给老东西买二斤橘子算啦。”

许之惠一到水果摊前问问价，买二斤橘子也要五元钱，觉得好贵，也只得花了五元钱。说：“称二斤。”一边就掏钱，掏出一张五元票票看看，觉得那票子好亲切好可爱，拿钱买了橘子好心疼好难出手。许之惠忽然想到她常常回娘家也买橘子也买香蕉，花十元二十元，很痛快的，并不是个小气鬼，今天为什么花五元钱便这么不痛快，便心疼得不得了？想一想，明白了：一个是我妈，一个是他妈，他妈怎么能跟我妈比呢？况且老东西做过手术才三四天，不一定能吃了许多，买得多了，还不是给千芳、千秋买哩，买一斤也算是高待她哩。便买了一斤小小的四个橘子，用一个小塑料袋掂了走进医院。边走边看看那四个橘子，觉得四个橘子全让老东西吃了怪可惜，便又想起来娘家的妈，便又拿两个橘子装在身上衣袋里，只轻飘飘掂了两个橘子悠悠地走来。到了病房门口推门时，又看见了那两个橘子，以为带两个橘子看老东西，病房里许多病人许多陪侍人会见笑的。再添上一个吧，难道可以只给我妈留一个？两个全添上吧，老东西吃四个，难道我妈一个也吃不上？——其实，我如今不骂老东西，不跟老东西吵，不跟老东西闹，也就算高看了老东西，也就算我尽了妇道……便把四个橘子全部装进衣服口袋里。

许之惠来到婆婆床前，看见病床上的婆婆又瘦又苍白，心里一动，鼻子酸酸的，不禁脱口喊了一声：“妈!”

王梅、李千芳好惊奇，之惠怎么喊“妈”呢？之惠喊谁“妈”呢？当她们母女二人弄清了许之惠真的就是喊王梅，王梅感到自己由“老东西”忽然变成了“妈”，好感动，好高兴，立刻老泪纵横，也亲昵地喊了一声“之惠”，就伸手拭泪。许之惠眼下实在无泪，她以为众目睽睽之下婆婆有泪自己无泪不足以表明是一个好媳妇，便也掏手绢做出抹泪的样子。谁知她掏手绢时竟带出一个橘子抖落在地上，还滚出去三尺远近，附近几个病床的陪侍人看见了，只笑，李千芳也看见了，很生气，她把那个橘子捡起来，送在许之惠眼前："之惠，你把橘子掉在地上了。"

许之惠看看那个橘子，不由自主地摸摸衣服口袋：一个两个三个真的少了一个，心下好气好急好恨：偏偏就抖出一个来，偏偏叫千芳看见了……眼珠子一转，连忙摆摆手，说："不是我的，你不要冤枉好人……"

李千芳见她带了橘子来医院，不肯给妈一个吃，她还做好人，说："怎么是冤枉好人？明明……"

许之惠今天不仅仅来医院看婆婆，居然还毫不含糊地响响亮亮地喊了一声"妈"，王梅觉得好舒坦，而且好高兴，至于橘子，实在是小事，不愿意让千芳再惹许之惠，忙着瞅女儿一眼，喊一声："千芳！"

李千芳回头看看妈，心里说：媳妇喊一声妈，只怕比女儿给一斗金子还了得……

忽然听得有人推开病房门儿，看去，只见二楼的尤如月扶着婆婆郑君逸，四楼的朱珠推着婆婆周正一下子拥来两家四个女人，两个媳妇还各掂了一兜礼品。她们一起拥来王梅床前。王梅看到她的老邻居老朋友们来了，激动得两眼泪汪汪地说："二楼四楼，一楼打阎王殿上返回来了……"

郑君逸说："我说你不该去，你偏要去，看阎王爷把你退回来了……"

周正说："这一退，一楼你的寿数就长了……"

郑君逸说："一楼你今年五十八岁，这一退准还能再活五十八岁……"

王梅说："再活八岁，再活十八岁也好，前些时我可是连八个月八天也不想活了。如今想想咱们中国发展得好快，改革开放日子好兴旺，我们一楼二楼三楼四楼处得好热火，我们一楼里媳妇、儿子、女儿对我好孝敬，我觉得我要独自个儿走了，你们好寂寞，我也就不想走了。三楼怎么没来？"

周正说："三楼又没钱花了，正在家里愁得哭哩……"

李千芳听妈夸她好孝敬，只觉得惭愧，脸一红："妈，哪里是那么回事儿……"

许之惠听婆婆夸她是孝敬婆婆的好媳妇，以为自己能够跑到医院来看看婆婆，以为自己还当面喊了婆婆一声妈，"好媳妇"之名是当之无愧的。但也表示一番谦虚，说："马马虎虎吧。"

郑君逸说："一楼，你的想法很好，有这么好的儿女媳妇，不好好多活几年，也太委屈了孩子们……"

周正说："一楼，真的，你说得好，我们一楼二楼三楼四楼谁也不准丢下谁撒腿走了，咱们一楼二楼三楼四楼要一股劲儿往二十一世纪奔，一股劲儿往小康奔，要和和美美白头偕老……"

郑君逸笑道："没有听说过四个老女人白头偕老……"

朱珠说："我妈和各位婶子不兴来个创新？"

李千芳说："你已经创了一个新，四楼婶子还要再创一个新，四楼的婆媳二人都成了创新家……"

几个女人说一会儿，笑一会儿，安慰王梅一番，临走时，朱珠把兜里的四筒麦乳精，五斤橘子掏出来放下，说："这是我妈给一楼婶子的……"

周正忙说："朱珠，你不要骗你一楼婶子，明明都是你买的……"

朱珠说："看我妈！怎么一家人净说两家话，我买的你买的不一样吗？"

尤如月说："一样，"她也放下两筒麦乳精，五斤橘子，五斤香蕉，说："我们这点吃的可真是我妈买的……"

郑君逸笑道："如月，多会儿学得这么坏？小心我扯烂你的嘴……"

尤如月趔趔身，笑道："看我妈多凶！亏我胆量不小，要不，早把人吓得摸门不知东西南北了……"

朱珠说："二楼婶子，你们别演《婆媳吵庭》了……"

尤如月说："四楼上的媳妇你还有资格说人？我们演的是《婆媳吵庭》,你们四楼演的是什么戏……"

王梅见她们拿许多礼品来看自己，很受感动，只说："好！好！"

李千芳收整那许多礼品，只因床头只一张小桌子，哪里放得下许多食品，便唤许之惠帮忙："之惠，快来帮帮我。"却没人应声儿。四下里看看，竟没了许之惠的影儿。

尤如月说："头里之惠还在床头站着，怎么一转眼就不见了……"

朱珠说："你们没看见，我可看见了。头里如月往桌上放橘子时，我看见之惠眼一红，滴下两点泪来，随即背转身捂着嘴低着头走了……"

王梅说："看这个之惠，怎么不言不语就走了……"

话音未落，忽然楼道里一阵急促的脚步声传来，知道是又有急症病号。朱珠忙跑出楼道来看看，只见是钱其贵、钱忆荣和秦小星紧紧围着病号奔来，先吓了一跳。一问之下，才知是三楼的吴大凤因日子难过竟服毒自杀，刚送来医院抢救。朱珠闻言心下好难过："看这个三楼婶子怎么走了这步路啊!"

秦小星说："我从来也没骂过她一句，我从来都是不笑不开口，不叫妈不说话，对她好好的，谁知道她为了什么一下子就吃了四十片安定，丢下一家老少全不管了……"

朱珠说："现在先别说这些，救人要紧!"她也跟着进了抢救室……

男儿梦

1. 下跪女秘书

年轻的乡镇企业家卜永昌居然也有一位年轻而又漂亮的女秘书。女秘书还有个好听的名字叫房芳。房芳尽心竭力给卜永昌当秘书，忽然有一天，卜永昌向女秘书提出一个特别特别奇怪的问题。他说："房芳，我向你借一样东西，不知你肯借不肯借?"

房芳不以为然地说："你也向人借东西？奇怪：你吃的是鸡鸭鱼肉，穿的是高级西装，坐的是高级小轿车，住的是豪华小洋楼，用的是高档家具。想看，有高档彩电；想听，有高档音响，想说话有电话，想睡觉有席梦思等等等等，人有的，你尽有；人没的，你也有，怎么还要向人借东西？……"

"可以说我是要什么有什么。可是我虽然有好房有好车一切都好，你要知道我还缺着一样最最重要的……"

"我觉得你什么都有的，不要得陇望蜀，人心不足了。"

“不。这一样是绝对少不得的……”

“嘿！什么东西？那么重要？”

“儿子！”

“你不是已经有两个宝贝女儿吗？”

“可我说的是儿子……”

“总经理，你别太过分啦。新社会嘛，男女都一样。”

“那怎么会一样呢？没有儿子，我卜家没个传宗接代的人，我当这个百万富翁有什么意思呢？”

房芳无心跟他争论此事，只说：“你没有儿子，你也知道我还没结婚，我也没有儿子，你跟我说这些有什么用呢？”

“这事必须跟你说。为了解决我的传宗接代大事，我想了多少办法，都没有用。想来想去，只有向你借了……”

“我说过，我还没有儿子……”

“我不是跟你借儿子，我是想跟你借肚子……”

房芳闻言，一时反应不过来，只觉得他说话太稀奇。一时明白了他的话意，一个没结过婚的大姑娘如何受得了，一张白白的脸儿立时变作女关公。她气了：“总经理，你说的什么话，我不懂……”

“你懂！你懂！房芳，我知道你是个好姑娘，我知道你是个善解人意的好姑娘。我卜家传宗接代的大事，只有拜托你了。房芳，你知道，我卜永昌不是坏人，我向你借肚子，仅仅是借肚子，仅仅是为了生子立后，传宗接代，绝没有别的非分之想。只求借借你的肚子，给我生一子半男，到时候只说是我们华花生的，你还是你房芳，该跟涂途结婚就跟涂途结婚，我绝不阻拦你……”

房芳越听越生气，她实在无法忍受，实在无法再听下去，伸手劈面“啪啪”打了卜永昌两个耳光，“呜呜”哭着捂着脸跑去了。

卜永昌吃了耳光，全然不在乎，只是连忙爬起来就追房芳：“房芳，你不要走。你回来，你听我说……”

但是，房芳早已跑远了。卜永昌只是在屋里踱步……

房芳一口气跑回自己家里来，一头栽在床上痛哭不已。房母见女儿如此，当她是在卜家受了气，便问她怎么啦，房芳只哭不语。过了半天，房芳不哭了。房母再三问她出了什么事，她只不吭声儿。她觉得此话说出来太丢人，她不想跟任何人说。后来才撒谎道：“我给他们写材料没写好，人家不用我了……”

房母说：“一个材料没写好他就把你开除了？他姓卜的做事也太缺德了！——不用了，算！这天下大着哩！到哪儿还找不上一碗饭吃！……”

房芳也不多言语。她已经下了决心要辞去这个秘书。她实在不想再见卜永昌的面了。可是又想到还没向卜永昌说清不干的话，公司办公室里还有些生活用品没拿回来，还必须再去公司走一趟。又害怕来到公司卜永昌又会纠缠她。她又以为没有什么可怕的，只要自己拿定主意不入他的圈套，怕什么呢？

次日上午，房芳又到公司里来了。

卜永昌担心房芳不会再来了。今天看见她又来了，虽然是满面不高兴的样儿，他也觉得只要来了就好。

房芳进门就收拾她的东西，把她的物品一件一件往一个大包里塞着。卜永昌看出来她是要走的样儿，忙说：“房芳，你干什么？别这样嘛。咱们相处三年多不分彼此，难道你就那么绝情，不给我半点面子……”

房芳只不做声儿。房芳只是绷着个面孔收拾她的物品。一切收拾好了，也不看卜永昌一眼，也不说一句话，掂起她的大提包就走。

卜永昌急了，连忙抢步拦住她："房芳，你不能这个样儿走了。房芳，你真的要走，我也不强拦你，只是还有一句话，你听我说……"

房芳只不理他，强行走去。

卜永昌连忙展开双臂拦住她："房芳，你慢走一步，我只说一句话，一句，就一句。你我相处几年，难道多说一句话，你也不值听？……"

房芳只好站住。仍不看他，仍不言语。

卜永昌说："房芳，无论如何，我希望你不要走，不要离开这儿……"

房芳仍不看他，仍不言语，转身又要走。

卜永昌更加着急。连忙打身上掏出一叠票子，双手捧在房芳面前："房芳，你要走，我也拦不住你。你在我们公司辛苦几年，这是五万元钱你收着……"

房芳在卜永昌的公司里干了三年多，工资月月清，年年清，卜永昌并不欠她一分一厘，为什么又拿五万巨款给她？分明醉翁之意不在酒。房芳也不接他的钱，也不言语，也不理他，还是要走。刚刚走在门口，只听卜永昌说："你走吧，我祝你幸福！房芳，咱们来世再见吧……"

房芳闻言蹊跷，不觉回头一看，却见卜永昌手执明晃晃的一把削皮刀正要自杀。房芳大吃一惊，连忙返身赶来双手抓住他那只握削皮刀的手，吃力地夺他的刀，但她还是不言语，不看他。卜永昌嚷道："房芳，你不要管我！叫我死，叫我死了算吧！我来在这个人世间，要钱有的是，要儿子没一个，活这个人还有什么意思?！活着不如死了的好！房芳，你走吧！你不要管我！你不要管我！我实在不想活了……"

房芳不听他的，只管拼命夺他手里的刀。卜永昌一边呼号，一边与房芳争夺，就这么你争我夺着渐渐地滚打在一起。到后来，也不知道是房芳害怕出人命迁就卜永昌；也不知道是为卜永昌想儿子想得着了魔的那份没有儿子就要死的精诚所感动；也不知道是可怜卜永昌；也不知道是为卜永昌扔在地上那五万元钞票所吸引；也不知道是因为她与卜永昌的厮斗实在筋疲力尽没了抵御的力量，他们厮打过来厮打过去厮打到最后，竟然一起厮打到床上来了……

卜永昌如愿以偿了，兴奋不已；房芳后悔了，痛哭不已。她只觉得从今后没脸再见她的男朋友涂途了。但是过了几日，房芳与卜永昌好得竟然难舍难分了。再说卜永昌那五万元钱也已经到了房芳手里。房芳原先不收，卜永昌却说："咱们到了这个份上，还分什么你我？你的就是我的；我的就是你的，拿着吧。"

房芳终于把那五万元钱收下了。但是房芳只觉得跟卜永昌好得不怎么踏实。一则，因为她还想着她的男朋友涂途；二则，她总怕卜永昌的妻子华花发现了他们二人的隐情，闹出事儿来，没法儿出门见人。便问卜永昌："永昌，这事一旦让你老婆知道了，怎么办?"

卜水昌说："你放心，她不会知道的。"

"要是知道了又该怎么办?"

"你放心，我有办法。"

"你骗人！华花那么好，你能把她怎么着?"

"我想怎么着就怎么着，还不是由我啦……"

2. 借腹生儿子

华花今年三十五岁，是卜永昌的好妻子。如今她跟卜永昌已经有了两个女儿，大的十二岁，名唤小清；二的十岁，名唤小洁。小姐妹俩长得花骨朵儿一般十分惹人喜欢。但是做父亲的卜永昌却不大爱见。因为小清、小洁是女儿，不是男儿，不能为他卜家顶门立户，传宗接代，使卜永昌十分愤愤。也因为华花生了两个女儿，且已做了节育手术，不可能再生育了，所以对他过去爱得要死的华花，如今看来也不顺眼了。卜永昌也知道华花当年嫁给他，是付出过很大代价的。那时候他爱华花，华花也爱他。只因卜永昌的家境过分的穷，房只有两间破房，屋里连一条囫囵的板凳也没有。为了跟华花结婚，拿不出彩礼，借下一屁股债。华花的父亲华山高、母亲李冬至看见卜永昌太穷，坚决不同意华花与卜永昌结婚。华花同父母吵了两天，吵不过父母，她也没办法了，只好打退堂鼓。她找到卜永昌，劝他另娶别的闺女。说："永昌，我知道你对我好，可是我爸我妈太顽固，他们死不同意我嫁你，我也不能让我爸我妈生太多的气，你就忘了我吧。"

卜永昌却认定了非华花不娶。说："华花，你看我家穷得叮当响，人家谁肯嫁我呢？你要不愿意嫁我，我要不上媳妇，活这个人还有什么意思呢？华花，我求求你，你千万千万不能变心啊……"

华花说："不。你身高马大一个大后生，不信没人跟你。真的，你就忘了我吧……"

卜永昌明白穷人找对象之不易，便死死缠住华花不放。为了争取华花，便决然给华花跪下，说：“华花，你看着办吧。你要不答应我的要求，我就跪死在这里不起来……”

华花见他这样，心也软了。又劝解一番，要他起来，他也不听，总不肯起来。华花是个好心肠闺女，只好答应同他结婚。跪着的卜永昌问：“你是真心吧？”

“不假。”

“你不会再变卦吧？”

“不会的。”

“你这话说得不硬气。”

“好，我再说一遍，就是死我也不会变心的。”

“可是你能说服你爸你妈吗？”

“能。”

“不哄我？”

“不。”

“咱们的事这可算就说定了！”

“说定了。永昌，快起来吧。”

卜永昌这才站起来。

可是华花再跟她的父母谈判此事，老两口一口咬定不同意。华花想到自己答应过卜永昌决不变心，这边父母又坚决不同意，她很着急，便同父母吵起来。吵来吵去，双方越吵气越大，逼得华父没了办法，竟说了绝情话，说：“你要真敢嫁卜永昌，你立刻就走，永远不要再回这个家来……”

华花也正在气头上，听父亲说出了绝情话，她也没好话，说：“不回来就不回来！”

华父嚷道：“妈呀闺女，算我们白养了你这么大——你要走，滚！立刻给我滚出去！”

"走就走!"华花真的离开娘家，一边哭一边跑着走了。她妈就追她，就喊她，她也没回回头。

华花就这样来到卜永昌家同他结了婚。卜永昌娶了华花，十分高兴。家里虽穷，可是二人情投意合，苦日子过得很甜美。只二年便赶上改革开放的好年月，卜永昌大胆承包了座煤矿，几年之后，又兼营炼焦，又买下几部大卡车兼营运输，只几年工夫，卜永昌便大发大富起来，成了当地第一个百万富翁。这期间华花生了大女儿小清，卜永昌还不以为然，以为华花还可以生个二胎，二胎不一定还是个女孩子，所以他还把小清当做千金宝贝看。对她十分的钟爱，穿则穿尽时髦，食则食遍山珍。小清还是个两岁的幼女时，卜永昌便给女儿买下高级席梦思大床。后来华花生了小女儿小洁，同时做了节育手术，卜永昌看到自己不会再有男孩子时，他的情绪突然一落千丈。以为他卜家没个传宗接代的儿子，当企业家有什么意思？当万元户有什么意思？活人有什么意思？他心灰意冷了，啥事也做不在心上了；对华花的看法也发生了急剧变化，处处都觉得她不是花，而是臭狗屎一大堆了；对女儿也越看越不是千金，实在粪土不如，连女儿亲昵地唤他一声"爸爸"，也以为脏了他的耳朵，动不动莫名其妙地拳脚相加揍小清一顿。从此以后，在那个豪华小洋楼里便常常发动莫名的内战，卜永昌动不动对华花大加挞伐，或者摔锅摔碗，一片狼藉。华花知道卜永昌为什么生气，虽常常挨打受气，总不忘做她的好妻子，做饭烧茶，忙里忙外，侍奉丈夫，一切不改初衷。虽然如此，也很难讨得丈夫一个笑脸。卜永昌认定不会生男孩子的女人便不是合格的女人；一个家庭没有个男孩子，便不是幸福的家庭。卜永昌对于生子立后，传宗接代之事看得太重太重了。有亲友劝他："时代不同了，男女都一样，你有……"

卜永昌便加以驳斥："什么男女都一样?！母鸡能叫明儿吗?"

"母鸡不会叫明儿，公鸡还不会下蛋哩。你不要太小看了女儿。许多有儿没女的，儿子娶了媳妇忘了爹娘，做父母的白白生气，哪里比得上女儿知道心疼父母……"

"只要儿子能生子之后传宗接代，生点气算得了什么！"

总之，没有儿子，是卜永昌心里一块大心病。就那么郁郁寡欢地过了几年，后来有了女秘房芳，忽发奇想，要借房芳的肚子给他生子立后，传宗接代。如今他已经把房芳制伏。两个月之后，房芳真的怀了身孕，差点把个卜永昌高兴死。他害怕房芳也生个女的，硬是说服房芳同他坐了小轿车到县医院做了一次 B 超检查，真的是个男孩子。卜永昌便把房芳当做大救星看待，她想吃什么，想穿什么，想用什么，一切都满足她的要求。只是房芳又提出一个要求，卜永昌无法满足她，把他愁坏了。

房芳身怀有孕，卜永昌高兴极了，房芳却悲观极了。因为至今她还一直留恋着她的未婚夫涂途。她觉得自己对不起涂途，无法再与涂途见面。想到自己的肚子越来越大，出门无法见人，更不知自己将来会落得个什么结果，偷偷哭了许多天。后来想到哭也无用，便与卜永昌商量将来之事。说："永昌，如今我真的怀下了你卜家的后代，你说这事该怎么办吧?"

卜永昌说："房芳，事先我就说得清楚嘛，我只是借借你的肚子，绝不敢把你也据为己有。等你分娩以后，你愿嫁涂途就还嫁涂途，我决不阻拦你……"

"你说得好听！我一个大姑娘，你叫我怎么腆个大肚子出门？你叫我怎么到医院去生孩子？——我如今给你卜永昌生儿子，你叫我怎么再去见涂途？姓卜的呀，你真正把我害苦了，叫我无法做人呀……”

“房芳你别急。还是我过去说过的办法，干脆我把你送到城里租一处好房子住下，等你生了孩子再回来。这样人不知鬼不觉地我也有了儿子，你也顾全了名声，我想他涂途不会知道的……”

“天下没有不透风的墙！你别以为天下只你卜永昌聪明，别人都是傻子，我一去几个月，人们怎么会不知道呢？你家华花肚子没大过，你卜永昌忽然有了儿子，这儿子是打天上掉下来的？……”

“没关系，这事好办。回头我让华花把衣服里塞些东西，装作怀孕的样子。到时候你生了，只说是华花生的，别人就不会怀疑你了……”

“你说了你的，华花会照你的鬼话办事？”

“她敢不听？她自己不会给我养儿子，她欠我的太多了。她还有什么理由不照我的话办事……”

房芳忽然想到华花平日的为人，想到近来卜永昌对华花冷淡，又觉得华花太可怜，她伤心地哭了。

卜永昌说：“房芳，你不要哭，不要伤心，这样对腹中的孩子没好处。你不要担心，我这就找华花谈去……”

房芳忽然觉得卜永昌找华花说明此事，自己的事就让华花晓得了，自己哪儿还有脸再见华花。于是她喊道：“永昌你不能跟华花说这样的话，你不能，绝对不能……”

但是卜永昌以为对华花讲明此事让华花立刻装出怀孕的样子是拖延不得的事，早已匆匆回家去了。

3. 逼妻假怀胎

小清、小洁上学去了。华花独自个儿在家里忙着。

卜永昌做了百万富翁之后，以为百万富翁应该像个百万富翁的样儿，曾与华花说要雇几个家务工人。雇两名男的一则用以跑外，一则用以看守门户，要雇就雇两名会点拳脚的彪形大汉，就像有些电视剧里大户人家的保镖一般；再雇两名女的，让她们做饭烧茶打扫抹擦小洋楼，兼之给院里花池里的花草浇水，还有洗衣等事，就像城里当干部的家里雇下的保姆一样。但是华花不同意。说："我有胳膊有腿精壮劳力一个，何必雇人哩。咱们有的住有的穿有的吃还有电灯电话小汽车，就够幸福了，如果再雇丫鬟使女，成了什么人了，我不会享那份福……"

"华花你真傻！你已经做了大富婆，还自己洗衣自己做饭自己扫地抹桌浇花锄草，像个富婆样儿吗？"

"管他像什么？永昌，你千万不能雇人，反正就我一个人，我保证让你吃好穿好一切都好不就行了……"

华花无论如何不同意雇人，也就罢了。反正华花做家务做得很满意，两口子糟糠夫妻感情一直很好，便那么过着美满的日子。自从有了小洁以后，卜永昌对华花渐渐冷淡了，华花也不理他，只管尽心竭力做他的好妻子。可是她做梦也没有想到卜永昌今天忽然向她提出一个让她不能接受的问题。

今天卜永昌回得家来，对华花热情了许多，也有了笑脸。华花只当做男人热一阵冷一阵是常事，没当一回事儿。可是卜永昌忽然对她说："华花，我想跟你商量一件事，你一定要答应我。"

华花说："你的事我从来没有不乐意做的。什么事？"

"华花，是这样：你看咱们如今住的是小洋楼，坐的是小汽车，吃的穿的花的用的更不必说，实在是要啥有啥。可是咱们就缺一样……"

"你是说就缺个儿子是吧？"

"是。我天天念叨这件事，你是知道的。"

"如今男女平等，男女都一样，可是在你看来女儿就不是人，我有什么办法？我做了手术，你是知道的。你想要儿子，是不是想跟我离婚，你再娶个会生儿子的……"

"华花，不是这个意思。过去要不是你跟我结婚，我是娶不上老婆的。你的好心我永远不会忘记，咱们恩爱夫妻怎么可以离婚呢？"

"那，你叫我怎么办，是叫我请画家给你画个小子？还是叫我用泥儿给你捏个儿子……"

"都不是都不是。我是说我已经借了别人的肚子给咱们怀下一个儿子……"

"什么？什么？你说什么？……"华花一时听不懂他的话，一时解不开他的话意，她愣住了。过了一会儿，她忽然省过劲来，也不再问卜永昌了，也不再说什么了，立时双手捂脸趴在床头"呜呜"大哭不已。

卜永昌以为她听了此话，感到很突然，她伤心她痛哭一番，是可以理解的。他没有再说什么，他认为只要华花不表示反对，不胡搅蛮缠，也就是默认了。待她缓和一阵儿，过两天再提请她假怀孕之事，问题就不大了。后来他只是随意安慰了她几句，悻悻地去了。

又过了两天，他看见华花虽然还是满不高兴的样儿，可是她没有再说什么，也没有骂他一句，也没有罢工不做家务，以为华花到底是贤惠的妻儿，以为华花一定是因为她没有为他卜家生个男孩儿，自感理屈，默认了借腹怀孕之事。所以他认为既然如此，请她假怀孕假生子的话也就好说了。于是，卜永昌又跟华花说："华花，我对不起你。我这个借腹怀孕之事，绝不是为了寻花问柳，绝不是为了寻欢作乐，绝不是因为我对你不好，仅仅是为了生子立后，传宗接代，使我们卜家有后。要不，我为什么不与你离婚？要不，我为什么不与别的女人结婚，只是借一个女人生一个儿子，还不是因为我对你好。还不是因为我不忍心丢掉你。这一切不都说明我对你很好吗？既然我们不离婚，又要借别人给咱生儿子，所以这件事还得请你帮忙。我已经跟那个女人谈好了，让她到别处住几个月，为的是不让别人知道她怀了孕。这也是为了顾你的面子。我请求你从现在起把肚子垫大些，装成怀孕的样子。等她给咱生下儿子以后，偷偷抱回家来，只说是你生的。这样你的脸上也很光彩，我们也有了后代，还保住了咱们夫妻的关系，这是个最好不过的办法，就请你帮帮……"

华花听了他的一番高论，只觉得卜永昌做事好奇怪，他背着自己同别的女人胡作非为，有了肚子，还要自个儿替他们做出怀孕、生儿子的样儿，他卜永昌竟也有脸对自己大模大样地说出这些话来，简直是把自己不当人看，简直是把自己当做傻子看，简直是欺负人，她如何忍受得了，忽然大把大把抹着脸上的泪冲卜永昌嚷道："不要脸！禽兽！你们做了肮脏事，还要往我的身上推，还要我给你们做垫脚石，我成了什么人了？告你说永昌，如果你不怕丢脸，不怕败兴，随你做去，想叫我给你们做垫脚石，我不会，我做不出来……"

卜永昌见她不肯顺从自己，还敢顶撞人，他也火了。吼道："你敢?！你做不出来，也好，你有本事，你给我生出一个儿子来！你没本事给我生儿子，你今天必须依着我……"

"不依不依我决不会依着你！叫我垫大肚子装样儿生孩子，我不会装这个样儿，我嫌丢人，我嫌败兴……"

"你不会装，也好，咱们离婚！明天你就跟我到乡政府去……"卜永昌见华花不肯顺从他，便提出要离婚。

"你想去你去，我决不去……"

"你不去，由不了你……"

"咱看看由谁？——你想跟我离婚，你凭什么跟我离婚哩？我哪一点对不起你……"

"你不会生儿子……"

"小清、小洁不是我生的？……"

"她们算什么儿子……"

"如今一胎化，不是个男儿就是一个女儿，难道女儿不是儿子？"

"女儿就是女儿，女儿不能……"

"女儿比男儿强得多，好得多，人老了病了无依无靠了，还得靠女儿。只见女儿在床前孝敬父母的，有几个男儿做得到？生男儿只会跟父母要钱要媳妇要房产……"

"只要有儿子，他要什么，我有什么。"

"你有钱你生你的儿子去，我不管……"

"你不管，就离婚……"

"因为我没给你生个儿子你就离婚，《婚姻法》上没写这一条……"

"《婚姻法》上没写，实际上因为有女儿没男儿，离婚的多着哩。”

“好，你去离，我不管！你离我不离，看你能把我怎么着……”

夫妻二人大吵大闹一番，也没个结果。卜永昌又惦记着房芳，怒气冲冲离开他的小洋楼，到办公室来见房芳。

4. 永昌打老婆

房芳近日来苦恼极了。

房芳怀孕以后，情绪十分不稳，思绪十分混乱。有时候与卜永昌在一起，说到高兴处，她也高兴过；有时候想到卜永昌仅仅是利用她，仅仅是借腹生子，她就很后悔，很悲观，简直不想活下去了。因为有朝一日给卜永昌生过儿子后，她还继续与涂途恋爱，她还正式与涂途结婚，涂途一旦不能原谅自己，自己又该怎么办呢？为着这件事，她伤心，她后悔，她恨自己，但悔也无用，恨也无用，只是躲着不愿见涂途。但是自己不见涂途，又实在想念涂途实在想见涂途又实在觉得自己有许多许多话要跟涂途说。可是真的见了涂途又该如何跟涂途讲又该如何跟涂途说呢？房芳这才感到自己一时糊涂做了糊涂事，却是最最难处理最最没法儿处理最最倒霉最最伤心最最没奈何的问题。房芳想到无脸见涂途时，她就会想到死，以为只有一死，就愁也无有了苦也无有了难也无有了伤心也无有了一切都无有了，多么干净！可是每每想到死，房芳同时就会想到父母同时就会想到腹中之子，认定自己真死了，父母岂不太可怜了，腹中之子岂不太可怜了？一想起腹中之子，她忽然感到她的一颗心揪呀揪呀揪得好疼，忽然感到她如今在想到自己的命运时也应该而且特别应该想到腹中之子，忽然想到自己的命运同腹中之子紧紧地联结在一起而不可分割了。自己既然与腹中之子不可分割，那么就必须与自己的恋人涂途分割开来。想到这里，房芳心下更难忍更难受更悲凉更凄苦。她以为自己既然必须同涂途分手，就必须再同涂途见一面，把话说清楚，向涂途道个歉赔个不是，也算是恋爱过一场，也算是一个了结。

卜永昌回到公司办公室，房芳还在。卜永昌见房芳另是一副面孔。即使是以微笑之面孔对房芳，他也觉得不足以表达对房芳的大恩大德，每次见面总是以百分之二百的热情对待她。只因房芳怀下卜永昌的儿子，卜永昌把房芳看得比天高比地厚比山重比海阔，真不知该如何宽慰她，敬重她，优待她才好，恨不得把房芳驾在脖子上驾上月球去。今天见房芳还是满脸不高兴，卜永昌又是端茶，又是端咖啡，又是拿山楂糕，又是寻山楂酒，忙得满世界乱跑。但是房芳却什么也不吃什么也不喝，只是绷着个面孔，只是抹眼泪。卜永昌编着好听的安慰她，她却说："永昌，我告你说，我想好了，我要打胎……"

一句打胎，把卜永昌吓坏了，忙说："可不能可不能，千万千万不能！你可以烧了我的小汽车烧了我的小洋楼，随便你烧什么都可以。千万千万不能打胎，你要知道那胎儿是我的命根子呀……"

"你只管为你的命根子想，你想过我的出路没有……"

"我不是给你想好了，你可以到城里逍遥自在地住几个月，以后……"

"什么逍遥自在，这个胎儿不处理掉，你就是让我住皇宫我也住得不安宁哩。你只管你有了儿子，你叫我以后怎么与涂途结婚……"

"你别怕，房芳，我已经有了办法，你就别为没法子交代涂途犯愁了。我已经跟华花提出离婚之事，我跟她一离，咱们一结婚，不就什么事也没有了……”

房芳听说他要与老婆离婚，以为也是一条出路。可是一想到跟卜永昌结婚，同时又想到自己对不起华花，对不起涂途，忽然又伤心地哭了。卜永昌以为她的哭是高兴之意，他便认为应该抓紧同华花谈判离婚之事。

一日晚上，卜永昌回到家里，又跟华花提出离婚之事。他以为来硬的不如来软的，便好言与她商量，说：“华花，我知道你是个善解人意的好女人，我相信你为了咱们卜家传宗接代的大事，会做出一些牺牲的……”

华花见他今天晚上说话态度比较温和，她也以相应的态度对待他说：“永昌，我劝你不要老钻牛角尖，不要看不起女儿……”

一提女儿。卜永昌就发了火。他发火，华花却不发火，总在好言劝解他。卜永昌骂她，卜永昌讽刺她，她也全不在乎，只是苦口婆心地劝他回心转意。为了使卜永昌真正有点回心转意，她一边诉说卜永昌，一边进厨房给卜永昌准备夜餐，一切准备好了，她就到小清、小洁的书房来，低声教导两个女儿去给她们的爸爸端菜端饭敬酒敬烟。小清、小洁见几天来爸爸、妈妈总吵架，很不满意，又没办法。她们多么希望爸爸妈妈能够和和美美地在一起说话在一起吃饭呀。小清、小洁领会妈妈的话意，便放下作业，一起奔来厨房。一会儿小清端了菜来，亲亲热热地说：“爸爸，请吃菜。”一会儿小洁端上酒来，恭恭敬敬地说：“爸爸，请喝酒。”

过去，卜永昌对两个小女儿就很一般，觉得女儿起不到传宗接代的大作用，看女儿如同人们看什么协定书之副本一般，如同看什么产品之副产品一般，如同看什么物品之附属物一般，算不得正本，算不得正品，总会长长地叹一口气，总觉得是一个大遗憾。如今卜永昌有了房芳，有了房芳腹中之子，而华花偏又死扛死赖不离婚，他恨华花也就罢了，还把其恨波及小清、小洁头上。小清、小洁送上菜来端上饭来一口一个“爸爸”亲亲昵昵地喊着叫着，他竟不理不看不睬。小清又说：“爸爸，你饿了，吃饭吧。”

卜永昌也不吃饭，也不应声儿，只是斜眼狠狠地瞅了两个小女儿一眼。华花见他如此看待女儿，心里好酸痛。越是感到自己不能走离婚那一步路。因为许多人离婚以后，许多孩子不是在后妈手下做人，就是在后爸手下生活，很少有不看后爸后妈白眼的，很少有心灵上不受伤害的。这种事她见得多了，便以为自己离开卜永昌事小，两个小女儿在后妈手下做人或者在后爸家里生活，处处遭白眼，一辈子让人另眼看待，孩子们如何受得了？怎么可以让小小年纪的女儿们受那份窝囊气哩。华花以为若是单单一个卜永昌，没有什么好留恋的。卜永昌的小洋楼也没有什么好留恋的，只是为了两个小女儿能够在正常的家庭里生活、成长，她认为死也不能离婚。

华花见卜永昌也不吃，也不做声，便说：“永昌，菜都凉了，快吃吧。”

卜永昌看华花一眼，说：“华花，你先不要管吃不吃的事儿，咱们还是先说说离婚的事儿吧。华花，你一向很是通情达理的，如今怎么变得那么狭隘？离婚有什么了不起？离婚的人多着哩，有些人离婚都是高高兴兴地离，哪像你，再说你不是很关心我吗？生儿子这么大的事，你怎么忍心坐视不理呢？就只说为了我卜家生子立后这件事儿，你也该同情我，原谅我，该离就离……”

华花说：“永昌，我劝你早些儿死了这份心吧，要杀我，可以，随你的便儿；想离婚，办不到。我决不肯让小清、小洁在后妈手下做人……”

“这事儿好办，离了婚，你把两个女儿全带去，她们的抚养费我全管，每人每月五百元不少吧？够她们用吧？……”

“每月给五千元也不成……”

“你这人，想头还不小哩！要多少？每人每月一千？——可以，一千就一千，我给。她们是我的女儿嘛，我有这个责任，至于你，我可以一次性给二十万的生活费……”

“二十万也不成！三十万也不行！孩子们不是在后妈手下做人，就是在后爸家里生活，小小孩子家少了爸或者少了妈，只要少了一个，孩子们的心灵上不知道要受多么大的创伤，我做不出这些缺德的事儿。告你说吧，想离婚，没门儿……”

卜永昌见她死不肯离婚，一时火起，“呼”地站起来扑向华花，揪了华花的头发就打。卜永昌打人是上下齐来，又是拳打，又是脚踢，头部、胸部、腹部、臀部、膀、腿、腰、胯，打在哪里算哪里，砰砰啪啪乱打一通乱踢一顿。打得手疼了，又寻来一根大棍继续打，直打得华花皮破肉绽，遍体鳞伤。卜永昌只管打，华花只管干号乱喊：“打吧打吧除非你打死我，打死我我也不离，打死我吧！打死我吧，我宁愿死在这个家，决不离开这个家，打死我也好，省得我没明没夜地在这个家瞎操劳，省得我看着你们白生气。反正不是打死，就是累死，不是累死，就是气死，打死倒比气死累死的好……”

“你还嘴硬，你看我敢不敢？你看我敢不敢……”卜永昌越打心越硬，越打手越狠，打个不住；华花越挨心越疼，越挨心越冷，只求快死。小清、小洁在她们屋里做作业听得爸爸打妈妈，开始只是害怕，后来忍耐不住，小洁说："姐，咱们快去劝劝爸不要再打妈啦。"

小清说："走，咱们快去救救妈……"

小清、小洁奔出来，小洁求爸爸："爸爸，爸爸你别打妈了。爸爸，爸爸……"

小清扑上来护妈妈："妈妈，妈妈你快走，你快走……"

小清、小洁向爸爸求情，爸爸还是直管打妈妈；小清左拦右挡护妈妈，妈妈不走，爸爸还是直管打妈妈。小清、小洁看见妈妈挨打，妈好疼好可怜，求情无效，护妈无力，小姐妹没了办法，就一起跪倒在地给卜永昌磕头，向卜永昌求情。卜永昌哪里把她们看在眼里，只嫌她们碍手碍脚打华花打得不痛快，便左一脚，踢倒小洁；右一脚，踢倒小清。华花见一双小女儿也被打，好可怜好心疼，一边挨打一边大骂卜永昌："卜永昌你好狠心，小清小洁有什么错，你也手下无情地打她们？难道你定得把我们娘儿们斩尽杀绝才能称你的心如你的意……"卜永昌一切都听不进去，只是乱打。老婆女儿全不管，打着谁算谁。小清、小洁因为护妈妈，也挨了许多棍子。她们被打疼了，便满屋里乱躲乱跑；卜永昌打在火头上又满屋里乱追乱打；华花又满屋里爬着跪着护两个孩子，卜永昌手执长棍子乱打一气，不免泥沙俱下，打人时把桌子上的高级花瓶、高价座钟，把花架子上的高价花盆也给打落在地，把高价衣架和壁上的高价字画也给打落在地，只打得满地铺的高价花花地毯上一片狼藉。华花也顾不得这些，只是看见两个小女儿挨打好疼好可怜，还是满地里乱爬着保护两个小女儿。她爬着滚着拖来小清小洁，双臂紧紧地抱住她们。娘儿仨哭成一疙瘩……

卜永昌苦苦打了华花娘儿们一顿，华花只不答应离婚。卜永昌实在打人打累了，说是明天再跟华花算账，骂骂咧咧地走了。

华花抱着小清、小洁，娘儿三个你哭我哭痛痛快快哭了一会儿，小清小洁看见妈妈浑身是伤，又忙着找纱布，又忙着帮助她包扎，忙了半天。而后小清说："妈，爸爸要你离婚，你可千万不敢离呀，我们不愿意爸爸妈妈分开……

华花抹着泪说："小清、小洁你们别害怕，他打死我可以，想叫我跟他离婚，做他的梦去吧!"

小清又想到爸爸打妈妈打得好惨好怕，妈妈挨打好苦好可怜，又说："妈妈，要不你就跟爸爸离了吧，省得爸爸再打你。爸爸打你，我害怕……"

华花听了小清的话，又哭了："小清呀，你还小，你不懂，我就是让你爸爸打死，我也决不跟他离婚……"

小洁给华花拿来一瓶饮料，说："妈，你喝点饮料吧。"

华花看到小清、小洁好懂事，又不知道孩子今后会落得个什么下场，觉得孩子好苦好可怜。说："小洁，你跟小清喝吧，妈不渴……"

小清说："妈，喝几口吧，你好累呀……"

小洁硬是拿一听饮料喂在华花的嘴上逼她喝。华花为了满足两个乖孩子的要求，只好拿了饮料慢慢喝着，她觉得喝着那价钱昂贵的饮料，也没个正经滋味儿，还不如过穷日子时一家人和和美美喝白开水味道好。她喝了两口饮料，不想再喝它，呆呆地坐在那花花毛地毯上无意识地看看这个家，这个家摆满了高档家具、华灯、壁画，满屋里金碧辉煌，好是够好了，美是够美了，可是在此华丽的高级小洋楼的花花地毯上，坐的却是一个挨了打而披头散发泪痕斑斑的家庭主妇和两个让人看得不值一文的小女儿，这是为什么呀？为什么在这样豪华的小洋楼里自己一家亲骨肉却不能安安分分过日子，却不能欢欢乐乐度日月，本来夫有妻，妻有夫，一对夫妻已经有了两个乖女儿，该满足了，偏是一家人不能容忍一家人，偏是会发生矛盾，发生内战，打得个天昏地暗。这到底是为什么呀？这么好的小洋楼有什么大不了的事，会闹到这个地步呀？天呀！我们娘儿仨到底会落个什么结果呢？……华花好伤心，华花想不通，她又哭了。

5. 涂途见房芳

卜永昌半夜里回家打了老婆打了女儿，乱打一顿，出得门来，想起今天晚上打老婆没有打出半点成效，却高价花瓶高价花盆高价座钟高价字画打破打烂许许多多高价物品，很是有些惋惜之意："他妈的，因为那赖老婆赖闺女，毁了我好多有价值的东西，太可惜了！太可惜了！……"卜永昌想着走着来到办公室门口，正待进门，忽然听得屋里有人说话。就站定听来，屋里说得好热火。听得房芳说："晚了晚了太晚了，我已经跟你说明了……"

又听一个男的说："不晚不晚房芳，这些事我已经想过了，因为我实在太爱你，因为你也实在很爱我，就凭这一点，不拘你做了什么事，我都能原谅你，我一定原谅你，将来也决不怨恨你……"

"倒霉！"卜永昌听得是涂途说话，也早已知道房芳跟涂途的关系，只道如今的房芳已经有了身孕，就是房芳还在留恋涂途，而涂途也决不会再爱房芳了，房芳与涂途的关系算是彻底结束了，这一方面可以无虑了。只要自己这边跟华花一离，一切万事如意了。没想到华花这边离婚大事还没着没落，房芳这边的涂途竟不嫌弃房芳的外遇和怀孕，还在纠缠房芳，还想跟房芳结婚，他们二人老朋友老关系老感情，他们的感情会一触即发，岂不坏了大事？我今天不能轻轻放过那个涂途……卜永昌正待闯进屋里大闹一场，忽然听得房芳说："可是我已经有了孕，将来或男或女生了，你要吗？如果……"

卜永昌好着急："呀？房芳就是愿意跟他……"

又听涂途说："身孕好办，或吃打胎药或上医院流产，干脆把他处理掉就完了……"

涂途的这番话把站在门外的卜永昌给打蒙了："好你个涂途你好狠好毒！房芳的身孕是我卜永昌费尽口舌，动员说服，低三下四，屈膝求情，还花了几万元钱才得到的。我想后代求后代好不容易有了我卜家的后代，你却想一包药给我打掉，一把刀给我刮掉，你说得好轻松好利落，你想叫我卜永昌断子绝孙断百世香火，你涂途好歹毒，比你杀我卜永昌比你刨我卜永昌的祖宗老坟更歹毒更可恶。今天有我没你，我不宰了你，你还要拆我的台断我的后……"一边撸袖子一边就"哗啦"一声推开门，闯了进来，上前一手抓住涂途的领口，一手抡起拳头照准涂途的嘴巴"啪啪"就打。房芳见卜永昌进门不问三不问四就先打涂途，好气好急："永昌你别打你别打……"

卜永昌见了涂途如同见了杀父大仇，哪里肯松手，边打边骂："杀人不眨眼的恶魔，我今天不打死你我不姓卜……"

涂途突然挨打，哪里愿意吃这个亏，狠狠将卜永昌一甩，甩脱了他的手，又伸手劈头盖脑照卜永昌打来，还嚷着："你夺人妻污人女坏事做尽，就凭你有三个臭钱你丧尽天良做尽坏事……”

“你破坏我们两个还不算，还想杀掉我的儿子……”

“什么你的儿子！那是你卜永昌作恶的赃物，犯罪的罪证……”

卜永昌、涂途二人一边对骂一边对打，骂得好凶，打得好惨，直打得天昏地暗，难解难分。房芳见自己的恋人和腹中儿子的父亲滚在一起打得好凶好怕，她不知道自己该帮谁该打谁，竟觉得打谁也打不得，帮谁也不合适，只是在一旁乱叫“你们别打了你们别打了，我求求你们我……”见空口说空话，谁也不理她，两个人冤家对头拳来脚去，一会儿滚打到这边儿，一会儿又滚打到那边儿，碰着桌子也不管，扛倒茶几也不理，只听得笔筒、茶杯“喀嚓嚓”脆响；只见那字画、帽子、报纸、画儿满屋里乱飞。那涂途竟比卜永昌的拳脚厉害，打得个卜永昌只有招架的功夫没有进攻的能耐。可是在房芳看来却是卜永昌打坏了涂途。房芳一时忍耐不住，便扑上来护涂途，竟纠缠到了他们二人之中。卜永昌一来挨打挨怕了，二来看见房芳也滚了进来，忽然想到二人打架若把孕妇碰着磕着点小产了，实在是关系到他卜家传宗接代之大事，实在是得不偿失。于是，卜永昌只得忍气撤退，还说：“姓涂的，老子今天饶了你，你速速给老子滚出去，以后不准你再登我卜家的门儿！……”

涂途展臂挥拳还要扑打，房芳连忙拦住他：“涂途，算啦算啦我求求你，看在我的面上，我求求你别再打了别再打了……”

涂途真的是看了房芳的面子才停了手。冲着卜永昌直嚷：“你小子别得意！你如果不识好歹，还梦想传宗接代，霸占人妻，我告你说卜永昌，绝没好下场！”说罢就走了。

卜永昌冲门骂道：“你小子也别逞能！你敢太岁头上动土，老子有办法收拾你！……”回头看见尚在哭泣的房芳，想起她头里对涂途说的“可是我已经有了孕，将来或男或女生了，你要吗”之话，竟与涂途旧情不断，真想狠狠揍她一顿，揍她个半死。忽然想起打房芳会把他那传宗接代的儿子打落，只好忍气吞声没有动手。只说：“这个姓涂的坏极了！房芳，以后不许你再跟他勾勾搭搭的……”

房芳的心本来很难过，卜永昌一句“勾勾搭搭”，正是火上加油，立刻扑了上来一头拱着卜永昌连哭带嚷地吼道：“什么勾勾搭搭？你冤枉好人！你嫌我房芳不好，你就地处理了我！来吧，或杀或剐或砍或毙随你的便！来，我把脖子伸得长长的，给你个利索……”

卜永昌见她如此撒泼，想到她跟涂途说的话，真想一刀杀了她。可是想到她身怀有孕，想到他卜永昌传宗接代之头等大事，不只不杀房芳，还强作笑脸还低头认罪还赔情道歉：“我错了，我错了，房芳你别生气，都怨我一时糊涂。我不是怨你，我只是对那个涂途好恨好恨……”

“涂途怎么啦怎么啦？涂途杀了你爹杀了你娘刨了你家祖坟？你为什么对涂途好恨好恨……”

“好啦好啦房芳，以后我不再说涂途什么还不行……”

这边卜永昌在房芳的威逼下，口头上不敢再说涂途什么了，可是那边的涂途却还不肯轻饶卜永昌。涂途回得家来，想起卜永昌居富不仁，横行霸道；夺人之妻，毁人之美；欺侮房芳，身怀有孕，不以为耻，反而行凶伤人，是可忍，孰不可忍！涂途想到去告卜永昌的状，又想到房芳为了她的名誉，为了她身怀之孕，一定不同意，甚至会恨他涂途。所以涂途思想再三，以为告状不妥。可是他为了要争夺妻之恨，为了打卜永昌手中夺回房芳，认定只有一刀杀掉那个坏蛋卜永昌方可如愿。于是，涂途准备下一把刀，于次日晚上九时许，隐藏在卜永昌的公司办公室到其家里的半道上路边的一个草垛旮旯里，伺机行凶。

6. 永昌毒华花

华花死也不肯离婚，房芳又在勾结涂途，如此两头夹攻卜永昌，卜永昌急得几乎变成了一只狂犬，一只疯狗：他妈的，这个华花软硬不吃，给她下跪也没用，给她二十万也没用，打她也没用，又死不肯离婚，太欺人了；房芳跟涂途还在勾勾搭搭，不抓紧想办法，涂途会把房芳勾引走的；如果自己不能很快与华花断绝夫妻关系，如果不尽快与房芳结婚，房芳会不会处理掉她腹中之卜家的后代。卜永昌以为如果是这样的结局，那么生子立后传宗接代之大事岂不是竹篮打水一场空吗？没有后代，活人还有什么意思呢？卜永昌为了生子之大事，以为时至今日不可优柔寡断，必须当机立断，尽快处理掉华花。离婚不成，他也有办法处理。可是该如何把华花处理掉呢？卜永昌思谋再三，以为最好的办法便是毒杀。于是，卜永昌毫不迟疑地找下毒药，于当晚八时，回到家里来。他以为还应该再同华花做最后一次谈判，尽量争取个离婚的结局。见了华花，便说：“你想通了没有？到底离，还是不离？”

华花说：“我说过不离，永远也不会改变主意……”

卜永昌看了她一眼，说：“华花，咱们夫妻一场，难道你对我没有一点感情，你也该替我想一想嘛！”

“你替谁想过？你替我想过吗？你替我们的两个小女儿想过吗？……”

“我不是为你为小清、小洁想过了吗？只要有钱，小清、小洁这一辈子会有好日子过的……”

“离婚有妈没爸怎么会有好日子过哩？永昌，我劝你也手摸胸膛好好想一想，女儿为什么不好？女人为什么不好？男儿到底为什么就高贵得不得了？女儿为什么就下贱得不得了？……”华花见永昌坚持离婚，她以为如果真的离了婚，这对她对两个女儿实在是一场莫大的灾难。所以卜永昌为了离婚，想尽办法与华花拼搏；华花也为了争取能不离婚，争取自己的特别是争取两个小女儿的不受伤害，她同样是时时刻刻想着各种办法与卜永昌拼搏着。昨天一夜她没有睡一眼，她也想了一些争取不离婚的理由，她继续辩驳道：“如今新社会讲男女平等，你也应该想一想我提的问题，女人到底是不是人？女儿到底是不是儿？说古的，男人能当皇帝，女人也能当皇帝，李治是皇帝，武则天不照样是皇帝？在清朝同治、光绪应名是皇帝，实际上皇帝也是慈禧干的；说今的，你卜永昌是个男人，比得上康克清、陈慕华、申纪兰、郭凤莲吗？说外国，印度的甘地夫人，斯里兰卡的班达拉奈克夫人，巴基斯坦的贝·布托等等等等；说中国，我们国家的女乡长、女县长、女市长、女厅长、女厂长、女经理不止千名万名。她们都是女的，她们有的当总统，有的当总理，有的当部长、当省长，陈慕华还当过中国人民银行的行长哩，她们比男人怎么样？她们哪一个比男人差？你为什么要死死抠住一个死理，把女儿不当人看……”

卜永昌听着她的这么一番话，不但不为说服，反而更有气，说：“什么女总统女部长女县长，她们能当总统总理能当县长，可是她们能顶门立户能传宗接代吗？无论她们的官有多大，总归是出嫁了的……”

“出嫁的也比那些不出嫁的窝囊废男人强千倍万倍……”

“强个屁！再强也是个女的……”卜永昌看看不能说服华花，他也无心再说什么，只等按他的计划行事。华花见他不再说什么，以为他是有了几分回心转意，便想着应该尽到她做妻子的责任。嘴里说着，早已跑到厨房来准备晚餐。华花在厨房想到卜永昌做事无情无义，不免泪珠滚腮，也只是一拭了之。一会儿，她炒好几个色、香、味俱佳的盘子，一盘盘端出来放在桌上，又去端饭。趁华花进厨房端饭之际，卜永昌手疾眼快，拿出毒药撒在炒肉丝上，撒在炒土豆丝上。听得华花端饭出来，连忙停了手。等华花再到厨房端汤时，卜永昌慌慌地用筷子把一盘子炒肉丝一盘子炒土豆丝搅拌了几下。华花又端了汤出来放在餐桌上，就叫两个小女儿：“小清、小洁，吃饭。”

小洁出来了。华花又喊小清：“小清，你听不见?”

小清因为爸爸妈妈这几天的大吵大闹心好烦，头里又听得他们吵起来，只觉得很倒霉，如今还趴在桌子上哭，连饭也不想吃。只应道：“你们不会先吃，等我做完这道题再吃就晚了?”

华花冲屋里骂了一句：“吃人呀！小小闺女也那么厉害!”便招呼卜永昌吃饭：“吃吧，打人骂人有功劳……”

卜永昌哪里肯吃今天的饭菜，趁华花的一句话，便“霍”地站起来，恶狠狠地说了一句：“你胡说八道!”便匆匆去了。

卜永昌出来大门，忽然觉得不对头：“坏了！小清、小洁吃了那菜岂不也——管毬它哩，只不过是两个闺女，一不能顶门立户，二不能传宗接代，死光了活该!”竟匆匆去了。

卜永昌走了，华花连忙唤出来小清，说："你爸又是不吃饭就走了，快去追你爸回来。"

小清、小洁急忙跑着追出来，终于追上了，连声大喊"爸爸"，卜永昌不理。小清、小洁便一起拉他，他竟一摔两摔把两个小女儿摔倒在地，没事人一般地走了。

小清、小洁哭着回来家里汇报一番，华花听了不免心灰意冷，独自个儿趴在餐桌上"呜呜"哭了。哭了一会儿，想到不能因为卜永昌不吃饭，让两个小女儿也饿肚，说："小清、小洁，吃！他不吃，咱们娘儿们吃。"

小清、小洁见妈哭了，她们也在哭。小清说："我妈多好呀，我爸为什么那么赖呢？"

华花说："无论怎么着他也是你爸，不准你说你爸的坏话……"

小清说："我就要说，我爸就坏！我爸就坏……"

小洁也说："我爸是个大灰狼……"

小清说："爸爸是个野心狼……"

华花气了，照脸上打了小清一个巴掌，骂道："赖蹄子！连你爸也敢骂……"

小清不吃了，挨了一巴掌，"哇哇哇"哭了，哭了半天，华花哄不下她。华花说："小洁，她不吃，咱们两个吃。"

于是，华花动筷子吃起来。小洁早也饿了，见妈动了筷子，她也吃开了。吃着吃着，华花肚子疼起来，一会儿，小洁也喊叫肚疼。小清急了，急问："妈？你病了，咱们赶快上医院吧？"

华花肚子剧疼，早已明白是卜永昌要害死她们娘儿们。想到小清没有吃菜，也是不幸中的大幸，便忍痛喊道："小清，你千万不敢吃那菜……”说着便摔倒在地没了气，小洁也倒地完了。小清急了，便跑出门来直向爸爸的办公室奔来。到了办公室门口，见里边电灯亮着，就打门，没人开门。喊爸爸，没人应声儿；推门，推不动，小清十分着急，不知道该到哪里去找爸爸，便急急地转身要走。忽然看见院里停着小轿车，想到要是这会儿能找见爸爸，开了小轿车把妈妈、小洁送到乡医院抢救该有多好！可是爸爸不见，有什么办法呢？小清急中生智以为自己常坐这个车，爸爸不过是用脚踩一下下边的那个东西，车就开动了。为了救妈妈、小洁，我何不自己开了车去？就奔至车前，又怕车是锁着。拉拉车门，却没锁。好极了！小清连忙拱进车里手把方向盘踩踩下边，却不动，这才想起还得有钥匙开上边。忙摸摸上边的锁眼，钥匙却也插在锁眼上，好极了！小清忙把那钥匙拧拧，再踩踩下边，“轰隆隆”车开动了，好极了！车开动了，慌忙中小清也不会减速，方向盘也乱扭一气扭不准，汽车不听她的指挥，三扭两扭竟一头撞在大门旁的墙上，只是“轰隆隆”乱响，却不动了。小清骂一声“坏蛋！”只好关了油门下车。想着妈妈和小洁，便没命似的往家里奔。奔着跑着，跑到半道上路旁有草垛之处，忽然有个大大的物件将她一绊给绊倒了。小清想着妈妈和小洁，心中有大事，顾不得一切，只骂了一声“讨厌！”爬起来就要走，忽然感到不对头，好像觉察到绊倒她的那东西不是什么物件而是大大一个人。人为什么躺在当路上？连忙弯腰低头看看，不看则已，一看把她吓得又是“妈呀”大叫一声，因为那人不是别人，正是她爸爸卜永昌。就喊：“爸爸爸爸……”卜永昌却不应声儿。小清好急好害怕，屋里妈妈、妹妹死了，爸爸又死在这里，全家就死了三个人，如今就剩下她一个十二岁的小姑娘，这该怎么办呀！小清摸摸卜永昌的身子，摸一把黏糊的血。不由得就摇着卜永昌的身子大哭大唤："快救人呀！快救人呀！……"

小清喊着喊着，卜永昌忽然说话哩："是小清?"

小清听得卜永昌说话哩，好高兴："爸爸爸爸是我——爸爸你咋啦你咋啦？咱们快上医院吧。"

卜永昌想到小清还活着，那么华花呢？如果华花也还活着，自己岂不是白费一番工夫？自己岂不是还不能同房芳结婚？房芳没着没落地要处理了她的身孕，我卜永昌传宗接代之大事岂不又会化为泡影？这会他虽然感到腿上疼痛难忍，却不说赶快上医院之事，却先问小清："小清，你妈呢?"

小清哭道："妈妈吃着饭就喊肚疼，不大会儿就不行了。爸爸，你快快救救妈妈吧，还有小洁……"

卜永昌听言，以为今天总算除了心腹大患，暗暗高兴。以为娶房芳做妻，房芳为他卜家生子立后，传宗接代已经有百分之百的把握了，不觉心中好舒服。想到头里他刚刚走到这里，不防有人暗暗捅了他一刀，幸而有人咳嗽，惊动了杀人凶手，要不，我卜永昌还能再活过来吗？卜永昌认为这个杀人犯一定是涂途。他以为涂途这么一来，他自己没死了，坏事倒是变成了好事：只要我告他涂途一状，他涂途即使是不犯死罪，少说也该判他个十年八年的，房芳不就死了那条心。这边涂途完了，那边我家那个不识时务的华花也上了西天，我同房芳结婚的两大障碍一扫而光。卜永昌好不得意。卜永昌思谋一番，以为眼下有三件大事急需办理：一是赶快到医院治伤；二是赶快到公安局报案，告涂途的状。他忽然想到告涂途一状，不仅仅是能除了房芳对涂途的留恋，更重要的一点是如今忽然冒出一个涂途来，可以把杀他卜永昌和毒杀华花的罪统统加在涂途身上，卜永昌也不用担心杀华花的罪名了，实在是一种一举两得的大好事；第三件事是赶快装殓华花，免得拖下去另生枝节。于是卜永昌连忙坐起来，先浑身上下乱摸了一通，认定了自己身上有两处刀伤，连忙把他身上的袜子脱下来，紧紧包住上身之伤口，又掏出手绢紧紧系住腿上的伤口。这才说："小清，小清，快！小清，快，快拉我一把。"

小清将卜永昌扶起来，卜永昌便一拐一拐向他的公司办公室方向走来。小清急得什么似的喊道："爸爸你去哪儿？——快先回家去救我妈和小洁吧……"

卜永昌说："咱们开车去不快些？先开车，先开车……"

小清以为他说得有理，便扶了卜永昌急急来到办公室院内。卜永昌发现他的汽车移了位置，竟头顶院墙卧在那里，又吃了一惊："啊？这是怎么回事儿？准是有强盗……"

小清闻言也不敢吱声儿。卜永昌上了车，小清也上了车。卜永昌试试车，还行，便开了车出来。但是小清发现卜永昌开车不是先回家救妈妈救小洁，便喊："爸，妈妈、小洁不行了，要快快救救……"

卜永昌说："你懂什么？我先到医院联系好才行。"

小清想到她的妈妈和小洁昏倒在地上的样儿，便"呜呜"哭个没完。卜永昌却训斥她："你哭什么！再哭我揍死你！"

小清想到妈妈、妹妹死活不明，爸爸却还要揍她，好伤心，反而哭得更痛了。

一会儿，卜永昌开车来到南河乡医院门口，叫开门，先掏一把钱塞给医生，说："快！我碰上了坏人，受了伤，快给我包扎一下。"医生很快给卜永昌包扎过，卜永昌让小清扶着他上了车，小清只当这会儿该去救妈妈、妹妹。说：“爸，快点吧，再晚一会儿怕就没救了……”

卜永昌也不吱声儿，开车便走。在街上走着走着，小清发现不是回家的道儿，喊道：“爸爸，你怎么不快点回家？快去救救我妈和小洁吧……”

卜永昌说：“我不是正在想办法吗？”

“想什么办法，先送医院抢救人要紧……”

“你别瞎喳喳！你懂个什么？”

卜永昌却又把车开到南河乡派出所门口，下车就打门。小清看看这是派出所，派出所怎么会救垂危的病人呢？她见卜永昌开着个车医院一趟，派出所一趟，不知是忙什么，就是不回家救人。小清急死了，小清把爸爸恨死了。小清不愿意跟着爸爸耽误时间，下了车抽身就跑。卜永昌急喊：“小清你瞎跑什么？”

小清只跑不理。卜永昌便一拐一拐地追来。只因是个腐腿，没有追上小清，只好返回来打响派出所的门。

派出所所长弓保平正在梦中，听得有人敲门，大声喊着问：“什么人？干什么？”

卜永昌在门外应道：“我是卜永昌，我家出了命案，请求弓所长快快……”

卜永昌是全区全乡出了名的大企业家，谁人不知。又听说出了人命案，又是百万富翁报案，弓保平只得起床，又喊醒所里的小赵，开门问了卜永昌几句话，便一起上了卜永昌的车，赶回卜家。小清正趴在华花身上痛哭，见卜永昌回来，连忙返身给他又作揖又磕头：“爸爸呀快快救救我妈吧……”

弓所长上前一把将小清拉起来推开她：“什么也不懂？把

现场破坏了。”便走来看看华花的眼睛，又看看小洁的眼睛，回头对卜永昌说：“不行了，全完了。”

卜永昌只好装出很伤心很痛苦的样子，趴在华花的尸体上老牛叫一般地干号起来，还有话说：“你不能死呀！你不能死呀！我们家离不开你呀！……”眼泪不多，鼻涕不少，以鼻涕代眼泪，也很像伤心悲痛的样子。

小清见说妈妈、妹妹全完了，又见卜永昌也哭了，她也趴在小洁身上撕心裂肺地大哭不止。

弓保平拉一把卜永昌：“什么时候，还有工夫哭！快，咱们先得搞清你老婆是怎么死的……”

卜永昌咧着一张大嘴号着说：“那还用说，准是有人害死的……”

弓保平不管卜永昌如何说，就同小赵一起验看死者的眼睛、嘴唇、舌头，又看看全身没有其他伤痕，初步估计是中毒致死，连忙取样到医院化验，证明华花、卜小洁母女俩系中毒而死，而后就研究是自杀还是他杀。不等弓保平说什么，卜永昌便说：“没问题准是涂途害死的。”

弓保平说：“你先不要指名道姓地说话，要说事实，先提供些线索……”

“还提什么线索？事实就是明摆着嘛，你们看看我这一身的伤……”

弓保平、小赵看过卜永昌的伤，又问他是怎么受的伤，卜永昌说：“你们说这还有错！那个涂途对他的未婚妻房芳给我当秘书不满，他无缘无故怀疑我会把他的未婚妻抢去，头一天跟我吵了一架，他就心怀不满要害死我全家人。他在我家投了毒，以为可以把我一家四口人全毒死，原来他发现我没有回家吃饭，贼心不死，就在草垛里等着我一连给我几刀。他以为我也死了，不想我却活着——只要我活着，他狗日的姓涂的就别想逍遥法外……”

弓保平问：“当时你看清了是涂途？”

“我看得一清二楚。我刚走到草垛那儿，不防涂途打草垛后边闪出来，我心下就觉得不对，我还说‘涂途你想干什么？’他狗日的也不答腔，举手一刀就向我杀出来，幸而我躲得快，没砍到要命之处，要不，我也早完了……”

弓保平同小赵研究一番，以为卜永昌的话可信。回头便向县公安局报告卜家二人中毒致死一人受刀伤的案情。次日，县公安局来人验过尸，了解过案情，一面告诉卜永昌可以装殓死者了，一面拘留了涂途。涂途被拘，以为是那个卜永昌杀而未死，告了他的状，只恨自己做事做得潦草，没有把他杀死，致有今日。不过又想到反正卜永昌未死，我涂途杀人未遂也犯不了死罪，只是不应该做事不彻底……

卜永昌忽然想到应该赶快去向房芳报喜。

7. 刑警的镣铐

卜永昌匆匆来到公司办公室，见了房芳，还未开口报喜，先“啪啪”挨了房芳两个大巴掌。

卜永昌挨了巴掌，又看看房芳满脸怒气的样儿，很是莫名其妙：如今华花死了，房芳跟我结婚之事扫除了障碍，她房芳应该高兴才是，她怎么还发这么大的脾气？笑道：“房芳，你怎么啦？咱们结婚的事没问题了，这是大喜事，你怎么……”

房芳怒气吼道：“结什么婚？你跟你妈结婚吧！狼心狗肺的东西……”“啪啪！”又是两个巴掌打来。

南、周元香、吴二花、郑之恭——小舅子小姨子一干人扑上来把个卜永昌团团围住，七手八脚指着他戳着他踢着他骂着他，七嘴八舌直嚷就是他卜永昌害死了华花。因为近来华家的人早有耳闻说卜永昌行为不端。前两天老岳母李冬至来看华花，华花虽没明言，言谈中多少露出点消息，说卜永昌想娶女秘书房芳给他生子立后，倒是没提卜永昌逼华花离婚的事。因而，华家人便断定是为了那个女秘书，害死了华花。为此华花家一干人指指戳戳地骂卜永昌，责问卜永昌。卜永昌竟有些招架不住，口口声声表白他是冤枉的，口口声声说华花是涂途害死的。他越是如此表白，华家人越是骂他骂得凶，甚至你一拳他一脚，拳来脚去地卜永昌甚至于无法应付下去，只说要上厕所，脱身出门便跑去了。

华家人见卜永昌竟一去不回，于是华向南、华向西便出去寻他揪他，华山高、李冬至、华向东他们只在家哭一会儿华花，骂了一会儿卜永昌。华山高忽然想到华花跟小洁一起中毒死了，小清为什么没中毒？便问小清，小清哭着说了当晚的情况，李冬至哭道："亏了我的小清没吃饭，要不，岂不全完了。"

华山高年纪大，经验多，比别人懂的东西多，对于女儿的死，虽卜永昌说是涂途放毒的，但是根据卜永昌与那女秘书的关系看来，首先应该怀疑卜永昌。他想把当晚的情况问个清楚，好在有个小清活着，搞清问题就容易了。便问小清："小清，那天晚上你也在家吗？"

小清哭着道："在。我跟小洁在我们房里做作业，妈妈在厨房做饭……"

"那天晚上有人来过你家吗？"

“没有。”

“一个人也没有？”

“就是我爸爸回来过。”

“你爸爸是吃饭前回来的？还是吃饭后回来的？”

“我爸爸回来我妈才煮饭的。”

“饭是谁端出来的？”

“老规矩，还是我妈一趟一趟地往出端。”

“你爸吃饭没有？”

“我妈叫我爸吃饭，我爸不吃就走了。”

“问题很明白了。——小清，你好好想想。当晚到底还有别人来过没有？”

“没有，肯定没有，就是我爸回来过。”

华家人们听了小清的话，都说卜永昌不是个好东西，八成是他害死了华花和小洁。于是，他们就找纸写了告状书，指定华向东、华向南二人到城里公安局去告状。

县公安局对涂途已经审讯过两堂。关于杀卜永昌一事，涂途说：“是我干的，我只是恨我自己当时干得不利索，没有杀死那个禽兽！”

提到杀害华花、卜小洁母女一事，涂途却矢口否认，说：“根本不知道这事儿！我与华花母女无仇无怨好端端地我害人家做什么？我没有想到我给了卜永昌两刀子会带出两条人命的大事来，太冤枉人了，太冤枉人了……”

涂途杀卜永昌，涂途供认不讳；华花、卜小洁被害一事却无什么有力证据可以证明是涂途所为。尽管卜永昌之被杀和华花母子之被害是同一家人又在同一时间里发生的，好像两案就是一案，按常理说放毒、刀杀似乎必然是一个人所干，可是两案虽同时却非同地，虽是一家人但一是刀杀一是毒杀到底有所区别，不能说杀卜永昌是涂途所为就可以推而广之断定毒杀华花母子一案也是涂途，因而只好再查。公安局正待去查毒杀华花之事，华向东、华向南正好来告状，认为卜永昌确是一个值得怀疑的对象。于是，公安局由王副局长带领一班人马奔赴南河乡南沙村来。他们找卜永昌问情况，却哪里也找不见，只好先验尸先查死因。两具尸体，皆是毒杀无疑。又经过询问调查，证明当日夜晚确实没有他人到卜家来过，华花若是服毒自杀，一般说又不可能自己服毒的同时把小女儿也毒死。由此看来又属他杀。是他杀，除了卜永昌回家来过，再无别人，卜永昌成为唯一的放毒杀人的嫌疑犯。后来王副局长又问过小清近来她的父母是否生过气。斗过嘴，小清哭道："好几天啦，爸爸天天跟妈妈吵嘴，前天还狠狠打了妈妈一顿。"

王副局长问："你爸爸妈妈是为什么事吵嘴的?"

小清哭道："还不是离婚事儿。爸爸逼着妈妈离婚，妈妈不离。有一次，爸爸就要给妈妈二十万元钱，让妈妈同爸爸离婚，妈妈不要钱，也不离婚，又有一次，爸爸还给妈妈磕头，妈妈也不离……"

王副局长说："这样说来。问题就很明显了。"又同李冬至她们："你女婿要你闺女离婚，你们知道是什么原因吗?"

李冬至哭诉道："听说是卜永昌跟他那女秘书勾搭上了，没良心的就要跟我闺女离婚……"

华山高说："离婚归离婚，我们闺女不愿意离，好在还有个法院，你告她去不行?为什么下此毒手一包毒药连害两命，就说媳妇是外人，可是小洁是他亲生的闺女，他也忍心下此毒手，真是猪狗不如!畜类!"

王副局长他们经过验尸查情，以为卜永昌是最可怀疑的对象，应该收审。可是这会儿还不见卜永昌的影儿，便着人四处寻找。

卜永昌做贼心虚，虽贼喊捉贼演了一出骗人的戏，因为华家人不肯放过他，甚至打他，骂他，他实在忍受不了，借口上厕所跑了出来。竟一口气跑来公司办公室。因他看到眼下情况对他不利，又想到小清没有死了，她是个大害，她要胡说一气，说不定杀害华花一事他们会怀疑自己。好汉不吃眼前亏，不如暂时出去避避。跑来办公室一看，房芳居然站在办公桌前奋笔疾书，不知她在写什么。扑上前就抓房芳写的东西，房芳就夺，卜永昌竟也抓到一页纸，忙扫一眼，竟是告他卜永昌的状子，不免火冒三丈，大声吼道："房芳呀你真孬种，我待你哪点不好，你也站在涂途一边害我，你给我，你给我……"继续夺房芳手中的告状信。房芳哪里肯放手，一边与卜永昌纠缠，一边骂他："你别做好梦啦卜永昌，你想想你害了多少人？你害了我，害了涂途，害了华花，害了小洁，小清也成了没娘的孩儿，你看看你还是个人不是？你……"

卜永昌听她说出这番话来，没想到一个跟他同床好梦的女人突然翻脸不认人，变得如此之坏，他也气坏了，劈头就打了房芳几个巴掌，嚷道："你丧尽天良坏透顶了，老子今天不打死你……"

房芳哭骂道："丧尽天良的是卜永昌！——打吧，好！你打得好，你照我这里打，你照我这里狠狠地打……"她指着自己的腹部要卜永昌打，卜永昌忽然停了打，忽然变怒骂为哀求："房芳，我怎可以打我的儿子呢？房芳，你别闹了，情况紧急，啥啥也别说了，咱们快快收拾一下，咱们一起走吧。再晚了，一切都完了！快！房芳，咱们什么都不要，只要现款，只要金器……”于是，卜永昌就忙忙打开保险柜，就忙着往一个提包里装现款，一摞一摞的现款，一根一根地装着……装着装着，房芳忽然手持一把半尺长的削皮刀把刀尖抵在卜永昌的脖颈上，呼道：“卜永昌，你听着，我要你立刻去公安局替涂途洗刷冤情，证明涂途无罪，把涂途请回来，要不，我立刻一刀把你刺死……”

卜永昌没想到房芳会如此对待他。他害怕公安局的人来抓他，以为立刻逃去要紧。但要想逃去，又必须很快摆脱房芳的干扰。于是，他忽然来个鹞子翻身，冷不丁翻过身来，照房芳一脚踢去，把房芳踢倒在地。房芳连忙爬起来又冲他扑来，卜永昌连忙提起那个提包就往外跑，还喊着：“房芳，我先走了。过两天我再设法来接你……”

卜永昌提了提包刚刚跑在门口，忽然看见县公安局王副局长带着刑警奔了来。他还想跑，哪里跑得了，王副局长一声令下，两名刑警已经把堂堂百万富翁卜永昌扭住，只听“喀嚓”一声，卜永昌的双手便加了一副铮亮的镣铐。卜永昌连忙挣扎，连忙表白他无罪，大呼：“你们搞错了！你们冤枉了我，我没罪！我……”

王副局长说：“什么你没罪！你是杀人犯，铁证如山……”

卜永昌吼道：“不！我没有杀人！我有上百万的家私，我有小洋楼，我有小汽车，我有这么好的日子过，我怎么会杀人呢？我……”

“是啊！你有的是钱。在经济上你很富有，在发家致富的方面，你赶得上时代，赶得上潮流；可是在你的思想上太肮脏了，太陈旧了，太落后了，以至走上犯罪的歧途，——带走！”

“我冤枉！我冤枉！……”他忽然想起了房芳，忽然想起了房芳腹中之子，忙喊：“房芳，你要保重，千万千万要保重……”卜永昌以为自己如果真的犯了死罪，只要房芳能为他生一个儿子，他便有了后代，他便有了传宗接代之人，就是死，也死而无憾了。所以他还在喊：“房芳，你要注意身子，千万要注意，我有钱，我很快就会回来的……”

可是两名刑警已经把他推上了警车。此刻，只见房芳趔趔趄趄出来了，卜永昌还以为是房芳到底对他有情义，赶出来送他的，谁知房芳忽然摔倒在地，于是有人便来扶房芳，于是，有人便大声惊呼：“啊！房芳小产了！啊！房芳……”

于是，卜永昌真的看到摔倒的房芳下部血红一片。卜永昌忽然大呼一声：“完了完了彻底完了！……”

韩文洲文集

第四卷

诗歌・散文・评论

山西出版传媒集团

北岳文艺出版社

1999 年在家中书房写作

1990 年春节与夫人和孙子在家中合影

1995 年 70 寿辰与夫人合影

1996 年在老家与侄儿、侄孙合影

2005 年 80 寿辰与家人合影

1990 年与家人合影

2003 年与家乡老友合影

目录

CONTENTS

诗歌

散文

评 论

·诗歌·

把黄河变清

一

一泻千里，
怒涛奔腾，
狂啸怒吼的黄河，
几千年来有谁敢说我能把它变清？
如果有人说这样的话，
那就如同说："桐叶儿会落，
　　　　　　柳叶儿会圆，
　　　　　　太阳会从西边出来。"
——人们会骂你"发疯"！

黄河之水自然黄，
谁敢说这"黄"里无"红"？
黄河大水滚滚流，

常常是流着人们的血泪汹涌！

从三千年以前算起，
一直到蒋家小朝廷，
黄河决口一千五百次，
不知吞没了多少生命。
黄河！
——害虫！

千里迢迢，
万里重重，
哪里是河来哪里是岸？
祖祖辈辈有谁敢把它的界限定？
——昨日烟火缭绕的地方，
今日就没了人影；
昨日这里还是村庄，
今日就只有水里漂着的几个房顶；
——几千年来，谁不希望黄河澄清，
但终归都是一梦！

我们的祖先——大禹，
娶后三日而出，
八年于外，
三过其门而不入。
疏九河，凿龙门，
一心要送走泥沙送走水，

造福万代子孙。
可是，从大禹直到汉朝的王景，
从元朝的贾鲁直到明朝的潘季驯，
他们用了很多的力量，
他们做了很多的事情，
无怪人们在三门峡悬崖上刻字：
峭壁雄流，鬼斧神工
但可惜都未找到根治黄害的办法，
——伟大的奇迹，还得看今晨！

二

黄河在奔流，
人们在欢腾，
“把黄河变清！”
——消息来自北京。
这个消息一来，
如同太阳初升——
送来了热，同时又送来了光明。
从青海的约古宗列，
到山东的利津，
在这四千八百多公里的土地上，
亿万人民喊出一个声音：
“拥护共产党，
拥护毛泽东！”

“俟河之清，人寿几何！”

——这只能是周朝人没奈何的呻吟；
我们却要在六年之后，
在黄河下游看到“黄河清”。
我们只需要几十年工夫，
就要把黄土区域的水土保持工作全部完成！

“送走泥沙送走水”，
——古人的这个办法太笨；
我们要把黄河之水留下来，
不怕它害人，
我们要它听人的指挥。

看吧，
从龙羊峡到渤海口，
千里迢迢，
万里重重，
数不清的红旗在迎风飘动，
我们开了工，
我们开了工！
我们要修建四十六座拦河坝，
还要修建四处大型综合性的水利工程。
我们要把黄河之水留下来，
让它灌溉田地，
以后就不再怕旱灾吓人；
用它发电，
让它在工厂打动机器，

让它在农村给我们照明；
让它变成舟船往来频繁的河流，
船队将在黄河上穿梭般地畅行；
我们不让黄河水有一滴白流入海，
我们要它给我们做工。
这一切，不再是什么空洞的口号，
我们也不是在做梦。
这个伟大的创举，
一定要实行，
也一定能实行！
因为这是第一届全国人民代表大会第二次会议上的决定，
因为我们有伟大的共产党的领导，
因为我们有伟大的领袖毛泽东！

陵川城今昔

1. 三九年初进陵川城

三九初进陵川城，
清冷市街少人行。
瓦片盖房房子矮；
石板铺路路不平，
三道城门两条街，
七家麻铺八家并。
声讨日寇开大会，
三更开到鸡叫明。

2. 四六年再进陵川城

太行山巅陵川城，
今日昔时竟不同。

桃李争艳上崇安；①
工农集会易太清。②
百里群众满四街；
七月庄稼连九峰。③
人民政府门敞开，
劳动人民自在行。

3. 四八年陵川城过元宵节

唐多令

街巷满灯火，
翩跹扭秧歌。
五架秋千青年乐；
四台新剧观众多。④
《白毛女》、《赤叶河》。

长枪继日擦，
大刀连夜磨。
为了千万喜儿生；
敢救万千喜燕活。⑤

---

① 解放初期崇安寺是学校。

② 解放初期开大会都在太清观开。

③ 陵川城周九个山头，俗谓“九龙朝池”。

④ 当时城内，东、西、北关均有剧团。《白毛女》《赤叶河》《王贵与李香香》为常演剧目。

⑤喜儿是《白毛女》剧中主人翁；喜燕是《赤叶河》剧中主人翁。

出太行，捣匪窝。

4. 八五年再到陵川城

上而又上山上山，
山上山城在山间，
山间山城起高楼，
高楼忽又高过山。
过山高楼城内外，
城内城外车马欢。
车马欢腾山上下，
山上山上好庄田。

陵川二日游

锡崖沟奇路

一

开路不怕悬崖绝，
锡崖沟人有胆略。
踏破千双万双鞋，
熬落千轮万轮月。
打折千把万把镢，
汗化千堆万堆雪。
任它险壁如刀削，
隆隆开来天上车。

二

险崖绝壁飞鸟愁，

觅路无径钻山去。
挥汗洒血几百人；
战地斗天三十秋。
白云绕车洞连洞；
青壁开窗楼上楼。
奇景敢比金字塔。

三

险崖绝壁飞鸟愁，
觅路无公入山走。
白云飞车洞连洞；
青壁开窗楼上楼。

四

白云洞里车隆隆，
青壁崖上楼层层。
胜景比美金字塔，
奇观敢于比花城。

五

力损千把万把镢，
汗化千堆万堆雪，
鬼斧神工开通途，
隆隆开来天上车。

六

千奇百险处处景，

千姿百态无限峰，
欲识庐山真面目，
请看陵川王莽岭。

陵川杨村小康人家礼赞

碧瓦新楼五百家，
打罢电话骑摩托，
大礼堂里话农事，
小湖轻舟荡碧波。

陵川第一山颂

百里涛涛松风劲，
回望莽莽绿云峰，
两千民兵功赫赫，
何处寻觅光脑岭。

游棋子岭

棋法兵法古来同，
如弈如战输与赢，
黑白争遍中朝日，
源在陵川棋子岭。

焦家牡丹颂

焦家牡丹王中王，
竞赛菏泽与洛阳，
七百花朵开一树，

五颜六色十里香。

游西溪二仙庙

四株古柏千秋岗，
护卫淑惠二仙娘，
树上牛羊虎兔猴，
十二生肖捉迷藏。

赠荻野修二

为荻野修二先生[①]访问长治市、平顺川底村、沁水尉迟村，试作短诗二首而请教。

一

暑日炎炎走泽潞，
高山险水不可阻。
荻野先生勇探索，
治学精神堪为模。

① 荻野修二先生，是日本京都产业大学副教授，教汉语，近年来在北京第二外语学院授日语。他多年来从事赵树理著作研究。这次前来我区，走访了赵树理当年上学的山西省立第四师范（今长治市第一中学），赵树理创作《三里湾》的生活根据地——平顺县西沟公社川底大队，还有赵树理的家乡——沁水县潘庄公社尉迟大队。

二

你评赵公文章妙，
我读赵公文章好。
赵公文章联你我，
永是你我友谊桥。

1981 年 8 月 15 日

山河吟

晋祠行

迎面山苍苍，
拂衣风徐徐。
难老泉水清澈，
游人数游鱼。
两棵老树欢呼，
四十仕女笑语，
千秋李白句。
远近新楼高，
宋殿间古趣。

攀山上，
越亭台，
千里目。

村村丰收在望，
万亩稻粱菽。
汾河两岸新厂，
晋源千顷绿树，
改革迈新步。
便是唐叔虞，
新戏也开幕。①

华山俯瞰

艳阳碧云长天，
黄河奔流天涯外。
秦岭争先，
太行争高，
伏中争快。
金色豫州，
碧浪晋源，
银波秦川。
看千山比翼，
万水争流。
你追我赶。

平常一个潼关，
曾难煞多少好汉，

① 新编历史剧《桐叶封弟》即演唐叔虞故事。

出也争江，
入也争山，
十年九乱。
秦室何往？
汉宫何去？
唐殿何在？
唯人民大厦
千秋万代，
光辉灿灿。

武乡行

漳河湾湾漳水长，
革命传统看武乡。
英雄沟[1]里结新果，
王家峪口立青杨。
砖壁领会好传统，
段村运筹大文章。
两户门前六畜旺，
万家囤里五谷香。
二十万人奔四化，
挽臂向前争小康。

① 英雄沟：原名桑树沟，位于武乡县漆树坡村西南，因抗战期间该村民兵在此进行过一次英勇悲壮的窑洞保卫战而得名。

游开封龙亭公园（外三首）

1. 游开封龙亭公园

宋家江山辽家争，
沙场百战颂杨公。
龙亭公园双湖水，
杨湖更比潘湖清。

2. 游嵩山少林寺

一

老树苍苍古佛硕，
香烟霭霭笼翠坡。
千里万里人朝拜，
果然天下第一刹。

二

五路并进十里坡，
万人争落拜菩萨。
不知菩萨灵几许，
香火一日三汽车。

3. 洛阳打手机

洛阳城里正春风，
手机一打到并城。
一秒十语两千里，
犹听厨房洗碗声。

东西南北吟（六首）

上历山

历山石窟看多时，
回首历山更多姿。
新厂林立城内外，
农田茁壮市东西。
青峰排队烟九点，
黄河奔腾浪万里。
齐鲁川上车如水，
工农笔下英雄诗。

金线泉

谁把金线水中抛，
水上闪光水线条。
任凭泉水潺潺流，

水线总比水面高。

珍珠泉

清清流水圆圆珠，
圆珠晶晶水上浮。
时时流水冲不去，
人人欲拣拣时无。

大明湖

湖边楼台杨柳风，
荷花水拍历下亭。
亭中谈诗忆辛李，
楼台著书见工农。

参观哈尔滨

两天参观工厂多，
松花江上弄轻舸。
正寻今日游兴句，
又唱当年逃亡歌。

长春市容

秋分时节春满城，
长春果然不虚名。
路旁柳荫千顷绿，
街头花好万园红。

故乡行

——二〇〇三年秋回乡探亲访友

秋雨新晴后
碧空月最明
陵川腾飞时
故乡山更青
老友举杯笑
太行山巅城

老人养生歌

一

放下拖把捞扫帚，
看罢报纸又提笔。
只当还是三十九，
不知已过古来稀。

二

千字短文天天写，
迈步日行五里街。
莫道花甲加十九，
唯记十九忘花甲。

三

写作绝无颠倒句，
说事条条没歪理。
唯有一件糊涂事，
春秋几何竟不知。

四

一写二三千，
阔步四五里。
素餐六七成，
八九十日喜。

五

精神状态高与低，
八十莫与七十比。
要比就比三四十，
看谁一时奔几里。

以上诗歌为二〇〇四年作

·散文·

永远与人民同呼吸

——纪念赵树理诞辰九十周年暨逝世二十六周年

我国当代写农村生活的铁笔圣手、语言大师赵树理，离开我们不觉已是二十六个年头。

九月二十四日是赵树理九十周年诞辰；九月二十三日却又是赵树理逝世纪念日。赵树理的生日与忌日仅差一天。就此一日窝窝头工，二十四日给中国人民诞生了一位大作家；而二十三日，就在这一天，本来不该死的作家，却被无辜夺去了生命，令人痛心不已。若非那一场浩劫，赵树理不知还会为我们写出多少好小说好作品的。

赵树理逝世二十六年来，我们党的改革开放政策使我们的国家发生了巨大的变化。在此期间，人们对赵树理以及对赵树理的创作方向、创作方法及其作品有着各种各样的评价。有的肯定赵树理及其作品，有的否定或贬低赵树理及其作品。肯定者称道赵树理坚持了党的文艺方向，为人民大众写出了许多好作品，称道赵树理是“写农村生活的铁笔圣手”；否定者说赵树理是写“小圈子”，其作品是“低层次”的作品。甚至说由于赵树理只是写了“低层次”的作品，所以较之他的前辈们是个“倒退”。两种论点针锋相对论战了多年。但是就在这场论战之中，赵树理的作品仍然拥有广大的读者。赵树理的作品仍然在不断地印刷、出版、发行。不仅出版了《赵树理文集》(四卷)，还出版了《赵树理全集》(五卷)。写赵树理的专著和文章也特别多,有《回忆赵树理》《赵树理写作生涯》《赵树理年谱》,还有《赵树理专集》《赵树理传》《赵树理》《赵树理评传》等等数十种。甚至还有日本釜屋修的《中国的光荣和悲惨》,美国贝尔登的《中国震撼世界》，还有加拿大、苏联许多作家、记者的论著。从这一方面看来，赵树理的“小圈子”实在不小，赵树理的“低层次”实在不低，也说明赵树理的创作不是一个“倒退”，否则，不会有许多中国人、外国人总在孜孜不倦地研究他。

赵树理的人格及其作品的生命力为什么会如此之强呢？首先一条是因为赵树理的文学创作方向是与毛泽东同志提出的工农兵方向相一致的。因为《在延安文艺座谈会上的讲话》发表之先，赵树理已经是这样做的。而后他一直是沿着“为工农兵服务”这个方向进行创作的。当时说赵树理是解放区作家的代表，实际上是解放区以赵树理为代表的一大批作家首先在创作上实践了工农兵方向。因为是赵树理等解放区作家在其作品中最初写了农村，写了农民，写了劳动人民。换言之，在赵树理等解放区作家的笔下，劳动人民的生活，劳动人民的形象最初成为文艺作品反映的对象。其代表作便是《小二黑结婚》《李有才板话》和《李家庄的变迁》等。从文艺作品反映帝王将相、才子佳人和中上层人物生活转变为反映劳苦大众生活，这是一个根本性的大转变。赵树理在这个方面成就最为突出。应该说在文艺为人民服务这个方面，赵树理立下了汗马功劳。也因为赵树理的写农村写农民的引导，带出了后来的一批又一批作家。赵树理人格的影响之所以大，赵树理作品的生命力之所以强，原因也在这里。

其二，赵树理人格的影响所以大，赵树理作品生命力所以强，其根本的一条是因为他的作品反映了当时革命的时代。土地改革是一场翻天覆地的大革命。各种人的思想意识和观念都在发生着根本性的变化，人与人的关系也在发生着根本性的变化。赵树理的作品很好地反映了这场大革命，反映了在这场革命中人们思想观念的变化：《小二黑结婚》描写了人们婚姻观的变化，新旧思想的斗争；《李有才板话》再现了小字号人物与地主阶级的斗争及其互相关系的变化；《福贵》里福贵如何由一个“下流行”的吹鼓手兼手不稳（小偷）变成真正的青年农民；《传家宝》中两代人对新事物的看法及婆媳关系的变化；《孟祥英翻身》里的孟祥英由一个过着非人生活的童养媳成为劳动英雄等等。革命的时代，应该有革命的作家，应该有反映革命斗争的作品。赵树理较好地完成了这个任务。

其三，赵树理作品生命力所以强，关键一条是因为赵树理的作品不仅有很强的思想性，同时更有很高的艺术性。所谓很高的艺术性，主要是指他的作品具有人物形象鲜明，语言大众化且生动而幽默，生活气息浓郁。在这方面几十年来许多名家有许多高论，不必再说什么了。仅仅从赵树理的作品所塑造的诸多艺术形象如小二黑、小芹、二孔明、三仙姑、李有才、福贵、孟祥英、小飞娥、胡涂涂、常有理、小腿疼、吃不饱等等这些人物还为当代许多人所知，还为现今许多人所称道，就足以说明赵树理作品的成功和“铁笔圣手”“语言大师”“人民作家”这些称号实在并非妄称了。

赵树理及其作品，由于反映了一个时代，由于他是现代人民大众文学创始人之一，由于他的作品所体现的大众化民族化风格，由于他在作品里塑造了众多活生生的劳动人民形象，我们相信赵树理的作品会代代相传下去的，语言大师赵树理在广大劳动人民心目中是永垂不朽的。

赵树理逸闻趣事

赵树理与王春

一九二六年赵树理考入长治师范学校读书。入学后不久，他认识了比他高一年级的同学王春。他所结识的王春虽然不是沁水县的同乡，但王春是阳城县人。阳城、沁水是邻县，王春的家固隆村和赵树理的家尉迟村相距只有二十多里路程，两个人也就有了一份亲切感。他们二人相识之后，每每课余时间便走在一起说话，谈学习，论时事，说家常，无所不谈，渐渐成为好朋友。以后赵树理又认识了史纪言、王中青、常文郁等同学，也常常同他们在一起谈时事，谈思想。过了一段时间，王春还偷偷借给赵树理一本稀奇的书《共产党 ABC》让他看。赵树理的思想渐渐提高，并由王春、常文郁二人介绍参加了中国共产党。在前进的道路上，王春既是赵树理的引路人，也是赵树理的启蒙教师。后来赵树理发现管学生账目的王承有贪污问题，他就同王春、史纪言、王中青他们一起联名反王承。校长姚用中百般庇护王承，并处处寻事打击报复王春、赵树理他们。王春、赵树理他们又发现了姚用中的贪污问题，便联名发起驱姚活动，把姚用中赶走了。王春、赵树理他们的斗争胜利了。王春很赞赏赵树理的进步。

到了一九二七年，蒋介石撕毁国共合作假面具，在上海发动“四·一二”大屠杀。北方的阎锡山闻风而动，到处捕杀共产党员。长治的党组织遭到严重破坏，长治师范的学生杨宗义、常文郁被捕，进步学生四散而逃。赵树理与王春一路逃出长治城，逃到安泽县的大山里。对他二人来说，安泽县是个生地方。他们奔跑一天来这里，虽然暂时脱离了危险，但他们一无亲二无故，跑了一天又饥又渴，无处觅食。后来远远看见一座小庙，有人摆着供品进进出出，二人来到庙里看看，供桌上果然还供献着一些供品，二人也就饱餐了一顿。可是吃供品并非长远之计，以后的生活该怎么办呢？赵树理思谋一番，他提出只好暂时以行医糊口。因为赵树理从小向爷爷学过卜课算卦和中医。他说：“卜课算卦是骗人的，咱们不干。行医看病是科学，是给人治病的，可以试一试。”于是，赵树理改姓杨，当医生，王春改姓李，给赵“大夫”当学徒，沿村串户当了流动大夫，这时候王春又变成赵树理的学生。赵树理当大夫，还真的给几个农民治好了病，杨大夫在当地竟成了名大夫。赵、王二人的生活也不成问题了。

王春与赵树理上学是同学，后来又多次在一起工作，多数时间王春总是赵树理的上级。便是后来在解放区倡导大众文艺方面，王春更是急先锋，特别支持赵树理在文学方面走的大众化民族化道路。

一九三八年，先是王春担任阳城县四区区长，后来王春工作调动，是赵树理接任四区区长的。到一九三九年，王春与赵树理又一起调至太行区《黄河日报》(路东版)社工作，王春任社长，赵树理任《山地》副刊编辑，把《山地》办成了一个大众化通俗化的副刊，很受群众欢迎。到一九四一年八月，王春、林火与赵树理发起成立“通俗化研究会”，王春首先写文章《说“八股”》,宣传通俗化。一九四二年一月十八日，在晋冀豫区文化人座谈会上，王春发言，说有一个同志的背包里背了一大堆破书，什么《玉匣记》呀,《推背图》呀,《秦雪梅吊孝》呀,《增删卜易》呀到处宣传，说就是这些通俗化书籍占领着老百姓的旧文化市场，我们必须用通俗的新文化作品来抢夺这个旧文化市场。他说的拿这些书做宣传的人就是赵树理。王春说罢，赵树理又站起来念了一段巫婆常念的歌：“观音老母坐莲台，一朵祥云降下来。杨柳枝儿洒甘露，搭救世人免祸灾”。赵说，这些歌很好懂，老百姓就信这个，我们必须有新的东西夺取这个阵地。王春、赵树理二人一唱一和，为通俗化文艺鸣锣开道。为了破除老百姓的迷信思想，一九四二年五月，赵树理写了反迷信题材的戏曲剧本《万象楼》。赵树理于一九七〇年临终时自云：“看来我是生于《万象楼》,就要死于《十里店》了。”剧本《十里店》是赵树理一生最后写的一个作品。

一九四三年赵树理的小说《小二黑结婚》发表，受到解放区文艺界和广大军民的普遍欢迎。《小二黑结婚》一印再印，只是在解放区就印行四万多册。以后赵树理又陆续发表了《李有才板话》《李家庄的变迁》《福贵》《孟祥英翻身》《催粮差》等作品，都是一印再印的热销作品。赵树理成为解放区名声最响亮的作家。赵树理的作品之所以如此受群众的欢迎，就是因为他在创作上实践了毛主席倡导的，赵树理与王春一起提倡的大众化、民族化风格。赵树理在文学创作上取得很大成就。关于这件事，王春比赵树理更高兴。王春对赵树理的小说连连写过许多篇评论文章。赞扬赵树理为人民大众写作和用大众化语言写人民大众生活取得的成就。一九四三年冬王春就写过《赵树理是怎样成为作家的》的评价赵树理的文章。一九四九年一月十六日，《人民日报》重发了王春这篇文章，以赞扬赵树理为人民大众而写作的精神。

一九四八年太行区的《新大众》杂志改为报纸《大众日报》。从《新大众》到《大众日报》都是面向农村的。《大众日报》的负责人王春和赵树理、苗培时、章容等人写文章一向也是写农村写农民的。一九四九年进了北京后，因为从几个解放区进京的报社有好几家，都要重新组合新的新闻、出版机构，这么一来，原来的《大众日报》改组为“工人出版社”。出版社的负责人基本上还是《大众日报》原班人马，但职务稍有变动。以往王春一直是赵树理的上级，赵树理是王春的部下。进京后变了，社长变成赵树理，王春当了副社长兼总编辑。这是因为赵树理的成就和名声都已超过了王春。编辑部主任是苗培时。但无论是王春领导赵树理，还是赵树理领导王春，赵、王二人一直是好同志好朋友，在事业上一直是互相支持互相鼓励的。赵树理是写农村生活的作家。但一九八〇年《赵树理文集》的出版却是由工人出版社出版的，原因就是赵树理是工人出版社的第一任社长。

王春一向支持赵树理的创作。赵树理虽是工人出版社的社长，但出版社的工作实际上全由王春担当起来，让赵树理专事文学创作，希望赵树理写出更多更好的文学作品。谁知王春进京后不久便患了重病，于一九五二年一月五日在北京病逝。当时王春的治丧委员会有刘宁一、张盘石、杨献珍、赵树理等人。王春去世后，因王春夫人是个没有工作的家属，儿女还小，生活困难。公家对王春家属每月虽有一些生活补助，但为数很小。因而以后赵树理每月拿三十元钱补贴王春一家的生活。

赵树理与霍启高

一九二九年二月下旬，赵树理的父亲赵和清因考虑到上过长治师范的赵树理在家务农屈了才，听说沁水县正招考小学教师，便督促儿子到城里报考。赵树理本不想去当小学教师，迫于父亲，只好答应下来。赵树理又想到他在长治师范上学的同学霍启高也是闲居家中，便约他一起赴县城考试。二人一路来到沁水县城，在一个小店住了一晚。当晚先议论了一番明天考试谁考第一名的问题。因在长治师范上学时，他们二人经常轮流考第一名，这会儿赵树理说："启高，这次考试，希望你考第一，我争取个第二就不错了。"霍启高说："不，你比我强，还是希望你考第一吧，我努努力争取个第二也好。"他们二人这样说话，不过是闲着没事开个玩笑。他们也没想到一个玩笑成为事实，等得发了榜看时，榜上甲等二名，乙等五名，那甲等二名正好是赵树理、霍启高二人。这事竟引起一些同行的醋意。

赵树理、霍启高二人因为考试名列前茅，都被录取，委任小学教师。赵树理被任命为沁水县城关小学的教师，月薪十元；霍启高任命为富店镇（今国华村）小学教师，月薪八元。

赵树理到城关小学任教，不意该校的副校长正是赵树理在端氏镇上高小时的教师。有一次端氏高小搞过一次老师和学生的通考。考试结果出来，当学生的赵树理之名次竟在那个副校长名字的前边，也是考了个第一名。这个副校长对赵树理极为不满，如今赵树理与他到了一个学校任教，他当面对赵树理说了许多风凉话。如说："全县的头名状元怎么才当个小学教师?""大名鼎鼎的头名状元怎么老离不开一个小小的沁水县?"等等。赵树理心下不满，也不理他。

几天之后，赵树理之妻生了一女，因给女婴盖被子过严而闷死，其妻一气致病，一病致死，年仅二十四岁。赵树理葬妻后，为发妻早亡而伤心的情绪还没缓过来，不意又出了一件大事。四月初，沁水城河桥下忽然出现一条标语是"打倒阎锡山"，公然落款是：赵树礼（赵树理原名）。赵树理听到此事后很是气愤，也知道是谁在背后陷害他。又过了两天，城河桥下又出现了"赵树理是漏网共产党"的标语。赵树理知道，在这个学校待不住了，连忙收拾行李，尽快逃离这里。不意恰在此时，冲进来两个武装警察，绑了赵树理带去沁水县政府押了起来。一天后，同赵树理一起考取教师的霍启高也被抓来，同赵树理押在一起。四月底，赵树理、霍启高二人由沁水县国民党员常保忠、崔育砚二人押解，转送到省城太原。赵、霍二人没想到坐监狱也会一起被抓一起坐牢。

五月上旬，赵树理、霍启高二人被押解到太原后，关在太原东辑虎营国民党山西省党部。赵与霍关在相邻的两间房子里，中间用木板隔开。二人常常通过木板缝隙互报消息。

一日，霍启高先被带到审讯室被审问一番。当晚霍启高通过木板缝隙向赵树理通报消息："他们把我读过的梁漱溟的《东西文化及其哲学》当做通共证据审我，我驳得他们哑口无言。他们审问你时你要沉住气。不要随便乱说。"赵树理见说审霍只是因为一本书的事，估计他们对自己也不会知道什么大不了的事儿，放心了许多。次日，警方果然审赵了。警方问道："赵树礼，你知道你是为什么被捕的吗？"赵树理坦然答道："我一个穷教员，教书犯了什么法？教书也犯法，莫名其妙。"

"什么穷教员?！我问你，史纪言、杨蕉圃是什么人?"

"都是学生，都是我的同学。"

警察拿出一沓信在赵树理眼前一晃，问："这些信是写给你的吗?"

"是。"

"既然是写给你的，他们为什么不写赵树礼，而要写成'赵子曰'呢?"

赵树理见他们问的是这个，明白了他们是把自己的绰号当成了什么代号，以为是共产党的暗号，是罪证，只觉得好笑。他说："'赵子曰'是老舍小说里一个人物的名字。因为我常给人们讲赵子曰的故事，人们就给我送了'赵子曰'这么个绰号，就这样。"

"是你的绰号？他妈的！好吧！赵子曰是绰号，难道'差不多先生'也是绰号不成?！"

"没错。因为我的口头禅是'差不多'，也就有了这么个绰号。"

"又是你的绰号？——那么还有'大而松'呢？难道也是绰号不成?"

"'大而松'当然还是我的绰号。因为我个子大，脾气松，也就有人叫我'大而松'了。"

"他妈的！你怎么会有这么多的绰号?"

“才几个，不多。”

警方审赵，仍然没审出什么问题。后来又对赵、霍二人审问几次，审赵时说霍供出赵是共产党员，审霍时，又说是赵有口供说霍是共产党，实际上，赵与霍每晚暗暗通话中都告知并无此话。因而，赵树理与霍启高始终不承认自己是共产党员。警方对他们二人的审问没有什么结果，凭几本书和几个绰号又定不了罪，警方无法，只好把他们二人送到省“自新院”让他俩去自新。赵与霍在“自新院”关了整整一年，没有“自新”出一点东西，警方无法，才把赵树理与霍启高放了。

赵树理与苗培时

一九四三年冬的一天晚上，赵树理奔十多里路到邻村看戏。赵树理看了一出叫《杀宋》的戏，很感兴趣。只是觉得此剧还有几点不足之处，如能改动改动，就更好了。因不知此剧的作者是谁，赵树理便上台问明了此剧的作者是太行区文联的苗培时。赵虽不认识苗培时，但早就听说过此人，很想见见他。当时看罢戏虽已夜半，赵想到回新华书店驻地是十里路，去太行文联驻地不过是十五里，他决定当晚干脆去找苗培时。赵树理离开剧场，天已开始下大雪，曲曲弯弯的山路又滑，天又黑，行走困难。但赵树理认定要做一件事，一切都不管不顾的。他冒雪来到太行文联驻地之时，天色将亮。恰碰上一个起大早的老汉，便问苗的住处，顺利地找到了苗培时住的屋子。推推门，门竟没关。赵树理进屋，见炕上睡着一个人，认定就是苗。不便惊动，先坐在炉前烤火。苗醒后见炉边坐着一个农民模样的人烤火，吓了一跳，急问：“你是什么人?”

赵树理说："我是烤火人。"

苗培时感到不妙，厉声责问他："你到底是什么人？为什么大清早就跑到人家屋里来?"

赵树理说："大早来自有他大早来的道理。你也不必害怕，我不是汉奸、特务就是了。"

苗培时听他说话像个知识分子，先放下几分心来。他连忙披衣下床与赵树理说话，未说几句，便已弄明白来者便是写《小二黑结婚》的赵树理，惊喜不已。自此，苗培时与赵树理结为朋友。因为苗培时是北京人，又是在延安老根据地从事大众文化的文艺工作者。又因为苗培时善唱京韵大鼓，曾有外号"苗大鼓"。苗培时一向重视大众文学。此后，便与赵树理常来常往。一九四五年苗培时与章容二人主编《新大众》，就与赵树理约稿。赵树理写的《刘二和与王继圣》就是在《新大众》上连载的。苗培时与赵树理每每到了一起还常常因为对时事、对文艺创作的看法不同而争辩，常常争论到面红耳赤的地步，但赵与苗始终是好朋友。

北京解放后，赵树理、苗培时都进了北京城。由于赵、苗的老友王春当了《工人日报》的总编辑，赵树理当了工人出版社的社长，苗培时也一度在工人出版社当实际负责人，赵与苗又成了同事。他们见面的机会更多了，谈论创作问题的时候更多了，两人大辩论的机会也更多了。几乎每每见面说话，都会是一场争论。

后来，赵树理在北京买下房子，赵树理夫人和儿女们都来到北京生活，苗培时和王春、章容、康濯等作家都是赵家的常客。苗培时仍旧话多，仍旧爱与人辩论。苗培时很敬重赵树理，但他与赵树理谈论时事谈论创作，总是谈不到一根弦上，总是一开口就是一场大辩论，往往辩论得面红耳赤，各不相让。直到赵树理夫人给他们端上饭来，他们的辩论才会告一段落。苗培时不仅仅是赵家的常客，也是赵家的食客。赵树理夫人做的拿手好饭为猪肉豆角焖面、红豆小米干饭加土豆粉条豆腐大烩菜、葱花大烙饼等等，苗培时都爱吃。

“文革”中赵树理在太原被“造反派”活活斗死。“四人帮”倒台后，为了给赵树理平反，赵的女儿赵广建几次进京申诉。苗培时为给老友赵树理平反，帮赵广建找了很多人。当时因为赵树理夫人和孩子都没有工作，赵树理又没什么积蓄，赵家的生活十分困难。苗培时不忘旧情，自己拿出三百元钱资助赵家一家人的生活。

赵树理平反后，苗培时与湖南的康濯，中国作协的张僖，山西省委的史纪言、王中青，省文联的力群，北京大学的王瑶，中国社科院的杨蕉圃，《工人日报》的章容等积极筹划为赵树理编辑、出版文集。该文集由工人出版社和山西大学合编，由工人出版社的岑铁权、刘谈夫和山西大学的郜忠武、刘芸灏、崔洪勋编辑，一套四卷本的《赵树理文集》终于在一九八〇年由赵树理任过第一任社长的工人出版社出版。

赵树理平反后，他的骨灰分别安葬在太原和沁水县尉迟村两处。尉迟村的赵墓仅有小小一块写了赵树理名字的石碑。苗培时为此事很不甘心，以为赵树理是解放区作家的一面旗帜，是人民作家，是新中国五大语言大师之一。他的墓上连一块像样些的碑也没有，哪儿还像个语言大师之墓的样子。但是各级文艺单位似乎都没人操办此事。于是，苗培时到处奔走呼号，决心要在赵树理的墓前树起一块像样的碑。苗培时一方面到处跑着选定了一块大大的大理石碑料，又撰写了碑文，一方面向文艺界部分同仁发去征款信，募集了三千多元钱。待一块两米高一米宽的大理石碑雕刻好以后，苗培时雇了一部大卡车，亲自押车把这块大理石碑从北京石景山起运，行三日，送到沁水县尉迟村赵树理的墓前。而后苗培时同沁水县领导人和尉迟村干部召集群众举行了一个立碑典礼仪式，一块高大的、铭刻着赵树理生平和全国文艺界数百名捐款同仁姓名的大理石碑树立在沁河岸上赵树理的墓前。这是几百名中国文艺界同仁为赵树理树的高碑，也是苗培时一人尽心竭力辛辛苦苦、忙忙碌碌一年多为赵树理树起的高碑。苗培时终于把千百万人民心目中的丰碑赵树理高高地树在巍峨的太行山上。

爱国诗人赵树理

大家都知道赵树理是人民作家，语言大师，很少知道他还是一位爱国诗人。抗日战争爆发前，赵树理还是一个党的农村基层干部。“九·一八”事变后，我党广泛宣传抵制日货，作为基层干部的赵树理写了《抵制日货之歌》:“日本货，日本货，早上买来晚上破；中国货，中国货，皮貌虽然很粗糙，坚实耐用不易破。同胞们，莫踌躇，对日寇，仇山河，谁若买上日本货，亡国不用动干戈。”

赵树理对于投敌卖国的汉奸恨之入骨。汪精卫投敌当了汉奸后，赵树理写诗斥责道：“做了日本官，好像猴爬杆，一时不听话，就要挨皮鞭。再说不干吧，人家用绳拴，抗战胜利后，怎么到人前?”这几句顺口溜似的白话诗不仅骂了汪精卫，同时可以看出作者对于抗日战争之必胜的信念和坚实爱国之心。

一九四○年到一九四三年是解放区最为困难的时期，各地国民党匪帮大官小官纷纷投降日寇，仿佛日寇侵华必胜无疑似的，许多人也发生动摇。但赵树理在此时期毫不动摇，仍有抗战必胜之信心。他发表在一九四〇年九月三十日《中国人》上的四句白话诗就是证明：“牛儿牛儿走得慢，咱们就是持久战。马儿马儿走得快，日本鬼子一定败。”

赵树理极恨大汉奸汪精卫，写过许多痛斥汪的白话诗。如他发表在一九四〇年十二月二十五日《中国人》上的《狗尿苔》：“汪精卫，狗尿苔，愿给鬼子当奴才。鬼子尿泡尿，奴才吹口泡，又丢人，又显眼，天生奴才不要脸。”《呸呸呸,汪精卫》更是狠狠地骂了汉奸们一通。其中有句道：“……日本念你娇，为何掏腰包，每月四百万，叫你去招摇。狐有伙，狗有伴，有了儿子不愁孙……”下边便把褚民谊、林柏生、陈公博、周佛海等一伙汉奸痛斥一番，说他们是：“阿部（日驻南京大使）拧一把，汪贼哼一哼；阿部订下约，汪贼画个行……”，简单四句话画出汪贼一伙的卖国嘴脸。同时，赵树理还写了《收起吧》《头》《咱更能好好干》《警告亲日派》《新正气歌》《参加抗日军》《小学生不学日本话》《鬼子贩儿童》等数十篇抗日爱国诗篇。赵树理的成名是一九四三年发表了《小二黑结婚》以后的事，他写的这些抗日反奸的爱国诗篇都是他成名之前发表的。他当时写白话诗不是为了出名当诗人，不是为了成名成家，甚至也没有稿费，完全是出于一片爱国之心。

赵树理与曲艺和戏剧

赵树理是作家，也是艺术家，且是多方面的艺术家。是曲艺艺术家，也是戏剧艺术家，还是书法家。这不是凭空而论，而是有事实为根据。大家知道赵树理是作家，但不是中国作家协会的主席。我们说赵树理是艺术家，因为在“文革”前赵树理是中国曲艺家协会的主席。能够成为一个全国性艺术部门的主席，难道不是艺术家吗？

今天写这篇短文是为了纪念赵树理逝世三十周年而写的。本文将主要说说赵树理在曲艺方面和戏剧方面的成就。

首先说曲艺方面。曲艺不仅单指鼓书、评弹、相声、数来宝，评书也是曲艺的一种形式。赵树理的创作就是努力使他的作品评书化的。写小说也是如此，总是向评书方面努力。如《小二黑结婚》《李有才板话》《传家宝》都有点像评书。至于他写的《灵泉洞》和《石不烂赶车》等作品就是实实在在的评书作品了。赵树理之所以如此看重评书，其目的在于作品的大众化，是为了有更多的工农群众喜欢看。正因为他在曲艺艺术方面的看重，所以在朋友交往方面结交了许多曲艺界的朋友，如在陕甘宁边区号称“苗大鼓”的作家苗培时，如北京著名的曲艺家王亚平和陶钝，还有许多盲人艺术家。

对戏剧和戏曲工作，更是赵树理一生不懈努力的一个方面。赵树理从小就特别喜欢唱戏。他十四岁上赶着驴往地里走，一边走一边唱上党梆子。及至到了地里，他无意间学着戏上的武将一声“打马回营”，驴就往回返。及至返至村边，他才发现那驴又回村里来，他自己也笑了。

赵树理因为一向喜欢戏曲，一生写过许多剧本。早在写《小二黑结婚》之前他就写了剧本《万象楼》。“文化大革命”前他又写了剧本《十里店》。他还写过泽州秧歌剧本《开渠》。泽州秧歌是干板秧歌，从头到尾没一句道白，全是唱词。《开渠》就是这样的剧本。解放后由于泽州干板秧歌濒于消亡，赵树理特地写了剧本《开渠》，想借此挽救一个剧种。他对戏剧真是有太多的热忱。他还写过电影戏曲剧本《三关排宴》。总之，他是一个热心的戏剧家。他长期下乡，只要碰上唱戏，就会跑来与演员们一起生活，有时给他们打鼓。因为他打、拉、唱都会。正因为他是一个戏剧工作者，在戏剧界有很多好友。如演《小二黑结婚》里二诸葛的赵子岳，还有《罗汉钱》中的评剧名演员新凤霞，上党梆子名演员郭金顺、郝聘芝、二淼、吴婉芝等等。

赵树理在“文革”中曾经说过一句话：“我是生于《万象楼》,死于《十里店》的。”《万象楼》《十里店》都是他写的剧本。实际上也可以说，他的文艺创作是起步于戏剧，又结束于戏剧的。这句话充分道明了他是一生喜爱戏剧艺术的艺术家。

今年的九月二十四日是赵树理九十四岁的诞辰；今年的九月二十三日又是赵树理逝世三十周年忌日。届时，中国赵树理研究会将在太原南华门宾馆召开有中外研究赵树理的专家参加的座谈会，讨论赵树理在文学创作在戏剧创作在曲艺创作方面的成就。

赵树理是生在沁水县，死在太原市的。赵树理前后在太原生活十多年，其中三十年代在太原生活过五六年。“文革”中，他挨斗最凶、吃苦头最多的也是在太原。所以我们太原人是不会忘记赵树理的。九月二十三日召开座谈会时，与会人员还要到太原市南华门十五号参观赵树理的故居。

赵树理永远活在我们心中。

赵树理二三事

闲时，每每想起与赵树理相处的那些日子，竟又回想起赵树理几点生活趣事。有些虽不算趣事，记下来也可供赵树理研究者参考。

处理娃娃纠纷

一九六三年夏之一日上午，我陪同赵树理到晋东南地专礼堂看演出。我们进场，场内只寥寥数人。可见来得过早。赵树理按老规矩坐在中间四排双号十四号，因此号在人行道路边，图个出入行动自由。专区文化局给他发票总是发此排此号无误。我坐四排十二号，等候开戏。忽然听得后边有小孩子吵架，赵树理回头看看，忽然站起来走去，一本正经冲吵架的两个孩子责问道："你们吵什么?"

两个孩子不理他，只管吵自己的。赵树理竟火了，大声喝道："不准吵！这是公共场所，不准吵！这是公共场所，不准吵！你们吵什么?"

赵树理一火，两个孩子愣住了。愣了片刻，那个十二三岁的孩子说："这是我的座，他强占。"

那个十来岁的孩子争辩道："是我先占下的，是你强占。"

赵树理要断孩子争座案了。说："不能凭你们嘴说，拿出票来。"

两个孩子一起傻了眼。两个孩子都没票。

赵树理说："既然你们没有票,你坐这儿,他坐那儿……"他教那个年小的坐他们俩所争之座位。大的不服，说："不，这个座位是我先坐下的……"小的也不服说："不，是我先坐下的……"

两个孩子又吵起来。赵树理又是一本正经地大喝一声："不准吵!"而后他指那个十二三岁的孩子说："是你大，是他大?"

那孩子说："我大。"

赵树理说："好，你大，你就该让他坐。大人于事有争，年轻的应该让年老的。小孩子于事有争，大孩子应该让小孩子。你懂不懂?”

大孩子无话可说了。

赵树理处处都置身群众生活之中。

一场对台戏

也是一九六三年夏六月间，晋东南文工团在地专礼堂演出《小二黑结婚》，请赵树理看了戏，并于次日召开座谈会。过去我在一篇文章里写过，当时我陪同赵树理到文工团去参加座谈会，赵树理不同意向地委要小汽车，我们二人是一边说话，一边步行去的。文工团的同志们全体参加了此会。会上，我发言讲到《小二黑结婚》不仅有历史意义，也具有很强的现实意义，因为时至六十年代中期，买卖婚姻在广大农村还普遍存在，并且越来越严重，不仅要彩礼钱，要白面，要七八十斤饼干，甚至有的还给父母要棺材费……我以为我的发言没错，讲了《小二黑结婚》的现实意义嘛。谁知我刚刚说完，赵树理便说话了，他的话完全是跟我唱对台戏。他的话大意是：现在农村买卖婚姻确实普遍存在。但是婚姻不买卖不成。因为农民太苦太穷又大多是兄弟姐妹三五个居多。一个姑娘出嫁，若不趁机多要点穿的花的，活该自己受穷。因为你不要，是大伙的。只有趁机要一些，那才是自个儿的。总不能一进门就大伙一起受穷。比方老大媳妇若不趁机要点东西，老二媳妇老三媳妇结婚时要了东西，老大媳妇岂不要吃大亏。所以这买卖婚姻我们不能简单反对……当时我觉得赵树理的说话很奇怪。我倒不是因他当面同我唱了对台戏，而是想到他既写了《小二黑结婚》，为什么又不反对买卖婚姻呢？后来细细想来，《小二黑结婚》主要是反对封建的父母主婚。虽也写了小二黑的童养媳是买来的，但也是封建式的买卖婚姻，同现在的买卖婚姻又有不同。赵树理的话不是完全赞同买卖婚姻，而是主张如何看待现时的买卖婚姻和如何解决才合适。值得学习的是赵树理对于农村问题的深刻了解与全面研究。

“小二”的失误

一九六四年五月二日，我同赵树理还有程联考一起到陵川县黑山底村生活、采访。陵川的王垦、焦存福等也去了。在黑山底生活近一个月，每顿吃饭，不愿意麻烦人家到处叫我们，又不愿意让人家饭熟了等我们，我们总是早到一些时候。人来了，饭不现成，干什么？打扑克。吃罢饭又该消化几分钟，干什么？打扑克。而且又总是饭前打五百分，饭后打一千分，名之曰：饭前五百分，饭后一千分，打百分，又总是我同赵树理做对家，算是老对家。按说赵树理是老师，我是他的忠实学生。赵树理一向平易近人，态度和蔼，微笑对人，世人尽知。可是打扑克则不然，往往态度不大好，动不动就板起面孔怨人出牌不当。有一次他要了底牌主打，他用小牌调主时，我不肯把手里唯一的一张“小二”轻易打出去，准备等留到关键时刻用，结果一下子跑了二十分。一个二十分，他板起了面孔。后来发现我手里有一张“小二”而不用，火动动地责问我：“你有‘小二’为什么不压牌？你有‘小二’为什么不拿出来……”问得我无言以对。我这人打扑克输就输了赢就赢了，从不怨人。赵树理为此怨我，我就后悔不该同他做对家。后来想一想，我还是佩服他的，因为赵树理打扑克也同他做工作写小说一样认真负责。

人民作家文坛巨匠

二〇〇四年一月三十一日，星期六，上午我到传达室取报时，碰上作协的领导张平和周振义在机关院里说话。一问之下，才知道马烽病重了，心下甚为难过。因为十多天前我到医院看望病榻上的马烽，他还跟我说了几句话，病情大有好转，心下甚喜，认定马烽闯过二〇〇四年是没问题了。早在一九九七年春节马烽就写了“闯过七六七六岁；迎接二〇〇二年”的春联。因为他的老战友李束为、孙谦都是七十六岁过世的，他要闯过两个“七六”，争取活到二〇〇二年，到达八十岁。到了一九九九年马烽已是七十七岁，终于闯过了两个“七十六”岁，所以一九九九年的新春联的上联是“闯过七十六周岁已成定局”。当时我为马烽的欣喜而欣喜。由于马烽胸怀宽广，思想豁达，他不仅闯过了七十六岁，并且也迎接到了“二〇〇二年”，真的迎来了他的八十大寿生日。何止于此，二〇〇一年冬虽然又住了一冬医院，但二〇〇二年冬却在家里安然度过了一个三九寒冬。因而我曾想马烽闹好了一定可以坚持到二〇〇八年，看看北京奥运会的盛况。二〇〇三年冬，马烽虽然早早因病住进山医大二院，但他在病榻上努力与病魔斗争，不仅闯过了立冬、小雪，并且也闯过了最为寒冷的三九、四九，终于熬过了二〇〇四年元旦。当时我就想过，老马既然到达二〇〇四年，比他原来希望的二〇〇二年超过了两年，实在是一件喜事，看来马烽直奔二〇〇八年奥运会还是大有希望的。

二〇〇四年元旦前在山西省第五次作家代表大会上，宣读了马烽致省第七次文代会第五次作代会的贺信。因为整整一个冬天马烽病势不轻，听此贺信很像马烽的语气，——马烽真的好起来了，马烽能写信了！虽然我知道他因病不能写信，但我认定很可能是马烽口述。过了元旦，我到医院看望马烽，见他仍然躺在病榻上，但那面色和神色比以前好多了。当提到此信时，马烽说："那是杨占平替我写的。"那说话的精神那面色那语气都利利落落，他的病真的好多了。我认定马烽终于又闯过关了。很快又到了二〇〇四年春节除夕日贴春联的时候。近十多年来马烽每年都是自编自写春联，我每年都要抄了他的春联写成稿子送去报社公诸报端，我想今年马烽躺在病榻上气喘吁吁的样子还亲自写春联吗？就跑去马家门口看看，那春联虽不是马烽亲手写的，却是马烽编的无疑：

往年春联自编写；
今冬病榻苦度日。

当时看到马烽的自编春联很高兴，以为马烽真的把二〇〇三年的三九寒天闯过来了，肯定没事了。专等春暖花开时，一定还会在作家协会大院看到马烽慢慢地走着出出进进。不意到了一月三十一日上午我到传达室取报时碰上张平和周振义，说马老病重了，闻得此言，我的心里不觉一震，面色突然变了，泪珠也将滚出来了。张平看看我的样子，忙又说："不过还可以坚持几天。北京协和的专家今晚就坐飞机来了。"但我一下午的心情一直不好。我又跑到医院去看望马烽，只见他仰卧病榻，气喘急促，双目直瞪，病情果然不轻。我当时傻了眼。其女梦妮忙给我解释："今晚北京协和的专家要来。"我方放下心来。当晚就盼着北京专家的到来，以为马烽是好人，一定会得救的。到了次日上午忽然隔窗看见马烽的司机用车子拉了马烽住院的用具、皮椅子、暖水瓶、被子等物回来，便感到大事不好，忙去马家看看，马家门上已经用白纸糊了过春节时马烽的自编联，这就肯定了马烽已经离开人间而去了。我顿时感到山西省作家协会的天忽然塌了，作协大院里的空气忽然浓缩了，没想到山西文学界一代领头雁竟然飞逝而去。岂不悲哉！马烽的逝去之所以比别的老作家逝去时更感悲痛，是因为马烽在新中国文学界在山西文学界非同一般老作家，因为马烽不仅是我们山西成就最为显著的老作家，还因为马烽是抗战时期在解放区成长起来的写劳动人民生活为劳动人民而写的新文学开创人之一。写农村写农民，写农村生活，写抗日战争，这一方面在全国说来，赵树理与马烽都是开创人。也可以说赵树理是写农村生活写农民的开创人，马烽与西戎则是写农民参加抗日战争写农民抗日英雄的开创人。赵树理的《小二黑结婚》《李有才板话》是写农民写农村生活的代表作；马烽、西戎的《吕梁英雄传》是写农民抗日英雄的代表作。更何况《吕梁英雄传》与《李有才板话》《小二黑结婚》一样在解放区发行量巨大，在中国影响很广，甚至在许多国家都有一定影响，所以说马烽与赵树理一样是我们山西省第一代作家的代表，是开创新文艺的领头雁。全国解放后，山西第一代作家在文学创作上开创的第一个高峰是以一九五八年《文艺报》十一期编发《山西文艺特辑》为标志的。《文艺报》之所以编发这一期特辑是因为一九五八年《火花》一月号编发的《短篇小说专号》好小说连篇，而这个小说专号最好的一篇短篇小说便是马烽的《三年早知道》。因而应该说山西第一代作家开创的第一个高峰，马烽是立了第一功的。同时马烽在此前后所写的《四访孙玉厚》《太阳刚刚出山》《我的第一个上级》都是山西文学第一个高峰时期最具代表性的作品。因而马烽是山西文学创作第一个高峰中的代表作家。在山西四代作家创造的山西文学创作三个高潮，几乎每个高潮里都有马烽的好作品，马烽真正是非同一般的作家。

马烽是山西文学创作的开拓者，是代表性作家，也是山西几代作家的领导和老师。一九五六年以来，马烽担任山西省文联的副主席和主席，生前还是山西省作协的名誉主席。二十世纪的九十年代初期还担任六年中国作协党组书记。所以山西几代作家的成长和成名，都受到马烽作品的影响，并且他亲自领导了山西文学界每个时期的文学创作。山西的第二代作家的创作既受赵树理影响，也受马烽的影响；山西第三代第四代作家受马烽影响最多。马烽做了省作协的名誉主席后，虽然早就从领导岗位上退下来，但因文学创作这件事，用作品领导比行政领导更具影响力，所以山西作家不管你认同与否，多少都受到马烽创作的影响的。在文学创作方面是这样，在作品方面是这样，在做人与人品方面更是这样。山西几代作家都承认马烽没架子，总是有求必应，许多作家的作品都经马烽看过，都经马烽指导过。各地许多作家来到太原，其他作家可以不看，没有人不看马烽的。这就说明了问题。在做人方面，评职称时，指标有限，马烽为了让别的作家能评上职称，自动声明他不评职称。每年募集救灾款时，马烽总是捐款最多。马烽每天到传达室坐坐，与炊事员与收发员都能说得来。马烽经常下乡，与许多县许多老农民和村干部结成好朋友。在全国广大农村的农民和青年学生的读者中，马烽是最受钦佩的作家，是我们几代作家的好师长。

马烽千好万好，不过八十二岁就走了。想起他对我们几代作家的谆谆教导，想起他写了那么多的好作品，想起他平易近人的作风，想起来在作协大院内在南华门小巷里再也看不到马烽的身影，令人悲痛万分。马烽啊！我们的好师长，我们一定会继承你的遗志，走近人民群众、反映群众生活，写出群众欢迎的作品，以慰你的地下之灵。人民作家马烽万古流芳！

马烽逸闻趣事

马烽的家

探母

一九四六年，马烽仍在《晋绥大众报》编辑部工作。这年春天，编辑部打算派一名记者到新解放区了解一下报纸的发行情况和农民读者对报纸的要求，地点选在汾阳县平川。马烽主动要求完成这一任务。他要求去汾阳平川还有另外一个目的，就是想趁机回家看看。因为马烽一九三八年参加革命工作，已经整整八年没有回过家了。在这长长的八年里，马烽当过兵，打过枪，打过仗，在剧团当演员演过戏，后来又到报社当编辑，写通讯，写小说，直到与西戎合作写出了名声很大的长篇小说《吕梁英雄传》，马烽由一个普通的抗日战士成了著名作家，他一直没有回过家。马烽、西戎写的《吕梁英雄传》不仅在解放区发行数量大，甚至已经传到重庆国统区。此书是不是也会传到孝义、汾阳马烽的家乡，不得知晓。马烽家里是否知道马烽已经成了著名作家，不得知晓。马烽干革命整整八年不仅没回过家，由于战争原因，连一封信也没通过。家里母亲是否健在，姐姐、妹妹情况如何，一律不清楚，不知道。整整八年啊，马烽与生他养他的家断了音讯也是整整八年，马烽怎么能不想他的家乡，怎么能不想他的母亲和姐姐、妹妹呢？多年以来他总想知道一点他的母亲与姐姐、妹妹的现况，但又无法知晓。何况这八年是抗战的八年，这八年是战乱的八年，这八年是日军烧杀抢掠的八年，这八年不知道有多少父老乡亲死于日军的屠刀之下，马烽的母亲、姐姐、妹妹弱女子三个，能不能躲过日军的屠刀，谁能知晓呢？这个问题，马烽不知思考过多少次，他只盼望他的母亲和姐姐、妹妹还会好好地活着，他只盼着他已经离开八年的家还是好好的一个家，他只盼着他的老家还有一个家。他的家到底怎么样了？就在今天就可以见分晓了。

马烽今天到新解放区了解报纸发行情况兼回家探母，因他思家心切，思母心切，想走得快一点，便借来一辆自行车骑了急急忙忙地冲向汾阳平川来。马烽原是孝义县居义村人。因为他的父亲早已过世，他的母亲便带了儿女搬到汾阳县东大王村来住，目的是能与马烽的舅父就近住在一个村里，有个照应。马烽的少年时代就在东大王村度过的。直到马烽参加革命工作，才离开这里。所以应该说东大王村是马烽的第二故乡。

马烽今天骑的是一辆很旧的自行车，车闸已经失灵。马烽思母心切，蹬车蹬得飞快。为了控制车闸失灵的车，马烽用右脚踩着前轮以控速。当他蹬车下一道坡时，他的踩着前轮的右脚之鞋底被前轮磨得发烫，十分难受。他就以左脚换右脚踩轮胎。这一换，坏了事，下坡的自行车失控，车子突飞向前，眼看就要冲下山沟里去，他连忙把车把子向右边一拧，车子一下子撞在山崖上，前轮给撞掉了，马烽也给摔下地来。这一下子把马烽吓得出了一身冷汗。马烽八年没见母亲，今天为了快点见到母亲，骑车走得快了点，不想半道上遇一大险。抗战八年，与日军斗争八年，没有丢了性命，今天回家探母亲却差一点丢了性命。好险啊！经此一险，马烽坐在路上傻傻地喘了半天，才又想起来回家探母要紧，才忙着把滚跑的一个车轮找回来。只好一手提一个车轮，一手握着只有一个轮的车子把，奔下山坡。找到一个修车的，把车修好，这才又匆匆忙忙奔东大王村来。走着走着，天又下雨了。当走进东大王村时，雨停了，马烽的心却滚油一般地上下滚动，很不平静了。他马上就要回到自家的家了，母亲情况怎么样，姐姐、妹妹情况怎么样，他既害怕，又高兴。他怀着一颗忐忑不安的心走到自己家大门口，刚进大门，一眼看见他的母亲正坐在院里拆旧棉衣，母亲到底还健在，今天他到底看见了八年不见的母亲。马烽不由得大大地松了一口气，一颗心总算跌进肚里。

马烽的母亲见一个陌生的年轻人推着一辆自行车走进院来，就问他："你找谁？"

马烽自然没有说他找谁，先兴高采烈地喊了一声："妈！"这一声"妈"，使他妈大吃一惊，她呆呆看着马烽，看了片刻，这才惊叫道："老天爷，你总算回来了！"说着她就抹泪了。

马烽妈连忙丢下手中的活儿，把儿子迎回屋里来，问明今天怎么会回来，就一边抹泪，一边忙着给儿子做饭。马烽妈八年没见她的儿子，八年里儿子音讯全无，她天天想儿子，日日盼儿子，总不见儿子回来。早就有人风言风语说马烽在外多年，战火连连，生死难卜，她不信。她总觉着她的儿子一定还是好好的，一定是长大了，长高了，更有出息了。过去以为有日本作乱，儿子回不来。如今日本投降已经半年多了，为什么儿子还是没个音讯？这叫老人家日日夜夜忧心忡忡。没有一天不盼儿子回来，没想到今天儿子突然回到她的身边，她怎么能不高兴呢。

马烽就问他姐，他妈说前几年就病故了，马烽很伤心；又问他的妹妹，说是已经出嫁，并且有了孩子，马烽很高兴。

马烽回来了，消息传出去，许多乡亲都来看望他。马烽乳名全福，本地人只知道马家在外边之子是马全福。区上一个干部和村干部弄不清马家的马全福是在八路军里工作，还是在阎军里工作，便来他家问情况。马烽让他们看了介绍信，才知道是自己人，也才知道马家这个在外边做事的马全福就是写小说的马烽。区干部、村干部这才忙着和马烽握手，说："哎呀！你就是马烽呀，你的名字早就知道了，可不知道就是东大王村的马全福。你是名人，想不到咱们三区出了这么个大名人。"在场的人有些人弄不清为什么说马烽是名人，区上工作员才说马烽写了《吕梁英雄传》，写得如何如何好，名气如何如何大，乡亲们听了都很惊奇。马烽妈见众人说她的儿子会写书，是名人，连她也没想到她的儿子会有这么大的出息，她也高兴得满面开花哩。

马烽此次回家探母只能在家住一天。就这一天，马母也很高兴。因为她盼儿子盼了八年，总算看见儿子。马母问明儿子还没媳妇，她认为儿子已经是二十五岁的人了，该娶媳妇了。马母早已想好了，马烽有好几个表妹都不错，马母向儿子一一作过介绍，要马烽挑一个。马烽理解母亲的心情，但是他也向母亲说明了在外工作还是在外边找个对象比较合适，马母只好同意了。但是马母嘱咐儿子一定要尽快找对象成家，因为再晚了找对象就不容易找了。

马烽告别母亲去后，又是一去四五年，马烽母亲总没有儿子找下对象的消息。马烽二十七八快三十岁的人了，哪有二十七八岁不找对象的呢？马母只好让女儿给儿子写信，催他快快找对象。

找对象

马烽一九四六年回家一趟。那时虽然是八年抗战结束之际，但也正是三年解放战争开始之时。一个战争结束了，一个战争又开始了。马烽以为，抗战工作很紧张，不是找对象之时，但是解放战争也很紧张，哪里有工夫找对象呢？大凡参加抗战、参加解放战争的同志至今之所以七十多岁八十多岁才有孙儿孙女，就是因为当年忙于战事结婚晚的关系。所以在解放战争的日子里，马烽仍然不能找对象结婚，这就急坏了守在汾阳东大王村家里的老母亲。一九四六年马烽回家探亲走时说得好好的要很快找对象，可是一年又一年，又是好几年过去了，一直没有儿子找下对象的消息。马母以为儿子过一年，大一岁，长此下去，儿子娶不上媳妇，如何了得！马母这几年在家里过日子同抗战八年没有儿子消息一样过得很艰苦。她白天急，什么活儿也干不在心上；她晚上急，一个个长夜睡不安稳。她三天两头叫女儿秀贞给哥哥写信。一封封信寄出去了，一封封信寄了回来，马烽总是说快了，快找好了。说是等他结了婚，就同新媳妇一起回家看妈。这样的信看多了，马母断定儿子是撒谎。她很后悔上次马烽回家，若是逼他跟某个表妹结了婚，只怕如今孙儿也有了，哪能拖到今天，叫人急得夜夜难眠。后来老母急了，就让秀贞给哥哥写信，让马烽回家一趟，逼他结婚，马烽一直没找下对象，哪敢回家见老娘。再之，马烽工作确实很忙，也没工夫回家。

解放战争几年里，马烽确实没有认真考虑找对象的事儿。及至一九四九年马烽进了北京城，到全国文协创作组工作后，全国解放，新中国建立，工作安定，该是结婚成家的时候了。加之家里老母一封封信寄来京城，催他结婚，可是直到今天他仍然没有找下对象，他也不知该如何是好了。马烽只觉得很惭愧，没办法写信回敬老母。为此事，创作组的同志们都为马烽想办法，出主意，给他找对象，谁知总是找不到对象的影儿。

后来河北省写过话剧《把眼光放远点》的剧作家胡丹沸调来创作组。胡丹沸是个热心肠人。见说马烽还没找下对象，还没成家，他就认真为马烽物色对象了。一日，胡丹沸对马烽说他给马烽物色到一个对象，是河北省话剧团的，二十来岁，人很漂亮，人品也很好。说是北京电影制片厂的郭维给他说的。以后，马烽就设法找到郭维，郭维说马烽人好，又是名人，他愿意促成这门亲事。后来，经郭维两头联系，马烽与段杏绵终于在郭维家见了面。马烽一见段杏绵，就很满意，但不知道对方是何想法。那段杏绵进得门与马烽打了一个照面，扭身坐着再也不回头了，摸不准女方对男方印象如何。后来马烽便同段杏绵一起来到北海公园，走进五龙亭茶社，找个地方坐下。马烽打主动仗，忙着要来一壶茶，四碟子干果。马烽请段杏绵饮茶，她不饮；请她吃干果子，她也不吃。马烽心下嘀咕：这是怎么啦？请她喝茶，她不喝；请她吃果，她不吃，跟谁怄气似的，这还像是谈恋爱吗？他不知道除了这些办法，还该用什么办法引导她开口。他不知道这个恋爱到底该怎么个谈法。马烽觉得在段杏绵面前有点束手无策了。此时此地的马烽深深感到谈恋爱比写《吕梁英雄传》比写《一架弹花机》比写小说难多了。后来马烽想到谈恋爱无论有多么难，还必须设法谈起来。人家女方不开口，还必须自己想些话头说说。他想想无别的可说，就把他的家庭情况和自己的出身经历以及自己有什么缺点，向对方说了。他说完了，对方还是不开口，马烽又不知该如何是好了。他又请对方吃瓜子，对方真的拿了一粒瓜子嗑起来，马烽高兴极了。他认为还是大有希望的。过了一会儿，段杏绵开口了，跟马烽一样，说的也是她自己的家庭情况和个人经历，后边也说了几点她自己的缺点和不足之处。这么着两个谈恋爱的男女青年在风景如画的北海公园里谈家庭、谈出身，作自我检讨，谈缺点，谈恋爱竟谈成党小组的生活检讨会。但是马烽对此却很满意，他以为只要段杏绵愿意向自己谈这些，说明希望还是很大的。他们二人谈来谈去，当日虽没有什么定语，但后来经过几次见面，几次书信来往，终于确定下来两个人都愿意结为革命伴侣。

不久，段杏绵调来北京工作。马烽与段杏绵商量好“七七”抗战纪念日的次日即七月八日完婚。这是全国文协（作协前身）成立后的第一件喜事，文协的作家们都十分高兴。康濯担任马烽婚礼的总指挥。

七月八日到了。马烽、段杏绵的婚礼虽然还有一名总指挥，好像婚礼的态势很大，实际上那婚礼简单极了，一是那天的文协会堂增加了两个菜，全机关会餐；二是摆了两桌酒席，招待外来客人；三是许多名人在马、段二人的结婚证书上签名留念。就这些。

七月八日，马烽的叔父、三姐、堂妹都来到北京。段杏绵家里人没有赶上来。介绍人郭维、阎争夫妇就算是段杏绵娘家人了。不过马烽这方面除了叔父和姐妹等人，马烽的老战友孙谦偕夫人王之荷也来了。来宾中还有作家柳青、萧也牧、杨朔等人。在马烽、段杏绵结婚证上签字的还有文协领导人沙可夫、丁玲、艾青；《文艺报》副主编陈企霞、肖殷；《人民文学》的秦兆阳和当时创作组的同志们。当时丁玲当众笑道："你们结婚有这么多人证明，这是最合法不过了。"

马烽终于结了婚，成了家。马母该高兴了。

但是马烽知道老母亲在家等着见新媳妇。他打算尽快与段杏绵一起回一趟家，见见老母亲。可是他忙了一段工作以后，又要访问朝鲜。这次访朝的中国人民代表团是以郭沫若为团长，李立三为副团长，许广平、蔡廷锴、马烽等为团员，规模很高的一个代表团。等他访朝归来，又忙着筹备中央文学研究所的事，直忙到"中央文学研究所"的牌子挂起来以后，马烽才与段杏绵商量，趁一九五一年春节休假之际，回家探望老母亲。

新媳妇拜婆婆

一九五一年春节前，马烽、段杏绵夫妇趁春节放假之际，坐火车回乡探亲，一是到山西让新媳妇段杏绵拜见婆婆，二是到河北省安平县让新郎官马烽拜见岳父岳母。他们夫妇二人买了些过大年的礼品，于腊月二十八日先坐上到山西的火车起程了。沿途车站卖特产食品者很多，比如高碑店的豆腐丝，保定的八宝酱菜，望都辣子油，定州的瓜子眼药，还有什么太谷饼、平遥牛肉、介休灌馅糖等等，马烽一路走一路买，一兜兜、一包包都买的是双份儿，买了不少。

火车轰隆隆地奔驰而来。到腊月二十九午后，马烽、段杏绵夫妇在介休车站下了车。因为这年是小年，二十九晚上就是除夕夜，再说介休到孝义县居义村还有三十多里路程（此前马母已经搬回孝义老家居住），他们害怕误了回家与母亲团聚过除夕，便雇了一辆拉脚的驴拉大车坐了，朝孝义县居义村奔驰而去。太阳落山时分，他们终于来到居义村家门口。

马烽此次回家探母很高兴，因为他终于给他妈带回来一名德、才、貌俱佳的媳妇。新媳妇段杏绵因是初次回婆家见婆婆，心里到底有点惶惶不安。离婆家越近，她的心就跳得越快。她明白婆婆是非见不可的，也就掂了几个大包小包跟随夫君走进马家的门儿。

马母与女儿秀贞正在屋里忙着准备过大年的食品，忽然看到儿子领着一位花朵似的青年女子进来，知道那就是儿子的新媳妇，高兴极了，忙笑道："啊呀，可算是回来了！"

新媳妇段杏绵一进门看见婆婆，先亲亲热热地喊了一声"妈"，同时又立正了向婆婆恭恭敬敬地鞠了一个躬，把个马母高兴得不知该怎么接待新媳妇。马母对新媳妇的到来一不先让新媳妇坐下歇歇，二不让新媳妇先喝一口热水暖暖身子。却先迫不及待地打身上掏出那一枚早已准备下的并且操心保存了多年的金戒指，亲自给新媳妇段杏绵戴在手上。马母如此高兴，她日里想夜里盼的愿望终于实现了。

马母和女儿秀贞知道马烽与新媳妇过大年要回来，特地把一孔窑布置一新，墙上挂着马烽早已寄回来的他们的结婚照，还贴了"囍"字，贴了画，如同新婚房一般。

儿子带着新媳妇回家来了。这一年，马母家除夕摆了酒宴，点燃红烛，放了长长的鞭炮，过得十分红火热闹。

大年初一一大早，一家人刚刚吃了饺子，村上的干部和马家各户的晚辈还有一些邻居，都来马家给马母拜年。有些住在远处平素与马家来往不多的人为了看看马烽的新媳妇，也到马家拜年来了。今年来拜年的人特多，马烽与段杏绵忙着给乡亲们敬烟敬茶，“恭喜”“拜年”的喜庆语连声不断，今年马家过年过得好红火，马母为此越发高兴得不得了。加之许多乡亲们来了，有的当面赞赏新媳妇长得喜人，人也随和，懂礼貌；有的一出门就说：“在全村也拔尖了，可惜是个侉侉。”“侉侉”即外路人的意思。

马母和秀贞见人们都夸新媳妇，她们也乐得不得了哩。

马烽安平拜岳父

一九五一年大年初二，马烽与其新婚夫人段杏绵告别母亲，坐车来到介休县搭上北上的火车。大年初二火车照开，可是这一天人们都在家里过年、拜年，很少有坐车出远门的。因而马烽、段杏绵夫妇一上火车，整个一节车厢仅有十几个旅客。问题是这几天不仅坐车的人少，大站小站各个车站上卖小吃的人也不见了影儿了。马烽第一次去拜见岳父母本想买点山西地方特产，却啥也买不到。只好用在北京买的几件礼品拜见岳父母了。他们在榆次倒车，车上仍然是人少座多。两个人坐一会儿，躺一会儿，经过一天一夜的颠簸，于初三一大早到了定县，而后坐了大马车到了安国县，又雇了一辆轿车奔波三十里，才来到段杏绵的家乡羽林村。段杏绵偕夫婿走进自家院里，只见屋壁上贴了大红福字与喜字，门上贴了彩色门神，满院里充满节日气氛。女儿回来了，新姑爷来了，段杏绵的父亲、母亲、姐姐和小侄女一家人高兴极了。连忙把新姑爷让进客房，饮茶，抽烟。段杏绵的父母和姐姐都早已知道新姑爷马烽是一位著名作家，他们为女儿找了一位名人做夫婿感到荣幸。今天看见新姑爷没有作家架子，说话又很随和、亲切，更加感到女儿找对象算是找对了人。因而一家人忙着做酒席，要好好招待这位当作家的姑爷。

一则因为魏巍、孙犁等著名作家抗战时期就在这一带活动，孙犁又是安平县人，所以这里的老百姓都知道作家是做什么的，都认为作家是很了不起的人。羽林村人早已听说本村的段杏绵找了个作家对象，又听说这位作家已经来到羽林村段家，于是一传十，十传百，段家小院里涌来一批又一批看作家新郎官的男男女女。每来一批人，段杏绵便待之以糖，马烽又待之以烟，大家说说话，段家院里很热闹了一天。人们见了作家马烽，无不称赞段杏绵找了个好女婿。杏绵父母见乡亲们如此夸奖自已家的姑爷，也觉得他们的脸上光彩了许多。来看望姑爷的一个年轻媳妇十分羡慕段杏绵这位作家姑爷，她问段杏绵道："你咋就专门找了个作家?"段杏绵开玩笑道："瞎碰上的。"一句话逗得满屋子的人哄堂大笑。

安家太原

马烽结婚成家之后的一九五一年和一九五二年，他的家发生了两件大事：一是段杏绵于一九五一年八月二十八日在北京市第三妇产院顺利生下一子，这就是马家的长子马小泉。马母听说后，十分高兴。二是一九五二年春节后马母不幸逝世，马烽对此十分悲痛。

马烽从一九四九年北京解放后不久进京，当年十月一日，马烽作为文艺界观礼代表参加了新中国建立的庆典，以后他受命筹备中央文学研究所，结婚成家，生子，写小说，在京城工作整整七年，于一九五六年夏偕夫人段杏绵和儿子小泉、炎炎回到故乡太原。马烽之所以要回山西，是因为他写小说写电影剧本是写农村题材农民生活的。他以为在北京高高在上，离农村太远，下农村生活很不容易。他为了便于深入农村，主动要求回来山西。职务方面是山西省文联副主任。因为此前束为已是山西省文联主任，马烽回来山西，其夫人段杏绵自然也来到山西工作。马烽的岳父岳母因儿子早已为国牺牲，原本想叫女儿段杏绵找个河北对象，对年老的他们也好有个照应，不想她竟找了个山西女婿。好在女婿是著名作家，人也好，也就无话可说了。因为马母过早去世，马烽、段杏绵在山西省文联工作都要上班，无人照料家务和带孩子，段杏绵便把父母和小侄女一起接到太原来生活，还请了一名保姆。好在马烽是名作家，又是省文联副主任，有一套有套间的办公室，还有一套四居室的宿舍，很宽绰的。只因来到太原以后的马家是个老老少少八九口人的大家庭，人多事多，也就有个分工的。马烽不是下乡深入生活，就是写小说写电影剧本，家事一概不问。段杏绵在《火花》编辑部当主任，工作很忙。她白天上班工作，晚上还要搞业余创作，写了许多小说，也无暇过问家事。于是，马烽的老岳父便当了马家的家务主持人兼上街买菜买生活用品的采购员；老岳母年老体质差，也还担任着带四个外孙和外孙女的重任。所以马家不请保姆是不行的。马家的人虽多，但大家分工明确，相处得非常和谐，正可谓合家团结，其乐融融。正因为有这么个和谐的家庭，所以马烽连连写出受到广大工农读者喜爱的作品，如小说《结婚》《三年早知道》《我的第一个上级》《泪痕》《黄土坡的婆姨们》《咱们的退伍兵》等等，今年马烽还出版了八卷集的《马烽文集》。段杏绵也写出了《我和爱人》《地下小学》等许多好作品。

马烽现在的家人更多了。他的三子一女皆已成家。长子马小泉与媳妇同在香港做事；次子马炎炎是山西肿瘤医院胸科的主任医师；三子马小林是《中国农民报》的记者。女儿马梦妮在戏研所工作。他们的工作干得都很出色。

马烽的大众化

马烽写小说是大众化的小说，马烽写电影也是大众化的电影。马烽既是个大众化作家，马烽也是个大众化的马烽。马烽一生之所以创作颇丰，是因为马烽从来也不肯离开大众，常在大众之中做大众之人。土改运动中，马烽长期下农村蹲点与农民大众一起生活一起闹土改。全国解放后，马烽又长期在汾阳县下乡，他在汾阳县城在汾阳农村在汾阳的工厂都有很多好朋友。一九五九年，我随马烽到汾阳采访一个工厂的工人，我曾随马烽一起到贾家庄参观，到杏花村酒厂参观，我看到，马烽在农村在酒厂的老相识老朋友多极了，马烽在贾家庄在杏花村酒厂很随便，好像马烽就是贾家庄的老社员，好像马烽就是杏花村酒厂的一名员工。这些都是我亲眼见到的。正因为马烽的作品是大众化作品，马烽的作风也是大众化作风，所以不仅是他的作品读者多，并且是他本人的朋友也多。几十年来，大凡山西的专业的业余的作家有许多人写了作品都想请马烽看看，向他请教。我就是写了作品常向马烽请教的一个。我写了长篇就请马烽看过。马烽看了人们的作品提意见时有个特点，一就是一，二就是二，好就是好，差就是差，绝不含糊，绝不说假话，他不愿去糊弄人，他以为说假话是会害人的，所以总讲真话。正因为如此，向他请教的青年作者就越多了。马烽给年轻人们看作品，谈创作，总是有说有笑，很随和，很随便，不拿大作家架子。也因了他的不拿架子，马烽的朋友也就越来越多了。马烽的朋友是没有职务高低之分的。中国文联、中国作协的许多负责人如陈昌本来到太原，都要到马烽家看看马烽。另一方面如各地市文联的李逸民、杨茂林他们来到太原，也不会忘了到马烽家看望马烽的。就连许多县文联的作家如陵川的王长发、壶关的李长生等等来到太原首先都会想到看望马烽。可见马烽在文艺界的威信是很高的。而马烽哩，接待任何人都是一个规格，没有高低之分，都是一样的笑脸相迎，一样的亲切接待的。中国作协和各地来了大作家，马烽是热情接待。县里的年轻作者来了，马烽一样是热情接待。马烽这种平等待人的作风，也就是他的大众化作风的一个方面。

马烽的大众化作风不仅仅表现在他的待人上，最可贵的是他对他人的关心，是他对年轻一代的关心。比如我省八十年代小说评奖，马烽有许多篇小说都可以稳操胜券的。但是马烽为了能够多一位青年作家获奖，每次评奖他都主动声明他的作品不参加评奖。又如评职称，马烽为了多一位青年作家评上职称，他把他的指标让出来，他声明他不参加职称的评定。处处表现出马烽关心别人关心年轻一代的高尚品德。马烽在评奖、评职称方面是处处让人，但是在机关多次捐款救灾、捐款修太旧高速公路时，却又是另一番表现，马烽总是拿的份额最大。因而前几年我们省作协列榜公布捐款、捐物名单时，每次都是马烽独占鳌头当第一名。马烽这种“见利就让，见义就上”的做派，实在是我们文艺界的表率。

马烽的大众化作风在日常生活中也很突出。比如坐传达室。我们山西省作家协会这块牌子是很漂亮的，作家协会办公楼也很像样子的，但是那个传达室却不怎么样。因为传达室冬天常生一炉炭火，火烟灰飞，一间传达室常是黑糊糊的一个所在。就这么个所在，因了它是传达室，每天每日的报纸、信件、书籍、汇单都要经过传达室，所以单位里的人们差不多每天都要到传达室走走。大多数人是取报就取报，取信就取信，取了就走人。有一部分人取报取信是其次，每天总会来传达室坐坐的。这些坐坐的人有作家，有一般干部，也有家属。人们住楼房时间一长，互不来往，人际关系就淡薄了。为了弥补这个淡薄，一些人很乐意一起坐在传达室说说家常。马烽就是其中的一名。马烽每天总是亲自到传达室来取报。每天一来，多数时间他都会坐下来坐一会儿的。传达室灰飞尘扬，木板椅熏黑了，藤椅熏黑了，一般人轻易不肯在传达室的椅子上落座的。马烽向来不问那椅子黑不黑，反正来了就要坐坐。马烽是个热火人，他走到哪里，哪里就有热火。就如同赵树理写的《李有才板话》里的李有才一样。传达室来了马烽，传达室就不会冷清的。更何况马烽的大众化作风，跟谁也说得来。比如作家燕治国、李再新常来传达室坐坐，马烽跟这些作家能说得来。但是传达室如果只有看门房的识字不多写字歪歪扭扭的老郝、老范、老王他们在，马烽同样能与他们说在一起。有时候这里只有几个家属妇女坐着，马烽一样可以与她们说得来。正因为马烽的这种大众化作风，跟谁也说得来，老门房老炊事员老范就把马烽当做他的最要好的朋友，大事小事，动不动就把马烽的牌子打出来。马烽也一样，我们单位开会，马烽发言，也拿老范举例子，说：“你不要小看范生元，他是在我们单位时间最长的一位，有了省文联，就有了范生元”云云。马烽总忘不了老范。

马烽每天早上都要到杏花岭早市转一趟。除非是天寒地冻的数九天，年老体弱的马烽大早便不便出门了。杏花岭早市很大，从五一路到建设路全是市场。赶早市的人又特别的多，早市上摊接摊，人挤人，十分拥挤的，但是马烽每天早上要到那人挤人的人群里去走一走，转一转，挤一挤。马烽没有因了他做过中国作家协会的一把手就不去大众去的早市。每来早市一趟，马烽还总要买点什么，如北瓜、白菜之类。马烽说他不大识货，好货次货往往识别不出。马烽说他买什么东西有个窍门儿，就是哪个小摊子周围挤的人多，他就到哪个摊子上买。买者多说明货物好，价格公平。因而，我们常常可以看到马烽掂了在早市上买到的新货慢慢地走进南华门东四条的小胡同里。

马烽与“山药蛋派”

自古以来我们中国有很多文学流派，且各种流派都有他们的主将。解放后我国的文学创作也有许多流派，如河北的“荷花淀派”，山西的“山药蛋派”等等。我们山西的“山药蛋派”也有其主将，便是赵树理和马烽。赵树理解放后主要在北京，马烽解放后主要在山西。所以赵树理主要是以其作品影响着山西的“山药蛋派”的成长和形成，马烽则是在以其作品影响着山西的“山药蛋派”的同时而又以他提出的“新、短、通”三字经为山西“山药蛋派”的成长和形成奠定了理论基础和明确的指导思想。因而进一步促进了“山药蛋派”的成长和形成。实际上这个三字经对“山药蛋派”的形成起了催化剂作用。所谓新、短、通，新是创作题材要出新，创作方法要创新，同时要以反映新中国社会主义新生活和各个方面的新人为主导；短是要以创作短篇小说为主，以适应工农兵劳动人民的文化需求；通是大众化、通俗化为广大群众受欢迎的创作风格。马烽提出此“新、短、通”山西作家文学创作三字经，既是对抗战时期晋冀鲁豫和晋绥解放区文学创作和解放初期山西文学创作精确的总结，也是对山西今后文学创作的导引。而“新、短、通”三字经就是这个总结的结晶。所以在“文革”前甚至在“文革”后许多年，“新、短、通”三字经一向是山西作家文学创作的准绳。后来冠予山西作家群以“山药蛋派”的桂冠，这个“山药蛋派”便是给予遵循“新、短、通”三字经进行创作的山西作家群中普遍开花、结果分不开的。因而我们应该说山西“山药蛋派”的创建和发展，马烽是有功的。

马烽不仅仅是“新、短、通”文学创作三字经的倡导者，并且也是以身作则的实践者和带头人。因而马烽也就成为山西“山药蛋派”的实践者和带头人。五十年代中期《山西文艺》改刊《火花》后，马烽在文学创作上坚持写短篇小说为主，他的许多篇影响大的短篇小说便是在这段时间里写出来的。如他在《火花》上发表的短篇小说《一篇特写》《四访孙玉厚》《三年早知道》《老寡妇》《停止办公》《重要更正》《临时收购员》《杨家女将》《五万亩红薯秧》等和在《人民文学》发表的《难忘的人》《我的第一个上级》《老社员》《太阳刚刚出山》等就都是题材既新，篇幅又短，又全是坚持了大众化、民族化、通俗化“新、短、通”三字经的代表作和典型作。同时由于马烽的同代作家西戎、孙谦、束为、胡正等都坚持了“新、短、通”三字经，在《火花》上，西戎发表了《盖马棚》《姑娘的秘密》等许多作品，束为发表了《好人田木瓜》《迟收的庄禾》等作品，孙谦发表了《伤疤的故事》《南方的灯》等许多作品，胡正发表了《七月古庙会》等许多作品，这些作品一样都是“新、短、通”式的作品，加之刘德怀、焦祖尧、李逸民、义夫、杨茂林、段杏绵、郁波、李霞裳等五十年代新起的一批作家在赵树理、马烽他们的影响下，在创作上始终坚持了“新、短、通”，这个流派的名称就叫“山药蛋派”。因为马烽自己在文学创作上坚持了“新、短、通”三字经，而“新、短、通”又是马烽所倡导的，所以马烽理所当然地成了“山药蛋派”的主将。

山西作家群不仅以马烽提出的“新、短、通”三字经凝结为一个文学流派——“山药蛋派”，并且创建了一块播种“山药蛋”的园地——《火花》。作家之笔要耕耘，没有一块适合的园地便使英雄无用武之地。当时的《火花》坚持以马烽倡导的“新、短、通”三字经的短篇小说为宗旨，据此，我们山西的《火花》不仅使得山西第一代作家如赵树理、马烽、西戎、束为、孙谦、胡正等在《火花》不断地开新花，不断地结新果，进一步提高了山西第一代作家的地位和声望，使之成为“山药蛋派”的主将和大将，并且第二批作家如焦祖尧、刘德怀、李逸民、义夫、杨茂林、段杏绵、郁波、李霞裳、王梓生等也是遵循了“新、短、通”三字经进行创作，在《火花》这块宝地里成长起来的，还有年轻的田东照、王东满也是开始在《火花》初露头角的。我们可以说《火花》这块宝地以“新、短、通”三字经为养分成就和培养了山西的两代作家，同时建国后山西的两代作家以“新、短、通”三字经为工具在《火花》这块宝地里进行耕耘，促成《火花》成为当时中国著名的地方刊物之一。一九五六年到一九六六年的十一年间，《火花》的发行量为每年六万份左右，最高时曾发行到八万多份。在当时的地方刊物中其发行量只有两三家超过两万份。因而当时我们山西的文学刊物因为坚持了“新、短、通”三字经，因为培育了一大批作家，因为刊发了许许多多为人所称道的优秀的短篇小说，所以《火花》成为全国著名的地方文学刊物。因而也可以说一九五六年到一九六六年的十一年，是山西文学创作第一个黄金时代，这个黄金时代的出现和形成，是与“新、短、通”三字经分不开的。而这个“三字经”的倡导者马烽自然也是劳苦功高的。

大风大浪里的搏斗

马烽在《黄河》一九九七年第三期发表了长篇小说《玉龙村纪事》。这是一部写土地改革的长篇新著。该作写的是玉龙村土改前期在农村发生的一场暴风雨般的十分激烈的斗争。这是土改前夕以三百多年前与恶霸斗争而牺牲的英雄牛大海的后代牛冬生为代表的劳动人民与三百多年前霸占了牛家庄全村土地的冯举人的后代冯承祖为代表的恶势力的斗争。玉龙村的大富人家为首者有两户：一是冯承祖，家大业大势大，是玉龙村的土霸王，但是他常常做出一副“菩萨”面孔，落得个“好财主”的名声；二是方万宝，有田三百亩，其中一半是出租田，年收租五六十万，年年有烂掉的粮食，但他节俭成癖，每年冬天要拖了打狗棍沿村乞讨。这两个财主，一个以“菩萨”面孔迷人；一个以“俭朴”相惑众，这就使许多贫下中农认不清他们的真面孔，将广大群众打倒封建的斗志削弱了许多，使玉龙村的土改运动复杂化了。此其一也。冯承祖的女儿冯贞贞参军是军属，又是冯征科长的家属，也是冯家的一个挡箭牌，此其二也。冯承祖的侄儿冯二海原是贫农，当农会副主席，却不敢与财主叔叔做斗争。此其三也。冯家族长冯德厚依了冯家在玉龙村的势力大，又喝了冯承祖的酒，便联络冯族人众对抗土改。此其四也。冯承祖又与蔡文玉结亲家，蔡文玉在村里有了“蔡太师”的美称，自然要为冯家出力。此其五也。冯承祖又给一些贫农好处，他们也替冯家说话了。此其六也。凡此种种，冯承祖便不把共产党干部和农会看在眼里，仍然在玉龙村作威作福。因而玉龙村的农会主席牛冬生领导群众同冯承祖做斗争，冯承祖一家人却处处使绊子，使土改工作受到重重阻隔。抗日战争中，冯承祖的儿子、汉奸伪村长冯守义勾结日寇把牛冬生抓去，差点被敌人折磨死，幸被我民兵解救出来。日寇把群众粮食抢光，玉龙村多数人家春荒缺粮，牛冬生组织群众向冯承祖借粮，农会副主席冯二狗却不敢去冯家借粮。后来冯承祖竟与“蔡太师”等勾结在一起，将一些霉烂的旧粮食和虫粮借给大家，反而让地主戏弄了贫下中农。由于冯承祖、“蔡太师”他们在群众中造谣，牛冬生召开群众大会，大部分群众都不到会，玉龙村连群众大会也开不起来，还搞什么土改？土改运动，这一场两个阶级的斗争，尽管村农会人多势众，却怎么也斗不过冯承祖。更有甚者，冯承祖以小恩小惠把地痞流氓冯金狗、胡踢踏一干人拉拢过来，组织一些人与村农会作对，把玉龙村的土改整个搞翻了。上边的土改工作团来到玉龙村，就住在胡踢踏家，他们一切都听冯金狗、胡踢踏的。牛冬生本来还没娶媳妇，张玉龙烈士的妻马丽英是村妇联主席也未嫁人，牛冬生、马丽英他们常在一起讨论工作是常事。但是，冯金狗、胡踢踏他们却向工作团报告，说牛冬生和马丽英乱来，所以玉龙村的土改运动不是贫下中农斗地主，而是地主冯承祖的走狗冯金狗、胡踢踏召开群众大会斗农会主席牛冬生和妇联主席马丽英，实际上就是地主斗贫农，岂非咄咄怪事。在文昌庙召开的斗争牛冬生、马丽英的大会，那火力是十分大的，气势是十分可怕的。胡踢踏纠集了一干小流氓，把牛冬生、马丽英大斗一场，直斗到血染文昌庙的程度，直到马丽英失踪，人们都说她是寻了短见。玉龙村的土改简直搞得颠而倒之，不成样子。通过玉龙村土改运动，充分说明了土改运动实实在在是一次天翻地覆、你死我活的极其激烈的大斗争，充分说明玉龙村以牛冬生为首的农会组织与以冯承祖为首的土豪的斗争不是一件轻而易举之事，根深蒂固的有着几千年历史的吃人的封建主义大山的推倒，并不是贫下中农和广大农民群众简单地举举拳头，喊喊口号就可以办到的，土改运动实实在在是一场血与肉的拼搏。玉龙村的土改是经过好几个反复，才取得最后的胜利。应该说马烽的这部长篇较真实地反映了当年那一场土改运动两个阶级你死我活的斗争的实质。其次，该作品的深刻之处还在于，它的故事的跨度从三百年前牛大海的告状，杀死冯举人一家五口人和他的被害，一直到土改运动中牛大海的后代牛冬生与冯举人的后代冯承祖的斗争，其实质就是一场连续了几百年的土地斗争。先是冯举人霸占群众的土地与牛大海带领群众反霸占的斗争，后是牛冬生带领农会广大贫下中农向恶霸地主冯承祖夺土地与冯承祖歇斯底里的反土改的斗争。这个延续了三百多年的土地斗争，实际上就是劳动人民为了争得一个“耕者有其田”的斗争，是一场惊天地、泣鬼神的可歌可泣的斗争。正因为实现了“耕者有其田”，今天我们在农村搞改革开放，实行土地承包责任制才有可能，十二亿人口吃饱饭才有可能。因而，土改运动是一场值得大书特书的斗争，这场斗争直到今天仍然有它的强烈的现实意义。所以《玉龙村纪事》是一部有着深远的现实意义的长篇小说。

该作在语言方面、在人物塑造方面、在生活气息方面仍然是马烽固有的那种山药蛋味儿。只是当你认真看下去时，觉得作者对于山药蛋的烹调艺术又提高了一步，他们烹调的山药蛋吃来更感可口更感美味多了。

马烽故事系列

第一次演戏

马烽一九二二年生于山西孝义县居义村。幼丧父。七岁时与姐姐妹妹随母迁居到舅父家的村子汾阳县东大王村。上过高小。一九三八年参加抗日部队，几个月后调宣传队工作。因为他会写美术字会画漫画，一九四二年夏，马烽他们在部队艺校学习结业后，编入一二〇师战斗剧社。

他在剧社做舞台美术工作。当时战斗剧社正在延安城的七里铺演出，剧目叫《晋察冀的乡村》，是一出歌舞活报剧。此剧他们曾在各地演出多次，很受群众欢迎。那天在七里铺演出此剧，演出前两天，一个饰青年农民的演员突然病倒了。导演便要马烽来演这个青年农民。马烽再三推辞说他没演过戏，不会演，导演告他说这个青年农民的戏很简单，也不唱一句，也不跳舞，一句台词也没有，就送一封信就行。难道送一封信你也不会送吗？再说咱们剧社就这么几个人，你不上这个角儿，就得找老乡来顶替，何苦呢？就是送一封鸡毛信，你只要拿着这一封信上场踏着音乐的节拍从舞台这一头走到舞台那一头就行，难道走几步路你也不会？马烽以为这个角儿就是走几步路，也就应下了。后来排练了几次，马烽手持鸡毛信上场、交信、下场，那台步也能走在音乐节拍上。导演看了说很好。就等正式上演了。

首场演出是在杨家岭新落成的中央大礼堂。节目演出中，马烽化装成冀中农民模样站在侧幕后边等待上场。上场前，马烽偷偷看看底下的观众，忽然看见毛主席坐在前排中间，马烽好高兴。但是他立时紧张起来。说不来是兴奋还是害怕，他只觉得头发晕，眼发花，晕晕乎乎变成了一个傻子。该他上场了，他却傻得忘了上场。这时有人在背后推了他一把，厉声说："快上！"马烽这才恍然大悟，连忙走出侧幕。谁知此刻的马烽竟然浑身发抖，两腿发软，抖抖擞擞，趔趔趄趄，深一脚，浅一脚，东摇摇，西晃晃，走不成个步子。根本不像个送鸡毛信的青年农民，十足像个打摆子的病号，他摇摇晃晃差点摔到舞台下边来。从台左到台右不过二十几步路，他却急得什么似的，怎么也走不到头，引得台下观众笑声不止。台下观众越笑，马烽就越是走不好，就越不像个送信人。最后总算跌跌撞撞下了场。就这么一点戏，累得他全身汗流不止。一进后台，导演就训他了："你是怎么搞的，排演时候不错嘛，怎么一上场就变成这个样子？根本不像个送信青年嘛，简直就是个疯子！毛主席都来看演出，你你你……"

马烽这时不害怕了，他却说："毛主席看了也会发笑的，这就算成功了……"

第一次投稿

马烽在文化宣传单位工作，又爱看书，中外名著已经看了很多，因而他渐渐迷上了文学。一九四二年夏又听了《毛主席在延安文艺座谈会上的讲话》的传达，毛主席号召写工农兵，写给工农兵看。马烽也萌发了从事文学创作的念头。他经常写点小作品，差不多写一篇就能发表一篇，但全都是发表在他们单位办的壁报上的。当时影响较大的《解放日报》还没有发表过他的作品，他多么想在《解放日报》上也发表一篇作品啊。后来他抽空儿写了一篇两千多字的小说，题目是《第一次侦察》，也在壁报上发表了。他们单位许多人看了马烽的这篇小说，都说写得不错，很有意思，还有人向他建议把稿子送到报社去试试。大家把马烽的心说动了，他真的把《第一次侦察》又抄写了一份，写上自己的名字、住址，又找一块废纸糊了一个信封，准备把稿子送到《解放日报》去。

次日上午，马烽带了他的稿子第一次向《解放日报》社的驻地清凉山奔来。他不知道他写的这个《第一次侦察》算不算个文艺作品，报社的编辑会不会看中。他抱着试一试的心情走进了《解放日报》社的编辑部。刚走到编辑部的门口，就像他第一次演那个送信农民一样，忽然觉得心慌了，意乱了，头晕了，腿软了，有点害怕。但是既然已经走到报社门口，怎么可以不进去了。他给自己壮壮胆，匆匆跑进编辑部的房子，影影绰绰看见屋里有几个人，是老是少是男是女他没敢看，只是匆忙地走到办公桌前，把他的稿子往桌上一扔，见了编辑像见了仇人似的，一句话没说，看也不看他们一眼，扭头就走。跑出编辑部来，长长出了一口气。

编辑部的编辑们见这个年轻人送稿子，一句话也没说，扔下稿子就跑走了，觉得很稀奇，以为是个代人送信的人，不提他了。及至后来马烽、西戎出版了《吕梁英雄传》，《解放日报》有两名编辑访问马烽时，才发现写《吕梁英雄传》的作者之一马烽就是四年前扔下稿子跑的那人。想问问马烽当时为什么一句话不说就走人，又不好意思开口，也就罢了。

马烽、孙谦睡冷床

一九四二年冬天，部队进行精兵简政。马烽当时的工作单位是战斗剧社。剧社的人很多，也要精减。不会演戏不会唱歌对演戏不感兴趣的人都被精减下来，共有十几人，搞舞台美术的马烽和李束为、孙谦、牛文等被精减下来后，要回到晋西北抗日根据地重新分配工作。他们十几个人是一个小队，他们想到到了一个地方住时，人家问他们的单位，没法说，他们一边行路一边闹着玩，说他们这支小部队也该有个番号，牛文便说咱们的番号就叫“被战丢”，意即被战斗剧社丢弃的意思。并且给每个人编了一个代号，临时带他的孙谦和李束为是1号和2号，党小组长马烽是3号。他们离开延安走了三天，到了绥德县城。因为次日就是一九四三年元旦，他们觉得应该改善一下生活。1号2号3号一起去找到一二〇师三五九旅旅长王震，真的弄到一些白面和猪肉，高高兴兴地过了一个元旦。之后他们继续向晋西北行进，一日，又来到神府县的移林村过夜。他们在村里找到了八路军兵站。因为兵站的客房住满了来往的军人，人家只好把他们安排到为军政首长们准备的两孔石窑里住。那窑洞粉刷得雪白，摆着几张桌子和几把椅子。因为好久未住人，刚生了火，窑洞里还是很冷的。他们住的一孔窑，有一个大炕，还有一只钢丝床。据说贺老总去延安路过这里就是睡这支钢丝床的。几个人吵着说为了优待“被战丢”的“首长”们，大家要马烽和孙谦睡钢丝床。马烽、孙谦以为能睡贺老总睡过的钢丝床，是一件美事，便高高兴兴地睡在钢丝床上。只因那土炕虽是硬邦邦的，却是暖炕，睡在土炕上要暖和得多。那钢丝床虽然软和，却是冷床。数九寒天睡在刚生了火窑洞里的钢丝床上好冷好冷，马烽、孙谦二人被冻得“瑟瑟”乱抖。他俩因为嫌冷就翻来覆去地翻腾。他们动一动，那床就跳一跳。这么冷呀冷，跳呀跳的闹得他俩根本睡不着。这么着闹腾到半夜，马烽实在冷得受不了，忽然觉得不妙，认定是上了牛文他们的当。于是，马烽跟孙谦说：“老孙，我们上了牛文他们的当了。什么优待队长优待组长，实际上是让你我在这儿活受洋罪。他们睡热炕，让我们睡冷床，这不是捉弄人是什么?”

孙谦也说：“咱们俩肯定是让他们给捉弄了。走，咱们也睡热炕去。”两个人搬了被子挤进炕上来，很快就睡着了。

第一次照相

一九四四年十二月，晋绥边区召开第四次群英大会。马烽和西戎、孙谦、李束为、胡正等都在这次大会上做会务工作和编印会刊工作。当时，马烽、西戎他们的工作是在晋西大众报社当编辑。因为他俩在此次大会上采访了许多民兵英雄、杀敌英雄和神枪手的故事，此后二人合作创作了长篇小说《吕梁英雄传》。这本书同时成为他们两位作家的成名之作。

此次群英大会从一九四四年十二月下旬开始，到一九四五年元旦后才结束。在此之前，马烽和西戎、孙谦、李束为、胡正共五人曾几度在同一个单位一起工作过。马烽、孙谦、李束为还在一个连队当过兵。在此次群英会上五个人又碰了面，便与大会宣传组的摄影师说好，请他给他们五个人照一张合影以作留念。因为拍私人照得自个儿拿钱，好在马烽、西戎他们都有点稿费，照相费也就解决了。他们五个人约好次日早上太阳出山后在会刊组住的院子里拍照。到了次日早上，马烽、西戎、李束为、胡正四个人先后都来到院里。摄影师也来了，并且已经把照相机架在院子里。当马烽等人往一起站好，摄影师正要拍照时，马烽忽然说：“请先不要照哩。我们还少着一个人哩。”这时候大家才发现还少着一个孙谦。一月份正是寒冬腊月滴水成冰的时节，天气好冷好冷。摄影师冻得又呵手，又跺脚。说：“你们的人怎么还没到齐，快找人去呀！”

马烽见孙谦还没来，只好到处跑着喊孙谦，却总是没人应声儿。马烽气得什么似的直骂：“这个老孙哪儿去了，一点时间观念也没有！”后来马烽跑到厨房里来寻他，只见孙谦躺在炊事员的大炕上蒙着头“呼呼”地睡大觉，便照他的背上狠狠捶他两拳。孙谦醒了，看看是马烽，很不高兴。说：“捣什么乱你……”马烽说：“我当你老孙钻到红孩妖精肚里去了，怎么也找不到你，没想到你还钻在被窝里睡大觉……”“我晚上加班到凌晨三点四十五分……”“我和西戎晚上加班到凌晨四点五十五分不照样起大早嘛？这是跟人家照相师约好的你知道吧，你把人家害得冻了一个钟头……”“照你说好像我犯了好大的错误似的，那么凶……”“照你说你好像立了功不成！——快快起来走。”孙谦连忙起床，跳下地来就走。马烽说：“要照相哩，也不洗一把脸？”“就这样儿，再洗也是这个样儿。不洗了。”于是，马烽、孙谦匆匆来到照相机前，五个人站好了，照下一张五人合照。这一张照片就是后来传说的山西文学界的“五战友合照”。

马烽、西戎遇狼群

一九四五年，马烽、西戎仍在晋西大众报社做编辑工作。他们二人合写的《吕梁英雄传》也是当年首先在《晋西大众报》上连载的。他们俩一边做编辑工作，一边写《吕梁英雄传》，很是忙了一些时间。加之报社的编辑部在黄河东岸的北坡村，印报的印刷厂仍然在黄河西岸的杨家沟村。两地相距较远，每天的稿子要提前三天发稿才行，遇着版面调整或调换文稿的事，编辑们来回要跑七十里路跑印刷厂。这些事往往是让马烽、西戎等几个年轻编辑跑的。每跑一次印刷厂，要起大早摸大黑才能跑回来。有一次，马烽、西戎二人起大早来到黄河西杨家沟调换了几个版面，完成任务后，他们离开杨家沟时，已是半下午时分。二人匆匆走来，当他们走在一个大山沟里时，忽然发现前面有一群狼，约五六只之多，狼们打打闹闹地正与马烽、西戎二人迎面走来。可把二人吓坏了。因为这条沟很窄，往前跑，那是往狼们的嘴里跑；往后跑，狼们比他们跑得快，很快就会追上来；左右大山都是陡崖，无路可逃。马烽急问西戎："我们怎么办?"西戎说："没办法。""咱们俩跟它们斗吧!""咱们俩都不是武松，就是武松，也斗不过那么多狼呀!""那该怎么办，等着喂狼?反正是一死，我们应该跟它们干……""干就干，碰运气吧。""我看它们打打闹闹，好像没发现咱们。咱们先不要动，看情况。沉住气，来了来了，不要动……"眼看五六只大狼就要来到他俩旁边，两个人只吓得紧靠崖上，紧紧偎在一起，"瑟瑟"乱抖，两个人抖作一团。一会儿，那些狼互相追逐着，嚎叫着，已经走近马烽、西戎二人身边，两个人吓得乱抖，头发晕，眼发直，大张着嘴，根本不会动手了，只好等待厄运到来。来了来了，一群恶狼已经来到马烽、西戎的身边，两个人以为他们立刻就完了。《吕梁英雄传》已经连载完了，但还没有弄在一起出书，那书出不成了，出不成了……马烽、西戎抖着抖着，却见那些狼打打斗斗地打他俩的身边过去了，走了，走远了。怪呀！吃人狼，吃人狼，六只狼，两个人，它们为什么不吃呢？狼们过去了，马烽、西戎二人给吓软了，给吓傻了，两个人傻乎乎地软瘫在路边，站也站不起来，只是大口喘气，浑身冒汗。过了半天，马烽才会说话了："老西啊，看咱们这个熊样子，哪里像武松，只会做狼食哩。"西戎说："这么多狼，武松也不行。"这时有一个背柴老乡路过这里，看到马、西的狼狈样儿，问："那群狼把你们吓坏了吧？"他俩点点头。马烽问："这些狼怎么不吃人呢？"背柴人说："不是狼不吃人。如今正是春天，狼们正忙着搞恋爱，哪有心思吃人。""原来如此。"

马烽、西戎总算闯过"六狼关"了。他们喘了老大一会儿，才动身往报社奔去。

第二次演戏

一九四六春节前，晋绥边区政府号召各单位和广大农村都要排演节目，宣传抗日战争的伟大胜利。《晋绥大众报》自然也要出节目。正好西戎写了个小秧歌剧，剧名叫《铁圪旦参军》，内容不错，是个快板剧，不必唱，会说快板就能当演员。于是报社的李束为自报当导演。李束为分配角色，分配张友当爹，邵挺军扮演妈妈，马烽说："我这个样儿扮演媳妇，一出场就把观众吓得跑光了。这个角儿非你西戎扮演不可。"西戎没办法，只好答应下来。当天已是除夕日，明天上午就要演出。于是，报社的人有演出任务的就连夜排演节目，其他人到老乡家借服装、道具。整个编辑部忙了一夜。

第二天大年初一上午，几个单位的人集中在河滩上进行团拜。最后由报社的马烽他们演出节目。马烽这一次演节目比上次好多了，基本上没出问题，会场上看演出的和演戏的人都是熟人。一见西戎扮成小媳妇，邵挺军扮成老太婆，他们一出场，台下就引起一阵笑声。节目进行中，观众们笑得更厉害了。因为这一出戏四个人说快板说的是四种腔调：西戎是蒲县腔，马烽是孝义腔；张友是保德腔，邵挺军是上海腔，南北腔调根本不像父亲、母亲、儿子、媳妇一家人说话。这也罢了，因为他们即排即演，快板词都没背下来，说着说着就没说的了，有的说到半道上又停下来，打口袋里掏出单子看看，继续再说；有的说着说着嗓子痒了，停下来咳嗽一阵子再说。观众们看到这些表现，都会发出一阵笑声。更可笑的是演父亲的张友原本用白棉花沾了两撇小胡子，演出中掉了一撇胡子，他也不知道。马烽只好提醒他："爸，你的胡子怎么短了半撇，快找找胡子。"张友却说："找什么胡子，我不要胡子了。"马烽只好接上说："我爸越说越年轻，摔掉胡子当青年……"台下又是一阵哄笑。

五十年代初期，许多人以为马烽、西戎是一男一女两口子。这是因为一则有夫妇作家孔厥、袁静为例；二则马烽、西戎在舞台上演出中扮演过两口子。后来人们了解到马烽、西戎都有了老婆，夫妇之说才没人传说了。

马烽深夜斗臭虫

一九四九年八月，在《晋绥日报》工作的马烽到北京出席全国新民主主义青年团（后来的共青团）代表大会并被选为团中央委员。在会上马烽作了他如何学习写作，如何由一名普通战士成长为一名作家，如何与西戎合作写了《吕梁英雄传》的发言，受到大会好评。天津代表团对他的发言很感兴趣，邀请他到天津给天津青年作几场报告。马烽征得他们代表团团长的同意，来了天津。天津团市委把马烽安排在一个能住能吃的旅店里，住一个单人间。房间壁上还贴着花花绿绿的壁纸，床是钢丝床。到底是天津市，住宿很不错的。第一天晚上，马烽睡到半夜，被什么虫咬醒了，怎么也无法入睡。他起了床，拉亮电灯看看被窝里，好家伙，竟然有许多臭虫乱跑。马烽就忙着抓臭虫。忙乱半天，消灭了许多臭虫，马烽继续躺下睡觉，不一会儿，臭虫们又冲他进攻了，他只好再一次起床抓臭虫。就这样折腾了一夜，马烽没有睡好。次日上午，马烽作了两场报告。他以为臭虫小事，没有跟团委的人说此事。这天早上，他只是跟旅店负责人说了臭虫太多之事。当日，旅店把马烽住的房间认真清洗了一番。马烽回旅店休息时，得知此房已经清洗过了，以为晚上可以睡一个安稳觉了。当他睡下不久，许多臭虫又向他袭击而来。臭虫之多，把马烽咬得浑身发麻，心里发慌。马烽只好起床，开灯，继续抓臭虫。又抓了许多，他也不敢上床，害怕像昨晚一样。可是昨晚没睡好，难道今晚再闹一夜不睡吗，这倒比与日本打仗还困难。他绕着一张钢丝床转了几个圈子，又发现房间一个墙角处堆着许多空的铁皮罐头瓶子，马烽想一想，忽然想出一个办法。他挑选了四个罐头瓶子，一个个灌满了水，把它们分别放在钢丝床的四条腿的脚下。每个床腿栽在一个盛了水的罐头瓶中间。瓶里的水如同是一道护城水沟，如同城市的围城河一般。那些臭虫想爬上钢丝床，都必须先经过罐头瓶里的水，臭虫在水里是不会爬行的，这样就把臭虫给制住了。马烽如此做来，果然睡了一夜安稳觉。次日大早，马烽查看那四个罐头瓶子，其中果然有很多淹死的臭虫。这是马烽在臭虫围攻中创造的捉虫法。

马烽冒险坐货车

一九四九年八月马烽去北京参加全国新民主主义青年团代表大会后，到天津市给天津青年作了三场报告，便动身返回晋西北。马烽先坐了天津到石家庄的火车返晋。在德州倒车时他下了火车不敢出站，害怕火车没有餐车，打算在德州买点熟食备食。到处看看有没有能带的食品，唯有卖烧鸡的有好多，德州烧鸡又是名食，马烽便买了一只烧鸡。

马烽在候车室候车候了半天，忽然听得有火车进了站，又听人们说正是到石家庄方面的车，许多人奔跑到站台上上车。马烽也随大流跑着出来站台一看，却是一列满载着钢轨、枕木的货车。每一列车厢上的钢轨或枕木都堆得老高老高。就是这样的车，旅客们都是争先恐后地往车上爬。因是解放初期，铁路载客还没有什么制度，旅客们乱爬货车，也没人过问，也没人阻止。马烽弄不清今天到石家庄方面去是不是还有客车，只好随大流爬呀爬呀爬上一节载枕木的车厢上去，高高地坐在小山一样的枕木堆儿上。他也没想到在德州坐火车会坐这样的火车。

火车开了，车速很快。马烽同旅客们坐在没遮没拦又有点滑的枕木堆儿上，如同杂技演员爬在“顶椅”之最高处一样危险，稍不小心就会出问题的。马烽第一次坐这样的火车坐得又险又累。偏是这种货车比特快列车还要快。特快列车到了大站还要停一停，这列货车无论走过小站、大站，一律不停，人们坐得好累好累。马烽饿了，唯有一只德州烧鸡可吃，便小心吃完了，饿是不饿了，但是马烽吃了干巴巴一只烧鸡，怎么能不干不渴呢？他饥了有烧鸡吃；他渴了却没有水可喝。载枕木载铁轨的火车上只有铁轨和枕木，没有开水喝，连冷水也没有，花钱买水也没有卖水的。马烽好渴好渴随货车飞奔而行，坐在枕木上好险好险。马烽多么希望这车能停几分钟弄点水喝啊！可它偏偏不停。马烽好后悔不该坐这样的火车。好不容易终于跑到石家庄，那火车终于停下来，马烽急急忙忙从枕木上爬下来，回头再看一眼那车，自语道："今生今世上路没车坐，就是千里路万里路，我宁愿一步一步走着去，再也不坐这种车了。"下车以后，啥也不想，连忙找到一个水龙头，急不可待地拧开它，歪下头"咕噜咕噜"灌了一肚子冷水。

马烽在国际列车上

一九五二年冬，中国文协（后改为中国作协）组织了一个访问民主德国的代表团，全团只有三人：一名团长，一名团员，一名德语翻译。团长是老作家沙汀，团员是名作家马烽，德语翻译姓曹，团长、团员都叫他小曹。他们访问东德的日子并不是很长，但因是坐火车，往返路上坐火车的时间却是很长的。他们坐的火车要横穿西伯利亚经过苏联、波兰，要走十多天。时间长事小，麻烦的是满列车的旅客多是苏联人和欧洲人，除他们三人外，看不到一个中国人，甚至连朝鲜人、日本人也没有。因而他们这一趟很长时间的旅行遇到诸多困难。他们坐的是头等卧铺，一个包厢二人，这条件是很优越的。就是饮水问题遇到难题。台桌上摆着水瓶，那是冷水，一则中国人不习惯饮冷水，二则冷水不能泡茶，总不能七八天不饮水吧。等列车员到包厢里来时，马烽连忙向他提出要热开水的问题。列车员是苏联人，听不懂中国话。小曹讲德语，列车员也听不懂。双方想着办法打手势，也打不通这个关节，还是弄不到热开水。这该怎么办呢？好多天饮不上热开水，如何了得。到不了东德，一个团三个人都会因为饥渴而病倒，还怎么谈得上访问呢？后来沙汀把指头仿杯子形扣在嘴上作饮水状，这么一来，苏联列车员好像明白了几分，笑着转身去了。

一会儿他就送来三个人要的东西，但他送来的不是开水，却是一瓶苏联白干沃特卡酒和三个高脚杯。要开水没要来却要来一瓶酒，三个人一起哈哈大笑起来。苏联列车员见他们大笑，莫名其妙。沙汀急了，说："同志，我们不是要喝酒，而是要喝茶，要开水。"列车员转身去了，一会儿便送来了三杯热茶。马烽他们奇怪这一次他为什么听懂了汉语。后来与人讲起此事，懂俄语的人才说俄语"茶"的发音与中国相似。原来如此。茶水问题解决了，到餐车吃饭时又遇到新问题。服务员把菜谱送来，他们看不懂，无法点菜。后来马烽他们想出一个办法，就是带着服务员到别人餐桌上指着别人吃的菜和主食点菜，这才解决了吃饭难的问题。七八天里，他们每次用餐都用的是这个办法。饮水、吃饭问题解决了，还有一个冷的问题无法解决。在列车上还行，但是列车小站不停大站停，他们在车上度过七八天，大站小站都不敢下车活动活动。因为有一次他们在一个大站下车活动时，不到一分钟，浑身都冻得麻木了。再也不敢随意下车活动了。

马烽受困莫斯科

马烽与沙汀和德语翻译小曹访问民主德国坐国际列车颠簸七天七夜，终于来到莫斯科。他们下车后，在站台寻找中国驻苏大使馆的接站人，却怎么也找不到。七天前他们一进入苏联国境，就给使馆发去一个俄文电报，把乘坐的车次、到站时间均已告知，怎么却没来人接站呢？此时正值严冬，莫斯科又极冷，他们三人虽然穿着厚厚的棉衣，仍然冻得抖起来。他们看看无人来接站，想给大使馆打电话，又不知道电话号码，眼看下了火车的旅客都已出站走了，偌大一个车站就剩下他们三人，幸亏有两个戴红帽子的搬运工过来帮他们把行李运出车站。在车站门口他们三人瑟瑟发抖又没有去处。语言不通，只好呆呆地任冷风吹得大衣啪啪乱响。他们想问路，多少男女从他们身边走过，可惜都是黄头发，蓝眼睛，有口难言，有言难通。在此情况下，没有别的办法，三个人多么希望看到一个黑头发黑眼睛的中国人呀，好不容易看到了一个黑头发的，连忙上前问话，对方一开口，却一句话也听不懂，原来是个日本人。何时才能碰上个中国人啊！他们在凛冽寒风中又呆站了许久，忽然，有一个穿苏联军装的人向他们走来，看样子很像中国人，而且还会说中国话，他走过来说："看样子是从中国来的吧？"马烽他们闻言，高兴极了，连忙向他说明情况，他说他是苏联军事学院学习的中国人民解放军的军人，刚才送朋友上车，看到他们，估计他们是遇到了难题。马烽向他说明了来龙去脉，并把沙汀和小曹介绍给他。听说他们都是中国作家，他高兴地让马烽三人坐上了他的车，送到中国驻苏大使馆。马烽他们像在茫茫大海中遇到灯塔一般，连声感谢这位热情的中国军人。

中国使馆的工作人员对马烽他们的突然到来，感到诧异。问长问短，还问为什么事先不打个电报？马烽连忙说明七天前就发了电报，不知为什么没收到，也无法查对，只好作罢。

马烽他们在莫斯科终于有了落脚处，次日上午，安排了半天空闲时间，马烽他们到莫斯科红场转了一圈，美美地把红场看了个够。

马烽初到柏林城

一九五二年冬马烽与沙汀等访问东德，坐国际列车行七日到莫斯科，又坐国际列车行两天多于第三天上午到达东德首都柏林。

他们认为在莫斯科时，苏联作协已经给东德作协拍了电报，不会在柏林车站挨冻，民主德国作协一定会派人来接站的。马烽他们万万没有想到，他们到达莫斯科无人接站，挨冷受冻那一幕在柏林重演了一番。火车停在柏林站上，看不到有人来接站。他们以为是接站者没有来，就在车站上等接站人。站了不多会儿，只觉得天气好热，一个个头上都冒汗了，又站了一会儿，仍然不见接站之人，却有许多人打他们身边走过时不住地用奇异的目光打量他们三人。马烽等三人以为是外国人看到中国人看稀奇，如同中国人看外国人看稀奇一样，不足为怪。

可是有许多人不仅看他们的稀奇，还低声细语叽叽喳喳像是议论他们。马烽他们只觉得奇怪：我们怎么啦，让许多外国人另眼相看呢？这时，年轻的翻译小曹连声喊叫好热，马烽这才看看小曹的穿戴，又看看自己的一身，还有沙汀那一身装束，这才明白过来，原来当地人和其他客人穿的外套大都是风雨衣，女人们大都穿着裙子，很少戴皮帽穿皮衣的。因为柏林的气温比之苏联、莫斯科要暖和得多，可是马烽他们原本并不了解东德与苏联的气温有如此大的差别，他们一律穿的是毛衣毛裤呢子中山装，外套皮大衣，头戴皮帽子。一个个热得直冒汗。可是不穿皮大衣，又有点冷；穿风雨衣，又没带。因而，人家穿的单薄，唯有他们三人一个个身着皮毛严装紧裹，他们自己热得很不舒服，当地人看看他们，如同看傻子呆子一般，自然会有一些议论。于是，马烽他们边忙把皮大衣脱下来披在身上，才舒服了一点。

马烽对沙汀说："咱们也太傻了。明明热得厉害，却不知道脱皮大衣，难怪人家议论咱们，都怨咱们真的是傻子哩。"沙汀说："若是有人早点把咱们接走，咱们也不会在这里展览给人家看。"

车站上下车的人们出站走了，最后剩下马烽他们三个中国人，不知该怎么办。好在到了东德，会说德语的小曹有了用武之地。他向车站值班员说明原委，值班员才请他们到候车室休息。小曹又给我驻东德使馆打了电话，过一会儿，使馆的二秘来了。二秘问他们为什么事先不打个电话，马烽他们说明情况后，才知道又是通讯系统出了问题。马烽他们先来到大使馆，大使馆与东德作协取得联系，东德作协很快来了人。他们一来，对沙汀、马烽他们又是献花，又是问好，很热情地接他们到了宾馆。直到此时，马烽他们才觉得像个外宾的样儿了。

马烽忍饿看芭蕾

马烽、沙汀他们访问东德的时间相当长，共有三周二十一天时间。除去在柏林参观了几天，还参观了十多个城市。三个人都感到这二十一天看得好、玩得好，又与东德作家们交了朋友，收获很大。返国途中，他们必须经过莫斯科，我驻德使馆事先给莫斯科我驻苏使馆打了电话。所以他们返经莫斯科可谓一路顺风，只因莫斯科到北京的国际列车一周只有两次，要在莫斯科住着等两天才能坐车。要在莫斯科住上两天。这两天的日子该怎么过呢？就呆呆住在宾馆里吃饭睡觉？就每天逛莫斯科大街？后来他们觉得该看点什么文艺节目。他们了解到苏联著名舞蹈家乌兰诺娃正在演出芭蕾舞剧《天鹅湖》,沙汀说既然到莫斯科，不看看乌兰诺娃的《天鹅湖》，岂不是在莫斯科白住两天。马烽、小曹也同意看看《天鹅湖》。他们决定后就去打听买票的事。一打听，三个人吓了一跳。原来每张票要三十个卢布，他们的活动里又没有这一项开支。他们手头的卢布除了吃饭花销，剩不下多少了。如果要看《天鹅湖》，就必须每天省着点吃，从饭钱里抠。此事该怎么办呢？是饿着肚子看《天鹅湖》？还是放弃？沙汀说："就是饿肚子也要看《天鹅湖》。"马烽说："饿就饿两天，机会难得嘛。"看《天鹅湖》的事决定了，他们三个人就讨论如何吃饭的问题。因为在宾馆吃饭，伙食费贵得多，他们就决定这两天不吃宾馆的饭，每天到街上买面包吃。于是，马烽他们上街买回来一些面包，一日三餐就吃面包喝茶水。马烽忽然想起他的行李包里还有拳头大的一块五香大头菜，忙拿了出来，再用削苹果的小刀将大头菜切成一片片的薄片儿，就着面包吃，三个人都说："这味道好极了。"沙汀高兴地吃面包大头菜竟站起来与马烽热烈地拥抱一番。沙汀说："小马，你打算得可够周全的。"马烽说这也不是他的打算，而是他们离开北京前，丁玲的爱人陈明把一块大头菜塞在马烽的行李包里的。沙汀说："这些日子吃西餐吃腻了，吃几块老咸菜，舒服多了。"小曹说："只是这吃喝也太不像个外宾了。"大家都笑了。马烽他们在莫斯科的第二天晚上终于坐在莫斯科大剧院的观众席上，欣赏了乌兰诺娃的《天鹅湖》。那美妙的舞姿，优美的乐曲，让马烽他们看得如痴如醉。马烽说："咱们虽然饿了两天肚子，可是咱们看了《天鹅湖》，饿得值啊！”

再拍五人照

一九四四年十二月马烽、西戎、束为、孙谦、胡正五战友在晋绥边区群英大会上第一次拍了一张五战友照以后，十多年来，五个人已经都成为解放区的名作家，但文学界五战友之说并没有传开来。到了十六年之后的一九六〇年，新华社记者王文西约请马烽给他拍了几张工作照。当时王文西提出想看看马烽的旧照，马烽拿自己的几张旧照时便把一九四四年在晋绥边区群英会上拍的那张五人照也拿出来给他看。王文西便问照片上其他四人是谁，马烽说是西戎、束为、孙谦、胡正。一听此言，王文西觉得当年一起在文艺战线上努力的五人如今依然奋战在文艺战线上，并且五个人在文学创作上都是很有成就的作家，加之当年的五战友今天竟然还在同一个单位——山西省文联工作，又都是山西省文联的领导人，认为也算是一件美事。于是，王文西提议要给他们五人再拍一张合照。马烽很快把束为、西戎、孙谦、胡正召集了来，由王文西指挥，让五战友仍然按照一九四四年每个人站的位置拍了一张五人新照。把两张照片比在一起，依然可以辨认出新照片上的某人便是旧照片上的某人。但旧照一律都是穿着肥大的八路军棉军装，一个个虽然都很年轻，但都是土八路的模样，看不出是文化人又都是作家。新照上的五战友可以明显看出都是风度翩翩的，一眼就看出是文化人。

山西文学界五战友的两次合照，本来是件好事，是山西文学界的宝贵资料，但是在“文化大革命”中马烽、西戎等五人相继都被打倒了，那两张五人照也成了他们反党反社会主义的罪证，说五人合照是“五人反党小集团”。就为这张五人照，造反派斗马烽、斗孙谦、斗西戎、斗束为、斗胡正，每人都挨了许多次斗，但是五人照也给文坛战友带来了荣誉。

马烽、西戎、束为、孙谦、胡正五位老战友都是中国当代的著名作家。过去人们虽然都知道这五位名作家，但人们很少把他们五人连在一起谈论，过去的情况是说起马烽就说马烽，说起西戎就说西戎，说起孙谦就说孙谦，由于《吕梁英雄传》是马烽、西戎合著的，人们把马烽、西戎放在一起谈论比较多，把五个人合在一起谈论很少。自从有了两次拍的五人照，加之有了“西李马胡孙”之说，人们每每说到五人中间的一人，就会连带说道五人，总是把五人连在一起谈论的。甚至人们每每谈到山西作家，首先想到的总会是赵树理和西李马胡孙，西李马胡孙几乎成为山西文学创作、山西作家的代名词。那么这五位作家为什么会由马、西、李、孙、胡的提法变成西、李、马、胡、孙呢？这件事有个首创人就是韩文洲。韩文洲早就看出这五人的姓氏稍作变通，便会联成一句俗语：西李马胡孙。但韩文洲以为此词是对人们的贬义语，没敢外传。原来无意间传了出去，西李马胡又加上孙，西李马胡孙不仅在山西并且在全国都盛传不衰，没人当做贬义词看的。似乎是由西李马胡孙的连在一起广为传播，西李马胡孙五位的大名更加响亮了。山西文学界五战友之说也更加响亮了。

马烽孙谦下饭馆

一九五六年春，马烽离开北京调至山西省文联工作，他的老战友孙谦正好从长春电影制片厂调回北京工作。当年中国文联有个会议，山西省文联约马烽、西戎、李束为、胡正一起到北京开会，在北京的孙谦也参加这次会议。会议进行中，孙谦请马烽下饭馆吃饭。马烽说："大会上七盘八碗吃得够好了，怎么还要下饭馆?"孙谦说："会上光有饭没酒，咱们找个饭馆喝两盅去。"

原来，马烽、孙谦都爱每天喝二两酒，每天二两，不多喝也不少喝。喝酒如此，抽烟、饮茶也一样。两个人都喜欢来两口。孙谦曾写过春联："平生所好烟酒茶；心头最爱乐陶佳。""乐、陶、佳"是孙谦三个外孙女儿的名字。孙谦既然提到喝酒，马烽也想喝二两。一天下午散会后，两个人一起来到街上找了个饭馆坐下来。

因为当时马烽、西戎、胡正都已调到山西省文联工作，西、李、马、胡、孙号称山西文艺战线五战友，就只孙谦还没回山西。此时，孙谦向马烽提出也想办法回山西的事，马烽说："没问题。束为是省文联一把手，你去跟他说，他肯定会欢迎你回山西的。至于省委那边，你是大作家，又是山西人，肯定一说就准。"孙谦说："这话我已经跟束为说过了。""这就对了。"两个人一边吃一边饮，一边说话，不知不觉四两酒下肚，孙谦叫店主来准备掏钱付账，可是，从口袋里掏出钱来一数，差十几块钱。孙谦只好说："看这是弄的个啥？今天本来是我请客，偏偏钱又不够。老马，你借给我十块钱，回去再还你。"马烽说："借个甚？我来交就行了。"说着，就掏钱交了。

次日上午是大会，孙谦带了钱准备还马烽。到了会场，孙谦看看马烽已经坐在前排座上，他的座位距马烽的座位相隔十几排。孙谦连忙把钱掏出来举在手上，一边向前排走，一边大声说："老马，钱，还你钱。"马烽回头看看是孙谦在大庭广众之下大呼小叫地要还钱，觉得这么点小事怎么可以当着这么多人的面嚷嚷呢？于是赶快站起来，也冲着孙谦嚷道："去你的，我不要。"一边向孙谦摆摆手，要孙谦赶快回座位上坐好。孙谦看看马烽的样子有点像发脾气，只好返回自己的座位，自言自语道："怎么还发了脾气？莫名其妙。"

马烽孙谦斗象棋

一九五六年，马烽、孙谦先后调来山西省文联以后，他们二人的办公室是一上一下的近邻。孙谦在楼下，头顶上就是马烽的办公室。那时候，他们的办公室都还没装电话，整个单位也就只传达室有一部电话。但是只要二人把窗户打开，楼上楼下就可以说话。

这种楼上楼下说话只是偶然的事，多数时间是马烽写作中写累了，便跑来楼下孙谦办公室坐一会儿，他们二人或聊大天，或抬杠，总会有一番笑声，有时候他们也杀两盘。论棋艺，马烽不如孙谦，马烽总是孙谦的手下败将，有一次马烽又从楼上下来，走进孙谦的办公室，他们抬了一会儿杠，哈哈大笑一番后，孙谦提议下象棋。马烽说："我不是你的对手，不下。"孙谦说："我让你一车一炮还不行？"马烽说："那就更不行。你让我一车一炮，如果我赢了，你会说是因为你让了我一车一炮我才赢的，实际上你还是胜家。如果你赢了，那就更不得了，让我一车一炮你还赢了我，你的尾巴会翘得更高。"孙谦说："反正怎么说你都有理。好了，不让就不让，咱们全盘兵马杀几盘行吗？"

于是，马烽、孙谦当头炮、马来跳地杀起来，两个人一边抽烟，一边杀棋，马跳卧槽，炮打边卒，杀着杀着，孙谦的马冷不防踩了马烽的车。马烽糊里糊涂就丢了一车，心疼得直嚷道：“老孙，这就是你的不是了……”孙谦说：“你的车走在我的马嘴边儿，怎么能怨我呢?”马烽说：“什么我的车走在了你的马嘴边儿？难道你连‘明车暗马偷吃炮’的道理也不懂？你踩我的车，为什么事先连个招呼也不打?”孙谦说：“打了。”“你什么时候打了招呼?”“你这个老马耳朵不好用不是？我不是已经跟你说你的车放得不是地方，这不就是告诉你了吗?”“放得不是地方，这叫什么话？咱们是下棋，不是猜谜语嘛。”“反正我是告诉你了。”“这么说这车你是吃定了?”“决不相让。”孙谦真的把马烽的车给吃了。但是这一盘棋却是马烽赢了。孙谦说：“哈哈，丢了一车，你还能反败为胜，真是长进了啊。”马烽说：“以后你也小心点儿，别老翘尾巴了……”

马烽进京带夫人

一九八九年，中宣部决定调马烽进京主持中国作协工作。当时马烽已是六十八岁的老人，但也只好服从分配再次进京工作。因为马烽一九四九年至一九五五年在中国文联中国作协工作过七年，所以说这一次是再次进京。马烽不愿意久居北京，他向中宣部领导讲明白，工作一段时间，他还要回山西。并且讲明他到中国作协工作户口也不带，工资还在山西作协领，只把组织关系带去。马烽当时职务和工作单位有些特殊。马烽是山西省文联主席，却在山西省作协领工资并住在作协。职务和工资、住处对不上号。如今马烽当了中国作协党组书记，在北京工作，但仍在山西作协领工资，中宣部对此也没意见。于是，马烽于一九八九年初秋二次进京工作来了。

马烽二次进京工作，一则因为工作繁忙，二则因为他不打算久居北京，所以他没有要宿舍，就住在鲁迅文学院一个不足三十平方米的两间房子里，一间做厨房，一间做宿舍和餐厅，迎人待客都在此一间房子里。马烽住鲁迅文学院，无法解决吃饭问题，就与夫人段杏绵商量让她随夫进京来，当炊事员，当油盐酱醋的采购员。段杏绵考虑到马烽年老多病，又偏爱吃山西饭，只好随夫进京来了。进京工作却长期借住房子并带了夫人来当炊事员，这种事不多。马烽此事也是一个例外。不过马烽带的这位炊事员兼采购员又不是一般的炊事员、采购员。马烽是作家，给马烽做妻子做炊事员做采购员的段杏绵也是作家。在级别方面，副厅级的夫人不及副省级夫君；但在职称方面，夫人是正高，职称是编审，夫君却连个职称也没有。一位中国作协的党组书记带一位正高职称的炊事员、采购员，这个炊事员的级别也真够高了。

马烽在京工作期间，不仅把中国作协的各方面工作一一理顺，正常运转，并且因为一个部级单位连个办公处也没有，马烽亲自策划，多方努力，终于立项。后来拨款、批地、打地基初步完成，已经正式施工盖楼了。马烽知道不等新楼盖起，他就会回山西的，但他为了中国作协今后的工作，始终是努力筹划着。在此期间，中国作协几位领导人看到马烽工作很忙，又有哮喘病，便给准备下一套楼房让他搬家，他却不搬。马烽住的鲁迅文学院没有暖气，靠旁边的皮鞋厂供暖。偏这个皮鞋厂濒临倒闭，暖气时有时无，这对患有肺心病常常咳嗽、哮喘的马烽很不利，他常常整夜整夜咳嗽不能入睡。段杏绵为马烽的身体着想，劝他搬家，他不同意，说：“我到北京是来工作的，不是来享受的。”他的肺心病加重了，马烽就这样带病工作了六年，其夫人段杏绵在北京给他看门、做饭、买菜、洗衣服。马烽下班回来，夫妇二人小锅小灶吃饭，夫君一杯汾酒，夫人一杯红酒，相对小酌，日子过得蛮舒畅。

马烽孙谦错穿衣

孙谦、王之荷夫妇在北京参加了马烽、段杏绵的婚礼后即回到了东北长影。没过几天，孙谦又因公进京，自然要看望老友马烽。马烽、孙谦都有每天喝两盅的习惯。孙谦又一次来到北京，马烽自然要请老战友下下馆子、痛饮一顿。马烽与孙谦约定时日，一起来到一家烤羊肉馆。当日，马烽、孙谦穿的衣服不仅样式相同，都是中山服，而且颜色也相同，都是银灰色的中山服，甚至新旧成色也几乎同样是半新不旧的。他们来到饭店，各自将上衣脱下，挂在衣架上，而后入座。马烽、孙谦作为老战友、老同事、老朋友十多年，不仅是老文友，还是老棋友，还是老酒友，两个人每每见面，又喜欢开几句玩笑。于是，他俩一边抽烟，一边碰杯，一边开玩笑，说着笑着吃着饮着不知不觉两个人渐渐地变成了红脸关公。既做了“关公”，也就一起变做半精明半糊涂的作家。一时酒罢饭毕，作为主人的马烽同饭店老板算好了账，走在衣架处摘下自己的中山服掏钱交费，不料那个常装钱的口袋却分文没有：“糟了！我今天请老孙的客，怎么忘了带钱?”又掏另一个口袋，有了：“今天怎么把钱装在这个口袋里?”不管是哪个口袋，反正是自个儿的钱，有钱就成。马烽点了钱，交了款，同孙谦一起各自穿了各自的中山服，离开烤羊肉馆。

马烽回到中国文联坐下来，顺手到衣袋里掏香烟，不意却掏出一个笔记本。那本子却不是自己的：“我的口袋里什么时候装下这么个本子?”翻开扉页一看，上边竟写着“孙谦”二字：老孙的本子怎么会装在我的衣袋里呢?又一想，马烽恍然大悟：“糟了，我如今穿的肯定是老孙的褂子。穿错了褂子事小，错拿了老孙的钱，这叫什么事呢?刚才在羊肉馆交费，我竟然是拿老孙的钱交的。今天是我请老孙的客，我拿老孙的钱请老孙，捣的什么鬼?岂有此理!”马烽连忙去找老孙，拿老孙的本子让老孙看：“你看这是谁的本子?”老孙一看，说：“是我的，你什么时候偷去的?好手艺!”“偷本子事小，我今天拿你的钱请你的客，这才叫高手呢?”当马烽把错穿衣服的事说明后，老孙也笑了：“你什么时候学会偷梁换柱这一套的?”马烽说：“小玩意儿!好的还没亮出来呢。”说着两个都笑了。

马烽孙谦上北京

马烽是孝义县人，孙谦是文水县人。孝义、文水两县之间是汾阳县，汾阳县算是马烽的第二故乡。因为马烽童年失去父亲后，马母为了与娘家兄弟就近生活，早晚有个帮助，便由孝义县搬迁到汾阳县娘家的村子居住。因而马烽在汾阳县生活多年。一九五六年马烽调回山西工作后，他就把汾阳县农村以贾家庄为根据地长期在那里蹲点工作体验生活。马烽还兼职汾阳县委副书记多年，因而马烽既爱生他的孝义县，也爱养他的地方汾阳县。所以马烽不仅把汾阳县当做他的创作体验的根据地，他还拉上孙谦也到汾阳县贾家庄一起深入生活。有一次马烽、孙谦坐着单位小车到汾阳县采访。小车刚走出太原城，马烽看了一下公路边上的里程碑，说：“太原到汾阳也不太远，才一百〇八公里。”孙谦说：“你怎么知道是一百〇八公里?”

马烽知道孙谦最爱挑他的语病，这一次他以为孙谦是没法再挑他的什么刺儿了，于是肯定地说："里程碑上写得明明白白，是一百〇八公里，没错。"孙谦说："你错了。""肯定没错。不信，你看一下里程碑。""我不看。你说的是城边儿，我说的是城里。太原城里那一段路难道不是路?""你家门口、你家院里也是路，你都算进去，不是更多了。""没错。大凡是人去走过的地方就都是路——"两个人说得都乐了，司机也被他俩逗得笑了起来。马烽、孙谦两个老友每天见面都会抬抬杠，找个由头斗斗嘴乐一会儿。有一次，马烽、孙谦因为没有抬杠，还闹出一个笑话。那次马烽、孙谦到北影修改剧本，二人在北京车站下车后等接他们的小车。等了好久也没等上，两个人就坐在地上抽烟。马烽屁股下垫了块手绢，孙谦则是脱了一只鞋垫在了屁股下面。孙谦有两个习惯，一就是爱蹲，不论是沙发还是椅子，他也习惯蹲在上面；二就是爱脱鞋。这一天在北京车站等车，他又习惯性地脱了鞋做坐垫。两个人一边抽烟一边说话，忽然看见北影的小车来了，二人赶忙提着行李上车。直到他们走到北影招待所门前下车时，马烽才发现孙谦的两只脚上只有一只鞋，便问他："老孙，你怎么只穿了一只鞋?"

孙谦这才发现自己的两只脚，真的是少了一只鞋。只好苦笑一声："咳，光着急着上车，把那只鞋给落在车站了。"马烽说："一只脚穿鞋一只脚没穿鞋，你走路就没感觉?""咳，习惯了，真没觉出来，觉得挺自然。""那咱们快回车站找鞋去吧。""算了吧。为一只鞋连汽油钱也不够。再买一双新鞋得了。"马烽故意说："何必再买一双，你不是丢了一只吗，再买一只就行了。""天下哪有只卖一只鞋的，我立马就去。"

两个人说完都笑了。

马烽、孙谦论愚公

马烽与孙谦是最为要好的朋友。西李马胡孙五战友中，马、孙的关系最为密切。但是在“文革”前，马烽与西戎合作过长篇小说《吕梁英雄传》和电影《扑不灭的火焰》，马烽与孙谦却很少合作写过什么。到了二十世纪八十年代至九十年代两位老作家老战友连续合作写了七部电影。可见马烽、孙谦在一起摸爬滚打、一起下乡、一起体验生活、一起创作的日子有多久。甚至可以说两个人每天见面的第一件事就是开口说笑，然后抬杠。有一天两人一见面，马烽便说：“昨天接到一信，信中说我‘著作等身’，你说这话是褒义还是贬义？”孙谦说：“当然是表扬你的意思，这还用说。”马烽抬杠说：“你说得不对。老实说我的全部著作摞起来也不够一尺高。你说我著作等身，岂不等于说我马烽的个头儿只有八九寸高？我比侏儒还侏儒吗？”孙谦说:“咳，人家说你著作等身指的是过去的竹简书……”马烽说：“噢，今天有了印刷机有了纸不用，倒回去再用竹简书写小说……”两个人抬着杠又哈哈大笑起来。

马烽、孙谦合作写了一个电影剧本，剧中有农民学习《愚公移山》的情节，写到此处，马烽忽然说：“老孙，这就是愚公的不对了，他老人家盖房子怎么事先不看看方向，不是背对大山，而是面对大山盖房子，却又埋怨两座大山不该挡住他家的出路，不是胡闹吗?”孙谦说：“也真是的。愚公真愚，移动太行山、王屋山两座大山多不容易，与其移山，还不如拆房。”马烽说：“你这个主意好，比愚公聪明多了。把房子拆了调整方向再盖房子，既省钱又省事，何乐而不为呢？这叫做移山不如拆房。”两个人说着又笑了。后来他们真的把这一段对话写进剧中人物并编进电影里了。

马烽家的春联

一

又过了一个春节，又看到老作家马烽写的一副新春联。

马烽自一九九五年离开中国作家协会党组书记岗位回到太原后，大感一身轻松。因为马烽就任中国作家协会党组书记兼中国作协常务副主席（主席是巴金）之时，正是北京经过一九八九年一场大波动之后，中国作协工作很难做的时候受命进京的。在差不多六年的时间里，马烽做了大量的工作，在终于把中国作协工作理顺之后，由于年迈多病，这才要求回太原来。在北京工作的六年时间里，因为他压根儿没有在北京长期生活的打算，所以他身为中国作协的党组书记，却仅仅是转去北京一个党组织关系，实际上他还是山西省作家协会的人，还在山西省作家协会领工资。他在中国作协工作的六年时间里，因为要工作，办公室是有的，汽车是有的，但是却没有一个正经的宿舍，就住在中国作协招待所的一套房子里。又因为身体多病，长期在招待所吃饭吃不好，于是，一个不带工资的中国作协的党组书记马烽，又带去一个不带工资的生活服务员即他的夫人段杏绵，专门为他看门、买菜、做饭。他在北京干了六年，就是这样工作、这样生活了六年。实际上那六年是他又忙又累、生活又很艰苦的六年。因而他从北京回到太原以后，顿感一身轻松。一九九六年春节时，他有了自编自写春联的时间。那一年他写的春联是：

调进京调出京服从分配

未开花未结果叶落归根

横额是：回来就好

此联所说“服从分配”是实话，“未开花未结果”却是谦辞。“回来就好”四字包涵内容最多。一是说他终于完成了一项大的任务；一是说他终于放下了一副重重的担子；一是说他以年老多病之身干艰难复杂的工作干了六年竟没有完全累垮，还能回到山西，也是一件幸事等等。所以有“回来就好”之感叹。

到了一九九七年，马烽家后门上的春联写的是：

闯过七六七六岁

迎接二〇〇二年

横额是：突破八十

此联之上联比较费解，在此必须作注释。所谓“七六七六岁”，一连两个“七六”，绝不是七六七六岁这意，而是因为马烽的两位老战友束为和孙谦都是活了七十六岁，故有此说。“迎接二〇〇二年”虽然易解，但也有一个只有他自己才明白的涵义。因为到了二〇〇二年，他就整八十岁了。很明显，他是把八十岁作为奋斗目标的。春联的横额“突破八十”，就是他争取活到二〇〇二年的进一步强调。马烽的要求不算高，是因为他年老多病。可是近二年马烽的身体状况大有好转，看来“突破八十”将是轻而易举之事。超越八十，争取更多年岁的长寿，极有可能。

同是一九九七年，马烽家前门上的新编春联是：

冬离大地树先醒
春到人间花待开
横额是：院小绿浓

此联易解，不必再说什么了。但是我为什么老是先说马家后门上的春联，然后才说前门呢？这是因为他家前门的院子很小，路很窄。后院比较宽畅，所以他家的人和客人出出进进主要是走后门的。因而马烽自然而然地将前门做了后门，又将后门做了前门，每年贴春联也是把他编写的主要春联贴在后门上。人们看马家的春联主要是看后门上的春联。

二

一九九八年，马烽家后门的春联是：

五官磨损勉强可司职
四肢老化凑合能运行
横额是：将就生活

从词义上看，此联对仗较好，同时又是两句大实话。人已七十六岁，其五官司职已经七十六年之久，焉有不磨损之理。其胳膊、腿也已运行了整整七十六年，焉能不老化？但此联好就好在上联的“可司职”和下联的“能运行”两点上。一个“可司职”，说明他耳不聋，可以听；眼虽花，但有花镜；牙齿固，吃东西也没问题。一个“能运行”说明手还可以拿笔杆写写画画；腿还可以步行到杏花岭早市上采购豆腐白菜豆角西葫芦。这就很了不得，这就还能履行其作家之职，这就很有可能超过那个“二〇〇二年”，因而他的“将就生活”实际上也是谦辞了。再说此联还有两点值得称道之处：一是仅就词性方面说对仗是比较工整的。如“五官”对“四肢”；“磨损”对“老化”；“可司职”对“能运行”，都是恰当之对；二是对联的语言一如他写小说的语言，很是通俗化，大众化。他的对联没有文绉绉的词句。“五官”“四肢”“凑合”“勉强”这些词在一般春联中是很少见的。马烽把这些大众化、通俗化的词句写进春联，让人耳目一新，反而觉得多了几分幽默。

马烽家一九九八年前门的春联是：

右竖高烟囱权当擎天柱

左悬灯招牌疑是夜彩虹

横额是：自我安慰

此联也是用大众化语言组成的，应该是好懂的。但如果是不熟悉马烽院邻环境的人，对此便不易理解。原来，马烽、西戎、孙谦、王玉堂（笔名冈夫）四家共住的一排小楼的南边不足三十米处便是一座十层高楼，也就是有部分人熟知的南华门宾馆大楼。距马烽家前门十几米处便竖起两根黑糊糊直挺挺刺破云天的大烟囱。这就是“右竖高烟囱权当擎天柱”的由来。此楼东半部是南华门宾馆，并在楼的上空悬挂起一个很大的闪闪发光的霓虹灯组成的“南华门宾馆”大字招牌。为了招徕顾客，那霓虹灯招牌每到夜里便大放光彩。马烽在家里睁开眼就是那个耀人眼花的招牌。闹得人坐卧不宁。马烽此联好就好在他把他家门前的两件可厌恶之物加以美化，使之变做可以欣赏的景物，使之不为其累，可以睡得着了。因而他才写出“自我安慰”的横额。唯有“自我安慰”，才可以在此种恶劣的环境中生活得愉快一些。

到了一九九九年，马烽家前门后门两副春联一长一短，前门是：

春风不嫌庭院窄

雨露偏爱花草疏

横额是：自作多情

此联同他每年写的春联有点不同，一改往年俚语俗词入联之格调，有了几分雅气。前边说过，因为马家的前院很小很窄，大概也就是七八平方米大小一个小院子，显得很憋气。院子虽小，但马烽又在此自我安慰一番，把窄小的院子选其优点说来，以为窄小的院子一样可以有春风吹来；不多的稀疏的花草一样可以受到雨露的沐浴。因而也就有了“自作多情”的横额。院子已经是那么小了，那是无法改变的事。若不自作多情，把不大好的环境尽量往好处看往美处看，又有何益！

当年马家后门的春联是：

闯过七十六周岁超过孙李已成定局

迈向九十一高龄寿比王老无此可能

横额是：顺其自然

一九九九年，马烽已是七十七岁的老人。两年前他向往的“闯过七六七六岁”之目的已经胜利实现，这是一件高兴的事。

所以马烽高兴地说“已成定局”。

马烽每年写春联一如他写小说一样，好几年的春联都是前有伏笔，后有照应的。此联的上联是一九九七年与一九九九年两年春联的相互联系和前后照应。关于下联之“迈向九十一高龄寿比王老”云云，需要解释几句。原来马烽家西边的邻家是孙谦，东边的邻家是王玉堂。当孙谦七十六岁过世之后，马烽十分伤心。因为孙谦不仅是他的好邻家，并且也是五老战友之一。在五老战友之中，马烽与孙谦的关系更为密切一些。这是由许多方面形成的友情。一则，马烽是孝义县人，孙谦是文水县人，是邻县老乡；二则，在五老战友之中，在抗战时期，他与孙谦在一起工作时间最长；三则，从一九五六年马、孙回到太原后的四十年里他俩一直是邻家。“文革”前十年，两个人的办公室是一个楼上一个楼下，宿舍又是一个东院一个西院，是紧邻。九十年代后他们搬进新居，孙谦又是西壁紧邻。几十年来，马烽、孙谦合作写过多部电影剧本，如《泪痕》《黄土坡的婆姨们》《咱们的退伍兵》等等，因而，马、孙之友情也就非同一般了。请想想，有着如此深厚友情的老友过世了，马烽能不悲伤吗？加之过了二年，马烽的东壁紧邻王玉堂也过世了。三年之内，马烽左邻右舍孙谦和王玉堂都去了，马烽顿生孤独之感。好在随着时光之流逝，马烽的情绪才慢慢有所好转。由于马烽的东邻王玉堂是活了九十一岁高龄的老人，所以马烽的下联说以自己多病之身想要迈向东邻王玉堂九十一岁之高龄是不可能的事儿。活多大岁数，马烽在此也谦虚起来。马烽既然能闯过孙谦、束为二人的“七六七六”关，怎么就不可以迈向王玉堂的九十一岁高龄呢？我们的医学进步很快，超过九十一岁高龄也不是没有可能的。

三

二〇〇〇年，马烽家后门上的春联是：

大气污染无能为力
小屋冷暖自己调节
横额是：有苦有甜

马烽对前门那两个高高的烟囱冒出的浓浓的黑烟感到无可奈何。好在屋里的冷暖自己可以调节。因马烽有肺心病，受不得凉气，每年秋末受冷气袭击，等不到单位烧暖气，他就喘不上气了，故几年前他家就买了电暖气。天气不好了，他就先烧自备的电暖气。如果冬天单位的暖气烧得不太热，他也可以用上电暖气以增加室温。“小屋冷暖自己调节”就是这个意思。但那两个高高的烟囱之大气污染，他却是无能为力的。此联与一九九八年他写的“高烟囱”“擎天柱”云云又是一副前后联系、前后照应的春联。

二〇〇一年春节，马烽家后门上的春联又是：

年老多病日常生活尚能自理本人福
自我保健少给亲属增添烦恼阖家安
横额是：这就不赖

你别以为“生活能自理，就是本人福；自我保健，不给亲属添烦恼，就能达到阖家安”是一件很平常的事儿。其实，能达到这一点，确实是一位老人的幸福，是全家人的幸福。马烽写此联，可以说是经验之谈。他的老战友、老邻家孙谦和束为皆是因病重，一个住院三个月，一个住院六个月后去世的。一个家庭只要有一个病人住了医院，病人自己吃苦，其家属也受累。西戎患病住院一年半，老伴儿和二男三女齐上阵，轮流值班伺奉病人，整整一年半，很不容易的。马烽写此联就是看到几位老战友患病之情况，自己生活尚能自理而发出的感叹，因而才有“这就不赖”之感想。“这就不赖”，是一句俗语，没人会把它写入春联贴在门上的。但马烽却把“这就不赖”四字写作春联横额，贴在门头上了。先读了生活尚能自理本人福之句，你便会体会到此四字贴在门头是很自然很合适也很有趣的了。

访日改对联

一九九〇年九月下旬，中国文联组团访日，代表团七人，马烽是团长。一九六三年马烽曾参加以巴金为团长的访日代表团访问过日本，所以马烽在日本文化界有许多老朋友。这一次马烽去北京看望了过去认识的中岛健藏、武田泰淳和大家净，并且到日中文化交流协会会长井上靖家拜访了井上。一九六三年马烽访日时就到过井上靖的家。井上靖的家是一幢日式二层小楼。井上靖曾经多次访问过中国，几乎把中国各地走遍了，是个中国通。他写过《敦煌》《孔子》等著作。井上靖的《孔子》是马烽访日时刚出版不久的新作。马烽此次到井上靖家访问带的礼品恰是“孔府家酒”，并且次日还是孔子的诞辰，又是井上夫人八十大寿之吉日，几件好事碰在一起，井上靖太高兴了。井上靖对马烽赠送他的“孔府家酒”视为最贵重的上好礼品，称赞不绝，连忙设家宴好好招待了马烽一番。

马烽访问东京之后便到日本的京都访问。这次中国访问团的翻译是赵平。访问京都时的日方翻译是佐藤纯子和小木贵代二女士。这位佐藤纯子也曾多次访问过中国，游过黄山、峨眉山、长江三峡等地。当时她正在画反映长江三峡的画卷。一日，马烽由佐藤、小木等陪同到日中文化协会理事水上勉家看望水上勉。水上勉因病住院刚出院不久。所以水上勉说他姓水上的这个水字不好，因为水是淡而无味之物，所以常病。马烽带队的访日代表团中有两位成员陈清泉和潘虹的名字都与“水”字有关。陈清泉便说水最好，因为水是万物之母。于是马烽、潘虹他们便说出一连串有关水的成语。有人又说出一副对联：“生意兴隆通四海，财源茂盛达三江”，说“三江”“四海”就都是水，多好啊。水上勉却说：“这对联对我来说也不合适，因为我不想发财。”马烽想了想，说：“水上先生不想发财，咱们就把对联改一改，改成‘文如泉涌通四海，书似飞鸿达三江’好不好?”大家听了都说好，高兴地鼓起掌来。水上勉听了也鼓掌大笑不止，说：“愿我们大家都如此。”

马烽买菜

府东街、杏花岭一段是一个早市。每天早上这里的早市摊位不下千余，到早市采购的人数不下两三万人。那早市十分的轰轰烈烈，拥拥挤挤。在这些拥拥挤挤的采购者中就有一些离退休的厅长、局长、处长、作家、教授。身为副省级、现在仍然担任着中国作家协会副主席又兼着山西省作协名誉主席、山西省文联名誉主席的老作家马烽，就是杏花岭早市的常客。如今的市场不比二十年前菜店，买白菜要白菜证号，买土豆要土豆证号，买豆腐、买葱都必须排队，而且无论买什么蔬菜和物品，一律不准你挑挑拣拣，一律不搞价钱。现在买任何物品既不要票证，也允许随便挑选，更可以讨价还价。于是，挑选蔬菜，挑选商品，讨价还价也就成为一门学问。有的人会挑货，有的人不大识货，往往出了好价钱，买了次等货。有的人善于讨价还价，有的人不善此道，往往出了大价钱买了吃亏货。马烽过去很少上街购物。他家购物的任务过去老是他的岳父当采购，后来是其夫人当采购。如今的马家虽然还是马夫人充任主要采购员，但马烽本人因为差不多每天要上早市转转、看看，权当锻炼身体。在此转转看看的同时，他每天也会采购一些蔬菜回来。但因为他是新出道的采购，所以他买菜既不识优劣，不会挑选，又不善于讨价还价。想买菜，又怕买了劣质货回到家里受夫人的批评。怎么办呢？马烽自有马烽的办法。比如买豆角、买茄子，哪个菜摊子冷冷清清少人问津，他也不买。看到哪个菜摊子拥拥挤挤买的人很多，马烽认为这个菜摊子的菜一定是不错的，他也就挤在人群里买这个摊子的菜。这种看到买者多的菜摊就买菜的办法还有一个好处是不必搞价钱，因为一定是已经有人搞好了价钱的，只须问一名正在挑菜的买主，就知道售价了。这样做，既不会买了次货，也不会吃价钱的亏，这就叫做马烽买菜法。

阮章竞与漳河水

漳河水，九十九道湾，
层层树，重重山，
层层绿树重重雾，
重重高山云断路。

这是著名诗人阮章竞的名作《漳河水》的开篇句，展现在读者面前的是一幅太行巍峨，漳河萦绕的优美壮丽的图画。

阮章竞的许多诗篇都是写漳河的，而且把漳河写得很美，很可爱。如：“放羊儿出山壑，饮羊儿，下漳河”（《牧羊儿》）；“漳河水，水流长，绿杨翠柳枣花儿香”（《漳河水》）。充满了多么浓烈的诗情画意！不仅如此，“漳河流水水流沙”，诗人同时也写了漳河的混浊；“漳河你为甚不出槽？”写了人们对漳河的哀怨；“漳河水，九十九道湾，满天云雾风吹散”，写了漳河两岸人民的革命；“漳河水，九十九道湾，漳河流水唱的欢”，写了漳河的欢乐。

总之，通过诗人的诗篇可以看出诗人对漳河是非常熟悉，非常了解，非常有感情的。因而许多读者都以为阮章竞同志是出生在漳河沿岸太行山里的。这样说也不无道理。诗人自己在《漳河水》小序里有言“太行山——我的第二故乡”，阮章竞同志是把太行山、漳河湾作为他的故乡看的。那么，他的第一故乡是哪里呢？他是一九一四年一月三十一日出生在广东省中山县象角乡一个贫穷家庭里的。他只上过小学，十三岁便当徒工。二十岁失业，流浪上海，过着饥寒交迫的生活。一九三五年，在上海党组织的影响教育下，在著名音乐家冼星海、吕骥的指导下，参加了抗日救亡歌咏活动，并于同年年底来到太行山根据地任地方游击队的指导员。在抗日战争和解放战争的十多年里，他一直战斗在太行山上、漳河水畔，同太行山区的农民群众一起搞减租减息、土地改革和民兵工作。从一九三五年到一九四九年，太行山的山山水水，岭岭沟沟，到处都留下诗人战斗的足迹。他对这里农民群众过去的苦难和斗争生活非常熟悉，在长期同太行山群众一起战斗的生活里汲取了丰富的营养，因而使他的诗歌、剧本具有强烈的战斗力，浓郁的生活气息和真挚的感情。他在太行山时期的作品，创造性地运用民歌形式，在章法、句法、语言上都具有独特的风格，受到广大群众的喜爱。茅盾说他的诗作“想象奔放，诗句明丽，格调豪迈”，评得是很恳切的。

阮章竞同志在抗日战争和解放战争时期的作品，多以妇女做主人公。《赤叶河》(歌剧)写了喜儿;《漳河水》塑造了荷荷、苓苓、紫金英三个妇女形象；《圈套》写了金女，短诗《送别》写了一位老大娘,《盼喜报》写了一位军人家属,而《妇女自由歌》，自不必说，当然是写妇女的。这是因为诗人在长期的斗争生活中认识到在旧社会里广大劳动人民受着三座大山的重压，而妇女所受的压迫则更深一层。他在《妇女自由歌》里写道：

旧社会，好比是：
黑格洞洞的枯井万丈深。
井底下，
压着咱们老百姓，
妇女在最底层。

妇女在三座大山重压的“最底层”，这就是诗人多写妇女的原因。他在《漳河水》里写荷荷的苦——“抽俺的筋筋搓成线，/也买不上婆婆心半片，/还骂没针尖！”写苓苓的难——“俺是男人的破棉袄，冷就披，热就脱，/不用扔角落！”写紫金英的屈——“过年养下墓生孩，/只有娘亲没爹爱，/春天花不开。”

在《盼喜报》里写军属的喜悦——

俺娘俺嫂都夸赞你，
问我怎修下这好女婿。

他在《送别》里写翻身妇女的幸福——

往日的苦时光都死不了，
如今的好日子我丢不下。

他在歌剧《赤叶河》里写喜燕儿的劳动的欢乐——

开荒开在老山坡，
汗珠往下落。
有心叫声俺的哥，
哎嗨哟，新媳妇脸皮薄。

阮章竞同志在他的诗篇和剧作里塑造的诸多妇女形象，使旧社会压在最底层的妇女所受的苦难得到充分的反映，同时也描绘了新社会翻身妇女的斗争、劳动、幸福和喜悦。他所写的歌剧《赤叶河》，当时在解放区广泛上演，被誉为解放区四大歌剧之一，喜燕儿与《白毛女》中的喜儿一样，为太行山区、漳河水畔广大群众所熟知。

阮章竞同志是一位博学多才的诗人和作家，他能诗、能戏，通晓音乐而又长于美术，书法也很见功夫。因而他的山水画实有诗情，而他的诗又多有画意："鹅毛毛的大雪纷纷下，上前线的新兵骑上马"（《送别》），"艳艳红天掉在河里面，漳河染成桃花片"(《漳河水》)。一句句的诗不都是一幅幅好画吗？他写的叙事诗如《漳河水》《圈套》《金色的海螺》，故事性很强，都很有戏；而他写的歌剧如《赤叶河》《比赛》等，其唱词又多富有诗意。如《赤叶河》里王禾子唱的"河水清，河水净，水里照下禾子影"，实在又是诗句。所以写歌剧要有诗人的气质，而写诗则应多握一支美术家的彩笔。阮章竞同志的作品中诗中有画，画中有诗；戏中有诗，诗中有戏，很值得我们学习和借鉴。

太行山区的漳河原本算不上中国的名河，却因阮章竞同志的名著《漳河水》而使漳河的名声大振，为我国人民所熟悉。人们提到阮章竞同志，不会不提《漳河水》，说到《漳河水》，也不会不想到太行山区的漳河的。阮章竞同志的《漳河水》将与太行山区的漳河一样源远流长，奔流不息。

春秋九十松不老

——老诗翁冈夫二三事

一

我们的王老——老诗翁冈夫（王玉堂），我也是先认识其作品，后来才认识老诗人冈夫的。早在四十年代初，便在《抗战生活》上读到过王老题为《献歌》的诗：

……
她坚决打击敌人的有生力量，
粉碎它灭亡中国的梦想；
她开展了广大的游击战争，
在敌人远远近近的后方……

一九四六年还在《文艺杂志》上看到过王老写的诗《人民大翻身颂》：

……

巨大的姿态和声音，

我感到了心要炸裂样的欢快。

我为人民获得了自由的双脚和他奔向的前途，

感到了衷心的愉快而歌唱。

王老在抗战时期用他的充满激情的诗怒斥敌人，歌颂解放区，歌颂人民翻身，给我们留下深刻印象。当时在《新华日报》(太行版)上在《文艺杂志》上和在《太行文艺》上常常看到冈夫写的新诗。那时候我们看到的诗人的名字不是现在的“冈夫”，而是繁体字的“崗夫”，冈夫写的诗又极富激情，早已认定了冈夫是个很了不起的诗人，比起普通老百姓比起普通干部，一定有他不一般的地方。做梦也没有想到过今生今世会见到诗人冈夫。

一九四九年在《山西日报》上看到成立了山西省文联，主席是高沐鸿。其中山西省文学工作者协会的主席便是王玉堂，并且知道王玉堂就是太行山大名鼎鼎的诗人冈夫。当年冬天我到山西省高级人民法院学习三个月。那时我已经在《太行文艺》发表过小说，很喜欢在业余时间写点东西。我虽然是个司法干部，但我对省法院院长和审判员看得并不怎么重，以为只有省文联、省文协会写小说会写诗的领导人高沐鸿、王玉堂、李束为、郑笃才是我最最羡慕、敬仰的人物。凭了我已经在《太行文艺》发表过一篇小说，就很想见见高沐鸿、王玉堂、李束为、郑笃这些山西省文艺界的领导人。于是，一个星期日学习班没事，我就走出省法院来到按司街，打听省文联所在地精营东二道街四十号如何走法儿。问了许多人，我终于走进山西省文联的大门。走进传达室，说明来意，传达室的年轻人说："你等等，我去问问老郑。"

老郑，就是郑笃。我很高兴我今天能见到省文协的副主席郑笃。不一会儿，有两位领导人走进传达室，我不知道除了郑笃，另一位是谁。一经介绍，知道了是省文协的两位领导人王玉堂、郑笃。一个才发表过一个小说的业余作者，第一次来到省文联，便有两位领导人亲自接待，真是大感荣幸之至。更重要的是王玉堂、郑笃二位不仅乐于接待我这个初出茅庐的年轻人，而且他们对人的态度十分温和而亲切。一边问东问西，一边鼓励努力写作，又一边到大门外小贩摊上买来两串大柿饼招待我，王老、郑老二位给予一个初出茅庐的青年业余作者如此厚待，可见王玉堂、郑笃两位领导人对于文学青年是何等的重视。

一九五〇年我就在太原过春节。正月十五元宵节晚上我也挤进人民公园——海子边里去看灯。当我看罢公园的灯挤出公园北门，就在那里挤挤攘攘的人群里，我忽然看见了诗人冈夫。我看见我们山西文艺界的领导人和诗人竟与太原市的广大市民一起在人群里挤在人群里走，与广大市民一起拥进人民公园看花灯，过元宵，使我对诗人的仰慕之情又加重了几分。也许正是因为王老总是把自己作为一名普通人，常到普通群众中去，所以能够熟悉人民大众，才不断地写出了颂扬广大工农群众的好诗。王老不仅到街头挤在群众中看灯，为了写工人，他还常到工人中去；为了写农民，又常到乡间去生活。如他到京西煤矿井下参观学习后写的《京西煤矿即兴》所云：

水靴胺帽电石灯，

深入煤矿第几层？
未言脱胎与换骨，
已觉头上放光明。

诗人的诗是多么传神啊！

一九四九年冬我第一次见到王玉堂，认定王老不仅是个著名诗人，不仅是山西文艺界的领导人，不仅是一位革命老前辈，而且是一位态度诚恳和蔼可亲的师长。一九五一年冬我在陵川县工作，当时我已被通知调到山西省文联工作。我很高兴我将在王老的直接领导下当一个文艺小兵。不料事与愿违，当我于一九五〇年三月背着一卷行李来到省文联报到时，不意诗人王玉堂已调到北京中国文联任创联部长去了。我为我未能在王老的领导下工作、创作而感到遗憾。一件事有了一个遗憾也罢了，没想到的是遗憾后还又有一个遗憾。当时我在山西文联《山西文艺》编辑部、《火花》编辑部工作了整整十年。没想到我于一九六二年调离省文联，去了晋东南以后不久，诗人王玉堂却又打北京调回来山西。我与王老之于山西省文联如此“参商”，不能在一起工作，实在也怪了。

二

我没有想到我会有个“二进宫”，老了老了我又返回来太原市南华门东四条山西省作家协会与王老终于住在一个大院里。一九八八年我“二进宫”回到省作家协会后，一九九〇年九月，省作协创联部便组织我省老、中、青三代作家和编辑共七人到太行山上潞安矿务局去参观访问。这七人之中便有老诗翁王玉堂和我。我们七个人里除了王老和我是老头儿，都是年轻人。当然我这个老头比起王老来只能算是个小老头儿。因为王老比我大了整整二十岁，他是属马的，正好与我母亲同岁。在到处跑着参观访问的六天时间里，东奔西跑，马不停蹄，不仅我这个小老头儿感到有点累，连五位年轻作家如王双定、张迎建、朱凡者也感到有点累。可是在此六天里，我们参观跑多少路，王玉堂王老也要跑多少路，我们每天从早八时跑到晚六时，王老一样从早八时跑到晚六时。王老并且始终保持着精神抖擞的劲头，永远是走起来身轻如燕，健步如飞，绝不落后年轻人半步。潞矿的女秀才秦爱知和孟彧陪了我们六天。秦女士、孟女士见到王老年老且是老革命老诗人，又每天参观任务很重，便主动搀扶王老，王老却不让。王老真行。我们每天参观虽然够累的，每到一个矿参观结束时，矿领导总要请老革命老诗人王老题字。不知疲劳的八十四岁高龄的王老又总是有求必应，总是大笔一挥，便是一篇美文佳章。王老的脑子真够灵敏的。

因为每天参观很累，每晚回到矿务局招待所，只好躺在床上看电视。好在床头柜上有遥控按钮，躺着看电视也是很方便的。每晚我要到王老的房间去看望王老一次，每次去了他的房间，没有一次他是躺在床上看电视的，或是坐在椅子上翻书，或是在房间里三步一徘徊两步一徘徊地踱步。闹不明白八十四岁的王老跑了一天，为什么就不知道累呢？王老的踱步不是为踱步而踱步的。王老的踱步往往与思考问题与寻章觅句连在一起的。八十四岁高龄的王老还在不停地学习（参观就是学习），还在不停地寻章觅句以尽其诗人的天职。王老这种不服老，不知老，“春蚕到死丝方尽”的精神，实在令人敬佩，值得学习。

一九八七年王老有诗曰：

人近夕阳花近秋，
东篱采菊亦将休。
扬鞭恰于十三大，
不敢优游息老牛。

那时王老已经是八旬老翁了，还在扬鞭策马前进，还“不敢优游息老牛”，还不敢过“优游”之生活，作为老革命、老诗人的老牛还不敢休息，所以还天天读书学习，还天天笔耕不辍，还时有美文佳章见诸报端的刊物。王老不仅是在一九八七年他八十高龄时如此，直至今天王老已经是过了九十寿诞的老寿星，他一样还在天天学习，一样还是笔耕不辍，一样还是不敢做休息的“牛”，不敢过“优游”的悠闲生活，一样还在扬鞭驰骋。君不见一九九六年十二期《火花》还有冈夫的文章《二十年前的亲切回忆》吗，君不见一九九七年一月号《山西文学》还有冈夫的文章《诗人·艺术家·学者》吗？王老这般年至九旬还不敢休息还在继续笔耕还在继续为人民服务的老牛精神，实在是值得我们向老诗翁学习一辈子的。我们与老诗翁在潞安矿务局参观学习了六天，不仅是矿工们那般开拓、奋进的精神值得我们学习，与老诗翁相处几日，我们在老诗翁的身上学到了“不敢休息”的老牛奋进精神，更是莫大的收益。王老曾有诗曰：

延安讲话启示早，
觉悟不高人易老。

小车不倒向前推，
总爱江山无限好。

“觉悟不高”是王老的谦辞。“小车不倒向前推”，正是王老活到老，奋力拼搏到老的写照。“觉悟不高人易老”，是王老太谦虚了。“总爱江山无限好”，才是王老“小车不倒向前推”的动力所在。

三

王玉堂是我们山西省的“五老”人物：一是老革命。王老一九三二年就参加革命活动，至今已是六十五个年头了，是实实在在的老革命；二是老党员。王老一九三三年在监狱入党，至今已是六十四个年头，又是毫不夸张的老党员；三是老诗人。王老在一九二四年刚刚十七岁还是个小青年时便开始诗歌创作，至今已有七十三年的文学创作历史，其创作历程真够长的；四是老领导。远在抗日战争时期，王老便是太行区文协主任，当时就是我们文艺界的领导人。建国后，王老连任山西省文协主任，中国文联创联部长，中国文联党组成员、学习部长，山西省文联副主席，山西省作家协会主席，一直是文艺界的领导人；五是老优秀。王老的优秀表现在许多方面。一九八七年后王老已是八十老翁了，但是我们省作协开会，王老没有以老革命、老党员、老诗人、老资格因而摆架子、迟到早退过。恰恰相反，每有会，王老总是最先到会者之一。王老尽管年老耳背，他也没半道离开过会场，总是坚持到底。而且每次会上，王老都会发表他的意见。在支部会上，他说话尽到了一个党员应尽的义务，在创作会上，他说话尽到了一个老诗人老前辈的义务。决不因为年老耳笨而偷懒而应付公事。此其一也。王老虽是老资格老革命老诗人，但是王老在其该尽义务之时会努力尽其义务；而在其该享受权利之时，王老却又总是向后退的。比如参加评议国务院特殊津贴一事。当时省作协把享受国务院特殊津贴条件的文件张贴在机关大门口壁上多日，让作家们报名。王玉堂是看见过的。但是王老知道指标有限，他为了让其他作家有机会评上此项津贴，他自己却放弃这个大好机会，没有报名，没有参加评议。结果，省作协大部分老作家和中青年作家评上了特殊津贴，而特殊津贴却没有老革命、老诗人、老资格的王玉堂的份儿。别人看来，此事实在有些不公。在王老自己看来，却若无其事。把好事让给别人，这是王老心甘情愿这么做的。这件事充分表现出老革命、老诗人、老资格、老优秀可贵的优秀品德。虽然王老也享受上了国务院的特殊津贴，但那不是王老伸手要来的，而是上边提出来给他补上的。王老此人一生只知干革命，只知为人民写诗，从来不会争待遇的。此其二也。再则，十年浩劫中兴腾起来的送礼风，屡刹不止。不贪污，不受贿，不要小红包，仅接受一条烟，或几瓶酒，或一箱饮料，或一筐苹果，或两听西湖龙井，或一盒中华鳖精，都算很廉洁的干部哩。但是我从来没有看到过有人扛一箱“健力宝”走进过王老的家门里，也不曾看见有提一盒子“中华鳖精”敲过王老家的门儿。仅仅有那么一次，我在院内小坡处碰上两个人其中有一个农民模样的人扛了一编织袋土豆南瓜什么的，问讯王玉堂的住处。果然也有人用土豆南瓜敲开了王玉堂的家门，但是扛着装了土豆南瓜编织袋的乡下人是王老老家的亲戚。那一袋土豆南瓜仍然与送礼无关，此其三也。王老虽然也耄耋老人，但他真正照他自己的诺言做到了

“小车不倒向前推”，还在继续创作。七十岁也推，八十岁也推，到了九十岁也还在推，实在精神可嘉。王老开会按时到，不卖老资格；王老见利让人，王老廉洁奉公。王老始终是一个优秀的共产党员。因而，九十年代里山西省作家协会党支部评过两次优秀党员，第一次评优秀党员，王老与其三子王稚纯一起评为优秀党员。这一次当优秀有奖品，每个优秀党员奖一个吸尘器。王老父子二人获得两部吸尘器。

四

一九九六年元月七日山西省作家协会和省内文艺界同仁到山西省人大多功能会议厅为老革命、老诗人王老做了九十寿诞庆祝大会。其实到今年一九九七年元月七日才是王老的九十周岁寿诞日。不认识王老的人以为一位做过九十岁寿辰的老人，实在是已经很老了，大概很少出门儿了，大概是终日里咳咳喘喘老态龙钟腿脚也不大灵了。事实上恰恰相反。若非冬日，每天早晨，我们在南华门小街附近，或是在府东街、五一路的十字街口东北部“高考书店”的门口，或是在五一路青年俱乐部附近，常常可以看见一位老人在那里做体操，那便是老诗翁王玉堂。他做的体操在体操谱里难以找见，大体是他自编的一套体操动作。那动作或举手或展臂或踢腿或扭腰或下蹲或跳步，有许多姿势，王老做来得心应手，运动自如。他每天还要来个饭后百步走，九十岁的老诗翁走起路来差不多可以说是健步如飞。但是王老也有一点小毛病那便是耳笨。在院里，在街头，王老每每碰上熟人，总是笑容迎人，但不多说话，因为他耳笨，不便与人交谈。九十岁的老诗翁很少往床上躺，或是坐在写字台边看书看报，或是站在毛笔字桌前练习书法，或是在地板上急急促促地踱步觅句，老革命、老党员、老诗翁、老优秀实在又是个“老不闲”，九十岁高龄的老诗翁每天每日总不肯偷闲。用他自己的“自箴”诗说，是：

寿补蹉跎勤补拙，
动养浩气静养神。
匹夫有责天下事，
大人不失赤子心。

王老的一生多蹉跎。三十年代为革命坐牢延误了许多岁月，六十年代七十年代浩劫中被打倒被下放，又延误了很多岁月。但这些都不是王老的错。然而王老却把延误了的岁月看得很重，要以“寿”，也就是用他的长寿努力学习努力写作以弥补当年蹉跎岁月时的损失。所以他高寿已经九十，还不忘一个共产党员对国家对人民应尽的职责，还在一丝不苟地做他的共产党员，还在紧紧地握了笔管笔耕不辍。正如王老自己的诗所描绘的那样：小车不倒向前推。王老，真是一位朝气勃勃的老诗翁。王老有题为“朝气”的诗曰：

大城朝浥露，
广道背摩肩。
足捷银轮快，
人勤气宇轩。
林荫留薄霭，
辙迹散轻烟。
飞向厂门去，

班机正欲旋。

王老果然是“足捷银轮快，人勤气宇轩”的。

一九九六年在王老的九十华诞大会上，我也有几句向王老祝寿的话。今天在王老实实在在的九十岁诞辰之日，将那几句话抄录在此，向王老祝寿：

老诗翁兼老革命，
足迹辉煌手迹丰。
北平城里战穷寇，
太行山上斥倭凶。
挥毫怒对帝封顽，
放喉高歌工农兵。
春秋九十松不老，
健笔一支正年轻！

三晋诗台殒巨星

——悼念诗翁王玉堂

四月十四日早八时许，忽然听说我们的老诗人，老前辈冈夫（王玉堂）已经离开人世，令人十分吃惊。因为前几天王老还是啥事也没有。那天老王只是偶染微恙。

四月十四日上午，忽然就与我们永别了，真是太突然了。王老高寿九十一春秋，可以说是无疾而终的。王老一向是好老人好党员好诗人。在北京在中国文联中国作协，在山西文联山西作协，在全国文艺界只要是知道王老的人，全都会说王老是好人，全都会说王老是优秀的老革命、优秀的老党员，优秀的老诗人，不会有一个人持反面意见的。王老在一九二九年写的《虽然》一诗中写道：

虽然爱在沙场上驰骋，
但也惋惜园子里
无暇栽花。

写出了老王热爱家乡而又为革命事业而不能自已的乡情与革命豪情。王老的一生，是满怀豪情干革命的一生，是满怀激情为大众而奋斗的一生。在抗日战争中，诗人大声疾呼：

从太平洋的惊涛骇浪中，
古老的中华民族被惊醒，
中国共产党辉煌地出现……
对准那最凶顽的敌人，
高燃起抗战的熊熊火焰……

解放后，王老的诗作更多的是歌颂劳动人民。他在长诗《红花绿叶词》中写道：

红花绿叶两相扶，劳模开会上高楼。
百尺高楼平地起，人人争取做劳模。

王老不仅是几乎与世纪同龄的著名诗人，更是文艺界的老前辈。然而，王老真是活到老学到老，活一天干一天，勤劳不息的老黄牛。一九八七年王老有诗曰：

人近夕阳花近秋，东篱采菊亦将休。
扬鞭恰于十三大，不敢优游息老牛。

当时王老已是八十岁的老人，还在扬鞭策马前进，还不敢过一天优游休闲的生活，充分表现出老革命诗人为国家为人民鞠躬尽瘁的公仆精神。王老还曾有诗曰：

延安讲话启示早，觉悟不高人易老。
小车不倒向前推，总爱江山无限好。

四句诗道出了老革命老诗人热爱祖国热爱人民热爱生活和老有所为的精神以及他那种不摆老资格、对人和蔼可亲的态度、处处事事为人表率的作风，实在是值得我们学习的。所以在山西省文艺界，人人都知道人人都称道王玉堂老人是一位很好的很受人尊敬的老前辈、老诗人。王老在各个方面都是优秀的。王老一向身体很好，又爱锻炼，两年前王老已经虚年九十岁时，老人家在省作协大院，无人不道好一位健康老人。我们只盼王老能够成为百岁老寿星。就他的身体状况言，总以为王老超越百岁是没问题。但是没想到王老说走就走了。王老走得好快，没有任何疾病折磨过他，自然很好，但是王老走得如此之快，令我们大家想也没想到，实在也是一件大憾事。不过王老虽然走了，但是他的作品、他的文章、他的优秀的品德、优秀的作风还留在人间，我们永远永远不会忘记王老的。王老永远活在我们的心中。

老郑

从调令到床铺问题

老郑是何许人？他就是人民作家郑笃。从哪个方面说也不应该如此称呼郑笃同志。按年龄说，他比我大十多岁；按工龄说，他是老红军干部；按级别说，他是副省级待遇；按职务说，他一直是山西文艺单位的领导干部；按学说说，他一向是我们的老前辈。他从山西省文协副主任、《山西文艺》主编、山西人民出版社社长到山西省文联常务副主席，头上从未断过官衔，或郑主任，或郑社长，或郑主席，或郑老师，或郑老，怎么称呼他都不为过。可是从我一九五二年初调到省文联至今，无论他的职务有过多少次变动，我们对他的称呼却从来没有变化过，一律称之曰老郑，这正好说明老郑的平易近人作风是多么深入人心。我们称他老郑，觉得比称郑主席、郑老师更亲切。所以本文仍然题之曰：老郑。

今年四月十二日我到省文联看望郑笃、李秀琴夫妇，老郑还有说有笑，蛮有精神，并没有什么病。五月十九日省老文艺家协会开会，不见老郑夫妇到会，还以为他到底是八十二岁的人了，不想多动了，没想到老郑竟也因病住进了山医一院。我同老伴儿连忙到医院去看他。还好，老郑虽不能多吃东西了，但精神尚佳，一如既往还是有说有笑的，当着来看望他的几位老同志的面笑道："五十六十不算老，七十八十满街跑"，真可谓精神可嘉。

看到郑笃同志病了，忽然感到自己尚欠着老郑许多什么似的，大感歉意。欠他什么呢，实际上就是早该写一篇称道老郑的文章而迟迟没有动笔。现在看来此事不可再推下去了。

我写第一篇小说就同郑笃同志连在一起了。我那篇小说题为《老仁拴》，我于一九四八年秋寄到太行新华书店的。一九四九年春《太行文艺》将复刊，新华书店将拙作转给太行文联，文联主席高沐鸿和副主席王玉堂看后，便向负责《太行文艺》编辑工作的郑笃同志推荐，郑笃同志也很看重拙作。因为郑笃同志一向倡导大众化、民族化的文艺作品，拙作也算此类东西。于是，郑笃同志竟把它编发在复刊号的首篇，第二篇才是著名诗人阮章竞的名诗《漳河水》。可见郑笃同志同高沐鸿、王玉堂等老前辈是多么重视发现文艺新人的。仅仅因为有了《老仁拴》一个一般作品的发表，高老、王老、老郑他们却已经牢牢记住了陵川县有个韩文洲。他们也不曾见过我只是根据我写的作品和我的名字猜测，以为我是一个四五十岁的小老头，当年冬天我作为一名司法干部到省人民法院学习，自然不会忘了到省文联来拜访王玉堂、郑笃他们。当时我以为他们都是大作家，是名人，是大干部，他们不会亲自接待一名才发表过一篇小说的业余作者的。待我惴惴不安地寻找到太原市精营东二道街四十号的大门时，在传达室说明来意后，没想到不一会儿，省文协主席王玉堂、副主席郑笃一起来到传达室接待我。他们的满面笑容，他们的热情招呼，他们的平易近人，使我惊叹。他们甚至还派人到街上买了两大串柿饼招待我，更使我受宠若惊。王老、老郑除鼓励我多写外，还说："只当你是个四五十岁的老先生，没想到你这么年轻。"

一九五〇年春我从省法院学习结业回到陵川不久，便又写了短篇小说《浸种记》。郑笃同志主编《山西文艺》，又将《浸种记》以首篇发表在《山西文艺》第四期。当年冬在山西省政府召开的山西省文艺新闻颁奖大会上，郑笃又将我的《浸种记》同束为的《春秋图》、冈夫的长诗《红花绿叶词》作为重点作品提交大会讨论。讨论中与会者对《春秋图》《红花绿叶词》基本上是一致叫好，而对我的《浸种记》则有两种意见，说好者多，但也有部分同志指出其一些缺点。虽如此，郑笃同志再三强调《浸种记》的现实大众化风格，同时强调我是业余作者，不应过于苛求。在他的主持下，仍然将我的《浸种记》同《春秋图》《红花绿叶词》一起评为文艺甲等奖，各奖七十五万元（冀钞）。同时在郑笃同志的提议下，我的另一作品《用不着咱操心啦》同时获得乙等奖。所以说我的《浸种记》从发表到获奖都是与郑笃同志的支持与呵护分不开的。

一九五〇年我的作品获了奖，郑笃同志便把我当做当时山西文艺界一个人才看。一九五一年春便下调令给陵川调我到省文联工作。因陵川不放，未成。但是郑笃同志并未因陵川的不放而放弃调我。半年之后，又请省里复调，陵川终于放了我，我于一九五二年元月三日背着行李来到省文联。我先来到我的老乡魏永安的房间，老魏立刻告知郑笃，郑笃立马便来看我。

郑笃同志待人总是那么热情，总是那么满面笑容。不论是大人物、小人物，在老郑眼里是无大小之分的，会一样热情招待的。人道洪（洞）赵（城）人是“洪胡子”，大都脾气暴烈。可是老郑这个赵城人虽也很“烈”，却不“暴”，对人却始终是浑身一团火，热情备至，热诚待人的。我虽调来省文联工作，毕竟还是山西文艺界普通一兵。而郑笃同志当时却是省文联的副主席，《山西文艺》的主编。因高沐鸿已调省委宣传部，王玉堂已调全国文联工作，老郑已是省文联实际上的一把手。可是老郑半点官味儿架子也没有，比我们县里一般的科长还容易接近。当时老郑来看我，知道我是刚下火车，便忙着吩咐厨房的老范给我做饭。而后又亲自给我安排住处，让我与尉致中同志共住一室。老郑甚至亲自带我到尉致中处，亲眼看着我铺床。见我只有一条旧被子和一条旧床单，老郑说：木板床上仅仅铺一条床单怎么能睡觉哩？他连忙去找管总务的老平要来一个棉门帘给我做褥子铺。这本是小事一宗，可是作为省文联的领导，管事竟管得如此之细，管到一个一般干部的铺床之事，能不称道老郑对同志们生活的关怀真可谓无微不至吗？

我的入党介绍人

我是一九四四年二月参加工作的，也算地道的抗战干部，但入党很晚。按说我参加工作前一直是为人辛苦为人忙的雇农，家里穷得连一间房子也没有，或借房住，或住大庙，生活够穷困的。我的出身如此之好，可是参加工作后就是入不了党，其主要原因有两条：一是我常给报社写个小东西，人们便说我资产阶级名利思想严重。二是一方面是我的家穷，是雇农出身；一方面却善于写作，有一定写作水平，小东西常常见报，编歌词也编得不坏。人们便认为我的出身和文化水平极不相符，所以我的入党之事成了一个老大难问题。我到省文联工作后，老郑不怀疑我的出身和成分，他派人到我的家乡调查一番，一切属实，我很快便成了省文联党支部的培养对象。二年后即一九五四年便入了党。通过这件事说明老郑不仅对同志日常生活关心备至，对一个同志的政治生命也是很关心的。

我调到省文联工作，老郑对我的工作安排只是一句话："你在《山西文艺》编辑部当编辑吧。"于是，我和陈志铭、李霞裳、魏永安、尉致中他们一起看来稿，无非是劣者退，优者推，推就是推荐给主编老郑。至于如何做好编辑工作，老郑没有把我们当小学生看，没有大套大套地给我们讲过什么编辑工作经验，但是老郑很喜欢到我们的屋子里来坐坐，差不多每天都会来的。老郑每来，随便坐了，随便拉家常，一切都很随便，我们对他看来从未有过居高临下之感，一如老同事老朋友到了一起随便侃大山一般。但常常就在这样的随意拉呱儿之中，如何编稿子，如何写小说，编稿要注意什么，写作应注意什么，不知不觉中我们向他学到很多东西。实际上老郑是我们创作方面和编辑工作方面的可敬的老师。可惜我作为他的部下的时间太短，不足三年时间，老郑便调离省文联，到山西人民出版社当社长去了。

老郑和我的几本书

老郑工作的调动，我的心下很不是滋味儿。这不仅仅因为我的处女作是经老郑手发表的；我的小说获奖是老郑极力推荐的；我的工作调动我能到省城文艺部门工作也是老郑一手操办的；我的入党也是老郑介绍的；我之成为一个合格编辑也是老郑帮助的。可以说我之所以从一个初学写作的业余作者能够成为一个专业作家，都与老郑的扶持分不开。没想到与他相处只三年时间，我们就分开了。心下不高兴，也没办法。谁知老郑于一九五四年冬调离文联，他还没有忘记我们。不到半年，一九五五年春天郑笃就派了出版社文艺编辑室的张镇江到省文联来找我，说是要给我出书，真令人惊喜万分。当时我虽然已经陆续发表过几个短篇小说，但是根本没想到过出书，更没想到出版社会找上门来给我出书。郑笃同志一生从事编辑工作，为了做好编辑工作，牺牲了自己的创作。后来他也写过不少东西，但大多是文艺评论文章，那也是为了培养文艺新人，为了推动山西文艺创作而写的。他到出版社做领导工作，仍然不忘培养山西的文学青年。给青年一代出版书籍，便是最好的培养文学青年的办法之一。人民出版社是出各方面的书，文艺书籍只是其中一个小部分。但是他还能想到给我出书，对一个文学青年真有一股负责到底的精神。于是，我把发表过的几个短篇整理一番，定书名曰《新媳妇》。三个月之后，张镇江就把新出版的《新媳妇》送来了。那书只是薄薄的一本，因为该集子全部就五个短篇。虽然如此，毕竟是我一生中出版的第一本书。书中五个短篇有四篇全是经老郑手在刊物上发表的。我的作品，发表也是老郑，获奖也全凭老郑推荐，出书又是老郑推荐，老郑对于山西文学青年的培养真是个热心肠人。因为山西人民出版社不仅为我一人出书，五十六十年代我省许多文学青年的出书，都有老郑的心血在着。

一九五五年我出版第一本书后，一九五六年又是老郑主持、张镇江具体负责编辑，给我出版了两本书，一是叙事诗集《栽瓜曲》，一是短篇小说集《冻解花开》。而后每年都主动找我给我出版一本书。如一九五七年出版了《井中栽树》(即《四年不改》)，一九五八年出版了《长院奶奶》，一九五九年出版了《蓝帕记》，还有《长春岭》等。我的书籍的出版可以说大部分是经老郑手出版的。甚至在“文革”后我省的文学刊物改刊《汾水》出版，又是老郑负责，仍然没有忘了向我约稿，我在《汾水》上发表的《老松与新瓜》，又是经老郑手发表的。有道是做编辑工作是为人做嫁衣裳，此话果然不假。以老郑同我的关系说，我搞创作，我发表作品，我的作品获奖，我的作品出书，于名于利都在我的一方，但是指导我的创作，发表我的作品，出版我的书籍，皆老郑之功。老郑无名无利，他这是为了什么？老郑全然是为了人民的文艺事业。老郑兢兢业业做了一辈子编辑工作，勤勤恳恳为山西文学青年的创作事业贡献着一切，这种为文学青年服务之精神，这种为人做嫁衣之精神，实在是十分宝贵的。他所得到的回报简简单单就是两个字——“老郑”。这与工人、农民、售货员被称呼老顾、老王是一样的。唯其一样，“老郑”二字才更可贵，老郑才更加令人敬仰。

难忘的印象

——痛悼束为同志

春秋图大事业高山上的园丁初生儿露水闪平地风浪春天的落叶；东平湖小夜曲月光下的狂欢老长工捞河炭南柳春光难忘的印象。

《难忘的印象》为束为同志一作品之题目。以其为题以悼束为同志。

以上一联是我悼束为同志的挽联。此挽联全部以束为同志部分作品之题目相连而成。其中“东平湖”全题为《记忆中的东平湖》，“东平湖”就在山东东平县，东平县就是束为的故乡。《小夜曲》，全题为《吕梁小夜曲》。吕梁山，当年晋绥边区的一部分，也是束为同志在革命战争年代战斗过的地方，可以说是他的第二故乡。除此，其余十二个篇题都是束为同志作品完整的题目。束为同志在抗日战争、土地改革年代一直战斗在第一线，一直奋斗在山西广大农村之中，所以他十分熟悉农民生活，写出了许多为人称道的好的短篇小说，如《卖鸡》《红契》《春秋图》《第一次收获》《好人田木瓜》《老长工》《难忘的印象》等等，都是我们山西文学创作的精品。其中有的获奖，有的作品如《卖鸡》《第一次收获》收在中学语文课本里，为人们乐道。束为同志创作颇丰，挽联中仅用了十四个作品的题目。束为同志走了，不送一个挽联，心中怎么也过不去。写挽联又该写什么？思之再三，以为用束为同志一生用心血创作的佳作之题目辑而挽以悼束为同志的逝世，一则可以展现和颂扬他的创作成果；一则读其创作之题目，思念其创作之业绩，便使我们不禁想起束为同志的音容笑貌，令人痛心不已。束为同志长期奋斗在山西黄土高原上，他是我们山西文艺界辛勤的园丁，做出过显著成绩，给我们山西文艺界描绘过美好的前景。故以他作品的题目《春秋图》《大事业》《高山上的园丁》以及《平地风浪》《春天的落叶》联而为上联。树叶该是在秋天凋落的，但是束为同志却在一九九四年春天离开人世，岂不是一个“平地风浪”，竟然春天也有落叶，束为同志走得过早了。下联开头的《东平湖》，乃束为同志出生地，《老长工》《南柳春光》《难忘的印象》皆是他的主要作品。这些作品题目的入联，意在表明生在东平湖的作家，实在是山西文艺界几代文艺家的前辈和老师，他为山西文艺界辛辛苦苦工作数十年，实在也是我们山西文艺界的老长工。他为山西文艺青年一代作过《捞河炭》一般的辛勤劳动，使山西文艺创作呈现出《南柳春光》一般的风光，他为培养年轻一代做了大量的工作，正如他写的《难忘的印象》一样，给我们留下了永远难忘的印象。

一九四九年太原解放后，束为同志便是山西省委宣传部文艺处处长。山西省文联成立，便是省文联文协副主任。一九五四年担任山西省文联主任，直到一九九四年三月四日他的不幸逝世，差不多半个世纪以来，山西省文艺事业的初创和发展，都与束为同志的努力工作分不开的。山西省作家队伍的成长艺术家队伍的成长，许多名作的问世，大都有束为同志的心血在内。尤其在文艺为人民服务、作家深入生活、文艺反映人民现实生活和文艺创作力求民族化大众化诸方面，从来是束为同志和他的战友们所倡导的。因而，束为同志是我们山西文艺界当之无愧的领导者，是泰斗是老师，他的不幸逝世，无疑是一大损失。

我与束为同志初识于一九五〇年山西省文艺新闻授奖大会上，他的小说《春秋图》，我的小说《浸种记》，获甲等奖（另一篇是冈夫的长诗《红花绿叶词》也获得甲等奖），每篇各奖七十五万元（旧钞）。虽一万元只合后来的人民币一元，但当时物价很低，我的七十五万元竟盖了三间房子哩。我与束为虽同时同榜获奖，但我是把束为同志当上级当领导当做老师看的。当时我初学写作，我那个《浸种记》实际上是受了束为同志《春秋图》的影响写出来的。只从这层意义上说，他也是我的老师。我一九五一年冬到省文联工作后，束为同志于一九五四年任省文联主任，在一起工作一起相处许多年，有很多事情都是我与束为同志在一起做的。如一九五二年华北局宣传部召开创作会议，山西出席两个人，便是束为同志和我去的；一九五四年春束为同志到西山矿务局去作文艺讲座，也是我和他去的；周扬同志到山西来在迎泽宾馆接见山西文艺界人士，省文联去了两个人，也是束为同志和我去的等等。实际上束为同志只比我大七八岁，他事事处处带我，给我更多的学习机会，可见他对于培养年轻一代的良苦用心。我在创作上的成就平平，实在微不足道。但是作为省文联主要领导人的束为同志和其他领导同志不仅在创作上帮助我，支持我，甚至可以说在各方面总给我“吃偏饭”。为深入群众生活问题，一九五四年束为同志给我一年假期，到长治关村集体农庄和琚寨村生活整一年。一九五六年又给我半年时间到我的故乡陵川西下河村生活；一九五八年后半年和一九六〇年、一九六一年又给我两年多的时间让我到我的故乡生活并进行创作。从我本身的体会，束为同志和文联其他领导同志对我肯下如此大的决心肯拿出如此多的时间让我下乡生活，全为的是我们山西出人才出作品。可惜我无能，辜负了束为同志他们的一片好心。我在山西文学界混了数十年，偏饭没少吃，创作没成果，到了还是个平庸之辈。尽管如此，在束为同志和其他文联领导人的心目中总还忘不了这个平庸之辈，不仅在创作上给我“吃偏饭”，在享受荣誉上也往往给予我最多。一九五九年省委定到北京参加十年大庆的观礼代表，省文联只出一个代表，也把好事加诸于我；一九六四年出国，省文联也只定一人，也把好事加诸于我。我又出国又当首都十年大庆的观礼代表，想当年我这个平庸之辈好像很红过几天，但此事是与束为同志和其他同志的扶持分不开的。遗憾的是在束为同志病重期间，我没有去看望过他。想当年省文联在精营东二道街四十号的时候，我们或在院里打克郎球，或在屋里打扑克，暑天常在一起吃西瓜，冬天常在屋里围炉谈天。我们这些人谈天说地，总会与创作扯到一起。束为同志或谈读书体会，或谈我们应该读哪些书，或谈文艺创作应该注意哪些问题等等，每每都会受到一些启迪。那几年的情景，永远不会忘记的。后来我们搬到南华门东四条，因为他是文联主席，我是《火花》编辑部负责人之一，或在一起开会，或星期天在一起打牌，也是常见面的。只是近年来各自都已老了，也很少在一起开会。除每年过春节到他家去给他拜年，坐下来谈谈家常，平日就很少到他家去了。但是我们差不多每天都可以见面的。见面的地方大多是在南华门东四条那个小胡同里。因为我们每天上午十时左右都愿意到外边走走转转，也算一个锻炼，兼之在南华门集贸市场上买买菜。想当年束为同志身体结结实实如铁柱子一般，走起路来很精神的，如一条山东大汉。不意老来腿上有点毛病，上集贸市场买菜，常常是一手拄拐杖，一手提菜篮子，慢悠悠地走来，实见老了。就在这东四条碰面时，初时我总问："买菜去？"束为同志笑笑说："不，上班去。"意即如今老了，拎菜篮子上市场买菜便是上班。我们俩便一起笑笑。而后"上班"二字竟成了我与束为同志常说的一句口头语。自他搬到省文联宿舍楼以后，一九九三年春节我和老伴到他家拜过一个年。今年春节我和老伴又去给拜年，郑笃同志说束为同志当天已经去了山医一院，我们便到一院去看望他。不料医院竟说他今天没来。因天色已晚，我们只好回去了。后来准备定个日子到医院去看望他，不意尚未去看，便于三月五日十二时收到他逝世的讣告，噩耗传来，令人好不难过。我的弟弟韩来喜于今年一月二十日去世，只活了六十岁。弟弟的一生是辛劳的一生，在奉养父母方面，替我出力不少。但是弟弟来喜之死，我心中难过的程度却远远不如接到束为同志逝世讣告那种难过得不可抑止的程度。因之我深深体会到革命同志之间的感情胜于兄弟之情。当日午休我躺在床上，束为同志的音容笑貌总在我的眼前活动，使我辗转反侧，不能成眠。因而只好坐起来翻阅他的遗著《束为作品选》。他的这本书是一九九四年春节前刚刚出版的。我于正月初八收到，是束为同志于春节除夕题字赠送的。当时束为同志重病在身，基本上已经是饮食不进，不能行动了，还题字赠书，可见他对于他的这本书——他一生辛苦创作的结晶看得是何等的重要，可见他对于他的老部下是多么的有感情。这本书可以说是束为同志赠送给我的最后一份厚礼。当午我边翻书，边回忆他一生为文艺事业做出的贡献，于是就写挽联，就写悼念他的文章，觉得不写一篇东西悼念他，便不能容忍我自己。因而匆匆做祭文一篇以悼束为同志之英灵。

束为同志，出生于鲁，饮东平湖苦水长大。成长于晋，食吕梁山小米工作。扛枪支，打日寇，曾是吕梁前线一名战士；握笔杆，写小说，乃为晋绥报社一位编辑。参加土改，老长工促膝谈心；发动生产，总和小青年合力同耕。民族化，大众化，乃其创作的宗旨；下农村，写农村，是其服务的中心。写《卖鸡》《小夜曲》，努力反映乡村的真情；写《红契》《老长工》，着意塑造农民的形象。《春秋图》《好人田木瓜》，描绘了老农前进的步伐；《大事业》《难忘的印象》，刻画了干部高尚的品质；《第一次收获》，写尽农民翻身后丰收的喜悦；《崞县新八景》，画出山村建设中变化的画图；多少篇是学生爱听的好课；无数篇乃大众喜读的佳品。束为束为，有束之为。束在党性，为在献奉。勤于读书，乐于笔耕。爱于青年，义于友朋。桃李满晋，文章连城。生活尚实，作品尚精。于己尚严，于人尚诚。不骄不躁，善言善引于母笃孝，于党笃忠，于人笃厚，于事笃行。笃忠一世，笃行一生，年逾七五，不期重病。医之无效，药之无灵，春风落叶，溘然长行。山西文台，殆落明星，呜呼哀哉！痛悼忠魂，伏维

尚饗！

一九九四年三月八日于不了屋

上党名伶赵清海

几年前晋城市文化局栗守田同志送给我一张珍贵的照片，是上党名伶赵清海赴并献艺时与几位同乡的合照。获得此照，如获至宝，因为我从未想到会得到赵清海的照片。

上党梆子是山西四大梆子之一。解放后上党梆子虽然也拥有过段二苗、郭金顺、郝品芝、吴婉芝等几位名演员，但都远远比不上赵清海的演技和名望。可惜赵清海早已死于抗日战乱之时，好演员没有赶上解放后的好时代。

赵清海是陵川县杨寨村人。我小时知道他是东宅戏班的掌班。上党潞安、泽州两府地区无人不晓，乡村男女每每说起赵清海，无不眉飞色舞，赞之叹之。赵清海主攻须生，也反串老旦和丑角、二净，扮什么角色也都出色。如演《雁门关》，扮演杨八郎唱得好，有时扮演佘太君，观众也很叫好。又如演《五丈原》，有时扮演诸葛亮，有时扮演魏延，扮谁像谁。上党梆子以梆子戏为主，兼之上党二簧和罗戏，赵清海在罗戏《小秃下四川》中也扮演丑角小秃，演《兴乐图》也扮演过丑生宋乡保，实在是生、旦、净、丑、末都可以扮，扮什么像什么，演什么像什么，什么都是演得很出色。往日，今天，像赵清海这样一人多能多才多艺的演员实在不多见。当然赵清海最拿手的还是须生戏，又多是上党二簧戏，如《清河桥》的楚庄王，《挂龙灯》的赵匡胤，《五丈原》的诸葛亮，《牧羊圈》的纪辛，都演得很有特色。做功好，唱腔嗓门儿更佳。无论唱梆子戏还是上党二簧，他的嗓音都极洪亮而清脆，那声音听来如丝如弦，简直让人无法区别唱声和弦声。他的唱功底子很厚，如某场对有更衣的道白和动作，一般是当场更衣或下场更衣，而赵清海却是在前台唱了“待我更衣而来”一句拖音下场而去到后台更衣时，我们台下观众还在听着他的拖音，直到他更衣再出场后，他竟气不打喘，面不改色，才唱完那一句拖音，一般演员哪会有这般功夫。

赵清海在上党地区因为有很高的声誉，又是东宅班的掌班，他的剧团的经常收入自然好于其他戏班，所以赵清海的生活也优于其他演员，最明显的特点有二：一是他有一头小毛驴，还有一只小小的哈叭儿，之所以骑毛驴而不骑大骡大马，是因为当时山区经济不发达，交通不便利，戏班又常常免不得要到山村里去演出，只有骑小驴是最为方便的。所以某个村唱戏，只要看见骑着小毛驴怀抱一只哈巴狗的赵清海来了，村民们莫不欢呼雀跃，那消息很快便会传到各家各户去，说：“清海来了！清海来了！”人们以能看上清海的戏而欢欣鼓舞。但真的盼到台上开了戏，想看到赵清海出场却不大容易。因为他的戏总是在后边。如下午唱《乾坤带》，前半截戏又是呼丕贤罢官，又是焦光普骂堂等等，台下的观众大都看不在心上，一个个眼巴巴地等着赵清海上台，但又总看不见他上台，人们莫不前顾后盼，张张望望，眼看台上的戏将近演到该杨八郎出场了，还不见赵清海上台，因而观众们便着急，便不满，生怕赵清海名气大架子大，不上台，换了别人替他演杨八郎，于是便吵吵嚷嚷，“好大的架子！”“他不上台，扒他的戏价！”等等，台下的秩序便会动荡不定。后来终于看见赵清海慢悠悠地踏梯上了台，正好杨八郎出场的锣鼓响了，也早已听得赵清海在后台一声叫场，接着是四名校尉出场，随后便可看到杨八郎身扎大靠、手执长枪耀武扬威地出了场。人们都稀奇赵清海为什么化妆得那么快，穿扎得那么快，名角名角，实在是名不虚传。由于赵清海演艺之高超，他曾带领他的戏班骑着小毛驴跋涉七百华里到省城太原戏园里献艺。上党梆子对太原人来说是陌生的，不习惯的。但由于赵清海的好嗓门儿好演技，戏园里却场场满座，连连叫好，以致赵清海回到上党后不久，又二次被请来到太原演出。热心的观众们还给赵清海赠送一块匾额，上书四个大字是“名满并门”。可惜如此有名望的一位好演员生不逢时，旧社会总是没有地位的演员。更可悲的是日寇侵华侵占了上党广大地区，赵清海不再演戏，忧郁而死。一代名伶竟落得这般下场，可叹可悲！

解放后看上党戏，只因很难看到在演技上能够比得上赵清海者，便为赵清海的早逝而惋惜。幸好栗守田同志还为赵清海保存了一张照片，实在是好事一宗。

韩志中

韩志中生在农历大年初一，乡亲们都说他是有福气的人。何况他本名韩福顺，他的福分来得应说是很顺利的。再说他家的家境原本不坏。他家住在我们村的西头，人称西稍院。院子也非同一般，十三间一大院。都是内外砖包，屋脊兽头，院门还有中仪门，还有大栅栏门的外院。其祖坟墓前有碑楼，坟前有四根丈余高的大石柱，两边两根石柱之柱头是两个石雕狮子，中间两根石柱之柱头是朝天笔尖形的，人称“笔尖旺柱”。他们家当年肯定兴旺过一阵子，大概到了志中的父亲时已经大大衰落下来，其父名叫韩明肉，曾在河南省某地一个商店里做过“相公”，但绝非宰相一类相公，实乃相助做买卖之意，不过是烧火、做饭、扫院、担水打杂一类的角色。到我们记事时，他已经是一个道地的老农民。不过他家的房子比一般人家好些。屋里还摆着成对的黑漆描金大立柜，柜顶还有两口大大的压柜箱。还有长几、方桌、斗椅。过大年时，长几上便摆出银香炉，银蜡台，方桌上也围上印有“年年如意”字样的红桌裙，中堂上也挂出彩画福禄寿三星的大堂画，处处可以看出往日的富贵。往日的富贵到底成为往事，韩志中年幼时他家只不过是个自耕自食的小中农。韩志中几岁便上地劳动，只念过几年初小，他的福气既不大，也不怎么顺。福顺其名，实在名不副实。因为他八九岁时，他的母亲便全瘫在炕上。韩志中既没有哥哥姐姐，也没有弟弟妹妹，道地是个独生子。他这个独生子没什么优越性，既没人给发独生子女证，也享受不到任何优待，只因母亲的全瘫，无任何人分担责任，侍奉母亲一副重担便落在小小年纪的韩志中肩上。每日里，韩志中照常一日三上地。回来屋里，一边帮助父亲做饭，洗锅，更主要的是照应母亲。给母亲盛饭，给母亲就便盆，给母亲送便盆，帮母亲翻翻身，他不嫌脏，不嫌累，不嫌烦，日复一日，月复一月，年复一年，侍奉他的母亲。于是乎，韩志中在我们西下河村成了有名的孝子。家家户户，男男女女，老老少少，无人不道“福顺是个孝子”，“福顺真孝顺”。不意韩志中的福不顺，孝却是很顺的。

我非孝子，但我年少时最爱孝子。也许因为韩志中是个孝子，于是我们做了好朋友。我家很穷，一年春夏秋三季为人辛苦为人忙，没工夫的。冬天却比较闲，有事没事喜欢到韩志中家找他闲聊聊，说说话。有时半时不晌地来到他家，他们父子有事出去，往往是炕上躺着一个全瘫病人，火上坐着一口半滚不滚的锅。于是，炕上的病人便央我，或者叫我往火里续点煤，或者叫我往锅里添点水，或者叫我给她拿个碗倒点水喝，或者叫我往锅里煮点菜，我一概乐意帮忙。甚至有时我也给她掂过便盆。因为，病人常常夸我好。只是没人登报，别人不知道罢了。有时候韩志中好半天不回来，我就静静地靠在炕沿边儿上烤手，兼之替他看锅。看锅不必眼巴巴地看，我就看他家护窗上贴着一张“麒麟送子”画儿。此画我看了多年，老是这一张画。可见他们家的经济并不怎么富裕的。

我同韩志中之所以能够成为朋友，基本一点是志趣相投，能说在一起。我们虽然都是粗通文字者，但都嗜爱小说。每每找到书看，诸如《说岳》《封神演义》《三国演义》《隋唐演义》等等，便互相传看，往往是看一回谈论一回。或称道岳飞之忠，或议论赵云之勇，或奇杨戬、哪吒之玄，或笑张飞、牛皋之粗……兴趣盎然。冬夜里，韩志中侍奉病母休息后，总会到我们借住的一间茅屋里来围炉聊天儿。或骂日寇疯狂，或议国民党阎匪军的腐败；或说世事之不平，或说大众之苦难；或谈天，或道地；或说古，或道今，扯上葫芦说葫芦，拉上瓢儿说瓢儿，没一定主题，没一定范围，真正是无所不说，无所不谈。每晚喝上半碗稀菜汤，也不知渴，也不知饿。也不说备茶，也不曾备烟，只是围着一炉半死不活的小火炉“乱弹琴”。竟夜深了，夜寒了，坐于漏星小茅屋中也不知冷；坐久了，坐饿了，既不得炒吃半碗玉米，也无力烤吃两个山药蛋，还要坐下去，还要谈下去；鸡叫了，狗叫了，两个人谁也不打瞌睡，谁也不叫一声乏，往往直到听到街上有拉煤的牛皮车吱吱叫着走了，有驴车咯噔咯噔响着去了，韩志中才会说一声:“我该回去看我妈了，”坐夜这才结束。

人在一起久了，久则亲，亲则密，自然成了莫逆之交。所以我们拜为弟兄。当时我们虽然都只有十几岁，虽然都是山沟小庄的小农民，小百姓，但对于旧世界之黑暗腐败都极愤愤不平，都想为打倒旧世界做一点事，尽一分力。所以韩福顺并不为他自己的“福”顺利不顺利而考虑，竟有为国效劳之大志，因而他自己改名韩志忠。他向我征求意见，我说志忠不若志中，他便改名韩志中。他这个韩志中不像常来福改名常天亮，几乎等于白改，韩志中这个名可是叫响了，直到今天，乡亲们几乎忘了韩志中曾经是韩福顺。

家乡解放以后，韩志中家虽然是个中农家，不曾被斗，也不曾分过斗争果实，但因他拥护共产党，工作积极，上进，很快便成为一名共产党员。先在我们大槲树乡政府当秘书，公社化以后，又到西河底公社当秘书，官职都极小，但他做秘书却做得认真负责。最突出的一点是做工作讲求实事求是，反对搞花架子，不肯说假话。为上级催要春耕进度，积粪进度，亩均施肥担数，锄苗进度，亩均产量，秋耕进度等等，各公社领导为了争取当先进，往往以少报多，说假话，报假数字。韩志中则往往是以实报产，使公社领导对他很恼火，不仅多年来不曾提拔他，后来竟把他调离公社，到东王庄村代销社当业务员去了。

志中不像其他供销社业务员一样，一心一意做好他的供销工作也就罢了，因为他忘不了自己是一名共产党员，竟不知天高地厚，总想干预一下村里的工作。大队干部多吃多占，他提意见；大队干部不上工都记工分，他提意见。总之，凡是社、队干部中的不正之风，他一概不满，还写了书面意见送到县里。提意见有什么结果？有，一九六二年一个“六二”压，把个爱提意见的韩志中给压了下来，压回来西下河村西稍屋脊兽头院他家里。但是我们村的乡亲们信任他，党员们又选他当了支部书记，直到“文化革命”把他打下台来。

韩志中是在土坷垃里长大的，回家种地算不了什么。不过他与一般农民不同，喜欢小革新，小创造。一九四八年我在陵川县司法科工作时，他就研究制作了一种“断埃耧”。使这种耧种谷，可以自然种出一尺距离一窝苗，既省谷种，锄苗时又省工，也易锄。他曾经托我把这种“断埃耧”介绍给县农业科，以期推广。可惜并不为县里重视，未能推广。农村实行承包责任制后，他曾经在种菜方面下过功夫，但不知收效如何。

令人遗憾的一件事是韩志中的落实政策问题。他是个“六二”压，很多同志因是“六二”压都给落实了，或恢复工作，或补发工资，或一边恢复一边办退休手续，只有他现在还被压着。韩志中以为作为老友的韩文洲工作数十年，又是个作家，可以在他的落实问题上帮点忙，曾多次给我写信。我也在县里找过一些同志。只因我此人没官没职没权没势没关系没能耐，老友的这点忙实在无能为力。韩志中也只好老老实实在家里荷一柄银锄日出而作，日没而息，自耕自食罢了。

老友二王

若说我也有很有些情意的朋友，王长发要算一位。

我与王长发之识，是先识其文后识其人的。一九五一年我在陵川县文化馆工作时便在《山西文艺》上读过他的作品。当时有人说陵川有个王长发很能写，我便想结识这个王长发。后来，见到王长发，他果然能写，而且也能说能笑，总是未说先笑，说话时又总是连说带笑，大概他自以为他的每句话都是侯宝林相声一般的语言，很值得一笑的，但往往不能完全博得他人的笑声。不过至少可以说王长发对人的态度极佳。

我们一向是好朋友，但不仅仅是以文会友，当然更不是酒肉朋友。是什么？也许是趣气相合吧。

有人说交朋友不可求全，金无足赤嘛。比如王长发，陵川几乎人人说他是个好人是个好同志。可是王长发不仅有缺点，而且犯过法。什么法？《婚姻法》。五十年代初王长发二十来岁便娶媳妇，媳妇名叫彩银，县城北关人，当时也是城关的俊姑娘之一。可是王长发结婚不久，政府便勒令他们离婚。因为当时《婚姻法》规定结婚年龄是男十八，女十六，而当时的彩银才刚刚十五岁。不知为什么，王长发很忠厚很老成很懂法律的一个人，偏偏就不懂《婚姻法》。于是新婚燕尔，不意蜜月甜而复苦，被迫离了婚，而后自然不必再经恋爱之过程，又来个二次登记，二次做新郎，二次入新房，那新郎做得真可谓生动而又活跃。此其一。其二是王长发不顾国家人口众多，恣意生养。当时虽还不是怎么强调计划生育，然中国人五亿六亿七亿八亿直线上升之情况王长发是知道的，竟让彩银生了五男二女。王长发辛辛苦苦老老实实工作了四十多年，写小说写剧本挣稿费挣了四十多年，平均下来月收入不过百余元，凭此百余元抚养五男二女长大上学念书修房盖屋定亲娶媳妇，可以想见那是多么困难！王长发虽不是共产党员，但比之许多共产党员他在廉洁奉公方面不知要强多少倍。虽然他子女众多，虽然他家旧房破，五个儿子要娶五个媳妇需要添置五处新房，但是王长发决不因此而去做贪污盗窃坑骗拐霸之事。许多人因为儿子多娶媳妇多花钱，会把女儿高价卖出，同时娶高价媳妇。但王长发的两个女儿之出嫁，他一样兴新风除陋习。至今王长发的子女中除大郎王志敏有本事上了师范而后教学而后又念大学而后做了县委机关干部，四郎当了个临时工，其余都是吃农村粮。陵川农村挣钱门路不多，儿女们当农民挣不上钱，这就带来一连串大问题——盖房难，娶媳妇难，生活难，一切都难。所以如今王长发还有三个儿子留在“光棍班”里。那老房好老好破，夏天漏雨冬天漏风，有什么办法，只好叫它漏着。按说王长发在陵川县当政协副主席也当了好些年，也是县里一个领导干部，陵川人见面莫不以“王主席”或“王老师”称呼。身为县上领导，或机关或商店或工厂或什么地方为儿女们谋个工作，在如今也不是什么大事，可是那种走后门找关系的事他总也做不出来。

眼下，小小一个陵川城东关西关南关北关鳞次栉比盖了数百个二层楼小院，却没有身为政协副主席的王长发一房。王长发在陵川工作四十多年甚至在县政协当副主席期间还一如既往住办公室，连一间宿舍也没有。直至他离休，老老实实回了他的狮古桥村老家，老老实实在他那老破屋里生活，每天负一柄银锄，日出而作，日没而归，春耕夏锄秋收冬藏。四郎五郎无房子住也没有找下对象，老伴儿身体不好，房子夏日漏雨冬日漏风而又无钱修修补补，但是王长发仍然见人就笑，开口就笑，笑容满面不改初衷。

王垦是我的又一名老友，可与王长发并称“陵川二王”。

王垦比我和王长发的年龄要小几岁，可是他参加革命工作很早，也算是个解放式干部。许多解放式干部干到厅长干到专员干到县长者居多，少说也是县里一名局长。王垦则例外，至今已工作四十五年竟还是一名干事级一般干部，甚至比一般干部还一般，不过是县委机关一个普通的信件、报刊收发员。是因为他没有工作能力吗？解放初期就写小说写曲艺写剧本，就演戏就编剧就做导演——编、写、演、导无所不能。是因为他毛病多犯过错误吗？可王垦不抽烟不赌钱不贪污不盗窃不走后门没有不正之风，有什么错误呢？那么王垦何以做干事竟一做四十五年呢？就因为王垦说过一句话，说有些干部在工作中搞形式主义命令主义。就这一句话，一九五七年便有人给他糊了大字报，指为右倾，结果便打成一个大右派分子。地富反坏右，右派分子虽居第五位，但是同地富反坏性质是一样的，都是专政对象，都是敌人。做地主好房好地好吃好穿好也享受过几天，囤粮放债雇人收租也恶道过几天；做反革命搞造谣搞破坏明里暗里干反革命勾当，把他们当敌人，活该。而王垦呢，不过就是说了那么一句话，还是出于好心，便当了专政对象。于是撤职撤薪，流放回家。好在王垦的家离县城不远，县城西南四十华里外的附城。

其实王垦原来不是我们山西人，老家在豫北，其父母因生活无计，才逃上太行山来在附城镇落脚。王垦几岁上就没了父亲。王垦当了右派分子回得家来，只有一位可怜兮兮的老娘，还有在社里挣工分的媳妇。那两间房子又黑又破、破烂不堪。受了一辈子苦的老娘没想到儿子当着干部忽然就变做敌人，很哭了几天。当时我在省文联工作，听说王垦当了右派分子，很为吃惊。一九四五年我在附城区上工作时，附城人就说学校里有个叫王家治的学生很聪明，学习很好。当时的王家治即后来的王垦。不久便在附城小学看到王家治，果然天资聪明，活泼可爱。一九四九年我在陵川县司法科工作时一连发表了几篇小说，做了小教的王垦便找上门来，说到赵树理三字，我们两个一下子便成了好朋友。

因为我们爱好大众文学，便到处宣传大众文学，发动人们订阅《山西文艺》。当时人们困难巴巴，竟发展了二百多个订户。二百多本刊物由《山西文艺》编辑部直接寄给我们，我们再东奔西跑到处送刊物，如同邮局两个投递员。我们还在机关学校组织许多文艺小组，动员创作，很快便有魏永安、王长发、郭云鹤、焦存福、杨珠宝等年轻人在《山西文艺》发表作品。一九五〇年省政府召开文艺新闻颁奖大会，全省百余县，陵川到会人最多，获甲等乙等奖也最多。王垦便是这么个对人对事很热心的好心人。同热爱文艺一样，王垦更是热爱党热爱新中国，处处宣传新中国。但每见我们党的工作有不足之处，他也总爱提些意见。也正因为此，一个热爱新中国的青年眨眼工夫成了右派。在县里当右派不如在北京当右派，王垦也缺点王蒙、刘绍棠那气魄，那才气。三年之后，王垦头上的右派帽子虽然摘掉了，也恢复了工作，还是国家干部待遇，但头上帽子已摘，一股右派臊味儿却永远不离其身，每每提到王垦，以为他当过右派，便不予重用。县里把王垦分配到县剧团工作，不过就是个编导。县剧团的编导可不比省剧团、中央级剧团的编导也算一个权威，王垦不仅没权也没威，县级剧团除少数几个主要演员带点专业性也有点名气，不做杂事，像王垦这个编导，往往编导其次，支差为主。挂幕人手不够，团长便找王垦："王老师，帮助挂挂幕吧。"王垦便去挂幕布。碰上戏里"众校尉"里缺一个校尉，团里便找王垦去当校尉。王垦以为自己当过右派，叫他做什么，他都积极认真地干。王垦也能演大角色。如《沙家浜》里的胡传魁，《红灯记》里的鸠山，《林海雪原》中的座山雕等等。反正全是反面人物。他也写了好多剧本，因剧团整体水平平平，剧团演出水平便也平平，未得到领导的重视。这也罢了。谁知八十年代后电影电视的发展使戏曲受到冲击，陵川剧团多年发不了工资，不解自散，管你王垦是不是国家干部，大家没饭吃，你也别吃饭。这也罢了，偏在此困难重重之时，他的老伴死了。想当年王垦的老母去世，王垦做右派无自由之身，家里又没钱，是王垦的女人同他人抬了老母的灵柩行数百里路下太行葬埋了老母，可谓好媳妇一名。数十年之后，王垦的老伴儿死了，如何埋葬呢？他数年未领工资，吃饭还是问题，不借债便没饭吃，只得潦草从事，一埋了之。王垦因生活无着，凭是国家干部，再三向县里有关单位申请，要求给他个工作单位，并保证做什么都成。但是领导们总以为一个过去还当过右派的人有无饭吃有无工作实在小事一宗，谁也不当个事儿。有关单位也踢皮球，踢过来踢过去把王垦悬在半空里没着没落。王垦工作了四十五年，有大半时间处在重重困难之中，而今年近六十，如何生活？于是便想起他的老友即本人，以为韩文洲也算个作家，还当过省作协副主席，求他在县领导面前说句话也许能解决问题。我知道我本人吃几碗干饭，在有权者眼里不过是没一点一滴油水的干骨头，说出一句话来不值三毫二厘。但为了干了四十多年工作到了来没着没落的老友，便试着碰碰，见了陵川领导人厚着脸皮替王垦说几句话，有时也给县里领导人写写信。县里领导人当面总说“应该办，应该办”，实际上王垦仍然悬在半空里没着没落。如此数年之后，不知道我写过的几封信有无作用，王垦总算是从半空里落在地上，有了个吃饭单位，到中央陵川县委收发室当了收发员。真该大庆特庆。一个解放牌老干部工作了数十年之后，当了一名收发员，好像升了大官似的，把个王垦高兴得不亦乐乎，还写信给我：“我在收发室工作很好，能看上很多报纸，还能看到许多刊物，有许多文艺爱好者和业余作者常来收发室坐坐，一起读文学，谈创作，情况大好……”

升了多么大官似的，王垦好高兴。

一九九三年四月十三日于不了屋

追念张仁义

七月初，韩福旺、韩奋英夫妇自长治来，说张仁义同志已经过世，大吃一惊。因为在我的印象里张仁义一向是铁打的汉子，很活跃的人物，怎么忽然就过世了呢？吃惊之余，又想到我与张仁义是老同事老朋友老交情，怎么也没得到一纸讣告？他已去矣，我既未告别其遗容，亦未发一言以悼念，实在过意不去，不知该如何表达一番对他的怀念。几个月来，张仁义的音容笑貌总在我的眼前一如既往般说着笑着活跃着，总觉得对他有所亏欠，不知该如何弥补，思来想去，明白了，应该写一篇怀念他的文章。

我与仁义同志相识数十年，但是我认识他要比他认识我早许多年。我儿时喜欢看戏，我常常看到戏台上的张仁义。因为张仁义小时家寒，生活无着，便进了旧戏班子。他进旧戏班子有个有利条件，因为他的舅父郭金顺是戏班的名角，艺名小红生，谁人不晓？张的老父亲也在郭金顺的戏班里，但不是名角，连演员也不是，只是个看戏房者。所谓看戏房，就是演职们上台后，他在剧团的临时宿舍里当看守员，职位很低。张仁义也是沾了其舅郭金顺的光，才能够到剧团找一碗饭吃。张仁义没演过帝王将相老爷少爷一类人物，多数是给那些元帅、大将扮演四员将官中之一员，身扎大靠站在两旁即可；再就是给那些老爷们当个家员，也总是站在台口石柱旁，最多有一二句台词，就这么简单。我也偶然见他扮演过大角色，那便是《黄鹤楼》一出戏里的赵云，那时候他在台上演出，我在台下看戏，但不知道他是小红生的外甥，不知其尊姓大名。我只是台下一个一般小观众，所以他是不认识我的。只是解放战争年代，我便听说了高平县万亿班剧团有个名叫张仁义者很能干，能就能在很会编戏又很会导戏，是个能人，很了不起的。后来终于见到了这个能人，一见之下，却原来就是那个在舞台上只会当“众将官”中的一员将和只会当中军、家员的他，我想不通当年那么一个不入流打杂一般的演员，怎么忽然就变得那么能干。

但是怀疑归怀疑，事实归事实。后来了解到张仁义在改造旧戏班子在戏曲推陈出新方面确实做了很多工作，起了很大作用。张仁义自学成才，多能多艺，且是解放后戏曲改革的急先锋。他曾在北京戏剧界学习、工作多年，工作能力大有长进。后来又回到晋东南来，先后在晋东南上党梆子剧团、晋东南文化局工作，竟至当了地区文化局的副局长。一个旧戏班里难以上得等次的演员，居然当了地区文化局的副局长。可见其为人民的事业而奋进做了多么大的努力。张仁义对晋东南戏剧事业的改革、发展是立过功的，如解放初期他导演的歌剧《赤叶河》《王秀鸾》，再后他导演的历史剧《三关排宴》《佘赛花》，还有反映纪实生活的新戏《十里店》等，大凡上党剧团的名剧，都有张仁义的心血在内。可以说晋东南戏剧事业的发展是与张仁义的努力分不开的。

据说张仁义在工作上导戏，既认真又执拗，往往说一不二，是个很严肃的戏剧工作者。但我对他的印象是个嘻嘻哈哈对人很和蔼的同志。由于同在文艺界工作，我们曾多次一起看戏，一起开座谈会，在一起相处的机会很少。由于他嘻嘻哈哈的态度，我很愿意与他相处，很愿意见到他。每次与他到了一起，他那种嘻嘻哈哈的热热火火的神态总给人一种愉快的感受。我与张仁义同志还有程联考曾一起陪同赵树理到长治北郊一个村去看屯留剧团演出的《苹果树》，还同他一起到屯留县城看演出，又同他一起到武乡、壶关等地去看戏去开会，常常与他同车同吃同住同开会，只要跟他在一起，有他那股子热乎乎的神情，有他幽默的语言便使人感到特开心。因而我总把张仁义同志当成是我的老朋友。可是张仁义过世之后七八个月，我才得到他不幸过世的音讯。想起他一向开朗的胸怀，强壮的体格，总不相信过世之说是真的，但愿是谣传。几个月后又在省作协见了荀有富，便与他校正韩福旺、韩奋英之说，二韩之说竟属实无疑。张仁义同志真的早早地去了，这是我们文艺界一件大不幸事，怎不让人悲痛。张仁义同志虽然去了，但他所导演的许多好戏还留在人间，留在上党，留在太行山，留在人们的心中。

说温爱花

几十年来我们家没有请过家政服务员。近几年老伴儿因病不能做家务了，好在我已离休在家，就两个人生活，除了早上抹抹擦擦一个多小时外，就做两个人的饭，不大累的。不料今年一月上旬我忽然患了急性胆囊炎，住了医院。女儿一家人忙着轮流陪侍我，还要忙过春节的事，还要忙孩子完婚之事，太忙了。在此情况下，女儿给我们请来一名家政服务员，名叫温爱花。

七十年代因老伴有病，也请过两个人，都是十六七岁的小姑娘。其中一个的做派很特别。抹擦屋子时她不在家，做饭时不见她的面，老伴儿只好带病做饭。饭做好了，她来了，吃吃饭、洗洗碗，她又走了。请了人，反而加重了老伴的负担。另一个姑娘从乡下来的，哭了一夜，吃了两顿饭，什么也不干，就走了。从此，我们再没有请过人。邻家们有长请人的人家，多有不尽如人意处，我们更没有了请人的信心。

不想温爱花与别人大不相同，三十多岁的温爱花其爱人在机车厂上班。有二子，一子正上中专，一子才上幼儿班。温爱花原在机车厂幼儿园做临时保育员。来到我家做事，人特勤，人特诚恳。做家政服务员，只要一个勤字做到了，也就一好百好了。她每天早上八时来家里就干活儿，洗锅涮碗，扫地擦地，抹桌擦柜，炒菜做饭，有时还要洗洗衣服，没事了就给我们打毛衣，一分钟也不肯闲着。我们每天看到她不停地干活儿，过意不去，就催她休息，但她总是不肯。好像在工作时间里休息是不应该的，干活儿的自觉性主动性太强太强了。温爱花在我们家比在她自己家干活儿还要主动得多还要认真得多，她总是努力把一切事做得很好。温爱花既然做到了以主人家做己家看，我们自然也把她当自家人看。她来到我们家不到一个月正好要过春节，我们自然也应该有点表示，就送给她一点年货。不料温爱花却与我们讲起礼尚往来了，她也送给我们年糕、馍馍等，看见这儿没有去污粉，她拿来了去污粉；看见这儿拖把不好，她也从家里拿来拖把。她总觉得我们给她的多，总是想法儿不让我们吃亏。一个人只要能设身处地处处替别人想，事情就好办多了。也因为如此，我们互相都把对方当自己人看。这也应了一句俗语："两好合一好"。

我们为有了这么一位好同志而放心而高兴。

六号楼的作家们

我们住的这幢小楼在南华门东四条内，是省作协的宿舍楼——六号楼。我们的宿舍楼有两大优点：一是近闹市却十分宁静。出了东四条就是南华门集贸市场，买菜买熟食方便极了，也热闹极了。但因为这个东四条小巷有二百米的长度，南华门集贸市场的热闹丝毫不会影响我们宿舍楼，所以我们这个六号楼同一至七号楼都是十分宁静的所在，正是作家们进行创作的好地方；二是一般不怕小偷。因为东四条小巷有二百米的长度，小偷到这里来作案，一旦被发现，想逃离一个二百米长的小巷，很不容易的。一般小偷轻易不敢到这里来作案。所以我们这里虽也丢过自行车，但十多年里只那么一两次。东四条实在是个比较安全的港湾。不过这个南华门东四条也有一个缺点，可以说这是一个骗人胡同，上当小巷。东四条巷口上方明明钉下一个“此巷不通行”的铁牌子，行路人偏是看不见。明明是一条死胡同，就因为这胡同有二百米的长度，怎么看也像一条路，怎么看也不像是一个死胡同，于是男的女的老的少的，甚至背着很重的行李者吭哧吭哧地走进东四条胡同来，又吭哧吭哧地返走了。差不多每天都有人在我们这个胡同里上当。这些事我看得很清楚。因为我住在六号楼的一层，院里人来人往看得明白。我曾戏作一联是“床上卧听国际国内大事；窗前坐看院里院外小景”。我们院里三号楼、四号楼、五号楼、六号楼这四幢楼的男女老少出出进进连同那些上当进出的男女，我都看得很明白的。正因为如此，我们这个六号楼各位每天的出入也就逃不过我的眼睛了。我们六号楼五层共十家人有十名作家，十名作家就有九名专业作家，同时这九名专业作家全是国家一级作家。所以这个六号楼也又唤作“作家楼”。当然这个楼里的作家们每天写作都是坐在向阳这一面的房间里写作的。因为他们忽忙于写作，忽忙于读书，也就不仅是两耳不闻窗外事，同时也会是双眼不看窗外事的。大家的出入，他们自然知之甚少了。唯独我是老朽木一块，老闲铁一块，饱食终日无所事事，专喜欢坐在窗前看人们的出出进进。城市人特别是住楼房的人不爱串门儿。许多作家更讨厌别人来串门儿，害怕打扰了他的构思，他的创作。过去住在我们六号楼五楼上的郑某就常在门上贴着一张告示：“正在创作，概不会客。”其他作家虽未这么做，但他们在写作之中，怕也是会有同样心情的。所以我虽然喜欢串门儿，也不敢串门了。作家们每天忙些什么，是怎么个忙劲儿，也就无法晓得其内部消息了。

你想知道这个六号楼的十名作家中九名一级作家到底是些谁吗？一九九三年春节我在这个六号楼的大门上写过一副春联，上联是“石成祖国宁乃矣”，下联是“新奇山满洲是也”。上联前五字是东边五层从上到下五名作家每位作家名字的第二个字；下联前五字是西边五层从上到下五名作家每位作家名字的第三个字。想来你打这每一个字上就可以猜出他的全名吧。

还是按照我的那副拙联的顺序由东边五家从上到下说起吧。“石成祖国宁”的石，是韩石山；成是成一；祖是焦祖尧；国是李国涛；宁是王宁。五楼的韩石山读书多，写作品也最多。他不仅在《山西日报》《太原日报》《山西文学》《黄河》发表作品，省外北京、南京、广州、上海等等许多省、市报刊都发他的作品。我能看到的只是他发表在省内几家报刊上的作品，省外的也就难得知道了。但可以从两个方面证实他在各地报刊发表作品之多：一是传达室里邮电局投递员每天送来的汇款单数韩石山的汇款单最多，几乎每天都有他的，往往一天内他会有三五张汇单，加之其子韩波、其女韩樱也常写作品，也常有汇单寄来，真是汇单成摞，可见其发表作品之多了。二是韩石山每天要下楼两三次。韩石山的歌喉远远比不上阎维文、毛宁他们，但是他很喜欢哼那么几句。因了他每天每日写作忙，读书忙，一出门就该放松放松，吼几句理所应当之事。每每听到楼道里瓮声瓮气的歌声，就知道是韩石山下楼了。韩石山一早一晚下两次比较准时，多数是与夫人一起下楼，一起上楼。有时候也会加一位韩樱小姐。韩石山差不多每次下楼来手里都会捏着一两封信，如果是早上捏着一封或两封信下楼，说明那是他昨天晚上奋斗出来的成果，说不定是寄给哪个报刊的编辑部的；韩石山差不多每次打外边回来，手里也会拿着几封信，那是各地报刊发表了他的作品给他寄来的样报。反正是韩石山打我的窗前出出进进，手里总是有信件的。不是一封，就是三五封。在我的印象里，韩石山真的成了韩“信”了。

四楼的成一创作很卖力，每天到晚不出门。所以我静坐窗前终日，也很难看到成一的身影。亏了成一夫人每早到杏花岭早市买菜回来，有时买菜太多，一个人无法带上楼去，便会呼唤夫君下楼帮拿。有时可以看见成一下楼拿菜时那种匆匆行色(时间宝贵)；有时他就在楼道口接了夫人手里的菜连忙返身上楼，连身影也是难得看见的。成一只有写小说的时间，没有下楼放松一下的工夫。因为他多是写长篇，平时不往传达室送信件的。

三楼的焦祖尧是现时省作协的一把手，工作忙。我们这个六号楼，只有焦祖尧是上午、下午的上班时间，就可以隔窗看见他上班时匆匆而去的背影，下班时匆匆而来的行色。每天早上还可以看见他出去，那是到杏花岭锻炼兼到早市买菜去的。每天晚饭后，还可以看到老焦偕夫人出去的背影，那是到杏花岭散步去的。只要焦在单位，每天可以有六次看到他。不过老焦出门开会多，下厂下乡多，每年差不多有半年是在下边度过的。所以他虽做着单位的领导工作，近几年却也出版了好几部书。

二楼的李国涛早上可以看见他到传达室拿牛奶，上午十时多、下午四时多均可以看到他出去散步。看来李国涛的生活好像很是悠悠然。可是他也跟韩石山一样，每每看见他打我窗前走过，也总是拿一封信——写好的新作出去的。所以在《太原晚报》上差不多每周有两篇文章见报。他在外地发作品也不少。他写得虽多，可是他每天出出进进一副很轻松的样子，可见其写东西是何等的老到。

一楼的王宁是我们单位的行政处处长，是书法家，其夫人田彩凤虽是作家，却不是作协的人，差不多每天可以见王宁在院里指挥单位里各处修修补补的工作。

现在再说西边的五家。“新奇山满洲”的新是钟道新；奇是周宗奇；山是张石山；满是王东满；洲是韩文洲。五楼的钟道新是作家楼里最年轻的作家，创作热情颇高，出作品很多。他喜欢到外边跑，在家时候比较少。到外边跑得多，所以作品也多。但是他在家里的时间里也不像成一、韩石山、张石山、周宗奇他们一样在家坐着创作，也总是在外边跑。如果他在家，常常可以看到他拿着手机下楼走时，往往走在我的窗前，就在往楼上他的家里打电话，多是因为忘了拿什么东西，要夫人从楼上往下给他扔，钟道新一家在外边就餐时候比较多，每每到了午餐或晚餐时间，他们一家就坐车出去了。

四楼的周宗奇连写几个长篇，很忙的。但是他的生活很规律。每天大早走出楼道到外边锻炼。早上打我的窗前走过的，周宗奇总是第一名，六点出去，八时回来。有时买点菜带回，每天早上只能看见他出出进进的身影。锻炼身体好，创作大丰收。这就是周宗奇。

三楼的张石山是省作协四大酒罐子之一。爱喝酒，爱下棋，爱下夜功，创作年年丰收。夜里忙，所以早上不能早起床，每天早上只能看到他家的小保姆早早买回来两根油条，那就是给张石山备下的早餐。往往到下午四五点后，张石山完成了当日白天创作的任务，才能走下楼来，或出去逛逛，或找棋友玩玩。

二楼的王东满也爱下乡跑动，就是在家的时间，也很少整天下楼。差不多每天的上午八点多出去，近午时分回来。下午也常常可以看见他出门去了，傍晚才回来，好像他是在外单位上班的。好像他每天总是跑，在屋里坐不住，但是他的长篇差不多是一二年一大部。因为他在屋里如何活动不得而知，所以王东满之所以能够多产，正是同他的爱跑动分不开的。

一楼的韩文洲是一块老朽木。每日除了到大马路上当一会儿马路顾问，给人指指路向，也就无事可做了。饱食终日，无所事事，说的就是此人，所以其自称每日完成三大任务也就罢了。这三大任务便是吃饭、睡觉、看电视。

南华门里两辈人

我们单位——南华门内的山西省作家协会只有两辈人，虽然山西省作协连同她的前身山西省文协从一九四九年成立至今已有五十年的历史，但五十年里还是只有两辈人，虽然现在健在的老一辈如马烽、西戎、王玉堂（冈夫）、胡正、陈志铭、王樟生他们都已经当上了爷爷或者奶奶，但那是他们家里的事儿。就单位说，还是只有两辈人。虽然根据省作协几次会议的说法，五十年来，山西文学界已经出现了四代作家即四茬茬作家——如第一代有赵树理、马烽、西戎、孙谦、高沐鸿、冈夫、郑笃、胡正等著名作家；第二代有焦祖尧、田东照、王东满、刘德怀、李逸民、义夫、杨茂林、杜曙波、陈志铭、杏绵、郁波、李霞裳、彦颖、青稞等著名作家；第三代有周宗奇、赵瑜、成一、李锐、蒋韵、韩石山、张石山、燕治国、孙涛、钟道新等著名作家；第四代有潞潞、谭文峰、常捍江、王祥夫、张雅琴、徐小兰等作家。这四代作家一代一代，层次分明，有名有姓，丝毫无错。但山西省作协内按级别说有副省级干部、有厅级干部，也有处级干部、科级干部和一般干部，大体说也有五个级别的干部，但山西省作协还是只有两辈人。为什么？因为实际上就只有两辈人：一个“老”字辈，一个“小”字辈，从一九四九年山西省文联和山西省文协成立起，省文联的主任高沐鸿、副主任力群、文协主任王玉堂、副主任李束为、郑笃开始，当时文联的同志们连同炊事员老范，收发员小李、小恩就是两种称呼，不是老什么，就是小什么，同志们连同收发员小李、小恩称文联先后几位一把手如高沐鸿、李束为、马烽是老高、老李、老马，而高、李、马他们称同志们也是以老王老张相称，只有对很年轻的同志如收发员小李、小恩才称小李、小恩。山西省作协开了四届代表会，换了四次领导人，五十年来，这种老什么，小什么的称呼从未变化过，连赫赫大名的赵树理后来回到山西文联来，从马烽直到炊事员老范，一律都以老赵二字称呼赵树理，当然这其中也有小小变化，如马烽在汾阳兼职县委副书记时，汾阳县委机关的年轻人都以马书记称马烽，但马烽一回到省文联，他那顶“马书记”官衔就不存在了，人们一样还是以“老马”称呼他。当时在省文联只有张万一是例外，人们不以“老张”称呼他，却称他是“张老万”，反正还是“老”字辈，当然近年来我们省作协在对老一辈作家的称呼也有一些变化，如对王玉堂不再称“老王”，改之为“王老”。一些青年作家对马烽不再称为“老马”，改之为“马老”，这对于王老，马老来说似乎升高一个级别，其实“王老”“马老”与“老王”“老马”差不多的，不过还是个“老”字辈，只是听来更加尊重一些罢了。

有官衔有级别而无人称官道衔，这在群众团体的省文联、省作协来说已是老规矩了。这有个好处，不问你是主席是省级干部是厅级干部还是科级干部一般干部甚至只是一位收发员、做打扫工作的卫生员，全部只有“老”“小”两个辈分，这样的称呼，使上下级缩短了距离，增强了亲近感，亲切感，人与人的关系也就亲近了许多，亲密了许多，和谐了许多，我以为这种互相称呼时不称官道衔，全部以“老”“小”二字代表，是新的时代群众团体内一种新型的人际关系，我们几十年来已经习惯了这种称呼这种关系，这是南华门里的一个优良传统，必将代代相传下去。

作家的新春联

已经连续三年通过《太原日报》向乡亲们报告著名作家马烽的新春联，此事已成老习惯，今年不能不报，且今年除报告马烽的新春联，还想将胡正、韩石山等几位作家的春联向大家报来，不过因为今年要向大家报告六七位作家的春联，限于篇幅，也就不能细评其详。只是该说明处说说明罢了。

先说说马烽。其一楼前门的春联为七字联，写得颇为诗韵：

春风不嫌庭院窄
雨露偏爱花草疏

马家一楼后门的春联是：

闯过七十六周岁超越孙李已成定局
迈向九十一高龄寿比王老无此可能

此联需要解释。马烽的左右邻里王玉堂、孙谦皆故去。一九九七年马烽的春联上联是：“跨过七六七六岁”两个七六，是指马烽的老战友孙谦、李束为皆七十六岁谢世，马要争取超过他俩。今年马烽七十七岁，已超越孙谦、李束为的年龄，自然已成定局，马的左邻王玉堂九十一岁谢世，马烽的目标要向王老的九十一岁迈进，又说无此可能。好像勇气不足，但他敢于朝此目标迈进，也就不是没有可能了。马烽楼上前门的春联是：

大气污染无能为力
小屋冷暖自己调节

去年马烽的春联对门前的高烟囱已有描绘，今年的春联“大气污染”云云仍然指引，没有办法。

我们单位各家，数胡正家院子大，那院子虽非后花园，也是前花园，年年岁岁，百花盛开，果实累累。所以胡正门上今年的春联是：

年年岁岁花相似花红花香沁人心
岁岁年年果满枝果繁果甜养人身

年年花相似但沁人心，岁岁果满枝可养人身，虽只是一联，胡正却把他的小花园很富感情地描绘得恰到好处。

王东满门上的春联乃五字联：

书藏金石气
家有蕙兰香

这是王东满对他家藏书之多，君子兰之盛的描绘。

李国涛门上的春联是：

青春岁月这般这
垂老文章尚未通

谦虚之词溢于言表。

成一门上的春联是：

日长惟忆异书看
风远忽闻清啸起

韩石山门上的春联是六字联：

读书寄怀秋水
对友如坐春风

好联！

有好联，就有差联。我自家门上的春联很差，是：

两盘素菜一碗米饭日食数不增不减
五篇散文三个小说年产量或少或多

此谓大白话联。我们住的这个六号楼的门上也有一副新春联。因为此楼十户人家，新任主席、副主席和旧任主席占绝大多数。此楼过去人称“作家楼”，现在大变了。楼门的春联是:

星转斗移戊寅岁交己卯岁
今非昔比作家楼升主席楼

作家唱歌

唱歌不仅仅是音乐家的事儿，不仅是歌手们的事儿，我们山西的作家们也有很多歌手。

山西省作家协会每年要召集几次会议：工作会、理事会、创作会、作品讨论会。每一次会至少有一次午宴。午宴上自然有酒。有几位作家酒量特大，如张石山、赵瑜、张锐锋和刘淳四位号称山西文学界的“四大酒徒”。每次午宴中当大家酒过三巡，有一些作家开始变脸作关老爷时，总会有人提议请某某来一首。每于此时，首当其冲站出来的总是忻州的青年作家，只见彭图面如重枣，俨然一个当代关公，却又笑面乎乎，野着嗓子高声大唱起来，唱歌当中也还是始终不改笑容，又总是挺着胸，凹着腰，腆着肚子，双手叉腰，把一颗肚子一腆一腆老往高处腆起，边腆肚子边大唱，生怕唱歌劲头不足似的，生怕不足以表现高歌大唱似的，他如此唱歌唱的是什么歌呢，他每次唱的第一首歌的第一句总是那句：“妹妹你大胆地往前走啊，往前走，莫回头……”，那形状一如关公追妹妹，总会引起宴会上一片笑声。连饭店的服务小姐也会驻足笑听一番，有时会把厨房的厨师惊动出来看作家们唱歌。

彭图唱罢，紧随其后唱歌的往往会是“四大酒徒”之一的张石山。张石山既是有名的酒徒，这时候自然已饮酒不少。但你看他时，他却面色发白，根本不像已经饮过很多酒的样子，大概这就是著名酒徒的本能所在之处，张石山不仅脸不红，唱起歌来也不像彭图那样凹腰腆肚子，唱歌的调门也比较柔和。张石山唱的是什么歌呢，他唱的就是那首很多人都会唱的“………把你的小脸扭过来，亲呀亲圪蛋蛋……”

还会在宴会上唱歌的有燕治国和赵瑜、周山湖各位作家。燕治国个头高，就那么直轰轰站着唱，一盘酒后的关公脸便明显地展现在大庭广众面前，燕治国是河曲人氏，河曲是盛产民歌的地方，河曲民歌又多是唱“走西口”的民歌，燕治国又写了《走西口》的长篇小说，所以他唱歌又总是会唱《走西口》：“哥哥你走西口，小妹妹我实在难留……”

赵瑜多唱流行歌曲，唱毛宁、蔡国庆他们唱过的歌，那唱歌的水平也与毛宁、蔡国庆们的水平差不离。所以赵瑜唱歌就不属拼命瞎吼的类型了。还有韩石山、王东满两位作家也爱唱歌，但是他们二位轻易不肯在宴会上唱，不肯在大庭广众处唱，总是创作有闲、下楼到单位传达室取报，或傍晚时分到街头散步时，我就常常会听到韩石山或王东满的歌声。因为我与他们同住一楼，我住一层，他们上楼下楼总会打我的窗前走过去的。因而也就很容易听到他们的歌声。每每隐约听到如同牛嘶一般的美声唱法的歌声时，就知道是韩石山下楼了。每每听到那低声细气如农村妇女唱小调一般的歌声，就知道是王东满下楼了，歌声是他们下楼的信号。

作家书展更好看

今年十月二日国庆期间游了一次迎泽公园，迎泽公园花好，水好，人多，景多，但那好花好水皆不如公园里悦心苑的“钮宇大书法展”更好看。

二十多年前我就读过钮宇大很多诗篇，本以为钮宇大是个诗人，后来又读了他的长篇小说，短篇小说，才晓得诗人原来也是作家。当年在读到钮的诗作之同时，就曾读到过他写给我的一封封短信，有钢笔字也有毛笔字，在我看来都是书法作品。九十年代后，钮住进山西省作协七号楼，每逢春节我到他家去拜年，看到钮宇大写的春联，于是我才认识到钮宇大不仅仅是很好的诗人和作家，实际上也是一位书法家。

看了钮宇大的书法展如同过去读了他的诗，为其浓烈的诗意和精彩的句子所感染所感动一样，也为其书法底功之厚实，优雅之法度而感奋。钮宇大之字踵“二王”而博取众长，欧、颜、柳、赵各取其精，也可看到当代名家启功的影子。正如钮宇大自己诗中所云“百家今教我杂糅”，他是糅古今百家于一炉又揣入了钮家自酿的良醇而自成一家的。

《钮宇大书法》一书由原山西省副省长霍泛作序，中国作家协会副主席马烽以《钮宇大和他的书法》写了卷首语，已由香港天马图书有限公司出版发行。该书收入作者一百二十多幅书法作品，真草隶书，洋洋洒洒，是一本欣赏价值很高的艺术宝书。

癸未春联十三家

山西省作家协会部分作家每年春节都有春联新作。今年春节，我沿门串户看作家们的新作，只有十三家是自作春联。他们的春联有的雅，有的俗，有的雅俗共赏。有的言志，有的抒情，有的咏言，有的感时，各有千秋。

马烽家前门上的春联：

安居并州城畅饮黄河水

活在严冬里可餐夏季鱼

马烽后门上的春联：

打倒流感病毒人人拥护

呼吸清新空气个个欢迎

马烽内室门上的春联：

年年辞旧岁

岁岁过新年

马烽楼上的春联：

不知不觉增一岁

无忧无虑又过年

田东照门上的春联：

治学唯恐读书少

展卷不厌冬夜长

王东满门上的春联：

壬午马岁多祥顺

癸未羊年好运通

李锐、蒋韵夫妇作家门上的春联：

人有锐气骨方硬

文关韵事笔自柔

成一门上的春联：

香飘合室春风转

花覆半庭淑景留

闫晶明门上的春联：

春冶东风旖旎

夜深北斗阑干

燕治国门上的春联：

幽径草花聆识趣

闲窗笔砚不留尘

蔡润田门上的春联：

青羊将向山间去

玉兔已从月中归

王宁门上的春联：

得好友来如对月

有奇书读胜看花

毕星星门上的春联：

博士一两个

作家二三流

张锐锋门上的春联：

心中罗锦绣

口内吐珠玑

杨占平门上的春联：

去年一桩大事轻松完成

今年两地家人身心康宁

赵建平门上的春联：

想得到得到又怎样

愿舍弃舍弃焉如何

韩文洲门上的春联：

新年新春新岁月依然住旧房

旧房旧屋旧家具一样过新年

也说五本书

读了好书，永远不忘。也说五本书。

《天网》

读张平著的《天网》让人一边读，一边气，一边恨，一边急。是一本可以触动人的感情的好书。书中无恶不作的村支书贾仁贵，好县委书记刘郁瑞和告状告了三十年吃尽苦头的李荣才三个人物把读者吸引着非要看下去不可。《天网》写的是民官。《天网》成书后引起很大反响，并且又引发出一场官告作家张平的奇案。就从汾西县一些对号入座的官告作家张平的状这一方面来说，也说明张平的《天网》写的是成功的。

《安娜·卡列尼娜》

俄罗斯列夫·托尔斯泰著。此书中国的读者很多。我们读惯了中国古代“痴心女子负心汉”一类的爱情小说，再读《红楼梦》，耳目为之一新。再读《安娜·卡列尼娜》，耳目为之又一新。安娜与卡列宁，只有婚姻，没有爱情；安娜与渥伦斯基的婚姻，渥伦斯基对她又是只有情欲，没有爱情。小说广泛地反映了家族、伦理以及社会、经济、宗教各类问题因而成为现代史诗。所以《安娜·卡列尼娜》不是一般的爱情小说，所以列夫·托尔斯泰是语言大师。

《老子》

中国道教里崇拜的始祖是太上老君。据说太上老君就是著书《老子》的老子。儿时只知道太上老君是仙家，不知道他还是先秦诸子百家中的一大家，不知道他也会著书立说。读了《老子》以后才真正认识了老子，一则把心目中的仙家还原为大学者；一则从中学了一些朴素的唯物主义哲学。

《玉龙村纪事》

这是马烽近年新出版的一部写土改前夕农村斗争的长篇小说。写土改前夕也好，直接写土地改革也好，实际上就是写土改运动。土改至今五十多年，已经是老掉牙的事儿，还有什么写头，还有什么读头。我原也有这等想法，但是，看了以后才觉得此书虽是写土改旧事，我们也该看看的。因为马烽在此书中不仅写了当时土改前夕玉龙村的斗争，并且认识到农村的土地斗争已经是延续了几百年的土地斗争。广义地说，农村的土地斗争已经有了几千年的历史。因而土改斗争是一场可歌可泣的惊天地泣鬼神的斗争。每一个当代中国人对此都应该有所了解有所认识的。

《宋庆龄传》

是刘家泉著的一本新书。本以为对宋庆龄了解很多，宋庆龄之所以成为名人，成为新中国的国家副主席、副委员长，只是因为她是孙中山夫人，是我们的统战对象。过去在国统区也做一些有利革命的事，如此而已。读了《宋庆龄传》才认识到宋庆龄是中国革命阵营的一位女杰，后来也已成为无产阶级革命家。她为了中国民主革命事业，不惜牺牲自己，掩护孙中山脱险。为了救援共产党员和民主人士，明知蒋介石在暗杀她，她一样为了革命同志奔走呼号，为了革命事业，甚至与姐姐、妹妹、弟弟断绝关系。各个方面都表现出宋庆龄大无畏的无私的革命精神。所以说《宋庆龄传》也是一部女英雄传记，很应该读读。

《山西文艺》七年

《山西文艺》概况

《山西文艺》是解放初期山西省文联办的一个综合性文艺刊物。刊物以短篇小说为主，兼及诗歌、小剧本、曲艺作品、美术作品和歌曲。山西省文联于一九四九年十一月成立，高沐鸿为主任，卢梦、力群为副主任。文联设四个协会，即文学工作者协会（即后来的作家协会）、戏剧工作者协会、美术工作者协会和音乐工作者协会。文协以王玉堂（冈夫）为主任，李束为、郑笃为副主任。山西省文联单位驻太原市精营东二道街三十九号和四十号两个大院。当时的省文联不仅办了《山西文艺》刊物，山西省美协还办了《山西画报》，山西省音协还办着不定期的《山西音乐》，所以《山西文艺》这个所谓综合性文艺刊物，虽然也发表一些戏剧、音乐、美术作品，但实际上都是由文协办的以文学作品为主的综合性刊物。《山西文艺》的主编郑笃也是山西省文协的副主任。因而我以为现在论说山西文学刊物时，总把《山西文艺》这一段历史割断，不把《山西文艺》算作山西的文学刊物，总是从一九五六年十月第一期《火花》算起，好像山西文学工作者协会从一九四九年全国解放以后到一九五六年九月的七年时间里山西文学界就没有办过刊物，好像这七年时间山西的作家、山西的文学工作者就没有写过文学作品，就没有发表过文学作品，好像这七年时间山西文学工作者、山西作家什么事都没有做，因而给山西文学界留下一个长长的七年时间的大空白。我们该怎么评说山西文学界的七年呢？更何况一九五二年以后，山西省剧协、山西省音协都已分流出来。山西省美协虽还住在省文联内，但美协有美协办的刊物《山西画报》。《山西文艺》本来就是山西省文协办的。文协者，文学工作者协会也；作家协会者，亦即文学工作者协会也。我们把《山西文艺》排除在文学刊物之外，割断这段历史，我们还怎么又可以说山西省文协是山西省作家协会的前身呢？总之一句话，《山西文艺》应该是《火花》的前身，不能丢掉这段历史。

从一九五〇年到一九五六年，《山西文艺》本身有过两次变化、三种形式。一九五〇年五月创刊的《山西文艺》是十六开本大型文艺刊物，到一九五一年的七月止，共办了十二期。主编是郑笃。这是《山西文艺》的第一个时期。一九五二年初到当年五月，山西省文联与《山西日报》商定，由省文协编稿，《山西日报》发刊，每周一期“文艺”副刊，每期一版。仍由郑笃主编，共编二十一期，即继原《山西文艺》的第十三期始到三十三期止。《山西日报》的《文艺》副刊是原《山西文艺》的继续。这是《山西文艺》的第二个时期。第三个时期是从一九五四年四月《山西文艺》复刊号一期即《山西文艺》总第三十四期开始到一九五六年九月，即《山西文艺》复刊第三十四期至总第六十三期止。三个时期共出六十三期。从一九五六年十月起便改刊为《火花》了。第三个时期的《山西文艺》共出三十期，开始几期仍由郑笃主编。后老郑调山西人民出版社任社长，胡正已经回到山西，便由胡正主编《山西文艺》。

以上是《山西文艺》的概况。以下说说我本人与《山西文艺》的关系。

《山西文艺》初期

我与《山西文艺》的关系大体也分三个时期。第一个时期即《山西文艺》一至十二期那一段时间，我不在《山西文艺》编辑部工作，仅仅是《山西文艺》的一个作者。当时的《山西文艺》除主编郑笃外，还有编辑郭维洲、陈志铭、卢玲、尉致中、周笙桥等同志。与我这个业余作者联系最多、互相写信最多者是郑笃、郭维洲二老。那时候我的写作水平很差、文化水平很低。因我出身雇农、仅上过两冬小学，既谈不上什么文化程度，更谈不上有什么写作水平。之所以常常给《山西文艺》写点东西，全是在郑笃、郭维洲二老的多次亲笔信的鼓励下坚持下来的。记不起在那一年多时间里我给《山西文艺》送过几个稿子，只知道在此一年里我在《山西文艺》发表过五个作品。第一个短篇小说《用不着咱操心啦》发表在《山西文艺》第二期，第二个短篇小说《浸种记》发表在该刊第四期，且是头篇。另外还有《模范老师赵景保》(鼓词，与人合作)、《好媳妇》（小说，与人合作)、《买药》（相声），就这些。按说十二期刊物，我发了五个小作品，也算不少了。当时我不仅是《山西文艺》的积极投稿者，而且是《山西文艺》的积极宣传者和《山西文艺》读者小组的积极组织者。当时我同陵川县的王垦一起积极活动，为《山西文艺》发展了六十四名通讯员，一年里陵川文艺小组在《山西文艺》上发表过两个以上作品的有郭云鹤、魏永安、焦存福、王长发、杨珠宝等许多人。并且我们文艺小组积极推销《山西文艺》，每期可以推销一百至一百五十本。我们还组织许多文艺小组经常开会讨论《山西文艺》上发表的好作品。如讨论束为的《春秋图》、李逸民的《公审会》、陈仁友的《五字真经》等等。因而《山西文艺》一、二、三期刊物评奖时，获特等奖的两名便是陵川的我和王垦。甲等奖三名，也有陵川一名，是魏永安；丙等奖五名，陵川有二名，是焦存福、杨珠宝。不知当时《山西文艺》办得如何，反正陵川的文艺创作，陵川县读《山西文艺》搞得轰轰烈烈。这其中我是带头人。正因为这样，以致有人总说我太重文艺写作，是资产阶级思想。虽然我是雇农出身，工作也积极，却入不了党。

一九五一年元旦，山西省人民政府召开了“山西省文艺新闻给奖大会”，数百人参加，会址在海子边人民大礼堂。文艺方面大多数县无一人参加，我们陵川县有七人参加了此次盛会。大会原定开七天，因当时的中共山西省委宣传部部长陶鲁笳在大会讲话时，原说讲两个小时，不意上午讲了下午又继续讲竟整整讲了一天。陶鲁笳可谓名副其实的宣传部长。因此，大会延长一天。在此次大会上，我们陵川县文艺小组获一等奖，奖金七十五万元（冀钞）。文艺方面甲等奖三名：一是束为的《春秋图》，三是冈夫的诗《红花绿叶词》，三是拙作《浸种记》，各得奖金七十五万元（冀钞）。因而应该说我的文学创作的起步和提高，我的文学创作受到鼓励，都与当时《山西文艺》的培育是分不开的。当时大会上对山西的著名演员、美术作品、音乐作品和新闻通讯都有奖励。实际上这是“文革”前山西省唯一的一次文艺新闻给奖大会，以后再没有评奖之事。

《山西文艺》中期

《山西文艺》的中期是指一九五二年一至五月时间里《山西文艺》的概况。在此期间，《山西文艺》以《文艺》为刊名，作为《山西日报》的文艺的副刊在《山西日报》以周刊刊出，每期一个版面。因初期的《山西文艺》出版了十二期，在《山西日报》刊出《文艺》第一期即为总第十三期，文联领导和编辑方面有点变化。山西省文联主任高沐鸿已调中共山西省委宣传部任副部长，力群接任主任；文协主任王玉堂已调中国文联创联部任主任。编辑部的老编辑郭维洲也调北京作家出版社工作，陵川的我和魏永安调来省文联当编辑。从此，我便由《山西文艺》的一名业余作者变为编辑了。其余编辑陈志铭、李霞裳、卢玲、尉致中、周笙桥未动。我是一九五二年元月三号到山西省文联报到的。当时的《文艺》编辑部实际上是只有编辑没有部。郭维洲未调北京前，与魏永安同住一室；陈志铭、李霞裳夫妇两个编辑同住一室；我与尉致中同住一室。办公室就是宿舍。白天在此办公看稿子，晚上在此睡觉。当时除了早上六时起六时半集体学习理论外，办公看稿子都在自己宿舍，所以大家工作时比较自由，比较轻松。往往办公时间，主编会来到我们的住室兼办公室坐一会儿，或谈论稿子，或议论创作。这对于我这个打农村里来的农民出身的编辑来说受益匪浅。郑笃每次来坐一会儿，谈论谈论，无疑相当于上一堂业务课。同时，如何看稿子，如何取舍稿子，如何改稿子，如何退稿子，如何给作者写退稿信，如何校对稿子等等，我都是从头学起，天天大长见识。所以我在《山西文艺》编辑部当编辑，无异于是上文艺学校、上编辑学校。

我于一九五二年初来到省文联《山西文艺》编辑部工作不久，即开始“三反”“五反”。在本单位参加了一段“三反”运动后，即作为“五反”运动工作组的一员到街道上参加“五反”运动。我参加的行业是蔬菜业，在酱园巷。参加“五反”运动写“五反”，我写过两个小作品，一个题为《打虎英雄崔存保》，一个题为《两条路》，均发表在我们编的《山西日报》《文艺》副刊上。这一段时间，因为忙于参加“三反”“五反”运动，写东西不多。中期的《山西文艺》时间很短，发稿二十一期。但就是在此短短几个月的时间里，我由一个业余作者变为《山西文艺》的编辑，学会了编稿子，当编辑。所以应该说这短短几个月时间是我正式学习编辑业务的一个时期。

“三反”“五反”结束了。中共山西省委宣传部和山西省文联领导以为当时山西的文艺工作者不熟悉群众生活，写不出好作品来，因而决定《山西文艺》再次停刊。一部分编辑离开山西省文联，如卢玲去了教育部门，尉致中回了洪洞县，周笙桥去了阳泉。留下来的几个编辑，陈志铭到太钢，李霞裳到晋生纺织厂深入生活，魏永安到陵川先进村原庄，我与两个美术家魏振祥、肖晨在窑上沟只生活了三个月，我一个人在这里却住了两年。一九五三年长治办了中苏友好集体农庄，是新生事物，我又到这个集体农庄深入生活半年。

《山西文艺》的后期

一九五四年三月《山西文艺》复刊。从总第三十四期（复刊一期）到总第六十三期（复刊三十期），于一九五六年九月出刊最后一期而结束。

一九五四年复刊的《山西文艺》既不同于初期十六开本大型刊物，也不同于中期作为《山西日报》副刊而刊出的文艺副刊，而是一个二十开本的综合性文艺刊物。复刊后的《山西文艺》一九五四年仍由郑笃主编。后郑笃调山西人民出版社当社长，由回到山西省文联工作的胡正任主编。此时，原省文联主任力群已调北京，李束为来到省文联任主任。我于一九五四年十一月由乡下回来仍在《山西文艺》编辑部当编辑。编辑同仁还有陈志铭、魏永安、李霞裳和陈仁友。一九五五年又新来一个曾长清任编辑。

《山西文艺》复刊后，其编辑部有一个大变化，编辑们再不是在各自的宿舍里办公，有了一个集体办公的地方，那就是精营东二道街四十号西院（原为阎锡山将领赵承绶的公馆）的大厅。大厅东西两边是两个五彩瓷砖壁炉，地上铺一块整体五色起花大大的毛地毯，四面一圈都是沙发，是个很时新很阔气的所在。省文联开全体会时就在这里开，是会议室。平日我们在这里办公，是编辑部。

一九五四年五月，我在《山西文艺》编辑部工作的职务有点变化，由一般编辑改为编辑组组长。这个组长除看一般稿件外，还看二审稿，并负责把每期稿子编好送主编胡正审定。其职责有点像现在许多编辑部的编辑部主任或副主编，那么为什么不干脆叫做编辑主任而要叫做组长呢？是我这个干部级别低，不够格？不是。因为当时我已经是十五级正处级，但我虽是正处级，从未因为当个一般编辑而想过有什么不可以处，自然更没有因为仅当个组长而存过什么不乐意处，反而以为当个编辑组长也是领导对我的重视，而更加努力工作着。同年更因为反胡风，我们编辑部的排版跑印刷厂的编辑陈仁友糊里糊涂竟把与他毫不相干的胡风联系起来，让他靠边站了。于是，编辑组长、排版、跑印刷厂等事我全包了。但由于自己文化水平太低，笔算仅会加法减法，连简单的乘法、除法也不会，几何什么的更不知为何物。所以开始排版划版很感吃力。小小一个刊物，陈仁友排版时三两个小时足矣，我却要忙乎整整一个通宵才成。

当编辑主要是对来稿的取舍和把一个刊物办成什么样子负有责任，由于我本人是农民出身，一开始接触新文艺作品便是赵树理和马烽、西戎的作品，因而我偏爱大众化、民族化的通俗作品。再加上我到了《山西文艺》编辑部工作以后，一向坚持大众文学、宣扬大众文学的郑笃常常给我们讲文艺刊物办成大众化通俗化刊物的重要意义。一九五五年李束为来到省文联后，也常常讲这方面的问题，因而关于办《山西文艺》的宗旨，我是毫不动摇地向大众化、民族化、通俗化方面努力的，在取舍稿件上，自然是非此不取的。也许这样做过于偏激，但我们却认为人民时代办大众刊物，走大众化通俗化道路是理所当然的。因而从一九五二年郑笃主编的《山西文艺》到一九五五年、一九五六年胡正主编的《山西文艺》，可以说是一个实实在在的大众化、通俗化的文艺刊物，培养了一批又一批山西本地的、冲着大众化、通俗化方向努力的业余文艺作者。《山西文艺》办刊初期，陈志铭、陈仁友、王世荣、李霞裳、李逸民、郝廷俊、魏永安、王长发等一批青年作者都开始踏上文学创作之路；《山西文艺》的后期则又涌现出文杰、逢韩、庄稼汉、张一经、罗仁佐、费荫桐、张镇江、张海英等许多青年作者。《山西文艺》在一九五〇年到一九五六年的七年时间里不断发现和培养了一批土生土长和植根于群众而从事大众化文艺创作的队伍。我在《山西文艺》工作的几年里，最大的喜悦是又发现了一个两个许多个文学新兵。出人才、出作品，这就是《山西文艺》七年不可磨灭的功绩。

在《山西文艺》末期的两年多时间里，我一边从事编辑工作，一边进行业余写作。除在《山西日报》上发表了报告文学《两朵大红花》、长篇叙事诗《栽瓜曲》、短诗《把黄河变清》、小说《卖菜》《瓮里捉鳖》《最红火的一天》和小歌剧《明组暗社》等十多个小作品，其中《最红火的一天》和长诗《栽瓜曲》、报告文学《新媳妇》《两朵大红花》在创作技巧上、在运用群众语言上，自觉都有一些进步。应该说我在做《山西文艺》编辑工作的同时又受到《山西文艺》这个创作园地的培植。没有《山西文艺》的培植，也就没有我文学创作的进步与提高，因而也就不可能在后来写出《四年不改》《长院奶奶》《蓝帕记》等作品。换句话说，我编了《山西文艺》，我是《山西文艺》的编织者之一员，但《山西文艺》也培植了我。我在《山西文艺》工作的几年里，不仅学会了编辑，并且在文学创作上又提高了一点。所以一九五二年秋华北局宣传部召开华北地区创作会议，山西有两人出席，我有幸同李束为一起参加了此次会议。一九五六年春，中国文联和共青团中央联合召开全国青年创作大会，我作为一名代表与胡正、李逸民、张镇江、罗仁佐等共八人参加了这次盛会。这是由于我在《山西文艺》连续发表了一些作品，才获得出席会议的机会，因而我不能忘记《山西文艺》对我的培植。

《火花》十年

《火花》编辑部的一般情况

山西省文学工作者协会主办的综合性文艺刊物《山西文艺》于一九五六年九月终刊；山西省作家协会主办的文学刊物《火花》紧接着于一九五六年十月创刊。从此，山西文学刊物开始了一个新的时期。《火花》如早期的《山西文艺》一样是十六开大型文学刊物，每月一期。从一九五六年十月起到一九六六年八月被迫停刊，历经十年又十一个月，共出刊一百三十一期。在此期间，山西的作家队伍有一个大变化，这就是在北京和外地工作的我省作家马烽、西戎、孙谦等都于一九五七年回到山西。山西的作家队伍壮大了，办刊物也就有了一支生力军或主力部队。这对后来《火花》的兴盛起着决定性作用。

当《山西文艺》还未终刊的一九五六年六月，由于中共太原市委机关搬家，山西省文联暨《山西文艺》《山西画报》两个编辑部一起搬到原中共太原市委机关所在地——南华门东四巷。当时两个编辑部的所在地即现在的“山西文学院”所在地，是阎锡山统治山西时代阎锡山五妹子阎慧卿的公馆。《火花》编辑部共四个房间；西厢房是收发室和美编室；西南角房是诗歌组；西南房是小说散文组；东南房是排版室和副主编室。《火花》的开始，唐仁均负责编过几期。后来西戎是主编，先是陈志铭、黎军任副主编，老黎调大同后，又加上一个我，共两个副主编。一九六二年我调晋东南工作后，陈志铭和李太和是副主编。副主编在编辑部上班，主编西戎另有办公室。

《火花》编辑部与《山西文艺》编辑部的机构大不相同。《山西文艺》时期只有一个主编加一个编辑组组长。《火花》就不同了，不仅有主编、副主编，编辑分工也具体了。《山西文艺》时期编辑的分工，是按地区分工一个编辑看一两个地区的稿件，就这么点分工。《火花》时期编辑部经常不下十五六人，具体分了小说散文组、诗歌组、评论组和美编室（兼收发室）。小说散文组的编辑较多，有段杏绵、郁波、李霞裳、曾长青、王玮等五女将和王培民，后来王玮调北京后，又来了名女将顾绛。一九五九年以后，散文组还又增加了苏伟光和从北京回来的郭维洲，从北京调来的袁毓明和高悦等。诗歌组有彦颖、王樟生二女将。评论组有陈志铭和孙佩芳，还有美编，先是王光宇后是李济远。吴静宇管收发稿件等杂务。所以《火花》编辑部阵容是强大、整齐的。一九五八年后半年《火花》编辑部增设编辑部主任和副主任，由段杏绵任主任、郁波、李霞裳二人任副主任。她们三位编辑部主任轮流坐庄，即轮流值班，一方面管理编辑部内部事务，一方面看二审稿，编定每期刊物的稿子送副主编和主编审阅。因而我和陈志铭两个副主编原来的职责除编定每期刊物的稿子外，我还负责看小说散文组的二审稿。有了编辑部主任以后，我这个副主编反而变成一般编辑，平日看一般来稿，编辑部主任把每期稿子编好后，我再看每月编定的稿子，最后送审主编。

当时《火花》虽有组长、编辑部主任、副主编、主编、一个稿子要过几道关，但我们同时也还有一个民主定稿的制度。执行编辑部主任把他以为可发的稿件，先要让各位编辑传阅，广泛征求意见。执行编辑部主任把每期稿子基本上编好以后，要召开编辑定稿会，民主讨论定稿。每期刊物出刊后，各位编辑分工检查当期刊物所发之作品，然后召开刊后会，讨论检查当期刊物内容上、技术上的各类问题，以备下次注意。编辑部每月还召开编前会，民主讨论下期刊物的大致意见。所以那时候《火花》的编辑制度是比较健全的。

为了创办好《火花》杂志，编辑部的工作制度也是比较严格的。当时《火花》编辑部的编辑人数虽然相当多，有十几名，编辑力量也是比较强的，但因来稿较多，看稿、编辑、退稿（小说散文三千字以上来稿不用的都要写信退稿）的任务较重，每月来稿在一千五百件以上，大都要写信退稿，加上传阅稿件，编前会、编后会讨论稿件，而且当时差不多天天都有检查卫生的消息，要搞好卫生工作，还有打苍蝇之任务，所以编辑工作比较繁忙，因此必须认真执行按时上下班制度。在这方面，我作为一名副主编，作为编辑部的具体负责人，必须做到事事带头。我总是最先上班，最后下班，决不迟到早退。所以我们《火花》编辑部的同志们十年如一日都是按时上班，认真工作，为编好刊物不遗余力。

《火花》全盛时期

《火花》自一九五六年十月始刊，十一月的第二期《火花》便刊发了我的短篇小说《四年不改》。此篇即被选入全国《一九五六年短篇小说选》。《火花》一经刊出，就为北京文学界所重视。但是真正引起北京和全国文学界注意的是一九五八年《火花》一月号的《短篇小说专号》。这个小说专号的主要作品有马烽的《三年早知道》、西戎的《姑娘的秘密》、束为的《好人田木瓜》、孙谦的《伤疤的故事》等。一个省级文学刊物在一个小说专号里有如此多名作家的短篇小说，且这许多篇短篇小说都可以说是精品，是马烽、西戎、束为、孙谦的力作，因而，我们山西的《火花》在全国文学界引起第一个轰动，也引起了中国作协和《人民文学》《文艺报》的特别重视。一个省级刊物能够编出一期引起轰动的小说专号，也许是可能的，但一连几期都有比较好的短篇小说，这种情况就很少见了。但是我们《火花》于一九五八年的一月专刊出小说专号后，当年二月号和三月号仍有几个短篇小说比较好。中国作协和《文艺报》极为重视《火花》连续三期都有好作品这一事实，于是《文艺报》于五月初由副主编陈笑雨带队，带领宋爽、闫钢等几位评论家来到山西太原，就住在省文联的客房，对山西文学界几位主要作家进行采访。而后在一九五八年第十一期《文艺报》上编发了一个《山西文艺特辑》。这个特辑里有巴人写的《略谈赵树理同志的创作》、闫钢写的题为《一篇幽默生动的好小说》的评论，以评论马烽的《三年早知道》；闻山先生写的《从四块白洋到一铁锹》的评论，以评论孙谦的《伤疤的故事》；郑笃以《〈姑娘的秘密〉读后》为题评论西戎的《姑娘的秘密》；陈志铭以《读〈长院奶奶〉》为题评论我发表在一九五八年二月号上的《长院奶奶》，沈思以《〈老长工〉的阶级感情》为题评论束为当年发表在《人民文学》上的《老长工》；宋爽以《两个农村姑娘》为题评论发表在当年《火花》三月号上的两个短篇，一个是我写的《蓝帕记》，一个是唐纪宇的《变》。所以在此期《文艺报》上有两篇文章分别评论我的两个短篇小说，即分别对一九五八年二月号《火花》发表的《长院奶奶》、三月号发表的《蓝帕记》。

《文艺报》编发了一期《山西文艺特辑》，使《火花》由于一月号的《短篇小说专号》在全国扩大了影响，这个《山西文艺特辑》对山西作家、对山西的文学创作、对《火花》这个刊物又起了推波助澜的作用，《火花》在全国文学界的影响更大了一些。再加此后由于马烽提出“新、短、通”这一编稿宗旨，使我们编的《火花》能够始终成为一个大众化、民族化、通俗化的文学刊物而受到广大读者的欢迎。

正是由于我们编《火花》坚持了“新、短、通”三字经的编稿宗旨，正是由于一九五八年一月号《火花》《短篇小说专号》特辑的影响和当年二月号、三月号连续有好小说发表，正是由于《文艺报》特别办了一期《山西文艺特辑》扩大了影响，《火花》的名声大振于全国各地。使《火花》由每月发行五万多册猛增至八万多册。我们的《火花》办刊十年，出刊一百三十一期，每期一般印数都在六万册以上，最少没有少过五万册。这在当时的省级文学刊物中，其印刷量、发行量居全国首位。当时在全国影响比较大的文学刊物《上海文学》和天津的《新港》的一般印数总在一万几千份上徘徊。因而当时我作为《火花》的一名编辑，作为《火花》的负责人之一，甚感欣慰。

一九五六年至一九六六年《火花》的十年是山西文学事业大

发展的十年，是山西文学界出人才出作品兴旺发达的十年，作为《火花》负责人之一的我，自然尽了自己微薄之力。《火花》连连出好作品，《火花》连连涌现新作家，这是山西文学界的光荣，作为《火花》的负责人西戎、陈志铭与我本人自然因为我们在其中做了一些工作而感欣慰。在我们编的《火花》十年里，已经成名的作家们不断地在《火花》上发表新作。如赵树理的《“锻炼锻炼”》；马烽的《三年早知道》《四访孙玉厚》《老社员》《刘胡兰传》等；西戎的《行医事件》《女婿》《两涧之间》《赖大嫂》等；孙谦的《有这样一个女人》《大门开了》《入党介绍人》等；束为的《难忘的印象》《权力下放》《崞县新八景》等；胡正的《盲女乔玉梅》《拉驴记》《七月古庙会》等。我们编发了这些著名作家的许多短篇小说和报告文学，使《火花》保持和提高刊物的可读性，保持和争取到更多读者和为青年作者提供示范作品起了很大作用。同时在此十年里，我们作为《火花》的主要编辑，时刻注意到了培植文学新人这件大事。在此十年里，原来在《山西文艺》时期崭露头角的一些文学青年继续在《火花》发表作品，使这一部分作者逐渐成熟起来，都有比较好的作品发表在《火花》上。如刘德怀在《火花》上发表了《女售货员》《松籽儿》《大路宽又长》等作品；陈志铭在《火花》上发表了《订婚那天》《在新课程面前》《荫城三日记》等作品；李逸民发表了《马号的故事》《一家人》《李满发夫妇》等作品；李霞裳发表了《真正英雄今朝》和青稞合作发表了长篇报告文学《同蒲风光》；王世荣发表了《小兰上山》等作品；王孔文发表了《走马烟》《智取襄垣》等作品。还有张海英、王年发等许多《山西文艺》时代的作者都在《火花》时代有新作发表。以上同志都在《火花》办刊的十年里取得新的创作成就，大都成为中国作家协会会员。还有一个主要方面是我们编的《火花》在此十年里，涌现出一大批文学新人。如焦祖尧在《火花》发表了《电流》《故事发生在双沟河边》《山药蛋种子问题》《鸭的故事》等作品；王培民在《火花》上发表了《生活的序曲》《堂姐妹》《开工之前》等作品；义夫在《火花》发表了《羊胡爷爷》《道路南北》等作品；杏绵在《火花》发表了《我和爱人》《地下小学》等作品；郁波在《火花》发表了《协作花朵处处开》《幸福之光》等作品；张镇江在《火花》发表了《老汉社员》《娘子军插曲》等作品。还有彦颖的诗《捕鱼》，王文绪的小说《望红河》，张海英的小说《幸福图》、杜曙波的小说《娟娟嫂子》等。火花文艺出版社还为杨茂林出版了长篇小说《新生社》。上述作家大都是在《火花》起家，在《火花》连连发表作品，通过《火花》发表主要作品而成名的山西新起的一大批作家。由《火花》培植起来的这一大批作家，如焦祖尧、刘清怀、李逸民、李霞裳、彦颖、青稞等都成为正高职称的编审。因而应该说赵树理、马烽、西戎、束为、胡正等老作家通过他们在《火花》上发表许多作品而培植了《火花》;《山西文艺》时期的陈志铭、李霞裳、刘德怀、王长发、张海英等则在《火花》时期得到了成长；焦祖尧、李逸民、杨茂林、义夫、杏绵、郁波、彦颖、张镇江、杜曙波、鲁光义、王培民、唐纪宇等一大批文学新人在《火花》时期逐渐成熟，其中不少人成为名作家。这是我们《火花》的最大成功之处。这是省文联省作协领导有方、办刊物有方的结果。我们几个《火花》编辑工作的负责人和全体编辑同志当然在编辑工作上尽了一点职责。

我的文学创作与《火花》

前边主要是《火花》的一般情况以及我在《火花》做编辑工作

的情况即我们编《火花》的情况。下边说说我的创作与《火花》的关系。

一九五八年后，我在《人民文学》《上海文学》《新港》等刊物上发表过一些作品。但我的几个有点影响的主要作品，都是发表在《火花》上的。

“文革”前全国和各省对文艺作品都不评奖，能入选全国选集和译为外文，基本上等于发全国奖。《四年不改》入选一九五六年全国《短篇小说选》后，一九六二年在大连会议上，有一个说法，就是“一个标兵”，“三个样板”。一个标兵是指赵树理，三个样板是指河北省张庆田的《老坚决外传》、山西省西戎的《赖大嫂》和我的《四年不改》。这三个作品在大连会议上受好评，同时受到茅盾的好评。茅盾在一九六一年五月二十号《人民日报》上发表题为《读〈老坚决外传〉等三篇作品的笔记》一文，就是对上述三作品的专编。

由于一九五八年十一月《文艺报》对我的两篇小说有两篇评论文章的原因，当时省文联的领导人马烽、束为等立即将公平的《略评韩文洲同志的小说》，提前发表在《火花》一九五八年七月号上。次年第十五期《读书》杂志也以《读韩文洲的〈天门取经论〉》为题发表评论员文章，作者是广州的郁华。短篇小说《长院奶奶》还被选入全国一九七九年编的《三十年短篇小说选》。和《天门取经记》《长院奶奶》（发表在一九五八年十一期《人民文学》）分别译为英文载于一九五九年十期建国十周年献礼号的《中国文学》上和《中国建设》上。《长院奶奶》和《蓝帕记》还一起收入浩然编的《中国农村小说大观》中。后来日本小林荣编的《中国农村百景》第一辑时，也译载了我的小说《秋收时节》。

一九五八年从二月到十二月，我在《火花》发表小说《长院奶奶》《蓝帕记》《榆林凹》《幸福炉》；报告文学《五喜刘来》（以笔名“艾川”发）；鼓词《神兵百万》等六个作品。加之当年我在《人民文学》发表了《天门取经记》，在《蜜蜂》上发表了《石头开了花》等等，也可以说从一九五六年到一九五八年我在《火花》上发表的《四年不改》《长院奶奶》《蓝帕记》等作品是我的成名作。以后几年，我在《火花》发表的主要作品还有《火头姑娘》（一九五九年）、《秦家父子》（一九六〇年）、《一根红线串千里》（一九六〇年）、《两个小兵》（一九六〇年）、《秋收以后》、《新仇旧怨》（一九六一年）、《两个媳妇》《长春岭》（一九六三年）、《地》《洞房歌声》（一九六四年）、《一心为革命》（一九六五年）等作品。其中《长春岭》出版过单行本；《洞房歌声》被选入作家出版社编的《万里送牛》中，并被选入《中国新文艺大系——报告文学集》中。总之，我的文学创作可以说是学步于《山西文艺》，迈步于《火花》的。也可以说《山西文艺》是我从事文学创作的幼儿园，《火花》则是我文学创作上的花果园。因为“文革”前的十七年里，我的大部分作品是发表在《火花》上的。正是因为《火花》发表了我的这些作品，在全国被选载，才有被译为外文的可能。我才有可能于一九五九年与胡正一起成为中国作家协会会员；才有可能于一九五九年成为北京国庆十年大庆山西省百人观礼代表中的一员——文艺界有我与贾杜莲两名观礼代表；才有可能成为一九六四年山西国际旅行团十三人中文艺界的一名人选；才有可能在一九八〇年第二届山西省作代会上选为省作协副主席；才有可能于一九八九年评为一级作家，享受国务院的特殊津贴；才有可能在一九八三年陕西人民出版社编的《答文学青年问》一书中与全国有相当知名度的作家一起刊发文章，目录次序的排列为浩然、刘绍棠、贾平凹、何士光、古华、韩文洲、王间滋、陈忠实、成一、邹志安等共十九人；才有可能在一九九〇年北方妇女儿童出版社编的《中国名人谈少儿时代》三本书二百多名作者中，在徐向前元帅、聂荣臻元帅至冰心、刘白羽、刘绍棠、浩然、杜鹏程等名人之中，也有我写的一篇（出版社约稿）；才有可能在一九七九年山西省省委定的六名专业作家中是马烽、西戎、孙谦、王玉堂、胡正、韩文洲等六人。总之，我之所以能有这些光荣的待遇，是《山西文艺》和《火花》两块滋润的园地培植的结果。因而应该说我与西戎、陈志铭、段杏绵、郁波、李霞棠、彦颖、王梓生等人培植了《火花》，同时《火花》也培植了我，使我本来是一棵稚嫩的文学幼苗能够成长起来，能够开了几朵小花，结了几个小果，使我成为山西老“山药蛋派”队伍中的一员小兵。

我十分感谢十年《火花》。

我最为怀念当年一派生气的十年《火花》。

贺《太行山》千期之禧

在改革开放的峥嵘岁月里，《太行日报》的《太行山》文学副刊不觉已经出齐一千期。记得我的一篇小说发在《太行山》的第一期，至今已二十年，不禁感慨颇多。

《太行山》副刊的创刊与晋城市建市的日子差不了多少。晋城市是隋朝的泽州，是清雍正年间的泽州府。凡晋、高、阳、陵、沁五县的名人们常爱说一句俗语是“州五处，府八县”。府八县是指原潞安府的八县，五处就是泽州府晋、高、阳、陵、沁五处。解放前后，州府五县一直属专治专区。直到一九八五年将晋东南地区市管县后，才有了晋城市。晋城市既是新建市，发展经济有个从头来的问题，那么我们的副刊同样也有个从头来的问题。由于副刊部编辑同志们的辛勤耕耘，这个头还是开了，并且开得好，并且一股劲编了下来，竟编了一千期。

《太行山》副刊创刊的一千期时间里正是改革开放经济大发展的时期。因而我们的副刊创刊一开始肩上就负起了反映晋城市改革开放，发展经济的大好形势，和晋城市人民随着经济的发展其精神风貌和生活状况的大变化的重要职责和任务。回首看看此一千期副刊，我以为办得是非常出色的。晋城市是山西省最早进入小康的城市，《太行山》副刊也真切出色地反映了经济发展最快的晋城市人民的精神面貌。在各个时期各年代里，我们只要看了《太行山》副刊上刊出的作品，就可以看到晋城市前进的步伐，就可以听到晋城跳动的脉搏。同时，正是在此一千期《太行山》中，培养、涌现出晋城市一大批土生土长的文学新人，如张素兰、段永贤、周广学、杨凤楼、陈彬、张喧等。这就是千期《太行山》的最大收获。

《太行山》编就了一千期，还有两千期，三千……要我们继续编下去。我们的明天会更加美好。相信我们的《太行山》也会越办越好。

年礼三部曲

过年要拜年，拜年要拿年礼。同样是年礼，今朝、昔日大不同。几十年来，我们的生活这变化、那变化，不知有过多少次变化。就年礼的变化说，大致不外乎这么三次大变。

解放初期，我们陵川乡村人们走亲戚拜年拿的礼品都是那么两类：一是白玉米面、小米面混合一起蒸的点心馍馍，一般拜年带二十四个馍馍，也有带三十二个者；一是黄玉米面加点小米面用花模子托了花纹用碾盘大的大鏊子烘熟的花托。这种花托很大，一个可以抵四个馍馍。所以走一家亲戚带六个多者带八个这样的花托就行了。只是少数日子好过的人家除馍馍、花托外，再加一把或两把挂面，就算是高级礼品了。当时太原城市民们拜年的礼品一般是带几个年糕加一斤点心。点心多是用麻纸包了，包上面加一页印了字的水红纸，红红的，以表吉庆。比较而言，农村拜年的礼品分量较重，一篮子馍馍大概有五六斤重。有些人家在某个村有数家亲戚。去某村拜年就必须扛好几个礼篮子。如果是新女婿拜岳父母，礼品就更重，一般除馍馍外还要拿几斤白面。元宵节前新媳妇娘家往婆家送闺女到婆家过元宵节，有的要用大食盒（五层）抬六十个或八十个大花托，有的则要用大食盒抬六十个或八十个或一百二十个枣花（一个枣花半斤重）送闺女。太原城送闺女（即新过门的闺女）的礼品很简单，带两包元宵就成。

大跃进以后的二十多年里，人们过春节拜年一样要拿礼品。只因农村里社员们分的口粮少，城里市民供应的口粮有限，又多是粗粮，人们过年时走亲戚拜年拿的礼品也就发生了变化。就农村说，拿馍馍走亲戚的几乎没有。因为农村只准种高产价物玉米，所以农民只有玉米，过年给长辈拜年也只能带些玉米面花托做礼品。花托虽还是花托，却也有点变化，变小了变薄了。城里很多人家也买不起点心，只好自个儿蒸几个馍馍做礼品。

八十年代后，城乡过春节拜年的礼品有很大的变化。九十年代以来变化很大。现在农村里走亲戚拜年不仅不拿玉米面托的花托，也不拿小米玉米面白面混合面蒸的馍馍，干脆就是走一家亲戚拿十来斤白面加一两盒糕点，连挂面也成了不起眼的礼品。城市里人们拜年大都是每走一户带一至两盒高档次的点心或一两盒高价饮料外加香蕉、芦柑一大兜儿。其价值超过六十年代七十年代的礼品之十倍二十倍不止。不仅草纸包的点心被淘汰，连花花绿绿的花盒子糕点也很少有人问津，多数人只要买高档次的盒子点心和饮料盒子。每年进入腊月，你到各副食店各超市走走看看。各色饮料盒子各色高级点心盒子花花绿绿，金灿灿、银灿灿，如入仙境，把人看得眼花缭乱，正月里初一初二初三初四你到大街小巷看看，骑车的，坐车的，无人不是掂了花花绿绿的糕点盒子饮料盒子过千巷，走进万家，同时也把新春的欢乐新春的祝福送到千街万巷送到千家万户来。

母 亲

一

我的母亲名叫韩甘枝。说是“甘枝”，她的命却是很苦的。直到毛主席领导的共产党八路军解放了我的家乡，我们家在土改中分房分地翻了身，苦命的母亲才成为名副其实的“甘枝”。母亲的苦是她在我姥姥家时当闺女的时候开始的。因为我姥姥家境贫寒，我母亲做闺女做了十四年，吃苦吃了十四年。她在我姥姥家里住了十四年，竟然没有吃过一顿白面饭，总是糠菜度日，大年初一也只能吃一顿小米干饭，土豆炒菜。为了碗里的糠菜糊糊能稠一点，母亲打七岁起，就常帮别人推碾推磨，她帮人推半晌碾，人家给她几升糠作为报酬，母亲碗里的糠糊糊真的就稠了一点。冬夜无煤烧火取暖，母亲就去帮别人家剥玉米，又可以赚得一筐子玉米棒子用来夜里烧火，既可以取暖，也可以照明。有歌曰：

穷家孩子手脚勤，
六岁小女奔西东。
帮人推碾大半晌，
赚得糊口糠五升；
替人辛苦剥玉米，
挣来棒子夜做灯，
三九腊月无被盖。
棒子烧火坐到明。

每到冬天，母亲在别人家的垃圾堆上捡一些破碎的旧棉套块儿回来，用针线将它们连缀在一起，缀成巴掌大小两块儿，一块儿缀在破衣的前襟以暖心；一块儿缀在破衣的后背以暖背，这就是母亲当闺女时的棉衣。

我姥姥家在我们西下河村北山后面的峰西村。母亲虚度十五岁嫁给西下河村我的父亲。我父亲虽然大我母亲十二岁，但是母亲来到我父亲家，见父亲家楼上堆着满楼的玉米棒子，还有一堆谷子，把她惊呆了，满以为她嫁到一个好人家，可以过一辈子不愁吃不愁穿的好日子，过三九寒冬不会没棉衣穿了。

谁知母亲来到西河下村才五年，母亲刚刚二十岁（一九二六年）时，生了我三个月后，我们家发生了一个特大的变化。我父亲韩有福六岁时父亲就去世了，其母亲嫁人，六岁的他是由其祖父、我的曾祖父韩喜枝把他抚养大的。我出生三个月，曾祖父病死。由父亲的本家叔父韩秋喜主持我曾祖父的丧事。韩秋喜早有谋产霸业之心，他借口我父亲是孙继祖业，没有父亲，我曾祖父的丧事只有他这个本家叔父说了算，于是，韩秋喜在我曾祖父的丧事上恣意浪费，单孝布一宗就用了四百尺，又请了僧、道、吹三班音乐，纸扎做了香幡一对，仙鹤一对，金山、银山各一对，纸马一对，纸轿两乘，金楼、银楼各一对，纸马四对，比一般财主家还阔气得多。因而只此一件丧事，就花了二百四十九串零二十文钱。父亲手中分文没有，韩秋喜逼迫父亲卖了两间房，又卖了五亩三分土地，一共才卖得一百四十八串钱，全给了韩秋喜，还欠下了一百〇一串二十文钱的高利贷。利上加利，十年之后，父亲把仅有的三间房卖了，又卖了三亩地，家里剩下土地二亩，房无一间，只好借他人一间豆腐坊栖身。我们家变成了一个穷光蛋，父亲长年在外打长工，我打十岁起也当了小雇农。就在这十年之间，我的母亲为着家里的卖房卖地，为着家里的欠债还债，为着父亲的借当难、赎当难，为着子女的缺吃少穿，为着日子的难过，不知哭了多少次，不知流了多少眼泪。

二

打我五六岁记事时，我家的西屋房还没有被韩秋喜霸占，我与父母、妹妹住在这儿上过两冬天学，念的是《三字经》《百家姓》《四言杂字》《千字文》《大学》《中庸》。由于家贫，以后再也上不起学了。因为上一冬天学，要交三升小米，我们家是交不起的。春夏秋三季，我在村上打短工糊口，冬天是在家做母亲的家务助手。一个穷苦人家会有什么家务呢？扫地抹桌是家务活儿。家虽贫穷，但家里还有一顶破柜，一口破箱，一张破桌。破箱桌也是应该每天抹抹擦擦的。这抹抹擦擦就成了我们家务活儿的一部分。当然也有一日三餐的。糠菜糊口，糠菜和子饭也是饭，也要做，也要刷锅洗碗，这又是家务活的一部分。加之我还有两个妹妹，需要人看。更有借盐、还盐，给人家送针线活儿等事，也需要人做。所有这些就是我这个七八十来岁的孩童承担的。为什么？因为母亲太忙，没工夫做杂事，母亲忙什么？忙针线活儿。母亲手巧，裁衣、剪花、做鞋做帽，什么也做得来，做得好。偏偏我们村里巧媳妇少，拙媳妇多，很多女人都求我母亲来剪花，都求我母亲给她们的孩子绣花帽做花鞋子。母亲给她们剪花、做鞋做帽，从来没有跟她们讲过价钱，得多得少，随她们的便儿。做一对鞋子、做一顶帽子，或者给半升米，或者给一碗豆，或者给几个土豆几个萝卜，什么都可以。我们家穷，常常无过冬之食，亏了母亲手巧，能挣得几碗米几个萝卜，使我们一家人每天有菜多米少的菜汤可吃。

每年冬天各家都要给他们的小儿小女做过大年的花鞋花帽，所以每年冬天，母亲的针线活儿特别多。给人剪帽花、剪鞋花、剪兜肚花也剪得特别多。母亲一天到晚是手不离剪的。或剪一朵“凤穿牡丹”，或剪一朵“鱼戏莲花”，或剪一朵“喜鹊闹梅”，或剪一出“吕洞宾戏牡丹”，或剪一出“唐僧取经”，或剪一出“二舍跳花园”，或剪一出“白蛇传”……什么也剪得来。

因为母亲的针线活儿太多，白天做不完，每天都是夜里加班做针线，往往做到半夜三更。加夜班做针线活儿，家里穷得又没钱买灯油，只能烘火照明做针线，我们烘火多烘玉米棒子，自己家哪会有那么多玉米棒子，只好到别人家去要玉米棒子。好在母亲给谁家做针线活儿，到谁家去要一筐两筐子玉米棒子的差事，总是我的任务。晚上母亲坐在炕后边就着一炉烘火做针线活儿，那里一个个往火膛里续玉米棒子烘火的任务也就由我完成。母亲常常是一边做针线活儿，一边想自家的日子难过，常常做着针线活儿，就伤心落泪了就哭了。她常常是一边抹泪一边做针线活儿的。这时候的我虽然不上学了，但喜欢看书学习，我也不必“囊萤”“映雪”，就着烘的火，就可以看书。可是看书又没书，我常常在别人家的垃圾堆上，捡回来一些没头没尾或有头没尾或有尾没头的破书看，或捡半本《论语》，或捡半本《说唐》,或捡大半本《五女兴唐传》，或捡半本《薛仁贵征东》，我都当做宝书看。每每母亲一边做针线活儿一边哭时，我往火里续玉米棒子一有空闲，就拿出那些破书来看。有一次我看破书看得忘了往火里续玉米棒子，母亲发现了，很生气，顺手把我手里的一本书夺去，不由分说就扔进火里烧了，还一边抹泪一边骂我“我叫你看！我叫你看！咱们穷得典典当当，看它有什么用？再忘了烘火，小心你的皮！”

母亲烧了我的破书，我心下很不高兴，又不敢反驳母亲，只好悄没声地往火里续玉米棒子。

数九寒天很冷，唯有把火烘大些以御寒。我们的晚饭是吃了两碗有少量的玉米糁子和小米多是萝卜条的菜汤。母亲做针线活做到半夜三更，能不饿吗？但是饿也无法，只好喝一碗白开水充饥。我为此写过几句歌：

屋外北风屋里吹，为人家忙，为人家累；
新衣件件鞋对对，手不离针，眼不离泪；
五更饥寒一碗水，肚里无食，身上无被；
为了儿女糠菜粥，针不敢停，人不敢睡。

三

母亲每日没明没夜地做针线活儿，每天都会接到一些新活儿，每天也会做就几件成品，那些成品就放在正头桌上，几件花兜肚儿放在一起；桌子上分类放着的全是新鞋、新帽、新兜肚儿，像一个小商店的货架。每隔几天，母亲就派我给东家送新鞋，给西家送新帽。只送东西不收回报，那些让我母亲给她做过针线活儿的女人们只是随意给我家送点粮食送点菜，以表谢意。有些让我妈做了针线活儿的妇女给我家小米送大豆送萝卜送土豆是分天送来的。有的拙媳妇害怕婆婆，害怕丈夫说她拙，不该拿家里的粮食请人做针线活儿，她们常常是偷偷摸摸地在家里或偷拿一碗小米，或偷拿半升豆子，或偷拿几个土豆，揣在衣襟里边，或装在兜肚里边，偷偷摸摸地来我家。我就常常看见一些女人这样给我家送粮食送土豆什么的。她们一来，就唤着我的名字让我拿一个碗或拿一个升子，我就知道她们是送粮食来的，我们家就凭我母亲一双巧手，凭母亲没明没夜地做针线活儿，所以我们每天锅开了还有米下。米很少，加点糠糠菜菜的，总还没有断过哪一顿没有饭吃。但是虽然糠糠菜菜没断过哪一顿，虽然常常有人送来了一点米一点豆，但不会有人送油送盐的，没有油炒菜，我们常常是水煮菜，有水煮菜总比没水煮菜的好。可是水能代替油，却不能代替盐。我们常常没钱买盐。每次炒菜没盐时，母亲就派我拿我小妹妹吃饭用的小勺子去向别人家借盐。由于母亲给许多人家做针线活儿的关系，到这些人家去借盐是比较好借的，可以说从来没有借不到盐的时候。这个借盐的任务也常常是由我完成的。东家借一小勺子盐，西家借一小勺子盐，往往是借过好几勺子盐之后，母亲才设法弄到几文钱让那些到附近镇上赶集的人给买回半斤盐来。

我家每次买盐，总是一次买半斤，多了没钱买。每次买回半斤盐来，母亲又派我到几个人家里去还盐，东家还一勺子盐，西家还一勺子盐，每次买回半斤盐来，除了还借的之外，能剩下二两盐就不错了。盐少，吃不了几天，吃完了，再借，有了盐，再还。我们家吃盐，还了借，借了还，是常事。实际上当时我们家的生活，借盐是小事，最让人犯愁的是借当难。因为我父欠人的高利贷，年年打利，打来打去，欠债越累越多。每到年终腊月，债主们逼上门来，父亲无钱还债，只好到亲友家借了当物到附近城镇当了，当得一些钱，给债主们打利，因为年年借当，父亲常常是借了新当赎旧当，我们家里什么票都没有，当票却攒下一大沓儿。每年腊月，母亲总跟父亲说让他再当了新物，有了钱时，抽出一点钱来买新布给我做一件过年穿的新褂儿。可是父亲借当难，好不容易借了新当去当了，还要还旧当，还要还债主的债，哪里会有钱给我买布做新褂子呢？每到了腊月二十七八，母亲眼看买新布无望，总会为我过年没新褂子穿而哭一场。哭过以后，母亲只好用老办法给我翻洗过年穿过的褂子。我每年冬天的棉衣棉裤，母亲要给我翻洗两次。一次秋末冬初。因为我全部只有两件破衣或破裤，母亲要把我的两件破单裤改做成一条棉裤，母亲就会定个日子要我早早吃完晚饭，把腿上的两条破裤子脱下来，我早早地缩到破被窝里，让我母亲给我做棉裤。好在母亲为人裁剪为人忙，常常会落下一些布头布块儿，给我补破鞋子破裤子的补丁是会有的。母亲已经忙了一天，为了我穿棉裤，母亲还必须加夜班。就在那一夜里，母亲先把我的两条破裤子洗干净，在火炉上烤干了，然后就补补丁。补好了以后就拿一些核桃大小的碎棉块儿给我贴棉裤，这样的碎块儿贴棉裤十分费劲儿。母亲耐心地一块儿一块儿贴好了，再用篦子把那些碎块儿压一压，使那些零散的棉套儿能够大体上连接在一起，然后母亲就把两条破裤子套好了，母亲忙忙碌碌大半夜，到次日早上，我就有所谓的棉裤穿了。到了大年前，母亲要把我的棉衣棉裤翻一下。因为我没有可换洗的衣裤，母亲又会定一个日子，让我早早地吃了晚饭，早早把腿上的破棉裤子脱下来，拱进被窝里，母亲将我的破棉裤翻过来，里做面，面做里，因里子比面子仿佛有几分新色，又可以当过大年的“新裤子”穿。母亲又是忙碌一个大半夜，把我的破棉衣破棉裤用新补丁补好，到次日天明，我就有了过大年的所谓新裤子穿了。我们穷人家过大年哪里有真正的新裤子可穿呀？至于被子褥子，因为家里特穷，我们家根本没有褥子，炕上铺的只有一条破席子。我们全家五口人只有两床破被子。那被子破得千疮百孔，每到晚上睡下，人一动，破被子里的碎套块儿纷纷漏掉。我同父亲伙盖一被；母亲与我的两个妹妹伙盖一被。那被子破口之大，往往会把妹妹也漏出被子外面。有歌曰：

一条破被子，
娘女三人盖，
破口比我妹妹大，
两脚露在被子外。

风打母亲醒，
孩子摸不见，

早已滚出破口外，

冻成冰一块。

我母亲抚儿养女，针针线线日夜操劳，过的就是这样的苦日子。

四

母亲的日子穷也罢了，苦也罢了，穷呀苦呀能过安稳日子也好呀。后来日寇侵占了陵川县城，在峰头村也修起炮楼立起了据点，日寇三天两头四处“扫荡”，国民党二十七军的散兵游勇依然三个一伙，五个一群，每天每日到村里来要粮食，来吃小米干饭。日寇抢粮，二十七军要粮，闹得我们村十室九空。大家为了生存，把村里村外的树皮都给剥光吃了。有几天我们家连树皮也没得吃了，我妹妹、弟弟饿得躺在屋门口廊阶石上动也动不得。母亲看着几个儿女饿得奄奄一息的样儿，十分痛心，看看灶火，灶火已经熄灭两天，看看灶边的锅碗，锅碗空空扣在那里。母亲不死心地揭开米罐儿、糠面罐儿看看，米罐儿、糠面罐里无米无面，竟然已经结了蜘蛛网儿。母亲看着那蜘蛛网，哭了；母亲再看看躺在廊阶石上的儿女们连睁眼的力气也没有了，母亲要哭，却连哭的力气都没有了。为了救儿女们的苦命母亲又满屋里看看找找，寻找有无可卖之物，可是满屋里除了一顶没柜门的破柜子，除了一把没了坐板子的椅子，除了一个只有三条腿的小板凳，除了几只空缸空罐，再没有一件可卖之物了，卖衣服又没一件没补丁的衣服，后来母亲看到只有她自己腿上一副腿带半新不旧之物，以为这副腿带或许还可以换得一升小米，以救救孩子们的命，便把她腿上那副腿带解下来，交给我，要我去找那几家有粮食的人家，换一升小米来。村里就那么四五家人有粮食。我一家一家地走遍了五家，在此兵荒马乱饿死人的年月，粮食是最重要的，他们都不肯拿小米或玉米换这副腿带。后来我向一家的主人我叫爷爷的中年人苦苦哀求，他才答应以二斗粗糠换我们那一副腿带。就那点粗糠，真的救了我们一家人的性命。当时母亲看着那二斗粗糠，高兴得又哭了起来。有歌曰：

重重山压头，
层层云添愁，
昨天日寇才“扫荡”，
今日匪军又抢收。
夜夜逼，日日搜。
蚂蚁灶边走，
锅碗灶边扣，
米罐无米蛛网稠；
水缸有水人影瘦。
恨蒋匪，骂日寇……

五

我们一家人和村里许多家正在死亡线上苦苦挣扎时，毛主席的队伍八路军忽然打到我们家乡来了。我们解放了，我们得救了。八路军是一九四三年秋天来到我们家乡的，当年冬天村里就开展了土改斗争。一九四四年我家分房分地翻了身，过上了有吃有穿的好光景。母亲的名字叫甘枝，从此才由“苦枝”

变成了真正的甘枝。为了感谢毛主席，后来母亲把我的两个弟弟先后送去参军，母亲成为光荣军属。有歌曰：

英明领袖毛泽东，
指向哪里哪里红。
工农兄弟齐欢庆；
虎豹豺狼吓断魂。
摇摇欲坠三山倒；
欣欣向荣万木春。
大众遥望延安塔，
万道金光灿烂明。

老父何以长寿

我的父亲韩有福八十八岁寿终，可谓长寿矣。父亲是个老农民，也是个老雇农。他的长寿有何秘诀？我的父亲可以说一生没有吃过药，不管是中药还是西药，他都没有尝过，不知道药的苦味儿。要说他也吃过苦，那是旧社会扛长工的苦，债主逼债的苦，阎匪帮把他当共产党抓进牢狱，压杠压得他好苦，至于药是何等样的苦，他就不晓得了。他活了八十八岁难道就没有生过病？我记得他也患过一次伤寒，但没有吃药，因为家里没钱买药，仅仅吃过几碗葱胡汤以便发汗。解放前一个夏天的夜晚，他在饭场一块大石板上睡觉，石板边上是两丈深的崖，崖下是石台阶，他曾经摔下去一次，昏睡了四十天，也没吃过一分钱的药，竟又活过来了。除此，没见他生过什么病，只是常常会上火。夏天上了火，他不吃药，假如碰上有卖凉粉的，就用一碗玉米换一碗凉粉，吃了便好了。腊月里，他常给乡亲们蒸年糕、蒸馍馍，因为他蒸得好，许多乡亲都请他，往往因为熏烤十天半月，搞得嘴肿腮大。他依然不吃药。他知道自己有这个毛病，每年秋天都上山采一些黄芩。每每上火，滚两碗酽酽的黄芩水喝了，慢慢便消了肿。

黄芩水，这就是父亲一生吃过的唯一一种药品。

父亲的长寿还有三点因素。

一是脾气好，天塌下来，他也不害怕。旧社会里，父亲欠债累累，秋天，村公所逼收税谷；年关，债主逼债，我亲眼见债主骂他，照脸唾他，打他的耳光，他总是一气不吭，也不怎么着急，也不怎么生气。只是逼到无可奈何处，他便卖地还债，卖房还债，有时是借了当物当些钱还债。直到有一日房也卖尽，地也卖光，到了卖我的弟弟姐姐妹妹还债的分上，看上去父亲也还是不怎么太生气也还是没怎么太伤心，好像父亲身上全然没有生气着急的一两个细胞。所以到了秋后无力缴纳税谷时，社首把他悬梁吊起，狠狠地打，但是将他放下来之后，立刻便没事了，该去担水就担水，该去主家干活儿就干活儿。至于平时于人于事，总是以让为本，与世无争。

二是勤劳。解放前给人扛长工，自不必说；解放后翻了身在互助组劳动，也时时走在前边。白日劳动，家里推碾磨面之事，总是他自己独干。我们兄弟姐妹们都大了，他也不要我们帮助，总是半夜起床，单身一人上碾去干，说是为了不与人争碾，其实也是不愿累及儿女。就是家里诸如和煤一类小事，也总是瞅你出去之际，连忙把煤和好。父亲真是太勤劳了。

三是善于劳逸结合。父亲极爱劳动，又很善于休息。每每从地里回来吃过午饭，往往碗也不送，就在老槐树荫凉底下把饭碗一扣，头枕碗躺下，或听人们拉闲，或呼呼酣睡，百事不问。冬天没事时，就躺在炕横头儿枕一个小板凳休息。到邻居家里，无论去到谁家，人家炕横头闲着，他就躺下；人家横头放着物件或坐着人，哪怕屋里有一条半尺宽四尺长的独条板凳，他也会弯腿在那个独条板凳上去躺半天，也不一定睡，也不参与别人说话。别人说笑，他只听听罢了。所以，我父亲除了劳动干活儿，就是躺，很少有人见他在哪里站过或坐过。这样有劳动，有休息，动静结合，或许对人体有莫大的好处。

我父亲是在秋天吃东西不当患痢疾去世的。他患了痢疾十多天，也不与人说，也不吃药治病，待儿女辈发现后，已经晚了，若能得到及时治疗，父亲的寿数或许还会长许多年。再则，父亲晚年是独自一人生活的。特别是八十岁以后，他往往因体力不支，事事将就，所以饭食不一定顿顿吃好，若能有人照顾，他的寿命也不会只是八十八岁。

舅　父

舅父也姓韩，名曰韩辛未。别以为舅父是生在辛未年，是属羊的，根本不是。之所以大名辛未，可能是随我的堂舅韩丁未之名取定的。

我家穷，我姨姨家穷，我舅舅家也穷。我姥姥儿女三人，三家皆穷，这个三家穷不知给我姥姥增加了多么重的负担。姥姥不仅愁自家锅开没米下，更愁附城镇的大女儿西下河村的小女儿两家人身上无衣肚里无食日子难过。所以我的姨妈和我的母亲都是虚度十五岁便做了媳妇。姥姥只我舅父一个男孩子，自然看得很重。我的姨妈和我的母亲在姥姥家当闺女十五年，从没穿过棉衣，每到冬天，只是在别人家的垃圾堆上捡些碎套子，回家把那些碎套块儿千缀万纳，缀成巴掌大小几块儿，补在破袄子的前心与后心充过冬棉袄。只有舅父过冬可以有一件破袄子穿。但是姥姥想优待我的舅父只因家穷又无多少优待之能力，穷日子还得要穷过穷受穷熬。我小时候到姥姥家去，便很难见到舅父，姥姥总是说："你舅舅下山去了。"什么叫下山？下山就是下太行山，到河南豫北一带去。舅舅下山做什么？送脚。什么叫送脚？就是替河南豫北的商人送粮食，送货物。姥姥说舅舅有两个好肩膀，二十来岁的小伙子，能担一百多斤重的东西“咯吱咯吱”压着人翻山越岭爬太行山，实在是很苦很苦的营生儿。有时候我在姥姥家住两夜，碰上舅父下山送脚回来，只见舅舅眉毛头发结着白花花的冰凌、脸上却又淌着几道道汗水。于是，舅父便上炕歇脚，姥姥便忙着给舅父热饭。有时候，舅父太晚回家，次日大早便又送脚走了。舅父名唤辛未，却实在辛苦得可以。后来到我十来岁时，舅父不再送脚下太行山，到附城镇东街松富煤窑上绞把去了。什么是绞把？因那煤窑是井窑，井口上安一架大辘轳。那辘轳要比一般水井辘轳大好几倍，辘轳的两头都是差不多碗口粗的长长的大木头把子，两头各两人双手把了辘轳把子往上边绞煤篓子。活儿也是很重很苦的。我常到东街煤窑上担煤，看见过舅父吭哧吭哧地绞把，满面汗水淋淋，头上热气腾升，舅舅好苦好累。过去我到东街煤窑担煤，锹煤时设法多锹一两块拳头大小的炭块儿，煤场主松富一经发现，掂起你的小萝卜头就撩到一边去，还训你一顿。自从舅舅到这儿绞把来以后我再来担煤，多锹几块炭便不是问题。可见“面情”二字到处都有用处的。舅父到煤窑上绞把以后，年老多病的外公种那几亩地很感吃力，所以春耕、夏锄、秋收、刨茬，一年四季，我都要到姥姥家干几天农活儿。因为舅舅不在家，平日里母亲有事派我姥姥家走一遭，姥姥像抓差一般，抓住我去担两担水，去担一担土，去推碾，碾谷子，碾糠面，决不肯轻易放过我。倒霉的是就在我十三四岁上，姥姥和外公便先后去世。好在姥姥在世时抓得紧，早已给我舅父引回屋里来一个童养媳。姥姥去世后，舅父便和他的童养媳成了亲，那就是我的舅妈。

一九四三年秋我们家乡解放以后，舅父很快入了党，又当了峰西村的农会主席。农会主席的任务是发动和带领全村贫下中农组织起来，斗封建、斗地主，分房分田闹翻身。我舅父为人忠厚正直，做事实事求是，决不跟邻近庄一样，搞土改搞大轰大嗡。所以峰西村斗封建也斗了，贫下中农家分房会地也分了，可没有错斗过一个中农，所以后来纠偏时，峰西村几乎无偏可纠。舅父也不因为自己是农会主席大权在手多分多占斗争果食。舅父有几间旧房几亩梯田，他竟带头没分一间房没分一亩地。舅父家的土地主要是界稍那三亩梯田。何谓界稍，即峰西村山界之处，是很远的。且那三亩地从山头到半山腰共是十来条一把宽的条状梯田，每条不过二三分地，是峰西村最差的土地。地路又极坏，全是茅草乱石之中行走，路迹儿不足尺宽，又是石块坡路，比上泰山那样整齐的石台阶还差许多。便是这样的路这样的地，作为农会主席的舅父把它扔出去，分几亩好地是轻而易举之事，许多老贫农劝他分几亩好地，他说他是农会主席不能起这个带头，硬是没分一亩地，仍旧种着那几亩山田。所以舅父在峰西村的威信很高，乡亲们每每提到辛未此人，没有个不夸好的。峰西村的乡亲们都希望我舅父带领大家搞好生产，过好日子。谁知不成。因为我的舅母先生了一个女儿保秀，几年后又生了儿子保兔，舅母突然得病，竟一病不起，才二十几岁便与世长辞了。舅母去世了，保秀才五六岁，保兔才几个月，舅父一个光棍汉如何抚养一儿一女？特别是我那小表弟保兔出生才有几个月。舅父又无力雇奶妈，又无钱买奶粉买鸡蛋，舅父好愁好急好难，可也没有因此把舅父难倒。舅父一个人又做爹又做娘又当内又当外又照看小小的女儿又抚养襁褓之中的儿子。没有奶粉没有鸡蛋，舅父每天滚五六次小米粥喂孩子。滚汤喂孩子是他，一日三餐做饭是他，给孩子抓屎抓尿是他，白天抱孩子是他，晚上搂着孩子睡觉是他，白天黑夜，当爹当娘，舅父好难好忙好辛苦。可是每天每日带孩子，不上地生产行吗？他早上无法上地，上午下午，他喂过孩子以后，哄孩子睡了，把看孩子的重任交给五六岁的女儿保秀，便忙着去送粪，去刨地，去下种，去锄田，去收秋，去打场，每每是锄田锄到半前晌，也得跑回家来喂喂小儿子；下种下到后半晌，也要奔回屋里看看两个孩子，既做爹又做娘既当外又当内的角色实在是很难很难做的，有时半上午打地里回来看看，小保兔拉下了屎下了，哭着在屎里尿里打滚；有时半下午回来瞧瞧，小保秀把煨在炉火边上的锅弄倒洒了满炕的水，把小保兔淹在了水汪里，舅父怎么能不心疼？怎么能不忙半天？怎么能不伤心？怎么能不想孩子们的妈？有时候小保兔病了，半夜里哭半夜里闹，请医无人请，买药没钱买，舅父好愁好急，几夜几夜不能睡觉，舅父好难好难，怎么能不想孩子的妈呢？可有何用，当内当外做爹做妈还得舅父一个人做。真不知舅父里里外外婆婆妈妈是如何熬过那三冬三夏把我的小表弟养大的。

舅父没明没夜辛辛苦苦终于把两个孩子照应大了点。因为舅父独自一人当爹当妈忙里忙外没明没夜实在太忙，村上开群众会他无法参加，开支部大会，他抱了大的拉了小的去开会，大的闹小的哭，会也开不成，又无法做党的工作，久而久之，他觉着自己身为共产党员，却不能为党的事业出力，实在有愧于党有愧于群众，便向党支部提出退党申请。支部不同意，上级党委也不同意，但后来考虑到我舅父确有自身的困难，批准他退了党。但是舅父并不因为自己不是党员而淡漠党在峰西村的工作，他常常抱了保兔找支书找队长提意见提建议，为峰西村人的幸福想许多问题。峰西村的乡亲们始终把他当共产党员看待。

年复一年，保秀、保兔总算一年比一年大了，舅父肩上的担子也一年比一年轻松了一些。乡亲们见我舅父既做爹又做娘既忙地里的又忙屋里的，没明没夜地操劳，实在太忙太累太难太苦，亲戚们乡亲们想到我舅父的种种难处，都劝他再娶一个女人，说什么一个家没个女人还算得了家吗？单手拍不响嘛。舅父想到自己几年来一个人受一个人忙一个人累的苦楚，以为如果有个女人，自然好得多了，也有过续娶这想法。但是他想到好后娘很少很少，他看看保兔看看保秀，又害怕孩子们有了后娘受气，为了儿为了女，全不为自己的难自己的苦想，舅父咬紧牙关，继续做爹又做娘，当里又当外，舅父宁愿牺牲自己的幸福，宁愿一辈子为儿为女辛苦为儿为女累，再不续娶，舅父的决心好大。

后来保秀会做饭会看门了，保兔也上学了，舅父为了一双儿女能吃好点穿好点，便到附城镇供销社的饭店去做厨，打烧饼做氽汤，炒菜，无所不能。每月向生产队交一定数目的款，略有剩余，保秀、保兔便可以吃得好些，穿得好些。直到保秀与我的三弟表兄妹成亲，保兔也娶了媳妇以后，舅虽然年近七十，还在为儿孙后代跑，为儿孙后代忙，还每天跑附城，打烧饼。我每每回老家必定路过附城，总要到饭店里去看望舅父，舅父也总会给两个烧饼吃。后来舅父病了，患了严重的肝病，也不肯休息一天，直到最后黄疸，也不肯花钱看病。为此躺床不起三天，便与世长辞。舅父辛苦一生，做爹做娘当里当外半辈子，使他欣慰的是保秀成家了，保兔成家了。遗憾的是舅父是一九七八年冬去世的，改革开放刚刚开始，他没有赶上过一天好日子，没有看到乡亲们改革以后吃大米吃白面不愁吃不愁穿盖新房看电视的好日子，没有看到他辛辛苦苦抚养成人的保兔如今在附城铁厂做了氧焊工，学就一手好技术，又盖了新房，买了彩电，大米白面猪肉鸡蛋天天吃，儿子媳妇孙孙一家人生活得好红火好幸福。想当年舅父在附城煤窑上绞把，隔三岔五回家只是吭哧吭哧地担一担煤回来。如今的保兔也是三天两头回家，可保兔总是掂二斤猪肉揣一把票子回来。舅父啊！保兔有妻有子有新房有彩电有工作有肉吃有如此幸福的生活，你可以欣慰于九泉了。

姐妹二题

姐姐

我对姐姐的印象极淡薄，儿时的我不认为自己还有个姐姐，只知道有两个妹妹，后来有了三个弟弟。

我三四岁时，过大年随了父亲到峰西村姥姥家拜年，姥姥家真的有个小姑娘，姥姥说她是我的姐姐，名叫凤孩，我根本不理她的茬。我有姐姐怎么不在我家而在姥姥家里？

峰西村离我们可爱的西下河村只三里路程。一年里，那个名叫凤孩的小姑娘大不过到我家一两次。每次来，或带两个萝卜，或带一双未纳过的鞋底儿，送给我妈。每来同我妈不过三言两语即去。如此即来即去一个小姑娘怎么会是我的姐姐？

可是母亲说凤孩就是我的姐姐。生我之前姐姐原本是在西下河村自己家的。只因生了我，母亲带两个孩子有困难，姥姥便把姐姐带去峰西。当时，我家虽已是欠债累累的债户，却还有五亩半土地。打点粮食，辅以糠菜，半饥半饱地尚可过得去。姥姥家则不然，还不如我家，往往粗糠野菜粥也会断顿儿。啃糠咽菜不得一饱，披破挂烂难以蔽体。好苦好苦。但是姐姐跟我妈一样生来手巧，八九岁便会剪花，便会绣花，便会纳鞋帮，便常常为他人做做针线活儿，或挣一碗糠面，或挣两个山药蛋儿，赖以糊口。

可是到了一九三二年，姐姐刚刚九岁，父亲便把姐姐给卖了。

那年秋天大社里收仓（税谷），因我家地少税重（因逼债卖地时，财主只买地不买税，故地少税多），交不起仓谷，父亲被逼无奈，背着我姥姥和我妈，给我姐姐在万章村定了婆家，得到谷子两石。送到大庙里社楼上。父亲是从哪里弄来这许多谷子呢？母亲和姥姥获悉是我父亲给九岁的姐姐找了婆家，并经调查姐姐的女婿已经二十六岁，是个只会吃饭不会做活儿的大傻瓜。于是，姥姥和我母亲一起冲我父亲大哭大骂大闹，逼我父亲立刻将姐姐的亲事退掉。退了这门亲事，如何给大社里交仓谷？父亲以为受岳母和妻子之逼，比受大社里老社头之逼好些，他硬着头皮顶，姐姐嫁大傻瓜一事无法挽回了。母亲和姥姥骂我父亲几天几夜，又有何用？不过姐姐被卖已经卖了，好在当时还不过门，姐姐仍在姥姥家过穷日子。

后来我舅父大些了，能劳动了，姥姥家的穷日子便有点好转。但我家的日子却更艰难了。因为姐姐也长大了，已经十四岁，便回来我家。姐姐也真是命苦，哪里日子好过些，她便离开了哪里；哪里日子穷，她便来到哪里。

姐姐在西下河同我们一起过了五六年穷日子，一九四三年因为吃糠家里没糠，啃树皮，树皮也已剥光，全家人饿倒，几乎全给饿死。幸亏当年共产党来了，全家人才从死亡线上爬了起来。

姐姐长大了。

姐姐还没过门，万章村那个傻女婿也病故了。

姐姐在家乡解放的前夕，嫁给了马庄村的张拴成。张拴成家有房有地有存粮，不愁吃，不愁穿，中等人家，姐姐总算有好日子可过了。

可是我家呢？我家在土改中分房、分地、分粮、分牲口、我家翻身了，再不怕债主逼债，大社逼粮，我家的日子好过了。可是姐姐已经出嫁，离开了这个翻了身的家。

那么姐姐怎么样呢？姐姐家忽然穷了。姐姐家在土改中被斗，我家是翻身户，姐姐家成了被斗户。姐姐家的土地和房屋全给斗光，斗得个扫地出门。从马庄村的西头搬到东头，从五间砖瓦房里赶出来住进三间土房里。后来说斗我姐夫斗错了，姐夫是个错斗中农。因而后来便填平补齐，填了二亩地，补了五斗粮，填也没填平，补也没补齐。斗也斗了，错已错矣。填二亩地，补五斗粮，填补不成原来那个小中农水平的。我家过上翻身好日子，姐姐却走了，仍然去过她的穷日子。

好在马庄村做到了区别对待，划成分仍给我姐姐划了贫农成分，但也无大作用。贫农成分的姐姐也要同错斗中农的姐夫一样过穷日子。

不过由于姐姐手巧，能剪会绣人缘又好，东邻西舍处得极融洽极和谐。邻家们央姐姐剪剪花，绣绣兜肚儿，做做针线，姐姐从不推辞。姐夫也极善处人，也是个巧手。村里人娶媳妇，请他做厨；办丧事，请他做纸马、纸轿、纸伏侍；过元宵节，请他扎花灯，画灯画，从不讲价，有求必应。马庄的乡亲们从不把姐姐家做斗争户看。但是只因几十年的吃大锅饭，低标准，瓜菜代，日子总是极苦的。加之，姐姐后来有了五个儿女，凭姐姐、姐夫二人挣工分，哪里挣得够，年年都是欠款户。一个欠款户抚养五个小儿女，那是多么沉重的一副担子呀。五个小儿女要吃要穿，全凭姐姐喂猪、养鸡，卖几个钱，给儿女们扯几尺布、做件衣服。一九六〇年三年困难时期，连瓜菜代也无瓜菜可代，做糠糊糊也无糠糊锅，早已能走能跑的儿女们一个个饿得又不会走路了。当时姐姐到队里领了一点口粮回来，首先保证重点，做了糊糊汤，也给儿子六旦多吃半碗；菜汤里煮了山药蛋，也给六旦多吃两个。只比六旦大一岁的五秀，因非重点干看吃不上。养活儿女好难啊。

姐姐到拴成家多少年，受苦受穷多少年。

直到十一届三中全会改革开放以后，一九八三年外甥六旦借款六千元买了一部小四轮，每天给附城镇铁厂送矿石。一年还清贷款，二年便接近万元户，几年后便盖起五间新式小楼房，比他们原来的五间房好了许多。承包土地，小麦年年丰产，不仅不吃野菜了，不吃糠了，连小米、玉米也不多吃了，天天有白面、大米可吃。姐夫家还有彩电，又买了汽车可坐。珍秀、金秀、五秀三个女儿家也都富了起来，仍皆不及姐夫家。姐夫家，多么幸福的一个家啊！可是姐姐呢？姐姐哪里去了？说来也奇，如同我家翻了身过上好日子时，姐姐出嫁去了一样，就在姐姐家买了小四轮开始奔向幸福的前一年——一九八二年秋末，姐姐因患肝硬化腹水，与世长辞了。

姐姐家富了，姐姐家有好日子过了，姐姐又走了，这一走，一去不复返了。

小 妹

小妹比姐姐幸福，小妹更比大妹强。小妹名雪凤，与大妹一样，人也很老诚，大概都像了我们极老诚的父亲。

前边说过我小时候就带过小妹一人。那时候我很愿意带了小妹到街头去玩，因为带小妹也是一个任务，且可以逃避家里锅盆碗勺，拣菜、洗菜、调煤、掩火诸多繁杂的家务。也因为小妹从小就很老实，当娃娃便是个老实娃娃，极易带的。我抱了小妹来在街头，把小妹找一块光石往那里一坐，我便可以同东邻西舍的小朋友们或碰墙，或走方，或捉迷藏，尽情地玩。有时玩一两个钟头，看看小妹，小妹还是原样儿坐在那块光石头上，也不动，也不哭，也不闹，也不叫，如同一个小小的菩萨。所以带小妹上街，实在是个好差事。

小妹十来岁以后，大妹出嫁了，看火、做饭、拧绳、纳底、做鞋的任务便由小妹接替过来。小妹不及母亲和姐姐的手巧，只会捻线拧绳，纳鞋底，纳鞋帮，但也会绣花。小妹性情安稳，一为她儿时在大街上坐石头一坐一两小时也一动不动一样，坐在炕横头拧绳儿可拧两三个钟头不动。小妹也不爱说话，做活儿只会静静地悄悄地坐着做。一九四五年我患疟疾病，母亲派小妹照应我，也是只管坐在炕横头或捻线，或拧绳，或纳鞋帮儿，不做一声，不动一动，不过到给我做病号饭时，小妹是不会误了的。

小妹嫁在吕家河村。妹夫崔玉锁于一九五八年到晋城古书院煤矿下井，小妹与大女儿菊香同公公婆婆一起在家。小妹与婆婆常常发生点内部矛盾。小妹比大妹老实，大妹的婆婆那么难对付，大妹都能对付得很好，小妹为什么不能跟大妹一样与婆婆处好关系呢？也许小妹有小妹的缺点，但是小妹的婆婆到底不同于大妹的婆婆。百人百性嘛。大妹的婆婆对大妹那么处处严格要求，但婆婆与公公老两口却相敬如宾，互相处得极和谐。小妹的婆婆为人也很正直，可就是人际关系处理不善。她连老伴儿也容不得的。一般人到老年，老夫老妻互敬互帮在一起红火些，小妹的婆婆却做不到，总是不能同老伴儿和睦相处，一天到晚纠缠不休。老两口实在无法在一个锅里搅勺子，只好分房，各住一室，各安一锅，各过各的独身日子。试想，婆婆连公公都容不得，何况媳妇哩。婆婆对小妹自然少不了磕磕绊绊。为此一来，老实的小妹不知该如何是好时，她有她的老主意，回娘家向母亲请示，问母亲该怎么办。母亲训小妹一顿："你二姐跟婆婆的关系为什么那么好？你与婆婆怎么就处不来？"小妹老实，只好回婆家争取与婆婆处好，但仍然不能处好。小妹又回到娘家请示母亲，母亲又是训斥一顿，小妹只好再回婆家。到头来婆媳关系总是难以见好，婆媳们便又分灶。于是，公公、婆婆、媳妇分作三家过日子了。可是他们家只有一大一小两间房子，怎么办，小妹只好借邻家一间房子住。

此时正值三年困难时期，村村缺粮，家家缺粮，人人饿肚子。在此情况下，妇女们上地收秋，所穿裤子里里外外缀下三五个暗口袋。到了地里，掰玉茭，偷玉茭；割大豆，偷大豆；摘干豆角，偷红豆，见什么偷什么，玉茭、大豆、红豆、小豆，分门别类装进那些暗口袋里。低标准，瓜菜代，人人都饿呀！可是人人偷，小妹想学偷，却学不会，学不好，只好老老实实地饿肚子。就是那个最困难的时候，小妹生了第二个女儿书香。新生的书香又瘦又小。困难的母亲只给小妹送来五升小米，五升小米哪得够一个月呢，只好一顿抓一把米熬粥。为了碗里的粥能够稠点，唯有加煮野菜一法。可是小妹坐了月子不能去剜野菜，剜野菜的任务便落在刚刚五岁的大女儿菊香头上。菊香剜了野菜回来，自个儿将野菜择好，又自个儿到河里把野菜淘洗干净。就是这样一把米两把野菜救活了瘦骨嶙峋的小书香。以后生了荣香，生了俊香，情况已好了一些。

小妹既老实，生活又困难，妹夫又常在矿上做工，她单身独马在穷困中把四个女儿拉扯大也真不容易。可是妹夫崔玉锁已经是古书院矿老矿工了，为什么不把妻儿们带出去呢？许多矿工不是都把妻子带了出去吗？问题又出在一个老实上边。妹夫崔玉锁也极老实。按规定有了十五年工龄的矿工便可以把妻子和未成年子女办出户口和供应。玉锁已经是二十多年的井下老矿工了，小妹和甥女们都还是农村户口。矿上给到龄矿工办户口，每年有一定指标。按先后办事，小妹的户口早该办了，只因工友们争着先办，矿上说："崔玉锁，按照你家的户口也该办了。因为其他同志有困难，就让别人先办吧。"妹夫不会与人争，说："就让别人先办吧。"

妹夫老实，年年让人先办家属户口。若是别人的家属，便不让，便会督促丈夫不要老是让别人。可是小妹不然，妹夫玉锁说："就让别人先办吧。"小妹总不会吱一声，只好就让别人先办。妹夫对于办户口之事，年年让，让了十来年，只到他有了近三十年矿工龄时，小妹和小外甥女俊香的户口、供应才办到矿上。他们让了多年，把菊香、书香、荣香三个女儿的年龄都让到了"成年"那里去了，已不在农转非之列。

不过甥女们日子都很好的。大甥女菊香是小学教师，女婿有一部汽车是专业户。二甥女书香是村上的会计，保富到小妹家落户，与三女儿荣香成婚，自己奋斗到了矿上也当了井下工。不需小妹为儿女们担忧。小妹跟小甥女的户口既已办了，玉锁又是三十多年的老矿工，便该分一套住房了。玉锁向矿上提出分房之事，矿上说明年宿舍盖起来，有你的一套。到了明年，争分房子的矿工多，矿上说："玉锁，新房子不够分，你再等一年吧。"妹夫玉锁便说："就先让别人分吧。"玉锁回来对小妹说："雪凤，矿上的新房子不多，先让别人分吧，咱们明年再说。"

小妹也不会争，不会辩，便说："就让别人先分吧。"

许多比妹夫矿龄短的都分上房子，妹夫和小妹和甥女只好高价租一间房子住。分房之事，妹夫和小妹一让再让，让了六年，许多只有二十年左右工龄的矿工都分下房子，三十多年工龄的妹夫还是在街上租一间房子住。妹夫年年说："就让别人分吧。"小妹也说："别人分不上房子也着急，就让别人先分吧。"对于分房之事，小妹总没跟人争过，吵过，抢过。

直到一九九一年冬，矿上又盖起几幢新宿舍楼，决定给妹夫分一套一厅二室的房子。小妹、甥女们高兴极了，等着往新居里搬哩。又是到了搬家时候，矿上又同小妹、妹夫商量请他们把一厅二室那套房让与别人，要改分给小妹、妹夫一套一间半的房子。既是商量，完全可以不同意，那个一厅二室也就住定了。又是小妹、妹夫到底是好心人。妹夫问小妹行不行，小妹说："就让人家住大的吧，咱们分上小的住不下，叫保富住集体宿舍吧。"小妹让自家人住集体宿舍，把一厅二室让给了工友，他们搬进了那个一间半的新居。就此，小甥女俊香还给我们来信报喜，说他们有了大喜事，搬进了古院矿职工住宅区——西区三号楼一单元二层四号房间。真可谓好人有好人的喜事。

忙　人

元月十六号接到侄儿笑天电话称：其父病危。其父韩来喜是我的二弟，四月还同其次子笑枫来太原住了三天，有说有笑，能跑能动，看来还是很健壮的一个庄稼人。二十多天前，村支书韩德顺在山西教育学院上学之长子韩志明打老家来，还说来喜冒着严寒在山神岭砸石头，可见二弟的身体尚好，怎么突然就到了病危的地步？十六号正是个星期天，女儿玉霞正好也在，我们便商量一起回去看看。再之，我的故乡——陵川县西下河村是我的生活根据地。过去有许多小说都是我回故乡生活写出来的。我好久没回西下河了。一九八六年清明节，我同老伴儿回过一次家，给父母上坟扫墓，仅待了四个小时；一九八八年秋我同老伴又回过一次家，也只待了一个小时。应该说已经有十多年没有回过家，已经是十多年离开我的生活根据地，这也许是我近年写不出作品的原由所在。是应该回根据地看一看了，走马观花观一下子也好。这也是我急于回家的原因之一。

元月十七号大早，我们上午八时动身，一路向晋城奔来。因为来喜在晋城古书院矿医院住院治疗。

因为来喜病危，我自然心急如焚，恨不得立刻便到达晋城，看看来喜到底患的是什么病，危到何种程度，是否还能与他见上一面，说个三言两语。总觉得既然二十天前，来喜还冒着冽冽寒风在山上砸石头，怎么忽然就病危了呢？他是怎么病了的呢？我想他的得病原因只能是四个字：积劳成疾。因为来喜向来就是个好受家。他跟我小时一样，因为家贫，七八岁上就担一担小箩头担粪、担土。他跟我们的父亲一样，从小儿就是默默地劳动，默默地干活儿，叫他干什么他便干什么，从无怨言。并且无论干什么活儿都干得很认真很仔细很好。比如种谷，摇耧下种，他种的谷又省种子又均匀，许多人家种谷都要请他摇耧。比如抱孩子，四十年代末，有一次我妻和他和我的三弟保喜、四弟发喜还有我的女儿玉霞一起到我大妹家走亲戚。当时发喜、玉霞还小，半路上走不动了，只好由来喜、保喜抱了他们走。但是发喜、玉霞都要来喜抱，都不要保喜抱。来喜也好说话，便一臂抱一个抱了两个上山，保喜高兴轻闲。又如推碾、推磨、担水、担粪。老二家的有心脏病，上碾上磨，总是来喜独干。其子笑天、笑枫都是二十几岁小伙子，应该帮帮他了，可是他娇子娇得要命，总怕把他的儿子们累坏了，他只是一个人上碾。碾谷子时，推碾也是他，簸米也是他，推推簸簸，独揽推碾大权不放。碾玉米面时，推碾也是他，罗面也是他，推推罗罗，他也没有嫌过麻烦，也没有发过牢骚。我们回家时常常看到二十大几的笑天、笑枫在街头闲站着，来喜却吭哧吭哧地去担水。因为来喜老诚，爱劳动，手勤腿勤，脾气好，做事细致认真，遇事有主意，村里乡亲们有事，都愿意找他商量商量，帮乡亲们出个主意，替乡亲们跑跑闹闹。我老伴儿常说："凡事只要交给来喜去办，全能办得妥妥帖帖，很放心。"五十年代初期，我老伴儿和来喜一起在陵川城上学，学校有个路由义老师在打扫屋子、打洗脸水、打开水、拿东拿西方面，总叫来喜来给他做。同学们每天总听见路教师喊叫来喜："来喜，给我打壶开水"，"来喜，去给我们买包烟"，"来喜，去校部给我拿报纸来……"总听见他喊叫来喜。好像这个学校就来喜一个学生。实际上是因为来喜太听话太诚实之故。在村里，东邻说："来喜，我地里的谷苗没出全，你去给咱看看是怎回事"，来喜便跑着去看看；西舍说："来喜，我有个事不知怎办好，你给咱想想办法吧"，来喜便帮他想办法。在家里，因其妻有心脏病，往往连饭也做不了，来喜在地里忙了回来，又忙着做饭、炒菜和忙各种家务。连笑天、笑枫、笑玲兄妹三个的衣服放在何处，换季时该换哪件衣服，都是来喜一手准备妥当的。来喜忙了地里忙家里，又当男又当女，好忙好忙，可是他的女儿笑玲已经七八岁大了，只要看见来喜打地里回来，便爬到他的身上要他抱。来喜无论有多么忙有多累，也只会笑一笑，抱他的女儿。他把他的儿儿女女都惯得不像样子，是他最大的缺点。一九八五年其妻因心脏病去世，七八年来，来喜更是里里外外一把手为他的儿女们操劳。为了儿子娶媳妇，加紧劳动多打粮，又忙着盖新房。可是无论他有多么忙，小玲已经十七八岁了，只要他在家，还得他做饭、他喂猪、他洗锅。一九九三年笑枫结婚后欠下两千多元钱的债。我们五个外甥，八个外甥女，家家都是万元户，来喜也不因为自己欠债便拿出老舅爷的身份去找外甥们外甥女们的麻烦。为了还债，除种好庄稼，便是起早贪黑到山神岭去砸石头子儿卖钱，他已是近六十岁的人了，既忙地里，又忙家里；既为自家忙，也为乡亲忙，该有多么忙，可是他只要有半个小时的空儿，也要上山砸一会儿石头。已经是三九腊月大冷天，别人都不上山砸石头了，他还在山神岭上在风里在雪里举起大铁锤吭哧吭哧地砸石头。“咚！”“咚！”砸石头之锤声震得山头的雪又飞向天空；“咚!”“咚!”来喜一锤锤一声声砸着石头，只觉得他的肚里也在“咚咚”作响，只觉得他的肚子好疼。其实，他已肚疼多日。可是他认为肚疼算不得什么病，无论疼得多么厉害，也不肯误了上山砸石头。你肚疼你的，我干我的。终于有一天他肚疼得难以忍受，实在不能支持，这才着笑玲把在附城中学教学的笑枫叫回来，他们才一起到晋城古书院矿来找在矿上工作的笑天。笑天、笑枫扶了其父到矿上医院检查，谁知他患的是肝癌，并且已经到很晚很晚的晚期，不能治了，医院不收他。经笑天再三央求，来喜总算住了院。就在他住院五天后，我就接到了笑天打来的电话，说是其父已经病危。一般此病虽是不治之症，发病后也可以支持几个月。不过是很疼很难支撑，病人极其痛苦罢了。可是来喜入院五天便到了病危时刻，可见他的病在夏锄最晚在秋收时候早已病得很重了，剧痛是难免的。可是他还忍着剧痛收了秋，他还忍着剧痛冒着严冬寒风上山砸石头。白天上山砸石头，晚上剥玉米，早已把今年收的三四千斤玉米剥下来装入麻袋，售了余粮。可见几个月来他都是忍着剧痛没明没夜操劳的。可见他在近几个月里不知忍受了多么巨大的痛苦！若是别人，不知早已住了多少时间的医院，又不知早已花了多少医药费，儿女们也不知为病人忙碌了多少个日日夜夜。可是老二来喜哩，身患如此大的病，只住了五天的医院。五六天前，还忍受着剧痛在山上砸石头。如此大的病，他花了多少钱？二百多元，与吃皇粮的人们患一次感冒花的钱差不多。谁见过患如此重病的病人在临危五天前还会上山砸石头呢？来喜此种大忍大受大苦大累重病不下砸石头战场，此种忍着剧痛冒着寒风踹着冰雪，劳苦不已的精神，是何等的崇高啊！能不叫人敬佩吗？

中午十二时半，我们终于来到长治。征天说他妈上午打太原打来电话，说来喜已经离开古书矿医院回了西下河，不必再去晋城，直接回家好了。司机说车上还有书要往晋城送，那就只好先到晋城再回陵川。

下午四时三十分，我们驱车来到晋城古书院矿大门口时，只见在古书院矿上工的外甥女崔俊香一个人呆呆地站在大门口，满面不悦的样子。我与玉霞急急下车就问，俊香说："二舅还在医院。"我们就往医院跑。我们很快就要见到来喜了。我想来喜见到我，准会大哭一场的。俊香说："上午往太原打了电话，二舅知道大舅和姐姐要来，二舅就告说：'笑天让给你们准备两个干净碗两双干净筷子。'"来喜知道我们在外边的人爱干净，才这样说的。实际上几十年来，我们在外工作，每次回家，都是来喜早早地把家里打扫干净的。借被子、担水，都是他的事，在家照看老人，也是他的事儿。我们每每住几天走后，送被子也是他的事。想到今天上午来喜还嘱咐儿子为我们准备干净碗筷，无论他的病危到何种程度，总该还能说说话的。可是等俊香带我们来到医院，只见外甥女书香、荣香还有老乡景辘辘夫妇都在病房门口站着。当我们急匆匆走进病房看时，只见的我二弟来喜仰面躺在病床上紧闭双目，大张嘴急急喘着粗气。便喊他，他不应；便问话，他不答，只会喘粗气，连睁眼看我们一眼也不能了。我与玉霞一下子都吓傻了。但想到今天上午他还会说给我们准备干净碗筷，这怎么只会张嘴不会说了呢？我们总想今天弟兄们叔侄们还能见见面儿说说话，可是如今呢？我们见了他，他却紧闭双目看不见我们了。想再跟他说一句话，已经是永远永远不可能了。来喜啊！他真的是病危了，竟危到这个程度，该怎么办呢？只见笑枫在一边抹泪，问他为什么今天没走，才说原来是大外甥女菊香的爱人苏民原说着今天来车送病人回家。可能是因为下了雪，车没来，既然如此，天已傍晚，外边又开始下雪了，就快快准备回吧。于是，两个侄儿笑天、笑枫抬了他们的父亲上车，由他们弟兄二人照护着，三人坐后边，我坐前边，把玉霞甩在晋城荣香、俊香家。

车出晋城，天已大黑，雪又下大了。当时我们也不知道司机同志感冒了。他有病，也不说。我们一天里已经行程三百五十公里，如今又摸黑顶风冒雪继续前行，他也没怨言。

晚上七时三十分，我们冒雪摸黑回来西下河村。笑天、笑枫将其父抬回屋里，还是只出气，不会说话。事已如此，又有何法。笑枫媳妇爱菊还是第一次见我们，便忙着做饭，吃饭中间，门口一阵小四轮响处，原是笑玲把二姑姑和其表姐书玲请来了。笑玲看看她父亲已经不省人事，她哭了。她知道她的父亲一生对她好娇惯，她知道她的一座牢牢靠靠的靠山将靠不住了。

当晚，村街上虽然积雪半尺，寒风冽冽，夜已深矣，但是许多乡亲听说来喜回来了，如宝肉夫妇、小肥、虎生、天法等等都踏雪冒风来看望来喜。连八十高龄的敦富奶奶也踏雪跑来。他们看到来喜已不省人事，没什么希望了，莫不叹息，抹泪。都说：“他可是受了一辈子啊！病得连路都走不动了，还要爬上山神岭砸石头……”

次日大早，东头、西头的两个婶婶和保秀、黑儿还有小红、元宵、不铁许多人跑着来看望来喜。看到来喜真是希望不大了，保秀和她妈痛哭不已，说：“有个事找来喜说说还有主意。以后有事找谁说呀?!”

我多年没回家，只好跑着去看望了老同志常来福夫妇，张富有夫妇，韩三和夫妇和春喜夫妇以及小扁、书秀、宝肉、李生、大秀等。现在的故乡已不同以往，家家拆了大炕睡木床或席梦思，拆了炕炉用铁炉烟筒。小四轮，彩电、沙发已是平常之物。西下河只有土地和石头，没什么土特产，可是看来家家户户过得都很红火。

当天上午十时，外甥宋书生和香莲开小四轮把玉霞送来西下河。因有约必须在三日之内回到太原，我们只好告别家乡而去。

回到省城后即接到家乡电话，来喜与世长辞了。这已经是无可奈何之事。回想他的一生勤劳，无以为悼，匆匆写就一副挽联和一篇祭文寄回。

那挽联曰：

早也累晚也累没明没夜没休息又当父又当母辛辛苦苦累了一辈子；

家里忙地里忙为儿为女为乡亲也做男也做女忙忙碌碌忙了六十年。

祭文曰：

维：

一九九四年二月六日顿首泣拜祭于来喜灵前。

来喜生于一九三五年农历三月十一日，终于一九九四年一月一日，虚度六十岁。二弟幼年家贫，苦水中长大，饥饮糟糠，寒披破烂。七八岁便锄禾锄苗，十一二就担水担粪。年少力薄，水担两半桶；身小气弱，粪挑二小筐。家乡解放，土改翻身，始入小学读书，直至高中毕业。在校读书努力，学业日有长进，与同学从无打打闹闹之事；回家杂事繁忙，家务时有所累，同姐弟绝没吵吵嚷嚷之端。既已有妻有子，家务日增；高中学业结业，回乡务农。一九五八年应招到太原机车厂上工，为妻子之生活计，求多赚几元钱，自愿做又苦又累的搬运工。一九六〇年偏逢困难时期，四十余元之工资，既难糊口，亦难顾家，慨然辞工回乡务农凡三十三年，上事父母，下育儿女，日忙田土，夜忙家务。其妻既患心脏病，其子又要上学校。家里事，地里事，皆你一人忙；既养猪，又养鸡，俱尔独自养。既做地，又做饭，里里外外重担一肩挑；既当男，又当女，大大小小事务一手操。担煤也是你，担水也是你，担担挑挑又是一人担；推碾也是你，播米也是你，推推播播总是独自推。务于农，精于农，犁耧锄耙宗宗精于乡里；处于邻，帮于邻，耕耘播种常常助于乡亲。于农于副，日日披星戴月，不知苦为何事；为人为已，天天早出晚归，未晓累是何说。二弟数十年如一日，疼儿疼女，事父事母；重邻重里，倡和倡睦。务农务桑，餐风宿露，没明没夜，抓粪拱土；为亲为友，忙忙碌碌；为儿为女，辛辛苦苦。当男当女，做父做母，担担挑挑，缝缝补补。多劳重担，少言寡语；待人尚厚，处己尚苦。百事生巧，十邻不辞，乐于助人，善于桑谷。小病不理，大病不顾，只知劳动，不知累苦。操劳一生；积劳成痼，医之无效，药之无补，慨然长逝，一命呜呼！请你安息，伏维

尚飨

亲家张剑虹

我们的亲家张剑虹是个好人又是个能干人。

一九八九年十月三日，我们可亲可爱的小孙孙出生了。喜讯传来，我与老伴连忙于当日下午赶到长治。我老伴自感责任重大，就努力精心照应媳妇祁冰如。我们虽远在太原，但如此大事，最少也应该照应媳妇一个月四十天的。不意只在长治十一天，太原有事，我与老伴竟匆匆回了太原。照应媳妇和小孙子的事自然就落在亲家张剑虹身上。张剑虹是原晋城市政法委书记，当领导干部多年，对于家务事特别是对于照应产妇同时负责一个初生婴儿的事儿，别的不说，仅是洗尿布一事也够麻烦的。但是亲家张剑虹特别亲她的女儿又特别亲她的小外孙，居然能够完完全全地放下她当书记的架子，左一锅右一锅炒茶做饭伺候冰如；屎一把尿一把抚育小外孙。忙忙碌碌一个月，又忙忙碌碌一年。冰如上班了，小外孙韩戈阳会跑了，仍然由她带。一直把戈阳带大上了小学。亲家张剑虹没有因为带外孙太辛苦而雇保姆，可见她对小外孙是多么的看重，是多么的亲小外孙的。每过一段时间，亲家张剑虹还亲自带了小戈阳来太原让我们看看孙孙，让我们祖孙之间联络感情。亲家张剑虹这般行事，真是一位好心肠姥姥。我们为有这么一位爱下代、识大体的好亲家感到特别高兴。

亲家张剑虹不仅对孙辈、外孙辈的抚养付出了忘我的全部的爱，对于同志对于他人莫不是赤诚相待，她是一个热心肠人。只举一例，可见一斑。亲家祁英、张剑虹夫妇都上班的时候，孩子们上学的上学，上班的上班，他们三男二女，人口比较多，家务比较重，所以请了保姆。不知请过几个保姆，但是每请一个保姆，亲家便会多一门亲戚。亲家祁英不管闲事，张剑虹对于每一个保姆都按亲人对待。比如他们用的最后一个保姆，离开祁英数年后才结婚，亲家张剑虹还特地买了两只皮箱送给小保姆做嫁妆。对小保姆亲如女儿。处保姆能处到这等程度，是很不多的也是很不容易的。张剑虹心肠好、心肠热，没有架子、热情待人，很多人都是佩服的。

你别以为当官的女人会荒了家务。现在她早已不用保姆了，但是你到她家看看，她家没有什么新款式家具，就几样旧家具，就有许多罐头瓶和装苹果的纸箱，但是她把那个家整理得好整齐，好利落，好干净，觉得每一个物件放的地方都很合适。就连那许许多多大的小的长的短的纸箱都放得是地方，很合适。这不仅表明了她的爱整洁，同时说明了她有安排家什的技巧。一个当官多年的女人能把一个家弄得如此之好，不能不让人佩服亲家张剑虹是个有能耐的人。

还有一个方面应该提到的是，媳妇祁冰如每年同征天和戈阳来并看望我们，不是给我们两个老人打了毛衣带来就是买了衣料送来，差不多每次都是如此，始终关心着我们的生活。每年送来的大米白面方便面和其他食品便够我们食用了，省了到粮站买粮。媳妇是个好媳妇，这个好的根子还是在于祁英、张剑虹二位亲家的教女有方，所以应该说谁家的媳妇好，多半在于亲家好。只要亲家好了，媳妇多半会是好的。

老伴儿

写一个正面人物，主要写成绩之一面，优点之一面，即好的一面，对所写之人是一个褒扬，是一个表彰。我曾写过报告文学《秦家父子》，褒扬了陵川镇秦竭力父子二人；写过《洞房歌声》，褒扬了壶关县李保花夫妇二人，还有其他多篇。还有一个人，许多人在我面前褒扬她，我却从来没有想过写个东西给她以褒奖，这就是我的老伴儿郭海棠。过去我从未想过也写篇东西对她加以褒扬，以为写文章褒扬自家人，那是自夸，自夸之人，会受人贬的。近看一些刊物，有人或写父母，或写其妻，或写其子，甚至还有写其小孙孙的，就想：难道我不能写老伴儿？何况老伴儿多年来真做了几件好事，是堪为人称道的，我若不写，他人岂能写出？又何况我今老矣，难说哪天哪日便会两眼一瞪，两腿一蹬，呜呼哀哉！岂不埋没了一位可称道的正面人物！于是，抛却一切私心杂念，忙忙拿起笔来。

1. 好“谎话”

话，应从一九六〇年说起。当时“低标准、瓜菜代”，人人皆知，不必累赘。当时虽人人饿肚子，但有些有关系、有门路者尚能买到点不太贵的菜，或可弄到点粮食，补助伙食，少受一点饿。所有这些，我们是无能为力的。老伴儿和女儿到郊区菜田拣一些老白菜叶回来，便大喜特喜了。当时小儿子在故乡我母亲身边，在太原只我与老伴儿与女儿三人生活。当时每人每日七两粮食，又无副食可补，于是只好挨饿。我那时写些短篇，稿费不多，常到酱园巷副食店买些高价点心，高价盆菜；点心四元或五元钱一斤，盆菜五角钱一盆。因人民币有限，哪敢大量买高价点心，买一斤，五元，每人每天只敢补吃一块儿。但老伴儿却常常不吃点心，或说是不饿，或说是吃了点心会烧心，我也不调查，不研究，信她的话。每天早上食堂吃玉茭面煮疙瘩，半两一个，一两饭票买两个，我吃一两，女儿玉霞吃一两，老伴儿总不吃，她说：“我早上不喜欢吃东西。”我又不调查，不研究，信她的话。她在幼儿园当阿姨，早上总是一碗白开水，便到幼儿园上班去了。有一段时间她在北门外某单位学习。早上在家一碗白开水，中午到学习单位附近小饭铺买饭吃，买五两五个包子，她只吃二两，还要留下三个包子晚上带回家来让我和女儿吃。有时碰到便宜些的炖菜，她自己买吃二两饭，把菜全都带回家来让我们吃。她的这种作为，我还是不调查不研究，还自以为女同志饭量就是小，女同志就是吃不了多少东西，哪里知道我这种想法纯属主观，纯属天下只知有己不知有人的个人主义。

家里不是还有一袋子白面吗？过上一段时间，老伴儿看看我和玉霞实在饿得难受，便给我们补充一顿，便给我们加餐一顿，便在屋里生了火，和了面，做拉面吃。每次都是我吃两大碗，女儿也吃两大碗。两大碗吃过了，看看盆里所和之面已经很少，或已经没有了，老伴儿便问我们："饱了没有？"玉霞说："饱了。"但不知她说的是真话，还是假话。我也说"饱了"，我自己明白，这实在是假话。本来不饱硬是说饱，当时我还以为我的所作所为实在是很明智的，是很高尚的情操，是很高尚的道德。而老伴儿呢，有时只吃剩下的少半碗，有时一口也不吃，只是最后"咕噜咕噜"喝一大碗面汤。我便问她："你不饿？为什么不多和点面，你也吃一碗？"她便说："我不饿，要是饿，我还不知道吃嘛？"于是，我仍是不调查，不研究，信以为真。可是我见她一天瘦过一天。她一个人在家里休息时，总躺着，极没精神。我一回家，她便不躺，精神也有了些。我问她是否病了，她便说："你是疯了！我好好的怎么就病了。"这也算我的一点调查吧，但却没有查个水落石出。

直到一九六三年情况有些好转，散了食堂，家家不大饿肚子以后，在家里几个人一起回忆往事时，往往要回忆一番吃食堂大饿肚的情景，便是在这些回忆闲谈之中，才知道老伴儿在那几年之中因为挨饿，连上南华门东四条院内往东只七八步一个小坡子，中途还要停下来歇两次。七八步一个小坡子，能有多少路程？竟还有个中途，竟还要歇两次才上得去，可见饿到了什么程度。并因此连续七个月，断了女事。在那种情况下，怎么能不饿呢？她说不饿，说了多少个不饿，却原来全是假话，是老老实实的谎话，是好心好意的谎话，是舍己为人的谎话。后来我们就抱怨她，说她当时不应这样刻薄自己。她也有理，说是为了保证重点。一家三个人，我是重点，女儿是重点，偏她一个人不是重点。三个人，两个重点，一个人节食缩饮保两个重点，其难度之大，是可以想见的。

2. 街头夜站与遇险而上

我们一九六二年春搬家到长治，几年之后，不期来了个“文化大革命”。三年困难时期大挨其饿，十年“文化革命”又大挨其斗。按说挨斗是我挨斗，因为我写了“中间人物”作品。按当时造反派的逻辑说，“中间人物”的作品是反党反社会主义的大毒草。我写了大毒草我挨斗便了，与老伴儿何干？自古道“夫荣妻贵”，反之，自然是“夫辱妻贱”了，怎能与她无关？

“文化革命”一开始，在晋东南地委专署大楼里，第一张接触本地区实际的小字报便把矛头指向了我，后来揭发、批判我的大字报遮天盖地而来，我大吃一惊，老伴儿自然也吃惊不小。九月份开始斗我。斗我的处所在地妇联办公室。为什么在地妇联办公室斗我？因地委宣传部斗争对象太多，而农工部、财贸部、地妇联、团地委却没有一个对象，这几个单位当时是地委的第三支部，于是便把我这个斗争对象分配到三支部挨斗。这个三支部的人后来便是晋东南有名的捍卫队。因其战斗力特强，斗人斗得最凶。所以此战斗队的人后来大都高升，做了许多单位的大大小小的官。我本人极软弱无能，极没出息，一个极没出息的偏又碰上个战斗力极强，斗起人来火力极猛的战斗队，岂不活该倒霉。我三天两头挨斗争，有时一日上两次斗争会，每次我在会上挨斗，老伴儿便在屋里惶惶然心惊肉跳，或独自个儿抱着头哭鼻子。每天晚上，上不上斗争会，我必须到我原来的办公室坐等，若过九点，战斗队没人来揪我，今晚便平安无事。每晚老伴儿都要在地委大楼前马路上转来转去，若看见我的办公室电灯亮着，她便放心些；若看到我办公室是黑咕隆咚的，便心慌了，意乱了，便浑身打战，便两腿发软，便忙到妇联会窗前去偷听。听到屋里战斗队人们批判我的话音较温和时，她的心也较平静些；听到斗争会上人们批判我时声大气粗，火力极大，她便浑身乱抖，便偷偷抹泪。反正斗我几个钟头，她便在街头陪我几个钟头。斗我至半夜，她便站到夜半。有时因斗争会的火力太猛，斗的时间又极长，直把我斗得筋疲力尽，寸步难移，出来斗争会，下了地委楼，老伴儿便迎上来把我扶回去。有次我说："我活不成了！"老伴儿便一边抹泪一边骂我："没出息！死了你，冤枉了你！"然后又总是好言劝慰我。

老伴儿对我的挨斗，极不满。常说："你一个雇农出身，旧社会吃尽了苦，共产党救了你，你哪里会反党?！你的小说你的诗，哪有一篇是反党的?！我就不信他们会这样不讲理。"她为了我少挨斗，不怕碰钉，不怕受气，常常跑着去找领导，去找战斗队的头头，去找军分区的负责人。她找到人家，替我申诉，为我求情，总是苦苦哀求。岂知这些当权者哪会把一个"走资派"的"臭婆娘"看在眼里，有的人好些，给她解释几句；有的干脆对她不理不睬；有的对她训斥一番，痛斥一顿。她回来路上哭一路鼻子，到了家里却做没事人。为了我，她不知哭了多少次鼻子。

"文革"进入第二个年头，长治地方便正式开始战斗。步枪、手榴弹、机枪、大炮都用上了。在此期间，日日夜夜，高音喇叭哇哇乱叫，机枪大炮咯咯咯，咚咚咚，震得屋梁上尘土纷落。上党古城每天处在炮火连天硝烟弥漫之中。我们住的天主堂院，弹皮落下厚厚一层，两棵大核桃树被打得杆破枝残。我家的屋门也给打得满是弹痕。在此情况下，有时断水，有时断电，并且常常断粮断菜。因为炮火连天，谁敢卖菜，谁敢卖饭。偶然有两家卖蒸馍的，或卖菜的，谁又敢上街去买？街头飞弹不知打死多少人了。有时待炮声少了些，人们便忙着去买菜、去买馍、去找水，去买蜡烛。当时在我家，冒着炮火上街买东西的任务自然还是落在老伴身上，她说我“身体不好”，所以冒着炮火找水，是她去；冒着炮火买蜡烛，是她去；冒着炮火买蒸馍、买菜，还是她去。因为上街不易，往往是一次就买十斤馍，几十斤菜，力争少上街。老伴儿为了我，为了子女，把她自己安危置之度外。此宁可牺牲自己而不叫她的老伴儿和子女上街冒险之品德，能说不高尚吗？有时因蒸馍不好买，储备渐渐少下来，老伴儿在吃饭方面便分别对待。面对我和儿女们，她说：“吃吧，吃完了再去买，不要受饿。”而她自己则往往吃得很少。我让她再吃点，她则说：“我不饿。”又是她不饿，她的不饿何其多也！

不久因武斗紧张、炮火遍地，长期断水断电，人们无法生存。那些战斗队的英雄们到处搞打砸抢，已抢了银行，抢了粮店，抢了一些人家，还经常“修理”人。所谓“修理”人，便是一些武斗队员们蒙面入室，拉人到野沟僻巷处打你个半死。已有多人被打死，也有多人虽被修理而未死。长治城实在无法生存下去了，只好逃难而去。但当时我已重病在身，玉霞、征天年小未担过事，这样一家人逃离危险之长治城的千斤重担，便落在老伴儿一人身上。于是，她设法找了平车，打点一些行李，让女儿用平车拉了我，一起逃离天主堂院。在女儿之同学家住一夜，次日，老伴儿便带了我们老弱三人设法逃出了长治城。我们逃回故乡住了四个月，听说长治城武斗有暂缓之趋势，便打算到长治看看。因当时农村粮食极困难，怎经得我们四个人四个月的开销，因此一听武斗松下来，便打算到长治看看，闹点粮食或粮票。那么让谁回长治呢？长治情况到底怎样，回去有无危险，很难说清。据说仍在不断修理人哩，仍然有许多人回到长治便挨一顿打，有的一打便打死了。在此情况下，不回去，生活难过；回去，实在危险。于是，老伴儿说："你们都在老家，我先一个人回去看看。"

我说她一个人回去危险，出了事也没人知道。我要与她同行，她说我有病，不能回。女儿要回，她也说，"你还小，你不要回。"至于儿子，当时十来岁，自然更不让他回了。我知道她是怕我和女儿回去会遇不测，好像别人遇不测是不可以的，而她遇不测，是理所应当的。她，总是遇难而上，而绝不让别人去碰险。这是何等的品德，这是何等的心地啊！

要真让老伴儿一个人回长治，也有点不放心，况且家已被抄，衣物鞋帽、锅盆碗勺、书籍粮食，抢劫一空。屋子墙上有炮眼，满地是垃圾，怎么收拾呢？她独自一人不知费了多少气力，才收拾就绪一点。第二次她带了儿女回长治，第三次女儿把我接回长治时，我已病重，住了医院。这一病，老伴又遭了一场大难。

3. 重担一肩挑

我于一九六八年二月二十日住了医院。经检验，转氨酶达1020之高，且黄疸，肝硬化腹水，绝对不思饮食。我吃饭比吃药困难得多，为了应付家人，一日三餐勉强吃一两粮食。不久，病势越来越重，医生已告知家属，我已病危。老伴儿的思想负担能不重吗？当时老家的亲人们听说我病危，都赶到长治看我。父亲来一趟，母亲来一趟，二弟来一趟，三弟来一趟，姐姐来一趟，两个妹妹还有妹夫各来一趟，可谓川流不息而来也，当时女儿上卫校，要吃饭，儿子上小学，要按时吃饭，我不能吃大锅饭，要另做，亲人们打老家来了，要吃饭，一日不知要做几次饭，还要满街里奔跑给我找所缺之药，这一副副重担全压在老伴儿身上。对她来说，劳累一点是不怕的，我病危她思想负担比做饭、买菜、找药的负担更重，有时因为招待老家来人，便让征天给我送饭，如征天掂回来的饭盒已经成空了，她便稍觉安稳，如征天把饭原封不动掂了回来，她连给家里人做饭也不会做了，心也慌了，腿也软了，泪也不断线了，便不顾一切地跑到医院来看情况。她每天最少要到医院看我三次，晚上全凭女儿照看我，白天还要给我煎药，送药。那时极想吃苹果，夏天偏又缺苹果。一般桃杏，她不让我吃，找苹果又不易，她还要到处跑着给我找苹果，她一个人一切都要亲手办妥，哪头也不让误下，这一切老伴儿全部承受了。更何况我的病危在旦夕，她不知受了多少惊吓。

秋凉了。我家到医院有好长一段路程，老伴害怕把饭送到医院冷了，她把饭准备好，总是把饭盒紧紧抱在怀里，用体温暖着饭盒，害怕跑上冷了饭，东边院墙有一树，她便抱着饭盒依墙攀树而上，越墙而过。但因院墙这边有树可攀，那边却没有树，需在院墙上直接跳下去，她总是大爷大娘地喊着路人，请人帮忙接下饭去，她再一跳而下，她就这样跑了四个半月，忙了四个半月，我的病稍有好转，老伴儿雇一个三轮车把我拉回家去。

但我仍需吃药，上医院找医生，到街上抓药，还是她跑，我仍不能下床，她每天不仅要给我做病号饭，一日数次给我送便盆，厕所又较远，掂着便盆要经过五家门口，她给我送便盆送了五年半。不期因为她太累，自己也患了肾盂肾炎，但她还是坚持为我而奔忙。医生数次告急，说我病危，但我却没有死，非但没有，我竟渐渐地好些了，渐渐地吃面知其面味儿，吃米吃出来米味儿了。我极高兴，儿女们极高兴，老伴儿更高兴，因为我的好转，是与他们精心照顾分不开的。

4. 床下有难人

我的病只好了一年多。一九七一年春，我又黄疸了，仍是肝硬化黄疸，正所谓“床上有病人，床下有难人”，此时女儿玉霞在晋东南地区三医院上班，儿子征天在长治汽修厂上班，他们皆欲请假回来帮忙，老伴却不同意，她不愿意把全家人都泡在这场与魔鬼斗争的战场上，她不愿意耽误儿女们的工作，影响孩子们的前程，服侍病人的担子无论有多么重，她只要自己一个人挑。当时我政治上还没有站起来，人们是另眼相看的，请医生都不大容易请。由于当时医院条件不好，送饭也难吃到一口热饭，老伴儿不让我进医院，就在家里躺着。医生呢？她请；药呢？她买、她煎。就她一个人，既是炊事员，又是采办员；既要请医生，她还需做卫生员，打扫、抹桌、洗涮、送便盆。其中最困难的两件事是请医与买药。医生难请，特别是名医更难请。但老伴儿为了救我，却总是硬着头皮去请名医。她不会骑车，又无坐汽车之权，只好步行。偏是所要请的那位名医的住处又极远，她也步行去请。为了我的病，老伴儿总是人情好话多多讲，有时医生请不来，她就只好哭。走一路，哭一路，直到走进家属院里，忙着把眼泪拭干，强装笑脸走进屋里来。

买一次草药，只可买得两服。隔一日便上一次医院买药。每星期见一次医生，说说病情，改改药方。药方一改，又需要忙着奔缺药。还有西药，需吃什么药，她也背得烂熟。她到医院找西医开西药，总是她说药名，医生开药方。有的医生竟佩服她是老内行。还有打针。又请医，又买药，又请护士打针，一个人如何忙得过来？于是，她便学打针。于是，她一个人在百忙之中又加了煮注射器、打针一项任务。卫生员又升一级，成了护士。但升级护士后，她还需兼做卫生员，还需送便盆，因为无论增加几项任务，家里编制不增，人员不增，只是增加了负担。不过也减少了跑着请护士之麻烦。

我患的肝脏病是要吃高糖高蛋白的。而当时糖、蛋极缺，市场上根本无此二物。可是老伴儿为了救我不死，她又东跑西奔，托人求人，为我买糖买蛋，我一日二两白糖四个蛋，长年累月地吃，却始终没有短缺。一九六八年我第一次黄疸、腹水时，比同病房几个同样病的病友都严重，但不久他们都死了，我却还活着，虽然是在病床上活着。须知这个活着是多么来之不易啊！医生治，一也；老伴儿累，二也；也还有个第三，那就是对于病，对于死，我根本不怕它，根本不理它，对它极其藐视。以为没什么好怕的，大不过一死嘛。只要不怕死，还怕什么？因此，不论病情多重，我总泰然处之。这是死症之所以可以不死的一个重要秘诀。所以二次黄疸后，我仍然对病魔藐然视之，如同没那么回事。所以老伴儿忙，我不忙；老伴儿急，我不急；老伴儿偷哭，我不哭。大病欲好，这一忙一不忙；一急一不急；一哭一不哭，二者需紧密合作，缺一不可。于是，老伴儿为我又奔忙了三个月，我又渐渐活过来了，那黄疸终于给老伴儿打败，败阵而逃。当然以后长期服药，还需老伴儿跑，长期卧床休息，还需老伴儿伺候。但是她跑得比较心静了，她看到希望了。我的严重肝病之再次好转，不能不说是老伴儿一个杰作。

5. 事事难，难不倒

我于一九七三年终于出了门，还到故乡住了三四个月，由老母亲每天为我做病号饭，为我煎药。老伴儿则照常源源不断地往老家给我运输白面和白糖、红枣。一九七四年还住了半年“五·七”干校，还参加“批林批孔”，到一九七五年秋末，不意我竟又一次病倒了。不知为什么病魔对我如此不客气，如此纠缠不休。

什么病？又是肝硬化黄疸！这个黄疸第三次向我袭来了。问题是此次黄疸不同往日，我黄疸十余日后，我的在汽修厂上工的孩子征天也黄疸了。他是属于急性黄疸肝炎。于是，父子二人你躺这头，我躺那头，一张床上，两个病人，此与医院里的病房又有何异？床上两个病人，床下一个老伴儿，此时她已是集肝炎、肾盂肾炎、盆腔炎等等许多“炎”于一身的老病号了。

床上有两个重病号，床下一个轻病号，轻病号必须服务重病号。两个病号，两种西药，两个人都需打针，每人每日打两次，还要煎草药。每天大事小事，里里外外，事情之繁，奔跑之多，把她跑得晕头晕脑。每次为两个人买来的四包草药必须记清楚，不容弄错；两个药锅给两个人煎药时，亦必须记清楚，不许闹错；从药锅向碗里倒药时，也一定分别清楚，不能搞错。对于一个忙得病得晕头晕脑的人，也实在是一件难事。

但老伴儿从买药、煎药、倒药、端药，极认真，极细致，极负责，从未错过。后来将我的姐夫张拴成请来，让他专门做饭，老伴儿才算轻了一头。

过春节时，我与征天的黄疸均已退去。此次病好后不久，“四人帮”被打倒。总是站不出来的我终于站出来了。我又上班工作，我又写小说、写诗、写散文，那可恶的病魔远远逃遁，十一年不见，岂不可喜可贺。

6. 久病床前

一九八六年病魔袭来，我在医院一个月，老伴儿和玉霞上午一班、下午一班，征天上夜班，三人轮班而来，女婿文祥开车送来接去。后来离开医院住在女儿玉霞处，老伴儿和玉霞、文祥又整整为我辛苦了半年，我才逐渐出了门，见了天日。老伴儿，老伴儿，老年人人人都有老伴儿，我老伴儿却与人不同，因为数十年来，她总是在病床前与我为伴。一个人长期与病人为伴，长期为病人服务，可见其苦其累之重矣。人常说“久病床前无孝子”，我病得够久了，但老伴儿却能始终如一地认真负责地不厌其烦地服务到底，不可钦吗？不可佩吗？

7. 在公公、婆婆、姐姐面前

我老伴对我的父母如亲生父母，极尽孝道的。我母在故乡患脑血栓致半身不遂，老伴儿每每回家，奉汤奉药，给我母洗脸洗头，真像亲女儿一般。我父在世八十八岁，很少病，临终患急性痢疾。我一姐二妹在床前侍奉，收拾脏物，我老伴儿看见她们收拾得不干净，总是她下手干。有几个做儿媳妇的能做到此点？一九八二年我姐因病在长治住医院，后来竟至半昏迷，也是我老伴儿给她收拾脏物的。老伴儿是一个极干净的人。许多人到我家里来，多称道她把屋子收拾得干净。但她对老公公、对我姐姐的侍奉，竟根本不嫌脏，不嫌累，这是何等行为，何等心灵呢？在长治时我们住三楼，四楼上的邻居常因看孙孙洗不了锅碗，老伴儿总是上楼去帮她看孙孙，让她洗锅碗。在西六排住平房时，邻家虽多，但多是她扫院；上楼以后，一层三家又多是她扫楼道。比如来到太原以后，楼道是她扫，地下室是十家的地下室，过几天，她便要扫一次。事情虽小，其行为不能说不好哩。

但老伴也有一大毛病，讲节约讲得过了分。多年以来，新菜上市，如豆角，不打七八毛一斤降到一二毛一斤，决不买，所以每年六月以前，很少吃到新鲜菜。如用水，一滴不许白用。如用电，每晚不到八点半不准开电视机，开了后，一般不准超过两个小时。至于灯，夏天是不开灯的，冬天不得不开，但屋里那些电棍根本不准打开一下。屋里有个六瓦小台灯，实在必要时，只准开此灯。在卫生间用灯，把六瓦小灯拿到卫生间，在厨房、过厅用灯，又把六瓦小灯拿到过厅，结绳挂墙，过厅、厨房合用一灯，但必洗罢锅碗即灭之。

此文写到最后，总有自夸之嫌的感觉，不写老伴儿之前，有许多人称赞她，但怕写了之后，因是我写了她，反而会令人讨厌，对我对她均嗤之以鼻，岂不是我害了她，在此只好声明，在此文未变成铅字之前，老伴儿根本不知道此事的，在我写此文之中，掩掩盖盖，怕泄露天机。故众人嗤鼻时只冲我一人嗤来罢了。

三代人的婚礼

数十年来我们家三代人——我们这一代，子女一代和孙辈一代已经举行过十多次婚礼，有几次婚礼如我二弟的婚礼，大妹、小妹的婚礼，我都不在家无法记述。仅就我的老姐以至于我的外孙等几宗婚礼概述如下。

我姐九岁时，因父亲被债主所逼，急于用钱，糊里糊涂把我姐许给万幸村一个傻子为妻。姐姐死推活推直推到十八岁过门。男方的迎亲队有鼓乐三人，打红旗两面，纱灯两盏，马两匹。我们家虽穷，傻子男家的日子尚过得去，所以姐姐的婚礼是旧社会一般中等人家的层次，只是姐姐明知女婿是个傻子，有苦难言。因为父亲花了人家的钱，不嫁过去就是无法还那一笔债。姐姐骑着高头大马哭哭啼啼地做新娘去了。

我一九四四年参加工作，一九四六年元月与现在的老伴儿自由结婚。当时正值土改，家里虽然已经分房分地翻了身，可是还拿不出几元钱娶媳妇。我当干部是供给制，也没钱。所以当时我没有给女方一分钱，也没给她一尺布。只是同她说定腊月二十九日完婚就行了。到了那日，我请邻家赶一匹大骡到附城镇岳母家把她单人独骡驮到我们西下河村，两人一起向毛主席像鞠过躬，婚礼就算完事了。三日后，我们一起去了附城区公所上班。后来新娘子郭海棠再到西下河我家来时，那日在新房里用过的新被子、新褥子全不见了，仍旧是破被子一条，连个褥子也没有的。郭海棠很觉稀奇。一问之下，才知道那日的新被、新褥全是借下的，才知道她是上当了，受骗了。

一九六九年正值非常时期。当年春节期间，我当兵的四弟发喜与当护士的侯桂芝完婚。我的女儿玉霞与韩文祥也在这个月完婚。当时，一则我被造反派打倒在地，二则我又病倒在床，弟弟的婚事办得十分的简单。当时只是四弟到对象家把侯桂芝唤了一起来到长治市我们的家，我老伴儿为之炒了二荤四素六个菜，温了一壶酒，我们共同吃吃喝喝一个小时，就算是典了礼。

到了一九八八年儿子征天结婚，情况就大不相同了。当时已经盛行购买各色电器，婚礼上多用七八部十多部小车。幸好征天和媳妇冰如都不大喜欢那些俗套。征天仅给冰如买了一部十八寸彩电，冰如的父母还把彩电钱如数退还给了征天。其余一应嫁妆，全是冰如父母陪送的。完婚那日，也仅仅用了四部小车，新房里也只买了一张床，一个沙发，就这些。喜宴也只有十几桌，比别人家办事简便多了。九年之后到了外孙韩朝阳与田艳结婚时，情况又有发展。其父文祥，其母玉霞为着朝阳的婚事大忙多半年，花钱更多，不仅装潢了房子，还有摩托车、彩电、音响和诸多用品，结婚照是最便宜的也花了一千三百多元。喜日那天，迎亲车与大家差不多，也用了多车，浩浩荡荡地走过大街，走过小巷，婚宴也很热闹，赴喜宴者济济一堂，绝非当年其四外公结婚只有五个人参加只炒了六个菜一壶酒的凄凉情景可比。朝阳母亲玉霞结婚时，不过就是两床新被子，虽然比我们那时借别人的被子结婚好多了，但比上朝阳今天结婚有新的席梦思床，有其舅父征天和舅母冰如送的新式床套和床上用品，还有其姥姥给做的两套新被子，田艳母亲送的两套新被差多了，正所谓一代更比一代强。

回乡收“租”

一九九八年十一月二日早饭后，我和老伴儿就要离开故土陵川县附城镇西下河村。我们多年不回故乡，此次回来也只住了一日一晚。西下河村虽是个山沟小村，到底是生我养我的故乡，人道是故土难舍。临行之际，看看村子对面的南山，看看眼前的村街，看看村街上的小树，看看送我们的父老乡亲，令人恋恋不舍。

因为父母早已过世，此次回乡就住在侄儿笑天家，吃在侄儿笑枫家。他们弟兄二人的日子今非昔比，每家都住上新盖的五间砖瓦楼房，现代的物什基本上应有尽有。哪里还是当年屋里只有几只大缸的穷家呢。

我们临行前，笑天扛着两袋小米和大豆往我们坐的车子后厢里塞；笑枫也掂了一袋小米一袋红豆往后厢里塞。小车后厢塞得差不多满了，我们的老朋友老邻家又送来大豆、红豆和南瓜什么的。我们满载着乡亲们的新粮、满载着乡亲们的深情厚谊离开故土西下河村。

转弯来到大槲村大妹家绕一趟，只是看一眼他们新盖的楼房，就要走。外甥秋生又扛了一袋新小米，掂了一袋苹果往车子后箱里塞，勉强塞进一袋子苹果，秋生还要塞小米袋子，司机焦师傅说话了：“不能再塞了，车子要给撑破了。”看到秋生掂来的大袋粮食，叫我想起六十年代我到大妹家来，大妹想到我多年不来，想招待招待我，家里却无一两白面，无白面就做一碗小米干饭也好，又无小米可下锅，屋里只有少量的玉米面。没办法，大妹就满村里跑着去借米借面，可是当时家家都困难，到了连一碗小米也没借来。哪像今天，可以拿大袋的细粮送人呢。

当我们路过城东村时，外甥女婿田红代又扛着苹果，外甥女苏玲掂一桶香油送来路边。我女儿的小姑子秀兰的两个儿子也扛着两大袋粮食送来。因为车子实在放不下了，没有要他们的粮食，他们一个个还很有些不高兴，不乐意。

驱车来到附城镇，外甥宋书生，老伴的舅父舅母和表妹末花一家又是准备下几袋子小米、大豆要送给我们。反正是每走一处都有许多粮食可得。见此情景，忽然想起旧社会收租子的地主。我就对亲友们说：“今天我们简直变成一伙收租子的老地主了！”大家都笑了。

又来到马庄村，五个甥男甥女又是掂了一袋袋粮食要往车里塞。我笑道：“这地主真好当，不逼不催，大家就自觉地把租子交上来了。”又一场大笑。我们来到西河底村，主动向甥女们声明车子满了。于是，两个甥女和两个甥婿菊香和苏明，书香和保发请我们下馆子吃了一顿酒席。这两甥女是我小妹的女儿。一九六〇年小妹生了书香时，因为低标准瓜菜代，坐月子连一碗小米稀饭也吃不上，小妹挨饿奶水少，把书香饿得浑身里只有几根骨头。都说书香会饿死的，没想书香今天竟有钱请我们下馆子吃酒席，这就叫今非昔比。

当日晚上我们住在晋城外甥崔保富家，保富亲自下厨做了八道菜请我们。我们走到哪里，都有人送粮食给我们，都有人招待我们，都有好酒好肉可吃。这就叫走一处、收一通；走一处，吃一顿。我们此次回乡回得好高兴，好潇洒。

饭 场

早饭时，我们庙槐树街二十多户人家的老老少少又各端一碗饭坐在庙头的老槐树下。老槐树好大，主干有四人合抱粗细。这老槐树好就好在虽大虽老，但枝叶极其茂盛。四面八方的主枝干也有两人合抱粗。都是平展开去，如一面大大的伞，荫凉足有三亩地大。树下街边垒一溜儿石座，西边更有下庙的石台阶，还有雕花石栏杆，让人们坐得锃亮锃亮，光滑可鉴。乡亲们把在老槐树下吃饭看得很重要，如同人需要一日三餐一般，人也需要一日到老槐树下坐三次，许多人不到老槐树下吃饭，便无法吃完那一碗饭。有极少数人如大东屋的新根叔，便是数九寒天大雪纷飞的日子，也必定要端一海碗饭背靠老槐树蹲着，慢慢地吞咽着。

到老槐树下饭场吃饭，一因那里凉爽，更主要的是红火。吃一顿饭基本上就是一次新闻传播会，或新闻议论会。大至国事，小至家务，各色新闻都有。如宋占元的队伍过了黄河呀，杨虎城的队伍出了潼关呀，吴佩孚已经把相帽做好，准备当宰相呀，孙殿英的十五支队又抢了哪个村呀，阎、冯讨蒋打了败仗呀等等，此类新闻大都出自存立叔叔和丙午哥、新根叔之口。不知他们是打哪里得到的新闻，连哪个军官有几个姨太太，哪个军官有几支手枪，哪个军官的三姨太和五姨太如何争风吃醋，都说得有鼻子有眼。当时我还是个十来岁的村娃子，在饭场上几乎没有发言权，但有听新闻的权利，总是听得津津有味。当时不知书、报为何刊物，收音机是何东西，天下事、国家事，难得知道。但就在老槐树下饭场上，我知道了蒋介石、孙中山、阎锡山、冯玉祥、张作霖、杨虎城、吴佩孚、孙殿英、宋占元、万福麟、李宗仁等许多军政要人，也知道了阎冯讨蒋、西安事变等许多国内大事，这饭场实在又是一所学校。因为这个饭场是我了解国家大事的唯一途径。连朱德、毛泽东如何领导穷人劫富济贫，也是在饭场上听到的。再则是议论物价。今天附城镇斗行的米价又涨了多少，盐店的盐价又涨了多少以及布价、棉花价无不有议。乡亲们极怕物价波动。人们常常看上旬的新月以预测物价，大伙常说的一句话是“横涨竖跌斜月平”。以为一牙新月正南正北横在天空，是物价涨的迹象；如月亮正东正西竖立在天空，是物价回落的迹象；如新月斜挂天空，则物价可持平衡。那时我们都不懂新月是横是斜是因季节的不同而不同的，只管在那里借月议论物价，不过平衡心理罢了。

饭场上的另一话题是邻村逸闻，如某村某人因偷粮游了街；某村某女因受婆婆的气上了吊；某村秧歌在何处唱，观众喝了倒彩，给扔了满台的驴粪蛋；某戏班的须生小旦唱《太平桥》打桥上一个跟头翻下来等等。离我们只有三里路的东王庄段家话题最多。段树华是阎锡山部下一个师长，其侄段炳文是晋城中学的校长。饭场上便有东王庄段家有一百多条枪呀，段炳文骑马上附城呀，段家祠堂要唱戏呀，段树华的小老婆是大脚板呀等等的议论。

有时候乡亲们在老槐树下吃午饭时，附城的中羊便顶一盘烧饼、糖糕、麻花来卖。后山村的卖凉粉老汉便挑一担凉粉来卖。老汉叫卖还有顺口溜："凉粉儿！后山的碗儿，清化(河南博爱县)的筷儿,香油陈醋芝麻面儿,没盐味儿，添上些儿……"但常常是中羊的一盘烧饼、麻花放在那光光的青石板上整整一个中午，满饭场的人却没一个人买一个烧饼吃；后山老汉的凉粉担子搁在饭场中间的地上，任凭他喊叫得如何有调有韵，很少有人买他一碗凉粉吃。不过卖烧饼者也有卖一两个之时，卖凉粉者也有卖三两碗之时，均是在几个年轻人起哄打赌时的事儿。如某某敢不敢偷老婆的鸡蛋出来买烧饼，某某有没有办法偷一升玉米出来换凉粉吃。有的赌者卖弄高明，真的偷了老婆的两颗鸡蛋，买了一个撒着芝麻的烧饼，改善了一次生活；有的赌者真的偷出一碗玉米，换吃一碗撒着香油星儿的凉粉。卖烧饼卖凉粉者希望便是年轻人打赌起哄，以期有好买卖做。至于我，只是看见中央的木盘里那糖糕，据人说是甜的，那烧饼据说是香的，后山家那凉粉据说吃时好凉爽，有那么点知识，便足够了，全无其他奢想，如碰上有打赌的年轻人吃烧饼吃凉粉，看见他们吃着很香，仿佛自己也就满足了。

后来，存立叔、丙午哥他们又在老槐树下饭场上发布新闻，说陕西的共产党已经过了黄河，说前几天村里讨饭的独臂人是八路军的暗探，说老圪杈（八路军）快打上太行山了。于是，老槐树下饭场上有人喜，有人忧；有人唱，有人骂。可是喜也罢，忧也罢，很快便有一日，八路军的工作员真的挎个小背包笑嘻嘻地来到我们老槐树下的饭场上。于是后来议论减租减息议论打日本，便成为老槐树下饭场上的新话题。

屋

住，即屋；屋，即房子，人住的所在。所谓衣、食、住、行，人们生活之所需也。人需要屋，但不一定人人皆有屋。倘有之，亦千差万别，不可一概而论。高楼大厦，雕梁画栋，富丽堂皇，有之；砖瓦小房，殷殷实实，有之；土坯垒墙，黄泥抹壁，有之；草庵茅舍，石板盖顶，有之，此因人而有别，因时而有别，因地而有别。即以自身为例，是说如此。

1. 租房

从三四岁记事之日起，我家住三间砖瓦楼房。那是陵川县附城镇西下河村紧邻大庙的一串四合头大院里的西屋，是我家的祖房。那两根大梁极粗，一个人双臂合抱是抱不住的，但极黑，夏日潮期，常滴黑糊糊的屋油，陈旧极了。莫说我家住此三间砖瓦楼房，便算什么中等人家，因我的故乡不论贫、中、富户，十有九户借住砖瓦楼房，只有良次之分。有的做中农时盖了房子，后来尚未穷到卖房地步，便还住着它。

我家便是如此。我家住三间砖瓦楼房，如何便穷了？这要从我的曾祖父之死说起。

封建社会，族长好凶。况这个族长与我们同住一院。他们东房，我们西房，生我时我家还有西南耳楼两间。我家的房子，早就想在他们心上。趁曾祖父的丧事，富农霸去我家西南耳楼两间，还霸去四亩地，我家还欠下许多债。从此，日子更加难过。

一个还债，一个借当，是父亲终年最犯愁的两件事。一个秋天，一个年关，是父亲每年最难过的两大关。父亲为了谋生，曾在高平县公记铁炉上干了几年。每年三回家，春种、秋收、过大年。但我八岁那年过大年，父亲因不愿受债主之逼，竟未回来，跑到阳城、沁水一带以卖碗为生。我十岁那年春天，父亲终于回来了。只是父亲走了三秋三春，高利贷不知打了多少滚。

父亲一回，债主们纷纷逼上门来，若不还债，有的声称要占地，有的威胁要锁房。怎么办呢？最终咬着牙狠心卖了亲人弟妹，又卖了三亩三分地。

本族富佬一心想我家那三间砖瓦楼房，但是父亲宁卖儿女，偏不卖那三间房，那三间房还是我家的。只因卖人卖地后，仍未还清高利贷，两年过后，高利贷又打了几个滚，债主又是苦苦逼人，父亲实在无可卖的，终于还是把那三间房低价卖给了本院那个本族。到此，房子全卖光了，我们该去何处避风避雨呢？幸好同院北房老邻韩丙午还有两间西北耳楼，当时他住不着，便借与我们住，且不收房租。韩丙午也是穷人家，此所谓惺惺惜惺惺，穷人惜穷人吧。

2. 黑屋

那两间西北耳楼是我第一次搬迁之处。那房子之门、窗因距我们原来的西房山墙只有一米远近，极黑极暗。屋子极破，常漏雨。有一大炕，前一半是灶火，后一半睡人。我们铺一领破席片，盖一条破被子，每人在街头捡一块较囫囵而又光滑的砖头做枕头，余者还有破桌一张，破箱一口，大缸三只，其中一只是水缸，这便是当时我们的屋。此时，我们仅有土地二亩半，父子二人做什么？父亲给人打长工，我则以给人放牛、担麦、打短工、做月工谋生。因富翁买我们的地时是只买地，不买税的，他们种地，竟是我们替他纳粮纳税，再加还欠人许多旧债，缸里总是空空如也，日子仍极难过，屋里常常少烟断炊。此情此景，有诗为证：

一

四口一家，三个小来一个大。
漏星小厦，屋外雷雨屋里下。
破盆烂缸，口朝下来底朝上。
少炊无烟，你道这算什么家。

二

全部家产，土地只剩二亩半。
黄土和汗，父亲去把长工干。
我十一岁，且做短工沿门串。
年小力薄，挣得饭吃没工钱。

打忙工并非好差事：

忙工一年四季忙，
忙得他人谷满仓。
忙工一年四季苦，
苦得自家锅无粮。

打忙工还有“三怕”：

一

一怕天阴雨下，
二怕种毕锄罢，
农事空闲少人问，
三怕长冬雪大

阴天下雨闲暇，
锄罢种毕回家，
农事有空肚也空，
大雪长冬难过。

二

农忙季节来到，
你叫他叫都叫，
一家一家排了号，
忙工忙断腿腰。

春忙地平粪饱，
夏忙苗壮无草，

秋忙谷穗大玉茭，
富翁楼满囤高。

如此，我不打忙工，怎么生存呢？我白天打忙工，黑夜便住那个屋顶露星星漏雨的小黑屋。但是我住着这样的小黑屋也是极不安宁的。父亲夜里回来，常为债务和地税而犯愁，每到大社收地亩粮时，街头催粮的锣声“当当”响起，父亲在那破席片上便躺不稳了。此，也有几句歪诗：

一

卖了房，卖了地，
又卖亲人妹弟，
还债本，清债利，
总该喘口气。

不买税，只买地，
富翁一肚诡计。
他种田，我纳粮，
这算啥道理！

二

秋风厉，雁声凄，
又是纳粮鬼季。
锣声高，锣声低，
只把穷人逼！
二亩地，十亩税，
父亲愁苦无计，

高利贷，又背起，

不叫人喘气！

日子难过是一方面，不料韩丙午也因债务所逼，要拆房子卖砖瓦木料。人家要拆卖那两间西北耳楼，我们又该到何处栖身呢？连打忙工，缸底空的穷日子也无法过了。

3. 露星堂

天无绝人之路。父亲为寻栖身之处，求了许多人，皆无用。后来向另一位本族爷爷求情，那本族爷爷虽与霸占我家房地的富翁是同胞弟兄，他家却也极贫困。他家住三间楼房，东侧还有一间破平房，可怜我们一家无住处，便把那一间破房借给我们，也不收房租的。

我们又搬家了，这是我记事以来第二次搬家。搬家也是极容易之事。一张破桌，一口破箱，三只大缸，一领破席片，一卷破被子，三四块已经磨得很光的我们当做枕头的砖头。

因为这一间破房原是我那本族爷爷做豆腐的所在，地板没有砌砖，而是土地，扫也扫不净的，越扫土越多。因做豆腐那墙壁烟熏日久，四壁一片漆黑，正如锅底。做豆腐火大，屋顶是要开天窗出烟出水汽的。如今那天窗仍在，虽用几块破瓦片捂了，其空隙之间抬头仍可看见蓝蓝的天，晚上也可以打屋顶窟窿看见天上一两个星星，人称“露星堂”是也。屋子的东南角上有一个铺土炕，尘土自然不少。我们把那张破席片铺在炕上，破席片的几处破口仍然往上边冒土。我们晚上就睡在这少不了土的破席片上。席片下往上冒土还只是一方面，另一方面屋顶上也常常往下落土落尘。诗曰：

无毡无褥铺席片，
多孔多刺少边沿。
屋顶尘落席片下；
炕中土流席上边。

还有我家的被子也可称道一番：

我家被子历史久，
百孔千疮贼不偷。
套似核桃样，
夜里漏满炕。

父子共一被，
冻得不能睡。
顾前难顾后，
掩左露开右。

这种被子白天厚些，晚上盖它时，反而更薄了。因为晚上我们稍一动，核桃大小的套块子便打那许多大大小小的破口处漏将出来，漏得到处都是小小的套块子。每天早上起床后，便把漏满炕的小小的套块子用手东拢西拢，左拢右拢，拢在一起，而后撮起再塞进被子里，白天岂不还厚一点？至于我们做枕头的那几块砖，请看：

捡来砖头做枕头，

甚时捡来甚时有。
头压砖头扁，
砖磨头发短。

头磨砖头光，
砖磨头破浆。
磨得日子久，
砖薄头皮厚。

因此小屋极破，又少铺缺盖，夏天尚可，寒冬却极难过。冬天不能做短工，锅开往往没米下，有时天黑了还没一碗饭到口。真是：

屋顶看见星星出，
锅里没有米煮粥。
几番端锅又坐锅，
人在炕头饿着哭。

没饭吃，便盖了那条千疮百孔的被子睡觉，但是：

屋顶窟窿风吹冷，
半夜睡着又冻醒。
坐起看锅锅已冷，
泪到嘴角结成冰。

屋顶窟窿天上月，

半边寒光半边缺。
三更树头风声厉，
五更架上鸡声咽。

有时冻得睡不着，便想妈，便想妹妹，便想弟弟。我们这个家正像打屋顶窟窿看见的那一弯下弦月一样，缺着半边哩。

我们就在这样的一间打屋顶窟窿可以看见月亮、星星的小土屋里住了二年，不期又要搬家了，又要换屋了。换何种样屋子呢？

此时正值八年抗战的后期，日寇已侵占了陵川城。在离我家三十里的峰头村，日寇在那里盖了碉堡，挖了地道，拉了铁丝网，是日本鬼子的一个据点。当时国民党范汉杰的二十七军，庞炳勋的四十军，还有孙殿英的新五军，早已开上太行山来，就驻在陵川、高平、晋城一带。说是来抗日的，但是日寇几次扫荡，遭殃军便溃不成军。二十七军在太行山上对日寇不曾打过一枪，退又没得退路，他们便三个一伙，五个一群，东庄吃一顿，西庄住一宿，到处糟害老百姓。有时他们还成群合伙，伪装日伪军到处抢粮，到处抓伕。如此日寇烧、杀、抢，国民党也抢粮抓夫，哪里还有老百姓的活路？

因为那些国民党散军每每来了，总是先到大庙里来找庙管，一时怠慢，便要打棍子。由于每天每日招待顽军，庙管又没工夫上地。因而，我们村大庙上那位庙管再三找村干申诉，不愿干了。在此情况下，我父想到大庙有几亩庙地，虽然招待军队极忙，又总会挨棍子，但是那几亩庙地可种，也是一条出路。于是，我和我父亲便做了庙管。我们当然既非僧，也非道，不过是不会念经之和尚。父亲仍给人干着半个长工，做长工忙五天，再来当五天庙管。我则是“常务”庙管。

我同父亲又要搬家了。由那个一间小土屋，搬到大庙上来。

4. 清凉禅院

西下河村是个山沟小庄，村子不大，只六十余户。但那庙是很大的。共是三十六间砖瓦楼房，楼上楼下算，是七十二间房子，全村每户可分一间房子住。但我们穷得却没一间屋子。

大庙是佛庙，庙门上有四个楷书大字是“清凉禅院”。正殿门匾金字大书“大雄宝殿”四字，殿内居中塑一丈八金身的佛像，乃毗卢佛，左前一二尺高一个小泥塑是韦驮。大殿两侧两个耳楼，还有东西两座厢房，共六间楼房。此是大庙之上院。上院出花墙，东边三间阁楼，敬文昌帝君、关圣帝君，还有仓颉和奎星，还有大成至圣先师文宣王孔夫子，除关帝外，凡管文教的神，大都有了。大庙所敬文教的神够多了，但村里历来没出过一个文人，全都是庄稼汉。西边三间阁楼敬送子娘娘、蚕姑，全是女神。此是大庙之中院。又是两壁花墙往下，便是下院。下院正南是舞台，左右是东西耳楼。东西两边的下边各五间厢房，上边各五间看楼，即看戏之楼。这许多房均是雕梁画栋，木雕厦檐，那木雕又极细致，极见功夫。还有正殿的四根大石柱，东西阁楼上下的八根大石柱，下院东西厢房和东西看楼的二十根大石柱，舞台的六根大石柱，大门的两根大石柱，共是整整四十根大石柱。只此一项，大概也可为村民修数十间一般房子。我们父子第三次搬家，便搬在了如此宏伟如此壮观的大佛庙里。如此大一所“清凉禅院”，只住我们父子二人，真是够宽敞了。此为我一生住的最大最宽敞的屋。但住此宽敞的大庙便是背在肩上的一个极沉极重的大包袱。二十七军的游兵散勇，早来一伙，晚来一群，一日过往十伙八伙不等。每来一伙，便须做一次饭，多是小米干饭，山药蛋丝儿炒菜。所以至今我还是做小米干饭之行家里手。但是有的一来定要吃白面，定要吃鸡蛋，吃鸡肉，见此我便顶撞他们："老百姓连粗糠还吃不上，小米干饭够好了，哪里有白面……"顽军便打我，为此我挨过许多次打。正所谓：

百姓面前狼，
日寇面前羊，
蒋贼匪兵两擅长，
装甚甚也像。

日寇炮声响，
蒋兵不打枪，
低头会做俘虏样，
举手会投降。

还有一歌道是：

一

蒋家恶狼三群，
新五军，
二七军，
还有四十军。
孙殿英，

范汉杰，
庞炳勋。
三颗狼头，
满口血淋淋。

二

蒋兵拥拥挤挤，
气冲冲，
大炮尊尊，
机关枪挺挺。
枪炮多，
不抗日，
作何用？
有用有用，
对付老百姓！

日寇常常出发抢粮，抢牲口，抓民伕，抢财物。国民党匪军又常来要米要面，村干部为此差不多每天要向乡亲们起粮。只因日寇抢，公所起，村干部又趁此机会贪污粮食，乡亲们大都缸净囤光，粗糠野菜不饱，那情景是极惨的：

一

日寇、蒋兵、村长，
抢粮、收粮、盗粮，
贫苦百姓，
瓮里升合无粮。
粮无粮无，

饿得面瘦骨枯。

二

树皮、野菜、粗粮，
糠缺、菜净、树光，
清清锅里水，
滚得哗哗乱响。
乱响乱响，
几番端下坐上。

我们的生活如此之苦，但蒋匪军却越来越强暴。原先他们只是来到庙上找我们这样的庙管，要一顿饭吃，或吃了再带一斗小米去。后来除一部分顽军仍旧如此要饭吃外，有的竟十人八人自由结合成队，装作日寇伪军，进村先开一枪，乡亲们当是日寇来了，闻枪声一跑而光。于是，顽军们便抢粮抢物。顽军与伪军竟往往不可分清。有歌曰：

一

野狼成群结队，
砰叭响，
砸箱捣柜，
处处寻油水。

咯咯叫，
撵鸡飞。
此行状，
当是蒋匪，

又是日本鬼。

二

成群结队强盗，
声声嚎，
箱翻柜倒，
四处刨粮窖。

三

野兽群群队队，
错相来，
前者捣箱，
后来者砸柜。

抢一回，
捣一回，
此行状，
日寇蒋匪，
到底谁像谁？

我们虽住在具有七十二间屋子的大庙，由于日寇、蒋匪军骚扰，那日子竟是更难过的。我们在此“清凉禅院”内住，受尽了蒋匪军的欺凌。但这样一年以后，我们家乡便解放了。这是一个大转折，在我家住房方面也是一个大转折。解放后，我即于一九四四年二月参加了革命工作。我在陵高抗日县政府工作，县政府就在我们村附近的东下河村、大槲树村、城东村打游击，此村驻两月，彼村住两月，没一定的，而我的住所自然也没一定了。

5. 老南院

我们县政府东跑西跑打了一段游击，于一九四五年春驻进了高平县内侯庄村一个大地主的院内。此院人称“老南院”，因还有一所北院。老南院一进十三串院子，房子极高大，极漂亮，县政治部驻一院，各群众团体驻一院，县长、秘书驻一院……我们财粮科驻在中间一个院。时值春天，“老南院”的旧主虽已远去，驻了抗日政府，但旧时燕子却照样飞来筑新巢，孵雏燕。当时感而有句，曰：

青壁铜瓦朱门开，
高楼连院十三串。
旧时地主堂前燕，
飞入抗日政府来。

“老南院”比我做假和尚时所住的“清凉禅院”更大、更宏伟、更阔气、更漂亮。几年前还住“屋顶窟窿天上月”的“露星堂”，那时只是个小雇农，如当时打此“老南院”门前走过，连回头看看“老南院”也没此胆量的。但今天我竟堂而皇之在“老南院”昂首阔步走出走进。今天，昨天，竟是天壤之别，何能如此呢？只因中国有了共产党。

就在我们抗日县政府住“老南院”之际，我们抗战胜利了，日寇投降了。中国人民吃尽了日寇的苦头，我们吃尽了日寇的苦头，胜利的一天到来了，怎么能不高兴呢？千山欢呼，万原欢庆，中华大地一片欢腾。有诗曰：

一

人民抗战创奇迹，
日寇堡顶插降旗。
雷鼓声声连四海，
欢呼万岁毛主席！

二

边区抗战胜利秋，
云开已是新神州。
万里欢庆歌不尽，
日伪城头降旗羞！

三

东风浩荡，
唤起来，
工农英雄亿万。
长征二万五千里，
浴血奋战八年。
收复失地，
解放人民
红旗飘万山。
日寇孤堡，
带落几点黑斑。

中华大好河山，
东条梦吞，
处处梦路断！
梦破已上绞刑台，

举世工农腾欢。
人民战争，
光辉思想，
五洲遍颂传。
中华民族，
今天已非昨天。

四

红旗飘飘，
光荣延安，
光辉太行。
看山山起舞，
水水欢歌，
行行红缨，
溢溢谷浪。
萧萧秋风，
漾漾春意。
千门万户迎红阳。
齐欢呼，
共产党万岁，
声声山响。

几撮受惊恶狼，
孤堡里惆怅铁丝网，
彼东洋帝国，
何等疯狂；
蒋家王朝，

为虎作伥，
两只疯狗，
合咬太阳，
不过同枕梦黄粱！
君不见，
工农兵大众，
欢庆解放！

五

胜利旗帜，
光辉延安塔。
遍地庆，
普天贺，
雷音传捷报，
已把蛟龙缚。
好山河，
别时悲痛见时乐。

日寇虎狼窝，
变成千堆火，
火里倒，
火里塌！
千山更妖娆，
万山更巍峨。
望寥廓，
河山壮丽胜过昨。

6. 县衙门

我们是在大地主的“老南院”欢庆抗战胜利的。正由于抗战之胜利，为利抗战的战时县区——陵高抗日县政府撤销，我被分配在陵川县政府财粮科工作。离开“老南院”，进了陵川城，进驻旧日的县衙门，这又是一个大跃进。数年前还是个小奴隶，还是个小雇农，还住在“屋顶窟窿风次冷，半夜睡着又冻醒”的“露星堂”，今天竟住在县“衙门”里做干部，当然是人民的勤务员，但旧时想也不敢想的一个小雇农，今天真的就在昔日的“县大堂”出出进进，大模大样，有说有笑，在我的住屋方面说，难道不是一个大变化，不是一个大跃进吗？

不久，我回到我的故乡西下河村参加土改斗争，与乡亲们一起斗地主，斗富农，斗封建，于是，我家分了田，分了牛，分了房，所分之房正是我们原来的祖房——紧邻大庙的一串四合头大院里的西屋。被富翁霸去的屋终于又物归原主，我们几年来住黑黑的小耳楼，住“屋顶窟窿天上月”的“露星堂”，住毗卢佛的“清凉禅院”，今日终于又住进我们自己的西屋，能不高兴吗？能不兴奋吗？能不欢呼土地改革的胜利吗？能不高呼中国共产党万岁吗？我与乡亲们一起参加了附城区召开的庆祝土改胜利大会。有诗以记之：

一

艳阳高照，
红旗飘飘，
绿柳千枝万条。
唢呐节节“高”。

行行队队高跷，
旱船舞，
竹马赛跑。
欢乐歌，
千支万支，
都是翻身调。
燕叫，
欢飞过，
漫山红花，
满垅青苗。
看桑枝叶肥，
楼上蚕好。
飞入翻身人家，
衔泥来，
忙筑新巢。
雏飞时，
互助场上，
堆堆麦粒饱。

二

土地改革，
天大的事，
地大的喜。
千千万万奴隶，
挺胸而起，
挽臂而立。
推山要它山倒，

搬山见山移。
打烂黑暗旧世界，
创造光辉新天地。

封建根深三千岁，
且连蔓横枝十万里。
什么无边佛法，
更什么道统儒理，
如此这些，
烈火之中纷纷解体！
分田分房喜相贺，
空前大胜利！

我在陵川县政府工作六年，三易其屋。财粮科住旧衙门之二堂西侧堂，后来到了司法科，我与科长共住一个小院子，极宽敞的。一九五〇年调县政府办公室做研究员，县长住原县太爷之正室，我则紧邻县长住两间屋子，可能是旧时县太爷马弁或秘书之类的卧室。此，不仅优越于我过去所住“屋顶窟窿天上月”之“露星堂”，且比我们在土改中分回之二间楼房要好。不过后来我家又盖了一座大约二十平方米的小楼房。我于一九五〇年春，在陵川县政府工作时所写短篇小说《浸种记》，荣获当年山西省政府文艺甲等奖，七十五万元。但是旧币，只合后来的人民币七十五元。当时的钱很值钱，物价亦很低，那座二十平方米的小楼房便是用此七十五万元奖金盖起来的。一个短篇盖了一座小楼房，再不是过去打忙工时“挣得饭来没工钱”，“忙工一年四季苦，苦得自家锅无粮”的旧世界了。

一九五二年一月，我的工作有调动，昔日一个不会念经的当庙管的“小和尚”居然进了省城，在山西省文联《山西文艺》编辑部做起编辑来了。

7. 大官僚的公馆

省文联当时驻太原市精营东二道街之三十九号和四十号，两串四个院子。那是何等人的屋子？东院乃阎匪将领王靖国的公馆，西院是阎锡山政府大员赵承授的公馆。我先后在赵的公馆之东房、西房和王靖国公馆之西房住。力群、東为、郑笃、胡正、夏洪飞、陈志铭等都住这里。那屋子是现代化装潢，朱漆木墙、水磨石铺地，花砖暖气，高级沙发，木雕镶边大理石茶几，一切均极高贵。此屋既非我做假和尚时的“清凉禅院”可比，又非土财主的“老南院”可比，更非陵川小县的旧县衙可比。当年一个住着“屋顶看见星星出”的小破土屋的小雇农，忽然住进如此富丽堂皇的大官僚的公馆，该作何感想呢？

露星小屋，屋顶看见星星出。
清凉禅院，锅里没有米煮粥。
老屋还家，千支万支翻身调，
大员公馆，旧时牛娃写新书。

我在此院工作，任《山西文艺》编辑部的编辑，业余时间便写诗写小说。短篇小说《最红火的一天》及叙事诗《栽瓜曲》等即写于此院。在此四年半，省文联又搬家了。

8. 南华门

一九五六年夏，中共太原市委南华门东四条迁往新建路，省文联便打精营东二道街四十号迁来南华门东四条。此东四条七八个院子，两幢小楼，余皆平房，均即中国古式或洋式豪华建筑，还有一个后花园，皆阎匪官僚和豪商所居。其中西头一院，据说是阎锡山五妹子的公馆。《山西文艺》改刊《火花》后，我便在《火花》编辑部工作，编辑部便在阎家五妹子的公馆办公。公馆西边一所小院，西北角一所两层小角楼，楼上美术家聂云挺住，楼下便是曾住过“露星堂”的放牛娃的宿舍。一九五七年，老伴（当时她二十五岁，称老伴似早了些）和女儿都来了，我们就住在阎家五妹子的公馆。小角楼当时抑或是阎家五妹子的管家，或是司机，或是其烧锅炉工人的住所，但是放牛娃住了，反正亦是一个编辑。而我的办公室则占了阎家五妹子院子之一屋。当年一个放牛娃竟住进了阎家五妹子的屋子，其本身也就说明一个问题，山西的土皇帝阎锡山被打倒了，中国人民革命胜利了，中国人民开始社会主义建设了！

官僚阔商比豪华，
小巷深处四五家。
五妹不知何处去，
村夫在此编《火花》。

当然当时的《火花》编辑部并非村夫一人，有十七人哩，其中女编辑先后便有十人。同时在此处做编辑的八位女将有杏绵、郁波、李霞裳、彦颖、王樟生、曾长青、王玮、吴静宇，后来还有陈令霏、顾绛。她们皆是女编辑、女诗人、女作家，都在阎家五妹子的公馆为人民服务，非当年吃人咬人寄生虫之五妹子可比的。

《火花》是月刊，稿子又很多，工作制度又极严，我们在此做编辑，上午、下午均能做到按时上下班。因编辑工作紧张，工作时间极忙，想写点东西总在业余时间。我每早五时到编辑部写小说，总是女儿趴在窗外唤我吃早饭，我才知道该快上班了。每晚八时至十时半，也总在这里写小说。如《四年不改》《长院奶奶》《蓝帕记》等均在这个五妹子公馆写出。在此五年，便于一九六二年春离开此地，因工作调动，搬到了长治市晋东南地委的宿舍大院。

9. 天主堂

地委宿舍大院是昔日一所天主教的大教堂，我就住在教堂大门东侧一所三间砖瓦屋里。短篇小说《石头赶车记》《因为五丑是队长》及报告文学《洞房歌声》等均在这里写成。从“露星堂”到“清凉禅院”，做不会念经之和尚，从阎佬五妹子的公馆到“天主教堂”，做不懂圣经的“教徒”，几年来，搬家搬来搬去，真是五花八门，无奇不有。但当年从住佛门的“清凉禅院”转到“老南院”，从“老南院”到“县衙门”，从“县衙门”到阎匪大官僚的“公馆”，从“公馆”到五妹子的“公馆”，转来转去，总是情况好转，自转到这个“天主堂”却大倒其霉了。在此住了四年后，十年浩劫来了。到第九年，即一九七〇年，当时地区革委的办事组两个负责人，一个地方干部，一个军人，每天每日，轮流到我家来，逼我们离开此屋。当时由于挨批挨斗加武斗逃难，我患了严重肝硬化、腹水、黄疸。和他们再三哀求，他们总不留情。说这屋子要开小车的司机住，说如我们不尽快搬出，小车司机住不上此屋，因而情绪不好，给革委领导开车出了事故，便要我这个肝硬化腹水的病人负责。这叫什么法规？这叫什么逻辑？他们如此欺人，怎么能不令人气愤？怎么能不令人寒心呢？我，“老南院”都住了，谁逼过“搬出去”？赵承授的公馆都住了，五妹子的公馆都住了，谁逼过“搬出去”？社会主义新中国嘛！我们是国家干部嘛！我们是新中国的文艺工作者嘛，怎么有人竟逼令我“搬出去”！由此自然想起当年债主霸占我们的祖房，撵我们出门的情景。可是如今是新中国，不是旧社会嘛！不是旧社会，偏发生如旧社会一般赶人出门的伤心事，又有什么办法呢！因为人家是“造反英雄”，我则是“黑帮”，“黑帮”怎敢违抗“造反英雄”老爷们呢？于是，只好搬家。但我的老伴向他们提出条件：1. 往东家属院之平房里搬，要求两间屋子；2. 我家三人皆老弱病人，要求地革委派人搬家。办事组的人答应了这两个条件。我们便准备搬家。这“天主堂”在南，东家属院在北，南边的三间屋子房好，北边的两间屋子极差。正值十月底秋风飕飕横扫落叶之时，大雁队队向暖和的南方飞去，我们却要向北面搬到更潮湿而又两面透风的黑屋子去。一日下午，我老伴用平车拉着我这个病号，迎着凄厉的北风，与天空的大雁背道而行，把我拉到了东家属院西六排一号。此情此景，至今想起心里尚隐隐作痛：

秋风呼号雁南飞，
呼号秋风人去北。
当年恶霸霸人屋，

今天逼人又是谁？

10. 西六排一号

东家属院极潮湿，又薄墙透风，冬季极冷。夜里钻进被窝需两个小时方可暖热，白天则需时刻围炉而坐，但向炉之前身稍暖，而后身则冷得要命。那火炉依墙又靠近窗户。炉旁依窗放一个木凳，老伴常侧身坐此木凳取暖，偎炉的半身暖些，而另半身却冻得直疼，她竟因此冻出病来，至今那个半身还有毛病。正因此屋潮湿而多风，我这个老病号于一九七○年和一九七五年在此黄疸两次，而老伴、女儿、儿子皆先后在此屋黄疸过。我当时虽因病不多挨批挨斗，也没赶下乡去劳改，靠边站已站了数年但还靠边站着，总是“站不出来”。非因有病卧床，但因“造反派”不肯轻易放过而已。既如此，不住此屋又有何法？况比昔日“屋顶看见星星出”之“露星堂”要好一点。并也不愿每天白吃那两顿窝窝头：

长期靠边站不起，
躺在炕头偷写诗。
香烟纸背五千句，
黄粱总也没白吃。

在此屋的十余年，一则生病；一则还没“站出来”，未能写诗写小说，写了也没用处的。往日所写的几个东西尚大受批判，名之曰“毒草”，怎敢再种“毒草”！但“学会讨饭丢不了棍”这俗语不无道理。终日躺在病床上，前二年因病重不得不老老实实在此屋躺着，后病情好转，虽不下床，但吃能吃了，脑子动得了，手动得了，便脑子不肯闲，双手不肯闲，便想写点什么。老伴说我正因为过去写了几个东西今天才被打倒在地，不同意我再写。况肝病是需要认真休息的。但我躺在床上休息是休息，却极不认真。好在我的脑子在思考，在构思，在活动，是老伴看不到的，就钻了“看不见”这个空子，我构思了许多诗句。因为多，不写纸上，会忘掉的。于是常常趁老伴上街买菜或上医院给我买药之际，我又钻其空子，偷偷把水笔吸了墨水。没有纸，便把用过的纸烟盒纸翻了过来做纸用。密密麻麻记录脑中之诗句，久而久之，竟达千余首。直到近二十年后的今天，我才又记起这些诗，把它翻了出来，每天整理几首。二十年来并未想过把这些诗公之于众，如今整理几首，送出去几首，当年抄在香烟盒纸上边的东西，竟也能陆续公诸于众。《太行日报》发了几首，《城市文学》发了几首，《山西文学》，还有几个刊物亦将各发几首。我被打翻在地之年，我在病床上，我在那个潮湿而多风的小屋里挣扎，总也不是白吃供应粮的。

一九七六年粉碎“四人帮”，我终于站起来了。一九七九年又到晋东南地区文联工作。一方面编《上党文艺》，组织创作，一方面写了几篇小说，如《秋收时节》《石三婶》《两个石榴》等均写于此屋。但是不久，因地委、行署要拆旧屋，盖新楼，我也算搬迁户，于一九八一年终于离开这个潮湿多风的小屋，搬进了新盖的宿舍楼——四号楼三层编号一三一的屋子里。

11. 四号楼一三一号

这个一三一号屋子不仅好于那个潮湿多风的小屋，比“天主堂”那三间砖瓦房也好得多。建筑面积七十一平方米，三居室，还有厨房和厕所。且铁门铁窗又窗大墙白，极亮堂。还有暖气设备，这不仅优于东家属院之两间冷屋，冬天不会烤火炉暖了前胸冻了后背，且优于天主堂的三间平房。屋子像个屋样子了，人也就像个人样子了。十一届三中全会以后，改革开放大见成效，连故乡的乡亲们也再不吃菜汤糊糊了。由往日的一年每人分小麦六斤发展到年打麦千斤以上。所以城市人们再不吃黄粱窝窝头。这里也有四句：

楼下有屋潮不生，
楼上有屋不露星。
冬有暖气夏有凉，
何惧盛暑与隆冬。

在此一三一号屋里，又写一些短篇，并写了长篇小说《五女传》。正此书出版之日，我们又搬家了。

12. 不了屋

我又要搬家，又要搬到何处？又将搬进何等样屋子？这是两年前就定了的屋子，绝不是当年被富翁霸占房子后借信韩丙午的两间小黑耳楼，更不是那个“屋顶看见星星出”的“露星堂”，比有着七十二间屋子的“清凉禅院”和一进十三串院子的“老南院”虽小，比阎氏五妹子的公馆虽不及其豪华，但比晋东南地委东家属院那个西六排一号要好得多，甚至比那个三层楼一三一号也进了一步。这便是太原市南华门东四条新盖的五层宿舍楼。我又回到当年阎氏五妹子公馆之旁的屋子了。因在长治时住三楼，如今回太原虽没有更上一层楼，却更下两层楼，住了个一层，但却比一三一号多了一居室，过厅、厨房也比一三一号大。那厕所一变而为卫生间。因一三一号之厕所只是一个厕所，而今屋子的卫生间不仅有厕所，且有白净的瓷脸盆，有白净的瓷浴盆（虽还不通热水），还有梳妆台，哪是长治的一三一号可比呢？想当年“未见秋天有好天，哪个年关不躲关”时被债主霸去祖屋，把我们赶在门外，借住的“屋外雷雨屋里下”的小黑屋；想当年转而又借住的那个“屋顶窟窿风吹冷”的小土屋，枕着“头磨砖头光”的砖头。铺着“炕中土流席上边”的破席子，盖着“套似核桃样，夜里漏满炕”的破被子，还总怕“锣声高，锣声低，直把穷人逼”的锣声响；想当年住着阔绰的“清凉禅院”时“清清锅里水，滚得哗哗乱响。乱响乱响，几番端下坐上”挨饿受困的情景；想当年“造反英雄”们把我们赶出“天主堂”，一辆平车把我拉去西六排一号的情景，今天大模大样住进此有卫生间有四居室的屋子，虽住在一层，也应说是“更上一层楼”了。更何况我今天又回到了南华门东四条，而阎氏五妹子却一去不得再回来了。

如今住在此屋做什么？身虽老了，心却未老。当年握一支秃笔在布满小方格的战场上驰骋，今天还不肯离开这个小小的小方格战场。每日每天，总向小方格进军，想方设法占据这些小方格，能占据多少方格算多少。只今天所写之《屋》，便是在此屋中所写，因名此屋曰“不了屋”。

一九九〇年三月三十日于并

行

人生之路，或宽敞大道，或羊肠小道，或不茅之道，因人不同，时之不同，各行其道。人行有具，或坐轿而行之，或乘车而行之，或抬轿而行之，或负荷而行之，因人之有别，时之有别，不尽其然。如今已是二十世纪九十年代或是第三年或说第四年，回首有生数十年之生涯，或坎坎坷坷，或悲悲惨惨，或顺顺利利，或高高兴兴，或苦或乐，或甜或辛，或起或落，或上或下，或南或北，或东或西，或负重而行之，或轻身而行之，或乘车而行之，或坐船而行之，或逆风而行之，或顺帆而行之，或含辛而行之，或茹苦而行之，或饮泣而行之，或载歌而行之……所谓酸甜苦辣，苦也苦得好苦好苦，甜也甜得好甜好甜。说具体，从头说。

1. 山地行

我跟多数人一样，从一岁多便学会走路，从一岁多便恍惚记事，母亲一手拉着我走东邻，串西舍。到东邻西舍去做什么？已经有歌，道是：

一岁有余学会走，母亲带我四邻游。
东家借米苦哀告，西舍还粮泪交流。

我的开步走，看到的先是母亲到邻家里借粮，看到的便是母亲眼里的泪。如果说也有欢乐的时候，那便是：

两岁已过四月八，母亲带我上北坡。
剜得野菜一大筐，采了兔耳花两朵。

母亲常常带我上山采野菜。母亲总是在采野菜的同时，眼里含着汪汪泪珠儿唱歌儿，唱什么歌？——唉！苦命的我呀！哪天熬到哪一天呀！就这一类歌，是唱？是哭？是喜？是悲？我全然不知。我就高兴手里有兔耳朵花可玩儿。

因为家贫，父亲在高平县公记铁炉上工，我七岁便开始打短工，冬天便到附城煤窑上去担煤。我们西下河村到附城镇十华里路，这是我少年时代最远的行程，是我所到的最远的地方。我们担煤，往往五更鸡叫起身，天不明来到煤场，带二合米交给看场人，可以装两箩筐煤。装煤时，我们总想多弄三五块拳头大小的小煤块儿，但是我们下手捡煤块儿时，往往会受到看人场一顿凶骂。当时担煤不过秤，总想多装一锹煤，但又总是办不到。看场人发现你装煤多一点，他就掂起你的箩筐把煤倒下，把小箩筐狠狠地撂在一边。担二三十斤煤，也有受不完的气。

但是打忙工比担煤更辛苦。我从小长得个头儿高，刚刚十来岁，人们便把我当年轻小伙子用。七岁上开始点种子，锄苗，放牛，十岁上便升了级，那种升级比后来当干部升级快得多，也没有评委评，也没人事部门、组织部门批。下种时，不知不觉中便由点种儿提升为点圊粪，很快又由点圊粪提升为担圊粪。这一提好厉害，七八十斤重的担子压在一个十来岁小子肩头上爬坡，上山，一担又一担，一趟又一趟。一般近地，早上三趟，上午下午各六趟或七趟；若是远地，早上两趟，上下午各五趟，我同那些二十几岁的大青年小伙子一样担着圊粪担子咯吱咯吱地响着奔来跑去。每逢春种时期，担圊粪一般要担半个月左右，年小力薄，实在受不了。可是受不了还需受，你不给人家受，长天大日吃什么？有一首“担子歌”道是：

东家西家打忙工，左肩右肩担不轻。
十一十二孩子童，主家硬做大人用。
春天担粪北山顶，夏天担蒿南山崖。
秋天担谷担玉米，一担更比一担重。
肩上担子吱吱叫，立春叫到立了冬。
满头大汗淋淋淌，浑身嫩骨灼灼疼。
重担压得两眼泪，只敢流泪不敢吭，
肩头没有担子压，碗里没有糠菜羹。
汗水泪水咬牙咽，重担之下求一生。

从村里到地里，从这家到那家，或种或锄或担或挑，或南山或北坡或东沟或西河，这就是我之所行。除此，我还能到哪里去哩？况且我也不了解天到底有多高，地到底有多大，我到峰西村姥姥家去，每每奔上寨岭山头，东看看，看到了不过三五十里远的夺火山；西望望，望见了高平地界的米山，我便认为这夺火山、米山便是天下最远的地方。我也到过附城镇姨妈家，因见附城镇有三条街，有百十家商店、有盐店、有当铺，还有三家粮行，还有杂货铺，还有饭铺，便以为这是天下最好最繁华的地方。至于南京、北京，虽也听人说过，无异于今天说火星、说天王星，那不是人可以去得的地方。连陵川县城，我也以为今生今世难得去一趟的。可是一九三九年冬，我忽然进了一次陵川城，当时我也是一个小牺盟会会员，随了我们村牺盟会秘书韩明顺爷爷，农救会秘书韩喜娃爷爷进城去参加抗日救国宣传大会。为了防止敌机轰炸，半夜开会，我们是在近黄昏时进城的。我第一次看到城墙，那城墙好高好大，第一次看到城门，那城门好大好深，令人吃惊。城里一街两行的店铺虽都是平房，但街路是用石板铺成的，比我们村的土路高级多了，令人叹为观止。但因是战乱时期，街上行人却很少。

也有歌曰：

卅九初进陵川城，清冷市街人少行。
瓦片盖房房子矮；石板铺路路不平。
三道城门两条街；五家麻铺六家并。
声讨日寇开大会，三更直到鸡叫明。

后来我所走过的最远的地方是我们陵川县东山里的凤凰村。当时由于日寇的三光政策加之国民党二十七军散兵游勇的抢粮，征粮，致许多山村小庄的男女饿死殆尽，出现许多无人村，随处可以看到饿殍之骨。我十七岁支差到东山里凤凰村送粮，便看到这种惨不忍睹之情景：

十七支差东山谷，一路荒凉不忍睹。

远行百里人烟少，三步一见饿死骨。

2. 豫北行

我们家乡一九四三年秋解放，我于一九四四年二月参加工作，七月到太行八分区干部训练班学习。八分区八专署均驻陵川大东山里的马圪当村。我们步行百余里路，这是我出生以来走的最远的路程。干训班就在马圪当村的庙里，我还是第一班的学习班长。八专署专员杜毓沄、太行军区副司令员兼八分区司令员黄新友，党代表刘毅都给我们讲过话。一个刚打担子底下站起来的小青年，一下子连专员、分区司令员都见着了，能不高兴吗？不过当时不同于今天，今天吃粮到粮站去买，运粮有汽车有火车。那时要啥也没啥，一切都需自己动手，所谓“自己动手，丰衣足食”嘛。厨房用的柴，是我们学员们上山打来的，每月上山打一次柴，自己背了回来。我们所吃的小米要到四十里外的琵琶河村去背。六七十名学员去背粮，哪来的那么多的口袋？口袋必须自备，又到哪里去自备个口袋，那便是自己备换穿的裤子。我们起大早翻八个山冈，行四十里路，到达琵琶河村，各用各的裤子装满满两裤筒子小米，背起来是很好背的，如同脖子上驾娃娃一般，两个裤筒子夹脖子驾了，很省力，是一方面。因那山路过陡过险，有几处必须双手爬着上，有一处还是绝壁，没有路的，只是绝壁上钉下一个铁橛子，手把橛子爬上爬下，哪里顾得照应身上背的粮食。有歌曰：

四十里路五越岗，琵琶河里去背粮。
课余打柴东山上，练心更练手一双。

一九四五年春，我被分配到陵高抗日县政府财粮科工作，初驻城东村，后山村。后来形势好转，县政府又搬到高平界内侯庄的“老南院”。“老南院”原是一个大地方宅院，好大好漂亮，一进十三串院子，皆高楼大厦。每个屋内之桌、椅、床、凳皆精雕细刻之乌木家具，只能在本屋内用，搬不出去的。连厕所也与一般小地主和老百姓的厕所不同，竟是用两间砖瓦屋子做厕所。那厕坑口上也不同一般人家只是倒扣一口二斗米的底上开口的缸，而是安了一把座中有个圆口的太师椅，真叫人看稀罕啦。如此大好的地主宅院，住进了抗日政府，当时有感而歌曰：

青壁铜瓦朱门开，高楼连院十三串。
旧时地主堂前燕，飞入抗日政府来。

当年春天，我军由民兵配合攻下陵川、晋城交界之峰头，令人高兴不已。也有歌曰：

春风怒火四山烧，峰头日堡莫夸高。
抗日军民并肩进，吃人虎狼无计逃。

抗日战争胜利后，陵高县制撤销，我被分配在陵川县政府财粮科第三分仓库工作，驻附城。我们的任务除起收公粮外，便是运粮下山支援解放战争前线。我曾多次带领翻身农民担粮食或送至晋城县柳树口，或送至豫北的里窑村和望远村。这是我第一次离开山西到了河南省地界。当时每到半山里，便可听得前线的枪声。有歌曰：

翻山越岭几来回，百里送粮到豫北。
夜行步步枪声近，支援前线打蒋匪。

解放以后，特别是一九四六年，好一个风调雨顺的年头，好一个五谷丰登的年头，各村乡亲好不快活。当年我在附城镇过元宵节，三条街竟垒起一百多座大狮火。我们西下河村过元宵节也搭棚，也摆灯，也垒狮火，但都是四个土坯垒的小狮火。附城的狮火好大，全是砖砌的一米半长的长方形大狮火，那火苗都有直径一尺见圆，丈余高，霍霍地好红好旺。满街里彩灯高挂，还有火楼、灯楼，还有龙灯，好热闹，好气派：

三街狮火映天红，
百花灿烂舞长龙，
太行山村扬州灯。

火楼彩门歌管声，
村村农家庆年丰，
衷情欢欣胜隋京。

3. 太原行

一九四七年秋我被调到陵川县司法科工作。职务虽是书记员，实则审判工作无论是刑事还是民事皆由我一人承担。虽然也有科长，不问具体事的。虽然还有一名审理员，长期外出，不问科里工作的。我竟在这个单位当了三年法官。如今的陵川城也非昔日可比，热闹多了。原来的崇安寺办了中学，原来的道观太清观变做县里开大会的场所，如同现在的招待所和大礼堂。不过大殿变做大会议室，并没有什么软座、硬座，满屋子全是砖头块儿，想垒起来坐三块儿坐两块儿，各随其便。陵川城周围有九个山峰，如同济南城一样，济南城称九个山峰为九点烟尘，所以山东造反好汉多。陵川城周之九个山峰则称“九龙朝池”陵川人说陵川要出三斗三升芝麻官，可谓多矣。池者，即陵川城也。好个自命不凡的陵川山民。更有不同的是四乡老百姓进政府很随便了：

太行山巅陵川城，今日昔时竟不同。
桃李争艳上崇安；工农集会连九峰。
百里群众满四街；七月庄稼连九峰。
人民政府门敞开，劳动人民自在行。

原来是小雇农的我，原来是“汗水泪水咬牙咽，重担之下求一生”的我，原来是只在小小的西下村的山山坳坳担担子、锄田的我，如今不仅在县城司法科当了几年法官，一九四九年冬，我们的科长冯光玉通知我，我要到省城法院学习三个月。我要进太原了！

当时出门均须自带被褥。十一月初，我要动身上太原，冯光玉科长派一法警送我到长治城。长治城即古潞安府城，很有名的大地方，从来没想过我也会进进潞安府，如今就要进潞安府，还要进省城，多么了不起的事呀！当时陵川县到长治尚不通汽车，只有县长、县委书记到长治开会可以骑马去，我作为一个科员，必须步行去的。好在有人替我背行李，远比担担子上地好多了。因为进太原心切，也因为陵川到长治一百二十华里，步行一日很难到达，便与送我的法警约定头一晚连夜登程。虽是山路，好在天空有明月照路，我们便连夜上路了。一路上累了，歇歇；饿了，买点吃，走了整整的半夜一日，次日下午太阳落山时，终于进了长治城。长治城到底与陵川城不同，那街道好宽好长，也不是土街，也不是石板街，而是洋灰马路，一看，比我们屋里的地板还平展，路两边还有两股小水沟，水沟两边还是街，这潞安府真是了不起啊！

我们到长治专署司法科报到以后，说是次日大早就要坐汽车进太原，好高兴。当晚，我们住在铁匙巷一个小店里。小店的通间大炕铺着席子，屋顶上吊一个玻璃圆蛋蛋，天黑下来，玻璃圆蛋蛋忽然亮了，说这就是电灯。我第一次看到电灯，也不曾十分高兴。过去听人说电灯比汽灯了不起得多，如今见那电灯不及一个拳头大，而我在乡下见过的汽灯那个头要比这大得多。

次日大早，我同壶关县司法科的原森青，阳城县司法科的刘凤章一起来到长治汽车站，登梯上了大卡车马槽，三十五个人分七排，各坐自己的行李挤了满满一马槽。大冬天坐大卡车也以为很了不起的。况且当时也不知道天下还有大轿车，坐大卡车也不容易哩。

车开了，好快！我稀奇那大卡车也不用牛拉，也不用马拉，自个儿就会跑真怪！出了城，大卡车疯也似的奔驰向前，只见路边的树一闪就过去了，一闪就过去，那速度简直如同射箭一般。我的心里连连称奇，我叹服，我兴奋，我坐上汽车了，比我担粪担谷上山下坡好多了。

我们大早坐汽车离开长治，大概下午四点左右便行完了一百八十华里路程到达沁县城。不到一天时间就行路一百八十华里，我不得不惊服汽车就是快，汽车就是了不起。次日是从沁县起身，说明是到太谷县二百四十华里天黑就可以到达，我还不信。但是太阳落山时分我们真的到了太谷，汽车、汽车，好快好快的汽车！

于是，我们一行三人赶到火车站买票，候车上车。天黑了，也没看清楚火车到底有多么大，反正知道比汽车要大。上了火车，那车厢比大卡车马槽大得多，像一座大屋子，中间地板上还生着火炉，好暖和。各自坐了行李，互不相挤相挨，好利索，好舒服。心里不住赞叹："火车就是比汽车更好了。"可是车里有人说这是载牲口的车皮，我还不信。至于速度，黑夜里坐车也看不出来。忽然隔门看见前边远远还有一列火车行走，长龙一般，曲曲弯弯，好稀奇。忽然又有人说我们可看见前边的火车同我们坐的是同列火车，我以为他们是胡说白道。后来才知道火车真的就是那么长，那么大。

我们很快到了太原。因天已大黑，又首次到省城，不知东西南北，就在车站前找一小店住了。次日大早，我们三人雇一个东洋车，不为坐车拉行李，只为带路，三个人尾随着东洋车前行，一时来到新南门前，只见偌大一块空空荡荡的沙土地，好多人南来北往，太原城就是人多哩。我们要进城了，那新南门竟是并排两道大城门，说是一道门专进，一道门专出，省城就是不同于府城、县城。我们通过首义街（现五一路），走海子边，过桥头街、按司街，终于来到省城法院。

过去在太行山上工作，常打游击，就是到了县司法科，也不曾过过什么星期日。到了省城便大不相同，每逢星期日，都可以自由活动一天。平日学习不十分紧张，每七天只有一堂课，由省法院的院长、副院长和审判员们讲。平日只是看案卷，分析案情。星期天或上街，或看戏，长了许多见识。我们看到省法院马林院长到省政府去开会所坐之小汽车两边开门处有两个宽宽的脚踏板，两个法警手把车门站于其上，开车而去，好威风。在街头，我看到十字街上的交通警手执一个棒，他指向哪个方向，汽车便走向哪个方向，我奇怪交通警如何知道某汽车要往某方向去？我们也到开化寺剧院，校尉营剧院看过戏，过去在乡下在县城总是在露天剧场看戏，第一次走进戏院，只见戏台就在一个大大的屋里，还有一排排长条木凳子可坐，还有卖茶水、卖花生、卖冰糖葫芦的，实在是稀奇，只是对那“叮叮”乱响的锣声，“噼嚓噼嚓”的钹声听不惯，那无穷无尽的“嗨嗨”声也不大入耳。我们也看过海子边公园。看到那大大的文瀛湖，十分稀奇，因为当时我估计那湖有我们村的泊池一百个大，令人惊叹不已。我们还参观了纺织厂、面粉厂、火柴厂、卷烟厂、水泥厂等等许多工厂，第一次看到机器生产，使人大开眼界。我们还到湖广路（现在五一路）电影院看过电影。第一次看电影，如同进了迷魂阵，只稀奇银幕上那些人为什么会走路？为什么还会说话，还会笑，还会上楼，还会抽吸，抽烟也罢，还真的能冒出烟来……

当时在太原学习三个月，一九五〇年二月返回陵川县，工作竟有调动，调我到县政府办公室任研究员。当年因在《山西文艺》发表了短篇小说《浸种记》和《用不着咱操心啦》，于一九五一年元月又二次进省城参加山西省文艺新闻颁奖大会。我们陵川县有六人参加此次盛会。时隔不足一年，来到太原，省城已经起了很大变化，城墙不见了，城门不见了，新南门外也不是原来的沙土滩，已经铺了水泥，平展多了，同时人也多了，车也多了——

众志成城万千重，自把旧郭彻底平。

五一广场车如水，工农联盟路畅通。

大会的会场在人民公园内之人民大礼堂。礼堂两侧是两座小二楼，我们便住在西二楼上八号房内，一室八只床，雪白干净的床单和被子，这是此生此世第一次见，第一次用。我当时虽然已是县政府干部，虽然还是供给制，每三年发十二尺布是做被子用的，只因家里父母妻子兄弟姐妹众多，怎能独享？虽然已经不是昔日那种“套似核桃样，夜里漏满炕”的破被子，但也是一盖多年脏兮兮的旧被子，哪里盖过如此好如此干净的被子？虽然是一室八床住八人，不像今天宾馆的一室二床还有沙发地毯彩电电话，也感到如同上了天堂一般好惬意。八床一室之住室内虽然没有卫生间，但是那盥洗室内两边两排雪白的洗脸盆，手一拧，热水来了，再一拧，冷水来了，如同魔术，我稀奇那热水怎么会是热的，又是打哪里来的。我若不是当了干部又写了小说，怎么能住进如此好的天堂一般的地方呢？

得奖大会开了八九天，拙作《浸种记》和《用不着咱操心啦》分别获得甲等奖和乙等奖，二奖只可得一奖，得到当时的钞票七十五万元。一个刚刚不打工的小雇农，忽然之间写了小说，忽然之间又上太原，又得了头等大奖，真是梦也不曾梦过的好事儿。这也罢了，未过一年，我又调到省城到山西文联工作。

我肩上挑大粪的担子才丢掉几天，由田间到区上到县政府到县文化馆当馆长，如今忽然又要到省城里工作，共产党来了，穷小子庄稼汉便如此飞黄腾达，便这般步步高升，是我做梦也想不到的。同故土告别时，文化馆诸位送我一条“顺风烟”，表一路顺风之意。往太原走，一路尚属顺风，只是步履维艰。

因陵川到长治不通汽车，同志们建议我饶河南省林县合涧镇到安阳坐火车。当时调动工作，也不必汽车搬家，连平车也用不着，不过就是四五斤重一卷旧被子卷两双旧鞋子，卷在一起用绳子捆了，撂在肩上一背，便上了路。第一天日行八十里到达合涧镇，次日坐大卡车到安阳，转乘火车到石家庄，又倒一次车，傍晚便到了太原。当时省文联由郑笃同志负责，他吩咐炊事员老范给我做了两碗片儿汤。而后老郑给我安排下住宿之处，见我只有一条旧被子一条旧单子，毯子呀褥子呀一概没有，便让人给我送来一个棉布门帘子做褥子铺，我便在精营东二道街四十号省文联安营扎寨。我一九五二年二月到省文联工作，不意当年十月我又要进北京了。

4. 北京行

一九五二年春，我在太原市蔬菜行业参加了三个月“五反”运动，五月到武乡县窑上沟农业社体验群众生活，直到金秋十月，在那里五个月与群众一起劳动、生活、受益匪浅——

来时种谷去时收，刨田打场春到秋。
学习生活得益大，父老兄弟尽朋友。

因接到郑笃同志的信，要我进京开会，我就要进北京了，好高兴。连忙告别窑上沟的父老们，匆匆赶回太原。得知北京之行是参加华北文联召开的文艺座谈会，与束为同志同去。便忙着准备行装。此次进京所坐的火车又有不同了，车厢更大了，一排二排坐五人，一个车厢便可以坐百余人。我坐硬座车厢，束为坐卧铺。我以为这硬座车厢比之大卡车够舒服了，还有开水可用，但不知卧铺是什么样子，会有多好。我坐了整整一夜，次早天明到达北京。出站后与束为同志相遇，同坐一个三轮车先到阮章竞同志家去。我看到这三轮车比太原的人力东洋车更好，以为北京就是不是太原可比的。忽然又看到街上有汽车行走，却是两个汽车连在一起的，并且像火车，下有铁轨，上有两根长长的大铁棍摩擦着天空的粗粗的电线前驶。我稀奇大街上怎么也有火车，这火车为什么还有两根长角？束为告我说那是电车，电车是干什么用的？不得而知。

我们到了阮章竞同志家，阮章竞同志热情接待了我们。我虽是首次与阮章竞见面，但他早已是我心目中崇拜的大诗人。他写的歌剧《赤叶河》便写的是我们陵川赤叶河的故事；他写的长篇叙事诗《漳河水》也是写的我们晋东南漳河两岸农村的故事，而且他的《漳河水》与我的处女作《老仁拴》是登在同期《太行文艺》复刊号的，所以我对于阮章竞既敬慕又有亲切感。但打山沟里跑出来的我，见了大作家，拘谨得连话也不会说，只是满头冒热汗。束为与阮章竞谈了一会儿话，阮便叫小汽车送我们到李广桥招待所住下。虽也是六人一室，但比之太原人民大礼堂之住室漂亮多了。此次进京，华北局宣传部长张磐石、华北文联主任阿英和阮章竞到会讲了话，并且还结识许多作家，有天津的张学律，河北的谷峪、于雁军等。既是首次进京，不能不看看北京。上了大街使我最关心的是中南海，以为毛主席、周总理、朱德、刘少奇就住在中南海，虽进不了中南海，但觉得总是与毛主席、周总理的距离很近了。同时，我们还游览了故宫和颐和园。当年爬山爬坡担粪种田锄谷割玉茭为人辛苦为人忙的雇农，今日竟到了北京，还走进了皇帝佬儿的住处和玩处，真令人激动不已——

进京莫道是初行，比回故乡更关情。
举步总绕中南海；开口便唱东方红。
雇农漫游颐和园；牛娃阔步紫禁城。
金水桥上不忍去，天安门是北极星。

5. 华山行

一九五五年我当了山西省青联委员和太原市青联常委。当年太原市青联组织百余人的各界青年旅行团上华山，游西安，这是有生以来我第一次游山玩水之行，绝非担粪上山可比。也是第一次看到介休绵山，第一次过洪洞，第一次走晋南，第一次过汹涌澎湃的黄河。小时听人说到黄河，无异于今天说天上之银河，不是人可以跨越之河。可是今天我们终于坐在船上横跨大河，怎不叫人感慨万千——

黄河浪涛，吃人知多少？
蒋贼杀人借为刀，害命千条万条。

今日银帆东风，千里欢歌声声。
旷代人间奇迹，指日黄河澄清。

我们曾看过电影《智取华山》，为着华山之巍峨雄险而感叹。我们今天亲足登临华山时，更加感到华山雄险之可敬而又可畏。千尺幢，百尺峡，老君犁沟，天梯，苍龙岭都是连飞鸟飞越也吃惊之绝险之道。

有许多人上了千尺幢便大悔，以为没办法再下去了。有人在北峰便看到苍龙岭之险而退坡不敢再上了，我也是个胆小鬼但又不愿在众旅友面前下软蛋，只好咬着牙上了西峰，游了中峰、南峰。住在西峰庙里，正值阴天，云云雾雾出入于门道窗户内外，我们实在是居于雾里卧于云中，做了两天活神仙。但活神仙回忆起上山之险难比起上山时更加吃惊更加害怕，担心自己是否可以下得山去……

华山最险苍龙岭，奇幢千尺赖铁绳，
绝壁天梯悬高空。上得山来忆上山，
比起上山更吃惊，敬佩当年解放军。

我们下山后，乘火车到达西安。我们在这个古老的都城参观了雁塔、钟楼、碑林诸名胜，还洗了华清池、看了捉蒋亭和许多工厂。西安名胜之多，建设发展之快，令人敬慕：

燕子双双艳阳天，劳动人民新河山。
东风阵阵荡渭水；红旗飘飘满西安。
雁塔展览玄奘经；钟楼俯视繁华街。
工厂学校城连乡，劳动英雄遍秦川。

我们浴于华清池，更是兴奋不已——

长生殿儿不长生，唯有温泉水长清。

贵族老你粮迹断，华清广浴工农兵。

6. 二进北京

一九五六年春，我同胡正、李逸民、张镇江、罗仁佐等共八人到北京参加全国青年创作会议。此次坐火车进京不仅不是坐载牲口闷罐车皮，也不是一般硬座车，而是坐卧铺。虽还是硬卧，便一见那硬卧铺子也是软软的，还有铺有盖能睡觉，比之当年去我们家里“席下土流席上边”，比之初到省文联以布帘子做褥子，比之担粪上山时，担粮进山，背粮翻山不知好了千百倍。太原——北京，千里之遥，只是睡了一觉，睁开眼时，已看到首都北京。

此次进京，我们住新侨饭店。一室二床，我与张镇江同住一室。那室好阔气好豪华，有地毯、有沙发、有电话、有卫生间可以洗澡。想当年我在西下河村做雇农，住在“半夜看见星星出”的小土屋里，哪里想到会进京会住如此高级的房间。住得好，吃得更好，午、晚每餐八菜，鸡鸭鱼肉好丰盛，但我却吃不了。我小时做雇农时很想吃肉而吃不到肉，如今顿顿满桌满盘的肉，我却望肉兴叹，太腥气，吃不下去，不能下咽。于是我只好退了餐券，顿顿上大街小饭铺买吃。早上到地摊上买豆浆油糕，午、晚两餐则到崇文门外一家小饭铺里买窝窝头吃，吃得很满意。实在是穷酸相难改。

但是穷酸相好幸福。我们与会人员竟进怀仁堂听周总理作了一次报告。我第一次看到周总理，心潮起伏，久久不能平静，高兴得记笔记也记不成。我没有想到当年一个“肩头没有担子压，碗里没有糠菜羹”的小雇农，竟能当面听周总理做报告。此事叫我高兴得数夜不能成眠。

会议间隙又上几次街，北京的雄巍、整洁，电车、商店服务员态度之热情，皆令人敬佩。同时我们又游了一次颐和园。此次进京，感慨更多——

一

大街小巷通长安，车水马龙序井然。
新楼古殿间绿树，春风熙熙净无埃。

二

千街万巷电车行，扶老携幼多盛情。
拾物不昧还原主，原主报谢难得名。

三

新兴商业盈九门，千家万户比新风。
百挑不厌与人便，热情接待似弟兄。

四

西郊颐和工农修，工农今得自在游。
乘凉万寿山上树，消神昆明湖里舟。

7. 汾阳行

一九五九年秋，马烽同志因在汾阳县委兼职副书记要回汾阳，我也要到汾阳去采访一个先进人物，我们同行到了汾阳城。汾阳是马烽的生活根据地，他在汾阳很熟。他不仅帮助我完成了采访任务，还同我一起参观了贾家庄和杏花村酒厂。贾家庄是先进村，杏花村酒厂不仅因产汾酒闻名全国，且因杜牧名句“牧童遥指杏花村”而著称。马烽同志同我一道参观了贾家庄和杏花村酒厂并品尝了该厂所产各种名酒——

秋分时节驱轻车，晋川历历好庄稼，
贾家庄上学模范，杏花村里访酒家。

我在汾阳刚刚写好一篇报告文学，省文联来电催我回省并说我被定为省文艺界之观礼代表到北京参加十年大庆的国庆节。这实在是令人万分兴奋的消息。一个当年的穷孩子小长工怎么突然会到北京去参加新中国十年大庆呢？马烽同志跟汾阳县委要一辆车很快送我回到省城。

8. 三进北京

此次山西进京的观礼代表共百余人，都是各条战线上先进人物。文艺界两个代表是贾桂林和我。我不过写了几篇小说《文艺报》有两篇评论，算什么先进人物？可是我竟做了山西文艺界的观礼代表，大感荣幸之至。

我们观礼代表住在北京西苑饭店二十四号楼，要在北京参观当时的十大建筑和故宫、颐和园、天坛等，要参观半个月。当时粮、肉、菜已很不足，但观礼代表每餐十菜，又好又美。我们先参观天安门广场、人民大会堂、历史博物馆、军事博物馆、火车站、民族文化宫、华侨大厦等建筑，那雄伟，那华丽，那博大，叫人看一处，惊叹一番。比如偌大的人民大会堂只花十个月时间便建立起来，实在是人间奇迹。天安门广场北是天安门，南是烈士纪念碑，东是历史博物馆，西是人民大会堂，十分壮观——

1. 天安门广场

苍苍茫茫阔如海，浩浩荡荡车似船。
中华精神凝广场；东方紫气升天安。
十月奇迹大会堂；万代史诗博物馆。
烈士功勋昭日月，高碑煌煌重泰山。

2. 人民大会堂

人民会堂十月成，宏伟壮丽夺故宫。
天下朋友作贵宾；人民代表是主人。
国事同论一万席；宴会共举五千杯。
大厦脉搏动四海，万里江山普在春。

3. 历史博物馆

千原青青万山红，世界原来属人民。
古来隐真反宣假；今日去伪始见真。
劳动结晶多灿烂；造反英雄遗光辉。
无产阶级挥戈起，神州无处不迎春。

4. 军事博物馆

八一红旗卷长矛，人民战争烈火烧。
暴风雪山红缨急；弹雨江舟碧浪高。
草鞋足下日寇败；农奴拳上蒋匪倒。
万众欢呼共产党，五星红旗四海飘！

九月二十九日晚，人民大会堂举行国庆晚会，毛主席陪同赫鲁晓夫、刘少奇陪同胡志明，周总理陪同金日成，还有朱德、董必武等国家领导人，还有七十多个国家的贵宾都出席了此次盛会。我终于见到了毛主席，见到了刘少奇、周总理、朱委员长和所有党和国家领导人。一个晚会我与其说是看节目，不如说是看领袖，看胡志明，看金日成，看许许多多的外国人。十月一日，我们观礼代表们一起登上观礼台。观礼台下的休息室备足饮料，凡观礼代表可以随便饮用。观礼开始了，宽阔的长安大街由东往西行进着整齐的陆、海、空三军，天空空军飞机编队“隆隆”飞翔，而后是少先队，民兵，工，农，商，学，文艺，体育各队，整整两个小时。想当年一个小雇农长年大月“肩上担子吱吱叫，立春叫到立了冬”的穷孩子，如今居然来到首都北京，还登上了观礼台，同毛主席、刘主席、周总理、朱委员长一起观礼，把我高兴得直抹泪——

太阳升上天安门，幸福泪飞雨倾盆。
昔日地主地里牛，今朝观礼台上人。

一九五九年十月一日，是我今生今世最幸福的一天。

9. 山东行

一九六〇年我到《山东文学》去取经，参观了齐鲁名胜。有诗记之——

1. 济南趵突泉

人行南京到北京，常言水平因水平。
济南有水异天下，水面处处起水峰。

2. 金线泉

谁把金线水中抛，水上显现水线条。
任凭清泉潺潺流，水线部比水面高。

3. 珍珠泉

清清流水圆圆珠，圆珠晶晶水上浮。
时时流水冲不去，人人欲拣拣时无。

4. 大明湖

湖里楼台杨柳风，哗哗水拍历下亭。
亭中吟诗忆李杜，楼台著书见工农。

而后又参观了山东的海滨山城——青岛。也有几句——

山外高楼楼外山，楼前大街楼后海。
街里奔驰生产车，海上波涌打渔船。

10. 蒙、朝行

当年的放牛娃、小雇农不仅当了编辑，当了作家，当了首都北京建国十年大庆的观礼代表，而且不久又要出国到蒙古人民共和国去，到朝鲜去。母亲听到此讯害了怕，与我妻说："老天爷怕死人了，还是求求人说些好话，让别人去吧。"妻说："别人正想争着去哩，还用得着求人!"

我们终于做了新衣，于一九六四年八月二十日在北京乘国际列车冲蒙古的乌兰巴托奔驰而来。

蒙古幅员辽阔，人烟稀少，更没有多少可看之处。在蒙九天只是看到了几个不大的喇嘛庙。乌兰巴托的百货大楼是照北京王府井百货大楼的图纸由中国民工盖的，我们去看时，货架上空空的，大楼里空空的，全部连十个顾客也没看到。在宾馆顿顿西餐，皆冷肉，吃不惯。最好的一顿饭是在我国驻蒙使馆张灿明大使招待的。最有趣的是到大草原上的蒙古包住了一宿。八月下旬天气，草原的夜晚好冷。前半夜在蒙古包内烘一炉大木炭火，尚暖和。后半夜火灭了，把人冻得不能入睡。最满意的一个晚会是到土垃河岸看我国援蒙工人业余剧团的演出——

乌兰巴托城西郊，土垃河岸盖楼高。
祖国员工亲相待，业余演出晚会好。

打蒙古回国后，距访朝之日还有八九天时间。在此期间我们到东北三省参观了八天。当我们坐火车到达山海关站，看见雄伟壮观的山海关城楼，不觉感慨万千——

万里长城千夫关，帝王好梦几番圆。
刀光剑影数千载，只今唯供人参观。

东北参观的第一站是哈尔滨。在哈尔滨参观了许多工厂，最难忘的泛舟松花江——

两天参观工厂多，松花江上弄轻舸。
正寻今日游兴句，又唱当年逃亡歌。

东北参观的第二站是长春。我们看了长春市容、汽车制造厂、长春电影制片厂还看了吉林市的小丰满水电站，并且看了长春市伪满时期溥仪的小皇宫——

北京宝殿坐不成，长春又过皇帝瘾。
追随日寇败降后，空余此楼作笑柄。

第三站到达沈阳市，参观了清朝祖皇的小故宫和北陵，看了大伙房水库，还参观了工厂和工人村——

参观工厂访工人，今天又来工人村。
绿树枝连千楼高，红花迎笑万家门。

在沈阳参观两天，而后又坐国列过鸭绿江到了朝鲜。住在大同江岸上的宾馆里。在此除看了平壤市容和一些工厂还有工业展览馆，又参观了金日成故居和中朝友好合作社。而后游览了咸兴市和兴南海岸便坐专列到达元山市。元山在东海岸上。我们泛舟东海，傍海游览了松涛园。一边是汪洋碧波的大海，一边是松风馥郁的松涛，仿佛身临仙境一般——

宾馆楼上看东海，又下东海驱小船。
中途漫步松涛园，方知蓬莱在人间。

金刚山风景很美，有文笔山、姐妹瀑布、寒霞溪、九龙渊瀑布等景点。瀑布对面有小亭，我们午酌于此亭内。渊头有玉女峰，郭沫若游此有“举杯游玉女”句。我也学而为句——

九龙渊头，亟不可待水下泼。
千楼万象，晶莹都是花。

举杯对酌，玉女应回答：
今与昔，一样景物，
唯有今日佳。

我们离开九龙渊，又到海岸上看“三日浦”。此浦四周围山，山中一湖，碧波荡漾，真绝妙好景。古有游此者因留恋此处景色，一日嫌少，三日方休，故名“三日浦”。此浦紧连金刚山诸景观，金刚山立峰一万二千多，嵯峨嶙峋，连同山上翠绿的树，加之蓝天、白云，尽映湖波之中，真个奇妙景观——

东是大海西是湖，奇崖秀壁，多少画幅；
湖上小舟山上树，天上白云，水中出入；
小舟荡漾何时迥？一日不足，三日可否？

但是我们终于告别“三日浦”，又回到元山，适逢中秋佳节。朝鲜同志在海滨宾馆设宴与我们共度中秋佳节。举杯之际，一轮明月从大海里升腾而出，天上是月亮，海里是月亮，酒杯中也是月亮，大家频频举杯，共庆此团圆佳节——

东海岸上话友谊，喜逢中秋佳节。
青青长天，蓝蓝大海，
同捧一轮明月。共同望月，
峥嵘新岁月。天上明月，

海中明月，恰是太行山头月。

曾“举杯邀明月”，复下海捉月，
又谈李白。宾主频频碰杯，
互祝亲密团结。你也争先，
我也争快，创造新世界。

打朝鲜回国又到抚顺参观了露天煤矿，在鞍山参观了鞍钢，在旅顺参观了港口，然后乘火车回北京，正是九月三十日晚。次日十月一日是建国十五周年大庆。我曾经做过十年大庆的观礼代表，不意又有机会观礼十五周年大庆，只把个当年吭哧吭哧光着膀子担担子担玉米的雇农高兴得又过了一个不眠之夜。十月一日上午，我终于又登上天安门前的观礼台。礼炮鸣时，游行开始，但见——

天安南北，长安西东，
红旗满都城。神州七亿工农兵，
合唱东方红。

花朵鲜，三军勇，
百万英姿步伐劲。十里长安十里歌，
声声红旗颂！

遭遇“十二月事变”

读了十二月三日《山西日报》马明同志写的《山西“十二月事变”亲历记》，才使我忽然想起“十二月事变”已是整整六十年前之事，好快！

据马明同志文章载，在“十二月事变”中仅晋东南就有一百五十多名政工人员被捕，三十二名政工人员和共产党被杀害，沁水、阳城等七个县的抗日政权被摧毁，二百多名工作人员被捕，七十多人被杀害。实际上这些仅是官方统计数字，实际被捕被杀的人还很多。

“十二月事变”时我十三岁。当时我虽然只是一个小雇农和小学生，也受到一点冲击。

我十三岁前后主要以打短工、做月工、做季工谋生。当时我是我们村的一个小牺盟会员，负责记会费账。跟随牺盟会会长韩明顺爷爷到附城到陵川城参加抗日宣传大会，也算个积极分子。因而一九三九年秋后，明顺爷爷与区牺盟会说定，要我以贫民生到附城镇凤山高小上学，伙食和书费全是公费。因为是贫民生，即使上学很少，也不必考试，很容易就上了高小。于是，我把我常用的木锄耙和箩头、担杖收拾起来，背一卷破被子，拿了村牺盟会的介绍信到附城凤山高小报到了。这个学校已成立近一年。其他同学如附城镇的梁小魁、李秋荷、赵东明等已在这里上学近一年。我只是初上学的新生。我上高小一个月后，学校进行考试，李建国、李秋荷等是前三名，我竟考了个第四名，我好高兴。又过了一星期，我请了一天假回家让母亲给我补裤子。次日上午返校。当走近学校大门口时，才发现平日持一根大棒站岗放哨的同学不见了，却换成持枪的大兵在学校门口站岗，我大吃一惊。我不知一夜之间学校发生了什么事情，但我断定眼前大事不好。于是连忙返身就跑，但我跑不了啦，站岗的兵“哗啦哗啦”拉着枪栓追了上来，抓了我把我带进学校的厨房里。只见学校里到处是穿着灰军装的大兵，却不见一个学生。但厨房里姓韩的炊事员还在。韩师傅责问我：“你回来做什么?”我无言以答。大兵们又把我带到一个学生斋房，只见这里还有八名同学。大兵出去了，八名同学七嘴八舌的嘲讽我：“你他妈的来得好，等着推光头吧!”“你等着脑袋搬家吧!”我还是弄不清是怎么回事。后来同学们才告诉我，昨晚忽然开进来一伙大兵，大部分老师、学生早已跑走了，只有张校长、赵老师被抓。他们八人是来不及走被扣在这里的。为什么会发生这样的事，谁也说不清。直到晚上十时多，大兵们全走了，我们也自由了。有十二个胆大的同学把剩下的小米到镇上卖了九元钱，我们每人分得一元。老韩把厨房剩下的白面和油烙成大烙饼，我们每人大吃一顿，还各分一份烙饼，等到天明，各自背了行李回了各自的家。后来才知道这就是阎锡山发动的“十二月事变”在我们学校发生的情况。

当天我回到西下河家里。晚上，我到大庙上厨房来坐，正与看庙的老邢说昨晚发生的事，忽听外边有人跑动，一时冲进来四五名持枪的大兵逼问老邢谁是牺盟会员，老邢不说，大兵们就打他。老邢挨了打，竟然指着我说："这个小孩知道。"一个大兵端着枪要我带路去找牺盟会员。我只好带他走出大庙，来到村街上，不管三七二十一，我抽身就跑。我在前边跑，那个大兵"哗啦哗啦"拉着枪栓在后边追。我故意跑进一个坑坑洼洼的黑胡同里，我路熟，照样跑得欢。大兵路生、又是黑夜，磕磕绊绊落了后。他只拉枪栓不开枪，我跑得更胆大了。但老跑也不是事，跑到西头院，我跑进大门返身就关了门，也不敢叫院里人家的门，连忙藏进院角落几捆高高的苇荻下边。大兵敲大门，内院有人出来开了门，大兵跑进内院去找我，我却乘机跑出大门一溜烟跑进大山里一个羊窑里躲起来。次日回家才知道，当晚那些大兵们来我们村抓牺盟会员，因为几名牺盟会主要干部早已逃走，他们只抓了两名一般会员，次日便放了回来。那几名主要干部一走四年不曾回来。直到一九四三年秋我的家乡二次解放后，他们才回来了。

我与书

1. 书是夹线本子

书是什么？是夹线本子。

我生在一个贫苦之家。两三岁时睁眼所见皆破箱大缸小板凳箩头担杖一类物什，没见过书架，没见过书，不知书是何物。三四岁记事起也见过一本书，便是母亲做针线夹丝线的那个本子。此本既无封面，也无封底，甚至没天没地，差角少边，破破烂烂，便以为书就应该是这个样子的。此书虽破烂不堪，却是母亲珍贵之物。母亲手巧，常为别人家的女人做针线，绣花剪花剪兜肚绣帽花，那丝线自然也是那些女人拿来的，红线绿线黄线粉线各色丝线皆有。但各色丝线不可以混放在一起。因为丝线黏性大，放在一起便互相黏得难扯难分，使用不便。母亲便把各色丝线分开来，用那本破书每一页放一色丝线，分门别类夹起来，易于使用。因而我以为人世间的书便是专门用来夹丝线之物，并不知道书是让人看的。即至我虚度七岁上学时，父亲又无钱给我买书。好在我们村家家户户养蚕，家家户户有桑树，桑叶养蚕，桑条剥皮可以换纸。所以家里尚有一些绵纸。父亲将一些绵纸订做一个本子，请老师给我抄写一本《三字经》,我就开始读书了。直至此时，我才明白书不仅是用作夹丝线之物，也是可以学文化的。但我只用二十余日便把《三字经》读完，再无纸抄书，只好每天复习《三字经》。次冬又上一冬学，借了人家的《百家姓》《必须杂字》《四言杂字》《千字文》《大学》《中庸》《上论语》几本书念了。以后一则我可以作为小劳动力打忙挣饭吃了；二则念书不仅要向别人借书，更重要的是拿不起学费。那学费说来也不怎么多，一个冬天三个月拿三升小米（合四斤半）足矣。可是我家好贫寒，有那三升小米加糠加菜加水，可以够我们全家四五口人煮糠菜粥煮二十多天。我往学校送一升米，简直就是坑全家人的命，与坑害人命的罪犯何异？因而只好辍学，专门沿门串户打短工谋生。

2. 书在垃圾堆里

但我偏又是一个不识时务的人。人，穷极了，偏爱念书。念了两冬天书，不期竟念出一点书瘾。明明忙时打忙工，挣饭吃，闲时在家带弟妹，帮母亲忙家务，啃糠咽菜，日子难过，偏又时时想找些书看。但在那山沟小庄，寻书找书，谈何容易。我们那个西下河村家家户户务农为本，既没做官者，也无买卖人，一色都是老农民，无一家是书香门第，书从何来？虽有一户地主，两户富农，但他们都是小小土财主，目不识丁。只有十几户中等人家却有粗通文字者数人。但他们务农为本，买书何用？因而也就很少有人有旧书，也就很少有人往垃圾堆扔旧书。自然寻书也是一大难事。好在有十几户人家的祖上有读书至《孟子》《诗经》者，有爱看《三国演义》《封神演义》者，那些书年深日久，已是破烂不堪，往往在腊月大扫除时，将些破旧书籍连同垃圾一起倾倒于街头垃圾堆上。此时节便是我四处寻书拣书的旺月。

山沟小庄实在没有几家有破书当垃圾倾倒，所以拣破书也十分有限。便是有限的破书拿回家里尚需藏起来。因为我看这些破书时常常会延误调煤或者延误带妹妹，便会受到母亲的批评："一把抹桌布样的破书，有什么看头？咱们穷家薄饮的又不考秀才!"便把我拣来的破书给扔掉。那是极其痛心的事儿。母亲哪里晓得那些破书却是我的心爱之物哩？我每每在别人家的垃圾堆上拣到半本破书，直喜得比拣到一块窝窝头甚至比拣到一个馒头还高兴，便会如饥似渴地读起来。冬天，母亲夜里给别人做针线活儿，我负责往火里续烧玉米棒子以照明取暖。有时趁母亲聚精会神地做针线之际，便偷偷摸出一本破书偷读。我的念破书简直如同烟鬼有了烟瘾一般，时时刻刻都会发"书瘾"的。但又往往是"书瘾"一来，看破书入迷，忘了往火里续玉米棒子，又会遭到母亲的责备："你再看那破书，我给你扔进火里烘了!"

于是，我只好乖乖地把破书藏起来。

我的念书还有一法，便是爬墙借读，何谓爬墙借读？

3. 书在人家墙上

正月里，有小户人家把只有过大年才会挂出来的中堂字画、四扇屏拿出来挂于中堂壁上或炕壁之上。于是，我便很高兴，我又找到了可以借读之"书"。有的中堂一条加一联，一条往往只写一首诗如王昌龄的《出塞》，如李白的《朝辞白帝城》。还有只写一言五字者如“星斗焕文章”。那一联有的是七字联如“宝鼎呈祥香结彩，银台报喜独生辉”了，有的是五字联如“鸢飞月窟地，鱼跃海中天”等。还有几户人家正月里壁上会挂出他们的四扇屏。有的是“狸猫换太子”连环画；有的是“项橐拦车”连环画……每幅画都有说明文字，便也是我的可以借读之“书”。我常常沿门串户扒在人家的炕头墙上津津有味地读来。也因此还常常会听到人家大娘大婶的赞语：“这孩子真会念书！”这些，就是我可以读到的书。除此，也就无书可读了。但大都因为这些人家也并不富裕，无钱买新字画，年年挂出来的总是这些东西，我也就无新书可以借读了。倒是乡亲们年年过年贴春联年年有不同者，我可以沿门串户旧“事”新“书”一起读。家家门上的春联也成了我的必读之“书”。

4. 书在小友襟里

一九三九年“十二月事变”后，我已十四岁。因我曾是小牺盟会员，便躲至峰西村舅父家帮外公、舅父种田。舅父的邻居辛卯舅舅之子韩海明与我同岁，两相友好。他见我爱看书，适他家小说不少，便常常背着其父偷出小说给我看。先是给我送来《封神演义》,后是《三国演义》《说岳》《今古奇观》等等。这些书是我有生以来第一次看到的有头有尾正正经经的书，非那些“破烂”可比。我把看书与吃饭看得一样重要，甚至宁可少吃一口饭，不肯少看一页书。当时我早已作为正式劳动力下田干活儿。只有一日三餐吃饭时间是我看书的时间。每每下田归来端起碗吃饭的同时也就嘴不误食而眼不误看，双管齐下忙乎起来。我每天看这些书，看完了一本，韩海明便来了，便打他的衣襟下边掏出一本书给我，我便把看过了的书给他，他又夹在衣襟里边带走。韩海明如此偷偷摸摸给我供应小说，不仅满足了我当时的看书欲，使我天天能过看书瘾，且对我后来的写小说，功莫大矣。只是解放后韩海明便已参加解放军，五十年代中已是大尉军衔。他在南方工作，很少能见面了。不知后来又升至何级军官。当时我在舅舅家只有十二个月时间，未能请韩海明偷更多的小说给我看。

5. 我自己有了书

我穷，我打忙工很忙，我想读书但很少有书可读。可是说来也怪。我自己爱读书也罢了，更希望与我一起长大的东邻西舍的同龄人也能够读书识理。以为一个人不能读书是最大的不幸。因而我就动员我的小朋友们韩志中、韩石锁、韩贵锁、韩春林、韩怀锁、韩发昌等十多个人与我一起读书。春、夏、秋天我打忙工很忙，时间是属于别人的。但中午时间是属于我的。我就动员小朋友同我一起在村北泊池岸头一起动手盖一个午间业余学校。土泥青石砌墙，一人多高，树枝泥抹顶棚，屋里又是泥抹一溜儿青石课桌。大家每天中午便来此处学字，我负责教他们。其实当时的我还是一个白字“老”先生，我也弄不清某个字认对了，某个字认错了，却只管教大家认字。当时日寇已经占领县城和距我们三十里的峰头村，村中已没了学校，我们这个业余学校也使得十几个小朋友成了粗通文字者。

一九四三年家乡二次解放。一九四四年我参加了革命工作。我所在的陵高抗日县政府驻东下河村。一日，我在村中街头碰上新华书店的同志摆书摊卖书，我这个书迷自然也买了一本，那书叫《小二黑结婚》。这是我有生以来第一次买书，也是我有生以来第一次读反映农民生活的新小说。我终于有了一本属于自己的有头有尾完整的书。我读了《小二黑结婚》，我为书中的人物小二黑、于小芹、三仙姑、二孔明他们的一言一动所感动，为那大众化民族化的生动而又幽默的语言所倾倒。读之再三，惊叹不已：没想到人世间还有写老百姓的书，没想到还有这么好的书！书，小说，仍然是我求之不得的精神食粮。我总把读书，吃饭等量齐观。可惜当时干部是供给制，根本没钱。手里偶然有了几角钱，行路饿了可以不买吃烧饼，但碰上新书却不肯不买。于是以后又陆续买了《李有才板话》《李家庄的变迁》等书，读得如痴如醉。而后又读了《吕梁英雄传》《太阳照在桑干河上》《三家巷》《福贵》《登记》等等，读得很入迷。书，不再是母亲用来夹丝线的本子，更不是别人垃圾堆里扒寻而难得之物，也不是他人墙上的字画了。

6. 我自己也出书

也许是因为自己读过几本书，也许是因为受了《小二黑结婚》、《太阳照在桑干河上》的启发，也许是因为自己也是打老百姓生活中混出来的人，不期有一日竟也拿起一支秃笔胡写起什么小说。那是一九四八年秋天的事儿。当时我在陵川县司法科当个小小的法官，参加了陵川县劳模大会，为模范军属张仁拴的事迹所感动，要写小说了。但我当时不仅没见过稿纸，也没听说过稿纸。便用没格子的麻纸密密麻麻一写万余言。又不知稿子该往哪里寄。参考一下《李有才板话》等书印有“太行新华书店出版”字样，便把它寄到太行新华书店去。但寄出后数月如石沉大海，无声无息，也不管它。自己也不敢宣扬，怕人家说我不知天高地厚。到了一九四九年六月间，我的处女作《老仁拴》竟在《太行文艺》复刊号上发表了，且是首篇，且是同著名诗人阮章竞的大作《漳河水》发在同期刊物。我能不高兴吗？况且当时我也不晓得写小说还有稿费。后来《太行文艺》编辑部竟给我寄来相当于一百八十斤小米的稿酬，那是意外收获。而后也就认真做起小说来。一九五〇年我写的《浸种记》《用不着咱操心啦》还获得山西省政府颁发的文艺甲等奖和乙等奖。一九五二年元月便又调来山西省文联工作，做《山西文艺》的编辑。一个仅上过两冬小学的小雇农，一个仅知道书是夹丝线的本子的穷小子，竟写了小说，得了头奖，还到省城当了文艺刊物的编辑，真是我做雇农时做梦也想不到的。以后每年我都发表几个小说，但从来没有出版一本书的想法，自以为一个小雇农，一个从小不知书为何物的大傻瓜，一个只是在垃圾堆里拣书读的人，难道垃圾堆也可以培养出一个可以出版书籍的作家不成？能在《山西文艺》《山西日报》副刊发表几个短篇小说几首诗，也就足够了，也就很满足了。可是一九五五年春，山西人民出版社文艺组的张镇江同志忽然找上门来，说是要给我出书。我明白这与出版社社长郑笃有关。因为郑笃同志是我的老上级，一向关心我的创作。

我要出书了，真是天大的喜事儿。自己出版书与垃圾堆里寻书是一个多么大的悬殊啊！我便把发表过的几个短篇小说整理一番，交给张镇江。三个月后，我的书出版了，书名叫《新媳妇》。五六个短篇，薄薄的一本，但它到底也是一本书。封面绿底红花，真跟新媳妇似的，看了让人赏心悦目。其所以赏心悦目，最最重要的是因为自己做梦也没有想到一个曾经把书仅仅当做夹丝线之物，曾经是爬在别人家墙上看字画之辈，居然他自己也会出版一本书。其兴奋之情，难以言表。此后，一九五六年又出版了《栽瓜曲》(诗集)、《冻解花开》两本集子；一九五八年又出版《长院奶奶》一个集子；一九五九年又出版《蓝帕记》《天门取经记》两个集子。若照此速度出书，至今不知该出版多少本书。遗憾的是至今全部也只出版过十一本书，实在太少了。其中“十年浩劫”固然害人不浅，但当前因为出书难，我已经有四五本现成的书要出，但它们只是长期“待字柜中”，只怕都是永远找不下婆家的老闺女了。好在如今的大男大女有独身主义者不婚不嫁，我的这些东西只怕也是感染了“独身病”，且让它们待着吧。好在四十多年来也已出嫁了十多个女儿，不算多，也不算太少的。

兵荒

我十六岁时就当了倌，只不过当的是个庙倌。

当时我和我的父亲原本都是雇农：父亲干的是长工，我干的是短工。一长一短，都是雇农。父亲给本村的韩敦肉和庄里村的僧秋孩两家各做着半个长工。韩家、僧家每家五天。轮番着做庄稼活儿。我是长年找短工糊口。说是长年，实则是冬天就没事干了。一九四二年冬，我们村的庙倌因为招待国军常常挨打，也无暇种田，他辞去庙倌不干了。我父想到当庙倌招待军人虽然很忙，又会常常挨打，但是好歹有七亩庙田可种，便辞去半个长工，留着半个长工活儿，回来当了庙倌。因为还有一个我，父亲给人干半个长工还干得了。

当我们父子二人干上庙倌以后，每天来的散兵之多，招待军人那个忙乎劲儿，确定叫人受不了。当时为什么会有那么多的散兵呢？一九三九年“十二月事变”后，一九四〇年三月国民党蒋军范汉杰的二十七军、庞炳勋的四十军、孙殿英的新五军三军人马打着抗日的旗帜开上太行山来，在我们陵川县的晋城、高平一带驻扎和活动时间近三年半之久。我的家乡附城镇一带驻的是二十七军的一个师。邻近各村都有驻军，差不多每个村驻一个连。我们村的大庙上驻的是八连，只知是一三八团的八连，不知是某营的八连。离我们村五里的东王庄村驻的是骑兵二十四师的师部。头一年里，二十七军的驻军每日吃的小米干饭,喊着“一、二、三、四”操练操练，没有糟害过老百姓。后来日寇侵占了陵川城和峰头村，经常出来扫荡，只扫荡了几次，二十七军、四十军便已溃不成军。一部分退到河南省，一部分变作三个一伙，五个一群的散兵游勇。有的散兵还敢背一支枪到处吓唬老百姓。有的散兵害怕碰上日寇挨打，连枪也不敢背，他们把枪支扔掉，只是手里拿一根棍子用以对付老百姓。这些散兵由于交通隔绝，他们去又去不了，在也不敢在一处久在，只是东村出来进西村，走一村，吃一顿，到处游窜。但由于那股散兵游勇数量不少，广大农村都深受其害。日寇扫荡，抢去不少粮食，老百姓日子本来难过，加上这般兵荒，老百姓的日子更难过了。像我们西下河村一个六十二户人家的小村子，每天会来五伙六伙兵，甚至会来七伙八伙十来伙兵。来一伙就要吃一顿。有的不吃小米干饭还要面条吃，不给做面条，就打你的棍子。有的吃一顿还要带一斗，不给带，也要打你的棍子。每天负责招待军人的庙倌会常常挨棍子的，这有一段民谣为证：

蒋家官兵会打棍，
蒋字村民怕招待。
不打棍，开水一碗；
打一棍，小米干饭；

打两棍，香油白面；
打三棍，鸡蛋炒菜；
打四棍，有吃有带。

还有一段民谣是：

吃高平，驻陵川，
大炮一响武家湾。
打炮的是哪个鬼，
武家湾里跑来谁；
打炮的是日本鬼，
武家湾里来蒋匪。

因为庙倌招待军人太忙，没工夫种地，还常常挨打，我们村的庙倌不干了。我父亲想到当庙倌有七亩田可种，辞去庄里村僧家的半个长工，回来村里当了庙倌。十五岁的我也当了小庙倌。以后我们父子双双每天每日招待军人，很忙很忙。我们村的吃水井在二里之外的山沟里，我每天要到这个井上担水三到五担，这份担水任务也很重的。一般情况下是父亲上地，我在庙上支应军人。每来一个兵，我就拿一个升子两个碗，到村副家领取小米半升，土豆二三个，油一小勺，盐一小撮。每来两个军人，我又到村副家跑一趟，小米、土豆、油、盐加倍领来。来三五个七八个军人，所领的小米、土豆、油、盐按人数多少增减。每天来的散兵次数人数越多，我们往村副家里跑的次数也越多，做小米干饭的次数也越多。往往是这锅小米干饭刚刚做熟，又来了几个散兵，就必须赶快再到村副家跑一趟领来小米、土豆、油、盐，又做一锅小米干饭。所以大庙里厨房就添了几口大小不等的铁锅、铁铛以备用。正所谓“大锅小锅锅连锅，上顿下顿铛连铛。烧火做饭明到夜，洗锅担水夜到明，”坐锅、做饭、洗锅、担水、领米领菜，忙忙乱乱，把我们父子二人忙得马不停蹄。有些兵来了不吃小米干饭，要吃白面，我们就去找村副，村副也没办法。因为本地不产小麦，白面很难买。这样的每天每日做许多锅小米干饭招待吃了败仗的散兵游勇的事实在是一宗特殊年代的特殊事儿，偏叫我们父子二人碰上了。这种事谁干过？只怕千千万万的人都没干过，偏叫我们赶上了。黄河南北，千村万庄，千年古代，有多少看庙的和尚、道士，谁干过这种事？我们父子既非和尚，也非道士，一旦走进那所大庙，每天每日却干起来一日数十次跑村副家，一日数十次坐锅做饭的事儿，这实在是一个非常年代非常经历。问题是就是这样忙忙碌碌做小米干饭有时也会出问题。一日上午来了一伙八个散兵，我拿着盆儿到村副家领来八个人的小米做干饭，他们不满意，他们逼着我给他们做白面面条。我就说：“老百姓连粗糠也吃不上，你们没看见村上的树都没皮了，老百姓吃粗糠吃树皮，给你们吃小米饭够好了，哪里有白面……”一语未完，兵们骂我是暗八路，有两个兵举起小棍子就打我。我挨着棍子，看事不妙，以为走为上策，抽身就跑，一个打我的兵随后就追我。那两个兵一边追我，一边打我；我是一边跑，一边挨棍子。跑呀跑呀，我明白被他们抓住就完了，便使尽力气没命地奔跑。后来想到亏了当时那些兵子里只有棍子，没有枪，要不，早已一枪结果了我的小命，绝不会等到六十年后的今天写个短文。再说那年那月那日我跑呀跑呀跑到村西头一个院子里——亏了当时我跑得快，那两个兵跑得慢，此时此刻，我跑得已经与他们拉开一段儿距离，所以我跑进那个院子的大门，返身就把大门闭拢关了。那两个兵跑来就“叭叭”地打门，我在院子里瞅见东北角处是一壁院墙，墙根处还翻扣着一只大缸，我连忙爬上大缸，翻院墙跳出去，逃进大山沟里一块庄稼地里藏起来。在庄稼地里躺了一会儿，才觉得我的背上、肩上、臂上好疼好疼。躺了半天，我才去了峰西村舅舅家藏在楼上住了两天。

再说那两个兵叫开大门，找不到我，就把这个院子韩明肉之子韩志中带去关在村副家的驴圈里，声言不把那个暗八路找回来，不放韩志中。巧的是次日传来日寇出发扫荡的消息，那些散兵跑进东山里去了，韩志中自由了，我也回来西下河村，继续干招待军人之事。

又一天上午，我正给两个散兵做小米干饭，又来了三个兵。我又拿了一个盆子和一个碗到村副家领来小米一升半，土豆七个，油两小勺，盐一大把，做了小米干饭给他们吃了，他们却要我再去找村副给他们要一斗小米带去。这一次，我没有吭声，但我就是不去找村副。他们也不打我，也不骂我，只拿一根绳子把我绑了押着去了东王庄村的大庙里。到了那里，也不打我，只是等着我们村派人送来一斗小米，就把我放了。这事很有点像绑票。当时二十七军的散兵游勇们除了吃，就是要粮食。二十七军的散兵为此糟害老百姓，实际是一次大兵荒。兵荒者、兵灾也，犹与蝗灾、水军一样可怕。有歌曰：

一

蒋家放出三群狼，
张牙舞爪上太行，

拳打脚踢要米粮。
装腔作势把日抗，
对准百姓动刀枪，
日寇一来跑他娘。

二

几万军马几万枪，
无村无庄不驻粮，
哪天哪日不要粮？
秋禾一年一上场，
村副一日三收粮，
十有九户囤底光。

三

腰里别枪手拖棍，
东村出来进西村，
走一村来吃一顿。
不给做饭乱打棍，
做了米饭带气吞，
吃了鸡肉装好人。

四

南庄出来北庄去，
吃一升来带一斗，
拿去卖了换烟抽。
给得少了棍子揍，
妈的妈的骂上口，
大炮一响跑在头。

还有四句歌是：

蒋家军有四大宝，
嘴会吃来腿会跑，
绳子会捆老百姓，
棍子打来有面条。

这就是我们每天尽心竭力招待的中央军。老百姓骂他们是“遭殃军”。

由于日寇抢粮，二十七军起粮、吃粮，老百姓十有九家囤光瓮净了。村副为了支应蒋军，他召开村民大会起收粮食。谁有粮食交呀？全村里只有七八家地窖里还藏着点粮食，其中有两家地窖里藏粮不少。大家交不上粮食，村副只好夜夜召开大会，逼着人们交粮。逼粮作用也不大，村副看看无法支撑其事，只好撂挑子不干，于是，只好另选村副，大家就选了家里粮食最多的韩添荣当村副。韩添荣当村副。韩添荣不想干，也没办法。以后我们每天支应二十七军的散兵就到韩添荣家去领小米领土豆了。可是韩添荣也不甘心每天拿自家的小米招待军人，他也每天召开群众大会起收小米。但是除少数几家外，根本无粮可交。因为当时多数人家把枕头里的陈糠也吃光了，很多人只得剥树皮吃。只几天工夫，村里村外的榆柳都变成白花花的没皮树。许多人家三天五天没糠菜可吃，连灶火也熄灭了。因而，一九四三年饿死很多人。这也有两段歌：

一

重重山压头，层层云添愁。昨天日寇才“扫荡”，今天
蒋军又抢收。夜夜逼，日日愁。蚂蚁灶边走，锅碗灶边扣。
米罐无米蛛网稠，水缸有水人影瘦。恨蒋军，骂日寇。

二

压压乌云低，阵阵西风厉。挨饥挨饿肚无食，村里村
外树没皮。啃野草，披破衣。好汉死村东，秀女死村西，
饿魔逼人多饿死，蒋日推人近死期。哪里逃，何处去?

一九四二年的秋景实在也是一个平常年景，并不十分歉收。但因兵荒马乱，日寇抢粮，二十七军起粮、吃粮，竟起得十室九空。后来有些二十七军的散兵竟聚小伙为大伙，装作日本兵，进村先打两枪，把老百姓吓跑了，他们就到富家或村副家去抢了粮食，抓几个民伕担了到另村去卖钱。闹得人对于他们谁是敌人也分不清了。

正因为那几年是一个兵荒年月，一九四三年大夏天，村村把树皮剥光，不知饿死多少人。一九四三年秋前，共产党八路军又打回陵川县来。当年秋后，我担了小米到太行山深山里的凤凰村去送公粮，路过东掌村、夺火村一带，到处可见没人管的饿殍。因为许多人家全家饿死，竟连埋葬死人的人也没有了。村边果树的果子落满一地，也没人摘吃了。那个年代实在是我们陵川乡村遭遇的一个特殊年代。说老实话，一九四三年我们一家没有饿死，就沾了当庙倌做小米干饭招待二十七军的光。因为每做一锅小米干饭，他们往往不会吃光，那些残渣剩饭救了我们的命。

我们一家和乡亲们正在死亡线上挣扎之时，共产党八路军又打回来了。一九四四年二月我就离开大庙，参加了革命工作。

采 桑

傍早饭时，我还需去完成采桑的任务。

我们家乡家家养蚕，但没有桑园，桑树都是栽在梯坝边的。谁家土地多，桑树自然就多，养蚕自然也多。地少养蚕也就少了。我们家只有二亩梯田十来块地，也有二十几棵桑树。村里一般人家养两张蚕，也有养三四张者，我家地少桑树少，只能养一张蚕。蚕的生长分三个阶段——毛眠、停眠和大眠。毛眠阶段的蚕食叶很少，早晚有两篮儿桑叶即可。早上等太阳升高，桑树上露水晒干后，便可以去采桑。这任务常常是我的，我也很乐于完成此项任务。一则可以跑出村外放风，二则采桑叶的同时可以摘吃桑葚。桑葚的生长期也有三个阶段：初时绿色者不可食；长到红色时，不大好吃；最后长成墨色的桑葚又甜又软如软柿子，村妇皆爱吃。只是吃一顿桑葚必然会染下一张乌黑的嘴巴。我们从来吃不到任何水果的山村孩童是不管它红嘴巴黑嘴巴的，每每爬上桑树便会大吃一通。我此人从小便是个大笨蛋，不会上树。因为桑树的主干很低，且多是裂开大口子的斜开的口子可以当做阶梯踩。所以即使是笨蛋的我，也会爬桑树的，这也就成为我摘吃桑葚的有利条件。

我终于又踩着桑树的裂口爬上桑树，坐在树杈子上，先摘吃一把黑得油光油亮的桑葚，可能已是乌嘴贼一个了。我嚼着甜滋滋的桑葚，开始采桑叶。那桑叶都有巴掌大，绿油油的，一会儿便采满篮子。我要下树了，大笨蛋一个踩着桑树主干的大裂口下树，有阶梯一般的裂口可踩，还把我吓得战战兢兢。我嫌树干上的裂口少，探踩不便……

桑树主干为什么会有许多裂开的口子呢？有传说道：汉时王莽与刘秀战于太行山上。一次，刘秀战败，只身逃行，王莽追杀之。山上棘藜遍生，刘秀逃行不便。因刘秀是紫微星下凡，山野上的棘藜见帝王之相的刘秀奔来，荆藜之针忙自动下弯，以利刘行。看看王莽追兵不远，刘秀适遇一羊一鼓，便将羊用绳子缚了以其蹄扑棱踢鼓，伪装战鼓声声。庇护刘秀逃出。刘秀跑得又累又饥又渴，跑到一块梯田地埂上，看看后追无人，便仰卧于地埂上一株桑树下暂憩。还大张着嘴喘气，忽有一物掉落嘴里，既甜又水津津地很好吃，又解渴。便看见树上有许多黑黝黝的小东西，不知是桑葚，连忙站起来爬在树上大吃一顿桑葚，立时充了饥，解了渴，有了精神，继续前行。他很感谢此树救了他的命，但又不识是什么树。刘秀做皇帝后，为了感谢其树，亲自到太行山面对一树封为树王。岂料他记错了，得到封号的却是一棵椿树。桑树有功而未封，所以气破了肚子，所以树干上有许多破裂之口。那椿树无功受封而心虚，所以椿树之树心是空的云云。其实，这实在是对一草一木的大诬枉。现在陵川县东山尚有王莽岭、刘秀城、马武寨诸村寨。

推 碾

冬天一夜，我睡得正香甜。我们铺的是破得嵯嵯岈岈的席片，盖的是破破烂烂的被子。那被子百孔千疮，被子里套些核桃大小的套块儿，滚一夜，套块儿漏满一炕，白天再把套块儿收拢起来塞进被子里。所以那被子白天倒比黑夜还厚些。我与父亲共此一被。被子虽薄虽破，好歹睡在生着火的热炕上，加之父子相依相偎互借体温，温温的，暖暖的，父子二人都不至于冻僵。

半夜里一觉醒来，忽然感到被子里不怎么暖和了，伸手摸摸，父亲不在被窝里了，温暖也随着父亲走了。忙睁眼看看，满屋里黑糊糊的，只有炕头炉边那炉火闪烁着蜡烛大小一点的火苗，红红的，小小的，烁烁其光，把那浑黑的天花板上映出磨盘大小一个光圈儿，黄黄的，圆圆的。火边也不见父亲的影儿，哪去了？我盯着天花板上那一片淡然的光圈儿，思谋片刻，忽然听得村里传来“吱扭——吱扭——”一阵碾轴摩擦声。那碾磙的碾轴滚磨既久，谁家也不肯上油，干干的碾轴转动时，便是这段音响。“糟了！我爸又是一个人推碾去了。”

旧社会穷人家没有牲口，碾谷子碾糠面全靠人推。家户多，碾子少，白天用碾，常须排队，时有争碾之事发生。父亲不愿与人争碾，晚上推碾也不会延误白天事，所以他常是睡醒一觉，半夜三更去碾谷、碾糠面。当时我已十五六岁，打忙工，做月工，已是一个全劳力了。可是父亲要推碾总不肯唤醒我，总是独自一人上碾。他一手拿一个笤帚，臂弯里抱一斗谷；一手握一个簸箕将它卡在另一个臂弯里，头顶满天星斗，脚踏一路月光到碾上去。父亲总觉着他的儿子还小，白天担水、担粪，已经够累了，不忍心让儿子同他一起再去推碾。至于他自己，耐饿耐寒耐劳耐累一向是个大耐家，他不在乎的。可是作为儿子的我，想到父亲年已老矣，白天操劳一日，怎忍心让他半夜三更又独自一个去劳累。何况当时抗日战争兵荒马乱时期，饿殍时有所见，遍野豺狼成群结队吃人伤害之事时有发生。父亲一个人三更天上碾，太危险了。想到此我连忙穿了我的破衣破裤，下地又穿了破鞋，出门将那一炉红红的火锁在屋里，冲老槐树底的碾上走去。

夜半更深，家家关门闭户，人人进入梦乡，连鸡也宿于鸡棚，狗也卧于狗窝，羊也困在羊圈，鸟也安于鸟巢。西河，太行山脚下一个小小的山村，鸡不鸣，狗不吠，羊不跑，鸟不叫，街街巷巷，好一片寂静。抬头看，只有满天星星寒光闪闪，半轮残月冷晕黄黄。寒天之夜，好冷！好静！唯独老槐树下那盘石碾“吱——扭——吱——扭——”独自呻吟。

我来到碾边儿，父亲的一臂搂着碾杆飞快地推着，竟没发现我的到来。我连忙双手推着另一边的碾杆推碾。我在这边搭了一把手，那一边的父亲忽然感到碾杆轻了许多，这才看看另一边的我，他竟站下来，训斥我："你来做甚？"

我也有情绪，边推碾边说："你总是半夜三更一个人推碾，也不唤我一声。"

父亲说："就一斗谷，要多少人推？"

"半夜三更你一个人也不害怕……"

"怕什么？我的命大。"

父亲名叫有福。受了一辈子苦，实在是没福。有一次阎匪帮抓共产党用压杆压过他，压不死；蒋匪帮吊打他，吊不死；摔在石崖下四十天不省人事，没吃一片药，摔不死。父亲虽没福分，也真的很命大。

父亲一个人推碾时，只管一个人搂着碾杆在月光下大步推着。也不嫌黑，也不嫌冷，也不害怕。我来了，人多了，推碾也快了，他却到塄下一块地里抱来一抱玉米秆子，在碾道边儿烘起一堆火。我说："爸，头里不烘火，这会儿可又烘火哩……"

父亲说："有个火，红火些儿。"

实际上烘这一堆火，一则可以取暖；二则可以照明；三则又可以吓狼。狼怕火。父亲独自一人推碾时，不怕狼，不烘火。又加了一个我，他可又想起个防狼。防狼，分明只是为我而防，好像生与死，父亲自个儿是无所谓的。父亲，大事小事，处处都是为儿子想的。父亲!

我推碾，父亲推碾。一个大碾磙之中心贯一根长杆伸出两头儿，父亲推一头儿，我推一头儿，同向推来，我在东时父在西，我在南时父在北，父子俩将碾杆各楼一头儿，"骨碌碌，骨碌碌"将一个大碾磙推得骨碌碌转，碾轴不时发出"吱——

扭——吱——扭——”难听的声音。碾道边儿一堆秸火，火苗忽高忽低，熠熠其光；忽大忽小，霍霍其声。偌大一个宇宙，天上只有一片残月，地上只有一堆秸火，碾道只有一老一少两个人你追我赶。可是“将人作马几千秋，碾道虽短无尽头，”那十几步一圈儿的苦路是走也走不到头儿的。

父亲簸米时，我推碾，分工合作，快了许多。碾罢谷子，父亲又把谷糠掺进三升玉茭，我们开始碾糠面。此时东方已微露曙色。

镢柄与笔杆

人人都有两只手，看你的手是握什么器具的，你就是什么人。握镢柄者，农民也；握斧柄者，工人也；握秤杆者，商人也；握笔杆者，文人也。我原本是个手握镢柄的农民。当农民首先必须学通“四土八张”。耕在松土，耙在荣土，种在淌土，多上粪土，此四土也；镢一张，锄一张，锨一张，耠一张，犁一张，耧一张，耙一张，担一张，此八张也。我是经过八年打忙工生活才熟练了“四土”和“八张”的。我六岁上第一次随父打忙工，给洛义爷爷家锄小苗。洛义爷爷是个开磨坊的光棍汉，雇人锄苗，只出工资——白面，不管饭。父亲锄一天苗，挣三斤白面；我锄一天苗，只挣半斤白面。父亲锄三垅苗，我只锄一垅苗，实际上这一垅苗大多也是父亲代锄的，但是这是我八年短工生涯的第一天。从此以后特别是十岁以后我就是以打短工、做月工、做季工谋生了。打忙工比住长工灵活些，但打忙工也有它的短处，因为打忙工有“三怕”——

一怕天阴雨下，
二怕种毕锄罢，
农事空隙少人问，
三怕长冬雪大。
阴天下雨闲暇，
锄罢锄毕回家。
农事空时肚也空，
大雪长冬难过。

打忙工是我的正业。由于我上过两冬天小学，一向酷爱学文化，在我手执镢柄刨地的空余时间，常常主动为左邻右舍写点什么。山沟小村识字人少，有两个粗通文字的人，每天每日累累的，谁愿意替人写字呢？我却不怕累，只要有人央我，我就写。腊月里写春联，我主动给乡亲们写，无非写些个：

春前有雨花开早
秋后无霜叶落迟

或者是：

天增岁月人增寿
春满乾坤福满门

过谷雨节正是锄苗大忙之时，人们很忙，会写字的也累得不想动，午休时间，乡亲们就找我写“谷雨贴”。“谷雨贴”很简单：

谷雨好、蝎子少，有一个，鸡吃了。

当时，我很愿意干替人写写画画之事，但是根本没有想过扔掉手里的镢柄，专做笔杆子的事儿。

我打忙工打了八年之久。一个凭打忙工吃饭的穷小子原以为这一辈子只会手握锨柄或者手握锄柄手握镢柄手握镰柄永远干着那种“三怕”的忙工活儿。不期我们家乡忽然来了共产党，忽然解放了，我也忽然参加了革命工作。一个手握镢柄干农活的穷小子忽然间手里握上笔杆了。我先是在县政府财粮科干了三年多财粮。我的手里的笔杆子不是写文章，而是写拨条。部队的事务长、各单位的事务长持函要拨粮食，我就给写一个拨粮条。写拨粮条很简单，就写一个单位名称，再写一个粮库单位名称，再写几个阿拉伯数字就成。手握镢柄多年，粗通文字的财粮科科员写个拨粮条子还是写得了的。一九四七年我又干上了司法科。民事、刑事案件我都办。手握镢柄的小雇农手里握的笔杆子忽然又写起口供笔录和和解书、判决书。民事判决书、刑事判决书我都写。由于我手里的一支笔写判决书写得事实清楚，判刑、量刑的根据和理由写得明白，量刑准确，所以我写的判决书受到长治区司法科科长的表扬。由于我在干财粮干司法工作业余时间爱看看小说，一九四八年开始，我手里的那支写判决书的笔忽然又写起小说来。处女作发表在一九四九年《太行文艺》复刊号。一九五二年我又调至山西省文联工作，当《山西文艺》和《火花》的编辑。当编辑同时写小说，到一九七九年成为专业作家，后来评职称又评为一级作家。从事文学创作已有五十多年历史，小说、诗歌、数来宝、鼓词、散文什么的也写了不少。但是由于我的手里的这支笔是由镢柄、锄柄、镰柄演化而来的，所写的一些小东西也就镢柄味儿有余，笔杆味儿不足，欠缺些文采。由雇农变化来的作家，土作家一个，所写东西也就难免有一些土味儿。只是当今带土味儿的货色是不吃香的。

福

一个人如果有一个乐乐呵呵的家庭，那便是最大的幸福。家庭和不和在于子女孝不孝；在于兄弟姐妹互相间有没有礼让；在于孙辈好不好；在于子女们的小家庭融洽不融洽。我们有幸，在上述诸方面没有负面，全是正面，算我们有福分哩。

我和老伴儿二人之间一生无大矛盾，但也常因一些鸡毛蒜皮小事发生小型舌战，舌战到脸红脖子粗的地步不是稀罕事。后来双方渐渐认识到为些小事生气，不但无益，反而有损健康。倘若遇事不小心双方脸将红时，立刻互相笑笑，也就化干戈为玉帛，也就只有融融之乐了。至于子女，我们只一子一女，皆已各成家。姐弟二人对于我们不是互相害怕对老人贡献多了而吃亏，也不是像有些人家的子女那么老想吃大户，老想抠大户，老想占大户点便宜，恰恰相反，他们是互争互比地在我们的面前多做贡献，多尽孝道。儿子征天和媳妇祁冰如都在《长治日报》工作。他们认为常不在我们身边，我们年纪大了买粮有困难，每年冬天总是一次性地把我们全年吃的白面、大米、食油供应了来。并且认为他们的姐在太原，我们有什么事或者有什么病痛要依靠女儿，所以做弟弟做弟媳的他们每每给我们送粮、油时，总也有其姐姐的一份儿。穿的方面也一样，他们不仅给我们买衣服，媳妇还给我们老两口打毛衣。女儿玉霞和女婿文祥看看我们不缺粮油，他们每个星期天来看望我们时，或糕点，或水果，或饺子馅，总是掂了鼓鼓囊囊的大兜小兜儿来的。过年过节更好，他们来这里吃饭，总是带了做现成的鱿鱼、海参和肉类来的。近年来更有意思，外孙朝阳、外孙女朝晖皆已参加工作，来看望姥姥、姥爷，也总是掂着糕点来的。只有小孙孙戈阳还小，才上学前班，手里还没有财权，无能力孝敬我们什么。但是每过半月二十天，总会从长治打来电话问爷爷奶奶好，或者报告他的学习成绩，或者报告他被评为模范幼儿，无疑这也是一份令人高兴的礼品。请看，我的儿女和孙辈没有一个人在社会上惹是生非，没有一个人给我们找麻烦惹烦恼。儿辈孙辈都是争先恐后地在我们面前比孝敬比贡献，我们怎么会不高兴呢？我们家的生活怎么会少了融融之乐呢？我们有了这么好的儿女和孙辈，过一辈子融融之乐的生活是注定了。但愿那些遗弃父母的年轻人也能送给你们的父母一份喜悦。

子女孙辈之间无争，要说有争，那是在我们的面前争做贡献。无争则融洽，争做贡献则乐呵，乐呵便是最大的幸福！

愚人传奇

《作家与企业家纪实》是要纪作家企业家之实的。《纪实》要我纪我之实。纪什么实？说要纪创作外生活之实。一九九〇年内我写了《衣》《食》《行》《书》多篇散文，多是记我创作外生活的。细细想想，我这个人除衣、食、住、行和读书之外，实在无话可说了，便感到有点茫然。继而想一想，有了！我此人一生中在文学创作上虽然没有写出过什么惊人之作，在文学队伍里只是个败兵之将，人家崛起，我却塌落，但有一个方面我可能已经“超越”崛起之晋军任何一员文学大将。不惭大言既出，绝非自夸海口，试看下面几则愚人传奇如何。愚人者，本人也。只因本人愚，也只能有几则愚的传奇。

大衣

想当年革命队伍里，同志之间都存在着极厚的友谊。一个同志打了胜仗，受到奖励，得到奖品，如大衣、皮鞋、食物，同志之间互相赠送是常有之事。解放战争时期便有一位老同志见我衣薄，且无大衣，便赠我一件大衣，并且是细羊毛皮大衣。于是每逢寒冬，我便披了这件细羊毛皮大衣下乡，出差，上街，看戏，极感温暖，极感威风，极其满意，极其高兴。

我只上过两冬小学，识字极有限的。就这么一个文化水平极低的我，偏偏爱上了文学，爱上了文学创作。但文学创作是业余之业，主要业务是工作。一要工作，二又文化水平低，要搞业余创作是不太轻松，只好笨鸟先飞，随时随地多看看，多想想。这个多看看，多想想，对于一个业余文学爱好者来说，是极其必要的，不可缺少的。但是问题也发生在这个随时随地多看看、多想想上边。

一九五〇年我在《山西文艺》发表了几个短篇，其中的《浸种记》《用不着咱操心啦》受到《山西文艺》编辑部的奖励。所奖物资虽是几十斤小米，但也是很大的荣誉了。一九五〇年底，山西省人民政府召开文艺新闻授奖大会，就在海子边人民大礼堂召开。我们陵川县有六人参加了此盛会。因是三九寒天，我是穿了那件细羊毛皮大衣来参加大会的。会上，我的短篇小说《浸种记》竟荣获甲等奖，七十五万元奖金（旧制，合今天的七十五元）。此次授奖大会文艺作品获甲等奖的只有三篇，一是束为的《春秋图》，一是冈夫的《红花绿叶词》，再一篇便是拙作《浸种记》，因而极感荣幸。又因为这个极感荣幸，大大地促进了我的创作热情，不免会随时随地更多地看看，更多地想想。大会闭幕了，我便怀揣七十五万元奖金，身披细羊毛皮大衣登上了火车，荣归故里。

在火车上，我们有六个同伴，大家有说有笑。我虽然也说也笑，只因我随时随地都会进入新小说构思的境地，我的说，我的笑，不过是应付而已，往往答非所问，言不由衷，表情木然，傻里傻气，同志们不知我为何作如此表情。

火车上有暖气，极暖和的。于是，细羊毛皮衣便披不得，便将它脱下，放在座位的靠背上。我虽然随时随地都要构思新作品，我虽然时时处在木然状态之中，但火车到了石家庄下车时，却还不曾忘记这件细羊毛皮大衣，我又把它披在身上，下了火车。在石家庄转乘京广线火车后，又因暖气送春，我所披的细羊毛皮大衣披不得了，我又将它放在靠背上。一路南下，我自然还是随时随地进行新作构思。火车终于到达新乡车站，又该下车转车了。于是，我提了行李，怀揣着那七十五万元奖金，与同志们一道下了火车，转而上了去焦作市的火车。上车后走了两站，渐渐感到几分寒意，才发现这一列火车是没有暖气的。既然感到冷，就该把那件细羊毛皮大衣穿在身上了。于是，我就找大衣，但是靠背上没有，座上也没有，左边看没有，右边看也没有。一件细羊毛皮大衣并非一件小物什，小小的行李包是放不下的，身上穿的褂子口袋是容不下的，这些地方不需要找的。但是它确实不见了。绝不是有人偷去的，细细想来，定是在新乡车站下车时把它忘在了火车上。这是老同志的赠物，这是老同志的友情，它极暖和，可以御寒，为什么竟会忘在火车上把它丢掉呢？我回忆一番，在新乡站下火车的时刻，好像曾经恢复正常状态，并不曾构思，怎么丢了这件珍贵的细羊毛皮大衣呢？但丢已丢矣，有何办法。摸摸衣袋里，好在那七十五万元奖金还在，算是一点安慰。但同行各位却把我之所以丢了细羊毛皮大衣归罪于我的随时随地都在构思上边。他们指责我："看你常常处在构思之中，魂不守舍似的，怎么能不丢东西呢？以后要节制一点才好。"我总以为下火车时我的精神状态是正常的，人们硬是把我丢掉大衣这事归结于我的无休止的构思上边，大感冤枉。冤也冤矣，有何办法。我作为晋军中之一员，论创作我虽是落伍者，但在莫名其妙地丢东掉西一点上却是超过诸君的。事实如此，若说丢大衣一事不足为奇，请再看下述一件奇闻。

钥 匙

此钥匙非门锁之钥匙，乃自行车锁小小一把钥匙。

大约是一九五五年元宵节之后不久，省文化系统举行民间业余歌赛。于某日晚在五一广场东侧之公安礼堂举行优秀歌手演出。因省文联也算文化单位，文化单位每有演出，总会送给省文联几张入场券的。说来也怪，当时文联诸位领导同志都不大喜欢看演出，凡有戏曲、歌舞、话剧一类的门票，总是落在晋东南几个老乡手中，如王世荣、魏永安和我。此次看民歌歌手演出，还是我们三个去的。魏永安不会骑车，他步行。我和王世荣是骑了车子去的。我们到了公安礼堂，先到存车处存车，而后我们便去看演出。一场歌赛，确实有几位好歌手，如北路邢丑花的演唱，观众们很鼓了几次掌的，邢丑花也很唱了几支歌的。我听着他们的歌词，受到一些感染，受到一些启示。凡有启示，一个文学工作者不免要联想一些问题，不免要同我正在构思的小说连起来想一些东西。虽然如此，我还是不曾误了看演出的，也不曾误了给演员们鼓掌的。

一个很好的演唱晚会终于在观众们热烈的掌声中落下帷幕。我和王世荣、魏永安诸君高高兴兴走出礼堂。我没有忘记存车处还有我的一辆自行车。我们来到存车处。我先把存车牌子交给存车员，而后便伸手在自己身上那个最保险的兜儿里掏车钥匙。一掏，糟了，那钥匙并不在这个兜里。但我也不着急，因为我身上共有九个兜儿，不在此兜儿，便可能在彼兜儿里。于是，我沉住气，一个一个兜地翻寻车钥匙。谁知九个兜儿都搜寻一遍，到底还是掏不出一把钥匙。王世荣是我的好友，他是不肯丢下我独自骑车走了的。他安慰我："别急，慢慢找。"我又九个兜儿搜索一遍，仍然没有。王世荣虽然还在耐心地等我，但是他却嘻嘻笑着指责我："你最好此时此刻不要再行构思，那钥匙或许便会找到。"

我很生气："什么构思，找不见钥匙，半夜三更地走也走不了，我哪还有兴趣构思！"

此刻，观众们都已经骑车子走了，存车处只剩下我与王世荣二人。存车员催促我俩快走，没办法，我又把九个兜儿进行第三次搜索，仍旧一无所获。时间又太晚了，只好下决心不再找钥匙，准备离开此地。但是车子锁着，公安礼堂到省文联也有两华里之遥，我扛着车子走怎么行呢？在此无可奈何的情况下，只好另想他法，那就是雇一辆三轮车。

于是，我上了三轮车，坐在座上，将我锁着的自行车横放在脚踏处。王世荣登车前行，我坐三轮后随，我的自行车同我一起优哉游哉地享了一次坐车之福。一时来到精营东二道街四十号省文联大门口，下了三轮车，扛了自行车，扛进院里，扛进我的住室，习惯性地放下车子便去锁车，便往出拔钥匙。这一拔，不妙——妙啊！竟拔出一个奇迹来！什么奇迹？一把钥匙！就是我在公安礼堂存车处丢了的那把钥匙，就是我浑身挖遍九个衣兜儿找寻不见的那把钥匙，就是我为之而雇了三轮车同自行车一起坐了回来的那把钥匙。这不怪了！钥匙就在车子锁上，顺手一开便了，我却一遍又一遍地搜寻那九个衣兜儿。我为之着急，伤脑筋，为之坐了三轮车回来。我当即找王世荣告知已经找到钥匙之事。王世荣又是大笑不止，说："以后看戏只管看戏，不要什么时候也构思，好不好?"

听了此言，我只觉得很冤枉。

未丢钥匙寻钥匙，
有车却又雇车子。
莫道不才构思频，
只怨庸人自扰之。

老 李

一九五九年秋，我随马烽同志到汾阳去采访一位县办工厂的先进人物。汾阳县是马烽同志的生活根据地，他在那里很熟。几天之后，省里通知要我进京参加建国十年大庆的观礼。真是一个大好消息，很多人求之不得的。当天下午，马烽同志便让汾阳县委派车把我送回太原。

到首都参加建国十年大庆的山西观礼代表团共百人，都是山西各条战线上的先进人物，不过我应该除外的。我能够到首都做建国十年大庆的观礼代表，感到万分荣幸。当时我还有一个心事，想通过此次进京结识一下著名劳模李顺达。因为我总感到作为一个山西人，还是一个晋东南人，还是一个文学工作者，已经到了一九五九年连李顺达也不相识，实在太不像话了。此次我与他同在一个代表团，每天一起吃饭，一起参观，正是与他相识的好机会。

山西观礼代表住北京西苑饭店二十四号楼。除参加庆典和观礼，还要参观半个月。我们先参观人民大会堂、历史博物馆、军事博物馆等十大建筑。每到一处，只要与李顺达走近，我便设法更进一步，试着想跟他说话。但是试了多次，由于自己当雇农出身伺候人惯了，虽然参加工作已有十五年之久，虽然已经加入了中国作家协会成为会员，成为一名作家，虽然当时已经当了《火花》的副主编，但我仍旧处处表现出一付奴才相，遇人遇事总是畏畏缩缩，不敢说话，不敢向前，因而总是没有跟李顺达说话的勇气。参观民族文化宫时，我又与他走近了，我便鼓足勇气，朝他点点头，说："李顺达同志，我是陵川人，在省文联工作，早就想拜访你，可是……"

因为李顺达正聚精会神地参观，好像没有听清我的话，只是"噢，噢"了两声，只管看他的，走他的。

九月二十九日下午，我们代表团参加了在人民大会堂举行的建国十年庆典。毛主席、刘主席、周总理、朱总司令、邓小平副总理，还有金日成、胡志明、赫鲁晓夫等七十多个国家的领导人参加。我第一次幸福地见到了毛主席。

三十日晚，我们在人民大会堂观看大型歌舞《东方红》。毛主席偕赫鲁晓夫，周总理偕金日成，刘主席偕胡志明都在二楼一排就座。我们山西代表团则在三楼五排坐。随着楼上楼下的掌声，毛主席、周总理不时地返身回首仰看着三楼招手致意。这一次我们看毛主席、周总理近在咫尺，看清了，看明了，感到无比幸福，无比高兴，无比激动。

十月一日，饭店三更造饭，我们五更用餐。太阳东升时，我们已经驱车中南海转入故宫到达天安门内，而后登上观礼台之西七台。登台时，看看李顺达就在后边，我与他相识之心不死，有意慢行，还是等上他了。前两天我虽然跟他说过话，只因当时并没怎么引起他的注意，所以他还是不认识我。但我为了结识这位当代金星英雄，还是鼓鼓勇气，说："李顺达同志，你不认识我，我是省文联《火花》编辑部的……"

李顺达还是仰首拾阶，只是"唔"了一声便罢。只此一声"唔"，又把我与他结识的勇气打消殚尽。我不知道李顺达为什么如此不愿意同我相识。抑或是多年来访他的记者太多太多了，与记者与文人与要写点东西的人结识实在成为一个重重的负担，故而如此？抑或是他时时都在考虑他们西沟下一步该如何走已经忘神？正如我笨鸟先飞常常因为那个构思而心不在焉终于闹出大衣传奇、钥匙传奇是一样的。无论是何种原因，反正我觉得我已经没有了与李顺达结识的勇气。我只好慢慢地登上七台做我的观礼代表。

毛主席登上天安门城楼后，万众欢呼，礼炮齐鸣，浩浩荡荡的游行大军高歌前进。花朵鲜，三军勇，工农奋进，科学高峰，百万英姿步伐苍劲，十里长安十里歌，都是幸福的颂歌。作为一个雇农出身的我，今天堂堂然做了建国十年大庆的观礼代表，怎么能不高兴？怎么能不流泪？

太阳升上天安门，
幸福泪飞雨倾盆。
昔日地主地里牛，
今朝观礼台上人。

十月二日，我们观礼代表们到颐和园游玩。我们登过万寿山之后，便泛舟昆明湖。在船上，我与李顺达的座位极近，不免又想再次同他相识。于是，我又是鼓勇气，又是准备能引起他注意的言辞，终于又笑着向他开口道："李顺达同志，这个颐和园你一定来过好多次吧?"

"噢，噢。"不过就是两声"噢"再无言语了。我又大大地泄气了。我不知道为什么我与李顺达竟如此没缘分。我这个人虽然生就的贱骨头，从来不在乎吃人的闭门羹，但一而再，再而三，连吃数次闭门羹，未免会倒口味，再不愿吃了。我下定决心从今往后再不同他说一句话了。

十月六日，我们坐火车返回太原。在太原站出站后，正待乘公共车离去，忽然有人在背后猛拍我一巴掌，回头看时，却是李顺达。他笑呵呵地说："老韩，对不起。在北京因为一个问题考虑不成熟，没有，没有……不说这些了。欢迎你到西沟看看。"其神态十分热情。这不奇了！在北京我一而再、再而三地主动与他交谈而不成，总是"唔唔"、"噢噢"地冷淡对我，今天忽然如此热情，主动与我说话，我怎么能不感动呢?此后不久，我真的去了西沟，并且同李顺达同吃同行，一个炕头同滚了整整五日五夜，他把他的一生全部说给了我。

破　指

一九六四年秋，我们一行十三人访朝。在平壤我们参观了许多新兴的工厂和学校。而后参观咸兴市、兴南市和元山市。在元山我们泛舟东海并游松涛园，真如到了天界仙境——

宾馆楼上看东海，
又到东海驱小船。
中途漫步松涛园，
方知蓬莱在人间。

雨后我们游览仙境一般的金刚山，观看玉女峰九龙渊瀑布——

九龙渊头，
急不可待水下泼。
千缕万象，
晶莹都是花。

举杯对酌，
玉女似回答：
今与昔，
一样景物，
唯有今日佳。

我们返回元山市，适逢中秋佳节。朝鲜同志设宴款待，共庆佳节，同叙友情。

酒宴上有苹果，还备有削皮刀。人们削苹果，我也拿刀削苹果。但只削得几下子，突然我的一手指上冒出来一条鲜红的血。当时我想我是一个外宾，是打伟大的中国来的外宾，难道中国人不会削苹果皮？难道外宾不会吃苹果？我害怕丢中国人的面子，连忙捺住伤口，不愿说我因削苹果皮负了伤。但是朝鲜同志早已看见，早已唤来服务员拿纱布给我包扎。我以为我的同行都会骂我没出息的。抗美援朝，有多少中国英雄们在朝鲜土地上流血、负伤，那是光荣地流血，那是英雄行为。而今天的我呢？我也在朝鲜流血负伤，但只是为了吃苹果。多么笨拙，多么不光彩！真是丢尽了中国人的脸。况且此刻我真的并不曾有过什么构思，虽即席想过几句词儿，好像与削苹果并无关系，为什么会这样呢？作为外宾削一个苹果皮也要流血，实在是不光彩的。此事我从不肯与人说的。不知当时的小小流血事件是否与构思那几句词儿有关，但我已经实在讨厌了那个坏蛋——构思！

不会吃果别吃果，
心不在焉事故多。
吃果流血非英雄，
要做作家莫做客。

烟民的坦白

当今的烟民已经成为半公半私的烟民。你可随便买烟，贵至“大中华”“红塔山”，贱至“苗家”“万山红”，悉听尊便。但是人们抽烟时却不那么随便，有了越来越多的限制。开始是剧场挂起“禁止吸烟”的牌子，而后是会议室甚至许多商场、公共场所也都“禁止吸烟”了。在你家你吸烟是公开的，合法的；在许多地方你吸烟则是犯禁的。甚至有些烟民如本人者在家里吸烟也会受到家庭成员的干预的。因想到做一个烟民走到哪里都是被禁之辈，到处犯禁，到处碰壁，甚至到处受罚，——我在街头扔过一个烟蒂，就曾受罚一元钱。做此等烟民实在做得不轻松，实在做得好累，又是何苦呢？不如干脆一戒了之，省了许多麻烦。可是此事说时容易做时就难了。

但是吸烟是有害的舆论愈传愈广，愈说愈紧。因而有些人下决心戒了烟。我很羡慕他们的决心和毅力，我也做过几次努力，但是不成，次次都是败兵一个。

一九八六年大病一场，病中根本不愿闻烟味儿，应该说我的烟瘾是不禁自戒了。可是我此人过分地没骨气，病情一旦好转，便有点想烟。因老伴儿说过要我趁此机会戒了烟，所以想抽烟，又不愿让老伴儿知道。只是等老伴儿出门买菜走了，便将抽屉里放着的待客烟偷一支，抽那么一两口，感觉不错。便把剩下的大半截烟暗中保存了。以后每天偷抽一两口，一支烟可抽七八天。如此偷来偷去，那烟瘾自然日有所长，由七八天一支逐步发展到一日三支、甚至五支六支。烟瘾虽大了，但在家里不敢公开抽，那么，烟从何处来？烟钱从何处来呢？没法子，只好做贪污犯。因为我病愈后也常常上街当采购，蔬菜、日用杂货都采购。虽所购皆小东小西小玩意儿，但我大大小小总算个采购员。既做采购员，手里总会有钱的。但手里的钱不会很多。因为郭海棠（老伴儿）其人极会把家过日子，一向不可以乱花乱支的，一向不同意身上装太多的钱的。所以我身上装的采购费一般只有三至五元之数。我想偷买香烟，也就只好在此三五元钱上做手脚，常常干点贪污家庭公款之勾当，或三毛，或五毛，集零成总，积少成多，每星期也可以贪污它一元至两元之数，就可以买香烟火柴了。开头几年贼胆很小，贪污所获极少，无力买好一些的烟。只好买五毛钱一盒的劣质货“万花山”。但此“万花山”抽起来也是津津有味的。因当了几年贪污犯居然一向平安无事，贼胆也就渐渐大起来，对那点采购费插手也就更深一些。后来抽起八毛一盒的“大光”，再后来发展到一元四毛一盒的“苗家”。瘾君子之烟瘾越来越大时，贪污犯的犯罪行为也就越来越重。

瘾君子天天偷偷摸摸过烟瘾，日日夜夜时时刻刻都自感有黑人黑身的感觉，如同盗窃犯一般一天到晚都是偷偷摸摸、鬼鬼祟祟的行动。我在家里想抽烟时，总是装作上卫生间去关了门干私事儿。为了使卫生间的烟味尽快散去，以防不测，我离开卫生间总是大开门而去，为此常常受到郭海棠的责备。自己做贼心虚，也只好忍受责备。最怕的是我刚出卫生间，郭海棠就进卫生间梳头干什么去，所以她常常在卫生间闻到狐狸的骚味儿，抓住了我的狐狸尾巴，她便惊呼，她便责问："你又抽烟啦?!"接着便是一顿数落。每到此刻，我先是一惊，同时就耍赖："没有呀?"忽而默不作声，装糊涂，她叨叨一会儿也就没事了。只是自己吃一堑，长一智，而后多加小心罢了。

要说痛痛快快抽烟，莫过出门逛街。往往我出了家门拐过院门口，估计郭海棠看不见了，就连忙掏烟掏火抽它三两口。我的烟瘾始终不大，就那么三两口的水平。只以为在外边抽烟是平安无事的，没想到终于有一天郭海棠又责备我一顿，指出我在外边偷吸烟之事。我以为她是瞎诈唬人，便百般抵赖，死不认罪。郭海棠就指出是何家骅在他家厨房隔房隔窗看见我抽烟的。我曾在传达室当着何偷抽过烟。何就当面向我提过意见，劝我戒烟。后来我再也不在传达室抽烟了，没想到他在他家厨房会看见我在院里抽烟，会向郭海棠举报。没了办法，我只好说是偶然抽抽的。老何如此关心人，是一番好意。为此，我又一次想到过戒烟。但试戒之中老发瘾，老想烟。什么也不能干，根本不能坐下来写东西。于是，便自找借口给自己打掩护："搞写作这一行，烟是很难戒的，要不，除非你以后再不拿笔。"于是，就自己原谅自己，也就继续做起瘾君子了。

我们年年要到山医二院体检。一九九四年体检结果，报告单上说我"肺部纹理较重"。这个肺部纹理重会有什么后果，我不得知道，反正不是好事。因而也就想起来此前已有几个月肺部经常隐隐作痛之情形。从长远想，我又一次下定决心要戒烟。为表决心之大，没再买烟，迫使自己下瘾，可又不成。每每坐下来要写点什么，根本没办法写来。不写东西，也觉得手之舞之，没着没落地好难忍受。便又认为自己肺部不可能是大病。我抽烟又极少，每天不过就那么三四支，肯定不妨大事的。又一次原谅了自己，烟瘾又复辟了。又是偷偷摸摸在卫生间抽烟。在外边抽烟，总会耐着性子走过老何的窗口再抽。因为一个偷抽烟，在家里上厕所偷抽，自然是鬼鬼祟祟的样子，每天到晚鬼鬼祟祟，偷偷摸摸，做贼做盗似的。为着抽一两口烟，在家里防老伴儿，在外边防熟人，四处设防，老这么鬼鬼祟祟、偷偷摸摸地活着，活这个人你说有多累呀？加之还要每天每日为积累那一元几毛钱而煞费苦心，想方设法搞贪污；再加之郭海棠一旦在卫生间闻到烟味儿，少不得又是一顿牢骚；更兼二三年来我的胸部越来越疼得厉害，不能不令人担心。同时又看到了邻家的王东满、成一也戒了烟，马烽、胡正也不多抽了，我就奇怪好多人都有戒烟之决心，我为什么就不能呢？于是便于今年六月四日始，咬咬牙不抽了。有着五十年烟龄的我，戒烟并非易事。那烟瘾曾时时向我袭击了来。每到此时，我的办法是自我控制，作如此想："刚刚抽过嘛，怎么可以……"嘿，还真灵，真有刚刚抽过烟之感，不十分着急了。这样坚持两天两夜，真的没抽一口烟。六月六日，又去看曹家大院、乔家大院，郭海棠也同去的，寸步不离，又坚持了一天，瘾关基本上闯过来了。直到今天已近五十天，真的断了烟瘾，不抽烟，一样可以写东西了。更没想到只此一个戒烟竟带来许多好处，二十天后，我的肺部居然不疼了，我也不必为一周积累那一元四毛钱而费心机了，我也洗手不做贪污犯了，我也再不怕郭海棠在卫生间闻到烟味儿而受剋了，我也不怕外人揭发检举了。因而一下子感觉轻松了许多，生活潇洒了许多。我感到我改头换面，重新做人，人模人样是个自由人，同时也更健康了许多。

郊游忆趣

如今旅游，交通方便，飞机、火车、轮船、汽车，四通八达。在并州城小巴、中巴、出租车随处可见，城里城外是黄灿灿的长龙阵，方便多了。由此想起一九六〇年的一次郊游，由于交通不便，竟出尽了洋相。当时因为在太原城里待得时间长了，空气又不好，不免生闷，很想换个休闲方式，瞅个时间到郊区走走，呼吸点新鲜空气。那时当然还不是一周双休，只一天时间，是不可远行的，便与老伴儿商量到郊区北营一游。北营虽不通公共汽车，但是通火车，很方便的。于是，在秋末冬初时节的一个星期日早饭后，她坐公共汽车到火车站，我骑自行车到并州路山西人民出版社。因我与社长郑笃还有关守耀、张镇江、张剑浩许多老相识这么一层关系，也不跟门房打招呼，便把车子放在出版社的存车处锁了。又步行至火车站与老伴儿一起买票上车启程，开始了一次郊游。

北营是太原火车南行的第一站，只十来分钟就到了。我们来到郊外，到处走走看看，天忽然阔了，地忽然广了，顿觉心情舒畅多了。就在那广袤的田野忽走走，忽坐坐，忽看看天空的飞鸟，忽玩玩地埂上的枯草，竟也玩得情趣十足。天气近午，尚不思归。信步走来，无意中竟碰上在北营荣军疗养院工作的一位老乡，午餐也有了着落。在老乡家午餐后，天南海北拉了两个多小时的闲，便准备动身回并。由于当时低标准，粮菜十分紧缺，在太原城五角钱买一斤白萝卜也不易买到，老乡说要给我们一些瓜菜，真是喜出望外一件大好事。于是，老乡用一个旧麻袋红萝卜白萝卜南瓜土豆竟装了小半麻袋，足有三四十斤重，实在是如获至宝。值钱多少事小，你花钱也买不到的。没想到一次郊游，竟有如此大的意外收获。此次郊游真值。

老乡说下午四五点才有南来北上的火车，便在那里多聊了两个小时。四点多，老乡用自行车把那个麻袋替我们送至北营火车站。等了许久，不见火车来。问车站的同志，说是七点多才有车，也只好等到七点。谁知站到七点多，仍不见火车来，竟然又等到九点多，火车终于来了。

“赶快上车！”我跟老伴儿说。因为火车在北营站只停一分钟，不快点行吗？

车停稳了，我们连忙奔向一个车厢口。老伴奔起来容易。因为我背着一个装着许多瓜菜的麻袋，慢些走，还好；你要奔跑，麻袋便在你的背后左左右右乱晃荡，把你晃荡得越是跑得不利落。是老伴儿先上了车。待我奔至车门口正要上车时，列车员忽然双手一展抓住车门两边的铁栏杆，不准上车了。因为此刻车站上已经“丁零丁零”打响了开车预备铃。可是一个不准上车，一阵“丁零丁零”的开车预备铃把我打急了：“老伴上车走了，我不能上车怎么成呢？我明天还要上班哩！”说时迟，那时快，为了力争上车回城里，忽然抖起精神，奋力拼搏，也管不得背上的麻袋晃荡得如何之欢，我猫下腰箭一般地向前冲去，冲向另一个车门。现在想起来这个举动活像农村里一个愣头愣脑的愣小伙子。实际当时我已经是一个作家一个《火花》编辑部的副主编，还当观礼代表到北京参加过建国十年大庆的庆典。这样一个人此时此刻怎么会鲁莽到如此地步？全是为了明天的按时上班，一切都不顾了。再说我当时疾步如飞地冲到另一个车厢门口时，那火车已经“咯噔”一响开动了，但我管不得这么许多。我背着一个晃里晃荡的瓜菜麻袋，立马冲上铁梯子，自然也不同双手把门的列车员商量，腾出一只手一拳将列车员的胳膊打落，终于冲上火车。当时，那位列车员便视我以怒目，训我以“坏蛋”，坏蛋就坏蛋，反正我也上了火车，明天不会误上班的。全然没有想到明天不会破坏上班制度，今天却违犯了车站制度。好在列车员训斥我几句“什么东西”以后，由于我自知理亏，不敢还口，表示认罪，也就罢了。

可是挤在另一个车厢里的老伴儿也很是为我担心了。她明知我没有上了车，担心我会在北营车站冻一夜冻坏的。一路上心理不能平衡。十来分钟后她下了车，忧心忡忡地出了站，不意在站外碰上我，她竟大吃一惊，以为是做梦。问我：“你怎么也回来了？”

我说：“坐火车回来的。”

她笑了。

老伴儿走五一路回家，我连忙走并州路出版社去推车。看看手表已是近十点时刻。

水笔与电脑

笔是写字的笔，是写文章写作品的笔。“恬笔伦纸”，自从蒙恬发明了写字的笔至今数千年来，现如今大多数作家、记者以及工商业者、机关文书、银行营业员都已经以电脑代替了笔。在大家说来，笔已经是可有可无之物。只有我今天还在用笔写字。我用笔写字写了五十多年，用过各种笔。我从七岁起做农活儿到十七岁当过十年农民，手里所握的是锄柄镢柄，很少握过笔杆子。但我从小老想学文化，农闲时间断不了要寻一些废纸胡写乱画一番，自然用的是毛笔。一九四四年参加工作后，共产党会多，常常开会听报告，做笔记。见同事们有的用毛笔墨盒做笔记，有的竟用钢笔做笔记，还有的用自制的弹壳笔毛笔头做笔记，我也总是自带毛笔墨盒做笔记。拿着毛笔、墨盒到会场听报告，比较麻烦。当时县城里没有卖钢笔的商店，即使有也没钱买。对于少数的有钢笔阶级唯有羡慕而已。我只想有一支短小精悍的自制弹壳笔，携带了去开会，方便些。自己又太笨，弹壳是有的，便拿它做笔做了多少次都不成。像我这等笨蛋，那是绝对不会经我的手里创造出火箭和打字机的。因而我只好老老实实用我的毛笔墨盒。当时打游击，县政府三天一转移，五天一搬家，到处流荡，我自然是常常把毛笔墨盒装在小挎包里到处游击。

全国解放后，一九五二年我调来原山西省文联工作。太原街上有的是卖水笔的商店。我虽然没钱买，但单位发有蘸笔和墨水，这就好多了。一九五二年和一九五三年我长期下乡，在乡村写东西，一样还是用蘸笔和墨水写的。一九五三年开始实行薪金制，我月薪一百二十元，买一支水笔算什么问题，于是我的上衣兜儿里很快就插上一支闪闪发光的水笔。但因为我过分地笨，大凡带点机械性的物品我便用不成。一支水笔算什么机械，汲了墨水写字就成。可是我的水笔就是汲不上水。请别人汲之，便有水；我自己汲之，仍然汲不上水。于是笨人用水笔也只好笨用，仍将水笔当蘸笔用。其优越性就在它比蘸笔携带方便些。正因为如此，我一生用自来水笔不多，在编辑部当编辑，在家里写写画画，一律用蘸笔写字，写长篇小说也用蘸笔。写长篇一天写七八千字，一个蘸笔尖往往用一个星期就用秃了，就换个新笔尖。所以数十年来我大概用掉数百个蘸笔尖。八十年代后又嫌用蘸笔换笔尖麻烦，便又改用水笔。老了老了，居然也机灵了一些，水笔汲水也可以汲上了。九十年代以来，记者、编辑、作家们一个个鸟枪换炮，把电脑摆在写字台上，写小说写散文写诗都现代化了，都潇洒多了，我却还在用水笔爬格子。因想到自己老了，又太笨，连自来水笔还当蘸笔用，怎么会用电脑呢？所以仍然用我的一支水笔写写画画。今年元月以来，因看到笔筒里闲置的圆珠笔有好几支，若不用也是一个浪费，便又改用圆珠笔写作。二月里又发现两支圆珠笔芯其长短与任何一支圆珠笔芯都不合套，丢掉又太可惜，就持圆珠笔芯写字又不太好把持，于是想起来在医院里常见大夫们用胶布把圆珠笔芯裹粗了用也不错，于是我也用一块胶布将圆珠笔芯裹粗了用，容易把持多了。比如今天写这个短文就是用了这种笔写的。我用这种笔已经写了好几个小东西了。笔是落伍之笔，在当今大都用电脑创作的时代，自己还用圆珠笔、水笔写写画画，总有一种老古董之感。我们住的一幢小楼，都是专业作家，家家都有电脑，唯独我还用笔爬格子，未免太不合时宜了。每次把我的手写稿给编辑同志寄出时，就会想到编辑同志一定会把我这种东西当老古董看的，很不好意思。因为各报刊编辑同志都用电脑编辑，各位记者、作家打印稿有一定规格，好办。剩下我这么一个老古董的手稿，编辑同志看了就头疼，手写稿还能存几天哩？但也没办法，走一步说一步吧。

《新媳妇》的出版及其他

《新媳妇》，短篇小说，一九五五年山西人民出版社出版。这是我有生以来出版的第一本书。

一九五五年春有一天，山西人民出版社文艺编辑室的编辑张镇江同志忽然找上门来，当时我是山西省文联《山西文艺》编辑部一名编辑。张镇江同志说："出版社今年的文艺书籍出版计划中已有你的一本书，这是郑社长说了话的。"

郑社长是谁？便是郑笃同志。当时，郑笃同志是山西人民出版社社长，也是我的老领导。我的文学创作之所以有个开步走，之所以有个逐步前进，是与郑笃同志的关怀和帮助分不开的。我的处女作《老仁拴》的发表，便是高沐鸿、郑笃同志极力赞同才发表了的。以后几个短篇如《浸种记》《用不着咱操心啦》等等发表和获奖，也与郑笃同志的大力推荐不无关系。因郑笃同志曾是省文联副主席和《山西文艺》的主编，又一向以扶持青年文学作者和民族化、大众化文学作品为己任。他做了出版社社长后，在积极为成名作家出书的同时，没有忘了对青年一代的扶持。

张镇江同志要我把近年发表过的几个短篇整理一下以后交给他，说要给我出版一本短篇小说集。我从来没想到过出版一本书之事，忽然间来了个张镇江，要给我出书，当时我简直不敢相信张镇江的话是对我说的。出版书籍，怎么会轮到农民出身的我的头上？但是张的话确非儿戏。张要我把自己的几个作品整理一下，不明明是冲我而言吗？可是，怎么个“整理”法儿呢？出书一事对我而言实在是大闺女坐轿头一次。张镇江同志说可以把发表过的作品再过过，该修改的再改改，以后加以剪贴就行。我遵照张镇江同志的意见做来，自选了处女作《老仁拴》、获奖作品《浸种记》《用不着咱操心啦》以及《两朵大红花》《新媳妇》等五篇，并一一作了修改。而后，我把这五个短篇从杂志上剪了下来。剪是剪了，不知该怎样贴。既然剪了，为什么还要贴？便把五个短篇分别用大头针别了。几天后张镇江同志又来了，我把改过的作品交给他，他拿在手看看，欲笑又不便笑，只说：“就这一份吗？每个作品最好有两份，一面有字，贴在另纸上，才便于……”张镇江同志像老师一样教导于我。因那些作品有的可以找到两份，有的如《老仁拴》，只此一份，无法单面贴。张镇江同志知道我从未做过此事，说了一句干脆的话：“算了，就这个样子，你全交给我吧。”我没办法剪贴，只好就那个样儿交给了他。

我不知道张镇江同志接受了我那一堆乱七八糟的东西后想了什么办法，费了多少工夫，或者是对印刷厂工人同志说了多少好话，反正是几个月之后，张镇江同志骑了自行车来到省文联，把我出版的第一本书《新媳妇》二十本样书送在了我的手里。他说：“你看怎么样？封面还满意吗？”

我只为着已经出版了一本书而高兴，至于那封面，无论是什么样子我都不会不满意的。以后我在山西人民出版社陆续出版了六个短篇集子，一个单行本。每一本都是出版社的同志主动找上门来，拿了稿子去，送了成品来的。

一九五六年三月，山西人民出版社的二张——张镇江、张剑浩二位先后登门找我。张镇江要给我出版第二个短篇集，我先有点为难。因为《新媳妇》出版后的一年里才发表了《两朵大红花》《邻家》等四个短篇，出集子，未免过薄过寒微。张镇江说："你不是新写了一个短篇，还有一个中篇吗，加在一起，够了。"

出版社的消息好灵通。我刚刚写出了两篇东西，尚未送刊物发表，他们早已知道了。对于二张这般扶持文学青年出书之热情，对于发展山西文学事业那股子精神，我十分感激，十分佩服。当时我把已经发表过的几个短篇和尚未发表的《冻解花红》，配以中篇中说《翻身楼》，编就一个集子，题为《冻解花开》。此次已学会了剪贴，一一剪贴好，送去出版社。

张剑浩同志之来，则是同我联系要给我出一本诗集，他们已在《山西文艺》上看过了我的叙事诗《栽瓜曲》。他说《栽瓜曲》四百多行，出书有点少，问手边是否还有诗作。我正好刚写完一个叙事诗，题为《沁水东流》，也是四百多行。张剑浩同志便拿去看，认为可以，便与《栽瓜曲》编在一起，以《栽瓜曲》为书名出版。一九五六年，正是而立之年的我，一个短篇集，一个诗集，一年出版两本书，能不高兴吗？此皆赖郑笃同志和文艺编辑室主任关守耀同志和"二张"之力，感谢他们为山西文艺书籍出版所付出的劳动。

短篇小说集《井中栽柳》是一九五七年出版的。《井中栽柳》

原题《四年不改》，发表于一九五六年十一月号《火花》。此篇收入中国作协编的一九五六年《短编小说选》，山西出版社便约我将此篇与《关门领导》《藏红旗》等篇编作一集出版。一九五八年二、三月，我写的短篇小说《长院奶奶》《蓝帕记》，《文艺报》在同期里对此两篇发了评论文章。张镇江同志又跑来找我，短篇集《长院奶奶》很快也出了书。一九五九年中国青年出版社出版了我的短篇集《天门取经记》，山西人民出版社则以《蓝帕记》为书名又出一个短篇集。此二集皆为庆祝建国十周年而出。单行本《长春岭》是适应当时毛泽东同志所指出的社会主义社会存在着阶级和阶级斗争而出的。一九五五年至一九六三年，差不多每年有一本书出版，一九五六年、一九五九年还各出两本书。但是因为一个“文化大革命”，十五年间没出过一本书。直到一九八〇年，还是山西人民出版社的王东满同志又同我联系，出版了短篇集《赶花集》。又过了八年，北京华夏出版社出版了我的第一部长篇小说《五女传》。至今还有发表过的短篇小说四十余篇，中篇小说、报告文学和散文数十篇，我也没有找过任何出版社提出过出书之要求。因为我明白当今出书之艰难，如今非五十年代了。

回忆自己从事文学创作四十四年的长长历程，才出版得七个短篇集，一个诗集，一个单行本，一个长篇，不如当今一个大手笔一年内出书之数。自顾这般干瘪形象，实在不过是新中国文学战线上一个残兵败将，成不得新中国文学大厦一砖一瓦。事已如此，悔又何及？或可在“不了屋”里尚能挣扎几年，再挣扎出一两本书，也未可知。

今天是个大句号

今天是什么日子？今天是一九九九年十二月三十一日，即本年的最后一天。本年度最后一天——十二月三十一日又是什么日子呢？它是公元二十世纪的最后一天，并且又是一〇〇〇年到二〇〇〇年整整一千年的最后一天。在我们中国说来，今天——十二月三十一日这个日子是清光绪二十六年即一九〇〇年至今整整一百年的最后一日，是一百年来该画一个句号的日子；也是公元一〇〇〇年即宋咸平三年至今又过了整整一千年，也是该画一个千年特大句号的日子。所以说今天是个不寻常的日子，是一个该画百年大句号又是一个该画千年特大句号的日子。

一〇〇〇年到二〇〇〇年，这一千年，宋、元、明、清、民国、新中国，经过多少次战争，经过多少次改朝换代，劳苦大众经过多少次苦难，革命志士做过多少次牺牲奋斗，才赢得今天这个幸福的新时代啊！一九〇〇年到二〇〇〇年，这一百年，辛亥革命，第一次国内革命战争，抗日战争，解放战争，土地革命，粉碎“四人帮”，正可谓是惊天动地的一百年，是翻天覆地的一百年。在此百年里，结束了几千年来统治中国的皇朝，推翻了官僚资产阶级的黑暗政权，打败了侵略中国的日本帝国主义，建立了人民政权，开创了社会主义大业。所以在此一百年里劳苦大众第一次做了国家的主人。在此一百年里特别是在新中国建国后的五十年和改革开放的二十年里，我们的国家起了巨大的变化，人民的生活起了巨大的变化。农家饭场人们的碗里由糠糠菜菜变成了大米白面；大姑娘小媳妇的脚上绣花坤鞋变成了“叮咯”响的皮鞋；老太太身上的狗牙镶边褂子变成了粗布有襟褂子又变成了华达呢褂子；人们打土窑、平房里搬进了高楼大厦。大哥大爷过去是赶老牛慢车如今开上了“嘣嘣嘣”的小四轮或是大卡车或是面包车，家家户户下田归来一边吃晚饭一边看彩电，并且是坐在沙发上看，往日的太师椅也变成老古董了；与远在千里的亲人说话，直拨电话几秒钟就打通了。肚饿了，有面条；天冷了，有棉袄；回家了，砖楼高；出门了，坐车跑；上地了，不担挑；天黑了，电视好……正所谓楼上楼下，电灯电话，彩电冰箱，汽车摩托……大多数人过上了幸福的小康生活。应该说今天这个千年大句号是个胜利的大句号，今天这个百年大句号是个胜利的大句号。但是这个大句号不会是我们前进路上的停步和结束，应该是我们迎接二〇〇〇年迎接二十一世纪开创又一个千年的起步，应该是我们开创更大胜利开创更大幸福的起步。

华山眺望

登华山，必先过潼关。我们经风陵渡坐船过汹涌澎湃的黄河，便到潼关。潼关，东出潼关是豫，西进潼关是秦，北过黄河是晋，十分重要的关隘，古来就是兵家必争之地。春秋时，晋国据此“天险”阻秦；战国时，秦国凭此“天险”击败东方联军；三国时，曹操在此击败马超、韩遂夺下潼关，夺得关中大地；唐时安禄山兵反到了潼关几经周折不能进关，后用反间计夺取了潼关，于是，长安大乱，唐玄宗只得出逃四川；唐末农民起义，黄巢率军偷渡潼关，又一个唐皇僖宗不得不逃往成都。唐朝前几代皇朝之所以建都长安，一个重要原因就是有潼关、函谷关这个天险。

我们曾在潼关住一宿，睡得安安稳稳。因为新中国之统一，全国一家，数十年无战事，关里关外一样都在搞改革，建设新中国，非往日兵荒马乱、战火连年之时了。

潼关是险关，华山是险山。因为华山有千尺幢、百尺峡、老君犁沟、天梯等等很多险道，上一次华山，冒数次大险，如果说上华山者是旅行家，莫若说是历险家。因而当时我上到华山之西峰，回忆步步之险情，便后悔不该上此华山，只怕难以下去了。所以有句曰：“华山最险苍龙岭，奇幢千尺赖铁绳，绝壁天梯悬高空。上得山来忆上山，比起上山更吃惊，敬佩当年解放军!”

但是悔也无用，既来之，则安之。我们住在西峰村庙内之厢房，偶遇阴天，屋门、窗口里里外外，乱云飞渡，卧于室内，如卧天上云间，真神仙也。忽有雷雨，雷在脚下响，雨在脚下落，真天上人也。我们就这样做了两天“神仙”。天忽然晴了，我们遍游西峰，山顶不过庙观、道士、道姑、树木、花草而已。人在山下仰望高山，高山最是巍峨壮观；而人在山上俯瞰山下时，如在天上看人间大地，则人间大地更加美丽壮观，以为是看到了极乐世界。此时看天，天很蓝，且太阳更艳丽，碧云更娇柔；看地，但见西是百里棉田——银色莽莽的秦川；东是万亩麦浪——金光灿灿的豫州；北是千顷禾风的晋原。就在那百里棉田、千顷禾浪之间，从天画下一条细细的金线又通向天去，如同人在大地上看到天上的银河，其实却是奔腾东去的黄河。秦岭、太行、伏牛山也尽收眼底。我们在华山之巅一眼看三省，好一幅壮丽的画卷，令人感叹不已，因之有几句《水龙吟》道：艳阳碧云长天，黄河奔腾天涯外。秦岭争先，太行争高，伏牛争快；金色豫州，碧浪晋原，银波秦川。有千千万万英雄人物，追者追，赶者赶。平常一个潼关，曾难倒多少好汉！出也争江，入也争山，十年九乱。秦官何往？汉室何去？唐殿何在？唯人民大厦，冲天竞起，波及四海！

金刚山之美

我旅朝时到过朝鲜许多地方，看过许多风景区，最使人难忘的是金刚山。金刚山有一万二千山峰，奇形异状，各有千秋。最著名者有天花峰、飞凤峰、玉女峰、文笔峰等。我们向主要景区九龙渊瀑布走来，一路走一路看，那些天花峰、飞凤峰、玉女峰、文笔峰各个景观排列于左面高高低低岈岈嵯嵯的金刚山上，好像是列队欢迎我们。当日更加阴云霭霭，细雨霏霏，“玉女”“飞凤”们在那濛濛云霭之中似隐似现，更显得千姿百态，令人神往。当时正值秋日，金刚山满山遍野绿草茵茵，红叶灼灼，令人陶醉。金刚山头时见瀑布泻下，著名的从山头上直泻而下的“姐妹瀑布”腾空而来，如两条白练，双管齐下，相互比美比娇比妙比俏，真是绝妙景观。上九龙渊的盘山小路忽隐忽现在红叶绿茵之间，似盘虬一般弯弯曲曲盘在两山的沟坎上，我们一会儿行沟左，一会行沟右，不时地走在浮桥之上。我们要连过八道浮桥。浮桥之下，两山之间，“哗啦啦”的流水声如琴如弦如歌如唱，悦人耳目，沁人心脾，那便是有名的寒霞溪。此水名为“寒霞溪”，实则并非一般潺潺的小溪，那是九龙渊瀑布之水，观之很有汹涌澎湃之势。我们踏绿茵，看红叶，过浮桥，观寒霞，一路奔来，令人走得如醉如痴。不会做诗的人也有几句歪诗是：“碧流奇岩万峰高，绿茵红叶八上桥。千秋寒霞令人醉，醉倒游客知多少！”

到九龙渊瀑布还有老远，便有一种惊天动地的巨响传来。翻译说：“九龙渊快到了。”果然，不一会儿，我们便上至瀑布潭边。只见打十多米高的崖头上一股老大的瀑布飞流直下而来。因为那崖壁刀削一般直，那瀑布又大，大瀑布下削壁，那种势不可当、急不可待的势头是多么的震撼人心！大瀑直下，忽见半空是千万朵水花乱溅，忽见满天里水雾濛濛，忽见一道道蓝光绮丽，忽见千万颗珍珠竞舞，千缕万象，多姿多彩。

家里的老人

许多家庭都有老人。老人大体可以分作两大类：一是六十几岁或七十岁上下，无大病痛，能跑能动，生活完全可以自理，退休金也不少，生活上不必依靠子女者；二是大十几岁虽不太老但多病或收入微薄，生活不能自顾者，或收入尚可但年已七十八十并且多病生活自理有困难者。前一种老人，生活没问题，后一种老人的生活却是多种多样的。无论老人是同子女在一起生活或另起炉灶自做自食单独生活者，都应该说是子女家的老人。

关于小辈如何对待老辈的事，一般说有四种情况：

一是好儿女，这是多数。无论子女与父母在不在一起生活，子女们都是想尽办法孝敬老人。吃的、穿的、花的，一律满足，且想尽办法让老人生活得轻松愉快。有一老太有三个女儿，她虽单独生活，却也时不时地到三个女儿家去走走、看看。走走、看看全打的，去谁家，谁拿车费。这是最好的。

二是一般儿女。对于老人，供吃供穿，也不怎么太好，决不欺侮老人，老人活得平平常常。这种情况也不少。

三是有些子女对老人说不上好，也说不上不好，但只知道为自个儿想，不知道为老人想。有一老人年近八十了，虽无大病，却也年迈力衰。但其两个子女每天中午要带孩子一块儿到父母家吃饭，还是你要吃面，他要吃米，只有素菜不行，必须餐餐有肉。全不问老人老了，干动干不动了，反正你还能动，就必须把午餐做好。老人每天累得夜夜呼唤这里痛，那里痛，次日还得照样儿为儿孙服务。这类家庭在城市里也不少。做儿女者为什么就不为年迈的老人想想呢？只能说明做子女者太自私了。

还有最坏一种子女全无人性。有一家是父母分了房子，其子说借住几天，却一住到底，闹得父母无安身之处；还有一家，儿子住了母亲的房子，让母亲蜷缩在阳台上度日；还有一家是儿子一家上顿肉下顿酒，却不肯赡养一个老母亲，为了让母亲早死，把母亲锁在一个小屋子里，每天只供一碗残饭；还有一家是两个老人常住河南女儿家，因年老了，害怕死在他乡，便赶回太原自己家。但当他们“啪啪”打开自家的门时，来开门的孙女却挡在门口不让爷爷奶奶进门，等等。可见坏儿子也不少。希望这些不知心疼老人，欺侮老人的子女们好好看看你的左邻右舍是如何孝敬老人的。老人们的日子不多了，请你能够善待为好。

如今的老人越来越多。所以各单位都有老干处，专做老干部工作。一般家庭差不多都有一至两名老人，有的甚至更多。家庭里虽不必有专管老人问题的专人，但应该对老人的事加以重视，做好尊敬老人，否则，你的家就说不上是个完好的家庭。

家说

什么是家？恩格斯有过“家的起源”的论述，不必赘述。一般地说家是两个结合的总和：一是人与房子的结合；二是男人与女人的结合。两个结合，缺一不可。因为有房子而无人，只能是房子，不能是家；反之，若是有人而无房子，也只能算是一个人而不能称做家。所以我们不能说买卖房子是买卖家；也不能说看见几个人就是看见几个家。有人而无房子，故有“无家可归”之说；有房子而无人，那房子还仅仅是个商品。有人又有房子或只是一个男人或只是一个女人，可以算是个“家”了，但还只能算是个半片子家。不能算个完整的家，否则，男人尚未娶或女人尚未嫁之时，怎么会说是“我还没成家哩”。只是既有房子又有人而且是结了婚的人，那就可以说是真正意义上的家了。

就这么一个人与房子的结合加男人与女人的结合——两个结合组成的家，是人类社会的核心组织。世界之大，组织很多，但是最主要最根本的组织是国与家两个组织。虽还有省、市、县、乡之组织，皆属国之组织范围。全世界几十亿人的生活和活动无非就是两大类，一是国务活动，包括省、县、乡级各机构人们的工作和活动，都是国务活动；二是家务活动，包括春种、秋收、拉煤、打柴、农业、副业、养鸡、养蚕、开小商店、打工赚钱、买粮、做饭、洗衣……皆家务活动。家庭的意义极为广泛，谁也离不开的。普通老百姓离不开家，国家的总统、部长、议员也一样离不开家。按上下班制度讲，无论何人，都是每天至少有一半时间是在家里活动的，是与家人在一起的，可见家的重要性。邓小平同志的改革开放政策，其中一个家庭联产承包责任制，主要是看清了家庭这个积极性的重要，是在一穷二白的国家里搞社会主义不能超越以家庭为单位的生产组合。于是，一个家庭承包责任制，十几年时间，中国千千万万的家庭富起来了。于是，席梦思床、组合柜、彩电、冰箱、拖拉机、汽车涌进了广大乡村普通百姓家。城市里则一厅几室、高级装潢、冰箱、空调、摩托、电话，也都进了普通百姓家。千千万万的老百姓家里富了，我们的国家也强盛多了，国际地位也提高了。这正是曾参所著《大学》里说的"欲治其国，必先齐其家。""齐家而后国治，国治而后天下平。"家不富，国焉得强；国不强，家焉得保？

总之，家庭这个单位是很厉害的单位，这是因为人类历史自有家庭以来长期形成的家庭观念不是几个运动就可以改变的。国家欲求发展，社会主义事业欲求前进，必须考虑到人们的家庭观念的重要性。家庭承包责任制之所以行得通，中国大多数家庭之所以很快富起来，是我们看重了家庭这个积极性起了作用的。人们的家庭，是一个值得很好研究的课题。

婚礼与婚俗

儿女婚事是每个家庭的头等大事。有几家人家每天每日忙东忙西不是为儿女的上学为儿女的婚事而奔忙呢？加之当前人们结婚的婚礼日重一日，婚礼越来越俗，花费越来越多，讲究越来越繁，车队越来越长，为父母者也就越来越忙了。

当今与昔日不同。当今无论你是小康人家是大款还是“小款”还是没款，婚礼大小的规格是差不多一样的。旧社会里却不是这样的，而是富人富办，穷人穷办。富家与穷家办婚事的规格是有天壤之别的。富人家办喜事，有请两班音乐抬八乘大轿或四乘花轿或两乘大轿者。一般中等人家办喜事也会请一班音乐抬一乘花轿，红火三天。穷人家办喜事就简单多了，多了借一辆牛车将新娘子接来，新娘子端一碗米进门儿，新郎官端一碗面出门儿，新郎新娘在门口碰了面儿，双方将那一碗米一碗面互相碰碰，或者互相交换过来，就算是成了亲，这叫做碰亲。当时绝没有穷人家向富豪人家攀比也抬几乘大轿之说。解放初期结婚最简单，备一辆骡车把新娘接来，在喜棚下典个礼就成。在那漫长的三十年“低标准瓜菜代”时期，因为家家都穷，新娘子要求往往不高，在农村一般有五十斤白面，七十斤饼干，一件红灯芯绒褂子，就很满意了。为什么要七十斤饼干，因为当时供销社里再没有比饼干好的食物了。女方亲戚朋友多，男方送来饼干，拿一斤饼干走一家亲戚，那一斤饼干算是一个“请柬”。又过了几年，的确良、涤卡、涤纶、呢绒华达呢渐渐上市，办婚事时新娘子能穿上一条呢绒华达呢裤子，就以为是很高级了，就很满足了。所以当时人们虽然普遍都穷，但女方要求不高，比较好办事。当然在农村也有过分要求者。当时人最穷，木料更难买。你到木材公司批木料，十有九户批不上，无奈何你自己种两棵树或者偷伐集体的树又是走资本主义道路，是走不通的。因而有些人家养了闺女，趁闺女找婆家时便向男方要两口棺材的木料，以便二老送终时不为木料愁。所以当时闺女找婆家向婆家讨棺木者大有人在，那就算是很奢侈了。现在看来，两口棺材算得了什么。当前人们办婚事越办越大，农村、城市的形势差不多是一样的。在农村，不问你是否有钱，你既然有个儿子想娶媳妇，你必须新盖三至五间新楼房，还有席梦思床、组合柜、洗衣机、沙发、自行车等件，少一样，人家闺女就不嫁你。有些村子缺水，买了洗衣机没用处，但是必须买，即使是买了洗衣机做装玉米的缸，也必须买。这些东西不买也行，少几样也可，但你就是得打光棍儿。因而，许多小户人家必须想尽办法哪怕是借债或者到信用社贷款，也要为儿子娶媳妇。我有一侄儿当民办教师月工资八十元，其父为他娶妻带病苦累，活活累死。不过媳妇娶到家了，组合柜、席梦思床、沙发、装玉米的洗衣机都有了，就是把他父亲累得没人了。在城里娶个媳妇更可怕，前几年有三二万元钱就成，现在却不然，除许多大件外，要装潢新房、要照结婚照、要买摩托车、要请锣鼓队，没有四万五万，娶不来一个新媳妇。我见过几个年轻人结婚都没少花钱的。那排场真是越来越大了。

我们中国是如此，外国人结婚的奢侈更可怕，乌兹别克一个婚礼会有六百多人，印度的风俗最怕人，女方的嫁妆达不到一定程度，男方就会把新媳妇架火上活活烧死的。越来越奢侈的婚礼不知明天会发展到什么可怕的地步。要说嘛，婚姻大事一辈子一次，办得大一点，花些钱也是可以的，但如今富人家毕竟不是多数，少数人办事奢侈，把许多收入平平的人家就给害苦了。北城区有一户老两口一个扫街一个给一个单位看门房，能有多少收入？但是儿子结婚一样要买几大件、一样要装潢新房，有什么办法。但求有些好心姑娘结婚时少讲点攀比，为小户人家的困难想想，我们就感激不尽了。

男儿与女儿

家家户户把生子女立后看做头等大事。对于生男儿还是生女儿，极其关心。实行生育一胎化后，人们对于生男生女更其看重，谁都眼巴巴盼望媳妇生个男孩子。人们之所以重男轻女，是因为按封建传统说，只有男儿可以传宗接代，故看得重；女儿只是个出嫁者，故看得轻。有些人为求生个男儿，宁死不屈。

六七十年代已经开始计划生育。但是晋东南地委有一个干部其妻老生女孩儿，为了争取生个男儿，竟一连串老大老二老三老四……生了八个女儿。因为有人说她要生九天仙女，看看再生希望也不大，才不再生了。夫妻双双因此不能提拔，两人合起来才挣七十几元钱，连带姥姥十一口人，那日子过得难度之大，可想而知。就是一般人家也是想男孩儿想成了梦。这在人们的名字上可看出端倪。女人们的名字改花、改梅、改英、改兰、改香、改凤、改仙、换荣、换类、换桃、换仙、换兰、引弟、招弟一类名字很多，就是因为生了女的，希望下次生养能够改一改，换一换，生个男孩子。男孩子取名就大不相同了，不是绑住、拴住、捆住、拴牢、拴成，生怕那男孩儿跑掉，就是天保、天佑、天福、天成，求天保佑，当宝贝疙蛋看。

人们生孩子总希望生男孩，但是儿女们长大了，做父母者年岁大了用得着儿女们时，却另是一种情形：用女儿多，用男儿少；女儿易使，男儿难靠；女儿服帖，男儿离心。好像男孩子的职责就是一个传宗接代，还有一个继承家产；女孩儿的职责就应该只是侍奉父母，帮助父母。往往老人一病，就必须赶快捎书带信儿让女儿回娘家当护理员。当然靠得上的男子也有。我们家的情况就很好。但是比较而言，总是女孩子好使得多，总是女儿心疼父母多。近年省里一位老美术家瘫在床上，他一儿一女，男的也不坏，但只管出钱，不出人，侍奉老人之事全部落在女儿头上。当然如今许多人都转变观念了，认定男女都一样，虽只生了一个女孩子，也把女孩子打扮得花朵似的，十分看重。这就对了。

许多国家不像中国看男儿看得重。仅是美国纽约一个市在中国上海等地孤儿院抱养孤儿，就全抱养的是女孩子，他们看问题就很实际。为什么中国孤儿院多是女孩子，弃婴多弃的是女孩子，说明有一些人还是重男轻女思想在作怪。前些时我在太原五一路碰上一个女人抱着一个男孩子，屁股后跟着一高一低两个酷似母亲的女孩子；还有一次在南华门碰上一个女人抱着一个男孩子，屁股后竟跟随着三个全都很像母亲模样的女孩子。这都是只要男孩子，不顾一切的顽固派。

我们不应该总在一个传宗接代问题上想不开。男女都一样可以传宗接代的。真正的男女平等看问题，男可以娶女，女也可以招男，对双方父母，都有孝敬的责任。观念变了，也就会避免怀了孕就看 B 超，就打胎，就弃女婴等等许多问题。也不必生了女孩儿就要“改”就要“换”了，就会有更多的和和睦睦的幸福人家。

教子与骄子

养育与教育子女是每个做父母的天职。青少年受教育，学校有责任，家庭一样有责任。如果以为你的孩子上了学，就把教育子女的责任完全推给学校，那就大错特错了。古人云："养不教，父之过；教不严，师之惰"，就说明教育子女是家庭与学校双方都有责任的。对于家庭教育人人似乎都明白，但实际做起来又是千差万别的。有的对孩子的智育、德育和劳动教育三方面都很注意。纵然三方面都很注意，纵然家资百万，也不让子女在生活上过分奢侈，使其热爱劳动，能吃苦，这样即使其子女明天走上社会，也经得起磕磕碰碰，才不会被困难吓倒；也有些人依仗家里有钱，又是独生子女，就百般娇养子女，小小孩童的衣兜里常有大把大把的票子。如果有同学、邻居说句逆耳忠言，动不动就与人争吵。其结果必然是害了子女。我的二弟有二子，家务事他一应包揽，二十多岁的儿子了，什么也不让干。他是又推碾又簸米，儿子在旁只会站着看。结果呢，二弟死后，其子什么农活儿也不会做，上了地看见活儿只会哭。太原北门外有一人家也是这样过分娇惯其子，后来到西安上了大学，离开父母处处吃苦，实在受不了，便每天写信给父母说不想上学了，要回太原，吓得其父只好每天给其子写一封信，劝子要安心学习，千万不敢回来。还有一个到北京上大学的青年，认为学校的伙食不如家里的好，天天下饭馆，自己寝室里铺床叠被的事也做不了，在大学待不下去了，便卷起铺盖打道回家了。还有一些父母一味娇惯其子，儿女不好好学习不管，不认真做事，也照样迁就，结果孩子在社会上饭馆出，舞厅进，偷鸡摸狗，打架斗殴，不是被劳教，就是进牢房，到那时，做父母的后悔有何用？所以不论你是贫困人家还是大富人家，在如何教育子女的问题上，千万不要做糊涂父母。

老辈与小辈

一个家里总会有老辈、小辈两辈人甚至三辈人。小辈或娶或嫁成家之后，大都分居，另起炉灶。也有因无房子或者因为老辈的需要，成家后的子女仍然同老辈人一起生活的。老辈与小辈在一起生活，一般说两辈人都会很高兴的，小辈人上班，回来可以吃上现成饭，老辈人也感到红火，多几分欢乐，少几分寂寞，少几分孤独感，有益于身心健康。但也不是没有矛盾，没有问题。如我们单位的老陈，陈母便是陈家的老保姆，老陈夫妇共生了四男一女，全是陈母一手抚养大的。陈母不仅带孙子，还要兼管家里的大小一揽子事。老陈夫妇总说工作忙，家里的事也不问，还有理由，说："老人家能干，老人家嫌我们干得不好，不让我们干。"陈母年纪越来越大了，还是支撑着包揽一切，累也不肯说，病了也支撑着干，明明对儿、媳有意见，但是见了儿、媳，总是强忍着做出一副笑脸。陈母没向她的儿、媳吐过一个"苦"字，但却与我家老伴说："我老了，实在干不动了，可是我又不死，不干行吗?”从老陈家的事例看来，做老辈者应该尽力服务小辈，做小辈者也应该想到老辈人的年岁和精力，努力做一部分家务，替老人分忧。事实上年轻人却很少有人能够体会到老人们的苦衷的。再如我们单位看门房的老王，他的老伴儿已是七十八岁的老人，但是儿女们中午下班还要到父母家来吃饭，近八十岁的老人每天做七八口人的饭，能不累吗?但是儿女、孙孙来了只知道拿碗吃饭，不知道老人家的辛劳，不肯帮老人的忙。还有我的姨妈，和老陈家一样，我表弟有四男二女六个孩子，全是我姨妈一手带大的。弟妹一概不管孩子们的事，致使他们的儿女心目中只知有奶奶，不知有父母。他们大了怎么会与父母亲近呢?我们对面楼上一年轻女人前年结婚，去年生子，生子后一概不问儿子的事，只想当现成的母亲，孩子连晚上睡觉也是当爷爷的带着睡。所以说小辈人不体谅老辈人，不肯带孩子，未能与孩子建立感情，是个很大的损失。另外，带孩子与厨房的活儿，都是很累人的事儿，老人则更累。

“泽州秧歌”结束语

现在的泽州人也看不到泽州秧歌。现在的泽州地方也许那些七十岁八十岁的老人还会哼几句泽州秧歌，年轻人只怕早已不知道泽州秧歌为何物了。山西的地方秧歌很多，许多秧歌都能流传至今，连晋北的二人台不过是极其简单的两个人表演的地方秧歌也不曾失传。晋东南的其他秧歌如壶关秧歌、沁源秧歌、襄垣秧歌都有专门的剧团，唯独泽州秧歌彻底完了。其实，过去的泽州秧歌比其他秧歌气魄都要大。比如襄垣秧歌、沁源秧歌、太谷秧歌、晋南郿户都只演一些比较简单的家庭小故事节目，如《打酸枣》《三怕老婆》《打棒槌》《阴阳配》等等都是家庭小故事，有三五名十来名演员即可演戏。而泽州秧歌每个秧歌团都有大幔，其节目都是可以连续演三天四夜的连头本戏，如同现在的电视连续剧。如《黑虎山》《白蛇传》《张羽煮海》等等都是连续剧。《白蛇传》从白素贞下山到认识许仙到水漫金山寺到状元哭塔也是七个本头的大本头秧歌。每个秧歌班都有四至六口大戏箱，行头服装满满当当的。所以泽州秧歌比其他地方小戏的气派都大得多。过去的泽州五县除一些专业性的上党梆子剧团外，大凡四五十户以上的村子都有一班秧歌班。有些大村则有业余上党梆子剧团。许多大村子会有两个秧歌班。如陵川的后山村就是东头、西头各有一个秧歌班。东王庄竟有东头秧歌班、上街秧歌班和底街上党梆子戏班共是三个班。村村有秧歌班，自然是春前秧歌，七月农闲都会开台唱秧歌的。我的老家西下河村六十户，也有一个秧歌班。我十来岁时，便也进了秧歌班，学着跑龙套。一般跑龙套者都是四人，我便是那个第四名，跑在最后边。我曾经跟着我们村的秧歌班外出演出过四次。一次是在附城镇西街舞台演出，共三天。因为演得好，附城镇一百多家商号家家都给我们秧歌班送酒盘送馒头，我们三天吃不完，最后每人还分到六个馒头，真是大发横财。送酒盘都是在下午演出中送的，舞台上一边演唱，不时有一两名穿着整齐的年轻人一手高高托着一个酒盘，盘里一般放四个菜，二三十个馒头和一壶酒。若是演出质量不好，是没人送酒盘的。我们村秧歌班在高平县一个村里演出时，晚上演出折子秧歌《打棒槌》,因为演嫂嫂的旦角演得出色，有几家烧饼铺子把烧饼用绳子穿成串子如同今天的花带一般，给演员脖子戴满一脖子烧饼，像得了演出奖一样，大家高兴极了。又一次是到后山村西头庙上演出，那是一次礼节性交换演出。他们到我们村演出一次，我们也到他们那里演出一次。唱秧歌唱出麻烦的一次是我们秧歌班到庆王庄的演出。第二个晚上秧歌唱得正热火时，台下的观众忽然打架了，只见观众群里有几十个人张牙舞爪、挥拳举臂打在一起打成一盆酱，直打得难解难分。原来两年前的窑岭村的剧团到我们村演出时，演出水平差，观众给以喝倒彩，早已记恨在心。我们村秧歌班来庆王庄演出，庆王庄和附近各村观众都叫好，偏窑岭村观众唱反调，偏说不好，还往戏台上扔驴粪蛋。庆王庄观众不服，便与窑岭村观众打起来，许多人都受了伤。总之，当时在泽州各县里唱秧歌是普遍的事儿。虽各县都有专业性的上党梆子戏班，但是人们看秧歌的兴趣并不比看戏的兴趣低。一是因为请专业性的上党梆子剧团花钱多，请业余性的秧歌班唱秧歌，花钱很少；二是因为上党梆子戏多演朝代戏，如《封神演义》戏、东周列国戏、唐朝瓦岗寨戏、宋朝杨家将戏……一般文盲老百姓特别是家庭妇女看不懂，不如看秧歌班的《白蛇传》《三龙王》的故事好懂。再则，上党梆子戏往往听不明白它的歌词，过去演出又不打字幕；打了字幕，多数人又不识字，还是不懂。而泽州秧歌有个好处是演员唱起来总是一字一板地唱，人人都听得懂，所以很受群众欢迎。再则，有些秧歌本子的唱词写得又极精到，如《白蛇传》里《断桥》一折戏的开头，白蛇、青蛇的一段对口唱是：“主仆们逃出来天罗地网龙穴虎口，吓得咱魂不沾身有魂难守。走一步吃一跌一步一跌难往前走，紧一步慢一步，急急忙忙滚下山头。怕只怕天兵天将法海和尚追赶在后，往后望后边无人无人追来不如慢走。若慢走恐怕追来追来再说如此慢走。歇一歇喘一喘紧一紧衣带擦一擦汗流……”那唱词明白如话又极顺溜，引人入胜。可是泽州秧歌从一九四三年晋城地区解放后，至今五十多年，全泽州地方已经没有泽州秧歌的踪影了。也许因为此剧种不加管弦而落后，所以淘汰了的。可是从来没人设法改造过它，真是一件憾事。一九六〇年陵川县政府调后山村西头秧歌班到县城演了一出《断桥》，几位农民演员特别是四十多岁的老农民，近二十年没登台了，但他们唱得好极了。我看过京剧、晋剧、越剧等等许多剧种演出的《断桥》，但是比之泽州秧歌的《断桥》就差多了。一是唱词美，最主要一点是那紧迫的锣鼓音乐配以两个演员慌不择路的急迫神情，把二人打天罗地网逃出来的气氛演得特足。特别是青白二蛇边唱边舞的那一套舞蹈动作优美极了，那紧张的气氛，那优美的舞姿，是任何剧种都演不出来的。可惜泽州秧歌已经彻底完了，完全地完了。只是为了让晋城市的文化界和晋城市的后人知道我们的历史上有过这么一个很受群众欢迎的剧种，故写了这些文字见诸报端，以备晋城市的文化单位和文史单位能够将此一事记载下来。如果市文化单位还能找到演唱泽州秧歌的老人，能把《断桥》一出秧歌录个像以备后人研究，那将是一件好事。只怕再晚几年想录像怕也太晚了。此谓“泽州秧歌”的结束语。

长治三多

长治城有三多——庙会多、旧鞋多、出殡孝子多。

许多城、镇每年会有几个庙会，也就是后来我们常说的物资交流大会，长治城很特别，每月都有一个赶会的机会，并且每月赶会的日子都是农历每月的初一。农历二月初一至腊月初一，都要赶一次会。老长治城人和附近农村人对长治城的初一赶会记得很清，每到初一，赶会人就来了，外地迁至长治的人则是每每上街时忽然发现今天又赶会哩，才会明白今天又是某个月的初一了。不过这种初一赶会，除了七月初一是全城大赶会，规模大，声势大，远至冀、鲁、豫都会有人来赶会。其他初一的赶会，规模就小多了。因为都是局部区域小赶会，不是东街会，就是西街会，或是南街会，都是过去的例会。这就是庙会多。

二是旧鞋多。除了七月初一规模很大的庙会，百货、电器卖什么的也有，其他初一的会如二月初一、三月初一、六月初一、十月初一这些赶会，除了一些饭摊子、小杂货，最多的货摊子是旧鞋摊子。这是长治初一赶会一个明显的特色。每每赶会，城里一些人或附近郊区一些农家便把一些半旧鞋子拿来摆旧鞋摊子卖旧鞋，一街赶会，到处都是旧鞋摊子，也有人说长治城的这种会叫“破鞋会”，玩笑而已。因为旧鞋摊子太多，如今买旧鞋的人太少，所以那旧鞋子买卖并不怎么好。

三是出殡孝子多。其他地方出殡老人，在灵柩前戴孝拉灵的不过是死者的子子孙孙或三五人最多十几人罢了。长治城则不然，每每在大街上碰上出殡之事，灵柩前拉灵的人都在四十多五十以上。长治的死者怎么会有如此多的孝子孝孙？原来当地风俗每出殡，除其子子孙孙外，近房远房的本族、亲友的小辈都要拉灵的。真正伤心哭灵的，只有穿孝的几个人，其他人只系一根白腰带，说是拉灵，不仅不哭，有些年轻人还扬着头喜形于色，满高兴的。这实际上是一个陋习，该改改了。

看戏 看电影 看电视

戏剧曾是最受群众欢迎的艺术。各地有各地的地方戏。晋东南地区有上党梆子、上党落子，还有襄武秧歌、沁源秧歌、壶关秧歌、州底秧歌许多剧种。在晋东南，旧社会里县县都有几班专业剧团，几乎村村都有业余戏班或秧歌班。我的家乡东、西下河村便有两个秧歌班。邻村后山村东西头也有两个秧歌班；东王庄村则有两班秧歌一班戏。既然村村有戏班，自然是村村年年都要演戏的。与戏班子之多相适应，村村都有大庙，几乎庙庙都有戏台子。盖了戏台子不可让它老闲着，几乎年年都要唱戏的。我们村每年至少要唱两次戏或秧歌。唱秧歌很省事，不必花钱请戏班子，连饭也不必管。大都在正月或七月农闲时唱。有时在大庙里现成舞台上唱，有时则要搭新舞台。为什么，因为旧社会有习俗：新过门的媳妇三年内不准进大庙，说是新媳妇进庙会冲撞神灵的。此事有何验证，谁也说不来。秧歌班的一伙年轻人以为新媳妇不能看他们的演出是莫大的憾事，便想出个在村里搭台唱秧歌的法子。有新媳妇看演出，秧歌唱得便格外卖力。

请专业戏班唱戏麻烦就大了，一要花钱请戏班，二要准备食宿之处。最主要的是花钱，那是要各家各户摊钱的，小户人家便不怎么欢迎唱戏。但是我们西下河村每年六月十五唱戏是唱给龙王爷的。我们村除了有一座大佛庙，还有一座龙王庙，敬的是黄龙王。黄龙王还有夫人，庙里正中塑了一男一女两尊神像，左右两边还有雷公、电婆、布雨、行风等六尊神像，两根大梁上还缠着两条巨龙，巨龙之蹄爪还抓着血淋淋的两颗人头。一则人们害怕惹下龙王不下雨，二则谁人一生能没做过一件亏心事，不给龙王唱戏，下雨打雷，龙王会抓他的人头去的。于是，也只有乖乖地摊唱戏钱。

当时老规矩是三天八场戏。头一天戏班来得晚，只有下午、晚上两场戏。二、三天都是三开箱，上午也有一场戏。不过上午戏开得很晚，大都在午饭前开戏。原来的上党梆子戏班都会唱上党梆子和上党二簧以及罗戏三种戏。上午的一场戏全唱上党二簧，那剧目一般都是《打金枝》《满床笏》《打山》(《李元霸打山》)《盗书》(《蒋干盗书》)等。下午、晚上两场戏的剧目以梆子戏为主。折子戏也唱二簧戏和罗戏。这要看剧团善演哪些剧目，有的剧团主演杨家戏，那便是《闯幽州》《乾坤带》《金沙滩》《雁门关》《昊天塔》等剧目；有的剧团主演封神榜，那便是《女娲宫》《黄河阵》《绝龙岭》等剧目。也有以三国戏《战宛城》《长坂坡》等为主的；也有以明朝戏《巧缘案》《兴乐图》等为主的。诸如东周列国戏《平阳宫》、宋朝戏《赏花楼》等等各朝各代的戏都有。下午的戏一般是一个本戏，一至二个折子戏；晚上是一个本戏，四至六个折子戏。当时在晋东南唱戏与城市不同，城市剧院演戏是先演折子戏，后演本戏，意谓观众不多时先演几个折子戏，待观众到齐后再开本戏。使当天观众都能看个全本戏。先演本戏后演折子戏，意在让当场观众都能看一个全本戏，而后的几个折子戏，愿看几个看几个，年老者不宜多累，看完本戏或再看一二个折子戏，便可退场，回家休息。年轻观众多是看到底者，所以差不多每场戏的后边几个折子戏多是玩笑戏或者内容不大健康的戏，如《双别窑》《打面缸》《换妻》等等。旧社会时年轻人看戏常常会看到五更鸡叫。解放后演出习惯有很多改变。下流戏没有了，夜戏也不会没完没了地演到五更了，一般都做到了一折一本，二至三个小时的演出时间。

解放后农村业余剧团很少见了，每县只有一至二个专业剧团。几十年来在演出剧目上也有几次大变化。解放初期，许多剧团都是历史剧、现代剧相杂上演。现代剧如《白毛女》、《赤叶河》《王贵与李香香》《王秀鸾》《小二黑结婚》等，差不多县县剧团都能上演。古装剧也多是修改过或新编剧，如《将相和》《三打祝家庄》《天仙配》《西厢记》《梁山伯与祝英台》《张羽煮海》等多是为婚姻自由而奋斗的剧目。后来逐渐变得剧目比较杂乱。到“文化大革命”中又一变，变成了八个样板戏。“文革”以后又一变，便是当前的情况。

现在的戏曲剧团在广大农村越来越不大有观众，除剧团本身某些因素外，最主要的一个原因是电影和电视的兴起和发展。我们不能说是电影、电视冲击了戏曲，应该认为这是历史发展的必然，是一个进步，是农村逐步富了起来的必然趋势。如今许多农村都很少请剧团唱戏了。但农民观众有了喜事，如结婚、生孩子、儿孙考上大学等等，都会请电影专业户来演一场或两三场电影的。演电影请电影专业户，出很少的钱，管一两个人的饭，就能看一场电影，比演戏经济多了，方便多了。

再说多少村多数人家都有了电视机，天天都能看电视剧。夏天热，可以把电视机搬到树凉下看；冬天冷，可以在屋里围炉看，多么清闲自在。农村人们又有串门的习惯，尚没有电视机的人家，每晚必然会拥到有电视机的人家来，一边看电视，一边拉家常，那是城市人根本无法体会的一种惬意。总之，时代前进了，农村的文化生活也发生了巨大的变化。

说“驾子”

架子大没架子，这“架子”以前叫“驾子”。非当官者所独有，商店的总经理有总经理驾子，学校的校长有校长驾子，名大夫有名大夫驾子。驾子是普遍存在之事。当然最为显著者还是官驾子。

官驾子是古已有之之事，并非共产党官员身上的新产物。从奴隶社会起，当时没有小汽车，各级官员只能坐马车。公、侯、伯、子、男，爵位不同，马车的驾数就不同，因而有千乘之国，百乘之家的说法。爵位大的官出门，车驾很多，那驾子就大；爵位小的官出门，车驾很少，自然驾子就小。这就是所谓“驾子”的由来。

我们今天的官员，无论你的官职有多么大，无论你坐了多么高档的小轿车，从乡长到县长、市长、省长，有一个共同的名堂叫做“人民勤务员”，都是为人民服务的，不应该有什么官驾子。你的官很大，你坐的小车很高级，但是因为你仍然是做着为人民服务的工作，就不应该拿什么官驾子。应该像我们常说的一句话：平易近人。你不平易，你不能近人，你怎么能算是为人民服务的勤务员呢？但却不然。许多人一当了官，一坐了小汽车，官驾子就升级了，官有多么大，驾子便会有多么大。有的人本来是科级干部往往会拿出一个处级干部的大驾子。面难见，话难说，事难办，就是官驾子在作祟。至于坐车，许多人明明是小官，硬是要自我膨胀做大官的驾子。本来该坐桑塔纳，硬是要坐奥迪、皇冠。学校校舍塌了没钱修；山村农民贫困无钱扶，却有钱购买高级小轿车。各地方各级政府常常查出许多部超级别的高档小车给予封存、拍卖，就是许多当官的官瘾太大，车瘾太大，小官硬是要充大官驾子之故所致。许多官员拿官驾子之瘾太大了，几年前报载南方某县一县长在宿舍吃饭时忽患急症，急需送医院抢救。院里停着一部小轿车，但是县长不肯坐，因为那车档次太低，坐了它上医院，会丢县长的驾子的。只好呼叫县长自己的高档次小轿车。十分钟后，县长的小车来了。县长坐小车来到医院，医生看后说：“不行了，你们来得太晚了。如果早来十分钟，就还有救。”县长死了。这是一件宁愿丢命也不愿丢驾子的典型事例。

作家家里的保姆

城市里的保姆眼下还是少不得的一门职业。保姆的官方名堂叫家庭服务员，习惯上仍叫保姆。保姆的事儿好干也难干，用保姆好用也难用。这要看保姆的素质如何和用保姆人家对保姆的态度如何。自古道“两好合一好”，用人的人家好与差，保姆的好与差，都要两方面看问题。也有保姆偷了主家者，也有主家对保姆横竖看不顺眼者，也有偷懒不干活儿的保姆，也有对保姆过于苛刻的人家。因而也有当保姆当着当着上了大学者，也有当保姆当了大款者，也有当保姆当三天就干不成者，那情形是多种多样的。所以当保姆、用保姆都是一门学问。本文只想把五六十年代在我们单位的几位保姆向各位作个简单的介绍，或者对今天的保姆、对用保姆者两方面都有益处。

五十年代，我们山西省文联的作家们艺术家们因为多数是双职工，又都有孩子，不得不请保姆。奇怪的是那时候在省文联当保姆的都是好保姆，省文联的用保姆人家都是好人家，都是对保姆特好。这可真是“两好合一好”，好上加好哩。如马烽、段杏绵家；刘德怀、彦颖家；苏光、鲁青家；西戎、李英家；寒声、丁于家；胡正、郁波家等等，都是如此。当时马烽、段杏绵家的保姆尚年轻，是个小媳妇。她男人当兵在外。年轻的小保姆在马、段家干活儿如同在自己家里干活儿一样，饭菜做得好，衣物洗得净，屋里打扫得勤，对段杏绵的父母，“伯父”“伯母”唤得亲。马、段夫妇对保姆如同对自家人。若是生人到了马、段家，准看不出那女人是他们家的保姆。马烽、段杏绵真的把保姆当自家人看，几年之后，还在太原市给保姆找下一份工作干，让她到一个幼儿园做了幼儿教师。

刘德怀、彦颖家常有两个女人。因为他们孩子多，他们两口子又想干工作、搞创作，于是刘德怀将他老家介休的老妗子请来给他们家做家务事。彦颖生了三女儿后，又在平遥县农村请了一个名叫桂莲的奶妈来。刘德怀的孩子们称老妗子是太老妗。太老妗在刘、彦家近二十年，她的儿子就在彦颖家生活，上小学、上中学直至上大学毕业有了工作，娶了媳妇，老妗子又有了带自己的孙子之任务才离开了刘家的。奶妈桂莲奶大三女儿又奶四女儿，四女儿长大了，她还没离开刘家。这时的刘家已有男女六个孩子，共十口人生活，桂莲不仅为这个家带孩子们，协助太老妗做家务，还负责针线、采购诸事。十来口人生活，每日上街买菜是大事。作家刘德怀、诗人彦颖夫妇对太老妗对桂莲一样看做自家人，每天吃什么，每天买什么菜以至于交电费、水费、扫街费，买煤、买粮诸事，一律不过问，都是桂莲拿刘家的钱去购买的。甚至他俩连到财务上领工资的事儿也不管，也是桂莲代领的。刘德怀、彦颖夫妇活得多么省心，他们对太老妗、对保姆桂莲又是多么放心。但是桂莲常常自动记个花钱清单给彦颖看，彦颖却又懒得看。请看他们主雇之间关系之融洽达到何等好的地步。后来彦颖的孩子们常到平遥去看望他们的桂莲姨姨，如同看亲姨妈一般常来常往。桂莲去世后，孩子们都跑到平遥吊唁过桂莲姨姨。

版画家苏光和鲁青家的老保姆是江苏人，她的老家已无近亲，在苏家当保姆，见苏光、鲁青夫妇待人不薄，老保姆为了卫护苏家的利益，在煤堆儿、烟筒、小厨房等等一些小事上与街坊邻居大争大吵，四邻人都怕她几分。她很爱护苏家的儿女，但不迁就他们。一次苏家的次子见奶奶（老保姆）上街了，便引几个小同学来家里折腾，结果让老保姆碰上了，将孩子的同学们轰走也罢了，因孩子不服教，老保姆竟把苏家的小儿子捆绑起来。小儿子要唤要叫，她又把小儿子的嘴给塞住，等苏光、鲁青回家来，与之理论。老保姆脾气不好，但是老保姆确实把苏家当成了她的家，她的以武力对付街坊，她的拿绳索教育孩子的方法很糟糕，但她确是一片好心。苏光一家老小都把她当亲人看，老保姆也已打定主意今生今世不离开苏家了。不意一个“文化大革命”闹得苏光住了牛棚，鲁青下乡去改造。眼看苏家自身难保，老保姆老死苏家的奢望也破灭了，才回了江苏老家。

寒声家的老保姆是北京人，也是一个实心实意的好老人。她与寒声的小儿子之间十足像是奶孙关系亲密无间。一次老保姆摔坏了腿，不能动了，要求走，寒声却不让走，像对自家亲人一样把她送到医院去治疗。为了照看在医院治伤的老保姆，寒声又雇了一位年轻保姆到医院看护老保姆。这样的给保姆雇保姆的事儿恐怕很少，但寒声家的事儿都是百分之百的事实。

总之，当时在我看到的几家如马烽、杏绵家；刘德怀、彦颖家；苏光、鲁青家；寒声、丁于家等，他们各家对于保姆的事虽各有千秋，但有一个共同点便是用保姆、当保姆都做到了平等对人，主雇互相之间是一种新型的人际关系；都做到了疑人不用、用人不疑，真诚相待的诚实态度；都做到两好合一好，双方都能视对方为亲人为自家人，这样，双方都有好处。相信这种新型的人际关系会发扬光大的。

名人辞典泛滥成灾

过不了几天，就会收到一封什么什么辞典的来函。来函里已经把你的姓名、年龄、籍贯，从事文学创作的主要作品和成就打印好了，请你校阅有无错误，然后请你签个姓名，有的还要你加盖一个单位的公章，再给他们寄回去。再过几日，他们会复来一函，内有上次所写内容的清样，请你最后校订、签名。同时有一附件是该辞典的征订单，一本三百多元，或则四百多元，入选者可以按优惠价订购。为此，我连他们寄来清样看都不看一眼，扣下作罢。因为如果每入选一种辞典，就要花三百多元、四百多元，仅此一项，每年的支出就是一大笔。再则，每一种辞典，也就有你本人三四百字的介绍，花三四百元钱买三四百字的东西，岂不太昂贵了。又再则，那些辞典无论有多少种类，不过就是你本人三四百字那点内容，何必到处赔上数百元去兜售呢?

本人自知文学创作成就很是平平，所以八十年代入选《中国文学家辞典》已经心满意足了。九十年代初又被编选进《世界华人名人传略》之中，令我受宠若惊……但本人选入此书中人不出钱，还白白得到一套书。

不知是因为一些人把编印名人辞书看做是一门赚钱买卖，还是因为他们看出来一些人出名成癖，于是，纷纷编印名人辞书。大概编印辞书的人得不到真正名人的支持，于是，就把矛头对准了我等一班并非名人的名人。因而在近二年里差不多每个月都会收到一封索要名人词条的信件。这些来函的名人辞书名堂都很好听，诸如《中国专家学者辞典》《中国人才辞典》《中国当代艺术家名人录》等等。你的词条一旦编入这些辞书，你便成为一个人才、一个专家、一个人物、一个名人，甚至还是什么英杰还是兴国人物等等。不知这些编辞书的人缘何会编选到我的头上？原来他们一家家出书后，都希望我花三四百元钱买他们的书；再则，自己想到把自己那点不著名的东西厚着脸皮编进这些辞书内，实在不伦不类；三则，自己也无此经济力量；四则，自己没有更大精力每天写词条、寄信，所以在那源源不断的来函中学得聪明了许多，应付这类事老到了许多，每每收到这类来函，有时看一眼完事，有时根本连拆也不拆。因为此类函件已经泛滥成灾，不抵制如何了得。奇怪的是有的因为未给他们回音，还会再来一函二函，有几家甚至会连来四函或五函，把人搅得不得安宁，可谓灾难深重了。对此，只有一法，只要你不理它，那灾难慢慢就会消除了的。

面子问题

什么是面子？面子就是人的脸，有脸便有面子。但人世间人与人不同，面子与面子也就不同。同样是人，但有的人面子大，有的人面子小，有的人虽有脸却没面子可讲。有的人的面子特值钱，有的人的面子不值一文。既然如此，就发生了一个没面子的人看有面子人的脸的问题即看面子办事的问题。看人的面子办事并非易事，这就是人生的难处。按说面子问题是普遍存在的。如有的为父者训斥做了错事的儿子："你算给我把脸丢尽了！"如有人做了错事求人饶恕时说："不看僧面看佛面，求你给点面子吧！"等等。最难的是百姓求官员，小官求大官。按说我们国家是社会主义国家，老百姓是国家主人翁，国家干部是人民公仆，主人翁的面子该是比人民公仆的面子大的，可是人在官场遇事，求老百姓的面子是不中用的。再说大干部小干部分工不同而已，不存在什么面子大小问题。实际却又不然。实际上有的人想办某种事，因为自己面子小，办不了，必须求面子大的人。比如有的人子女犯法入狱，想求得个大事化小，小事化了，重罪轻罚，又是托人求那些有面子的人写条子；有些人想升官，就设法求面子大的人替他说话。其实，这种做法已经变成一种“买卖面子”的交易。我们今天呼唤反腐败，这种“买卖面子”的勾当也应在被反之列。一些面子大的人常常装着糊涂“卖面子”以饱私囊；一些小面子的人想升官想发财想办事可以拿金钱在装糊涂的有大面子的人那里达到欲达之目的。只是苦了那些虽也有一张脸但又没“面子”的老百姓。他们吃了官司想打个公道官司，是何等的不易。因为“主人翁”的面子远远不如“公仆”们的面子值钱的。这种主人翁和公仆颠而倒之之事好像是不正常的，可是在一些人看来却是很正常的。在我们的官场如能少些讲面子、看面子如包拯者如孔繁森者，是会受到党的重视和老百姓的欢迎的。我们反腐倡廉，只有反掉官场的送面子问题，才可以把老百姓的面子给争回来。只要老百姓能做有面子的人时，只怕各级官员的面子就显得很正常了。这是好事。

时代感　艺术美　乡土情

一、是什么力量推动你走上了文学道路？又是什么力量使你在创作上追求不止？

我从小爱听故事，可那些故事大都讲的是古代上层人物。我从来没有想到过写小说，写诗歌，以为自己是老百姓，没有见过那些上层人物，写小说不是自己的事儿。一九四三年我的家乡解放以后，我参加了革命。后来，看到了《小二黑结婚》《李有才板话》《吕梁英雄传》《太阳照在桑干河上》等作品，也只是想做一个新文艺作品的忠实读者。后来读了郭沫若、茅盾、周扬有关赵树理作品的评论文章，联想到自己也知道许多农民的故事，也想试着写一些反映农民生活的东西，于是便拿起了我的那支文学创作的秃笔。

茅盾、赵树理、丁玲等人的作品对我在认识社会、认识生活诸方面给以巨大的启迪，使我认识到新的文学作品是广大人民群众不可缺少的精神食粮。这便是我在文学创作上追求不止的原因。

二、你的处女作是什么？发表（出版）在什么报刊？当时是什么激起了你的创作欲望，又是如何写成的？

我的处女作是短篇小说《老仁拴》，发表在一九四九年《太行文艺》复刊号的卷首。一九四八年秋，我参加了陵川县召开的劳模大会，一个军属的模范事迹使我大受感动。我访问了他，并以他为模特儿，写成一个近万字的小说。寄给太行新华书店，也不知是怎样转给《太行文艺》编辑部的。

三、到目前为止，你认为自己最满意的和最遗憾的作品是什么？为什么？

到目前为止，我没有写出过使自己最满意的作品，比较说得过去的，自以为是《四年不改》《长院奶奶》《蓝帕记》《因为五丑是队长》《秋收时节》等，最遗憾的是《天门取经记》和《无人客店一夜》等作品。《长院奶奶》《蓝帕记》里写的是新人，是我按捺不住称颂的；《四年不改》《秋收时节》等作品里的官僚主义、命令主义和形式主义者形象，是我时常见到，以为不能容忍，必须加以鞭笞的东西；《赶花集》《分谷》里的故事，大都是我和父母亲身经历，以为写出来有益于后辈的……总之，这三个类型的作品都写了自己最熟悉的生活，所以自己比较满意。而《天门取经记》《无人客店一夜》等反映大跃进的东西，则是为当时报纸上热闹的宣传所鼓动，匆匆草成、生编硬造出来的，至今仍然遗憾不已。

四、你在创作上努力追求的特色是什么？这种追求的欲望是怎样产生的？今后在这方面有什么打算？

我在创作上力求自己的作品有这样的特色——时代感、艺术美、乡土情三者有机结合。我是以写农村题材为主的，总想使作品有浓烈的乡土气息，乡土之情。今后将以民族化、大众化为前提，努力追求三个字：一是新，力求题材新，着力反映生活中与时代合拍的新型人物和新问题，创作方法也力求有所更新；二是美，要做到艺术美、语言美、文字美、结构美；三是情，要写出乡土之情，写出农民及其干部的喜、怒、哀、乐、爱、恶、欲……并能打动读者。

五、你认为现在读者的审美要求比过去有何变化？今后的发展趋势又如何，你打算在自己的创作上考虑这些变化吗？

现在，广大读者大体有两种要求：一是要求最新最美的文学作品，即题材新颖，思想健康，有艺术魅力的作品，二是短小精悍，故事性强，思想健康的作品；真正有生命力的是最新最美最富艺术魅力的作品，今后我也将朝这个方向努力。

六、你对小说创作上的新观念和新创作方法的采用有何看法？

我没有也没有时间去研究所谓小说创作上的新观念，因为我以为不要忘了为人民服务、为社会主义服务，并力求做到时代感、艺术美、乡土情的高度完美就是。至于那些对于文学的社会性、对作品的社会意义，对时代精神，对深入生活嘲弄和贬低的论调，都是不值一驳的谬论。因为一个文学家竟不知道自己为什么而写，只是自我陶醉，有何存在必要？至于新的创作方法，在有利于社会主义文学事业发展的前提下，是可以也应该多样化的，是可以创新的。

七、你最喜爱读哪位作家的作品？除文学作品外，你还喜欢什么书籍？这些书对你的创作有什么影响？

我一向喜欢读赵树理的作品。此外，我还喜欢读历史、地理、天文、历代名人故事、科学常识等类书。读书同深入了解群众生活一样，是文学创作必不可少的。生活底子厚的人，在创作中对于生活的汲取是得心应手的，很难说某作品中某一点是汲取了某项生活。读书也一样，各门知识对创作都是有用的。博览群书的人，知识渊博，许多知识，都会融会贯通地运用于创作之中。

应否老调重弹

眼下从上到下文艺界又在强调文学家、艺术家下乡、下厂，深入群众生活，熟悉群众生活，直面生活，反映现实。文学家深入群众生活之重要性又一次被提了出来。

文学创作与深入生活之关系实在是说了数十年的老问题，实在是老调一曲，今又重弹，有弹的必要吗？

应该说创作与生活的关系，犹如蚕吐丝与采桑之关系，似蜂酿蜜与蜂采花粉之关系，如厨师做菜与采办鸡鸭鱼虾之关系。作家写作品亦然，没有群众生活，很难写出好作品的。这个问题好像是人人皆晓的大道理，实在是一曲老调，人们不知说了多少遍，今天又何必啰里啰唆，重弹此老调呢？

近十年来，在文艺界很少有人提作家、艺术家深入群众生活之事。若有人敢提此事，必然会说你是过时之谈，是思想僵化之表现，因而有人反对谈，有人不敢谈，便谈得很少了。似乎一个作家若在今日今时还说什么创作与生活的关系，便是不识时务，不真正懂得文艺创作规律云云。君不见在前十多年里，文艺界不讲什么下乡、下厂，不讲什么深入群众生活，八十年代的文学创作不是十分的繁荣吗？八十年代新崛起的作家不是一茬又一茬，生机勃勃，大有超过前人创作之势吗？文学大军不是同样崛起吗？事实证明，一些作家过去讲深入生活，并非无的放矢。八十年代并不多讲此话，为什么八十年代的文学创作反比往日更加繁荣，更加轰轰烈烈呢？这也离不开文学创作与深入生活的关系。因为八十年代中最为活跃的基本有两个方面的作家：一是五十年代的所谓“右派”重上征途；一是下乡插过队或在乡村基层工作过的有文化的年轻人。当然也有很少数不在此例者。五十年代这批作家重上征途之后，写出很多作品，为什么呢？他们到农村去与农民群众一起劳动，生活了几十年，虽是被迫的，但却大大地积累了生活，一旦重上征途，一支支笔便会笔下生花，写出了好作品。插过了队或在基层工作过的同志大多也是如此。可见文学创作与深入群众生活有极大关系，这个等号画得是不错的。

那么，为什么一定要提下乡、下厂，深入群众生活呢？因为今天我们的服务对象是人民，不像昔日单单是工、农、兵了。既然今天是为人民服务，工人、农民、战士，商业界、学校、机关、团体、街道的人，都是人民。住在城市，只要熟悉商业工作者，或熟悉学生，或熟悉干部，或熟悉市民，你便可去写商人、学生、干部、市民。熟悉哪方面的人，便写哪方面的作品。各个方面群众生活都可以写，也都应该去写。同时因为我们的文艺工作者特别是创作强手或者说文艺创作的主力军大多在城市，大多离工农大众远点，尤其在新时期大多数人不大愿意认真地到农村去生活的这种情况下，便有了强调之必要，便有了老调重弹的必要。我们有责任去熟悉、了解、反映这些深刻的变化。作为当代作家，我们有责任熟悉、了解、反映这些深刻的变化，去熟悉、了解、反映新农村涌现出来的新人物、新事件或新事物与旧事物之间的矛盾和冲突。

八十年代，我们的文学创作真正轰动了一阵子。但近两年来能在文坛产生轰动效应的作品却少了，有轰动性的新作家也少了。为什么呢？许多作家渐渐离开群众生活，或渐渐离群众生活远了，或当年存货已经不多了，或熟悉的好的素材已经拿出，等等，正是近年佳作不多的原因之一。由此可见深入群众生活之必要性，由此可见深入群众生活这一老调子是应该重弹起来的。我们应该在深入群众生活的老调子上弹出新曲，弹出更高更美的时代之曲。

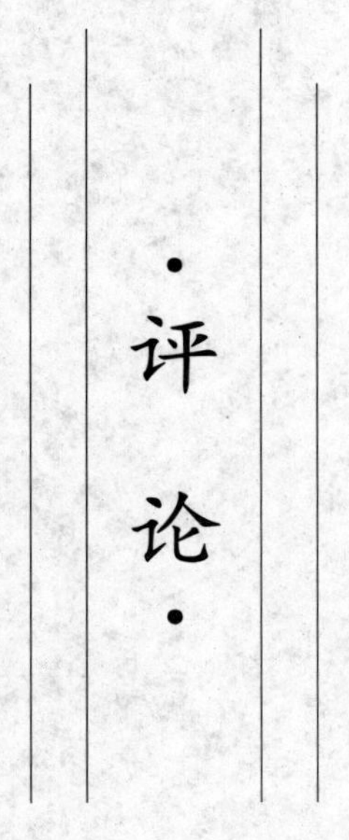

·评论·

我这样从事创作

1. 传略

一九二六年四月十七日，我生于山西省陵川县附城镇西下河村。家极贫，只有土地二亩半，无房，借住他人一间豆腐坊。父在外做长工。我七八岁上学两冬。七岁开始给人放牛、打短工、做月工、做季工直至十八岁参加工作。自幼酷爱学习，可谓“家虽贫、学不辍”。但我“有心读书无书读”，常在别人大扫除后的垃圾堆上捡破书，忽捡半本《大学》，忽捡半本《中庸》，忽捡半本《小罗成》，忽捡一个老《包公》，捡来什么读什么，读书一如收“古董”。但我夜读不学“囊萤”和“映雪”，而是“日暮收工兼打柴，夜里烧此充书灯”。这整整打工十年，那滋味深有感触：“一怕天阴雨下，二怕种毕锄罢，农事空闲少人问，三怕长冬雪大。阴天下雨闲暇，种毕锄罢回家，农事有空肚也空，大雪长冬难过。”

我十二岁时抗日战争始发，便参加了村里的儿童团、牺盟会，常到附城镇、陵川城参加抗日救亡活动和村里的减租减息活动。一九三九年冬“十二月事变”后，当地地下党组织遭到破坏。蒋军二十七军、四十军开上太行山，口说抗日，却只会起粮、抓伕，闹得民不聊生，加之日军的“三光政策”，老百姓十室九空，到了“三步一见饿死骨”的地步。一九四三年秋，家乡二次解放，我被救了。一九四四年二月，我参加了革命工作，先后在陵高抗日县政府和陵川县政府财粮科当科员，做粮食工作。一九四七年九月至一九五〇年二月，在陵川县司法科工作，处理民事纠纷，审判刑事案件，当了近三年的法官。一九五〇年三月至一九五一年底，在陵川县政府办公室任研究员一年，后在陵川县文化馆任馆长兼文化宣传组组长近一年。一九五二年一月调山西省文联，任《山西文艺》和《火花》编辑部任编辑、副主编共十年。其间一九五四年我加入了中国共产党。一九五二年二月到北京参加华北创作会议。一九五六年二月到北京参加第一次青年创作会议。一九五九年参加山西省百人观礼代表团到北京参加建国十周年大庆的庆典。一九六二年调晋东南文联任主任。一九六四年到蒙古人民共和国和朝鲜民主主义人民共和国访问参观，同年十月一日到北京参加建国十五周年大庆观礼。一九六六年“文化大革命”开始后两个月内上斗争会二十七次。一九六七年被夺权。一九七七年晋东南文联恢复并任副主席，一九八〇年任主席。一九八〇年四月至一九八八年底任山西省作家协会副主席。其间曾兼任晋城市文联和长治市文联名誉主席。一九七九年由山西省委定为山西省的六个专业作家之一。一九八九年十月被聘为国家一级作家。一九九一年被聘为山西省作家协会顾问。一九九二年十月一日起享受国务院特殊津贴。

2. 我的启蒙师及自己的成长

因为幼时家贫，没有正经上过学，所以也谈不上有什么启蒙师。只记得虚岁七岁时上了小学，念旧书。知道老师叫银昌，不知其贵姓。那老师尚好。我上了学没钱买书，家里有些麻纸，银昌老师便用这些麻纸给我订一个本子，抄一本《三字经》让我念。一个多月我把《三字经》念完了。便无书可念，只好每天重复念那本《三字经》。银昌老师算是我的启蒙师吧。在文学创作上我却有很多启蒙师，一般可以说有两大批。第一批是幼时的。母亲给我讲过许多民间故事，是我的第一个启蒙老师。正因为听母亲讲民间故事，使我成为一个故事迷。加之我们院的安根叔是个光棍汉，堂屋的扎根大爷，隔壁院的明顺爷爷，还有喜娃爷爷，都常到安根叔的屋里来坐，并且常常讲故事。扎根大爷爱讲《三国演义》，明顺爷爷爱讲《封神演义》，喜娃爷爷爱讲《说岳》等等，听讲故事时间长了，使我更加喜欢上文学作品，哪怕在垃圾堆上捡半本小说或几页旧书，甚至连母亲用来夹丝线的破皇历，我也会津津有味地读它。小山庄到哪里寻书读？家家都是老农民，无一书香门第，书从何来？我要读的“书”有两个来源：一是冬天人们大扫除倾倒垃圾时往往会倾倒出一些没头没尾的破书出来，我会捡来当宝书看；一是过大年有些人家挂了中堂字画，上边常常会有一首诗，如王昌龄的《出塞》、如李白的《朝辞白帝城》；有的中堂联也有字如“鸢飞月窟地，鱼鳅海中天”等；有的人家过大年挂出四扇屏如《狸猫换太子》，如《项橐拦车》等，都是我要读的书、看的故事。我的第二批启蒙师是在我参加工作以后。我看到了赵树理的《小二黑结婚》《李有才板话》《李家庄的变迁》《福贵》《催粮差》

等等，还有丁玲的《太阳照在桑干河上》，欧阳山的《高干大》，马烽、西戎的《吕梁英雄传》等等。过去对于《三国》《西游记》只是爱听故事，只是个文学爱好者；读了赵树理、丁玲的作品后，知道了老百姓的事也可以写进小说里，我们这些粗通文字的一般干部只要你愿意写，也可以写小说。所以我的启蒙师不是具体的一位老师，而是两大批。第一批启蒙师母亲和扎根大爷、明顺爷爷他们给我讲文艺作品，使我爱上了文艺；第二批启蒙师赵树理、丁玲、马烽的作品使我认识了新文艺，知道了老百姓的人和事可以写文艺作品，于是我就开始了文学创作，走上了文学创作道路，至今在这条道路上已经走了近五十年。

我开始写文艺作品是在一九四八年。当时我在陵川县司法科工作。在陵川县劳模大会上听了模范军属张仁拴的发言，为其模范事迹所感动，便以他的事迹为基础，写了短篇小说《老仁拴》，寄给太行新华书店，不意于一九四九年《太行文艺》复刊号发表了，且是首篇。《老仁拴》的发表，增强了我的文学创作信心。于是在一九五〇年又写了《用不着咱操心啦》和《浸种记》。这两篇小说虽还是平平之作，但由于山西省文联老作家王玉堂和郑笃的扶持，在当年年底举行的山西省文艺新闻颁奖大会上，《浸种记》获甲等奖，《用不着咱操心啦》获乙等奖，进一步鼓舞了我的创作热情。一九五二年我调省文联工作后，连续三年到武乡县窑上沟村的长治中苏友好集体农庄下乡深入生活，又到北京参加过华北创作会议和全国第一届青年创作会议，加之与李束为、郑笃等常在一起谈论创作，我的创作水平逐渐得到提高。所以我一九五六年写的短篇小说《四年不改》，为中国作协当年编的《短篇小说选》收入，并受到好评。一九五八年写的短篇小说《长院奶奶》《蓝帕记》，《文艺报》均有评论，受到好评。一九五八年九月号《人民文学》又发表了我的短篇小说《天门取经记》，《人民文学》还发了同期评论《天门取经记》的文章，影响较大。正由于《四年不改》《长院奶奶》《蓝帕记》《天门取经记》的连续发表，且有一定影响，使我于一九五九年加入中国作家协会，成为会员。

3. 我的成名作与创作经过及评介

我的成名作是短篇小说《四年不改》，发表于一九五六年十一月号《火花》。我在武乡窑沟下乡时曾见过在一次下雪后，有人先写了窑上沟社员积雪的报道送去报社，才通知窑上沟社员积雪并告知让某某带头积雪之事，弄虚作假。有些干部搞形式主义，春天积肥虚报数字，秋天产量又弄虚作假，尽量多报。有一个先进村打麦时夸亩产量之高，夜里偷偷把其他地里的麦捆子送到丰产田里，次日让上级领导和邻村干部来参观。我的老家年年冬天响应上级号召打井。为了当先进，单纯追求打井数量，不求质量，只是打样井，挖更多坑坑。供上级和各村人参观。待当了打井模范后，到次年春天那些坑坑似的“井”反而妨碍耕种，便把它平了。有的“井”则变作栽树的坑子。集中上述诸事，为了鞭笞我们工作中的官僚主义，将我了解的有关素材加以集中概括，便写了一个县里下乡干部在打井工作中单纯追求数量，不讲实际的命令主义和形式主义作风造成的不良后果。某村忙了一冬虽也当了打井先进，却仅仅是打了一些样井。这就是短篇小说《四年不改》。因为这些干部，今年如此做来，明知是打样井，明年、后年照样还是如此做法，所以叫《四年不改》。此篇一九五六年十一月号《火花》发表后，收入全国一九五六年《短篇小说选》，康濯在序言里对《四年不改》作了评价。一九六二年中国作协在大连召开创作会议，会上有树了“一个标兵，三个样板”之说，一个标兵指的是赵树理；三个样板指的是河北省张庆田的短篇小说《老坚决外传》，山西省西戎的短篇小说《赖大嫂》和我的短篇小说《四年不改》，因而《四年不改》有了较大的影响。茅盾对此三篇作品还写了一个专评，以《读〈老坚决外传〉等三篇作品的笔记》为题发表在一九八一年五月二十日《人民日报》上。

4. 我的重要作品及其创作过程

我从事文学创作近五十年，发表作品二百多篇，出版书籍十一本。其中主要作品有《浸种记》《四年不改》《长院奶奶》《蓝帕记》《天门取经记》《秋收时节》和长篇小说《五女传》《洞房歌声》等。文学创作不同于裁缝剪衣服，设计出一种新式样，可以做出千百件同式样的衣服也有销路。文学创作亦不同于酿酒。汾酒、茅台既成名酒，必须保持原料原酿法。文学创作每写一篇都是一个新创作，既不能雷同别人，亦不能雷同自己，否则便是一个失败。所以，文学创作有其本身的难处。但我从事文学创作还有一层困难，因为文学创作是要拿笔杆做文章的，而我压根儿是个拿锄头锄庄禾的庄稼汉，锨、镢、锄、耙、犁、耧、担，是我的武器；山地、梯田、蚯蚓小路，是我驰骋的战场；春耕、夏锄、秋收、冬藏，是我每年要打的四大战役，根本不知道文学为何物，更没想到拿锄柄的手可以拿笔杆。但后来在赵树理、阮章竞、丁玲、马烽等作家的影响下，我终于拿起了笔杆，这就发生了一个笔杆与锄柄的关系问题。似乎锄柄与笔杆是毫无关系的两码事，但我在创作中深深体会到若没有当年我拿了十年锄柄的生活，今天手中的笔杆是不会把小说写好的，写起来也不会那么得心应手。文学创作是不能离开生活的，《四年不改》的创作经过前面已经说过了，我的许多作品的创作都证明创作是离不开群众生活的。这里简单介绍一下我的几个比较重要作品的创作过程。一是《长院奶奶》。这个短篇的题材很一般，不过就是写了一个农村青年要出义务工帮别人盖房子，而母亲害怕在社里少挣了工分，极力反对儿子的行为，实在一般极了。但是它反映了新农村里先进与落后、为人与为己两种思想的斗争。这也还在其次，主要是通过帮人一件小事塑造了长院奶奶、长院爷爷及其儿子唐丙辰老少两代三个个性比较鲜明的艺术形象，其生活素材来自我的老家西下河村。土改后，村里一片欣欣向荣的景象，人们盖新房成风，互相出工帮人盖房成为一种风尚。我的亲友我的左邻右舍都有这种助人为乐的人在。但也有一些人自私落后，事事斤斤计较，且总怕别人比自己日子好过，看见别人多养一只鸡，也恨不得让老雕给叼去，这样的人哪里肯帮人盖房哩？这就是《长院奶奶》里的长院奶奶。为了反映这样新旧两种精神的矛盾和斗争，把两种不同思想集中在母与子两个人身上，写出了《长院奶奶》。二是《蓝帕记》。一九五二年至一九五四年我在武乡窑上沟村和临漳河村及长治中苏友好集体农庄、琚寨村下乡生活三年。武乡县是老根据地，在那里普遍流传着两个歌谣。一是“一工二干三军人，死也不嫁受苦人”（受苦人指庄稼汉）；一是“牙缸牙粉牙刷刷，纸烟装了两侧侧（音 cá）”（“侧侧”指干部、工人所穿上衣的兜儿）。那里的姑娘们不仅这样说，真也是这样做的。只要是一个工人或干部，跟着你过河、跨江，到哪里都成。当时有些在城里打工的年轻人回乡找对象，故意把牙刷倒插在上衣上方的口袋里到处走，以招徕姑娘，这就使许多农村青年在婚姻问题上受到莫大威胁。我当时也是一个青年，且是省里的下乡干部，虽没把牙刷倒插在衣袋上，“侧侧”里却常常装了纸烟的。有的姑娘便三番五次问我家里有老婆没有。这方面的故事我了解很多。我的房东有个男青年名叫史怀旺，年已二十八岁还找不下对象。后来有一外村姑娘居然愿意嫁给他，并且不收彩礼，婚事办得也很简朴。在当时那种“死也不嫁受苦人”的风气盛行时，姑娘的行为实在可贵。一九五四年我在长治县琚寨村下乡，发现一位漂亮的农村姑娘，有几个干部、工人找她，她都拒之不谈，却嫁给一个农村青年。她看人看的不是职业、职务，而是人品。我把这些姑娘作为先进人物典型集中塑造了一个农村姑娘形象，写了短篇小说《蓝帕记》，讲述了一个看人不看职业，特重人品的农村高小毕业女学生专嫁农村先进青年的故事。短篇小说《天门取经记》写一个社两个女青年到天门社取办托儿所的经验，两个小时走了三个村，还得返回本村，本村、外村在两个小时内发生了实行公社化、食堂化的大变化，如同神话，实是畸形发展。我的《天门取经记》对当时社会的畸形发展，看似歌颂，实是嘲讽。短篇小说《秋收时节》写一个乡领导下乡到一个村里，向村干部和群众表明要坚决纠正不正之风。村干部给他送二斤苹果让他尝鲜，他便严厉批评村干部不该行不正之风。如此批评村干部数次，很像一个优秀干部样子。但是临了他离村走时，却苹果、豆子、香油满载而归，说是要付钱，却到底没有付过钱。报告文学《洞房歌声》是壶关县的一个真实故事。一对男女青年在婚事上移风易俗，实行不收彩礼、不请音乐班、不骑马等“五不”，女方的嫁妆是一平车农具。改混闹洞房为比赛唱革命歌曲，在当地传为佳话。短篇小说《豆》是写一个下乡干部在春播中，只许社员种高产作物，不准社员间作豆类、杂粮，说这是为了高产。群众只好想方设法对付上级，偷偷间作了豆子。到了腊月年终，那位不准群众间作豆类的干部过大年想生大豆芽又想吃豆包，跑到这个村里向村干部要红豆要大豆，自己打了自己的嘴巴。短篇小说《局长家的小保姆》写局长及其老婆又想收人送上门的礼品，又怕应收礼之名，先是局长推给老婆收，后又推给小保姆收，以为保姆收礼，即使发现，也易推卸责任。谁知小保姆渐渐看不上局长夫妇的做派，后来竟因此不干保姆了。中篇小说《村风》，写一位村长之新房突然被炸。因该村长过去曾数次找某女欲行不轨，皆遭拒绝。村长为了给乡干部偷送木料，夜里砍伐村里山上树木，又被某女碰上。某女还知道村长许多问题，便上告乡、县政府，却无人受理，某女为告村长吃尽苦头，均无结果。村长之房被炸后，村长便怀疑是某女所为，乃贿通派出所所长将某女捕去了。长篇小说《五女传》写了五个不同性格的农村姑娘，其中三个姑娘积极走在农村改革的前列，两个姑娘则站在旧势力方面努力维护其既得利益，不满改革。三个农村姑娘努力拼搏，在短短一年里，使实行承包责任制的小山村发生了巨大的变化。上述几个作品是我几十年创作的几个比较重要的作品。在近五十年的创作生涯中共发表短篇、长篇、中篇小说，短诗，叙事诗，短剧，散文二百多篇，约三百万字。已出版长篇小说一部，短篇小说集七本，诗集一册,单行本一册,剧本一个,共十一册。

5. 我见过毛主席周总理

我没有受到过中央党政领导人的专门接见。但是一九五六年我和胡正、李逸民等在北京参加全国青年创作会议时，曾到中南海怀仁堂听过周恩来总理的政治报告。

我曾经两次当选北京的国庆观礼代表。毛主席、周总理、刘少奇副主席、朱德委员长以及陈云、邓小平、董必武、李富春、邓子恢、刘伯承、贺龙、陈毅、徐向前、聂荣臻、叶剑英等党和国家领导同志我全见过了。一九五九年十月建国十周年大庆，各省选派观礼代表进京观礼。我们山西省共选派一百一十名观礼代表，其中山西文艺界两名代表是北路梆子著名演员贾杜莲和我，代表团的团长是山西省委书记池必卿。代表团驻北京西苑饭店，在京期间，除参观十大建筑外，还参观了北海公园、颐和园、天坛公园、故宫等处。最主要的是参加了九月二十九日下午在人民大会堂举行的十周年大庆庆典，毛主席、刘少奇副主席、周总理、朱德委员长等党和国家领导人都出席了这一盛典，还有苏联的赫鲁晓夫、越南的胡志明、朝鲜的金日成等七十多个国家的朋友参加。毛主席、周总理等以及赫鲁晓夫、胡志明、金日成等外宾我都看了个清清楚楚。九月三十日晚在人民大会堂看十周年大型晚会，我们坐三楼三排，毛主席陪赫鲁晓夫、刘少奇陪胡志明、周总理陪金日成他们坐在二楼一排，我们就跑到三楼一排前边去看，又看了个清清楚楚。十月一日天安门广场观礼，毛、刘、周、朱和赫、胡、金在天安门城楼上，我们观礼代表在观礼台上，可是看不清毛主席他们了。有生以来第一次在天安门广场观礼台上观礼，心情十分激动，感而有句，曰："太阳升上天安门，幸福泪飞雨倾盆。昔日财主地里牛，今朝观礼台上人。"

6. 我的作品被选载和译为外文情况

我的作品《四年不改》被收入全国一九五六年《短篇小说选》。发表在《火花》一九五八年二月号和三月号上的短篇小说

《长院奶奶》和《蓝帕记》，一九五八年第十一期《文艺报》同期以两篇评论——陈志铭的《读〈长院奶奶〉》和宋爽的《两个农村姑娘》对其进行了评论。《长院奶奶》还被选入全国《建国三十年短篇小说选》。《蓝帕记》则译载于外文版的一九五九年建国十周年的十月号《中国文学》。《长院奶奶》《蓝帕记》还被选入浩然编的《中国农村小说大观》。《天门取经记》发表于一九五八年十一期《人民文学》，评论家叔纹写了同期评论。一九五九年建国十周年的外文版《中国建设》十期译载了《天门取经记》。报告文学《洞房歌声》发表在一九六四年六月号《火花》，选入全国报告文学选《万里送牛》一书中，并收入《中国新文艺大系——报告文学集》里。短篇小说《秋收时节》则为日本的小林荣译载于他编的《中国农村百景》第一集。

7. 我与名家的交往

我生长在一个小山村，又是一个打短工、做月工、季工的雇农。到我十八岁参加工作，已有十年雇农生活历史。也许是生性，也许是山村环境使然，也许是当小雇农的奴性难改，以至于一辈子不爱交友不善交人尤其不善和名人与大人物交往，每每见了名人、大人物便胆怯，便不会说话。有些人巴不得交往大人物和名人，我则见了大人物和名人就想躲避起来，所以我结识的名家很少。但我在山西省文联、山西省作协、山西文艺界工作多年，长期与许多名家在一起共事和生活，所以与山西的许多名家总是有些交往的。如五十年代我在《火花》编辑部任副主编，西戎是主编，工作上交往就比较多。当时我们每逢星期天就打麻将（不赢钱），马烽、西戎、孙谦、束为、胡正、王世荣、张万一都是老牌友，打牌的同时也拉国事也拉家事也抬杠，我们相处得十分和谐和热火。我常把所写的初稿送马烽、束为看，向他们请教，他们都是我的良师益友。与张万一一起下乡，又常常在一起研究唐诗，友情较深。郑笃是我到省文联工作后的上级，我在他的领导下学习编辑工作，学习写作，得益匪浅。我在山西人民出版社出版了八个短篇集，有七个是在郑笃主持下出版的。连我的入党，他也是介绍人。束为对我也有许多具体帮助，如应该读什么书，当编辑应该以什么标准取舍稿子，写作应注意什么问题，应如何在生活中发现光点等等，使我学到好多东西。马烽待人热情、随和，乐于助人，我的许多作品的初稿都向他请教过。一九五九年我随他到汾阳采访一个先进人物，马烽还特地同我一起参观了贾家庄的杏花村汾酒厂。因长期同马烽在山西作协生活，他的一言一行都使我很受教育。如他为了让青年作家评职称，他主动放弃不评职称；山西几次评奖，也为了多几个青年作家获奖，他都主动声明他的某某作品不参加评奖。类乎这样的事很多。在与马烽多年的交往中，只要与他在一起，或谈国事，或谈创作，或拉家常，都是一件很愉快的事。老诗人王玉堂（冈夫）是我们的老前辈。一九四九年我第一次拜访省文联，王玉堂和郑笃便以柿饼招待我。平日里每过一段时间，我们总会坐到一起说说话，都很开心。一九九〇年我同王玉堂还有几位作家到潞安矿务局参观七日，王老当时已是八十四岁老人，但是他仍然勤学好问，令人敬佩。因为与王老交往较多，王老又年老耳笨，凡单位有事，凡单位开会，他即使参加了那会，也不知会议内容是什么，每每对单位的事不清楚时，常来找我问清楚。老诗人阮章竞一则因为他写的歌剧《赤叶河》是我的故乡陵川的事儿，二则抗战时期他到陵川生活过一段时间，三则他的名篇长诗

《漳河水》是与我的处女作《老仁拴》发表在同一期刊物《太行文艺》复刊号上，互相有所了解。以后他到晋东南来便找我，而且我们之间没有断了书信来往。还有一位老作家苗培时，他是赵树理的朋友。因为我们都是从事大众化文艺创作的作家，气味相投，或苗来山西，或我到北京，都会互访一番，都会大谈特谈一番。赵树理与苗是朋友，但他俩每每见面总会因为对一些问题的看法相左而大吵一番。九十年代苗每年都到山西来几次，每次都找我，每次在一起都谈时事，每次谈时事都谈不拢，都会大吵一番。但苗培时是个热心人。“文革”后他为赵树理的平反昭雪而呼唤，为给赵树理在沁水县树碑而竭尽全力。更有一位名作家赵树理，他是与我友情最为深厚的一位。我最初看到的新文艺作品便是赵树理的《小二黑结婚》《李有才板话》等。我最初学习写作便是学习赵树理大众化创作方法的。五十年代与赵树理认识后，关系便很密切。一九六二年我调晋东南文联工作，赵树理下乡又总是先到长治。开文艺讲座会，总是我管召集人，他管讲。赵树理爱看戏，我常常陪他到剧院里看上党梆子。我与他一起看了晋东南文工团的歌剧《小二黑结婚》，又与他一直步行到文工团去座谈《小二黑结婚》。屯留剧团在距长治四十里外的一个村子演出，我也陪赵到四十里外去看戏。赵树理的作品我是一篇不落必定要看的。我的作品，赵树理也看过很多。比如我的《四年不改》，赵树理与康濯就在一起议论过。赵看了我的短篇小说《两个媳妇》和《因为五丑是队长》后，他很感兴趣，就建议程联考把我的两个小说糅在一起编成一个剧本，那就是在“文革”中受到批判的《一日三餐》。我与赵树理一起到陵川第一山参观，到陵川黑山底村生活了近一个月，而后赵树理写了剧本《十里店》。因为我与赵树理关系密切，交往也较多，所以在“文革”中，晋东南的造反派写大字报以及在批斗会上，总是把我与赵树理联系在一起进行批判的，说韩文洲是赵树理的黑爪牙。正因为如此，我是十分怀念赵树理的。所以几年来我写有关赵树理的文章已有七篇。一九九六年为了纪念赵树理诞辰九十周年，我一口气写了三篇纪念赵树理的文章，分别发表在《山西日报》《太行日报》和《太原日报》上。

8. 我这样从事文艺评论工作

因为我没有什么文艺理论水平，写评论文章很少。因为自己做了多年编辑工作，在编辑工作中往往发现一些关于青年作者在创作上存在的带有普遍性的问题，不得不议论议论时，才写了一些针对性的短文。我所写过的几个短文大都是在某个时期人们鄙视和鄙弃大众化、民族化的作品时发出的一点微弱的呼唤。如发表在一九六三年十一月十三日《山西日报》上的《同群众共呼吸》;发表在一九八〇年七月一日《山西日报》上的《从“山药蛋”的土气谈起》；发表在一九八一年六月二十五日《山西日报》上的《坚持党对的领导》；发表在一九八二年五月十三日《山西日报》上的《沿着大众化的道路前进》；发表在一九八七年十月号《汾水》上的《继续向赵树理同志学习》；发表在一九九二年二月十日《太原日报》上的《应否老调重弹》和发表在《山西文艺界》报上的《时代感、艺术美、乡土情》等，便都是为坚持文艺创作的大众化、民族化而呼唤的文章。只因自己的笔力太弱，每一次呼唤，不过是放一声空炮。虽然如此，往往看见我们的文艺创作走得离人民群众太远，不免还会发一下牢骚，放一声空炮的。

9. 我这样扶持新秀

因为自己的文学创作水平一向平平，虽已把笔近五十年，大大小小好好歹歹发表过一些东西，不过是为了支撑“作家”的门面罢了。因为自己仅上过两冬小学，后来自学也不够勤奋，对于为文之道或小说或诗歌或戏剧各种形式各个方面的道理，都是知其然而不知其所以然的，岂敢胡言乱语去说教别人。但是因为自己在省里和晋东南地区文联的文艺刊物编辑部做编辑工作多年，许多同龄作家或比我年轻一些的作家，他们的作品自然会送到我所在的编辑部，如五十年代、六十年代我省的二代作家刘德怀、李逸民、义夫、焦祖尧、杜曙波、杨茂林、王长发、张海英、段杏绵、郁波、王樟生、彦颖等人，我都编过他们的稿子。八十年代我编过几年《上党文艺》，也编过许多中青年作家的稿子。我不敢说对前边提到名字的作家有过什么扶持，只敢说对后来一些青年作家有过互相帮助。这种互相帮助有三法：一是通过看作品提意见，互助互勉；二是开座谈会，共同讨论一些创作上的问题，这样的会每年都有；三是通过写文章阐述创作中普遍存在的问题。如前边所述我写的《沿着大众化的道路前进》《同群众共呼吸》等文章就是为了引导青年作家应该走什么道路而发的一些议论。

10. 我体验生活的基地

文艺创作必须熟悉群众生活。一个作家对群众生活应该是“广”与“深”两个方面的结合。不多走些地方，拱在一处生活，会是一个死胡同，久之必枯；没有在一个地方做深入了解，那么你的生活你的创作都会是表面化的是单薄的。所以五十年代我在武乡县窑上沟，长治县中苏友好集体农庄、琚寨村生活过三年，而后又在平顺、长子等地生活过。后来我的创作虽也得益于我在武乡在长治农村的生活，但得益最多的还是我的故乡陵川县西下河村。我从小生活在西下河村，后来为了深入了解农村生活，于一九五六年后半年和一九五八年后半年至一九六〇年，我都是回到故乡西下河生活的。西下河就是我体验生活的基地，一个文艺家有一个生活基地十分重要，没有一个生活基地，搞创作是非常困难的。这一点我是深有体验的，比如我于五十年代六十年代甚至到九十年代写出来一些东西，细细想来，我所写的东西其素材绝大多数都来自西下河村，大都有西下河村乡亲们的影子。甚至凡是以西下河村某人为模特写出来的小说都比较好，如《四年不改》《长院奶奶》《蓝帕记》《秋收时节》等几个比较成功的作品，其主要素材都是西下河村的。我写了近五十年数百万字的作品，我真感谢我的生活基地西下河村的乡亲们。正是由于多年走生活根据地多年创作的体会，深深感觉到生活基地的重要性。正因为西下河是我的生活根据地，应该是对西下河最熟悉了，对西下河的人和事是一目了然了。但越是多回几次老家多看几次老家，却又越是感到老家有更多的好人好事值得去写。这如同我们参观晋祠难老泉，难老泉是一眼可见底的。可是越是多到晋祠看几次难老泉，便觉得那份情趣越浓。所以我多年以前就写过四句看难老泉的所谓诗，常常借以自勉。现将此四句抄录如下，权作结语：一眼见底难老泉，清澈不知深几许。三番五次看不透，几分工夫几分益。

创作与生活

一

文学创作不同于裁缝师裁剪衣服。裁缝师设计出一种新式样的服装，可以做出千百件同式样的衣服，也有它的销路。文学创作亦不同于酿酒。汾酒、茅台既成名酒，为了保持其声誉，必须坚持用原来的料和保持原来的酿造法。文学创作则不然，每写一篇都必须是一个新的创作，既不能雷同别人，亦不能雷同自己。否则，便是一个失败，所以文学创作有它本身的难处。但我从事文学创作还有一层困难。文学创作是要拿笔杆，做文章的，而我压根儿却是个拿锄头的庄稼汉，锨、镢、锄、耙、犁、耧、担，是我的武器；山地、梯田、蚰蜒小路，是我的武器；山地、梯田，蚰蜒小路，是我驰骋的战场；春耕、夏锄、秋收、冬藏，是我每年所打的四大战役，根本不知文学为何物，更没想到拿锄的手可以拿笔杆。何况，我不仅仅是个种田的农民，而且是个雇农。雇农与一般农民又有不同，闹不好便打了饭碗。我有许多时候是专打短工的，不只是天阴下雨没饭吃，冬闲时间更难活。这样一个雇农按说与文学创作是毫无关系的。但是我刚刚放下锄头，不期便拿起了笔杆。一九四四年二月我参加革命工作后不久，便看到了赵树理的小说《小二黑结婚》和《李有才板话》，百读不厌，爱不释手。做雇农时常听左邻右舍的老年人讲故事,《三国演义》《水浒》《说唐》《西汉演义》，多是帝王将相。而赵树理的小说则把老百姓写进书里，大有亲切之感，但还没有想到自己也可以写小说。后来由于在工作中学了些文化，酷爱文艺作品又受了丁玲、马烽、西戎、柯南等人的影响。我非常喜欢他们的作品，它们感染了我，给我以力量，使我能够较准确地区分社会生活中的真与假、善与恶、美与丑，认识到文学作品是人们不可缺少的精神食粮。因此，我也想写出文学作品去感染人，给人以力量。以为人们所能之，己亦能之，但根本不知道文学创作还要讲什么技巧，讲什么结构，讲什么人物塑造，讲什么语言艺术……只是在工作中碰到一些新事，便有点按捺不住，总想把它写出来。在这种情况下，自然是写一篇，废一篇；寄多少，退多少。这是我在文学创作上碰到的第一道难关，是鼓起勇气继续写下去呢？还是就此止步，知难而退呢？因为我这个人还有两个不是优点的优点，才没有退阵。一是人家把稿子退回来，从不怨恨那些编辑部，总是以为自己写得不好，便再读读别人的书，与自己所写的东西来个对照检查，看看自己的问题在哪里，也可以说是总结提高吧。二是绝无灰心丧气之感，不怕退稿，不怕失败。周围的同志们对我有许多议论，什么“不务正业呀”，什么“自不量力呀”，“连学校门也没进过，还想当作家呀”，什么“总见你写，为什么总不见发表?”等等，听此言语，有时也脸红一阵子，但是却未能打消我进行文学创作的决心。说实在话，我在创作道路上之所以能坚持下来，并且写了一些东西，实在是沾了我的脸皮厚的光（后来明白了初学写作的就是要有个厚脸皮才行）。后来读了《三家巷》《李家庄的变迁》等书以及有关评论文章，逐渐懂得了一些有关文学创作的常识，又有自己作废数十篇作品的教训，才逐渐有了些提高。一九四八年我写的短篇小说《老仁拴》发表于一九四九年五月《太行文艺》复刊号，大受鼓舞。我当时二十三岁。一九五〇年在《山西文艺》上又发表了短篇小说《用不着咱操心啦》和《浸种记》，后一篇还获得了山西省政府发的文艺甲等奖，创作劲头自然更高了。但在当时我创作上还存在着两个明显的问题。一是拘泥于生活中现成的一人一事，不会集中概括。如《老仁拴》便是根据一个模范军属的事迹写成的，实在像一篇报告文学。二是模仿。《浸种记》虽然像是小说了，但模仿痕迹明显。如《李有才板话》有一个好干部老杨，有一个作风不好的章工作员。而我的《浸种记》也写了一好一坏两个作风不同的干部；《李有才板话》中有李有才编的许多板话，我的《浸种记》里也有几首快板。《浸种记》虽然获得甲等奖，实在也是一个次品。当时使我苦恼的问题是在创作上如何摆脱模仿的弊病，使自己的作品能成为真正的创作。这是我文学创作上碰到的第二道难关。怎样闯过这道难关呢？后来从文学前辈的创作经验中，我找到闯此关的钥匙，用一句话说，就是文学创作必须从生活出发，写自己所熟悉的生活，才是文学创作成功的根本。那么自己写农村，写农民，对农村对农民是否熟悉呢？我出身农民，与父老乡亲一起滚打在农家院里、老槐树下、送粪的山坳小路上、梯田的庄稼行里，还同父老们一起担粮送粮支援前线，一起参加土改运动，对农民应该是了解的。何况自己出身贫寒，十八年里一直生活在农村的最底层，不能说自己不熟悉农民。而在此之前写的作品，却全凭道听途说一点东西，便生编硬造。生编不成，便模仿他人，结果不成创作。这就逼着我进入创作的思考，认识到创作就是创作，不能雷同他人。这并不是说没必要学习古人，学习前辈，学习他人。读书是必不可少的，但是个人进入创作时又必须把所学到的书中的人物、故事、情节全部忘掉，来反映自己所熟悉的生活，塑造自己所熟悉的人物、写具有自己风格的作品。于是一九五六年我写出了《四年不改》《藏红旗》等作品，其中《四年不改》选入《一九五六年全国短篇小说选》。

正当创作欲望较高时，我担任了《火花》的副主编。重担子在肩，相当忙的。工作与创作发生了矛盾，要做好编辑工作，创作必然大受影响；要写小说，《火花》刊物就很难办好。这是我在文学创作上碰到的第三道难关。在这种情况下，我没向领导提过什么要求，因为我是一个党员作家，工作责任是不能推卸的。但是放弃创作，我不愿也。因为库存于我的脑子里的许多人物、故事、农村工作中存在的问题，总是在活动着，不把它们写成作品，于心不安。在此种情况下我只有两者兼而顾之。我的办法是：不能写长篇，便写短篇；白天工作忙，我就把工余时间利用起来。每天早晨四至七时，晚上八至十一时，便是我的创作时间，多年如此。我之所以写短篇，未写出中长篇，原因就在这里。《长院奶奶》《蓝帕记》《榆树凹》《天门取经记》《县长胡根群》《赶花集》等等短篇小说都是在一早一晚业余时间写出来的，每年可发表十多个短篇。

二

我之所以写出一些作品，而且绝大多数是反映农村生活的，这与我比较了解农村、熟悉农村有着重要的关系。三十七年的创作实践，使我逐步认识到：一个作家所写的作品反映群众生活的深度如何，厚度如何，与其对群众生活熟悉的深度是成正比例的。一个作家对于生活的占有，有贫、中、富之分。贫者，它的仓库里用啥没啥，常常愁苦没什么可写，即使写出几篇，也是干巴巴地瘦骨伶仃而已。我们应该做生活占有的富翁甚至是大富翁。这样，我们在搞创作时就会用啥有啥，取之不尽，用之不竭。同时，我们对于生活的积累应该是积十取一。就是说我们拥有写十个作品的素材，经过精选，写出一个作品。这样才能择优取材，写出好作品。往往我们在群众中看到的只是日常的、平面的生活现象，很难看到生活的浪花，生活的凸面。其实群众的生活无时无地不起浪花，无时无地没有凸面。这主要是看一个作家对群众生活是否关心，有无责任感。不关心和无责任感者，即使发现一些凸面，很可能是一些对群众、对社会是无关痛痒的东西，写出来也是一些不痛不痒的作品。

合作化前和合作化初期，我在下乡期间发现某些区、村干部的形式主义作风比较严重。积肥讲一亩施多少担，不讲肥料的质量；种植强调所谓高产作物，不问群众生活的需求；秋收强求增产的百分比，不问实际收获量……开始以为这仅是一些干部工作作风不踏实，属单纯完成任务思想严重所致。后来发现他们一年如此，年年如此，我才认识到在他们脑子里不仅仅单纯是为完成任务，而想通过如此这般的工作去当模范，做先进工作者，实际上是一种锦标主义的表现。由于他们的锦标主义而搞形式主义；为了形式的完成而搞命令主义，上一级不调查不研究，偏听偏信，而产生官僚主义。有的县干部甚至先写了某村农民在某某党员干部的带动下积雪抗旱，积了多少担雪的报道，送往报社，而后才打电话给这个村的干部，要他们让某某党员带头积雪，往上给报告时要报多少多少担，做如此的手脚。集中以上种种毛病于区干部老马一身，把各类形式主义问题集中概括于打井一件事上，一个形式主义、命令主义、锦标主义严重的区干部形象就产生出来了。因为这些问题年复一年的存在，于是，我便写了题为《四年不改》的短篇小说。在作品里突出强调一个干部对于错误作风年年不改来反映区村干部形式主义、命令主义、官僚主义的严重性。可惜的是此类干部直到三十年后的今天仍然比比皆是，何止是四年不改。

我还写过题为《豆》的短篇小说。如前所述，农村干部的形式主义是表现在各个方面的，在农作物种植问题上也是如此。有些县、社、队干部为了争锦标，年年想夺高产，北方不准种谷子，连种玉米也不许间作红豆、大豆，害怕影响玉米高产，不能夺锦标。且不说广大群众平时很难吃到豆腐，就连过春节想吃豆包也很困难。

不准种豆，这个问题看起来似乎是个种植问题，实际上反映了我们的干部是否为人民群众着想，有无群众观点的问题。我一直在思考着这个问题，想写一篇东西，但未能寻出反映这一问题的角度。一年冬天我回老家，发现公社干部、县干部、中学校长到农村里到处找红豆，准备过春节蒸豆包吃。他们这一举动给我以很大启示。于是，又把这一问题集中于一个公社干部身上，写成小说。春节播种时节，这个干部到一个村里工作，其任务是监督群众真正做到密植玉米，不准间作豆类。他想了许多办法监督群众，限制群众，但是群众也有办法应付他，支吾他，还是少量间作了一些红豆和大豆。奇怪的是这个春播时不准群众间作豆子的公社干部，到了春节前，他却又到这个村里来向大队干部要红豆，要大豆，准备回家过春节蒸豆包，生豆芽。这到底算作什么样的干部呢？不准种豆是他，要豆子的还是他。他一前一后两种截然不同的行动，对自己是一个无情的嘲弄。这个短篇写了七千字。在写不准种豆的同时又写了长时期只准种玉米的弊病，写了公社干部与群众之间存在着尖锐的矛盾，同时写了这个公社干部本身的自相矛盾，以揭示我们的一些干部在工作中究竟是干了些什么事，扮演了怎样的角色。此篇如果写成一个干部搞不准种豆，另一个干部又来村里要豆子吃，便极浅、平，不能揭示我们过去许多问题实质。另一个短篇小说《秋收时节》，则写了一个公社干部到一个村里督促秋收工作，同时负责纠正农村干部的不正之风。到了村里，村干部给做小灶饭，他不吃，要发扬优良作风，吃派饭。村干部以苹果、大梨招待，他斥责为不正之风，也不吃……很有一点带头端正党风的样子。但临走时，村干部给他送了大篓的苹果，大瓶的香油，大袋的豆子，他却一律收下，装模作样地掏掏口袋，诈称钱不够，说是以后再补。结果分文未出，以后也未见补钱。我们当前的不正之风相当普遍，尽管党中央三令五申强调纠正，但不正之风仍未杜绝。在生活中，许多人一谈到不正之风都表现出一种深恶痛绝的样子，但是，人人又或多或少，或大或小地搞那么一点不正之风。我写这个下乡干部在大唱反对不正之风高调的同时又搞不正之风，就是以揭示这个社会问题的症结所在。再者，现在社会上假人假事太多，我在《秋收时节》里所塑造那样一个下乡干部，就企图以此把他向广大干部示众，让大家都能看清自己的面目，能够警戒自己。

三

真、善、美、假、丑、恶普遍存在于我们生活的各个领域之中，正如矛盾有它的普遍性一样。真、善、美与假、丑、恶的普遍存在，也就是矛盾冲突的普遍存在。既然真、善、美与假、丑、恶是一个事物的两个方面，为什么我们在生活中往往发现假、丑、恶一面容易，而发现真、善、美一面难呢？这是因为真正的真、善、美往往隐而不见，在许多事情上表现为心灵一刹那的闪光或渗入人们的性格、行为，许多人做出成绩从不自我炫耀，自我夸张，所以常隐。而假、丑、恶者相反，不光做了坏事损害他人的利益，做一分好事，还要当十分报功，未做好事而冒充做了好事，唯恐人不知，所以常显。为此，我们捕捉生活中的真、善、美就要比揭露假、丑、恶花加倍的功夫。我写的《蓝帕记》主要写了一个农村姑娘愿意找农村里的优秀男青年做对象的故事。这是一个具有美好心灵而又向往美好生活的农村姑娘。但是在我写这个短篇之前的十多年里，看到最多的却是不愿意嫁农民的姑娘。土地改革中，稍微长得像样的姑娘都要找个区、县干部。一九五二年到一九五三年我在武乡县下乡两年。武乡县是老根据地，在那里普遍流传着两个歌谣，一是“一工二干三军人，死也不嫁受苦人”（受苦人指的是庄稼汉）；一是“牙缸牙粉牙刷刷，纸烟装了两侧侧（音cá）”（“侧侧”指的是干部、工人所穿上衣的兜儿）。那里的姑娘不仅这样说，真也是这样做的，只要是一个工人或干部，跟着你过河，跨江，到哪里去都成。当时有些半吊子工人为了找对象，还故意把牙刷倒插在上衣上方的小兜里，以招徕姑娘。这就使许多农村男青年在婚姻问题上受到莫大的威胁。我当时也是一个青年，且是省里的下乡干部，虽没把牙刷常常倒插于上衣上方的小兜里，“侧侧”里却常是装纸烟的。有的姑娘就三番五次的问我家里有老婆没有。这方面的故事我是了解得很多的。我的房东有一个男青年名叫史怀旺，年已二十八岁，还找不下对象。其母年近七十，常常为此抹泪。后来有一个外村姑娘居然愿意嫁给他，并且不收彩礼，婚事也办得相当简朴。在当时那种“死也不嫁受苦人”的风气盛行时，这个姑娘的行动实在难能可贵。我发现这件事如同在荒丘上发现一株新花，自然抓住不放，详细进行了采访，写了长篇叙事诗《栽瓜曲》。一九五四年我到长治县的琚寨村下乡，又发现一个漂亮的农村姑娘，有几个干部、工人找她，她都拒之不谈，却嫁给一个农村青年。她看人看的不是职业、职务，而是人品。她出嫁以后在婆家也是个好媳妇，把一个原来不大和睦的家庭搞成了模范家庭。我把以上两位姑娘作为正面典型合在一起，写出了短篇小说《蓝帕记》。这种心灵美的姑娘在当时的确为数不多，但她们的行为在广大青年中影响是很大的，代表了新一代农村青年对纯洁爱情和美好生活的追求。

四

当今，我国社会主义建设正处于一个伟大的全面的改革时代。一个改革牵动着经济、政治、文化、体制各个领域，整个社会的生产，生活与人际关系都在发生巨大的变化。到底应怎样反映这场改革，人们的看法不一。我认为当前要写，将来还可以写，但是，我们对此必须准确反映。首先应该弄清楚为什么要进行改革？改革的阻力是什么？也就是要把握改革中的矛盾和斗争。我们今天的改革，在各个方面和各个领域中，无不充满着矛盾和斗争。我们之所以要进行改革，简言之，就是因为几十年来那种大锅饭、穷过渡不是社会主义。就农村而言，几十年来我们大讲特讲富变修，穷光荣，在群众思想上很难转过这个弯儿，这是一；几十年来农村政策多变，譬如一个自留地，放了收，收了放，反反复复，群众怕了这个“变”字，这是二；多年来农村多数基层干部由于裙带关系的封建式的团团伙伙，形成了一个特权阶层，一股顽固的势力，实际上这些人便是改革的反对派和阻力，这是三；当今社会，不正之风盛行，农民想富很难富，或是贷款，或是购买生产工具（如拖拉机），或是经商，或是搞林业，碰到的关卡、庙宇太多，这是四。不送礼，贷不上款；不送礼，买不上需要的机器；承包果园丰收了，不拿一定数量的果子去上贡，便不易干下去。有一个运输专业户给一家铁厂送矿石，本来很能赚钱，但铁厂的看门员、过磅员、验收员、会计都是活神仙，过一道门便要剥一层皮。几天不送礼，生意就砸了。有一家烧缸碗的专业户要往外地运货，运四千元的货，要用一个火车皮。但是管理火车皮的人却伸手跟对方要八千元的礼，等等。因此，我们要想准确地反映改革时期的农村面貌，必先把握农村改革中存在的矛盾。同时通过反映这些矛盾，把存在于人们思想上的新旧观念的变异，干部与群众、人与人、生产与生活之间的关系、变化、发展展示出来，这就是改革时期的农村风貌。

最近我写了一个反映农村改革并通过改革出现了崭新面貌的长篇小说。写了人们为什么要求改革。二十多年来农民生活死水一潭，今天与二十年前竟是一个样子，人们坐着一个差一条腿的小板凳，二十多年来竟无加上一条小板凳腿的力量。妹妹偷搞副业赚了八元钱，要做一条裤子，哥哥竟与妹妹争执不休，兄妹二人只好轮流穿此一裤。大队干部和电工、保健员、供销社售货员、小学民办教师都是大队主任安插下的亲属，形成一个特权集团。民办教师是主任的干女儿，文化水平极低，学生找她问生字，她不认识，她叫学生问学生。主任的女儿是保健站医生，对医学却一窍不通，常常不问是什么病，总叫人吃扑热息痛。主任的外甥是电工，实是一个小小的电老虎，动不动便卡人。党的十一届三中全会以后，人们经过重重斗争，先把大队主任那个特权集团冲垮，才取得实行承包责任制的胜利。因此，写反映农村改革的作品，首先要把握改革中的矛盾与斗争。当然，这并不是说每写改革，必写改革中的矛盾和斗争，反映改革各个侧面的作品也是需要的。

五

文学创作确有重大题材与一般题材之分。但是看一个作品是否是好作品，往往不在于一个作品题材的重大与一般。有些反映重大题材的作品，常常反响一般，影响一般；有些反映一般题材的作品，却往往会引起强烈的反响，成为名篇，成为传世之作。关键在于选材的角度、反映生活的深度以及人物塑造的成功与否，语言、结构如何等等。我写短篇多，很少触及重大题材，像《四年不改》《豆》《秋收时节》反映干部作风的东西，便要算大一点题材的东西了。我所写的短篇小说《长院奶奶》就题材言极为一般，不过就是写了一个农村青年要出义务工帮助别人盖房子，而母亲害怕少挣社里的工分，极力反对儿子的行为，实在一般极了。但是此篇却成为我的作品中比较成功的作品之一，原因在于：

1. 人物个性塑造得比较鲜明。儿子把有这样一个落后的母亲看做是自已莫大的耻辱，把不能去帮助别人盖房看做是一件极为丢脸的事。母亲不给饭吃，把他锁在屋里，都未能阻止他帮助人的决心，冲破家庭的重重阻力，还是去了。他的母亲长院奶奶嫉妒心强又极为自私，看见别人比她多养了一只鸡，多下了几颗蛋，她也眼红，恨不得让老雕把人家的鸡叼去一只。为了让儿子到集体地里去挣工分，不惜用罢食、锁门许多拙劣的办法限制儿子。她的老伴长院爷爷，既对老婆不满支持儿子，但又怕老婆。2. 结构比较严谨，故事比较集中。就写了一个上午时间，就写了这么一件事。3. 事情不大，矛盾冲突却比较尖锐。4. 生活气息较浓，语言也尽量做到生动、幽默。因而这个作品题材不大，《文艺报》却发了评论文章，中国作协编的《建国三十年短篇小说选》也把此篇选入，在读者中反映比较好。

六

我从事文学创作已有三十七年之久，发表的短篇小说、小剧本、诗歌共一百二十多篇，好像创作灵感是时常有的，很容易的。实际上三十多年来使人最头疼最苦恼的便是寻觅不到创作的灵感，可以说搞了三十多年的创作，愁了三十多年——寻觅了三十多年灵感。因为创作灵感与作家观察生活、认识生活的功力大小很有关系。自己熟悉的生活不一定很快就能感受它，有时感受到了的事物又不一定会深刻地理解它。文学创作也有一个从感性认识上升到理性认识的问题。我寻觅创作灵感的办法：一是从党政领导人报告中的一句话或两句话里得到启示；二是在与人闲谈中得到启示；三是从工作和生活中碰到的一些事中得到启示；有时候把要写的写完了，一时没有可写的，我还有一个办法就是查户口。因为我的生活根据地就是我的故乡。晚上躺下后，脑子就飞回故乡去，像查户口一样，按门按户地过。每过一户，就把这一户的主要成员一一过一遍，回想一下某户某人是个什么样的人，在某件事上会有什么想法，什么行动。有时便回想东家与西家，此人与彼人，某个人与某个村干部等等各种关系……这样查户口也往往会查出一些创作的灵感。《蓝帕记》中那个喜欢夸耀本村的高头大马的年轻小伙子，便是我要写这个作品时查户口查到的。再如《四年不改》中的区干部老马,《县长胡根群》里的县长，也是这样查出来的。当然多数是我在下乡工作中碰上的。如短篇小说《藏红旗》里的区干部，他硬是要一个大队在十天内把土地秋耕完。队干部只好支吾办事，十天里真的耕完了，还获得区里一面秋耕完成好的奖旗。但是村干部把那面红旗看做是一个耻辱，把它藏了起来，又重新开始认真地讲质量的秋耕。这样的事既然亲自碰上了，当然很快就有了感受，就产生了冲动，就来了创作灵感，很快便动笔写了它。但也有许多很早就有的冲动，因当时不能写而放置起来：如吃大锅饭，穷过渡问题；社员们勒着裤带交公粮问题；许多基层干部搞浮夸问题等等，这些虽都是早已感触到的，但当时如果写了这样的作品，便有被指责为攻击社会主义制度的可能，冲动也只冲动一下而已。只是到近年，由于党坚持了实事求是，在文学创作上破除了许多不应有的"禁区"，我才把以往感触到的问题与今天农村的改革结合起来，才写了那部长篇小说。也有些时候，有了一些创作冲动，但当时所掌握的素材还不足构成一个作品，需要加以补充才成。一般说来，创作的灵感与冲动要有生活做基础，做后盾。生活贫乏者，即使觅到了一个灵感，却因为本身这个方面库存的生活素材不多，也难以写出作品，即使勉强写出，也不会是好作品。生活丰富者，做了生活的富翁或大富翁者，库存货极多，灵感一来，素材库里用什么有什么，便容易把要写的作品写好。

七

初学写作时，我并不懂得创作有什么风格。开始我向赵树理同志学习，只知道写农民的作品，要写给农民看，要大众化，要民族化。所以我的作品在表面上只是貌似赵树理的作品，而没有自己的个性，没有自己的风格。后来认识到写作品既然称创作，就应该有自己的风格。我一边创作，一边摸索，一边总结自己的创作实践，认识到我是中国的文学工作者，是以写农村题材为主的，因而应该向民族化方面努力。既是写农村题材，就要努力写出乡土之情，使作品带有浓郁的乡土之气。文学创作是语言的艺术。大凡艺术，无论美术、音乐、杂技、文学，都应该表现出艺术之美，因为艺术二字实质就是美的代称，就是美的同义语。从事语言艺术创作，就应该追求语言之美。概而言之，民族化，乡土情，艺术美，或者是这三者的有机凝结，便是我追求的创作风格。在我的创作生活中，一直是朝着这三者的有机凝结而不断努力的。

在民族化方面也许过于保守。因为我的作品很少有大段大段的环境描写和风景描写。在人物对话上没有过一句倒装句，所写故事也力求有头有尾，结构则力求顺畅、明快。因为我是农民，并且是写给农民看的，写农民就要像农民，就要想到农民对文学作品的欣赏习惯。同时在语言上力争做到朴实、幽默而又优美。当然，这里并不排斥文学创作中的各种流派和风格。

乡土情是写农村生活应该特有的风格。写农村又没有一点乡土味儿，就写不出乡土情，那对农村生活便是一个叛离，便不是农村生活。乡，是乡俗、乡风；土，是泥土味儿、泥土气息；情，是乡情，农民群众的人情事理。当然我们在创作中不能把这三点截然分开，应该是浑然一体的。如《四年不改》中有社员送粪的情节，有打井情节，有马工作员吃派饭的情节。送粪与打井的情节，自然少不得要写到粪土、泥土。当然一个作品不一定写到粪土、泥土，才算得泥土味、泥土香，把农民群众互相之间的乡俗、乡情表达出来，也应该算是泥土香。我的另一篇小说《赶花集》，写了春节前镇上人们赶集的情景；写了买卖人“锡箔鞭炮香，花椒胡椒姜”“捎灶爷”“揭门神”的如何叫卖。在另一篇《魏改香》里则写了一个小中农死后，其妻魏改香向其当村长的大伯子如何苦苦求情；那个大伯子却趁弟弟之死想谋产霸业，如何绝情；魏改香爬在丈夫的灵柩上如何哭诉哀情；在村长的操办下，一个小人物的丧事，尼、僧、道请了三班，办得如何轰轰烈烈。在《因为五丑是队长》的短篇里，写了人们如何给队长家送礼；高姥姥代替女儿到队里分山药蛋，如何摆队长的岳母的架子，如何强着插在队前，如何拣大嫌小……以上这些都是力图表达乡土之情的。只是由于水平所限，表达功力不强，写得平平罢了。但是自己每写一篇东西总要以该篇是否写出乡土之情来称分量的。

艺术美是一个作家应该永远追求的东西。我们都知道文学是语言艺术，因而，文学作品中的艺术美实际上便是语言美。我在创作中注意语言美，主要是着重干净、朴实、通俗、幽默、生动这几点。干净有两个方面：一是简练，一句话能表达了的不用两句话；二是净化，因为文学是语言艺术，要讲艺术美，脏话、脏字、下流语是绝不用的。所谓的语言朴实，是指写农民要有农民气质的语言。农民的语言通常是很朴实的，我们不能用洋腔洋调写农民，不能用很长的句子写农民，不能让农民一开口便是“啊！轻轻的风，蓝蓝的天……”或是“啊！我亲爱的”什么什么，但是我们也不能让作品中的人物说土话，讲俚话。所谓通俗，就是我们的语言应该让华北、华南、东北、西南的乡亲都能够看懂，而不要用通行面极窄的地方方言词。如山西有些地方把早上叫做“自饭”，把耕地叫做“精志”等等，其他省份的人就很难看懂。至于语言的幽默与生动，这是语言的基本要求，如果语言干瘪，枯燥无味，那作品也就无所谓美了。总之，民族化、艺术美、乡土情和力争三者的浑然贯通，便是我追求的创作风格。只是因为水平有限，力不从心，未能写出像样的作品，这都有我待我努力去追求，去探索。

从“山药蛋派”的土气说起

对以赵树理为代表的这个文学流派，被称为“山药蛋派”是否准确，可以研究。但既然把它叫做“山药蛋派”，就是说这个流派的作品有点“土气”。这“土气”是不是会影响作品的声誉呢？我看是不会的。就拿赵树理的小说来讲吧，它就比某些带有“洋气”的小说在群众中的影响大得多。记得五十年代末期，国家有关单位作过一个统计，当代中国作家的作品在外国翻译出版的，赵树理的小说居首位。连“洋人”都喜欢我们的“山药蛋派”作品，可见“土气”不但不会降低作品的身价，相反这些作品能够获得这样的效果，是与这个“土气”分不开的。

所谓“土气”，实际上就是指地方特色，或者说是“乡土气息”。既然写的是农村题材，就得带点“乡土味”；既然要写给农民看，就得首先考虑满足农民的需要。我想，所谓“土气”正是“山药蛋派”的一个基本特征。“山药蛋”土里生，土里长，吃它的时候，再洗得干净，也洗不掉它身上的泥土香味。“山药蛋派”的作品也是一样，再发展也不会失掉“地方特色”和“乡土气息”。如果没有了泥土香味，也就没有了“山药蛋派”。

风趣、幽默、诙谐，这是“山药蛋派”作品的一个显著特点。有的同志认为，“山药蛋派”的这一特点，“已经失去了赖以发展的物质基础”。理由是“前些年农村经济发展缓慢，农民生活很苦，部分农民甚至看不到社会主义的前途，这就影响了他们的积极性，心情不舒畅”，所以也就不会再那么“风趣”“幽默”“诙谐”了。这个意见，我是不能同意的。风趣也好，幽默也好，或者诙谐也好，这正如“山药蛋”的“土气”一样，怎么能够因为物质生活的变化而失去呢？一九四三年正是抗日战争的激烈阶段，农村生活艰苦得很。可就在这时候，产生了“山药蛋派”的代表作品《小二黑结婚》《李有才板话》等。因此，农村经济发展的快慢，农民生活的水平如何，并不能作为衡量“山药蛋派”是否过时的依据。何况三年多来，随着农村经济政策的落实，农村形势越来越好，农民生活逐步改善，农民的心情也比以前舒畅得多了呢！

“山药蛋派”作品的另一个显著特点，就是“通俗化”，也就如“山药蛋派”那样，乡土气息很浓。因此有人说，现在的农民文化水平提高了，产生于当年农民文化水平不高时的“通俗化”，也就不能满足农民的需要了。为什么有这个看法，就是把“通俗”与“提高”对立起来。“山药蛋”有“土气”，这是它的特点，但并不能说因为它有“土气”就是“低级”的。农民文化水平低的时候，喜爱“通俗”，农民文化水平高了时，同样喜爱“通俗”。绝不能说，因为农民生活水平高了，可以吃到肉了或者将来可以喝到咖啡了，就不再爱吃山药蛋了，同样“通俗化”任何时候也是需要的，任何时候都有个“通俗化”的问题。“山药蛋派”作品的通俗，是由它的服务对象产生的，“通俗化”的程度与艺术性的高低并不矛盾。《红楼梦》的艺术性不能算低吧，但这部作品绝大部分的描写与对话都是通俗的，贾宝玉是个中过乡试第七名的举人，林黛玉是个才女，请看他们的一段对话：

> 黛玉听了，“嗤”的一笑道：“你既要在这里，那边去老老实实的坐着，咱们说话儿。”宝玉道：“我也歪着。”黛玉道：“你就歪着。”宝玉道：“没有枕头，咱们在一个枕头上罢。”黛玉道：“放屁，外头不是枕头？拿一个来枕着。”……

请看，举人和才女说的话不可以说是妇孺皆懂吗？不也是很通俗吗？我们能说，因为《红楼梦》的语言通俗，就影响它的艺术性和思想性吗？

当然，“山药蛋派”这种风格，和其他文学流派一样，也不能“固守”不变，是应该发展、提高的。但是无论有多大的发展，怎么样提高，仍然需要保持“山药蛋派”的基本特色。比方说，“山药蛋”再提高也还是个“山药蛋”，只不过是变成更优质、更高产的“山药蛋”罢了。现在就需要我们努力来解决这个“优质”“高产”的问题。

小标题与标点符号小议

时髦是个有吸引力的东西，时髦是传染菌，传染力很大的，一如妇女同志们的服饰、头型，某日一人变之，次日就会传染给百人，就会有百人变之。不期文学也会患上传染病，时有时髦东西出现，立刻便传染开来。仅举二例看看：一是多字小标题；二是免去标点符号。

多字小标题多在中篇小说里出现，一个小标题竟有三四十字甚至五六十字者。一般说来，看看那些多字小标题，酷似人生警句，颇见文采。只是因为那小标题字数太多，黑压压一大片，很吓人的。但那么多字的小标题常常与内文无大关系，不看标题，并不妨碍读此小说。因为那些小标题字数过多，许多读者知道不读那些小标题是没事的，大都不愿意费工夫读那些老长老长的小标题，那些小标题越是长，越没用，等于没标题。不如简短的小标题好。如《小二黑结婚》里的小标题："神仙的忌讳""拿双""三仙姑的来历""恩典恩典"等等，顺便就看了它，而且可以引起读者看下文的兴趣。又如《红楼梦》，虽都是十多个字的联句标题，但读者们可以在那联句长标题里摘取要点以记其章回。人们议论《红楼梦》或研究《红楼梦》某章节时，可以“刘姥姥一进荣国府”“王熙凤毒设相思局”以及“宝钗借扇”“晴雯撕扇”等半句标题提及，使文学作品的标题起到一个提纲挈领的作用。而那些几十个字一大摊的小标题，只是给读者制造一个麻烦，又是何苦呢？所以那种多字小标题作为一个时髦时新了不长时间，现在不多见了，这就好。可见多字小标题不是什么创新，不能算是什么新风格，还是少见的好。

免去标点符号，最多见的有两个方面：一是人物对话免去了冒号和引号；二是连贯性比较强的句子免去了顿号或逗号。大概一些青年作家以为免去许多标点符号是一个创新，是一个新潮，人家这样，你不这样，你的文法岂不显得太陈旧了，太苍老了，太跟不上时代的步伐了。我则以为不然。因为不加冒号和引号的人物对话，往往使读者读了半天人物对话还不知是读对话，忽然发现是读对话，还必须返回来看一看，想一想。读完一段对话也往往不知道是读完了对话，又必须停一停，想一想，看一看。实际上是作者在写作上赶上了时髦，读者却吃够了苦头。还有那些不加顿号和逗号的长句，人们读时往往需要认真地边读边断句，看看那句子是怎么个读法才可以读通读顺，也给读者增加许多麻烦。当然那些不加逗号或顿号的长句，可以使那些连贯性很强的长句子给读者增加连续性和句意的完整性等等，但是如果把这些句子加以逗号或顿号，使读者断句读来，实际上也不会把那长句子的完整性、连续性有多么大的破坏。我们应该明白写文章写作品加以标点符号，这是人类文化的一大进步。我们的祖先写文章因为没有标点符号，他们的书读起来是十分地费精神的，到底读到何处算作一句，必须认真斟酌方可。有些句子则要经过认真研究、讨论，才可断句的。无论是四书、五经，诸子百家，也无论是《红楼梦》《三国演义》《水浒》《西游记》等等古典小说，若非加了标点符号，读起来就非常困难。困难事小，把句意弄错，便是很糟的事情。所以说有了标点符号，这是文化事业的一大进步而不是倒退，甚至可以说是一件功德无量的好事。可是现在有些神笔手写作品都要免去标点符号，故意给人制造不应有的困难，还以为是一个创新，是一种新潮，是一个时髦，实际上并不算什么创新，这能算什么创新呢？只是一种倒退。莫非梦想自己的作品会成为名著，将来定要有人为之断句，加标点符号的？也未可知。

《三里湾新传》新的好

——读王之元《三里湾新传》

我曾经是赵树理作品的忠实读者。过去每每发现赵树理的新作，便迫不及待地读来，每篇都读得如痴如醉。后来又读到一部新人新作《老二黑离婚》，其语言其风格都十分酷似赵树理之笔。可是此后二十多年很少看这样的作品了，甚感冷清。没想到今年春节前又读到了沁水作家王之元的《三里湾新传》，读得兴致盎然。

赵树理倡导的问题小说，如他的《小二黑结婚》《李有才板话》《"锻炼锻炼"》《卖烟叶》等等都是反映农村干部作风和农村问题的问题小说。而《三里湾新传》同样是一部问题小说。小说描写了以村支书张克秀为首先富起来的农民，他们占了农田，盖了新楼房，形成一个新的三里湾村。而普通农民却还住在旧房里和窑洞里。今天"三里湾"的村貌竟如同《李有才板话》里写阎家山的村貌一样，从高楼到旧房到窑洞形成一道阶梯形的斜坡。一部分人先富起来，无可非议。但有些人如三里湾的支书一班人利用职权，把自己的富建立在压制群众、榨取群众上边，那么这种先富的人只能是腐败分子，是不光彩的。

如今像三里湾村张克秀这样的村干部也不是少数，像三里湾一样穷富悬殊的村子也不是个别现象。如《三里湾新传》里所写，村民张水孩费了许多周折，才取得在三里湾村盖一座新楼房的权利。因其手里的钱有限，只有盖一座一面砖墙三面土坯墙的力量。可是乡里周书记、村支书张克秀却要他必须盖四面都是砖墙的楼房，如此以保持三里湾村模范新村的形象。张水孩实在无此力量，趁张克秀外出旅游之际，偷偷盖起只有一面砖墙的楼房。张克秀回来发现后，不依不饶，同乡里周书记一起强迫张水孩拆新房，重盖全砖房。否则，就要用推土机将他新盖起的楼房推平。张水孩服毒自杀了。还有支书张克秀独吞上面拨下来的三项建设款，还有他对群众的多次乱摊派，把群众的血汗钱据为己有等。小说较深刻地反映了一些农村的现实和存在的问题。可以毫不夸张地说，王之元写的《三里湾新传》正是赵树理所提倡的问题小说。

《三里湾新传》和原《三里湾》一样，有旗杆院、马家院，有范登高、马有翼等人的后代，无疑写的是新的《三里湾》。但《新传》里还有个“小有才”，又有很多板话，这就又像了《李有才板话》。如：

小康不小康，
不敢看修房。
十家修新房，
八家塌着账（欠着债）。

这些板话酷似《李有才板话》里的板话。通俗、幽默、生动。

《三里湾新传》还有一点是作品风格很接近赵树理的语言和风格。如：

> 张英："呸"一声气愤说道："没收入够那么多，向上报了那么多，教育附加费呀，农林特产税呀，这费那费，让老百姓摊些空头钱，刻薄老百姓哩！"

另外，《三里湾新传》在语言风格方面有自己的个性，文学创作各人有各人的个性，应该是这样的。

再一点，王之元小说中的语言有许多土语方言。如"妈呀……使（累）死人了"，"还不敢圪试哩"，"张水孩圪慢圪慢地走来了"，"干急没张说"等等，因为语言过于土了，反而让人难懂。既然难懂，也就算不上通俗化、大众化了。

总之，《三里湾新传》是一部好小说。如果现在还有人想读赵树理新作而又读不到，请你看看《三里湾新传》如何。

图书在版编目（CIP）数据

韩文洲文集 / 韩文洲著. —太原：北岳文艺出版社，2015.12（2020.2 重印）

ISBN 978-7-5378-4576-2

Ⅰ. ①韩… Ⅱ. ①韩… Ⅲ. ①中国文学—当代文学—作品综合集 Ⅳ. ① I217.2

中国版本图书馆 CIP 数据核字（2015）第 252165 号

书　　名：韩文洲文集
著　　者：韩文洲
责任编辑：席香妮
装帧设计：张永文　张　丽

出版发行：山西出版传媒集团・北岳文艺出版社
地　　址：山西省太原市并州南路 57 号
邮　　编：030012
电　　话：0351-5628696（发行部）
　　　　　0351-5628688（总编室）
网　　址：http://www.bywy.com
E-mail：bywycbs @ 163.com
经 销 商：新华书店
印刷装订：三河市华东印刷有限公司

开　　本：890mm × 1240mm　　1/32
字　　数：1955 千字
印　　张：61.375
版　　次：2015 年 12 月第 1 版
印　　次：2020 年 2 月河北第 2 次印刷
书　　号：ISBN 978-7-5378-4576-2
定　　价：148.00 元（全四册）